Sofort das richtige Fremdwort

Wolf-Ulrich Cropp

Sofort das richtige Fremdwort

20.000 Stichwörter
mit originellen Anwendungsbeispielen
und hilfreichen Zitaten

Eichborn.
Lexikon

Die Deutsche Bibliothek – CIP-Einheitsaufnahme

Cropp, Wolf-Ulrich:
Sofort das richtige Fremdwort : 20000 Stichwörter mit originellen Anwendungsbeispielen und hilfreichen Zitaten / Wolf-Ulrich Cropp. – Frankfurt am Main : Eichborn, 1999
ISBN 3-8218-1479-9

Umschlaggestaltung: Christina Hucke
Lektorat: Palma Müller-Scherf
Satz: Fuldaer Verlagsanstalt GmbH, Fulda
Druck und Bindung: Werner Söderström, WSOY
ISBN 3-8218-1479-9
Verlagsverzeichnis schickt gern:
Eichborn Verlag, Kaiserstr. 66, D-60329 Frankfurt am Main
http://www.eichborn.de

Vorwort

Egal ob Schüler, Studenten, Autoren, Werbetexter oder Professoren, alle sind auf der Suche nach dem passenden Wort im richtigen Zusammenhang oder im Augenblick. Bewußt oder unbewußt sind wir fortwährend mit der Wortwahl beschäftigt, um unser Anliegen überzeugend und treffend zu beschreiben.
Wie oft wurde schon nach einem »zündenden« Wort gesucht? Einem Fremdwort, das einen »Fall« genauer, aktueller, besser beschreibt als das abgegriffene, umständliche deutsche Wort. Das Wortlexikon hilft bei der richtigen Lehnwortwahl, bereichert und erweitert nebenbei den Wortschatz. Es stellt interessante, kaum geahnte Verbindungen her zwischen Personen und Ereignissen, gibt Einblicke in andere Fachgebiete und Kulturen.
Sprachen sind lebende Organismen. Der Kontakt der Völker miteinander trägt Begriffe in andere Kulturkreise, die dort aufgenommen und zur Bereicherung der eigenen Sprache dienen. Das »fremde« Wort erspart Erklärungen und erleichtert die Verständigung.
Das Wortlexikon hilft schnell und sicher weiter; es behandelt und erklärt Fachwörter aus Medizin, Physik, EDV, Wirtschaft, Politik, Philosophie und Technik. Daneben ist es auch ein nützliches Kreuzworträtsellexikon oder ein Buch der Kategorie »Sag es treffender«.
Ein zusätzlicher Reiz sind Milieu-, Szene- und Trend-Begriffe aus allen Lebensgebieten. Manche Wörter werden im Duden vergeblich gesucht, dennoch sind sie existent, gehören zum modernen Sprachschatz und beleben die Kommunikation.
Genauigkeit hat dabei stets Priorität. So findet sich neben dem Artikel die Mehrzahlbildung, die Wortherkunft und die passende Anwendung, bisweilen mit originellen Beispielen.
Ein treffendes Fremdwort ist jedoch wie eine seltene Perle. Um zu überzeugen, sollte es sich rar machen – sparsam Sätze und Formulierungen garnieren.
Zum Stichwort gibt es gelegentlich Geschwister oder Verwandte. In solchen Fällen wird nach Verwendungsmöglichkeiten unterschieden, und es werden Beispiele gegeben. Das bewahrt auch vor peinlichen Sprachschnitzern wie:

- Auf seinem Gebiet ist Mayer eine Konifere.
- Meine Sekretärin leistete Syphilisarbeit.
- Seine Wohnung ist sehr sporadisch eingerichtet.
- Unser Briefträger ist ein Sympathikus.
- Er hat eine marinierte Sprechweise.
- Großmutter war an Salmoniden gestorben.
- Der Studienrat ist ein alter Latriner ...

Wolf-Ulrich Cropp

Übrigens: Ein »Nerd« ist kein gerade entdecktes Pelztier, der »Grazer« kein Rasenmäher, »Fruppies« das Gegenteil von »Yuppies«, »Spin-off« keine spinnende Alte und der »Oral Checker« nichts Unanständiges. Wer nun noch weiß, was ein »Jacuzzi« ist, darf sich getrost »Worttitan« nennen.

Abkürzungen:

Abk.	Abkürzung
afrik.	afrikanisch
ägypt.	ägyptisch
akadem.	akademisch, -e, -en, -er
alban.	albanisch
alemann.	alemannisch
allg.	allgemein
am.	amerikanisch
Amtsspr.	Amtssprache
Anat.	Anatomie
Anthropol.	Anthropologie
arab.	arabisch
Archit.	Architektur
asiat.	asiatisch
assyr.	assyrisch
Astrol.	Astrologie
Astron.	Astronomie
Ausspr.	Aussprache
babylon.	babylonisch
Bauw.	Bauwesen
bayr.	bayrisch
Beg.	Begriff
Bergw.	Bergwesen
Berufsbez.	Berufsbezeichnung
bes.	besonders, besondere, besonderes, besonderer
best.	bestimmte, -er, -es
Bez.	Bezeichnung
bez.	bezüglich
Biol.	Biologie
Bot.	Botanik
bzw.	beziehungsweise
chem.	chemisch
Chem.	Chemie
chin.	chinesisch
dän.	dänisch
d. h.	das heißt
d. i.	das ist
dichter.	dichterisch
dt.	deutsch
e.	ein, eine, einer, eines
EDV	elektronische Datenverarbeitung
Eigenn.	Eigenname
eigtl.	eigentlich
elektr.	elektrisch
elektron.	elektronisch
engl.	englisch
etrusk.	etruskisch
europ.	europäisch
ev.	evangelisch
fachspr.	fachsprachlich
Fachspr.	Fachsprache
fam.	familiär
Finanzw.	Finanzwesen
finn.	finnisch
fläm.	flämisch
Fotogr.	Fotografie
fr.	französisch
gall.	gallisch
Gastr.	Gastronomie
gebräuchl.	gebräuchlich(er)
geh.	geheim, geheimes
Geldw.	Geldwesen
Geogr.	Geographie
Geol.	Geologie
germ.	germanisch
Ggs.	Gegensatz
got.	gotisch
gr.	griechisch
hebr.	hebräisch
hist.	historisch
hochd.	hochdeutsch
i. a.	im allgemeinen
i. O.	in Ordnung
ind.	indisch
indian.	indianisch
iron.	ironisch
i. S.	im Sinne
islam.	islamisch
it.	italienisch
i. Zus.	im Zusammenhang
jap.	japanisch
jav.	javanisch
Jh.	Jahrhundert
jidd.	jiddisch
jmd.	jemand
jmdn.	jemanden
jüd.	jüdisch
kanad.	kanadisch
karib.	karibisch
kath.	katholisch
kaukas.	kaukasisch
kelt.	keltisch
Kurzw.	Kurzwort
landsch.	landschaftlich
Landw.	Landwirtschaft
lat.	lateinisch
Lit.	Literatur
Literaturw.	Literaturwissenschaft
Luftf.	Luftfahrt
math.	mathematisch

Math.	Mathematik
med.	medizinisch
Med.	Medizin
mex.	mexikanisch
mil.	militärisch
Mil.	Militär
Mill.	Millionen
Mineral.	Mineralogie
Mus.	Musik
musik.	musikalisch
n. Chr.	nach Christus
niederl.	niederländisch
nord.	nordisch
norw.	norwegisch
o. ä.	oder ähnlich
ökum.	ökumenisch
Österr.	Österreich
österr.	österreichisch
Päd.	Pädagogik
per.	persisch
pers.	persönlich
philos.	philosophisch
Philos.	Philosophie
phöniz.	phönizisch
Phys.	Physik
physik.	physikalisch
Physiol.	Physiologie
Pl.	Plural (Mehrzahl)
Pol.	Politik
poln.	polnisch
polynes.	polynesisch
port.	portugiesisch
Postw.	Postwesen
Psychol.	Psychologie
Rechtsw.	Rechtswissenschaft
Rel.	Religion
Rhet.	Rhetorik
röm.	römisch
roman.	romanisch
russ.	russisch
s.	siehe
sanskr.	sanskritisch (aus der Gelehrtensprache des Altindischen)
scherzh.	scherzhaft
schwed.	schwedisch
schweiz.	schweizerisch
seem.	seemännisch
Seemannsspr.	Seemannssprache
semit.	semitisch
skand.	skandinavisch
slaw.	slawisch
sog.	sogenannt
soziol.	soziologisch
sp.	spanisch
Sprachw.	Sprachwissenschaft
Stilk.	Stilkunde
südam.	südamerikanisch
süddt.	süddeutsch
sumer.	sumerisch
svw.	soviel wie
syr.	syrisch
Techn.	Technik
techn.	technisch
Tiermed.	Tiermedizin
tschech.	tschechisch
türk.	türkisch
u.	und
u. a.	unter anderem
u. ä.	und ähnliches
ugs.	umgangssprachlich
ung.	ungarisch
u./o.	und/oder
urspr.	ursprünglich
usw.	und so weiter
venez.	venezianisch
Verlagsw.	Verlagswesen
verw.	verwechseln
vgl.	vergleiche
Völkerk.	Völkerkunde
v. Chr.	vor Christus
vorl.	vorläufig
Vortragsanw.	Vortragsanweisung
Wirt.	Wirtschaft
wirtsch.	wirtschaftlich
Zahnmed.	Zahnmedizin
Zool.	Zoologie

A

A und O *Quintessenz,* die (lat., Pl. -en) »fünftes Seiendes« i. S. von Endergebnis; auch: Anfang u. Ende, nach dem ersten u. letzten Buchstaben des gr. Alphabets

Aas *Kadaver,* der (lat., Pl. –) »gefallener Körper«, in Verwesung übergehender Tierkörper; Kadavergehorsam, i. S. von blinder Gehorsam; nicht verw. mit *Kadaverin (Cadaverin),* das (lat., ohne Pl.) Leichengift

ab und zu 1. *episodisch* (gr.) 2. *okkasionell* (lat.-fr.) svw. gelegentlich 3. *sporadisch* (gr.) svw. vereinzelt vorkommend

abändern 1. *variieren* (lat.) Musikthema 2. *modifizieren* (lat.) verändern 3. *revidieren* (lat.) Urteil revidieren

Abänderung 1. *Revision,* die (lat., Pl. -en) gegen Urteil 2. *Modifikation,* die (lat.-fr., Pl. -en) auch: Abwandlung; nicht verw. mit *Modifikator,* der (lat., Pl. ...oren) etwas mit abschwächender oder verstärkender Wirkung 3. *Variation,* die (lat.-fr., Pl. -en) auch: Abwandlung

Abänderungsantrag zu Gesetzen *Amandement,* das (fr., Pl. -s)

Abart *Variante,* die (lat.-fr., Pl. -n) andere Form

abartig 1. *abnorm* (lat.) ungewöhnlich, im krankhaften Sinn vom Normalen abweichend 2. *anormal* (lat.) nicht normal 3. *anomal* (gr.-lat.) »uneben«, unregelmäßig; i. S. von nicht normal entwickelt 4. *pervers* (lat.-fr.) »verdreht«; andersartig, in sexueller Hinsicht, veranlagt

Abbau *Demontage,* die (lat-fr., Pl. -n) technische Anlage

abbauen *demontieren* (lat.-fr.) z. B. e. Fabrik

Abbaugebiet *Revier,* das (lat.-fr.-niederl., Pl. -e) auch: Bezirk, Tätigkeitsbereich; Revierwache

abbeizen *dekapieren* (fr.)

Abbild 1. *Imitation,* die (lat., Pl. -en) kurz: Imitat; Imitatio Christi: »Nachahmung Christi« Titel e. Erbauungsbuchs des 14. Jh.; Nachbildung e. wertvollen Kunstgegenstandes 2. *Konterfei,* das (lat.-fr., Pl. -s) Bildnis; auch: Porträt 3. *Projektion,* die (lat., Pl. -en) auch: Wiedergabe e. Bildes z. B. auf e. Leinwand; nicht verw. mit *Projekteur,* der (lat.-fr., Pl. -e) Vorplaner 4. *Replikat,* das (lat.-fr., Pl. -e) e. originalgetreue Nachbildung; nicht verw. mit *Replik,* die (lat.-fr., Pl. -en) Erwiderung, Entgegnung; aber auch: Nachbildung e. Kunstwerks durch den Künstler selbst 5. *Reproduktion,* die (lat., Pl. -en) Wiedergabe 6. *Ektypus,* der (gr., Pl. ...pen) auch: Nachbildung

Abbildung *Illustration,* die (lat., Pl. -en) Bebilderung

Abbildungsfehler *Aberration,* die (lat., Pl. -en) Augenunschärfe

Abblätterung *Exfoliation,* die (lat., ohne Pl.) auch: das Abstoßen toter Gewebe (med.)

abbrechen *demontieren* (lat.-fr.) e. Anlage

Abbruch 1. *Demontage,* die (lat.-fr., Pl. -n) e. Anlage 2. *Abort,* der (lat.-engl., Pl. -e) Abbruch e. Raumfluges; auch: Fehlgeburt (med.)

abbrühen *blanchieren* (germ.-fr.) z. B. Fleisch oder Gemüse kurz mit heißem Wasser überbrühen

ABC-Schütze *Abcdarier,* der (lat., ohne Pl.)

abdanken 1. *renunzieren* (lat.) als König 2. *abdizieren* (lat.) Verzicht leisten

Abdankung 1. *Renuntiation,* die (lat., Pl. -en) als König 2. *Abdikation,* die (lat., Pl. -en) Verzicht 3. *Demission,* die (lat.-fr., Pl. -en) Rücktritt e. Ministers oder e. Regierung

abdichten *isolieren* (lat.-fr.-it.) gegen Kälte, Wasser

Abdruck 1. *Moulage,* die (lat.-fr., Pl. -n) als farbiges Wachsmodell 2. *Reproduktion,* die (lat., Pl. -n) Vervielfältigung

Abend, es ist noch nicht aller Tage ... *nondum omnium dierum sol occidit* (lat., Zitat)

Abendessen 1. *Diner,* das (fr., Pl. -s) 2. *Dinner,* das (engl., Pl. -s) 3. *Souper,* das (fr., Pl. -s) festlich

Abendgesellschaft 1. *Party,* die (engl., Pl. ...ties) 2. *Cocktailparty,* die (engl., Pl. ...ties) zwanglos 3. *Soiree,* die (lat.-fr. Pl. -s) festlich 4. *Rout,* der (lat.-engl., Pl. -s) auch: Abendempfang

Abendland *Okzident,* der (lat., ohne Pl.)

abendländisch *okzidental* (lat.)

Abendmahl 1. *Sakrament,* das (lat., Pl. -e) göttliche Gnade vermittelnde Handlungen; auch: Taufe 2. *Kommunion,* die (lat., Pl. -en) der erste Empfang des Abendmahls

Abendmahlsbrot 1. *Oblate,* die (lat., Pl. -n) als Opfer Dargereichtes 2. *Hostie,* die (lat., Pl. -n) »Opfer« beim Abendmahl

Abendmahlsfeier *Eucharistie,* die (gr.-lat., Pl. ...ien) »Danksagung«, die Feier des Abendmahls als Mittelpunkt des christlichen Gottesdienstes

Abendmusik *Serenade,* die (lat.-fr.-it., Pl. -n)

Abendveranstaltung *Soiree,* die (lat.-fr., Pl. Soireen) auch: Abendgesellschaft

Abenteuer 1. *Aventüre,* die (lat.-fr., Pl. -n) auch: bes. Vorfall 2. *Eskapade,* die (lat.-it.-fr., Pl. -n) Seitensprung; aber auch: falscher Sprung e. Schulpferdes; nicht verw. mit *Eskapismus,* der (lat.-fr.-engl., ohne Pl.) Flucht vor der rauhen Wirklichkeit in e. Scheinwelt 3. *Aventiure,* die (lat.-fr., Pl. -n) »Abenteuer«, ritterliche Bewährungsprobe

Abenteuerroman *Robinsonade,* die (engl., Pl. -n) nach Roman »Robinson Crusoe« von Defoe
Abenteurer *Desperado,* der (lat.-sp.-engl., Pl. -s) bes. e. politischer Abenteurer; »der hat nicht nur schlechte Manieren, der ist e. Desperado.« (Otto Graf Lambsdorff über Jürgen Trittin, 1998)
Aberglaube *Superstition,* die (lat., ohne Pl.) nicht verw. mit *Supervision,* die (lat.-engl., ohne Pl.) Inspektion, Leitung
aberkennen *abjudizieren* (lat.) gerichtlich
Aberkennung *Abjudikation,* die (lat., Pl. -en) gerichtlich von z. B. Rechten
Abfall 1. *Renegation,* die (lat., Pl. -en) z. B. vom Glauben 2. *Makulatur,* die (lat., Pl. -en)
Abfall eines Anlauts *Aphärese* u. *Aphäresis,* die (gr., Pl. ...resen) z. B. 's für es; eigtl.: das Wegnehmen
Abfall eines Auslauts *Apokope,* die (gr., Pl. ...open) z. B. hatt' für hatte; auch: Wegfall e. auslautenden Silbe
abfallend *degressiv* (lat.) fallende Abschreibung
abfällig 1. *despektierlich* (lat.) bei Äußerungen 2. *pejorativ* (lat.) auch: niederträchtig
Abfallpapier *Makulatur,* die (lat., Pl. -en) auch: überholte Erkenntnisse
abfassen *formulieren* (lat.-fr.) Schriftsatz erstellen
Abfertigungshalle *Terminal,* der (engl., Pl. -s) z. B. eines Flughafens
abfinden, sich 1. *kapitulieren* (lat.) i. S. von: sich e. Feind ergeben 2. *resignieren* (lat.) auch: sich widerspruchslos fügen
Abfindung *Apanage,* die (fr., Pl. -n) auch: regelmäßige Zahlung an Mitglieder e. Fürstenhauses
Abflug *Start,* der (engl., Pl. -s)
Abfolge *Chronologie,* die (gr., ohne Pl.) auch: Wissenschaft von der Zeitmessung u. -rechnung
Abfolge e. Films *Storyboard,* das (engl., Pl. -s) in Szenenfotos oder Zeichnungen; eigtl.: Geschichtentafel, die die Bedeutung e. Drehbuchs hat
abführen 1. *laxieren* (lat.) med. bei Verdauungsstörungen 2. *purgieren* (lat.) med. Verdauung anregen
abführend *purgativ* (lat.) med. beschleunigend
Abführmittel *Aperitivum,* das (lat., Pl. ...va)
Abgabe 1. *Taxe,* die (lat., Pl. -n) z. B. Gebühr 2. *Fee,* die (engl., Pl. -s) z. B. Abgabe 3. *Honorar,* das (lat., Pl. -e) z. B. Vergütung für e. wissenschaftl. oder künstl. Leistung 4. *Tribut,* der (lat., Pl. -e) Steuern 5. *Zensus,* der (lat.ohne Pl.) Steuer nach Einschätzung des Vermögens durch Zensor 6. *Kontribution,* die (lat., Pl. -en) auch: Beitrag zu e. verabredeten Sache 7. *Obolus,* der (gr.-lat., selten: -se) kleine Geldspende, aber auch: Münze im alten Griechenland
Abgabenfreiheit *Franchise,* die (lat.-engl.-fr., Pl. -n) Abgabenbefreiung best. Güter, gebräuchl. für best. Vertriebskonzept (Lizenz-Produktion)
Abgang von Blähungen *Flatulenz,* die (lat., Pl. -en) med., auch: Blähsucht
Abgasreinigungssystem, elektronisch überwachtes ... *Onboard-Diagnose,* die (engl.-lat.-gr., Pl. -n) beim PKW
abgedroschen 1. *trivial* (lat.-fr.) z. B. Literatur 2. *banal* (germ.-fr.) nichts Besonderes darstellend 3. *profan* (lat.) »vor dem heiligen Bereich sein«, i. S. von weltlich, ungeweiht 4. *stereotyp* (gr.-lat.) auch: mit feststehender Schrift gedruckt 5. *substanzlos* (lat.-dt.) eigtl.: ohne Stoff oder Material
abgefeimt *raffiniert* (lat.-fr.) gerissen, z. B. e. Plan
abgehackt *abrupt* (lat.) plötzlich eintretend
abgelagert *alluvial* (lat.) z. B. Sedimente (Absatzgestein)
Abgeld *Disagio,* das (lat.-it.-fr., Pl. -s u. -ien) Abzug vom Nennwert
Abgeleitetes *Derivat,* das (lat., Pl. -e) i. S. von: abgeleitetes Wort, z. B.: ängstlich von Angst; nicht verw. mit *Derivans,* das (lat., Pl. ...antia, ...anzien) Hautreizmittel für e. bessere Durchblutung
abgemacht 1. *okay* auch *o.k.* (am.) in Ordnung, bei Zustimmung 2. *all right* (engl.) 3. *aye, aye* (engl.) seem. i. S. von gewiß, jawohl 4. *perfekt* (lat.) auch: gültig, z. B. der Vertrag ist perfekt
abgemacht! *sela!* (hebr.) auch: Schluß! nicht verw. mit *Sela,* das (hebr., Pl. -s) Musikzeichen in den Psalmen
abgenutzt *abgefuckt* (dt.-engl.-am.) auch: abgefahren
Abgeordnetenbeeinflussung *Lobbyismus,* der (lat.-engl., ohne Pl.)
Abgeordnetenbezüge *Diäten,* die (lat., nur Pl.) e. Parlamentarier: »Ich fordere höhere Diäten!« Derselbe Parlamentarier: »Genehmigt!« (im Deutschen Bundestag)
Abgeordnetenhaus *Parlament,* das (gr.-lat.-fr.-engl., Pl. -e) i. S. e. Gebäudes für die Volksvertreter
Abgeordnetenschutz vor Strafverfolgung *Immunität,* die (lat., ohne Pl.)
Abgeordneter 1. *Parlamentarier,* der (gr.-lat.-fr., ohne Pl.) Parlamentsmitglied 2. *Mandatar,* der (lat., Pl. -e) in Österr. gebräuchl. 3. *Repräsentant,* der (lat.-fr., Pl. -en) Volksvertreter 4. *Delegierte* der (lat., Pl. -n) Mitglied e. Abordnung von Bevollmächtigten 5. *Deputierte,* der (lat., Pl. -n) Abgeordneter z. B. in Frankreich
Abgeordneter im engl. Unterhaus *Whipper,* der (engl., Pl. -s) ... der dafür sorgt, daß die Fraktionsmitglieder bei wichtigen Sitzungen anwesend sind

Abgesandter 1. *Emissär,* der (lat.-fr., Pl. -e) z. B. in bes. Mission 2. *Attaché,* der (fr., Pl. -s) Handelsattaché 3. *Diplomat,* der (gr.-lat., Pl. -en) Vertreter e. Staates

abgeschaltet *offline* (engl.) auch: nicht angeschlossen (Computerbegriff)

abgeschlossen *perfekt* (lat.) e. Vertrag ist perfekt

Abgeschlossenheit 1. *Exklusivität,* die (lat., Pl. -en) e. bes. Gruppe 2. *Klausur,* die (lat., ohne Pl.) in Klausur befinden

abgesondert 1. *exklusiv* (lat.) vornehmlich, gesellschaftlich unzugänglich 2. *separat* (lat.) getrennt, abgesondert

abgestimmt 1. *konzertiert* (lat.-engl.) »konzertierte Aktion«: Schlagwort des damaligen Superministers Karl Schiller, gemeint war die Abstimmung zwischen Gewerkschaft, Unternehmer u. Regierung 2. *koordiniert* (lat.) mehrere Vorgänge aufeinander abgestimmt

abgestorben *devital* (lat.) med. in bezug auf Zähne

abgestuft *nuanciert* (lat.-fr.)

abgetan *passé* (lat.-fr.) erledigt

abgetönt *dezent* (lat.) i. S. von unaufdringlich; auch: taktvoll

abgetrennter Raum *Séparée,* das (lat.-fr., Pl. -s) auch: Nebenraum in e. Lokal; *Chambre séparée,* das (lat.)

abgezehrt *marantisch* (gr.) u. *marastisch* (gr.) verfallend

abgießen *dekantieren* (fr.) z. B. e. Flüssigkeit vom Bodensatz (Wein)

Abgott *Idol,* das (gr.-lat., Pl. -e) z. B. Idol der Jugend: James Dean um 1960

abgrenzen *demarkieren* (fr.) Demarkationslinie als vorl. Staatsgrenze

Abgrenzung *Demarkation,* die (fr., Pl. -en) scharfe Abgrenzung; z. B. Demarkationslinie, e. vorläufige Grenze zwischen Staaten

Abgrund *Abyssus,* der (gr.-lat., ohne Pl.) schier bodenlose Tiefe

abgrundtief *abyssisch* (gr.)

Abguß *Moulage,* die (lat.-fr., Pl. -n) als farbiges Wachsmodell

Abguß, anatomischer ... *Moulage,* der (lat.-fr., Pl. -s) auch: farbiges Wachsmodell von Organen; e. der letzten Moulageusen: Elsbeth Stoiler aus der Schweiz

abhaltend *prohibitiv* (lat.) Gesetze zu brechen

Abhaltung *Dissuasion,* die (lat.-fr., Pl. -en) als Abschreckung von Strafen

Abhandlung 1. *Essay,* das (lat.-fr.-engl., Pl. -s) als Behandlung e. literarischen Themas 2. *Traktat,* das (lat., Pl. -e) 3. *Expertise,* die (lat.-fr., Pl. -n) i. S. e. Gutachtens 4. *Exposé,* das (lat.-fr., Pl. -s) Entwurf, zusammengefaßte Übersicht z. B. e. Manuskripts 5. *Rapport,* der (lat.-fr., Pl. -e) i. S. e. Meldung 6. *Referat,* das (lat., Pl. -e) »es möge berichten«, Vortrag über e. Thema halten 7. *Studie,* die (lat., Pl. -n) i. S. von Entwurf, Vorarbeit zu e. umfangreichen Projekt: Projektstudie

abhängig 1. *interdependent* (lat.) Abhängigkeit von zwei Größen 2. *kausal* (lat.) i. S. von ursächlich 3. *subaltern* (lat.) i. S. von unterwürfig, unselbständig

Abhängiger *Vasall,* der (lat.-fr., Pl. -en) Lehnsmann eines Vasallenstaates

Abhängigkeit 1. *Dependenz,* die (lat., Pl. -en) aus der Philos. 2. *Interdependenz,* die (lat., ohne Pl.) Abhängigkeit von zwei Größen 3. *Kausalität,* die (lat., Pl. -en) Zusammenhang oder Abhängigkeit von Ursache u. Wirkung, Kausalitätsgesetz; Ggs.: Finalität

abheben, sich *kontrastieren* (lat.-it.-fr.) auch: im Gegensatz stehen; unterscheiden; nicht verw. mit: kontravenieren (lat.-fr.) vertragswidrig handeln

abirren *aberrieren* (lat.) von der Normalität abweichen

Abkapselung *Isolation,* die (lat.-it.-fr., Pl. -en) von anderen absondern

abklären *sondieren* (fr.) vorführen, auch: mit e. Sonde untersuchen

Abklatsch *Klischee,* das (fr., Pl. -s) Vervielfältigung eines Druckstocks; auch: billige Nachahmung; gängiges Verhalten, Verwendung von Klischees in der Lit.

Abklopfmethode, med. ... *Perkussion,* die (lat., Pl. -en) entwickelt worden von dem Arzt Leopold Auenbrugger (1722-1809) aus Österreich

abknipsen *kupieren* (fr.) auch: abschneiden; »das gefiel wiederum Hillu, sie will aber den Herren, wie bei den Schweinen üblich, die Schwänze coupieren (gemeint ist: kupieren) (G. Schröders geh. Tagebuch von H. Venske, 1997)

Abkommen 1. *Kontrakt,* der (lat., Pl. -e) z. B. schließen 2. *Pakt,* der (lat., Pl. -e) Nichtangriffspakt zwischen Staaten 3. *Konvention,* die (lat.-fr., Pl. -en) die Genfer Konvention für Menschenrechte 4. *Agreement,* das (lat.-fr.-engl., Pl. -s) i. S. e. formlosen Übereinkunft, z. B. Gentleman's Agreement

Abkömmling des Propheten *Scharif,* der (arab.) eigtl.: hochgeboren; Ehrentitel

abkühlen, sich ... *chill out* (engl.-am.) das hat der abgetanzte Raver nötig, u. zwar im Chill-Out-Room des Techno-Clubs

Abkühlung nach hartem Wettkampf *cool down* (engl., ohne Pl.)

abkürzen *abbreviiren* (lat.) Wörter

Abkürzung 1. *Abbreviatur,* die (lat., Pl. -en) von

Wörtern 2. *Abbreviation,* die (lat., Pl. -en) 3. *Akronym,* das (gr.-lat., Pl. -e) aus Anfangsbuchstaben mehrerer Wörter z. B. NASA

Ablage 1. *Magazin,* das (arab.-it., Pl. -e) Stauraum 2. *Registratur,* die (lat., Pl. -en) von Geschäftsvorfällen

Ablagerung 1. *Sediment,* das (lat., Pl. -e) z. B. Gestein 2. *Depot,* das (lat.-fr., Pl. -s) Bodensatz von Wein

Ablaß *Indulgenz,* die (lat., ohne Pl.) von Verfehlungen, Sünden; Ablaßbriefe bekämpfte Reformator Martin Luther

Ablauf 1. *Chronologie,* die (gr., ohne Pl.) von Geschehen 2. *Prozeß,* der (lat., Pl. ...esse) Gerichts-, Arbeitsprozeß, chemischer Prozeß

ablaufen *funktionieren* (lat.) z. B. einwandfrei

ablegen *ad acta* (lat.) legen z. B. Unterlagen oder Ereignisse

ablehnen 1. *negieren* (lat.) i. S. von verneinen, z. B. Tatbestände 2. *abhorreszieren* (lat.) verabscheuen

ablehnend *negativ* (lat.) negativen Bescheid

ableisten *absolvieren* (lat.) Studium, Militärdienst

ableiten 1. *deduzieren* (lat.) das Besondere aus dem Allgemeinen ableiten; Ggs.: induzieren 2. *derivieren* (lat.) z. B. e. Wort ableiten, z. B. Schönheit von schön; auch: von e. Ziellinie abweichendes Geschoß 3. *induzieren* (lat.) z. B. vom bes. Einzelfall auf das Allgemeine schließen; Ggs.: deduzieren

Ableitung *Deduktion,* die (lat., Pl. -en) philos. vom Besonderen ins Allgemeine

Ableitung, durch ... entstanden *derivativ* (lat.) Sprachw.

ablenken *irritieren* (lat.) auch: verwirren; nicht verw. mit: *irisieren* (gr.-lat.) in Regenbogenfarben schillern

Ablenkung 1. *Diversion,* die (lat., Pl. -en) eines Lichtstrahls, Störmanöver gegen Staat 2. *Distraktion,* die (lat., Pl. -en) von Teilen der Erdkruste, med. Ausrichten von Knochenbrüchen 3. *Deflexion,* die (lat., Pl. -en) von Lichtstrahlen

Ablenkungsversuch *Manöver,* das (lat.-fr., ohne Pl.) mil. Täuschungsmanöver

Ableugnung *Renegation,* die (lat,. Pl. -en) z. B. des »rechten« Glaubens

ablösen *alternieren* (lat.) auch: abwechseln

Abmachung 1. *Arrangement,* das (fr., Pl. -s) z. B. treffen 2. *Pakt,* der (lat., Pl. -e) Nichtangriffspakt 3. *Agreement,* das (lat.-fr.-engl., Pl. -s) formlose Übereinkunft, z. B. Gentleman's Agreement 4. *Kompromiß,* der (lat., Pl. ...misse) Abmachung nach gegenseitigen Zugeständnissen, z. B. e. faulen Kompromiß aushandeln 5. *Kontrakt,* der (lat., Pl. -e) auch: Vertrag 6. *Konvention,* die (lat.-fr., Pl. -en) Abkommen; völkerrechtlicher Vertrag, z. B. die Genfer Konvention (1864)

Abmagerung *Inanition,* die (lat., ohne Pl.) ... mit totaler Entkräftung

abmessen 1. *dosieren* (gr.-lat.-fr.) z. B. Med., Medikamente 2. *dimensionieren* (lat.) die Maße e. Gegenstandes festlegen; nicht verw. mit: *diminuieren* (lat.) vermindern, verkleinern

Abmessung 1. *Dimension,* die (lat., Pl. -en) i. S. von Ausmaß oder Erheblichkeit 2. *Proportion,* die (lat., Pl. -en) i. S. von Größenverhältnis, Gleichmaß, z. B.: »bei der Frau stimmen die Proportionen«

abnehmend 1. *diminuendo* (lat.-it.) Tonintensität 2. *calando* (gr.-lat.-it.) Tempo u. Lautstärke 3. *decrescendo* (lat.-it.) kurz: decresc., i. S. von leiser werdend; Ggs.: crescendo 4. *degressiv* (lat.) auch: abfallend; z. B. e. Investitionsgut degressiv abschreiben

Abneigung 1. *Animosität,* die (lat., Pl. -en) z. B. gegen Personen 2. *Antipathie,* die (gr.-lat., Pl. ...ien) gegen Menschen 3. *Aversion,* die (lat.-fr., Pl. -en) gegen Personen oder Sachen 4. *Degout,* der (lat.-fr., ohne Pl.) i. S. von Ekel 5. *Idiosynkrasie,* die (gr.-lat., Pl. -n) Empfindlichkeit gegen Katzenhaare, best. Nahrung 6. *Hostilität,* die (lat., Pl. -en) auch: Feindseligkeit 7. *Misogynie,* die (gr., ohne Pl.) Abneigung gegenüber Frauen, Frauenfeindlichkeit 8. *Misologie,* die (gr., ohne Pl.) Abneigung gegen sachliche Auseinandersetzung; Haß gegen den Logos (das sinnvolle Wort) 9. *Misopädie,* die (gr., Pl. -n) krankhafter Haß gegen die eigenen Kinder, auch andere Kinder 10. *Misogamie,* die (gr., ohne Pl.) Abneigung bei Männern u. Frauen gegenüber Ehen

abnormal *pervers* (lat.) abnorm veranlagt

abnutzen *strapazieren* (it.) z. B. Kleidungsstücke oder Nerven

abordnen 1. *delegieren* (lat.) z. B. e. Aufgabe 2. *deputieren* (lat.-fr.) Personen mit Tätigkeit beauftragen

Abordnung 1. *Delegation,* die (lat., Pl. -en) Personen, die mit Vollmachten ausgestattet zu e. Verhandlung reisen 2. *Deputation,* die (lat., Pl. -en) Überbringer von Wünschen

Abort 1. *Klosett,* das (lat.-fr.-engl., Pl. -s) 2. *Latrine,* die (lat., Pl. -n) einfache Toilette 3. *Lokus,* der (lat., Pl. -se) ugs. 4. *Toilette,* die (lat.-fr., Pl. -n)

abräumen *abbacken,* seem. auf dem Schiff den Tisch i. O. bringen

Abrechnung, laufende ... *Konto,* das (lat.-it., Pl. ...ten) der Einnahmen u. Ausgaben; »Glück besteht aus e. hübschen Bankkonto, e. guten Köchin u. e. tadellosen Verdauung« (Jean Jacques Rousseau)

Abrede 1. *Arrangement,* das (fr., Pl. -s) z. B. sich auf etwas verständigen, einigen 2. *Pakt,* der (lat., Pl. -e) z. B. Nichtangriffspakt schließen

abreiben *frottieren* (fr.) z. B. mit Handtuch

abreißen 1. *demontieren* (lat.-fr.) z. B. von Industrieanlagen 2. *demolieren* (lat.-fr.) i. S. von zerstören

abrichten *dressieren* (lat.-fr.) Zirkustiere

Abrichter *Dresseur,* der (lat.-fr., Pl. -e) jmd., der Tiere dressiert (abrichtet)

Abrichtung *Dressur,* die (lat.-fr., Pl. -en) eines Zirkustieres

Abriß *Demontage,* die (lat.-fr., Pl. -n) von Industrieanlagen

abrücken *distanzieren* (lat.)

Abruf, auf ... *on call* (engl.) bei Bestellungen

Abrufdienst per Fax *Fax Polling,* das (engl.-am.) der zahlende Abonnent kann sich z. B. in den USA diverse Informationen nach Hause faxen lassen (Börseninfos, Freizeittips etc.)

abrunden *arrondieren* (lat.-fr.) z. B. Grundstücke begradigen, zusammenlegen

abrüsten 1. *demilitarisieren* (lat.-fr.) mil. 2. *demobilisieren* (lat.-fr.) i. S. von Streitkräfte verringern 3. *entmilitarisieren* (dt.-lat.)

Abrüstung *Demobilisation,* die (lat.-fr., Pl. -en) mil.

absagen *canceln* (engl.) auch: rückgängig machen, z. B. e. Flug, Aufträge oder Prozesse; e. Meeting (Sitzung) kann gecancelt werden

Absatz 1. *Paragraph,* der (gr.-lat., Pl. -en) gekennzeichnete Vertrags- oder Gesetzesabschnitte 2. *Marketing,* das (lat.-fr.-engl., ohne Pl.) übergeordneter Begriff zur Vertriebsförderung e. Unternehmens 3. *Passus,* der (lat., ohne Pl.) »Schritt« auch: Abschnitt in e. Text

Absatzfinanzierung *Factoring,* das (engl.-am., ohne Pl.) Unternehmen übertragen Forderungen an e. Factoringgesellschaft, die das Risiko der Zahlungsausfälle übernimmt

absatzfördernde Maßnahmen *Marketing,* das (engl., ohne Pl.)

Absatzförderung 1. *Marketing Mix,* das (lat.-fr.-engl., ohne Pl.) verschiedene vertriebsfördernde Maßnahmen 2. *Promotion,* die (lat.-engl., ohne Pl.) Förderung e. Aktivität, meist des Vertriebs; auch: Werbung

Absatzgebiet *Outlet,* das (engl., Pl. -s) auch: Geschäftsstätte

Absatzpolitik *Merchandising,* das (lat.-fr.-engl.-am., ohne Pl.) Einsatz verschiedener umsatzpolitischer Maßnahmen

Absauger *Exhaustor,* der (lat., Pl. -en) Gebläse zum Absaugen von Stoffen u. Gasen

abschaffen *abolieren* (lat.) auch: aufheben

Abschaffung *Abolitionismus,* der (lat., ohne Pl.) Bewegung zur Abschaffung z. B. von Bordellen oder der Sklaverei

abschätzen 1. *taxieren* (lat.-fr.) z. B. Personen, Güter 2. *kalkulieren* (lat.) i. S. von Risiko; auch den Preis für e. Ware 3. *ästimieren* (lat.) jmdn. als Persönlichkeit schätzen 4. *evaluieren* (lat.) bewerten, auch: beurteilen

abschätzig 1. *despektierlich* (lat.) Bemerkung äußern 2. *pejorativ* (lat.) abwertend

Abscheu *Horror,* der (lat., ohne Pl.) Schauer, Entsetzen

abscheulich 1. *detestabel* (lat.-fr.) verabscheuungswürdig 2. *abominabel* (lat.-fr.) widerlich 3. *monströs* (lat.-fr.) i. S. von mißgestaltet; bes. aufwendig

Abscheulichkeit *Atrozität,* die (lat., Pl. -en) i. S. von grausam

Abschiedsgruß *vale!* (lat.) Lebe wohl!

Abschlag, vom ... direkt ins Loch treffen *Hole in One* (engl.) Golfbez.

abschlagen *refüsieren* (lat.-fr.) i. S. von Wunsch

Abschlagzahlung *Akontozahlung,* die (it.-dt., Pl. -n)

abschließen 1. *transigieren* (lat.-fr.) Einigung vor e. Urteil erzielen, aus Rechtsw. 2. *isolieren* (lat.-it.-fr.) i. S. von Personen

abschließend 1. *final* (lat.) z. B. Bemerkung beim Vortrag 2. *definitiv* (lat.) i. S. von endgültig

Abschluß *Bilanz,* die (lat.-it., Pl. -en) Gegenüberstellung des Vermögens und der Schulden, oder e. Übersicht erstellen

abschmecken *probieren* (lat.) z. B. Speisen

Abschmelzung *Ablation,* die (lat., Pl. -en) von Eis

abschneiden *kupieren* (lat.) abknipsen, auch: stutzen, z. B. bei Pflanzen oder Hunden (Ohren, Schwanz)

Abschnitt 1. *Etappe,* die (fr.-niederl., Pl. -en) bei Strecken 2. *Paragraph,* der (gr.-lat., Pl. -en) Textabschnitte 3. *Passus,* der (lat., Pl. –) sinnverwandter Textbereich 4. *Region,* die (lat., Pl. -en) i. S. von Landwirtschaft 5. *Rubrik,* die (lat., Pl. -en) Textrubrik e. Tageszeitung 6. *Segment,* das (lat., Pl. -en) Kreissegment, graphische Darstellung in der Statistik 7. *Sektor,* der (lat., Pl. -en) best. Gebiet, z. B. Sektorengrenze 8. *Stadium,* das (lat.-gr., Pl. ...ien) Entwicklungsstadium e. Lebewesens 9. *Fragment,* das (lat., Pl. -e) auch: Bruchstück; e. unvollständiges literarisches Werk; nicht verw. mit *Fragmentation,* die (lat., Pl. -en) direkte Kernteilung, auch: ungeschlechtliche Vermehrung von Pflanzen 10. *Intervall,* das (lat., Pl. -e) i. S. von Zeitspanne 11. *Partie,* die (lat., Pl. ...ien) auch i. S. von z. B.

die untere Gesichtspartie; e. Partie Schach spielen; e. gute Partie machen 12. *Pensum,* das (lat., Pl. Pensen, Pensa) z. B. zugeteilte Arbeit in e. best. Zeit erledigen 13. *Periode,* die (gr.-lat., Pl. -n) auch: regelmäßig Auftretendes; Monatsblutung (Menstruation) 14. *Phase,* die (gr.-fr., Pl. -n) i. S. e. Zustandsform; Stufe

abschnüren *strangulieren* (gr.-lat.) i. S. von Luftröhre

abschrecken 1. *intimidieren* (lat.) angst machen 2. *refraichieren* (fr.) gekochte Eier mit kaltem Wasser

Abschreckung 1. *Dissuasion,* die (lat.-fr., Pl. -en) auch: Abhaltung 2. *Exempel,* das (lat., ohne Pl.) z. B. e. »Exempel statuieren« (abschreckendes Beispiel geben)

abschreiben *kopieren* (lat.) in Zweitschrift herstellen

Abschrift 1. *Kopie,* die (lat., Pl. -n) Durchschrift z. B. e. Textes 2. *Duplikat,* das (lat., Pl. -e) Zweitschrift

abschwächen *bagatellisieren* (lat.-it.-fr.) e. Tatbestand mindern

Abschwächung *Deeskalation,* die (fr.-engl., Pl. -en) Ggs.: Eskalation

Abschweifung *Exkurs,* der (lat., Pl. -e) z. B. vom eigentlichen Thema

Abschwung *Baisse,* die (lat.-fr., Pl. -n) fallende Börsenkurse

abseits *offside* (engl.) Beg. aus dem Fußball

absenden *expedieren* (lat.)

Absender *Adressant,* der (lat.-fr., Pl. -en) z. B. e. Postsendung

Absendung *Expedition,* die (lat., Pl. -en) Beg. aus dem Versandbereich

absetzen *depossedieren* (lat.-fr.) i. S. e. Herrschers, der entthront wird

Absetzen von therapeutischen Maßnahmen *Fading-out,* das (engl., ohne Pl.)

Absetzung *Deposition,* die (lat., Pl. -en) e. geistlichen Würdenträgers

Absicherung *Kautel,* die (lat., Pl. -en) e. Vertagsklausel, die bes. Absicherung vorsieht, z. B. das Währungsrisiko

Absicht 1. *Intension,* die (lat., Pl. -en) i. S. von beabsichtigen 2. *Tendenz,* die (lat.-fr., Pl. -en) auch: Hang, Neigung, erkennbare Absicht

Absicht, e. ... durchkreuzen *konterkarieren* (fr.)

absichtlich 1. *extra* (lat.) etwas tun 2. *demonstrativ* (lat.) z. B. provozierend (herausfordernd) e. Auffassung bekunden; bes. verdeutlichen 3. *ex professo* (lat.)

Absichtserklärung *Letter of intent,* der (engl., Pl. -s) ... gemeinsam e. Vertrag oder e. Geschäft abzuschließen

absinken *deszendieren* (lat.) Hochwasser geht zurück

absolut 1. *komplett* (lat.-fr.) i. S. von abgeschlossen, vollständig (»wir sind komplett«) 2. *perfekt* (lat.) i. S. von gültig, abgemacht 3. *total* (lat.-fr.) i. S. von gänzlich, völlig 4. *universal* (lat.-fr.) i. S. von gesamt, allgemein; weltweit; nicht verw. mit *universell* (lat.) i. S. von weitgespannt

absonderlich 1. *absurd* (lat.) i. S. von merkwürdig 2. *abstrus* (lat.) schwer einsehbar oder abstruse Gedanken haben 3. *bizarr* (it.-fr.) i. S. von eigenwillig, verzerrt 4. *grotesk* (gr.-lat.-it.-fr.) i. S. von absurd-lächerlich

absondern 1. *isolieren* (lat.-it.-fr.) i. S. von zurückziehen, Kontakt meiden 2. *separieren* (lat.-fr.) von Personen oder e. Staates von anderen 3. *sezernieren* (lat.) med., z. B. Sekret aus Wunden 4. *absentieren* (lat.) i. S. von entfernen 5. *sekretieren* (lat.) e. Sekret (Drüsenflüssigkeit) absondern (med.) aber auch: verschließen, geheimhalten, bes. Bücher in e. Bibliothek

absondernd *exkretorisch* (lat.) med. bez. ausgeschiedener Produkte

Absonderung 1. *Exkrement,* das (lat., Pl. -e) med. Kot 2. *Isolation,* die (lat.-it.-fr., Pl. -en) von z. B. ansteckend kranken Personen 3. *Sekret,* das (lat., Pl. -e) von e. Drüse abgesonderter, meist flüssiger Stoff, z. B. Speichel; aber auch: e. vertrauliche Mitteilung

Absperrung von jeglicher Zufuhr *Blockade,* die (engl., Pl. -en) »... und Blockade hat auch was mit dem Bundesrat zu tun ...« (Wolfgang Schäuble, 1998)

Absperrung zwischen Viehweiden *Oxer,* der (engl., ohne Pl.) auch: Hindernis beim Springreiten

Absperrvorrichtung *Ventil,* das (lat., Pl. -e) techn. für z. B. Gas, Gasventil

Abstammung *Deszendenz,* die (lat., ohne Pl.) Verwandte in fallender Linie: Kinder, Enkel

Abstammungslehre *Evolutionstheorie,* die (lat., Pl. -n) Darwin: Der Mensch stamme vom Affen ab; allmähliche Entwicklung

Abstand 1. *Distanz,* die (lat., Pl. -en) Entfernung; auch: sich von Personen abgrenzen, auf Distanz gehen, sich distanzieren 2. *Marge,* die (lat.-fr., Pl. -n) Spanne zwischen Einkaufs- u. Verkaufspreis 3. *Intervall,* das (lat., Pl. -e) Zeitabstand, Pause; Abstand z. B. zweier nacheinander klingender Töne

Abständen, in gleichen ... *periodisch* (gr.-lat.) regelmäßig auftretend; z. B. periodisches System: Anordnung chem. Elemente nach periodisch wiederkehrenden Eigenschaften

abstecken 1. *alignieren* (fr.) z. B. im Straßen-, Wegebau e. Trasse festlegen 2. *trassieren* (lat.-fr.) e. neue Straße abstecken

Absteige *Karawanserei,* die (pers.-it., Pl. -en) sehr einfache Unterkunft für Karawanen

absteigen *deszendieren* (lat.) Absinken des Wasserstandes

absteigend *deszendent* (lat.)

Abstellen! 1. *Tune it out!* (engl.-am.) 2. *Switch it off!* (engl.) Bez. ist in der Szene überholt

Abstellschuppen 1. *Remise,* die (lat.-fr., Pl. -n) für Gartengeräte 2. *Kabinett,* das (fr., Pl. -e, -s) e. kleiner Raum

abstempeln *klassifizieren* (lat.) auch: Pflanzen oder Tiere in Klassen einordnen; nicht verw. mit ***klassisch*** (lat.) die Kunst u. Kultur der Antike betreffend: zeitlos, altbewährt

abstillen *ablaktieren* (lat.) Säugling von Mutterbrust entwöhnen

Abstillen *Ablaktation,* die (lat., ohne Pl.) Säugling von Mutterbrust entwöhnen

abstimmen 1. *votieren* (lat.) bei e. Wahl 2. *koordinieren* (lat.) mehrere Dinge aufeinander abstimmen; »es wird nicht reichen, nur die Geldpolitik über die Europäische Zentralbank koordinieren zu wollen.« (G. Schröder, SPD-Kanzlerkandidat, 1998) 3. *synchronisieren* (gr.-lat.) zu e. Gleichlauf bringen

Abstimmen *Timing,* das (engl., Pl. -s) z. B. Handlungen aufeinander

Abstimmen, gegenseitiges ... *Koordination,* die (lat., Pl. -en) ... verschiedener Faktoren; aufeinander einstellen; »habe einmal mit Hillu getanzt, hatten Koordinationsprobleme« (G. Schröders geh. Tagebuch von H. Venske, 1997)

abstimmen, mit Kugeln ... *ballotieren* (fr.)

Abstimmung 1. *Ballotage,* die (it.-fr., Pl. -en) mit schwarzen u. weißen Kugeln 2. *Suffragium,* das (lat., Pl. ...ien) Wahrnehmung des Stimmrechts bei e. Wahl 3. *Volation,* die (lat., Pl. -en) Abgabe e. Wahlstimme

Abstimmung mit Kugeln *Ballotage,* die (fr., Pl. -n) geheime Abstimmung mit weißen oder schwarzen Kugeln

abstoßend 1. *degoutant* (lat.-fr.) i. S. von widerlich 2. *repulsiv* (lat.) z. B. elektrisch geladene Teilchen, die sich abstoßen

Abstoßung 1. *Repulsion,* die (lat., Pl. -en) techn. geladene Teilchen, die sich abstoßen 2. *Rejektion,* die (lat., Pl. -en) med. bei transplantierten Organen

abstufen 1. *differenzieren* (lat.) z. B. unterschiedliche Betrachtung 2. *nuancieren* (lat.-fr.) feines Abstufen

Abstufung 1. *Differenzierung,* die (lat., Pl. -en) z. B. e. Problems 2. *Gradation,* die (lat., Pl. -en) z. B. in Grade 3. *Nuance,* die (lt.-fr., Pl. -n) feine Abstufung

absurd *schizophren* (gr.-lat.) i. S. von ugs. verrückt, bewußtseinsgespalten sein

abtasten 1. *scannen* (lat.) edv-mäßiges Übertragen z. B. in PC 2. *palpieren* (lat.) med., Arzt tastet Körper ab

abtastend *palpatorisch* (lat.) med. durch Arzt

Abtastgerät *Scanner,* der (lat.-engl., Pl. -s) in der EDV werden Vorlagen abgetastet u. auf dem Monitor dargestellt

Abteil *Coupé,* das (fr., Pl. -s) Zugabteil

abteilen *isolieren* (lat.-it.-fr.) ansteckend Kranke trennen

Abteilung 1. *Departement,* das (lat.-fr., Pl. -s) Verwaltungseinheit 2. *Sektion,* die (lat., Pl. -en) z. B. Bereich e. Organisation 3. *Referat,* das (lat., Pl. -e) »es möge berichten« i. S. e. Sachabteilung, e. Fachbereichs 4. *Sektor,* der (lat., Pl. ...en) Sachgebiet

Abtötung *Mortifikation,* die (lat., Pl. -en) von Lüsten in der Askese

abtragen *erodieren* (lat.) von Mutterboden durch Wind u. Regen

Abtragung e. Schuld *Amortisation,* die (lat., Pl. -en) auch: Kraftloserklärung e. Urkunde

Abtragung *Erosion,* die (lat. Pl. -en) von Mutterboden durch Wind u. Regen

abtreiben *abdriften* (Seemannsspr.) vom Ziel entfernen

abtreibend *abortiv* (lat.) med. Fehlgeburt einleitend

abtrennen 1. *amputieren* (lat.) »ringsumher wegschneiden«, e. Körperteil operativ entfernen; nicht verw. mit: *ambulieren* (lat.) spazierengehen oder lustwandeln 2. *abszindieren* (lat.) abreißen

Abtrennung 1. *Demarkation,* die (fr., Pl. -en) z. B. von Staaten durch Grenzen, Demarkationslinie 2. *Separation,* die (lat., Pl. -en) trennende Entwicklung von politischen Gruppen

abtretbar *zessibel* (lat.) rechtsw. Möglichkeit, Forderungen an Gläubiger abzutreten

abtreten 1. *abandonnieren* (fr.) wirtsch. Gesellschafter von Kapitalgesellschaften können sich von Verpflichtungen durch Abtreten von Gesellschaftsanteilen befreien 2. *zedieren* (lat.) wirtsch. Abtreten von Forderungen

Abtretung 1. *Zession,* die (lat., Pl. -en) i. S. von Übertragung von Ansprüchen auf Gläubiger 2. *Abandon,* der (fr., Pl. -s) wirtsch. i. S. von Verzicht auf Anteil, falls Gesellschafter Verluste nicht ausgleichen will

Abtrünniger 1. *Apostat,* der (gr.-lat., Pl. -en) z. B. vom Glauben 2. *Renegat,* der (lat., Pl. -en) z. B. vom Glauben Abkommender

Aburteilung *Judikation,* die (lat., Pl. -en) richterliches Urteil

abwägend verfahren *lavieren* (niederl.) z. B.: der Kapitän laviert sein Schiff durch e. Riff, i. S. von vorsichtig e. Hindernis überwinden; aber auch: mit verlaufenden Farbflächen arbeiten

abwandelbar *variabel* (lat.-fr.) wirtsch. veränderlicher Zinssatz

abwandeln 1. *modifizieren* (lat.) i. S. von verändern, anpassen 2. *modulieren* (lat.) Tonartwechsel in e. Musikstück 3. *revidieren* (lat.) »wieder hinsehen«, prüfen, abändern 4. *transformieren* (lat.) i. S. von umwandeln; übertragen 5. *variieren* (lat.) verändern, bes. e. Thema in der Musik

Abwanderung von Wissenschaftlern *Brain-Drain,* der (engl.-am., Pl. -s) z. B. nach Nordamerika

Abwandlung 1. *Modulation,* die (lat., Pl. -en) Tonartwechsel in der Musik 2. *Modifikation,* die (lat., Pl. -en) z. B. e. Gesetzesvorschlages 3. *Variation,* die (lat., Pl. -en) Veränderung des Hauptthemas z. B. in der Musik 4. *Variante,* die (lat., Pl. -n) auch: Abart, Spielart

abwartend *defensiv* (lat.) i. S. von abwehrend, verteidigend; Ggs.: offensiv; auch: auf Sicherheit bedacht, z. B. beim Autofahren; rücksichtsvoll; Ggs.: aggressiv

abwärts strebend *basipetal* (gr.-lat.) die Verästelungen e. Pflanze; Ggs.: akropetal

Abwasser 1. *Fäkalien,* die (nur Pl.) von Menschen und Tieren ausgeschiedener Kot und Harn 2. *Kloake,* die (lat., Pl. -n) z. B. Jauche

Abwasserleitung *Kanalisation,* die (gr.-lat.-it., Pl. -en)

abwechseln 1. *alternieren* (lat.) i. S. e. Vorsitzes, der in e. bestimmten Reihenfolge wechselt 2. *variieren* (lat.) auch: abwandeln, bes. e. Thema in der Musik

abwechselnd *alternativ* (lat.-fr.) z. B. zwischen zwei Möglichkeiten wählen

Abwechslung *Diversifikation,* die (lat., Pl. -en) i. S. von e. vielfältigen Produktangebot, wirtsch. Erweiterung der Geschäftsfelder

Abwechslung ergötzt *varietas delectat* (lat., Zitat)

abwegig 1. *absurd* (lat.) gegen normale Ansichten 2. *abstrus* (lat.) »verborgen«, auch: verworren, gedanklich ungeordnet

Abwehr 1. *Defensive,* die (lat., Pl. -n) e. Auseinandersetzung vermeiden 2. *Parade,* die (lat.-it.-fr., Pl. -n) Verhinderung e. Attacke, z. B. beim Fechten

abwehren *parieren* (lat.-it.-fr.) die Attacke e. Gegners

abwehrend 1. *defensiv* (lat.) mäßigend verhalten 2. *präventiv* (lat.) auch: vorbeugend, verhütend; in der am. Außenpolitik wurde in den 70er Jahren von dem »atomaren Präventivschlag« gesprochen; nicht verw. mit *prävenieren* (lat.) zuvorkommen

abweichen 1. *variieren* (lat.-fr.) z. B. von e. Muster 2. *aberrieren* (lat.) von e. üblichen Form

Abweichen vom Kurs infolge des Seegangs 1. *gieren* (Seemannsspr.) davon abgeleitet: Gierfähre 2. *schwojen* (Seemannsspr.) auch: das Hin- u. Herpendeln e. im Strom vor Anker liegenden Schiffes

abweichen, voneinander ... 1. *differieren* (lat.) verschieden sein 2. *divergieren* (lat.) i. S. von auseinanderstreben, z. B. der divergierende Kosmos; Ggs.: konvergieren

abweichend 1. *anomal* (gr.-lat.) von der Norm abweichend 2. *diskrepant* (lat.) widersprüchlich 3. *divergent* (lat.) voneinander abweichend, z. B. Aussagen 4. *heterolog* (gr.-lat.) med. von Norm abweichend 5. *aberrant* (lat.) »abirrend« von der normalen Form 6. *abnorm* (lat.) ungewöhnlich; z. B. e. abnorm heißer Sommer

Abweichler *Dissident,* der (lat., Pl. -en) polit. Gesinnungsabweichler

Abweichung 1. *Aberration,* die (lat., Pl. -en) Abbildungsfehler z. B. bei Linsen oder Abweichungen innerhalb e. bestimmten Tierart 2. *Deklination,* die (lat., Pl. -en) Abweichung der Kompaßnadel 3. *Devianz,* die (lat., Pl. -en) Normabweichung 4. *Differenz,* die (lat., Pl. -en) Unterschied in der Auffassung oder Zahlendifferenz 5. *Differenzierung,* die (lat., Pl. -en) unterschiedliche Sicht e. Tatbestandes 6. *Divergenz,* die (lat., Pl. -en) bei unterschiedlichen Ansichten 7. *Toleranz,* die (lat., Pl. -en) erlaubte Abweichungen bei z. B. Normteilen 8. *Variation,* die (lat.-fr., Pl. -en) Spielarten e. Musikthemas 9. *Anomalie,* die (gr.-lat., Pl. ...ien) i. S. von Mißbildung; auch: (ohne Pl.) Regelwidrigkeit, vom Normalen abweichend; nicht verw. mit *Anomie,* die (lat., Pl. ...ien) Gesetzlosigkeit, -widrigkeit

abweisen *rejizieren* (lat.) rechtsw. e. Antrags bei Gericht

abweisend *reserviert* (lat.) i. S. von zurückhaltend

Abweisung *Rejektion,* die (lat., Pl. -en) rechtsw. Klage vor Gericht

abwerten *devalvieren* (lat.) i. S. von Währungsabwertung

abwertend 1. *despektierlich* (lat.-dt.) geringschätzig; auch: abfällig 2. *pejorativ* (lat.) abwertend, i. S. e. Bedeutungsverschlechterung e. Wortes; z. B. aus »gemeinsam« wird »gemein«, aus »fein« wird »unfein«

Abwertung *Devalvation,* die (lat., Pl. -en) Wirt. Währungsabwertung

abwesend *absent* (lat.) körperlich oder geistig nicht da

Abwesenheit 1. *Absenz,* die (lat., Pl. -en) med. geistige Absenzen 2. *Absentia,* die (lat., ohne Pl.) körperlich nicht da

Abwesenheit der Großgrundbesitzer von ihren Gütern *Absentismus,* der (lat., ohne Pl.)

abwickeln *liquidieren* (lat., it.) z. B. e. Firma schließen

Abzehrung *Tabeszenz,* die (lat., Pl. -en) auch: Auszehrung (med.)

Abzeichen *Emblem,* das (gr.-lat.-fr., Pl. -e) bes. Kennzeichen, Sinnbild

abziehen 1. *retirieren* (fr.) zurückziehen 2. *subtrahieren* (lat.) math. Differenz zweier Zahlen bilden 3. *diskontieren* (lat.-it.) Wirt. Abzug des Diskonts e. Wechselsumme 4. *rabattieren* (lat.-it.) Wirt. Preisabschlag bei größeren Mengen

Abzug 1. *Diskont,* der (lat.-it., Pl. -e) Wirt. Wechselspesen 2. *Rabatt,* der (lat.-it., Pl. -e) Wirt. z. B. Mengenrabatt beim Kauf größerer Warenmengen 3. *Skonto,* der, das (lat.-it., Pl. -s, ...ti) Wirt. prozentualer Abzug e. Rechnungsbetrages bei rascher Bezahlung, z. B. 14 Tage 2% Skonto

abzüglich *minus* (lat.) i. S. von weniger beim Subtrahieren

Achse 1. *Abszisse,* die (lat., Pl. -n) math. Horizontale im Koordinatensystem 2. *Ordinate,* die (lat., Pl. -n) math. Vertikale im Koordinatensystem

Achselstück *Epaulette,* die (lat.-fr., Pl. -n) militärische Rangabzeichen auf Uniformen, die goldenen Epauletten e. Admirals

Achsenrichtung, in der ... *axial* (lat.)

achtbar 1. *reputierlich* (lat.-fr.,) i. S. von Bürgern, die e. guten Ruf genießen 2. *respektabel* (lat.-fr.) Personen, die aufgrund ihrer Leistung, Gesinnung oder ihres Auftretens geachtet werden

Achtbarkeit *Respektabilität,* die (lat.-fr., ohne Pl.)

Achteck *Oktogon,* das (gr.-lat., Pl -e) Figur mit acht Ecken

achteckig *oktogonal* (gr.-lat.)

Achtelkreis *Oktant,* der (lat., Pl. -en) e. Achtel e. Kreisfläche

achten 1. *respektieren* (lat.-fr.) jemanden aufgrund seiner Leistung, Gesinnung, seines Auftretens; Dr. Albert Schweitzer war e. respektierter Arzt 2. *ästimieren* (lat.-fr.) Eigenschaften e. Person schätzen

ächten *proskribieren* (lat.) z. B. e. Strafgefangenen verbannen, Hauptmann Dreyfus auf die Teufelsinsel 1894

Achterschiff, überbautes ... *Poop,* die (lat.-engl., Pl. -s) eigtl.: Hütte

Achtflächner *Oktaeder,* das (gr., Pl. –) Figur aus der Geometrie

Achtung 1. *Respekt,* der (lat.-fr., ohne Pl.) auf bes. Leistung, Fähigkeit, Gesinnung begründet; »ich kann mir vorstellen, daß der Respekt vor uns noch größer geworden ist.« (Lothar Matthäus, Fußballer, 1998) 2. *Ästimation,* die (lat.-fr., Pl. -en) auf bes. menschliche Eigenschaften bezogen 3. *Pietät,* die (lat., ohne Pl.) bes. in Gotteshäusern, gegenüber Toten 4. *Attention!* (engl., ohne Pl.) z. B. bei e. Gefahr

Achtung einflößen *imponieren* (lat.-fr.) »Wollen Sie Frauen imponieren? Stuntman läßt sich gegen Honorar effektvoll zusammenschlagen« (Anzeige Münchner Abendzeitung, 1985)

Achtzehneck *Oktodekagon,* das (gr.-lat., Pl. -e) Gebilde aus der Geometrie

Ackerbau *Agrikultur,* die (lat., Pl. -en)

Ackerbaukunde *Agronomie,* die (gr.-lat., ohne Pl.)

ackerbaulich *agronomisch* (gr.-lat.) auf den Ackerbau bezogen, in Verbindung mit diesem

Adel 1. *Aristokratie,* die (gr.-lat., Pl. -n) z. B. engl. Hocharistokratie 2. *Nobilität,* die (lat., ohne Pl.) altrömischer Amtsadel 3. *Noblesse,* die (lat.-fr., Pl. -n) i. S. von vornehmer Gesellschaft oder »Noblesse oblige«: Adel verpflichtet

Adel, englischer Titel 1. *Lord,* der (engl., Pl. -s) »Schützer des Brotes«; »der Lord läßt sich entschuldigen, er ist zu Schiff nach Frankreich« (Friedrich von Schiller: »Maria Stuart«) 2. *Lordkanzler,* der (engl.-dt., ohne Pl.) Lord Chancellor (engl.) höchster engl. Staatsbeamter, Präsident des Oberhauses u. des Obersten Gerichtshofes 3. *Lord-Mayor,* der (engl., Pl. -s) Oberbürgermeister 4. *Lordship,* die (engl., ohne Pl.) Lordschaft, Rang u. Titel, Anrede e. Lords; auch: Herrschaftsgebiet e. Lords

adelig 1. *aristokratisch* (gr.-lat.) der Aristokratie (privilegierten Oberschicht) zugehörig; auch: vornehm, edel 2. *feudal* (lat.-germ.) i. S. von reichlich ausgestattet; auch: vornehm, herrschaftlich; das Lehnswesen betreffend 3. *nobel* (lat.-fr.) edel; auch: freigebig, großzügig

adeln *nobilisieren* (lat.) in den Adelsstand heben, z. B. Dichter Goethe zu Johann Wolfgang von Goethe oder Seemann Drake zu Sir Francis Drake

Adelsangehöriger *Aristokrat,* der (gr., Pl. -en)

Aderverstopfung 1. *Embolie,* die (gr.-lat., Pl. ...ien) Verstopfung e. Blutgefäßes durch körperfremde Substanzen 2. *Embolus,* der (gr.-lat., Pl. ...li) i. S. e. Gefäßpfropfs in der Blutbahn, z. B. Blutgerinnsel, Luftblase 3. *Thrombose,* die (gr., Pl. -n) »Gerinnen«, Blutpfropfbildung bes. innerhalb der Venen

Adliger *Magnat,* der (lat., Pl. -en) hoher Adliger bes. in Polen u. Ungarn; auch: mächtiger Stahlproduzent: Stahlmagnat Friedrich Krupp

Adoptionsspiel als PC-Programm *PC-Parenting,* das (engl.-am., ohne Pl.) der Trend bewegt sich weg von den brutalen »Ballerspielen« hin zu tagelang dauernden Erziehungsspielen; am Ende ist die »adoptierte« Tochter e. erfolgreiches Model oder e. Drogenopfer

Adresse *care of* kurz: *c/o* (engl.) i. S. von wohnhaft bei

Adresse des Computers im Internet *IP-Adresse,* die (Eigenn.-engl.-fr., Pl. -n) ... bestehend aus vier Zahlengruppen: 342.69.44.2; jeder Computer im Internet braucht e. solche Adresse

Adresse e. Web-Site (Präsenz im Internet) im World Wide Web (WWW, Datennetz im Internet) *Uniform Resource Locator,* der (engl., Pl. -s) kurz: URL

Adressiermaschine *Adrema,* die (Markenname, Pl. -s)

Affe im Unterschied zum Menschen *Quadrumane,* der (lat., Pl. -n) eigtl.: Vierhänder

Affe, Kurzschwanz... Südamerikas *Uakari,* der (indian., Pl. -s)

Affe, meerkatzenartiger ... *Makak,* der (port.-fr.-afrik., Pl. ...kaken)

Affenbrotbaum *Baobab,* der (afrik., Pl. -s) wasserspeichernder Steppenbaum in Afrika, Malvengewächs

Affenmensch, aufrecht gehender ... *Pithecanthropus erectus,* der (lat., ohne Pl.) Name des 1891 von Eugen Dubois in Fragmenten entdeckten Urmenschen von Java, der vor ca. 500 000 Jahren lebte

Afrikajagd *Safari,* die (arab., Pl. -s)

Afrikareise *Safari,* die (arab., Pl. -s) als Jagd- oder Fotoreise in den afrik. Busch

Agent 1. *Spion,* der (germ.-it., Pl. -e) Geheimdienstmitarbeiter, s. Roman »Spion der aus der Kälte kam« von John le Carré; auch: Verräter 2. *Entrepreneur,* der (lat.-fr., Pl. -e) z. B. Theateragent, der Künstlern Engagements vermittelt oder als Konzertagent Konzerte organisiert u. veranstaltet; Versicherungsagent, Mitarbeiter e. Versicherungsbüros

Agentur, zionistische ... *Jewish Agency,* die (engl., Pl. -ies) wurde 1929 gegründet, ihre Aufgabe war die Organisation der Einwanderung nach Israel

aggressiv *polemisch* (gr.) scharfe, unsachliche Äußerung

ahnen *antizipieren* (lat.) e. Vorgang voraussehen; auch: vor Fälligkeit zahlen

Ahnenforschung *Generalogie,* die (gr., Pl. -n) Geschlechterkunde

Ahnenkult *Manismus,* der (lat., ohne Pl.) vom altrömischen »manen«, den guten Geistern

Ahnenverehrung *Manismus,* der (lat., ohne Pl.) vom altrömischen »manen«, den guten Geistern abgeleitet, bes. bei den Naturvölkern ausgeprägt

ähnlich 1. *analog* (gr.-lat.-fr.) i. S. von analoge Aussagen, math. Analogieschluß, e. Wert durch e. physik. Größe darstellen 2. *adäquat* (lat.) svw. e. Sache angemessen, entsprechend; Ggs.: inadäquat 3. *affin* (lat.) i. S. von verwandt 4. *äquivalent* (lat.) svw. gleichwertig 5. *homolog* (gr.) gleichlautend 6. *komparabel* (lat.) vergleichbar 7. *similär* (lat.-fr.) 8. *synonym* (gr.-lat.) sinnverwandt, bedeutungsgleich

Ähnliches möge mit Ähnlichem geheilt werden *simila similibus curentur* (lat., Zitat; Grundsatz des Arztes Samuel Hahnemann, 1755-1843)

Ähnlichkeit 1. *Parallelität,* die (gr.-lat., ohne Pl.) z. B. von Ereignissen, die ähnlich, d. h. gleichlaufend sind 2. *Analogie,* die (gr.-lat., Pl. ...ien) i. S. von Übereinstimmung

Ähnlichkeit im Grundbauplan der Skelette aller Wirbeltiere *Homologie,* die (gr.-lat., Pl. -n) nach dem Naturforscher Belon

Ahnung *Pressentiment,* das (lat.-fr., Pl. -s) i. S. von Vorahnung

ahnungslos *naiv* (lat.-fr.) kindlich unbefangen

Ahnungsvermögen *Divination,* die (lat., Pl. -en) z. B. die Wahrsagekunst

ahnungsvoll *prophetisch* (gr.-lat.) weissagend oder vorausschauend

Akademisches Viertel *cum tempore* (lat.) in Universitäten beginnen Vorlesungen bisweilen e. Viertelstunde später; daraus: verspätete Gäste erscheinen »cum tempore« = mit Zeit

Aktenaufschrift *Rubrum,* das (lat., Pl. ...bra) Inhaltsangabe in Stichworten auf dem Aktenrücken

Aktenbündel *Dossier,* das (lat.-fr., Pl. -s) zu e. Fall zusammengestellte, meist geheime oder vertrauliche Unterlagen, z. B. ein Dossier über e. Person erstellen

Aktengestell *Repositorium,* das (lat., Pl. ...ien)

Aktenheft *Dossier,* das (lat.-fr., Pl. -s) meist geheime, vertrauliche Aktenunterlagen zu e. Fall oder e. Person

Aktenmappe *Portefeuille,* das (fr., Pl. -s) auch: i. S. e. Wertpapierbestandes

Aktensammlung *Aktei,* die (lat., Pl. -n)

Aktenschrank 1. *Repositorium,* das (lat., Pl. ...ien) 2. *Registratur,* die (lat., Pl. -en) auch: der Bereich der Ablage in e. Firma oder Behörde

Aktenstück *Retent,* das (lat., Pl. -e) einbehaltene Aktenunterlage

Aktenverzeichnis *Rotulus,* der (lat., Pl. ...li) »Rolle«; auch: Stoß Urkunden

Aktie e. großen u. erstklassig eingestuften Unternehmens *Blue Chip,* der (engl., Pl. -s) auch: Wertpapier der besten Sorte (Börsenfachbegriff)

Aktie *Share,* der (engl., Pl. -s) Teil am Grundkapital e. Aktiengesellschaft, davon Shareholder = Aktionär

Aktie, neu ausgegebene ... infolge e. Kapitalerhöhung *junge Aktie,* die (dt.-lat.-niederl., Pl. -n) Börsenbez.

Aktie, stimmrechtslose ... *Stammaktie,* die (dt.-lat.-niederl., Pl. -n) ... die e. Vorzugsdividende bietet

Aktien, die nicht an der Börse gehandelt werden *Penny Stocks,* die (engl., nur Pl.)

Aktien großer, guter Unternehmen *Blue Chips,* die (engl.-am., nur Pl.) diese werden i. a. dem DAX, Nikkei, Dow Jones zugerechnet

Aktienauswahl, gezielte ... *Stockpicking,* das (engl., ohne Pl.)

Aktienbesitzer 1. *Aktionär,* der (lat.-fr., Pl. -e) Wirt. Eigner von Anteilen e. Aktiengesellschaft (AG) 2. *Shareholder,* der (engl., Pl. -s) »Halter« von AG-Anteilen

Aktienhändler *Stockjobber,* der (engl., Pl. -s) Wirt.

Aktienindex, europäischer ... *STOXX,* der (engl., ohne Pl.) aus engl.: Stock (Aktie), seit 1998 gibt es den STOXX-Index mit 665 Aktientiteln aus 16 europäischen Ländern

Aktienkurs nach Abschlag der fälligen Dividende *ex* (lat.)

Aktienkurs über dem Nennwert *über pari* (dt.-it.)

Aktienkurs unter dem Nennwert *unter pari* (dt.-it.)

Aktienverkauf kurz vor dem Dividendentermin *Dividendenstripping,* das (lat.-engl., Pl. -s) (erfolgt meist aus steuerlichen Gründen)

Aktion *Kampagne,* die (lat.-it.-fr., Pl. -n) z. B. Wahl-, Werbekampagne

Aktualität *Brisanz,* die (fr., ohne Pl.) z. B. die Brisanz e. politischen Rede

aktuell *brisant* (fr.) i. S. von: hochaktuell, explosiv

akzeptieren *tolerieren* (lat.) auch: dulden; »würde die CSU e. Minderheitsregierung Schröder tolerieren?« (Welt am Sonntag, 1998)

Alarmgerät *Sirene,* die (gr.-lat., Pl. -n) Gerät, das bei Gefahr oder Einbruch aufmerksam macht; auch: Frauenfigur, die in der gr. Sagenwelt mit ihrem Gesang Odysseus betören wollte

albern *absurd* (lat.) i. S. von unsinnig

Albernheit *Niaiserie,* die (lat.-fr., Pl. ...ien) auch: Dummheit

Algenforscher *Algologe,* der (lat.-gr., Pl. -n)

Algenkunde *Phykologie,* die (gr.-lat., ohne Pl.)

algenkundlich *algologisch* (lat.-gr.)

Alkoholart, süße dickflüssige ... *Glyzerin,* das (gr.-lat., ohne Pl.)

Alkoholgegner *Abstinenzler,* der (lat.) »das sind Leute, die vom Verzicht nicht genug bekommen« (Michael Pfleghar), jmd., der ohne Alkohol lebt

alkoholhaltige Getränke *Spirituosen,* die (lat.-fr., nur Pl.) z. B. Liköre, Weinbrand; nicht verw. mit *Spiritualien,* die (lat., nur Pl.) geistliche Dinge

Alkoholschmuggler *Bootlegger,* der (am., Pl. -s) Person, die zur Zeit der Prohibition illegal Schnaps brannte

Alkoholsucht *Alkoholismus,* der (arab.-sp.-lat., ohne Pl.) auch: Trunksucht

Allah ist groß *Allahu Akbar* (arab.) Schlachtruf der fanatischen Moslems

Allah, wenn ... will *inschallah* (arab.) moslemische Redeformel

allbekannt *notorisch* (lat.) z. B. notorischer Lügner, Trinker oder Nörgler

Allbeseelung 1. *Pampsychismus,* der (lat., Pl. -en) 2. *Animismus,* der (lat., Pl. -en) alle Dinge sind beseelt

alle *in corpore* (lat.) Rechtsw. im gesamten

Allee 1. *Avenida,* die (lat.-span., Pl. ...en) 2. *Avenue,* die (lat.-fr., Pl. ...uen)

allein *solo* (lat.-it.) Mus.: Solist; auch Alleingang e. Spielers, bes. beim Fußball

Alleinbeherrschung *Monopol,* das (gr.-lat., Pl. -e) Wirt. im Markt existiert nur e. Anbieter, der seine Preise diktieren kann, z. B. die Post als Monopolist

Alleinherrschaft 1. *Monarchie,* die (gr.-lat., Pl. ...ien) durch Kaiser, König repräsentiert 2. *Autokratie,* die (gr., Pl. -n) unbeschränkte Herrschaft 3. *Diktatur,* die (lat., Pl. -en) unbeschränkte Herrschaft e. Person, z. B. Adolf Hitler, oder e. Gruppe: Partei-, Militärdiktatur

Alleinherrscher 1. *Autokrat,* der (gr., Pl. -en) meist: 2. *Diktatoren,* die ohne freie Wahlen die Macht erringen, typischer Diktator: Adolf Hitler 3. *Monarch,* der (gr.-lat., Pl. -en) z. B. Kaiser, König

Alleinleben, Entwicklung zum bewußten ... *Singelisierung,* die (engl.-dt., ohne Pl.) das bewußte Alleinleben ist e. Erscheinung der Individualisierung in Industriegesellschaften

Alleinlebender *Single,* der (engl., Pl. -s) auch: Schallplatte, die auf jeder Seite nur e. Musiktitel enthält; Einzelspiel im Sport

Alleinrecht *Monopol,* das (gr.-lat., Pl. -e) alleiniger Anbieter

allemal *definitiv* (lat.)

Allerheiligstes 1. *Abaton,* das (gr., Pl. ...ta) Raum

z. B. in orthodoxer Kirche, der nur best. Personen zugänglich ist 2. *Adyton,* das (gr., Pl. ...ta) Teil gr. u. römischer Tempel 3. *Sanctissimum,* das (lat., ohne Pl.) geweihte Hostie (Abendmahlbrot) der katholischen Kirche

Allerlei 1. *Potpourri,* das (fr., Pl. -s) bekannte, miteinander verbundene Musikstücke, Schlager 2. *Varia,* die (lat., ohne Pl.) Verschiedenes

Allerseelenfest *Bonfest,* das (jap.-dt., ohne Pl.) das Hauptfest des japanischen Buddhismus

alles fressend *omnivor* (lat.) zool. Tiere, die Fleisch und Pflanzen fressen

alles in allem *summa summarum* (lat.)

Alles wandelt sich *tempora mutantur* (lat.) i. S. von es ändert sich alles, oder nach Heraklit: »alles fließt« – »panta rhei«

alles zusammen *pauschal* (lat.) i. S. von im ganzen, z. B. Pauschalpreis, der alles beinhaltet

alles, entweder ... oder nichts *aut Caesar aut nihil* (lat., Zitat) entweder Kaiser oder nichts

Allesfresser 1. *Omnivore,* der (lat., Pl. -n) zool. Tiere, die Fleisch u. Pflanzen aufnehmen. Der Mensch ist e. typischer Allesfresser 2. *Pantophage,* der (gr.-lat., Pl. -n) zool. Tiere, die Fleisch u. Pflanzen aufnehmen

Allesfresserei *Panthophagie,* die (gr.-lat., ohne Pl.)

Alleskönner 1. *Allroundman,* der (engl., Pl. ...men) z. B. e. Entertainer (Unterhalter), der tanzen u. singen kann 2. *Universalgenie,* das (lat.-fr., Pl. -s) bes. begabter Mensch

Allgegenwart 1. *Omnipräsenz,* die (lat., ohne Pl.) 2. *Ubiquität,* die (lat., ohne Pl.) z. B. Allgegenwart Gottes

allgegenwärtig *omnipräsent* (lat.)

allgemein 1. *generell* (lat.) i. S. von: mit e. Vorschlag generell einverstanden sein 2. *global* (lat.) i. S. von umfassend, e. globalen Überblick verschaffen, von Globus = Kugel 3. *in genere* (lat.) 4. *ordinär* (fr.-lat.) i. S. von gewöhnlich 5. *universal* (fr.-lat.) von Universum; z. B. e. allgemeine universale Ausbildung haben 6. *universell* (fr.-lat.) umfassend, weitgespannt

allgemeine Meinung *Opinio communis,* die (lat., ohne Pl.)

allgemeiner Zug *Trend,* der (engl., Pl. -s) e. Entwicklung z. B. in der Mode

allgemeingültig *generell* (lat.)

Allgemeinheit *Publikum,* das (lat., ohne Pl.) i. S. von Zuhörerschaft

allgemeinverständlich 1. *exoterisch* (gr.-lat.) u. für die Öffentlichkeit bestimmt 2. *populär* (lat.-fr.) z. B. wissenschaftliche Abhandlungen populär darstellen

Allheilmittel 1. *Panazee,* die (gr.-lat., Pl. -n) svw. Wundermittel 2. *Theriak,* der (gr.-lat., Pl. -s) mittelalterliches Allheilmittel mit Opium-Beimengung

alljährlich *annuell* (lat.)

Allmacht *Omnipotenz,* die (lat., ohne Pl.) i. S. von göttlicher Allmacht

allmächtig *omnipotent* (lat.)

allmählich 1. *graduell* (lat.-fr.) svw. stufenweise Entwicklung 2. *peu à peu* (fr.) i. S. von Stück für Stück 3. *sukzessive* (lat.) nach u. nach

Allseitigkeit *Universität,* die (lat., Pl. -en) i. S. e. alles umfassenden Bildung; »wahre Universität besteht nicht darin, daß man vieles weiß, sondern daß man vieles liebt« (Jacob Burckhardt)

alltäglich *banal* (germ.-fr.) z. B. e. banale Äußerung 2. *profan* (lat.) i. S. von weltlich 3. *trivial* (lat.-fr.) gewöhnlich, z. B. triviales Theaterstück 4. *ordinär* (lat.-fr.) unfein i. S. von: 5. *vulgär* (lat.-fr.) derb, z. B. e. ordinäre Person

Alltäglichkeit *Trivialität,* die (lat.-fr., Pl. -en) i. S. von unbedeutend 2. *Profanität,* die (lat., ohne Pl.)

Alltagssituation, lustige ... *Sitcom,* das (engl.-am., ohne Pl.) ... die in e. TV-Sendung gezeigt wird; Situationskomödien, die in der USA als Film sehr beliebt sind

Allwettermantel *Trenchcoat,* der (engl., Pl. -s) Wettermantel mit Schulterklappen u. Gürtel, einst gern von Kriminalkommissaren getragen worden

Allwissenheit *Omniszienz,* die (lat., ohne Pl.) i. S. von göttliche Allwissenheit

Allzweck-Segel *Allrounder,* der (engl., Pl. -s) seem. z. B. Schmetterlingssegel

Almosensteuer *Zakat,* die (arab.)

Alpdruck *Inkubus,* der (lat., Pl. Inkuben) auch: Teufel, der mit e. Hexe geschlechtlich verkehrt

Alpdrücken *Oneirodynia,* die (gr.-lat., ohne Pl.) med. Alpträume

Alpenjäger, italienischer ... *Alpini,* die (lat.-it., nur Pl.) eine it. Gebirgstruppe

also 1. *ergo* (lat.) svw. folglich 2. *ergo bibamus!:* also laßt uns trinken! Mittelalterlicher Trinklied-Kehrreim

alt 1. *antiquiert* (lat.) etwas wirkt antiquiert 2. *antiquarisch* (lat.) bez. alter Möbel 3. *antik* (lat.-fr.) bez. des klassischen Altertums, sehr alt 4. *dekrepit* (lat.-fr.) heruntergekommen

Altar *Triptychon,* das (gr., Pl. ...chen u. ...cha) dreiteiliger Altar

Altardach *Ziborium,* das (gr.-lat., Pl. ...ien) i. a. auf Säulen stehendes Dach

Altarnische *Apsis,* die (gr.-lat., Pl. ...iden) auch: Zeltnische für Gepäck

Altarraum 1. *Sanktuarium,* das (lat., Pl. ...rien) in katholischer Kirche 2. *Abaton,* das (gr.-lat., Pl. ...ta) auch: Allerheiligste

Altarraum, erhöhter ... *Bema,* das (gr., Pl. -ta) ... in orthodoxen Kirchen

Altarsakrament *Eucharistie,* die (gr.-lat., Pl. -ien)

Altbuchhandlung *Antiquariat,* das (lat., Pl. -e)

alte Kunstgegenstände *Antiquitäten,* die (lat., meist Pl.) »sie sind das einzige Feld, auf dem das Gestern noch Zukunft hat« (Harold Wilson)

alteingesessen *autochthon* (gr.-lat.) z. B. bodenständige Gemeinschaften

Alter *Pantalone,* der (it., Pl. ...ni) komische, greise Figur aus der Commedia dell' arte

Alter schützt vor Torheit nicht *lupus pilum mutat, non mentem* (lat., Zitat)

Altersbezüge *Rente,* die (lat.-fr., Pl. -n) Rentenlüge, Rentenpoker, Rentenreform, politische Begriffe zum Rentengesetz, das Bismarck eingeführt hat

Altersgenossen, Gesamtheit der ... *Generation,* die (lat., Pl. -en) »diese Generation hält Geld zum Glück nicht für böse wie wir damals.« (Rainer Langhans, Ex-Kommunarde, 1997)

Altersheilkunde *Geriatrie,* die (gr.-lat., ohne Pl.)

Altersheilkunde, die ... betreffend *geriatrisch* (gr.-lat.) »... wenn Hollywoods geriatrische Abteilung auf die Bühne tapert« (G. Schröders geh. Tagebuch von H. Venske, 1997)

Altersheilkundler *Geriater,* der (gr.-lat., Pl. –) Arzt mit Spezialwissen in der Geriatrie

Altersruhegeld *Rente,* die (lat.-fr., Pl. -n)

altersschwach *senil* (lat.) med. meist im geistigen Sinn

Altersschwäche *Senilität,* die (lat., ohne Pl.) altersbedingte Gebrechen: Sehschwäche; auch: geistige Defekte: Gedächtnisschwund

Altersschwerhörigkeit *Presbyakusis,* die (gr.-lat., ohne Pl.) med.

Altersstar *Phakosklerose,* die (gr.-lat., Pl. -n) med.

Altersweitsichtigkeit *Presbyopie,* die (gr.-lat., ohne Pl.) med.

Altertum 1. *Antike,* die (lat.-fr., ohne Pl.) z. B. klassisches Altertum; »Haefs' Antike ist kein glatter Marmor, sie lebt, frißt, grölt, liebt u. verreckt.« (Frankfurter Rundschau, 1998) 2. *Paläozoikum,* das (gr.-lat., ohne Pl.) erdzeitliches Alter

altertümlich 1. *antik* (lat.-fr.) zum klassischen Altertum gehörend, z. B. e. antike Säule 2. *anzestral* (lat.-fr.-engl.) 3. *archaisch* (gr.-lat.) i. S. von e. Naturvolk lebt steinzeitlich

Altertümliches *Antiquität,* die (lat., Pl. -en) z. B. Möbel, Porzellan

Altertumsforscher *Archäologe,* der (gr.-lat., Pl. -n)

Altertumskunde *Archäologie,* die (gr.-lat., ohne Pl.)

Ältestenrat *Senat,* der (lat., Pl. -e) im antiken Rom Träger des Volkswillens, auch: Regierungsbehörde z. B. in Hamburg; Verwaltungsbehörde an Universitäten

Ältester 1. *Nestor,* der (gr.-lat., Pl. -en) kluger, gr. Held der Odyssee, der drei Menschenalter gelebt haben soll 2. *Senior,* der (lat., Pl. -en) Vater im Verhältnis zum Sohn, Seniorchef

althergebracht *konservativ* (lat.) »Die SPD ist eher strukturkonservativ.« (Jürgen Trittin, Bündnis 90 / Die Grünen, 1998)

Altklarinette *Bassetthorn,* das (it.-dt., Pl. ...hörner)

Altmeister *Nestor,* der (gr.-lat., Pl. -en) bes. weiser, alter Mann; gr. Held der Odyssee, der drei Menschenalter gelebt haben soll

altmodisch 1. *anachronistisch* (lat.-gr.) überholt 2. *antiquiert* (lat.) nicht mehr dem Zeitgeschmack entsprechend 3. *obsolet* (lat.) veraltet 4. *démodé* (fr.) aus der Mode

Altpapier *Makulatur,* die (lat., Pl. -en) i. S. von schlechten Druckerzeugnissen; auch: Unsinn reden

Altrömisches Fest *Bacchanal,* das (gr.-lat., Pl. -ien) dem Weingott Bacchus zu Ehren

Altrömisches Gewand *Toga,* die (lat., Pl. ...gen)

Altstadt, arabische ... *Medina,* die (arab.)

Altsteinzeit 1. *Abbevillien,* das (Eigenn., ohne Pl.) ... nach dem Fundort Abbeville (Frankreich), Kulturstufe der älteren Altsteinzeit 2. *Paläolithikum,* das (gr.-lat., ohne Pl.) Bez. aus der Erdgeschichte

altsteinzeitlich *paläolithisch* (gr.-lat.)

am besten 1. *optime* (lat.) 2. *optimal* (lat.) 3. *super* (lat.) svw. sehr gut, großartig

am Ende *terminal* (lat.)

Amateur-Singwettbewerb *Karaoke,* das (jap., ohne Pl.) von: kara (leer) u. oke als Abk. für okesutora (Orchester) lustige Gesangsveranstaltung für Amateure

Ameisenkunde *Myrmekologie,* die (gr.-lat., ohne Pl.)

Ameisensäure *Formaldehyd,* der (lat., ohne Pl.) auch: giftiges Raumdesinfektionsmittel

Amerikaner 1. *Yankee,* der (engl., Pl. -s) Spitzname für Bewohner der USA 2. *Gringo,* der (gr.-lat.-sp., Pl. -s) Bez. des Nichtromanen im sp. Südamerika, bes. des Bewohners der USA

Amerikaner, rund 40 Millionen ..., die den Höhepunkt ihres Konsumverhaltens um 2010 erreicht haben *Baby-Boomer-Generation,* die (engl.-lat., Pl. -en)

Amerikanischer Geheimdienst *Central Intelligence Agency,* die (am., ohne Pl.) Abk.: CIA

amerikanischer Lebensstil *American Way of Life* (am.)

amerikanisches Wildpferd *Mustang,* der (sp.-engl., Pl. -s) auch: am. Automarke von Ford

Ammonit, versteinerter ... *Hoplites,* der (lat., Pl. ...ten) e. Leitfossil der Kreidezeit

Amöben im Innern e. Körpers lebend *Entamöben,* die (gr.-lat., nur Pl.) d. h. parasitisch im Menschen oder Tier lebend

Amor überwindet alles *omnia vincit Amor* (lat., Zitat: Virgil)

Amt 1. *Charge,* die (lat.-fr., Pl. -n) 2. *Mandat,* das (lat., Pl. -e) z. B. Mandatsträger, Amt e. Abgeordneten

Amt des Stadthalters im alten Persien *Satrapie,* die (pers.-lat., Pl. ...ien)

Amt, heiliges ... *sanctum officium* (lat.) so wurde auch die Inquisition bezeichnet

Ämterumbesetzung *Revirement,* das (fr., Pl. -s) auch: wirtsch. Form der Abrechnung zwischen Schuldnern u. Gläubigern

amtlich 1. *offiziell* (lat.-fr.) 2. *formell* (lat.-fr.) nicht: formal (äußere Form betreffend)

Amts wegen, von ... *ex professo* (lat.)

Amtsadel *Nobilität,* die (lat., ohne Pl.) im römischen Reich

Amtsbereich *Ressort,* das (fr., Pl. -s) z. B. von Ministern; Wirtschaftsressort, Ressortchef

Amtsbewerber *Kandidat,* der (lat., Pl. -en) auch unsicherer Kandidat svw. schlechter Partner

Amtsbezeichnung *Titulus,* der (lat., Pl. ...li) z. B. Oberrat, Hauptwachtmeister

Amtsbezirk e. Ritterordens *Ballei,* die (lat., Pl. -en)

Amtsdauer e. Parlaments ... *Legislaturperiode,* die (lat., Pl. -n) ... zwischen zwei Wahlen; »wir haben in der letzten Legislaturperiode die Strafbarkeit von Vergewaltigung in der Ehe durchgesetzt.« (Wolfgang Gerhardt, F.D.P.-Chef, 1998)

Amtseinführung *Ordination,* die (lat., Pl. -en) Pfarramt der evangelischen Kirche; nicht verw. mit: *Subordination,* die (lat., Pl. -en) Unterordnung, Gehorsam

Amtseinsetzung *Inthronisation,* die (gr.-lat., Pl. -en) z. B. e. Königs

Amtseinweisung *Immission,* die (lat., Pl. -en) Einsetzung in e. Position; auch: das Einwirken von Schadstoffen u. Lärm

Amtsenthebung 1. *Suspension,* die (lat., Pl. -en, falsch: Suspendierung) einstweilige Dienstenthebung; auch: feinverteilte Feststoffe in e. Flüssigkeit 2. *Impeachment* das (am. Pl. -s) speziell die Amtsenthebung des amerikanischen Präsidenten; wäre fast Richard Nixon 1974 in der Watergate-Affäre widerfahren 3. *Degradation,* die (lat., Pl. -en) auch Herabsetzung in niedere Position svw.: 4. *Degradierung,* die (lat., Pl. -en) aber auch: Verschlechterung e. guten Bodens durch Kahlschlag 5. *Destitution,* die (lat., Pl. -en)

Amtsgehilfe *Adlatus,* der (lat., Pl. ...ten) nur noch scherzhaft verwendet, svw. Helfer

Amtsraum *Kanzlei,* die (lat., Pl. -en) Räume e. Notars

Amtsschimmel, Person, die wie e. ... denkt u. handelt *Bürokrat,* der (lat.-fr., Pl. -en) »Es gibt zwei Arten von Europa: das der Völker u. das der Bürokraten.« (Tony Blair, Regierungschef von Großbritannien, 1997)

Amtssitz 1. *Dekanat,* das (lat., Pl. -e) e. Dekans (Leiter einer Universitätsfakultät, z. B. Wirtschaftsfakultät) 2. *Residenz,* die (lat., Pl. -en) Sitz e. weltlichen oder geistlichen Oberhauptes

Amtssprache Pakistans *Urdu,* das (Hindi, ohne Pl.) e. neuindische Sprache

Amtstag *Jour,* der (lat.-fr., Pl. -s) i. S. von jour fix, Tag für feste Sitzungen

Amtstracht 1. *Habit,* das (lat.-fr., Pl. -e) Kleidung, die der Würde e. Position entspricht 2. *Ornat,* das, der (lat., Pl. -e) feierliche Amtskleidung 3. *Talar,* der (lat.-it., Pl. -e) langes, weites Amtsgewand z. B. e. Richters

Amtsträger e. Moschee *Muezzin,* der (arab., Pl. -s) auch: jmd., der fünfmal täglich zum Gebet ruft

Amtsuntreue *Prävarikation,* die (lat., Pl. -en) z. B. Rechtsanwälte, die gleichzeitig Mandanten u. heimlich die gegnerische Seite beraten

Amtsvorgänger 1. *Antezessor,* der (lat., Pl. -en) 2. *Prädezessor,* der (lat., Pl. -en)

Amtszeit 1. *Ära,* die (lat., Pl. ...ren) lange Amtszeit e. prägenden Politikers: Bismarck, Adenauer; heute: Ära Helmut Kohl 2. *Regentschaft,* die (lat.-dt., Pl. -en) Regierungszeit e. Königs 3. *Pontifikat,* das (lat., Pl. -e) Amtsdauer des Papstes oder e. Bischofs

Amulett *Palladium,* das (gr.-lat., Pl. ...ien) die gr. Göttin Pallas Athene galt als Schutzpatronin

Analphabet, künftiger ... *Medienanalphabet,* der (lat., Pl. -en) ... gebildete Personen, die nicht mit dem Computer umgehen können, sind die Analphabeten des nächsten Jahrtausends

anbauen *kultivieren* (lat.-fr.) svw. urbar machen

anbeten *adorieren* (lat.) verehren

Anbetender *Adorant,* der (lat., Pl. -en) in der christlichen Kunst, e. Gott oder Heilige anbetende Person

Anbetung *Adoration,* die (lat., Pl. -en) i. S. von Huldigung der Kardinäle an gerade gewählten Papst; auch: Anbeten des Altarsakraments in der katholischen Kirche

anbetungswürdig *adorabel* (lat.) bezogen auf Personen

anbieten 1. *offerieren* (lat.) z. B. Waren oder Produkte 2. *kredenzen* (it.) feierlich darreichen z. B.

der Chefkoch kredenzt Speisen 3. *präsentieren* (lat.) vorlegen, e. Rechnung präsentieren

Anbieter 1. *Offerent,* der (lat., Pl. -en) wirt. Kaufmann, der e. Offerte (Angebot) vorlegt, der etwas offeriert 2. *Dealer,* der (engl., Pl. –) i. S. von Händler, z. B. Rauschgift-, Drogen-Dealer

Anblick 1. *Szene,* die (gr.-lat.-fr., Pl. -n) es bietet sich e. besondere Szene 2. *Szenerie,* die (gr.-lat.-fr., Pl. -n) i. S. von Landschaftsbild

Anblick, was hilft der ..., wenn man ihn nicht genießen darf? *quid iuvat aspectus, si non conceditur usus?* (lat., Zitat)

Andacht 1. *Devotion,* die (lat., Pl. -en) 2. *Devotionalien,* die (lat., ohne Pl.) der Andacht dienende Gegenstände

andächtig *religioso* (lat.-it.) musik. Spielanweisung

Andenken 1. *Souvenir,* das (lat.-fr., Pl. -s) z. B. Reisesouvenirs; nicht Souvenire 2. *Reliquie,* die (lat., Pl. -n) wertvolles Andenken im religiösen Sinn, z. B.: Stück des Gewandes e. Heiligen

ändern 1. *revidieren* (lat.) z. B. die Meinung nach gründlichem Nachdenken 2. *korrigieren* (lat.) i. S. von verbessern, Lehrer korrigiert e. Diktat 3. *modifizieren* (lat.) abwandeln 4. *revidieren* (lat.) z. B. e. Urteil überprüfen 5. *transformieren* (lat.) umwandeln oder umspannen 6. *variieren* (lat.-fr.) abwandeln, abweichen

ändern, sich im genetischen Material ... *mutieren* (lat.) »Etliche von den 68ern sind zu Bewährungshelfern mutiert.« (Jürgen Rüttgers, Bundesbildungsminister, 1997)

anders denken *dissidieren* (lat.) pol. anders denkender Mensch, e. Dissident

andersartig *heterogen* (gr.-lat.) der anderen Art zugehörig

Andersartigkeit *Heterogenität,* die (gr.-lat., ohne Pl.)

Andersdenkender *Sektierer,* der (lat., ohne Pl.) auch: Anhänger e. Sekte; Abweichler

andersgläubig *heterodox* (gr.-lat.)

Änderung 1. *Korrektur,* die (lat., Pl. -en) Verbesserung 2. *Revision,* die (lat., Pl. -en) rechtsw. Überprüfung e. Urteils 3. *Revisionismus,* der (lat., ohne Pl.) pol. Streben nach Änderung e. Zustandes. Die DDR bezichtigte die BRD des Revisionismus 4. *Variation,* die (lat., Pl. -en) Abänderung, z. B. Variation e. Musikstücks

Änderungsvorschlag *Amendement,* das (lat.-fr., Pl. -s) z. B. bei Gesetzen

andeuten 1. *skizzieren* (it.) z. B. Ideen oder Entwürfe 2. *orakeln* (lat.) d. h. in Andeutungen sprechen; vom Ort, an dem Götter Weissagungen erteilen: Orakel von Delphi 3. *konturieren* (gr.-lat.) umreißen, andeuten

Andeutung *Innuendo,* das (lat.-engl., Pl. -s) i. S. von versteckten Hinweisen

aneignen 1. *annektieren* (lat.-fr.) gewaltsam durch militärische Besetzung 2. *okkupieren* (lat.) gewaltsames Besetzen

Aneignung 1. *Appropriation;* die (lat., Pl. -en) – fremden Besitzes 2. *Okkupation,* die (lat., Pl. -en) – fremden Gebietes 3. *Usurpation,* die (lat., Pl. -en) widerrechtliche Inbesitznahme, Anmaßung öffentlicher Gewalt, von Usurpator: Thronräuber

Aneinanderhaften von Körpern oder Stoffen *Adhäsion,* die (lat., Pl. -en)

anekeln *degoutieren* (fr.)

anerkannt *legitim* (lat.) i. S. von gesetzlich, z. B. e. legitimer Nachkomme

anerkennen 1. *honorieren* (lat.) i. S. von Leistung durch Geld, von Honorar 2. *rekognoszieren* (lat.) z. B. Echtheit von Gemälden, Dokumente amtlich anerkennen lassen 3. *akzeptieren* (lat.) svw. annehmen 4. *respektieren* (fr.) achten, in Ehren halten; wirt. e. Wechsel bezahlen 5. *tolerieren* (lat.) i. S. von Nachsicht zeigen

Anerkennung 1. *Justifikation,* die (lat., Pl. -en) rechtsw. gerichtliche Anerkennung e. Anspruchs 2. *Ästimation,* die (lat.-fr., Pl. -en) Achtung, Wertschätzung 3. *Prämie,* die (lat., Pl. -en) Belohnung, zusätzliche Vergütung für bes. Leistung 4. *Respekt,* der (fr., ohne Pl.) Achtung, Rücksicht, z. B. gegenüber älteren Menschen; auch: leerer Rand bei Kupferstichen

anfällig 1. *disponiert* (lat.) med. empfänglich für Krankheiten 2. *labil* (lat.) unsicher, labiler Charakter

Anfang *Start,* der (engl., Pl. -s) z. B. am Start e. Wettlaufs

Anfang, aller ... ist schwer *omne principium grave* (lat., Zitat)

Anfang, von ... an *ad ovo* (lat.)

Anfang, wie der ..., so das Ende *principiis consentit exitus* (lat., Zitat)

Anfänge *Initien,* die (lat., Pl. –) svw. Anfangsgründe

Anfängen, widerstehe den ... *principiis obsta!* (lat., Zitat: Ovid, 43 v. Chr. – 18 n. Chr.)

Anfänger 1. *Debütant,* der (fr., Pl. -en) i. S. von erster Auftritt, z. B. Debütantinnenball der Mädchen aus der gehobenen Gesellschaft 2. *Greenhorn,* das (engl., Pl. -s) Person ohne Erfahrung, bes. im einstigen wilden Westen der USA 3. *Amateur,* der (fr., Pl. -e) i. S. von Nichtfachmann, z. B. Amateurfilmer

Anfänger, der die Platzreife hat ... *Rabbit,* das (engl., Pl. -s) ... aber noch kein Handicap (Golfbez.)

anfangs *initial* (lat.) z. B. e. auslösende –, e. Initialzündung

Anfangsbuchstabe 1. *Initial,* das (lat., Pl. -e) 2. *Initiale,* die (lat., Pl. -n) großer mit Verzierungen versehener Anfangsbuchstabe 3. *Initials,* die (engl., nur Pl.) Anfangsbuchstabe des Vor- und Zunamens 4. *Monogramm,* das (gr., Pl. -e) Namenszug, Anfangsbuchstaben e. Namens, scherzhaft: Monogramm ins Netzhemd schießen; nicht verw. mit monogam, einehig

Anfangsbuchstaben, -silben oder -wörter e. Gedichtes ... *Akrostichon,* das (gr., Pl. ...cha, ...chen) ... die e. Wort oder e. Satz ergeben

anfeinden 1. *attackieren* (fr.) angreifen; »Journalisten zu attackieren ist so sinnlos, wie gegen Frauen kämpfen.« (Alexander Lebed, russischer Oppositionsführer, 1997) 2. *unterminieren* (dt.-lat.) »wir produzieren e. Kultur, die sowohl Kapitalismus wie Demokratie unterminiert.« (Hillary Clinton, 1998)

anfertigen 1. *fabrizieren* (fr.) etwas in e. Fabrik herstellen 2. *produzieren* (lat.) svw. erzeugen

anfeuchten *arrosieren* (lat.-fr.) Erde bewässern

anfeuern *encouragieren* (lat.-fr.) z. B. e. Sportler vor dem Ziel

Anfrage *Interpellation,* die (lat., Pl. -en) i. S. e. parlamentarischen Anfrage, zu der sich die Regierung äußern möge; eigtl.: »Unterbrechung«

anfragen *interpellieren* (lat.) unterbrechen; auch: ins Wort fallen

anführen *allegieren* (lat.) z. B. e. Zitat anführen

Anführer 1. *Chief,* der (engl., Pl. -s) Häuptling e. Stammes 2. *Chef,* der (österr., Pl. -s) Leiter e. Firma, z. B. etwas zur Chefsache machen oder Chefarzt 3. *Kapitän,* der (lat.-it., Pl. -e) z. B. Mannschaftskapitän, Schiffskapitän 4. *Matador,* der (lat.-span., Pl. -e) in der Pol.: Lokalmatador; auch: Stierkämpfer 5. *Boß,* der (am., Pl. -sses, -sse) Partei-, Firmenleiter 6. *Rebell,* der (lat.-fr., Pl. -en) Robin Hood war e. Rebell 7. *Insurgent,* der (lat., Pl. -en) i. S. von Aufständischer

Angaben *Daten,* die (lat., nur Pl.) i. S. von Informationen, z. B. Geburtsdaten

angeben 1. *renommieren* (lat.-fr.) großtun, z. B. mit Gütern 2. *prahlen* (dt.)

Angeber 1. *Renommist,* der (lat.-fr., Pl. -en) e. der mit Statussymbolen angibt 2. *Snob,* der (engl., Pl. -s) e. der z. B. durch Extravaganz im Gehabe glaubt etwas Besonderes zu sein

angeberisch 1. *arrogant* (lat.-fr.) svw. anmaßend, dünkelhaft 2. *prätentiös* (lat.-fr.) selbstgefällig

angeboren 1. *ingeneriert* (lat.) med. 2. *nativ* (lat.) med. 3. *genuin* i. S. von angeboren, echt 4. *kongenital* (lat.)

Angebot *Offerte,* die (lat.-fr., Pl. -n) meist in schriftlicher Form

angebracht 1. *opportun* (lat.) i. S.: etwas so zu tun, es erscheint opportun 2. *adäquat* (lat.) 3. *indiziert* (lat.) ratsam

Angedenkens, seligen ... *divae memoriae* (lat., Zitat)

angehen, etwas ... *tangieren* (lat.) auch: berühren, betreffen; e. gekrümmte Linie, Fläche berühren

Angehöriger der reformierten Zisterzienser *Trappist,* der (fr., Pl. -en) nach der Abtei La Trappe (Frankreich); Ordensbrüder legen das Schweigegelübde ab

Angehöriger des Auswärtigen Dienstes *Diplomat,* der (gr.-lat.-fr., Pl. -en) »Ein Diplomat ist e. Mann, der offen ausspricht, was er nicht denkt« (G. Guareschi)

Angehöriger des sp. Hochadels ... *Grande,* der (sp., Pl. -n) ... bis 1931 mit bes. Privilegien verbunden

Angeklagter *Delinquent,* der (lat., Pl. -en) e. Gesetzesbrecher

angekränkelt *morbid* (lat.-fr.) med.; auch: weich, zart

Angelegenheit *Affäre,* die (fr., Pl. -n) meist i. S. von e. peinlichen Vorfall

Angelegenheit, erfolglose ... *Flop,* der (engl., Pl. -s) »Der Euro wird ein Flop, u. damit geht auch die europäische Idee baden.« (Rainer Barzel, CDU, 1997)

Angelegenheit, um deine ... geht es *tua res agitur* (lat.)

angemessen 1. *adäquat* (lat.) z. B. e. adäquate Strafe 2. *zivil* (lat.) i. S. von zivile Preise 3. *opportun* (lat.) svw. angebracht, zweckmäßig

Angemessenheit *Adäquanz,* die (lat., ohne Pl.)

angenähert 1. *approximativ* (lat.) z. B. e. Ergebnis 2. *circa* auch *zirka,* Abk.: ca., svw. etwa

angenehm *sympathisch* (gr.) bez. Menschen; aber *Sympathikus,* der (lat., ohne Pl.) Grenzstrang, Teil des vegetativen Nervensystems; kein Sympathieträger

angenommen 1. *fiktiv* (lat.) erfunden 2. *hypothetisch* (gr.-lat.) vermutlich 3. *abstrakt* (lat.) abstrakte Kunst, begrifflich 4. *ideell* (gr.) nur gedacht 5. *imaginär* (lat.) scheinbar, math. imaginäre Zahl 6. *präsumtiv* (lat.) mutmaßlich

angenommener Wechsel *Akzept,* das (lat., Pl. -e) wirt. Zahlungsversprechen, auch die Unterschrift des Schuldners, dieser »schreibt quer«, daher: »schreib niemals quer!«

angereichert *konzentriert* (lat.-gr.) gehaltreich

angeschlagen 1. *lädiert* (lat.) sein, beschädigt 2. *ramponiert* (it.) stark beschädigt

angeschwemmt *alluvial* (lat.) geol. z. B. Sand, Geröll

angesehen 1. *renommiert* (lat.-fr.) Person mit gutem Ruf 2. *populär* (lat.-fr.) bekannte Person 3. *respektabel* (fr.) angesehen, ansehnlich

angesetzt *prosthetisch* (gr.-lat.) i. S. von Gliedmaßen, die als Prothesen oder Prosthesen angebracht werden

angespannt *intensiv* (lat.-fr.) z. B. nachdenken

Angespanntheit *Affekt,* der (lat., Pl. -e) Zustand heftiger Erregung, z. B. Affektstau, als Erklärung für unerklärbare Handlungen

Angestellte *Direktrice,* die (lat.-fr., Pl. -n) leitende Mitarbeiterin

Angestellter 1. *Employé,* der (lat.-fr., Pl. -s) 2. *Clerk,* der (lat.-engl., Pl. -s) kaufmännischer Angestellter, Verwaltungsbeamter in England oder Amerika

Angestellter in Büchereien *Bibliothekar,* der (gr., Pl. -e)

Angestellter, vielversprechender ... *High Potential,* der (engl., Pl. -s) ... gut ausgebildeter erfolgreicher u. junger Mitarbeiter

angewiesen, auf niemanden 1. *autark* (gr.) sich selbst genügend, wirtsch. unabhängig 2. *autonom* (gr.) selbständig, eigengesetzlich 3. *souverän* (fr.) selbständig, überlegen von *Souverän,* der (fr., Pl. -s, -e) Herrscher; nicht verw. mit *Sovereign,* der (engl., Pl. -s) frühere Goldmünze aus England

Angewohnheit 1. *Tick,* der (fr., Pl. -s) komische Angewohnheit 2. *Marotte,* die (gr.-lat.-fr., Pl. -n) Schrulle, wunderliche Neigung; nicht: Marmotte, e. Murmeltier der Alpen 3. *Allüren,* die (fr., nur Pl.) eigenwilliges Gehabe; nicht verw. mit *Allüre,* die (fr., Pl. -n) Gangart e. Pferdes

angezeigt *indiziert* (lat.) von Indiz, das (lat., Pl. -ien) Anzeichen

Angezeigter *Denunziat,* der (lat., Pl. -en) Person, die wegen e. Vergehens angezeigt wird

angezogen *adrett* (fr.) i. S. von gut angezogen, ordentlich

angleichen 1. *assimilieren* (lat.) Naturvölker werden bisweilen assimiliert 2. *akkommodieren* (lat.-fr.) i. S. von sich anpassen 3. *akkulturieren* (lat.) anpassen an Kultur des Gastlandes

Angleichung 1. *Assimilation,* die (lat., Pl. -en) 2. *Akkommodation,* die (lat.-fr., Pl. -en) sich vorhandenen Umständen anpassen

angliedern *affilieren* (lat.) in einen Bund als Mitglied aufnehmen

angreifen 1. *attackieren* (fr.) zu Pferde – oder mit Worten angreifen 2. *annektieren* (lat.-fr.) angreifen, dann widerrechtlich u. gewaltsam in seinen Besitz bringen

angreifend 1. *offensiv* (lat.) z. B. offensiver Tennis- oder Fußballspieler 2. *aggressiv* z. B. Verhalten im Straßenverkehr, rücksichtslos

Angreifer *Aggressor,* der (lat., Pl. ...oren) greift z. B. Staaten rechtswidrig an

Angriff 1. *Aggression,* die (lat., Pl. -en) rücksichtsloses Verhalten 2. *Attacke,* die (fr., Pl. -n) mil. Panzer- oder Reiterangriff; med. plötzlicher Herzanfall 3. *Offensive,* die (lat., Pl. -n) mil. strategisch geplanter Angriff

angriffslustig 1. *militant* (lat.) svw. Mittel der Gewalt zur Erreichung e. Zieles einsetzen. 2. *offensiv* (lat.) den Angriff wählen, z. B. im Mannschaftssport 3. *aggressiv* (lat.) rücksichtslos, z. B. im Straßenverkehr

Angst 1. *Klaustrophobie,* die (lat., ohne Pl.) z. B. in Höhlen oder Fahrstühlen 2. *Monophobie,* die (gr., ohne Pl.) Einsamkeitsangst 3. *Phobie,* die (gr.-lat., Pl. ...ien) med. krankhafte Angstzustände 4. *Pavor,* der (lat., Pl. -s) med. anfallartiges Angstgefühl, bes. bei Kindern 5. *Panik,* die (gr.-fr.) existentielle Angst, die Gedanken lähmt, nach altgr. Hirtengott Pan

Angst vor dem Erröten *Erythrophobie,* die (gr.-lat., ohne Pl.) auch: krankhafte Angst vor roten Gegenständen (med.)

Angst vor dem Leeren *Horror vacui,* der (lat., ohne Pl.) nach Aristoteles sei die Natur um Auffüllung e. leeren Raumes bemüht

Angst vor dem Nichts *horror vacui* (lat., Zitat) auch: Grauen vor dem Leeren

Angst vor engen Räumen *Klaustrophobie,* die (gr.-lat., Pl. ...ien) krankhafte Angst vor kleinen, geschlossenen Kammern, z. B. Fahrstühlen

Angst vor Plätzen mit vielen Menschen *Agoraphobie,* die (gr.-lat., ohne Pl.) auch: Platzangst; von agora (gr.) Marktplatz

Angst, krankhafte ... an Rückenmarksschwindsucht zu erkranken *Tabophobie,* die (gr.-lat., Pl. -ien)

Angst, krankhafte ... vor frischer Luft *Aerophobie,* die (gr., Pl. ...ien) med.

Angst, krankhafte ... vor großen Wasserflächen *Thalassophobie,* die (gr.-lat., Pl. ...ien) med.

Angst, krankhafte ... vor Tieren *Zoophobie,* die (gr.-lat., Pl. ...ien) z. B. Schlangen

Angst, vor ... wie gelähmt *panisch* (gr.) »wir haben panische Angst davor, zu fett u. unbeweglich zu werden.« (Jorma Ollila, Chef von Nokia, Finnland)

anhaften *adhärieren* (lat.)

anhaftend 1. *adhäsiv* (lat.) Körper, die durch Klebstoff verbunden sind 2. *adhärent* (lat.) klebend 3. *inhärent* (lat.) haltend

Anhalten *Parade,* die (lat.-fr., Pl. -n) z. B. e. Pferd zum Stehen bringen

anhaltend 1. *chronisch* (gr.-lat.) z. B. chronische Leiden 2. *permanent* (lat.) fortwährend 3. *per-*

sistent (lat.) med. gleichbleibender Gesundheitszustand 4. *konstant* (lat.) ständig, feststehend 5. *kontinuierlich* (lat.) unaufhörlich, stetig 6. *perpetuell* (lat.) weitermachen 7. *perpetuieren* (lat.) fortdauern; jedoch: Perpetua, eine Heilige 8. *stationär* (lat.) ortsfest, bleibend

Anhalter 1. *Tramper,* der (engl., Pl. -s) jemand, der unterwegs ist u. ab und zu e. Autofahrer anhält 2. *Hitchhiker,* der (engl., Pl. -s) per Anhalter Reisender

Anhang 1. *Appendix,* der (lat., Pl. ...dizes, -e) auch med.: Wurmfortsatz des Blinddarms 2. *Komplement,* das (lat., Pl. -e) svw. Ergänzung 3. *Supplement,* das (lat., Pl. -e) i. S. von Ergänzungsband, Ergänzungswinkel; nicht verw. mit *Supplent,* der (österr., Pl. -en) Aushilfslehrer 4. *Adnex,* der (lat., Pl. -e)

anhängen *affigieren* (lat.) e. Schriftstück befestigen

anhängend *adhärent* (lat.) auch anhaftend; angewachsen; verwachsen von Geweben

Anhänger 1. *Amulett,* das (lat., Pl. -e) meist Glücksbringer, der um den Hals getragen wird 2. *Fan,* der (engl., Pl. -s) Anhänger z. B. e. Vereins, Fan-Club; »wenn man sieht, wie viele Millionen Fans Karten wollen – dann muß es wohl Sport sein.« (Robert Louis-Dreyfus, Adidas-Chef, 1998)

Anhänger der Lehre Darwins *Darwinist,* der (Eigenn.-lat., Pl. -en) nach Charles Darwin (1809-1882) engl. Naturforscher (Selektionstheorie); »Ich bin Darwinist« (Sir Richard Sykes, Chef von Glaxo Wellcome)

Anhänger des Islams 1. *Islamit,* der (arab., Pl. -en) 2. *Mohammedaner,* der (Eigenn., ohne Pl.) nach dem Stifter des Islams, Mohammed (um 570-632 n. Chr.)

Anhänger des Kommunismus *Kommunist,* der (lat.-engl.-fr., Pl. -en) »Er (Schröder) hat sich lieber den grünen Alt-Kommunisten Trittin ins Boot geholt.« (Theo Waigel, Bundesfinanzminister, 1998)

Anhänger des Reformators Hus *Hussist,* der (lat., Pl. -en) nach Johannes Hus (um 1369-1415) Begründer der tschech. Glaubens- u. Nationalbewegung im 15. Jh.

Anhänger des Sozialismus *Sozialist,* der (lat., Pl. -en) »Alles, was die Sozialisten vom Geld verstehen, ist, daß sie es vom anderen haben wollen.« (K. Adenauer)

Anhänger einer Lebensäußerung *Kulturadept,* der (lat., Pl. -en)

Anhänger Fidel Castros *Fidelist,* der (Eigenn., Pl. -en) ... Präsident von Kuba

Anhänger, Fahrzeug... *Trailer,* der (engl., Pl. –) auch: Filmvorschau

Anhänger, russ. ... des Agrarsozialismus *Narodniki,* die (russ., Pl.)

Anhänger, starrer ... politischer u./o. religiöser Grundsätze *Fundamentalist,* der (lat., Pl. -en) »Der einzige Fundamentalist bin ich.« (Mahathir Mohamad, Ministerpräsident von Malaysia, 1997)

Anhängsel 1. *Maskottchen,* das (fr., ohne Pl.) Glücksbringer 2. *Annex,* der (lat., Pl. -e) Zubehör 3. *Appendix,* der (lat., Pl. ...dizes, -e) Anhang

anhäufen 1. *akkumulieren* (lat.) i. S. v. gespeicherter Energie: Akkumulator; auch nach Karl Marx: Anhäufung von Kapital zum Nachteil der Arbeiter 2. *aggregieren* (lat.) auch: beigesellen 3. *kumulieren* (lat.) häufen; auch: e. Wahlkandidaten mehrere Stimmen geben

Anhäufung 1. *Agglomeration,* die (lat., Pl. -en) Anballung von Industrie 2. *Akkumulation,* die (lat., Pl. -en) i. S. v. Energiespeicherung: Akkumulator; auch nach Karl Marx: Kapitalanhäufung (Akkumulation) 3. *Kumulation,* die (lat., Pl. -en) med. schädliche Wirkung von Medizin, die ständig eingenommen wird, aber auch Kapitalanhäufung 4. *Konglomerat,* das (lat.-fr., Pl. -e) i. S. von Zusammenballung 5. *Konzentration,* die (gr.-lat.-fr., Pl. -en) i. S. von Zusammenballung wirtsch. u. mil. Kräfte; Ggs.: Dekonzentration

Anhäufung von Gesteinstrümmern *Akkumulat,* das (lat., Pl. -e)

anheften *affigieren* (lat.) z. B. etwas an e. Wand befestigen; auch: lose Blätter zusammenheften

Anhören *Hearing,* das (engl., Pl. -s) polit. öffentliche Anhörung

Ankerkettenloch *Klüse,* die (niederl., Pl. -n) Seemannsspr., auch scherzh.: Auge

Ankerwinde 1. *Ankerspill,* das (Pl. -s) seem. von Spindel, drehbare Vorrichtung zum Einholen des Ankers 2. *Gangspill,* das (niederl., Pl. -e) Seemannsspr.

Ankläger 1. *Inkulpant,* der (lat., Pl. -en) rechtsw. 2. *Prosekutar,* der (lat., Pl. -en) rechtsw.

Anklang 1. *Resonanz,* die (lat., Pl. -en) i. S. von: e. Kunstwerk, e. Aufführung zeigte Resonanz, klang nach 2. *Akzeptanz,* die (lat., Pl. -en) i. S. e. positiven Einstellung

ankleben *affichieren* (fr.) z. B. Plakate

Ankleideraum *Garderobe,* die (fr.-germ., Pl. -n)

ankündigen 1. *avisieren* (lat.-it.) z. B. e. Lieferung avisieren 2. *signalisieren* (lat.-fr.) z. B. Gefahr durch e. Signal andeuten; auch: Bereitschaft, etwas zu tun, signalisieren, andeuten 3. *annoncieren* (lat.-fr.) e. Annonce (Zeitungsanzeige) aufgeben

Ankündigung 1. *Advertising,* das (engl., Pl. -s) wirtsch. i. S. von: Ankündigung e. neuen Produkts 2. *Avis,* der, das (lat.-fr., Pl. -e) Nachricht senden, hinterlassen

Ankündigungseffekt *Announcement Effect,* der (engl.-am., Pl. -s) Die deutsche Bundesbank hat z. B. e. großen Announcement Effect auf das Börsengeschehen

Ankunft Christi *Advent,* der (lat., Pl. -e) Zeitraum: die letzten vier Sonntage vor Weihnachten; Adventszeit

Anlage 1. *Prädisposition,* die (lat., Pl. -en) med. für bestimmte Krankheiten empfängliche Person, z. B. erbliche Prädisposition oder: 2. *Disposition,* die (lat., Pl. -en) 3. *Investition,* die (lat., Pl. -en) »Verschiebung« von Finanzkapital in Sachkapital (Anlagen)

Anlage mit Gebirgspflanzen ... *Alpinum,* das (lat., Pl. ...nen) ... für wissenschaftliche Untersuchungen

Anlagenvermietung *Leasing,* das (engl., Pl. -s) wirtsch. bes. Art der Vermietung von Anlagen u. Fahrzeugen durch Leasing-Gesellschaften

Anlaß 1. *Okkasion,* die (lat., Pl. -en) zu feiern, ist z. B. e. Jubiläum 2. *Causa,* die (lat., Pl. ...sae) Grund, z. B. Ursache e. Schadens; nicht verw. mit *Cauda,* die (lat., ohne Pl.) Schwanz, Endstück e. Organs 3. *Motiv,* das (lat.-fr., Pl. -e) Beweggrund; z. B. »Tatmotiv Liebe«

Anlasser *Kickstarter,* der (engl., Pl. –) Fußhebel beim Motorrad

anlegen 1. *terrassieren* (lat-fr.) z. B. Reisfelder in Terrassen anlegen, treppenförmig 2. *investieren* (lat.) i. S. von Geld anlegen

Anleihe von weniger kreditwürdigen Unternehmen *Junkbond,* die (engl., Pl. -s)

Anleihe, für die während der Laufzeit keine Zinsen gezahlt wird *Zerobond,* der (engl., Pl. -s)

anleiten *instruieren* (lat.) unterweisen

Anleitung 1. *Instruktion,* die (lat., Pl. -en) z. B. techn. Instruktion, aber auch Instruktionen vom Trainer vor e. Wettkampf 2. *Reglement,* das (lat.-fr., Pl. -s) Bestimmungen, z. B. Satzungen

anliegen *adjazieren* (lat.) i. S. von angrenzenden Gebieten, Grundstücken

anmaßend 1. *arrogant* (lat.) z. B. arrogantes Benehmen haben 2. *insolent* (lat.) unverschämte Anmaßung 3. *prätentiös* (lat.-fr.) selbstgefällig 4. *blasiert* (fr.) svw. hochnäsig

anmelden 1. *avisieren* (lat.-it.) z. B. e. Lieferung avisieren 2. *immatrikulieren* (lat.) e. Student immatrikuliert sich an e. Universität

Anmerkung 1. *Kommentar,* der (lat., Pl. -e) mit Erläuterungen versehenes Zusatzwerk, bes. zu e. Gesetzestext 2. *Statement,* das (engl., Pl. -s) i. S. e. öffentlichen, politischen Erklärung oder Behauptung

Anmut 1. *Grazie,* die (lat., ohne Pl.) aus der römischen Mythologie: Grazie, e. der drei Göttinnen der Anmut u. Schönheit 2. *Amönität,* die (lat., ohne Pl.)

anmutig 1. *graziös* (lat.-fr.) jemand bewegt sich graziös 2. *grazioso* (lat.-it.) Vortragsanw. in der Musik 3. *sylphidenhaft* (lat.) svw. luftig, leicht, von Sylphide, weiblicher Luftgeist 4. *charmant* (fr.)

annähernd 1. *approximativ* (lat.) in etwa 2. *circa* (lat.) auch: zirka; Abk.: ca. i. S. von etwa; e. Circa-Preis ist e. ungefährer Preis

Annäherung *Konvergenz,* die (lat., Pl. -en) unterschiedliche Meinungen nähern sich; aus der Politik: Konvergenzkriterien; nicht verw. mit *Konsens,* der (lat., Pl -e) oder *Konsensus,* der (lat., ohne Pl.) Einwilligung, Genehmigung

Annahme 1. *Hypothese,* die (gr.-lat., Pl. -n) e. unbewiesene Behauptung 2. *Postulat,* das (lat., Pl. -e) glaubhaft erscheinende Annahme 3. *Präsumption,* die (lat., Pl. -en) i. S. e. Vermutung 4. *Supposition,* die (lat., Pl. -en) e. logische Voraussetzung, Folgerung 5. *Akzeptanz,* die (lat., Pl. -en) 6. *Akzeptation,* die (lat., Pl. -en) 7. *Fiktion,* die (lat., Pl. -en) Erdichtung 8. *Prämisse,* die (lat., Pl. -n) Voraussetzung 9. *Ratifikation,* die (lat., Pl. -en) Genehmigung; nicht verw. mit *Gratifikation,* die (lat., Pl. -en) »Gefälligkeit« freiwillige Vergütung, von: Gratinas = Dankgebet 10. *Adoption,* die (lat., Pl. -en) i. S. von an Kindes statt annehmen

Annahmeerklärung *Akzept,* das (lat., Pl. -e) Wechselakzept, die erfolgt durch »Querschreiben«, daher: »schreib niemals quer!« Das Wechselgesetz ist bes. streng

annehmbar 1. *konvenabel* (lat.) 2. *akzeptabel* (lat.) i. S. e. annehmbaren Vorschlages 3. *passabel* (lat.-fr.) recht ordentlich

annehmen 1. *akzeptieren* (lat.) e. Wechsel, auch e. Vorschlag 2. *assumieren* (lat.) der Meinung sein 3. *präsumieren* (lat.) vermuten 4. *supponieren* (lat.) i. S. von voraussetzen, unterstellen 5. *adoptieren* (lat.) e. nicht leibliches Kind annehmen

Annehmer *Akzeptor,* der (lat., Pl. -en) i. S. e. Stoffes, dessen Atome oder Moleküle von anderen Stoffen angenommen werden; auch: Fremdatom, das e. freies Elektron einfängt

anonym *inkognito* (it.) z. B. unerkannt reisen

anordnen 1. *arrangieren* (fr.) Gegenstände; aber auch: Verbindungen mit Personen 2. *dekretieren* (lat.-fr.) i. S. von verordnen 3. *reglementieren* (lat.-fr.) staatlicherseits 4. *kommandieren* (lat.)

befehlen 5. *rangieren* (germ.-fr.) in Ordnung bringen; aber auch: Eisenbahnwagen verschieben; e. Rang innehaben

Anordnung 1. *Arrangement,* das (fr., Pl. -s) i. S. von Zusammenführen 2. *Komposition,* die (lat., Pl. -en) i. S. von kunstvoller Gestaltung; nicht verw. mit *Kompositum,* das (lat., Pl. -s, ...ta) Wortzusammensetzung 3. *Direktive,* die (lat., Pl. -n) i. S. von Anweisung 4. *Disposition,* die (lat., Pl. -en) über Verwendung von Gegenständen u. in zeitlicher Hinsicht 5. *Konstitution,* die (lat., Pl. -en) z. B. rechtlich 6. *Ordonnanz,* die (lat.-fr., Pl. -en) i. S. e. Befehls; aber auch: abkommandierter Soldat, z. B. Ordonnanzoffizier 7. *Organisation,* die (fr., Pl. -en) planungsmäßige Gestaltung, Einrichtung, um best. Ziele zu erreichen 8. *Struktur,* die (lat., Pl. -en) svw. Sinngefüge; innere Gliederung u. Ordnung; »Der Standort Deutschland hat extreme Nachteile, weil die Strukturen erstarrt sind ...« (Lothar Späth, Jenoptik-Chef, 1998) 9. *Systematik,* die (gr., Pl. -en) i. S. e. einheitlichen Gestaltung u. Ordnung

Anordnung, zweckmäßige ... *Organisation,* die (gr., Pl. -en) »Wir haben Betriebe, in denen ist der Krankenstand höher als der Organisationsgrad.« (Werner Neugebauer, IG-Metall-Chef Bayern, 1997)

anpassen 1. *akklimatisieren* (lat.) e. Körpers an bestimmte Temperaturen oder andere Lebensumstände 2. *akkomodieren* (lat.-fr.) sich anpassen 3. *akkulturieren* (lat.) z. B. an die Sitten des Gastlandes 4. *assimilieren* (lat.) Naturvölker assimilieren sich u. werden dadurch entwurzelt 5. *adaptieren* (lat.) anpassen; auch: umarbeiten, z. B. Buch für Film 6. *fitten* (engl.)

Anpasser *Opportunist,* der (lat., Pl. -en) der seinen Vorteil wahrnimmt

Anpassung 1. *Adaption,* die (lat., Pl. -en) z. B. an die Umwelt 2. *Akkomodation,* die (lat.-fr., Pl. -en) an die herrschende Situation 3. *Assimilation,* die (lat., Pl. -en) von Fremden an Gegebenheiten des Gastlandes 4. *Mimikry,* die (gr.-lat.-engl., ohne Pl.) Nachahmung als Selbstschutz in der Tierwelt vor räuberischen Arten 5. *Regulation,* die (lat., Pl. -en) Anpassung an sich ändernde Bedingungen der Umwelt 6. *Evolution,* die (lat., Pl. -en) allmähliche Entwicklung bei Anpassung an die Umweltbedingungen, Evolutionstheorie von Charles Darwin: Der Mensch stammt vom Affen ab

Anpassung, soziale ... *social adaption,* die (engl., Pl. -s)

Anpassung, vorteilhafte ... *Opportunismus,* der (lat.-fr., ohne Pl.) ... zur pers. Chancenwahrung: »Opportunismus ist die Kunst, mit dem Wind zu segeln, den andere machen.« (Carlo Manzoni)

anpassungsfähig 1. *monotrop* (gr.-lat.) biol. in beschränktem Maß 2. *polytrop* (gr.) biol. in starkem Maß 3. *flexibel* (lat.) auch: biegsam; veränderlich

Anpassungsfähigkeit 1. *Adaptabilität,* die (lat., ohne Pl.) 2. *Adaptation,* die (lat., Pl. -en) Anpassung von Organen an Umstände der Umwelt 3. *Akkommodation,* die (fr., Pl. -en) auch: Angleichung 4. *Flexibilität,* die (lat., ohne Pl.) auch: Biegsamkeit; »Ich rede seit drei Jahren über die Flexibilisierung (gemeint: Flexibilität) von Flächentarifverträgen ...« (Wolfgang Gerhardt, F.D.P.-Chef, 1998)

Anpassungspflicht *Assimilationismus,* der (lat., ohne Pl.) Begriff für die Annahme, Menschen anderer Kulturen hätten sich der eigenen Gewohnheit anzupassen

Anpassungsreaktion des Organismus ... *Adaptationssyndrom,* das (lat., Pl. -e) ... auf krankmachende Reize, z. B. Lärm für Streß (med.)

Anpflanzung *Plantage,* die (lat.-fr., Pl. -n) meist in den Tropen u. Subtropen: Obstplantagen

Anrecht 1. *Abonnement,* das (fr., Pl. -s) z. B. auf Lieferung e. Zeitung, auf Theaterplatz 2. *Claim,* das (lat.-fr.-engl., Pl. -s) Recht auf Ausbeute e. Gebietes, Besitztitel; z. B. e. »Claim abstecken« beim Goldschürfen

Anrede *Apostrophe,* die (gr.-lat., Pl. -n) feierliche, gerichtet an e. Person

Anrede Gottes im Gebet *Abba* (aramäisch)

anreden *titulieren* (lat.) mit dem Titel anreden, häufig boshaft verwendet: mit »dummer Esel« titulieren

anregen 1. *inspirieren* (lat.) z. B. e. Person e. Impuls geben, Künstler lassen sich inspirieren 2. *animieren* (lat.-fr.) Lust wecken, Animiermädchen 3. *instigieren* (lat.) an-, aufstacheln 4. *motivieren* (lat.-fr.) zu höheren Leistungen anregen, Vorgesetzte sollten motivieren können; nicht verw. mit *motivisch* (lat.) das Motiv betreffend 5. *stimulieren* (lat.) anregen, ermuntern, von *Stimulus,* der (lat., Pl. ...li) Reiz; nicht verw. mit *Stilus,* der (lat., Pl. -li) antikes Schreibgerät (Griffel) 6. *exzitieren* (lat.)

anregend 1. *exzitativ* (lat.) med. erregend 2. *analeptisch* (gr.-lat.) Medizin kann analeptische Wirkung haben 3. *animativ* (lat.-engl.) z. B. e. animativer Vorschlag 4. *initiativ* (lat.-fr.) i. S. von Impuls geben

anregendes Mittel, durch ... zu Höchstleistungen gelangen *dopen* (engl.) »Wiedervereinigung ungültig: Kohl war gedopt!« (Titanic-Kohl-Karikatur, 1992)

Anreger 1. *Animateur,* der (lat.-fr., Pl. -e) Freizeitgestalter e. Reisegruppe 2. *Initiator,* der (lat., Pl. -en) jmd., der Ideen hat u. diese umsetzt

Anregung *Impuls,* der (lat., Pl. -e) Anstoß

Anregungsmittel *Speed,* der (engl., Pl. -s) Rauschmittel wie Amphetamine 2. *Stimulans,* das (lat., Pl. ...lanzien, ...lantia) anregende Medikamente 3. *Aphrodisiakum,* das (lat.-gr., Pl. -s, -ka) den Geschlechtstrieb anregendes Mittel, z. B. pulverisiertes Horn vom Nashorn in Ostasien; von: aphrodisisch, bez. der gr. Liebesgöttin Aphrodite; nicht verw. mit *Aphrodisie,* die (lat.-gr., Pl. -ien) med. krankhafte geschlechtliche Erregbarkeit

Anregungsmittel, unerlaubte Anwendung von ... zur Steigerung der sportlichen Leistung *Doping,* das (engl.-niederl., Pl. -s) »Ehrlich – ich habe Angst vor Doping ...« (Jan Ullrich, Radprofi, 1998)

Anreiz 1. *Appeal,* der (engl., Pl. -s) z. B. Sex-Appeal, erotische Anziehungskraft in der Werbung 2. *Impuls,* der (lat., Pl. -e) als Anstoß 3. *Inzentio,* das (lat., Pl. -e) i. S. von Ansporn

anreizen *animieren* (lat.-fr.) Lust wecken, Animiermädchen

anreizend *inzentiv* (lat.-engl.)

anrichten 1. *fabrizieren* (lat.) scherzhaft: »Was ist da wieder fabriziert (angestellt) worden?« 2. *servieren* (lat.-fr.) auftragen, auf den Tisch bringen

anrüchig 1. *ominös* (lat.) svw. unheilvoll, verdächtig, z. B. etwas klingt ominös 2. *dubios* (lat.) zweifelhaft, unsicher 3. *obskur* (lat.) dunkel, unbekannt, verdächtig, z. B. *Obskurant,* der (lat., Pl. -en) Dunkelmann, Finsterling 4. *suspekt* (lat.) verdächtig

Anrüchigkeit *Hautgout,* der (fr., ohne Pl.) svw. eigentümlicher, strenger Geruch

Anruf *Telefonat,* das (gr.-lat., Pl. -e)

Anrufbeantworter, vielseitiger ... *Voice-Mail-System,* das (engl.-am., Pl. -s) auch: elektronischer Briefkasten oder Sprachspeicherbox

Anrufung *Apostrophe,* die (gr.-lat., Pl. -n) feierliche Anrede oder e. Redner spricht plötzlich das Publikum an

Anrufung des Heiligen Geistes ... *Epiklese,* die (gr., Pl. -n) ... in der Liturgie der orthodoxen Kirche

Ansage *Diktat,* das (lat., Pl. -e) wird angesagt

Ansager *Conférencier,* der (lat.-fr., Pl. -s) z. B. im Kabarett

Ansammlung 1. *Akkumulation,* die (lat., Pl. -en) gespeicherte Energie, z. B. im Akkumulator; auch: Kapitalanhäufung nach Karl Marx zum Nachteil der Arbeiter 2. *Thesaurierung,* die (gr.-lat., Pl. -en) Gewinnansammlung im Unternehmen

ansässig sein *domizilieren* (lat.)

ansaugen *aspirieren* (lat.) z. B. Luft, Gase

anschaffen *akquirieren* (lat.) Kunden werben

Anschaffung *Akquisition,* die (lat., Pl. -en) Gewinnung neuer Kunden

Anschaffungskosten decken *amortisieren* (fr.) tilgen

anschauend *kontemplativ* (lat.) sinnlich ansehen

anschaulich 1. *demonstrativ* (lat.) langsam gehen, demonstrativ Einheit zeigen, Demonstrativpronomen: hinweisendes Fürwort; nicht verw. mit *demonstrieren* (lat.) beweisen, vorführen 2. *plastisch* (gr.-lat.-fr.) i. S. von einprägsam, deutlich; aber auch: knetbar; von der Oberfläche her erhaben 3. *informativ* (lat.) belehrend, aufschlußreich 4. *konkret* (lat.) gegenständlich; »Ich liebe das Konkrete.« (Roman Herzog, 1997) 5. *realistisch* (lat.) wirklichkeitsnah 6. *schematisch* (gr.) entwurfsmäßig 7. *transparent* (lat.-fr.) durchsichtig, durchscheinend

anschaulich machen 1. *konkretisieren* (lat.) 2. *demonstrieren* (lat.) auch: öffentlich kundtun; »Der Standort Deutschland soll produzieren, nicht demonstrieren« (G. Schröders geh. Tagebuch von H. Venske, 1997)

Anschaulichkeit *Plastizität,* die (gr.-lat., ohne Pl.) i. S. von Bildhaftigkeit

Anschauung 1. *Ideologie,* die (gr.-fr., Pl. -n) in der Politik: Denkvorstellung, Weltanschauung; nicht verw. mit *Idiolatrie,* die (gr., Pl. -n) Selbstvergötterung 2. *Mentalität,* die (lat., Pl. -en) i. S. von Auffassungsweise; nicht verw. mit dem Modewort *mental* (lat.) in Gedanken, geistig

Anschauung, nach der das Seiende erklärbar sei *Pantelismus,* der (gr.-lat., ohne Pl.) d. h. teleologisch (zielgerichtet) erklärbar

Anschauung, nach der wir vom Zufall beherrscht werden *Tychismus,* der (gr.-lat., ohne Pl.) Lehre des am. Philosophen Charles Peirce (1839-1914)

Anschauungsmaterial zu e. Vortrag *Handout,* das (engl.-am., Pl. -s) meist kostenloses Informationsmaterial

Anschein, beim ersten ... *prima facie* (lat.)

Anschlag 1. *Attentat,* das (lat.-fr., Pl. -e) politischer Mordanschlag oder i. S. von: e. Attentat vorhaben, etwas Bestimmtes wollen 2. *Kabale,* die (hebr.-fr., Pl. -n) heimtückischer Anschlag, Intrige, »Kabale und Liebe« (Drama); nicht verw. mit *Kabbala,* die (hebr., ohne Pl.) mittelalterliche jüd. Geheimlehre 3. *Machination,* die (lat., Pl. -en) arglistiger Anschlag 4. *Komplott,* das (fr., Pl. -e, -s) heimlicher Anschlag oder Ver-

schwörung; nicht verw. mit *Kompott,* das (fr., Pl. -s, -e) Eingemachtes
anschlagen *affichieren* (fr.) z. B. e. Werbeplakat
anschlagen, öffentlich ... *plakatieren* (fr.) »Ich würde blühende Landschaften plakatieren.« (Volker Rühe, Verteidigungsminister, 1998)
Anschlagzettel *Affiche,* die (fr., Pl. -n) Aushang
Anschleicher *Stalker,* der (engl.-am., Pl. -s) e. der voller Leidenschaft Leinwandstars verfolgt, z. B. Madonna, Sharon Stone; auch: Pirschjäger
Anschrift *Adresse,* die (fr., Pl. -n)
anschubsen *pushen* (engl.) auch: antreiben
Anschuldigung *Gravamen,* das (lat., Pl. ...mina) Vorwürfe (gegen den Klerus im 15. u. 16. Jh.)
anschwellend *crescendo* (lat.-it.) lauter, musik. Vortragsanw.
Anschwellung 1. *Erektion,* die (lat., Pl. -en) med. Versteifung des männlichen Gliedes 2. *Erektometer,* das (lat., Pl. –) Gerät, das Erektion aufzeichnet 3. *Glomus,* das (lat., Pl. ...mera) med., z. B. Geschwulst; nicht zu verw. mit *Globus,* der (lat., Pl. ...ben, ...busse) Erdkugel
Ansehen 1. *Autorität,* die (lat., ohne Pl.) Ansehen e. Person aufgrund von Wissen, Leistung u. Charakter 2. *Goodwill,* der (engl., Pl. -s) Ruf, Bedeutung e. Unternehmens 3. *Nimbus,* der (lat., Pl. -se) e. Art heiliges Ansehen 4. *Notabilität,* die (lat.-fr., ohne Pl.) i. S. von Vornehmheit 5. *Prestige,* das (lat.-fr., ohne Pl.) in gesellschaftlichem Sinn 6. *Renommee,* das (lat.-fr., Pl. -s) i. S. e. guten Rufs 7. *Reputation,* die (lat.-fr., ohne Pl.) i. S. e. guten Rufs 8. *Respektabilität,* die (lat.-fr., ohne Pl.) i. S. von Achtbarkeit 9. *Prestige,* das (fr., Pl. -s) Ansehen, Geltung, z. B. Angst vor Prestigeverlust 10. *Image,* das (lat.-fr.-engl., Pl. -s) auch: Vorstellung; »Unser Image ist besser geworden.« (Wolfgang Gerhardt, F.D.P.-Chef, 1998)
ansehnlich 1. *präsentabel* (lat.-fr.) vorzeigbar 2. *respektabel* (lat.-fr.) 3. *reputierlich* (lat.-fr.) 4. *respektierlich* (lat.-fr.) 5. *imposant* (fr.) eindrucksvoll, großartig; nicht verw. mit *impotent* (fr.) geschlechtlich unvermögend 6. *repräsentativ* (fr.) würdig, ansehnlich; aber auch: vertretend i. S. von Repräsentationsumfrage, um die herrschende Meinung zu ermitteln
Ansicht *Aspekt,* der (lat., Pl. -e) »das Hinsehen«; auch: Blickwinkel, Betrachtungsweise
Ansichtskartenheft ... *Leporello,* das (it., Pl. -s) ... das zieharmonikaartig zusammenzufalten ist; auch: Leporelloalbum z. B. als bes. Bilderbuch; eine Operngestalt Mozarts
Ansiedler, illegaler ... *Squatter,* der (lat.-engl., Pl. –) der sich ohne Rechtstitel auf Brachland niederläßt
Ansiedlung 1. *Settlement,* das (engl., Pl. -s) 2. *Kolonie,* die (lat., Pl. ...ien) Siedlung; aber auch: überseeische Besitzung e. Staates: *Kolonialismus,* der (lat., ohne Pl.) auf Erwerb von fremden Gebieten ausgerichtete Politik; nicht verw. mit *Kolonat,* das (lat., Pl. -e) in römischer Kaiserzeit: Grunderwerbsteuer
Anspannung 1. *Intension,* die (lat., Pl. -en) i. S. von Eifer; nicht verw. mit *Intention,* die (lat., Pl. -en) Absicht, Vorhaben 2. *Konzentration,* die (lat.-gr., Pl. -en) geistige Sammlung; auch: Zusammenziehung von Truppen oder Gehalt einer Lösung
Anspielung 1. *Innuendo,* das (lat.-engl., Pl. -s) versteckte Andeutung 2. *Allusion,* die (lat., Pl. -en) nicht verw. mit *Alluvion,* die (lat., ohne Pl.) angeschwemmtes Land
Ansporn *Inzentiv,* das (lat., Pl. -e) i. S. von Anreiz
anspornen *motivieren* (lat.) »Sie glauben gar nicht, wie das motiviert, wenn man schon begraben ist.« (Helmut Kohl, 1998)
anspornend *inzentiv* (lat.-engl.) i. S. von anreizend
Ansprache *Speech,* der (engl., Pl. -es) ugs.
ansprechen *reagieren* (lat.) z. B. e. Patient reagiert auf bestimmtes Medikament
ansprechend 1. *apart* (lat.-fr.) bes. Art u. Weise 2. *ästhetisch* (gr.-lat.) geschmackvoll
Anspruch 1. *Titel,* der (lat., ohne Pl.) Gerichtsurteile sind rechtliche Titel zur Durchsetzung von Ansprüchen 2. *Prätention,* die (lat.-fr., Pl. -en) Anspruch; auch: Anmaßung
anspruchslos 1. *primitiv* (lat.) auch urtümlich 2. *simpel* (fr.) 3. *spartanisch* (gr.) i. S. von hart, streng; von Spartakus: Führer des röm. Sklavenaufstandes u. Sparta: altgr. Stadtstaat, in dem es sehr streng zuging 4. *saturiert* (lat.) geistig gesättigt
anspruchsvoll 1. *exklusiv* (lat.-engl.) hohen Ansprüchen genügend; aber auch: ausschließlich, z. B. bei der Presse: Exklusivstory 2. *prätentiös* (lat.-fr.) im hochgestochenen Sinn
anstacheln *instigieren* (lat.) anregen
Anstalt 1. *Institution,* die (lat., Pl. -en) i. a. staatliche 2. *psychiatrische Klinik,* die (gr., Pl. -en) auch Irrenanstalt
Anstand 1. *Dekorum,* das (lat., ohne Pl.) Schicklichkeit 2. *Dezenz,* die (lat., ohne Pl.) i. S. vornehmer Zurückhaltung
Anstand, Schein des ... *Dehors,* die (lat.-fr., nur Pl.) z. B. die Dehors wahren
anständig 1. *dezent* (lat.) 2. *fair* (engl.) dem Gegner gegenüber, z. B. Fair play 3. *honett* (lat.-fr.) ehrenhaft 4. *reell* (fr.-lat.) z. B. reelles Geschäftsgebaren 5. *seriös* (lat.-fr.) glaubwürdig 6. *loyal* (lat.-fr.) anständig gegenüber dem Vorgesetzten

7. *honorig* (lat.) ehrenhaft; nicht verw. mit *humorig* (engl.) launig 8. *human* (lat.) menschlich 9. *integer* (lat.) unbescholten, e. integerer Charakter 10. *manierlich* (fr.) wohlerzogen 11. *solide* oder *solid* (lat.) zuverlässig

Anständigkeit 1. *Solidität,* die (lat.-fr., ohne Pl.) i. S. von Zuverlässigkeit 2. *Reellität,* die (lat.-fr., ohne Pl.) z. B. Anständigkeit im Geschäftsleben

Anstandsregeln mißachten *Taktlosigkeit,* die (lat.-dt., Pl. -en) »Taktlosigkeit ist der Entschluß, etwas zu sagen, das alle denken.« (Oscar Wilde)

anstarren *fixieren* (fr.) mit den Augen festhalten

anstecken *infizieren* (lat.) med. mit e. Krankheit

ansteckend 1. *kontagiös* (lat.) med. bez. Krankheiten 2. *miasmatisch* (gr.) med. i. S. von giftig 3. *virulent* (lat.) med. krankheitserregend 4. *infektiös* (lat.)

Ansteckung 1. *Infektion,* die (lat., Pl. -en) 2. *Kontagion,* die (lat., Pl. -en) med. Ansteckung mit Erregern

anstellen 1. *engagieren* (germ.-fr.) z. B. Künstler 2. *hire* (am.) z. B. Manager: »hire and fire« einstellen und hinauswerfen 3. *fabrizieren* (fr.) i. S. von: »Was wurde da wieder fabriziert!« auch: herstellen

Anstellung *Engagement,* das (germ.-fr., Pl. -s) e. Künstlers am Theater; aber auch: Einsatz zeigen

anstiftend *initiatorisch* (lat.) Anstoß bewirkend

Anstifter *Initiator,* der (lat., Pl. -en) Urheber

Anstoß 1. *Initiative,* die (lat.-fr., Pl. -n) 2. *Initialzündung,* die (lat.-dt., Pl. -en) zu e. Entwicklung 3. *Impetus,* der (lat., ohne Pl.) i. S. von Schwungkraft 4. *Impuls,* der (lat., Pl. -e) gedanklicher – oder auch elektrischer Impuls

anstößig 1. *shocking* (niederl.-fr.-engl.) i. S. von peinlich 2. *skandalös* (gr.-lat.-fr.) unerhört

anstreben 1. *anvisieren* (dt.-lat.-fr.) e. Ziel anvisieren 2. *intendieren* (lat.) i. S. von planen, beabsichtigen

anstreichen *pönen* (niederdt.) Schiffsteile werden gepönt (Seemannsspr.)

anstrengend *strapaziös* (it.)

Anstrengung 1. *Strapaze,* die (it., Pl. -n) große körperliche Anstrengung 2. *Schikane,* die (fr., Pl. -n) i. S. von Bosheit 3. *Tortur,* die (lat., Pl. -en) Folter, Qual

Anstrich *Touch,* der (engl., Pl. -s) mit bes. Note, z. B. ein Touch ins Ordinäre

Anstrich, giftiger ... *Antifouling,* das (gr.-engl., Pl. -s) ... für den unter Wasser befindlichen Teil e. Schiffes

Anstrichmittel *Firnis,* der (gr.-fr., ohne Pl.) seem. Anstrich ohne Farbpigmente

Ansturm *Run,* der (engl., Pl. -s) z. B. Run auf Aktien; »Der Run droht das gesamte Bankensystem zu paralysieren.« (Alexander Lebed, Jelzin-Rivale, Exgeneral, 1998)

Anteil 1. *Kontingent,* das (lat., Pl. -e) von Waren sichern oder zum Schutz der heimischen Wirtschaft: kontingentieren, d. h. die Einfuhr begrenzen 2. *Claim,* das (engl.-fr.-lat., Pl. -s) z. B. Anteil an e. Goldmine; auch: Claim abstecken 3. *Quantum,* das (lat., Pl. ...ten) e. kleine Menge 4. *Quote,* die (lat., Pl. -n) e. verhältnismäßiger Anteil, scherzhaft die »Quoten-Frauen« im deutschen Regierungskabinett 5. *Ration,* die (lat.-fr., Pl. -en) auch: Zuteilung 6. *Partie,* die (fr.) Teil; aber auch: Heiratsmöglichkeit, e. gute Partie machen oder Treffen e. Personengruppe, z. B. Gartenparty 7. *Portion,* die (lat., Pl. -en) i. S. von abgemessener Menge oder: er ist nur e. halbe Portion, ugs.: er zählt nicht

Anteil haben *partizipieren* (lat.-fr.)

Anteile ohne e. laufende Verzinsung *Zero Bond,* der (arab.-fr.-engl., Pl. -s) der Kaufpreis liegt um Zins u. Zinseszins unter dem eigentlichen Rückzahlungspreis

anteilig *partiell* (lat.-fr.)

Anteilnahme 1. *Desinteresse,* das (lat.-fr., ohne Pl.) i. S. von mangelnde Anteilnahme 2. *Interesse,* das (lat.-fr., ohne Pl.) 3. *Partizipation,* die (lat., Pl. -en) i. S. von Teilnahme

Anteilschein 1. *Zertifikat,* das (lat., Pl. -e) wirtsch. an e. Investmentgesellschaft halten 2. *Aktie,* die (lat.-niederl., Pl. -n) Anteilschein vom Stammkapital e. Aktiengesellschaft (AG) halten, »die Aktien steigen« (Börsensprache: die Chancen werden besser)

Anthologien, Titel arab. ... *Hamasa,* die (arab., Pl. -s)

antikes Fabeltier z. B. 1. *Tragelaph,* der (gr., Pl. -en) Hirschart 2. *Sphinx,* die (gr., Pl. -e) geflügelter Löwe mit Frauenkopf, in gr. Sage: Sinnbild des Rätselhaften; nicht verw. mit *Sphinkter,* der (gr., Pl. -e) med. Schließmuskel 3. *Zentaur,* der (gr., Pl. -en) Wesen der gr. Sage: halb Pferd, halb Mensch

Antikörper *Antitoxin,* das (gr.-lat., Pl. -e) med. im Körper gebildetes Gegengift

Antiqua- u. Kursivdruckschrift *Baskerville,* die (engl., ohne Pl.)

Antischleudersystem *Electronic Stability Programm,* das (engl., Pl. -s) kurz: ESP; das Schleudern in der Kurve wird durch das Abbremsen einzelner Räder verringert (beim PKW)

Antiteilchen, positiv geladenes ... des Elektrons *Positron,* das (gr.-lat., Pl. -en)

Antönen, *Akzent,* der (lat., Pl. -e) auch: Aussprache; »wortlos schoß einer der Gangster, er sprach mit reichsdeutschem Akzent ...« (Wiener Kurier, 1987)

Antrag abweisen *rejizieren* (lat.) rechtsw. Abweisung e. Antrags bei Gericht

Antrag *Petitum,* das (lat., Pl. ...ta) i. S. von Gesuch

Antragsteller *Proponent,* der (lat., Pl. -en)

antreiben 1. *aktivieren* (lat.-fr.) svw. in Gang setzen 2. *puschen* (engl.-am.) etwas vorantreiben, anstoßen z. B. e. Produkt in den Markt puschen

antreibend *inzentiv* (lat.-engl.) etwas durch Ideen voranbringen

Antreten *Appell,* der (lat-fr., Pl. -e) Soldaten treten zum Befehlsempfang an; aber auch: e. Appell richten an, i. S. von Aufruf

Antrieb 1. *Impetus,* der (lat., ohne Pl.) Ungestüm, mit Schwung 2. *Impuls,* der (lat., Pl. -e) Anstoß, e. Impuls folgend 3. *Motiv,* das (lat., Pl. -e) Beweggrund, Motivation, Anreiz

Antriebe, durch äußere ... *extrinsisch* (lat.) von außen

Antriebsart *Traktion,* die (lat., Pl. -en) z. B. durch Zugmaschinen

Antriebskraft *Movens,* das (lat., ohne Pl.) bewegender Grund; nicht verw. mit *Movieren,* das (lat., ohne Pl.) e. Wort nach dem jeweiligen Geschlecht abwandeln, z. B. Lehrer, Lehrerin

Antriebslosigkeit *Athymie,* die (gr., Pl. ...ien)

Antwort 1. *Refus* oder *Refüs,* der (lat.-fr., ohne Pl.) abschlägige Antwort 2. *Respons,* der (lat., Pl. -e) auf meine Bewerbung erhielt ich e. positiven Respons 3. *Replik,* die (lat.-fr., Pl. -en) Entgegnung, Erwiderung; aber auch: Nachbildung e. Kunstwerkes durch den Künstler selbst; nicht verw. mit *Replikat,* das (lat.-fr., Pl. -e) e. originalgetreue Nachbildung e. Kunstwerkes

antworten 1. *reskribieren* (lat.) i. S. von schriftlich antworten 2. *reagieren* (lat.) 3. *respondieren* (lat.) 4. *kontern* (lat.-fr.-engl.) schlagfertig erwidern; auch: sich aktiv zur Wehr setzen; nicht verw. mit *konterkarieren* (fr.) etwas hintertreiben

Antwortspiel *Quiz,* das (engl., ohne Pl.) Ratespiel

Antwortverhalten, verändertes ... *panel-effect,* der (engl., Pl. -s) ... e. routinierten Interviewpartners

anwachsen *eskalieren* (fr.-engl.) stetig steigernd, z. B. eskalierende Gewalt, Gewalteskalation

Anwalt *Advokat,* der (lat., Pl. -en) Rechtsanwalt, boshaft: Winkeladvokat

Anwaltschaft *Advokatur,* die (lat., Pl. -en) auch: Rechtsanwaltschaft

Anwärter 1. *Aspirant,* der (lat.-fr., Pl. -en) auf e. Position 2. *Kandidat* (lat.) z. B. cand. Ing.: Ingenieur-Anwärter 3. *in spe* (lat.): »in der Hoffnung« künftiger Positionsinhaber

Anwärter der höheren Beamtenlaufbahn *Assessor,* der (lat., Pl. ...oren)

Anwartschaft *Kandidatur,* die (lat., Pl. -en) »liege bei allen Meinungsumfragen ‚Kanzlerkandidatur' weit vorn, bei Emnid sogar 67 % für mich« (G. Schröders geh. Tagebuch von H. Venske, 1997)

anweisen 1. *instruieren* (lat.) 2. *assignieren* (lat.) Geldüberweisung auf e. anderes Konto veranlassen

Anweisender *Assignant,* der (lat., Pl. -en) e. geldüberweisende Person

Anweisung 1. *Direktive,* die (lat., Pl. -n) z. B. Verhaltensanweisung 2. *Instruktion,* die (lat., Pl. -en) z. B. zur Betreibung von Maschinen; aber auch: Anweisungen von e. Trainer 3. *Order,* die (engl.-lat.-fr., Pl. -s) i. S. e. Befehls 4. *Diktat,* das (lat., Pl. -e) Vorschrift, Befehl; aber auch: Gesagtes aufschreiben

Anweisung geben, jmd. e. kurze ... *briefen* (engl.)

anwendbar 1. *applikabel* (lat.) 2. *praktikabel* (gr.-lat.) i. S. von zweckmäßig; auch: durch-, ausführbar; nicht verw. mit *praktizieren* (gr.-lat.) verwirklichen

anwenden *applizieren* (lat.) aber auch: verabreichen oder aufnähen, Farbe auftragen

Anwender, EDV-... *User,* der (engl., Pl. -s) »Ich bin ein dummer User, eigentlich das perfekte Marketingmodell.« (Andrew S. Grove, Intel-Chef, 1997)

Anwendung *Applikation,* die (lat., Pl. -en) Zuführung, auch: Verordnung von Medikamenten; nicht verw. mit *Applikator,* der (lat., Pl. -en) düsenförmiges Teil, mit der Salbe z. B. in den Darm gedrückt wird

anwendungsbezogen *pragmatisch* (gr.-lat.) i. S. von sachbezogen, es hieß, Kanzler Helmut Schmidt war e. pragmatischer Politiker

anwesend 1. *präsent* (lat.) wirklich da 2. *existent* (lat.) vorhanden

Anwesenheit *Präsenz,* die (lat.-fr., ohne Pl.)

Anwesenheit, körperliche ... e. Person an zwei Orten ... *Bilokation,* die (lat., Pl. -en) ... zur selben Zeit; z. B. in Heiligenlegenden

anwidern *degoutieren* (lat.-fr.) auf Sachen u. Personen bezogen

Anwohner *Adjazent,* der (lat., Pl. -en) an e. Grundstück angrenzend

Anzahl 1. *Legion,* die (lat., ohne Pl.) z. B. e. unbestimmte Menge, Anzahl; aber auch: *Legion,* die (lat., Pl. -en) röm. Heereseinheit bis 6000 Mann 2. *Quantität,* die (lat., Pl. -en) i. S. von Menge 3. *Kontingent,* das (lat., Pl. -e) Anteil, begrenzte Menge, z. B. kontingentierte Ware 4. *Quote,* die (lat., Pl. -n) Beziehungszahl in der Statistik, z. B. scherzhaft: »Quotenfrau« im Regierungskabinett

Anzahl von Schlägen *Par* (engl.) ... die sich nach dem Abstand des Abschlags vom Loch richtet (festgesetzt, für jedes Loch des Golfplatzes)

Anzahlung 1. *Akonto,* das (it., Pl. -s) z. B. e. Akonto-Zahlung tätigen 2. *Vadium,* das (lat.-germ., Pl. ...ien) aus der Hist. stammende Anzahlung in Form e. Gegenstandes, der bei Geschäftsabwicklung zurückgegeben wurde

Anzeichen 1. *Indikator,* der (lat., Pl. ...oren) Merkmal; auch: Stoff, z. B. Lackmus, der durch Farbwechsel e. chem. Reaktion anzeigt 2. *Indiz,* das (lat., Pl. ...ien) »Anzeige«, deutet auf e. best. Sachverhalt hin 3. *Kriterium,* das (gr.-lat., Pl. ...ien) svw. Kennzeichen, Prüfstein 4. *Signal,* das (lat.-fr., Pl. -e) i. S. von Zeichen, das auf optischem oder akustischem Weg gegeben wird 5. *Symptom,* das (gr., Pl. -e) »vorübergehende Eigentümlichkeit«; auch: Merkmal, Krankheitszeichen

Anzeige 1. *Advertisement,* das (engl., Pl. -s) 2. *Advertising,* das (engl., Pl. -s) Werbung 3. *Delation,* die (lat., Pl. -en) verleumderische 4. *Denunziation,* die (lat., Pl. -en) aus niederen Beweggründen, z. B. aus Rache 5. *Annonce,* die (österr.-fr., Pl. -n) z. B. Zeitungsanzeige aufgeben, z. B. e. Stellenannonce schalten; nicht verw. mit *Annonceuse,* die (fr., Pl. -n) e. Angestellte im Gaststättengewerbe 6. *Inserat,* das (lat., Pl. -e) Anzeige in e. Zeitung aufgeben 7. *Insertion,* die (lat., Pl. -en) Aufgeben, Schalten e. Anzeige; aber auch med.: Ansatz, d. h. Befestigung von Muskeln an Knochen

anzeigen 1. *annoncieren* (lat.-fr.) 2. *inserieren* (lat.) 3. *notifizieren* (lat.) i. S. von benachrichtigen; aber auch: wirtsch. Mitteilung, daß e. Wechsel nicht eingelöst wurde 4. *denunzieren* (lat.) anzeigen aus niederen Beweggründen, z. B. Rache

Anzeigen herausschneiden *Clipping,* das (engl., ohne Pl.)

anzeigend *symptomatisch* (gr.) i. S. von bezeichnend

Anzeigenvirus *Advirus,* der (engl., Pl. ...ses) benutzt e. PC-Teilnehmer »always«, erscheint als Virus die Coca-Cola-Werbung; bei »nichts ist unmöglich« taucht »Toyota« als Werbevirus auf; Idee stammt aus dem Cyberpunk (bes. Szene im kalifornischen Silicon Valley), Roman »Erde« von David Bin

Anzeigenwerber *Akquisiteur,* der (lat., Pl. -e) allg.: Werber, Geschäftsanbahner

anziehend 1. *apart* (lat.-fr.) 2. *attraktiv* (lat.-fr.) 3. *sexy* (engl.) i. S. von erotisch, mit sexuellem Reiz; e. Sextaner ist kein Sexmonster, sondern e. Schüler der Sexta: erste Klasse der höheren Schule

Anziehung *Attraktion,* die (lat.-fr.-engl., Pl. -en)

Anziehungsdruck zwischen zwei flachen, parallelen Metallplatten ... *Casimir-Effekt,* der (lat.-Eigenn., Pl. -e) ... die sich in sehr geringem Abstand voneinander in e. Vakuum befinden (Phys.)

Anziehungskraft 1. *Gravitation,* die (lat., ohne Pl.) Schwerkraft, die aufgrund von Masse besteht, 2. *Magnetismus,* der (gr., ohne Pl.) Anziehungskraft, auch Heilverfahren

Anziehungskraft, erotische ... *Sex-Appeal,* der (engl.-am., ohne Pl.) ... bes. e. Frau; »Sex-Appeal ist das, was Männer nur mit den Händen beschreiben können.« (Uschi Glas)

Anzug, enganliegender ... *Body,* der (engl., Pl. ...ies) auch: Körper

anzüglich *pikant* (lat.-fr.) i. S. e. Witzes mit zweideutigem Inhalt

Anzüglichkeit 1. *Pikanterie,* die (lat.-fr., Pl. ...ien) z. B. Witze mit zweideutigem Inhalt 2. *Frivolität,* die (lat.-fr., Pl. -en) Leichtfertigkeit; auch: Schamlosigkeit

Apartment *Penthouse,* das (engl., Pl. -s) exklusive Dachwohnung; nicht verw. mit: dem Erotik-Magazin »Penthouse«

Apfel, in den sauren ... beißen *molestiam devorare* (lat., Zitat) auch: den Verdruß hinunterschlukken

Apfel, kleiner ... *Pepping,* der (engl., Pl. -e, -s)

Apfelbranntwein *Calvados,* der (fr., ohne Pl.)

Apfelsorte 1. *Golden Delicious,* der (engl., ohne Pl.) 2. *Reinette,* die (fr., Pl. -n)

Apostelbrief ... *Epistel,* die (gr.-lat., Pl. -n) ... im Neuen Testament; auch Sendschreiben

Apostelgeschichte *Apostolorum,* die (lat., nur Pl.) »Taten der Apostel« (im Neuen Testament)

Apotheke *Offizin,* die (lat., Pl. -en) aber auch: große Buchdruckerei; nicht verw. mit *Offizium,* das (lat., Pl. ...ien) Obliegenheit; auch: Chorgebet

Apotheker *Pharmazeut,* der (gr., Pl. -en)

Appetitanreger *Appetizer,* der (lat.-engl., Pl. –)

appetitlich *gustiös* (lat.-it.) z. B. Speisen, das ist nach meinem Gusto: Geschmack; Neigung

Appetitlosigkeit *Anorexie,* die (gr.-lat., ohne Pl.)

Aquarienliebhaber *Aquarianer,* der (lat., ohne Pl.)

Arbeit 1. *Dissertation,* die (lat., Pl. -en) Doktorarbeit 2. *Elaborat,* das (lat., Pl. -e) schlechte Ausarbeitung 3. *Studie,* die (lat., Pl. -en) 4. *Job,* der (engl.-am., Pl. -s) Gelegenheitsarbeit; Job-hopper: jemand, der ständig sein Arbeitsverhältnis wechselt 5. *Aktivität,* die (lat., Pl. -en) i. S. von Tätigkeitsdrang 6. *Funktion,* die (lat., Pl. -en) i. S. von Aufgabe 7. *Œuvre,* das (fr., Pl. -s) Gesamtwerk e. Künstlers 8. *Opus,* das (lat., ohne Pl.) musik. Werk 9. *Danaidenarbeit,* die (gr.) vergebliche Arbeit, nach gr. Sage, in der die Töchter des Danaos in der Unterwelt e. Faß ohne Boden mit Wasser füllen mußten 10. *Sisyphusarbeit,* die (gr.) nach Sisyphos, e. gr. Sagengestalt, die zu e. niemals endenden Steinwälzen (auf einen Berg) verurteilt worden war, also: vergebliche Arbeit, sinnlose Anstrengung; nicht verw. mit *Syphilis,* die (lat.) Geschlechtskrankheit, nach dem erkrankten Hirten Syphilus 11. *Pensum,* das (lat., Pl. ...sa) i. S. e. zugeteilten Arbeit, z. B. Lernpensum

Arbeit, nach getaner ... ist gut ruhen *acti labores iucundi l* (lat., Zitat) angenehm sind die erledigten Arbeiten

Arbeit, praktische ... *Fieldwork,* das (engl., Pl. -s) auch: Tätigkeit an der Interview-Front; Außendiensttätigkeit

arbeiten 1. *hantieren* (niederl.) handhaben 2. *malochen* (hebr.) schwer arbeiten 3. *funktionieren* (lat.-fr.) i. S. e. arbeitenden Maschine

arbeitenden, die ... Armen *working poor,* die (engl., nur Pl.) gemeint sind Personen, die e. Einkommen haben, das in Höhe der Sozialhilfe liegt

Arbeiter, der wenig, aber mit Lust tätig ist *Slobby,* der (engl.-am., Pl. ...ies) von: slower but better working people; sie wollen gut verdienen, doch der Karriere nicht die gesamte Freizeit opfern

Arbeiter, in den USA umherziehender ... *Hobo,* der (engl.-am., Pl. -s) ... zu Beginn des 20. Jhs.

Arbeiterklasse *Proletariat,* das (lat.-fr., Pl. -e) seit 1960 spricht man vom akademischen Proletariat

Arbeiterklasse, Angehöriger *Proletarier,* der (lat., ohne Pl.) »Proletarier aller Länder, vereinigt euch!« (Marx, Engels: »Das kommunistische Manifest«)

Arbeiterpartei *Labour Party,* die (engl.-lat., ohne Pl.)

Arbeitgeber 1. *Boß,* der (am., Pl. ...sse) 2. *Patron,* der (lat., Pl. -e, -s) i. S. e. Gönners; aber auch: unliebsamer Mensch: scheinheiliger Patron 3. *Chef,* der (österr., Pl. -s) i. S. von Vorgesetzter, Chefsache: Kanzler Kohl pflegte häufig wichtige Dinge zur »Chefsache« zu machen

Arbeitsgebiet 1. *Domäne,* die (lat.-fr., Pl. -n) Gebiet, in dem man sich bes. gut auskennt 2. *Ressort,* das (fr., Pl. -s) ministerielle Fachgebiete, z. B. Wirtschaftsressort

Arbeitsgemeinschaft 1. *Kollektiv,* das (lat., Pl. -e) häufig verwendeter Ausdruck im einst sozialistischen Teil Deutschlands 2. *Team,* das (engl., Pl. -s) 3. *Kommune,* die (lat., Pl. -n) svw. Wirtschaftsgemeinschaft

Arbeitshose aus blauer, fester Baumwolle *Blue jeans,* die (engl.-am., nur Pl.)

Arbeitskleidung 1. *Montur,* die (fr., Pl. -en) Arbeitsanzug, z. B. »Blaumann« 2. *Uniform,* die (österr., Pl. -en) einheitliche Dienstkleidung bes. der Soldaten 3. *Overall,* der (engl., Pl. -s) Arbeitsanzug aus e. Stück, nach »über alles« ziehen

Arbeitskleidung, Trend zur modischen ... *Workwear-Trend,* der (engl.-am., Pl. -s) die sog. »Blaumänner« werden heute in best. Diskotheken u. Szenelokalen getragen

Arbeitskreis ... *Workshop,* der (engl., Pl. -s) eigtl.: Werkstatt; ... in dem e. best. Thema erörtert wird oder Lösungen erarbeitet werden

Arbeitskunde *Ergologie,* die (gr.-lat., ohne Pl.) Arbeitsgeräte-Forschung

Arbeitsmarkt, Revolution auf dem ... *Job-Revolution,* die (engl.-am., ohne Pl.) steigende Arbeitslosenzahlen bei wirtschaftlichem Wachstum sind das Kriterium moderner Industriegesellschaften (der einstigen Arbeitsgesellschaft geht die Arbeit aus)

Arbeitsmenge *Pensum,* das (lat., Pl. Pensen, Pensa) zu erledigender Lehrstoff; »das Leben ist e. Pensum zum Abarbeiten« (Arthur Schopenhauer)

Arbeitsplatzteilung *Job-sharing,* das (engl., Pl. -s) wirtsch. Teilung der Gesamtarbeitszeit auf mehrere Arbeitnehmer

Arbeitsraum 1. *Laboratorium,* das (lat., Pl. ...rien) wissenschaftlicher Raum für z. B. physikalische Experimente 2. *Studio,* das (lat.-it., Pl. -s) z. B. Foto-, Filmstudio 3. *Atelier,* das (lat.-fr., Pl. -s) Arbeitsraum e. Künstlers; nicht verw. mit *Atelie,* die (lat., Pl. ...ien) das Vorhandensein infantiler (kindlicher) Merkmale bei erwachsenen Personen

Arbeitsstoff *Material,* das (lat., Pl. -ien) z. B. Holz, Stahl

Arbeitssüchtiger *Workaholic,* der (engl.-arab.)

Arbeitstagung 1. *Klausur,* die (lat., Pl. -n) in geschlossener Gruppe 2. *Konferenz,* die (lat., Pl. -en) Konferenzteilnehmer 3. *Symposium,* das (gr., Pl. ...ien) Tagung, auf der meist wissenschaftliche Fragen diskutiert werden; Trinkgelage im alten Griechenland 4. *Meeting,* das (engl., Pl. -s)

arbeitsunfähig *invalid(e)* (lat.-fr.) ständig

Arbeitsunfähigkeit *Invalidität,* die (lat.-fr., ohne Pl.) ständig

Archivbeamter *Archivar,* der (gr., Pl. -e) auch: Fachmann, der in e. Archiv arbeitet

Archivraum *Magazin,* das (arab.-it., Pl. -e) Raum, in dem Schriftstücke längerfristig aufgehoben werden

Ärger *Trouble,* der (engl., ohne Pl.)

ärgern *ennuyieren* (lat.-fr.)

Ärgernis *Skandal,* der (gr.-lat.-fr., Pl. -e) öffentlich u. schockierend; Frau, die häufig Skandale auslöst: »Skandalnudel«, z. B.: Nina Hagen

Arglist 1. *Intriganz,* die (lat.-it.-fr., ohne Pl.) hinterlistiges Verhalten 2. *Dolus,* der (lat., ohne Pl.) rechtsw. in vollem Bewußtsein: Dolus directus; hinnehmend: Dolus eventualis

arglistig 1. *dolus* (lat.) rechtsw. i. S. e. vorsätzlichen Handelns 2. *intrigant* (lat.-it.-fr.) i. S. von hinterlistig 3. *maliziös* (lat.-fr.) hämisch

arglos *naiv* (fr.-lat.) kindlich

Arglosigkeit *Naivität,* die (lat.-fr., ohne Pl.) kindliches Denken, z. B. sie war von erschütternder Naivität

Argwohn 1. *Ombrage,* die (lat.-fr., ohne Pl.) auch: Verdacht; Mißtrauen 2. *Soupcon,* der (lat.-fr., Pl. -s) auch: Verdacht

argwöhnen *präsumieren* (lat.) nicht verw. mit: *präservieren* (lat.) vor. e. Übel schützen

Arm, den ... betreffend *brachial* (gr.) auch: mit roher Körperkraft

Armband *Brasselett,* das (gr.-lat.-fr., Pl. -e)

Armbandgerät, das piepst *Scall,* das (engl., Pl. -s) ... u. auf e. Display die Telefonnummer e. möglichen Anrufers zeigt

Arme, die die Armut als kulturelles Erbe begreifen *Nouveaux Pauvres,* die (fr., nur Pl.) »neue Arme«; Bewegung aus Frankreich, die spartanische Ästhetik liebt; bevorzugtes Ambiente ist der Sperrmüll

Armee Israels *Zahal,* die (hebr., ohne Pl.)

Armee, ungarische ... *Honved,* die (ung., ohne Pl.) von 1919-1945; auch: ung. Soldat

Armenhaus *Hospital,* das (lat., Pl. ...täler) auch Krankenhaus

Armensteuer im Islam *Zakat,* die (arab., ohne Pl.) Almosenpflicht

Armenviertel 1. *Slum,* die (engl., Pl. -s) 2. *Favela,* die (port., Pl. -s) Armenviertel in Brasilien

Armlehne *Accoudoir,* das (lat.-fr., Pl. -s) am Chorgestühl

Armleuchter 1. *Girandole,* die (it.-fr., Pl. -n) mehrarmiger Leuchter 2. *Lüster,* der (germ., Pl. -s) Kronleuchter; auch: *Luster,* der (fr.-österr., Pl. -s) 3. *Kandelaber,* der (fr., Pl. -s) Standleuchter 4. *Ampel,* die (germ., Pl. -n) Hängelampe; auch: Verkehrsampel 5. *Minora,* die (hebr., Pl. ...ren) siebenarmiger Leuchter der Juden 6. *Flambeau,* der (fr., Pl. -s) auch: Fackel

armselig 1. *miserabel* (lat.-fr.) erbärmlich 2. *mesquin* (arab.-it.-fr.)

Armseligkeit *Mesquinerie,* die (arab.-it.-fr., Pl. ...ien)

Armsessel *Fauteuil,* der (germ.-fr., Pl. -s)

Armut 1. *Paupertät,* die (lat., ohne Pl.) 2. *Pauperismus,* der (lat., ohne Pl.) Armut der Massen

Armut schändet nicht *paupertas non est probro* (lat., Zitat)

Armut tut weh *paupertas mordet* (lat., Zitat)

Armutsbescheinigung 1. *Testimonium,* das (lat.-engl., Pl. ...ien) Erlassen von z. B. Prozeßkosten durch Vorlage eines Testimoniums (Armutszeugnis) 2. *testimonium paupertatis* (lat.)

Arschloch, Trottel *Nerd,* der (am., Pl. -s) der Nerd ist e. rechts denkender Amerikaner: denkfaul, ungebildet, konfliktunfähig; merkwürdigerweise haben einige dt. Blätter den jungen Bill Gates als »Nerd« bezeichnet u. mit »intelligenter Eierkopf« übersetzt

Art 1. *Genre,* das (fr.-lat., Pl. -s) 2. *Genus,* der (lat., Pl. Genera) z. B. Genuskauf, nur der Art nach best. Ware 3. *Manier,* die (lat.-fr., Pl. -en) Art u. Weise 4. *Spezies,* die (lat., ohne Pl.) bestimmte Tier- bzw. Pflanzenart; auch wirtsch. Spezieskauf: Erwerb e. genau definierten Ware 5. *Variante,* die (lat.-fr., Pl. -n) i. S. von abweichende Eigenart 6. *Fasson,* die (österr.-fr., Pl. -s) Art, Muster, Form, »jeder nach seiner Fasson« 7. *Kategorie,* die (gr., Pl. ...ien) Gattung, z. B. »e. bes. Kategorie Mensch« 8. *Modalität,* die (lat., Pl. -en) Art u. Weise, nach best. Modalitäten vorgehen 9. *Modus,* der (lat., Pl. Modi) Art u. Weise; Modus vivendi, svw. leidliches Verhältnis 10. *Praktik,* die (gr., Pl. -en) Art e. Ausübung; auch: Gaunerei 11. *Temperament,* das (lat., Pl. -e) Wesensart

Art des Ausdrucks *Stil,* der (lat., Pl. -e) »Eine Frau ohne Stil hat auch in e. Kleid mit Stil keinen Stil.« (Karl Lagerfeld, Modeschöpfer)

Art u. Weise, nach ... *ad modum* (lat.)

Art, nach ... von *à la* (fr.)

arteigen *spezifisch* (lat.-fr.) kennzeichnend

Artenkreuzung *Bastardierung,* die (fr., Pl. -en) auch: Rassenmischung

artig 1. *manierlich* (lat.-fr.) wohlerzogen 2. *integer* (lat.) unbescholten, i. S. von: integerer Charakter 3. *korrekt* (lat.) i. S. von: ordentlich, genau

Artigkeit *Politesse,* die (lat.-it.-fr., Pl. -n) i. S. von Höflichkeit

Artikel 1. *Kolumne,* die (lat., Pl. -n) erscheint regelmäßig, ist kurz gefaßt 2. *Glosse,* die (gr., Pl. -n) kurzer, bisweilen spöttischer Artikel 3. *Story,* die (engl., Pl. -ies) Geschichte; Ernest Hemingway, der Meister der Short-stories 4. *Pamphlet,* das (fr., Pl. -e) Schmähschrift 5. *Feature,* das (engl., Pl. -s) aktueller Dokumentarbericht, meist mit Fotos 6. *Exposé,* das (fr., Pl. -s) Bericht, Zusammenfassung; nicht verw. mit: *Exposition,* die (lat., Pl. -en) Einführung eines Dramas

Artikel für e. Kurzmeldung *Shorty,* der (engl.-am., Pl. ...ies)

Artilleriewaffe, erste ... *Katapult,* das (gr.-lat., Pl. -e) Schleudermaschine des Altertums, die erste ließ Dionysios in Syrakus um 380 v. Chr. entwickeln

Artist, der im Werfen u. Fangen von Bällen geübt ist *Jongleur,* der (lat.-fr., Pl. -e) auch: Geschicklichkeitskünstler; »... aber dieser Nick Leeson, ein 28jähriger Finanzjongleur, ist einfach sensationell.« (G. Schröders geh. Tagebuch von H. Venske, 1997)

Artkreuzung *Bastardierung,* die (fr., Pl. -en) i. S. e. Rassenmischung

Artwort *Adjektiv,* das (lat., Pl. -e) Eigenschaftswort

Arznei 1. *Medizin,* die (lat., ohne Pl.) 2. *Therapeutikum,* das (gr.-lat., Pl. ...ka) Heilmittel 3. *Medikament,* das (lat., Pl. -e) 4. *Pharmazeutikum,* das (gr., Pl. ...ka) 5. *Präparat,* das (lat., Pl. -e) 6. *Placebo,* das (lat., Pl. -s) unwirksame Scheinarznei 7. *Antibabypille,* die (gr.-engl., Pl. -n) 8. *Pharmakon,* das (gr., Pl. ...ka) 9. *Remedium,* das (lat., Pl. ...ien) 10. *Tonikum,* das (gr.-lat., Pl. ...ka) 11. *Tinktur,* die (lat., Pl. -en) meist flüssiger Arzneiauszug 12. *Tranquilizer,* der (lat.-engl., ohne Pl.) beruhigende Medizin

Arznei- u. Nahrungsmittel, Mischung daraus *Neutroceuticals,* die (lat.-engl., nur Pl.) bereits jetzt kennt der Nahrungsmittelmarkt Produkte, die anregende oder beruhigende Substanzen führen; vielleicht gibt es schon bald das »Antidepressions-Hühnersüppchen«

Arzneibuch *Dispensatorium,* das (lat., Pl. ...ien)

Arzneikügelchen *Granulum,* das (lat., Pl. ...la)

Arzneimittel mit bes. Aufbewahrungspflicht *Separandum,* das (lat., Pl. ...da) z. B. Gifte u. Opiate

Arzneimittel zur Syphilisbehandlung *Salvarsan,* das (Eigenn., ohne Pl.)

Arzneimittel, kreislaufanregendes ... *Exzitans,* das (lat., Pl. ...tanzien)

Arzneimittel, pflanzliche ... *galenische Mittel,* die (lat., dt., ohne Pl.) ... die in Apotheken hergestellt werden

Arzneimittelform 1. *Tablette,* die (lat.-fr., Pl. -n) fest gepreßt 2. *Tinktur,* die (lat., Pl. -en) als Flüssigkeit 3. *Spray,* das (niederl.-engl., Pl. -s) Zerstäubung e. Flüssigkeit mittels Gas, Spraydose 4. *Dragée,* das (gr.-lat.-fr., Pl. -s) mit e. Glanzüberzug versehene Flüssigkeit oder feste Masse 5. *Liquor,* der (lat., ohne Pl.) flüssiges Arzneimittel

Arzneimittelmenge 1. *Dosis,* die (gr.-lat., Pl. ...sen) 2. *Dosierung,* die (gr.-lat., Pl. -en) Abgabe best. Medikamentenmengen; nicht verw. mit *Dossierung,* die (lat.) e. flache Böschung

Arzneiverordnung *Medikation,* die (lat., Pl. -en)

Arzt 1. *Mediziner,* der (lat., Pl. –) 2. *Therapeut,* der (gr., Pl. -en) behandelnder Arzt 3. *Medikus,* der (lat., Pl. ...ici) scherzhaft für Mediziner 4. *Obduzent,* der (lat., Pl. -en) »Leichenöffner« 5. *Hakim,* der (arab., Pl. -s) »el Hakim«, der (berühmte) Arzt in Ägypten 6. *Traumatologe,* der (gr.-lat., Pl. -n) Arzt für Wundbehandlungen 7. *Gynäkologe,* der (gr., Pl. -n) Frauenarzt, von *Gynäkeion,* das (gr., Pl. ...keien) Frauengemach e. altgr. Hauses 8. *Neurologe,* der (gr., Pl. -n) Nervenarzt 9. *Ophthalmologe,* der (gr., Pl. -n) Augenarzt 10. *Hämatologe,* der (gr., Pl. -n) Arzt für Blutkrankheiten 11. *Dermatologe,* der (gr., Pl. -n) Hautarzt 12. *Anatom,* der (gr., Pl. -en) Lehrer, Arzt der *Anatomie,* die (gr., Pl. ...ien) des Körperbaus der Lebewesen 13. *Chirurg,* der (lat.-gr., Pl. -en) Facharzt für operative Medizin; nicht verw. mit *Chiromant,* der (gr., Pl. -en) Handliniendeuter 14. *Veterinär,* der (fr.-lat., Pl. -e) Tierarzt 15. *Homöopath,* der (gr., Pl. -en) Arzt, der Mittel in stark verdünnter Form verabreicht, i. S. von Naturheilkundler 16. *Pathologe,* der (gr., Pl. -n) Wissenschaftler oder Lehrer, der sich mit den Krankheiten beschäftigt, insbesondere mit ihrer Entstehung u. Heilung; in diesem Sinn: Arzt für Allgemeinmedizin 17. *Doktor,* der (lat., Pl. -en) i. S. von: »Herr Doktor« für die Anrede des Arztes, weil dieser meist den akadem. Grad »Doktor der Medizin« (Dr. med.) besitzt 18. *Witch-doctor,* der (engl., Pl. -s) Doktor als Hexenmeister, Medizinmann bei Naturvölkern 19. *Schamane,* der (sanskr., Pl. -n) Medizinmann i. S. von Zauberpriester bei Naturvölkern 20. *Kurpfuscher,* der (lat.-dt., ohne Pl.) e. schlechter Arzt

Arzt für seelische Erkrankungen ... *Psychotherapeut,* der (gr.-lat., Pl. -en) ... die durch systematische Beeinflussung (Suggestion, Hypnose, Psychoanalyse) des Seelenlebens geheilt werden sollen; »Der Psychotherapeut ist e. Mann, der dem Vogel, den andere haben, das Sprechen beibringt« (Wolfgang Gruner)

Arzt, der e. Leichenöffnung (Obduktion) vornimmt *Obduzent,* der (lat., Pl. -en)

Arzt, der sich mit Krankheitsbildern befaßt *Pathologe,* der (gr.-lat., Pl. -n) »Und die Täter waren nicht Kämpfer für Recht u. Freiheit, sondern Ideologen u. Pathologen.« (Der Spiegel, 1996)

Arztbericht, kritischer ... *Katamnese,* die (gr.-lat., Pl. -n) ... u. abschließender Krankenbericht

Ärzteeid *Hippokratischer Eid,* der (gr., Pl. -e) nach altgr. Arzt Hippokrates

ärztliche Bescheinigung *Attest,* das (lat., Pl. -e)

As 1. *Kapazität,* die (lat., Pl. -en) hervorragender Fachmann; auch: Fassungsvermögen 2. *Koryphäe,* die (gr.-lat.-fr., Pl. -n) »an der Spitze Stehender«; auch: Chorführer im antiken Drama

As im Kartenspiel *Daus,* das (lat.)

Asket 1. *Fakir,* der (arab., Pl. -e) indischer Büßer, der körperliche Schmerzen erleidet, schläft z. B. auf e. Nagelbrett 2. *Jogi,* der (sanskr., Pl. -s) indischer Büßer, der Joga (indische Philos.) ausübt

Asket, frühchristlicher ... *Stylit,* der (gr., Pl. -en) eigtl. Säulenheiliger (der auf e. Säule lebte)

Aspikpastete *Timbale,* die (arab.-sp.-fr., Pl. -n)

Atem 1. *Halitus,* der (lat., ohne Pl.) nicht verw. mit *Habitus,* der (lat., ohne Pl.) Erscheinungsbild e. Menschen 2. *Spiritus,* der (lat., ohne Pl.) i. S. von Lebensgeist, z. B. Spiritus sanctus: heiliger Geist oder Spiritus rector: vorantreibender Geist; aber auch: brennbare Flüssigkeit, Brennspiritus

atembar *respirabel* (lat.) z. B. Luft oder Gas

Atemfilter *Respirator,* der (lat., Pl. ...oren)

Atemlähmung *Apnoe,* die (gr.-lat., ohne Pl.)

atemlos sein *echauffiert* (lat.-fr.) auch: erhitzt, aufgeregt

Atemnot *Phrenokardie,* die (gr.-lat., Pl. ...ien)

Atemstillstand *Apnoe,* die (gr.-lat., ohne Pl.)

Atemtestgerät, kleines ... *Oral Checker,* der (lat.-engl., ohne Pl.) ... aus Japan, zeigt an, ob die Mundhygiene verbessert werden sollte

Äthiopien *Abessinien,* das (Eigenn. aus früherer Zeit) auch: scherzh. Nacktbadestrand

atme, so lange ich ..., hoffe ich *dum spiro, spero* (lat., Zitat)

atmen *respirieren* (lat.)

Atmen, regelmäßiges ruhiges ... *Eupnoe,* die (gr., ohne Pl.) med.

atmen, schneller u. tiefer ... *hyperventilieren* (gr.)

Atmosphäre 1. *Feeling,* das (engl., Pl. -s) bes. Gefühl vorfinden 2. *Aura,* die (lat., ohne Pl.) bes. Ausstrahlung; nicht verw. mit *Aurar,* isländische Währungseinheit 3. *Ambiente,* das (lat., ohne Pl.) Umwelt, Atmosphäre 4. *Fluidum,* das (lat., ohne Pl.) von e. Person oder Sache ausgehende bes. Wirkung 5. *Flair,* das (fr., ohne Pl.) auch: Ausstrahlung

Atmung *Respiration,* die (lat., ohne Pl.)

Atmungsgerät *Respirator,* der (lat., Pl. ...oren)

Atmungsorgan 1. *Pulmo,* der (lat., Pl. ...mones) auch: Lunge 2. *Trachee,* die (gr.-lat., Pl. -n) vieler Gliedertiere; auch: Pflanzengefäß (durch Zellfusion entstanden)

atomare, biologische, chemische Kampfmittel *ABC-Waffen,* die (dt., nur Pl.)

Atomkernspaltung *Fission,* die (lat.-engl., Pl. -n) nicht verw. mit *Fusion,* die (lat., Pl. -en) Verschmelzung, z. B. von Unternehmen; auch Kernfusion

Atomwaffen, Nichtweitergabe von ... *Nonproliferation,* die (engl.-am.)

Attentäter *Terrorist,* der (lat.-fr., Pl. -en) meist pol. motiviert

Attrappe *Dummy,* der (engl., Pl. -ies) auch: Scheinpackung, Unfallpuppe bei Tests

Attrappe, wirklichkeitsnahe ... *Mock-up,* das (engl., Pl. -s) Bez. im Flugzeugbau

ätzend *kaustisch* (gr.-lat.) chem. Begriff

auch *alias* (lat.) z. B. Müller (auch genannt) alias Gamaschen-Ede oder Karl-Heinz Schwensen alias Neger Kalle, e. Kiezgröße von St. Pauli

auf Abruf *on call* (engl.) wirtsch. bes. Form e. Kaufvertrages

auf Befehl *par ordre* (lat.-fr.)

auf dem laufenden sein *à jour* (fr.)

auf den Inhaber lautend *au porteur* (fr.) wirtsch., ohne Namensangabe ausgestellte Wertpapiere

auf ewig *in aeternum* (lat.)

auf frischer Tat 1. *in flagranti* (lat.) e. Dieb wird z. B. in flagranti erwischt oder die Ehefrau mit dem nicht angetrauten Liebhaber 2. *flagrant* (lat.) brennend, offenkundig, svw. auf frischer Tat

Aufbau 1. *Konstruktion,* die (lat., Pl. -en) z. B. Brückenkonstruktion 2. *Organisation,* die (gr.-lat., Pl. -en) z. B. e. Firmenorganisation planen 3. *Struktur,* die (lat., Pl. -en) e. Ganzes aus Bestandteilen aufbauen 4. *System,* das (gr.-lat., Pl. -e) e. geregeltes Ganzes 5. *Tektonik,* die (gr.-lat., ohne Pl.) Aufbau der Erdrinde, aber auch e. Dichtung 6. *Hierarchie,* die (gr., Pl. ...ien) Rangaufbau, -ordnung 7. *Komposition,* die (lat.-fr., Pl. -en) Aufbau u. Gestaltung e. Kunstwerkes; nicht verw. mit *Komposite,* die (lat., Pl. -n) Korbblütler 8. *Systematik* (gr.-lat., Pl. -en) i. S. von einheitlicher Gestaltung

Aufbau, hinterer ... e. Handelsschiffs *Poop,* die (lat.-engl., Pl. -s) Seemannsspr.

aufbauen 1. *montieren* (lat.-fr.) z. B. e. Stahlgerüst 2. *organisieren* (gr.-lat.-fr.) planmäßiges Vorgehen 3. *sanieren* (lat.) gesund, leistungsfähig machen 4. *basieren* (lat.) auf etwas aufbauen 5. *konstruktiv* (lat.) aufbauend

Aufbauen von Waren *Etalage,* die (germ.-fr., Pl. -n) ... im Schaufenster; auch: das Ausstellen

aufbewahren 1. *asservieren* (lat.) z. B. Beweismittel 2. *magazinieren* (arab.-it.) lagern 3. *reservieren* (lat.) für e. best. Zweck aufheben 4. *archivieren* (lat.) e. Archiv zuführen

aufbewahrte Gegenstände *Depot,* das (lat.-fr., Pl. -s) z. B. Wertpapierdepot; auch: Munitionsdepot

Aufbewahrungsort 1. *Depositorium,* das (lat., Pl.

...ien) 2. *Depot,* das (lat.-fr., Pl. -s) Wertpapier- oder Munitionsdepot 3. *Registratur,* die (lat., Pl. -en) z. B. für Akten u. Firmenunterlagen

aufbrausen 1. *moussieren* (fr.) i. S. von perlen, z. B. beim Sekt 2. *cholerisch* (gr.) aufbrausender Mensch; nicht verw. mit *Cholerine,* die (gr., Pl. -n) Brechdurchfall

aufbügeln *valetieren* (fr.)

aufdecken *dekuvrieren* (lat.-fr.) i. S. von entlarven

aufdrängen *oktroyieren* (lat.-fr.) nicht: aufoktroyieren

aufdringlich 1. *impertinent* (lat.) i. S. von ungehörig, frech 2. *indiskret* (lat.) 3. *penetrant* (lat.) durchdringend 4. *plakativ* (niederl.)

Aufdringlichkeit *Penetranz,* die (lat.-fr., ohne Pl.)

aufeinanderfolgen *alternieren* (lat.) i. S. von abwechseln, Reihe in der Math.; nicht verw. mit *alterieren* (fr.) sich aufregen

aufeinanderfolgend 1. *konsekutiv* (lat.) 2. *sukzessiv* (lat.) nach u. nach; nicht verw. mit *Sukzession,* die (lat., Pl. -en) Rechtsnachfolge. Thronfolge

Aufenthalt *Station,* die (lat., Pl. -en) bei der Bahn

Aufenthaltsraum *Tepidarium,* das (lat., Pl. ...ien) einst Raum in röm. Thermen

auferlegen 1. *diktieren* (lat.) e. Text diktieren oder e. Strafe auferlegen 2. *oktroyieren* (lat.-fr.) z. B. e. Aufgabe; Achtung, nicht: aufoktroyieren (Doppelaussage)

auffallend 1. *frappant* (fr.-germ.) i. S. von erstaunlich 2. *eklatant* (fr.) e. eklatanter Fehler 3. *markant* (gr.-it.-fr.) auffällig 4. *flagrant* (lat.) offenkundig 5. *plakativ* (niederl.)

auffällig 1. *demonstrativ* (lat.) 2. *ostentativ* (lat.) herausforderndes Verhalten z. B. der 68er Studenten 3. *elegant* (fr.) vornehm auffällig 4. *mondän* (lat.-fr.) auffällig elegant

Auffangnetz, der Glaube an e. ... *Safety Net-Ism,* der (engl.-am., ohne Pl.) von: safety net (Sicherheitsnetz) als gefahrloser Landeplatz, z. B. Eltern, Freunde, der Staat

auffassend *intelligent* (lat.) schnell

Auffassungsweise *Mentalität,* die (lat.-engl., Pl. -en) i. S. e. best. Lebenseinstellung

Aufforderung *Ultimatum,* das (lat., Pl. ...ten) hat drohenden Charakter mit Fristsetzung, z. B. das Ultimatum der RAF läuft um 14 Uhr ab

auffrischen *regenerieren* (lat.) neue Kraft schöpfen

Aufführung *Inszenierung* (lat.-gr., Pl. -en) Theaterinszenierung

auffüllen *komplettieren* (lat.) vervollständigen

Aufgabe 1. *Funktion,* die (lat., Pl. -en) die Funktion e. Maschine, die e. Person 2. *Pensum,* das (lat., Pl. Pensen, Pensa) e. Arbeitsmenge in best. Frist erledigen 3. *Problem,* das (gr.-lat., Pl. -e) i. S. von Schwierigkeit 4. *Kapitulation,* die (fr., Pl. -en) bedingungslose Kapitulation e. Staates, der e. Krieg verloren hat; nicht verw. mit *Kapitularien* (lat., nur Pl.) Gesetze der fränkischen Könige; auch: Domkapitularien 5. *Metier,* das (fr., Pl. -s) i. S. von Handwerk, Geschäft 6. *Mission,* die (lat., Pl. -en) i. S. von Auftrag, Bestimmung, Botschaft 7. *Missio canonica,* die (lat., ohne Pl.) Ermächtigung zur Ausübung der kirchlichen Lehrgewalt 8. *gordischer Knoten,* der (germ.) i. S. e. schwierigen Aufgabe

Aufgabe, schwierige ... *Problem,* das (gr.-lat., Pl. -e) »der Vorwurf«; auch: Schwierigkeit; »Liebe, auch e. Problem, das Marx nicht gelöst hat«, (Jean Anouilh)

Aufgaben übertragen *delegieren* (lat.)

Aufgabenbereich 1. *Dezernat,* das (lat., Pl. -e) 2. *Metier,* das (lat.-fr., Pl. -s) 3. *Ressort,* das (fr., Pl. -s) Wirtschaftsressort 4. *Thema,* das (gr.-lat., Pl. ...men) Aufsatzthema

Aufgangspunkt e. Gestirns *Aszendent,* der (lat., Pl. -en) auch: Verwandter in aufsteigender Linie

aufgeben 1. *abandonnieren* (fr.) wirtsch. Befreiungsmöglichkeit der Gesellschafter von best. Verpflichtungen; auch: seem. e. Schiff aufgeben 2. *kapitulieren* (lat.) 3. *quittieren* (fr.) Amt niederlegen; auch: Empfang bestätigen 4. *resignieren* (lat.) mutlos sein

aufgedreht 1. *exaltiert* (lat.) überspannt 2. *exzentrisch* (lat.) verschroben 3. *hysterisch* (gr.) abnorme seelische Verhaltensweise

Aufgeld *Agio,* das (it., Pl. -s) wirtsch.: Differenz zwischen Ausgabepreis (Emissionskurs) u. dem Nennwert

aufgelegt sein *disponiert* (lat.) und: empfänglich für; Ggs.: indisponiert

aufgeregt 1. *hektisch* (gr.-lat.) z. B. e. hektischer, fieberhafter Mitarbeiter 2. *agitato* (lat.-it.) heftig, e. musik. Vortragsanw. 3. *exaltiert* (lat.-fr.) überspannt 4. *hysterisch* (gr.) aufgeregte, abnorme Verhaltensweise, z. B. e. hysterisches altes Weib; nicht verw. mit *Hysterotomie,* die (gr.) med. Gebärmutterschnitt 5. *echauffiert* (fr.)

aufgeweckt 1. *vif* (lat.-fr.) geistig 2. *clever* (engl.) e. cleverer Geschäftsmann 3. *intelligent* (lat.) i. S. von klug, z. B. e. Intelligenzbestie

aufgliedern *dezentralisieren* (lat.)

Aufgliederung *Differenzierung,* die (lat., Pl. -en) e. Aussage ist z. B. zu differenzieren

aufheben 1. *nullifizieren* (lat.) rechtsw. z. B. e. Urteil durch e. Gericht aufheben lassen 2. *paralysieren* (gr.-lat.) entkräften 3. *sistieren* (lat.) z. B. e. Verfahren zeitweilig aussetzen 4. *abolieren* (lat.) auch: begnadigen

aufheben, zum Teil ... *derogieren* (lat.) e. Gesetz
aufhebend *peremptorisch* (lat.) rechtsw. z. B. e. vernichtende Einrede bei Gericht
aufhebend, zum Teil ... *derogatorisch* (lat.) e. Gesetz
Aufhebung 1. *Nullifikation,* die (lat., Pl. -en) rechtsw. e. Urteil durch e. Gericht aufheben lassen 2. *Kassation,* die (lat., Pl. -en) auch: bedingungslose Entlassung 3. *Suspension,* die (lat., Pl. -en) einstweilige Dienstenthebung
Aufhebung der Schwerkraft, vermeintliche ... *Levitation,* die (lat., Pl. -en) freies Schweben, z. B. einer spiritistischen Erscheinung
Aufhebung e. Gesetzes durch e. neues *Abrogation,* die (lat., Pl. -en) Abschaffung
Aufhebung einer Verpflichtung *Dispens,* der (lat., Pl. -e)
aufholen *egalisieren* (lat.-fr.) z. B. den Vorsprung des Gegners; auch: ausgleichen
aufklären *informieren (lat.)*
Aufklärung *Information,* die (lat., Pl. -en)
Aufklärungsbehinderung *Obskurantismus,* der (lat., ohne Pl.) Bestrebung den Menschen unwissend zu lassen. Im Mittelalter betrieben die Kirchen Obskurantismus
Aufklärungsflugzeug *Intruder,* der (engl., Pl. -s) auch: Flugzeug zum Schutz e. Flugzeugträgers
Aufklebeschild *Etikett,* die (niederl., Pl. -en) z. B. Inhaltsangabe an e. Ware; aus der Pol.: Etikettenschwindel, z. B. falsche Versprechen
Auflauf *Tumult,* der (lat., Pl. -e) auch: Aufruhr; nicht verw. mit *Tumulus,* der (lat., Pl. ...li) Hügelgrab
auflehnen 1. *rebellieren* (lat.-fr.) z. B. gegen bestehende Verhältnisse, rebellische Jugend 2. *revoltieren* (lat.-it.-fr.) z. B. revoltierende Gefangene
Auflehnung *Renitenz,* die (lat., ohne Pl.) i. S. von Widerspenstigkeit
aufleuchten 1. *fluoreszieren* (lat.) best. Stoffe, die mit Licht bestrahlt einige Zeit selbst leuchten: e. fluoreszierendes Zifferblatt 2. *szintillieren* (lat.) z. B. das Sternefunkeln
Auflieger *Trailer,* der (engl., ohne Pl.) Anhänger, der meist von e. Sattelzugmaschine gezogen wird, z. B. e. Jacht ist trailerbar; sie kann auf der Straße transportiert werden
auflisten *tabellarisieren* (lat.) etwas in Tabellenform aufbereiten
auflösbar *solvabel* (lat.) chem. z. B. best. Stoffe
auflösen 1. *analysieren* (gr.-lat.) Stoff in seine Bestandteile auflösen, diese dann genau untersuchen 2. *dekartellieren* (fr.) wirtsch. Entflechtung von Unternehmensverbindungen, die den freien Wettbewerb fördern sollen 3. *dekonzentrieren* (lat.) 4. *liquidieren* (lat.-it.) z. B. die Auflösung e. Unternehmens; auch: die Rechnungslegung (Liquidation) bei Ärzten 5. *dekomponieren* (lat.) 6. *dissolvieren* (lat.) auch schmelzen
Auflösen eines Unternehmens *Liquidation,* die (lat., Pl. -en)
Auflösung 1. *Dekomposition,* die (lat., Pl. -en) auch: das Nachlassen e. Organfunktion 2. *Dekonzentration,* die (lat., Pl. -en) auch: Zersplitterung; Ggs.: Konzentration 3. *Dissolution,* die (lat., Pl. -en) auch: Trennung (med.); Zügellosigkeit 4. *Dissoziation,* die (lat., Pl. -en) auch: krankhafte Entwicklung, die übliches Verhalten verändert; Zerfall von Molekülen in Atome
Auflösung aller Ordnung *Chaos,* das (gr.-lat., ohne Pl.) auch: völliges Durcheinander: »... in Kohls Chaos-Regierung geht es drunter u. drüber.« (Franz Müntefering, SPD, 1998) oder: »Das Chaos ist e. fürchterliche Parodie auf die Gleichheit aller, im Chaos hat man kein eigenes Antlitz.« (Gertrud von le Fort)
Auflösung e. Unternehmens *Liquidation,* die (lat.-it., Pl. -en)
Aufmacher *Eyecatcher,* der (engl., Pl. -s) auch: Blickfang
Aufmachung *Outfit,* das (engl., Pl. -s) z. B. im passenden Outfit erscheinen
Aufmachung, provozierende ... *Pierrot-Punk,* der (engl.-am., selten Pl. -s) ... von verwöhnten US-Kindern: Gel im Haar, schwarze Lippen, Metallpaletten auf den Brustwarzen
Aufmachung, schrille ... 1. *high Fashion,* die (engl., Pl. -s) 2. *strong Outfit,* der (engl., Pl. -s)
Aufmarsch der Tennisspieler ... *Walk on Court,* der (engl., Pl. -s, -s) ... auf den Platz
Aufmarsch *Parade,* die (lat.-fr., Pl. -n) prunkvoller Vorbeimarsch von militärischen Verbänden; Parademarsch ist z. B. der Stechschritt
aufmerksam 1. *interessiert* (lat.) 2. *vigilant* (lat.) i. S. von oberschlau, aufgeweckt 3. *galant* (fr.-sp.) 4. *konzentriert* (gr.-lat.) auch: angereichert
Aufmerksamkeit 1. *Interesse,* das (lat., Pl. -n) 2. *Konzentration,* die (lat., Pl. -en) z. B. aufmerksam bei der Sache sein 3. *Galanterie,* die (sp.-fr., Pl. ...ien) Aufmerksamkeit gegenüber Frauen
Aufmotzen *Tuning,* das (engl., Pl. -s) auch: nachträgliche Erhöhung der Leistung, z. B. bei Autos
aufmunternd *exzitativ* (lat.) med. i. S. von erregend
Aufmüpfigkeit *Renitenz,* die (lat., ohne Pl.) auch: Widersetzlichkeit; nicht verw. mit *Penitenz,* die (lat., ohne Pl.) Reue
aufnähen *applizieren* (lat.)
Aufnahme 1. *Inkorporation,* die (lat., Pl. -en) in e. Gemeinschaft 2. *Adsorption,* die (lat., Pl. -en) z. B. von Gasen

Aufnahmefähigkeit *Perzeptivität,* die (lat., ohne Pl.) i. S. von Wahrnehmungsfähigkeit

Aufnahmeraum 1. *Studio,* das (lat.-it., Pl. -s) z. B. Filmstudio: Universal Studios in Hollywood 2. *Rezeption,* die (lat, Pl. -en) z. B. Hotelrezeption 3. *Atelier,* das (fr., Pl. -s) Fotoatelier, aber auch Künstlerwerkstatt allgemein

Aufnahmevermögen 1. *Kapazität,* die (lat., ohne Pl.) i. S. von Fassungsvermögen 2. *Potential,* das (lat., Pl. -e) i. S. von Leistungsfähigkeit, da schlummern ungenutzte Potentiale; nicht verw. mit *Potentialis,* der (lat.) Sprachw. Modus der Möglichkeit, auch Möglichkeitsforum 3. *Rezeptivität,* die (lat., ohne Pl.) Aufnahmefähigkeit; nicht: *Rezeptibilität,* die (lat., ohne Pl.) Empfänglichkeit

aufnehmen 1. *inkorporieren* (lat.) in e. Gemeinschaft 2. *resorbieren* (lat.) chem. z. B. ein Schwamm resorbiert (nimmt) Wasser (auf) 3. *tape-recording* (engl.) i. S. von: auf e. Tonband aufnehmen 4. *absorbieren* (lat.) i. S. von aufsaugen 5. *registrieren* (lat.) in e. Register eintragen 6. *rezipieren* (lat.) auf-, übernehmen; nicht verw. mit *rezividieren* (lat.) med. in Abständen wiederkehren

aufpassen *Quivive,* der (lat.-fr., ohne Pl.) in der Wendung: »auf dem Quivive sein«; Postenruf: wer da? Von: qui vivra, verra (die Zukunft wird es zeigen)

Aufpasser *Zerberus,* der (gr.-lat., Pl. -se) i. S. e. grimmigen Wächters; nach dem Hund Kerberos, der gr. Mythologie, der das Tor zur Unterwelt bewacht; »er gleicht e. Zerberus« (Redensart)

aufpolieren *bush-up* (engl.)

Aufprallelement *Crash Box,* die (engl., Pl. -en) ... im PKW, aus Aluminium, das sich bei e. leichten Unfall kostengünstig auswechseln läßt

Aufputschmittel 1. *Speed,* der (engl., Pl. -s) Rauschmittel 2. *Amphetamin.* das (Pl. -e) Rauschmittel 3. *LSD* = Lysergsäurediäthylamid, e. Hallozinogen 4. *Kaffee,* der (fr.-arab., Pl. -s) 5. *Tee,* der (chin., Pl. -s) 6. *Kokain,* das Rausch- u. Betäubungsmittel 7. *Koks,* der ugs. für Kokain; aber auch: Brennstoff oder steifer Hut 8. *Crack,* der (engl., Pl. -s) synthetisches Rauschgift; auch: das beste Rennpferd; hervorragender Sportler 9. *Alkohol,* der (arab.-sp., Pl. -e, Alkoholika)

Aufputschmittel aus der Techno-Szene 1. *Guarana,* das (lat.-sp., ohne Pl.) koffeinhaltige Substanz aus südam. Pflanzen, flüssig oder als Pulver verbreitet 2. *Designerdroge,* die (engl., Pl. -n) Sammelbegriff für synthetisch (künstlich) hergestellte Rauschmittel (meist kommerzielle Schmerzpräparate) 3. *Ecstasy,* das (Eigenn., ohne Pl.) Aufputschtabletten 4. *Cannabis,* der (gr.-lat., ohne Pl.) Hanf; auch für Haschisch

aufregen 1. *enragieren* (fr.) sich aufregen 2. *echauffieren* (lat.-fr.)

aufregend *dramatisch* (gr.-lat.)

Aufregung 1. *Exaltation,* die (lat.-fr., ohne Pl.) e. übertriebene Aufregung 2. *Trouble,* der (engl., ohne Pl.)

aufreizen 1. *provozieren* (lat.) herausfordern 2. *kokettieren* (fr.) gefallsüchtig sein 3. *sexy* (engl.) ugs. erotisch-attraktiv sein

Aufreizung *Provokation,* die (lat., Pl. -en) absichtliche Herausforderung

aufrichtig u. standhaft *sincere et constanter* (lat., Zitat)

Aufrichtung *Erektion,* die (lat., Pl. -en) auch: Steifwerden von Schwellkörpern an Penis u. Kitzler; beim Mann: ist er sexuell erregt, wird in der Schwellkörpermuskulatur Guanosinmonophosphat produziert, e. Stoff, der Blut in die Schwellkörper fließen läßt (med.); »... weil die Erektion angesichts e. Kommentars von Paul C. Martin (Bildzeitung) einfach in sich zusammenfiel« (G. Schröders geh. Tagebuch von H. Venske, 1997)

aufrücken *avancieren* (lat.-fr.) in e. höhere Position bringen

Aufruf 1. *Appell,* der (lat.-fr., Pl. -e) Appell zur Besonnenheit, Sparsamkeitsappell 2. *Proklamation,* die (lat., Pl. -en) Verkündigung

Aufruhr 1. *Insurrektion,* die (lat., Pl. -en) Volksaufstand 2. *Rebellion,* die (lat-fr., Pl. -en) Menschen lehnen sich gegen schlechte Verhältnisse auf 3. *Revolte,* die (lat.-it.-fr., Pl. -n) Gefängnisrevolte 4. *Tumult,* der (lat., Pl. -e) Zusammenrottung aufgebrachter Menschen 5. *Tohuwabohu,* das (hebr., Pl. -s) i. S. von Durcheinander

aufrührerisch 1. *rebellisch* (lat.-fr.) 2. *faktiös* (lat.-fr.) aufwiegelnd; auch: vom Parteigeist beseelt; nicht verw. mit *faktisch* (lat.) tatsächlich

aufsässig *rebellisch* (lat.-fr.) der rebellische Robin Hood, e. Schreck der Reichen

Aufsatz 1. *Artikel,* der (lat., ohne Pl.) Zeitungsartikel 2. *Essay,* der, das (lat.-fr.-engl., Pl. -s) e. anspruchsvoller Aufsatz

Aufsatzsammlung *Analekten,* die (gr.-lat., nur Pl.) Zusammenstellung von Textstellen

Aufsatzschreiber, anspruchsvoller ... *Essayist,* der (lat.-fr.-engl., Pl. -en)

aufsaugen 1. *absorbieren* (lat.) i. S. von total in Anspruch nehmen, auch chemisch aufnehmen 2. *resorbieren* (lat.)

Aufsaugen *Resorption,* die (lat., Pl. -en) e. Stoffes

aufsaugend *absorptiv* (lat.)

aufschieben 1. *prorogieren* (lat.) vertagen 2. *pro-*

longieren (lat.) verlängern, e. Wechsel kann prolongiert werden

aufschiebend 1. *dilatorisch* (lat.) z. B. e. Hinrichtung 2. *prorogativ* (lat.) vertagen

Aufschluß fordern *interpellieren* (lat.) polit. im Rahmen e. parlamentarischen Anfrage an die Regierung

Aufschlüsselung *Spezifikation,* die (lat., Pl. -en) z. B. Spezifikation e. Rechnung

aufschlußreich 1. *informativ* (lat.) 2. *instruktiv* (lat.-fr.) 3. *interessant* (lat.-fr.) 4. *demonstrativ* (lat.) verdeutlichen; aber auch: in auffallender Weise e. Einstellung bekunden

aufschneiden 1. *tranchieren* (fr.) e. Braten fachkundig in Stücke schneiden 2. *prahlen* (dt.) angeben 3. *sezieren* (lat.) der Arzt seziert e. Leiche

Aufschneider 1. *Bramarbas,* der (Pl. -se) Prahlhans nach e. Figur des 18. Jh. 2. *Renommist,* der (lat.-fr., Pl. -en) Angeber 3. *Scharlatan,* der (it.-fr., Pl. -e) schwindelnder Angeber

Aufschneiderei *Gaskonade,* die (fr., Pl. -n) Prahlerei

aufschrecken *alarmieren* (lat.-it.)

aufschreiben *notieren* (lat.)

Aufschrift 1. *Adresse,* die (fr., Pl. -n) 2. *Epigraph,* das (gr., Pl. -e) antike Inschrift

Aufschrift, mit ... u. Zettel versehen *etikettieren* (fr.) »Nach seinem Willen (Bangemann) soll nur e. Teil der Gen-Nahrung für den Verbraucher etikettiert werden.« (G. Schröders geh. Tagebuch von H. Venske, 1997)

Aufschub 1. *Dilation,* die (lat., Pl. -en) rechtsw. z. B. e. Hinrichtung 2. *Prolongation,* die (lat., Pl. -en) wirtsch. z. B. Wechselprolongation 3. *Prorogation,* die (lat., Pl. -en) 4. *Respirotag,* der (lat.-it.-dt., ohne Pl.) wirtsch.: Wechsel kann auch noch nach Ablauf der Fälligkeit zur Einlösung vorgelegt werden 5. *Respekttag,* der (lat.-fr.-dt., Pl. -e) Frist nach dem Verfallstag e. Wechsels 6. *Indult,* der oder das (lat., Pl. -e) wirtsch.: Frist für den Schuldner

Aufschwung 1. *Boom,* der (engl., Pl. -s) wirtsch.: Konjunkturphase, in der die Volkswirtschaft floriert (blüht) 2. *Prosperität,* die (lat.-fr., Pl. -en) wirtsch. Aufschwung 3. *Hausse,* die (lat., Pl. -n) Steigen der Börsenkurse

Aufsehen 1. *Sensation,* die (lat.-fr., Pl. -en) 2. *Eklat,* der (fr., Pl. -s) die Verhandlung endete mit e. Eklat

Aufsehen erregen *Furore machen* (lat.-it.-dt.)

aufsehenerregend 1. *sensationell* (lat.-fr.) der Zirkus zeigte Sensationelles (Einmaliges) 2. *spektakulär* (lat.) 3. *eklatant* (fr.)

Aufseher 1. *Monitor,* der (lat.-fr.-engl., Pl. -en) heute: Überwachungsgerät beim Fernsehen, meist Bildschirm; nicht verw. mit: *Monitum,* das (engl-lat., Pl. ...ta) Rüge, Mahnung 2. *Ephor,* der (gr.-lat., Pl. -en) einer von fünf jährlich gewählten ranghöchsten Beamten im antiken Sparta

Aufsicht *Supervision,* die (lat.-engl., Pl. -en) z. B. in der Produktion

Aufsichtsbeamter 1. *Inspizient,* der (lat., Pl. -en) für den reibungslosen Ablauf von Theaterproben verantwortlich 2. *Kontrolleur,* der (lat.-fr., Pl. -e) Person für Kontrollaufgaben, z. B. Fahrkartenkontrolleur 3. *Inspekteur,* der (fr., Pl. -e) Leiter e. Inspektion (Prüfstelle) z. B. Generalinspekteur: ranghöchster Offizier der Bundeswehr, z. B. Admiral Dieter Wellershoff 4. *Controller,* der (engl., Pl. -s) leitender Mitarbeiter im Rechnungswesen e. Unternehmens, der für Prüf- u. Managementaufgaben in Tochtergesellschaften eingesetzt wird

Aufsichtsgremium *Kuratorium,* das (lat., Pl. ...rien) z. B. Organ in e. Stiftung

aufspalten *splitten* (engl.) aufteilen; das »Splitting« anwenden: eine bes. Steuerberechnung des Einkommens der Ehegatten

Aufstand 1. *Rebellion,* die (lat.-fr., Pl. -en) Auflehnung gegen schlechte bestehende Lebensverhältnisse 2. *Revolte,* die (lat.-it.-fr., Pl. -n) z. B. Gefängnisrevolte 3. *Insurrektion,* die (lat., Pl. -en) Volkserhebung 4. *Revolution,* die (fr., Pl. -en) e. große Rebellion, z. B. die Französische Revolution (1789) 5. *Opposition,* die (lat., Pl. -en) Gegnerschaft, Gegenpartei, Widerrede 6. *Résistance,* die (fr., ohne Pl.) Widerstandsbewegung, speziell der Franzosen gegen die dt. Besatzung im 2. Weltkrieg; nicht verw. mit *Resistenz,* die (lat., Pl. -en) Ausdauer, Härtegrad

Aufständischer 1. *Rebell,* der (lat.-fr., Pl. -en) Robin Hood, der Rebell 2. *Insurgent,* der (lat., Pl. -en) 3. *Guerilla,* der (sp., Pl. -s) Kämpfer, der e. Kleinkrieg in Lateinamerika führt 4. *Guerillero,* der (sp., Pl. -s) Untergrundkämpfer in Lateinamerika, e. berühmter war Che Guevara 5. *Tupamaro,* der (sp.-indian., Pl. -s) uruguayischer Stadtguerilla, nach dem Inkakönig Tupac Amaru 6. *Putschist,* der (schweiz., Pl. -en) Aufständischer, der im Handstreich die Regierung übernimmt; Idi Amin putschte sich in Uganda an die Macht

aufsteigen 1. *aszendieren* (lat.) z. B. Gestirne 2. *entern,* seem. gewaltsames Besteigen e. Schiffes oder in die Takelage klettern

Aufsteiger in der Software-Branche *Digerati,* der (engl., Pl. -s) aus: digital literati (»Digital-Literaten«) auch: junge Computerprofis im Softwaredesign

Aufsteiger *Newcomer,* der (engl., Pl. -s) auch: Neuankömmling

aufstellen 1. *formieren* (lat.) in geordneter Reihenfolge 2. *montieren* (lat.-fr.) z. B. e. Stahlkonstruktion 3. *postieren* (lat.-it.-fr.) an e. best. Stelle Posten beziehen, aufpassen

Aufstellung 1. *Katalog,* der (gr.-lat., Pl. -e) z. B. Warenkatalog 2. *Tabelle,* die (lat., Pl. -n) 3. *Kolonne,* die (lat.-fr., Pl. -n) Zahlenkolonne, Fahrzeugkolonne, die »Fünfte Kolonne«; nicht verw. mit *Kolone,* der (lat., Pl. -n) an seinen Landsitz gebundener, aber freier Pächter in röm. Kaiserzeit 4. *Formation,* die (fr., Pl. -en) 5. *Nominierung,* die (lat., Pl. .en) Benennung, für e. Amt nominieren 6. *Postierung* (fr., Pl. -en)

Aufstieg 1. *Karriere,* die (lat.-fr., Pl. -n) z. B. Karriereleiter 2. »Marschallstab im Tornister haben«

Aufstieg nach Israel *Alija,* das (hebr., ohne Pl.) der Begriff bezeichnet die verschiedenen Einwanderungswellen ab 1882

Aufstoßen 1. *Efflation,* die (lat., Pl. -en) 2. *Erukation,* die (lat., Pl. -en) 3. *Rülpsen,* das (dt., Pl. ...ser)

aufstoßen 1. *eruktieren* (lat.) 2. *rülpsen* (dt.) 3. *effizieren* (lat.) i. S. von hervorrufen, bewirken

aufsuchen *frequentieren* (lat.) häufig

aufsuchen, häufig *frequentieren* (lat.) auch: stark in Anspruch nehmen

Auftakt 1. *Ouvertüre,* die (lat.-fr., Pl. -n) Instrumentalstück am Beginn der Oper 2. *Prolog,* der (gr., Pl. -e) Vorwort

Auftauchen neuer Phänomene *Emergenz,* die (lat.-engl., Pl. -en) z. B. Macht, Konflikte; Sammelbezeichnung

aufteilen *segmentieren* (lat.) in Segmente (Teilstükke) zerlegen, gliedern

aufteilen, planmäßig ... *rationieren* (lat.) »Die Medizin wird rationiert werden.« (Walter Krämer, Prof., 1998)

Aufteilung e. elektromagnetischen Welle in ihre Teilfrequenzen *Spektrum,* das (lat., Pl. ...tren) Phys.; auch: Buntheit, Vielfalt

Aufteilung e. Vollarbeitsplatzes ... *Jobsharing,* das (engl., ohne Pl.) ... auf mehrere Kräfte

auftischen 1. *kredenzen* (lat.-it.) der Koch kredenzt seine Speisen 2. *offerieren* (lat.) i. S. von anbieten

Auftrag 1. *Mandat,* das (lat., Pl. -e) rechtsw. z. B. e. Politiker das Mandat erteilen 2. *Order,* die (lat.-fr., ohne Pl.) i. S. e. Befehls, »Law-and-Order-Verhältnisse« herrschen z. B. in Singapore 3. *Direktive,* die (lat.-fr., Pl. -n) 4. *Instruktion,* die (lat., Pl. -en) 5. *Mission,* die (lat., Pl. -en) Bestimmung, Weltraummission, Missio canonica: Ermächtigung zur Ausübung der kirchlichen Lehrgewalt

Auftrag ausführen *effektuieren* (lat.-fr.) e. Zahlung leisten

Auftrag zurücknehmen *abolieren* (lat.)

auftragen 1. *servieren* (lat.-fr.) bei Tisch; aber auch: e. Hiobsbotschaft servieren 2. *applizieren* (lat.) Verzierung auf Stoffe aufnähen

Auftraggeber 1. *Mandant,* der (lat., Pl. -en) z. B. e. Rechtsanwaltes 2. *Kommittment,* der (lat., Pl. -en) jmd., der e. Kommissionär mit dem Kauf z. B. von Wertpapieren beauftragt

Auftragsplatte *Tablett,* das (lat.-fr., Pl. -s)

Auftreten 1. *Debüt,* das (fr., Pl. -s) erstes öffentliches Auftreten z. B. Ball der Debütantinnen in Wien, bei dem auch Ministerpräsident Gerhard Schröder e. bes. Auftritt hatte 2. *Repräsentation,* die (lat.-fr., Pl. -en) würdiges Auftreten eines Staatsmannes, z. B. Richard von Weizsäcker, der ehemalige Bundespräsident

auftreten 1. *debütieren* (fr.) 2. *grassieren* (lat.) häufiges Auftreten, e. Grippe grassiert 3. *repräsentieren* (lat.-fr.) würdig, e. Staat oder e. Unternehmen

Auftreten, begrenztes ... e. Infektionskrankheit *Endemie,* die (gr.-lat., Pl. ...ien) z. B. Malaria in den Tropen

Auftreten, das ... von Aceton im Blut *Acetonämie,* die (gr.-lat., Pl. ...ien)

Auftreten, das ... von Aceton im Urin *Acetonurie,* die (gr.-lat., Pl. ...ien)

Auftritt *Szene,* die (gr.-lat.-fr., Pl. -n) best. Stelle e. Theaterstückes

Auftritt, einzelner *Szene,* die (gr.-lat.-fr., Pl. -n) »Zelt, Hütte«; auch: Schauplatz, Bühne; »die Szene wird zum Tribunal« (Friedrich v. Schiller)

Aufwand 1. *Brimborium,* das (lat.-fr., ohne Pl.) 2. *Show,* die (engl., Pl. -s) aufwendige Darbietung, im Showbusiness heißt es: »the Show must go on«, das Programm muß weiterlaufen 3. *Luxus,* der (lat., ohne Pl.) üppiger, z. B. Luxuslimousine (aufwendiges Auto) Luxusweibchen, e. mit Nerz und Brillanten behängte Frau, als e. solches galt lange Zeit Elizabeth (Liz) Taylor 4. *Pomp,* der (gr.-lat.-fr., ohne Pl.) übertriebener Aufwand, wie am Hofe Ludwig XIV., des Sonnenkönigs; Madame Pompadour, Mätresse Ludwigs XV.

Aufwand, der den Standard weit übersteigt *Luxus,* der (lat., ohne Pl.) »Statt eines Aufbruchs nach vorne leisten wir uns den Luxus der Langsamkeit.« (Gerhard Schröder, Kanzlerkandidat, 1998)

Aufwandsentschädigung 1. *Spesen,* die (lat., Pl.) Auslagen für Aufwendungen: »außer Spesen nichts gewesen«, Spesenritter 2. *Diäten,* die (lat.-fr., Pl.) Parlamentariern gezahlte Bezüge, boshaft bei Hinterbänklern im Plenarsaal: »Diäten im Schlaf verdienen«

Aufwärmprogramm ... *Warm up,* das (engl., Pl. -s) ... vor dem Wettkampf

aufwenden *investieren* (lat.) »einkleiden«, Kapital langfristig in Sachgüter anlegen; Zeit für etwas aufwenden; aber auch: in e. Amt einsetzen; nicht verw. mit *investigieren* (lat.) nachforschen

aufwiegeln 1. *insurgieren* (lat.) Volk aufwiegeln 2. *radikalisieren* (lat.-fr.) 3. *randalieren* (ugs.) i. S. von Radau oder Randale machen

Aufwiegler 1. *Revoluzzer,* der (lat.-it., ohne Pl.) 2. *Demagoge,* der (gr., Pl. -n) wortgewaltige Volksverführer: Hitler, Goebbels

Aufwiegung *Kompensation,* die (lat., Pl. -en) Verrechnen von Leistung, Kompensationsgeschäfte: Maschinen gegen Erdnüsse, wenn das Land keine Devisen hat

aufwinden *taljen* (it.-niederl.) Seemannsspr.

aufzählen *enumerieren* (lat.)

aufzählend *enumerativ* (lat.)

Aufzählung 1. *Enumeration,* die (lat., Pl. -en) 2. *Litanei,* die (gr.-lat., Pl. -en) endlose, eintönige Bittgebete; auch z. B.: Suren des Korans 3. *Sermon,* der (lat., ohne Pl.) Rede; heute: langweiliges Geschwätz

aufzeichnen *registrieren* (lat.)

Aufzeichnung 1. *Chronik,* die (gr.-lat., Pl. -en) z. B. Familienchronik 2. *Notiz,* die (lat., Pl. -en) kurze Aufzeichnung 3. *Dossier,* das (fr., Pl. -s) i. S. von Aktenbündel 4. *Adversaria,* die (lat., nur Pl.) Sammlung von Notizen

Aufzeichnungsgerät 1. *Magnetophon,* das (gr.-lat., Pl. -e) z. B. Tonbandgerät 2. *Detektor,* der (lat., Pl. ...oren) Hochfrequenzgleichrichter, Lügendetektor

Aufzug 1. *Paternoster,* der (lat., ohne Pl.) ständig umlaufender Aufzug 2. *Lift,* der (engl., Pl. -s) Fahrstuhl, Liftboy; liften, anheben; Face-lifting, z. B. bei Hildegard Knef

aufzwingen 1. *diktieren* (lat.) 2. *oktroyieren* (lat.-fr.) nicht: aufoktroyieren

Augapfel in tiefer Augenhöhle *Enophthalmus,* der (gr.-lat., ohne Pl.) abnormale Tieflage des Augapfels (med.)

Auge, innerhalb des ... *intraokular* (lat.)

Auge, mit blauem ... davonkommen *levi defungi poena* (lat., Zitat) eigtl.: mit leichter Strafe davonkommen

Augen, die ... sind größer als der Magen *oculi avidiores sunt quam venter* (lat., Zitat)

Augen, mit beiden ... *binokular* (lat.)

Augen, unter vier ... *intra parietes privatos* (lat., Zitat) d. h. zwischen den Privatwänden

Augen, wachsame ... *Argusaugen,* die (gr., nur Pl.) nach Argus, dem hundertäugigen Riesen der gr. Sagenwelt: scharfer Wächter

Augenarzt 1. *Ophthalmologe,* der (gr.-lat., Pl. -n) 2. *Okulist,* der (lat., Pl. -en)

Augenbindehautentzündung, eitrige ... *Blennorrhö* u. *Blennorrhöe,* die (gr.-lat., Pl. -n) auch: eitrige Schleimhautabsonderung

Augenblick 1. *Moment,* der (lat.-fr., Pl. -e) 2. *Sekunde,* die (lat., Pl. -n) kurze Zeiteinheit, auch in der Musik: zweiter Ton vom Grundton an

Augenblick, der entscheidende ... *Kairos,* der (gr., Pl. ...roi) auch: günstiger Zeitpunkt

augenblicklich 1. *momentan* (lat.-fr.) i. S. von: momentan ist er nicht zu sprechen 2. *hic et nunc* (lat.) »hier u. jetzt« 3. *prompt* (lat.-fr.) unverzüglich 4. *spontan* (lat.) aus eigenem plötzlichen Antrieb; *Sponti,* der (lat., Pl. -s) Angehöriger e. undogmatischen linksorientierten Gruppe 5. *stante pede* (lat.) »stehenden Fußes«

Augendiagnose *Iridologie,* die (gr.-lat., ohne Pl.)

Augendiagnostiker *Iridologe,* der (gr.-lat., Pl. -n)

Augenentzündung *Ophthalmie,* die (gr.-lat., Pl. ...ien)

augenfällig *ostentativ* (lat.) i. S. von »etwas extra tun«

Augenglas *Binokel,* das (fr., Pl. -s) veraltet für Brille; auch: Mikroskop für beide Augen

Augenheilkunde 1. *Ophthalmologie,* die (gr.-lat., ohne Pl.) 2. *Ophthalmiatrie,* die (gr.-lat., ohne Pl.) med.

Augenheilmittel *Ophthalmikum,* das (gr.-lat., Pl. ...ka) med.

Augenhöhle *Orbita,* die (lat., Pl. ...tae) med.

Augenlid, fehlendes ... *Ablepharie,* die (gr.-lat., ohne Pl.) auch: Verlust des Augenlides

Augenlidentzündung *Blepharitis,* die (gr.-lat., Pl. ...itiden) med.

Augenlidhauterschlaffung *Blepharochalasis,* die (gr.-lat., ohne Pl.) med.

Augenlidkrampf *Blepharospasmus,* der (gr.-lat., Pl. ...men) med.

Augenlinse *Okular,* das (lat., Pl. -e)

Augenmuskellähmung *Ophthalmoplegie,* die (gr.-lat., Pl. ...ien) med.

Augennetzhaut *Retina,* die (lat., Pl. ...nae)

Augennetzhaut-Entzündung *Retinitis,* die (lat., Pl. ...itiden)

Augennetzhaut-Geschwulst *Retinoblastom,* das (lat.-gr., Pl. -e) e. bösartige Geschwulst

Augenschein *Evidenz,* die (lat., ohne Pl.) nicht verw. mit *Eminenz,* die (lat., Pl. -en) Titel der Kardinäle oder »graue Eminenz« in e. Regierung: inoffizielle Machthaber

augenscheinlich 1. *evident* (lat.) 2. *ostensiv* (lat.)

offensichtlich, handgreiflich; nicht verw. mit *ostentativ* (lat.) herausfordernd, Studenten pfeifen im Hörsaal ostentativ 3. *eklatant* (fr.) offenkundig 4. *flagrant* (lat.) brennend, schreiend, offenkundig; jemanden beim Seitensprung in flagranti erwischen 5. *manifest* (lat.) deutlich; *Manifest,* das (lat., Pl. -e) öffentliche Erklärung, z. B. das »Kommunistische Manifest« (von K. Marx u. F. Engels)

Augenschminke, schwarze ... *Kajal,* das (sanskr., ohne Pl.) i. S. e. schwarzen Schminkfarbe

Augenspiegel *Ophthalmoskop,* das (gr.-lat., -e) Gerät, mit dem die Augen untersucht werden

aus der Mode 1. *démodé* (fr.) auch: nicht mehr aktuell 2. *altmodisch* (fr.) 3. *old-fashioned* (engl.) 4. *antiquiert* (lat.) altertümlich 5. *konventionell* (fr.) herkömmlich, etwas verstaubt; nicht verw. mit *konventional* (lat.) svw. Abkommen betreffend

Ausarbeitung *Manuskript,* das (lat., Pl. -e) z. B. e. Schriftstücks, Herstellung e. druckreifen Manuskripts

ausarten *degenerieren* (lat.)

Ausartung *Degeneration,* die (lat., Pl. -en) auch: Entartung; Verfall von Zellen

ausatmen 1. *exhalieren* (lat.) med. 2. *exspirieren* (lat.) med.

Ausatmung 1. *Exhalation,* die (lat., Pl. -en) med. 2. *Exspiration,* die (lat., ohne Pl.) med.

Ausbaggerung *Exkavation,* die (lat., Pl. -en)

ausbessern 1. *reparieren* (lat.) e. Maschine 2. *restaurieren* (lat.) e. Kunstwerk 3. *renovieren* (lat.) instandsetzen, e. Gebäude

Ausbesserung 1. *Reparatur,* die (lat., Pl. -en) 2. *Reparierung,* die (lat., Pl. -en) 3. *Restauration,* die (lat., Pl. -en) 4. *Renovierung,* die (lat., Pl. -en)

ausbeuten *exploitieren* (lat.-fr.) die Arbeitskraft e. Mitarbeiters oder auch: e. Gebiet mit Rohstoffen

Ausbeuter 1. *Expropriateur,* der (lat.-fr., Pl. -e) wirtsch., nach Karl Marx e. Unternehmer, der aus seinen Arbeitern zu hohe Profite erzielt 2. *Profiteur* (fr., Pl. -e) Gewinnmacher, unmoralischer Unternehmer

Ausbeutung 1. *Exploitation,* die (lat.-fr., Pl. -en) wirtsch., Arbeitskraft für Profitzwecke ausbeuten; auch: Abbau von Rohstoffen; nicht verw. mit *Exploration,* die (lat., Pl. -en) Untersuchung von Gebieten zwecks Rohstoffabbau, z. B. Erdölexploration oder auch die Untersuchung e. Kranken 2. *Profitgier,* die (lat.-fr.-dt., ohne Pl.) unmoralisches Unternehmertum

ausbilden 1. *qualifizieren* (lat.-fr.) z. B. sich für e. Position qualifizieren 2. *studieren* (lat.) sich an e. Hochschule ausbilden

Ausbilder 1. *Trainer,* der (lat.-fr., ohne Pl.) im Sport 2. *Dozent,* der (lat., Pl. -en) an e. Hochschule 3. *Professor,* der (lat., Pl. ...oren) Hochschullehrer, die auch in d. Forschung tätig sind, z. B. Mathematik-Professor 4. *Mentor* der (gr., Pl. ...oren) Erzieher, Ratgeber; von Mentor, der Erzieher des Telemach 5. *Instrukteur,* der (fr., Pl. -e) Unterrichter, Anleiter, auch *Instruktor* (österr. u. schweiz.) Lehrer, Erzieher 6. *Coach,* der (engl., Pl. -s) Sportlehrer, Betreuer e. Sportlers

Ausbildung 1. *Qualifikation,* die (lat.-fr., Pl. -en) 2. *Studium,* das (lat., Pl. ...ien) z. B. Jurastudium 3. *Training,* das (lat.-engl., Pl. -s) i. S. von systematische Vorbereitung auf e. Wettkampf

Ausbildung des Schädels, stufenartige ... *Bathrokephalie* u. *Bathrozephalie,* die (gr.-lat., Pl. ...ien)

Ausbildung durchlaufen *absolvieren* (lat.)

ausbleichen *dekolorieren* (lat.-fr.) Farben aus Stoff entfernen

Ausblenden eines Songs *faden* (engl.)

ausblenden, Musik ... *fade-out* (engl.)

Ausblick *Panorama,* das (gr.-lat., Pl. ...men) Blick auf e. großartige Landschaft, eigtl. Rundblick

ausbreiten 1. *diffundieren* (lat.) z. B. Strahlen, die gestreut werden, Wasser diffundiert durch andere Stoffe 2. *grassieren* (lat.) i. S. von wütend um sich greifen, z. B. e. Seuche

Ausbreitung 1. *Expansion,* die (lat.-fr., Pl. -en) z. B. räumliche, Expansionspolitik von Staaten 2. *Propagation,* die (lat., Pl. -en) biol. die Ausbreitung von Lebewesen

Ausbruch *Eruption,* die (lat., Pl. -en) Vulkanausbruch

ausbürgern 1. *denaturalisieren* (lat.) 2. *expatriieren* (lat.) auch: verbannen

Ausbürgerung 1. *Denaturalisation,* die (lat., Pl. -en) 2. *Expatriation,* die (lat., Pl. -en)

Ausdauer 1. *Perseveranz,* die (lat., ohne Pl.) 2. *Penetranz,* die (lat.-fr., Pl. -en) aufdringliche Ausdauer; nicht verw. mit *Penetration,* die (lat., Pl. -en) Eindringtiefe, Durchdringung: seine Penetranz war von großer Penetration 3. *Assiduität,* die (lat., ohne Pl.) 4. *Persitenz,* die (lat., Pl. -en) 5. *Kondition,* die (lat., Pl. -en) Gesamtzustand; auch: Bedingung; nicht verw. mit: *Kondiktion,* die (lat., Pl. -en) Rechtsw. Klage auf Rückgabe 6. *Konstitution,* die (lat., Pl. -en) Verfassung des menschlichen Körpers; auch: Verfassung e. Staates, päpstlicher Erlaß 7. *Tenazität,* die (lat., ohne Pl.) Zähigkeit, Ausdauer

ausdehnbar 1. *extensibel* (lat.) 2. *expansibel* (lat.-fr.)

ausdehnen *expandieren* (lat.) räumlich

Ausdehnung 1. *Expansion,* die (lat., Pl. -en) räumlich, territorial, Expansionspolitik treiben 2. *Dimension,* die (lat., Pl. -en) e. Gebäude hat riesige Dimensionen 3. *Extension,* die (lat., Pl. -en) 4. *Explosion,* die (lat., Pl. -en) plötzliche Ausdehnung mit zerstörerischer Wirkung, Bombenexplosion 5. *Volumen,* das (lat., Pl. ...mina) i. S. von Rauminhalt; *Volumetrie,* die (lat., ohne Pl.) Messung von Rauminhalten 6. *Zirkumferenz,* die (lat., Pl. -en) auch: Ausmaß, Umfang

Ausdehnung, die ... bestimmend *dimensional* (lat.) z. B. dreidimensional

Ausdehnung, nach ... strebend *expansiv* (lat.)

ausdenken 1. *imaginieren* (lat.) 2. *phantasieren* (gr.-lat.)

Ausdeutung *Interpretation,* die (lat., Pl. -en)

Ausdruck 1. *Figur,* die (lat.-fr., Pl. -en) z. B. Stilfigur 2. *Expression,* die (lat., Pl. -en) 3. *Formel,* die (lat., Pl. -n) i. S. e. feststehenden, gültigen Ausdrucks 4. *Metapher,* die (gr.-lat., Pl. -n) bildlich im übertragenen Sinn, z. B.: ein eiskalter – ist e. gefühlloser Verbrecher 5. *Term,* der (lat.-fr., Pl. -e) formalisierter Ausdruck 6. *Floskel,* die (lat., Pl. -n) »Blümchen«; i. S. e. nichtssagenden Redewendung

Ausdruck von Empfindungen ... *Emoticon,* das (lat.-engl., ohne Pl.) aus: Emotionalität u. Icon; ... die in Form von Textkürzeln z. B. Empfindungen oder Zustände vermitteln, bei der elektronischen Korrespondenz (Mailbox) oder Telekonferenz (Chats) trotz fehlender handschriftlicher, gestischer u. mimischer Gegebenheiten: T 4 2 = Tea for two oder mit Hilfe sog. »Smileys« : -(= sauer, : -? = Pfeifenraucher

Ausdruck, doppelter ... *Tautologie,* die (gr.-lat., Pl. ...ien) z. B. e. alter Greis saß auf e. weißen Schimmel

Ausdruck, Kürze im ... *Brachylogie,* die (gr., Pl. ...ien) auch: knappe Ausdrucksweise (Stilk.)

ausdrücken 1. *verbalisieren* (lat.) mündlich 2. *formulieren* (lat.-fr.) sprachlich 3. *artikulieren* (lat.) i. S. von Worte deutlich aussprechen, formulieren

ausdrücklich 1. *kategorisch* (gr.-lat.) unbedingt gültig, z. B. Immanuel Kants »Kategorischer Imperativ«, unbedingtes ethisches Gesetz 2. *explizit* (lat.) eigens auf etwas hinweisen 3. *extra* (lat.)

Ausdrucksart *Stil,* der (lat., Pl. -e) »ein begnadigter (gemeint: begnadeter) Stilist« (Prof. Horst Ehmke über Mitterand, 1998)

ausdrucksbetont 1. *expressiv* (lat.) Pablo Picasso malte expressiv 2. *eloquent* (lat.) beredsam, Modewort für gewandte Manager, der einst eloquente Bankdirektor Alfred Herrhausen

Ausdrucksform, veraltete *Archaismus,* der (gr., Pl. ...men)

Ausdruckskraft 1. *Expressivität,* die (lat., ohne Pl.) z. B. e. Gemäldes von Salvador Dalí: »Zerrinnende Zeit«

ausdrucksvoll 1. *expressiv* (lat.) 2. *affettuoso* (lat.-it.) musik. Vortragsanw. 3. *pathetisch* (gr.-lat.-fr.) übertrieben, salbungsvoll

Ausdrucksweise 1. *Diktion,* die (lat., Pl. -n) der Autor hat e. gute Diktion, die barocke Diktion von Thomas Mann 2. *Jargon,* der (fr., Pl. -s) Ausdrucksweise e. Berufsgruppe; auch: Gassenjargon als »Sprache der Straße« 3. *Stil,* der (lat., Pl. -e) er pflegt e. geschliffenen Stil 4. *Idiolekt,* der (gr., Pl. -e) auch: Wortschatz; Sprachverhalten

ausdünsten *transpirieren* (lat.-fr.) schwitzen, ugs. wie e. Bulle

Auseinandergehen 1. *Divergenz,* die (lat., Pl. -en) in den Ansichten 2. *divergieren* (lat.) als Verb oder: 3. *divergierend* (lat.) 4. *differieren* (lat. als Verb)

auseinandergehend *divergent* (lat.)

auseinanderhalten *differenzieren* (lat.)

auseinanderlegen *definieren* (lat.) e. Begriff erklären; auch: bestimmen; »die Ehefrau definiert sich durch den Status des Mannes« (Duden, 1992)

auseinandernehmen *demontieren* (lat.-fr.) e. Maschine oder Anlage; Demontage der dt. Industrie nach dem 2. Weltkrieg

Auseinandersetzung 1. *Diskussion,* die (lat., Pl. -en) Meinungsaustausch, nächtelanges Diskutieren der Studenten 2. *Disput,* der (lat.-fr.) i. S. e. Streitgesprächs 3. *Szene,* die (gr.-lat.-fr., Pl. -n) meist lautstarke Auseinandersetzung: »Szenen einer Ehe«, Film von Ingmar Bergman 4. *Debatte,* die (fr., Pl. -n) Bundestagsdebatte 5. *Differenz,* die (lat., Pl. -en) Meinungsdifferenz; auch: Betragsdifferenz 6. *Konflikt,* der (lat., Pl. -e) z. B. Konfliktsituation 7. *Kontroverse,* die (lat., Pl. -n) wissenschaftliche Streitfrage, z. B. kontrovers diskutieren, Kontroverstheologie 8. *Polemik,* die (gr., Pl. -en) literarische Fehde, auch unsachlicher Angriff mit Worten 9. *Querele,* die (lat., Pl. -n) i. S. von Streit

Auseinandersetzung, wissenschaftliche ... mit dem Universum *Kosmologie,* die (gr., ohne Pl.)

Auseinanderstreben 1. *Divergenz,* die (lat., Pl. -en) bei unterschiedlichen Ansichten; Divergenzkriterien: Modewort aus der Pol. 2. *divergieren* (lat. als Verb) oder 3. *divergierend* (lat.) auseinanderstrebend 4. *divergent* (lat.)

auserlesen 1. *delikat* (lat.-fr.) z. B. es wurden delikate Speisen serviert; aber auch: die Angelegenheit ist höchst delikat (bes. kompliziert) 2. *elitär* (fr.) Elitetruppe, wer in England das Eton College besucht, fühlt sich elitär

Ausfall *Drop-out,* der (engl.-am., Pl. -s) z. B. Drop-out-Quote bei nicht oder falsch ausgefüllten Fragebögen
Ausfertigung *Unikat,* das (lat., Pl. -e) einzige
ausfließen *effluieren* (lat.)
Ausflucht 1. *Evasion,* die (lat., Pl. -en) 2. *Finte,* die (lat.-it., Pl. -n) svw. Vorwand 3. *Prätex,* der (lat.-fr., Pl. -e) i. S. von Vorwand
Ausflüchte 1. *Fisimatenten,* die (Herkunft unklar, nur Pl.) »Mache keine Fisimatenten!« 2. *Sperenzien,* die (lat., nur Pl.)
Ausflug 1. *Exkursion,* die (lat.-fr., Pl. -en) 2. *Partie,* die (lat.-fr., Pl. -n) 3. *Tour,* die (gr.-lat.-fr., Pl. -en) 4. *Trip,* der (engl., Pl. -s) Kurzreise 5. *Expedition,* die (lat., Pl. -en) Abenteuerreise, Exedition ins Unbekannte
Ausflug in irreale TV-Welten ... *TV-Slumming,* das (engl.-am., ohne Pl.) ... durch das Nachspielen des Gesehenen u. die Rückkehr in die reale Welt
Ausflügler *Tourist,* der (gr.-fr.-engl., Pl. -en) ugs. Touri, i. S. von Ferntouristik, Touristeninvasion
Ausfluß *Effluvium,* das (lat., Pl. ...vien) auch: Erguß (med.)
ausfragen *examinieren* (lat.)
Ausfuhr 1. *Export,* der (lat.-engl., Pl. -e) von Waren, Dienstleistungen u. Kapital zur Beschaffung von Devisen für den Import 2. *Reexport,* der (lat., Pl. -e) eingeführter Produkte
Ausfuhr e. Artikels zu Schleuderpreisen *Dumping,* das (engl., Pl. -s) »Sozialdumping muß e. Fremdwort werden.« (Gerhard Schröder, Kanzlerkandidat, 1998) Das ist es doch!
ausführbar 1. *praktikabel* (gr.-lat.) durchführbar 2. *applikabel* (lat.) i. S. von anwendbar
ausführen 1. *effektuieren* (lat.-fr.) 2. *explizieren* (lat.) darlegen 3. *konkretisieren* (lat.) verdeutlichen 4. *absolvieren* (lat.) svw. e. Ausbildungszeit ableisten; aber auch: jmdm. die Absolution (Sündenvergebung) erteilen 5. *exportieren* (lat.-engl.) Waren ins Ausland ausführen; nicht verw. mit *exponieren* (lat.) darstellen, zur Schau stellen
ausführlich 1. *in extenso* (lat.) bez. Erklärungen 2. *episch* (gr.-lat.) ausführlich, in epischer Breite berichten 3. *detailliert* (lat.-fr.) genau
Ausführung, weitere ... *Amplifikation,* die (lat., Pl. -en) auch: Erweiterung
Ausführungsart *Modalität,* die (lat., Pl. -en) z. B. Vertragsmodalitäten klären
Ausfuhrverbot *Embargo,* das (sp., Pl. -s) z. B. Waffenembargo, Verbot Waffen in Krisengebiete zu liefern
Ausfüllblatt *Formular,* das (lat., Pl. -e) meist amtlicher Vordruck; »von der Wiege bis zur Bahre: Formulare, Formulare!« (Sprichwort)
Ausgabe 1. *Emission,* die (lat., Pl. -en) von Wertpapieren, z. B. Festlegung des Emissionskurses der Telekom-Aktie auf 28 2. *Edition,* die (lat., Pl. -en) z. B. e. Buchedition; nicht verw. mit *Edikt,* das (lat., Pl. -e) e. amtl. Erlaß von Kaisern u. Königen: »Edikt von Nantes« (1598)
Ausgabegerät *Terminal,* der, das (engl., Pl. -s) Datenendgerät, z. B. Drucker oder Bildschirm e. EDV-Anlage
Ausgabekurs *Emissionskurs,* der (lat., Pl. -e) von Wertpapieren, z. B. der Telekom-Aktie von 28
Ausgang 1. *Debakel,* das (fr., ohne Pl.) unheilvoller Ausgang e. Vorhabens; Koalitionsgespräche endeten in e. Debakel 2. *Happy-End,* das (eng., Pl. -s), viele Hollywood-Filme enden mit e. Happy-End 3. *Remis,* das (lat.-fr., Pl. -en) unentschieden beim Schachspiel 4. *Desaster,* das (fr., Pl. -s) unheilvoller Ausgang, Zusammenbruch 5. *Katastrophe,* die (gr., Pl. -n) schlimmer Ausgang, Erdbebenkatastrophe 6. *Patt,* das (fr., Pl. -s) unentschiedene Stellung im Schachspiel, bei der e. Partei patt ist, d. h. keinen Zug machen kann; häufig wird das Wort fälschlich mit »Situation« verbunden: »Pattsituation«
Ausgangsgrundlage *Prinzip,* das (lat., Pl. ...ien) auch: Grundsatz; »ist mir aber was nicht lieb, weg damit ist mein Prinzip« (Wilhelm Busch), auch: Richtschnur; »...Prinzipien des Glücks dieser Erde« (Edgar Allan Poe)
Ausgangspunkt 1. *Basis,* die (gr.-lat., Pl. -en) i. S. von Militärbasen 2. *Zentrale,* die (gr.-lat., Pl. -n) i. S. e. Befehlszentrale, Parteizentrale 3. *Situation,* die (lat., Pl. -en) Sachlage, es herrschte e. verteufelte Situation, Minister Blüm verfügt über Situationskomik
ausgeben, Wertpapiere *emittieren* (lat.-fr.) Wertpapiere in Umlauf setzen; auch: Luftverschmutzung durch Abgase verursachen
Ausgedachtes 1. *Fiktion,* die (gr.-lat., Pl. -en) z. B. Science-fiction-Literatur von Perry Rhodan 2. *Roman,* der (fr., Pl. -e) umfangreiches, schriftstellerisches Werk mit erdachter Handlung, oft mit historischem Hintergrund: »Vom Winde verweht«; Romanautor, z. B. Simmel
ausgedehnt *extensiv* (lat.)
Ausgedienter *Emerit,* der (lat., Pl. -en) Geistlicher z. B.
ausgefallen *extravagant* (lat.) modische Kleidung betreffend
Ausgefallenheit *Extravaganz,* die (lat.-fr., ohne Pl.) bez. modischen Geschmacks, z. B. die Frisuren der Gloria von Thurn und Taxis
ausgefeilt *diffizil* (lat.-fr.) i. S. von schwierig; nicht verw. mit *differenzieren* (lat.) abweichen
ausgeglichen 1. *harmonisch* (gr.-lat.) e. harmoni-

scher Mensch 2. *paritätisch* (lat.) i. S. von gleichgestellt 3. *stabil* (lat.) z. B. stabiles Gleichgewicht

ausgelassen *bacchantisch* (gr.-lat.) i. S. von vor Freude überschäumend

ausgenommen *exklusive* (lat.) e. exklusive Gesellschaft

ausgeprägt 1. *prononciert* (lat.-fr.) e. deutliche Aussprache haben 2. *markant* (germ.-it.-fr.) e. markantes Kinn haben, Jean Pütz trägt e. markanten Oberlippenbart 3. *akzentuiert* (lat.) deutlich, betont 4. *signifikant* (lat.) typisch, bedeutsam; nicht verw. mit *signitiv* (lat.) symbolisch, mit Hilfe von Zeichen

ausgeschnitten *dekolletiert* (lat.-fr.) die Dame trägt e. dekollektiertes Abendkleid

ausgeschwitzte Flüssigkeit *Exsudat,* das (lat., Pl. -e) auch: Drüsenabsonderung

Ausgestalten *Dekoration,* die (fr.-lat., ohne Pl.) Weihnachtsdekoration; auch: Ausgestaltung; »eine amüsante Dekoration« (Max Beckmann über Arbeiten Paul Gauguins)

Ausgestoßener 1. *Paria,* der (ind., Pl. -s) Inder, der niedrigsten Kaste angehörend 2. *Outcast,* der (engl., Pl. -s)

ausgesucht 1. *exquisit* (lat.) i. S. von exquisite Speise 2. *subtil* (lat.) sorgsam vorgehen

ausgewählt *anthologisch* (gr.)

ausgewogen 1. *harmonisch* (lat.) übereinstimmend, e. harmonische Ehe führen 2. *homogen* (lat.) einheitlich 3. *paritätisch* (lat.) gleichgestellt, die Gewerkschaften fordern die paritätische Mitbestimmung der Angestellten in Unternehmen

Ausgeworfenes *Dejekt,* das (lat., Pl. -e) Auswurf, z. B. Kot

ausgezeichnet 1. *brillant* (ind.-gr.-lat.-it.-fr.) e. brillanter Vortragskünstler 2. *exquisit* (lat.) erlesen 3. *exzellent* (lat.-fr.) vortrefflich 4. *famos* (lat.) großartig 5. *fulminant* (lat.) glänzend 6. *prima* (lat.-it.) wunderbar, spitze; auch: *Primaballerina,* die (it., Pl. ...nen) die erste Tänzerin, *Primadonna,* die (it., Pl. ...nnen) die erste Sängerin 7. *bravourös* (lat.-fr.) etwas sehr gut bewältigen, Bravourstück als Glanzleistung 8. *distinguiert* (lat.) auch: vornehm 9. *summa cum laude* (lat.) »mit höchstem Lob«, höchstes Prädikat bei Doktorprüfungen

Ausgleich 1. *Kompensation,* die (lat., Pl. -en) Gegenleistung für erbrachte Leistung, Kompensationsgeschäfte: Maschinen gegen Erdnüsse 2. *Saldo,* der (lat.-it., Pl. Salden, Saldi) wirtsch. Betrag, der beide Seiten e. Kontos zum Ausgleich bringt, Begriff aus der Buchhaltung; auch: per Saldo war das Geschäft gut; nicht verw. mit *Salto,* der (lat., Pl. -s) Luftrolle, Salto mortale, gefährlicher Kunstsprung bei Artisten, Drehung rückwärts bei Flugzeugen (Looping)

ausgleichen 1. *egalisieren* (lat.-fr.) auch i. S. von angleichen 2. *applanieren* (lat.-fr.) geschraubt für einebnen; nicht verw. mit *applizieren* (lat.) e. Verzierung auf Stoff nähen; auch: Heilmittel verabreichen 3. *planieren* (lat.-fr.) einebnen, Gelände wird planiert, nicht: einplaniert 4. *balancieren* (lat.-fr.) Gleichgewicht suchen, über e. Seil balancieren 5. *saldieren* (lat.-it.) Kontoseiten ausgleichen

ausgleichen, sich ... *bilanzieren* (it.) auch: e. Bilanz abschließen

ausgraben 1. *exkavieren* (lat.) ausschachten, z. B. e. Graben 2. *exhumieren* (lat.) e. Leichnam wieder ausgraben; nicht verw. mit *exhibieren* (lat.) med. vorzeigen, der Kinderschreck war e. gesuchter Exhibitionist (e. der Geschlechtsteile krankhaft gern zur Schau stellt)

Ausgrabung 1. *Exkavation,* die (lat., Pl. -en) Ausschachtung 2. *Exhumierung,* die (lat., Pl. -en) Leichenausgrabung, der Richter ordnete e. Exhumierung an

Aushang 1. *Affiche,* die (fr., Pl. -n) geschraubt für e. Plakat aushängen 2. *Plakat,* das (niederl., Pl. -e)

aushängen *affichieren* (fr.) geschraubt für Mitteilung aushängen

aushöhlen *exkavieren* (lat.) ausgraben

Auskommen *Existenz,* die (lat., Pl. -en) auch: Leben; Dasein; »Wenn heute gewählt werden würde, müßten wir um unsere Existenz fürchten.« (Joschka Fischer, Bündnis 90 / Die Grünen, 1998)

auskundschaften 1. *rekognoszieren* (lat.) 2. *spionieren* (it.-fr.) heimliches Auskundschaften; Spionagering zerschlagen 3. *eruieren* (lat.) herausfinden; nicht verw. mit *eruptieren* (lat.) hervorbrechen, z. B. Lava 4. *explorieren* (lat.) erkunden, z. B. Bodenverhältnisse; nicht verw. mit *explodieren* (lat.) mit Knall zerbersten 5. *investigieren* (lat.) nachspüren; *FBI: Federal Bureau of Investigation* (am.) Bundespolizei 6. *recherchieren* (fr.-lat.) nachforschen, Reporter recherchieren, manche Recherche brachte Politiker zu Fall 7. *sondieren* (fr.) vorfühlen, auf den Grund gehen; auch: mit der Sonde untersuchen; Sondierungsgespräche führen

Auskunft 1. *Information,* die (lat., Pl. -en) 2. *Referenz,* die (lat.-fr., Pl. -en) i. S. von Empfehlung; »Nennen Sie mir Ihre Referenzen?«

Auskunft verschaffen, sich ... *konsultieren* (lat.) z. B. bei jmdm. ärztlichen Rat einholen

Auslagen *Spesen,* die (lat.-it., nur Pl.) Reisespesen; »außer Spesen nichts gewesen«

Auslagerung ... *Outscourcing,* das (engl.-am., Pl.

-s) ... von unrentablen Bereichen e. Unternehmens zur Kostensenkung; auch: Verlagerung von Wertschöpfungsaktivitäten auf Zulieferer; auch Inanspruchnahme außerbetrieblicher Dienstleistungen durch e. Unternehmen

ausländisches Zahlungsmittel *Devise,* die (lat.-fr., Pl. -n) z. B. Devisenschieber, strafbares Aus- bzw. Einführen von Devisen

auslassen *abreagieren* (dt.-lat.) die Wut im Bauch

Auslassungszeichen *Apostroph,* der (gr.-lat., Pl. -e)

auslegen 1. *dimensionieren* (lat.) 2. *explanieren* (lat.) geschraubt für erklären 3. *interpretieren* (lat.) z. B. den Sinn von Gedichten deuten 4. *kommentieren* (lat.) auch: erläutern; »Das ist so abwegig, das will ich gar nicht kommentieren.« (Helmut Kohl, 1998)

auslegend *explanativ* (lat.) erklärend

Ausleger *Interpret,* der (lat., Pl. -en) z. B. Gesangsinterpret oder Schlagersänger

Auslegung 1. *Explanation,* die (lat., Pl. -en) 2. *Interpretation,* die (lat., Pl. -en) »die Interpretation zum Sachverhalt ist falsch« 3. *Exegese,* die (gr., Pl. -n) insbesondere die wissenschaftliche Bibelauslegung 4. *Hermeneutik,* die (gr., ohne Pl.) wissenschaftliche Erklärung von Texten, Kunstwerken oder Musikstücken

Auslese 1. *Elite,* die (lat.-fr., Pl. -n) geistige Auslese, Elitenschule 2. *Selektion,* die (lat., Pl. -en) Auswahl; Selektionsdruck bei Tieren in best. Gegenden (Darwin)

Auslese der Besten *Elite,* die (lat.-fr., Pl. -n) »Im Sport akzeptieren wir Leistungseliten, in der Wirtschaft u. Wissenschaft dagegen nicht.« (Hans-Jürgen Warnecke, Präsident der Fraunhofer-Gesellschaft, 1997)

Auslöschung *Extinktion,* die (lat., Pl. -en) i. S. von Tilgung

ausmalen *kolorieren* (lat.) mit Farbe versehen

Ausmaß 1. *Dimension,* die (lat., Pl. -en) e. Gebäude mit gewaltigen Dimensionen; »wir treffen e. Entscheidung, die in die historische Dimension der europäischen Einigung gehört« (Hans-Dietrich Genscher, F.D.P., 1998, zum Euro) 2. *Volumen,* das (lat., Pl. ...mina) Rauminhalt e. Körpers; auch: Umfang; e. voluminöse Stimme haben

Ausnahme *Exzeption,* die (lat., Pl. -en) z. B. von e. Grammatikregel

ausnahmsweise *exzeptionell* (lat.-fr.)

Ausnutzung *Exploitation,* die (lat.-fr., Pl. -en) z. B. die Arbeitskraft ausbeuten

ausprobieren *empirisch* (gr.-lat.) über Erfahrungen feststellen

ausquetschen *grillen* (engl.) auch: das Begaffen, Belauschen von Fremden

ausrenken *luxieren* (lat.) med. z. B. e. Gelenk

Ausrenkung *Luxation,* die (lat., Pl. -en) med. z. B. e. Fußgelenk

ausrichten 1. *fokussieren* (lat.) physik. z. B. optische Linsen; auch: »etwas im Auge haben« 2. *orientieren* (lat.-fr.) sich nach Gestirnen orientieren

Ausruf der Verwunderung 1. *wow!* (engl.-am.) 2. *heaven!* (engl.) eigtl.: Himmel

Ausruf *Exklamation,* die (lat., Pl. -en)

ausrufen *exklamieren* (lat.)

ausrufend *exklamatorisch* (lat.)

Ausrufewort *Interjektion,* die (lat., Pl. -en) auch: Empfindungswort, z. B. oh! au!

ausruhen 1. *chill out* (engl.) abkühlen, relaxen; gemeint ist, sich nach anstrengenden Techno-Partys auszuruhen, d. h. von Dröhnung u. Tanz zu erholen 2. *relaxen* (lat.-engl.) i. S. von entspannen

ausrüsten 1. *ausstaffieren* (dt.-fr.-niederl.) z. B. mit Zubehör ausrüsten 2. *equipieren* (fr.) ausstatten

Ausrüster *Outfitter,* der (engl., Pl. -s) Expeditionsausrüster

Ausrüstung 1. *Equipage,* die (fr., Pl. -n) e. Offiziers 2. *Equipment,* das (engl., Pl. -s) auch: Gerätschaft

Aussage 1. *Paradoxon,* das (gr.-lat., Pl. ...xa) i. S. e. unlösbaren Widersprüchlichkeit; Widersinnigkeit 2. *Bagatelle,* die (lat.-it.) abgeschwächte Aussage; e. Fall bagatellisieren

Aussage, e. scheinbar wahre u. falsche ... 1. *Paradoxon,* das (gr.-lat., Pl. ...xa) »Das Paradoxon ist die einzige Konstante in unserer Welt!« (G. Schröders geh. Tagebuch von H. Venske, 1997) 2. *Paradox,* das (gr.-lat., Pl. -e)

aussägen *dekupieren* (fr.)

Aussatz *Lepra,* die (gr.-lat., ohne Pl.) Leprastation

aussätzig *leprös* (gr.-lat.) an Lepra erkrankt

Ausschabung *Kürettage,* die (fr., Pl. -n) ... der Gebärmutter (med.)

ausschachten *exkavieren* (lat.) z. B. e. Zahn exkavieren oder e. Grube ausschachten

ausschalten 1. *neutralisieren* (lat.-fr.) e. Spieler beim Fußball 2. *eliminieren* (lat.) herauslösen 3. *liquidieren* (lat.-it.) ausschalten; aber auch: beseitigen oder etwas berechnen; *Liquidation,* die (lat.-it., Pl. -en) Rechnung des Arztes

Ausschaltung *Elimination,* die (lat., Pl. -en) des Gegners durch Gewalt

Ausschälung, operative ... *Enukleation,* die (lat., Pl. -en) z. B. e. Geschwulst

Ausscheidung 1. *Exkrement,* das (lat., Pl. -e) Kot 2. *Sekret,* das (lat., Pl. -e) Speichel

Ausscheidung von Eiweiß im Harn *Albuminurie,* die (gr.-lat., Pl. ...ien)

Ausscheidung, gesteigerte ... von Kalksalzen im

Urin *Kalkariurie,* die (gr.-lat., Pl. ...ien) med.

Ausschlag, größter *Amplitude,* die (gr.-lat., Pl. -n) »Größe«, i. S. von größter Ausschlag e. Schwingung, z. B. beim Pendel

ausschließen 1. *exkludieren* (lat.) 2. *isolieren* (lat.-it.-fr.) e. Person ausschließen; e. Kabel isolieren 3. *disqualifizieren* (lat.) z. B. e. Sportler wegen Verstoßes gegen die Regeln 4. *exkommunizieren* (lat.) aus der kath. Kirche ausschließen 5. *relegieren* (lat.) von der Universität verweisen

ausschließend *exzeptiv* (lat.)

ausschließlich *exklusiv* (lat.-engl.) i. S. von: nicht für jeden zugänglich

Ausschließlichkeit *Exklusivität,* die (lat.-engl., ohne Pl.) z. B. Exklusivrechte für e. Artikel erwerben

Ausschließung *Exklusion,* die (lat., Pl. -en)

Ausschluß *Disqualifikation,* die (lat.-engl., Pl. -en) der Foulspieler wurde disqualifiziert

ausschmücken 1. *dekorieren,* (lat.) 2. *drapieren* (lat.-fr.) 3. *garnieren* (fr.-germ.) mit Zutat versehen 4. *paraphrasieren* (gr.-lat.) z. B. e. Melodie frei ausschmücken; aber auch: etwas verdeutlichend umschreiben

Ausschmückung 1. *Dekor,* das (lat.-fr., Pl. -s) 2. *Dekoration,* die (lat.-fr., Pl. -en)

ausschneiden *dekupieren* (fr.)

Ausschnitt 1. *Dekolleté,* das (lat.-fr., Pl. -s) »Die Augen der Männer hingen am Dekolleté von Sophia Loren.« 2. *Segment,* das (lat., Pl. -e) Teilstück 3. *Fragment,* das (lat., Pl. -e) Bruchstück; unvollständiges literarisches Werk 4. *Partie,* die (lat.-fr., Pl. ...ien) Teil; auch: e. Partie Billard spielen; e. gute Partie machen, svw.: Vermögen in die Ehe bringen 5. *Passus,* der (lat., ohne Pl.) »Schritt«, Textabschnitt 6. *Sektor,* der (lat., Pl. -en) als Teil e. Ganzen; Bezirk, Sektorengrenze

ausschreiben *annoncieren* (lat.-fr.) e. vakante (offene) Position in der Zeitung bekannt machen

Ausschreitung 1. *Exzeß,* der (lat., Pl. ...esse) 2. *Pogrom,* der (russ., Pl. -e) z. B. gegen religiöse Gruppen: Judenpogrom

Ausschuß 1. *Kollegium,* das (lat., Pl. ...ien) 2. *Komitee,* das (lat.-fr.-engl., Pl. -s) 3. *Kommission,* die (lat., Pl. -en) für e. bestimmte Aufgabe, z. B. Strafrechtskommission, Untersuchungskommission 4. *Gremium,* das (lat., Pl. ...ien) »Bündel« auch: Gemeinschaft

Ausschuß, Fach... *Kommission,* die (lat., Pl. -en) »Wir werden von der EU-Kommission industriepolitisch gegängelt.« (Edmund Stoiber, Ministerpräsident von Bayern, 1998)

Ausschußware 1. *Ramsch,* der (hebr., ohne Pl.) 2. *Makulatur,* die (lat., Pl. -en) fehlerhafte Druckware 3. *Bafel* u. *Bavel,* der (hebr., ohne Pl.) auch: Geschwätz

Ausschüttungsgeschäft *Kick-back,* das (engl., Pl. -s) versteckte, geheime Gewinnausschüttung an unbekannte Gesellschafter

ausschweifend 1. *exzessiv* (lat.) z. B. exzessiv leben 2. *libertin* (lat.-fr.) zügellos

Ausschweifung 1. *Exzeß,* der (lat., Pl. ...esse) 2. *Libertinage,* die (lat.-fr., Pl. -n) Zügellosigkeit 3. *Orgie,* die (gr., Pl. -n) es wurden wilde Orgien gefeiert

Ausschwitzung, krankhafte ... *Exsudation,* die (lat., Pl. -en) ... von Körperflüssigkeit

Aussehen 1. *Air,* das (lat.-fr., Pl. -s) auf Personen bezogen 2. *Eidos,* das (gr., ohne Pl.) Gestalt, Form 3. *Extravaganz,* die (fr.-lat., Pl. -en) besonderes Aussehen 4. *Habitus,* der (lat., ohne Pl.) Erscheinungsbild e. Menschen 5. *Look,* der (engl., Pl. -s) auf die Kleidung bezogen

außen 1. *exogen* (gr.-lat.) außerhalb des Organismus befindlich; Krankheiten, die von außen auf den Körper einwirken; Ggs.: endogen; nicht verw. mit: *exokrin* (gr.-lat.) absondernd 2. *extravertiert* (lat.) auch: *extrovertiert* (lat.) als Person, Charakter nach außen gerichtet; Ggs.: introvertiert (lat.)

Außenbordmotor *Outbord,* der (engl., Pl. -s)

aussenden 1. *emittieren* (lat.-fr.) i. S. von: Wertpapiere ausgeben 2. *beamen* (engl.) i. S. von ausstrahlen

Außendienstmitarbeiter, der mit moderner Technik seinem Beruf nachgeht *Techno-Nomade,* der (engl.-gr.-lat., Pl. -en) seine Ausrüstung sind: Laptop, Funktelefon, Fax, e. mobiles Büro

Aussendung *Emission,* die (lat., Pl. -en) z. B. von luftverunreinigenden Stoffen; auch: Ausgabe von Wertpapieren; »Wir suchen nicht nach Öl u. Gas, um die Kohlendioxid-Emissionen zu steigern.« (John Browne, Chef der BP, 1997)

Aussendung *Emission,* die (lat., Pl. -en) von Strahlen, Emissionsschutz bei Uran

Außenministerium ... *State Department,* das (am., ohne Pl.) ... der Vereinigten Staaten

Außenministerium, fr. ... *Quai d'Orsay,* der (Eigenn.-fr., ohne Pl.) an der gleichnamigen Straße in Paris gelegen

Außenseite 1. *Exterieur,* das (lat.-fr., Pl. -s) 2. *Fassade,* die (lat.-it.-fr., Pl. -n) Gebäudefassade; auch: an der Person ist alles nur Fassade; e. äußerlicher, oberflächlicher Mensch 3. *Exteriorität,* die (lat., Pl. -en) auch: Oberfläche

Außenseiter *Outsider,* der (engl., Pl. -s) Sportler bei e. Wettkampf mit geringen Siegchancen; auch wirtsch.: e. Reederei, die sich nicht an getroffene Preisabsprachen hält

außenstehend *exogen* (gr.-lat.) Erreger, die von außen in den Körper dringen

Außenstehender *Exoteriker,* der (gr.-lat., ohne Pl.) i. S. von nicht eingeweiht sein; nicht verw. mit *Exot,* der (gr., Pl. -en) Mensch aus fernem Land; ausländische Tiere, Pflanzen; auch: weniger bekannte Wertpapiere

Außenwerk e. Festung *Enceinte,* die (lat.-fr., Pl. -n) auch: Umwallung

außer Kraft setzen *derogieren* (lat.) z. B. ein Gesetz

außer sich *ekstatisch* (gr.-lat.) rauschhaft

außerdienstlich *inoffiziell* (lat.-fr.)

Äußeres 1. *Exterieur,* das (lat.-fr., Pl. -s, -e) 2. *Look,* der (engl., Pl. -s) i. S. von Aussehen

außergewöhnlich 1. *abnorm* (lat.) die Person zeigt abnormes Verhalten 2. *exklusiv* (lat.-engl.) besonders, nicht jedem zugänglich, z. B. exklusiver Club; Exklusivstory 3. *extraordinär* (lat.-fr.) außergewöhnlich 4. *exeptionell* (lat.-fr.) ausnahmsweise 5. *formidabel* (fr.) großartig 6. *phänomenal* (gr.) erstaunlich, außerordentlich 7. *sensationell* (fr.) aufsehenerregend 8. *spektakulär* (lat.) aufsehenerregend; nicht verw. mit *spektakulös* (lat.) abscheulich

außerhalb 1. *extrauterin* (lat.) d. h. außerhalb der Gebärmutter (med.) 2. *extra ecclesiam nulla salus* (lat.) »außerhalb der Kirche ist kein Heil« (nach dem heiligen Cyprian, um 240) 3. *extern* (lat.) auch: fremd; nicht im Internat wohnend

außerirdisch *extraterrestisch* (lat.) außerhalb der Erde gelegen

Außerirdischer *Alien,* das (engl., Pl. -s) auch: utopisches Lebewesen von anderen Planeten

äußerlich 1. *topisch* (gr.-lat) Anwendung von Medizin 2. *extern* (lat.) auswärtig; z. B. außerhalb e. Internats wohnend 3. *formal* (lat.) i. S. von: rein äußerlich sein, bez. der äußeren Form

Äußerlichkeit 1. *Formalität,* die (lat., Pl. -en) 2. *Formalie,* die (lat., Pl. -n)

außerordentlich 1. *enorm* (lat.-fr.) 2. *extraordinär* (lat.-fr.) außergewöhnlich 3. *exzessiv* (lat.) ausschweifend, e. exzessiver Trinker 4. *exorbitant* (lat.)

äußerst 1. *eminent* (lat.-fr.) außerordentlich bez. e. guten Qualität 2. *absolut* (lat.) eigtl.: losgelöst; auch: uneingeschränkt

äußerster Termin 1. *Deadline,* die (engl., Pl. -s) 2. *last minute,* z. B. Last-minute-Flüge in Urlaubsorte

Äußerung 1. *Diffamierung,* die (lat.-fr., Pl. -en) verleumderische – 2. *Invektive,* die (lat., Pl. -n) i. S. e. beleidigenden – 3. *Malice,* die (lat.-fr., Pl. -n) boshafte Äußerung

aussetzen *exponieren* (lat.) einer Gefahr; auch: e. exponierte Stellung bekleiden

aussetzend *diskontinuierlich* (lat.) e. Vorgang mit Pannen

Aussetzer bei der Aufzeichnung oder Wiedergabe *Drop-out,* der (engl.-am., Pl. -s)

Aussicht 1. *Panorama,* das (gr.-lat., Pl. -en) »Allschau«; Rundsicht hat der Reisende im Panoramabus 2. *Perspektive,* die (lat., Pl. -n) i. S. e. Blickwinkels; Aussicht für die Zukunft 3. *Chance,* die (lat.-fr.) i. S. e. guten Aussicht; günstige Gelegenheit

Aussichten *Auspizieren,* die (lat., nur Pl.) z. B. Chancen für e. Vorhaben

Aussichtspunkt *Bellevue,* die (fr., Pl. -n)

aussiedeln *evakuieren* (lat.) die Bevölkerung aus e. Gefahrengebiet bringen; auch: Luft aus einem Körper saugen

aussondern 1. *separieren* (lat.) i. S. von »die Guten ins Töpfchen, die Schlechten ins Kröpfchen« 2. *ausrangieren* (dt.-fr.) i. S. von nicht mehr verwenden

Aussprache 1. *Akzent,* der (lat., Pl. -e) jmd. mit engl. Akzent 2. *Debatte,* die (lat.-fr., Pl. -n) im Parlament findet e. Debatte zum Haushalt 1998 statt, heiße Debatten führen 3. *Diskussion,* die (lat., Pl. -en) verbaler Meinungsaustausch, bei der Diskussion ging es lebhaft zu

Aussprachezeichen *Trema,* das (gr., Pl. -s) bei getrennter Aussprache werden über e. Vokal zwei Punkte gesetzt

aussprechen 1. *artikulieren* (lat.) deutlich 2. *formulieren* (lat.-fr.) Sätze gut formulieren

Ausspruch 1. *Apophthegma,* das (gr., Pl. ...men) treffender 2. *Diktum,* das (lat., Pl. ...ta) »Gesagtes« 3. *Orakel,* das (lat., ohne Pl.) i. S. e. rätselhaften Weissagung nach dem Orakel von Delphi 4. *Sentenz,* die (lat., Pl. -en) »die Würfel sind gefallen« ist e. einprägsame Sentenz 5. *Zitat,* das (lat., Pl. -e) bekannter Ausspruch, z. B. »heiße Magister, heiße Doktor gar«, aus Goethes »Faust«; nicht verw. mit *Zitation,* die (lat., Pl. -en) gerichtliche Vorladung

Ausspülung *Irrigation,* die (lat., Pl. -en) eigtl.: Bewässerung

Ausstattung 1. *Dekoration,* die (lat.-fr., Pl. -en) 2. *Dotation,* die (lat., Pl. -en) i. S. e. Mitgift 3. *Luxus,* der (lat., ohne Pl.) 4. *Infrastruktur,* die (lat., Pl. -en) wirtsch. i. S. der Ausstattung e. Volkswirtschaft mit Verkehrswegen, Flugplätzen usw.

Ausstattungsgegenstand *Requisit,* das (lat., Pl. -en) Theaterrequisiten, Requisitenkammer; nicht verw. mit *Requisition,* die (lat., Pl. -en) Beschlagnahmung

Aussteller *Assignant,* der (lat., Pl. -en) e. Geldanweisung

Ausstellung 1. *Accrochage,* die (fr., Pl. -n) e. Privatgalerie 2. *Exposition,* die (lat., Pl. -en) 3. *Vernissage,* die (fr., Pl. -n) Kunstausstellung

Ausstellung aus den eigenen Beständen ... *Accrochage,* die (fr., Pl. -n) ... e. Galerie

Ausstellung einer Privatgalerie *Accrochage,* die (fr., Pl. -n)

Ausstellung eines Wechsels *Trassierung,* die (lat.-fr., ohne Pl.) wirtsch.

Ausstellungsraum *Salon,* der (germ.-it.-fr., Pl. -s) z. B. Automobilsalon; aber auch: e. edel eingerichtetes Zimmer: im Salon speisen

Ausstellungsstück *Exponat,* das (lat.-russ., Pl. -e) z. B. auf e. Kunstausstellung

Ausstoß *Output,* der (engl., Pl. -s) wirtsch. alle in e. Unternehmen produzierten Güter

Ausstoßung *Degradation,* die (lat., Pl. -en) e. kath. Geistlichen aus dem geistlichen Stand

ausstrahlen 1. *emanieren* (lat.) z. B. radioaktive Strahlen 2. *beamen* (engl.)

Ausstrahlung 1. *Appeal,* der (engl., Pl. -s) i. S. von Anziehungskraft, Sexappeal der Marilyn Monroe 2. *Charisma,* das (gr.-lat., Pl. ...rismen, ...rismata) z. B. e. Politiker mit Charisma 3. *Atmosphäre,* die (gr., Pl. -n) »Dunstkugel«, Stimmung, eigenes Gepräge; aber auch z. B.: Lufthülle um die Erde 4. *Aura,* die (lat., ohne Pl.) »Hauch«, Wirkungskraft, Ausstrahlung e. Person 5. *Fluidum,* das (lat., Pl. ...da) bes. Wirkung, Ausstrahlung e. Person

Aussuchen geeigneter Schauspieler ... *Casting,* das (engl., ohne Pl.) von: cast (Besetzung) ... für e. neue Rollenbesetzung

aussuchen *selektieren* (lat.)

Austausch 1. *Permutation,* die (lat., Pl. -en) auch: Umstellung, Vertauschung 2. *Substitution,* die (lat., Pl. -nen) das Ersetzen e. Sache durch e. andere

austauschbar 1. *fungibel* (lat.) wirtsch. Güter, die mehrfach vorhanden, damit austauschbar sind 2. *substituierbar* (lat.) ersetzbare Güter; nicht verw. mit *subsumieren* (lat.) unterordnen

Austauschbarkeit 1. *Konvertierbarkeit,* die (lat.-fr., ohne Pl.) wirtsch. das freie Austauschen von Währungen verschiedener Länder 2. *Fungibilität,* die (lat., ohne Pl.) z. B. von Gütern 3. *Substitution,* die (lat., Pl. -en) Ersetzen von Gütern, z. B. der Substitutionseffekt bei Wirtschaftsgütern; nicht verw. mit *Substitut,* der (pl. -en) Ersatzmann, Untervertreter im Einzelhandel

austauschen *substituieren* (lat.) ersetzen

Austauschverhältnis reales 1. *Terms of Trade,* die (engl., nur Pl.) wirtsch. Verhältnis zwischen Export- zu Importpreisen 2. *Parität,* die (lat., Pl. -en) »Gleichheit«, i. S. von Gleichstellung; auch: Austauschverhältnis zwischen Währungen

austeilen *distribuieren* (lat.) verteilen

austoben, sich *abreagieren* (dt.-lat.)

Australier *Aussie,* der (engl., Pl. -s) Kosename bes. der australischen Soldaten

austreiben 1. *exorzieren* (gr.-lat.) e. bösen Geist 2. *expellieren* (lat.) auch: verjagen

austreibend *expulsiv* (lat.) abführend

Austreibung *Expulsion,* die (lat., Pl. -en) Entfernung

austrocknend *exsikkativ* (lat.)

Austrockner von Chemikalien *Exsikkator,* der (lat., Pl. ...oren) e. Gerät

Austrocknung *Exsikkation,* die (lat., Pl. -en)

ausübend *aktiv* (lat.)

Ausübung 1. *Aktivität,* die (lat., Pl. -en) 2. *Praktik,* die (gr.-lat., Pl. -en)

Auswahl 1. *Elektion,* die (lat., Pl. -en) 2. *Assortiment,* das (fr., Pl. -e) 3. *Digest,* der (lat.-engl., Pl. -s) z. B. das »Beste von Reader's Digest« 4. *Kollektion,* die (lat.-fr., Pl. -en) e. Kollektion Dessous 5. *Selektion,* die (lat., Pl. -en) i. S. von aussondern

auswählen 1. *selektieren* (lat.) 2. *sortieren* (lat.-it.)

Auswählen, globales ... *Global Sourcing,* das (engl.-am., ohne Pl.) »Global Sourcing ist für die Hausfrauen von heute e. Selbstverständlichkeit.« (Herbert Demel, Audichef, 1997)

Auswahlfehler *sampling error,* der (engl., Pl. -s)

Auswahlverfahren ... *Assessment Center,* das (engl.-am., ohne Pl.) ... mehrerer Bewerbungskandidaten, die gleichzeitig e. psychologischen Test unterzogen werden

Auswanderer *Emigrant,* der (lat., Pl. -en)

auswandern *emigrieren* (lat.)

Auswanderung 1. *Emigration,* die (lat., Pl. -en) 2. *Exodus,* der (gr., ohne Pl.) Auszug aus Ägypten unter Moses

auswärtig *extern* (lat.)

Auswärtiges Amt *Foreign Office,* das (engl., ohne Pl.)

auswaschen *erodieren* (lat.) fruchtbaren Bodens durch Wasser u. Wind

Auswaschung *Erosion,* die (lat., Pl. -en) fruchtbaren Bodens durch Wasser u. Wind, best. Wüsten sind Produkte der Erosion (Teile der Sahara)

Ausweg *Ultima ratio,* die (lat., ohne Pl.) i. S. von e. letzten Möglichkeit

Ausweichbewegung *Traversierung,* die (lat.-fr., Pl. -en) beim Fechten; beim Reiten: e. Bahn in der Diagonale durchreiten (nicht: »Diagonalen«)

ausweichen 1. *traversieren* (lat.-fr.) beim Fechten: durch Seitwärtstreten dem Stoß des Gegners ausweichen; beim Bergsteigen e. Wand horizontal entlangklettern; beim Reiten e. Bahn in der Diagonale durchreiten; nicht verw. mit *travestie-*

ren (lat.) ins Lächerliche ziehen von *Travestie,* die (lat., Pl. ...ien) scherzhafte Umkleidung 2. *parieren* (lat.) abwehren; auch: gehorchen; früher mußten Kinder aufs Wort parieren

Ausweis 1. *Legitimation,* die (lat.-fr., Pl. -en) 2. *Propusk,* der (russ., Pl. -e) 3. *Passport,* der (engl., Pl. -s) 4. *Paß,* der (lat., Pl. Pässe) Reisepaß, Paßfoto 5. *Identifikation,* die (lat., Pl. -en) i. S. von Feststellung der Person 6. *Autorisation,* die (lat., Pl. -en) i. S. von Ermächtigung 7. *Zertifikat,* das (lat., Pl. -e) Bescheinigung

Ausweisfunktion *Legitimationsfunktion,* die (lat.-fr., Pl. -en) wirtsch. damit kann sich der letzte Wechselbesitzer dem Bezogenen gegenüber als Eigentümer ausweisen

Ausweisung *Exmission,* die (lat., Pl. -en) gerichtlich verfügt

ausweiten *extendieren* (lat.)

Auswertung *Evaluierung,* die (lat.-fr.-engl., Pl. -en) z. B. e. wissenschaftliche Untersuchung

Auswirkung e. Handlung *Konsequenz,* die (lat., Pl. -en) auch: Folge; »An der Niederlage gibt es nichts zu diskutieren, daraus ziehe ich die Konsequenz für mich.« (Helmut Kohl, CDU, 1998)

Auswirkung *Konsequenz,* die (lat., Pl. -en) i. S. von: »Das wird Konsequenzen haben!«

Auswuchs *Ekphym,* das (gr., Pl. -e) auch: Höcker (med.)

Auswüchse an der Oberfläche von Pflanzen *Enation,* die (lat., Pl. -en)

Auszehrung *Tabes,* die (lat., ohne Pl.) Schwindsucht

auszeichnen 1. *prämieren* (lat.) mit e. Preis bedacht, e. prämierter Zuchtbulle 2. *deklarieren* (lat.) als etwas bezeichnen, z. B. Hosen als bügelfrei 3. *dekorieren* (lat.-fr.) ausschmücken; auch: jmdm. e. Orden verleihen; e. hochdekorierter Soldat; nicht verw. mit *dekortieren* (lat.-fr.) e. Betrag wegen schlechter Warenlieferung von der Rechnung abziehen

Auszeichnung 1. *Dekoration,* die (lat.-fr., Pl. -en) mit Orden hochdekoriert wie einst Hermann Göring 2. *Distinktion,* die (lat.-fr., Pl. -en) 3. *Prädikat,* das (lat., Pl. -e)

ausziehen *strippen* (engl.) aufreizend, Stripteasetänzerin; auch: Stripperin

Auszug 1. *Brevier,* das (lat., Pl. -e) kurzer Textauszug aus e. Schriftstück 2. *Abrégé,* das (lat.-fr., Pl. -s) auch: Zusammenfassung

Auszug-aus-Afrika-Hypothese *Out-of-Africa-Hypothese,* die (engl.-gr., Pl. -n) besagt, daß Menschen vor 200 000 bis 100 000 Jahren aus Afrika emigrierten u. die übrige Welt bevölkerten

Auto 1. *Kabriolett,* das (lat.-it.-fr., Pl. -s) offener Pkw 2. *Oldtimer,* der (engl., ohne Pl.) alter Wagen mit Liebhaberwert 3. *Limousine,* die (fr., Pl. -n) geschlossener Pkw, Luxuslimousine 4. *Coupé,* das (fr., Pl. -s) Pkw mit sportlicher Karosserie; auch Zugwagenabteil 5. *Roadster,* der (engl., Pl. -s) offener zweisitziger Sportwagen 6. *Jeep,* der (am., Pl. -s) Geländewagen, auch *Landrover,* der (engl., Pl. -s)

Auto mit Masse 1. *Muscle Car,* das (engl.-am., Pl. -s) 2. *Muscle Limousine,* die (engl.-am., Pl. -s) jeweils schwere Wagen (Mercedes-Benz, BMW), die im Straßenkampf Kraft u. Gewicht zu bieten haben

Auto mit Vierradantrieb *Four-Wheeler,* der (engl.-am., Pl. -s)

Auto zu mehreren benutzen *Car Sharing,* das (engl., ohne Pl.) mehrere Fahrwillige teilen sich aus Kostengründen oder Überzeugung (Umweltschutz) e. Fahrzeug

Auto, Imponier... *Muscle Car,* das (engl.-am., Pl. -s) eigtl.: Muskel-Auto; chromblitzende, PS-starke Prachtstücke, die sich nicht nur auf Beschleunigungsrennen austoben; aus dem Wageninnern dröhnen die Bässe; Heck u. Front lassen sich hydraulisch heben u. senken, scherzhaft werden die »Vehikel« auch Balz Cars oder Penisverlängerung genannt

Autobahn 1. *Highway,* der (engl., Pl. -s) am. Bezeichnung 2. *Freeway,* der (am., Pl. -s) am. Durchgangsstraße

Autobahngebührenmarke *Vignette,* die (fr., Pl. -n) auch: Gebührenmarke allg.; Titelbildchen in Büchern; »wie jedes Jahr wird auch dieses Jahr die Vignette aus dem Sommerloch emporgestoibert ...« (Hermann Otto Solms, F.D.P.-Fraktionschef zur Autobahngebühr Stoibers, 1998)

Autobus *Omnibus,* der (lat.-fr., Pl. ...se)

Autodiebstahl, bes. Art *Carnapping,* das (engl., ohne Pl.) von Kidnapping (Menschenraub); Carnapper (Autoräuber) stehlen Autos nur für Spritztouren oder Crash-Tests, der leergefahrene, beschädigte Wagen wird abgestellt u. der nächste gestohlen; in Los Angeles werden pro Jahr 4000 Autos geraubt, indem man den Fahrer aus dem laufenden Wagen zerrt

Autoentführung ... *Carjacking,* das (engl., ohne Pl.) ... während der Fahrer noch am Steuer sitzt

Autokino *Drive-in-Kino,* das (engl., Pl. -s)

Autoliebhaber *Mobilophile,* der (lat.-gr., Pl. ...philen)

Auto-Luftsack *Airbag,* der (engl., Pl. -s) Sicherheitseinrichtung der Insassen beim Zusammenstoß

Automarke, e. it. ..., die für Renn- u. Sportwagen steht *Ferrari,* der (Eigenn., it., Pl. -s) »Er (Schumacher) hat uns besiegt, nicht Ferrari.« (Norbert Haug, Mercedes-Sportchef, 1998)

Automatenmarke *Jeton,* der (lat.-fr., Pl. -s) Telefonjetons

Autorennbahn 1. *Piste,* die (it.-lat.-fr., Pl. -en) 2. *Autodrom,* das (gr.-fr., Pl. -e) ringförmige Rennstrecke

Autorität, höchste religiöse ... im osmanischen Staat *Scheichulislam,* der (arab.) auch: der Mufti von Istanbul

Autosternfahrt *Rallye,* die (engl., Pl. -s)

autostoppen 1. *hitchhiken* (engl.) per Anhalter fahren 2. *trampen* (engl.) i. S. von wandern u. per Anhalter unterwegs sein

Autotelefon mit Sprachbedienung *Linguatronic,* das (lat.-engl., Pl. -s)

Autounterstellplatz *Carport,* der (engl., Pl. -s) e. Art Garage ohne Seitenwände

Autowerkstatt *Garage,* die (germ.-fr.-engl., Pl. -n) auch Unterstellplatz für Fahrzeuge

B

Baby, das aus e. künstlich befruchteten Ei entstanden ist ... *Retortenbaby,* das (lat.-engl., Pl. -s) ... u. von e. Leihmutter ausgetragen wird; das erste kam 1978 in England zur Welt

Backenbart *Koteletten,* die (lat.-fr., nur Pl.) kurzer Bart, längs der Ohren, wie ihn Franz Joseph I. trug

Backenzahn *Molar,* der (lat., Pl. -en)

Bad 1. *Bagno,* das (gr.-lat.-it., Pl. -s ...gni) auch Name der Strafgefangenenlager in Frankreich u. Italien: Bagnosträfling Henri Charrière schrieb »Papillon« 2. *Frigidarium,* das (lat., Pl. ...rien) e. kaltes Bad im alten Rom 3. *Pool,* der (engl.-germ., Pl. -s) kurz für Swimmingpool, Schwimmbecken, aber auch Zusammenlegung von meist wirtsch. Aktivitäten

Bad, öffentliches ... *Hammam,* das (arab.)

Badeanlage *Therme,* die (gr.-lat., Pl. -n) im alten Rom

Badeanzug 1. *Bikini,* der (fr., Pl. -s) zweiteilig, aber auch Insel im Pazifik: Bikini-Atoll, auf dem die USA Atombomben zündeten 2. *Tanga* (indian.-port., Pl. -s) modischer Minibikini für mutige Frauen

Badehaus ... *Hamman,* der (arab., Pl. -s) ... im Vorderen Orient

Badehose, knielange, buntgemusterte ... *Bermudas* u. *Bermudashorts,* die (Eigenn.-engl., nur Pl.) nach der Inselgruppe im Atlantik

Bäderbeschreibung *Balneographie,* die (gr., Pl. ...ien) gemeint sind: Heilbäder

Bäderkunde *Balneologie,* die (gr.-lat., ohne Pl.)

Badeumkleideraum *Kabine,* die (lat.-fr.-engl., Pl. -n) auch: ehemaliger Kleinstwagen: Kabinenroller, z. B. von NSU um 1960

Bagatelle 1. *Petitesse,* die (lat.-fr., Pl. -n) Kleinigkeit 2. *Lappalie,* die (dt.-lat., Pl. -n) Belanglosigkeit 3. *Lapsus,* der (lat., Pl. –) Schnitzer; *Lapsologie,* die (lat.-gr., ohne Pl.) Gebiet, bei dem man sich mit Fehlerbeschreibungen der fremdsprachlichen Didaktik befaßt

bahnbrechend 1. *genial* (lat.) i. S. von schöpferisch; A. Einstein, e. genialer Wissenschaftler 2. *epochal* (gr.)

Bahnbrecher *Pionier,* der (lat.-fr., Pl. -e) e. der neue, unbekannte Wege geht, Pionier der Luftfahrt Otto Lilienthal; auch Soldat e. Truppenteils, der sich als Wegbereiter versteht

Bahnhof *Station,* die (lat., Pl. -en)

Bakterie, die Darmkrankheiten verursacht *Salmonelle,* die (lat., Pl. -n) nach dem am. Bakteriologen D. E. Salmon (1850-1914)

Bakterien, bes. ..., meist in Wasserleitungen *Legionellen,* die (Eigenn., nur Pl.) ... zu finden; sie »stecken« hinter der unerforschten Legionärskrankheit, die 1976 in den USA auftrat

Bakterienforscher *Bakteriologe,* der (gr.-lat., Pl. -n)

bakterientötend *bakterizid* (gr.)

Balken, e. Schiff vorn u. hinten begrenzender ... *Steven,* der (niederdt., ohne Pl.) auch: Vorder- u. Achtersteven

Balken, waagerecht auf Säulen liegend *Architrav,* der (gr.-lat., Pl. -e)

Balkon *Altan,* der (lat.-it., Pl. -e)

Ball, den ... oben treffen *toppen* (engl.) Golfbez.

Ball, mit maskierten Damen *Bal paré,* der (fr., Pl. -s, -s)

Ballflugbahn ... 1. *Hook* (engl.) ... die beim Rechtshänder am Ende nach links wegdreht (Golfbez.) 2. *Slice* (engl.) ... die beim Rechtshänder am Ende nach rechts wegdreht (Golfbez.)

Ballon *Montgolfiere,* die (fr., Pl. -n) nach den Erfindern, den Brüdern Montgolfier: Warmluftballon

Ballspiel, schottisches ... *Pall-mall,* das (engl., ohne Pl.)

Ballung 1. *Agglomeration,* die (lat., Pl. -en) von Ansiedlungen 2. *Konglomerat,* das (lat., Pl. -e) i. S. von Gemisch, Gemenge 3. *Konzentration,* die (lat., Pl. -en) Gruppierung um e. Mittelpunkt;

auch: Truppenkonzentration u. intensives Nachdenken, Aufpassen; Konzentrationsübungen

Ballungszentrum, urbanes ... *High Spot,* der (engl.-am., Pl. -s) ... in dem sich innovatives Potential befindet; für Trendforscher sind High Spots bes. interessant; es gehören dazu: San Francisco, New York, London, Paris, zunehmend Berlin

banal *trivial* (lat.) platt, abgedroschen; Kritiker behaupten, Heinz G. Konsalik schreibe Trivialliteratur; nicht verw. mit *trivalent* (lat.) in der Chemie: dreiwertig

Band aus Segeltuchstreifen 1. *Zeising,* der (niederdt., Pl. -e) 2. *Zeiser,* der (niederdt., Pl. -s) ... mit denen jeweils aufgetuchte Segel zusammengehalten werden (Seemannsspr.)

Bande, die Riten u. Rituale pflegt *Tribe,* der (engl.-am., Pl. -s) »Stamm«; e. moderne Alternative zur »Gang« (Bande: meist kriminell motiviert)

Bänderentzündung *Desmitis,* die (gr.-lat., Pl. ...itiden)

Bandit *Shifta,* der (arab.-somalisch, Pl. -s) Straßenräuber in Somalia u. Äthiopien

Bandkuli *Roadie,* der (engl.-am., Pl. -s) Hilfskraft, die für wenig Geld schwere Lautsprecherboxen u. Verstärker schleppt

Bandnudeln, die mit Hackfleisch geschichtet ... *Lasagne,* die (lat.-it., nur Pl.) ... u. mit Käse überbacken werden

Bandscheibenvorfall *Diskushernie,* die (gr.-lat., Pl. -n) med.

Bandwürmer *Zestoden,* die (gr.-lat., Pl.)

Bankansturm *Run,* der (engl., Pl. -s) wegen großer Unsicherheit setzte e. Run auf die Kasse der Bank ein

Bankbürgschaft *Avalkredit,* der (fr.-dt., Pl. -e) wirtsch. Banken stellen kein Geld bereit, sondern leisten Dritten gegenüber z. B. Durchführungsbürgschaften im Bauwesen

Banken, kleine ... mit zu vielen Filialen *Overbanking,* das (engl.-am., ohne Pl.)

Bankfach *Tresor,* der (gr.-lat.-fr., Pl. -e) Tresorknacker

Bankgeschäft *Banking,* das (engl., ohne Pl.) die Summe der Bankdienstleistungen

Bankgeschäfte, Abwicklung der ... per Telefon *Phonebanking,* das (engl.-am., ohne Pl.) alle wichtigen Kontobewegungen werden mündlich am Telefon per Codewort, Name, Kontonummer erledigt

Bankhalter *Croupier,* der (germ.-fr., Pl. -s) am Roulett e. Spielcasinos

Bankkaufmann *Bankier,* der (fr.-it., Pl. -s) Inhaber oder Vorstandsmitglied e. Bank; »E. Bankier ist e. Mensch, der seinen Schirm verleiht, wenn die Sonne scheint, u. ihn sofort zurückhaben will, wenn es regnet.« (Mark Twain)

Bankkonto *Asservatenkonto,* das (lat., Pl. ...ten) e. vom Gericht gesperrtes Konto

bankrott 1. *pleite* (hebr.) 2. *Konkurs,* der (lat., Pl. -e) Zahlungseinstellung, e. geordnete Pleite, bei der e. Prozentsatz der Forderungen beglichen werden kann, Konkursverwalter, der Verwaltungs- u. Verfügungsrecht ausübt

Bankschalter *Kasse,* die (lat.-it., Pl. -n) Teil der Bank, in dem der Bargeldverkehr abgewickelt wird; »Kasse machen«: abkassieren, Bargeld in Empfang nehmen

Banner *Panier,* das (germ.-fr., Pl. -e) etwas aufs Panier heben: sich etwas auf die Fahne schreiben

Bannfluch *Anathem,* das (gr.-lat., Pl. -e) auch: *Anathema,* das (Pl. ...themata) Kirchenbann; Martin Luther wurde anathematisiert (mit dem Kirchenbann belegt); nicht verw. mit *anational* (gr.-lat.) gleichgültig gegenüber Volkstum

bar *kontant* (lat.-it.) nur gegen Barzahlung

Bär *Teddy,* der (engl.-am., Pl. -s) Stoffbär als Spielzeug; Teddybär, e. Tautologie wie: »runder Kreis«; Teddy auch Koseform für Theodor

barbusig *topless* (engl.) Paparazzi (Skandalreporter) machen Jagd auf topless Models, sofern sie bekannt sind

Barchent (Baumwollstoff), feiner ... *Finette,* die (fr., ohne Pl.)

Bargeld 1. *Kontanten,* die (lat.-it., nur Pl.) 2. *Moneten,* die (lat., nur Pl.) ugs.: »Her mit den Moneten!«

Bargeld lacht *baria rident* (lat., Zitat)

Barmittel *Kasse,* die (lat.-it., ohne Pl.) z. B. »Kasse machen«: verkaufen u. das Bargeld einstecken

barsch 1. *brüsk* (it.-fr.) z. B. brüsker Umgangston 2. *brutal* (lat.) roh, e. brutaler Verbrecher

Bart abschaben *rasieren* (lat.-fr.-niederl.)

Bart, der ... macht den Mann 1. *barba maiorum dignus est* (lat., Zitat) 2. *barba decet virum* (lat., Zitat)

Bartwuchs *Hirsutismus,* der (lat., ohne Pl.) med. abnorm starker Haar-, bes. Bartwuchs

Barzahlung 1. *Cash* (lat.-it.-fr.-engl.) 2. *Kassazahlung,* die (lat.-it.-dt., Pl. -en)

Base *Cousine,* die (fr., Pl. -n)

Basiseinheit normaler Materie *Atom,* das (gr.-lat., Pl. -e) »unteilbarer Urstoff«; bestehend aus e. winzigen Kern (aus Protonen u. Neutronen zusammengesetzt), der von Elektronen umkreist wird

Basisstoff *Element,* das (lat., Pl. -e) auch: Grundbestandteil; »in seinem Element sein« (Redensart)

Baskenmütze *Béret,* das (fr., Pl. -s) in der Schweiz

Baß u. Rhythmus in brutaler Stärke *Bretter,* die (dt., nur Pl.) um als Techno-Fisch in die Welt aus Klang, Rhythmen u. Lautstärke abzutauchen, »müssen energiegeladene Bässe, harte Soundschläge u. Gesangsfetzen wie Bretter um die Ohren klatschen«

Baßbegleitung beim Jazz ... *Walking Bass,* der (engl.-am., ohne Pl.) ... dabei werden die Töne locker-lässig in den Raum geschickt

Baßtrommel 1. *Bass-Drum,* die (engl., Pl. -s) steht hochkant u. wird vom Drummer (Schlagzeuger) mit den Füßen bedient; bisweilen nur 2. *Bass,* der (engl., Pl. -es) genannt

Bastard, weiblicher ... *Bastardin,* die (fr., Pl. -nen)

basteln *fabrizieren* (fr.) z. B. was wurde denn da wieder fabriziert?

Bastelraum *Hobbyraum,* der (engl.-dt., Pl. ...räume)

Bastler 1. *Handyman,* der (am., Pl. ...men) 2. *Hobbyist* (engl., Pl. -en)

Bauart 1. *Konstruktion,* die (lat., Pl. -en) z. B. Konstruktionen von Brücken, Gebäuden, Maschinen 2. *Typ,* der (gr.-lat., Pl. -en) z. B. Autotypen, aber auch für Personen: e. komischer Typ 3. *Architektonik,* die (gr., Pl. -en)

Bauch 1. *Abdomen,* das (lat., Pl. ...mina) med., »e. Mann ohne Abdomen ist e. Krüppel« 2. *abdominal* (lat.) med. i. S. von »im Bauch«

Bauch, ein voller ... studiert nicht gern *plenus venter non studet libenter* (lat., Zitat)

Bauchdeckenreflex *Abdominalreflex,* der (lat., Pl. -e)

Bauchfell *Peritoneum,* das (gr.-lat., Pl. ...neen) med.

Bauchfell, Teil des ... *Omentum,* das (lat., Pl. ...ta)

Bauchfellentzündung *Peritonotis,* die (gr.-lat., Pl. ...itiden) med.

Bauchhöhlenschwangerschaft 1. *Extrauteringravidität,* die (lat., Pl. -en) med. 2. *Abdominalgravidität,* die (lat., Pl. -en)

Bauchmuskelübung *Sit-up* u. *Crunch,* das (engl.-am., Pl. -s, -es) von: to crunch (knirschen, zermalmen) die Übungen verursachen bei den Athleten zerknirschte Gesichtszüge

Bauchraum, innerhalb des ... *intraabdominell* (lat.)

Bauchredner *Ventriloquist,* der (lat., Pl. -en)

Bauchspeicheldrüse *Pankreas,* das (gr., ohne Pl.) med.

Bauer 1. *Fellache,* der (arab., Pl. -n) in Ägypten 2. *Campesino,* der (lat.-sp., Pl. -s) in Spanien u. Teilen Südamerikas 3. *Muschik,* der (russ., Pl. -s) in Rußland

Bauer, dummer ... *Kaffer,* der (jidd.-hebr., ohne Pl.) auch: Hinterwäldler

bäuerlich *rustikal* (lat.) i. S. von ländlich

Bauerngut 1. *Farm,* die (lat.-fr.-engl., Pl. -en) bes. in Nordamerika 2. *Hazienda,* die (sp., Pl. -s) bes. in Mittel- u. Südamerika 3. *Finca,* die (sp., Pl. -s) Landgut in Spanien

Baufachmann 1. *Architekt,* der (gr.-lat., Pl. -en) 2. *Bauingenieur,* der (fr.-dt., Pl. -e)

Bauführer *Polier,* der (fr., Pl. -e) auf Meisterebene

Baugelände 1. *Terrain,* das (lat.-fr., Pl. -s) 2. *Areal,* das (schweiz., Pl. -e) Grundstück

Baukunst *Architektur,* die (gr.-lat., Pl. -en)

baukünstlerisch *architektonisch* (gr.)

baulich *architektonisch* (gr.)

Baumeister *Architekt,* der (gr.-lat., Pl. -en) Le Corbusier war e. großer Architekt

Baumgöttin *Nymphe,* die (gr.-lat., Pl. -en) aus der gr. Mythologie: weibliche Naturgottheiten u. Töchter Zeus; auch: Entwicklungsstufe der Libelle; *Nymphomanie,* die (gr.) krankhaft gesteigerter Geschlechtstrieb bei der Frau; nicht verw. mit *Nymphäa,* die (gr., Pl. ...äen) Seerose oder *Nymphäum,* das (gr., Pl. ...äen) Brunnentempel in der Antike

Baumhaus *Aripuca,* das (Guarani-Indianersprache, Pl. -s) auch: Falle

Baumkunde *Dendrologie,* die (gr.-lat., ohne Pl.)

Baumnymphe *Dryade,* die (lat.-gr., Pl. -n) gr. Mythologie: weibliche Naturgottheiten u. Töchter Zeus', leben auf Bäumen u. in Wäldern

Baumschule 1. *Kamp,* der (lat., Pl. -s) 2. *Pepiniere,* die (fr., Pl. -n)

Baumsteppe *Savanne,* die (indian.-sp., Pl. -n)

Baumwolle 1. *Cotton,* der, das (semit.-arab.-fr.-engl., ohne Pl.) ein FBI-Romanheld heißt Jerry Cotton 2. *Koton,* der (arab.-fr., Pl. -s)

Baumwollfasern vom Samen trennen *egrenieren* (lat.-fr.)

Baumwollgewebe, feines ... *Kaliko,* der (fr.-niederl., Pl. -s)

Baumwollstoff, linksseitig gerauhter ... *Barchent,* der (arab., Pl. -e) auch: Baumwollflanell

Baustil *Architektur,* die (gr., Pl. -en) auch: Baukunst; »Architektur ist erstarrte Musik« (F. W. Schelling)

Bauwerk *Monument,* das (lat., Pl. -e) e. mächtiges Bauwerk von historischem Wert; »Monumenta Germaniae historica« (»Geschichtliche Denkmäler Deutschlands«) e. wichtige Quellensammlung

beabsichtigen *intendieren* (lat.) i. S. von anstreben; auch: *Intendant,* der (fr., Pl. -en) Leiter e. Theaters

beabsichtigt *in petto* (lat.-it.) »in der Brust«; auch: geplant; »etwas in petto haben«, svw.: e. Plan haben

beachten *ästimieren* (lat.-fr.) i. S. von schätzen

beachtlich *respektabel* (fr.) ansehnlich; e. respektable Leistung

Beachtung 1. *Ästimation,* die (lat.-fr., ohne Pl.) i. S. von Anerkennung 2. *Notiz,* die (lat., Pl. -en) von jmdm. Notiz nehmen; aber auch: Notizen (Aufzeichnungen) machen

Beamtenapparat *Bürokratie,* die (fr., Pl. ...ien) »sie ist e. Riesenapparat, der von Zwergen bedient wird« (Honoré de Balzac)

Beamter 1. *Diplomat,* der (gr.-fr.-lat., Pl. -en) im auswärtigen Dienst, Diplomatengepäck 2. *Inspektor,* der (lat.-fr., Pl. -en) 3. *Rektor,* der (lat., Pl. -en) Leiter e. Hochschule, Rektorenkonferenz 4. *Staatssekretär,* der (lat.-fr., Pl. -e) Beamter, der dem Minister zuarbeitet

Beamter, altrömischer ... *Ädil,* der (lat., Pl. -en) ... der für Polizeiaufsicht, Lebensmittelversorgung, die Organisation der Spiele zuständig war

Beamter, päpstlicher ... *Abbrevator,* der (lat., Pl. ...oren) ... der Bullen, Briefe, Schriftstücke bis 1908 entwarf

beanspruchen 1. *prätendieren* (lat.-fr.) der Königssohn prätendiert den Thron 2. *strapazieren* (it.) e. Gegenstand oder die Nerven strapazieren 3. *absorbieren* (lat.) i. S. von aufsaugen

beanstanden 1. *kritisieren* (gr.-lat.-fr.) e. Person oder e. Theaterstück kritisieren 2. *monieren* (lat.) sachbezogen 3. *reklamieren* (lat.) z. B. e. Ware oder e. Leistung

Beanstandung 1. *Kritik,* die (gr.-lat.-fr., Pl. -en) z. B. Theaterkritik i. S. e. Besprechung 2. *Monitum,* das (lat., Pl. -a) sachbezogen 3. *Reklamation,* die (lat., Pl. -en) bezogen auf e. Sache oder Leistung

beantragen 1. *proponieren* (lat.) 2. *plädieren* (lat.) oder das *Plädoyer* (Pl. -s) zusammenfassende Rede des Verteidigers bzw. des Staatsanwaltes vor Gericht

bearbeiten *arrangieren* (fr.) i. S. von herrichten, einrichten, z. B. das Treffen läßt sich arrangieren

Beatmusik, unterbrochene *Breakbeat,* der (engl.) Musikstil, bei dem Hip-Hop- u. Techno-Elemente zu e. neuen Einheit werden; kennzeichnend: rasende Rhythmen werden plötzlich unterbrochen, e. anderes Tempo weitergeführt

beaufsichtigen 1. *inspizieren* (lat.) i. S. von überwachen 2. *kontrollieren* (fr.)

Beauftragter 1. *Funktionär,* der (lat.-fr., Pl. -e) Partei- oder Verbandsfunktionär 2. *Mandatar,* der (lat., Pl. -e) z. B. e. Rechtsanwalt, der von seinem Mandanten beauftragt wird 3. *Organ,* das (gr.-lat., Pl. -e) z. B. der Vorstand e. Vereins, der von den Mitgliedern zur Vereinsführung beauftragt wird

bebend *vibrato* (lat.-it.) musik. Vortragsanw.; nicht verw. mit *Vibrator,* der (lat., Pl. ...oren) Gerät zur Erzeugung mechanischer Schwingungen

bebildern *illustrieren* (lat.) z. B. e. Buch mit Zeichnungen oder Fotos illustrieren, Buchillustrator; nicht verw. mit *illuster* (lat.) glänzend, vornehm, z. B. illustre Gesellschaft

Bebilderung *Illustration,* die (lat., Pl. -en) Texte, Bücher mit Zeichnungen oder Fotos versehen

Becken *Bassin,* das (lat.-fr., Pl. -s) z. B. Schwimmbassin

bedauernswert *deplorabel* (lat.-fr.)

Bedeckung *Integument,* das (lat., Pl. -e) auch: Hülle; Gesamtheit der Hautschichten der Menschen u. Tiere

Bedenken 1. *Skepsis,* die (gr., ohne Pl.) auch: Zweifel; »Die Skepsis, die in Teilen unserer Gesellschaft gegenüber der Demokratie artikuliert wird, sollte uns alle nachdenklich machen ...« (Franz Müntefering, SPD-Geschäftsführer, 1998) 2. *Skrupel,* der (lat., Pl. –) i. S. moralischer Bedenken

bedenken *volvieren* (lat.) gründlich durchdenken; nicht verw. mit *involvieren* (lat.) in sich schließen

Bedenken wachrufen *scrupulum alicui inicere* (lat., Zitat) auch: jmdm. e. Floh ins Ohr setzen

bedenkenlos *machiavellistisch* (lat.) nach dem it. Staatsmann Machiavelli, der Politik vor Moral stellte, also bedenkenlos Machtpolitik verfolgte

bedenklich 1. *delikat* (lat.-fr.) e. delikate Angelegenheit; aber auch: wohlschmeckend von *Delikatesse,* die (fr., Pl. -n) Leckerbissen 2. *ominös* (lat.) unheilvoll 3. *prekär* (fr.) mißlich, in e. prekären Situation stecken

Bedenkzeit *Deliberationsfrist,* die (lat., Pl. -en) rechtsw.; Frist, die Erben zur Annahme e. Erbschaft eingeräumt wird

bedeutend *prominent* (lat.) e. prominenter Politiker, z. B. Norbert Blüm, ugs. ein Promi; e. bedeutender Künstler: *Topstar,* der (engl., Pl. -s) in der Unterhaltungsbranche, z. B. Michael Jackson

bedeutsam 1. *relevant* (lat.-fr.) auch i. S. von zutreffend 2. *essentiell* (lat.) wesentlich 3. *fundamental* (lat.) grundlegend 4. *repräsentativ* (lat.-fr.) vertretend, würdig, z. B. Repräsentativumfrage 5. *zentral* (gr.) in der Mitte, von dort ausgehend, z. B. Zentralafrika

Bedeutsamkeit *Relevanz,* die (lat.-fr., Pl. -en)

Bedeutung 1. *Format,* das (lat., Pl. -e) e. Person von Format, aber auch: Papier im DIN-Format 2. *Relevanz,* die (lat.-fr., Pl. -en) Argumente von geringer Relevanz

bedeutungsähnlich *synonym* (gr.-lat.) sinnverwandt: »Schlachter« u. »Fleischer«
Bedeutungseinheit, sprachliche ... *Lexem,* das (gr.-russ., Pl. -e) auch: Wortschatzeinheit
Bedeutungslehre 1. *Semantik,* die (gr., ohne Pl.) Wortbedeutungslehre; Charles W. Morris, Semantiker aus den USA; nicht verw. mit *Semaphor,* der (gr., Pl. -e) Signalmast 2. *Semiotik,* die (gr.-lat., ohne Pl.) Wissenschaft vom Ausdruck
bedeutungslos 1. *irrelevant* (lat.-fr.) 2. *marginal* (lat.) i. S. von randständig 3. *peripher* (gr.) das Problem berührt mich nur peripher (am Rande); nicht verw. mit *peristatisch* (gr.) umweltbedingt
Bedeutungslosigkeit *Irrelevanz,* die (lat.-fr., Pl. -en) i. S. von Unwichtigkeit
bedienen *servieren* (lat.-fr.) auch i. S. von vorlegen
Bedienung 1. *Service,* der (lat.-fr.-engl., Pl. -s) auch: Dienst, Kundenservice 2. *Steward,* der (engl., Pl. -s) i. S. von Betreuer an Bord von Schiffen u. Flugzeugen; Schiffsstewardeß: Betreuerin an Bord e. Kreuzfahrtschiffs 3. *Garçon,* der (fr.-germ., Pl. -s) Kellner
Bedienungsvorrichtung 1. *Armatur,* die (lat., Pl. -en) 2. *Panel,* das (engl., Pl. -s) Instrumentenpanel im Flugzeug; aber auch: repräsentative Personen für die Meinungsforschung, z. B. Paneltechnik: die gleiche Personengruppe mehrfach zur selben Sache befragen
bedingte Gültigkeit *Relativität,* die (lat., Pl. -en) berühmt ist die Relativitätstheorie von Albert Einstein, daraus folgerte er die allgemeine Äquivalenz von Masse u. Energie durch die Formel: $E = mc^2$ ausgedrückt
Bedingung 1. *Kondition,* die (lat., Pl. -en) gute Konditionen aushandeln 2. *Modalität,* die (lat., meist Pl.) i. S. von Art u. Weise 3. *Prämisse,* die (lat., Pl. -n) Voraussetzung
Bedingung, die e. Handlung auslöst *incentive* (engl.)
Bedingung, notwendige *Conditio sine qua non* (lat., ohne Pl.) unerläßliche Bedingung, die erfüllt sein muß, weil sonst nichts anderes eintreffen kann
Bedingungen, unter gleichen ... *ceteris paribus* (lat.)
bedingungslos 1. *apodiktisch* (gr.) unwiderleglich 2. *rigoros* (lat.) unerbittlich, *Rigorosum,* das (lat., Pl. ...sa) mündliche Doktorprüfung 3. *strikt* (lat.) streng
Bedrängnis 1. *Bredouille,* die (fr., ohne Pl.) in e. Bredouille geraten 2. *Kalamität,* die (lat., Pl. -en) Notlage
bedrohen *terrorisieren* (lat.-fr.)
Bedrohung *Terror,* der (lat., ohne Pl.) z. B. gewaltbereite Terrorgruppe
bedrückt 1. *down* (engl.) i. S. von erledigt, fertig 2. *dysphorisch* (gr.) freudlos; Ggs.: *euphorisch:* hoffnungsvoll 3. *depressiv* (lat.) 4. *deprimiert* (fr.) 5. *melancholisch* (gr.) trübsinnig, e. melancholischen Blick haben
Bedrückung *Oppression,* die (lat., Pl. -en)
Bedürfnisanstalt für Männer *Pissoir,* das (fr., Pl. -e)
Bedürfnislosigkeit, Kennzeichen der ... *omnia mea mecum porto* (lat., alles was ich besitze, trage ich bei mir; philos. Ausspruch)
Bedürfnislosigkeit, Philosophie, die ... fordert *Kynismus,* der (gr.-lat., ohne Pl.)
Bedürfnisse, auf die ... des Menschen abgestimmt *ad homimen* (lat.) »zum Menschen hin«
beeindruckbar *impressionabel* (lat.)
beeindrucken *imponieren* (lat.) z. B. imponierende Leistungen zeigen, Imponiergehabe von Halbstarken vor Mädchen
beeinflußbar *labil* (lat.) e. labiler Charakter sein
Beeinflußbarkeit 1. *Suggestibilität,* die (lat., Pl. -en) 2. *Labilität,* die (lat., Pl. -en) e. labiler Charakter sein, auch: die Stütze weist Labilität auf
beeinflussen 1. *manipulieren* (lat.-fr.) der Demagoge (Volksverführer) will Menschen manipulieren, z. B. Adolf Hitler; Werbung versucht Verbraucher zu manipulieren 2. *indoktrinieren* (lat.) mit psychologischen Mitteln das Denken u. Handeln von Personen beeinflussen 3. *suggerieren* (lat.) jmdm. etwas einreden, vormachen 4. *hypnotisieren* (gr.) widerstandslos machen, von: Hypnos, gr. Gott des Schlafes
beeinflussend *manipulatorisch* (lat.-fr.)
beeinflußt, durch den Menschen ... *anthropogen,* (gr.)
Beeinflussung 1. *Indoktrination,* die (lat., Pl. -en) 2. *Manipulation,* die (lat.-fr., Pl. -en) z. B. Wahlmanipulationen in der Parteidiktatur der ehemaligen DDR 3. *Suggestion,* die (lat., Pl. -en) i. S. e. seelischen Beeinflussung
Beeinflussung der Seele durch den Leib *Influxus physicus,* der (gr.-lat., ohne Pl.) auch: Wechselwirkung von Seele u. Körper
beendend *final* (lat.) der »finale Todesschuß« (Tautologie) e. innerpolitisches Reizwort um 1975 (Baader-Meinhof-Gruppe)
beendigen 1. *absolvieren* (lat.) e. Hochschulstudium absolvieren 2. *quittieren* (fr.) Amt niederlegen, auch e. Rechnung bestätigen
beerben, jmdn. ... *ad intestato* (lat.) ohne letztwillige Verfügung
Beet 1. *Rabatte,* die (lat.-fr.-niederl., Pl. -n) 2. *Rondeau,* das (lat.-fr., Pl. -s) rundes Beet 3. *Rondell,* das (lat.-fr., Pl. -e) rundes Beet
befähigen *qualifizieren* (lat.-fr.) für e. bestimmte Position qualifiziert sein, sich für e. Wettkampf qualifizieren

Befähigung 1. *Qualifikation,* die (fr.-lat., Pl. -en) e. bestimmte Qualifikation haben 2. *Zertifikat,* das (lat., Pl. -e) Bescheinigung 3. *Legitimation,* die (lat., Pl. -en) Echtheitserklärung

Befangenheit *Präokkupation,* die (lat., Pl. -en)

Befehl 1. *Ukas,* der (russ., Pl. -se) auch: Erlaß des Zaren 2. *Order,* die (lat.-fr.-engl., Pl. -s) auch: Anweisung

Befehl, der auf »Beutemachen« lautet *Prisenkommando,* das (fr.-it., Pl. -s) auch: Einheit, die Beute machen soll (Seefahrt)

befehlen *kommandieren* (it.-lat.) e. militärische Einheit kommandieren

befehlend *imperativisch* (lat.)

Befehlsform *Imperativ,* der (lat., Pl. -e) der »Kategorische Imperativ« von Immanuel Kant

Befehlsgewalt *Kommando,* das (it.-lat., Pl. -s) »alles hört auf mein Kommando!« Befehl bei der Übernahme e. militärischen Einheit

Befehlshaber *Kommandant,* der (fr., Pl. -en) z. B. Panzerkommandant; nicht verw. mit *Kommandeur,* der (fr., Pl. -e) Befehlshaber e. Truppenteils; General Guderian war Kommandeur e. Panzerkorps

Befestigung 1. *Fortifikation,* die (lat.-it., Pl. -en) Befestigungsanlage: *Fort,* das (lat.-fr., Pl. -s) 2. *Rondell,* das (fr., Pl. -e) auch: Schanze

Befestigungskunst *Fortifikation,* die (lat.-it., Pl. -en)

Befestigungspfahl *Palisade,* die (lat.-fr., Pl. -n) Palisadendörfer (Wehrdörfer)

Befindlichkeitstablette *Lifestyle-Pille,* die (engl.-dt., Pl. -n)

beförderbar *transportabel* (lat.-fr.) der Kranke ist nicht transportabel

Beförderer 1. *Transporteur,* der (lat.-fr., Pl. -e) 2. *Spediteur,* der (it.-fr., Pl. -e) Transportunternehmer 3. *Expedient* (lat., Pl. -en) Abfertiger in e. Versandabteilung 4. *Expeditor,* der (lat., Pl. ...oren) Abfertiger in e. Versandabteilung; nicht verw. mit *Expektoration,* die (lat., Pl. -en) Erklärung von Gefühlen, sich aussprechen oder med.: Auswurf

befördern 1. *spedieren* (lat.-it.) 2. *transportieren* (lat.-fr.) 3. *expedieren* (lat.) abfertigen, befördern; nicht verw. mit *expatrieren* (lat.) ausbürgern

Beförderung 1. *Avancement,* das (lat.-fr., Pl. -s) e. Soldat in e. höheren Dienstrang 2. *Transport,* der (lat.-fr., Pl. -e) von Waren

befragen 1. *interviewen* (lat.-fr.-engl.) Journalisten interviewen, Einstellungsinterview 2. *examinieren* (lat.) e. Kandidaten examinieren 3. *konsultieren* (lat.) e. Arzt befragen

Befrager *Interviewer,* der (engl., Pl. –) »Zur Kehrseite des Ruhms gehören die Interviewer mit ihren indiskreten Fragen.« (Michelle Pfeiffer, am. Schauspielerin)

Befragung 1. *Interview,* das (lat.-fr.-engl., Pl. -s) e. exklusives Interview führen 2. *Konsultation,* die (lat., Pl. -en) Befragung e. Arztes

befreien 1. *degagieren* (fr.) von e. Verpflichtung 2. *dispensieren* (lat.-engl.) der Beamte wurde vom Dienst dispensiert

Befreiung 1. *Degagement,* das (fr., Pl. -s) von e. Verpflichtung 2. *Dispens,* der (lat., Pl. -en) 3. *Emanzipation,* die (lat., Pl. -en) von Abhängigkeiten u. Zwängen, Gleichberechtigung der Frauen erreichen, bekannte Vorkämpferin Alice Schwarzer, die als »Emanze« tituliert wird

Befreiung von seelischen Spannungen *Katharsis,* die (gr., ohne Pl.) »kultische Reinigung«; auch: Läuterung der Seele von Leidenschaften

befreundet 1. *intim* (lat.) innig, intime Freundschaft 2. *liiert* (fr.) befreundet sein

Befreundete *Intima,* die (lat., ohne Pl.)

Befreundeter *Intimus,* der (lat., ohne Pl.)

Befriedung *Pazifikation,* die (lat., Pl. -en)

befristen *terminieren* (lat.) z. B. Auslieferungen terminieren

befruchtet, durch Vermittlung des Wassers ... *hydrogam* (gr.) bez. best. Pflanzen

Befruchtung 1. *Fekundation,* die (lat., Pl. -en) 2. *Kopulation,* die (lat., Pl. -en) Vögel kopulieren zum Zwecke der Fortpflanzung; nicht verw. mit *Kopulativum,* das (lat., Pl. ...va) Zusammensetzung von zwei gleichgeordneten Worten: Hemdhose, taubstumm 3. *Fertilität,* die (lat., ohne Pl.) i. S. von Nachkommen zeugen 4. *Insemination,* die (lat., Pl. -en) künstliche Befruchtung; auch: das Eindringen der Samen in das reife Ei; nicht verw. mit *Inseminator,* der (lat., Pl. ...toren) Fachmann e. künstlichen Befruchtungsstation für Tiere

Befugnis *Kompetenz,* die (lat., Pl. -en) etwas fällt nicht in meine Kompetenz, Kompetenzüberschreitung

befugt *kompetent* (lat.) e. kompetenter Fachmann

befühlen *palpieren* (lat.) der Arzt palpiert den Körper e. Patienten

befühlend *palpatorisch* (lat.) med.

befürworten *plädieren* (lat.-fr.) nicht: plädieren für (Tautologie)

begabt 1. *intelligent* (lat.) e. intelligenter (kluger) Schüler 2. *genial* (lat.) e. genialer (schöpferischer) Künstler 3. *talentiert* (gr.-lat.) e. talentierter (begabter) junger Mitarbeiter 4. *versiert* (lat.-fr.)

Begabung 1. *Genialität,* die (lat., ohne Pl.) Salvador Dalí war e. genialer Maler 2. *Intelligenz,* die (lat., ohne Pl.) Intelligenzquotient (IQ) von z. B.

170 3. *Talent,* das (gr.-lat., Pl. -e) e. begnadetes Talent sein

begatten 1. *kopulieren* (lat.) in Händels Zauberoper »Alcina« in Stuttgart: »In e. schmuddeligen Salon kopulierende Paare, darunter auch Homosexuelle u. Pädophile, das Finale ist e. einzige Orgie« (Welt am Sonntag, 1998) 2. *ranzen* (Jägerspr., dt.) ... bei Fuchs, Marder u. anderen Raubtieren

Begattung *Kopulation,* die (lat., Pl. -en)

Begebenheit 1. *Kasus,* der (lat., ohne Pl.) e. trauriger Kasus 2. *Episode,* die (gr.-fr., Pl. -n) ihre Bekanntschaft mit ihm war e. traurige Episode

Begegnung, sportliche ... zweier Ortsrivalen *Derby,* das (engl., Pl. -s) auch: Pferderennen, als jährliche Zuchtprüfung der besten dreijährigen Vollblutpferde; nach dem Begründer, dem 12. Earl of Derby, der das Rennen 1780 einführte

begehbar *praktikabel* (gr.-lat.) i. S. von machbar

begehrenswert *attraktiv* (lat.-fr.) e. attraktive Dame, z. B. Catherine Deneuve; »Welcher reiche Mann möchte glücklich in den Armen e. attraktiven Frau sterben?« (Anzeige, Südkurier, 1990)

Begehrtes *Desiderat,* das (lat., Pl. -e) »Gewünschtes«; auch e. zur Anschaffung in Bibliotheken vorgeschlagenes Buch

begeistert 1. *enthusiastisch* (gr.-lat.) die Fans feierten ihren Star enthusiastisch 2. *fanatisch* (lat.) sich mit blindem Eifer für etwas einsetzen, islamische Fundamentalisten sind fanatisch bis in den Tod 3. *passioniert* (lat.) etwas leidenschaftlich tun

Begeisterung 1. *Ekstase,* die (gr.-lat., Pl. -n) die Zuschauer gerieten in Ekstase 2. *Elan,* der (lat.-fr., ohne Pl.) sich e. Aufgabe mit Elan widmen 3. *Enthusiasmus,* der (gr.-lat., ohne Pl.) e. Sieg wird mit Enthusiasmus gefeiert 4. *Fanatismus,* der (lat., ohne Pl.) islamische Fundamentalisten frönen dem Fanatismus 5. *Passion,* die (lat., Pl. -en) leidenschaftliche Hingabe, Passionsblume 6. *Verve,* der (lat., ohne Pl.) Begeisterung bei e. Tätigkeit

Beginn *Start,* der (engl., Pl. -s) »den Sieger erkennt man am Start«

Beginn, e. ... ausdrückend *inchoativ* (lat.) bez. best. Verben, z. B. erheben, starten

beginnen *starten* (engl.)

beginnend *inzipient* (lat.)

beglaubigen 1. *akkreditieren* (lat.-it.-fr.) z. B. e. Botschafter 2. *authentifizieren* (gr.-lat.) die Echtheit bezeugen 3. *legitimieren* (lat.) es sind seine legitimen (ehelich anerkannten) Kinder

Beglaubigung 1. *Legalisation,* die (lat., Pl. -en) z. B. Urkundenlegalisation; »Es gibt beim dt. Volk ein Legitimationsproblem.« (Gerhard Schröder, Kanzlerkandidat, 1998) 2. *Autorisation,* die (lat., Pl. -en) i. S. von Ermächtigung, Vollmacht; nicht verw. mit *autoritativ* (lat.) sich auf echte Autorität (anerkanntes Ansehen) stützen 3. *Zertifikat,* das (lat., Pl. -e) Bescheinigung

Beglaubigung, international anerkannte ... *Apostille,* die (gr.-lat., Pl. -n)

Beglaubigungsschreiben *Akkreditiv,* das (lat.-it.-fr., Pl. -e) z. B. e. Botschafters

begleiten 1. *eskortieren* (lat.-it.-fr.) die Staatskarosse der Königin wurde von Polizisten auf Motorrädern eskortiert 2. *akkompagnieren* (fr.) auf e. Musikinstrument wurde die Sängerin akkompagniert

Begleiterscheinung *Epiphänomen,* das (gr.-lat., Pl. -e) Philos.; nicht verw. mit *Epiphanie,* die (gr.-lat., ohne Pl.) Erscheinung e. Gottheit (Christi) unter den Menschen

Begleitmannschaft *Eskorte,* die (lat.-it.-fr., Pl. -n) die englische Königin Elisabeth II. wurde von e. Eskorte begleitet

Begleitung *Akkompagnement,* das (fr., Pl. -s) Klavierbegleitung e. Sängers

Begleitung, ohne ... von Instrumenten *a cappella* (lat.-it.) »wie in der Kapelle«

beglückwünschen *gratulieren* (lat.) dem Jubilar gratulieren

begnadet *talentiert* (gr.-lat.) e. talentierter Künstler sein

begnadigen 1. *amnestieren* (gr.-lat.) z. B. Gefangene amnestieren 2. *abolieren* (lat.) auch: abschaffen; nicht verw. mit *aboral* (lat.) zum After hin liegend, weg vom Mund (med.)

Begnadigung 1. *Amnestie,* die (gr.-lat., Pl. -n) auch Straferlaß, e. neu gewählter Präsident gewährt bisweilen Amnestie für politische Gefangene; Amnesty International: Organisation, die sich für Menschenrechte einsetzt; nicht verw. mit *Amnesie,* die (gr., Pl. ...ien) Gedächtnisschwund 2. *Pardon,* der (lat.-fr., ohne Pl.) Feinden in der Schlacht Pardon gewähren; »pardon« heißt auch »Entschuldigung«

Begräbnisgeleit *Kondukt,* der (lat., Pl. -e) z. B. Trauerzug

Begräbnisstätte *Katakombe,* die (lat.-it., Pl. -n) unterirdisch angelegte Gänge mit Grabnischen

begradigen *regulieren* (lat.) e. Flußlauf regulieren; aber auch: e. heikle Angelegenheit

Begradigung *Regulierung,* die (lat., Pl. -en) e. Flußlaufs oder e. Angelegenheit; »Die Regulatoren von Arkansas«, e. bekannter Wildwest-Film

begreifbar *komprehensibel* (lat.)

begreifen 1. *kapieren* (lat.) der Lehrling kapierte rasch, er ist schnell von *Kapee* (fr.) er begreift schnell; »Die Besserverdienenden haben kapiert, daß sie besser fahren, wenn ihr Einkommen nicht nach unten verteilt wird.« (Frank Lavy, US-Ökonom, 1997) 2. *realisieren* (lat.) i. S. von verwirklichen u. verstehen

begreiflich 1. *plausibel* (lat.-fr.) e. plausible Erklärung abgeben 2. *plastisch* (gr.-lat.-fr.) i. S. von räumlich wirkend, eindrucksvoll 3. *transparent* (lat.-fr.) durchscheinend; nicht verw. mit *transpadanisch* (lat.) jenseits des Pos liegend, von Rom aus gesehen

begrenzen *limitieren* (lat.) den Kauf von Wertpapieren limitieren, d. h. e. untere bzw. obere Grenze festlegen

begrenzend *limitativ* (lat.)

begrenzt *lokal* (lat.) nicht verw. mit *Lokus,* der (lat., Pl. -se) Ort, Platz; auch: Abort

Begrenzung 1. *Limitation,* die (lat., Pl. -en) 2. *Limit,* das (lat.-engl., Pl. -s) i. S. von Grenze

Begrenzung des Risikos durch e. Gegengeschäft *Hedging,* das (engl., ohne Pl.) von hedge (Hekke)

begrifflich, rein 1. *abstrakt* (lat.) die abstrakte Malerei des Pablo Picasso 2. *ideell* (fr.) 3. *theoretisch* (gr.-lat.) i. S. von nur gedanklich; nicht verw. mit *Theorem,* das (gr.-lat., Pl. -e) Lehrsatz

Begriffsbestimmung 1. *Definition,* die (lat., Pl. -en) der Sachverhalt wurde klar definiert 2. *Legaldefinition,* die (lat., Pl. -en) durch e. Gesetz gegebene Begriffsbestimmung

Begriffsgruppe *Kategorie,* die (gr.-lat., Pl. -n) Menschen werden bisweilen in Kategorien eingeordnet

Begriffspaar, widersprüchliches *Oxymoron,* das (gr., Pl. ...ra) eigtl.: das Scharfdumme; z. B. »bittersüß«; auch: »Eile mit Weile«; zur Zeit e. Kultwort in den USA, in Verbindung mit »intelligent«: ... Rechner; ... TVs

Begriffszeichen *Ideogramm,* das (gr.-lat., Pl. -e) auch: Darstellung der einzelnen Chromosomen e. Chromosomensatzes

begründen 1. *substantiieren* (lat.) z. B. durch Tatsachen 2. *argumentieren* (lat.) i. S. von Gründe oder Beweise liefern 3. *fundieren* (lat.) i. S. von untermauern, der Politiker hatte e. fundierte Meinung zu e. Problem

begründend *ätiologisch* (gr.)

Begründer 1. *Reformator,* der (lat., Pl. -en) z. B. Martin Luther, Begründer des Protestantismus 2. *Initiator,* der (lat., Pl. ...oren) Urheber, Anreger

begründet, gut ... *fundiert* (lat.) auch: untermauert; »Die Sittlichkeit fundiert in der Sachlichkeit.« (Hans Tietmeyer, Bundesbank-Präsident, 1997)

Begründung *Reformation,* die (lat., ohne Pl.) e. durch Martin Luther im 16. Jh. ausgelöste Bewegung, die zur evangelischen, protestantischen Kirche führte

Begrüßungsseite e. Web-Site (Präsenz im Internet) *Homepage,* die (engl., Pl. -s) u. e. Präsenz im World Wide Web (bekanntestes Datennetz im Internet)

begünstigen 1. *favorisieren* (lat.-it.-fr.) e. Kandidaten favorisieren (höher einschätzen) 2. *protegieren* (lat.-fr.) e. Kandidat wird durch bessere Beziehungen protegiert (bevorzugt); ein *Protegé,* der (fr., Pl. -s) am Königshof sein

Begünstigung *Protektion,* die (lat.-fr., Pl. -en) der Abteilungsleiter genoß die Protektion des Geschäftsführers; aus Protektionen entwickeln sich Seilschaften

begutachten *expertisieren* (lat.-fr.) e. Expertise (Gutachten) anfertigen

Begutachtung *Expertise,* die (lat.-fr., Pl. -n) Kunst- oder Schriftsachverständige fertigen Expertisen an, damit die Echtheit e. Originals nachgewiesen werden kann; bei der Fälschung der Hitler-Tagebücher durch Konrad Kujau 1983 irrten sich Experten

Behaarung *Hirsutismus,* der (lat., ohne Pl.) med., übermäßig starker Haar- bes. Bartwuchs

behaglich *komfortabel* (lat.-fr.-engl.) e. komfortable (mit allem ausgestattete) Wohnung

Behälter 1. *Container,* der (lat.-fr.-engl., Pl. –) 2. *Etui,* das (fr., Pl. -s) z. B. Brillenetui 3. *Futteral,* das (germ.-lat., Pl. -e) 4. *Terrarium,* das (lat., Pl. ...ien) Behälter, meist Glas, für Landtiere 5. *Aquarium,* das (lat., Pl. ...ien) Glasbehälter für Wassertiere

Behälter für radioaktiven Müll *Castor-Behälter,* der (engl.-dt., ohne Pl.) Castor, kurz für: Cask for Storage and Transport of Radioactive Material (Tonnen für Lagerung u. Transport von radioaktivem Material)

Behälter zur Pflege, Zucht, Beobachtung von Wassertieren *Aquarium,* das (lat., Pl. ...ien) auch: Gebäude in e. zoologischen Garten, in dem in verschiedenen Aquarien z. B. Wassertiere gezeigt werden

Behälter, Spezial... für radioaktives Material *Castorbehälter,* der (engl.-dt., ohne Pl.) »Blöde Situation, die Castornummer kostet mich Stimmen.« (G. Schröders geh. Tagebuch von H. Venske, 1997)

behandeln *therapieren* (gr.) med.

Behandlung 1. *Diskriminierung,* die (lat., Pl. -en) »Wehret der Ausländerdiskriminierung!« 2. *Prozedur,* die (lat., Pl. -en) e. solche über sich ergehen lassen, die Verhandlung war e. langwierige Prozedur 3. *Therapie,* die (gr., Pl. ...ien) med., Krebskranke müssen sich e. Chemotherapie unterziehen

Behandlungsmethode durch die Einwirkung auf das Nervensystem *Neuraltherapie,* die (gr.-lat., ohne Pl.)

Behang *Draperie,* die (fr., Pl. ...ien) z. B. Gestaltung des Faltenwurfs bei Vorhängen oder Gewändern

behängen *drapieren* (fr.) auch: schmücken

beharren 1. *insistieren* (lat.) 2. *kaprizieren* (lat.-it.-fr.) sich auf e. Sache kaprizieren (festlegen)

Beharrende, das ... *Substanz,* die (lat., Pl. -en) auch: Stoff, Materie; »... obwohl Helmut Kohl in seiner Substanz reformfreudiger ist als der SPD-Kanzlerkandidat.« (Wolfgang Gerhardt, F.D.P.-Chef, 1998)

beharrlich 1. *konsequent* (lat.) z. B. konsequentes Handeln; der Dissident (politischer Abweichler) war konsequent bis in den Tod 2. *konstant* (lat.) unveränderlich; nicht verw. mit *Konstantan,* das (lat., Pl. -s) Legierung aus Kupfer u. Nickel für elektr. Widerstände

Beharrlichkeit 1. *Konsequenz,* die (lat., Pl. -en) 2. *Perseveranz,* die (lat., ohne Pl.) mit erstaunlicher Ausdauer 3. *Persistenz,* die (lat., Pl. -en) 4. *Assiduität,* die (lat., ohne Pl.) Ausdauer

Beharrungsvermögen 1. *Vis inertiae,* die (lat., ohne Pl.) Philos. 2. *vis inertiale* (lat., Zitat) eigtl.: Kraft der Trägheit

behauen *bossieren* (fr.) e. bossierter Granit (roh behauener)

behauptend *assertorisch* (lat.) auch: versichernd (philos.)

Behauptung 1. *These,* die (gr.-lat.-fr., Pl. -n) Martin Luthers 95 Thesen an der Tür zur Wittenberger Schloßkirche (1517) 2. *Affirmation,* die (lat., Pl. -en) 3. *Antithese,* die (gr.-lat., Pl. -n) entgegengesetzte Behauptung 3. *Dogma,* das (gr.-lat., Pl. ...men) Richtschnur, geltender Glaubenssatz; *Dogmatismus,* der (gr.-lat., ohne Pl.) starres Festhalten an Lehrmeinungen 4. *Doktrin,* die (lat., Pl. -en) programmatische Festlegung 5. *Statement,* das (engl., Pl. -s) öffentliche, politische Erklärung 6. *Theorem,* das (gr.-lat., Pl. -e) i. S. e. Lehrsatzes

Behausung 1. *Domizil,* das (lat., Pl. -e) z. B. Domizilwechsel; nicht verw. mit *Domizellar,* der (lat., Pl. -e) junger Kanoniker, noch ohne Stimme im Kapitel 2. *Habitakel,* das (lat.) auch: Wohnung

Behelf 1. *Surrogat,* das (lat., Pl. -e) i. S. von Geldersatzmittel 2. *Provisorium,* das (lat., Pl. ...ien) Übergangslösung, z. B. die Brücke ist e. Provisorium; nicht verw. mit *Provisor,* der (lat., Pl. ...oren) Verwalter, Verweser 3. *Prothese,* die (gr., Pl. -n) künstlicher Ersatz e. fehlenden Körperteils, e. wackelnde Zahnprothese im Mund haben; nicht verw. mit *Prothetik,* die (lat., ohne Pl.) Lehre vom Kunstgliederbau (med.)

behelfsmäßig 1. *primitiv* (lat.-fr.) einfach 2. *provisorisch* (lat.) e. provisorische Maßnahme ergreifen

Behelfsmäßigkeit *Provisorium,* das (lat., Pl. ...ien) der Knüppeldamm ist e. Provisorium

behende 1. *agil* (lat.-fr.) für sein Alter ist er noch sehr agil 2. *alert* (it.-fr.) i. S. von munter, aufgeweckt

Beherbergungsbetrieb 1. *Hotel,* das (lat.-fr., Pl. -s) 2. *Pension,* die (lat.-fr., Pl. -en) kleines Hotel mit familiärem Charakter, aber auch Ruhegehalt e. Beamten

beherrschen *dominieren* (lat.) es gibt Personen, die immer dominieren müssen, von *Dominus,* der (lat., Pl. -in) der Hausherr; Dominus vobiscum: »Der Herr sei mit euch!« (liturgischer Gruß)

beherrschend *dominant* (lat.) e. dominante Person

beherrscht 1. *diszipliniert* (lat.) e. disziplinierter Esser 2. *stoisch* (gr.-lat.) i. S. von unerschütterlich ruhig, e. Mensch von stoischer Gelassenheit, von *Stoizismus,* der (gr.-lat., ohne Pl.) e. von der Stoa (den Stoikern) ausgehende Philosophie, die affektfrei in Gleichmut leben läßt; Stoiker waren die Griechen Sokrates und Zeno

Beherrschung *Disziplin,* die (lat., Pl. -en) z. B. Sportarten; ohne Pl.: Unterordnung; »nichts, ihr Herren, gegen die Disziplin« (F. Schiller)

beherzt 1. *couragiert* (lat.-fr.) e. couragierte Frau; »Mutter Courage und ihre Kinder«, Drama von Bertolt Brecht 2. *resolut* (lat.-fr.) z. B. e. resolute alte Dame

Beherztheit *Courage,* die (lat.-fr., ohne Pl.) Zivilcourage, Mut im täglichen Leben

behindert 1. *gehandicapt* (engl.) der Sportler war durch e. Fußverletzung gehandicapt 2. *invalid* (lat.-fr.) infolge e. Unfalls

Behinderung *Handicap,* das (engl., Pl. -s) im Sport (Golf) auch Ausgleichsvorgabe

Behörde 1. *Inspektion,* die (lat., Pl. -en) 2. *Instanz,* die (lat., Pl. -en) z. B. gerichtliche Instanz, Gott als letzte Instanz

behördlich *administrativ* (lat.) administrativer Verwaltungsakt

behutsam 1. *delikat* (lat.-fr.) e. delikat zu behandelnde Angelegenheit; aber auch: wohlschmekkend 2. *lavieren* (niederl.) behutsam vorgehen, segeln; der Kapitän lavierte sein Schiff durch das Riff; nicht: »vorsichtig lavieren« (Tautologie)

Beiboot 1. *Flieboot,* das (niederl., Pl. -e) auch: kleines Fischerboot 2. *Gig,* die (engl., Pl. -s) offenes Ruderboot

Beichtender 1. *Konfident,* der (lat.-fr., Pl. -en) 2.

Pönitent, der (lat., Pl. -en) e. Beichte ablegender Katholik

Beichtvater *Pönitentiar,* der (lat., Pl. -e)

beidhändig ... *ambidexter* (lat.) ... gleich geschickt, aus: ambi (an beiden Seiten) u. dexter (rechtshändig)

Beidhändigkeit *Ambidextrie,* die (lat., Pl. -n) med. beidhändig geschickt sein

Beifahrer 1. *Sozius,* der (lat., Pl. -se) auf dem Rücksitz e. Motorrades; auch: Teilhaber in e. Kanzlei 2. *Sozia,* die (lat.) Beifahrerin

Beifall 1. *Furore,* die (lat.-it., ohne Pl.) Furore machen: Erfolg haben, Beifall erhalten 2. *Ovation,* die (lat., Pl. -en) rauschender Beifall: standing ovations (stehender Beifall) bei künstlerischen Auftritten 3. *Applaus,* der (lat., ohne Pl.) »Am Altwerden habe ich vor allem auszusetzen, daß man den Applaus weniger zu hören bekommt als früher.« (Johannes Heesters, 1995) 4. *Akklamation,* die (lat., Pl. -en) auch Zuruf

Beifall spenden *applaudieren* (lat.)

Beifallspender *Claqueur,* der (fr., Pl. -e) bezahlter Klatscher, der das Publikum animieren soll

Beifallsturm *Ovation,* die (lat., Pl. -en)

beifügend *attributiv* (lat.)

Beifügung *Attribut,* das (lat., Pl. -e)

beigeben *attributiv* (lat.)

Beigericht *Hors d'œuvre,* das (fr., Pl. -s) auch Vorspeise

Beigeschmack *Touch,* der (engl., Pl. -s) auch: Anflug; »Globalisierung wird bei uns viel zu sehr mit e. pessimistischen Touch diskutiert.« (Dieter Hundt, Arbeitgeberpräsident, 1997)

beiläufig 1. *apropos* (fr.) 2. *en passant* (fr.)

Beileid aussprechen *kondolieren* (lat.)

Beileidsbezeugung *Kondolenz,* die (lat., Pl. -en) z. B. bei e. Trauerfall

Beiname *Agnomen,* das (lat., Pl. ...mina)

Beiordnung *Adjunktion,* die (lat., Pl. -en) auch: Hinzufügung

beipflichten *akzedieren* (lat.)

beirren *irritieren* (lat.) er ließ sich durch Zwischenrufe nicht irritieren

Beischlaf 1. *Koitus,* der (lat., ohne Pl.) 2. *Coitus a tergo,* die Frau dreht dem Mann den Rücken zu 3. *Coitus interruptus* 4. *Coitus per anum* 5. *Coitus per os* (Fellatio) 6. *Coitus reservatus* 7. *Kohabitation,* die (lat., Pl. -en) med. Geschlechtsverkehr 8. *Kopulation,* die (lat., Pl. -en) geschlechtliche Vereinigung, insbesondere bei Vögeln; nicht verw. mit *Kopula,* die (lat., Pl. ...lae) »Band«

Beispiel 1. *Exempel,* das (lat., ohne Pl.) e. Exempel statuieren 2. *Paradigma,* das (gr.-lat., Pl. ...men, oder Paradigmata) modellhafter Charakter von Anschauungen; Paradigmenwechsel 3. *Prototyp,* der (gr., Pl. -en) Muster, Urbild

Beispiele belehren *exempla docent* (lat., Zitat)

beispielgebend *exemplarisch* (lat.)

beispielhaft *paradigmatisch* (gr.-lat.)

beißend *kaustisch* (gr.-lat.)

Beistand 1. *Aide,* der (lat.-fr., Pl. -n) i. S. von Gehilfe 2. *Assistenz,* die (lat., Pl. -en) 3. *Sekundant,* der (lat., Pl. -en) bei schlagenden Studentenverbindungen, beim Duell

beistehen *assistieren* (lat.)

beistimmen *assentieren* (lat.)

Beitrag *Obolus,* der (gr., Pl. -se) kleine Münze im alten Griechenland; übertragbar: Scherflein, kleiner Betrag; e. Obolus zum Gelingen e. Sache beitragen

beitreiben *requirieren* (lat.) z. B. fällige Abgaben, Steuern

Beitritt *Akzession,* die (lat., Pl. -en) zu e. Staatsvertrag

Beiwerk 1. *Ballast,* der (österr.-schweiz., ohne Pl.) zusätzliches Gewicht, auch Ballaststoffe: Nahrungsbestandteile, die der Körper nicht verwertet 2. *Staffage,* die (fr., Pl. -n)

Beiwerk, modisches ... *Accessoire,* das (fr., Pl. -es)

Beiwort *Adjektiv,* das (lat., Pl. -e) Sprachw. Eigenschaftswort

bejahend 1. *positiv* (lat.) der Bewerber hatte e. positive Beurteilung; Gegenteil: *negativ;* in der Fotografie: *Negativ,* das (lat., Pl. -e) der belichtete Film 2. *affirmativ* (lat.)

Bejahung 1. *Affirmation,* die (lat., Pl. -en) 2. *Akklamation,* die (lat., Pl. -en)

Bekämpfungsmittel für Fadenwürmer *Nematozid,* das (gr.-lat., Pl. -e)

bekannt 1. *populär* (lat.-fr.) Fußball ist in Deutschland die populärste Sportart, e. populärer Autor ist Siegfried Lenz 2. *prominent* (lat.) i. S. von berühmt, Marie Curie war e. prominente Wissenschaftlerin 3. *legendär* (lat.) auch: unglaublich, sagenhaft; nicht verw. mit *legionär* (lat.-fr.) die Legion betreffend 4. *notorisch* (lat.) berüchtigt, allbekannt, e. notorischer Lügner 5. *publik* (lat.-fr.) offenkundig, e. Angelegenheit publik (öffentlich) machen

Bekanntenkreis *Clique,* die (fr., Pl. -n) Cliquenwirtschaft

Bekannter, allseits ... 1. *Prominente,* der (lat., Pl. ...ten) kurz: *Promi,* der (lat.-engl., Pl. -s) auch: tonangebende Leute 2. *Prominenz,* die (lat., Pl. -en) i. S. von: bekannte (prominente) Persönlichkeiten

Bekanntgabe 1. *Promulgation,* die (lat., Pl. -en) die Bekanntmachung e. Gesetzes 2. *Proklamation,* die (lat.-fr., Pl. -en) Proklamation e. Verfassung

bekanntgeben 1. *promulgieren* (lat.) z. B. e. Gesetz 2. *proklamieren* (lat.-fr.)

bekanntmachen *publizieren* (lat.) e. Journalist publiziert (veröffentlicht) aktuelles Geschehen

Bekanntmachung 1. *Bulletin,* das (lat.-fr., Pl. -s) z. B. das ärztliche Bulletin zum Gesundheitszustand des russ. Präsidenten Boris Jelzin 2. *Kommuniqué,* das (lat.-fr., Pl. -s) e. Regierungsmitteilung über e. Verhandlungsstand

Bekanntsein, öffentliches ... *Publicity,* die (lat.-fr.-engl., ohne Pl.) z. B. publicity-süchtig sein

Bekehrung *Resipiszenz,* die (lat., Pl. -en)

bekennen *fatieren* (lat.) e. Bekenntnis abgeben

bekennen, öffentlich ... *outen* (engl.-am.) ... sich, z. B. zur Homosexualität; »Frau Adam-Schwätzer outete ihn (Jürgen Möllemann) als intrigantes Schwein.« (G. Schröders geh. Tagebuch von H. Venske, 1997)

Bekennen, öffentliches ... *Outing,* das (engl.-am., ohne Pl.) ... z. B. zur Homosexualität

Bekenner des Christentums *Christ,* der (gr.-lat., Pl. -en) auch: Getaufter im Namen des Sohnes, des Vaters u. des heiligen Geistes; »Er ist ein seltsamer Vogel, ein Christ.« (Martin Luther)

Bekenntnis 1. *Fassion,* die (lat., Pl. -en) z. B. Glaubensbekenntnis 2. *Konfession,* die (lat., Pl. -en) i. S. e. Glaubensgemeinschaft 3. *Plädoyer,* das (lat., Pl. -s) Schlußvortrag, engagierte Befürwortung; der Anwalt hielt e. flammendes Plädoyer

Bekleidungsindustrie *Konfektion,* die (lat., Pl. -en) Konfektionsschneider

Beklemmung *Oppression,* die (lat., Pl. -en) med.

bekräftigen *affirmieren* (lat.) i. S. von Nachdruck verleihen

Bekräftigung *Affirmation,* die (lat., Pl. -en) auch: Zustimmung, Bejahung; Ggs.: *Negation,* die (lat., Pl. -en)

bekunden *manifestieren* (lat.) Entschlossenheit manifestieren

Bekundung *Manifestation,* die (lat., Pl. -en) z. B. »Das Kommunistische Manifest« von Karl Marx (1848)

Belang *Relevanz* (lat.-fr.) von Belang sein; Gegenteil: Irrelevanz i. S. von belanglos

belanglos 1. *irrelevant* (lat.-fr.) i. S. von irrelevante Argumente 2. *banal* (germ.-fr.) 3. *marginal* (lat.) i. S. von: auf der Grenze, am Rande liegend 4. *profan* (lat.) i. S. von unkirchlich, unheilig 5. *substanzlos* (lat.) ohne Stoff u. Inhalt, substanzloses Gerede 6. *trivial* (lat.-fr.) unbedeutend; e. Trivialroman

Belanglosigkeit *Irrelevanz,* die (lat.-fr., Pl. -en) i. S. von Unwichtigkeit; Ggs.: Relevanz

Belanglosigkeiten *Quisquilien,* die (lat., nur Pl.)

belastend *gravierend* (lat.) i. S. von einschneidend; gravierende Fehler machen

belästigen *irritieren* (lat.) verwirren, stören

Belastung *Streß,* der (lat.-fr.-engl., ohne Pl.) in e. Firma e. Menge Streß haben; mach keinen Streß! Lärm ist e. Streßfaktor

Belastungsreaktion des Körpers ... *Streß,* der (lat.-fr.-engl., Pl. ...sse) ... unter der Leitung von Hirnanhangdrüse u. Nebennierenrinde; »Streß ist der Bazillus, der von Unsicheren in leitender Stellung auf die Mitarbeiter übertragen wird.« (Oliver Hassencamp)

belebt *animato* (lat.-it.) musik. Vortragsanw.

Belebung e. schwer verkäuflichen Produktes *Relaunch,* der (engl., ohne Pl.)

Belecken, gegenseitiges ... der Genitalien *Lambitus,* der (lat., ohne Pl.)

belegbar *dokumentarisch* (lat.)

belegen 1. *substantiieren* (lat.) e. Aussage substantiieren 2. *reservieren* (lat.) e. Platz reservieren; nicht verw. mit *reserviert* (lat.) kühl, abweisend

Belegschaft *Personal,* das (lat., ohne Pl.) Personalabteilung, Personalabbau

Belegstelle *Zitat,* das (lat., Pl. -e) i. S. von wörtlich wiedergegeben; Zitatensammlung

beleibt *korpulent* (lat.) japanische Sumo-Ringer sind korpulent

beleidigen 1. *insultieren* (lat.) 2. *desavouieren* (lat.-fr.) i. S. von bloßstellen

beleidigend *polemisch* (gr.-fr.) i. S. e. unsachlichen, kritischen Äußerung, e. polemisierender Politiker; »Zuchtmeister« der SPD, Herbert Wehner, polemisierte gern

Beleidiger *Injuriant,* der (lat., Pl. -en)

beleidigt *pikiert,* (lat.-fr.)

Beleidigter *Injuriat,* der (lat., Pl. -en)

Beleidigung 1. *Affront,* der (lat.-fr., Pl. -s) z. B. Worte als Affront auffassen 2. *Injurie,* die (lat., Pl. -n) Verbalinjurie: Beleidigung durch Worte

beleihen *lombardieren* (it.-fr.) wirtsch., Gewährung e. kurzfristigen Kredits gegen Verpfändung von Wertpapieren, Gold usw. heißt Lombardkredit

beleuchten *illuminieren* (lat.) zu e. festlichen Anlaß

Beleuchtung 1. *Illumination,* die (lat., Pl. -en) Festbeleuchtung 2. *Spotlight,* das (engl., Pl. -s) gezielte Punktbeleuchtung

Belichtungsmesser *Photometer,* das (gr.-lat., ohne Pl.)

Belieben, nach ... 1. *à discrétion* (fr.) z. B. das Geben von Trinkgeld 2. *à gogo* (fr.) auch: in Hülle u. Fülle

Beliebiges, aus Falschem folgt ... *ex falso quodlibet* (lat., Zitat u. Grundsatz der scholastischen Logik)

beliebt 1. *en vogue* (fr.) der Maler Hundertwasser ist zur Zeit en vogue 2. *populär* (lat.-fr.) Fußball ist in Deutschland die populärste Sportart; der Politiker Franz Josef Strauß war bekannt, aber nicht überall populär

Beliebtheit *Popularität,* die (lat.-fr., ohne Pl.) Fußball erfreut sich in Deutschland großer Popularität; Bundespräsident Roman Herzog erfreut sich zunehmender Popularität

belohnen *honorieren* (lat.) der Autor wurde für sein Buch schlecht honoriert; Honorarprofessor (Ehrentitel für e. nichtbeamteten Universitätsprofessor) nicht verw. mit *honorabel* (lat.) ehrbar

Belohnung 1. *Prämie,* die (lat., Pl. -n) zusätzlich zur normalen Vergütung 2. *Bonus,* der (lat.-engl., Pl. -se, auch Boni) Sondervergünstigung

belustigen 1. *mokieren* (fr.) Mitarbeiter mokieren sich über den neuen, arroganten Abteilungsleiter 2. *amüsieren* (fr.) sich über e. witzige Person amüsieren

belustigend *amüsant* (fr.) e. amüsanter Tischherr sein

Belustigung *Gaudi,* die (lat., ohne Pl.) in Bayern hat man seine Gaudi

bemängeln 1. *monieren* (lat.) e. Ware oder Leistung monieren, da diese nicht in Ordnung ist 2. *kritisieren* (gr.-lat.-fr.) 3. *reklamieren* (lat.) auch zurückfordern, Einspruch erheben

bemerken 1. *konstatieren* (lat.-fr.) i. S. von feststellen 2. *registrieren* (lat.)

bemerkenswert 1. *remarkabel* (fr.) 2. *notabel* (lat.-fr.) 3. *markant* (germ.-it.-fr.) ausgeprägt

Bemerkung 1. *Aperçu,* das (fr., Pl. -s) geistreiche – 2. *Banalität,* die (germ.-fr., Pl. -en) geistlose Bemerkung; was der Politiker von sich gab, war e. Kette von Banalitäten 3. *Bonmot,* das (fr., Pl. -s) i. S. e. witzigen Hinweises 4. *Kommentar,* der (lat., Pl. -e) Nachrichtenkommentar 5. *Aphorismus,* der (gr.-lat., Pl. ...men) geistreich in Prosa formulierter Gedanke, der Lebensweisheit enthält; in »Zeit der Schuldigen« hat Siegfried Lenz treffende Aphorismen formuliert; nicht verw. mit *Aphrasie,* die (gr.-lat., Pl. ...ien) Stummheit, Unvermögen, richtige Sätze zu bilden

bemessen *dimensionieren* (lat.) die Stärke der Deckenbalken war falsch dimensioniert worden

bemühen *inkommodieren (lat.)*

benachrichtigen 1. *informieren* (lat.) 2. *informative labelling,* das (engl., Pl. -s) wirtsch.; Etikett, das etwas über den Inhalt e. Warenpakets aussagt 3. *signalisieren* (fr.) aufmerksam machen, auch Signal geben

Benachrichtigung 1. *Avis,* der, das (lat.-fr., Pl. -e) z. B. e. Warenavis schicken 2. *Notifikation,* die (lat., Pl. -en) wirtsch. im Wechselrecht ist die Notifikation die Voraussetzung für den Rückgriff

benachteiligen 1. *handikapen* (engl.) die Verletzung am Fuß handikapt den Sportler 2. *diskriminieren* (lat.) wegen seines Geschlechts, seiner Rasse, seiner Religion darf niemand diskriminiert werden, dies ist im Grundgesetz verankert

benachteiligt *gehandikapt* (engl.)

Benachteiligtfühlender *Querulant,* der (lat., Pl. -en) Nörgler; »... überall steht sie (Hillu) als Querulantin da, habgierig, nachtragend, publicitygeil« (G. Schröders geh. Tagebuch von H. Venske, 1997)

Benachteiligung *Handikap,* das (engl., Pl. -s) durch Kreuzbandrisse hatte Torwart Toni Schumacher e. Handikap; beim Golfspielen zeichnet e. Handikap von »15« e. guten Spieler aus

Benachteiligung von Personen, die anders riechen *Smelismus,* der (engl., ohne Pl.) von: to smell (riechen) Diskriminierung von Menschen mit fremden Körpergerüchen

Benehmen 1. *Allüren,* die (lat.-fr., nur Pl.) e. arrogantes, auffälliges Verhalten; Allüren e. Weltstars sind nicht angebracht 2. *Courtoisie,* die (fr.-lat., Pl. ...ien) sich ritterlich im Umgang mit Damen benehmen 3. *Extravaganz,* die (lat.-fr., Pl. -en) auffälliges Verhalten; die Extravaganz des Popstars Elton John 4. *Manier,* die (lat-fr., Pl. -en) e. Flegel ohne Manieren 5. *Attitüde,* die (lat.-it.-fr., Pl. -n)

Benehmen, bissiges ... gegenüber anderen *Zynismus,* der (gr., Pl. ...men) »Der Zynismus der Zyniker besteht nicht darin, daß sie sagen, was sie denken, sondern darin, daß sie denken.« (Gabriel Laub)

benennen 1. *nominieren* (lat.) der Filmschauspieler Tom Hanks wurde für den Oscar-Preis nominiert (u. erhielt ihn 1994 u. 1995) 2. *titulieren* (lat.) er titulierte seinen Untergebenen als »Faulpelz« 3. *designieren* (lat.) für e. noch nicht besetztes Amt vorsehen, bestimmen 4. *designatus* (lat.) vorgesehen, Abk.: des.

Benennung 1. *Nomination,* die (lat., Pl. -en) von seiner Nobelpreis-Nomination erfuhr er durch die Presse 2. *Nominierung,* die (lat., Pl. -en) ebenfalls: vorschlagen, z. B. e. Kandidaten; auch: Ernennung

Benennung der Reihenfolge nach *Taxonomie,* die (gr., ohne Pl.) auch: Klassifikation; in der Biologie von Carl von Linné (1707-1778) systematisiert worden

Benimmregeln, Umstand, daß es in virtuellen Welten ... gibt *Netiquette,* die (engl.) aus: net (Netz) u. Etiquette

benommen 1. *somnolent* (lat.) med. i. S. von schläfrig 2. *groggy* (engl.) 3. *soporös* (lat.) med.
Benommenheit *Sopor,* der (lat., ohne Pl.) med.
Benommenheit *Torpidität,* die (lat., ohne Pl.) med. i. S. von Stumpfsinn
benoten 1. *zensieren* (lat.) der Lehrer zensiert e. Arbeit 2. *evaluieren* (lat.-engl.-fr.) bewerten; nicht verw. mit *evalvieren* (lat.-fr.) abschätzen
Benotung *Zensur,* die (lat., Pl. -en) Zeugnisse enthalten Zensuren zu den Leistungen der Schüler
Benutzen eines Netz-Fremdenführers *Gophern,* das (engl.) aus: go u. for; auch: die Inanspruchnahme e. nützlichen, menügeführten Internet-Service
Benzolprodukt *Anilin,* das (lat.-fr., ohne Pl.) Ausgangsprodukt vieler Arzneimittel, Farb- u. Kunststoffe
beobachten 1. *studieren* (lat.) i. S. von gründlich durchsehen 2. *observieren* (lat.) Polizisten observieren konspirative Wohnungen von mutmaßlichen Verbrechern
Beobachter *Observator,* der (lat., Pl. ...oren) in e. Sternwarte registrieren Observatoren Veränderungen am Sternenhimmel
Beobachtung *Observation,* die (lat., Pl. -en)
Beobachtungsstelle *Observatorium,* das (lat., Pl. ...ien) Umweltbelastungen werden in e. Observatorium aufgezeichnet
bequem 1. *leger* (lat.-fr.) legere Freizeitkleidung 2. *salopp* (fr.) der Manager war erstaunlich salopp gekleidet 3. *kommod* (lat.-fr.) in Sesseln sitzt der Österreicher nicht bequem, sondern kommod 4. *komfortabel* (lat.-fr.)
Bequemlichkeit *Komfort,* der (lat.-fr.-engl., ohne Pl.) in e. Komfortwohnung leben
Berater 1. *Konsultant,* der (lat., Pl. -en) fachmännischer Berater 2. *Konsulent,* der (lat., Pl. -en) Rechtsberater; nicht verw. mit *Konsult,* das (lat.) Beschluß 3. *Mentor,* der (gr. ...oren) erfahrener Ratgeber; Mentor war Lehrer des Telemach, Sohn des Odysseus
Beratung *Konferenz,* die (lat., Pl. -en) auch: Sitzung, Tagung; »E. Konferenz ist e. Sitzung, bei der viele hingehen, aber bei der nur wenig herauskommt.« (Werner Finck)
Beratung *Review,* das (engl., Pl. -s) in der Werbebranche; auch: Überlegung, Besprechung
Beratungsausschuß *Braintrust,* der (engl., Pl. -s)
berauschend *narkotisch* (gr.) Marihuana hat e. narkotische Wirkung
berechnen 1. *fakturieren* (lat.-it.) in Rechnung stellen; der Betrag wurde noch nicht fakturiert 2. *kalkulieren* (lat.) je umfangreicher die Anfragen, desto sorgfältiger muß der Kaufmann kalkulieren 3. *taxieren* (lat.-fr.) 4. *taxen* (lat.)
berechnend *diplomatisch* (gr.-lat.-fr.) diplomatisches Verhandlungsgeschick führte zum Erfolg
Berechnung 1. *Diplomatie,* die (gr.-lat.-fr., ohne Pl.) »Das ist die Fähigkeit, auf so taktvolle Weise nein zu sagen, daß alle Welt glaubt, man hätte ja gesagt.« (Anthony Eden) 2. *Kalkül,* das (lat.-fr., Pl. -e) 3. *Kalkulation,* die (lat., Pl. -en) Kostenermittlung; langfristig muß jede Firma ihre Kalkulation kostendeckend gestalten
berechtigen *legitimieren* (lat.) für den Vertragsabschluß muß der Mitarbeiter erst legitimiert werden
berechtigt *legitim* (lat.) e. legitimes Interesse am Verlauf der Gespräche haben; Ggs.: illegitim
Berechtigung 1. *Legitimation,* die (lat.-fr., Pl. -en) 2. *Autorisation,* die (lat., Pl. -en) Ermächtigung
beredsam 1. *eloquent* (lat.) Jürgen Schrempp gilt als eloquenter Topmanager 2. *expressiv* (lat.) i. S. von ausdrucksstark
Beredsamkeit *Eloquenz,* die (lat., ohne Pl.) während der Jahreshauptversammlung entwickelte Jürgen Schrempp e. erstaunliche Eloquenz; »Peter Boenisch leidet an Eloquentia senilio (Alterssabbelei, gemeint ist: Eloquenz des Alters).« (G. Schröders geh. Tagebuch von H. Venske, 1997)
Beredsamkeitslehrer in der Antike *Rhetor,* der (gr.-lat., Pl. ...oren)
Bereich 1. *Intimsphäre,* die (lat., Pl. -n) Paparazzi dringen schamlos in die Intimsphäre bekannter Personen ein 2. *Region,* die (lat., Pl. -en) e. bestimmte Körper- oder Landschaftsregion 3. *Revier,* das (lat.-fr.-niederl., Pl. -e) »nicht in fremden Revieren jagen!« 4. *Szene,* die (gr.-lat.-fr., Pl. -n) e. traurige Gestalt der Drogenszene 5. *Dimension,* die (lat., Pl. -en) 6. *Perimeter,* der (gr., ohne Pl.) i. S. von Umfang, Bereich e. Figur; nicht verw. mit *Perimetrie,* die (gr., Pl. ...ien) med. Bestimmung der Grenzen des Gesichtsfeldes 7. *Ressort,* das (fr., Pl. -s) Amtsbereich 8. *Segment,* das (lat., Pl. -e) Abschnitt 9. *Sektor,* der (lat., Pl. -en) Gebiet als Teil e. Ganzen; der am. Sektor Berlins; nicht verw. mit *Sektion,* die (lat., Pl. -en) Abteilung 10. *Sphäre,* die (gr.-lat., Pl. -n) Wirkungskreis, Einflußsphäre
Bereich, wichtiger u. bekannter ... des Internet *Word Wide Web,* das (engl., ohne Pl.) kurz: www; es besteht aus vielen Millionen verknüpfter Seiten mit Text, Grafik u. Multimedia; zum Internet gehören noch Bereiche wie: News, Mail u. vieles mehr
bereit *parat* (lat.) etwas parat haben
bereitmachen *mobilisieren* (lat.-fr.) z. B. Bodentruppen mobil machen (mil.); Ggs.: demobilisieren
Bereitschaft *Akzeptanz,* die (lat., Pl. -en) z. B. die

Rede erzielte e. breite Akzeptanz; nicht verw. mit *Akzeptation,* die (lat.) Annahme e. Wechsels

Bereitschaft zum Handeln *Energeia,* die (gr., ohne Pl.) nach der Philosophie des Aristoteles (384-322 v. Chr.) vergleichbar mit Dynamis, Tatkraft

Berg 1. *Mount,* der (engl., Pl. -s) z. B. Mount (Mt.) Kenia 2. *Djebel,* der (arab.)

Berg, wir sind noch nicht über dem ... *nondum clivum exsuperavimus* (lat., Zitat)

bergab, es geht mit ihm ... *res eius dilabuntur* (lat., Zitat) gemeint ist: er verliert sein Vermögen

Bergbau *Revier,* das (lat.-fr.-niederl., Pl. -e) Abbaugebiet; auch: Flußlauf, z. B. in Namibia

Berge, jenseits der ... gelegen *transmontan* (lat.)

Berggebiet *Massiv,* das (gr.-lat.-fr., Pl. -e) französisches Zentralmassiv

Berggipfel *Peak,* der (engl., Pl. -s) z. B. Uhuru Peak, Freiheitsgipfel, höchster Punkt des Kilimandscharo

Bergsteigen *Alpinismus,* der (lat., ohne Pl.)

Bergsteiger *Alpinist,* der (lat., Pl. -en) im Hochgebirge, Alpinist Reinhold Messner; nicht verw. mit *Alpiden,* die (lat.) Bez. für die im Tertiär entstandenen Faltengebirge

Bergstraßenkurve *Serpentine,* die (lat., Pl. -n)

Bergwerk *Mine,* die (lat., fr., Pl. -n)

Bericht 1. *Historie,* die (gr.-lat., Pl. -n) i. S. von Geschichte 2. *Exposé,* das (lat.-fr., Pl. -s) i. S. e. kurzen Angabe zu Gedanken oder zu e. Buchvorschlag 3. *Narration,* die (lat., Pl. -en) svw. Erzählung 4. *Rapport,* der (lat.-fr., Pl. -e) kurzer knapper militärischer Bericht zur Lage 5. *Referat,* das (lat., Pl. -e) der Student hält ein Referat 6. *Reportage,* die (lat.-fr.-engl., Pl. -n) e. Fußballreportage bringen 7. *Story,* die (engl., Pl. ...ries) wahre oder erfundene Kurzgeschichte; Ernest Hemingway war Meister der Story-Autoren: »Schnee auf dem Kilimandscharo« 8. *Expertise,* die (lat., Pl. -n) svw. Gutachten 9. *Studie,* die (lat., Pl. -n) auch skizzenhafte Darstellung; nicht verw. mit *Studium,* das (lat., Pl. ...ien) wissenschaftliche Beschäftigung 10. *Bulletin,* das (lat.-fr., Pl. -s) amtliche Bekanntmachung

berichten 1. *referieren* (lat.-fr.) e. Referat halten 2. *rapportieren* (lat.-fr.) e. knappen Bericht abgeben

Berichterstatter 1. *Korrespondent,* der (lat., Pl. -en) Journalist, der aus dem Ausland berichtet, wie einst Peter Arnett vom CNN aus Bagdad während des Golfkrieges (1991) 2. *Referent,* der (lat., Pl. -en) 3. *Reporter,* der (lat.-fr., ohne Pl.) Bildreporter des »Stern« berichteten von den Brennpunkten der Welt

Berichterstattung 1. *Reportage,* die (lat.-fr., Pl. -n) zu aktuellen Ereignissen 2. *Feature,* das (engl., Pl. -s) aktueller Dokumentarbericht für Presse, Funk oder Fernsehen

Berichterstattung, zur ... *ad referendum* (lat.)

berichtigen 1. *korrigieren* (lat.) e. Diktat korrigieren 2. *dementieren* (lat.-fr.) e. Behauptung widerrufen; Rücktrittsabsichten e. Ministers dementieren 3. *redigieren* (lat.-fr.) 4. *revidieren* (lat.) »wieder hinsehen« 5. *stornieren* (lat.) e. Auftrag rückgängig machen

Berichtigung 1. *Korrektur,* die (lat., Pl. -en) der Verlagslektor liest Korrektur 2. *Dementi,* das (lat.-fr., Pl. -s) der Politiker ließ die verbreitete Mitteilung durch e. Dementi berichtigen 3. *Revision,* die (lat., Pl. -en) »prüfende Wiederdurchsicht«; nicht verw. mit *Revisionismus,* der (lat., ohne Pl.) Streben nach Änderung e. völkerrechtlichen Zustandes, für die DDR waren die Bundesdeutschen Revisionisten

berittener Polizist *Ranger,* der (engl., Pl. -s) bes. in den Nationalparks Nordamerikas u. Afrikas

berittener Stierkämpfer 1. *Toreador,* der (lat.-sp., Pl. -en) 2. *Picador,* der (lat.-sp., Pl. -en) berittener Stierkämpfer mit Kurzlanze

bersten *explodieren* (lat.)

berüchtigt *notorisch* (lat.) e. notorischer Lügner sein

berücksichtigen *einkalkulieren* (dt.-lat.) auf e. Expedition müssen Unwegsamkeiten einkalkuliert werden

Beruf 1. *Metier,* das (lat.-fr., Pl. -s) e. freie Rede halten, ist nicht sein Metier 2. *Mission,* die (lat.-fr., Pl. en) Sendung, innere Aufgabe; auch: Verbreitung e. religiösen Lehre 3. *Profession,* die (lat.-fr., Pl. -en)

berufen *vozieren* (lat.) auch: vorladen (Gericht)

Berufsbezeichnung *Titel,* der (lat., ohne Pl.)

Berufsbezeichnung, neue ..., die sich mit richtigem Gesundheitsverhalten befaßt *Gesundheitsökologe,* der (dt.-lat.-gr., Pl. -en) er entwickelt entsprechende Programme für Firmen, Behörden, Gebiete

Berufsfahrer *Chauffeur,* der (lat.-fr., Pl. -e)

berufsmäßig *professionell* (lat.-fr.) e. professioneller Tennisspieler, wie es einst Boris Becker war

Berufssportler 1. *Profisportler,* der (lat.-engl.-dt., ohne Pl.) 2. *Professional,* der (lat.-fr.-engl., Pl. -s)

Berufsstellung *Position,* die (lat., Pl. -en) Hans-Peter Keitel bekleidet die Position e. Vorstandsvorsitzenden bei der Hochtief AG

Berufung 1. *Appellation,* die (lat., Pl. -en) rechtsw. z. B. Appellationsgerichte 2. *Rekurs,* der (lat., Pl. -e) i. S. von Einspruch 3. *Vokation,* die (lat., Pl. -en) Berufung in e. Amt; nicht verw. mit *Vokativ,* der (lat., Pl. -e) Fall der Anrede

beruhen, auf etwas *basieren* (gr.-lat.-fr.) die Meldung basiert auf Tatsachen
beruhigen *abreagieren* (dt.-lat.) i. S. von sich beruhigen, zur Ruhe kommen
beruhigend *sedativ* (lat.) med. durch Medikamenteneinnahme hervorgerufen
Beruhigungsmittel 1. *Quietivum,* das (lat., Pl. ...va) med. 2. *Ataraktikum,* das (gr.-lat., Pl. ...ka) med. 3. *Mitigans,* das (lat., Pl. ...anzien) med. 4. *Tranquilizer,* der (lat.-fr.-engl., ohne Pl.) 5. *Sedativum,* das (lat., Pl. ...va) med. schmerzlinderndes Beruhigungsmittel 6. *Barbiturat,* das (Eigenn., Pl. -e) auch: Schlafmittel 7. *Valium,* das (Eigenn.-lat., ohne Pl.) »Die dt. Fußball-Nationalmannschaft wird seit Frankreich von Valium gesponsert.« (Matthias Beltz in »Scheibenwischer«, 1998)
Beruhigungsmittel für Junkies *Rohybnoltablette,* die (Eigenn.-lat., Pl. -n)
Beruhigungspille *Smooth-down-Pille,* die (engl.-dt., Pl. -en)
berühmt 1. *prominent* (lat.) e. prominenter (allgemein bekannter) Künstler, z. B. Ernst Fuchs 2. *illuster* (lat.-fr.) illustre (erlauchte) Gesellschaft 3. *legendär* (lat.) 4. *populär* (lat.) 5. *renommiert* (lat.) angesehen; nicht verw. mit *Renommist,* der (lat.-fr., Pl. -en) Aufschneider, Prahlhans
berühmt, nicht jeder kann ... werden *non ex quovis ligno fit Mercurius* (lat., Zitat) eigtl.: nicht aus jedem Holz kann man e. Merkur schnitzen
Berühmtheit *Zelebrität,* die (lat., Pl. -en) z. B. im Tennissport: Boris Becker; auch: Feierlichkeit, Festlichkeit
berühren 1. *tangieren* (lat.) 2. *touchieren* (lat.-fr.)
Berührende *Tangente,* die (lat., Pl. -n) math. e. Gerade, die e. Kreis in e. Punkt berührt
berührt *indigniert* (lat.) i. S. von peinlich berührt sein, z. B. durch e. ordinären Witz
Berührung 1. *Kontakt,* der (lat., Pl. -e) 2. *Intimität,* die (lat., Pl. -en) z. B. sexuelle
Besatz *Bordüre,* die (germ.-fr., Pl. -n) z. B. auf e. Jacke
Besatzband 1. *Tresse,* die (lat.-fr., Pl. -n) 2. *Biese,* die (fr.-dt., Pl. -n) farbiger Streifen an Uniformen
Besatzer *Okkupant,* der (lat., Pl. -en)
Besatzung *Crew,* die (lat.-engl., Pl. -s) Mannschaft auf e. Schiff oder in e. Flugzeug
beschädigen 1. *demolieren* (lat.-fr.) nach dem Auftritt der Rockgruppe war der Saal demoliert 2. *lädieren* (lat.) durch e. Sturz bin ich stark lädiert 3. *ramponiert* (germ.-it.) die nicht bestandene Prüfung hat sein Selbstbewußtsein ramponiert 4. *ruinieren* (lat.-fr.) zerstören, die Wohnung war vollkommen ruiniert worden
beschädigt 1. *defekt* (lat.) mein Fahrrad ist defekt 2. *havariert* (arab.-it.-fr.-niederl.) das Schiff havarierte im schweren Sturm
Beschädigung 1. *Defekt,* der (lat., Pl. -e) in der elektrischen Anlage ist e. Defekt; der Verbrecher hatte e. geistigen Defekt 2. *Sabotage,* die (fr., Pl. -n) e. Sabotageakt, e. vorsätzlich herbeigeführte Beschädigung, z. B. von Produktionsanlagen
beschaffbar *organisabel* (gr.-fr.-lat.)
beschaffen *heterotrop* (gr.-lat.) z. B. e. Stoff
Beschaffenheit 1. *Qualität,* die (lat., Pl. -en) z. B. die e. Ware 2. *Kondition,* die (lat., Pl. -en) 3. *Konstitution,* die (lat., Pl. -en) körperliche u. seelische Verfassung, der Boxer war in prächtiger Konstitution
Beschäftigung *Job,* der (engl., Pl. -s) i. S. e. kurzzeitigen Tätigkeit
Beschäftigungstherapie *Ergotherapie,* die (gr., Pl. ...ien)
beschämen *blamieren* (gr.-fr.-lat.) bei diesem Auftritt hatte er sich unsterblich blamiert; »Jeder blamiert sich so gut, wie er kann.«
beschämend *blamabel* (gr.-lat.) sein Benehmen ist einfach blamabel
Beschämung *Blamage,* die (gr.-lat.-fr., Pl. -n) das Verhalten Dr. Uwe Barschels war für Partei u. Familie e. Blamage
beschaulich 1. *idyllisch* (lat.-gr.) e. idyllisches Landschaftsbild 2. *kontemplativ* (lat.) i. S. von besinnlich; nicht verw. mit *kontemporär* (lat.) zeitgenössisch
bescheiden 1. *sedat* (lat.) e. sedater junger Mann, nicht verw. mit *sedentär* (lat.) seßhaft 2. *frugal* (lat.) einfach
Bescheidenheit *Frugalität,* die (lat., ohne Pl.) Genügsamkeit, Einfachheit (auf Speisen bezogen)
Bescheidenheit, neue ... *Lessness,* das (engl., ohne Pl.) die Forderung, aus wenig möglichst viel zu machen, Übergangsphase der Überfluß- zur Überdrußgesellschaft
bescheinigen 1. *testieren* (lat.) 2. *attestieren* (lat.) der Arzt attestiert Arbeitsunfähigkeit 3. *quittieren* (lat.-fr.) e. Rechnung quittieren lassen
Bescheinigung 1. *Attest,* das (lat., Pl. -e) 2. *Zertifikat,* das (lat., Pl. -e) 3. *Dokument,* das (lat., Pl. -e) 4. *Legitimation,* die (lat.-fr., Pl. -en) nicht verw. mit *Legislation,* die (lat.) Gesetzgebung; auch: *Legislatur,* die (lat.)
Beschenkter *Donatar,* der (lat., Pl. -e) Donatar ist die Stiftung »Jugend forscht«
beschicken ... *chargieren* (fr.) ... e. Reaktor mit Brennstoff; auch: e. Nebenrolle spielen
beschießen *torpedieren* (lat.) mit Torpedos beschießen
beschimpfen 1. *insultieren* (lat.) 2. *diffamieren* (lat.) verunglimpfen 3. *diskreditieren* (lat.-fr.-it.)

nicht verw. mit *diskulpieren* (lat.-fr.) entschuldigen, rechtfertigen

Beschimpfen, das gegenseitige ... von Internet-Benutzern *Flaming,* das (engl.-am., ohne Pl.)

Beschimpfung *Diffamierung,* die (lat.-fr., Pl. -en) der Bericht war e. Diffamierung redlicher Unternehmer

beschlagen ... *hip* (engl.) ... in allem, was modern ist

Beschlagnahme 1. *Embargo,* das (lat.-sp., Pl. -s) z. B. e. Schiffsladung durch e. Staat 2. *Konfiskation,* die (lat., Pl. -en) e. staatliche Beschlagnahme, Konfiskation unverzollter Waren

beschlagnahmen 1. *konfiszieren* (lat.) die Polizei konfiszierte bündelweise Falschgeld 2. *okkupieren* (lat.) feindliche Truppen okkupierten grenznahes Gebiet 3. *requirieren* (lat.) Beschlagnahme privater Fahrzeuge für das Militär in Kriegszeiten

beschleunigen 1. *forcieren* (lat.-fr.) die Baumaßnahme muß endlich forciert werden 2. *akzelerieren* (lat.) der Freifallspringer akzelerierte auf 180 km pro Stunde

beschleunigend *accelerando* (lat.-it.) musik. Vortragsanw.

Beschleuniger *Akzelerator,* der (lat., Pl. ...oren) Bez. aus der Kernphysik: Teilchenbeschleuniger

beschleunigt *frequent* (lat.) med. z. B. der Puls

Beschleunigung *Akzeleration,* die (lat., Pl. -en) Zunahme der Fallgeschwindigkeit z. B. beim Fallschirmspringen

Beschluß 1. *Dekret,* das (lat., Pl. -e) e. behördliche Verfügung 2. *Resolution,* die (lat., Pl. -en) in New York faßte die UN e. Resolution gegen den Irak

Beschlußfähigkeit *Quorum,* das (lat., Pl. -s); nicht verw. mit *»quos ego!«* Einhalt gebietender Zuruf Neptuns an die See

Beschneidung *Zirkumzision,* die (lat., Pl. -en) der Vorhaut wird meist aus religiösen Gründen vorgenommen

beschönigen *frisieren* (fr.) bisweilen werden Bilanzen in betrügerischer Absicht »frisiert«

beschönigend *euphemistisch* (gr.-lat.) i. S. von umschreibend; z. B. die katastrophale Situation e. Unternehmens mit »ernst« umschreiben; auch: verhüllend

beschränken 1. *limitieren* (lat.) die Auflage e. wertvollen Drucks ist limitiert 2. *rationieren* (lat.) haushälterisch einteilen 3. *komprimieren* (lat.) verdichten, auf das Wesentliche beschränken

beschränkt 1. *borniert* (fr.) »Wir alle sind so borniert, daß wir immer glauben, recht zu haben.« (Johann Wolfgang von Goethe) 2. *stupide* (lat.-fr.) dumm; nicht verw. mit *stuprieren* (lat.) vergewaltigen

Beschränktheit *Provinzialismus,* der (lat., Pl. ...men) e. spießige Einstellung

Beschränkung 1. *Limitation,* die (lat., Pl. -en) 2. *Restriktion,* die (lat., Pl. -en) z. B. Importrestriktionen gegenüber preiswerter ausländischer Ware

beschreiben 1. *charakterisieren* (gr.-fr.-lat.) 2. *interpretieren* (lat.) z. B. e. Text auslegen 3. *skizzieren* (it.) andeuten, e. Skizze anfertigen

beschreibend *deskriptiv* (lat.)

Beschreibung der wirtschafts- u. sozialpolitischen Bevölkerungsbewegung *Demographie,* die (gr.-lat., Pl. ...ien)

Beschreibung *Deskription,* die (lat., Pl. -en)

beschriften *textieren* (lat.)

Beschriftung *Text,* der (lat., Pl. -e) auch: »weiter im Text« für fortfahren

beschuldigen *inkriminieren* (lat.) sich zu Unrecht inkriminiert fühlen

beschuldigen, ungerechtfertigt ... *imputieren* (lat.)

Beschuldigung *Insimulation,* die (lat., Pl. -en) e. grundlose

Beschuldigung, ungerechtfertigte ... *Imputation,* die (lat., Pl. -en) auch: Grundbegriff der christlichen Gnadenlehre

Beschützer 1. *Patron,* der (lat., Pl. -e) Schutzpatron der Piloten ist der heilige Christophorus 2. *Protektor,* der (lat., Pl. -en) i. S. von Schutzherr

Beschützerin *Patrona,* die (lat., Pl. ...nä)

Beschwerde 1. *Reklamation,* die (lat., Pl. -en) wenn Kunden unzufrieden sind, häufen sich die Reklamationen 2. *Rekurs,* der (lat., Pl. -e) auch Rückgriff

Beschwerdeführer *Reklamant,* der (lat., Pl. -en)

Beschwerden der Frau vor der Monatsblutung *prämenstruelles Syndrom,* das (gr.-lat., Pl. ...ellen, -e) kurz: PMS

Beschwerden nach Langstreckenflügen ... *Jetlag,* der (engl., Pl. -s) ... infolge des Zeitunterschiedes

Beschwerderecht *Petitionsrecht,* das (lat.-dt., Pl. -e) Recht, sich mit Beschwerden direkt an das Staatsoberhaupt zu wenden

beschweren 1. *querulieren* (lat.) nörgeln, von *Querulant,* der (lat. Pl. -en) Quengler 2. *reklamieren* (lat.) Kunden reklamieren mangelhafte Waren u. Leistungen

beschwerlich *strapaziös* (it.-fr.)

Beschwerlichkeit *Strapaze,* die (it., Pl. -n) die Saharaexpedition war e. Strapaze

beschwören *exorzieren* (gr.-lat.) böse Geister austreiben; Erzbischof Emmanuel Milingo aus Sambia ist e. bekannter Exorzist

beseelt *animato* (lat.-it.) musik. Vortragsanw.

beseitigen 1. *eliminieren* (lat.) z. B. Fehler oder Gegner eliminieren 2. *liquidieren* (lat.-it.) Gegner liquidieren (umbringen) 3. *lynchen* (engl.) jmdn. für e. Tat ohne Urteil e. Gerichtes töten, nach nordam. Friedensrichter Charles Lynch: Lynchjustiz 4. *neutralisieren* (lat.) unwirksam machen

Beseitigung *Elimination,* die (lat., Pl. -en)

Besessenheit 1. *Manie,* die (gr.-lat., Pl. ...ien) z. B. Kleptomanie, krankhafter Zwang zu stehlen 2. *Obsession,* die (lat., Pl. -en) »Einschließung«, Zwangsvorstellung; nicht verw. mit *Observation,* die (lat., Pl. -en) Beobachtung

Besessenheit, krankhafte ... von e. Idee *Monomanie,* die (gr.-lat., Pl. ...ien) auch: Einzelwahn

besetzen *okkupieren* (lat.) e. fremdes Gebiet okkupieren

besetzt *reserviert* (lat.) der Platz ist schon reserviert

Besichtigung *Inspektion,* die (lat., Pl. -en) das Fahrzeug zur Inspektion bringen

Besichtigungsfahrt *Sightseeing-Tour,* die (engl.-dt., Pl. -en)

Besiegten, wehe den ...! *vae victis!* (lat., Zitat: Brennus um 390 v. Chr.)

besinnlich *kontemplativ* (lat.) in Gedanken versunken

Besinnung auf archaisch-spirituelle Methoden *Neo-Schamanismus,* der (lat.-sanskr., ohne Pl.) von: Schamane (Zauberpriester), der im Mittelpunkt des magischen Rituals steht; die Rückbesinnung auf den Urmythos der Menschheit ist in der Kunst- u. Kulturszene zu beobachten; Verkünder: Leonard Jeffries u. Martin Bernal

Besinnung auf vergangene Zeiten *Nostalgie,* die (gr.-lat., Pl. ...ien) »Das Gerüst, das von Berti Vogts mit alten Champions u. Nostalgie nach dem alten Fußball aufgestellt war, ist krachend eingestürzt.« (La Repubblica, Italien, zur dt. Niederlage, 1998)

Besitz, glücklich, wer im ... ist! *beati possidentes!* (lat., Zitat, Horaz)

Besitz, größerer ... an Büchern *Bibliothek,* die (gr., Pl. -en) auch: Bücherei; die älteste Bibliothek ließ König Assurbanipal von Assyrien um 640 v. Chr. in Ninive anlegen

besitzanzeigend *possessiv* (lat.) Possessivpronomen (besitzanzeigendes Fürwort)

Besitzentzug *Eviktion,* die (lat., Pl. -en) durch e. richterliches Urteil erwirkt

Besitzer *Padrone,* der (it.-lat., Pl. ...ni)

Besitzer von Milliarden *Milliardär,* der (lat., Pl. -e) steinreicher Mann; »Ein Milliardär ist e. Mann, der auch mal ganz klein als Millionär angefangen hat.« (Jerry Lewis)

Besitzergreifung 1. *Appropriation,* die (lat., Pl. -en); nicht verw. mit *Approximation,* die (lat., Pl. -en) Näherungswert 2. *Okkupation,* die (lat., Pl. -en) militärische Besetzung 3. *Usurpation,* die (lat., Pl. -en) widerrechtliche Inbesitznahme, von *Usurpator,* der (lat., Pl. -en) Thronräuber

besoffen 1. *molum* (hebr.) Gaunersprache für betrunken 2. *stoned* (engl.)

Besonderheit 1. *Originalität,* die (fr.-lat., ohne Pl.) e. Person von besonderer Originalität sein 2. *Spezialität,* die (lat.-fr., Pl. -en) Froschschenkel sind e. Spezialität des Hauses, Spezialitätenrestaurant 3. *Finesse,* die (lat.-fr., Pl. -n) selten: Raffinesse 4. *Singularität,* die (lat., Pl. -en) 5. *Spezifikum,* das (lat., Pl. ...ka)

besonders 1. *extra* (lat.) für e. Auftritt extra vorbereiten 2. *speziell* (lat.-fr.) spezielle Vorlieben haben; »Ich bin e. Sonderanfertigung, speziell für Österreich.« (Jörg Haider, Chef der FPÖ, 1997); Ggs.: generell 3. *spezifisch* (lat.-fr.) auch: arteigen

besonders, nicht 1. *banal,* (germ.-fr.) auch: enttäuschend 2. *ordinär* (lat.-fr.) unfein 3. *profan* (lat.) i. S. von unheilig 4. *trivial* (lat.-fr.) »jedermann zugänglich«, unbedeutend

besprechen 1. *debattieren* (fr.) erörtern 2. *diskutieren* (lat.); nicht verw. mit *diskulpieren* (lat.-fr.) entschuldigen oder *diskurrieren* (lat.) heftig erörtern

Besprechung 1. *Rezension,* die (lat., Pl. -en) z. B. von Büchern 2. *Kritik,* die (gr., Pl. -en) »Das ist unter aller Kritik!« »Das ist klarste Kritik, wenn neben das, was ihm mißfällt, einer was Eignes, Besseres stellt.« (E. Geibel) 3. *Debatte,* die (lat.-fr., Pl. -n) Parlamentsdebatte, bitte keine langen Debatten halten 4. *Diskussion,* die (lat., Pl. -en) Erörterung, Aussprache 5. *Diskurs,* der (lat., Pl. -e) i. S. e. Abhandlung, Unterhaltung 6. *Konferenz,* die (lat., Pl. -en) auch: Tagung 7. *Kongreß,* der (lat., Pl. ...gresse) i. S. e. fachlichen Tagung 8. *Symposion* u. *Symposium,* das (gr., Pl. ...ien) mit Trinkgelage u. Unterhaltung gestaltetes Gastmahl der Hellenen, heute: Tagung von Wissenschaftlern

Besprechung, diplomatische ... *Pour-parler,* das (fr., Pl. -s) Meinungsaustausch

Besprengung mit Weihwasser *Aspersion,* die (lat.)

Besserung, auf dem Wege der ... *rekonvaleszent* (lat.)

besserwisserisch reden *dozieren* (lat.) auch: an e. Hochschule lehren

Bestallungsurkunde *Patent,* das (lat., Pl. -e) Kapitänspatent

Bestand 1. *Fundus,* der (lat., ohne Pl.) e. Museum mit e. enormen Fundus an asiatischer Kunst 2. *Inventar,* das (lat., Pl. -e) Vermögenswerte e. Betriebes

beständig 1. *resistent* (lat.); nicht verw. mit *resistieren* (lat.) widerstehen 2. *konstant* (lat.) unveränderlich, etwas mit konstanter Bosheit tun 3. *immun* (lat.) »frei von Leistungen«; für Krankheiten unempfänglich; auch: unter dem Rechtsschutz stehen 4. *konsistent* (lat.) in sich stabil; auch: dickflüssig 5. *robust* (lat.) »aus Hartholz«; widerstandsfähig 6. *stabil* (lat.) auch: sich im Gleichgewicht haltend

Beständigkeit 1. *Konstanz,* die (lat., ohne Pl.) 2. *Stabilität,* die (lat., ohne Pl.) auch: Dauerhaftigkeit; »Ich stehe für ökonomische Stabilität ...« (Gerhard Schröder, Bundeskanzler, 1998)

Bestandsaufnahme *Inventur,* die (lat., Pl. -en) einmal jährlich muß jede Firma e. körperliche Inventur vornehmen

Bestandsverzeichnis *Inventar,* das (lat., Pl. -e) e. Verzeichnis aller Vermögenswerte e. Unternehmens

Bestandteil 1. *Ingredienz,* die (lat., Pl. -en) i. S. von Teigzutat für e. Kuchen 2. *Element,* das (lat., Pl. -e) Grundbausteine der Natur, vier Elemente nach der Philosophie des Griechen Empedokles: Feuer, Wasser, Luft u. Erde; Körper, Seele u. Geist sind die Elemente der Welt (Novalis) 3. *Komponente,* die (lat., Pl. -n) z. B. Maschinenbau-Komponente

Bestandteil des Milchzuckers *Galaktose,* die (gr., Pl. -n)

Bestandteil von E-Mail-Adressen @ = at (engl.) auch: Zugehörigkeitszeichen zum »Clan der Cyberspace-Einwohner«

Bestandteil, fremdsprachlicher ... e. Sprache *Adstrat,* das (lat., Pl. -e) ... der auf den Einfluß e. Nachbarlandes zurückzuführen ist

bestätigen 1. *legalisieren* (lat.) e. wilde Ehe wird durch Heirat legalisiert 2. *approbieren* (lat.) Zulassung e. Mediziners als Arzt 3. *quittieren* (lat.-fr.) z. B. den Empfang e. Ware quittieren 4. *ratifizieren* (lat.) z. B. e. völkerrechtlichen Vertrag 5. *sanktionieren* (lat.-fr.) gutheißen, Gesetzeskraft erteilen 6. *testieren* (lat.) z. B. gute Leistung testieren 7. *verifizieren* (lat.) Redaktionen verifizieren Fakten e. Artikels; Ggs.: falsifizieren

Bestätigung 1. *Legalisation,* die (lat., Pl. -en) 2. *Testat,* das (lat., Pl. -e) 3. *Plazet,* das (lat., Pl. -s) »es gefällt«, Zustimmung; nicht verw. mit *Plazidität,* die Sanftheit 4. *Akklamation,* die (lat., Pl. -en) »Zuruf«, beistimmender Zuruf bei Parlamentsbeschlüssen 5. *Affirmation,* die (lat., Pl. -en) Zustimmung; Ggs.: Negation 6. *Ratifikation,* die (lat., Pl. -en) Genehmigung

bestaunt werden wollen *imponieren* (lat.-fr.) Eindruck machen

Beste 1. *Nonplusultra,* das (lat., ohne Pl.) 2. *Optimum,* das (lat., Pl. ...ma) nicht nur der Künstler strebt nach dem Optimum

bestechen *korrumpieren* (lat.) Beamte müssen besonders darauf achten, daß sie sich nicht korrumpieren lassen

bestechlich *korrupt* (lat.) korrupte Politiker ruinieren den Staat

Bestechung *Korruption,* die (lat., Pl. -en) ist in manchen Ländern gang u. gäbe

Bestechungsgeld *Bakschisch,* das (per., nur Pl.) kleine Beträge; auch: Trinkgeld

bestehen 1. *absolvieren* (lat.) e. Studium absolvieren 2. *existieren* (lat.) i. S. von vorhanden sein 3. *kaprizieren* (lat.-it.-fr.) »sich auf etwas kaprizieren« 4. *insistieren* (lat.) beharren; nicht verw. mit *inskribieren* (lat.) sich an e. Universität einschreiben (auch: immatrikulieren)

bestehenbleiben *persistrieren* (lat.) med. von Krankheiten

bestellen 1. *ordern* (lat.-fr.) z. B. Waren ordern 2. *abonnieren* (fr.) z. B. Illustrierten abonnieren (regelmäßig kommen lassen)

Bestellung 1. *Order,* die (lat.-fr., ohne Pl.) 2. *Subskription,* die (lat., Pl. -en) Vorbestellung von später erscheinenden Büchern; nicht verw. mit *Subskribent,* der (lat., Pl. -en) Unterzeichner von Bestellungen noch nicht erschienener Bücher

Bestfall *Optimum,* das (lat., Pl. ...ma) »Das Optimum ist gerade gut genug!«

bestimmen 1. *designieren* (lat.) z. B. der designierte Wirtschaftsminister brachte neue Impulse 2. *orientieren* (lat.-fr.) der dichte Nebel machte den Fahrer orientierungslos 3. *definieren* (lat.) 4. *fixieren* (lat.-fr.) i. S. von schriftlich niederlegen, festhalten 5. *reglementieren* (lat.-fr.) durch Vorschriften regeln 6. *determinieren* (lat.) auch: begrenzen 7. *nominieren* (lat.) ernennen, für e. Amt vorschlagen

bestimmend 1. *fundamental* (lat.) i. S. von grundlegend; auch: *Fundamentalismus,* der (lat.-engl.) theologische Richtung, die sich gegen Bibelkritik u. Naturwissenschaften richtet 2. *konstitutiv* (lat.) 3. *substantiell* (lat.) wesentlich; nicht verw. mit *substantiieren* (lat.) begründen

bestimmt 1. *apodiktisch* (gr.-lat.) i. S. von unumstößlich, e. apodiktische Meinung vertreten; auch: widerspruchslos; nicht etwa: »apodiktatorisch« 2. *dezidiert* (lat.) entschieden 3. *kategorisch* (gr.-lat.) z. B. »Kategorischer Imperativ«: unbedingtes, ethisches Gesetz (I. Kant) 4. *konsequent* (lat.) i. S. von zwingend, konsequentes Handeln 5. *resolut* (lat.-fr.)

Bestimmung 1. *Definition,* die (lat., Pl. -en) i. S. e. genauen Bestimmung e. Begriffes; »Die Welt hat nie e. gute Definition für das Wort Freiheit gefunden.« (Abraham Lincoln) 2. *Destination,* die (lat., Pl. -en) auch: Endzweck

Bestimmungen, *Reglement,* das (lat.-fr., Pl. -s) i. S. e. Gesamtheit von Vorschriften u. Bestimmungen

Bestleistung *Rekord,* der (lat.-fr.-engl., Pl. -e) Jens Weißflog stellte e. neuen Rekord im Skispringen auf

bestmöglich *optimal* (lat.) die Veranstaltung klappte optimal

Bestrahlungszeit *Toleranzdosis,* die (lat.-gr., Pl. ...dosen) die zulässige Bestrahlungszeit wird amtlich festgelegt

Bestreben 1. *Intention,* die (lat., Pl. -en) seine Intentionen sind nicht wirtschaftlicher, sondern künstlerischer Natur 2. *Tendenz,* die (lat.-fr., Pl. -en)

bestreiten 1. *dementieren* (lat.-fr.) der Kanzler ließ die Pressemitteilung sofort dementieren; von: *Dementi,* das (lat., Pl. -s) offizieller Widerruf; »E. Dementi ist die verneinende Bestätigung e. Nachricht, die bisher e. Gerücht war.« (R. Peyrefitte) 2. *kontestieren* (lat.) anfechten 3. *negieren* (lat.) ablehnen, verneinen

bestürzt 1. *konsterniert* (lat.) der Durchfallskandidat machte e. konsternierten Eindruck 2. *perplex* (lat.-fr.) über e. Situation völlig perplex sein

Bestürzung 1. *Konsternation,* die (lat., Pl. -en) 2. *Perplexität,* die (lat.-fr., Pl. -en)

Bestwert *Optimum,* das (lat., Pl. ...ma) bestrebt sein, das Optimum zu erreichen

Besuch *Visite,* die (lat.-fr., Pl. -n) Arztvisite, Visitenkarte

Besuch, kurzer ... *Visite,* die (lat.-fr., Pl. -n) Krankenbesuch e. Arztes

besuchen *frequentieren* (lat.) die Bücherei wird gut frequentiert

Besucherschaft *Publikum,* das (lat., ohne Pl.) »Das Publikum beklatscht e. Feuerwerk, aber keinen Sonnenaufgang.« (F. Hebbel)

Besuchszimmer *Salon,* der (germ.-it.-fr., Pl. -s)

betasten *palpieren* (lat.) med., Abtasten des Körpers durch den Arzt

betastend *palpatorisch* (lat.) med.

betäuben *narkotisieren* (gr.-lat.) e. Narkose verabreichen

betäubend *narkotisch* (gr.) die Betelnuß hat e. narkotische Wirkung

Betäubung 1. *Anästhesie,* die (gr.-lat., Pl. ...ien) med., Anästhesist, der Narkosefacharzt 2. *Narkose,* die (gr., Pl. -n) med., Dr. Eisenbarth verabreichte die Holzhammernarkose

Betäubung, örtliche ... *Lokalanästhesie,* die (lat.-gr., Pl. ...ien) »Liebe ist Anregung für das Herz unter gleichzeitiger Lokalanästhesie des Verstandes.« (Sacha Guitry)

Betäubungsmittel *Narkotikum,* das (gr.-lat., Pl. ...ka) med., Morphium ist e. Narkotikum, i. S. von Rauschmittel

Bete u. arbeite! *»ora et labora!«* (lat.)

beten, laßt uns ...! *oremus!* (lat.) Aufforderung des kath. Priesters

betiteln *titulieren* (lat.) jmdn. als »Blödmann« titulieren

betonen 1. *demonstrativ* (lat.) z. B. e. demonstratives Bekenntnis ablegen 2. *ostentativ* (lat.) die Studenten pfiffen ostentativ im Hörsaal; nicht verw. mit *ostentiös* (lat.) prahlerisch 3. *pointiert* (lat.-fr.) etwas pointiert fordern 4. *sforzato* (lat.-it.) musik. Vortragsanw. 5. *akzentuieren* (lat.)

betont 1. *pointiert* (lat.-fr.) 2. *akzentuiert* (lat.) 3. *ostentativ* (lat.) i. S. von zur Schau gestellt 4. *plakativ* (niederl.-fr.) auffallend 5. *prononciert* (lat.-fr.) i. S. von deutlich ausgesprochen

Betonung 1. *Akzent,* der (lat., Pl. -e) nach der Wahl neue Akzente setzen 2. *Iktus,* der (lat., Pl. ...ten) »Stoß, Schlag« i. S. von Betonung im Vers

Betonungszeichen 1. *Accent grave,* der (lat.-fr., Pl. -s) 2. *Accent aigu,* der (lat.-fr., Pl. -s) 3. *Accent circonflexe* (lat.-fr., Pl. -s)

Betrachter der künstlichen ... *Cybernaut,* der (gr.-lat.-engl.-am., Pl. -s) ... vom Computer entworfenen Welt

beträchtlich 1. *fundamental* (lat.) 2. *gravierend* (lat.) i. S. von einschneidend, gravierende Maßnahmen ergreifen

Betrachtung 1. *Meditation,* die (lat., Pl. -en) der buddhistische Mönch war in e. tiefe Meditation versunken 2. *Reflexion,* die (lat., Pl. -en) er lernte aus der Reflexion des Erlebten

Betrachtungsweise 1. *Aspekt,* der (lat., Pl. -e) etwas unter e. bes. Aspekt sehen 2. *Perspektive,* die (lat., Pl. -n) i. S. von Blickwinkel

Betrachtungsweise aus diversen Blickwinkeln *Multiperspektivik,* die (lat., ohne Pl.) gemeint ist die Fähigkeit, z. B. Probleme von verschiedenen Gesichtspunkten aus zu beurteilen

Betrag *Defizit,* das (lat.-fr., Pl. -e) fehlender Betrag, Handelsbilanz-Defizit, Haushaltsdefizit; aber auch: e. Defizit an Schlaf haben

Betrag, lächerlich kleiner ... *Peanuts,* die (engl., nur Pl.) eigtl.: Erdnüsse; während der Schneider-Pleite bezeichnete der Leiter der Deutschen Bank Kopper e. Betrag von 30 Millionen DM als »Peanuts«, damit wurde es das »Unwort 1994«

betreffen *tangieren* (lat.) berühren; e. Angelegenheit, die mich nicht tangiert

betreffs *in puncto* (lat.) in puncto Sparmaßnahmen ist man sich einig

betreiben 1. *forcieren* (lat.-fr.) die Baumaßnahme ist jetzt zu forcieren 2. *kultivieren* (lat.-fr.) verfeinern

betreuen *redigieren* (lat.-fr.) e. Text bearbeiten

Betreuer 1. *Coach,* der (engl., Pl. -s) e. Sportlers 2. *Sekundant,* der (lat.-fr., Pl. -en) Zeuge bei e. Duell, Helfer; auch: Betreuer in e. schlagenden Studentenverbindung; nicht verw. mit *Sekundaner,* der (lat., nur Pl.) Schüler e. Gymnasiums in der Sekunda-Klasse, z. B. Obersekunda: 6. Klasse

betriebsam *hektisch* (gr.-lat.) auf dem Hauptbahnhof ging es hektisch zu

Betriebsamkeit 1. *Aktivität,* die (lat., ohne Pl.) 2. *Hektik,* die (gr.-lat., ohne Pl.)

Betriebsführung *Management,* das (it.-lat.-engl.-am., Pl. -s) das florierende Unternehmen hat e. gutes Management

Betriebssystem für die kleinsten Computer *Windows CE,* das (Eigenn.-engl., ohne Pl.) Windows 95 angelehnte Version von Microsoft

betroffen 1. *konsterniert* (lat.) nach e. bes. Ereignis konsterniert sein 2. *perplex* (lat.-fr.) e. perplexen Eindruck machen

Betrug *Defraudation,* die (lat., Pl. -en) Unterschlagung bes. von Steuern oder Zollabgaben

betrügen 1. *corriger la fortune* (fr.) nicht ganz legal dem Glück nachhelfen 2. *defraudieren* (lat.) unterschlagen

Betrüger 1. *Defraudant,* der (lat., Pl. -en) 2. *Fallot,* der (fr., Pl. -en) 3. *Halunke,* der (tschech., Pl. -n)

betrunken *alkoholisiert* (arab.) i. S. von: angetrunken

Betsaal *Oratorium,* das (lat., Pl. ...rien) im Kloster, auch opernartiges Musikwerk, meist mit biblischem Inhalt; nicht verw. mit *Oratorianer,* der (lat.) Angehöriger e. kath. Weltpriestervereinigung

Bett, zweischläfriges großes Bett *Grand lit,* das (fr., Pl. -s)

Bettelmönch 1. *Mendikant,* der (lat., Pl. -en) 2. *Terminant,* der (lat., Pl. -en); nicht verw. mit *Terminator,* der (lat., Pl. ...oren) Grenzlinie zwischen dem beleuchteten u. dem schattigen Teil des Mondes oder e. Planeten; auch: »Der Terminator«, Film mit Arnold Schwarzenegger 3. *Fakir,* der (arab., Pl. -e) in Indien u. islamischen Ländern 4. *Komoso,* der (jap., ohne Pl.)

Bettelmönch, brahmanischer ... *Bhikschu,* der (sanskr., Pl. -s) gilt als vierte Stufe des Brahmanentums

Bettelmönch, buddhistischer ... *Bhikku,* der (sanskr., Pl. -s) »Bettler«

Bettler in Nepal *Lazzarone,* der (lat.-it., Pl. -n, -s)

Bettnässen *Enurese,* die (gr.-lat., ohne Pl.) med., meist bei Kindern

Bettnische *Alkoven,* der (arab., Pl. –)

Bettstelle auf Schiffen *Koje,* die (niederl., Pl. -n)

beugbar *deklinabel* (lat.) von deklinieren: Substantive, Adjektive, Pronomen, Numeralia in ihren Formen abwandeln (beugen)

Beugemuskel des Oberarmes *Bizeps,* der (lat., Pl. -e)

beugen 1. *deklinieren* (lat.) Hauptwörter, Adjektive, Pronomen in ihren Formen abwandeln 2. *konjugieren* (lat.) e. Verb beugen

Beugung *Deklination,* die (lat., Pl. -en)

beunruhigen *irritieren* (lat.) z. B. durch Zwischenrufe irritiert werden

beunruhigend *alarmierend* (lat.-it.) alarmierende Nachrichten vom Putsch in Nigeria

beurkunden *dokumentieren* (lat.)

beurlauben 1. *dispensieren* (lat.) wegen des Verdachtes der Bestechlichkeit wurde der Beamte vom Dienst dispensiert, alsdann 2. *suspendiert* (lat.) einstweilen des Dienstes enthoben

beurteilen 1. *evaluieren* (lat.-fr.) bewerten 2. *zensieren* (lat.) i. S. von benoten

Beurteiler, behördlicher ... *Zensor,* der (lat., Pl. -en) »der Staat ist nicht der Zensor der privaten Lebensentwürfe.« (Guido Westerwelle, F.D.P., 1998)

Beurteilung e. Krankheitsverlaufs *Epikrise,* die (gr., Pl. -n) ... von seiten der Ärzte (med.)

Beurteilung nach dem Aussehen *Lookismus,* der (engl., ohne Pl.) von: to look (sehen, schauen) verbreitete Unsitte, Personen nur nach der äußeren Erscheinung zu beurteilen

Beurteilung *Prädikat,* das (lat., Pl. -e) auch: Bewertung; Titel, z. B. beim Adel

Beute *Trophäe,* die (gr.-lat.-fr., Pl. -n) auch: Jagdbeute

Bevölkerung *Population,* die (lat., Pl. -en)

Bevölkerungsdichte *Abundanz,* die (lat., ohne Pl.)

Bevölkerungslehre *Populationistik,* die (lat., ohne Pl.)

Bevölkerungsstatistik *Populationistik,* die (lat., ohne Pl.)

Bevölkerungswissenschaft *Demographie,* die (gr.-lat., Pl. ...ien)

Bevölkerungswissenschaft, die ... betreffend *demographisch* (gr.-lat.)

bevollmächtigen *autorisieren* (lat.) e. autorisierter Mitarbeiter sein, z. B. e. Prokurist

Bevollmächtigter 1. *Delegat,* der (lat., Pl. -en) bes. e. apostolischer Bevollmächtigter 2. *Mandatar,* der (lat., Pl. -e) bes. vor Gericht 3. *Prokurist,* der (lat.-it., Pl. -en) Mitarbeiter in e. Firma, dem Prokura (Vollmacht) erteilt wurde

Bevorschussung von Waren, Form der ... *Vinkulationsgeschäft,* das (lat.-dt., Pl. -e)

bevorstehend *imminent* (lat.) der Vulkan hat e. Rauchfahne, die Gefahr e. Ausbruchs ist imminent

bevorzugen *favorisieren* (lat.-it.-fr.) am Start e. bestimmten Läufer favorisieren

bevorzugt, jmd., der ... wird *Favorit,* der (lat.-fr.-engl., Pl. -en) »Schröder hat Volker Rühe als Favoriten für die Zusammenarbeit genannt.« (Welt am Sonntag, 1998)

Bevorzugung *Protektion,* die (lat.-fr., Pl. -en) auch: Gönnerschaft

Bewacher *Bodyguard,* der (engl.-am., Pl. -s) Leibwächter; »Sogar meine Bodyguards fürchten sich vor ihr (Hillu), weil sie ... zu Dienstleistungen herangezogen werden.« (G. Schröders geh. Tagebuch von H. Venske, 1997)

bewahren 1. *präservieren* (lat.-fr.) vor e. Mißgeschick; auch: *Präservativ,* der (lat.-fr., Pl. -e) Schutzmittel, i. S. von »Verhüterli« 2. *konservieren* (lat.); auch: haltbar machen

bewährt 1. *probat* (lat.) z. B. e. probates Mittel kennen 2. *effizient* (lat.) i. S. von bes. wirtschaftlich, leistungsfähig; Ggs.: ineffizient

Bewährung *Probation,* die (lat., Pl. -en)

bewältigen *absolvieren* (lat.) es galt e. großes Arbeitspensum zu absolvieren

bewandert 1. *firm* (lat.) in e. Fachgebiet firm sein 2. *versiert* (lat.) e. versierter Mitarbeiter in der Finanzabteilung sein

bewässern *arrosieren* (lat.-fr.) die Orangenplantagen in der Negevwüste müssen täglich arrosiert werden; nicht verw. mit *arrondieren* (lat.) abrunden, zusammenlegen von Grundstücken

Bewegen von Körperteilen ... *Abduktion,* die (lat., Pl. -en) ... von der Körperachse weg; z. B. das Heben e. Armes (med.); Ggs.: Adduktion

Bewegende, das unaufhörlich sich ... *perpetuum mobile,* das (lat., ohne Pl.)

Beweggrund 1. *Motiv,* das (lat., Pl. -e) »Tatmotiv Liebe«, bekannter Filmtitel 2. *Impuls,* der (lat., Pl. -e) Anstoß; auch: innere Regung 3. *Initiative,* die (lat.-fr., Pl. -n) i. S. von Entschlußkraft, Unternehmungsgeist

beweglich 1. *agil* (lat.-fr.) i. S. von flink, e. agiler älterer Herr 2. *mobil* (lat.-fr.) e. mobile Gesellschaft; Ggs.: immobil 3. *elastisch* (gr.-lat.) dehnbar, federnd; »Schmidtchen Schleicher mit den elastischen Beinen« 4. *flexibel* (lat.) biegsam; auch: geistig anpassungsfähig

Beweglichkeit 1. *Mobilität,* die (lat., nur Pl.) 2. *Agilität,* die (lat.-fr., ohne Pl.) vom Temperament her bestimmte Beweglichkeit

bewegt 1. *allegro* (lat.-it.) musik. Vortragsanw., ebenso: 2. *con moto* (lat.-it.) 3. *con affetto* (lat.-it.) 4. *dynamisch* (gr.) e. von Kräften erzeugte Bewegung; das Unternehmen braucht dynamische Manager 5. *turbulent* (lat.) i. S. von stürmisch

Bewegung 1. *Action,* die (lat.-engl., Pl. -s) bei der Jugend ist Action angesagt 2. *Geste,* die (lat., Pl. -en) e. gestenreichen Vortrag halten

Bewegung dreidimensionaler Objekte ... *Virtual Reality Modeling Language,* das (engl.-am., ohne Pl.) ... auf dem Bildschirm durch den Anwender

Bewegung elektr. geladener Teilchen *Elektrophorese,* die (gr.-lat., ohne Pl.) ... in nichtleitender Flüssigkeit unter dem Einfluß elektr. Spannung

Bewegung gegen die Rassendiskriminierung ... *Black Power,* die (engl.-am., ohne Pl.) ... nordam. Neger, die Bewegung strebt e. unabhängigen Staat der Schwarzen innerhalb der USA an; eigtl.: schwarze Gewalt

Bewegung *Movement,* das (engl., Pl. -s) auch: Interessengruppe

Bewegung, bes. ... der Sterne *Äquinoktiolpräzession,* die (gr.-lat., Pl. -en) »Vorrücken der Tagundnachtgleiche«

Bewegung, gesellschaftspolitische ... *Kommunismus,* der (lat., ohne Pl.) ... mit Ziel, e. sozialistische Revolution durchzuführen; »Der Kommunismus war e. furchtbarer Unfall.« (Papst Johannes Paul II. in Tschechien)

Bewegung, heranziehende ... *Adduktion,* die (lat., Pl. -en) ... e. Gliedes zum Körper hin (med.) Ggs.: Abduktion

Bewegung, jüdische ... *Zionismus,* der (lat., ohne Pl.) ... mit dem Ziel, e. jüdischen Staat im damals noch osmanischen Palästina zu gründen; nach dem Tempelberg Zion in Jerusalem genannte Bewegung

Bewegung, unregelmäßige ... *Arrhythmie,* die (gr.-lat., Pl. ...ien) auch: unregelmäßige Herztätigkeit

Bewegungsabläufe *Motorik,* die (lat., ohne Pl.) des Körpers, die Feinmotorik des Patienten ist gestört

Bewegungsarmut der Muskulatur *Hypokinese,* die (gr.-lat., Pl. -n)

Bewegungsdrang, krankhafter *Hyperkinese,* die (gr.-lat., Pl. -n) auch: Muskelzucken u. unwillkürliche Bewegungen

Bewegungslähmung *Paralyse,* die (gr.-lat., Pl. -n) med.

Bewegungslehre *Kinetik,* die (gr.-lat., ohne Pl.) auch: Richtung der modernen Kunst, in der mit beweglichen Objekten, Lichtorgeln, wechselnden Bildern gearbeitet wird

Bewegungslosigkeit *Akinesie,* die (gr.-lat., ohne Pl.) med.

beweinenswert *lamentabel* (lat.) da hilft kein Lamentieren! (kein Jammern) von *Lamento,* das (it., Pl. -s) Gejammer

Beweis 1. *Deduktion,* die (lat., Pl. -en) 2. *Dokument,* das (lat., Pl. -e)

beweisen 1. *deduzieren* (lat.) auch: den Einzelfall aus dem Allgemeinen ableiten; Ggs.: induzieren 2. *demonstrieren* (lat.) vorführen 3. *dokumentieren* (lat.)

beweisen, was zu ... war *quod erat demonstrandum* (lat.)

Beweisführung *Argumentation,* die (lat., Pl. -en) auch: Begründung

Beweisgrund *Argument,* das (lat., Pl. -e) Behauptungen müssen durch Argumente untermauert werden

Beweiskraft *Stringenz,* die (lat., ohne Pl.) i. S. e. zwingenden Beweiskraft, Bündigkeit (Philos.)

beweiskräftig *stringent* (lat.) auch: bündig, zwingend

Beweiskunst *Elenktik,* die (gr.-lat., ohne Pl.) auch: Kunst des Widerlegens, des Überführens (Philos.)

Beweisstück 1. *Corpus delicti,* das (lat., Pl. ...pora) 2. *Dokument,* das (lat., Pl. -e) auch: Urkunde, wichtiges Schriftstück

beweist, nichts ..., wer zuviel ... *nihil probat, qui nimium probat* (lat., Zitat)

Bewerber 1. *Aspirant,* der (lat.-fr., Pl. -en) für e. Position mehrere Aspiranten haben 2. *Interessent,* der (lat., Pl. -en) 3. *Kandidat,* der (lat., Pl. -en) »Weißgekleideter«; Amtsbewerber; auch: Prüfling

Bewerbung *Kandidatur,* die (lat., Pl. -en) Helmut Kohl steht für e. neue Kanzlerkandidatur nicht mehr zur Verfügung

Bewerbungs-Mappe für das Fotomodell *Set-Karte,* die (engl.-dt., Pl. -n) die Ausrüstung für jedes angehende Modell

bewerkstelligen *managen* (lat.-it.-engl.) sie managte die Probleme ausgezeichnet, als Krisenmanagerin

bewerten 1. *evaluieren* (lat.-fr.) beurteilen 2. *zensieren* (lat.) i. S. von benoten

Bewertung *Kritik,* die (gr.-lat.-fr., Pl. -en) auch: Beanstandung, Tadel; »Das ist klarste Kritik von der Welt, wenn neben das, was ihm mißfällt, e. was Eigenes, Besseres stellt.« (Emanuel Geibel)

Bewertung *Prädikat,* das (lat., Pl. -e) auch: Beurteilung

Bewertungsrichtlinie ... *Ratingskala,* die (engl.-am.-lat.-it., Pl. ...skalen) ... in e. Fragebogen, z. B. für die Beurteilung von AGs oder Staaten bez. ihrer Zahlungsfähigkeit

Bewohner des Internet mit eigener Adresse *Netizen,* der (engl., Pl. -s) aus: Net Citizen (Netz-Bewohner)

bewundern *respektieren* (lat.-fr.) anerkennen, aufgrund von Wissen u. des Auftritts wurde er allgemein respektiert

bewundernswert *admirabel* (lat.)

Bewunderung *Respekt,* der (lat.-fr., ohne Pl.) i. S. von Anerkennung; »Es ist wertvoller, den Respekt der Menschen als ihre Bewunderung zu haben.« (J. J. Rousseau)

Bewußtseinsdiagramm, anfertigen e. ... *Mind-Mapping,* das (engl., ohne Pl.) aus: mind (Bewußtsein) u. map (Landkarte, Diagramm) Bez. für die Selbstprogrammierung, mit der man seine Gedankenwelt in Diagrammen ordnet; Technik: verschiedenfarbige Stifte, e. Blatt Papier; das Problem wird auf der Mitte des Blattes definiert, drum herum wird e. »assoziatives Organogramm« gezeichnet

bewußtlos *komatös* (gr.-lat.) med., von *Koma,* das (gr., Pl. -s, ...ta) Bewußtlosigkeit, z. B.: »Komasaufen« (Alkoholgenuß bis zum Tiefschlaf)

Bewußtlosigkeit *Koma,* das (gr., Pl. -s, -ta) »tiefer Schlaf«; tiefe Bewußtlosigkeit

Bewußtsein für soziale Probleme entwickeln ... *Charity-Consciousness* (engl.) ... u. die Schwierigkeiten selbstorganisiert, nachbarschaftlich lösen bzw. lindern, z. B. Obdachlosigkeit, Verpflegungshilfen

Bewußtsein, auf e. um die Sonne kreisenden Himmelskörper zu leben *Planetarismus,* der (gr.-lat., ohne Pl.) eine derzeit wachsende Seh- u. Denkweise des modernen Menschen, hervorgerufen durch die global nutzbare Vernetzungstechnologie

Bewußtseinsaussetzer *Blackout,* das (engl., Pl. -s) vor der Fernsehkamera einen Blackout haben (nicht mehr weiter wissen)

Bewußtseinserscheinungen, mehrere *Amorphität,* die (gr.-lat., Pl. -en) Sammelbegriff für diverse Bewußtseinsphänomene, z. B. Multiphrenie: die Vorstellung, mehrere Identitäten zu besitzen; Polypolitik: Unfähigkeit, sich e. best. politischen Richtung anzuschließen; Altersparadox: sich keiner Altersgruppe zugehörig fühlen

Bewußtseinsspaltung *Schizophrenie,* die (gr., Pl. ...ien) Spaltungsirrsein (med.)

Bewußtseinstrübung *Delirium,* das (lat., Pl. ...ien) z. B. *Delirium tremens* (das), Säuferwahnsinn

Bewußtseinsüberschreitung 1. *Transzendenz,* die (lat., ohne Pl.) übersinnlich oder transzendental: transzendent in der Scholastik, die mögliche Erkenntnisart Gegenständliches betreffend 2. *Spiritualismus,* der (lat., ohne Pl.) i. S. e. metaphysischen (übersinnlichen) Lehre, die das Wirkliche als Erscheinungsweise des Geistigen ansieht

bezahlen *honorieren* (lat.-fr.) »ehren«; auch: vergüten

bezahlt machen *amortisieren* (lat.)

Bezahlung 1. *Gage,* die (germ.-fr., Pl. -n) bei Künstlern 2. *Honorar,* das (fr., Pl. -e) bei Autoren, Rechtsanwälten, bes. in freien Berufen 3. *Salär,* das (lat.-fr., Pl. -e) Bez. für Gehalt, bes. in der Schweiz

Bezahlung finanziell Beteiligter am Erlös *Tantieme,* die (lat.-fr., Pl. -n) z. B. Autoren, Sänger, Musiker, Vorstände u. Aufsichtsratsmitglieder in Kapitalgesellschaften

bezaubern 1. *becircen* (dt.-gr.) nach der gr. Zauberin Circe 2. *faszinieren* (lat.) von e. Person oder Sache fasziniert sein

bezaubernd *charmant* (lat.-fr.) liebenswürdig; »Liebe ist das charmanteste Unglück, das uns zustoßen kann.« (Curt Goetz)

Bezauberung *Faszination,* die (lat., Pl. -en) z. B. die Faszination der Wüste

bezeichnen 1. *designieren* (lat.) der designierte (vorgesehene) Wirtschaftsminister 2. *titulieren* (lat.) abwertend; jmdn. als »dumme Kuh« titulieren

bezeichnend 1. *charakteristisch* (gr.-lat.) 2. *konstitutiv* (lat.) bestimmend; auch: grundlegend 3. *markant* (germ.-it.-fr.) ausgeprägt 4. *signifikant* (lat.-fr.) bedeutsam 5. *symptomatisch* (gr.) auch: alarmierend, anzeigend 6. *typisch* (gr.-lat.) unverkennbar

Bezeichnung *Euphemismus,* der (gr.-lat., Pl. ...men) svw. das Vermeiden drastischer Ausdrucksweisen, etwas beschönigen

Bezeichnungslehre *Onomasiologie,* die (gr.-lat., ohne Pl.) Wissenschaft zur Bezeichnung von Dingen u. Ereignissen

bezeugen *attestieren* (lat.) jmdm. gute Fachkenntnisse attestieren (schriftlich geben)

beziehen *abonnieren* (fr.) z. B. Zeitungen abonnieren

Beziehung 1. *Connection,* die (engl., Pl. -s) gute Connections sind das halbe Leben 2. *Intimation,* die (lat., Pl. -en) i. S. vertraulicher Beziehungen 3. *Relation,* die (lat., Pl. -en) in der Beurteilung stimmen die Relationen nicht 4. *Kontakt,* der (lat., Pl. -e) i. S. von Verbindung 5. *Liaison,* die (lat.-fr., Pl. -s) i. S. von Liebschaft, nicht standesgemäße Verbindung 6. *Referenz,* die (lat., Pl. -en) »Auskunft«; Empfehlungen vorweisen

Beziehungsdurcheinander zwischen den Geschlechtern *Post-Emanzipation,* die (lat., Pl. -en) eigtl.: nach der Freilassung; gemeint ist e. neuer Zustand der Selbständigkeit der Frau, in dem Phänomene wie »Schwangerschaftserpressung«, oder »Karriereverweigerung« e. Rolle spielen

beziehungsweise *respektive* (lat.) kurz: resp.

Bezirk 1. *Region,* die (lat., Pl. -en) in e. best. Urwaldregion leben noch Naturvölker 2. *Revier,* das (lat.-fr.-niederl., Pl. -e) Jagdrevier, Revierförster 3. *Department,* das (lat.-fr., Pl. -s) Verwaltungsbezirk; auch: Geschäftsbereich 4. *Distrikt,* der (lat.-fr.-engl., Pl. -e) 5. *Sektor,* der (lat., Pl. ...oren) Gebiet, als Teil von e. Ganzen

bezirksmäßig *regional* (lat.) Kaufgewohnheiten sind regional verschieden

Bezogener *Trassat,* der (lat.-it., Pl. -en) der Schuldner im Wechselgeschäft

Bezug e. Zeitung *Abonnement,* das (fr., Pl. -s) auch: Konzertabonnement

Bezug nehmen 1. *regredieren* (lat.) zurückgreifen 2. *rekurrieren* (lat.) auf etwas zurückkommen

Bezugsgruppe e. Einzelperson ... *Peer-group,* die (engl., Pl. -s) ... die dafür sorgt, daß das Mitglied aus elterlichen Bindungen herausgelöst wird

Bibelabschnitt *Perikope,* die (gr.-lat., Pl. -n)

Bibelauslegung *Exegese,* die (gr., Pl. -n) Wissenschaft der Auslegung e. Textes, bes. der Bibel

Bibelstelle *Allegat,* das (lat., Pl. -e) »Im Anfang schuf Gott Himmel u. Erde« ist e. Allegat

Bibeltexte, lat. Kurzfassung der ... *Biblia pauperum,* die (lat., Pl. ...ae) »Armenbibel«; auch: Bilderbibel des späten Mittelalters

Bibelübersetzung *Itala,* die (lat., ohne Pl.) älteste lateinische Bibelübersetzung

Bibelübersetzung, e. altlat. ... *Vetus Latina,* die (lat., ohne Pl.) 4.-6. Jh., wurde durch die Vulgata abgelöst

Bibliotheksraum *Magazin,* das (arab., Pl. -e)

Bidunterschrift *Titulus,* der (lat., Pl. ...li) meist mittelalterliche Bildunterschrift in Versform

bieder *honett* (lat.-fr.) anständig, ehrenhaft

Biedermann *Honnête homme,* der (fr., Pl. -s)

biegen *bombieren* (gr.-lat.-it.-fr.) Acrylglas kann zu Kuppeln bombiert werden

biegsam 1. *elastisch* (gr.-lat.) Acrylglas ist ein elastischer Kunststoff 2. *flexibel* (lat.)

Biegsamkeit 1. *Elastizität,* die (gr.-lat., ohne Pl.) z. B. Elastizitätsmodul (Meßgröße der Elastizität) 2. *Flexibilität,* die (lat., ohne Pl.) von Stoffen u. Personen; e. flexibler Mensch stellt sich rasch auf neue Situationen ein

Bienenhaus *Apiarium,* das (lat., Pl. ...ien)

Bienenzucht *Apikultur,* die (lat., Pl. -en)

Bier 1. *Kawa,* die (polynes., ohne Pl.) berauschendes Getränk der Polynesier, aus der Wurzel des Pfeffergewächses hergestellt 2. *Chicha,* die (indian.-sp., ohne Pl.) Getränk südam. Indianer, aus der Jamswurzel hergestellt

Bierzapfer *Büfettier, Buffetier,* der (fr., Pl. -s) auch: Verwalter des Bierschanktisches

Bieter *Reflektant,* der (lat., Pl. -en) auf der Auktion kaufte der Reflektant e. Biedermeier-Tisch

Bilanz *Balance-sheet,* der (engl., Pl. -s) wirtsch.

Bilanz, Verschönerung der ... 1. *Window Dressing,* das (engl., ohne Pl.) ... um das Unternehmen kreditwürdiger darzustellen 2. *Frisieren der Bilanz,* das (lat.-dt.-it., Pl. -en)

Bild 1. *Aquarell,* das (lat.-it., Pl. -e) Bild mit Wasserfarben gemalt 2. *Collage,* die (fr., Pl. -en) Komposition aus verschiedenen Materialien 3. *Fresko,* das (germ.-it., Pl. ...ken) Wandmalerei 4. *Hologramm,* das (gr.-lat., Pl. -e) e. räumliches Bild 5. *Tondo,* das (lat.-it., Pl. ...di) e. Rundbild 6. *Porträt,* das (fr., Pl. -s) Bildnis e. Menschen, Porträtmaler 7. *Visual,* das (engl., Pl. -s)

Bild der Vollkommenheit *Ideal,* das (gr.-lat., Pl. -e) »Urbild«, auch: Vorbild; »Ehrfurcht vor dem Leben ist das Ideal der Ideale.« (Albert Schweitzer)

Bild- u. Textgestaltung ... *Layout,* das (engl., Pl. -s) ... für e. Zeitung, Zeitschrift oder e. Buch

Bild, verfälschtes ... *Fake,* das (engl., Pl. -s) auch: Fotomontage; Fälschung

Bilde, nicht im ... *desorientiert* (fr.) falsch unterrichtet; Ggs.: orientiert

bilden 1. *formieren* (lat.) Soldaten formieren sich zu e. Marschkolonne 2. *konstituieren* (lat.) z. B. e. Verein soll konstituiert werden

Bilder 1. *Americana,* die (nur Pl.) Bilder über Amerika 2. *Hebraika,* die (gr.-lat., nur Pl.) Bilder zur hebräischen Geschichte 3. *Helvetika,* die (lat., nur Pl.) Bilder über die Schweiz

Bilder u. Zeichen, Lehre von der Bedeutung der ... 1. *Semiotik,* die (gr.-lat., ohne Pl.) auch: Wissenschaft vom Ausdruck; Bedeutungslehre; die TV-Werbung bedient sich immer häufiger der Semiotik 2. *Semiologie,* die (gr.-lat., ohne Pl.) Lehre von den Zeichen u. Bildern; Zeichentheorie

Bilderandeutung *Idolatrie,* die (gr.-lat., Pl. ...ien)

Bilderfolge *Kaleidoskop,* das (gr., Pl. -e) Bildfolge durch Schütteln von ständig wechselnder Buntheit

Bildermärchen aus digitalen Collagen *Incrustation,* die (fr., Pl. -en) eigtl.: Einlegearbeit; sie sind dreidimensional u. vom Computer manipulierbar

Bilderrahmen *Passepartout,* das (fr., Pl. -s) aus Karton

Bilderrätsel 1. *Vexierbild,* das (lat.-dt., Pl. -er) von *vexieren* (lat.) irreführen, necken 2. *Rebus,* das, der (lat.-fr., Pl. -se) das Lösungswort versteckt sich hinter Bildern oder Symbolen

bilderreich *poetisch* (gr.-lat.-fr.) Hilde Domins Gedichte sind sehr poetisch

Bildersammlung 1. *Pinakothek,* die (gr.-lat., Pl. -en) Alte Pinakothek in München 2. *Galerie,* die (it., Pl. -n)

Bilderschrift *Piktographie,* die (lat.-gr., ohne Pl.) z. B. international verständliche Symbole im Straßenverkehr

Bildersturm *Ikonoklasmus,* der (gr.-lat., Pl. ...men) z. B. die Zerstörung der Heiligenbilder von Kommunisten in der ehemaligen Sowjetunion

Bilderstürmer *Ikonoklast,* der (gr., Pl. -en) Person, die Heiligenbilder zerstört

bilderstürmerisch *ikonoklastisch* (gr.)

Bilderverehrung *Idolatrie,* die (gr.-lat., Pl. ...ien)

Bildgeschichte *Comic strip,* der (engl., Pl. -s) z. B. »Prinz Eisenherz« oder »Phantom«

Bildgeschichte, gezeichnete ... mit Text u. Sprechblase *Comic* u. *Comic strip,* der (engl., Pl. -s)

bildhaft 1. *plastisch* (gr.-lat.-fr.) e. plastisch wirkenden Artikel verfassen 2. *allegorisch* (gr.-lat.) die Darstellung e. abstrakten Begriffs, z. B. »Gott« im wallenden Gewand mit Bart, gütig aus e. Wolke auf die Erde schauend 3. *eidetisch* (gr.-lat.) anschaulich 4. *ikonisch* (gr.) von *Ikon,* das (gr., Pl. -e) Abbildung e. Gegenstandes

Bildhauer *Plastiker,* der (gr.-lat.-fr., Pl. –)

Bildhauerarbeit *Skulptur,* die (lat., Pl. -en) »E. Skulptur muß immer voller Leben sein, das ist mein Ziel.« (Henry Moore)

Bildhauerei *Glyptik,* die (gr., ohne Pl.)

bildlich *metaphorisch* (gr.-lat.) die Metapher betreffend, e. bildhafte Übertragung, z. B. das »Oberhaupt der Familie«; nicht verw. mit *Metaphrase,* die (gr.-lat., Pl. -n) e. umschreibende Übertragung in Prosa

bildlich, auf ... vorstellendem Denken beruhend *imaginativ* (lat.)

Bildnis 1. *Konterfei,* das (lat.-fr., Pl. -s) als e. Art Steckbrief 2. *Porträt,* das (lat.-fr., Pl. -s) z. B. Porträtmaler, Herstellung e. Brustbildes

Bildnisse, auf wunderbare Weise entstandene ... *Acheiropoieta,* die (gr., nur Pl.) Bez. für einige byzantinische Bildnisse Christi u. der Heiligen; sog. »wahre«, nicht von Menschenhand geschaffene Bilder

Bildobjekt, computererzeugtes ... *Icon,* das (engl., Pl. -s)

Bildqualität von Videorecordern *VHS Quality,* die (engl.-am., ohne Pl.) kurz für: Video-Home-System-Quality

Bildröhre *Chromatron,* das (gr., Pl.-e) im Farbfernsehgerät

Bildschirmbesprechung *Videokonferenz,* die

(engl.-lat., Pl. -en) Nutzung des Computers als Bildtelefon-Endterminal; der Anwender kann somit seinen vernetzten PC mittels e. Fenstersystems nutzen, um e. Videokonferenz zu erzeugen

Bildschirmoberfläche, betriebene ... *human interface,* das (engl.-am., ohne Pl.) ... für den Anwender e. Merkmal für die Akzeptanz von Computerleistungen

Bildung 1. *Universalität,* die (lat., ohne Pl.) 2. *Paideia,* die (gr., ohne Pl.) altgr. Vorstellung ganzheitlicher Bildung: musisch, gymnastisch u. politisch 3. *Niveau,* das (lat.-fr., Pl. -s) i. S. der bildungsmäßigen, künstlerischen Ausprägung

Bildung als Ersatz für Luxusgüter *Status Substitution,* die (engl.-lat., ohne Pl.)

Bildungsideal der Griechen *Kalokagathie,* die (gr., ohne Pl.) sie strebten geistige u. körperliche Vollkommenheit an

Bildungsstand *Niveau,* das (lat.-fr., Pl. -s) das Ausbildungsniveau läßt sehr zu wünschen übrig

Bildungstrieb *Nisus formativus,* der (lat., ohne Pl.) elementare Lebenskraft

Bildungsunfähigkeit *Idiotie,* die (gr., ohne Pl.) i. S. von Schwachsinn

Bildverfremdung *Warpen,* das (engl.-am., ohne Pl.) computergestützte Veränderung e. Bildes, damit kann z. B. Oskar Lafontaine die Nase noch länger gezogen werden

Bildverwandlung per Computer *Morphen,* das (engl., ohne Pl.) e. Bild in e. anderes verwandeln; aus e. Menschenkopf wird e. Tigerkopf

Bildverzerrung *Distorsion,* die (lat., Pl. -en) optische Bildverzerrung

Bildwerfer *Projektor,* der (lat., Pl. -en) z. B. für Dias

Bildwerk *Relief,* das (lat.-fr., Pl. -s) plastisch herausgearbeitet

Billardstock *Queue,* das (lat.-fr., Pl. -s)

Billardstoß *Dublee,* das (lat.-fr., Pl. -s)

Billardtischumrandung *Bande,* die (germ.-fr., Pl. -n)

Billig-Einkäufer ..., *Cross-Shopper,* der (engl., Pl. -s) ... der von e. Discount zum nächsten rennt

billigen 1. *akzeptieren* (lat.) z. B. e. Handlung akzeptieren 2. *sanktionieren* (lat.) i. S. von bestätigen, gutheißen; nicht verw. mit *sanieren* (lat.) heilen, gesund machen (med.); auch: e. Gebäude sanieren

Bindegewebe *Tela,* die (lat., Pl. Telen) med.

Bindegewebswucherung *Zirrhose,* die (gr.-lat., Pl. -n) z. B. in der Lunge; mit Verhärtung u. Schrumpfung (med.)

Bindeglied zweier Quarks *Gluon,* das (engl., Pl. -en) von engl. glue (Leim) Atomphys.

bindend 1. *imperativ* (lat.) z. B. imperatives Mandat: e. Abgeordneter stimmt entsprechend der Parteirichtlinie 2. *obligatorisch* (lat.) oder *obligat* (lat.) i. S. von verpflichtend, obligate Beschlüsse fassen; Ggs.: fakultativ

bindende Buchbestellung *Subskription,* die (lat., Pl. -en) feste Bestellung von später erscheinenden Büchern

Bindewort, nicht durch e. ... angeschlossener Satzteil *Asyndeton,* das (gr., Pl. ...ta) Sprachw.; z. B. jeder hastet, stürzt, flieht

Bindewort, nicht durch e. ... verbunden *asyndetisch* (gr.) Sprachw.

Bindfaden *Spagat,* der, das (it., Pl. -e) auch: akrobatische Übung, bei der die Beine so gespreizt werden, daß das Gesäß den Boden berührt; »Spagat ist mein Hobby.« (G. Schröders geh. Tagebuch von H. Venske, 1997)

Bindung 1. *Liaison,* die (lat.-fr., Pl. -s) zwischen Schülerin u. Lehrer bahnt sich e. verbotene Liaison an 2. *Allianz,* die (lat.-fr., Pl. -en) auch Bündnis; »Allianz«, Name der gr. dt. Versicherung 3. *Koalition,* die (lat.-engl.-fr., Pl. -en) 4. *Kontakt,* der (lat., Pl. -e) Kontaktadresse; nicht verw. mit *Kontaktion,* das (gr., Pl. ...ien) Hymnenform der orthodoxen Kirche 5. *Synthese,* die (gr.-lat., Pl. -n) i. S. von Zusammenführung, Verbindung; Philos. Hegel: »These u. Antithese verschmelzen in höhere Einheit, die Synthese.«

Bindung an das Göttliche *Religion,* die (lat., Pl. -en) i. S. von innerlicher Frömmigkeit; »Religion ist Versicherung im Diesseits gegen das Feuer im Jenseits.« (Robert Lembke)

Biologie, die sich mit den chemisch-physikalischen Eigenschaften im lebenden Organismus beschäftigt *Molekularbiologie,* die (lat., ohne Pl.)

bis zum Schluß *al fine* (it.) musik. Vortragsanw.

bis zum Zeichen *al segno* (it.) musik. Vortragsanw.

Bischof *Episkopus,* der (gr.-lat., Pl. ...pi)

Bischof von Myral *Nikolaus,* der (Eigenn., Pl. ...läuse) wurde als Heiliger verehrt; auch: als Nikolaus verkleidete Person; »Der Nikolaus steckt seine Rute am liebsten in 'ne Rentierstute.« (Henning Venske: Gerhard Schöders geheimes Tagebuch, 1997)

Bischöfe *Episkopat,* das (gr.-lat.) Pl. -e) Gesamtheit der Bischöfe e. Landes

bischöflich 1. *pontifikal* (lat.) 2. *episkopal* (gr.-lat.)

Bischofskirche *Dom,* der (it.-lat.-fr., Pl. -e) Kölner Dom; in Hamburg heißt »Dom« Jahrmarkt

Bischofsmütze *Mitra,* die (gr.-lat., Pl. ...ren)

Bischofsumhang, schmaler ... *Stola,* die (lat., Pl. ...len) auch: breiter Schal

bissig 1. *zynisch* (gr.-lat.) der Abteilungsleiter ist für seine zynischen Bemerkungen bekannt 2. *satirisch* (lat.) i. S. von spöttisch-tadelnd 3. *polemisch* (gr.-fr.) i. S. von scharf u. unsachlich
Bit pro Sekunde *bits per second,* die (engl., Pl.) kurz: bps; e. Maß für die Geschwindigkeit, mit der Daten z. B. über Telefonleitungen transportiert werden
bitten ist erlaubt *petere licet* (lat., Zitat)
bitten *tribulieren* (lat.) zudringlich bitten
Bitterkeit *Animosität,* die (lat., Pl. -en) Feindseligkeit z. B. zwischen Staaten oder Partnern
Bittermandelöl, künstliches ... *Benzaldehyd,* der (lat., Pl. -e) aus: Benzoesäure u. Aldehyd
Bittgang *Canossa,* das (lat., ohne Pl.) der Gang nach Canossa
Bittgebet *Oration,* die (lat., Pl. -en)
Bittrecht *Petitionsrecht,* das (lat.-dt., Pl. -e) Recht der Bürger, sich direkt an das Staatsoberhaupt zu wenden, um Beschwerden vorzutragen
Bittschrift *Petition,* die (lat., Pl. -en); nicht verw. mit *Petitesse,* die (lat.-fr., Pl. -n) Bagatelle
Bittsteller *Petent,* der (lat., Pl. -en) Bürger, der vom Petitionsrecht Gebrauch macht
bizarr 1. *kurios* (lat.-fr.) sonderbar 2. *obskur* (lat.) i. S. von verdächtig, unbekannt, e. obskure Gesellschaft 3. *skurril* (etrusk.-lat.) sonderbar, eigenwillig; nicht verw. mit *skulptieren* (lat.) ausmeißeln, e. Skulptur herstellen
Blähsucht *Meteorismus,* der (gr.-lat., Pl. ...ment) med.
Blähung *Flatus,* der (lat.) med., von *Flatulenz,* die (lat., Pl. -en) med., Abgang von Blähungen, furzen
Blamage beim Eishockeyspiel ... *Shutout,* das (engl., ohne Pl.) ... bei dem der Verlierer kein Tor erzielt hat
Bläschenausschlag *Herpes,* der (gr.-lat., ohne Pl.) med.
bläschenreich *vesikulös* (lat.)
Blase 1. *Zyste,* die (gr.-lat., Pl. -n) med. 2. *Zystis,* die (gr., Pl. Zysten) auch: Harnblase; nicht verw. mit *Zyste,* die (gr., Pl. -n) Geschwulst; Hohlraum mit Flüssigkeit (med.) i. S. e. bes. Blase
Blasebalgtreter an Orgeln *Kalkant,* der (lat., Pl. -en)
Blasenentzündung 1. *Zystopyelitis,* die (gr.-lat., Pl. ...itiden) med. 2. *Zystitis,* die (gr.-lat., Pl. ...itiden) med.
Blasengrind *Impetigo,* die (lat., ohne Pl.) Eiterflechte
Blasenkrampf *Zystospasmus,* der (gr.-lat., Pl. ...men) med.
Blasinstrumente e. Orchesters *Winds,* die (engl., Pl.)
Blatt *Folie,* die (lat., Pl. -n) meist dünnes Kunststoffblatt
Blatt, kein ... vor den Mund nehmen *libere loqui* (lat., Zitat)
Blatt, vom ... *prima vista* (it.) ... singen oder spielen; auch: bei Sicht einen Wechsel einlösen
Blättchen 1. *Lamelle,* die (lat.-fr., Pl. -en) 2. *Paillette,* die (fr., Pl. -n) meist Metallblättchen zum Aufnähen, auf dem Abendkleid glitzerten viele Pailletten
Blattfresser *Phyllophage,* der (gr.-lat., Pl. -en) Biol.
Blattgrün ... *Chlorophyll,* das (gr., ohne Pl.) ... das die Assimilation (Bildung von Kohlehydraten) ermöglicht
Blattlosigkeit *Aphyllie,* die (gr.-lat., ohne Pl.) Wanderheuschrecken bescherten den Bäumen Aphyllie
Blattseite *Pagina,* die (lat., Pl. -s) i. S. e. Buchseite
Blattstiel *Petiolus,* der (lat., Pl. ...li)
Blattvorderseite *Rekto,* das (lat., Pl. -s)
Blaualge *Oszillatoria,* die (lat., Pl. ...ien)
Blausäure *Cyanid,* das (gr.-lat., Pl. -e) Salz der Blausäure
Blausucht, Kind mit ... *Blue baby,* das (engl., Pl. ...bies) infolge e. angeborenen Herzfehlers
Blechblasinstrument 1. *Trompete,* die (gr.-it., Pl. -n) 2. *Tuba,* die (lat., Pl. ...ben)
bleibend 1. *chronisch* (gr.-lat.) anhaltend, ständig; nicht verw. mit *chronikalisch* (gr.-lat.) in Form e. Chronik verfaßt 2. *konstant* (lat.) 3. *permanent* (lat.) 4. *stagnierend* (lat.) 5. *stationär* (lat.-fr.) an e. festen Standort gebunden
Bleichsucht ... *Chlorose,* die (gr., Pl. -n) ... bei Menschen, da Blutfarbstoffmangel besteht
bleihaltig *saturnin* (lat.)
Bleivergiftung *Saturnismus,* der (lat., Pl. ...men) med.
Bleiwasserstoff *Plumban,* das (lat., ohne Pl.)
blenden *faszinieren* (lat.) von e. Landschaft oder e. Person fasziniert sein
Blendwerk 1. *Humbug,* der (engl., ohne Pl.) 2. *Staffage,* die (fr., Pl. -n) Beiwerk
Blick *Malocchio,* der (lat.-it., Pl. -s) i. S. e. bösen Blicks
Blick, stechender ... *Basiliskenblick,* der (gr.-dt., Pl. -e) auch: böser Blick
Blickfang *Eyecatcher,* der (engl., Pl. -s) ins Auge springende Warenauslagen
Blickwinkel 1. *Aspekt,* der (lat., Pl. -e) etwas unter e. bestimmten Aspekt betrachten 2. *Perspektive,* die (lat., Pl. -n) z. B. etwas aus der Froschperspektive sehen
blind *amaurotisch* (gr.-lat.) med.
Blinddarm *Zäkum* u. *Zökum,* das (lat., Pl. ...ka) auch: Blindsack (med.)

Blinddarm, operative Öffnung des ... *Zäkotomie* u. *Zökotomie,* die (gr.-lat., Pl. ...ien)

Blinddarmentfernung *Appendektomie,* die (gr.-lat., Pl. ...ien)

Blinddarmentzündung *Typhlitis,* die (gr.-lat., Pl. ...iden) med.

Blindenschrift *Brailleschrift,* die (fr.-dt., ohne Pl.) nach dem Punktschrifterfinder aus Frankreich, Louis Braille (1809-1852)

blindgläubig *bigott* (fr.)

Blindgläubigkeit *Bigotterie,* die (fr., Pl. -ien)

Blindheit, bes. erbliche ... *Achromasie,* die (gr.-lat., Pl. ...ien) die sog. Zapfenblindheit (med.)

Blindpackung *Attrappe,* die (germ.-fr., Pl. -n) z. B. e. Packung ohne Inhalt als Auslage

Blinzeln *Hippus,* der (gr.-lat., ohne Pl.) med.

Blitz *Flash,* der (engl., Pl. -s) auch Blitzlicht

blitzen *szintillieren* (lat.) das Szintillieren der Sterne am Polarhimmel ist berauschend

Blöder *Idiot,* der (gr.-lat., Pl. -en) i. S. von Schwachsinniger; Idiotenanstalt

Blödmann *Idiot,* der (gr.-lat., Pl. -en) »geschichtsblinde Fachidioten« (Helmut Schmidt, 1998 über die Professoren, die gegen den Euro klagten)

Blödsinn *Fatuität,* die (lat., ohne Pl.) Fatuität verzapfen

bloßstellen 1. *blamieren* (gr.-lat.-fr.) der Abteilungsleiter blamierte seinen Mitarbeiter vor versammelter Mannschaft, »Jeder blamiert sich so gut, wie er kann.« (Redensart) 2. *dekuvrieren* (lat.-fr.) negative Eigenschaften oder Taten anderen Personen bekanntmachen 3. *desavouieren* (lat.-fr.) e. nahestehende Person durch bes. Verhalten desavouieren 4. *outen* (am.) e. Showmaster wurde als Homosexueller geoutet; *Outing,* das (am.) Begriff aus der am. Schwulen-Szene 5. *kompromittieren* (lat.-fr.)

Bloßstellung 1. *Kompromittierung,* die (lat.-fr., Pl. -en) z. B. e. Dame durch intime Fragen kompromittieren, in Verlegenheit bringen 2. *Desavouierung,* die (lat.-fr., Pl. -en) der Minister wurde eindeutig desavouiert 3. *Outing,* das (am., ohne Pl.) für den homosexuellen Politiker war das Outing die Hölle

blühen 1. *florieren* (lat.) die Gesellschafter freuten sich über das florierende Unternehmen 2. *prosperieren* (lat.-fr.) 3. *remontieren* (lat.-fr.) nach e. Hauptblüte noch einmal blühen

Blumendüfte, Verfahren zur Gewinnung der ... *Enfleurage,* die (lat.-fr., ohne Pl.) ... in der Parfümindustrie

Blumenfreund *Fleurist,* der (lat.-fr., Pl. -en)

Blumenfülle *Flor,* der (lat., Pl. -e)

Blumenhändler 1. *Florist,* der (fr., Pl. -en); auch: Blumenkenner u. 2. *Fleurist,* der (lat.-fr., Pl. -en)

Blumenkette 1. *Girlande,* die (it.-fr., Pl. -n) 2. *Lai,* der (polynes., Pl. -s) Blumenkette auf Hawaii, reich mir den »Lai der Liebe«

Blumenkohl *Karfiol,* der (it., ohne Pl.)

Blumensteckkunst *Ikebana,* das (jap., Pl. -s)

Blumenstrauß *Bukett,* das (germ.-fr., Pl. -s); auch: die Blume (der Duft) des Weines, z. B. der 1976er Dürkheimer Michelsberg hat e. besonderes Bukett

Blumenversand *Fleurop,* der (fr., ohne Pl.) internationaler Auftragsdienst für Blumengeschenke

Blumenverzierung *Fleuron,* der (lat.-it.-fr., Pl. -s); nicht verw. mit *Fleuret,* das (lat.-fr., Pl. -s) Stoßwaffe zum Fechten; auch: *Florett,* das (lat.-it.-fr., Pl. -s)

Blut »versackt« in den Venen ... *Pooling,* das (engl.-am., ohne Pl.) ... es findet nicht den Weg zurück zum Herzen

Blut der Götter *Ichor,* der (gr., ohne Pl.) bei Homer; auch: blutig-seröse Absonderung (med.)

Blutader 1. *Vene,* die (lat., Pl. -n) med.: Ader, in der das Blut zum Herzen fließt (blau) 2. *Arterie,* die (gr.-lat., Pl. -n) Ader, die Blut vom Herzen zu Organen u. Gewebe hinführt (rot); nicht verw. mit *Athelie,* die (lat.-gr., Pl. ...ien) med., angeborenes Fehlen der Brustwarzen

Blutandrang *Hyperämie,* die (gr.-lat., ohne Pl.) Wallung

blutarm *anämisch* (gr.)

Blutarmut *Anämie,* die (gr.-lat., Pl. -n) med.

Blutausscheidung im Urin *Hämaturie,* die (gr., Pl. ...ien) med.

Blutbad *Massaker,* das (fr., ohne Pl.) in e. »Nacht der langen Messer« wurde e. Massaker angerichtet

blutbildend *hämatopoetisch* (gr.-lat.) med.

blutbildende Zelle im Knochenmark *Hämoblast,* der (gr.-lat., Pl. -en) auch: Stammzelle (med.)

Blutbildung *Hämatopoese,* die (gr., ohne Pl.) bes. Bildung der roten Blutkörperchen

Blutdruck, leicht erhöhter ... *Borderline-Hypertension,* der (engl., Pl. -s)

Blüte *Prosperität,* die (lat.-fr., Pl. -en) wirtsch. Blüte

Blüte, außerhalb der ... befindlich *extrafloral* (lat.)

Blüte, in voller ... *in floribus* (lat.) auch: im Wohlstand

Blüte, zweite *Renaissance,* die (lat.-fr., ohne Pl.) »Wiedergeburt« als kulturelle Bewegung vom Mittelalter bis zur Neuzeit (14. bis 16. Jh.); auch: Wiederaufleben, neue Blüte (Pl. -n)

Bluteiweiß *Albumin,* das (lat., Pl. -e) wasserlöslicher Eiweißkörper im Blutserum, in Eiern u. der Milch vorkommend

Blütenstand 1. *Floreszenz,* die (lat., Pl. -en) 2. *Infloreszenz,* die (lat., Pl. -en)

Blütenstand, mit üppigem ... *flore pleno* (lat.)
Bluterguß *Hämatom,* das (gr.-lat., Pl. -e) med.
Bluterguß im Gehirn *Hämatozephalus,* der (gr., ohne Pl.) med.
Bluterguß, flächenhafter *Ekchymose,* die (gr., Pl. -n)
Bluterkrankheit *Hämophilie,* die (gr.-lat., Pl. ...ien) med.
Blütezeit *Floreszenz,* die (lat., Pl. -en)
Blutfarbstoff *Hämoglobin,* das (gr.-lat., ohne Pl.) med., der rote Blutfarbstoff
Blutfieber *hämorrhagisches Fieber,* das (gr.-lat., ohne Pl.) hohes Fieber, das mit Blutungen einhergeht; Viruskrankheit
Blutgefäße, die ... betreffend *vasal* (lat.) nicht verw. mit *Vasall,* der (lat.-fr., Pl. -en) Gefolgsmann; Lehnsmann des Mittelalters
Blutgefäßverstopfung 1. *Thrombose,* die (gr., Pl. -n) med. 2. *Infarkt,* der (lat., Pl. -e) med., Absterben e. Organteils nach Blutleere infolge Gefäßverschlusses, z. B. Herzinfarkt
Blutgerinnungshemmer *Heparin,* das (lat., ohne Pl.)
Bluthochdruck *Hypertonie,* die (gr.-lat., Pl. ...ien) med.; Ggs.: Hypotonie
Blutkörperchen 1. *Erythrozyt,* der (gr., Pl. -en) med., rotes –, 2. *Leukozyt,* der (gr.-lat., Pl. -en) med., weißes 3. *Hämozyt,* der (gr.-lat., Pl. -en) med.
Blutkörperchen, Bildung der roten ... betreffend *erythropoetisch* (med.)
Blutkrankheit *Hämopathie,* die (gr.-lat., Pl. ...ien) med.
Blutkrebs *Leukämie,* die (gr.-lat., Pl. -ien) med.
Blutkreislauf *Zirkulation,* die (gr.-lat., Pl. -en); auch: der Luft, des Wassers: Luftzirkulation
blutleer *ischämisch* (gr.-lat.) med.
Blutleere *Ischämie,* die (gr.-lat., Pl. -ien) akute Ischämie im Gehirn haben
Blutparasit *Hämosit,* der (gr.-lat., Pl. -en)
Blutpfropfen *Thrombus,* der (gr.-lat., Pl. ...ben) med.
Blutplättchen *Thrombozyt,* der (gr.-lat., Pl. -en) med.
Blutrache *Vendetta,* die (lat.-it., Pl. ...ten) bei einigen Kurden gibt es noch die Vendetta
Blutreinigung *Dialyse,* die (gr., Pl. -n) med. Menschen mit defekten Nieren müssen ihr Blut an e. Dialysegerät »waschen« lassen
Blutschande *Inzest,* der (lat., Pl. -e) Geschlechtsverkehr zwischen engen Verwandten (Eltern u. Kindern, Geschwistern)
blutschänderisch *inzestuös* (lat.-fr.)
Blutschwamm *Hämangiom,* das (gr.-lat., Pl. -e) med., der ehemalige Präsident Gorbatschow hat auf der Stirn e. Hämangiom
Blutstillung *Hämostase,* die (gr.-lat., Pl. -n) med.
Blutsverwandtschaft *Kognation,* die (lat., ohne Pl.)
Blutsverwandter *Agnat,* der (lat., Pl. -en)
Bluttaufe *Taurobolium,* das (gr.-lat., Pl. ...ien) nach e. Stieropfer in der Antike
Blutübertragung *Transfusion,* die (lat., Pl. -en)
Blutung 1. *Hämorrhagie,* die (gr.-lat., Pl. ...ien) med. 2. *Menstruation,* die (lat., Pl. -en); auch: Menstrualblutung, Monatsblutung, Regel der Frau
Blutuntersuchung *Hämatoskopie,* die (gr., Pl. -n) med.
Blutvergiftung *Sepsis,* die (gr., Pl. ...sen) med.
Blutwäsche *Dialyse,* die (gr., Pl. -n) med., e. Dialysegerät bewerkstelligt die Blutwäsche
Blutzeuge *Märtyrer,* der (gr.-lat., ohne Pl.) Blutzeuge des christlichen Glaubens, jmd. der wegen seines Glaubens, seiner Überzeugung Leiden ertragen oder den Tod erleiden muß; z. B. der islamische Märtyrer Al Hussein im 7. Jh.
Blutzeugenschaft *Martyrium,* das (gr.-lat., Pl. ...ien) die Revolutionslegende Che Guevara durchlebte e. Martyrium: »Schieß doch, du wirst nur e. Mann töten!« waren seine letzten Worte vor der Hinrichtung (1967)
Blutzuckergehalt, erhöhter ... *Hyperglykämie,* die (gr.-lat., ohne Pl.) med.; Ggs.: Hypoglykämie
Bock, den ... zum Gärtner machen *accipitri columbas credere* (lat., Zitat) dem Habicht Tauben anvertrauen
Bock, wie e. ... stinken *hircum olere* (lat., Zitat)
Boden *Terrain,* das (lat.-fr., Pl. -s) die Bodentruppen konnten Terrain erobern
Bodenabtragung *Erosion,* die (lat., Pl. -en) Zerstörungsarbeit von Wind, Wasser u. Eis an der Erdoberfläche
Bodenanteil *Parzelle,* die (lat.-fr., Pl. -n) vermessenes Grundstück als Bauland
Bodenbebauung *Kultur,* die (lat., Pl. -en) z. B. Erdbeerkulturen anlegen
bodenbedingt *edaphisch* (gr.-lat.) Erdboden bezüglich
Bodenbelag *Terrazzo,* der (lat.-it., Pl. Terrazzi)
Bodenbelag, kautschukgetränkter ... *Balatum,* das (Markenname, ohne Pl.)
Bodenfläche *Areal,* das (lat., Pl. -e)
Bodenkunde *Pedologie,* die (gr.-lat., ohne Pl.)
Bodenregion e. Gewässers *Benthal,* das (gr.-lat., ohne Pl.)
Bodensatz 1. *Residuum,* das (lat., Pl. ...duen) 2. *Depot,* das (lat.-fr., Pl. -s) Bodensatz in der Rotweinflasche
bodenständig *autochthon* (gr.-lat.) bez. best. Volksstämme
Bodenverbesserung *Melioration,* die (lat., Pl. -en) erzeugt durch Bewässerung, Düngung

Bodybuilding, die schlanke Version des ... *Shape up,* das (engl.-am., ohne Pl.) die Kraftsportler sind keine Kleiderschränke, sondern drahtige Extremsportler, die Freeclimbing oder Canyoning betreiben

Bohne *Fisole,* die (gr.-lat., Pl. -n)

bohren *perforieren* (lat.) i. S. von durchlöchern

Bohrstelle *Lokation,* die (lat., Pl. -en) bei der Förderung von Rohöl z. B. von der Shell

Bollwerk 1. *Fort,* das (lat.-fr., Pl. -s) Fort Knox mit den Goldreserven der USA 2. *Kastell,* das (lat., Pl. -e) Schloßburg; Kloster-Kastell: Montecassino in Italien 3. *Zitadelle,* die (lat.-it.-fr., Pl. -n) meist hochgelegene Schloßburg, Äthiopien wird »die Zitadelle Afrikas« genannt 4. *Bastion,* die (it.-fr., Pl. -en) Karthago war e. Bastion gegen aufständische Söldner um 300 v. Chr. 5. *Bastei,* die (fr.-it., Pl. -en) auch: vorspringender Teil an alten Festungsbauten

Bombe *Molotow-Cocktail* (Pl. -s) selbstgebastelter Brandsatz nach dem ehemaligen russ. Außenminister Molotow

Bon, e. ... tippen 1. *bongen* (lat.-fr.) z. B. an der Registrierkasse 2. *bonieren* (lat.-fr.)

Boot aus Binsen ... *Balsa,* das (sp., Pl. -s) ... der südam. Indianer u. a. vom Titicacasee; auch: sehr leichtes Nutzholz des Balsabaumes (Balsaholz)

Boot der Eskimofrauen *Umiok,* der, das (eskimoisch, Pl. -s) Kajakart

Boot mit zwei Rümpfen *Katamaran* (tamilisch-engl., Pl. -e)

Bootswettfahrt *Regatta,* die (venez., Pl. ...tten)

Bordell 1. *Eros-Center,* das (engl., ohne Pl.) größere Anlage mit Kontakthof 2. *Lupanar,* das (lat., Pl. -e) Freudenhaus im alten Rom

Börse für Wertpapiere *Effektenbörse,* die (lat.-niederl., Pl. -n)

Börsenabschwung *Baisse,* die (lat.-fr., Pl. -n)

Börsenaufschwung *Hausse,* die (lat.-fr., Pl. -n)

Börsenkrach *Crash,* der (engl., Pl. -s) auch: Zusammenstoß, z. B. mit dem Auto

Börsen-Kursaufschlag *Report,* der (lat.-fr., Pl. -e); Ggd.: Deport

Börsenkursnotierung *Quotation,* die (lat., Pl. -en)

Börsenmakler 1. *Remisier,* der (lat.-fr., Pl. -s) 2. *Broker,* der (engl., Pl. -s); auch: Makler

Börsenmakler, amtlicher ... *Kursmakler,* der (dt., ohne Pl.) ... der die Kurse an der Anwesenheitsbörse feststellt

Börsensaal, Fachausdruck für den ... *Parkett,* das (lat.-fr., Pl. -e) auch: auf best. Art verlegter Holzfußboden

Börsenstraße in New York *Wall Street,* die (am., ohne Pl.) Banken- u. Börsenstraße

Börsianer 1. *Börsenspekulant,* der (niederl.-lat., Pl. -en) Michael Milken ist e. bekannter Börsenspekulant 2. *Börsenguru,* der (nieder.-Hindi, Pl. -s) i. S. e. bes. erfahrenen u. erfolgreichen Börsianers, z. B. André Kostolany

Borte *Tresse,* die (lat.-fr., Pl. -n) an Uniformen oder Dirndlkleidern

bösartig 1. *maligne* (lat.) med., bei Wucherungen 2. *destruktiv* (lat.); auch: *destruieren* (lat.) i. S. von mutwillig zerstören

Bösartigkeit *Malignität,* die (lat., ohne Pl.) med., bei e. Wucherung

Böschung *Adossement,* das (lat.-fr., Pl. -s)

böser Vorsatz *Dolus,* der (lat., ohne Pl.) Arglist (Rechtsw.); Brutus hatte e. Dolus u. erstach Cäsar (44 v. Chr.)

boshaft 1. *maliziös* (lat.-fr.) arglistig 2. *meschant* (fr.) i. S. von häßlich

Bosheit 1. *Malice,* die (lat.-fr., Pl. -n) 2. *Schikane,* die (fr., Pl. -n) e. Menschen böswillig Schwierigkeiten bereiten; auch: Straßenkurve mit Schwierigkeiten

Boß *Chef,* der (lat.-fr., Pl. -s) auch Anführer; »ein Chef muß cheffen (gemeint: führen)«; (Jacques Chirac, fr. Staatspräsident; 1998)

böswillig *schikanös* (fr.) e. schikanöser Unteroffizier

Botanik *Phytologie,* die (gr.-lat., ohne Pl.)

Bote 1. *Nuntius,* der (lat., Pl. ...ien) auch: ständiger diplomatischer Vertreter des Papstes bei e. Staatsregierung im Botschaftsrang; »Das ist der apostolische Nuntius (Peter Boenisch) unter den deutschen Tintenpissern.« (G. Schröders geh. Tagebuch von H. Venske, 1997) 2. *Kurier,* der (lat.-it.-fr., Pl. -e) auch: Eilbote

Botschaft 1. *Ambassade,* die (germ.-it.-fr., Pl. -n) hochoffizielle Vertretung e. Staates im Ausland 2. *Depesche,* die (lat.-fr., Pl. -n); auch: veraltet für Telegramm 3. *Message,* die (lat.-engl., Pl. -s) Nachricht

Botschafter *Ambassadeur,* der (germ.-it.-fr., Pl. -e) hochoffizieller Vertreter e. Staates im Ausland

Boxnahkampf *Infight,* der (engl., Pl. -s) Gegner wird durch kurze Haken bearbeitet

Boxtraining *Sparring,* das (engl., ohne Pl.) Henry Maske hatte e. guten Sparringspartner

Brand *Konflagration,* die (lat., Pl. -en) Großfeuer, Inferno

brandig *gangränös* (gr.-lat.)

Brandstifter *Pyromane,* der (gr., Pl. -n) jmd., der zwanghaft Brände legt, von *Pyromanie,* die (gr., ohne Pl.) zwanghafter Trieb, Feuer zu legen; nicht verw. mit *Pyromantie,* die (gr., ohne Pl.) die Wahrsagung aus dem Opferfeuer im Altertum

Brandungswellen reiten *surfen* (engl.) auch: sich

ständig im Internet bewegen; i. S. von: auf dem Datenhighway »reiten« oder dahingleiten

Brandweinschänke *Destille,* die (lat., Pl. -n)

Branntwein 1. *Brandy,* der (engl., Pl. -s) als Weinbrand 2. *Eau de vie,* das (fr., ohne Pl.) 3. *Tequila,* der (mex.-sp., ohne Pl.) aus gegorenem Saft der Agave 4. *Whisky,* der (engl., Pl. -s) »Lebenswasser« aus Gerste hergestellt 5. *Wodka,* der (russ., Pl. -s) »Wässerchen« 6. *Absinth,* der (gr.-lat., ohne Pl.) mit Wermutzusatz

Branntweinbrenner *Destillateur,* der (lat.-fr., Pl. -e) auch: Gastwirt, der Branntwein ausschenkt

Branntweinbrennerei *Destillation,* die (lat., Pl. -en) auch: Schankwirtschaft

Bratensaft, eingedickter ... *Jus,* der, das (fr., ohne Pl.) nicht verw. mit *Jus,* das (lat., ohne Pl.) Jura, Recht, Rechtswissenschaft

Brathähnchen *Broiler,* der (engl., ohne Pl.) in den neuen Bundesgebieten gebräuchlich

Bratrost *Grill,* der (lat.-fr.-engl., Pl. -s) z. B. e. Grill-Party veranstalten

Brattopf *Kasserolle,* die (lat.-fr., Pl. -n)

Brauch 1. *Usus,* der (lat., ohne Pl.) das ist an unserer Schule so Usus 2. *Konvention,* die (lat.-fr., Pl. -en) nach best. Regeln miteinander leben 3. *Ritual,* das (lat., Pl. -e) Regeln im religiösen Bereich 4. *Ritus,* der (lat., Pl. Riten) Handlungsweise im religiösen Bereich 5. *Tradition,* die (lat., Pl. -en) überlieferte Sitten u. Gebräuche 6. *Usance,* die (lat.-fr., Pl. -n) Brauch in der Wirtschaft 7. *Uso,* der (lat.-it., Pl. -s) in der Wirtschaft 8. *Zeremonie,* die (lat., Pl. -n) feierliche Regeln, Zeremonienmeister

brauchbar 1. *praktikabel* (gr.-lat.) e. praktikablen Vorschlag machen 2. *praktisch* (gr.-lat.) praktische Geräte einsetzen 3. *akzeptabel* (lat.-fr.) 4. *passabel* (lat.-fr.) i. S. von annehmbar, leidlich 5. *patent* (lat.) i. S. von geschickt, e. patentes Mädchen 6. *qualifiziert* (lat.-fr.) tauglich, geeignet, z. B. e. qualifizierter Bewerber

Brauchbarkeit *Praktikabilität,* die (gr.-lat., ohne Pl.)

Bräuche u. Sitten *Zeremoniell,* das (lat., Pl. -e) i. S. von Gesamtheit der Regeln u. Verhaltensweisen; »Das Zeremoniell an Höfen – was ist das anderes als Formalienkram u. Klauberei?« (Immanuel Kant)

Brauchtumslehre *Folkloristik,* die (engl., ohne Pl.)

braunhaarig *brünett* (germ.-fr.)

Braut *Kalle,* die (hebr.-jidd., Pl. -n) auch: Geliebte, Prostituierte (Gaunersprache)

brav 1. *integer* (lat.) i. S. von unbescholten 2. *manierlich* (lat.-fr.-dt.) i. S. von wohlerzogen

bravo! *à la bonne heure!* (fr.) auch: ausgezeichnet! »Ich sage ohne Abstriche: à la bonne heure!« (Gerhard Schröder, Bundeskanzler, zu Helmut Kohl, 1998)

Brechmittel 1. *Emetikum,* das (gr.-lat., Pl. ...ka) med. 2. *Vomitorium,* das (lat., Pl. ...ien) med.

Brechreiz *Nausea,* die (gr.-lat., ohne Pl.) med., z. B. bei Seegang

Brechung der Lichtstrahlen *Achomasie,* die (gr., Pl. ...ien)

Brechungswert *Refraktion,* die (lat., Pl. -en) bei Lichtstrahlen

Brei 1. *Püree,* das (fr.-lat., Pl. -s) aus Gemüse hergestellt, Kartoffelpüree 2. *Pasta,* die (it., Pl. ...sten) streichbare Masse, *Pasta asciutta,* die (it., Pl. ...tte) it. Spaghettigericht

breiig *pastos* (gr.-lat.-it.)

breit getragen *sostenuto* (lat.-it.) musik. Vortragsanw.

Breite, geographische *Latitüde,* die (lat.-fr., Pl. -n)

Breitgesichtigkeit *Euryprosopie,* die (gr.-lat.) med.

breitwüchsig *eurysom* (gr.) med.

brennbar *inflammabel* (lat.)

Brennbarkeit *Inflammabilität,* die (lat., ohne Pl.)

brennend *akut* (lat.) e. akute (wichtige) Angelegenheit bearbeiten

Brennerei *Destille,* die (lat., Pl. -n) für Branntwein

Brennpunkt 1. *Zentrum,* das (gr.-lat., Pl. ...ren) im Zentrum des Geschehens sein 2. *Fokus,* der (lat., Pl. se)

Brennstoff *Kombustibilien,* die (lat., nur Pl.) von *Kombustion,* die (lat., Pl. -en) med., Verbrennung

Brennweite *Fokaldistanz,* die (lat., Pl. -en) z. B. beim Objektiv e. Fotoapparates

Brett 1. *Board,* das (engl., Pl. -s) auch: Tafel; sowie 2. *Mail-Box,* die (engl., Pl. -en) jeweils nur e. best. Personengruppe zugänglich

Brettspiel 1. *Tokadille,* das (sp., ohne Pl.) 2. *Go,* das (jap., ohne Pl.) 3. *Schach,* das (per., ohne Pl.) 4. *Salta,* das (lat., ohne Pl.)

Brief *Epistel,* die (gr.-lat., Pl. -n) Apostelbrief im Neuen Testament; auch: Strafpredigt

Brief u. Siegel auf etwas geben *pro certo affirmare aliquid* (lat., Zitat)

Briefchen *Billett,* das (fr., Pl. -s) heute für Bahnfahrkarte

Briefempfänger *Adressat,* der (lat.-fr., Pl. -en)

Briefkasten, elektronischer ... 1. *Mailbox,* die (engl., ohne Pl.) ... auf Computerbasis 2. *Voice-Mail-System,* das (engl.-am., Pl. -s) auch: Sprachspeicherbox oder vielseitiger Anrufbeantworter

Briefmarkenkunde *Philatelie,* die (gr.-fr., ohne Pl.)

Briefmarkensammler *Philatelist,* der (gr.-fr., Pl. -n)

Briefschreibekunst *Epistolographie,* die (gr.-lat., Pl. ...ien)

Brieftasche *Portefeuille,* das (fr., Pl. -s)

Briefumschlag *Kuvert,* das (lat.-fr., Pl. -s)

Briefwechsel *Korrespondenz,* die (lat., Pl. -en) Johann Wolfgang von Goethe pflegte e. rege Korrespondenz

Brille 1. *Lorgnon,* das (fr., Pl. -s) früher übliches Stieleinglas 2. *Lorgnette,* die (fr., Pl. -n) bügellose Stielbrille; nicht verw. mit *Lorette,* die (fr., Pl. -n) früher Lebedame, bes. im Paris des 19. Jhs. 3. *Monokel,* das (lat.-fr., Pl. -s) Brille mit e. Glas, das durch die Muskulatur der Augenlider gehalten wird

Brillenglas ... *Bifokalglas,* das (lat.-dt., Pl. ...gläser) ... mit Fern- u. Nahteil

bringen *absolvieren* (lat.) e. Studium absolvieren (hinter sich bringen)

Britisches Weltreich 1. *Empire,* das (lat.-fr.-engl., ohne Pl.) 2. *Commonwealth,* das (engl., ohne Pl.) i. S. e. Staatengemeinschaft

Brosche *Agraffe,* die (fr., Pl. -n)

Broschüre 1. *Booklet,* das (engl., Pl. -s) auch: Büchlein; Einlegeheft, z. B. für e. CD 2. *Folder,* der (engl., Pl. -s) Faltprospekt

Brot- u. Brötchenröster *Toaster,* der (engl., ohne Pl.) e. Elektrogerät; »Die Zeit ist nicht fern, wo e. Toaster intelligenter sein wird als manches Familienmitglied.« (Willi Walgenbach, Vorstandsmitglied des Elektro-Einzelhandels, 1997)

Brot und Spiele *panem et circenses,* (lat.) Zitat: Dichter Juvenal, 60-140 n. Chr.), Anspruch des röm. Volks während der Kaiserzeit

Brot, reich belegtes ... *Smörrebröd,* das (dän., Pl. -s) ... der nordischen Küche

Brot, weißes Sabbat... der Juden *Barches,* der (hebr., ohne Pl.)

Brotwürfel, getoasteter ... *Croûton,* der (fr., Pl. -s) ... oder in Fett gebackener; von: croûte (Kruste)

Bruch 1. *Havarie,* die (arab.-fr.-niederl., Pl. -n) Seeschaden, den Schiff oder Ladung erleidet 2. *Fraktur,* die (lat., Pl. -en) »Bruch«; Knochenbruch, med.; auch: Fraktur reden: deutlich seine Meinung sagen

Bruch der Lehnstreue *Felonie,* die (fr., Pl. ...ien) ... im Mittelalter

brüchig *morbid* (lat.-fr.) z. B. e. morbide Gesellschaft (e. kränkelnde, sittlich verfallene)

Bruchoperation *Herniotomie,* die (gr.-lat., Pl. ...ien) med.

Bruchstück 1. *Fragment,* das (lat., Pl. -e) Geologen stießen auf Porzellanfragmente aus dem frühen Mittelalter 2. *Torso,* der (gr.-lat.-it., Pl. -s) z. B. Rumpfstück e. gr. Statue 3. *Partie,* die (lat.-fr., Pl. ...ien)

bruchstückhaft *fragmentarisch* (lat.) e. Kunstwerk steht nur fragmentarisch zur Verfügung

Brücke *Viadukt,* das (lat., Pl. -e) Bogenbrücken, viele stammen noch aus röm. Zeit

Bruder Lustig *Gaillard,* der (fr., Pl. -s) die fr. Bez.

Brüderlichkeit *Fraternität,* die (lat., ohne Pl.) e. der drei Losungsworte der Französischen Revolution (1789): Liberté (Freiheit) Egalité (Gleichheit) Fraternité (Brüderlichkeit)

Bruderschaft, Sitz e. religiösen ... *Zaouia* u. *Zawija,* die (arab., Pl. -s) auch: Raum zum Beten

Bruderschaftsangehöriger, der durch Selbstgeißelung Sündenvergebung erhofft *Flagellant,* der (lat., Pl. -en) »Geißler«; religiöse Bruderschaft des Mittelalters

Brunnen *Bir,* der (arab.)

Brunnen, Moschee... für rituelle Waschungen *Hanafija,* das (arab.)

Brunst *Östrus,* der (gr.-lat., ohne Pl.) Zool.

Brüskierung *Desavouierung,* die (lat.-fr., Pl. -en)

Brust 1. *Mamma,* die (lat., Pl. ...mmae) med., weibliche Brust 2. *Thorax,* der (gr.-lat., Pl. -e) med. Brustkasten

Brustdrüse 1. *Thymus,* der (gr.-lat., Pl. Thymie) med. 2. *Mamma,* die (lat., Pl. ...mmae) med.

Brustfell *Pleura,* die (gr., Pl. ...ren) med.

Brustfellentzündung *Pleuritis,* die (gr., Pl. ...itiden) med.

Brustfellschmerz *Pleuralgie,* die (gr.-lat., Pl. ...ien) med.

Brustharnisch *Küraß,* der (lat.-it.-fr., Pl. ...rasses)

Brusthöhle, innerhalb der ... *intrathorakal* (lat.)

Brustkorb *Thorax,* der (gr.-lat., Pl. -e) med.; um e. Bypass am Herzen zu legen, muß der Thorax geöffnet werden

Brustkrause *Jabot,* das (fr., Pl. -s) an Männerhemden, im 18. Jh.; auch: Seidenrüsche

Brustkrebs *Mammakarziom,* das (lat.-gr., Pl. -e)

Brustkreuz kath. Würdenträger *Pektorale,* das (lat., Pl. -s, ...lien) auch: mittelalterlicher Brustschmuck

Brustpolsterung, der Frau, durch eigenes Fett 1. *Mastofilling,* das (engl.-am., Pl. -s) 2. *Lipofilling,* das (engl.-am., Pl. -s) jeweils zur Busenvergrößerung

brust-röntgendiagnostische Methode *Mammographie,* die (lat.-gr., Pl. ...ien)

Brusttuch *Fichu,* das (fr., Pl. -s)

Brüstung *Balustrade,* die (gr.-lat.-fr.-it., Pl. -n) an e. Balkon

Brustwarze 1. *Mamille,* die (lat., Pl. ...len) med. 2. *Papille,* die (lat., Pl. -n) med.

Brustwassersucht *Hydrothorax,* die (gr., ohne Pl.) med.

Brustwehr e. Walles *Parapett,* das (lat.-it., Pl. -s)

Brutkasten *Inkubator,* der (lat., Pl. ...toren) in Inkubatoren werden Frühgeburten versorgt

Brutzone ... *Blanket,* das (engl., Pl. -s) ... Umgebung der Spaltzone e. Kernreaktors, der als Schneller Brüter arbeitet

Buch 1. *Atlas,* der (gr., Pl. ...anten) geographisches Kartenwerk als Buch gebunden 2. *Foliant,* der (lat., Pl. -en) altes, schweres Buchwerk 3. *Paperback,* das (engl., Pl. -s) Ausgabeart e. Buches: »Papierrücken«, d. h. weicher Deckel 4. *Hardcover,* das (engl., Pl. -s) Ausgabeart e. Buches: »fester Deckel«

Buch, das sich über e. lange Zeit gut verkauft 1. *Longseller,* der (engl., ohne Pl.) 2. *Steadyseller,* der (engl., ohne Pl.) Ggs.: Shortseller

Buchausgabe *Edition,* die (lat., Pl. -en) Jubiläums-Edition in Erinnerung an Gerhard Hauptmanns Geburtstag

Buchbesprechung *Rezension,* die (lat., Pl. -en) wird meist in den Printmedien gebracht

Buchdrucker ... *Bodoni,* der (it., ohne Pl.) ... u. Stempelschneider von 1740-1813; auch: Antiquaschrift

Buchdruckerkunst *Typographie,* die (gr.-lat., ohne Pl.)

Bucheinband *Kartonage,* die (ägypt.-gr.-lat.-it.-fr., Pl. -n)

Buchen von Gigs (Bühnenauftritten) *Booking,* das (engl., Pl. -s) auch: Buchungen allg.

Bücher des Alten Testaments, die fünf ersten ... *Thora,* die (hebr., ohne Pl.) auch: die fünf Bücher Mosis; das mosaische Gesetz, eigtl.: Lehre

Bücher erotischen Inhalts *Erotikon,* das (gr., Pl. ...ka)

Bücher herausgeben *edieren* (lat.)

Bücher, die ... haben ihre Schicksale *habent sua fata libelli* (lat., Zitat: Terentius Maurus)

Bücher, elektronische ... 1. *Softbook,* das (engl.-am., Pl. -s) von Virtual Press 2. *Rocket Book,* das (engl.-am., Pl. -s) von Nuvo Media; jeweils batteriegetriebene Kleincomputer, die sich Literatur aus dem Internet laden

Bücherei *Bibliothek,* die (gr., Pl. -en) Gebäude, z. B. Deutsche Bibliothek in Frankfurt mit meist wissenschaftlichen Büchern; »Öffentliche Bibliotheken sind geistige Tankstellen der Nation.« (Helmut Schmidt)

Bücherfeind *Bibliophobe,* der (gr.-lat., Pl. -n)

Bücherfeindlichkeit *Bibliophobie,* die (gr.-lat., Pl. -n)

Büchergestell *Regal,* das (Pl. -e)

Bücherkenntnis *Bibliognosie,* die (gr.-lat., ohne Pl.) Silenus, der Lehrer Hannibals, besaß e. enorme Bibliognosie

Bücherkunde *Bibliographie,* die (gr.-lat., Pl. -n) Wissenschaft der Bücher

bücherkundlich *bibliographisch* (gr.-lat.)

Bücherliebe, krankhafte ... *Bibliomanie,* die (gr., ohne Pl.)

bücherliebend *bibliophil* (gr.-lat.)

Bücherliebhaber *Bibliophile,* der (gr., Pl. -n) jmd., der bes. kostbare Bücher schätzt u. kauft

Bücherliebhaberei *Bibliophilie,* die (gr., ohne Pl.)

Büchernarr *Bibliomane,* der (gr.-lat., Pl. -n) Person mit besessener Bücherliebe

Büchersammlung *Bibliothek,* die (gr.-lat., Pl. -en)

Bucherstausgabe *Editio princeps,* die (lat., ohne Pl.) (gilt für alte Werke)

Bücherverzeichnis *Bibliographie,* die (gr.-lat., Pl. -n) (nach Themen gelistetes Verzeichnis)

Bücherzerstörer *Biblioklast,* der (gr.-lat., Pl. -en) jmd., der aus Sammelleidenschaft Bücher zerstört, indem er Seiten herausreißt; nicht verw. mit *Bibliolatrie,* die (gr.-lat., ohne Pl.) übermäßige Verehrung heiliger Bücher, auch: Buchstabengläubigkeit

Buchformat *Oktodez,* das (lat., Pl. -e) Achtzehntelbogengröße

Buchgeld *Giralgeld,* das (lat.-it.-dt., Pl. -er) Geld, das nur in den Bankbüchern existiert u. nur durch Umbuchung weitergegeben wird; Ggs.: Bargeld

Buchhalter *Clerk,* der (engl., Pl. -s) bes. in den USA; auch: kaufmännischer Angestellter

Buchhändler *Antiquar,* der (lat., Pl. -e) für alte Bücher

Buchhandlung für alte Bücher *Antiquariat,* das (lat., Pl. -e)

Buchherausgeber *Editor,* der (lat., Pl. -en)

Buchname *Titel,* der (lat., ohne Pl.)

Buchneuauflage *Reissue,* das (engl., Pl. -s)

Buchnummer 1. *Signatur,* die (lat., Pl. -en) Nummern u. Buchstaben, um Bücher in Bibliotheken rasch aufzufinden 2. *ISBN:* Internationale Standardbuchnummer (10stellig)

Buchprüfer *Revisor,* der (lat., Pl. -en) dieser überprüft die Buchführung in Unternehmen auf Richtigkeit

Buchsammlung *Bibliothek,* die (gr.-lat., Pl. -en) die Kongreßbibliothek in Washington, USA, besitzt 28 Mio. Bücher, die Deutsche Bibliothek Frankfurt u. Leipzig 11,1 Mio.

Buchseite *Pagina,* die (lat., Pl. -s); nicht verw. mit *Vagina,* die (lat., Pl. ...nen) med. weibliche Scheide, auch Blattscheide bei Gräsern

Büchsenrindfleisch *Corned beef,* das (engl., ohne Pl.)

Büchsenschweinefleisch *Corned pork,* das (engl., ohne Pl.)

Buchstabe 1. *Graph,* der (gr., Pl. -en) 2. *Initial,* die (lat., Pl. -en) Anfangsbuchstabe, meist farbigverziert 3. *Versal,* der (lat., Pl. -ien) großer Anfangsbuchstabe

Buchstabenmesser *Typometer,* das (gr.-lat., Pl. –)
Buchstabenrätsel *Logogriph,* der (gr.-lat., Pl. -en) Buchstabenveränderungen ergeben neue Wörter
Buchstabenumstellung innerhalb eines Wortes *Anagramm,* das (gr.-lat., Pl. -e)
Buchstelle *Allegat,* das (lat., Pl. -e) i. S. von Zitat, angeführte Bibelstelle
Buchverkaufserfolg *Bestseller,* der (engl., ohne Pl.)
Buckel *Gibbus,* der (lat., ohne Pl.) med.
bucklig *kyphotisch* (gr.) i. S. e. Wirbelsäulenverkrümmung (med.) von *Kyphose,* die (gr., Pl. -n) Buckel
Buddha, werdender ... *Bodhisattwa,* der (sanskr., Pl. -s) die letzte Vollkommenheit wird hinausgezögert, um zu helfen
Buddhismus-Entwicklungsströmung *Buddhismus-Trend,* der (sanskr.-engl., Pl. -s) wachsendes Interesse der Menschen der Industriestaaten an der buddhistischen Lehre; übertriebener Individualismus wird von vielen Deutschen bereits als e. Krankheit gesehen, von der man sich durch Meditation heilen will
bügelfrei 1. *no iron* (engl.) »nicht bügeln« Hinweis auf Textilien 2. *permanent press* (engl.) formbeständig
Bühne 1. *Simultanbühne,* die (lat.-dt., Pl. -n) mit gleichzeitig zwei oder mehreren Schauplätzen 2. *Theater,* das (gr.-lat., ohne Pl.) Gebäude mit e. Bühne, in dem Aufführungen erfolgen 3. *Odeon,* das (gr.-lat.-fr., Pl. Odeum) theaterähnliches Gebäude mit Bühne für musikalische u. poetische Aufführungen 4. *Szene,* die (gr.-lat.-fr., Pl. -n) eigentlich »Zelt, Hütte«, Schauplatz e. Theaterhandlung 5. *Tribüne,* die (lat.-it.-fr., Pl. -n)
Bühne des antiken Theaters *Proscennium,* das (gr.-lat.)
Bühne, hinter der ... *backstage* (engl.)
Bühne, kleine fahrbare ... *Ekkyklema,* das (gr., Pl. ...emen) ... in e. altgr. Theater
Bühnenauftritt 1. *Gig,* das (engl.-am., Pl. -s) auch: 2. *Gig,* der (engl., Pl. -s) schmales Ruderboot
Bühnenauftritt, unvergeßlicher ... *Big Act,* der (engl., Pl. -s) der zum Durchbruch verhilft
Bühnenausstattung *Dekoration,* die (lat.-fr., Pl. -en)
Bühnendichtung 1. *Tragödie,* die (gr.-lat., Pl. -n) e. ernstes, tragisches Schauspiel, z. B. die Charakter-Tragödie »Antigone« von Sophokles 2. *Drama,* das (gr.-lat., Pl. ...men) ernstes, spannendes Schauspiel, z. B. George Bernard Shaw: »Frau Warrens Gewerbe«
bühnengerecht aufführen *theatralisch* (gr.-lat.)
Bühnenkünstlerin *Diva,* die (lat.-it., Pl. -ven) »die Göttliche«
Bühnenrolle 1. *Charge,* die (lat.-fr., Pl. -n) e. kleine Rolle 2. *Repertoire,* das (lat.-fr., Pl. -s) einstudierte Rollen
Bühnenstück 1. *Sketch,* der (engl., Pl. -es) z. B. Kabarett- oder Varieté-Stück 2. *Operette,* die (lat.-it., Pl. -n) »kleine Oper«, leichtes unterhaltendes musikalisches Bühnenwerk 3. *Oper,* die (lat.-it., Pl. -n) musikalisches Bühnenwerk, Opernhaus als kulturelle Institution 4. *Drama,* das (gr.-lat., Pl. ...men) 5. *Tragödie,* die (gr.-lat., Pl. -n) 6. *Komödie,* die (gr.-lat., Pl. -n) Lustspiel; Ggs.: Tragödie
Bühnentanz 1. *Ballett,* das (gr.-lat.-it., Pl. -e) 2. *Choreographie,* die (gr., Pl. ...ien) Einstudierung e. Balletts
Bühnentauchen *Stage Diving,* das (engl.-am., ohne Pl.) Musiker springen mit Instrumenten ins Publikum
Bühnenwerk, musikalisches *Oper,* die (lat.-it., Pl. -n) ohne Pl.: Gattung musikalischer Werke; »In der Oper muß die Poesie der Musik gehorsame Tochter sein.« (Wolfgang Amadeus Mozart) mit Pl.: Opernhaus als kulturelle Einrichtung;
bühnenwirksam *phonogen* (gr.-lat.)
Bund 1. *Konförderation,* die (lat., Pl. -en) 2. *Liga,* die (lat.-sp., Pl. ...gen) auch: Wettkampfklasse, z. B. Oberliga 3. *Union,* die (lat., Pl. -en)
Bund der Spitzensportler *Champions League,* die (engl., ohne Pl.) »Ich spiele doch in der Champions League, nicht in der Bundesliga.« (Edmund Stoiber, CSU, 1998)
Bündelfunk-System ... *Chekker,* der (engl.) ... der Telekom; mehrere Kunden, z. B. Firmen, Rettungsdienste, Taxen nutzen e. gemeinsames Frequenzbündel, ohne sich zu stören
bündeln *faszikulieren* (lat.) z. B. Schriftstücke bündeln
bündelweise *faszial* (lat.)
Bundesland *Kanton,* der (lat.-it.-fr., Pl. -e) in der Schweiz, einst auch Wehrverwaltungsbezirk in Preußen
Bundesstaat mit Eigenständigkeit der Einzelstaaten, das Streben nach e. ... *Föderalismus,* der (lat.-fr., ohne Pl.)
bündig 1. *lapidar* (lat.) eigentlich »in Stein gehauen«; aber auch: kurz u. bündig; schlüssig 2. *stringent* (lat.)
Bündnis 1. *Allianz,* die (lat.-fr., Pl. -en) politische Allianzen gegen e. Feind bilden 2. *Entente,* die (lat.-fr., Pl. -n) Pol., z. B. »Entente Cordiale« von 1898 isolierte die Deutschen 3. *Förderation,* die (lat., Pl. -en) Bündnis zwischen zwei oder mehreren Staaten 4. *Koalition,* die (lat.-engl.-fr., Pl. -en) Pol. von Staaten oder Parteien, (CDU, CSU u. F.D.P.) um gemeinsame Ziele zu

verwirklichen; »Die Sachprobleme suchen sich ihre Koalition.« (Hans-Dietrich Genscher, F.D.P., 1998) oder: »E. Koalition ist die intimste Form der politischen Gegnerschaft.« (Richard Wiggins) 5. *Konförderation*, die (lat., Pl. -en) Staatenbund, z. B. die Konförderierten Staaten von Amerika, schieden als Südstaaten 1861 aus der Union aus 6. *Liga*, die (lat.-sp., Pl. ...gen) Oberliga, z. B. beim Fußball 7. *Pakt*, der (lat., Pl. -e) militärische Bündnisse, Nichtangriffspakt, z. B. der einstige Warschauer Pakt des Ostblocks 8. *Union* die (lat., Pl. -en) Pol. Staatenbündnis, z. B. ehemalige Sowjetunion

Bündnis, ein ... eingehen *koalieren* (lat.) »Überall, wo die SPD konnte, hat sie mit den Grünen koaliert ...« (Theo Waigel, Bundesfinanzminister, 1998)

Bündnispartner *Föderat*, der (lat.-fr., Pl. -en)

bunt 1. *polychrom* (gr.-lat.) 2. *koloriert* (lat.-it.)

Buntheit *Spektrum*, das (lat., Pl. ...tra)

Bürde *Crux*, die (lat., ohne Pl.) »Kreuz«, i. S. e. ausweglosen Situation

Burg 1. *Alkazar*, der (arab.-sp., Pl. -e) in Spanien 2. *Bastille*, die (fr., Pl. -n) in Paris, einst Staatsgefängnis; 1789, zu Beginn der Französischen Revolution gestürmt worden 3. *Castle*, das (engl., Pl. -s) in England, »my home is my castle« (mein Heim ist meine Burg) 4. *Kastell*, das (lat., Pl. -e) 5. *Bordj*, die (arab.)

Bürge *Garant*, der (germ.-fr., Pl. -en) e. Sicherheitsgarant sein

bürgen *garantieren* (germ.-fr.) für Qualität garantieren

Bürger 1. *Bourgeois*, der (germ.-fr., ohne Pl.) gehört der Bourgeoisie (wohlhabendes Bürgertum) an 2. *Citoyen*, der (lat.-fr., Pl. -s) 3. *Honoratior*, der (fr., Pl. ...oren) angesehener Bürger 4. *Zivilist*, der (lat., Pl. -en) nicht dem Militär angehörend 5. *Quirite*, der (lat., Pl. -n) ... im alten Rom

Bürger e. Landes, der mit dem Feind zusammenarbeitet *Kollaborateur*, der (lat.-fr., Pl. -e) »François Mitterrand hat erstmals zugegeben, daß er Anhänger des Nationalsozialismus war, u. er hat den Nazi-Kollaborateur Maurice Papon lange gedeckt.« (Ignatz Bubis, 1998)

Bürgeradel *Patriziat*, das (lat., Pl. -e)

bürgerlich 1. *bourgeois* (germ.-fr.) zur Bourgeoisie (wohlhabendes Bürgertum) gehörend 2. *zivil* (lat.) im Unterschied zu militärisch

Bürgermeister 1. *Alkalde*, der (arab.-sp., Pl. -n) in Spanien 2. *Maire*, der (fr.-lat., Pl. -s) in Frankreich 3. *Mayor*, der (lat.-fr.-engl., Pl. -s) in Großbritannien u. den USA

Bürgerschutz *Ombudsmann*, der (schwed., Pl. ...männer) gegen Willkür der Behörden

Bürgerstand, wohlhabender ... *Bourgeoisie*, die (germ.-fr., Pl. ...ien) auch: herrschende Klasse der kapitalistischen Gesellschaft; »Die Frauen dürfen so wenig auf die Hilfe der Männer warten, wie die Arbeiter auf die Hilfe der Bourgeoisie warteten.« (August Bebel)

Bürgersteig *Trottoir*, das (germ.-fr., Pl. -e, -s)

Bürgertum *Bourgeoisie*, die (germ.-fr., Pl. -n) wohlhabendes Bürgertum

Bürgerwehr *Miliz*, die (lat., Pl. -en) schlecht ausgebildete Soldaten, meist in dürftigem Ausrüstungszustand

Bürgschaft 1. *Delkredere*, das (lat.-it., ohne Pl.) Forderungsbürgschaft 2. *Aval*, der (fr., Pl. -e) Durchführungsbürgschaft, die die Bank z. B. e. Baufirma gibt 3. *Garantie*, die (germ.-fr., Pl. -n) Qualitäts- oder Funktionsgarantien 4. *Kaution*, die (lat., Pl. -en) e. Summe, die bei der Anmietung e. Wohnung als Sicherheit festgelegt wird; oder e. Verdächtiger wird gegen Kaution vorläufig aus der Haft entlassen

Büro 1. *Kanzlei*, die (lat., Pl. -en) z. B. e. Notars oder Rechtsanwaltes 2. *Office*, das (lat.-engl.-fr., Pl. -s)

Büro, tragbares 1. *Porto Office*, das (lat.-it.-engl., Pl. -s) und: 2. *Body Laps* (engl.-am.) die jap. Firma NEC hat e. Computer entwickelt, der am Körper getragen wird, der Benutzer kann diverse Daten empfangen u. senden u. a. telefonieren u. faxen

Bursche *Patron*, der (lat., Pl. -e) e. übler Bursche

Büschel *Cluster*, das (engl., Pl. -s) auch: Gruppe; Menge von Einzelteilen, z. B. Moleküle

Buschland der Mittelmeerregion *Macchia*, *Macchie*, die (lat.-it., ohne Pl.)

Buschmesser *Machete*, die (sp., Pl. -n)

busenfrei *topless* (engl.) oben ohne

Busenfreundin *Intima*, die (lat., ohne Pl.) bes. gute Freundin

Buße *Pönitenz*, die (lat., Pl. -en)

Büßender *Pönitent*, der (lat., Pl. -en)

Büßer *Fakir*, der (arab., Pl. -e) »der Arme«, i. S. e. Bettelmönchs

Büßer in der Unterwelt *Tantalus*, der (gr. König) davon: Tantalusqualen, unbeschreibliche Qualen erleiden; König Tantalus litt in der Unterwelt an Hunger u. Durst, obwohl Essen u. Trinken in scheinbar erreichbarer Nähe waren

Bypass, e. natürlicher ... *Shunt*, der (engl., Pl. -s) e. auf natürlichem Weg entstandene, oft krankhafte Blutgefäßverbindung

C

Cello *Bassett,* der (it., Pl. -e, -s) »kleiner Baß«; veraltete Bezeichnung für Violoncello

Charakter *Profil,* das (lat.-it., Pl. -e) dem Wirtschaftsminister fehlt es an Profil

charakteristisch 1. *typisch* (gr.-lat.) das Verhalten war wieder einmal typisch für sie 2. *repräsentativ* (fr.-lat.) 3. *spezifisch* (lat.-fr.) kennzeichnend; nicht verw. mit *spezifizieren* (lat.-fr.) einzeln aufführen 4. *symptomatisch* (gr.) bezeichnend

Charakterstärke *Format,* das (gr.-lat.-dt., Pl. -e) e. Politiker von Format

Chauvinist *Jingo,* der (engl., Pl. -s) auch: fanatischer Nationalist

Chef 1. *Padrone,* der (lat.-it., Pl. ...nie) in Italien 2. *Patron,* der (lat.-fr., Pl. -s) Schutzherr; auch: Chef in Frankreich 3. *Boß,* der (niederl.-engl., Pl. Bosse)

Chefpilot *Kapitän,* der (lat.-it., Pl. -e)

Chemie des Mittelalters *Alchemie;* auch: *Alchimie,* die (arab.-sp.-fr., ohne Pl.) Versuche, unedle Stoffe in edle, bes. Gold zu verwandeln

Chemiefaser, endlose ... *Filament,* das (lat., Pl. -e) auch: Staubfaden der Blüte

Chinabücher *Sinika,* die (lat., nur Pl.)

Chinawissenschaft *Sinologie,* die (gr.-lat., ohne Pl.)

Chipkarte, intelligente ... *Smartcard,* die (engl., Pl. -s) die neben dem Magnetstreifen e. Mikroprozessor enthält; die Chips können Daten speichern u. verwalten

Chip-Kartenentriegelung *Keyless-Go,* das (engl., ohne Pl.) i. S. e. schlüssellosen Starts; d. h. der PKW entriegelt automatisch, der Motor wird durch Knopfdruck gestartet u. ausgeschaltet

Chorhemd *Albe,* die (lat., Pl. -n) e. kath. Geistlichen (Bischof) auch: liturgisches Untergewand

Chorleiter *Dirigent,* der (lat., Pl. -en) Herbert von Karajan war e. bekannter Dirigent

Chorwerk *Oratorium,* das (lat., Pl. ...rien)

Christ, nicht katholischer ... *Akatholik,* der (gr., Pl. -en)

Christbaumschmuck *Lametta,* das (lat.-it., ohne Pl.)

christenfeindlich *antichrist* (gr.-lat.)

Christus, Darstellung des gekreuzigten ... *Kruzifix,* das (lat., Pl. -e) »Ich bin dafür, Jesus ab- u. Gauweiler aufzuhängen. Soviel zum Kruzifix-Streit in Bayern.« (G. Schröders geh. Tagebuch von H. Venske, 1997)

Christuslehre *Christologie,* die (gr., Pl. -n)

Chromosom, das das Embryogeschlecht 1. als weiblich bestimmt *X-Chromosom,* das (gr., Pl. -en) auch: Erbanlagenträger X 2. als männlich bestimmt *Y-Chromosom,* das (gr., Pl. -en) auch: Erbanlagenträger Y

Chromosomen, in den ... lokalisierter Erbfaktor *Gen,* das (gr., Pl. -e) »... John F. Kennedy jr. ... in ihm stecken die Sex-Gene des Papas, der schon Marilyn Monroe umlegte.« (Bild-Zeitung, 1992)

Chromosomensatz e. Zelle ... *Genom,* das (gr.-lat., Pl. -e) ... der die Erbmasse darstellt

Codierungsleser, der das Progammieren von Videorecordern erübrigt *Programmie,* der (gr.-lat., ohne Pl.) mit dem Gerät wird in best. Programmzeitschriften ein Time-Code abgelesen u. an den Recorder per Infrarotsignal übertragen

Comic-Grafiken, japanische ... für den Computer *Japanimated,* die (engl., ohne Pl.) aus: Japan u. animated (anregend) beliebte japanische Computer-Comics

Compact-Disk, mit beidseitiger Kapazität *Digitale Video-Disk,* die (engl.-am., Pl. -s) kurz: DVD; e. neuartige CD, die insgesamt 10 Gigabyte an Daten speichert (das 15fache e. CD-ROM); gilt als Folgetechnik der Videokassetten

Computer, der Nachrichten ordnet u. nach Themen speichert *News-Server,* der (engl., Pl. -s) mit e. News-Server kann an Hunderten von Diskussionsforen teilgenommen werden

Computer-Animationstechnik, speziell für Verwandlungen *Morphing,* das (gr.-engl.-am., ohne Pl.) vor den Augen des Betrachters verlieren z. B. Tiger ihre Konturen u. werden zu Autos, Menschen zu Hunden; bes. in TV-Werbespots eingesetzter Effekt

Computerbörse, die New Yorker ... *Nasdaq,* die (am.-Eigenn., ohne Pl.) sie ist den Umsätzen nach die zweitgrößte Börse der USA

Computerhandelssystem, neues ... *Xetra,* der (engl.-Eigenn., ohne Pl.) Abk. von: Exchange Electronic Trading; Nachfolger des Ibis-Systems

Computerinformations-Welt, durch die ... gleiten ... *Mediennavigation,* die (lat., Pl. -en) ... ohne seelischen Schaden zu nehmen; der Mediennavigator surft im Meer elektronischer Informationen, auf der Suche nach Brauchbarem u. Sinnvollem

Computerkunst 1. *cyber-art,* die (engl.) 2. *cyberdelic art* 3. *cyberdelische Kunst* (engl.-dt.) es handelt sich jeweils um computergenerierte (entwickelte) Bilder, virtuelle Welten oder digitale Musik

Computernetz 1. *Internet,* das (engl.-am., ohne Pl.) auch: 2. *»Online«* (engl.-am.) oder 3. *»the Net«,* das (engl.-am., ohne Pl.) genannt

Computernetze, Mutter aller ... *Internet,* das

(engl., ohne Pl.) auch nur: »das Netz« genannt; dezentrales, internationales Netz von Übertragungswegen für den Datenverkehr; jeder angeschlossene Benutzer kann Daten entnehmen u. eingeben

Computerpapierkorb *killing File,* die (engl., Pl. -s) Ort, wo alle Daten enden, die nicht mehr gebraucht werden

Computerprogramme *Software,* die (engl., Pl. -s) »weiche Ware«

Computerspiel *Heaven & Earth* (engl.) »Himmel u. Erde« als Beispiel für viele Spiele e. neueren Generation (auf Macintosh-Rechner), dabei geht es um buddhistische Lehren

Computerspiel, an dem gleichzeitig mehrere Personen teilnehmen ... *Multi User Game,* das (engl., Pl. -s) ... um der Vereinsamung vor dem PC entgegenzuwirken; Spielpartner, die sich pers. nicht kennen, spielen oft, über große Distanzen getrennt, miteinander

Computersüchtiger *Mouse Potato,* der (engl., Pl. -es) Abwandlung von Couch Potato: Stubenhocker; Personen, die sich ausschließlich mit dem Computer beschäftigen oder e. extremen TV-Konsum haben

Computerteile *Hardware,* die (engl., Pl. -s) »harte Ware«, i. S. aller Computerapparaturen, Funktionsteile des Computers; scherzhaft: »Komm Puter«, Geflügellockmaschine

Containertransporter ... *Van-Carrier,* der (engl., ohne Pl.) ... innerhalb des Containerhafens arbeitend

Cowboy in Mexiko *Vaquero,* der (lat.-sp., Pl. -s)

D

Dachgeschoß *Mansarde,* die (fr., Pl. -n) ausgebaut, nach dem fr. Architekten J. Hardonie

Dachgeschoßwohnung, elegante ... 1. *Loft,* der (engl., Pl. -s) auch: Fabrikräume als Wohnung; Getreidespeicher unter dem Dach e. Stalles 2. *Penthouse,* das (engl., Pl. -s) i. S. e. Dachterrassenwohnung

Dachgesellschaft *Holding,* die (engl., Pl. -s) i. a. e. Verwaltungsgesellschaft, die die übergeordneten Belange e. Konzerns steuert, z. B. die Finanzen, das Marketing

Dachshund *Basset,* der (engl., Pl. -s) kurzbeinige Rasse mit Hängeohren

Dachterrassenwohnung *Penthouse,* das (engl., Pl. -s) auch: Name e. bekannten Erotikpostille (Sexmagazins)

Dachzimmer *Mansarde,* die (fr., Pl. -n) nach dem fr. Architekten J. Hardonie

dafür sein *plädieren* (lat.-fr.) etwas befürworten oder e. Plädoyer (Schlußvortrag des Verteidigers bzw. Staatsanwaltes) halten

dagegen 1. *kontra* (lat.) z. B. in e. Firma sind Abläufe kontraproduktiv (unwirtschaftlich) 2. *konträr* (lat.-fr.) widrig, gegensätzlich, e. konträre Auffassung vertreten 3. *negativ* (lat.) i. S. von verneinend; Ggs.: positiv

dagegen sein *opponieren* (lat.) widersprechen; nicht verw. mit *opportun* (lat.) angebracht, von Vorteil sein

daher *ergo* (lat.) also, folglich, »ergo bibamus!« (also laßt uns trinken! Kehrreim mittelalterlicher Trinklieder)

Dahintreibenlassen *Laissez-faire,* das (fr., ohne Pl.) Forderung der fr. Liberalisten, die behaupten, daß die Wirtschaft am besten floriert, wenn sich der Staat nicht einmischt, sondern der Entwicklung von Angebot u. Nachfrage überlassen bleibt

Dame 1. *Lady,* die (engl., Pl. ...dies) z. B. die einstige »Lady Di« in England 2. *Madame,* die (fr., Pl. Mesdames) i. S. e. »gnädigen Frau«, als Anrede

Dame, Erste ... *First Lady,* die (engl.-am., Pl. -ies) die Frau des US-Präsidenten; jede Frau e. Staatsoberhauptes

Damenbadeanzug 1. *Bikini,* der, zweiteilig, nach dem Bikini-Atoll der Marshallinseln benannt 2. *Tanga,* der (indian.-port., Pl. -s) sehr knapper Minibikini

Damenbluse *Kasack,* der (fr.-türk., Pl. -s) dreiviertellang, wird über Rock oder Hose getragen

damenhaft *ladylike* (engl.)

Damenhalbschuh mit Absätzen *Pumps,* die (engl., nur Pl.)

Damenhose *Hot Pants,* die (engl., nur Pl.) kurze, enge Hosen für Frauen u. Mädchen

Damenhose, lange, weite ... *Slacks,* die (engl., Pl.)

Damenhut, kleiner ... 1. *Kapotte,* die (lat.-fr., Pl. -n) 2. *Kapotthut,* der (lat.-fr.-dt., Pl. ...hüte) um 1900 modischer Hut, der unter dem Kinn gebunden wurde

Damenmantel *Capuchon,* der (fr., Pl. -s) mit Kapuze

Damenrasierapparat *Ladyshave,* der (engl., Pl. -s)

Damenschuh 1. *Sabot,* der (fr., Pl. -s) hochhackig 2. *Pumps,* der (engl., nur Pl.) ausgeschnittener, eleganter Damenschuh

Damenunterhemd, kurzes *Bustier,* das (fr., Pl. -s) von buste (Busen) ein ärmelloses Dessous; auch: Schottenunterhemd genannt

Damenunterhöschen *Slip,* der (engl., Pl. -s) beinloser Damen- oder Herrenschlüpfer; auch: schiefe Ebene für den Stapellauf e. Schiffes
Damenunterwäsche *Dessous,* die (lat.-fr., nur Pl.)
Dämlichkeit *Sottise,* die (fr., Pl. -n) besser: Dummheit
Dämmerzustand *Trance,* die (lat.-fr.-engl., Pl. -n)
Dampf, wiederverflüssigter ... *Destillat,* das (lat., Pl. -e)
Dampfbad *Sauna,* die (finn., Pl. ...nen)
Dampfer *Steamer,* der (engl., Pl. -s)
Dampfkochtopf *Digestor,* der (lat., Pl. ...oren) auch: Raum mit hohem Luftaustausch z. B. in e. Laboratorium
Dancefloor-Music, entspannende ... *Ambient,* das (engl.-am., Pl. -s) wird nach hartem Dancefloor-Workout gehört
Dancefloor-Session, die ... danach *After Hour Party,* die (engl.-am., Pl. ...ies) es geht zur nächsten Party, zur After Hour Party
danke *merci* (lat.-fr.)
Dankgebet 1. *Gratiale,* das (lat., Pl. ...lien) 2. *Eucharistie,* die (gr.-lat., ohne Pl.) »Danksagung«
Danklied, altgr. ... *Päan,* der (gr., Pl. -e)
darbieten 1. *präsentieren* (lat.-fr.) der Geschäftsführer präsentierte den Gesellschaftern e. sehr gute Bilanz 2. *exhibieren* (lat.) i. S. von: zur Schau stellen, von *Exhibitionismus,* der (lat., ohne Pl.) med., krankhafte Neigung zum öffentlichen Zeigen der Geschlechtsteile 3. *kredenzen* (lat.-it.) feierlich darreichen, der Kellner kredenzt den Wein 4. *offerieren* (lat.) i. S. von anbieten; e. Ware offerieren
Darbietung 1. *Show,* die (engl., Pl. -s) 2. *Kabarett,* das (fr., Pl. -e, -s) zeitkritische, humorvolle Vorstellung 3. *Sensation,* die (lat.-fr., Pl. -en) erstaunliche einmalige Vorstellung 4. *Programm,* das (gr.-lat., Pl. -e) i. S. e. Folge von Darbietungen, z. B. der Spielplan bot e. vielfältiges Programm
Dardanellen, altgr. Name der ... *Hellespont,* der (gr., ohne Pl.)
darlegen 1. *demonstrieren* (lat.) i. S. von vorführen; aber auch: an e. Massenveranstaltung teilnehmen 2. *explizieren* (lat.) 3. *spezifizieren* (lat.) i. S. von einzeln aufführen 4. *detaillieren* (lat.-fr.) etwas im einzelnen darlegen
darlegen, im einzelnen ... *detaillieren* (fr.)
darlegen, klar ... *ad oculos* (lat.) i. S. von: vor Augen (führen)
Darlehen *Kredit,* der (lat.-fr.-it., Pl. -e)
Darlehnsabzug *Damnum,* das (lat., Pl. Damna) wirtsch., bei e. Kreditgewährung kommt nur der um das Damnum reduzierte Betrag zur Auszahlung
Darm, auf den ... bezogen *enteral* (gr.-lat.) oder auf Eingeweide bezogen
Darmbakterien *Enterokokken,* die (gr.-lat., nur Pl.) ... die zur normalen Darmflora des Menschen gehören
Darmblähung *Meteorismus,* der (gr.-lat., Pl. ...men) med. svw. vulgär: Furz
Darmblutung *Enterorrhagie,* die (gr.-lat., Pl. ...ien) med.
Darmbruch *Enterozele,* die (gr.-lat., Pl. -n) auch: Eingeweidebruch (med.)
Darmentleerung *Defäkation,* die (lat., Pl. -en) med.
Darmkanal *Intestinum,* das (lat., Pl. ...nen, ...na) med.
Darmkatarrh *Enteritis,* die (gr.-lat., Pl. ...itiden) med.
Darmkollern *Bombus,* der (gr.-lat., ohne Pl.) auch: Ohrensausen
Darmkrampf *Kolik,* die (gr.-lat., Pl. -en) med., z. B. Nierenkolik
Darmschmarotzer *Enterosit,* der (gr.-lat., Pl. -en)
Darmschmerz *Enterodynie,* die (gr.-lat., Pl. ...ien) med.
Darmschnitt *Enterotomie,* die (gr.-lat., Pl. ...ien) auch: operatives Öffnen des Darmes
Darmspülung *Enteroklysma,* das (gr.-lat., Pl. ...men, ...mata)
Darmstörung, nervöse ... *Enteroneurose,* die (gr., Pl. -n) med.
Darmträgheit auslösen 1. *obstipieren* (lat.) med. 2. *Obstipation,* die (lat., Pl. -en) Darmträgheit
Darmverschlingung *Volvulus,* der (lat., Pl. ...li) med.
Darmverschluß *Ileus,* der (gr.-lat., Pl. Ileen) med.
darreichen *kredenzen* (lat.-it.) der Ober kredenzt e. hervorragenden Champagner
darstellen 1. *repräsentieren* (lat.-fr.) e. echter van Gogh repräsentiert e. enormen Wert 2. *charakterisieren* (gr.-fr.-lat.) 3. *figurieren* (lat.) z. B. e. Rolle spielen, in Erscheinung treten 4. *interpretieren* (lat.) z. B. e. Text auslegen, Musik künstlerisch wiedergeben; *Interpretatio romana,* die (lat.) Deutung nicht römischer Götter (Donar als Jupiter) 5. *symbolisieren* (gr.-lat.) sinnbildlich darstellen
darstellend, das eigene Leben ... *autobiographisch* (gr.)
Darstellung der Eigenschaften u. Fähigkeiten e. Person *Psychogramm,* das (gr.-lat., Pl. -e) z. B. in einem Koordinatensystem; auch: Persönlichkeitsprofil
Darstellung des eigenen Lebens *Autobiographie,* die (gr., Pl. ...ien)
Darstellung des nackten Körpers *Akt,* der (lat., Pl. -e) auch: Vorgang, Handlung; z. B. Staatsakt

Darstellung e. geschichtlichen Entwicklung von etwas *diachrone Darstellung,* die (gr.-dt., Pl. -en) von gr.: dia (durch) u. chronos (Zeit), z. B. die Geschichte des am. Bürgerkrieges

Darstellung mittels Ziffern oder Zeichen *digital* (lat.) Informationen werden in das duale Zahlensystem umgerechnet (0 u. 1), um diese mittels der EDV verarbeiten zu können; auch: die Finger oder Zehen betreffend

Darstellung *Studie,* die (lat., Pl. -n)

Darstellung von Ton, Video, Bild u. Text ... *Multimedia,* das (lat., ohne Pl.) ... über e. Digitalisierung zur Speicherung u. Wiedergabe auf dem Computer; Voraussetzung für e. Multimediagerät: integriertes Laufwerk für CD-ROMs, e. Soundkarte, hohe Speicherkapazität, hohe Rechengeschwindigkeit; Multimedia stellt e. Medienverschmelzung, -kombination dar

Darstellung zukünftiger Kinder *Data-Mating,* das (engl., ohne Pl.) mate (sich paaren) Bez. für e. Computersimulation, mittels der sich Paare e. optische Vorstellung ihrer noch ungeborenen Kinder machen können; dabei werden Bilder von Paaren übereinanderkopiert u. in mehreren Altersstufen generiert, man erhält auf diese Weise das Aussehen des Babys u. des Jugendlichen

Darstellung, bildliche ... *Piktogramm,* das (lat.-gr., Pl. -e) ... mit international festgelegter Bedeutung; auch: Bildsymbol, z. B. für Gift der Totenkopf

Darstellung, ironisch-witzige ... *Satire,* die (lat., Pl. -n) »Man glaubt Satire zu lesen u. liest nichts als treue Denkart.« (Johann Gottfried Herder)

Darstellung, wirklichkeitsgetreue, künstlerische ... *Verismus,* der (lat., ohne Pl.)

Darstellung, zeitkritische, spöttisch-ironische ... *Satire,* die (lat., Pl. -n) »Satiren sind aussichtslose Versuche, die Wirklichkeit zu übertreffen.« (Gerhard Uhlenbruck)

Dasein *Existenz,* die (lat., Pl. -en) an die Existenz von Ufos glauben; der Berber fristet e. traurige Existenz

dasein *existieren* (lat.) ob Ufos wirklich existieren?

daseinsmäßig 1. *existential* (lat.) 2. *existentiell* (lat.) »wo ich dieses Schubladendenken, vor allem bei so existentiellen Fragen, doch überhaupt nicht mehr zeitgemäß finde« (Claudia Nolte, Bundesministerin, 1996)

Daseinsurgrund in der chin. Philosophie *Tao,* das (chin., ohne Pl.)

dasselbe 1. *idem* (lat.) nicht verw. mit: »Hüte dich vor den Iden des Märzes«, die Iden sind der 15. März, der Tag, an dem 44 v. Chr. Cäsar ermordet wurde 2. *dito* (fr.-it.-lat.)

Datenautobahn 1. *Informations-Superhighway,* der (lat.-fr.-engl.-am., Pl. -s) 2. *Info-Highway,* der (lat.-engl.-am., Pl. -s) 3. *Infobahn,* die (engl., Pl. -s) jeweils als Informationsstraße der Zukunft gepriesen; e. Idee von Al Gore (US-Vizepräsident), die Bill Clinton vorantreibt; übermittelt werden die Datenströme durch die Telefonnetze

Datenautobahn-Fahrer 1. *Sysop,* der (engl.-am., Pl. -s) auch: 2. *System Operator,* der (engl., Pl. -s) 3. *Mailbox-User,* der (engl., Pl. -s) 4. *Internet-Driver,* der (engl.-am., Pl. -s) 5. *Netsurfer,* der (engl., Pl. -s)

Datenbankbenutzer, unberechtigter ... *Hacker,* der (engl.-am., ohne Pl.) von to hack (hacken) das Anzapfen u. manipulieren fremder Daten erfolgt mittels PC u. Telefon

Datenbankeindringling 1. *Hacker,* der (engl., Pl. -s) 2. *Cyberpunk,* der (engl., Pl. -s) Hacker der 3. Generation, nennen sich »Informationsbefreier«; aber auch: Szene im Silicon Valley, die sich bes. mit der Mailbox-Kommunikation (Speicher für die Hinterlegung von Nachrichten) befaßt; Hacker bilden e. Computer-Subkultur

Datenmenge, in e. Datei angelegte ... *File,* das (engl., Pl. -s) auch: Ordner

Datennetz, bekanntestes ... im Internet *World Wide Web,* das (engl., ohne Pl.) kurz: WWW; bekannt unter dem Kürzel (Prefix) »www.« in der Netz-Adresse; Stärke des WWW: Grafiken, Texte, Videodaten optisch ansprechend zu gestalten

Datensätze komprimieren 1. *Crunchen,* das (engl.) 2. *Packing* (engl.) jeweils Datensätze verdichten, um diese auf Disketten oder Festplatten zu bringen, damit Platz auf dem Speichermedium vorhanden ist

Datenübermittlung ... *Telemetrie,* die (gr.-lat., Pl. ...ien) ... zwischen Raumschiff u. Bodenstation

Datenübertragungsgerät ... 1. *Modem,* das, der (engl., Pl. -s) ... mittels Fernsprechleitungen; bestehend aus: Modulator u. Demodulator (Geräte zur Abwandlung von Schwingungen) 2. *Akustikkoppler,* der (lat.-dt., ohne Pl.) das gesprochene Wort wird mittels Fernsprechleitung übertragen

Datenverarbeitungsanlage *Computer,* der (lat.-engl., Pl. -s) i. S. e. elektron. Rechners; »Computer sind die logische Weiterentwicklung des Menschen: Intelligenz ohne Moral.« (John Osborne)

Datenverdichtung nach Inhalten *semantische Datenkompression,* die (gr.-lat., Pl. -en) um Speicherplatz zu sparen, müssen Informationen in wenige Worte gekleidet werden, z. B. um e. Gähnen zu beschreiben, wären viele Kilobyte Kapazität notwendig, verständlicher u. einfacher ist eine Hand vor dem offenen Mund

Datenverschlüsseler ... *Encoder,* der (lat.-engl., ohne Pl.) ... z. B. in e. Computer; Ggs.: Decoder

dauerhaft 1. *durabel* (lat.) z. B. durable Verbindungen schaffen 2. *konstant* (lat.) 3. *stabil* (lat.) Ggs.: labil

Dauerhaftigkeit 1. *Permanenz,* die (lat., ohne Pl.) nach der Entführung tagte der Krisenstab in Permanenz 2. *Stabilität,* die (lat., ohne Pl.) »Mit der Stabilitätskultur in Europa ist die Währungsunion keine kränkelnde Geste.« (Hans-Dietrich Genscher, F.D.P., 1998)

dauernd 1. *chronisch* (gr.-lat.) unter chronischen Schmerzen leiden 2. *permanent* (lat.) jmdm. permanent auf die Nerven gehen 3. *kontinuierlich* (lat.) stetig 4. *konstant* (lat.) i. S. von unveränderlich; auch: beharrlich

Dauerwurst *Salami,* die (lat.-it., Pl. -s)

Daumen *Pollex,* der (lat., Pl. ...llices) der Pollex ist der wichtigste Finger

dazu *plus* (lat.) i. S. von addieren

Dazugehörender *Insider,* der (engl., ohne Pl.) »Die Gerüchteküche brodelt, weil nur Insider wirklich auf dem Stand der Verhandlungen sind.« (Uli Hoeneß, Manager FC Bayern München, 1998)

dazugehörig *integriert* (lat.) aber nicht: »Der eine oder andere Neue fühlt sich bei uns noch nicht hineinintegriert.« (Olaf Thon, einst FC Bayern München)

dazuzählen *addieren* (lat.)

dazwischengehen *intervenieren* (lat.-fr.) ohne die Intervention (Vermittlung) des Nachbarstaates gäbe es Krieg

dazwischenliegend *intermediär* (lat.) nicht verw. mit *Intermédiaire,* das (lat.-fr., Pl. -s) Dressuraufgabe im internationalen Reitsport

Deckblatt *Frontpage,* die (engl.-am., Pl. -s) auch: Titelseite e. Zeitung, e. Zeitschrift

Deckname 1. *Phraseonym,* das (gr.-lat., Pl. -e) der aus e. Redewendung besteht 2. *Pseudonym,* das (gr., Pl. -e) auch: Künstlername 3. *Nom de guerre,* der (fr., Pl. -s) »Kriegsname« i. S. e. Künstlernamens

Deckstreifen *Tektur,* die (lat., Pl. -en) werden über Sätze in e. Buch geklebt

Deckung 1. *Revalierung,* die (lat., Pl. -en) z. B. die Kreditrückzahlung 2. *Parade,* die (lat.-fr., Pl. -n) z. B. beim Boxen; auch: prunkvoller Aufmarsch

deckungsgleich 1. *identisch* (lat.) völlig gleich 2. *kongruent* (lat.) übereinstimmende Ansichten, oder kongruente Dreiecke (Math.); Ggs.: inkongruent 3. *konkordant* (lat.) 4. *konvergent* (lat.) 5. *symmetrisch* (gr.-lat.) eben-, gleichmäßig

Defekt im Datenträger *Computervirus,* der (engl.-lat., Pl. ...viren) z. B. der bekannte »Michelangelo-Virus«, der um 1986 gefürchtet war

Defekt, angeborener, genetischer ... *Inborn Error,* der (engl., Pl. -s) med.

definierbar, nicht ... *indefinibel* (lat.) auch: unerklärbar

Defizit *Manko,* das (lat.-it., Pl. -s) auch: Fehlbetrag; nicht verw. mit *Mango,* die (port., Pl. ...onen) Frucht des Mangobaums

Defizitfinanzierung *deficit spending,* das (engl., ohne Pl.) wirtsch., Ankurbelung der Wirtschaft durch zusätzliche Verschuldung des Staates

Degen 1. *Rapier,* das (gr.-fr., Pl. -e) 2. *Florett,* das (lat.-it.-fr., Pl. -e) Stoßwaffe zum Fechten

dehnbar 1. *elastisch* (gr.-lat.) 2. *flexibel* (lat.) beweglich

Dehnbarkeit *Elastizität,* die (gr.-lat., ohne Pl.)

Dehnung 1. *Dilatation,* die (lat., Pl. -en) z. B. Volumenausdehnung von Stoffen 2. *stretching,* das (engl., ohne Pl.) Muskeldehnung, sportliche Übung

Dekorationsmittel *Display,* das (engl., Pl. -s) z. B. Werbematerial als Blickfang; auch: Bildschirmgerät

Dekorierung *Dekoration,* die (lat.-fr., Pl. -en) z. B. e. Schaufensters

Delegation *Wafd,* die (arab., ohne Pl.) auch: frühere ägyptische nationalistische Partei

Delikatesse *Gourmandise,* die (fr., Pl. -n)

demokratiefeindlich *antidemokratisch* (gr.-lat.)

Demokratieform, die soziale Sicherheit anstrebt *Sozialstaat,* der (lat.-dt., Pl. -en); »Ich bin der Rettungssanitäter des Sozialstaates u. nicht sein Verhinderer.« (Norbert Blüm)

Demonstration für das Rauchen weicher Drogen *Smoke-In,* das (engl., Pl. -s) der Haschisch- u. Marihuanakonsum ist nach der Quasilegalisierung durch das oberste dt. Gericht wieder in Mode gekommen, in einigen dt. Städten fanden Smoke-Ins statt, so auch in »Highdelberg« (Heidelberg)

demütig 1. *devot* (lat.) der Sachbearbeiter verhielt sich gegenüber seinem Abteilungsleiter devot 2. *servil* (lat.) unterwürfig, kriechend

Demütigung *»Gang nach Canossa«* e. Burg in Italien, in der fand sich Heinrich IV. bei Papst Gregor VII. in Demut ein (1077)

demzufolge *ergo* (lat.) auch: also, folglich: »ergo bibamus!« (Also laßt uns trinken! Kehrreim mittelalterlicher Trinklieder)

Denkansatz, multikultureller ... *Global Brain,* der (engl.-am., ohne Pl.) nach dem Trendforscher

Gerd Gerken entwickelt sich e. solcher Denkansatz infolge zunehmender Vernetzung

Denkart, kleinliche ... *Intoleranz,* die (lat.-fr., Pl. -en) auch: Unduldsamkeit; »Gleichgültigkeit ist die mildeste Form der Intoleranz.« (Karl Jaspers)

denkbar 1. *imaginabel* (lat.-fr.-engl.) i. S. von vorstellbar 2. *potentiell* (lat.-fr.) z. B. möglich, künftig, e. potentieller Kunde sein 3. *plausibel* (lat.-fr.) einleuchtend

denke, ich ... also bin ich *cogito, ergo sum* (lat., Zitat: Descartes)

Denken 1. *Reflexion,* die (lat., Pl. -en) in Ruhe überdenken 2. *Logik,* die (gr.-lat., ohne Pl.) z. B. logisch handeln 3. *Naivität,* die (lat.-fr., ohne Pl.) unbefangenes, kindliches Denken; bes. naive Fragen stellen 4. *Imagination,* die (lat.-fr., Pl. -en) i. S. von Einbildungskraft

Denken, positives ... 1. *positive thinking,* das (engl., ohne Pl.) eine in den USA herrschende lebensbejahende Grundeinstellung 2. *self Esteem,* das (engl., ohne Pl.) »Selbstachtung«; e. Variante des »positive thinking«, es soll jungen Amerikanern das Selbstwertgefühl steigern helfen

Denkfabrik *Think tank,* der (engl., Pl. -s)

Denkfähigkeit *Intellekt,* der (lat., ohne Pl.)

Denkkraft *Intellekt,* der (lat., ohne Pl.) auch: Verstand

Denklehre 1. *Noetik,* die (gr.-lat., ohne Pl.) philos. 2. *Logik,* die (gr.-lat., ohne Pl.) Lehre vom folgerichtigen Denken

Denkmal 1. *Monolith,* der (gr.-lat., Pl. -en) aus e. Steinblock gemeißelt 2. *Memorial,* das (lat.-fr.-engl., Pl. -s, ...ien) 3. *Monument,* das (lat., Pl. -e) mächtiges Denkmal

Denkmalpfleger *Konservator,* der (lat., Pl. ...oren)

Denkmuster *Topos,* der (gr., Pl. Topoi) auch: festes Klischee; wird gern von Sigrid Löffler (Literarisches Quartett) verwendet

Denkschrift 1. *Memorandum,* das (lat., Pl. -en) Botschafter übergeben bisweilen Memoranden ihrer Regierung 2. *Kommuniqué,* das (lat.-fr., Pl. -s)

Denkspruch 1. *Motto,* das (lat.-it., Pl. -s) das Motto der Veranstaltung hieß: Umweltschutz 2. *Credo,* das (lat., Pl. -s) »ich glaube«, Glaubensbekenntnis; absolute Ehrlichkeit war sein Credo 3. *Sentenz,* die (lat., Pl. -en) Sinnspruch als dichterische Ausdrucksform

Denksystem, auf e. ... mit beschränkter Wirklichkeitswahrnehmung beruhend *ideologisch* (gr.) »Das ist der Streit, den Rest halte ich für ideologisches Gedöns.« (Jürgen Trittin, Sprecher der Grünen, 1998)

Denkvermögen *Intellekt,* der (lat., ohne Pl.) A. Einstein hatte e. hervorragenden Intellekt

Denkweise *Mentalität,* die (lat.-engl., Pl. -en) die Mentalität der Aborigines ist Europäern fremd

Denkweise, ganzheitliche u. globale ... *Globalismus,* der (lat., ohne Pl.) als Ausdruck dafür taucht z. B. in der Werbung die Erde (der blaue Planet) als Satellitenbild auf

Denkweise, wissenschaftliche ... *Strukturalismus,* der (lat., ohne Pl.) ... die Gegebenheiten als Teil e. Struktur erklärt

Denkzettel *Memento,* das (lat., Pl. -s) i. S. e. Merkzettels

derb 1. *robust* (lat.) robuste Kleidung tragen 2. *drastisch* (gr.) »Scheiße« ist e. drastisches Wort

Derbheit *Drastik,* die (gr., ohne Pl.) auch: derbe Anschaulichkeit; Direktheit

Derivat (chem. Verbindung), sehr reaktionsfähiges ... *Vinylchlorid,* das (gr.-lat., Pl. -e) ... des Äthylens (ungesättigter Kohlenwasserstoff) entsteht beim Rauchen

derselbe *idem* (lat.) nicht verw. mit: »Hüte dich vor den Iden des Märzes«, die Iden sind der 15. März, Tag, an dem Cäsar 44 v. Chr. ermordet wurde

derselbe, ich bin nicht ... der ich war *non sum qualis eram* (lat., Zitat: Horaz)

Derwischkutte *Dalk,* der (pers., Pl. -e) der Derwisch tanzt sich im Dalk in Trance

Derwischorden *Senussi, Senoussi,* die (Eigenn., arab., Pl.) wurde 1833 in Mekka gegründet, sehr europäer- u. christenfeindlich, hatte großen Einfluß in Libyen

Derwischorden, Anhänger e. türkischen ... *Bektaschi,* der (türk., Pl. -s) nach Haddschi Bektasch, im 13. Jh. gegründeter Orden

desgleichen 1. *item* (lat.) 2. *dito* (lat.-it.-fr.) »besagt«, ebenso

deuten *interpretieren* (lat.) Texte interpretieren, wird in den Oberschulen gelehrt

deutend *interpretativ* (lat.)

Deuter *Interpret,* der (lat., Pl. -en) von Texten; Schlagersänger nennt man auch Interpreten

deutlich 1. *demonstrativ* (lat.) z. B. e. demonstratives Bekenntnis ablegen 2. *distinkt* (lat.) deutlich, klar 3. *expliziert* (lat.) Ggs.: *impliziert* 4. *prononciert* (lat.-fr.) e. prononcierte Ausdrucksweise haben 5. *akzentuierlich* (lat.) beim Sprechen hervorheben 6. *evident* (lat.) i. S. von offenkundig, offenbar 7. *frappant* (germ.-fr.) treffend, überraschend; Zwillinge mit frappanter Ähnlichkeit 8. *manifest* (lat.) z. B. deutlich erkennbar (Krankheiten) 9. *markant* (germ.-it.-fr.) ausgeprägt, bezeichnend 10. *massiv* (lat.) i. S. von ganz aus e. Material sein; wuchtig, heftig 11. *signifikant* (lat.) typisch, bedeutsam; nicht verw. mit *signitiv* (lat.) symbolisch, mit Hilfe von Zeichen

Deutlichkeit *Drastik,* die (gr., ohne Pl.) etwas in aller Drastik erzählen, d. h. ohne e. »Blatt vor den Mund zu nehmen«
Deutscher *Boche,* der (fr., Pl. -s) in Frankreich negative Bez. für den Deutschen
deutschfeindlich *germanophob* (lat.-gr.)
Deutschfeindlichkeit *Germanophobie,* die (lat.-gr., ohne Pl.)
deutschfreundlich *germanophil* (lat.-gr.)
Deutschfreundlichkeit *Germanophilie,* die (lat.-gr., ohne Pl.)
Deutschlands Lehrmeister *Praeceptor Germaniae,* Beiname für Melanchthon, dt. Reformator u. Philosoph (1497-1560)
Deutung 1. *Interpretation,* die (lat., Pl. -en) z. B. von Texten 2. *Exegese,* die (gr., Pl. -n) Wissenschaft der Auslegung von Bibeltexten
Deutung von Mythen u. Religionen *Euhemerismus,* der (lat., ohne Pl.) nach dem gr. Philosophen Euhemeros (um 300 v. Chr.)
Deutungskunst *Hermeneutik,* die (gr., ohne Pl.) Wissenschaft, die sich mit der Auslegung von literarischen Texten u. Kunstwerken befaßt
Dialekt 1. *Slang,* der (engl., Pl. -s) er spricht e. texanischen Slang 2. *Idiom,* das (gr.-lat.-fr., Pl. -e) z. B. Spracheigentümlichkeit, Mundart oder *Jargon,* der (fr., Pl. -s)
Dialog e. Chors ... *Epirrhem* u. *Epirrhema,* das (gr., Pl. ...emata) ... in der attischen Komödie; Ggs.: Antepirrhem
Dialogszene des altgr. Dramas ... *Epeisodion,* das (gr., Pl. ...ia) ... zwischen zwei Chorliedern
Diapositivsammlung *Diathek,* die (gr., Pl. -en)
dicht 1. *hermetisch* (gr.-lat.) i. S. von luft- u. wasserdicht; e. Druckkessel ist e. hermetisch verschlossener Behälter 2. *abundant* (lat.) 3. ***kompakt*** (lat.-fr.) auch: massig 4. ***konsistent*** (lat.)
Dichte *Densität,* die (lat., ohne Pl.)
Dichter 1. *Poet,* der (gr.-lat., Pl. -en) Goethe war e. begnadeter Poet 2. *Barde,* der (kelt., Pl. -n) 3. *Lyriker,* der (gr.-lat.-fr., ohne Pl.) Dichter der Lyrik, schreibt Dichtung, die subjektives Empfinden ausdrückt
Dichter, e. it. ... *Quasimodo, Salvatore,* der (it.-Eigenn.) um 1930, schrieb über die Fragwürdigkeit allen Daseins; »Du siehst aus wie Quasimodo.« (Klara Köpf, Tochter von Doris Schröder-Köpf, 1997), sie meinte den mißgestalteten Glöckner v. Notre Dame im gleichnamigen Roman Victor Hugos, oder etwa Gerhard Schröder?
Dichter, lorbeergekrönter ... *poëta laureatus* (lat.)
dichterisch *poetisch* (gr.-lat.-fr.)
Dichterling *Poetaster,* der (gr.-lat., ohne Pl.) abwertend für Poet
Dichters, des ... Wort *Poetry-Slam,* das (engl., Pl. -s) e. 1996 aus Chicago kommende literarische Vortragsform; eigtl.: Schläge der Dichtkunst; »Ein Text muß gut sein on page u. on stage.« (... gelesen wie gehört; Slamer Preckwitz)
Dichtkunst 1. *Epik,* die (gr.-lat., ohne Pl.) erzählend 2. *Lyrik,* die (gr.-lat.-fr., ohne Pl.) bisweilen in Reimen, subjektives Empfinden ausdrückend, wie z. B. Annette von Droste-Hülshoff (1797-1848)
Dichtkunst in Versen *Poesie,* die (gr.-lat.-fr., Pl. ...ien) »das Verfertigen«, Dichtung in Versen im Ggs. zur Prosa; »brotloseste der Künste: Poesie« (Heinrich Heine)
Dichtkunst, erzählende ... *Prosa,* die (lat., ohne Pl.) eigtl.: schlichte Rede; »... ich nenne das allertiefste Prosa!« (Marcel Reich-Ranicki, Literaturkritiker, 1992)
Dichtung, die als Wahrheit gelten soll *Fable convenue,* die (fr., Pl. -s)
dick *korpulent* (lat.) beleibt
Dickfelligkeit *Phlegma,* das (gr.-lat., ohne Pl.) sein Phlegma brachte alle zur Weißglut
dickflüssig *pastos* (gr.-lat.-it.)
Diebesgut *Sore* u. *Schore,* die (hebr., Pl. -n)
Diebstahl 1. *Plagiat,* das (lat.-fr., Pl. -e) des geistigen Eigentums 2. *Rip-off,* der (engl.-am., Pl. -s)
dienen, als etwas ... *fungieren* (lat.) i. S. von: e. bestimmte Aufgabe haben
dienend *auxiliar* (lat.) auch: helfend
Diener 1. *Butler,* der (engl., Pl. –) 2. *Lakai,* der (fr., Pl. -en) 3. *Boy,* der (engl., Pl. -s) z. B. Liftboy 4. *Groom,* der (engl., Pl. -s) 5. *Page,* der (fr., Pl. -n) junger Adliger als Diener an e. Fürstenhof; auch: Laufbursche e. Hotels 6. *Domestik,* der (lat.-fr., Pl. -en) Dienstbote; auch: Radrennfahrer, der dem Besten e. Mannschaft im Rennen Hilfe leistet
dienern *antichambrieren* (fr.)
Dienstältester *Doyen,* der (lat.-fr., Pl. -s) auch: Sprecher des diplomatischen Korps
Dienstanweisung 1. *Instruktion,* die (lat., Pl. -en) e. komplizierte Arbeit, setzt klare Instruktionen voraus 2. *Direktive,* die (lat., Pl. -n) 3. *Order,* die (lat.-fr., Pl. -s) auch: Befehl, Anweisung
Dienstbezeichnung *Titel,* der (lat., ohne Pl.) z. B. Oberamtsrichter, Bankdirektor, Bürgermeister
Dienstbote *Domestik,* der (lat.-fr., Pl. -en)
Dienstbote, elektronischer ... 1. *Informationsagent,* der (lat., Pl. -en) 2. *Intelligent Agent,* der (engl.-am., Pl. -s) kurz: IA 3. *Knowbot,* der (engl.-am., Pl. -s) es handelt sich jeweils um persönliche Programme, die die individuellen Bedürfnisse des Anwenders kennen, z. B. TV-Film-

vorlieben, Urlaubsorte usw., »IA« bucht, bestellt, holt Infos ein, legt Termine fest

Dienste für Besatzungstruppen *Servicen,* das (lat., ohne Pl.)

Dienste, Anbieter von Netzen *Service Provider,* der (engl., Pl. -s) »Zurverfügungstellung von Diensten«; Gesellschaften kaufen von Netzbetreibern (D-Netz von Mannesmann u. Telekom) Gesprächszeiten u. bieten diese dem Kunden als Provider mit zusätzlichen Leistungen (z. B. Börsennachrichten, Lotsendienste) an

Diensteifer *Empressement,* das (lat.-fr., ohne Pl.) auch: Bereitwilligkeit

Dienstgrad *Charge,* die (lat.-fr., Pl. -n) bei der Bundeswehr z. B. Feldwebel oder Major

Dienstkleidung *Uniform,* die (lat.-fr., Pl. -en)

Diensträume 1. *Sekretariat,* das (lat., Pl. -e) Raum e. Sekretärs 2. *Kanzlei,* die (lat., Pl. -en) Büro e. Anwalts, e. Behörde 3. *Büro,* das (lat.-fr., Pl. -s) Arbeitsraum, Dienststelle 4. *Rektorat,* das (lat., Pl. -e) Dienstraum e. Rektors

Dienststelle e. Gehilfen (Adjutanten) *Adjutantur,* die (lat., Pl. -en)

Dienststrafe *Disziplinarstrafe,* die (lat.-dt., Pl. -en) der Soldat meldete sich zu spät zum Dienst u. erhielt e. Disziplinarstrafe

dienstunfähig *invalide* (lat.-fr.) dauernde Erwerbsunfähigkeit

Dienstunfähiger *Invalide,* der (fr.-lat., Pl. -n)

Dienstvorschrift *Reglement,* das (lat.-fr., Pl. -s)

Diktiergerät *Diktaphon,* das (lat.-gr., Pl. -e)

Dinge in e. anderen Licht sehen ... *Reframing,* das (engl.-am., ohne Pl.) ... bzw. e. anderen Rahmen geben

Dinge, über die man spricht *Talking Points,* die (engl., nur Pl.)

Dinge, aller guten ... sind drei *omne trinum bonum* (lat., Zitat)

Dingen, bei großen u. schwierigen ... genügt der gute Wille *in magnis et voluisse sat est* (lat., Zitat: Propertius)

Dingen, mit den nackten ... *nudis rebus* (lat., Zitat: Ovid)

dinghaft *substantiell* (lat.) auch: stofflich; »Bei Gerhard Schröder steckt mir zu wenig Substantielles dahinter.« (Wolfgang Gerhardt, F.D.P.-Chef, 1998)

Dingwort *Substantiv,* das (lat., Pl. -e) auch: Hauptwort

direkt *live* (engl.) das Fernsehen übertrug die Olympiade live

direkt verbunden ... *online* (engl.) ... mit der zentralen Datenverarbeitungsanlage oder dem Internet

Direktübertragung *Livesendung,* die (engl.-dt., Pl. -en)

Direktzugriffsspeicher *Random Access Memory,* das (engl., ohne Pl.) kurz: RAM; auch: Arbeitsspeicher des Computers

Dirigent 1. *Kantor,* der (lat., Pl. -en) kirchlicher Dirigent 2. *Maestro,* der (lat.-it., Pl. -s)

Dirne 1. *Prostituierte,* die (lat., Pl. -n) 2. *Kokotte,* die (fr., Pl. -n) 3. *Kurtisane,* die (lat.-it.-fr., Pl. -n) Halbweltdame bei Hofe 4. *Callgirl,* das (engl., Pl. -s) 5. *Konkubine,* die (lat., Pl. -n) »Beischläferin«, Geliebte 6. *Bajadere,* die (gr.-lat.-niederl.-fr.) indische Tempeltänzerin; aber auch: Kurtisane

Discountgeschäft *cash and carry* (engl.) »bar bezahlen u. mitnehmen«; bes. Vertriebsform des Einzelhandels, die Ware wird nicht aufwendig präsentiert

Diskette *Floppy-Disk,* die (engl., Pl. -s) Kunststoffscheibe, die als Datenträger in der EDV verwendet wird

Diskussion *Debatte,* die (fr., Pl. -n) Erörterung; »Die Endlos-Debatten der Politik tue ich mir nicht mehr an.« (Lothar Späth, 1998)

diskutieren *debattieren* (fr.) »Wenige Entscheidungen haben wir so intensiv debattiert u. hin- u. hergewendet.« (Helmut Kohl, 1998 zum Euro)

Doktor, der liebe, gütige ... *Dottore,* der (it., ohne Pl.)

Doktor, frischgebackener ... *post Doc,* der (engl., Pl. -s)

Doktorarbeit *Dissertation,* die (lat., Pl. -en) wissenschaftliche Arbeit zur Erlangung des Doktorgrades

Doktorwürde erlangen *promovieren* (lat.) der diplomierte Student promovierte mit e. Thema der Quantenphysik

Dokumentarbericht *Feature,* das (lat.-fr.-engl., Pl. -s) das GEO-Magazin enthält illustrierte Features

Dolch *Stilett,* das (lat.-it., Pl. -e)

Doldengewächs *Umbellifere,* die (lat., Pl. -n)

Dollar, ein US- ... -Schein *Greenback,* der (engl.-am., Pl. -s) erstmals 1862 während des Bürgerkrieges erschienen, auf dessen Rückseite befand sich e. grüne Abbildung (heute allg. der Ein-Dollar-Schein); nicht verw. mit *Greenhorn,* das (engl.-am., Pl. -s) »Grünschnabel«

Donnerwetter! *parbleu!* (fr.) Äußerung des Erstaunens

doof *stupide* (lat.-fr.) dumm

Doppelaussage *Tautologie,* die (gr.-lat., Pl. ...ien) z. B. e. runder Kreis

Doppelbezeichnung aus Gattungsname u. Artname *binäre Nomenklatur,* die (lat., ohne Pl.) ... in der Biologie von Carl von Linné (1707-1778) eingeführt worden

Doppeldeutigkeit 1. *Ambiguität,* die (lat., ohne Pl.) Mehrdeutigkeit von Wörtern, z. B.: der Schimmel als weißes Pferd u. Pilzart 2. *Ambivalenz,* die (lat., Pl. -en) i. S. von Doppelwertigkeit best. Phänomene, z. B. Zuneigung u. Abneigung empfinden

Doppelehe *Bigamie,* die (lat.-gr., Pl. ...ien) gleichzeitig mit zwei Frauen verheiratet zu sein ist Bigamie, außerdem strafbar

Doppelehe, e. ... Führender *Bigamist,* der (lat.-gr., Pl. -en)

doppelfüßig *dipodisch* (gr.)

Doppelgänger 1. *Double,* das (lat.-fr., Pl. -s) 2. *Stuntman,* der (engl.-am., Pl. men) Ersatzmann, der für den eigentlichen Schauspieler Stunts (der Stunt: gefährliche Szene) übernimmt, wie einst Armin Dahl aus Hamburg

Doppelgängerwahn *Heautoskopie,* die (gr.-lat., ohne Pl.); nicht verw. mit *Heautognomie,* die (gr.-lat., ohne Pl.) Selbsterkenntnis

doppelgestaltig *biform* (lat.)

Doppelgestaltigkeit *Biformität,* die (lat., Pl. -en)

Doppelheit *Duplizität,* die (lat., Pl. -en) die »Duplizität der Fälle«

Doppelherrschaft *Biarchie,* die (lat.-gr., Pl. ...ien)

Doppellaut *Diphtong,* der (gr.-lat., Pl. -e) aus zwei Vokalen (Selbstlauten) gebildeter Laut: ei, au

doppellebig *amphibisch* (gr.-lat.) Tiere, die im Wasser u. auf dem Land leben, z. B. Frösche; auch Fahrzeuge, die sich im Wasser u. auf dem Land fortbewegen können

doppelseitig 1. *bilateral* (lat.) zweiseitig 2. *mutual* (lat.) gegen-, wechselseitig; nicht verw. mit *mutieren* (lat.) im Erbgefüge ändern; auch: im Stimmwechsel befinden 3. *reziprok* (lat.) wechselseitig; auch: Vertauschen von Zähler u. Nenner e. Bruches

Doppelsinn *Ambiguität,* die (lat., ohne Pl.) lexikalische oder syntaktische (sprachliche) Mehrdeutigkeit von Wörtern, Werten, Symbolen, z. B.: die »Bank« als Geldinstitut u. Sitzgelegenheit

doppelsinnig 1. *ambigue* (lat.-fr.) vieldeutig 2. *amphibolisch* (gr.-lat.) zweideutig

Doppelsitzfahrrad *Tandem,* das (lat.-engl., Pl. -s) »Ich war nie e. Anhänger der Tandemlösung.« (Wolfgang Schäuble, CDU, 1998)

Doppelstück *Dublette,* die (lat.-fr., Pl. -n) z. B. e. Gegenstand, der zweimal existiert

doppelt ausgedrückt 1. *pleonastisch* (gr.-lat.) überflüssig gehäuft 2. *tautologisch* (gr.-lat.) e. Sachverhalt doppelt wiedergeben, z. B. »alter Greis«

doppelt gibt, wer schnell gibt *bis dat, qui cito dat* (lat., Zitat)

doppelte Buchführung *Doppik,* die, wirtsch., Buchung e. Geschäftsvorfalls auf zwei Konten

Doppeltreffer *Ambe,* die (lat., Pl. -n) z. B. im Lotto

Doppelwährung *Bimetallismus,* der (lat., ohne Pl.) Münzen e. Landes, z. B. Italien, bestehen aus zwei verschiedenen Metallen

doppelwertig *ambivalent* (lat.)

Doppelwertigkeit *Ambivalenz,* die (lat., Pl. -en) e. Person oder einer Sache gegenüber Zu- u. Abneigung gleichermaßen empfinden

Dorfgemeinschaft *Mir,* der (russ., Pl. -s) russ. Dorfgemeinschaft u. deren Gemeinschaftsbesitz bis 1917

Dorn 1. *Spina,* die (lat., Pl. ...nen) auch: Stachel (med.) 2. *Marlspieker,* der (niederdt., Pl. -s) für Tauwerksarbeiten (Seemannsspr.)

Dorsch, gepökelter ... *Laberdan,* der (niederl., Pl. -e) aus Norwegen

Döschen, jap. ... aus Elfenbein oder gelacktem Holz *Inro,* das (jap., Pl. -s) reich verziert, wurde von den Herrn der Gesellschaft am Gürtel mit Spiegel u. Stempelfarbe getragen

Dosierung, in geringer ... *low dose* (engl.) z. B. Kortison, um die Nebenwirkungen zu reduzieren

dotterarm *alezithal* (gr.-lat.) bei Hühnereiern

Double, männliches ... für gefährliche Szenen *Stuntman,* der (engl., Pl. ...men) »Lieber e. Minute Angst, als einen Monat nicht gearbeitet.« (Armin Dahl, dt. Stuntman, 1997)

drahtlos übermitteln *telegrafisch* (gr.-fr.)

Drahtseil *Trosse,* die (lat.-fr., Pl. -n) Tauwerk über 4 cm Durchmesser

Drama *Tragödie,* die (gr.-lat., Pl. -n) das Stück »Elektra« von Sophokles ist e. Tragödie; Ggs.: Komödie, z. B. Anouilhs »Der Herr Ornifle«

Drama, mittelalterliches ... *Ludus,* der (lat., Pl. Ludi) auch: öffentliches Fest im alten Rom; Elementarschule

dramatischer Höhepunkt *Katastase;* auch: *Katastasis,* die (gr., Pl. ...stasen) Katastrophe im antiken Drama

Dramengattung ... *Tragödie,* die (gr.-lat., Pl. -n) ... in der das Tragische gestaltet wird, Trauerspiel; Ggs.: Komödie; »Was ist der Mensch? Die Tragödie Gottes!« (Christian Morgenstern)

drängend *stringendo* (lat.-it.) musik. Vortragsanw.

Draufgänger *Desperado,* der (lat.-sp.-engl., Pl. -s) e. zu allem Entschlossener, der auch vor Gewalt nicht zurückschreckt

draußen 1. *extern* (lat.) i. S. von außerhalb befindlich, externe Ursachen führten zum Zusammenbruch der Firma, z. B. Zahlungsausfälle; Ggs.: intern 2. *outdoor* (engl.) i. S. von: draußen an der frischen Luft

Drehbuchvorform *Treatment,* das (engl., Pl. -s) e. ausführliches Exposé mit Aussagen zum Handlungsverlauf, den Schauplätzen u. Charakteren e. geplanten Films

drehen *rotieren* (lat.) um die eigene Achse drehen

Drehflügel *Rotor,* der (lat.-engl., Pl. -en) z. B. e. Hubschraubers

Drehgelenk *Scharnier,* das (lat.-fr., Pl. -e)

Drehkulisse des antiken Theaters *Periakt,* das (gr., Pl. -en)

Drehleier *Organistrum,* das (gr.-lat., Pl. ...stren)

Drehpunkt *Pol,* der (gr.-lat., Pl. -e) auch: Nord- bzw. Südpol

Drehung 1. *Rotation,* die (lat., Pl. -en) z. B. von beweglichen Maschinenteilen 2. *Pirouette,* die (fr., Pl. -n) Drehschwung beim Ringkampf, Drehen auf der Hinterhand beim Reiten, Standwirbel um die eigene Körperachse beim Eiskunstlauf

Drehung des Balls *Drall,* der (dt., Pl. -e) Golfbez.

Drehzahlmesser *Tachometer,* der, das (gr.-lat., Pl. –) Tachometer befinden sich in fast allen Kraftfahrzeugen

drei in einem vereinigt *tria iuncta in una* (lat., Zitat)

Dreibund *Tripelallianz,* die (lat.-fr., Pl. -en) staatlicher Bund

dreidimensionale Bildwiedergabe *Holographie,* die (gr., ohne Pl.)

Dreieck 1. *Triangel,* der, das (lat., ohne Pl.) auch: Musikinstrument 2. *Trigon,* das (gr.-lat., Pl. -e) nicht verw. mit *Trikolon,* das (gr.-lat., Pl. ...la) Satzgefüge

dreieckig 1. *triangulär* (lat.) 2. *trigonal* (gr.-lat.)

Dreiecksberechnung *Trigonometrie,* die (gr.-lat., ohne Pl.) auch: Dreieckslehre

Dreieinigkeit *Trinität,* die (lat., ohne Pl.) i. S. von Gottvater, Sohn u. Heiliger Geist; auch Dreifaltigkeit

dreiendiger Muskel *Trizeps,* der (lat., Pl. -e) med.

dreifach *ternär* (lat.-fr.)

dreifarbig *trikolor* (fr.)

Dreigespann 1. *Triga,* die (lat., Pl. -s, ...gen) 2. *Troika,* (russ., Pl. -s, ...ken) e. politische Troika der SPD bestand aus: Schröder, Scharping u. Lafontaine (1994)

Dreigespann *Triga,* die (lat., Pl. -s, ...gen)

dreigestaltig *trimorph* (gr.) auch: *trimorphisch* (gr.) z. B. von Pflanzenfrüchten

dreigliedrig *trinomisch* (lat.) math.

Dreikampf *Triathlon,* der (gr., ohne Pl.) Laufen, Schwimmen, Radfahren

Dreimännerherrschaft *Triumvirat,* das (lat., Pl. -e)

Dreisatzrechnung *Regeldetri,* die (lat., ohne Pl.) math.

dreisilbig *trisyllabisch* (gr.-lat.)

dreisilbiges Wort *Trisyllabum,* das (gr.-lat., Pl. ...syllaba)

Dreistigkeit *Chuzpe,* die (jidd., ohne Pl.)

Dreitonintervall *Terz,* die (lat., Pl. -en) Mus.

Dreizack *Trident,* der (lat., Pl. -e) Waffe des gr.-röm. Meergottes Poseidon

Drillung *Torsion,* die (lat., Pl. -en)

dringend 1. *akut* (lat.) augenblicklich wichtig 2. *urgent* (engl.)

Dringlichkeit *Urgenz,* die (lat., ohne Pl.)

dritte Klasse *Quarta,* die (lat., Pl. ...ten) früher dritte Klasse e. Gymnasiums

Dritteljahr *Trimester,* das (lat., ohne Pl.) e. Viermonatszeitraum

Dritter Fall *Dativ,* der (lat., Pl. -e)

Dritter *Tertius gaudens,* der (lat., ohne Pl.) i. S. e. lachenden Dritten

drittrangig *tertiär* (lat.) an dritter Stelle sein; nicht verw. mit: *Tertiär,* das (lat.-fr., ohne Pl.) erdgeschichtliche Formation des Känozoikums (Geologie)

Droge 1. *LSD: Lysergsäurediäthylamid,* das (lat., Pl. -e) psychedelisches (euphorischen u. tranceartigen Zustand verursachendes) Rauschmittel 2. *Acid* (engl.) eigentlich sauer, Säure; Bezeichnung für LSD; jetzt als Zusatz für Musikstile verwendet, z. B. »Acid Jazz«, soll Tanzbarkeit u. Weiterentwicklung ausdrücken

Drogenabhängiger *Junkie,* der (engl., Pl. -s)

Drogenrausch *Turn,* der (engl., Pl. -s) auch: Wendung beim Kunstflug

Drogensüchtiger *Mainliner,* der (engl., ohne Pl.)

Drogenverkäufer *Dealer,* der (engl., Pl. -s)

drollig *possierlich* (fr.-dt.)

Droschke *Cab,* das (engl.-am., Pl. -s) einspännige engl. Droschke, heute: Taxi in den USA

Druck 1. *Terror,* der (lat., ohne Pl.) i. S. von Angst u. Gewalt ausüben 2. *Pression,* die (lat., Pl. -en) i. S. von Nötigung, unter Druck setzen

Druck in Flüssigkeiten *Pascalsche Prinzip,* das (Eigenn.-lat., ohne Pl.) nach: Blaise Pascal, fr. Philosoph u. Mathematiker (1623-1662)

Druckapparat in der Technik *Autoklave,* der (gr.-lat., Pl. -en) auch: Apparat zum Sterilisieren von Lebensmitteln

Druckarbeit ... *Akzidenz,* die (lat., Pl. -en) ... die nicht zum Buch-, Zeitungs- u. Zeitschriftendruck gehört

Druckbuchstabe *Letter,* der (lat.-fr., Pl. -n) e. Überschrift in großen Lettern schreiben; nicht verw. mit *»lettre«* (fr.) »Brief«, z. B. *Lettres de cachet,* die (fr., nur Pl.) Geheimbefehle der fr. Könige bis 1789, diese befahlen Tod oder Verbannung

Druckeinheit *Atmosphäre,* die (gr., Pl. -n) für Pascal; atm: physik., at: techn. Atmosphäre; auch: Lufthülle; Stimmung; auf der Party herrschte e. saumäßige Atmosphäre

Druckfehler *Erratum,* der (lat., Pl. -ta)

druckfertig machen 1. *redigieren* (lat.-fr.) z. B. e. Buchmanuskript 2. *lektorieren* (lat.)

Druckmesser *Manometer,* das (gr.-fr., ohne Pl.) Druckmeßgerät für Gase u. Flüssigkeiten

Druckmeßtechnik *Manometrie,* die (fr.-gr., ohne Pl.)

Druckmittel *Repressalien,* die (lat., Pl. -n) z. B. e. Geisel als Repressalie verwenden

Druckplatten, Hersteller von ... *Chemigraph,* der (arab.-gr., Pl. -en)

Druckplatten, Herstellung von ... *Chemigraphie,* die (arab.-gr., ohne Pl.) mit chem. Mitteln

Druckregler *Manostat,* der (gr.-fr., Pl. -e)

Drucktherapie *Akkupunktur,* die (lat., Pl. -en) Heilverfahren, bei dem durch Druck u. Massage der Fingerkuppen z. B. Kopfschmerzen gelindert werden

Druckwerk *Publikation,* die (lat.-fr., Pl. -en)

Drudenfuß *Pentagramm,* das (gr.-lat., Pl. -e) fünfeckiger Stern; nicht verw. mit *Pentagon,* das (gr.-lat., Pl. -e) Fünfeck, das auf e. fünfeckigen Grundriß erbaute Verteidigungsministerium der USA

Drüsenabsonderung des Bibers *Castoreum,* das (gr.-lat., ohne Pl.) auch: Bibergeil

drüsenähnlich *adenoid* (gr.-lat.) med.

Drüsenentzündung *Adenitis,* die (gr.-lat., Pl. ...itiden) auch: kurz für Lymphadenitis

Drüsengeschwulst *Adenom,* das (gr.-lat., Pl. -e) med.

Drüsenkrankheiten, Erreger von ... *Adenovirus,* das (gr., Pl. ...ren) med.

du, auch ...? *tu quoque?* (lat., Zitat: Cäsar) i. S. von: auch du, mein Brutus?

Duft 1. *Parfum,* das (lat.-fr.-it., Pl. -e, -s) i. S. e. konzentrierten Duftwassers 2. *Eau de parfum,* das (fr., Pl. Eaux...) weniger konzentriertes Duftwasser 3. *Eau de toilette,* das (fr., Pl. Eaux...) noch stärker verdünntes Duftwasser (Parfum) 4. *Bukett,* das (germ.-fr., Pl. -s) z. B. das voll-fruchtige Bukett des it. Rotweines

duftend *aromatisch* (gr.-lat.) am Frühstückstisch roch es aromatisch nach frischem Kaffee

Duftstoff 1. *Moschus,* der (sanskr., ohne Pl.) Grundsubstanz bestimmter Parfums, dieses wird aus dem Drüsensekret des Moschusrindes gewonnen 2. *Parfum,* das (lat.-it.-fr., Pl. -s) Duftstoff allgemein

Duftwasser *Eau de toilette,* das (fr., Pl. Eaux...) in abgeschwächter Mischung

duldbar *tolerabel* (lat.)

dulden 1. *tolerieren* (lat.) sein unflätiges Benehmen war nicht mehr zu tolerieren 2. *akzeptieren* (lat.) 3. *respektieren* (lat.-fr.) z. B. das Alter respektieren (achten)

duldend *passiv* (lat.)

duldsam 1. *konnivent* (lat.) i. S. von nachsichtig gegenüber Untergebenen 2. *tolerant* (lat.) i. S. von nachsichtig

Duldsamkeit *Toleranz,* die (lat., Pl. -en) der Pfarrer appellierte an die Toleranz seiner Gemeinde; »keine Toleranz für Rechtsbrecher u. Gewalttäter, egal welcher Nationalität« (Helmut Kohl, Bundeskanzler, 1998)

Duldung *Toleranz,* die (lat., Pl. -en) Entgegenkommen, bes. in Glaubensfragen; Ggs.: Intoleranz; »Toleranz ist die Eigenschaft, die dem Reichen zu erklären erlaubt, Armut sei keine Schande.« (Robert Lemke)

dumm 1. *stupid* (lat.-fr.) 2. *idiotisch* (gr.-lat.) 3. *borniert* (fr.) auch: engstirnig

dümmer, er ist ..., als er aussieht *praeter speciem stultus est* (lat., Zitat)

Dummheit 1. *Betise,* die (lat.-fr., Pl. -n) Einfältigkeit bes. in Fragen der Religion u. Politik 2. *Idiotie,* die (gr., Pl. ...ien) i. S. von Schwachsinn 3. *Niaiserie,* die (lat.-fr., Pl. ...ien) 4. *Sottise,* die (fr., Pl. -n) 5. *Ignoranz,* die (lat., ohne Pl.) »Viele meinen, sie seien intelligent, nur weil sich die Richtung ihrer Ignoranz geändert hat.« (W. Brudzinski)

Dummkopf 1. *Idiot,* der (gr.-lat., Pl. -en) i. S. von Schwachsinniger 2. *Ignorant,* der (lat., Pl. -en) 3. *Kretin,* der (lat.-fr., Pl. -s) Schwachsinniger 4. *Simpel,* der (lat.-fr., ohne Pl.)

Düngemittel *Kainit,* der (gr.-lat., Pl. -e) e. Kalidünger

Düngemittel, nur mit organischem ... gedüngt *biodynamisch* (gr.-lat.)

dunkel 1. *obskur* (lat.) i. S. von verdächtig, in e. obskure Situation geraten 2. *mysteriös* (gr.-lat.-fr.) geheimnisvoll 3. *nebulös* (lat.) i. S. von verworren 4. *mystisch* (gr.-lat.) 5. *hermetisch* (gr.-lat.) 6. *orakelhaft* (lat.-dt.) orakelhafte Anspielungen machen 7. *ominös* (lat.) unheilvoll

Dünkel *Süffisance,* die (lat.-fr., ohne Pl.) sein Lächeln zeigte unverkennbare Süffisance

dünkelhaft 1. *arrogant* (lat.) i. S. von überheblich 2. *blasiert* (fr.) der Erfolg hat den Sänger blasiert werden lassen 3. *süffisant* (lat.-fr.) e. süffisantes Lächeln aufsetzen

dunkelhäutig *melanoderm* (gr.-lat.) med.

Dunkelheit *Obskurität,* die (lat., Pl. -en)

dünn *hypoleptisch* (gr.) i. S. von zart, fein

Dünn- u. Dickdarmentzündung *Enterokolitis,* die (gr.-lat., Pl. ...itiden) med.

dünn versilbern *tingieren* (lat.)

Dünndarm *Enteron,* das (gr., Pl. ...ra) »das Innere«; auch: Eingeweide (med.)

Dunst, blauen ... vormachen 1. *fumum facere* (lat., Zitat) 2. *nebulas cudere* (lat., Zitat)

dünsten *daubieren* (fr.) Äpfel werden in e. geschlossenen Pfanne daubiert

Dunstglocke *Smog,* der (engl., ohne Pl.) für Stuttgart wurde Smog-Alarm gegeben

durch die Haut *transkutan* (lat.) med.

durch *per* (lat.) die Mitteilung kam per Post

durch Zufall *per accidens* (lat.) etwas per accidens ausfindig machen

durchbohren *perforieren* (lat.)

durchbohren, nicht zu ... *imperforabel* (lat.) undurchdringlich

Durchbruch *Break,* der (engl., Pl. -s) unerwarteter Vorstoß aus der Verteidigung heraus; Gewinn e. Punktes beim gegnerischen Aufschlag (Tennis); auch: Zwischensolo beim Jazz

durchdacht 1. *methodisch* (gr.-lat.) 2. *reflektiert* (lat.) auch: zurückgestrahlt 3. *strukturiert* (lat.) auch: Dingen oder Gedanken e. Ordnung, Gliederung geben 4. *systematisch* (gr.-lat.) auch: gegliedert, planmäßig

durchdenken *analysieren* (gr.-lat.) Erfolgschancen müssen zuvor gründlich analysiert werden

durchdringend 1. *penetrant* (lat.-fr.) im Lokal herrschte e. penetranter Fischgeruch 2. *infiltrativ* (lat.) eingesickert

Durchdringung 1. *Diffusion,* die (lat., Pl. -en) z. B. Vermengung von Stoffen 2. *Indoktrination,* die (lat., Pl. -en) i. S. ideologischer Beeinflussung von Menschen (wird von totalitären Regierungen versucht)

Durcheinander 1. *Chaos,* das (gr.-lat., ohne Pl.) nach dem Unfall herrschte Chaos auf der Straße; »Im Chaos hat man kein eigenes Antlitz« (G. v. Le Fort) 2. *Konfusion,* die (lat., Pl. -en) die Äußerungen des Politikers führten zu e. allgemeinen Konfusion 3. *Tohuwabohu,* das (hebr., Pl. -s) im Zimmer der Tochter herrschte Tohuwabohu 4. *Tumult,* der (lat., Pl. -e) Unruhe; nicht verw. mit *Tumulus,* der (lat., Pl. ...li) Hügelgrab 5. *Babylonismus,* der (ohne Pl.) i. S. von Verwirrung 6. *babylonisch:* Sprachverwirrung, verwirrende Vielfalt von Sprachen an e. Ort

durcheinander 1. *derangiert* (fr.) 2. *konfus* (lat.) verwirrt

Durchfahrt 1. *Passage,* die (lat.-fr., Pl. -n) die Nordwestpassage bezwang R. Amundsen (1903-1906) 2. *Transit,* der (lat.-it., Pl. -e) einst erreichte der Autofahrer Berlin ohne Visum nur über die Transitautobahn

Durchfall 1. *Diarrhöe,* die (gr.-lat., Pl. -n) med.; derb: Scheißerei 2. *Dysenterie,* die (gr.-lat., Pl. ...ien) med.

Durchfluß *Flow,* der (engl., ohne Pl.) auch: Fluß

Durchfuhr *Transit,* der (lat.-it., Pl. -e) Warenlieferung durch e. Land

durchführbar 1. *praktikabel* (gr.-lat.) e. praktikablen Vorschlag machen 2. *applikabel* (lat.) anwendbar

Durchführbarkeit *Praktikabilität,* die (gr.-lat., ohne Pl.)

durchführen 1. *effektuieren* (lat.-fr.) z. B. e. Auftrag ausführen 2. *transitieren* (lat.-it.) Güter durch e. Drittland bringen

Durchfuhrhandel *Transithandel,* der (lat.-it.-dt., ohne Pl.)

Durchgang *Passage,* die (lat.-fr., Pl. -n) z. B. Geschäftspassage, die Nordwestpassage

durchgedreht *emotional andersartig* (lat.-engl.-dt.) auch: verrückt

Durchhaltekraft *Energie,* die (gr.-lat.-fr., Pl. ...ien) ohne Pl.: starke geistige u. körperliche Spannkraft; Pl.: Fähigkeit e. Stoffes, Arbeit zu verrichten; eigentlich: »Tätigkeit« von »energeia«; »Meiner Meinung nach ist Energie die erste u. einzige Tugend des Menschen,« (Wilhelm von Humboldt)

durchlässig 1. *porös* (gr.-lat.-fr.) porös wie e. Schwamm 2. *permeabel* (lat.)

Durchlässigkeit *Porosität,* die (gr.-lat.-fr., ohne Pl.)

durchlaufen *absolvieren* (lat.) z. B. e. Studium absolvieren

Durchleuchtung *Diaskopie,* die (gr., Pl. ...ien)

Durchlöchern verschiedener Körperstellen *Piercing,* das (engl., ohne Pl.) auch: das Durchstechen zur Befestigung von Ringen u. Schmuckstücken an Ohren, Nase, Lippen oder Bauchnabel

durchlöchert *perforat* (lat.)

Durchlöcherung *Perforation,* die (lat., Pl. -en) Papierseiten lassen sich an der Perforation definiert trennen

Durchmesser 1. *Diameter,* der (gr.-lat., ohne Pl.) von Kreisen u. Kugeln 2. *Kaliber,* das (gr.-arab.-fr., ohne Pl.) z. B. äußerer Durchmesser e. Geschosses, Kaliber .38

durchqueren *passieren* (lat.-fr.) auf der Expedition mußten Flüsse passiert werden

Durchquerung *Traversierung,* die (lat.-fr., Pl. -en) auf dem Fluß kam es zur Traversierung von Untiefen u. Schären

Durchreise *Transit,* der (lat.-it., Pl. -e)

durchreisen *passieren* (lat.-fr.)

durchscheinend 1. *transparent* (lat.-fr.) i. S. von durchsichtig 2. *diaphan* (gr.) 3. *hyalin* (gr.-lat.) i. S. von glasig 4. *limpid* (lat.-fr.) klar, hell 5. *pelluzid* (lat.) lichtdurchlässige Mineralien 6. *transluzent* oder *transluzit* (lat.) durchscheinend; nicht verw. mit *translozieren* (lat.) an e. anderen Ort versetzen

Durchschlafstörung 1. *Agrypnie,* die (gr.-lat., Pl.

...ien) 2. *Asomnie,* die (gr.-lat., Pl. ...ien) auch: Schlafstörung (med.)

Durchschlag *Duplikat,* das (lat., Pl. -e) Zweitschrift

durchschneidend *dissecans* (lat.) med.

Durchschnitt *Average,* der (arab.-it.-fr.-engl., ohne Pl.) z. B. der Durchschnitt statistischer Werte

durchschnittlich *repräsentativ* (lat.)

Durchschnittsqualität *Standard,* der (germ.-fr.-engl., Pl. -s) e. Produktes oder e. Leistung

durchsehen *revidieren* (lat.) e. Urteil wird in der folgenden Instanz revidiert (überprüft)

durchseihen *passieren* (lat.-fr.) gekochte Äpfel durch e. Sieb passieren

Durchsetzung von Zielen *Politik,* die (gr.-fr., Pl. -en) »Auch die Sprache der Politik kennt Fluchtbewegungen: Flucht in hektischen Wortreichtum, um nichts mitzuteilen.« (Helmut Kohl)

Durchsetzungsvermögen *Power,* die (engl., ohne Pl.) auch: Kraft, Stärke; »Berger wurde Zeuge, wie Senna u. Prost ihre Power fein u. genüßlich, gewissermaßen wie e. Pastete, auf den Asphalt strichen.« (Wiener Kurier zum Formel-1-Rennen, 1988)

durchsichtig 1. *diaphan* (gr.) 2. *limpid* (fr.-lat.) hell, klar 3. *luzid* (lat.) 4. *transparent* (lat.-fr.) 5. *transluzent* oder *transluzit* (lat.) nicht verw. mit *translozieren* (lat.) an e. anderen Ort versetzen

Durchsichtigkeit 1. *Luzidität,* die (lat., Pl. -en) i. S. von Verständlichkeit u. Erhellen 2. *Transparenz,* die (lat.-fr., ohne Pl.)

durchsprechen 1. *debattieren* (fr.) erörtern 2. *diskutieren* (lat.) etwas eindringlich besprechen

durchsuchen *revidieren* (lat.) i. S. von überprüfen, z. B. die Buchführung e. Unternehmens

Durchsuchung 1. *Visitation,* die (lat., Pl. -en) die Polizei nahm e. Leibesvisitation vor 2. *Razzia,* die (arab.-fr., Pl. ...zien) die Polizei führte im Lokal zum »Goldenen Haifisch« e. Razzia durch

durchtrieben *raffiniert* (lat.-fr.)

Durchtriebenheit 1. *Raffinesse,* die (lat.-fr., Pl. -n) gerissene Vorgehensweise 2. *Raffiniertheit,* die (lat.-fr., ohne Pl.) 3. *Finesse,* die (lat.-fr., nur Pl.) trickreiche Arbeitsweise

Durchzeichnung 1. *Pause,* die (gr.-lat.-roman., Pl. -n) 2. *Fotokopie,* die (österr.-lat., Pl. ...ien) i. S. e. Durchschrift oder Zweitschrift

dürftig *primitiv* (lat.-fr.) er verfügt über e. primitive Ausdrucksweise

Dürftigkeit *Primitivität,* die (lat.-fr., ohne Pl.)

dürr *arid* (lat.) die Sahelzone ist arid

Düsenflugzeug 1. *Jet,* der (engl., Pl. -s) 2. *Jetliner,* der (engl., Pl. -s) i. S. e. Düsenverkehrsflugzeugs

düster *funebre* (lat.-fr.) musik. Vortragsanw.

Dynamik *Drive,* der (engl., Pl. -s) Firmen suchen junge Männer mit Drive

E

eben dadurch *eo ipso* (lat.) auch: selbstverständlich

eben *plan* (lat.) z. B. e. planer Fußboden

Ebenbild Gottes *Imago Dei,* die (lat., ohne Pl.) der Mensch als Gottes Ebenbild (in der christlichen Lehre)

Ebenbild *Konterfei,* das (fr., Pl. -s)

ebenbürtig *kongenial* (lat.) auch: geistesverwandt

ebenda *ibidem* (lat.)

ebendort *ibidem* (lat.)

Ebene *Level,* der (lat.-engl., Pl. -s) e. gewissen Level (Bildungsstand) haben

Ebenholzbaum ... *Kakibaum,* der (jap.-dt., Pl. ...bäume) ... aus Ostasien

ebenso 1. *item* (lat.) nicht verw. mit *Item,* das (lat., Pl. -s) das Fernere, e. weiterer Fragepunkt 2. *dito* (lat.-it.-fr.)

ebnen *planieren* (lat.-fr.) für den Straßenbau mußte Gelände planiert werden

Echolehre *Katakustik,* die (gr.-lat., ohne Pl.)

echt 1. *authentisch* (gr.-lat.) dem Krimi liegt e. authentischer Fall zugrunde 2. *original* (lat.) 3. *genuin* (lat.) auch: angeboren, erblich (med.) 4. *real* (lat.) tatsächlich; Ggs.: irreal 5. *reell* (lat.-fr.) i. S. von redlich, anständig, wirklich 6. *veritabel* (lat.-fr.) wahrhaft 7. *realistisch* (lat.)

Echtheit 1. *Authentizität,* die (gr.-lat., Pl. -en) der Fachmann zweifelte die Authentizität der Vorlage an 2. *Originalität,* die (lat.-fr., ohne Pl.)

Echtheitserklärung *Legitimation,* die (lat.-fr., Pl. -en)

Echtzeit *Realtime,* die (engl., ohne Pl.) Zeit, die auf e. üblichen Uhr verstreicht; Ereignisse sollen immer schneller übertragen werden, am Ende der Entwicklung stehen neuronale Verbindungen, die Gedanken unmittelbar Wirklichkeit werden lassen

edel 1. *generös* (lat.-fr.) svw. freigebig 2. *nobel* (lat.-fr.) ... geht die Welt zugrunde, Ferrari ist e. noble Automarke 3. *aristokratisch* (gr.-lat.) vornehm

Edelgewächs von Weinen *Grand Cru,* das (fr., Pl. -s) auch: Qualitätsbez. für fr. Weine

Edelhölzer 1. *Bongosi,* das (afrik., ohne Pl.) schweres, widerstandsfähiges Holz des westafrik. Bongosibaums 2. *Teak,* das (port.-engl., ohne Pl.) wertvolles Holz des ostasiatischen Teakbaums 3. *Palisander,* der (indian.-fr., ohne Pl.) violettbraunes, von dunklen Adern durchzogenes Holz aus Brasilien 4. *Mahagoni,* das (indian.-engl., ohne Pl.) wertvolles Holz des Mahagonibaumes 5. *Ebenholz,* das (ägypt.-dt., Pl. ...hölzer) schwarzes, widerstandsfähiges Holz

Edelmann 1. *Caballero,* der (lat.-sp., Pl. -s) 2. *Chevalier,* der (lat.-fr., Pl. -s) 3. *Lord,* der (engl., Pl. -s) engl. Adelstitel; Lord-Mayor Oberbürgermeister; *Lordship,* die (engl., ohne Pl.) Lordschaft oder Herrschaft e. Lords 4. *Hidalgo,* der (sp., Pl. -s) aus niederem sp. Adel

Edelrost *Patina,* die (it., ohne Pl.) z. B. grüner Kupferüberzug auf alten Kirchendächern

Edelstein 1. *Cabochon,* der (fr., Pl. -s) rundgeschliffen 2. *Juwel,* das (lat.-fr.-niederl., Pl. -en) z. B. Diamant (ungeschliffen); Brillant-Kollier besteht aus geschliffenen Diamanten 3. *Saphir,* der (gr.-lat., Pl. -e) durchsichtiger weiß-blauer Stein 4. *Diamant,* der (gr.-lat., Pl. -en) aus reinem Kohlenstoff bestehender, sehr wertvoller Stein von großer Härte; eigtl.: Unbezwingbarer; 5. *Brillant,* der (lat.-fr., Pl. -en) geschliffener Diamant 6. *Smaragd,* der (gr., Pl. -e) 7. *Rubin,* der (lat., Pl. -e) 8. *Opal,* der (sanskr., Pl. -e) wird auch als Halbedelstein eingestuft

Edelsteingewicht *Karat,* das (gr.-arab.-lat.-fr., Pl. –) nach dem Samen des Johannisbrotbaumes: 1 Karat = 205 mg, 1 metrisches Karat = 200 mg, reines Gold = 24 Karat

Edelsteinkunde *Gemmologie,* die (lat., ohne Pl.)

Edelsteinprüfer *Gemmologe,* der (lat., Pl. -en)

Edelsteinschliff *Markise,* die (germ.-fr., Pl. -n)

Effekt am Ende *Pointe,* die (lat.-fr., Pl. -n) »Spitze«, z. B. Schlußeffekt bei e. Witz; nicht verw. mit *Point,* der (lat.-fr., Pl. -s) Stich beim Kartenspiel

Effekte aus Computergrafik-Hardware u. -Software ... *Reality Engine,* die (engl.-am., Pl. -s) ... die überzeugend echt wirken

Effekte, bei denen im Film mit Blut gesudelt wird 1. *Gore* (engl.-am.) »geronnenes Blut«; z. B. neue Dracula-Verfilmung, die auch 2. *Splatterfilm,* der (engl.-dt., Pl. -e) (Blutplätscher-Film) heißt

Effekte, rhythmisierende ... durch Hin- u. Herdrehen e. laufenden Schallplatte *Scratching,* das (engl., ohne Pl.)

Eggenpflug *Grubber,* der (engl., ohne Pl.) Kultivator zur Bodenlockerung

Ehe 1. *Zivilehe,* die (lat.-fr.-dt., Pl. -n) standesamtlich 2. *Endogamie,* die (gr.-lat., ohne Pl.) Ehe innerhalb e. Stammes 3. *Bigamie,* die (lat., ohne Pl.) Ehe mit e. zweiten Partner 4. *Monogamie,* die (gr.-lat., ohne Pl.) Einehe 5. *Mesalliance,* die (fr., Pl. -n) unstandesgemäße Ehe: Bäuerin mit Adligem 6. *Polyandrie,* die (gr., ohne Pl.) Vielmännerei 7. *Polygamie,* die (gr., ohne Pl.) Vielweiberei 8. *Konkubinat,* das (lat., Pl. -e) wilde Ehe, von *Konkubine,* die (lat., Pl. -n) »Beischläferin«

Ehe, wilde, freie ... *ménage faux,* die (fr., Pl. -s) i. S. von: in wilder Ehe lebend

Ehebrecher *Adulter,* der (lat., ohne Pl.)

Ehebrecherin *Adultera,* die (lat., Pl. -s)

Ehefeind *Misogam,* der (gr., Pl. -e)

Ehefrau *Xanthippe,* die (gr.-lat., Pl. -n) die zanksüchtige Ehefrau des Sokrates

ehelich *legitim* (lat.) rechtmäßig, gesetzlich; Ggs.: illegitim

ehelos *agamisch* (gr.-lat.)

Eheloser *Zölibatär,* der (lat., Pl. -e)

Ehelosigkeit 1. *Agamie,* die (gr.-lat., ohne Pl.) 2. *Zölibat,* das (lat., ohne Pl.) von der katholischen Kirche für Geistliche vorgeschrieben

Ehelosigkeit, pflichtmäßige ... *Zölibat,* das (lat., ohne Pl.) ... aus religiösen Gründen, z. B. bei kath. Geistlichen; »Die Diskussionen um das Zölibat hören nicht auf: Ein Pfarrer soll 14 Ministrantinnen mißbraucht haben, der kath. Bischof von Basel wird Vater ...« (G. Schröders geh. Tagebuch von H. Venske, 1997)

ehemals *Olim* (lat.) »zu Olims Zeiten« (Sprichwort für: vor langer Zeit)

Ehepartner, kinderlos, berufstätig *Dink,* der (engl.-am., Pl. -s) Akronym (Wortbildung) aus: double income, no kids (doppeltes Einkommen, keine Kinder), nicht verw. mit *Drink,* der (engl., Pl. -s) alkoholisches Getränk

ehescheu *gamophob* (gr.-lat.) der Junggeselle war gamophob

Ehescheu *Misogamie,* die (gr., ohne Pl.) med.

Eheverächter *Misogam,* der (gr., Pl. -e)

Ehrabschneider *Injuriant,* der (lat., Pl. -en)

ehrbar 1. *honorabel* (fr.) die Romanfigur Konsul Buddenbrook war e. honorabler Kaufmann 2. *reputierlich* (lat.-fr.) Carl-Friedrich von Weizsäcker gilt als reputierlicher Wissenschaftler

Ehre 1. *Gloria,* das u. die (lat., ohne Pl.) auch: Ruhm; »Preußens Gloria« 2. *Honneur,* der (lat.-fr., Pl. -s) der Hotelier war mit Honneurs beschäftigt (dem Begrüßen der Gäste)

Ehre, dem Ehre gebühret *honos reddatur dignis* (lat., Zitat)

Ehre ist die Mutter aller Künste *honos alit artes* (lat., Zitat)

Ehre sei Gott in der Höhe! *Gloria in excelsis Deo!* (lat.) Lobgesang, Teil der kath. Messe

Ehre, alles zur ... Gottes *omnia ad Dei gloriam* (lat., Zitat) Abk.: O.A.D.G.

ehren *respektieren* (lat.-fr.) das Alter ist zu respektieren

Ehren-, Personen- u. Ortsnamen ... *Abu* (ohne Artikel, arab., ohne Pl.) »Vater«; z. B. Abu-Barka III. Sultan von Sokoto (Nigeria) ... als e. Bestandteil davon (in der arab. Sprache)

Ehren, zu ... *in honorem* (lat.)

Ehrenbezeichnung 1. *Honneurs,* die (lat.-fr., nur Pl.) 2. *Reverenz,* die (lat., Pl. -en) jmdm. die Reverenz erweisen 3. *Salut,* der (lat.-fr., Pl. -e) bei Admiral Nelsons Erscheinen wurde im Hafen von Plymouth Salut gefeuert 4. *Titel,* der (lat., ohne Pl.) »... nicht der Titel, sondern der Kerl zählt ...« (Rainer Barzel, 1996)

Ehrenerklärung *Satisfaktion,* die (lat., Pl. -en) früher galt: Satisfaktion oder das Duell

Ehrengasse *Spalier,* das (gr.-lat.-it., Pl. -e)

Ehrengruß *Salut,* der (lat.-fr., Pl. -e) z. B. das Feuern e. Salve aus Kanonen

ehrenhaft 1. *honorig* (lat.) 2. *integer* (lat.) unbescholten

ehrenhaft, nicht alles Erlaubte ist ... *non omne licitum honestum* (lat., Zitat)

Ehrenhaftigkeit *Honorität,* die (lat., ohne Pl.) an der Honorität e. Fahnenflüchtigen zweifeln

ehrenhalber 1. *ad honorem* (lat.) 2. *honoris causa* (lat.) e. Universität verleiht e. verdienten Persönlichkeit der Wirtschaft den »Doctor honoris causa oeconomiae« (Abk.: Dr. oec. h. c.)

Ehrenname *Titulus,* der (lat., Pl. ...li)

Ehrenperson *Honorität,* die (lat., Pl. -en) e. Veranstaltung vieler Honoritäten

Ehrenpreis *Cup,* der (engl., Pl. -s) z. B. beim Tennis der »Davis Cup«

Ehrenrettung *Rehabilitation,* die (lat., Pl. -en) für die ungerechtfertigte Beschuldigung verlangte der Angeklagte seine vollständige Rehabilitation

ehrenrührig *diffamatorisch* (lat.) es ist charakterlos, über seine Mitarbeiter diffamierende Äußerungen zu machen

Ehrenstuhl *Cathedra,* die (gr.-lat., Pl. -e)

Ehrentag *Jubiläum,* das (lat., Pl. ...äen)

Ehrentempel *Pantheon,* das (gr., Pl. -s) antiker Tempel für alle Götter, bes. in Rom; Ehrentempel in Paris

Ehrentitel der Schiiten *Ayatollah,* der (arab., Pl. -s) eigtl.: Zeichen Gottes; ... wird von den Gläubigen e. hervorragenden Mudschahed (islamischer Glaubenskämpfer) verliehen

Ehrentitel, türkischer ... *Baba,* der (per.-türk., ohne Pl.) »Vater«, ... von Geistlichen u. Frommen

ehrenvoll *honorabel* (fr.)

Ehrenvorstellung *Benefiz,* das (lat., Pl. -e) auch: Vorstellung zugunsten e. Künstlers

Ehrenwache *Kawaß, Kawasse,* der (arab.-türk., Pl. ...wassen) Ehrenwächter für Diplomaten in der Türkei

Ehrenwort *Parole d'honneur,* das (fr., ohne Pl.)

Ehrenzeichen 1. *Medaille,* die (gr.-lat.-it.-fr., Pl. -n) 2. *Dekoration,* die (lat.-fr., Pl. -en) 3. *Orden,* der (lat., ohne Pl.) z. B. Ordensband an der Uniform von Soldaten; auch: »Kriegslametta« genannt

Ehrerbietung 1. *Respekt,* der (lat.-fr., ohne Pl.) 2. *Hommage,* die (lat.-fr., Pl. -n) e. Fernsehfilm als Hommage an Martin Luther King 3. *Reverenz,* die (lat., Pl. -en) 4. *Kotau,* der (chin., Pl. -s) auch: Verbeugung

Ehrfurcht 1. *Respekt,* der (lat.-fr., ohne Pl.) 2. *Pietät,* die (lat., ohne Pl.) vor Toten u. Gott haben

Ehrgeiz *Ambition,* die (lat.-fr., Pl. -en) e. Künstler mit Ambitionen sein

ehrgeizig *ambitioniert* (lat.-fr.) der Abteilungsleiter war sehr ambitioniert, er wollte Karriere machen

ehrlich 1. *fair* (engl.) das war e. faires Fußballspiel; Ggs.: unfair 2. *honorig* (lat.) 3. *integer* (lat.)

Ehrlichkeit *Reellität,* die (lat.-fr., ohne Pl.)

Ehrung *Hommage,* die (lat.-fr., Pl. -n) auch: Huldigung; z. B. Hommage à Kap Hoorniers

Ei *Ovum,* das (lat., Pl. Ova)

eichen 1. *adjustieren* (lat.-fr.) 2. *kalibrieren* (gr.-arab.-fr.) Meßgeräte werden kalibriert

Eidechsenart, Farbe wechselnde ... *Chamäleon,* das (gr.-lat., Pl. -s) eigtl. Erdlöwe; »Schröders Wappentier ist nicht das Niedersachsenroß, sondern das Chamäleon.« (Theo Waigel, Bundesfinanzminister über Gerhard Schröder, 1998)

Eierkopf *Eggie-Headie,* der (engl.-am., Pl. -s) auch: intellektueller Überflieger ohne Bodenkontakt

Eierkuchen *Omelett,* das (fr., Pl. -s)

Eierkunde *Oologie,* die (gr.-lat., ohne Pl.)

eierlegend *ovipar* (lat.)

Eierpfannkuchen 1. *Crêpe,* die (fr., Pl. -s) dünn ausgerollt, mit Puderzucker bestreut, mit Konfitüre bestrichen 2. *Crêpe Suzette,* die (fr., Pl. -s) dünner Eierpfannkuchen mit Likör flambiert

Eierpfannkuchen als Suppeneinlage *Frittate,* die (it., Pl. -n) ... in Streifen geschnitten

Eierstock 1. *Oophoron,* das (gr.-lat., ohne Pl.) med. 2. *Ovarium,* das (lat., Pl. ...ien)

Eierstockentzündung *Oophoritis,* die (gr.-lat., Pl. ...itiden) med.

Eierstockschwangerschaft *Ovarialgravidität,* die (gr.-lat., Pl. -en) med.

Eierstock-Zysten, Entfernung von ... *Zystektomie,* die (gr.-lat., Pl. ...ien)

Eifer 1. *Fanatismus,* der (lat.-fr., ohne Pl.) leidenschaftlich, hinter den blutigen Auseinandersetzungen in Nordirland steckte Glaubensfanatismus 2. *Empressement,* das (lat.-fr., ohne Pl.) svw. Diensteifer 3. *Intension,* die (lat., Pl. -en)

Eiferer *Fanatiker,* der (lat., ohne Pl.) der Sprengstoffanschlag in Algerien ging auf das Konto von Religionsfanatikern

eifernd *fanatisch* (lat.) übertriebener Eifer

Eifersucht *Emulation,* die (lat.-engl., ohne Pl.)

eiförmig 1. *ovoid* (lat.) 2. *oval* (lat.)

eigen *spezifisch* (lat.-fr.) Spiritus hat e. spezifischen Geruch

Eigenart 1. *Charakter,* der (gr.-lat., Pl. -e) Trockenheit u. Sand bestimmen den Charakter e. Wüste 2. *Individualität,* die (lat.-fr., Pl. -en) die Individualität des Menschen muß respektiert werden 3. *Manier,* die (lat.-fr., ohne Pl.) Mobutu von Zaire regierte in der Manier e. Diktators 4. *Naturell,* das (lat.-fr., Pl. -e) e. Telefonistin mit freundlichem Naturell 5. *Tick,* der (fr., Pl. -s) aus seinem Tick, vor dem Schlafen unter das Bett zu schauen, wurde eine Manie (krankhafte Besessenheit) 6. *Allüre,* die (lat.-fr., Pl. -n) auffallende Eigenart 7. *Fasson,* die (lat.-fr., ohne Pl.) best. Art u. Weise; auch: Zuschnitt, Sitz 8. *Spezialität,* die (lat., Pl. -en)

Eigenart der Trojaner *trojanisch* (gr., Eigenn.) »Stollmann entwickelt sich immer mehr zum trojanischen Esel.« (Michael Glos, CSU, über Schröders Schatten-Wirtschaftsminister, 1998)

eigenartig 1. *bizarr* (it.-fr.) 2. *kurios* (lat.-fr.) sonderbar, merkwürdig 3. *skurril* (etrusk.-lat.) sonderbar

Eigendrehimpuls der Elementarteilchen ... *Spin,* der (engl., Pl. -s) eigtl.: schnelle Drehung; ... im Atom, ähnlich dem Drehimpuls durch Rotation (Phys.)

Eigengeschichtlichkeit, gleichzeitige u. gemeinsame ... *syn-referentiell* (gr.-lat.) Wortschöpfung des Trendforschers Gerd Gerken

eigengesetzlich *autonom* (gr.)

Eigengesetzlichkeit *Autonomie,* die (gr., Pl. -n)

Eigengift *Autotoxin,* das (gr., Pl. -e) im eigenen Körper entstandenes Gift

eigenhändig *manu propria* (lat.)

Eigenhilfe *Muskelhypothek,* die (dt.-gr.-lat., Pl. -en) z. B. beim Bau des eigenen Hauses

Eigenliebe 1. *Autophilie,* die (gr.-lat., ohne Pl.) Autophilie kann zur Vereinsamung führen 2. *Egoismus,* der (lat.-fr., Pl. ...men) ohne Pl.: Selbstsucht, Eigennutz; mit Pl.: selbstsüchtige Handlungen; »Egoismus ist Einsamkeit« (F. v. Schiller); Ggs.: *Altruismus,* der (lat., ohne Pl.)

Eigenlob stinkt *propria laus sordet* (lat., Zitat)

eigenmächtig u. widerrechtlich *de facto et absque iure* (lat., Zitat)

Eigenname *Nomen proprium* (lat.)

Eigennutz *Egoismus,* der (lat.-fr., ohne Pl.) nur die eigenen Interessen verfolgend, »Egoismus ist Einsamkeit.« (F. v. Schiller); Ggs.: Altruismus

eigens *speziell* (lat.-fr.)

Eigenschaft 1. *Attribut,* das (lat., Pl. -e) ihre Attribute sind Treue u. Fleiß 2. *Charakteristik,* die (gr.-lat., Pl. -en) 3. *Charakteristikum,* das (gr.-lat., Pl. ...ka) i. S. e. bes. Eigenschaft 4. *Qualität,* die (lat., Pl. -en) i. S. von Güte, Wert

Eigenschaften, ohne *amorph* (gr.-lat.) i. S. von form- u. gestaltlos

Eigenschaftswort 1. *Adjektiv,* das (lat., Pl. -e) 2. *adjektivistisch* (lat.) als Eigenschaftswort gebraucht

Eigensinn *Obstination,* die (lat., ohne Pl.) im Alter entwickeln manche Leute e. bes. Obstination

eigensinnig 1. *obstinat* (lat.) e. obstinates Wesen haben 2. *kapriziös* (lat.-it.-fr.) auch: launenhaft 3. *entetiert* (lat.-fr.) starrköpfig

Eigensinnigkeit *Obstination,* die (lat., Pl. -en)

Eigenständigkeit *Autarkie,* die (gr., Pl. -n) z. B. die wirtschaftliche Unabhängigkeit e. Staates bezüglich der Rohstoffe

eigentlich *alias* (lat.) auch: Hans alias (genannt) Klaus

Eigentum *Proprietät,* die (lat.-fr., Pl. -en)

Eigentum, gemeinsames *Kommunismus,* der (lat.-engl.-fr., ohne Pl.) von lat. communis: gemeinsam; nach Karl Marx, die auf den Sozialismus folgende Entwicklungsstufe, d. h. Wirtschafts- u. Gesellschaftsform, in der alle Produktionsmittel u. Produkte Gemeinbesitz darstellen; »Kommunismus ist nicht Liebe, Kommunismus ist der Hammer, mit dem wir den Feind erschlagen.« (Mao Tse-tung)

Eigentümer *Proprietär,* der (lat.-fr., Pl. -e)

eigenwillig 1. *kapriziös* (lat.-it.-fr.) der Beamte hielt es mit seiner kapriziösen Frau nicht mehr aus 2. *skurril* (etrusk.-lat.) während der Verhandlung diskutierte man die skurrilsten Vorschläge 3. *individuell* (lat.-fr.) 4. *kapriziös* (lat.-fr.) 5. *markant* (germ.-it.-fr.) i. S. von bezeichnend, ausgeprägt

Eigenwilligkeit *Skurrilität,* die (etrusk.-lat., Pl. -en)

Eignung *Qualifikation,* die (lat., Pl. -en) die nötige Qualifikation für e. Tätigkeit haben; als Sportler die Qualifikation für die Olympischen Spiele erringen

Eignungsprüfung *Test,* der (lat.-fr.-engl., Pl. -s) der Bewerber muß e. Eignungstest bestehen

Eilbote *Kurier,* der (lat.-it.-fr., Pl. -e) »Der Kurier des Zaren« (Roman)

Eilbotschaft *Depesche,* die (fr., Pl. -n)
Eile mit Weile *festina lente* (lat., Zitat: Sueton)
Eile *Tempo,* das (lat.-it., ohne Pl.)
Eileiter *Ovidukt,* der (lat., Pl. -e) med.
eilig *expreß* (lat.) etwas als Expreßgut versenden
Eimer 1. *Balge,* die (lat.-fr.-niederl., Pl. -n) 2. *Pütz* oder *Pütze,* die (niederdt., Pl. ...tzen) Seemannsspr.
ein für allemal 1. *definitiv* (lat.) i. S. von endgültig 2. *semel pro semper* (lat., Zitat)
ein wenig *un poco* (lat.-it.) musik. Vortragsanw.
Ein-, Ausgabeeinheit 1. *Bandstation,* die (dt.-lat., Pl. -en) 2. *Terminal,* der, das (engl., Pl. -s) 3. *Floppy-disk,* die (engl., Pl. -s)
Einäscherungsanstalt *Krematorium,* das (lat., Pl. ...ien)
Einatmen *Inhalation,* die (lat., Pl. -en) z. B. von heilenden Dämpfen
einatmen *inhalieren* (lat.) z. B. Zigarettenrauch inhalieren (tief einatmen)
Einbandart 1. *Kartonage,* die (gr.-lat.-fr.) bei Büchern 2. *Paperback,* das (engl., Pl. -s) »Papierrücken«, Taschenbucheinband 3. *Hardcover,* das (engl., Pl. -s) »Hartdeckel«, festgebundener Bucheinband
Einbau *Installation,* die (lat., Pl. -en) die Installation e. neuen Heizanlage
einbauen *installieren* (lat.)
Einbaum *Piroge,* die (karib.-sp.-fr., Pl. -n) ausgehöhlter Baumstamm, meist mit e. oder zwei Auslegern u. e. Mast mit Lateinersegel
Einbehalt *Zoll,* der (gr., Pl. Zölle) i. S. von Abgabe, z. B. auf ausländische Waren; Zollamt, Zollgrenze; »Wer am Zoll sitzt, ohne reich zu werden, ist e. Pinsel.« (Goethe)
einbeziehen 1. *integrieren* (lat.) 2. *involvieren* (lat.) in die Affäre waren Mitglieder der Regierung involviert 3. *implizieren* (lat.)
einbezogen 1. *impliziert* (lat.) i. S. von: mitgemeint; Ggs.: expliziert 2. *inklusive* (lat.) inbegriffen; z. B. der Preis versteht sich »Fracht inklusive«; Ggs.: exklusive 3. *implizit* (lat.) i. S. von: nicht ausdrücklich; Ggs.: explizit
Einbildung 1. *Imagination,* die (lat.-fr., Pl. -en) 2. *Phantasie,* die (gr.-lat., ohne Pl.) »Die Phantasie ist e. ewiger Frühling« (F. v. Schiller) 3. *Fiktion,* die (lat., Pl. -en) nicht verw. mit *Fikh,* das (arab., ohne Pl.) Rechtswissenschaft des Islams 4. *Halluzination,* die (lat., Pl. -en) i. S. e. Sinnestäuschung 5. *Illusion,* die (lat.-fr., Pl. -en) i. S. e. schönen Vorstellung 6. *Schimäre,* die (gr.-lat.-fr., Pl. -n) nach dem gr. Ungeheuer Chimära: Hirngespinst 7. *Vision,* die (lat., Pl. -en) svw. inneres Gesicht; Deutschland braucht uneigennützige Politiker mit Visionen
Einbildungskraft *Phantasie,* die (gr.-lat., Pl. ...ien) Einbildung; auch: Fiebertraum
Einbindung von eigenständigen Anwendungen in e. Programm *Plug-in,* das (engl.-am., ohne Pl.) z. B. ruft e. Browser automatisch den Seitendesign-Betrachter Adobe Acrobat auf, wenn er im World Wide Web auf e. Datei stößt
einbürgern *naturalisieren* (lat.-fr.) z. B. e. Ausländer naturalisieren
Eindämmung, doppelte ... *dual containment,* das (engl.-am., Pl. -s) Ausdruck in der Politik; e. Macht (USA) »geht« z. B. gegen zwei Staaten (Iran u. Irak) gleichzeitig vor
eindeutig 1. *direkt* (lat.) 2. *evident* (lat.) auch: offenkundig, klar ersichtlich 3. *exakt* (lat.) genau 4. *präzise* (lat.-fr.) »vorn abgeschnitten«; i. S. von fest umrissen
eindringen 1. *diffundieren* (lat.) 2. *penetrieren* (lat.-fr.)
Eindringen des Meeres in Festlandssenken *Ingression,* die (lat., Pl. -en)
eindringlich 1. *emphatisch* (gr.-lat.) auch: mit Nachdruck 2. *intensiv* (lat.-fr.) auch: kräftig, etwas riecht intensiv; Ggs.: extensiv
Eindringlichkeit 1. *Emphase,* die (gr.-lat., Pl. -n) ... beim Reden; auch: Nachdruck 2. *Intensität,* die (lat., ohne Pl.)
Eindruck *Impression,* die (lat.-fr., Pl. -en) die Impressionen regten den Maler zum Schaffen neuer Kunstwerke an
Eindruck machen *imponieren* (lat.-fr.) sein Imponiergehabe ging allen auf die Nerven
Eindruck, der erste ... *Prima vista,* der (it., ohne Pl.) ... der von etwas vermittelt wird
eindrucksvoll *imposant* (lat.-fr.) der Kapitän war e. imposante Erscheinung
einebnen 1. *applanieren* (lat.-fr.) besser: 2. *planieren* (lat.-fr.) e. Bauplatz planieren; »Ich verspreche Ihnen, daß ich meine Verantwortung wahrnehmen werde, den neuen Weg zu planieren.« (Jost Stollmann, Schattenminister, 1998) 3. *nivellieren* (fr.-lat.) auf e. Niveau bringen, d. h. Höhen u. Tiefen ausgleichen
Einebnung *Nivellement,* das (lat.-fr., Pl. -s) Höhen u. Tiefen ausgleichen
Einehe *Monogamie,* die (gr.-lat., ohne Pl.) Ggs.: Polygamie
einengend *restriktiv* (lat.) das Finanzministerium betrieb e. restriktive Geldpolitik
einer Entwicklung entsprechend *tendenziell* (lat.-fr.) die Banken sprechen von tendenziell steigenden Zinsen
Einerlei *Dito,* das (lat., Pl. -s) nicht verw. mit *dito* (lat.-fr.) dasselbe; eigtl.: besagt
einerlei *egal* (lat.-fr.)

einfach 1. *simpel* (lat.-fr.) 2. *primitiv* (lat.-fr.) 3. *elementar* (lat.) grundlegend; auch: wesentlich 4. *rustikal* (lat.) i. S. von ländlich-einfach 5. *spartanisch* (gr.-lat.) nach der Hauptstadt Sparta der altgr. peloponnesischen Landschaft Lakonien: streng, anspruchslos

einfach lebend *spartanisch* (gr.-lat.) genügsam, nach der Hauptstadt Sparta der altgr. peloponnesischen Landschaft Lakonien; »Wanderer, kommst du nach Sparta, verkünde dorten, du habest uns liegen sehen, wie das Gesetz es befahl.« (Schiller u. Inschrift für die bei den Thermopylen gefallenen Spartaner)

Einfachheit 1. *Simplizität,* die (lat., ohne Pl.) 2. *Primitivität,* die (lat.-fr., ohne Pl.)

einfädeln, etwas ... *inszenieren* (gr.-lat.) auch: e. Stück inszenieren (einstudieren)

Einfall 1. *Idee,* die (gr.-lat., Pl. -n) nicht verw. mit *Idée fixe,* die (fr., Pl. -s) Zwangsvorstellung 2. *Gag,* der (engl.-am., Pl. -s) die Aktion wurde für e. bes. Werbegag gehalten 3. *Inspiration,* die (lat., Pl. -en) »Inspirationen sind das Brot des Dichters.« (W.-U. Cropp) 4. *Invasion,* die (lat.-fr., Pl. -en) i. S. feindlichen Eindringens 5. *Aperçu,* das (fr., Pl. -s) geistreicher Einfall

Einfall, sensationeller ... *Gimmick,* der, das (engl., Pl. -s) auch: Effekthascherei; bes. Werbegeschenk

einfallslos *schematisch* (gr.-lat) gleichförmig

Einfallspinsel *Simpel,* der (lat.-fr., Pl. -s) sein Leben lang e. Simpel sein

Einfallsreichtum *Phantasie,* die (gr.-lat., ohne Pl.) der Roman bewies seine blühende Phantasie

Einfalt 1. *Naivität,* die (lat.-fr., ohne Pl.) e. kindliche Naivität an den Tag legen 2. *Simplizität,* die (lat., ohne Pl.)

Einfalt, o heilige ...! *o sancta simplicitas!* (lat., Zitat: Huß, 1415 auf dem Scheiterhaufen)

einfältig 1. *infantil* (lat.) i. S. von kindlich 2. *naiv* (lat.-fr.) arglos, unbefangen 3. *simpel* (lat.-fr.) e. simples Gemüt haben 4. *idiotisch* (gr.-lat.) i. S. von schwachsinnig 5. *abderitisch,* nach den altgr. Bewohnern des Ortes Abdera

Einfältigkeit *Idiotie,* die (gr., Pl. ...ien) i. S. von Schwachsinnigkeit

einfarbig 1. *uni* (lat.-fr.) e. uni gestrichene Wand 2. *monochrom* (gr.-lat.) z. B. e. einfarbiges Kunstwerk

Einfarbigkeit *Monochromie,* die (Kunstwort, ohne Pl.)

einfassen *bordieren* (fr.)

einfassen, e. Edelstein ... *enchassieren* (lat.-fr.)

Einfassung 1. *Bordüre,* die (germ.-fr., Pl. -n) z. B. bei Textilien, Dirndlkleidern 2. *Bande,* die (germ.-fr., Pl. -n) von e. Fußballplatz, e. Reitbahn; Bandenwerbung

Einfassung von Edelsteinen *Enchassure,* die (lat.-fr., Pl. -n)

Einflüsse *Imponderabilien,* die (lat., nur Pl.) unkalkulierbare, z. B. Streik, Naturkatastrophen

Einflußnahme 1. *Propaganda,* die (lat., ohne Pl.) im Nationalsozialismus war Dr. Joseph Goebbels (1897-1945) Propagandaminister (NSDAP), genannt: »Lügendoktor« 2. *Suggestion,* die (lat., Pl. -en)

einflüstern *insinuieren* (lat.) jmdm. Unwahrheiten insinuieren

Einflüsterung *Insinuation,* die (lat., Pl. -en)

einförmig 1. *monoton* (lat.-gr.-fr.) die monotone Vortragsweise ließ die Zuhörer einschlafen 2. *stereotyp* (gr.-fr.) auch: mit feststehender Schrift gedruckt; abgedroschen 3. *trist* (lat.-fr.) i. S. von traurig; nicht verw. mit *tristich* (gr.) dreizeilig

Einförmigkeit *Monotonie,* die (gr.-lat.-fr., ohne Pl.) die Monotonie der Wüste hat etwas Erhabenes

einfrieden *fenzen* (lat.-fr.-engl.)

einfügen *integrieren* (lat.) »wiederherstellen«; aber nicht: »Der eine oder andere Neue fühlt sich bei uns noch nicht hineinintrigiert (gemeint ist: integriert)« (Olaf Thon, einst FC Bayern München)

Einfühlungsvermögen *Empathie,* die (gr.-engl., ohne Pl.) nicht verw. mit *Emphase,* die (gr.-lat., Pl. -n) Nachdruck; Eindringlichkeit beim Reden

Einfühlungsvermögen zeigend *empathisch* (gr.) nicht verw. mit *emphatisch* (gr.-lat.) eindringlich

Einfuhr 1. *Import,* der (lat.-fr.-engl., Pl. -e) Einfuhr ausländischer Güter; Ggs.: Export 2. *Reimport,* der (lat., Pl. -e) Einfuhr zuvor ausgeführter Produkte

Einfuhrbeschränkungen *Kontingent,* das (lat., Pl. -e) Einfuhrbeschränkungen von Importen zum Schutz der heimischen Wirtschaft

einführend 1. *propädeutisch* (gr.-lat.) i. S. von vorbereitend, propädeutische Vorlesungen hören 2. *introduktiv* (lat.)

Einführung 1. *Exposition,* die (lat., Pl. -en) in e. bes. Thema 2. *Introduktion,* die (lat., Pl. -en) 3. *Isagoge,* die (gr.-lat., Pl. -en) z. B. e. wissenschaftliche Einführung geben

Einführung von Neuem *Innovation,* die (lat., Pl. -en) »Wir machen die Umwelt in den neuen Ländern nicht durch Innovationen sauberer als in den alten Ländern ...« (G. Schröders geheimes Tagebuch von H. Venske, 1997)

Einführungskunst, pädagogische ... in e. Wissenschaft *Isagogik,* die (gr., ohne Pl.)

Einfuhrverbot *Embargo,* das (lat.-sp., Pl. -s) auch: Beschlagnahme von Schiffen im Hafen

Eingabe *Petition,* die (lat., Pl. -en) das Recht der Bürger, sich direkt beim Staatsoberhaupt beschweren zu können

Eingang 1. *Entree,* das (lat.-fr., Pl. -s) 2. *Portal,* das (lat., Pl. -e) bes. großer Eingang, Eingangstor 3. *Propyläen,* die (gr.-lat., nur Pl.) Eingang u. Vorhalle gr. Tempel

Eingangsraum 1. *Entree,* das (lat.-fr., Pl. -s) 2. *Vestibül,* das (lat.-fr., Pl. -e, -s) Vorhalle in e. Konzertsaal; nicht verw. mit *Vestibulum,* das (lat., Pl. -s, -la) Vorraum e. altröm. Hauses; auch: Vorhof e. Organs, med.

Eingangssignal, Zuständiger für das ... 1. *Gain,* der (engl., Pl. -s) 2. *Gainregler,* der (engl.-dt., ohne Pl.) ... an den Verstärkern u. an den Mischpulten

eingebildet 1. *affektiert* (lat.) 2. *blasiert* (fr.) 3. *arrogant* (lat.-fr.) 4. *prätentiös* (lat.-fr.) anmaßend, selbstgefällig 5. *snobistisch* (engl.-lat.) 6. *elitär* (fr.) 7. *fiktiv* (lat.) 8. *hypothetisch* (gr.-lat.) 9. *imaginär* (lat.-fr.) »bildhaft«

eingebildeter Kranker *Hypochonder,* der (gr.-lat., Pl. –)

Eingeborenenschutzgebiet *Reservation,* die (lat., Pl. -en) Lebensgebiete nordamerikanischer Indianerstämme

Eingeborener 1. *Aborigines,* der (lat.-engl., ohne Pl.) Ureinwohner Australiens 2. *Autochthone,* der, die (gr.-lat., Pl. -n)

Eingebung 1. *Inspiration,* die (lat., Pl. -en) die Farben der Sonnenblumen verliehen van Gogh die Inspiration, e. großes Kunstwerk zu schaffen 2. *Intuition,* die (lat., Pl. -en)

eingehen, auf etwas *reagieren* (lat.)

eingemeinden *inkorporieren* (lat.) Gemeinden zusammenlegen

Eingemeindung *Inkorporation,* die (lat., Pl. -en) die Inkorporation soll die Verwaltungskosten reduzieren

eingeschlechtlich *unisexuell* (lat.) svw. homosexuell

eingeschlossen 1. *impliziert* (lat.) Ggs.: expliziert 2. *inklusive* (lat.) Ggs.: exklusive

eingeschränkt *relativ* (lat.) i. S. von verhältnismäßig, bedingt

eingeschrieben 1. *registriert* (engl.) z. B. als Markenzeichen eingetragen: »Registered Trademark« 2. *immatrikuliert* (lat.) in die Liste der Studierenden e. Universität eingeschrieben

Eingeweide 1. *Intestinum,* das (lat., Pl. ...nen, ...na) med. 2. *Enteron,* das (gr., Pl. ...ra) »das Innere« 3. *Viszera,* die (lat., Pl.) die im Inneren gelegenen Organe (med.)

Eingeweidebruch *Hernie,* die (lat., Pl. -n) med.

Eingeweidewürmer *Enthelminthen,* die (gr.-lat., nur Pl.) med.

Eingeweihter 1. *Insider,* der (engl., ohne Pl.) an der Börse Insidergeschäfte zu tätigen ist verboten 2. *Adept,* der (lat., Pl. -en) in Geheimkünste Eingeweihter 3. *Augur,* der (lat., Pl. -en) auch: Priester im alten Rom

eingewöhnen *akklimatisieren* (lat.) z. B. nach e. Reise in die Tropen

Einglas *Monokel,* das (lat.-fr., Pl. –) dem General der Reichswehr fiel vor Erstaunen das Monokel vom Auge

eingliedern 1. *adaptieren* (lat.) 2. *assimilieren* (lat.) auch: anpassen 3. *integrieren* (lat.) 4. *sozialisieren* (lat.) i. S. von vergesellschaften, verstaatlichen; Ggs.: reprivatisieren 5. *akklimatisieren* (gr.-lat.) sich an e. anderes Klima anpassen: i. S. von eingewöhnen; nicht verw. mit *akklamieren* (lat.-österr.) zustimmen, klatschen

Eingliederung in e. größeres Ganzes *Integration,* die (lat., Pl. -en) »Zur europäischen Integration gibt es keine Alternative.« (Joschka Fischer, Die Grünen, 1998)

Eingottglaube *Monotheismus,* der (gr.-lat., ohne Pl.) bekannt seit dem ägyptischen Pharao Amenhotep IV., regierte von 1379-1362 v. Chr. u. hielt den Sonnengott für den alleinigen Gott (Aton); er nannte sich Echnaton (er gefällt dem Aton); die Juden bezeichnen Abraham als Vater des Monotheismus; der Islam ist e. Monotheismus, Allah als der alleinige Gott

eingreifen *intervenieren* (lat.-fr.) e. Konflikt durch gemeinsames Intervenieren beenden

Eingreifen *Intervention,* die (lat.-fr., Pl. -en) Interventionstruppen in Marsch setzen, um e. Konflikt zu lösen

eingrenzen *lokalisieren* (lat.-fr.) der Produktionsleiter lokalisiert e. Fertigungsproblem

Eingriff *Operation,* die (lat., Pl. -en) i. S. militärischer oder chirurgischer Operationen

Eingriff, operativer ... am lebenden Tier ... *Vivisektion,* die (lat., Pl. -en) ... zu wissenschaftlichen Zwecken

Eingriff, operativer ... in die Gehirnsubstanz *Leukotomie,* die (gr.-lat., Pl. ...ien) ... bei best. Geisteskrankheiten (med.)

Einheit 1. *Allianz,* die (fr.-lat., Pl. -en) i. S. von Bündnis; Name der größten dt. Versicherung 2. *Koalition,* die (lat.-fr., Pl. -en) Bündnis mehrerer Parteien oder Staaten zur Erreichung von Zielen 3. *Synthese,* die (gr.-lat., Pl. -n) Verknüpfung von Teilen zu e. höheren Ganzen; Ggs.: Analyse

Einheit, unteilbare ..., in der Wellen ausgesandt oder absorbiert werden *Quantum,* das (lat., Pl. ...ten) eigtl.: wie viel; auch: abgemessene Menge

einheitlich 1. *homogen* (gr.-lat.) e. homogene Gemeinschaft sein 2. *uniform* (lat.-fr.) Großstädte weisen alle e. uniformes Bild auf

Einheitlichkeit *Homogenität,* die (gr.-lat., ohne Pl.)
Einheitskurs *Kassakurs,* der (lat.-it.-dt., Pl. -e) wird einmal am Tag, zur Mitte der Börsenzeit, für kleinere Käufe u. Verkäufe errechnet
einhellig *unamin* (lat.-fr.) einmütig
einig 1. *d'accord* (fr.) 2. *konform* (lat.) übereinstimmend
einiges *Diverses* (lat.) noch Diverses erledigen müssen
Einigkeit *Harmonie,* die (gr.-lat., Pl. ...ien) e. Ehe in Harmonie führen
Einigung 1. *Agreement,* das (lat.-fr.-engl., Pl. -s) 2. *Arrangement,* das (lat.-fr., Pl. -s) 3. *Kompromiß,* der (lat., Pl. ...misse) Übereinkunft
einjährig *annuell* (lat.-fr.)
einkanalig *monophon* (gr.-lat.) Ggs.: stereophon
Einkaufen von Mitgliedern ... *Club Shopping,* das (engl.) ... in kargen Hallen, von großen Warengebinden, auf der grünen Wiese
Einkaufszentrum *Shoppingcenter,* das (engl., Pl. -s)
Einkerbung *Markierung,* die (germ.-it.-fr., Pl. -en)
Einklang *Harmonie,* die (gr.-lat., Pl. ...ien) im Freundeskreis herrscht Harmonie
Einklemmung von Organteilen *Inkarzeration,* die (lat., Pl. -en) z. B. Darmschlingen (med.)
Einkommen 1. *Bruttoeinkommen,* (das (lat.-it.-dt., nur Pl.) 2. *Fixum,* das (lat., Pl. ...xa) 3. *Nominaleinkommen,* das (lat.-fr.-dt., nur Pl.) Ggs.: Realeinkommen 4. *Rente,* die (lat.-fr., Pl. -n) 5. *Revenue,* die (lat.-fr., Pl. -n) 6. *Diäten,* die (lat.-fr., nur Pl.) Bezüge der Abgeordneten; nicht verw. mit *Diät,* die (gr., Pl. -en) »Lebensweise«, Schonkost 7. *Apanage,* die (fr., Pl. -n) regelmäßige Zahlung an nichtregierende Mitglieder e. Fürsten- oder Königshauses
Einkünfte 1. *Revenue,* die (lat.-fr., Pl. -n) 2. *Temporalien,* die (lat., nur Pl.) aus e. Kirchenamt
Einlage 1. *Depositum,* das (lat., Pl. ...siten) z. B. die Einlage e. Sparers in Form von Spargeld; *Depositenbank,* die (lat.-dt., Pl. -en) Kreditbank 2. *Inlay,* das (engl., Pl. -s) auch: gegossene Zahnfüllung (med.)
Einlaßkarte 1. *Billett,* das (fr., Pl. -e, -s) z. B. Fahrkartenbillett, Theaterbillett 2. *Ticket,* das (fr.-niederl.-engl., Pl. -s) »Zettel«, z. B. Flugticket, Kinoticket
einleben *akklimatisieren* (lat.) sich z. B. in e. neuen Umgebung akklimatisieren
Einlegearbeit *Mosaik,* das (gr.-lat.-it.-fr., Pl. -en) die Mosaiken in Ravenna sind von besonderer Schönheit
einlegen *marinieren* (lat.-fr.) z. B. Fisch in Marinade (Beize aus Essig u. Öl) einlegen; nicht verw. mit *manierieren* (fr.) künsteln (Sprechweise)
Einleitung 1. *Exordium,* das (lat., Pl. ...ia) e. Vortrags 2. *Ouvertüre,* die (lat.-fr., Pl. -n) Instrumentalstück zu Beginn e. Oper 3. *Präambel,* die (lat., Pl. -n) Einleitung z. B. bei der Verfassung 4. *Präliminare,* das (lat., Pl. ...rien) einleitende Gepflogenheiten, z. B. das Händeschütteln von Staatsoberhäuptern vor Vertragsabschlüssen 5. *Prolog,* der (gr.-lat., Pl. -e) Vorwort oder Einleitung e. Buches; Ggs.: Epilog (Schlußwort, Nachwort) 6. *Introduction,* die (engl., Pl. -s) kurz: Intro
Einleitungsformel der Moslems *Basmala,* die (arab.) mit ihr werden alle wichtigen Handlungen eingeleitet: »Im Namen Gottes des Erbarmers, des Barmherzigen«
Einleser, vom Kunden aktivierter ... *Self Scanner,* der (engl., Pl. -s) an Kassen von Supermärkten sollen die Kassierer durch Self Scanner (Selbst-Lesegeräte), die der Kunde bedient, eingespart werden; bereits im Einkaufswagen wird die hineingelegte Ware registriert, an e. Wagenhalterung die Rechnung erstellt, am Automaten bezahlt
einleuchtend 1. *evident* (lat.) offenkundig u. klar 2. *persuasiv* (lat.) 3. *plausibel* (lat.-fr.) begreiflich
einmalig *legendär* (lat.) sagenhaft
Einmaligkeit *Unikum,* das (lat., Pl. ...ka) auch: origineller Mensch
einmischen *intervenieren* (lat.-fr.) i. S. von vermitteln, z. B. bei Streitigkeiten intervenieren
Einmischung *Intervention,* die (lat.-fr., Pl. -en)
Einmütigkeit *Harmonie,* die (gr.-lat., Pl. ...ien) in seiner Ehe herrschte große Harmonie
Einnahme aus e. Wettkampf *Börse,* die (niederl., Pl. -n) z. B. beim Boxkampf
Einnahmeüberschuß *Aktivsaldo,* der (lat., Pl. ...den)
einordnen 1. *kategorisieren* (gr.-lat.) 2. *systematisieren* (gr.-lat.)
Einordnung 1. *Kategorisierung,* die (gr.-lat., Pl. -en) z. B. in best. Personengruppen 2. *Klassifikation,* die (lat., Pl. -en) in Klassen
Einordnung, zeitlich falsche ... *Anachronismus,* der (gr., Pl. ...men)
einpacken *emballieren* (germ.-fr.) z. B. Produkte verpacken
Einpacker an der Supermarktkasse *Box-Boy,* der (engl., Pl. -s)
Einparkhilfe *Parktronic,* das (engl., Pl. -s) Ultraschall-Sensoren an den PKW-Stoßstangen melden den Abstand zu e. Hindernis
einpflanzen *implantieren* (lat.) der Kardiologe (Facharzt für Herzkrankheiten) implantierte das Spenderherz e. Unfallopfers
einprägsam *plastisch* (gr.-lat.-fr.) e. Szene plastisch darstellen

Einrahmung *Passepartout,* das (fr., Pl. -s) aus Pappe für Bilder
einrammen *pilotieren* (lat.) Spundwände werden pilotiert
einräumen *konzedieren* (lat.) nicht verw. mit *konzentrieren* (lat.-gr.-fr.) ballen, Kräfte zusammenziehen
einrechnen *kalkulieren* (lat.)
einreden 1. *suggerieren* (lat.) z. B. jmdm. e. falschen Tatbestand suggerieren 2. *indoktrinieren* (lat.)
Einreibemittel ... *Blister,* der (engl., ohne Pl.) ... für die Behandlung von Beinverletzungen bei Pferden; auch: durchsichtige Verpackungsfolie
einreiben ... *blistern* (engl.-dt.) ... mit Blister
Einreibung 1. *Friktion,* die (lat., Pl. -en) med. 2. *Unktion,* die (lat., Pl. -en) med.
Einreiseerlaubnis *Visum,* das (lat., Pl. ...sa)
einreißen *lazerieren* (lat.) med., z. B. Gewebe
einrichten 1. *installieren* (lat.) 2. *ventilieren* (lat.) i. S. von möglich machen, in Erfahrung bringen; auch: lüften 3. *etablieren* (lat.-fr.)
Einrichten *Adjustage,* die (lat.-fr., Pl. -n) z. B. e. maschinelle Anlage
einrichten, wohnlich *komfortabel* (lat.-fr.-engl.) behaglich
Einrichtung 1. *Institution,* die (lat., Pl. -en) e. öffentliche Einrichtung 2. *Redressement,* das (lat.-fr., Pl. -s) med., z. B. das Einrenken von Knochen 3. *Inventar,* das (lat., Pl. -e) 4. *Mobiliar,* das (lat., Pl. -e) Gesamtheit der Möbel e. Wohnungseinrichtung
Einrichtung zur Ausbildung von Geistlichen *Alumnat,* das (lat., Pl. -e) auch: mit e. Lehranstalt verbundenes Schülerheim
Einrichtungsgegenstand *Möbel,* das (lat.-fr., Pl. –)
einritzen *gravieren* (niederl.-fr.) e. Grabstein gravieren lassen
einsagen *soufflieren* (lat.-fr.) e. Text soufflieren
Einsager *Souffleur,* der (lat.-fr., Pl. -e) Textvorsager im Theater
einsalben *balsamieren* (hebr.)
Einsalbung *Balsamierung,* die (hebr.-dt., Pl. -en)
Einsalbung *Inunktion,* die (lat., Pl. -en) von Arzneimitteln (Salben)
Einsamkeit 1. *Klausur,* die (lat., ohne Pl.) um in Ruhe nachdenken zu können, begebe ich mich in Klausur 2. *Solitüde,* die (lat., Pl. -n) Name von Schlössern in der Abgeschiedenheit
Einsamkeit, Hang zur ... *Klaustrophilie,* die (gr.-lat., Pl. ...ien) krankhafter Drang, sich einzuschließen, sich abzusondern
Einsatz 1. *Fanatismus,* der (lat.-fr., ohne Pl.) übertriebenes Engagement (Verpflichtung) 2. *Mise,* die (lat.-fr., Pl. -n) z. B. beim Glücksspiel 3. *Input,* der (engl., Pl. -s) wirtsch., Einsatz von Arbeitskräften, Energie, Rohstoffen; Ggs.: Output (Ergebnis)
Einsatz von Unternehmen für gesellschaftliche Belange *Social Sponsoring,* das (engl.-am., ohne Pl.) z. B. Engagement für: Aids-Kranke, Umwelt, Hunger in der Welt
Einsatz verdoppeln ... *Paroli,* das (lat.-it.-fr., ohne Pl.) ... im Pharaospiel (altes fr. Kartenglücksspiel) auch: jmdm. Paroli bieten (Einhalt gebieten)
einschalten, sich *intervenieren* (lat.-fr.) vermitteln; nicht verw. mit *iterieren* (lat.) wiederholen
Einschaltquote im Fernsehen *Rating,* das (engl.-am., Pl. -s)
einschätzen *taxieren* (lat.-fr.) e. Gebäudewert auf DM 500.000,- taxieren
Einschleusung *Infiltration,* die (lat., Pl. -en) Einsickern
einschließen 1. *implizieren* (lat.) 2. *involvieren* (lat.)
einschließlich 1. *inklusive* (lat.) 15 % Mehrwertsteuer inklusive; Ggs.: exklusive 2. *implizit* (lat.)
einschneiden *inzidieren* (lat.) med.
einschneidend *dramatisch* (gr.-lat.)
Einschnitt *Zäsur,* die (lat., Pl. -en) e. bes. Ereignis stellt e. Zäsur in der Entwicklung dar
einschränken 1. *limitieren* (lat.) beschränken, z. B. e. Buch erscheint in limitierter Auflage 2. *reglementieren* (fr.) durch Verordnungen beeinträchtigen 3. *relativieren,* bestimmte Äußerungen relativieren (abschwächen) 4. *diminuieren* (lat.) verringern, vermindern 5. *reduzieren* (lat.) 6. *minimieren* (lat.)
einschränkend *restriktiv* (lat.) z. B.: e. Staat betreibt e. restriktive Geldpolitik
Einschränkung 1. *Limitation,* die (lat., Pl. -en) 2. *Restriktion,* die (lat., Pl. -en) 3. *Austerity,* die (engl., ohne Pl.) e. strikte Sparpolitik betreiben
Einschränkung, ohne eine ... 1. *absolut* (lat.-fr.) »losgelöst« 2. *kategorisch* (gr.-lat.) 3. *partout* (fr.)
einschreiben *immatrikulieren* (lat.) z. B. Studenten an Hochschulen; Ggs.: exmatrikulieren
Einschreibung *Immatrikulation,* die (lat., Pl. -en) an Universitäten; Ggs.: Exmatrikulation
einschreiten *intervenieren* (lat.-fr.) dazwischentreten, vermitteln
einsehen *realisieren* (lat.-fr.) merken; auch: verwirklichen
einseitig 1. *tendenziös* (lat.-fr.) z. B. in e. Artikel e. bestimmte politische Richtung verfolgen 2. *partiell* (lat.-fr.) 3. *subjektiv* (lat.) parteiisch 4. *unilateral* (lat.)
einsetzen 1. *inthronisieren* (lat.) bei Monarchen 2. *konstituieren* (lat.) z. B. e. Ausschuß konstituieren

Einsetzung 1. *Inauguration,* die (lat., Pl. -en) in e. Akademieamt 2. *Inthronisation,* die (lat., Pl. -en) 3. *Konstitution,* die (lat., Pl. -en) i. S. e. eingesetzten Verfassung e. Staates; Grundgesetz; auch: päpstl. Erlaß

Einsicht 1. *Räson,* die (lat.-fr., ohne Pl.) Staatsräson vorleben 2. *Ratio,* die (lat., ohne Pl.) auch: Vernunft

Einsickern *Infiltration,* die (lat., Pl. -en) die Polizei mußte gegen die Infiltration radikaler Kurden vorgehen

einsickern *infiltrieren* (lat.) der Technologiekonzern war von Wirtschaftsspionen infiltriert worden

Einsiedelei 1. *Eremitage,* die (gr.-lat.-fr., Pl. -n) 2. *Klause,* die (lat., Pl. -n)

Einsiedler 1. *Eremit,* der (gr.-lat., Pl. -en) z. B. der altgr. Philosoph Diogenes in der Tonne (403-323 v. Chr.) 2. *Klausner,* der (lat., Pl. –)

Einsiedler, die sich einmauern ließen *Inklusen,* die (lat., nur Pl.) ... zur Askese in ihrer Klosterzelle

einsilbig *monosyllabisch* (gr.)

einsperren *internieren* (lat.-fr.)

einspringen *interzedieren* (lat.) e. Bürge muß für den Schuldner interzedieren

einspritzen *injizieren* (lat.) z. B. e. Beruhigungsmittel injizieren

Einspritzung *Injektion,* die (lat., Pl. -en) der Arzt nahm e. Injektion vor; auch: Injektionsmotor (Einspritzer)

Einspruch 1. *Protest,* der (lat.-it., Pl. -e) 2. *Demarche,* die (fr., Pl. -n) der Botschafter überreichte seiner Regierung e. Demarche 3. *Rekurs,* der (lat., Pl. -e) zu Gerichtsentscheidungen 4. *Veto,* das (lat.-fr., Pl. -s) im Sicherheitsrat sein Veto einlegen

Einspruchsrecht *Interpellation,* die (lat., Pl. -en) gegen Vollstreckungsbefehle u. dgl.

einstellen 1. *sistieren* (lat.) e. Verfahren 2. *egalisieren* (lat.-fr.) z. B. e. Rekord e. sportlichen Disziplin 3. *rangieren* (gr.-fr.) z. B. e. Waggon 4. *zentrieren,* e. Bohrer auf den Mittelpunkt e. Kreises 5. *justieren* (lat.) 6. *kalibrieren* (gr.-arab.-fr.) Werkstück auf genaues Maß bringen

Einstellen *Adjustage,* die (lat.-fr., Pl. -n) z. B. e. Werkzeuges

einstellen, fein ... *adjustieren* (lat.) z. B. Werkstücke einstellen

Einstellraum *Garage,* die (germ.-fr., Pl. -n) für Kraftfahrzeuge

Einstellung 1. *Attitüde,* die (lat.-it.-fr., Pl. -n) Attitüden e. Filmstars haben 2. *Couleur,* die (lat.-fr., Pl. -s) politische Einstellung 3. *Loyalität,* die (lat.-fr., ohne Pl.) zur unbedingten Loyalität verpflichtet sein 4. *Nonkonformismus,* der (lat.-engl., ohne Pl.) i. S. e. eigenwilligen Einstellung; Ggs.: Konformismus 5. *Mentalität,* die (lat.-engl., Pl. -en) i. S. der Geisteshaltung e. Menschen 6. *Akzeptanz,* die (lat., Pl. -en) i. S. e. positiven Einstellung; Anklang

Einstellung, engstirnig-spießige ... *Provinzialismus,* der (lat., Pl. ...men) »Weiter so u. verfilzte Provinzialität (gemeint ist: Provinzialismus)!« (Ole von Beust, CDU-Fraktionschef in Hamburg, 1998)

Einstellung, geistige ... *Mentalität,* die (lat., Pl. -en) »Wir müssen uns im Westen auf neue Mentalitäten einstellen, unser Leben ist risikoreicher, aber es ist auch interessanter geworden.« (Kardinal Joachim Meisner, 1996)

einstimmen *eintunen* (dt.-engl.)

einstimmig 1. *unamin* (lat.-fr.) 2. *unisono* (lat.)

Einströmen *Infiltration,* die (lat., Pl. -en) die Infiltration radikaler Kräfte nahm beängstigende Ausmaße an

einströmen *infiltrieren* (lat.) der Technologiekonzern war von Wirtschaftsspionen infiltriert worden

einstweilen *ad interim* (lat.)

einstweilig 1. *interimistisch* (lat.) 2. *kommissarisch* (lat.-fr.) 3. *provisorisch* (lat.) 4. *temporär* (lat.-fr.) 5. *transitorisch* (lat.) vorübergehend

Eintagsfieber *Ephemera,* die (gr.-lat., nur Pl.) med.

Eintagsfliege *Ephemeride,* die (gr.-lat., Pl. -n)

Eintänzer *Gigolo,* der (fr., Pl. -s) auch junger Mann, der sich von Frauen aushalten läßt

eintauchen *dippen* (engl.) auch: eintunken

eintauchen *tingieren* (lat.) Stoffe werden zum Färben tingiert

einteilen 1. *disponieren* (lat.) ich brauche Terminvorschläge, um disponieren zu können 2. *rationieren* (lat.-fr.) während des Wüstenmarsches mußte das Wasser rationiert werden 3. *klassifizieren* (lat.) etwas in Klassen einordnen

Einteilung *Disposition,* die (lat., Pl. -en) es müssen noch die Dispositionen für die nächste Woche getroffen werden

eintönig 1. *monoton* (gr.-lat.-fr.) e. monotone Sprechweise haben 2. *trist* (lat.-fr.) auch: traurig, öde

Eintönigkeit *Monotonie,* die (gr.-lat.-fr., Pl. ...ien)

Eintopfgericht 1. *Hochepot,* das (fr., Pl. -e) 2. *Hotchpotch,* das (fr.-engl., Pl. -es) »Mischmasch«, Eintopf

Eintracht *Harmonie,* die (gr.-lat., Pl. -n) in der Ehe herrscht große Harmonie

Eintracht, zwieträchtige ... *concordia discors* (lat., Zitat, Horaz)

einträchtig *harmonisch* (gr.-lat.) die Partner wünschen sich e. harmonisches Miteinander

eintragen 1. *inskribieren* (lat.) z. B. in e. Gästebuch 2. *intabulieren* (lat.) in e. Tabelle eintragen
einträglich 1. *lukrativ* (lat.) der Handel mit Edelhölzern war e. lukratives Geschäft 2. *rentabel* (lat.-fr.) die Aktivitäten des Unternehmens müssen rentabler gestaltet werden 3. *profitabel* (lat.-fr.) i. S. von gewinnbringend
Einträglichkeit *Rentabilität,* die (lat.-fr., ohne Pl.) die Rentabilität der Firma hat sich wesentlich verbessert
Eintragung *Inskription,* die (lat., Pl. -n)
eintreten 1. *interzedieren* (lat.) z. B. als Bürge für e. Schuldner 2. *plädieren* (lat.-fr.) im Bundestag für Steuererhöhung plädieren
Eintreten, das ... füreinander *Solidarität,* die (lat.-fr., ohne Pl.) auch: Übereinstimmung; »Ich praktiziere gelebte Solidarität.« (Helmut Kohl)
eintreten, für etwas oder jmdn. ... *plädieren* (fr.) »Sie (Theo Waigel) plädieren also nicht dafür, den Ossis mit Geld- u. Liebesentzug zu drohen ...?« (Stern, 1998)
Eintreten, rigoroses für e. Sache *Fanatismus,* der (lat., ohne Pl.) überspannter Einsatz für e. Idee; »Man müßte es dahin bringen, daß sich alle Menschen des Fanatismus u. der Intoleranz schämten.« (Friedrich der Große)
Eintritt verboten! *off limits!* (engl.)
Eintrittsgeld *Entree,* das (lat.-fr., Pl. -s)
Eintrittskarte 1. *Ticket,* das (engl., Pl. -s) 2. *Billett,* das (fr., Pl. -s, -e)
Eintrittskarten, per Telefon bei e. Computer, bestellte ... *Tele-Ticket,* das (engl.-am., Pl. -s) ... am Eingang z. B. des Kinos wird das Ticket dann aus dem Automaten gezogen
einverleiben *annektieren* (lat.-fr.) e. schwaches Nachbarland annektieren
einverstanden 1. *okay,* kurz: *o.k.* (am.) 2. *d'accord* (fr.) 3. *allright* (engl.) 4. *aye, aye* (engl.) »jawohl« in der britischen Marine
einverstanden sein 1. *akzeptieren* (lat.) 2. *tolerieren* (lat.) i. S. von dulden, gewähren
Einverständnis 1. *Akklamation,* die (lat., Pl. -en) beistimmender Zuruf bei Parlamentsbeschlüssen 2. *Konsens,* der (lat., Pl. -e) Zustimmung; Ggs.: Dissens 3. *Plazet,* das (lat., Pl. -s) »es gefällt«, Einwilligung; nicht verw. mit *Plazidität,* die (lat., ohne Pl.) Ruhe, Sanftheit
Einwand *Remonstration,* die (lat., Pl. -en)
Einwände haben *remonstrieren* (lat.) der Abgeordnete remonstrierte zum Beschluß der Steuererhöhung
Einwanderer *Immigrant,* der (lat., Pl. -en) Ggs.: Emigrant
Einwanderer, aus sp. sprechenden Ländern in die USA *Hispano,* der (sp., Pl. -s)
einwandern *immigrieren* (lat.) Ggs.: emigrieren
Einwanderung *Immigration,* die (lat., Pl. -en) Ggs.: Emigration
einwandfrei 1. *perfekt* (lat.) perfekte Umgangsformen haben 2. *akkurat* (lat.) 3. *intakt* (lat.) 4. *integer* (lat.) 5. *korrekt* (lat.) 6. *koscher* (hebr.-jidd.) einwandfrei, den jüdischen Speisegesetzen gemäß
Einwecktopf *Rexapparat,* der (österr.-Eigenn., Pl. -e)
Einweihung *Inauguration,* die (lat., Pl. -en) auch: feierliche Einsetzung in e. akademisches Amt
einweisen *instruieren* (lat.) nicht verw. mit *instradieren* (lat.-it.) Soldaten in Marsch setzen
Einweisung *Briefing,* das (engl.-am., Pl. -s) kurze Einweisung oder Lagebesprechung
einwertig *univalent* (lat.) chem.
einwickeln *paketieren* (niederl.-fr.) z. B. Güter zu e. Paket verpacken
Einwilligung 1. *Konsens,* der (lat., Pl. -e) in der Auseinandersetzung erzielte man e. Konsens; »Wenn Konsens bedeutet, daß wir nichts tun können, wenn e. Bauer weniger Geld als letztes Jahr bekommt, sind die europäischen Wohlfahrtsstaaten nicht überlebensfähig.« (D. Mueller, Präsident der Schumpeter Gesellschaft, 1998) 2. *Plazet,* das (lat., Pl. -s) jmd. gibt in e. Auseinandersetzung schließlich sein Plazet
Einwohner von Buenos Aires *Porteño,* der (sp., Pl. -s)
Einzahl *Singular,* der (lat., ohne Pl.)
Einzelauge e. Facettenauges *Ommatidium,* das (gr.-lat., Pl. ...ien)
Einzelgänger *Individualist,* der (lat., Pl. -en)
Einzelgesang *Solo,* das (lat.-it., Pl. -s) auch: Alleingang; Ggs.: *Duett,* das (lat.-it., Pl. -e) zweistimmiger Vortrag; »Liebe ist kein Solo, Liebe ist e. Duett. Schwindet sie einem, verstummt das Lied.« (Adelbert von Chamisso)
Einzelhaus 1. *Villa,* die (lat.-it., Pl. Villen) großes, luxuriöses Haus 2. *Chalet,* das (fr., Pl. -s) größeres Landhaus
Einzelheit *Detail,* das (lat.-fr., Pl. -s)
Einzeller 1. *Amöbe,* die (gr.-lat., Pl. -n) »Wechsel«, Krankheitserreger der Amöbenruhr 2. *Protophyte,* die (gr.-lat., Pl. -n) einzellige Pflanzen 3. *Protophyton,* das (gr.-lat., Pl. ...yten) nicht verw. mit *Protoplasma,* das (gr.-lat., Pl. -s) Lebenssubstanz aller menschlichen, pflanzlichen u. tierischen Zellen
einzeln 1. *separat* (lat.) etwas separat verschicken 2. *en détail* (lat.-fr.) e. Hergang en détail schildern; Ggs.: en gros 3. *partikular* (lat.) z. B. die partikularen Interessen e. Staates berühren 4. *singulär* (lat.) bei der Revolte handelte es sich um e. singuläre Erscheinung 5. *speziell* (lat.-fr.)

Einzelspiel im Sport *Single,* das (engl., Pl. -s) nicht verw. mit *Single,* der (engl., Pl. -s) bewußt Alleinlebende(r); »Singles haben weniger Kinder.« (Helmut Kohl, Bundeskanzler, 1997)
Einzelstück 1. *Unikum,* das (lat., Pl. ...ka) e. Unikum (ein uriger Typ) sein 2. *Unikat,* das (lat., Pl. -e) die persische Vase aus dem 16. Jh. ist e. Unikat
Einzelteil 1. *Detail,* das (lat.-fr., Pl. -s) 2. *Komponente,* die (lat., Pl. -n) auch: Teilkraft
Einzelverkauf *en détail* (lat.-fr.) der Einzelhandel verkauft Waren en détail; Ggs.: der Großhandel: en gros
Einzelwesen *Individuum,* das (lat., Pl. ...duen) die Gesamtheit der Menschen besteht aus einzelnen Individuen
einziehen 1. *konfiszieren* (lat.) 2. *requirieren* (lat.)
Einziehung *Rekrutierung,* die (lat.-fr., Pl. -en) Soldaten werden rekrutiert
einzigartig 1. *phänomenal* (gr.-lat.-fr.) Elefanten haben e. phänomenales Erinnerungsvermögen 2. *extraordinär* (lat.-fr.) 3. *exzeptionell* (lat.-fr.) 4. *sensationell* (lat.) 5. *spektakulär* (lat.) svw. aufsehenerregend; nicht verw. mit *spektakulös* (lat.) seltsam, abscheulich
Einzigartigkeit *Individualität,* die (lat.-fr., Pl. -en)
eirund *oval* (lat.)
Eisen *Ferrum,* das (lat., ohne Pl.) Zeichen: Fe
Eisenbahnabteil *Coupé,* das (fr., Pl. -s)
Eisenbahnbremse 1. *Karpenterbremse,* die (Eigenn.-dt., Pl. -n) bes. Druckluftbremse, nach dem am. Erfinder u. Ingenieur Carpenter (1853-1901) 2. *Westinghousebremse,* die (Eigenn.-dt., Pl. -n) nach dem am. Ingenieur G. Westinghouse (1846-1914)
Eisenbahnfährschiff *Trajekt,* das, der (lat., Pl. -e) Fähre mit Gleisanlage
Eisenbahnwagen *Waggon,* der (niederl.-engl., Pl. -s)
Eisenkarbid *Zementit,* der (Eigenn., ohne Pl.) sehr harte Verbindung: Kohlenstoff u. Eisen
Eisenkristall *Ferrit,* der (lat., Pl. -e)
Eisenlehre *Siderologie,* die (gr.-lat., ohne Pl.)
Eisenstange *Jackstag,* der (engl., Pl. -en) ... für die Segelbefestigung
Eisenzeit, der zweite Abschnitt der europäischen ... *La-Tène-Zeit,* die (lat.-fr.-dt., ohne Pl.)
Eishockeyspiel, durch e. Tor plötzlich entschiedenes ... *Sudden death,* der (engl., ohne Pl.) eigtl.: plötzlicher Tod; um in einem unentschieden stehenden Spiel e. Entscheidung herbeizuführen, kann das nächste Tor die Partie sofort beenden
Eisprung *Ovulation,* die (lat., Pl. -en) med. der Ausstoß e. reifen Eis aus dem Eierstock e. Frau
Eiszeit *Glazial,* das (lat., Pl. -e) erdgeschichtlicher Abschnitt, das letzte Glazial liegt rund 12 000 Jahre zurück
Eiszeit, der ... entstammend *glazial* (lat.)
Eiszeitalter *Diluvium,* das (lat., ohne Pl.) eigtl.: Wasserflut; das quartäre Eiszeitalter: Pleistozän
eiszeitlich *glazial* (lat.)
eitel *kokett* (fr.) e. kokettes Mädchen mit dem Wunsch, auf sich aufmerksam zu machen
Eitelkeit *Koketterie,* die (fr., Pl. ...ien)
Eiteransammlung *Empyem,* das (gr., Pl. -e) ... in natürlichen Körpermulden, z. B. im Bauchnabel (med.)
Eiterbläschen *Pustel,* die (lat., Pl. -n) med.
Eiterfluß *Fluxus,* der (lat., ohne Pl.) auch: Kunstrichtung des Neodadaismus um 1960
Eitergeschwulst 1. *Abszeß,* der (lat., Pl. ...szesse) med. 2. *Furunkel,* das, der (lat., Pl. -s) med., »kleiner Dieb«, Eitergeschwür
eitern *abszedieren* (lat.) eigtl.: sich absondern
Eiterung der Haut *Ekthym,* das (gr., Pl. -e) ... mit anschließender Geschwürbildung
Eiterung *Helkoma,* das (gr., Pl. ...komata) med.
eitrig 1. *impetiginös* (lat.) med. 2. *purulent* (lat.) med.
Eiweiß *Albumen,* das (lat., ohne Pl.) med.
Eiweiß des Blutplasmas *Gammaglobulin,* das (gr.-lat., ohne Pl.) e. Immunglobulin; wird zur Vorbeugung verschiedener Krankheiten geimpft
eiweißhaltig *albuminös* (lat.)
Eiweißkörper, der Blut gerinnen läßt *Protamin,* das (gr.-lat., Pl. -e)
Eiweißkörper, glasiger ... *Hyalin,* der (gr., Pl. -e)
Eiweißkörper, virusabwehrender ... *Interferon,* das (Eigenn.-lat., Pl. -e) von Körperzellen gebildet; Mittel zur Krebsbekämpfung (med.)
Eiweißspaltungsprodukt *Albumose,* die (lat., Pl. -n) i. S. e. Spaltprodukts der Eiweißkörper
Eiweißstoff aus Tierknochen *Glutin,* das (lat., ohne Pl.) Hauptbestandteil der Gelatine
Eiweißstoff *Gluten,* das (lat., ohne Pl.) ... der nach dem Entfernen der Stärke aus dem Mehl übrigbleibt
Eiweißstoff im Blutplasma *Globulin,* das (lat., Pl. -e)
Eiweißstoff, artfremder *Antigen,* das (gr., Pl. -e)
eiweißverdauend *proteolytisch* (gr.-lat.) med.
Eizelle 1. *Ovulum,* das (lat., Pl. ...la) med. 2. *Ovum,* das (lat., Pl. Ova) med. 3. *Gynogament,* der (gr.-lat., Pl. -en)
Ekel *Degout,* der (lat.-fr., ohne Pl.)
Ekel einflößen *degoutieren* (lat.-fr.)
ekelerregend *degoutant* (lat.-fr.) auch: ekelhaft
Ekstase, in ... begeben 1. *ekstatisieren* (gr.-lat.) 2. *ekstatisch* (gr.-lat) i. S. von: rauschhaft, außer sich sein 3. *dionysisch* (gr.-lat.) wildbegeistert,

rauschhaft; nach Dionysos, dem antiken gr. Gott der Ekstase, des Weines, des Rausches, der Fruchtbarkeit; auch: 4. *dionysieren* (gr.-lat.) i. S. von: in e. Rauschzustand begeben

Elan 1. *Pep*, der (engl., ohne Pl.) der Manager hatte Pep 2. *Dynamik*, die (gr., ohne Pl.) Schwung; auch: Lehre von den Kräften

elastisch *flexibel* (lat.) e. flexiblen Kunststoff verarbeiten

Elefantenführer *Mahut*, der (ind., Pl. -s) in Indien

elegant 1. *fashionable* (lat.-fr.-engl.) modebewußt 2. *adrett* (lat.) auch: sauber 3. *attraktiv* (lat.-fr.) begehrenswert, anziehend

Elektrobaßspielen, hervorragendes ... *Slappen*, das (engl.-am., ohne Pl.), dabei »prügelt« der Daumen die Saiten

elektromagnetische Felder *Elektrosmog*, der (engl., ohne Pl.) der durch elektronische Geräte erzeugt wird u. als gesundheitsschädigend gilt, z. B. Mobil-Telefone, von Antennen verursachter Elektrosmog

Elektro-Metall *Elektromet*, das (Pl. -s) neue Legierung, verändert bei elektrischer Spannung die Form

elektronische Rechenanlage *Computer*, der (lat.-engl., Pl. -s) Abk.: EDV

Element, radioaktives ... (Transuran) *Nobelium*, das (Eigenn.-lat., ohne Pl.) nach dem schwed. Chemiker A. Nobel (1833-1896; Nobelpreis)

Elementarteilchen, e. geladenes ... *Quark*, das (engl., Pl. -s) ... das der Wirkung der starken Kraft unterliegt; Protonen u. Neutronen setzen sich jeweils aus drei Quarks zusammen

Elementarteilchen, negativ elektrisches ... *Elektron*, das (gr., Pl. ...onen) Abk.: e; eigtl.: Bernstein; auch: natürlich vorkommende Gold-Silber-Legierung

Elementarteilchen, sich sehr schnell bewegendes ... *Tachyon*, das (gr.-lat., Pl. -en) (mehr als Lichtgeschwindigkeit, + 300 000 km/Sekunde)

Elemente, kleinste ... bei der Gestaltung digitaler Bilder (EDV) *Pixel*, die (engl., Pl. -s) aus: picture (Bild) u. element (Element) auch: kleinstes Rasterelement digitaler Bilder

Elend der Massen *Pauperismus*, der (lat., ohne Pl.)

Elendsviertel 1. *Slum*, der (engl., Pl. -s) nicht verw. mit *Slump*, der (engl., Pl. -s) die Baisse im Börsenwesen 2. *Favela*, die (port., Pl. -s) Elendsviertel in Brasilien

Elendsviertel aus Kanistern *Bidonville*, das (it.-fr., Pl. -s) e. aus Kanistern u. Wellblech erbautes Elendsviertel am Rande nordafrik. Großstädte

Elfeck *Hendekagon*, das (gr.-lat., Pl. -e)

Elitetruppe 1. *Garde*, die (germ.-fr., Pl. -n) 2. *Marines*, die (am., nur Pl.) am. Eliteeinheit

Elle *Ulna*, die (lat., Pl. ...nae) auch: Ellenbogenknochen

Ellennerv *Ulnaris*, der (lat., ohne Pl.) med.

Elterngeneration *Parentalgeneration*, die (lat., Pl. -en)

Embryo, frühstes Stadium *Blastula*, die (gr.-lat., Pl. ...lae) auch: Blasenkeim

Embryodefekte, die charakteristisch sind *Embryopathie*, die (gr.-lat., ohne Pl.) ... durch Erkrankung der Mutter während der Schwangerschaft

Embryonalhülle *Amnion*, das (gr., Pl. -s)

Empfang 1. *Audienz*, die (lat., Pl. -en) z. B. beim Papst 2. *Rezeption*, die (lat., Pl. -en) sich an der Rezeption e. Hotels melden

Empfänger 1. *Adressat*, der (lat.-fr., Pl. -en) 2. *Rezipient*, der (lat., Pl. -en) z. B. e. Information 3. *Assignatar*, der (lat., Pl. -e) z. B. e. Geldanweisung

empfänglich 1. *prädisponiert* (lat.) für e. Krankheit empfänglich machen 2. *disponiert* (lat.) 3. *rezeptibel* (lat.)

Empfänglichkeit *Prädisposition*, die (lat., Pl. -en) für best. Krankheiten, z. B. e. erbliche Prädisposition haben

Empfängnis, die unbefleckte ... *Immaculata conceptio* (lat.) ... Marias; d. h. frei von Erbsünde (e. 1854 verkündetes Dogma der kath. Kirche)

empfängnisverhütend *antikonzeptionell* (gr.-lat.) med.

Empfängnisverhütung *Kontrazeption*, die (lat., ohne Pl.) med.

Empfangsbescheinigung 1. *Acquit*, das (lat.-fr., Pl. -s) für erhaltenes Geld, Waren oder Leistungen 2. *Quittung*, die (lat.-fr., Pl. -en)

Empfangsoptimierung *Antennen-Diversity*, die (lat.-engl., Pl. ...ies) ... im PKW für das Autoradio

Empfangsraum 1. *Rezeption*, die (lat., Pl. -en) e. Verabredung an der Hotelrezeption treffen 2. *Selamlik*, der (arab.-türk., Pl. -s) in e. vornehmen Haus e. Arabers

Empfangszimmer im Weißen Haus des US-Präsidenten *Oval Office*, das (engl., ohne Pl.) wird seit 1997, mit dem Bekanntwerden Clintons Vorlieben, scherzhaft »Oral Office« genannt

Empfangszimmer *Salon*, der (germ.-it.-fr., Pl. -s)

empfehlen *rekommandieren* (lat.-fr.) e. Menü ist zu rekommandieren

empfehlenswert *indiziert* (lat.) i. S. von ratsam, angezeigt

Empfehlung *Referenz*, die (lat., Pl. -en) bei e. Bewerbung sind gute Referenzen von Vorteil

Empfinden zum anderen Geschlecht ... *Heterozentrismus*, der (gr.-lat., ohne Pl.) ... wird als das Normale angenommen

empfindlich 1. *etepetete* (niederl.-fr.) 2. *neuralgisch* (gr.-lat.) 3. *penibel* (gr.-lat.-fr.) auch: sorgfältig, genau

empfindlicher Mensch *Mimose,* die (gr.-lat., Pl. -n) Baum mit gefiederten Blättern, die sich bei Berührung zusammenziehen

empfindsam *sensibel* (lat.-fr.) e. bes. sensibles Wesen sein

Empfindsamkeit *Sensibilität,* die (lat.-fr., ohne Pl.) die Sensibilität des Personalchefs ließ zu wünschen übrig

Empfindung 1. *Sentiment,* das (lat.-fr., Pl. -s) 2. *Feeling,* das (engl., Pl. -s) Tautologie: »Vom Feeling her hab' ich e. gutes Gefühl.« (Harald Schmidt, Showmaster)

Empfindungsvermögen *Ästhesie,* die (gr., ohne Pl.)

empfindungsvoll *pathetisch* (gr.-lat.-fr.) die Predigt war zu pathetisch

Empfindungswort *Interjektion,* die (lat., Pl. -en) z. B. der Ausruf: »Au!«

empor! *exzelsior!* (lat.) auch: höher hinauf!

Empörendes *Skandal,* der (gr.-lat.-fr., Pl. -e) der Verrat von Staatsgeheimnissen war e. Skandal

Emporkömmling *Parvenü,* der (lat.-fr., Pl. -s)

empört 1. *indigniert* (lat.) 2. *pikiert* (lat.-fr.) leicht beleidigt, verstimmt; nicht verw. mit *pikieren* (fr.) Pflanzen umsetzen, verziehen oder Stofflagen ohne sichtbare Außennähte aufeinandernähen

Empörung 1. *Rebellion,* die (lat.-fr., Pl. -en) »So fand Rebellion stets ihre Strafe.« (W. Shakespeare) 2. *Revolte,* die (fr., Pl. -n) Auflehnung, Gefängnisrevolte 3. *Revolution,* die (lat.-fr., Pl. -en) »Die Revolution frißt ihre eigenen Kinder« (G. Büchner), »Wo ich auftrete, ist Revolution.« (R. Weller, Boxer)

Ende gut, alles gut *finis coronat opus* (lat., Zitat) eigtl.: das Ende krönt das Werk

Ende *Happy End,* das (engl., Pl. -s) der Film hatte e. Happy End (glückliches Ende)

Ende, äußeres ... *Extremität,* die (lat., Pl. -en) auch: Gliedmaße (med.) »... ist Joe Cocker, der Dudelsack-Mensch, den ungeheure Kräfte pressen u. mit den Extremitäten rudern machen ...« (Frankenpost 1992)

Ende, bis zum (bitteren) ... *usque ad finem* (lat., Zitat)

Endergebnis *Quintessenz,* die (lat., Pl. -en) »Das ist die Quintessenz einer Sache!« (Redensart); nach Wahlen: das amtliche Endergebnis

endgültig 1. *apodiktisch* (gr.-lat.) 2. *definitiv* (lat.) dazu kann ich mich noch nicht definitiv äußern

Endkampf *Spurt,* der (engl., Pl. -s) Jesse Owens Spurt kurz vor dem Ziel war gewaltig

endlos *ad infinitum* (lat.)

Endpunkt der Kernteilung *Telophase,* die (gr.-lat., ohne Pl.)

Endspiel *Finale,* das (lat.-it., ohne Pl.) mit e. Fußballmannschaft im Finale stehen

Endspurt *Finish,* das (engl., Pl. -s) sich im 1500-Meter-Lauf e. dramatisches Finish liefern

Endzeit *Fin de siècle,* das (fr., ohne Pl.) »Jahrhundertende« nach e. Lustspiel von Jouvenot u. Micard (1888), Ausdruck e. dekadenten Lebensgefühls

Endzweck, der ... *Telos,* das (gr., ohne Pl.) auch: das Ziel (Philos.)

Energieeinheit der Kernphysik *Elektronvolt,* das (gr.-lat., ohne Pl.) Abk.: eV.

energiegeladen 1. *dynamisch* (gr.) Ggs.: statisch 2. *vital* (lat.-fr.) lebensvoll

Energiespeicher *Akkumulator,* der (lat., Pl. -en) er speichert elektrische Energie

energisch 1. *resolut* (lat.-fr.) die Großmutter ist e. resolute Person 2. *dezidiert* (lat.) e. Meinung dezidiert äußern 3. *vigoroso* (lat.-it.) musik. Vortragsanw.

eng befreundet *intim* (lat.) sein

Engel 1. *Cherub,* der (hebr.-gr.-lat., Pl. -im, -inen) als himmlischer Wächter 2. *Seraph,* der (hebr.-lat., Pl. -e, -im) e. sechsflügeliger Engel 3. *Gabriel,* der; Erzengel

engelsgleich 1. *cherubinisch* (hebr.-gr.-lat.) nach dem Engel Cherub 2. *seraphisch* (hebr.-lat.) nach dem Engel Seraph

Engländer, Spitzname des ... *John Bull,* der (engl., ohne Pl.)

englandfeindlich *anglophob* (lat.-gr.)

Englandfeindlichkeit *Anglophobie,* die (lat.-gr., ohne Pl.)

englandfreundlich *anglophil* (lat.-gr.)

Englandfreundlichkeit *Anglophilie,* die (lat.-gr., ohne Pl.)

Englisch als Muttersprache haben *anglophon* (gr.)

englische Krankheit *Rachitis,* die (gr.-lat., Pl. ...itiden) med.

englisches Weltreich *Commonwealth,* das (engl., ohne Pl.) eigentlich: Commonwealth of Nations, Staatenbund des ehemaligen britischen Weltreichs

engsichtig *borniert* (fr.) i. S. von geistig beschränkt, engstirnig; »Wir alle sind so borniert, daß wir immer glauben, recht zu haben.« (Goethe)

engstirnig 1. *closed minded* (engl.) ... in den Ansichten 2. *borniert* (fr.) 3. *pedantisch* (lat.-fr.)

Ensemble von Instrumentalmusikern *Orchester,* das (gr.-lat., ohne Pl.) auch: Musikkapelle; »... das ist e. Kirchenlied, das das Orchester auf der ›Titanic‹ beim Untergang gespielt hat.« (Jean-

Pierre Chevènement, fr. Innenminister, über den Euro, 1998)

entarten 1. *degenerieren* (lat.) 2. *pervertieren* (lat.-fr.)

entartend *degenerativ* (lat.)

entartet 1. *degeneriert* (lat.) 2. *dekadent* (lat.) z. B. e. dekadente Gesellschaft

Entartung *Degeneration,* die (lat., Pl. -en) z. B. von Körperteilen durch Inzucht

Entbehrungen auferlegen, sich ... *kasteien* (lat.) »Manchmal habe ich das Bedürfnis, mich selbst zu kasteien.« (G. Schröders geh. Tagebuch von H. Venske, 1997)

Entbindung *Partus,* der (lat., ohne Pl.) med., Niederkunft e. Frau

Entblütung *Defloration,* die (lat.) i. S. der Zerstörung des Hymens (Jungfernhäutchens) beim ersten Geschlechtsverkehr

Entdeckungsreise *Expedition,* die (lat., Pl. -en)

enteignen *expropriieren* (lat.-fr.) im Marxismus

Enteigner *Expropriateur,* der (lat.-fr., Pl. -e) auch: »Ausbeuter« i. S. des Marxismus

Enteignung *Konfiskation,* die (lat., Pl. -en) i. S. e. entschädigungslosen Enteignung

Enteiser *Defroster,* der (engl.)

Entenbratensoße ... *Bigarade,* die (fr., Pl. -n) ... mit Orangensaft; auch: Pomeranze (Zitrusfrucht)

entfärben *dekolorieren* (lat.-fr.)

entfernen 1. *eliminieren* (lat.) z. B. Fehler aus e. Manuskript 2. *absentieren* (lat.-fr.) z. B. sich rechtzeitig absetzen

Entfernung 1. *Distanz,* die (lat., Pl. -en) auch: auf Distanz zu e. Person gehen 2. *Elimination,* die (lat., Pl. -en) i. S. von Ausmerzung

Entfernungsmesser *Telemeter,* das (gr.-lat., ohne Pl.)

Entfernungsmessung *Telemetrie,* die (gr.-lat., ohne Pl.)

entfesselt *bacchanalisch* (gr.-lat.) das Abendessen entwickelte sich zu e. bacchanalischen Gelage

Entfremdung *Abalienation,* die (lat., Pl. -en) auch: Veräußerung

entführen *kidnappen* (engl.)

Entführung 1. *Kidnapping,* das (engl., Pl. -s) nach dem Kidnapping der Tochter forderte der Verbrecher Lösegeld 2. *Hijacking,* das (engl., Pl. -s) Flugzeugentführung

entgegengesetzt 1. *diametral* (gr.-lat.) diametrale Ansichten vertreten 2. *kontrovers* (lat.) z. B. im Bundestag wurde kontrovers debattiert 3. *antizyklisch* (gr.-lat.) geschickte Unternehmer werben antizyklisch 4. *antagonistisch* (gr.-lat.) 5. *divergent* (lat.) 6. *kontra* (lat.) 7. *konträr* (lat.-fr.)

Entgegenkommen 1. *Avance,* die (lat.-fr., Pl. -n) e. Herzensdame Avancen machen 2. *Konzession,* die (lat., Pl. -en) i. S. von Zugeständnis 3. *Kulanz,* die (lat.-fr., ohne Pl.) e. Versicherung regelte den Schaden auf dem Weg der Kulanz 4. *Toleranz,* die (lat., Pl. -en); »Schröder-Tolerierung (gemeint ist: Toleranz gegenüber Schröder) durch die CSU? Wenn er das ernst meint, dann ist es e. weitere der unglaublichen Nasenbohrereien ...« (Thomas Zimmermann, CSU, 1998)

entgegenkommend 1. *kulant* (lat.-fr.) sich gegenüber seinen Kunden kulant zeigen 2. *generös* (lat.-fr.)

entgegenwirkend *antizyklisch* (lat.) z. B. gegen e. bestehenden Konjunkturzustand werben; Ggs.: prozyklisch

entgegnen 1. *kontern* (lat.-fr.-engl.) 2. *reagieren* (lat.)

Entgegnung 1. *Replik,* die (lat.-fr., Pl. -en) z. B. e. Replik auf den Vortrag des Vorredners halten 2. *Argument,* das (lat., Pl. -e) recht hat er nicht, aber die besseren Argumente

Entgelt 1. *Honorar,* das (lat., Pl. -e) in vielen freien Berufen, Schriftstellerhonorar 2. *Salär,* das (lat.-fr., Pl. -e) Verdienst in der Schweiz 3. *Prämie,* die (lat., Pl. -n) für Sonderleistungen 4. *Gratifikation,* die (lat., Pl. -en) Entgelt zu bes. Anlässen, z. B. Weihnachtsgratifikation 5. *Almosen,* das (gr.-lat., ohne Pl.) i. S. e. Entgelts für Bettler

entgelten *honorieren* (lat.) z. B. e. bes. Einsatz

entgiften *dekontaminieren* (lat.) med. e. Körper entgiften, e. Grundstück dekontaminieren; Ggs.: kontaminieren

Entgiftung *Dekontamination,* die (lat., ohne Pl.) Ggs.: Kontamination

enthaaren *epilieren* (lat.) med.

Enthaarung 1. *Epilation,* die (lat., Pl. -en) med. 2. *Depilation,* die (lat., Pl. -en) med., Entfernung von Körperhaaren

Enthaarungsmittel *Depilatorium,* das (lat., Pl. ...ien)

enthaltsam 1. *asketisch* (gr.-lat.) asketisch wie Diogenes leben 2. *abstinent* (lat.) keinen Alkohol trinken

Enthaltsamkeit *Abstinenz,* die (lat., ohne Pl.) bez. des Alkoholgenusses

entheben *suspendieren* (lat.) auch: von e. Verpflichtung befreien

enthüllen *dekuvrieren* (lat.-fr.) e. Politaffäre dekuvrieren, z. B. die Dekuvrierung im Watergateskandal

Enthüllung *Revelation,* die (lat., Pl. -en) auch: Offenbarung

entjungfern *deflorieren* (lat.)

Entjungferung *Defloration,* die (lat., Pl. -en)

entkeimen *desinfizieren* (lat.)
Entkeimung *Desinfektion,* die (lat.)
Entkeimungsmittel *Desinfiziens,* das (lat., Pl. ...zienzien)
entkernen *enukleieren* (lat.) auch: erläutern, entwickeln
Entkleidungsschau *Striptease,* das (engl., ohne Pl.)
Entkleidungsszene *Striptease,* der, das (engl.-am., ohne Pl.) von: strip (entkleiden) u. tease (hänseln) auch: erotische Entblößung; »Striptease bedeutet Modellstehen für Leute, die keine Maler sind.« (Jerry Lewis)
Entkohlung von Eisen *tempern* (engl.) damit Eisen schmiedbar wird
entkräften *paralysieren* (gr.-lat.) Schlangen paralysieren ihre Opfer
entkräftet *marode* (fr.) i. S. von kränklich, erschöpft
Entkräftung *Enervation,* die (lat., Pl. -en) i. S. nervlicher Überbelastung
entladen *abreagieren* (lat., dt.)
entlarven 1. *dekuvrieren* (lat.-fr.) auch: enthüllen 2. *demaskieren* (fr.) die Maske ablegen
entlassen 1. *demissionieren* (lat.-fr.) z. B.: der Wirtschaftsminister ist geneigt zu demissionieren 2. *suspendieren* (lat.) i. S. von vorübergehend entlassen
entlassen u. einstellen *hire and fire* (engl.-am.) Mentalität des Hinauswerfens u. Einstellens
Entlassung *Demission,* die (lat.-fr., Pl. -en) der Minister bat um seine Demission
entleeren *evakuieren* (lat.) z. B. Luft entweichen lassen oder abpumpen
Entleerung des Körpers von Eingeweiden *Eviszeration,* die (lat., Pl. -en) med.
entlocken *elizitieren* (lat.-engl.) jmdn. zu e. Äußerung bewegen
entlohnen *salarieren* (lat.-fr.) in der Schweiz gebräuchlich
Entlüfter *Exhauster,* der (lat., Pl. ...oren)
Entmannter 1. *Kastrat,* der (lat.-it., Pl. -en) im Orient: als Haremswächter tätig 2. *Eunuch,* der (gr.-lat., Pl. -en) »Bettschützer«, durch Kastration zeugungsunfähig gemachter Mann, Haremswächter
Entmannung 1. *Emaskulation,* die (lat., Pl. -en) operative Entfernung von Penis u. Hoden; Entfernung der Keimdrüsen 2. *Kastration,* die (lat., Pl. -en) Entfernung der Hoden oder der Eierstöcke
entmutigen 1. *decouragieren* (lat.-fr.) nach e. herben Mißerfolg war er vollkommen decouragiert 2. *demoralisieren* (lat.-fr.) jmd. durch e. Tadel demoralisieren 3. *deprimieren* (lat.-fr.) der Umsatzeinbruch deprimierte den Verkaufsleiter
entmutigt 1. *decouragiert* (lat.-fr.) 2. *demoralisiert* (lat.-fr.) 3. *deprimiert* (lat.-fr.)
entnerven *enervieren* (lat.) »Barbaras kleine Gewohnheiten enervierten u. beleidigten ihn.« (Klaus Mann: »Mephisto«)
Entrechteter *Paria,* der (tamilisch-engl., Pl. -s) Bez. für kastenlosen Inder; i. S. des von der Gesellschaft Ausgestoßenen
Entrücktheit *Trance,* die (lat.-fr.-engl., Pl. -n) der Schamane tanzte sich in Trance
entrüstet 1. *indigniert* (lat.) der Vorsitzende war über die Anschuldigung indigniert 2. *pikiert* (lat.-fr.)
Entrüstung *Indignation,* die (lat., ohne Pl.)
Entsagung 1. *Renuntiation,* die (lat., Pl. -en) z. B. einer Erbschaft 2. *Abdikation,* die (lat., Pl. -en) einer Ordensverleihung
Entschädigung 1. *Kompensation,* die (lat., Pl. -en) auch: Ausgleich 2. *Reparation,* die (lat., Pl. -en) i. S. von Kriegsentschädigung, Wiedergutmachungsleistung
Entscheid *Votum,* das (lat.-engl., Pl. ...ten, ...ta) auch: Gelübde, Urteil, Stimme
entscheiden 1. *determinieren* (lat.) auch: begrenzen 2. *dezidieren* (lat.) 3. *votieren* (lat.)
entscheidend 1. *elementar* (lat.) 2. *essentiell* (lat.-fr.) auch: wesentlich, hauptsächlich 3. *fundamental* (lat.) 4. *gravierend* (lat.) 5. *konstitutiv* (lat.) 6. *substantiell* (lat.) 7. *zentral* (gr.-lat.) auch: im Zentrum liegend; Ggs.: dezentral
Entscheidung zwischen Möglichkeiten *Alternative,* die (lat.-fr., Pl. -n) nicht verw. mit *Alternation,* die (lat., Pl. -n) Wechsel zwischen zwei Möglichkeiten
Entscheidungs-Lähmung *Option-Paralysis,* die (gr.-engl., ohne Pl.) e. zu große u. verwirrende Auswahl führt zur Entscheidungsunfähigkeit
entschieden 1. *dezidiert* (lat.) 2. *kategorisch* (lat.) 3. *vehement* (lat.) auch: heftig, ungestüm
Entschließung *Resolution,* die (lat., Pl. -en) die UNO-Vollversammlung beschließt Resolutionen
entschlossen 1. *dezidiert* (lat.) die Umstände erfordern dezidiertes Vorgehen 2. *resolut* (lat.-fr.) e. resolute Großmutter
Entschluß *Gambade,* die (lat.-it.-fr., Pl. -n) e. schneller Entschluß
entschlüsseln 1. *dechiffrieren* (fr.) der Geheimdienst hatte e. komplizierten Code zu dechiffrieren 2. *decodieren* (lat.-engl.) Ggs.: codieren
Entschlüsselung 1. *Decoding,* das (engl., Pl. -s) 2. *Dechiffrierung,* die (fr., Pl. -en)
Entschlußkraft *Initiative,* die (lat.-fr., Pl. -n) es gilt, rasch die Initiative zu ergreifen; nicht: Eigeninitiative (Doppelaussage)

Entschlußunfähigkeit *Abulie,* die (gr.-lat., Pl. ...ien) krankhafte Willenlosigkeit; nicht verw. mit *Abuna,* der (arab., Pl. -s) »unser Vater«, Titel des Oberhauptes der äthiopischen Kirche

Entschuldigung 1. *Pardon,* der (lat.-fr., ohne Pl.) geben Soldaten in e. Schlacht kein Pardon, wird mit äußerster Härte gekämpft 2. *Exkulpation,* die (lat., Pl. -en) z. B. e. Exkulpation annehmen

entsetzen *schocken* (fr.) »Schröder lockt, Scharping schockt, Lafontaine blockt.« (Andreas Schmidt, CDU/CSU, 1997)

entsetzlich 1. *katastrophal* (gr.-lat.) das Camp wies katastrophale Zustände auf 2. *fatal* (lat.) »vom Schicksal bestimmt« 3. *ruinös* (lat.-fr.) 4. *tragisch* (gr.-lat.) schicksalhaft, erschütternd; nicht verw. mit *tragieren* (gr.-lat.) e. Rolle tragisch spielen

entspannen *relaxen* (lat.-engl.) sich körperlich entspannen

entspannt *relaxed* (lat.-engl.) relaxed sein

Entspannung »tanken« ... *recreational Slumming,* das (engl.-am., ohne Pl.) ... in e. sozialverträglichen Umfeld

Entspannung *Detente,* die (lat.-fr., ohne Pl.) zwischen verfeindeten Staaten

Entspannungsmaschine ... *Mind-machine,* die (engl., Pl. -s) ... soll den Streß abbauen, sie stehen in Brain-Studios (Gehirn-Ateliers)

Entspannungsmusik *Ambient,* der (engl.) Musikstil, Zweig von »Dancefloor« (Popmusik, die zum Tanzen anregt), der zum Entspannen nach harter Tanzmusik dient, dabei werden sphärische Klänge mit z. B. Vogelstimmen durchsetzt

entsprechen *korrespondieren* (lat.-fr.) korrespondierende Ansichten vertreten; auch: im Briefverkehr stehen

entsprechend 1. *adäquat* (lat.) für e. Arbeit adäquat bezahlt werden; Ggs.: inadäquat 2. *analog* (gr.-lat.-fr.) in diesem Fall muß analog dem Vorhergegangenen verfahren werden 3. *proportional* (lat.) das schlechte Ergebnis zeigt, daß sich Personalkosten nicht proportional, sondern überproportional zum Umsatz entwickelten 4. *äquivalent* (lat.) 5. *homolog* (gr.) 6. *konform* (lat.) 7. *konkordant* (lat.) übereinstimmend 8. *konvergent* (lat.) Ggs.: divergent 9. *korrespondierend* (lat.-fr.) auch: in Briefverkehr stehend 10. *synonym* (gr.-lat.) bedeutungsgleich, sinnverwandt; Ggs.: antonym

Entsprechung 1. *Pendant,* das (lat.-fr., Pl. -s) i. S. von Ergänzung 2. *Analogie,* die (gr.-lat., Pl. ...ien) z. B. Analogieschluß 3. *Parallele,* die (gr.-lat., Pl. -n) 4. *Komplement,* das (lat., Pl. -e) auch: Ergänzung, Differenzmenge; nicht verw. mit *Kompliment,* das (lat.-sp.-fr., Pl. -e) höfliche Redensart

entstaatlichen *reprivatisieren* (lat.) nach der Wiedervereinigung (1989) wurden Staatsbetriebe reprivatisiert

Entstaatlichung *Reprivatisierung,* die (lat., Pl. -en) mit der Reprivatisierung der Staatsunternehmen wurde die Marktwirtschaft gefördert

Entstehen, im ... *in statu nascendi* (lat.) im Werden

Entstehung 1. *Genese,* die (gr.-lat., Pl. -n) der Arten ist noch nicht gänzlich erforscht 2. *Evolution,* die (lat., Pl. -en) allmählich fortschreitende Entwicklung

Entstehung, ungeschlechtliche ... e. Lebewesens ... *Blastogenese,* die (gr.-lat., ohne Pl.) ... durch Knospung oder Sprossung

entstehungsgeschichtlich *genetisch* (gr.-lat.)

entstellen *deformieren* (lat.) auch: verformen

Entsühnung *Rekonziliation,* die (lat., Pl. -en) Bez. für die Wiederaufnahme e. Person, die aus der katholischen Kirche ausgeschlossen wurde

enttäuschen 1. *frustrieren* (lat.) über e. Ereignis frustriert sein; »Wenn ich nicht Bundeskanzler werde, bleibe ich völlig unfrustriert (gemeint ist: ohne Frust) in Hannover.« (Gerhard Schröder, SPD-Kanzlerkandidat, 1998) 2. *desillusionieren* (lat.-fr.) auch: ernüchtern

Enttäuschung 1. *Desillusion,* die (lat.-fr., Pl. -en) der graue Berufsalltag trug zu seiner Desillusion als Jurist bei 2. *Frustration,* die (lat., Pl. -en) die Desillusion führte bei dem jungen Anwalt bald zur Frustration

entwässern *dränieren* (engl.-fr.) das Sumpfgebiet mußte dräniert werden, um e. neue Anbaufläche zu gewinnen

Entwässerung *Dränage,* die (engl.-fr., Pl. -n)

Entwässerungsgraben *Rigole,* die (niederl.-fr., Pl. -n)

Entweichen 1. *Echappement,* das (lat.-fr., Pl. -s) Flucht z. B. eines Häftlings 2. *Evasion,* die (lat., Pl. -en) fluchtartiges Entweichen

entweichen *echappieren* (lat.-fr.) entwischen

entweihen 1. *profanieren* (lat.) auch: entwürdigen 2. *exsekrieren* (lat.)

Entweihung 1. *Profanierung,* die (lat., Pl. -en) 2. *Exsekration,* die (lat., Pl. -en)

entwerfen 1. *skizzieren* (it.) z. B. die Ansicht e. Gebäudes skizzieren 2. *konzipieren* (lat.) den Produktionsablauf oder e. Vortrag konzipieren 3. *projektieren* (lat.) e. Einkaufszentrum projektieren 4. *konstruieren* (lat.) e. Verbrennungsmotor konstruieren 5. *dessinieren* (lat.-it.-fr.) z. B. Stoff- oder Tapetenmuster 6. *trassieren* (lat.-fr.) den Verlauf e. Straße planen u. auskoffern

Entwertung des Geldes 1. *Devaluation,* die (lat.-

engl., Pl. -en) i. S. von Abwertung e. Währung 2. *Inflation,* die (lat., Pl. -en) »Aufschwellen«

entwickeln 1. *developen* (engl.) e. Grundstück kaufen, beplanen, bebauen, das Gebäude verkaufen oder vermieten 2. *konstruieren* (lat.) i. S. von: e. technisches Gerät entwerfen 3. *konzipieren* (lat.) 4. *kreieren* (lat.-fr.) etwas Neues entwickeln, z. B. e. neuen Modestil

entwickelnd *chronisch* (gr.-lat.) auch: langwierig verlaufend, z. B. e. chronische Bronchitis haben

Entwickler *Developer,* der (engl., ohne Pl.) Entwicklerflüssigkeit; Gerät zur Entwicklung u. Formung der weiblichen Brust; auch: Grundstücksdeveloper: Unternehmer, der Grundstükke kauft, beplant, bebaut, das fertige Gebäude verkauft oder vermietet

Entwickler, fotografischer ... *Hydrochinon,* das (gr., ohne Pl.)

Entwicklung 1. *Genese,* die (gr.-lat., Pl. -n) die Genese der Menschheit ist noch nicht gänzlich erforscht 2. *Prozeß,* der (lat., Pl. ...esse) sich auf neue Situationen einzustellen macht oft e. langen Umdenkungsprozeß erforderlich 3. *Trend,* der (engl., Pl. -s) Trends rechtzeitig zu erkennen ist e. Kunst; der dt. Trendforscher Gerd Gerken spürt Trends auf u. analysiert diese 4. *Evolution,* die (lat., Pl. -en) nicht verw. mit *Evaluation,* die (lat.-fr., Pl. -en) Bewertung, Beurteilung 5. *Metamorphose,* die (gr.-lat., Pl. -n) i. S. von Verwandlung vor allem bei Insekten: Eier, Raupe, Larve, Falter; Verwandlung von Menschen in Tiere in der gr. Mythologie 6. *Ontogenese,* die (gr.-lat., ohne Pl.) Entwicklung von der Eizelle zum geschlechtsreifen Zustand 7. *Prozeß,* der (lat., Pl. ...esse) Verlauf; auch: Gerichtsverhandlung 8. *Tendenz,* die (lat.-fr., Pl. -en) auch: Hang, Neigung

Entwicklung der Geschlechtsreife *Pubertät,* die (lat., ohne Pl.) ... beim Menschen; »Ein Mann mit 53 kann ja nicht in der Pubertät stehenbleiben.« (Rod Stewart, Rockstar, 1998)

Entwicklung, die auf e. andere ... reagiert *Retro-Trend,* der (lat.-engl., Pl. -s) z. B. folgt auf e. Luxustrend e. neue Bescheidenheit, auf e. antiautoritäre Erziehung folgt (wieder) e. straffere; im Grunde sind alle Trends Retro-Trends, oder: auf jeden Trend folgt e. Gegentrend

Entwicklung, geradlinige ... *linearer Prozeß,* der (lat., Pl. ...esse) ... der bes. in der Elektronik u. Computertechnik von Bedeutung ist

Entwicklung, übermäßige *Hypertrophie,* die (gr.-lat., Pl. ...ien) med. i. S. übermäßig großer Organe; Ggs.: Hypotrophie

Entwicklung, unterschiedliche *Hypotrophie,* die (gr.-lat., Pl. ...ien) med. i. S. von Größenentwicklung e. Organs; Ggs.: Hypertrophie

Entwicklungslehre *Anthropogenese,* die (gr.-lat., ohne Pl.) Stammesgeschichte des Menschen

Entwicklungslinie *Tendenz,* die (lat.-fr., Pl. -en) die Tendenz ist alles andere als befriedigend

entwicklungsmäßig *tendenziell* (lat.-fr.)

Entwicklungsrichtung 1. *Tendenz,* die (lat.-fr., Pl. -en) 2. *Trend,* der (engl., Pl. -s) swv. Grundrichtung; Trendmaker, e., der z. B. die Mode als »Macher« entscheidend beeinflußt u. bestimmt

Entwicklungsstadium, frühes ... des Embryos *Blastula,* die (gr., Pl. ...lae) auch: Blasenkeim

Entwicklungsstufe 1. *Stadium,* das (gr.-lat., Pl. ...ien) z. B. sich im Endstadium einer Krankheit befinden 2. *Phase,* die (gr.-fr., Pl. -n) 3. *Niveau,* das (lat.-fr., Pl. -s) auch: ebene Fläche, Höhenstufe

Entwicklungstendenz *Trend,* der (engl., Pl. -s) »Trends rechtzeitig zu erkennen ist e. Kunst.« (Trendforscher Gerd Gerken) oder: »Die Trendwende ist da!« (Helmut Kohl, 1998)

entwischen *echappieren* (lat.-fr.) Häftlinge echappierten aus Sing-Sing

entwöhnen *ablaktieren* (lat.) med., z. B. Babys von der Mutterbrust entwöhnen

Entwöhnung *Ablaktation,* die (lat., ohne Pl.) Babys von der Mutterbrust entwöhnen

Entwurf 1. *Skizze,* die (it., Pl. -n) der Architekt fertigt vom Wohnhaus e. Skizze an; nicht: Entwurfsskizze (Tautologie) 2. *Exposé,* das (lat.-fr., Pl. -s) der Autor legte dem Verlag e. Exposé seines geplanten Buches vor 3. *Konzept,* das (lat., Pl. -e) vor dem Vortrag e. Konzept erstellen 4. *Modell,* das (lat.-it., Pl. -e) der Architekt fertigt von dem Gebäude e. Modell an 5. *Scribble,* der (engl., Pl. -s) z. B. für e. Werbegrafik 6. *Studie,* die (lat., Pl. -n) e. Großprojekt geht i. a. e. Studie voraus 7. *Treatment,* das (lat.-fr.-engl., Pl. -s) erste schriftliche Fixierung des Handlungsablaufes, der Schauplätze u. Charaktere e. Films, Vorstufe des Drehbuchs 8. *Design,* das (lat.-fr.-engl., Pl. -s) 9. *Essay,* der, das (lat.-fr.-engl., Pl. -s) auch: knappe literarische oder wissenschaftliche Abhandlung 10. *Schema,* das (gr.-lat., Pl. -ta, ...men) auch: Muster, Aufriß 11. *Projekt,* das (lat., Pl. -e) auch: Vorhaben 12. *Schablone,* die (Herkunft nicht bekannt, Pl. -n) i. S. e. ausgeschnittenen Vorlage

Entwurf, gedanklicher ... *Konzeption,* die (lat., Pl. -en) »Wir haben die bessere Konzeption für die Zukunft.« (Wolfgang Schäuble, 1998)

Entwürfe aus Müll gestalten *Compost Modernism* (am.) An einigen Designerschulen werden bereits aus Industrieabfällen moderne Entwürfe kreiert, sogar ökologische Häuser aus Müll gebaut

Entwürfe, die kompaktes Mobiliar vorsehen ... *nomadisches Design,* das (gr.-lat.-engl., ohne Pl.) ... u. auf die Bedürfnisse mobiler Menschen eingehen, z. B. zerlegbare Küchen, Betten, Schreibtische

Entwurfsgrafiker *Layouter,* der (engl., Pl. –)

Entzifferer *Dechiffreur,* der (fr., Pl. -e) e. der Chiffren decodiert

entziffern 1. *dechiffrieren* (fr.) z. B. e. Code dechiffrieren, oder e. schlechte Handschrift 2. *decodieren* (fr.-engl.) e. Nachricht mit Hilfe e. Codes entschlüsseln; Ggs.: codieren

Entzifferung *Dechiffrierung,* die (fr., Pl. -en)

entzücken *enflammieren* (lat.-fr.) der junge Mann war von ihr total enflammiert

Entzug von Sauerstoff *Desoxydation,* die (lat., Pl. -en))

Entzug von Wasser *Dehydration,* die (gr.-lat., Pl. -en) Trocknung von z. B. Nahrungsmitteln

entzündbar *inflammabel* (lat.)

Entzündbarkeit *Inflammabilität,* die (lat., ohne Pl.)

Entzündung 1. *Furunkel,* der (lat., ohne Pl.) med., eitrige Entzündung 2. *Inflammation,* die (lat., Pl. -en) med. 3. *Phlegmasie,* die (gr.-lat., Pl. ...ien) med. 4. *Phlogose,* die (gr., Pl. ...osen) med. 5. *Infektion,* die (lat., Pl. -en)

Entzündung der äußeren weiblichen Geschlechtsteile 1. *Vulvitis,* die (lat., Pl. ...itiden) 2. *Vulvovaginitis,* die (lat., Pl. ...itiden) mit zusätzlicher Entzündung der Vagina (weibliche Scheide)

Entzündung der Gebärmutteranhanggebilde (-adnexe) *Adnexitis,* die (lat., Pl. ...itiden) z. B. Eileiter u. Eierstöcke (med.)

Entzündung des Schultergelenks *Omarthritis,* die (gr.-lat., Pl. ...itiden)

Entzündung, schmerzhafte ... im Handgelenk ... *Repetive Strain Injury,* die (engl., Pl. ...ies) kurz: RSI (med.) ... u. in den Fingern infolge e. Belastung z. B. an der Tastatur (PC-Keyboard)

entzwei *kaputt* (fr.) »Dieser Aufschwung ist kein Selbstläufer, er geht kaputt, wenn die Sozialdemokraten das Rad der Geschichte zurückdrehen.« (Helmut Kohl, 1998)

Epiker u. Sänger im Stile Homers *Homeride,* der (gr., Pl. -n) auch: Angehöriger e. altgr. Rhapsodengilde auf der Insel Chios

Epoche *Ära,* die (lat., Pl. Ären) geprägter Zeitabschnitt, z. B. »Ära Adenauer«

Erbanlagen ... *Allel,* das (gr.-lat., Pl. -e) ... e. von mindestens zwei einander entsprechenden Chromosomen

Erbanlagen, Träger der ... *Chromosom,* das (gr., Pl. -en) auch: Bestandteil der Zellen jeder Organismenart

Erbanlagen, Vermischung der ... *Amphimixis,* die (gr., ohne Pl.) ... bei der Befruchtung

erbärmlich 1. *miserabel* (lat.-fr.) 2. *pitoyabel* (lat.-fr.) bedauernswert 3. *infam* (lat.)

erben *heredieren* (lat.)

Erbfaktor *Gen,* das (gr., Pl. -e) *Genmanipulation,* die (gr.-lat., Pl. -en) Neukombination von Genen durch direkten Eingriff in die Erbsubstanz

Erbfaktoren, Summe der ... e. Lebewesens *Genotyp* u. *Genotypus,* der (gr.-lat., ohne Pl.)

Erbfolge *Heredität,* die (fr., Pl. -en)

Erbgesundheitsforschung *Eugenik,* die (gr.-lat., ohne Pl.) Ziel: die Verbreitung von Erbkrankheiten zu verhüten

Erbgut *Majorat,* das (lat., Pl. -e) einst Recht des ältesten Sohnes auf das Erbe

erbittert *animos* (lat.)

Erbitterung *Animosität,* die (lat., Pl. -en) auch: Gereiztheit; Leidenschaftlichkeit

Erbkrankheit 1. *Heredopathie,* die (gr.-lat., Pl. ...ien) med. 2. *Genopathie,* die (gr.-lat.)

Erblasser *Testator,* der (lat., Pl. ...oren)

erblich 1. *genetisch* (gr.-lat.) bedingt 2. *genuin* (lat.) auch: angeboren, echt 3. *hereditär* (lat.) die Erbfolge betreffend

Erblichkeit *Heredität,* die (lat., Pl. -en)

Erblindung *Amaurose,* die (gr.-lat., Pl. -n) med.

Erbrechen 1. *Emesis,* die (gr., ohne Pl.) med. 2. *Vomitus,* der (lat., ohne Pl.) med.

erbrechen, sich ... *vomieren* (lat.) med.

Erbschaft 1. *Delation,* die (lat., Pl. -en) e. plötzliche antreten 2. *Heredität,* die (lat., Pl. -en)

Erbschaftsverzicht *Abstention,* die (lat., Pl. -en)

Erbstamm *Biotypus,* der (gr., Pl. ...pen) Individuen mit gleicher Erbanlage

Erbsubstanz *Idioplasma,* das (gr.-lat., ohne Pl.) med.

Erbzinsbauer *Kolone,* der (lat., Pl. -en) in der Zeit der röm. Kaiser

erdacht 1. *abstrakt* (lat.) rein begrifflich 2. *fiktiv* (lat.) i. S. von eingebildet 3. *hypothetisch* (gr.-lat.) angenommen; nicht verw. mit *hypotonisch* (gr.-lat.) muskelschwach sein

Erdachtes *Fiktion,* die (lat., Pl. -en) in der Vor-stellung bestehend; »Romane, nichts weiter als niedergeschriebene Fiktionen« (W.-U.Cropp)

Erdaltertum *Paläozoikum,* das (gr.-lat., ohne Pl.)

Erdanziehungskraft *Gravitation,* die (lat., ohne Pl.) nicht: Gravitationskraft (Tautologie); Anziehungskraft von Körpern aufgrund ihrer Masse

Erdatmosphäre *Stratosphäre,* die (lat.-gr., Pl. -n) die mittlere Schicht

Erdatmosphäre, oberste Schicht der ... *Ionosphäre,* die (gr.-lat., ohne Pl.) Höhe: 90 bis 900 km

Erdaufschüttung *Glacis,* das (fr., ohne Pl.) ... vor e. Festung

Erdbebenlehre *Seismik,* die (gr.-lat., ohne Pl.)

Erdbebenmesser *Seismograph,* der (gr.-lat., Pl. -en)

Erdbebenzentrum 1. *Hypozentrum,* das (gr.-lat., Pl. ...tren) 2. *Epizentrum,* das (gr.-lat., Pl. ...tren) das senkrecht über e. Erdbeben liegende Gebiet

erdbeerfarben *fraise* (lat.-fr.)

Erdboden, alle auf u. im ... lebenden Kleinlebewesen *Edaphon,* das (gr.-lat., ohne Pl.)

Erde *Terra,* die (lat., ohne Pl.) »Terra X«, Berichte zu den Rätseln der Erde

Erde, auf ihr lebend *terrestrisch* (lat.) Ggs.: extraterrestrisch (außerhalb der Erde); limnisch (im Süßwasser lebend); marin (im Meer lebend)

Erde, außerhalb der ... *extraterrestrisch* (lat.) »Dieser MDR (Mitteldeutsche Rundfunk) erscheint mir irgendwie extraterrestrisch.« (G. Schröders geh. Tagebuch von H. Venske, 1997)

erdenkbar *imaginabel* (lat.-fr.-engl.)

erdentrückt *ätherisch* (gr.-lat.) ätherische Verhaltensweise an den Tag legen

Erdepoche *Trias,* die (gr.-lat., ohne Pl.)

Erderhebung *Terrasse,* die (lat.-fr., Pl. -n) in Stufenform ausgebildet

Erdgeschoß *Parterre,* das (lat.-fr., Pl. -s)

Erdgürtel *Zone,* die (gr.-lat., Pl. -n)

Erdhalbkugel *Hemisphäre,* die (gr.-lat., Pl. -n) »Jedes Land der westlichen Hemisphäre ist ein Netto-Schuldner.« (Fred Bergster, Direktor des Institute for International Economics, 1997)

Erdhälfte *Hemisphäre,* die (gr.-lat., Pl. -n)

erdichten 1. *fingieren* (lat.) als Vortäuschung, e. fingierte Entschuldigung für den faulen Sohn schreiben 2. *phantasieren* (gr.-lat.) der Kranke phantasiert im Fieber

erdichtet *fiktiv* (lat.) e. fiktive Geschichte erzählen

Erdinneres *Pyrosphäre,* die (gr.-lat., ohne Pl.)

Erdkern *Barysphäre,* die (gr., ohne Pl.) innerster Teil der Erde

Erdkreis 1. *Orbis,* der (lat., ohne Pl.) »urbi et orbi« (lat.) »der Stadt (Rom) u. dem Erdkreis«, Formel für päpstliche Erlasse u. Segenspendungen 2. *Orbis terrarum,* der (lat., ohne Pl.)

Erdkruste, unterhalb der ... befindlich *infrakrustal* (lat.) Geol.

Erdkugel *Globus,* der (lat., Pl. ...ben, ...busse)

Erdkunde *Geographie,* die (gr.-lat., ohne Pl.) »Links oder rechts ist nur e. Frage der Gesäß-Geographie.« (Joachim Poß, SPD, 1997)

erdkundlich *geographisch* (gr.-lat.)

Erdnuß *Peanut,* die (engl., Pl. -s) wurde 1994 zum Unwort erklärt, da der Chef der Dt. Bank, Hilmar Kopper, meinte, 30 Millionen DM seien für die Bank »Peanuts«

Erdoberfläche *Biosphäre,* die (gr.-lat., ohne Pl.) die mit Leben erfüllte

Erdöl *Bitumen,* das (lat., ohne Pl.) e. Produkt aus Erdöl, findet im bituminösen Straßenbau oder als Abdichtungsmasse Verwendung

Erdöl- oder Gasausbruch, unkontrollierter ... *Blow-out,* der (engl., Pl. -s) ... aus e. Bohrloch

Erdölkartell *OPEC,* die (Abk. für: Oil producing and exporting Countries)

Erdrinde, Faltung der ... *Undation,* die (lat., Pl. -en) Geol.

erdrosseln *strangulieren* (lat.)

Erdrosselung *Strangulation,* die (lat., Pl. -en)

Erdstufe *Terrasse,* die (lat.-fr., Pl. -n)

Erdulden *Passio,* die (lat., ohne Pl.)

Erdumlaufbahn, innerhalb der ... *intratellurisch* (lat.)

Erdvermessung *Geodäsie,* die (gr., ohne Pl.) auch: Landvermessung

Erdwachs *Ozokerit,* der (gr.-lat., ohne Pl.) natürlich vorkommendes Wachs

Ereignis 1. *Eklat,* der (fr., Pl. -s) der Eklat war perfekt, als sich herausstellte, daß die Braut von e. anderem Mann schwanger war 2. *Sensation,* die (lat.-fr., Pl. -en) die Entdeckung stellte e. Sensation dar 3. *Episode,* die (gr.-fr., Pl. -n) 4. *Tragödie,* die (gr.-lat., Pl. -n) e. schreckliches Ereignis, z. B. e. Unfall mit Todesfolge 5. *Phänomen,* das (gr.-lat., Pl. -e) i. S. e. Erscheinungsform 6. *Spektakel,* der (lat., ohne Pl.) »Schauspiel«; auch: Lärm, Krach 7. *Event,* das (engl., Pl. -s) 8. *Evenement,* das (fr., Pl. -s) medienwirksam inszenierte Veranstaltung, z. B. e. Messe, e. Popkonzert

Ereignis, bes. ... *Special Event,* das (engl., Pl. -s) PR-Agenturen organisieren zum Zweck der Verkaufsförderung oder Produkteinführung Special Events mit Special People (bes. Leuten)

Ereignis, tatsächliches *Faktum,* das (lat., Pl. ...ta, ...ten) i. S. e. Tatsache

Ereignisfernsehen *Reality TV,* das (engl.-am., ohne Pl.) es spielt mit voyeuristischem Bedürfnis der Zuschauer u. schreckt auch nicht vor dem Selbstmord oder der Vergewaltigung als Live-Produktion zurück

erfahren 1. *routiniert* (lat.-fr.) e. routinierter Autofahrer 2. *versiert* (lat.) e. versierter Mitarbeiter im Rechnungswesen

Erfahrener *Routinier,* der (lat.-fr., Pl. -s) e. Routinier hinter dem Steuer sein

Erfahrung 1. *Empirie,* die (gr., ohne Pl.) i. S. von wissenschaftliche Erfahrung 2. *Routine,* die (lat.-fr., ohne Pl.) »Wegerfahrung«

Erfahrung ist der beste Lehrmeister *experientia est omnium rerum magistra* (lat., Zitat)

Erfahrung macht klug *experientia docet* (lat., Zitat)

Erfahrung, Alter gibt ... *seris venit usus ab annis* (lat., Zitat: Ovid)

Erfahrung, aus ... *a posteriori* (lat.)

Erfahrung, aus ... klug werden *dies diem docet* (lat., Zitat) eigtl.: ein Tag lehrt den anderen

Erfahrung, aus der ... *ex usu* (lat.) durch Übung

erfahrungsgemäß *empirisch* (gr.-lat.) z. B. Beobachtungen, Mutmaßungen empirisch nachweisen

Erfahrungstatsache *Empirem,* das (gr.-lat., Pl. -e)

Erfahrungswissen *Empirie,* die (gr., ohne Pl.) Wissenschaft, die sich u. a. auf beobachtete Daten stützt

Erfassung *Statistik,* die (lat., Pl. -en) Wissenschaft, die sich mit der zahlenmäßigen Untersuchung von Massenerscheinungen befaßt, das Statistische Bundesamt

erfinden 1. *fabulieren* (lat.) von Geschichten u. Märchen 2. *inventieren* (lat.) 3. *konstruieren* (lat.) 4. *konzipieren* (lat.) 5. *kreieren* (lat.-fr.)

Erfinder des Bierbrauens *Gambrinus,* der (lat., Eigenn., ohne Pl.) flandrischer König

Erfinder *Inventor,* der (lat., Pl. ...oren)

Erfinder von Nachrichten *Hoaxer,* der (engl.-am., Pl. -s) bes. in der Sauregurkenzeit (Hochsommer) läßt sich so mancher Redakteur von e. Hoaxer e. »Ente« andrehen

Erfindergabe *Ingeniosität,* die (lat.-fr., ohne Pl.) er besaß die Ingeniosität e. Thomas Edison (1847-1931), Amerikaner, wurde als König der Erfinder bezeichnet

erfinderisch 1. *kreativ* (engl.) auch: einfallsreich 2. *ingeniös* (lat.-fr.)

Erfindung 1. *Invention,* die (lat., Pl. -en) 2. *Fiktion,* die (lat., Pl. -en) nur in der Vorstellung bestehend, Romane sind »nur« Fiktionen 3. *Illusion,* die (lat.-fr., Pl. -en) i. S. e. schönen Vorstellung

Erfindungskraft *Ingenium,* das (lat., Pl. ...ien)

Erfolg 1. *Triumph,* der (lat., Pl. -e) bes. großer Erfolg 2. *Prosperität,* die (lat., ohne Pl.) eigtl.: Wohlstand, Aufschwung

Erfolg haben 1. *reüssieren* (lat.-it.-fr.) vorankommen 2. *arrivieren* (lat.-fr.) beruflich, finanziell aufsteigen

Erfolg, der ... wird's lehren *eventus docebit* (lat., Zitat)

erfolgreich *arriviert* (fr.)

erfolgreich sein *reüssieren* (lat.-it.-fr.) vorrücken

erforderlich *obligat* (lat.) i. S. von unerläßlich, unentbehrlich; jedoch: *obligatorisch* (lat.) verpflichtend, bindend, verbindlich

erforschen 1. *sondieren* (fr.) z. B. Tatbestände sondieren 2. *eruieren* (lat.) ausfindig machen, herausbekommen 3. *studieren* (lat.) intensives, wissenschaftliches Lernen, Ethnologen studieren das Leben von Naturvölkern 4. *analysieren* (gr.-lat.) etwas wissenschaftlich zerlegen

Erforschung e. Fauna *Faunistik,* die (lat., ohne Pl.)

Erforschung *Exploration,* die (lat., Pl. -en) med. Untersuchung u. Befragung e. Kranken; auch: Untersuchung von geologischen Formationen

Erforschung von Produktionsverfahren *Technologie,* die (gr.-lat., Pl. ...ien)

erfrischen *rekreieren* (lat.) sich im kühlen Wasser rekreieren

Erfrischung *Rekreation,* die (lat., Pl. -en)

Erfrischungsmittel *Refrigeranzien,* die (lat., nur Pl.) auch: Refrigerantia

ergänzen 1. *novellieren* (lat.-it.) z. B. e. Gesetz novellieren 2. *komplettieren* (lat.) vervollständigen

Ergänzung 1. *Komplement,* das (lat., Pl. -e) z. B. e. Tischtuch ist e. Komplement zu e. Tisch 2. *Addendum,* das (lat., Pl. ...da) Nachtrag, z. B. die Zusätze in e. Addendum zum Vertrag schriftlich festhalten 3. *Supplement,* das (lat., Pl. -e) auch: Nachtrag 4. *Pendant,* das (lat.-fr., Pl. -s) i. S. e. Gegenstücks

Ergänzungsgerät *Adapter,* der (lat., Pl. –) um dt. Elektrogeräte in England benutzen zu können, werden Adapter benötigt

ergeben 1. *devot* (lat.) das devote (unterwürfige) Verhalten gegenüber seinem Abteilungsleiter war den Kollegen verhaßt 2. *resignieren* (lat.) sich seinem Schicksal ergeben

ergeben, sich *kapitulieren* (lat.-fr.) sich dem Gegner unterwerfen

Ergebnis 1. *Resultat,* das (lat.-fr., Pl. -e) 2. *Fazit,* das (lat., Pl. -s) i. S. von Schlußfolgerung 3. *Produkt,* das (lat., Pl. -e) z. B. e. Arbeit 4. *Quintessenz,* die (lat., Pl. -en) z. B. das Ergebnis e. Vortrages 5. *Differenz,* die (lat., Pl. -en) das Ergebnis e. Subtraktion; auch: Unterschied, z. B. Preisdifferenz 6. *Effekt,* der (lat., Pl. -e) Wirkung, Erfolg; nicht verw. mit *Effekten,* die (lat.-fr., nur Pl.) Wertpapiere 7. *Klassement,* das (lat.-fr., Pl. -s) i. S. e. Reihenfolge

Ergebnis e. Multiplikation *Produkt,* das (lat., Pl. -e) auch: Erzeugnis, Ertrag; »Der Mensch ist nicht das Produkt seiner Umwelt – die Umwelt ist das Produkt des Menschen.« (Benjamin Disraeli)

Ergebnis von e. Schlag über Par des Loches *Bogey* (engl.) Bez. beim Golf

Ergebnis von einem Schlag unter Par des Loches *Birdie* (engl.) Bez. beim Golf

Ergebnis von zwei Schlägen ... *Eagle,* das (engl., ohne Pl.) ... unter Par des Loches (Golfbez.)

Ergebung *Kapitulation,* die (lat.-fr., Pl. -en) nach e. verlorenen Krieg, die bedingungslose Kapitulation akzeptieren

ergiebig 1. *produktiv* (lat.-fr.) in marktwirtschaftlichen Systemen wird produktiver als in planwirtschaftlichen gearbeitet 2. *lukrativ* (lat.) 3. *profitabel* (lat.-fr.) 4. *rentabel* (fr.) auch: einträglich

Ergiebigkeit *Produktivität,* die (lat.-fr., ohne Pl.)

ergötzen *delektieren* (lat.) sich am fremdländischen Aussehen delektieren

ergötzlich *amüsant* (fr.)

ergründen 1. *eruieren* (lat.) die näheren Umstände müssen noch eruiert werden 2. *analysieren* (gr.-fr.) 3. *explorieren* (lat.) auch: Gelände erkunden 4. *recherchieren* (lat.-fr.) 5. *sondieren* (fr.) auch: ausloten

erhaben 1. *konvex* (lat.) z. B. optische Linsen; Ggs.: konkav 2. *grandios* (lat.-it.) e. grandioses Landschaftsbild 3. *pathetisch* (gr.-lat.) e. pathetische (feierliche) Rede halten 4. *patetico* (gr.-lat.-it.) musik. Vortragsanw.

Erhabenheit *Majestät,* die (lat., ohne Pl.) Anrede für Könige u. Kaiser

erhalten 1. *präservieren* (lat.-fr.) 2. *konservieren* (lat.)

erhängen *strangulieren* (gr.-lat.) z. B. sich an e. Baum strangulieren

erheblich 1. *relevant* (lat.-fr.) die gegnerische Partei hatte relevante Einwände; Ggs.: irrelevant 2. *signifikant* (lat.-fr.) i. S. von: wichtig, bedeutsam; nicht verw. mit *signifizieren* (lat.-fr.) bezeichnen

Erheblichkeit *Relevanz,* die (lat.-fr., Pl. -en) die vorgetragenen Einwände waren von besonderer Relevanz; Ggs.: Irrelevanz

erheiternd *amüsant* (fr.)

erhellen *illuminieren* (lat.-fr.) die Höhle wurde durch Fackeln illuminiert

erhitzen *echauffieren* (lat.-fr.) i. S. von: sich aufregen

erhitzt *echauffiert* (lat.-fr.) durch schnelles Laufen echauffiert sein

erhöhen 1. *intensivieren* (lat.-fr.) die Anstrengungen intensivieren (steigern) 2. *addieren* (lat.) e. Zahl um e. weitere oder um e. Wert erhöhen 3. *potenzieren* (lat.) vervielfachen, mit sich selbst multiplizieren

erhöhter Blutdruck *Hypertonie,* die (gr.-lat., Pl. ...ien) auch: gesteigerte Muskelspannung; Ggs.: Hypotonie

Erhöhung der Leistung, nachträgliche ... *Tuning,* das (engl., Pl. -s) auch: Aufmotzen, Aufpeppen

erholen 1. *recovern* (engl.) 2. *rekreieren* (lat.) z. B. sich in der Sauna rekreieren

Erholung *Rekreation,* die (lat., Pl. -en) der Club erwies sich als Rekreationszentrum

erinnern *präsent haben* (lat.-dt.)

Erinnerung 1. *Memente,* das (lat., Pl. -s) i. S. von Mahnung 2. *Reminiszenz,* die (lat., Pl. -en) i. S. e. bes. nachwirkenden Erinnerung 3. *Relikt,* das (lat., Pl. -e) i. S. e. Überbleibsels; nicht verw. mit *Relish,* das (engl., Pl. -es) würzige Soße

Erinnerung, zur ... *pro memoria* (lat.)

Erinnerungen, Lebens... 1. *Memoiren,* die (lat., nur Pl.) 2. *Autobiographie,* die (gr.-lat., Pl. ...ien) geschriebene Darstellung des eigenen Lebens; nicht verw. mit *Autobie,* die (gr., Pl. ...ien) Selbstbefriedigung

Erinnerungsbild *Engramm,* das (gr.-lat., Pl. -e) ... das im Zentralnervensystem als bes. Eindruck gespeichert wurde

Erinnerungsbuch *Memorial,* das (lat., Pl. -s) i. S. e. Tagebuchs

Erinnerungs-Effekt *Memory-Effekt,* der (lat.-engl., Pl. -e) entsteht bei Akkus, die häufig nachgeladen werden, ohne leer zu sein; das Gerät »merkt« sich die Kapazität u. stellt die volle Leistung nicht mehr bereit

Erinnerungsfälschung *Paramnesie,* die (gr.-lat., Pl. ...ien) med., Kranke mit Paramnesie glauben an Ereignisse, die nicht stattfanden

Erinnerungslosigkeit 1. *Amnesie,* die (gr.-lat., Pl. ...ien) med. Gedächtnisschwund; Ggs.: Hypermnesie (med.); nicht verw. mit *Amnestie,* die (gr.-lat., Pl. ...ien) »Vergebung«, i. S. e. Straferlasses 2. *Alzheimersche Krankheit,* die (dt., Pl. -en) nach dem Hirnpathologen Alois Alzheimer (1864-1915) Schwund der Nervenfasern in der Hirnrinde, Folge: Verblödung

Erinnerungsvermögen *Eidetik,* die (gr.-lat., Pl. -en) bildhaftes

Erinnerungsvermögen, mangelndes ... *Hypomnesie,* die (gr.-lat., Pl. ...ien) med.

Erkältung *Refrigeration,* die (lat., Pl. -en) med.

Erkennbarwerden *Manifestation,* die (lat., Pl. -en) die Kopfschmerzen sind e. Manifestation seiner Erkrankung

erkenne dich selbst *nosce te ipsum* (lat., Zitat)

erkennen 1. *diagnostizieren* (gr.-fr.) med. 2. *identifizieren* (lat.)

Erkennen *Intuition,* die (lat., Pl. -en) sich auf seine Intuition verlassen, um e. gutes Ergebnis zu erzielen

Erkennens, Störung des ... *Agnosie,* die (gr., Pl. ...ien) med.

erkenntlich zeigen *revanchieren* (lat.-fr.) sich für e. Hilfe bei nächster Gelegenheit revanchieren

Erkenntnis *Gnosis,* die (gr., ohne Pl.) bes.: Gotteserkenntnis

Erkenntnis, durch ... festgestellt *diagnostisch* (gr.-fr.) »Ich bewundere die diagnostische Kraft bei der SPD.« (Norbert Blüm, Bundesarbeitsminister, 1998)

Erkenntnis, überbegriffliche *Intuition,* die (lat., Pl. -en) auch: Eingebung; »Intuition ist der eigenartige Instinkt, der e. Frau sagt, daß sie recht hat, gleichgültig, ob es stimmt oder nicht.« (Oscar Wilde)

Erkenntnisfähigkeit *Intellekt,* der (lat., ohne Pl.) e. hohen Intellekt besitzen

Erkenntnislehre 1. *Epistemologie,* die (gr.-lat., ohne Pl.) bes. in der angelsächsischen Philosophie erkennbar 2. *Gnoseologie,* die (gr.-lat., ohne Pl.) nicht verw. mit *Gnomologie,* die (gr., Pl. ...ien) Sammlung von Anekdoten

erkenntnismäßig *kognitiv* (lat.) nicht verw. mit *kognatisch* (lat.) Blutsverwandte betreffend

erkenntnistheoretisch *epistemologisch* (gr.-lat.)

Erkenntnistheorie *Gnoseologie,* die (gr.-lat., ohne Pl.)

Erkenntnisvermögen *Intellekt,* der (lat., ohne Pl.)

Erkennung u. Benennung *Diagnose,* die (gr.-fr., Pl. -n) e. Krankheit

Erkennungsgerät (ohne Karte) 1. *Irisscanner,* der (lat.-engl., ohne Pl.) 2. *Retinascanner,* der (lat.-engl., ohne Pl.) Augenerkennung, als optische Personenidentifizierung

Erkennungsmelodie *Jingle,* das (engl., Pl. -s) einprägsame, z. B. im Radio; nicht verw. mit *Single,* der (engl., Pl. -s) jmd., der bewußt alleinstehend ist

Erkennungsmerkmal *Diagnostikum,* das (gr.-fr., Pl. ...ka) bei Krankheiten

erklären 1. *exemplifizieren* (lat.) 2. *explizieren* (lat.) 3. *spezifizieren* (lat.-fr.) i. S. von: einzeln aufführen

Erklärung 1. *Deklaration,* die (lat., Pl. -en) z. B. Minister mehrerer Staaten verabschieden e. gemeinsame Deklaration 2. *Statement* (engl., Pl. -s) nach e. Verhandlung e. kurzes Statement abgeben 3. *Kommentar,* der (lat., Pl. -e) 4. *Proklamation,* die (lat.-fr., Pl. -en) i. S. e. amtlichen Verkündigung

Erklärung, feierliche *Deklaration,* die (lat., Pl. -en) auch: Wert- u. Inhaltsangabe e. Versandguts

Erklärung, wissenschaftliche *Theorie,* die (gr.-lat., Pl. ...ien) auch: Lehre von den allg. Gesetzen u. Begriffen e. Gebietes; »die Theorie träumt, die Praxis belehrt« (Karl von Holtei)

Erkrankung *Affektion,* die (lat., Pl. -en)

erkunden 1. *sondieren* (fr.) die näheren Umstände sondieren 2. *explorieren* (lat.) Boden, Erdschichten erkunden 3. *recherchieren* (lat.-fr.) für e. Bericht recherchieren 4. *eruieren* (lat.) herausfinden

Erkunden von Entwicklungen *Trendscouting,* das (engl.-am., ohne Pl.) scouting (auskundschaftende) Personen befragen »auffällige« Randgruppen über ihren Lebensstil, die Erkenntnisse werden analysiert, um daraus Rückschlüsse auf e. möglichen Trend zu ziehen

Erlaß des Zaren *Ukas,* der (russ., Pl. -se) auch: Befehl

Erlaß *Edikt,* die (lat., Pl. -e) Erlaß von Königen oder Kaisern, z. B. Edikt von Nantes (1598) gewährte den fr. Hugenotten Religionsfreiheit

erlauben 1. *konzedieren* (lat.) einräumen, zugestehen z. B. e. best. Wunsch konzedieren 2. *tolerieren* (lat.) es müssen auch andere Meinungen toleriert werden

Erlauben, das ... *Epitrope,* die (gr., Pl. -n) auch: Anheimgeben; Vollmacht

Erlaubnis 1. *Plazet,* das (lat., Pl. -s) endlich gab er sein Plazet 2. *Permit,* das (lat.-fr.-engl., Pl. -s) das militärische Areal ist nur mit e. Permit zu betreten 3. *Visum,* das (lat., Pl. ...sa) manche Länder dürfen nur mit e. Visum bereist werden (bes. Sichtvermerk im Reisepaß) 4. *Autorisation,* die (lat., Pl. -en) Ermächtigung 5. *Konzession,* die (lat., Pl. -en) z. B. die Schankkonzession erteilen 6. *Lizenz,* die (lat., Pl. -en) behördliche Erlaubnis; auch: Genehmigung zur Nutzung e. Patents; scherzh.: Agent 007 mit der »Lizenz zum Töten«

Erlaubnis, an Hochschulen Vorlesungen zu halten *licentia docendi* (lat.)

Erlaubnis, mit gütiger ... 1. *bona venia* (lat.) 2. *cum bona venia* (lat.)

erlaubt 1. *legal* (lat.) i. S. von gesetzlich; Ggs.: illegal 2. *legitim* (lat.) rechtmäßig, anerkannt; Ggs.: illegitim

erlaubt ist, was gefällt *si libet, licet* (lat., Zitat: Spartianus)

erlaucht *illuster* (lat.-fr.) auf der Party des Künstlers befand sich e. illustre Gesellschaft

erläutern 1. *explizieren* (lat.) z. B. e. komplexes Vorhaben muß im Detail expliziert werden 2. *illustrieren* (lat.) der Artikel ist noch mit Fotos zu illustrieren 3. *detaillieren* (lat.-fr.) 4. *spezifizieren* (lat.-fr.)

erläutern, mit Beispielen *exemplifizieren* (lat.)

Erläuterung 1. *Explikation,* die (lat., Pl. -en) 2. *Illustration,* die (lat., Pl. -n) z. B. Fotoillustration 3. *Kommentar,* der (lat., Pl. -e) z. B. erläuterndes Werk zu e. Gesetz, z. B. BGB-Kommentar von Palandt; auch: Erklärung zu e. aktuellen Tagesthema in der Presse 4. *Exemplifikation,* die (lat., Pl. -en) 5. *Paraphrase,* die (gr.-lat., Pl. -n) i. S. e.

Umschreibung e. Ausdrucks; nicht verw. mit *Paraphyse,* die (gr., Pl. -n) sterile Zelle in den Fruchtkörpern diverser Pilze

Erläuterung e. Gesetzes durch den Gesetzgeber *Legalinterpretation,* die (lat., Pl. -en)

Erläuterungen *Legende,* die (lat., Pl. -n) z. B. als Fußnote zusammengefaßt; aber auch: neuer Lebenslauf für Geheimagenten

Erlebnis, flüchtiges ... *Episode,* die (gr.-fr., Pl. -n)

Erlebnis, rauschhaftes ... *Kick,* der (engl.-am., Pl. -s) auch: Stoß, z. B. durch Drogeneinnahme

Erlebnisroman *Robinsonade,* die (Pl. -n) nach »Robinson Crusoe« (Roman von D. Defoe, 1659-1731)

Erlebniswert wörtlicher Wiedergaben *Zitat-Kultur,* die (lat., Pl. -en) Begriff aus dem Pop-Musik-Umfeld

erledigen *absolvieren* (lat.) abschließen, z. B. e. Studium absolvieren

erledigt 1. *ad acta* (lat.) etwas ad acta legen 2. *down* (engl.) i. S. von down sein (müde sein)

erlesen 1. *deliziös* (lat.-fr.) e. deliziöses Essen einnehmen 2. *exquisit* (lat.) e. exquisiten Geschmack haben 3. *sublim* (lat.) svw.: von großer Empfindsamkeit zeugend 4. *subtil* (lat.) i. S. von feinfühlig; auch: kompliziert

erleuchten 1. *inspirieren* (lat.) der Künstler hofft auf der Reise durch Italien inspiriert zu werden 2. *illuminieren* (lat.-fr.) Fackeln illuminierten die Kalksteinhöhle

Erleuchtung *Inspiration,* die (lat., Pl. -en) Goethe zehrte von Inspirationen seiner Italienreise

Erlöser 1. *Messias,* der (hebr.-gr.-lat., ohne Pl.) für die Christen ist Jesus von Nazareth der Messias 2. *Salvator,* der (lat., ohne Pl.) Jesus Christus als Erlöser für die Menschheit

ermächtigen *autorisieren* (lat.)

ermächtigt *autorisiert* (lat.)

Ermächtigung 1. *Autorisation,* die (lat., Pl. -en) 2. *Lizenz,* die (lat., Pl. -en)

ermahnend *paränetisch* (gr.-lat.)

Ermahnung *Admonition,* die (lat., Pl. -en) auch: Verweis

Ermahnung zur Buße *Admonition,* die (lat., Pl. -en) auch: Verweis, Verwarnung

Ermahnungsrede *Paränese,* die (gr.-lat., Pl. -n) auch: Ermahnungsschrift

Ermäßigung *Rabatt,* der (lat.-it., Pl. -e) z. B. Mengenrabatt auf e. Preis erhalten

ermitteln 1. *eruieren* (lat.) in e. Mordfall die Zusammenhänge eruieren 2. *recherchieren* (lat.-fr.) der Journalist recherchiert in e. Bestechungsskandal 3. *explorieren* (lat.) nicht verw. mit *exponieren* (lat.) darstellen 4. *investigieren* (lat.) 5. *sondieren* (fr.) i. S. von ausloten

Ermittler 1. *Rechercheur,* der (lat.-fr., Pl. -e) von der Presse 2. *Detektiv,* der (lat.-engl., Pl. -e) als Privatdetektiv oder verdeckter Ermittler (V-Mann) der Polizei

Ermittlung 1. *Recherche,* die (lat.-fr., Pl. -n) die Recherche des jungen Journalisten war oberflächlich 2. *Investigation,* die (lat., Pl. -en)

Ermittlungsbeamter 1. *Detektiv,* der (lat.-engl., Pl. -e) Polizeidetektiv in den USA 2. *FBI-Agent,* der (am.-lat., Pl. -en)

Ermittlungsbüro 1. *Detektei,* die (lat., Pl. -en) 2. *FBI,* das (am., ohne Pl.) Federal Bureau of Investigation (Bundeskriminalpolizei der USA)

Ermittlungsperson 1. *Detektiv,* der (lat.-engl., Pl. -e) 2. *FBI-Agent,* der (am.-lat., Pl. -en)

ermöglichen *finanzieren* (lat.-fr.) die Bank wird den Hausbau mitfinanzieren

ermüdend *strapaziös* (fr.) anstrengend

Ermüdung *Defatigation,* die (lat., Pl. -en) med.

ermuntern 1. *animieren* (lat.-fr.) in e. fröhlichen Runde jmdn. zum Singen animieren 2. *stimulieren* (lat.) anreizen

ermutigen *encouragieren* (lat.-fr.) e. Wahlkandidaten encouragieren

ermutigend *positiv* (lat.) z. B. e. Geschäftsverlauf positiv beurteilen

ernähren *vegetarisch* (lat.) d. h. sich nur pflanzlich ernähren

ernährend, sich von anorganischen Stoffen ... *autotroph* (gr.)

Ernährung 1. *Nutrition,* die (lat., ohne Pl.) med. 2. *Alimentation,* die (lat., Pl. -en) auch: Lebensunterhalt

Ernährung in der Rezession *Recession Food,* die (engl., ohne Pl.) die Rezession macht sich in der Ernährung bemerkbar: Waren von Aldi, Currywurst, preiswertes Essen im Bistro wird akzeptiert

Ernährung, die ... betreffend *diätisch* (gr.)

Ernährungsforscher *Trophologe,* der (gr.-lat., Pl. -n)

Ernährungslehre *Diätetik,* die (gr.-lat., Pl. -en)

Ernährungsstörung *Dystrophie,* die (gr.-lat., Pl. ...ien) Ggs.: Eutrophie

Ernährungswissenschaft *Ökotrophologie,* die (gr.-lat., ohne Pl.)

Ernährungswissenschaftler *Ökotrophologe,* der (gr.-lat., Pl. -n)

Ernährungszustand *Eutrophie,* die (gr., Pl. -n) i. S. e. guten Zustandes

ernennen 1. *nominieren* (lat.) für e. Amt oder e. Preis, z. B. für den Oscar 1998 nominiert werden 2. *designieren* (lat.)

Ernennung *Nominierung,* die (lat., Pl. -en) Clint Eastwood erreichte die Nominierung, u. er bekam den Oscar als bester Schauspieler e. Films

Ernennungsurkunde *Patent,* das (lat., Pl. -e) z. B. das Kapitänspatent besitzen

Erneuerer 1. *Reformator,* der (lat., Pl. ...oren) z. B. Martin Luther als Begründer der Reformation 2. *Reformer,* der (lat.-fr., Pl. –) z. B. Tony Blair als Reformer der Labour-Partei

erneuern 1. *reformieren* (lat.) etwas geistig u. sittlich erneuern, z. B. den Strafvollzug 2. *regenerieren* (lat.) der erschöpfte Sportler mußte langsam regenerieren 3. *renovieren* (lat.) die verwohnten Zimmer mußten renoviert werden 4. *modernisieren* (lat.-fr.) 5. *reparieren* (lat.) auch: in Ordnung bringen 6. *restaurieren* (lat.-fr.)

erneuernd *innovativ* (lat.) in e. erfolgreichen Firma wirken innovative Kräfte

Erneuerung 1. *Innovation,* die (lat., Pl. -en) den Erfolg e. Firma prägen gute Innovationen 2. *Reform,* die (lat.-fr., Pl. -en) Umgestaltung 3. *Reformation,* die (lat., ohne Pl.) die durch Martin Luther (1483-1546) entfachte Erneuerung der Kirche 4. *Regeneration,* die (lat.-fr., Pl. -en)

Erneuerung der Technisierung des Geschäfts *Business-Reengineering,* das (engl.-am., ohne Pl.) wenig sagender Standardbegriff vieler Unternehmensberater

Erneuerungsschein *Talon,* der (lat.-fr., Pl. -s) mit dem Talon werden neue Wertpapierkupons erworben

erniedrigen *degradieren* (lat.) der Oberleutnant wurde wegen Fehlverhaltens zum Feldwebel degradiert

Erniedrigung *Canossa,* das (it., Pl. -s) nach e. Burg in Norditalien, in der Papst Gregor VII. 1077 die Demütigung Heinrichs IV. entgegennahm: »Nach Canossa gehen wir nicht, weder körperlich noch geistig.« (Otto v. Bismarck, 1872 vor dem Reichstag)

ernst 1. *gravitätisch* (lat.) auch: würdevoll, gemessen 2. *tragisch* (gr.-lat.) auch: erschütternd

ernsthaft *seriös* (lat.-fr.) e. seriöser (zuverlässiger) Geschäftspartner

Ernsthaftigkeit *Seriosität,* die (lat.-fr., ohne Pl.)

Erntemonat *Messidor,* der (lat.-gr., Pl. -s)

ernten, wie du säest, so wirst du ... *ut sementem feceris, ita metes* (lat., Zitat: Cicero)

Ernüchterung *Desillusion,* die (lat.-fr., Pl. -en) in geistiger Hinsicht

Eroberer 1. *Invasor,* der (lat., Pl. ...oren) 2. *Konquistador,* der (lat.-sp., Pl. -en) »Abenteurer« der sp. Eroberung Mittel- u. Südamerikas (16. Jh.)

Eröffnung *Vernissage,* die (fr., Pl. -n) z. B. e. Kunstausstellung

erörtern *debattieren* (fr.) e. Thema im Parlament debattieren

Erörterung 1. *Diskussion,* die (lat., Pl. -n) im Verein löste der Änderungsvorschlag e. hitzige Diskussion aus 2. *Debatte,* die (lat.-fr., Pl. -n) im Bundestag hielt die Haushaltsdebatte bis in die Nachtstunden an 3. *Diskurs,* der (lat., Pl. -e) »Statt mit Olaf Henkel zu reden, könnte ich auch ... mit den Gips-Dinosauriern e. gepflegten Diskurs abhalten.« (Joschka Fischer, Fraktionschef der Grünen über den BDI-Chef, 1997)

Erotikfilm *Blue Movie,* der, das (engl., Pl. -s)

erotische Verserzählung *Fabliau,* das (fr., Pl. -x) ... alt-fr., auch: komischen Inhalts

erotisieren *libidinisieren* (lat.) auch: sexuelle Wünsche entfachen

Erpresser *Racketeer,* der (engl.-am., Pl. -s)

erprobt 1. *probat* (lat.) e. probates Mittel gegen Kopfschmerzen einnehmen 2. *effizient* (lat.) i. S.: bes. wirtschaftlich; nicht verw. mit *effiziert* (lat.) bewirkt

erquicken *rekreieren* (lat.) sich im Urlaub von der Arbeitshektik rekreieren

erregbar *exzitabel* (lat.) med.

erregbarer Mensch *Sanguiniker,* der (lat., Pl. –)

Erregbarkeit 1. *Exzitabilität,* die (lat., ohne Pl.) med. 2. *Temperament,* das (lat.-fr., Pl. -e) Temperamentsausbruch 3. *Affektivität,* die (lat., Pl. -en) als Krankheitsbild

Erregbarkeit im Pubertätsalter *Eknoia,* die (gr., ohne Pl.) ... krankhaft gesteigert; eigtl.: Sinnlosigkeit

erregen *echauffieren* (lat.-fr.) aufregen, seine freche Art echauffiert mich

erregend *dramatisch* (gr.)

erregt 1. *echauffiert* (lat.-fr.) 2. *hysterisch* (gr.-lat.) anhaltendes Kindergeschrei macht sie hysterisch 3. *exaltiert* (lat.) auch: überspannt

Erregtheit *Exaltation,* die (lat.-fr., ohne Pl.) im Zustand der Exaltation sein

Erregung 1. *Affekt,* der (lat., Pl. -e) der Täter hatte e. Affektstau 2. *Emotion,* die (lat., Pl. -en) seelische Erregungen; nach neuen Erkenntnissen soll der Mensch seine Emotionen nicht ständig unterdrücken 3. *Exzitation,* die (lat., Pl. -en) Aufregung

Errungenschaften ... *Zivilisation,* die (lat., Pl. -en) ... Gesamtheit techn., wissenschaftlicher u. kultureller Fortschritte zur Verbesserung der Lebensbedingungen; »Zivilisation: Zustand gegenwärtiger Sitten, Barbarei: Sitten der Vergangenheit.« (Anatole France)

Ersatz 1. *Äquivalent,* das (lat., Pl. -e) i. S. von Gegenwert; nicht verw. mit *Äquivalenz,* die (lat., Pl. -en) Gleichwertigkeit 2. *Prothese,* die (gr.-lat., Pl. -n) svw. künstlicher Ersatz, z. B. Beinprothese 3. *Surrogat,* das (lat., Pl. -e)

Ersatzglied 1. *Prothese,* die (gr., Pl. -n) Armprothese 2. *Dildo,* der (Pl. -s) Penis aus Latex

Ersatzmann 1. *Double,* das (lat.-fr., Pl. -s) Double e. Filmschauspielers 2. *Stuntman,* der (engl.-am., Pl. ...men) Person, die für den Darsteller gefährliche Szenen (Stunts) übernimmt

Ersatzspieler beim Fußball ... *Joker,* der (engl., Pl. –) ... als e. Art Geheimwaffe, auch: für jede andere Karte einsetzbare Spielkarte mit der Abbildung e. Narren

erschaffen 1. *kreieren* (lat.-fr.) 2. *produzieren* (lat.) i. S. von herstellen

Erscheinung 1. *Exterieur,* das (lat.-fr., Pl. -s) i. S. von Außenseite, äußere Erscheinung 2. *Fata Morgana,* die (it., Pl. ...nen) irreale Erscheinung, Luftspiegelung 3. *Epiphanie,* die (gr.-lat., ohne Pl.) u. *Epiphania,* die (gr.-lat., ohne Pl.) Erscheinung e. Gottheit (Christus) unter den Menschen 4. *Phänomen,* das (gr.-lat., Pl. -e) 5. *Vision,* die (lat., Pl. -en) svw. inneres Gesicht; »Vision ist der Glaube an die Realisation e. herausragenden Zukunftsidee.« (Edgar K. Geffroy)

Erscheinung des Herrn *Epiphanias,* das (gr., ohne Pl.) u. *Epiphanienfest,* das (gr.-dt., Pl. -e) Fest am 6. Januar, Dreikönigsfest

Erscheinung, Gottes... *Theophanie,* die (gr., Pl. ...ien) nicht verw. mit *Theomanie,* die (gr., Pl. ...ien) religiöser Wahnsinn

Erscheinungsbild *Habitus,* der (lat., ohne Pl.) z. B. den Habitus e. Edelmannes haben

Erscheinungsbild, einheitliches ... *Corporate Identity,* die (engl.-am., Pl. ...ies) ... e. Unternehmens u. deren Tochtergesellschaften

Erscheinungsform *Manifestation,* die (lat., Pl. -en) auch: Offenlegung

Erscheinungsform, auffällige ... *Phänomen,* das (gr.-lat., Pl. -e) »Das Phänomen Gerhard Schröder ist das Phänomen Guildo Horn.« (Guido Westerwelle, F.D.P.-Generalsekretär, 1998)

Erscheinungsform eines Stoffes *Aggregatzustand,* der (lat.-dt., Pl. ...stände)

erschießen *füsilieren* (lat.-fr.) standrechtlich erschießen

Erschlaffung 1. *Relaxation,* die (lat., ohne Pl.) z. B. e. Muskels oder e. Gummibandes 2. *Parese,* die (gr., Pl. -n) med.

Erschleichung *Kaptation,* die (lat., Pl. -en) e. Erbes

erschöpft 1. *groggy* (engl.) 2. *down* (engl.) 3. *kaputt* (fr.)

Erschöpfung, seelische, körperliche ... *Burnout,* das (engl., ohne Pl.) »Ausbrennen«; auch: Beginn des Raketenfluges ohne Triebwerk; e. unkontrollierte Kernspaltung

erschütternd *tragisch* (gr.-lat.) e. Roman endet tragisch

erschwerend *gravierend* (lat.) auch: einschneidend, z. B. gravierende Maßnahmen ergreifen

Erschwerung 1. *Aggravation,* die (lat., Pl. -en) 2. *Handikap,* das (engl., Pl. -s) Behinderung; auch: Vorgabe für e. leistungsschwächeren Spieler beim Golf 3. *Komplikation,* die (lat., Pl. -en) 4. *Schikane,* die (fr., Pl. -n) svw. Bosheit; Schwierigkeit in e. Autorennstrecke

ersetzbar 1. *fungibel* (lat.) in Art u. Beschaffenheit gleiche Güter sind fungibel 2. *substituierbar* (lat.) austauschbar, z. B. Güter

Ersetzbarkeit 1. *Fungibilität,* die (lat., ohne Pl.) 2. *Substitution,* die (lat., Pl. -en) i. S. von Ersetzung

ersetzen 1. *restituieren* (lat.) 2. *substituieren* (lat.) i. S. von austauschen, z. B. Begriffe; nicht verw. mit *subsumieren* (lat.) ein-, bzw. unterordnen

ersichtlich 1. *eklatant* (lat.-fr.) 2. *evident* (lat.) offenkundig 3. *manifest* (lat.) svw. handgreiflich, offenkundig

ersinnen *imaginieren* (lat.) auch: sich vorstellen

Erstaufführung *Premiere,* die (lat.-fr., Pl. -n)

erstaunlich *phänomenal* (gr.-lat.-fr.) einzigartig; »... phänomenal, jetzt hält er (Kanzler Helmut Kohl) schon heimlich Zwiesprache mit Walter Ulbricht.« (G. Schröders geh. Tagebuch von H. Venske, 1997)

erste, der ... unter den Gleichen *primus inter pares* (lat., Zitat)

erster Fall *Nominativ,* der (lat., Pl. -e)

Erster *Primus,* der (lat., Pl. Primi, -se) primus inter pares (Erster unter Ranggleichen)

erster Stock 1. *Beletage,* die (fr., Pl. -n) 2. *Hochparterre,* das (dt.-fr., ohne Pl.) teilweise in Altbauten

Erstgeburtsrecht *Primogenitur,* die (lat., Pl. -en)

Erstickungsangst *Pnigophobie,* die (gr.-lat., Pl. ...ien)

erstklassig *prima* (lat.)

erstmalig Auftretender *Debütant,* der (fr., Pl. -en) z. B. der Debütantinnenball in Wien, wo sich erstmals die jungen Damen der Gesellschaft zeigen

erstrebenswert *attraktiv* (lat.-fr.) auch: anziehend wirken

erstürmen, e. Festung ... *eskaladieren* (fr.) ... mit Sturmleitern; auch: e. Wand überklettern

Erstürmung e. Festung *Eskalade,* die (fr., Pl. -n) ... mit Sturmleitern

Ertrag *Rendite,* die (lat.-it., Pl. -n) Verhältnis von Gewinn oder Erlösen zum Kapitaleinsatz

erträglich *tolerabel* (lat.) Ggs.: intolerabel

ertragreich *rentierlich* (lat.-fr.-dt.) das Spargeld rentierlich anlegen

erwachsen *adult* (lat.) geschlechtsreif (med.)
Erwachsenenbildung *Andragogik,* die (gr.-lat., ohne Pl.)
Erwachsenenschule *Adult school,* die (engl., Pl. -s)
erwägen 1. *reflektieren* (lat.) darüber nachdenken 2. *räsonieren* (fr.) auch: nörgeln; »Die größten, die gefährlichsten aller Narren sind die räsonierenden Narren.« (Wieland)
erwägenswert *diskutabel* (lat.-fr.) er machte e. diskutablen Vorschlag
Erwägung 1. *Kalkül,* das (lat.-fr., Pl. -e) 2. *Spekulation,* die (lat., Pl. -en) i. S. von Mutmaßungen; nicht verw. mit *Spekulatius,* der (lat.-niederl., ohne Pl.) Gebäck aus gewürztem Mürbeteig
erwähnen *allegieren* (lat.) z. B. e. Zitat von B. Brecht allegieren
erwärmen 1. *temperieren* (lat.) das Badewasser ist wohltemperiert 2. *tempern* (lat.) Metalle oder Kunststoffe werden getempert (durch Erwärmung spannungsfrei gemacht)
erwartet, wie ... *prompt* (lat.-fr.) die Firma lieferte die Ware prompt
erweitern *amplifizieren* (lat.)
Erweiterung 1. *Expansion,* die (lat., Pl. -en) 2. *Extension,* die (lat., Pl. -en)
Erweiterung e. Körpertunnels *Meatomie,* die (lat.-gr., Pl. ...ien) operativ herbeigeführt
erwerben *akquirieren* (lat.)
erwerbsunfähig *invalide* (lat.-fr.)
Erwerbsunfähiger *Invalide,* der (lat.-fr., Pl. -n)
Erwiderung *Replik,* die (lat.-fr., Pl. -en)
Erwünschtes *Desiderat,* das (lat., Pl. -e, -um) nicht verw. mit *Designat,* das (lat., Pl. -e) Bez. für das Signifikat in e. Zeichenmodell der Sprache (Sprachw.)
erwürgen *strangulieren* (gr.-lat.)
erzählen *fabulieren* (lat.) i. S. phantasievollen Erzählens
erzählend *episch* (gr.-lat.) svw. sehr ausführlich: in epischer Breite; nicht verw. mit *episkopal* (gr.-lat.) bischöflich
Erzähler 1. *Fabulierer,* der (lat., ohne Pl.) e. phantasievoller 2. *Humorist,* der (lat.-fr.-engl., Pl. -en) humorvoller Erzähler, z. B. Heinz Erhardt 3. *Epiker,* der (gr.-lat.) i. S. e. Dichters 4. *Narrator,* der (lat., Pl. ...oren)
Erzählung 1. *Conte,* die (lat.-fr., Pl. -s) 2. *Diegese,* die (gr., Pl. -n) großangelegte 3. *Fazetie,* die (lat., Pl. -n) als satirische oder erotische Kurzgeschichte geschrieben 4. *Historie,* die (gr., Pl. -n) Erzählung geschichtlichen Inhalts 5. *Legende,* die (lat., Pl. -en) aus dem Bereich der Sagen 6. *Narration,* die (lat., Pl. -en) 7. *Parabel,* die (gr.-lat., Pl. -n) die berühmten Parabeln u. Fabeln des fr. Dichters Jean de La Fontaine 8. *Paradigma,* das (gr.-lat., Pl. ...men) beispielhafte Erzählungen 9. *Roman,* der (lat.-fr., Pl. -e) z. B. e. in Prosa angelegtes, erdachtes u. umfangreich ausgearbeitetes Werk
Erzählung aus der Vorzeit ... *Mythos* u. *Mythus,* der (gr.-lat., Pl. ...then) ... e. Volkes; auch: überlieferte Sage; »Die Firma Gerhard & Hillu ist im Eimer, der Mythos zerstört.« (G. Schröders geh. Tagebuch von H. Venske, 1997)
Erzbischof *Metropolit,* der (gr.-lat., Pl. -en)
erzeugen 1. *produzieren* (lat.) z. B. Güter 2. *generieren* (lat.) auch: hervorbringen; Begriff aus der EDV: Erstellen von neuen Daten e. Programms
Erzeuger *Produzent,* der (lat., Pl. -en) Hersteller
Erzeugnis *Produkt,* das (lat., Pl. -e)
Erzeugung *Produktion,* die (lat., Pl. -en)
Erzieher *Pädagoge,* der (gr.-lat., Pl. -n) auch: Lehrer
Erzieherin 1. *Gouvernante,* die (lat.-fr., Pl. -n) einst in den wohlhabenden Familien 2. *Aja,* die (it., Pl. -s) 3. *Bonne,* die (lat.-fr., Pl. -n) »Gute«, meist als Kindermädchen tätig
erzieherisch *pädagogisch* (gr.-lat.)
Erziehung 1. *Edukation,* die (lat., Pl. -en) 2. *Drill,* der (dt.-engl., ohne Pl.) harte, militärische Übung 3. *Exerzitium,* das (lat., Pl. ...ien) Übungsstück; auch: Hausarbeit
Erziehung ohne Zwänge *antiautoritär* (gr.-lat.) auch: den Kindern »freie Hand« lassen, sie nicht bevormunden
Erziehungsheim *Pensionat,* das (lat.-fr., Pl. -e) einst für die sog. höheren Töchter mit Ausbildungsmöglichkeit, z. B. das Lette-Haus in Berlin
Erziehungsideal, altgr. ... *Paideia,* die (gr., ohne Pl.) allgemeinwissenschaftliche, politische, musische u. gymnastische Erziehung
Erziehungsinstitut *Pensionat,* das (lat.-fr., Pl. -e) ... bes. für Mädchen; »Wem das nicht gefällt, der soll sich im Mädchenpensionat einquartieren.« (Theo Waigel, Bundesfinanzminister, 1998)
Erziehungslehre *Pädagogik,* die (gr.-lat., ohne Pl.) auch: Erziehungswissenschaft
Erziehungswissenschaftler *Pädagoge,* der (gr.-lat., Pl. -n)
Erzschürfer *Prospektor,* der (lat.-engl., Pl. ...oren)
erzwungen *forciert* (lat.-fr.) i. S. von gewaltsam
es ist aus *ex est* (lat.)
Eskimohund 1. *Husky,* der (engl., Pl. -kies) eigentlich Siberian Husky, e. zäher, kleiner Schlittenhund 2. *Malamute,* der (indianisch, Pl. -s) Schlittenhund der Malamute-Indianer Alaskas
Eskimoschneehütte *Iglu,* der, das (Eskimosprache) runde Schneehütte
Eß- u. Brechsucht *Bulimie,* die (gr., ohne Pl.) wie sie auch die verstorbene Prinzessin Diana hatte
Essen ... *à la carte* (fr.) ... nach der Speisekarte

Essen, Bewegung für langsames u. genußvolles ... *Slow-food-Bewegung,* die (engl.-dt., ohne Pl.) als Gegenbewegung zur »Fast-food-Kultur«

Essen, gesundes ... *Health Food* (engl.-am.) die Fast-food-Branche hat auf diesen Trend mit Salatangeboten reagiert

Essen, hastiges ... *Tachyphagie,* die (gr.-lat., ohne Pl.) med.

Eßgeschirr *Service,* das (lat.-fr., ohne Pl.)

Essig *Acetum,* das (lat., ohne Pl.)

Essigsäure, Säurerest der ... *Acetyl,* das (gr.-lat., ohne Pl.)

Eßlust, krankhafte *Bulimie,* die (gr., ohne Pl.) med. Gefräßigkeit mit anschließendem Erbrechen

Eßstörung *Bulimie,* die (gr., ohne Pl.) Heißhunger mit anschließendem Erbrechen

ethnische Elemente ... *modern Ethnic,* die (lat.-engl., ohne Pl.) ... aus Süd-, Mittelamerika u. Afrika bilden neue Elemente für Design u. Farbgebung

Etikett ... *Label,* das (engl., Pl. -s) ... z. B. e. Schallplatte

Etikette für das Internet *Netiquette,* das (engl., Pl. -s) z. B. Höflichkeit; keine überflüssigen Fragen stellen

etliche *diverse* (lat.) svw. einige, mehrere

etwa *grosso modo* (it.) ungefähr

etwas einbringen *rentieren* (lat.-fr.) e. Geldanlage sollte sich rentieren

Eulen nach Athen tragen *ligna in silvam ferre* (lat., Zitat: Horaz) eigtl.: Holz in den Wald tragen

Europäer *Sahib,* der (arab.-hindi., Pl. -s) Anrede der Europäer in Indien

Europäer, darauf stolzer u. junger ... *Yeppy,* der (Eigenn., engl., Pl. -ies) aus: young, european and proud of it (junger Europäer, der darauf stolz ist); Bez. für europäische Jugendliche, die an heimischen Werten u. japanischem Lebensstil interessiert sind

Europäische Freihandelszone *European Free Trade Association,* die (engl., ohne Pl.) kurz: EFTA

Europäische Weltraum Agentur *European Space Agency* (kurz: ESA) e. Schwesterorganisation der NASA

Europa-Polizei *Europol,* die (Kurzw., dt.) vorgesehenes europäisches Kriminalamt

eventuell *eventualiter* (lat.)

Ewigkeit *Äon,* der (gr.-lat., Pl. -en) sehr langer Zeitraum, etwas ist Äonen her

exakt *präzise* (lat.-fr.)

Exaktheit *Präzision,* die (lat.-fr., ohne Pl.) »In schwierigen Zeiten empfiehlt sich e. Präzisierung (gemeint ist: Präzision oder das Präzisieren) in politischen Feldern.« (G. Schröders geh. Tagebuch von H. Venske, 1997)

Exil, während des ... geschehen *exilisch* (lat.) auch: vom Geist des Exils (Verbannung) geprägt

explodieren *detonieren* (lat.-fr.)

Explosion *Detonation,* die (lat.-fr., Pl. -en)

extrem 1. *drakonisch* (gr.-lat.) nach dem altgr. Gesetzgeber Drakon (um 620 v. Chr.) sehr streng; Gesetze »mit Blut geschrieben« 2. *radikal* (lat.-fr.) »an die Wurzel gehend«

F

Fabel, die ... lehrt *fabula docet* (lat., Zitat)

Fabeltier 1. *Tragelaph,* der (gr.-lat., Pl. -en) e. Hirschart aus der Antike 2. *Pegasus,* der (gr., ohne Pl.) geflügeltes Roß der gr. Sage, Dichterroß 3. *Sphinx,* die (ägypt., Pl. -e) geflügelter Löwe mit Frauenkopf, Sinnbild des Rätselhaften

Fabrikant 1. *Magnat,* der (lat., Pl. -en) mächtiger Fabrikant e. Branche, Friedrich Krupp war früher e. Stahlmagnat 2. *Baron,* der (fr., Pl. -e) mächtige Kautschuk- u. Zuckererzeuger: Gummibarone aus Manaus oder Zuckerbarone von Hawaii 3. *Producer,* der (lat.-engl., Pl. -s) Hersteller, Erzeuger

Fach 1. *Metier,* das (lat.-fr., Pl. -s) 2. *Disziplin,* die (lat., Pl. -en) 3. *Domäne,* die (lat.-fr., Pl. -n) »Herrschaftsgebiet«; auch: Arbeits-, Wissensgebiet 4. *Rubrik,* die (lat., Pl. -en)

Fachabteilung *Referat,* das (lat., Pl. -e) z. B. bei Behörden

Facharbeiter 1. *Monteur,* der (lat.-fr., Pl. -e) z. B. im Montagebau (Stahlbau) 2. *Techniker,* der (gr.-lat., ohne Pl.) z. B. im Motoren- oder Maschinenbau (meist als Angestellter tätig)

Facharzt für Histologie (Körpergewebe) *Histologe,* der (gr., Pl. -n)

Facharzt *Spezialist,* der (lat., Pl. -en) svw.: Fachmann auf e. best. Gebiet; »Spezialisten sind Leute, die nur e. Saite auf der Fiedel haben.« (Henry Miller)

Fachausdruck 1. *Terminus,* der (lat., Pl. ...ni) 2. *Terminus technicus,* der (lat., Pl. ...ni, ...ci) Fachwort

Fachgebiet *Disziplin,* die (lat., Pl. -en) Philosophie gehört zu den geisteswissenschaftlichen Disziplinen

Fachgruppe *Fakultät,* die (lat., Pl. -en) e. Universität, z. B. medizinische Fakultät

Fachhochschule *Akademie,* die (gr.-lat., Pl. -n) z. B. die pädagogische Akademie besuchen (gab es für Grundschullehrer)

fachkundig *versiert* (lat.-fr.) auch: bewandert

Fachmann 1. *Spezialist,* der (lat.-fr., Pl. -en) 2. *Experte,* der (lat.-fr., Pl. -n) 3. *Kapazität,* die (lat., Pl. -en) der Professor ist e. Kapazität in Zivilrecht 4. *Autorität,* die (lat., Pl. -en) der Dozent ist e. anerkannte Autorität auf dem Gebiet der Elektrotechnik 5. *Koryphäe,* die (gr.-lat., Pl. -n) »an der Spitze Stehender«; auch: Chorführer im antiken Drama

Fachmann der Technologie *Technologe,* der (gr.-lat., Pl. -n)

fachmännisch *professionell* (lat.-fr.) der Popsänger gestaltete den Abend professionell

Fachrichtung *Disziplin,* die (lat., Pl. -en) das Bauwesen ist e. techn. Disziplin

Fachsprache 1. *Technolekt,* der (gr.-lat., Pl. -e) 2. *Terminologie,* die (lat.-gr., Pl. ...ien)

Fachsprachenforscher *Terminologe,* der (lat.-gr., Pl. -n)

Fachwörterforschung *Terminologie,* die (lat.-gr., Pl. ...ien) auch: Fachwortsammlung

Fackel *Flambeau,* der (lat.-fr., Pl. -s)

Fackelhalter *Lampadarius,* der (gr.-lat., Pl. ...ien) Lampenhalterung im Rom der Antike

fade *banal* (germ.-fr.) i. S. von: nichts Besonderes bietend

Faden, alles hängt an e. seidenen ... 1. *omnia levi momento pendent* (lat., Zitat) 2. *omnia hominum tenui pendent filo* (lat., Zitat)

Fadenwurm 1. *Trichine,* die (gr.-engl., Pl. -n) bes. im Bären- u. Schweinefleisch 2. *Nematoden,* die (gr.-lat., Pl.)

Fadenwurmerkrankung *Trichinose,* die (gr.-engl., Pl. -n) med.

Fadheit *Banalität,* die (germ.-fr., Pl. -en) sein Roman strotzte vor Banalitäten

fähig *talentiert* (gr.-lat.) der Kunststudent ist e. talentierter Maler

Fähigkeit 1. *Talent,* das (gr.-lat., Pl. -e) 2. *Kapazität,* die (lat., Pl. -en) auch: Speichervermögen 3. *Potential,* das (lat., Pl. -e) Leistungsfähigkeit

Fähigkeit absprechen 1. *untalentiert* (dt.-gr.-lat.) 2. *abqualifizieren* (dt.-fr.-lat.)

Fähigkeit, Erneuerungen, Verbesserungen aufzuspüren ... *Innovationsfähigkeit,* die (lat.-dt., Pl. -en) ... u. durchzusetzen; »Die Bewertung e. Unternehmens läßt sich nur an seiner Innovationsfähigkeit vornehmen.« (Heik Afheldt, 1997)

Fähigkeit zum Geschlechtsverkehr *Potenz,* die (lat., Pl. -en) ... bei Männern; auch: Leistungsvermögen; »Hochhäuser entsprechen dem Potenzgehabe großer Banken u. Unternehmen – Viagra-Architektur!« (Peter Conradi, SPD, 1998)

Fähigkeit, geistige ... *Intelligenz,* die (lat., Pl. -en) »Bei geistiger Unfähigkeit sinkt die Intelligenz.« (Welt am Sonntag, 1991)

Fähigkeit, sich in die Einstellung anderer einzufühlen *Empathie,* die (gr.-engl., ohne Pl.)

Fahne *Standarte,* die (germ.-fr., Pl. -n) Flagge e. Staatsoberhauptes; auch: Feldzeichen

Fahnenflucht *Desertion,* die (lat.-fr., Pl. -en)

Fahnenflüchtiger *Deserteur,* der (lat.-fr., Pl. -e)

Fähnrich bei der Kavallerie *Kornett,* der (lat.-fr., Pl. -e, -s)

fahren *chauffieren* (lat.-fr.) mit dem Auto

Fahrer *Chauffeur,* der (lat.-fr., Pl. -e)

Fahrgast *Passagier,* der (lat.-it., Pl. -e) meist auf Schiffen oder in Flugzeugen

Fahrgestell *Chassis,* das (lat.-fr., ohne Pl.) z. B. e. Autos

fahrig *nervös* (lat.-fr.)

Fahrkarte 1. *Ticket,* das (niederl.-fr.-engl., Pl. -s) 2. *Billett,* das (fr., Pl. -s, -e)

Fahrpreisanzeiger *Taxameter,* der (lat.-gr., ohne Pl.) z. B. in Taxen

Fahrrad 1. *Velo,* das (fr., Pl. -s) in der Schweiz üblich 2. *Rikscha,* die (jap.-engl., Pl. -s) in Ostasien durch Menschenkraft angetriebenes Transportrad

Fahrrad mit zwei Sitzen *Tandem,* das (lat.-engl., Pl. -s) nicht verw. mit *Tanbur,* der (arab.-fr., Pl. -s) arab. Zupfinstrument mit vier Stahlsaiten

Fahrrad, schweres, dennoch handliches *Cruiser-Bike,* das (engl., Pl. -s) eigentlich: »Kreuzer-Fahrrad«, in der Ausstattung einfacher als das Mountain-Bike

Fahrstuhl *Lift,* der (engl., Pl. -e)

Fahrt 1. *Drive,* der (engl., Pl. -s) auch: Ausflug; Treibschlag beim Golf 2. *Tour,* die (gr.-lat.-fr., Pl. -en) meist kürzere Fahrrad- oder Autofahrt

Fahrtenschreiber *Tachograph,* der (gr.-lat., Pl. -en) bei Lkw u. Bussen Pflicht, es werden Geschwindigkeit, Fahrdauer u. Ruhezeiten aufgezeichnet

Fahrtgeschwindigkeitsmesser *Log,* das (engl., Pl. -s) bei Schiffen; nicht verw. mit log = Logarithmus (Math.)

Fahrwasser *Balge,* die (lat.-fr.-niederl., Pl. -n) für Schiffe

Fahrweite *Aktionsradius,* der (lat., Pl. ...dien)

Fahrzeug 1. *Vehikel,* das (lat., ohne Pl.) meist desolates Fahrzeug 2. *Amphibie,* die (gr.-lat., Pl. -n) Land- u. Wasserfahrzeug

Fahrzeug der Erlösung *Wadschrajana,* das (sanskr., ohne Pl.) die dritte Hauptrichtung des Buddhismus (neben: Hinajana u. Mahajana)

Fahrzeugentriegelungs- u. Startsystem ohne Schlüssel *Keyless-Go,* das (engl., ohne Pl.) i. S. e. Chip-Kartenentriegelung

Fahrzeug-Fernsehen *Auto-TV,* das (gr.-engl., Pl. -s) e. von Auto Vision konstruierter Projektor, der es erlaubt, im Auto während der Fahrt fernsehen zu können; das Bild erscheint knapp über dem Horizont, scheinbar drei Meter vor der Windschutzscheibe »schwebend«; die Konzentration des Fahrers wird angeblich nicht beeinträchtigt

Faktor, der Belastungsreaktionen auslöst *Stressor,* der (lat.-fr.-engl., Pl. ...oren)

Fakultätsvorsitzender *Dekan,* der (lat., Pl. -e) »Wir brauchen stärkere Dekane u. Rektoren.« (Peter Glotz, SPD, 1998)

Falke *Terzel,* der (it., ohne Pl.) männlicher Vogel

Fall 1. *Kasus,* der (lat., Pl. –) 2. *Eventualität,* die (lat., Pl. -en) immer auf alle Eventualitäten eingestellt sein

Fall, ähnlicher ... *Analogon,* das (gr., Pl. ...ga)

Fall, hoffnungsloser *Moribundus,* der (lat., ohne Pl.) »e., der sterben wird«; med. Ausdruck für e. hoffnungslosen Fall

Fallbeil 1. *Guillotine,* die (fr., Pl. -n) Hinrichtungsgerät, nach dem fr. Arzt Guillotin (1738-1814) benannt 2. *Schafott,* das (lat.-niederl., Pl. -e) Blutgerüst, Hinrichtungsbühne; »Fahrstuhl zum Schafott« (bekannter Film)

Falle *Aripuca,* das (Guarani-Indianersprache, Pl. -s) auch: Baumhaus

fallend *degressiv* (lat.) z. B. e. Investition degressiv abschreiben (mit fallenden Raten)

falsch spielen *corriger la fortune* (fr.) dem Glück nachhelfen

fälschen 1. *falsifizieren* (lat.) 2. *türken* (ugs.) auch: vortäuschen; »Sprinterin Krabbe gab getürkte Urinproben ab ...« (Die Zeit, 1995)

Falschheit *Perfidie,* die (lat.-fr., ohne Pl.) seine hinterhältige Handlungsweise kann nur als Perfidie bezeichnet werden

Fälschung 1. *Falsifikat,* das (lat., Pl. -e) bei dem 100-DM-Schein handelt es sich um e. Falsifikat 2. *Fake,* das (engl., Pl. -s) auch: Vortäuschung; Fotomontage

Falten- u. Kettengebirge, europäische ... *Alpiden,* die (lat., nur Pl.) Bez. für die in der Kreide u. im Tertiär entstandenen Gebirge

Falten, das ... der Tabakeinlageblätter *Booking,* das (engl., ohne Pl.) minderwertige Methode

Faltenrock 1. *Kilt,* der (engl., Pl. -s) Männerrock in Schottland 2. *Plisseerock,* der (lat.-fr.-dt., Pl. -röcke)

Faltkunst, Papier... *Origami,* das (jap., ohne Pl.) nicht verw. mit *Origano,* der (ohne Pl.) best. Gewürz

Faltseite, übergroße ... in e. Buch, e. Illustrierten *Gatefold,* das (engl., Pl. -s)

Familie betreffend *familiär* (lat.) das ist e. familiäre Angelegenheit

Familie, seit Generationen mächtig *Dynastie,* die (gr., Pl. ...ien) i. S. von Herrscherhaus; nicht verw. mit *Dysbulie,* die (gr.-lat., ohne Pl.) Willensschwäche

Familie, zerrüttete ... *Patchwork-family,* die (engl., Pl. ...lies) auch: Flickwerk-Familie; d. h., Eltern geschieden; Kinder, die häufig wechselnde Bezugspersonen haben

Familienforschung *Genealogie,* die (gr., Pl. -n)

Familienkunde *Genealogie,* die (gr., Pl. -n) auch: Ahnenforschung

Familiennamen, Teil des ... *Ben* (hebr.-arab.) mit der Bedeutung »Sohn« oder »Enkel«; z. B.: Ben Gurion, Ben Wisch

Familienverband 1. *Gens,* die (lat., Pl. Gentes) altröm. Sippe 2. *Clan,* der (engl.-kelt., Pl. -e, -s) auch: Stammesverband

Familienverbandsmitglieder, altröm. ... *Gentilen,* die (lat., nur Pl.)

Fan 1. *Freak,* der (engl., Pl. -s) e. übertriebener Anhänger e. Sache oder Person, z. B. Computerfreak 2. *Tifoso,* der (it., Pl. ...si) Bez. für »Fan« in Italien

Fangarme *Tentakel,* der, das (lat., ohne Pl.) Saugarme, z. B. bei Tintenfischen, Kraken

Farbabweichung *Aberration,* die (lat., Pl. -en)

Farbabweichung bei Orientteppichen *Abrasch,* der (arab., ohne Pl.)

Farbauftrag, dicker ... *Impasto,* das (it., Pl. -s, ...sti) ... auf e. Gemälde

Farbbildverfahren *Technicolor,* das (gr.-lat., Pl. -s)

Farbe *Couleur,* die (fr., Pl. -s)

färben 1. *tingieren* (lat.) 2. *kolorieren* (lat.-fr.)

färben, rot ... *eosinieren* (gr.) mit Eosin röten

Farbenblindheit 1. *Achromatopsie,* die (gr.-lat., Pl. -n) med. 2. *Daltonismus,* der (lat., ohne Pl.) med., nach dem engl. Physiker Dalton: e. angeborene Farbenblindheit 3. *Monochromatie,* die (gr.-lat., ohne Pl.) med., völlige Farbenblindheit

Farbenblindheit, Blau-Gelb-... *Tritanopie,* die (gr.-lat., Pl. ...ien) auch: Violettblindheit (med.)

Farbenblindheit, Grün... *Deuteranopie,* die (gr.-lat., Pl. ...ien) auch: Rot-Grünblindheit; nicht verw. mit *Deuterium,* das (lat., ohne Pl.) schwerer Wasserstoff

Farbenblindheit, Rot-... *Protanopie,* die (gr.-lat., Pl. ...ien)

Farbenblindheit, Rot-Grün-... *Daltonismus,* der (lat., ohne Pl.) auch: angeborene Farbenblindheit (med.) nach dem engl. Physiker John Dalton (gestorben 1844)

Farbenlehre *Chromatik,* die (gr.-lat., ohne Pl.)

farbenprächtig *flamboyant* (lat.-fr.) auch: flammend; nicht verw. mit *flambieren* (lat.-fr.) z. B. Früchte mit Weinbrand übergießen u. brennend servieren

Färbereimaschine *Jigger,* der (engl., Pl. -s)

Farbkugelgewehr 1. *Gotcha-Gewehr,* das (am.-it.-dt., Pl. -e) Waffe, mit der Farbkugeln verschossen werden 2. *Paintball-Gewehr,* das (engl.-dt., Pl. -e) Spielzeug für Erwachsene u. Kinder

farblos *achromatisch* (gr.-lat.)

Farbmischbrett *Palette,* die (lat.-fr., Pl. -n) e. Holzbrett, auf dem der Kunstmaler Ölfarben mischt

Farbspraybilder *Graffiti,* die (it., nur Pl.) auch: Sprayparolen an Hauswänden

Farbstoff *Pigment,* das (lat., Pl. -e) bestimmt die Färbung der Haut bei der Einwirkung von UV-Strahlen

Farbstoff, roter ... *Eosin,* das (gr., ohne Pl.)

Farbstoff, rotvioletter ... *Giroflé,* das (fr., ohne Pl.)

Farbtonskala *Spektrum,* das (lat., Pl. ...tren, ...tra) auch: Buntheit, Vielfalt; z. B. das ganze Spektrum abdecken

Faser *Fiber,* die (lat., Pl. -n)

faserreich *fibrös* (lat.)

Faß *Barrel,* das (fr.-engl., Pl. -s) z. B. ein Barrel Rohöl (rund 160 l)

Fassadenklettern in der Stadt *City-Climbing,* das (engl.-am., ohne Pl.) auch: Hochhauswandkraxeln

Fassung 1. *Version,* die (lat.-fr., Pl. -en) z. B. e. Films, Theaterstücks 2. *Contenance,* die (lat.-fr., ohne Pl.) i. S. von Haltung; er wurde dermaßen geärgert, daß er die Contenance verlor 3. *Konzept,* das (lat., Pl. -e) z. B. Fassung, Entwurf e. Rede; »Er will immer meine guten Konzepte abkupfern ...« (Franz Muntefering, SPD-Geschäftsführer, 1998) auch: Plan, Programm; »Offenbar bedient sich die F.D.P. bei ihrer Konzeptfindung aus dem Abfalleimer von Karl Dall.« (G. Schröders geh. Tagebuch von H. Venske, 1997)

Fassung, neue ... *Remake,* das (engl., Pl. -s) ... e. älteren Spielfilmstoffes; auch: Neuverfilmung

fassungslos 1. *konsterniert* (lat.) auch: bestürzt; nicht verw. mit *konstatieren* (lat.-fr.) feststellen 2. *perplex* (lat.-fr.) »verworren«, i. S. von überrascht

Fassungsvermögen 1. *Kapazität,* die (lat., ohne Pl.) 2. *Potential,* das (lat., Pl. -e) i. S. von Leistungsfähigkeit

Fastenbrechen, rituelles ... *Iftar,* das (arab.) im Fastenmonat Ramadan: zwischen Dämmerung u. Morgengrauen

Fastenmonat 1. *Ramadan,* der (arab., ohne Pl.) 2. *Bairam,* der (türk., Pl. -s)

Fastenpsalm *Traktus,* der (lat., ohne Pl.)

Fastenzeit *Quadragesima,* die (lat., ohne Pl.) christliche Fastenzeit, 40 Tage vor Ostern

Fastnachtsfest 1. *Karneval,* der (it., Pl. -e) 2. *Fasching,* der (germ.-österr., Pl. -s)

faulig *putrid* (lat.)

Fäulnis *Putrefaktion,* die (lat., Pl. -en)

Faultier *Unau* (port.-fr., Pl. -s) Südamerikas

Faustkämpfer *Boxer,* der (engl., Pl. -s)

Faxgerät, mobiles ... für das Auto *Roadfax,* das (engl., ohne Pl.) »Straßen-Fax«

Fazit 1. *Bilanz,* die (it., Pl. -en) Kontenabschluß; »Man darf Schröder doch wohl noch e. Blender u. Versager nennen, wenn man seine Bilanz in Niedersachsen betrachtet.« (Theo Waigel, Bundesfinanzminister, 1998) 2. *Resümee,* das (lat.-fr., Pl. -s) i. S. e. kurzen Zusammenfassung mit Beurteilung

Fechtdegen *Rapier,* das (germ.-fr., Pl. -e) auch Fechtwaffe

Fechten, Schlag auf die gegnerische Klinge beim ... *Battuta* u. *Battute,* die (lat.-it., Pl. ...ten) auch: Taktschlag

Fechter bei e. Mensur *Paukant,* der (dt.-lat., Pl. -en)

Fechterhieb *Terz,* die (lat., Pl. -en) auch: best. Klingenhaltung beim Fechten; Intervall von drei Tonstufen; Gebet des Breviers um die dritte Tagesstunde = 9 Uhr

Fechtkünstler *Kendoka,* der (jap., Pl. -s) der Samurai in Japans Feudalzeit

Fechtstellung einnehmen! *en garde!* (fr.) ... Aufforderung dazu (Kommando)

Fechtwaffenkampf *Assaut,* das, der (lat.-fr., Pl. -s)

Federball *Indiaca,* die (Eigenn., Pl. -s) e. für das Indiaca (Volleyballspiel) verwendeter Lederball mit Federn

Federballspiel *Badminton,* das (engl., Pl. -s) die Turnierform des Federballspiels

Federbett *Plumeau,* das (lat.-fr., Pl. -s)

Federn, mit fremden ... schmücken *alienis gloriari bonis* (lat., Zitat)

federnd *elastisch* (gr.-lat.) z. B. e. elastischen Gang haben

Federwolke *Zirrus,* der (lat., Pl. Zirren) befinden sich in hohen Luftschichten

Fegefeuer *Purgatorium,* das (lat., ohne Pl.)

Fehlbetrag 1. *Defizit,* das (lat.-fr., Pl. -e) z. B. das Handelsbilanzdefizit 2. *Manko,* das (lat.-it., Pl. -s) bei der Prüfung wies die Kasse e. Manko aus

Fehlbildung *Dysontogenie,* die (gr.-lat., Pl. ...ien) med.; auch: Organmißbildung

Fehldruck *Makulatur,* die (lat., Pl. -en)

fehlende Planung *Desorganisation,* die (fr., Pl. -en)

Fehlentwicklung *Dysplasie,* die (gr.-lat., Pl. ...ien) med.

Fehler 1. *Defekt,* der (lat., Pl. -e) z. B. e. Maschinendefekt 2. *Lapsus,* der (lat., Pl. –) kleiner Fehler, z. B. e. Versprecher 3. *Fauxpas,* der (fr., ohne Pl.) »Fehltritt« 4. *Manko,* das (lat.-it., Pl. -s) Fehlbetrag

Fehler, unerzwungener ... *unforced Error,* der (engl., Pl. -s) Bez. im Sport; e. schweres Wort; Sportreporter Heribert Faßbender kam nur bis: » ... wieder sehr viel unfotz ..., anfortz ... äh ... Fehler, für die der Gegner nichts kann.«

fehlerfrei 1. *korrekt* (lat.) 2. *perfekt* (lat.) 3. *intakt* (lat.) svw. heil, unversehrt

fehlerhaft 1. *defekt* (lat.) defekte Teile ausbauen 2. *inkorrekt* (lat.) svw. unrichtig

fehlerhafte Zusammensetzung der Körpersäfte ... *Humoralpathologie,* die (lat., ohne Pl.) ... ist der Grund für Krankheiten, nach der medizinischen Auffassung in der Antike

Fehlfarbe 1. *Renonce,* die (lat.-fr., Pl. -n) beim Kartenspiel 2. *Foße,* die (lat.-fr., Pl. -n) auch: e. leere Karte im Kartenspiel

Fehlgeburt 1. *Abort,* der (lat., Pl. -e) med. 2. *abortieren* (lat.) med., Fehlgeburt haben; nicht verw. mit *rapportieren* (lat.-fr.) berichten, Meldung machen

Fehlleistung *Lapsus,* der (lat., Pl. –) i. S. e. kleinen Fehlers, z. B.: Versprecher

Fehltritt *Fauxpas,* der (fr., ohne Pl.) auch: Taktlosigkeit; »Ein absoluter Fauxpas: dem Barkeeper das Glas zum Abräumen zu reichen.« (Ernst Lechthaler, Barkeeper u. Autor, 1998)

Feier 1. *Ritual,* das (lat., Pl. -e, -ien) auch: e. best. Verhalten 2. *Zeremonie,* die (lat., Pl. ...ien) i. S. e. feierlichen Handlung

Feier im kleinen Kreis ... *After Hour Party,* die (engl., Pl. ...ies) ... nach e. offiziellen Veranstaltung

feierlich 1. *patetico* (gr.-lat.-it.) musik. Vortragsanw. 2. *gravitätisch* (lat.) würdevoll; z. B. gravitätisch schreiten 3. *majestätisch* (lat.) hoheitsvoll 4. *pastoral* (lat.) auch: würdig, salbungsvoll 5. *pathetisch* (gr.-lat.) auch: übertrieben gefühlvoll 6. *solenn* (lat.) festlich

feierliche Handlung 1. *Ritual,* das (lat., Pl. -e, -ien) auch: e. best. Verhalten 2. *Zeremonie,* die (lat., Pl. ...ien)

Feierlichkeit *Pathos,* das (gr., ohne Pl.) etwas mit viel Pathos vortragen

feiern *zelebrieren* (lat.) der Priester zelebriert e. Messe

fein 1. *delikat* (lat.-fr.) das Essen war ausgesprochen delikat; aber auch: e. delikaten Kriminalfall lösen 2. *deliziös* (lat.-fr.) z. B. deliziöse Speisen essen 3. *elegant* (fr.-lat.) i. S. von elegant gekleidet sein 4. *grazil* (lat.) feingliedrig, sich grazil bewegen 5. *dezent* (lat.) unaufdringlich; Ggs.: indezent 6. *filigran* (lat.) feingliedrig 7. *fragil* (lat.) i. S. von zerbrechlich 8. *kapillar* (lat.) haarfein, z. B. bei Blutgefäßen 9. *präzise* (lat.-fr.) »vorn abgeschnitten«, klar umrissen 10. *sublim* (lat.) i. S.: von einem feinen Verständnis zeugend, empfindsam sein 11. *subtil* (lat.) auch: fein strukturiert

fein abgestuft *nuanciert* (lat.-fr.)

Feindbild der Raver 1. *Techno-Depp,* der (engl.-dt., Pl. -en) 2. *Deppentechno,* das (dt.-engl., Pl. -s)

Feinde, auch vom ... soll man sich belehren lassen *et ab hoste doceri* (lat., Zitat)

feindlich *hostil* (lat.) z. B. e. hostile Haltung einnehmen

Feindschaft gegenüber Juden *Antisemitismus,* der (lat., ohne Pl.) »Antisemitismus gibt es auch ohne Juden.« (Jürgen Trittin, Sprecher der Grünen, 1998)

Feindschaft *Ranküne,* die (lat.-fr., Pl. -n) z. B. e. heimliche Feindschaft hegen

Feindseligkeit 1. *Hostilität,* die (lat., ohne Pl.) 2. *Animosität,* die (lat., Pl. -en) 3. *Antipathie,* die (gr.-lat., Pl. ...ien) Abneigung 4. *Aversion,* die (lat., Pl. -en) Widerwille; nicht verw. mit *Avers,* der (lat.-fr., Pl. -e) Vorderseite e. Münze; Ggs.: Revers

feine Lebensart *Savoir-vivre,* das (fr.) »zu leben wissen«

feinfühlig 1. *sensibel* (lat.-fr.) z. B. e. sensibler (fast empfindlicher) Mensch sein, e. »Sensibelchen« 2. *subtil* (lat.)

feinfühlig, nicht ... *indezent* (lat.) auch: unschicklich; Ggs.: dezent

Feingebäck 1. *Torte,* die (lat.-it., Pl. -n) z. B. Sachertorte, Spezialität des Cafés Sacher in Wien 2. *Florentiner,* der (it., ohne Pl.) flaches Gebäckstück mit Schokolade u. Mandeln; auch: großer leichter Hut

Feingefühl *Sensibilität,* die (lat.-fr., Pl. -en) dem Personalleiter mangelt es an Sensibilität

Feingehaltsmaß *Karat,* das (gr.-arab.-lat.-fr., Pl. -e) bei Gold oder Edelsteinen

Feingehaltsstempel *Repunze,* die (lat., Pl. -n) auf Edelmetallen

feingeistig *ätherisch* (gr.-lat.) auch: schöngeistig; e. ätherische Dame, die besser ins vorige Jahrhundert paßt

Feinheit 1. *Eleganz,* die (lat.-fr., ohne Pl.) 2. *Schick,* der (dt.-fr., ohne Pl.) sich mit Schick kleiden 3. *Finesse,* die (lat.-fr., Pl. -n) i. S. e. Kunstgriffs 4. *Nuance,* die (lat.-fr., Pl. -n) auch: Abstufung 5. *Präzision,* die (lat.-fr., ohne Pl.) Genauigkeit 6. *Raffinesse,* die (lat.-fr., Pl. -n) auch: gerissene Vorgehensweise

Feinkost *Delikatesse,* die (lat.-fr., Pl. -en) z. B. Kaviar ist e. Delikatesse

Feinmeßgerät *Mikrometer,* das (gr.-lat., ohne Pl.) z. B. Mikrometerschraube

Feinnervigkeit *Sentimentalität,* die (lat.-fr.-engl., Pl. -en) i. S. von Rührseligkeit, Empfindsamkeit; »Sentimentalität nennen wir das Gefühl, das wir nicht teilen.« (Graham Greene)

feinschleifen *honen* (engl.) auch: ziehschleifen, um genaue Paßteile zu erzielen

Feinschlosser *Feinmechaniker,* der (dt.-gr.-lat., Pl. –)

Feinschmecker 1. *Connaisseur,* der (lat.-fr., Pl. -s) »Kenner« guter Speisen 2. *Gourmet,* der (fr., Pl. -s)

feinschmeckerisch *kulinarisch* (lat.) »... ich persönlich bin e. entschiedener Verfechter der multikulinarischen Gesellschaft.« (G. Schröders geh. Tagebuch von H. Venske, 1997)

Felchenart *Omul,* der (russ., Pl. -e) des Baikalsees

Feld- u. Waldgeist *Satyr,* der (gr.-lat., Pl. -n) in der gr. Sage lüsterner Waldgeist u. Begleiter des Dionysos

Feldforschung *Field-research,* das (engl., ohne Pl.) wichtige Daten vor Ort erheben, erfragen

Feldfrucht *Zerealie,* die (lat., Pl. -n) auch: Getreide; Haferflockengericht

Feldgeschütz, leichtes ... *Falkonett,* das (lat.-it., Pl. -e) ... des 16. u. 17. Jhs.

Feldherrnkunst *Strategie,* die (gr.-lat., Pl. ...ien) im Kampf gegen die Römer entwickelte Hannibal (247-183 v. Chr.) neue Strategien u. Taktiken

Feldlager *Camp,* das (lat.-it.-fr.-engl., Pl. -s)

Feldwache *Vedette,* die (lat.-fr., Pl. -n) auch: Reiterposten

Fell e. jungen Seehundes *Whitecoat,* der (engl.-am., Pl. -s)

Fell junger Mützenrobben *Blueback,* der (engl., Pl. -s)

Felsenhöhle *Grotte,* die (gr.-lat.-it., Pl. -n)

Felsenspalte *Kamin,* der (gr.-lat., Pl. -e) alpinistisches Wort; auch: Schornstein, Schlot

Felswüste *Hammada,* die (arab., Pl. -s) auch: Steinwüste

Fenster, durch e. Mittelsäule gegliedertes gotisches ... *Biforium,* das (lat., Pl. ...ien)

Fenstergitter ... *Maschrabija,* das (arab.) ... aus gedrechselten Holzstäben (in arabischen Ländern)

Fensterschutz *Jalousie,* die (gr.-lat.-fr., Pl. -n)

Fenstervorhang *Gardine,* die (lat.-fr.-niederl., Pl. -n) meist aus durchsichtigem Stoff

Ferienhaus 1. *Chalet,* das (schweiz.-fr., Pl. -s) 2. *Bungalow,* der (engl., Pl. -s) Flachdachhaus 3. *Cottage,* das (engl., Pl. -s)

Ferienindustrie *Tourismus,* der (gr.-lat.-fr.-engl., ohne Pl.)

Fermatsche Satz, der große ... *Fermats letztes Theorem* (Eigenn.-dt.-gr., ohne Pl.) nach: dem fr. Mathematiker Pièrre de Fermat (1601-1665), der e. best. math. Behauptung nicht bewies, sie stellt damit das berühmte ungelöste Problem in der Math. dar (Gibt es zwei Kubikzahlen, die sich zu einer dritten Kubikzahl addieren? Warum nicht?)

ferner *item* (lat.) auch: ebenso

Fernerkundung der Erde über Satellit *Teledetektion,* die (engl.-am., Pl. -s) auf diese Weise lassen sich Umweltschäden, Rohstoffvorkommen oder Naturkatastrophen ermitteln

Fernfühlen *Telepathie,* die (gr.-lat., ohne Pl.) manche Mütter entwickeln telepathische Fähigkeiten, was ihre Kinder an entfernten Orten betrifft

Ferngespräch *Telefonat,* das (gr.-lat., Pl. -e)

Ferngesprächsvermittler *Telefonist,* der (gr.-lat., Pl. -en)

Fernkopie *Telefacsimile,* das (lat.-engl., Pl. -s) kurz: Fax

Fernnetz von mehreren Computern *Wide Area Network,* das (engl., Pl. -s) kurz: WAN; ... oder e. Verbund von lokalen Netzwerken meist über das Telefonnetz

Fernobjektiv *Teleobjektiv,* das (gr.-lat., Pl. -e)

Fernrohr 1. *Teleskop,* das (gr.-lat., Pl. -e) 2. *Perspektiv,* das (lat., Pl. -e) kleines Fernrohr 3. *Periskop,* der (gr.-lat., Pl. -e) 4. *Refraktor,* der (lat., Pl. -en) e. dioptrisches Fernrohr 5. *Tubus,* der (lat., Pl. ...ben, -se)

Fernrohr, bes. leistungsstarkes ... 1. *astronomisches Spiegelteleskop,* das (gr.-lat.-dt., Pl. -e) 2. *Reflektor,* der (lat., Pl. -en) bestehend aus gekrümmten Spiegeln, um das Sternenlicht zu sammeln; das Hale-Teleskop entdeckt das Licht e. Kerze aus 25 000 km Entfernung 3. *Refraktor,* der (lat., Pl. -en) besteht aus Linsen, die das Licht brechen; Galileo Galilei benutzte diesen Fernrohrtyp 1609 als erster; Refraktoren sind leistungsschwächer

Fernrohrlinse *Objektiv,* das (lat., Pl. -e)

Fernschreiber *Telegraf,* der (gr.-fr., Pl. -en)

Fernschreibnetz *Telex,* das (engl., ohne Pl.) von engl.: teleprinter exchange; auch: Fernschreiben

Fernsehanstalten *Eurovision* (aus europäisch u. Television, ohne Pl.)

Fernsehbildschirm, hochaufgelöster ... *HDTV,* der (Eigenn., engl.-am., ohne Pl.) High Definition TV ... in der Qualität von Kinoleinwänden; das HDTV-Bild setzt sich aus 12 500 Bildpunkten zusammen (das derzeitige PAL-Farbsystem hat ca. 6000 Bildpunkte)

Fernsehen ohne Bildschirm *Virtual Vision,* das (lat.-engl.-am., ohne Pl.) eigtl.: der Möglichkeit nach vorhandene Erscheinung; e. dunkle, aber durchsichtige Brille mit eingebautem Display projiziert das Bild direkt vor das Auge, die natürliche Umgebung bleibt dem Betrachter sichtbar

Fernsehen *Television,* die (gr.-engl., ohne Pl.)

Fernsehen, beeinflußbares ... *interaktives TV,* das (lat.-engl., ohne Pl.) das Fernsehen verschmilzt mit dem Computer (PC) zum universellen Interface (Schnittstelle) u. eröffnet ungeahnte Möglichkeiten der Programm- u. Informationsgestaltung

Fernsehfilm, kurzer, schnell gemachter ... *Quickie Movie,* der (engl.-am., Pl. -s) ...aus e. aktuellen Anlaß hergestellt

Fernsehgerät *Portable,* das (lat.-engl., Pl. -s) tragbares Gerät

fernsehgerecht *telegen* (gr.-lat.) e. telegene Fernsehsprecherin; auch: fernsehtauglich

Fernsehkanal-Wechsler, ewiger ... 1. *Switcher,* der (engl.-am., Pl. -s) er wechselt die Kanäle, behält jedoch mehrere Handlungsabläufe im Auge 2. *Zapper,* der (engl.-am., Pl. -s) e. Protestumschalter, der kaum etwas aufnimmt 3. *Homo zappens,* der (lat.-engl.-am., ohne Pl.) der »abknallende« Mensch, der aus Protest pausenlos die Programme wechselt

Fernsehkonsument, der mehrere Sendungen verfolgt *Switcher,* der (engl.-am., ohne Pl.) von: to switch over (umschalten) der Switcher betrachtet mehrere Sendungen parallel, ohne den Handlungslauf u. die Filmhöhepunkte zu verlieren bzw. zu verpassen

Fernsehprogramm, e. ... aus Verärgerung ausschalten ... *Zapping,* das (engl.-am., ohne Pl.) ... u. in e. anderes wechseln; von: to zap (abknallen)

Fernsehsendung, immer kürzere, raschere ... *Fast-Food-TV,* das (engl.-am.) resultierend aus dem gnadenlosen Kampf um die Einschaltquoten der konkurrierenden Sender

fernsprechen *telefonieren* (gr.-lat.)

Fernsprecher *Telefon,* das (gr.-lat., Pl. -e)

Fersenschmerz *Achillodynie,* die (gr.-lat., ohne Pl.) auch: Schmerz an der Achillessehne

Fersenschmerz *Talagie,* die (gr.-lat., Pl. ...ien) med.

fertig *parat* (lat.) immer e. passende Antwort parat haben

Fertigkeit 1. *Routine,* die (lat.-fr., ohne Pl.) z. B. Arbeiten routiniert ausführen 2. *Technik,* die (gr.-fr., Pl. -en) e. bes. Technik für die Erledigung der Arbeit entwickeln

fesseln *faszinieren* (lat.) i. S. von begeistern

fesselnd *interessant* (lat.-fr.) z. B. e. interessantes Buch lesen

Fesselung zur Steuerung sexueller Lust *Bondage,* die (engl., ohne Pl.) aus dem masochistischen Bereich

Fest 1. *Fete,* die (lat.-fr., Pl. -n) 2. *Party,* die (lat.-fr.-engl.-am., Pl. ...ties) 3. *Orgie,* die (gr.-lat., Pl. -n) meist entartetes Sauf- oder Sexgelage 4. *Session,* die (lat., Pl. -s) i. S. e. musik. Großveranstaltung = Jam Session 5. *Festival,* das (lat.-fr.-engl., Pl. -s) kulturelle Großveranstaltung, z. B. Filmfestival

fest 1. *massiv* (fr.) e. massiv gebautes Haus 2. *solide* (lat.-fr.) Verarbeitung 3. *stabil* (lat.) e. stabile Holztreppe bauen 4. *kompakt* (lat.-fr.) 5. *robust* (lat.) »aus Eichenholz«, widerstandsfähig

Fest- oder Nur-Lese-Speicher *CD-ROM* (engl.: Compact Disc Read-Only-Memory) hier können neben Musik auch Texte u. Grafiken gespeichert werden

Fest, höchstes mohammedanisches ... *Id,* das (arab., ohne Pl.) ... steht mit der Fastenzeit (Ramadan) in zeitlichem Zusammenhang

Fest, nach dem ... *post festum* (lat.) auch: zu spät (erscheinen)

Festbeleuchtung *Illumination,* die (lat., Pl. -en)

Festgedicht *Karmen,* das (lat., Pl. ...mina) auch: Carmen, Gedicht z. B. für e. Jubiläum

festhalten *arretieren* (lat.-fr.)

Festhalten *Traditionalismus,* der (lat., ohne Pl.) z. B. an Traditionen; best. Volksgruppen sind durch Traditionalismus geprägt

festhaltend am Hergebrachten *konservativ* (lat.) von: conservare (erhaltend), davon: *Konservative,* der, die (lat., Pl. -n) z. B. Anhänger e. konservativen Partei; »E. Konservativer ist e. Mensch mit zwei völlig gesunden Beinen, der nie gehen gelernt hat.« (Franklin D. Roosevelt)

festigen 1. *fixieren* (lat.-fr.) 2. *konsolidieren* (lat.-fr.) svw. etwas Bestehendes sichern; nach der starken Expansion muß die Firma jetzt konsolidieren 3. *stabilisieren* (lat.) svw. standhaft machen

Festigkeit 1. *Solidität,* die (lat.-fr., ohne Pl.) 2. *Stabilität,* die (lat., ohne Pl.)

Festkleidung 1. *Gala,* die (sp., ohne Pl.) 2. *Toilette,* die (lat.-fr., Pl. -n) gr. Toilette vorsehen: gut anziehen; auch: Ort für die Notdurft

Festland *Kontinent,* der (lat., Pl. -e) auch: Erdteil

festlegen 1. *definieren* (lat.) auch: i. S. von erklären, e. Sachverhalt definieren 2. *determinieren* (lat.) 3. *fixieren* (lat.-fr.) 4. *konstituieren* (lat.-fr.) i. S. von: einsetzen 5. *zementieren* (lat.-fr.) auch: fest verkitten

Festlegen von Devisenkursen ... *Fixing,* das (engl., Pl. –) ... an der Börse

festlegen, jmdn. auf etwas ... *programmieren* (gr.) auch: e. Programm für e. Computer aufstellen; nicht: vorprogrammieren (Doppelaussage)

festlegend *determinativ* (lat.)

Festlegung *Definition,* die (lat., Pl. -en)

festlich 1. *pastoral* (lat.) 2. *pathetisch* (gr.-lat.) svw. ausdrucksvoll 3. *solenn* (lat.)

Festlichkeit *Zelebrität,* die (lat., Pl. -en) Feierlichkeit; auch: Berühmtheit, z. B. im Tennissport: Boris Becker

Festmahl *Bankett,* das (germ.-it., Pl. -e) z. B. für Staatsgäste

festnehmen *arrestieren* (lat.-fr.) der Verbrecher wurde arrestiert

Festrede *Epideiktik,* die (gr., ohne Pl.)

Festsaal *Aula,* die (lat., Pl. ...len, -s)

Festschmaus *Bacchanal,* das (gr.-lat., Pl. -ien) Fest zu Ehren des antiken Weingottes Bacchus, i. S. e. ausschweifenden Eß- u. Trinkgelages

festsetzen 1. *definieren* (lat.) 2. *fixieren* (lat.-fr.) 3. *normieren* (gr.-lat.-fr.) i. S. von vereinheitlichen

feststehend 1. *fix* (lat.) e. Liefertermin aushandeln, der fix ist 2. *konstant* (lat.) 3. *stabil* (lat.) beständig, z. B. das Wetter bleibt vorerst stabil; seelisch stabil (robust) sein; Ggs.: labil

feststellen 1. *registrieren* (lat.) i. S. von erfassen, z. B. Besucher aus Krisengebieten; e. Bemerkung registrieren 2. *diagnostizieren* (gr.-fr.) z. B. e. Krankheit 3. *konstatieren* (lat.-fr.) bemerken 4. *identifizieren* (lat.) z. B. e. Person erkennen, wiedererkennen; Personalien e. verdächtigen Person identifizieren 5. *eruieren* (lat.) »herausgraben«, feststellen; nicht verw. mit *eruptieren* (lat.) »hervorbrechen«, ausbrechen 6. *lokalisieren* (lat.) örtlich begrenzen

Feststellung *Diagnose,* die (gr.-fr., Pl. -n) e. Krankheit

Festtagsverzeichnis *Kalendarium,* das (lat., Pl. ...ien)

Festung 1. *Kastell,* das (lat., Pl. -e) 2. *Zitadelle,* die (fr., Pl. -n) Äthiopien, die Zitadelle Afrikas 3. *Fort,* das (lat.-fr.-engl., Pl. -s) 4. *Kalaa,* die (arab.)

Festung, sagenhafte ... *Massada,* das (hebr., Eigenn.) ... im Süden des heutigen Israels, 73 n. Chr. begingen deren Bewohner kollektiven Selbstmord, um sich nicht den Römern ergeben zu müssen

Festungsteil *Bastei,* die (fr.-it., Pl. -en) vorspringender Bereich

Festungsturm *Rondell,* das (lat.-fr., Pl. -e) Rundbau

Festungswerk *Fortifikation,* die (lat.-fr., Pl. -en)

Fett oder fettähnliche Substanz *Lipid,* das (gr.-lat., Pl. -e) auch: Sammelbezeichnung für alle Fette (nur Pl.)

Fett, Sammelbezeichnung für ... *Lipoid,* das (gr.-lat., Pl. -e)

Fettabsaugetechnik ... *Liposuktion,* die (gr.-lat., ohne Pl.) ... als Schlankheitsoperation, wird an Oberschenkeln und am Bauch durchgeführt

fettartig *lipoid* (gr.-lat.)

Fetten, aus ... künstlich hergestelltes Partikel ... *Liposom,* das (gr.-lat., Pl. -e) ... das e. wasserhaltige Kammer enthält; e. Hautcreme, die Feuchtigkeit spendet u. verjüngen soll

Fettgehaltmesser *Butyrometer,* das (gr., ohne Pl.)

fettleibig *adipös* (lat.-fr.)

Fettleibigkeit 1. *Obesität,* die (lat., ohne Pl.) med., bei Gefräßigkeit 2. *Adipositas,* die (lat., ohne Pl.) 3. *Pimelose,* die (gr.-lat., ohne Pl.) med. 4. *Polypionie,* die (gr.-lat., Pl. ...ien) med.

fettreich *adipös* (lat.-fr.)

Fettring an der Hüfte e. älteren Mannes, e. Frau *Survival-Ring,* der (engl.-dt., Pl. -e) wird auch Rettungsring genannt

Fettstoffwechsel, Störung des ... *Lipidose,* die (gr.-lat., ohne Pl.) med.

Fettsucht 1. *Adipositas,* die (lat., ohne Pl.) med. 2. *Polypionie,* die (gr.-lat., Pl. ...ien) med.

feucht *humid* (lat.) Gebiete, die e. jährliche Niederschlagsmenge von über 600 l/m≈ aufweisen

Feuchtigkeit bindend *hygroskopisch* (gr.)

Feuchtigkeit *Humidität,* die (lat., ohne Pl.)

Feuchtigkeit, vor ... schützen *imprägnieren* (lat.) »schwängern«; svw. durchtränken

feuchtigkeitsliebend *hygrophil* (gr.-lat.) hygrophile Pflanzen

Feuer, mit ... u. Schwert (ausrotten) *igni et ferro* (lat., Zitat)

Feuerkugel *Bolid,* der (gr.-lat., Pl. -en) auch: bes. heller Meteor; bes. Rennwagen

Feuerleger, krankhafter *Pyromane,* der, die (gr., Pl. -n)

Feuerlöscher *Extinkteur,* der (lat.-fr., Pl. -e)

Feuermal *Teleangiektasie,* die (gr.-lat., Pl. ...ien) med., erweitertes Kapillargefäß in der Haut

Feuerrad *Girandole,* die (it.-fr., Pl. -n) beim Feuerwerk

Feuersbrunst *Konflagration,* die (lat., Pl. -en)

Feuerschutzanlage *Sprinkler,* der (engl., Pl. –) bei Rauch oder ab e. best. Temperatur sprüht Wasser aus e. oder mehreren Düsen

Feuerstein *Flint,* der (engl., Pl. -e)

Feuerstein mit Absplitterungen *Eolith,* der (gr.-lat., Pl. -e) ... an Steinwerkzeuge erinnernd

Feuerstelle *Kamin,* der (gr.-lat., Pl. -e) z. B. e. offener Kamin im Wohnzimmer, Kaminzimmer

Feuerteufel *Pyromane,* der (gr., Pl. -n)

Feuerwerker *Pyrotechniker,* der (gr.-lat., ohne Pl.) auch: Sprengtechniker

Feuerwerkskörper 1. *Chinacracker,* der (engl., Pl. -s) 2. *Girandola,* die (it., Pl. ...olen) auch: mehrarmiger Leuchter

feurig 1. *spirituoso* (lat.-it.) musik. Vortragsanw. 2. *con fuoco* (lat.-it.) musik. Vortragsanw.

Fichtenharz *Galipot,* der (fr., ohne Pl.)

Fieber *Temperatur,* die (lat., Pl. -en) mit mehr als 37,5 °C hat der Mensch Fieber

fieberbekämpfend *antipyretisch* (gr.-lat.) med., i. S. von fiebersenkend

fiebererzeugend *pyrogen* (gr.-lat.) med., z. B. bei best. Medikamenten

fieberfrei *afebril* (gr.-lat.) med.

fieberhaft 1. *febril* (lat.) med.; auch: fiebrig 2. *hektisch* (gr.-lat.) aufgeregt

Fieberwahn *Paraphrosyne,* die (gr., ohne Pl.) med.

Fieberzustand *Delirium,* das (lat., Pl. ...ien)

Figur e. geflügelten Liebesgottes *Amorette,* die (fr., Pl. -n)

Figur *Statue,* die (lat., Pl. -n) künstlerisch gestaltete

Figuren, künstliche ... *Synthespian,* der (gr.-am., Pl. -s) ... über Computeranimation entwickelte künstliche Figuren; z. B. »Vacta« für »virtual actor« (engl.: virtueller Schauspieler)

Figuren, mit ... versehen *figural* (lat.)

Film *Thriller,* der (engl., ohne Pl.) z. B. spannender Krimi

Film, in dem viel Blut fließt *Splatter,* der (engl.-am., Pl. -s) to splat (planschen) auch: Splatterfilm

Film, schlechter Sensationsfilm *Trash,* der (engl.-am., ohne Pl.) »Müll«; auch: miserabler Film, der mit geringen Mitteln produziert wurde

Filmbesprechung *Rezension,* die (lat., Pl. -en) i. S. e. Filmkritik in der Presse

Filme, über den Computer beeinflußbare ... *Vomie,* die (Eigenn., am., Pl. -s) von: movie (Film), Bez. für Virtual-Reality-Filme, in denen der Zuschauer umherwandert u. die beeinflußt werden können

Filmeinblendung 1. *Flash,* der (engl., Pl. -s) e. kurze ... 2. *Sentenz,* die (lat., Pl. -en) einprägsame Einblendung oder Denkspruch

Filmfachmann *Cineast,* der (gr.-fr., Pl. -en) Filmschaffender; auch: begeisterter Kinogänger

Filmhintergrundprojektion *Background,* der (engl., Pl. -s) z. B. Kulisse oder Landschaft

Filmkamera für schwaches Licht *XL-Kamera,* die (Eigenn.-engl., Pl. -s) aus: existing light (vorhandenes Licht)

Filmmitwirkende *Cast,* das (engl., ohne Pl.) das gesamte Team: Darsteller, Regisseur, Kameramann, Maske, Techniker, Drehbuchautor

Filmneufassung *Remake,* das (engl., Pl. -s)

Filmpreis *Oscar-Academy-Award,* der (engl.-am., Pl. -s) die »Akademie für künstlerische u. wissenschaftliche Filme« (USA) verleiht jährlich den »Oscar«

Filmsammlung *Cinemathek,* die (gr.-fr., Pl. -en)

Filmschnittmeisterin *Cutterin,* die (engl., Pl. -nen)

Filmszene 1. *Take,* der, das (engl., Pl. -s) ... die ohne Unterbrechung gedreht wird 2. *Slapstick,* der (engl., Pl. -s) z. B. e. groteske Szene 3. *Sentenz,* die (lat., Pl. -en) einprägsame Szene

Filmtheater *Kino,* das (Pl. -s) Kürzung des Wortes »Kinematograph«

Filmübersetzung *Synchronisation,* die (gr.-lat., Pl. -en) i. S. von: Herstellen des Gleichlaufs zwischen Vorgängen

Filmvorschau *Trailer,* der (engl., ohne Pl.) auch: Anhänger, z. B. Wohnwagenanhänger

Filmwesen 1. *Cineastik,* die (gr.-fr., ohne Pl.) Filmkunst 2. *Kinematographie,* die (gr.-lat., ohne Pl.) auch: Filmindustrie

Filzhut, breitrandiger ... *Kalabreser,* der (Eigenn.-it., Pl. –) nach dem it. Gebiet Kalabrien benannt

Fimmel *Tick,* der (fr., Pl. -s)

Finanzhilfe *Subvention,* die (lat., Pl. -en) i. S. staatlicher Hilfen, z. B. für den Bergbau, die Landwirtschaft

finanziell 1. *pekuniär* (lat.-fr.) pekuniär geht es mir zur Zeit gut 2. *materiell* (lat.) 3. *monetär* (lat.) geldlich

finanzieller Stromstoß ... *Cash-flow,* der (engl.-am., ohne Pl.) ... der den in e. Periode erwirtschafteten Zahlungsmittelüberschuß angibt; auch: Kassenzufluß

Finanzierung *Subvention,* die (lat., Pl. -en) i. S. staatlicher Hilfen, z. B. für den Bergbau, die Landwirtschaft

Finanzierungsform *Forfaitierung,* die (lat.-fr., Pl. -en) z. B. durch den Verkauf (Übereignung) von Forderungen

Finanzprodukt, neuartiges ... *Devirat,* das (lat., Pl. -e) meist hochspekulativ, z. B.: Swaps, Optionen, Futures

Finanzrahmen *Budget,* das (lat.-fr.-engl., Pl. -s) auch: Haushaltsplan

finden *lokalisieren* (lat.) auch: örtlich begrenzen

Fingerabdruck *Daktylogramm,* das (gr.-lat., Pl. -e)

Fingerabdruckverfahren *Daktyloskopie,* die (gr., Pl. ...ien)

Fingerzeig *Tip,* der (engl., Pl. -s)

Finkenvogel *Ortolan,* der (lat.-it., Pl. -e) auch: Gartenammer

Finsternis *Obskurität,* die (lat., Pl. -en) svw. Unbekanntheit

Firmennetzwerk innerhalb des World Wide Web *Intranet,* das (engl., Pl. -s) Vorteil: geringere

Kosten u. einfache Zugriffsmöglichkeit (von jedem PC aus)

Firmenwert *Goodwill,* der (engl., ohne Pl.) der gute Ruf oder immaterielle Wert e. Firma

Fisch, versteinerter ... *Ichthyolith,* der (gr.-lat., Pl. -en)

Fischdampfer *Trawler,* der (engl., Pl. -s) fischt mit e. Grundschleppnetz

Fische, die ... müssen schwimmen *pisces natare oportet* (lat., Zitat) d. h., e. Fischessen »verlangt« Getränke

Fischechse *Ichthyosaurus,* der (gr.-lat., Pl. ...rier) lebte in der Jura- u. Kreidezeit, einst e. Meereskriechtier

Fischereischiff 1. *Kutter,* der (engl., ohne Pl.) mit Motor 2. *Ewer,* der (niederdt., Pl. -s) anderthalbmastiges Fischerfahrzeug 3. *Logger,* der (niederl., Pl. -s) Fischereifahrzeug, z. B. Heringslogger

Fischkunde *Ichthyologie,* die (gr.-lat., ohne Pl.)

Fischsuppe *Bouillabaisse,* die (fr., Pl. -s)

Fischzahn *Ichthyodont,* der (gr.-lat., Pl. -en)

Fixstern, zwischen ...en befindlich *interstellar* (lat.) z. B. interstellare Materie (wolkenartig zwischen Fixsternen verteilte Materie)

flach 1. *banal* (germ.-fr.) 2. *plan* (lat.) i. S. von eben oder platt 3. *trivial* (lat.-fr.)

Flachbilddruck *Basrelief,* das (fr., Pl. -s) auch: Flachrelief

Flachdruckverfahren *Algraphie,* die (lat.-gr., Pl. ...ien)

Fläche 1. *Areal,* das (lat., Pl. -e) 2. *Terrain,* das (lat.-fr., Pl. -s)

Flächenmesser *Planimeter,* das (lat.-gr., ohne Pl.)

Flachfeuergeschütz *Haubitze,* die (tschech., Pl. -n) auch: Steilfeuergeschütz; nicht verw. mit: Strandhaubitze, ein torkelnd laufender Wasservogel, daher »voll wie e. Strandhaubitze«

Flachmeer *Epikontinentalmeer,* das (gr.-dt., Pl. -e) auch: Überspülungsmeer

Flachrelief *Basrelief,* das (fr., Pl. -s, -e)

Fladenbrot *Tortilla,* die (lat.-sp., Pl. -s) in Mittel- u. Südamerika üblich

Flagge *Danebrog,* der (dän., ohne Pl.) die dänische Flagge

Flagge der USA *Stars and Stripes* (engl.)

Flagge Englands *Union Jack* (engl.)

Flagge Frankreichs *Trikolore* (fr.)

Flammenzeichen *Fanal,* das (gr.-arab.-it.-fr., Pl. -e) als Hinweis für den Beginn e. Wende zum Guten oder Schlechten

Fläschchen *Flakon,* der (germ.-fr., Pl. -s) z. B. für Parfum

Flasche aus Glas *Karaffe,* die (arab.-sp.-it.-fr., Pl. -n)

Flasche *Bouteille,* die (fr., Pl. -n)

Flaschenkürbis, Innerei e. ... *Luffa,* die (arab.-sp., Pl. -s) ... sie wird als Schwamm verwendet

Flaschenzug *Talje,* die (it.-niederl., Pl. -n) Seemannsspr.

Fleisch am Drehspieß ... *Gyros,* das (gr., ohne Pl.) ... an dem es in Schichten abgeschnitten wird

Fleisch wässern *degorgieren* (lat.-fr.) um das Blut zu entfernen; auch: die Hefe aus dem Flaschenhals entfernen (Sektherstellung)

Fleisch zerstückeln *frikassieren* (fr.)

Fleischbrühe *Bouillon,* die (lat.-fr., Pl. -s)

fleischfarben *inkranat* (lat.) auch: fleischrot

fleischfressend *zoophag* (gr.-lat.)

fleischfressende Pflanze *Zoophage,* der (gr.-lat., Pl. -n)

Fleischfresser 1. *Zoophage,* der (gr.-lat., Pl. -n) 2. *Karnivore,* der, die (lat., Pl. -n)

fleischgeworden *inkarniert* (lat.) Verwandlung e. Gottes in e. Menschen; nicht verw. mit *garniert* (germ.-fr.) verzieren

fleischig *pulpös* (lat.)

Fleischkäse *Pain,* der, das (lat.-fr., Pl. -s)

Fleischklößchen, gebratenes *Bitok* u. *Bitki,* der (russ., Pl. -s)

fleischrot *inkarnat* (lat.)

Fleischscheibe *Tranche,* die (fr., Pl. -n)

Fleischstücke, kleine ... in heller Soße 1. *Frikassée,* das (fr., Pl. -s) Kalbsfrikassée 2. *Ragout,* das (fr., Pl. -s) z. B. Ragoût fin

Fleischwerdung *Inkarnation,* die (lat., Pl. -en) e. Gott verwandelt sich in e. Menschen

Flickwerk-Familie *Patchwork-family,* die (engl., Pl. ...lies) geschiedene Eltern; Kinder mit häufig wechselnden Bezugspersonen; auch: zerrüttete Familie

fliegende Tiere, Gesamtheit der ... *Aerobios,* der (gr., ohne Pl.) d. h. alle flugfähigen Tiere

fliehen *echappieren* (lat.-fr.) i. S. von entkommen, entwischen

Fliehkraft *Zentrifugalkraft,* die (gr.-lat.-dt., Pl. ...kräfte) wirken, bei sich drehenden Körpern, nach außen

fließen *pulsieren* (lat.) im Rhythmus des Pulsschlages

Fließheck *Fastback,* das (engl., Pl. -s) z. B. e. schräg abfallendes Autodach

flink 1. *agil* (lat.-fr.) auch: gewandt 2. *alert* (it.-fr.) munter 3. *fix* (lat.) schnell 4. *mobil* (lat.-fr.) beweglich

Flitterwochen *Honeymoon,* der (engl., Pl. -s) »Honigmond«

Floskel *Phrase,* die (gr.-lat., Pl. -n) z. B. Phrasendrescher

Flossenstrahlen *Radien,* die (lat., nur Pl.) bei Fischen

flott 1. *smart* (engl.) 2. *alert* (it.-fr.) munter, flink 3. *rapide* (lat.-fr.) schnell 4. *rasant* (lat.-fr.) erstaunlich rasch

Flotte 1. *Marine,* die (lat.-fr., ohne Pl.) 2. *Armada,* die (lat.-sp., Pl. ...den, -s) »bewaffnete Streitmacht«; gemeint ist die große Flotte des sp. Königs Philipp II. (1527-1598)

Flotte im Mittelmeer, die einst sowjetische ... *Eskadra,* die (lat.-it.-russ., ohne Pl.)

Flottenführer... *Nauarch,* der (gr.-lat., Pl. -en) ... im antiken Griechenland

Flottenübung *Manöver,* das (lat.-fr., Pl. –)

Flottenwesen *Marine,* die (lat.-fr., Pl. -n)

Fluch 1. *Exsekration,* die (lat., Pl. -en) i. S. e. Verwünschung 2. *Anathem,* das (gr.-lat., Pl. -e) u. *Anathema,* das (gr.-lat., Pl. ...themata) auch: Kirchenbann 3. *Malediktion,* die (lat., Pl. -en) i. S. von Schmähung 4. *Evasion,* die (lat., Pl. -en)

Flucht aus Feigheit *Hasenpanier,* das (dt.-germ.-fr., ohne Pl.) »Panier« ist die Fahne, das Banner; in der Jägersprache der Schwanzstummel des Hasen, der bei der Flucht hochgereckt wird; daher: »Hasenpanier geben«: aus Feigheit die Flucht ergreifen

flüchtig *volatil* (lat.) verdunstend

Flüchtling 1. *Refugié,* der (lat.-fr., Pl. -s) meist aus Frankreich stammend 2. *Boat people,* die (engl., Pl. -s) in kleinen Fischerbooten flüchtende Vietnamesen

Flugbegleiterin 1. *Hosteß,* die (lat.-fr.-engl., Pl. -essen) allgem. Begleiterin 2. *Stewardeß,* die (engl., Pl. -essen) Flugbegleiterin

Flugblatt *Pamphlet,* das (engl.-fr., Pl. -e) politisches Flugblatt; auch: Schmähschrift

Flügel e. Gebäudes *Trakt,* der (lat., Pl. -e) Gebäudetrakt; auch: Darmtrakt

Flügelaltar, dreiteiliger *Triptychon,* das (gr., Pl. ...chen, ...cha)

Flügelschnecke, ausgestorbene ... *Tentakulit,* der (lat., Pl. -en)

Fluggast *Passagier,* der (lat.-it., Pl. -e)

Fluggesellschaft *Airline,* die (engl., Pl. -s) »Ich lebe einmal von den Meilen, die ich bei den diversen Airlines gesammelt habe.« (Thomas Gottschalk, TV-Star, 1997)

Flughafen *Airport,* der (engl., Pl. -s)

Flughafenbetreuerin *Groundhostess,* die (engl., Pl. ...tessen)

Flughalle *Terminal,* der, das (engl., Pl. -s)

Flugkarte *Ticket,* das (niederl.-fr.-engl., Pl. -s)

Flugkoffer für den Passagierraum *Bordcase,* das (engl., Pl. -s)

Flugkörper 1. *Sonde,* die (fr., Pl. -n) i. a. unbemannt, Raumsonde 2. *Rakete,* die (gr.-it., Pl. -n) 3. *Satellit,* der (lat., Pl. -en) künstlicher Erdmond 4. *Raumstation,* die (dt.-lat., Pl. -en) z. B. »Mir«

Flugkörper mit Düsenantrieb ... *Cruise-Missile,* das (engl.-am., Pl. -s) ... u. konventionellem oder nuklearem Gefechtskopf

Flugkörpergeschoß *Missile,* das (engl., Pl. -s)

Flugkurve ... 1. *Draw,* die (engl., Pl. -s) ... bei der sich der Ball von der Ziellinie entfernt u. zur Ziellinie zurückkehrt (Rechtshänder) 2. *Fade,* die (engl., Pl. -s) best. Flugkurve beim Linkshänder (jeweils Golfbez.)

Fluglinie *Airline,* die (engl., Pl. -s)

Flugobjekt, unbekanntes ... *UFO,* das (engl., Pl. -s) eigtl.: unidentified flying objekt (nicht identifiziertes fliegendes Objekt; fliegende Untertasse) »In Deutschland glauben doppelt so viele Leute an UFOs wie an Aktien für die Altersversorgung.« (Werner G. Seifert, Chef der Deutschen Börse AG, 1997)

Flugreisender *Passagier,* der (lat.-it., Pl. -e)

Flugstrecke *Route,* die (lat.-fr., Pl. -n)

Flugweite *Aktionsradius,* der (lat., Pl. ...dien)

Flugzeug 1. *Aeroplan,* der (gr.-lat., Pl. -e) 2. *Chartermaschine,* die (engl.-gr.-lat.-fr., Pl. -n) gemietetes Flugzeug 3. *Aircraft,* der (engl., Pl. -s) 4. *Airbus,* der (engl., Pl. ses; -se) auch: e. spezielles europäisches Passagierflugzeug, z. B. Airbus A 310; »Wer nach Europa will, muß Airbus unterstützen.« (Klaus Kinkel, Bundesaußenminister, 1997)

Flugzeugabsturz *plane crash,* der (engl., Pl. -es)

Flugzeugentführer *Hijacker;* auch: *High-jacker,* der (engl., Pl. –)

Flugzeugentführung *Hijacking,* das (engl., Pl. -s)

Flugzeugführer *Pilot,* der (gr.-it.-fr., Pl. -en)

Flugzeughalle *Hangar,* der (germ.-fr., Pl. -s)

Flugzeugküche *Pantry,* die (lat.-fr.-engl., Pl. -s) i. S. e. kleinen Anrichte

Flugzeugstart *Fake-off,* das (engl., Pl. -s)

Flurbereinigung *Kommassation,* die (lat., Pl. -en) durch die Zusammenlegung mehrerer kleiner Grundstücke

Fluß 1. *Flow,* der (engl., ohne Pl.) auch: Redefluß; Durchfluß 2. *River,* der (engl., Pl. -s) 3. *Rio,* der (sp., ohne Pl.) Rio Grande

Fluß, vom ... gebildet *fluvial* (lat.) auch: zum Fluß gehörig

Flußbett *Torrente,* der (lat.-it., Pl. -n) e. tief eingeschnittenes, selten Wasser führendes Flußbett

flüssig 1. *fluid* (lat.) 2. *liquid* (lat.) auch: bez. der Zahlungsfähigkeit

flüssiges Mittel *Fluid,* das (lat., Pl. -a) nicht verw. mit *Fluidum,* das (lat., Pl. ...da) bes. Wirkung, Atmosphäre

Flüssigkeit abklären *dekantieren* (lat.-fr.) bes. Rotwein vom Bodensatz in e. Karaffe abgießen, damit der Wein auch »atmen« kann
Flüssigkeit, ausgeschwitzte ... *Exsudat,* das (lat., Pl. -e) auch: Drüsenabsonderung
Flüssigkeit, die Sauerstoff zur Verbrennung liefert *Oxydizer,* der (gr.-engl., Pl. –) mit e. Treibstoff bildet der Oxydizer das Antriebsgemisch e. Flüssigkeitsrakete
Flüssigkeit, klare ... *Essigäther,* der (gr.-lat., Pl. –) ... häufig verwendete organische Verbindung; Äthylacetat, das erfrischend riecht
Flüssigkeitsbehälter *Kanister,* der (gr.-lat.-engl., Pl. –) z. B. e. tragbarer Benzinkanister
Flüssigkeitsgemisch *Emulsion,* die (lat., Pl. -en) z. B. Wasser u. Öl; Milch ist e. bes. Emulsion
Flüssigkeitsmaß, altes russ. ... *Wedro,* das (russ., ohne Pl.) eigtl.: Eimer; (1 Wedro = 12,3 l)
Flußkunde *Potamologie,* die (gr.-lat., ohne Pl.) e. Forschungszweig der Hydrologie (Wasserkunde)
Flußmündung, breite *Delta,* das (gr., Pl. -s, ...ten) genannt nach der Form des großen gr. Buchstabens »Delta«, z. B. das Nildelta
Flußmündung, trichterförmige ... 1. *Ästuar,* das (lat., Pl. -e) 2. *Ästuarium,* das (lat., Pl. ...ien) 3. *Delta,* das (gr., Pl. -s, ...ten) fächerförmige Flußmündung
Flußpferd *Hippopotamus,* der (gr.-lat., ohne Pl.) auch: Nilpferd
Flußspat *Fluorit,* der (lat., Pl. -e) e. Mineral; nicht verw. mit *Fluorid,* das (lat., Pl. -e) (Salz der Flußsäure)
Flußtal 1. *Qued,* das (arab., Pl. -s) 2. *Wadi,* das (arab., Pl. -s) jeweils meist trockenliegendes Flußtal 3. *Cañon,* der (lat.-sp., Pl. -s) tief eingeschnittenes ..., z. B. Colorado-Cañon in den USA
Flüsterstimme *Aphonie,* die (gr.-lat., Pl. -n)
Fötus (Leibesfrucht), zum ... gehörig *fetal* (lat.)
Folge 1. *Sequenz,* die (lat., Pl. -en) auch: Wiederholung e. musik. Motivs 2. *Serie,* die (lat., Pl. -n) auch: mehrteilige Sendung 3. *Konsequenz,* die (lat., Pl. -en) i. S. von Beharrlichkeit; Wirkung; »Das muß personelle Konsequenzen haben.« (Edmund Stoiber, CSU, 1998)
Folge, aus der ... *a posteriori* (lat.) von hinten her, d. h. von der Wirkung auf die Ursache schließen
Folge, zeitliche ... *Chronologie,* die (gr., ohne Pl.) ... von Ereignissen; auch: Zeitrechnung
folgend *konsekutiv* (lat.) aufeinanderfolgend
folgenschwer *fatal* (lat.) z. B. e. fatalen Fehler begehen
folgerichtig 1. *konsequent* (lat.) 2. *logisch* (gr.-lat.) schlüssig, z. B. logisch denken u. handeln 3. *systematisch* (gr.-lat.) planmäßig
Folgerichtigkeit 1. *Konsequenz,* die (lat., ohne Pl.) auch: Beharrlichkeit 2. *Logik,* die (gr.-lat., ohne Pl.) Fähigkeit, folgerichtig zu denken
folgern *konkludieren* (lat.) aus seiner Handlungsweise läßt sich seine Gesinnung konkludieren
Folgerung *Konklusion,* die (lat., Pl. -en)
folglich *ergo* (lat.)
Folter *Tortur,* die (lat., Pl. -en)
foltern *torquieren* (lat.)
Folterung *Tortur,* die (lat., Pl. -en)
foppen *düpieren* (fr.) ärgern, sich düpiert fühlen
Förderband *Conveyer,* der (engl., ohne Pl.) Becherwerk
Förderer 1. *Mäzen,* der (lat., Pl. -e) nach dem Römer Maecenas (70-8 v. Chr.), z. B. e. großer Kunstmäzen sein, wie einst Dr. Körber in Hamburg u. Bergedorf 2. *Promoter,* der (lat.-fr.-engl., Pl. –) i. S. von Veranstalter, z. B. Boxpromoter 3. *Sponsor,* der (lat.-engl., Pl. -en) Geldgeber für sportliche Veranstaltungen, Vereinssponsoren
fordern 1. *postulieren* (lat.) e. bessere Ausbildung postulieren 2. *prätendieren* (lat.) svw. Anspruch erheben 3. *reklamieren* (lat.) »widersprechen«; svw. e. Mangel beanstanden
fördern *protegieren* (lat.-fr.) der Familienangehörige wurde als Bewerber protegiert (bevorzugt)
fördern, werbemäßig ... *promoten* (engl.) s.v.w. für e. Produkt werblich tätig sein
Förderung 1. *Protektion,* die (lat.-fr., Pl. -en) der Sohn stand unter der Protektion des Vaters u. Firmeninhabers 2. *Mäzenatentum,* das (lat., ohne Pl.) i. S. e. freiwilligen, gönnerhaften Kunstförderung
Forderung 1. *zedieren* (lat.) e. Forderung abtreten, z. B. um e. Bankkredit abzusichern 2. *Postulat,* das (lat., Pl. -e) svw. unbedingte, sittliche Forderung; auch: Probezeit für die Kandidaten e. kath. Ordens
Förderung von Personen oder Projekten ... *Sponsoring,* das (engl.-am., ohne Pl.) ... durch Unternehmen mit e. Werbeeffekt für den Sponsor (Geldgeber)
Förderung, ökologische ... *Öko-Sponsoring,* das (gr.-lat.-engl., ohne Pl.)
Forderungsabtretung *Zession,* die (lat., Pl. -en) an Dritte, z. B. an e. Bank, um e. Kredit abzusichern; verschuldete Angestellte treten e. Teil ihres Gehalts an Gläubiger ab
Form 1. *formal* (lat.) der Form nach 2. *Konzept,* das (lat., Pl. -e) erste Fassung, z. B. e. Rede; stichwortartiger Entwurf 3. *Modus,* der (lat., Pl. Modi) svw. Art u. Weise des Geschehens; Modus operandi: Art u. Weise des Handelns
Form der Strategie e. grenzüberschreitend tätigen

Unternehmens *Globalisierung,* die (lat., Pl. -en) »Sozial ist im Zeitalter der Globalisierung vor allem, was mehr Arbeitsplätze schafft.« (Roman Herzog, Bundespräsident, 1997)

Form des oral-genitalen Kontaktes 1. *Fellatio,* die (lat., Pl. ...ones) 2. *Cunnilingus,* der (lat., Pl. ...gi)

Form, der ... halber *pro forma* (lat.)

Formänderung *Deformation,* die (lat., Pl. -en) nach dem Unfall war die Deformation des Autos erheblich

Formblatt *Formular,* das (lat., Pl. -e)

Formel *Floskel,* die (lat.-it., Pl. -n) i. S. e. inhaltslosen Redensart

formen 1. *modellieren* (lat.-it.) aus Ton e. Skulptur modellieren 2. *formieren* (lat.) e. Menschenmenge formiert sich zu e. Schweigemarsch 3. *bossieren* (fr.) in Ton oder Gips

Formenlehre *Morphologie,* die (gr.-lat., ohne Pl.) nicht verw. mit *Morpheus,* der (gr.-lat., ohne Pl.) gr. Gott des Schlafes

Formenspiel, chin. ... *Tangram,* das (chin.) aus sieben Holzformen

formgearbeitet *fully fashioned* (engl.) von Kleidungsstücken

Formgebung 1. *Design,* das (lat.-fr.-engl., Pl. -s) z. B. Modedesigner 2. *Styling,* das (lat.-engl., ohne Pl.) Gestaltung von industriellen Gütern, auch von Autos

Formgestalter *Designer,* der (engl., ohne Pl.)

Formgestaltung industriell erzeugter Güter *Industrial Design,* das (engl., Pl. -s)

Formgestaltung, beeinflussende ... *interaktives Design,* das (lat.-engl., ohne Pl.) dabei wird der Betrachter gleichsam in den Bildschirm gesogen; er besucht z. B. e. virtuelles Restaurant, in dem er sich mit den Gästen per Mausklick »unterhalten« kann

förmlich 1. *formaliter* (lat.) der äußeren Form nach 2. *formell* (lat.-fr.) z. B. den Vorschriften entsprechend; auch: formell die Eltern um die Hand ihrer Tochter bitten 3. *offiziell* (lat.-fr.) behördlich bestätigt; Ggs.: inoffiziell

Förmlichkeit 1. *Konvention,* die (lat.-fr., Pl. -en) auch: Abkommen 2. *Formalie,* die (lat., Pl. -n)

formlos *amorph* (gr.-lat.) i. S. von gestaltlos

Formsache *Formalität,* die (lat., Pl. -en)

forsch *resolut* (lat.-fr.) e. resolute alte Dame

Forscher der hebräischen Sprache u. Geschichte *Hebraist,* der (lat., Pl. -en)

Forschungslücke *Gap,* das (engl., Pl. -s) auch: Chromosomenlücke; Kluft

Forschungsreise *Expedition,* die (lat., Pl. -en)

Forschungsweise *Methodik,* die (gr.-lat., Pl. -en) um e. Forschungsergebnis zu erreichen

Forschungszweig, neuer interdisziplinärer ... *Neurobionik,* die (gr.-lat., ohne Pl.) an dem Chaosforscher, Biophysiker, Chirurgen, Mathematiker u. Computerexperten beteiligt sind; mittels Mikrochips soll defektes Nervengewebe überbrückt werden

Fortbleiben *Absenz,* die (lat., Pl. -en) körperliches Fortbleiben; auch: geistiges Wegtreten

Fortdauer *Kontinuität,* die (lat., ohne Pl.) die Opposition fordert mehr Kontinuität in der Forschungspolitik; auch i. S. e. stetigen Fortgangs

fortdauernd 1. *chronisch* (gr.-lat.) auch: langsam verlaufend, z. B. Krankheiten; Ggs.: *akut* 2. *kontinuierlich* (lat.) stetig; Ggs.: diskontinuierlich 3. *permanent* (lat.) dauernd

Fortgang *Progreß,* der (lat., Pl. ...gresse) i. S. von Fortschritt

fortlaufend *kursorisch* (lat.) ununterbrochen; Ggs: statarisch

Fortpflanzung 1. *Agamogonie,* die (gr.-lat., ohne Pl.) ungeschlechtlich, durch Zellteilung 2. *Apogamie,* die (gr.-lat., ohne Pl.) bei Pflanzen ohne Bestäubung 3. *Kopulation,* die (lat., Pl. -en) Fortpflanzungsakt 4. *Reproduktion,* die (lat., Pl. -en)

Fortpflanzung ohne Befruchtung *Parthenogenese,* die (gr.-lat., ohne Pl.) Jungfrauengeburt; z. B. Geburt e. Gottes: Jesus von der Jungfrau Maria

Fortschreiten *Progression,* die (lat., Pl. -en) Wachstumsprogression, wird auch für das nächste Jahr geplant

fortschreitend *florid* (lat.) med., z. B. für e. rasch fortschreitende Krankheit

Fortschritt *Progreß,* der (gr., Pl. ...gresse)

Fortschrittler *Progressist,* der (lat.-fr., Pl. -en)

Fortschrittlertum *Progressismus,* der (lat.-fr., ohne Pl.) auch: Fortschrittsdenken

fortschrittlich *progressistisch* (lat.-fr.)

fortschrittlich, nicht ... *reaktionär* (lat.-fr.) politisch unfortschrittlich

Fortsetzungsgeschichte in Bildern ... *Actioncomic,* das (engl., Pl. -s) ... mit wilden Aktionen

fossiler Gliederfüßler *Trilobit,* der (gr.-lat., Pl. -en)

Fotograf, aufdringlicher ... *Paparazzo,* der (it., Pl. ...zzi) auch: Skandalreporter

Fotografie, Kunstrichtung der ... *Actiographie,* die (gr.-lat., ohne Pl.)

Fotolinse *Objektiv,* das (lat., Pl. -e)

Fotomodell 1. *Model,* das (engl., Pl. -s) meist hübsche Frauen der Modelbranche, die neue Kollektionen vorstellen oder von Fotografen abgelichtet werden, z. B. Claudia Schiffer 2. *Dressman,* der (engl., Pl. ...men) Männer, die Modekollektionen auf dem Laufsteg vorstellen; auch: bes. modisch gekleidete Männer

Fotomontage *Fake,* das (engl., Pl. -s) d. h. Fotos, die nachträglich bearbeitet werden; auch: Vortäuschung, Fälschung

Fotoobjektiv 1. *Zoom,* das (engl., Pl. -s) mit verstellbarer Brennweite 2. *Autofokus,* der (lat., Pl. -se) Objektiv mit automatischer Scharfeinstellung

Fotosammlung, geordnete ... *Fotothek,* die (gr., Pl. -en)

Fototermin *Shooting,* das (engl.-am., Pl. -s) auch: Modellsitzung

Fracht *Ballast,* der (Pl. -e) meist wertlos; Schiffe führten Steine oder Wasser mit, damit der Rumpf stabiler schwamm

Frachtführer *Carrier,* der (engl., Pl. -s) Unternehmen, das Güter befördert; bes. im Luftverkehr üblicher Begriff

Frachtstück *Kollo,* das (it., Pl. -s) als einzelne Kiste oder Sack gemeint

Frachtvertrag *Charter,* der (engl., Pl. -s) im See- oder Luftfahrtrecht; gechartert wird das Transportmittel für e. best. Zeit oder für e. Reise

Frage *Problem,* das (gr.-lat., Pl. -e) i. S. e. schwierigen Frage

Frage, nicht in ... kommen 1. *inakzeptabel* (lat.-fr.) Ggs.: akzeptabel 2. *indiskutabel* (lat.) nicht der Erörterung wert; Ggs.: diskutabel

Fragekunst *Erotematik,* die (gr., ohne Pl.) i. S. von Kunst der richtigen Fragestellung; auch: Unterrichtsart, in der gefragt u. geantwortet wird

fragend *interrogativ* (lat.) z. B. Interrogativpronomen (Fragefürwort)

Fragesatz *Erotema,* das (gr., Pl. ...temata)

fraglich 1. *hypothetisch* (gr.-lat.) nur angenommen 2. *problematisch* (gr.-lat.) i. S. von ungewiß, schwierig

fragwürdig 1. *dubios* (lat.-fr.) u. *dubiös* (lat.-fr.) 2. *obskur* (lat.) auch: verdächtig 3. *ominös* (lat.) bedenklich, anrüchig 4. *suspekt* (lat.)

franzosenfeindlich *frankophob* (lat.-gr.)

Franzosenfeindlichkeit *Frankophobie,* die (lat.-gr., ohne Pl.)

franzosenfreundlich *frankophil* (lat.-gr.)

Franzosenfreundlichkeit *Frankophilie,* die (lat.-gr., ohne Pl.)

Fratze *Grimasse,* die (germ.-fr., Pl. -n)

Frau 1. *Dame,* die (lat.-fr., Pl. -n) i. S. e. gebildeten u. wohlerzogenen ... 2. *Glamourgirl,* das (engl., Pl. -s) i. S. e. Reklame- oder Filmschönheit 3. *Madame,* die (lat.-fr., Pl. -s) als Anrede »gnädige Frau« 4. *Mylady,* die (engl., Pl. -dies) 5. *Amazone,* die (gr.-lat., Pl. -n) i. S. kriegerischer Frauen 6. *Tribade,* die (gr.-lat., Pl. -n) e. lesbische Frau 7. *Nymphomanin,* die (gr.-lat., Pl. -nen) e. mannstolle Frau 8. *Beauté,* die (lat.-fr., Pl. -s) bes. schöne Erscheinung 9. *Femme fatale,* die (fr., Pl. -s) e. schöne, charmante, kluge u. gefährliche Frau (wird gern von Geheimdiensten eingesetzt) 10. *Vamp,* der (engl., Pl. -s) gefühlskalte, aber verführerische Frau 11. *Circe,* die (gr., Pl. -n) e. die Männer umgarnt 12. *Sirene,* die (gr.-lat., Pl. -n) gefährliche, verführerische ..., ihr wäre fast Odysseus zum Opfer gefallen 13. *Xanthippe,* die (gr., Pl. -n) zänkische Frau (des gr. Philosophen Sokrates, 469-399 v. Chr.)

Frau mit bes. vaginalen Fähigkeiten *Kabbazah,* die (arab., ohne Pl.) eigtl.: Halterin; vulgär: Schwanzklammer

Frau mit gleichgeschlechtlicher Neigung *Urninde,* die (Eigenn., Pl. -n) vermutlich von Urania stammend

Frau mit Hund u. Katze ... *Netrawobecado,* die (Eigenn., engl., Pl. -s) Verballhornung durch Abkürzung: never travelling woman between cats and dogs; ... die nie verreisen kann

Frau mit starkem Sex-Appeal *Sexbombe,* die (engl.-dt., Pl. -n) »Sexbomben nennt man Damen, die ihre eigenen Sehenswürdigkeiten mitbringen.« (Zsa Zsa Gábor, 79, Ex-Sexsymbol)

Frau mit ungehemmter Sinnlichkeit *Messalina,* die (Eigenn.-lat., ohne Pl.) Frau des röm. Kaisers Claudius, 48 n. Chr. wegen Doppelehe hingerichtet

Frau über Vierzig ... *Moby,* die (engl.-am., Pl. -s) aus: mom old, baby young (Mama alt, Baby jung) ... Karrierefrau, die sich zu ihrem Glück im fortgeschrittenen Alter noch e. Kind leistet; Ggs.: Doby

Frau, durch moralische u. gesellschaftliche Zwänge ungebundene ... *Easy-going Girl,* das (engl., Pl. -s)

Frau, junge leichtlebige ... *Grisette,* die (fr., Pl. -n) auch: Putzmacherin

Frau, plaudernde ... *Causeuse,* die (fr., Pl. -n) auch: kleines Sofa (auf dem es sich gut plaudern läßt)

Frauen, Abneigung gegen ... *Misogynie,* die (gr., ohne Pl.)

Frauenabteilung, abgetrennte ... *Harem,* der (arab.-türk., Pl. -s) ... der Wohnhäuser in Ländern des Islams; eigtl.: das Verbotene; auch: Anzahl von Ehefrauen e. orientalischen Mannes

Frauenarzt *Gynäkologe,* der (gr.-lat., Pl. -n) med.

Frauenbewegung *Feminismus,* der (lat., ohne Pl.) »Gibt es e. tieferen Grund, weshalb der Feminismus der Feminismus heißt?« (Günter Schatzdorfer, 1998)

Frauenbewegung, die die Verbindung von weibli-

chem Denken u. Natur fördert *Öko-Feminismus,* der (lat., ohne Pl.) die Bewegung glaubt durch weibliche Intuition u. Sensibilität das »Gleichgewicht« der Erde zurückzugewinnen

Frauenbewegung, militante *Bobitting* (am.) nach der Amerikanerin Lorena Bobitt, die ihrem Mann mit der Schere den Penis abschnitt

Frauenbewegung, ruppige ... *Riot-Grrrl-Bewegung,* die (Eigenn., engl.-dt., Pl. -en) aus: riot (Aufstand) u. girl (Mädchen) eigtl.: Netzwerk von extremen, feministischen Punk-Bands der USA; jetzt Ausdrucksform junger, radikaler Frauengruppen, die sich dem Sexismus u. der Diskriminierung im Beruf verschrieben haben

Frauenfeind *Misogyn,* der (gr., Pl. -e) med.

Frauenfeindlichkeit *Mysogynie,* die (gr., ohne Pl.) auch: Frauenhaß

Frauengewand 1. *Sari,* der (sanskr., Pl. -s) der Inderinnen 2. *Toga,* die (lat., Pl. ...gen) altröm. Obergewand für Männer u. Frauen

Frauenheilkunde *Gynäkologie,* die (gr.-lat., ohne Pl.) med.; Ggs.: Andrologie

Frauenheld 1. *Casanova,* der (it., Pl. -s) Giovanni Giacomo Casanova (1725-1798) Schwerenöter, Verführer 2. *Don Juan,* der (sp., Pl. -s) 3. *Ladykiller,* der (engl., Pl. -s) 4. *Playboy,* der (engl.-am., Pl. -s) 5. *Gigolo,* der (fr., Pl. -s)

Frauenjacke, reich verzierte ... *Basquine* u. *Baskine,* die (sp.-fr., Pl. -n) »baskischer Rock«; ... lose fallend, um 1850

Frauenliebling *Belami,* der (fr., Pl. -s)

Frauenmantel *Palla,* die (lat., Pl. -s) aus dem antiken Rom

Frauenrechtlerin *Feministin,* die (lat., Pl. -en) jmd., der sich, wie Alice Schwarzer, für Belange der Frauen einsetzt

Frauensingstimme 1. *Alt,* der (lat.-it., Pl. -e) tiefe Frauenstimme 2. *Mezzosopran,* der (lat.-it., Pl. -e) Stimmlage zwischen Alt u. Sopran 3. *Sopran,* der (lat.-it., Pl. -e) höchste Stimmlage von Frauen u. Knaben

Frauentyp *Homme à femmes,* der (fr., Pl. -s) e. Mann, der bei der Weiblichkeit gut ankommt

Frauenüberkleid, loses ... *Adrienne* u. *Andrienne,* die (fr., Pl. -s) ... aus der Zeit des Rokokos (1730-1770)

Frauenunterhemd *Torselett,* das (it., Pl. -s) von »Torso«, der it. Reizwäsche abgeleitet

Frauenvolk, kriegerisches ... *Amazone,* die (gr.-lat., Pl. -n) »... spitze Schlachtrufe von Tennis-Königin Monica Seles gellen, ... die man wohlwollend als Kampfesschreie e. Amazone, übelwollend als Brunftschreie e. Eselin charakterisieren könnte.« (Die Zeit, 1992)

frech 1. *impertinent* (lat.) i. S. von dummdreist 2. *infam* (lat.) das ist e. infame Lüge! 3. *penetrant* (lat.-fr.) i. S. von aufdringlich 4. *präpotent* (lat.) eigtl.: sehr mächtig, dennoch: unverschämt; auch: überheblich

Frechheit *Impertinenz,* die (lat., ohne Pl.)

frei 1. *degagiert* (fr.) i. S. von zwanglos 2. *emanzipiert* (lat.) z. B. e. emanzipierte Frau sein 3. *vakant* (lat.) i. S. von unbesetzt, z. B. e. vakante Position

Freibrief *Charter,* die, der (engl., Pl. -s) auch: Urkunde, Frachtvertrag im Seerecht

Freibrief, der große ... 1. *Magna Charta,* die (lat., ohne Pl.) Grundgesetz, Verfassung 2. *The Great Charter,* die (engl., ohne Pl.) Grundgesetz von 1215, in dem der König von England Johann ohne Land dem Adel Freiheitsrechte garantieren mußte

Freifrau *Baronin,* die (germ.-fr., Pl. -en)

Freifräulein *Baronesse,* die (germ.-fr., Pl. -n)

freigebig 1. *generös* (lat.-fr.) er war stets ein generöser Vater 2. *kulant* (lat.-fr.) gefällig; die Versicherung regelte den Schadensfall kulant 3. *spendabel* (roman.) großzügig

Freigebigkeit 1. *Munifizenz,* die (lat., Pl. -en) 2. *Generosität,* die (lat.-fr., Pl. -en) seinen Kindern gegenüber Generosität zeigen

freigestellt *fakultativ* (lat.) Ggs.: obligatorisch

freihalten *reservieren* (lat.) z. B. e. Sitzplatz

Freihandelszone *EFTA,* die (engl., ohne Pl.) Abk. aus: European Free Trade Association

Freiheit *Libertät,* die (lat.-fr., Pl. -en) i. S. der Bewegungs- u. Handlungsfreiheit im Rahmen herrschender Gesetze

Freiheit, dichterische ... *licentia poëtica* (lat., Zitat: Seneca)

Freiheit, Gleichheit, Brüderlichkeit *Liberté, Egalité, Fraternité* (fr.) Motiv der Französischen Revolution von 1789

freiheitlich *liberal* (lat.) trotz seines Alters war der Großvater e. liberal denkender Mann

freiheitliche Gesinnung *Liberalität,* die (lat., ohne Pl.) i. S. von Freiheitlichkeit

Freiheitsbewegung, militante ... *Black Power,* die (engl.-am., ohne Pl.) ... der Schwarzen in den USA

Freiheitsideologie *Liberalismus,* der (lat., ohne Pl.) Weltanschauung des 19. Jh., die ihren Ursprung aus dem Individualismus schöpft u. sich für die Freiheit u. Entfaltung der Person einsetzt

Freiheitsprinzip *Eleutheronomie,* die (gr.-lat., ohne Pl.) ... der inneren Gesetzgebung (nach Immanuel Kant, 1724-1804)

Freiheitsstrafe Absitzender *Arrestant,* der (lat., Pl. -en)

Freiheitsstrafe *Arrest,* der (lat., Pl. -e)

Freiherr *Baron,* der (germ.-fr., Pl. -e)
Freiherrnwürde 1. *Baronat,* das (germ.-fr., Pl. -e) 2. *Baronie,* die (germ.-fr., Pl. ...ien)
Freikörperkultur *Nudismus,* der (lat., ohne Pl.)
Freilassung *Emanzipation,* die (lat., Pl. -en) gemeint ist die rechtliche u. gesellschaftliche Gleichstellung der Frau; »Emanzipation ist der Übergang e. Sklaven aus der Unterdrückung durch e. anderen zur Unterdrückung durch sich selbst.« (Ambrose Bierce)
Freilichtmalerei *Pleinair,* das (fr., ohne Pl.)
Freiluftkonzert 1. *Open-Air,* das (engl., ohne Pl.) 2. *Open-Air-Konzert,* das (engl., Pl. -e) 3. *Open-Air-Concert,* das (engl., Pl. -s) d. h. e. Konzert, das unter freiem Himmel stattfindet
freimachen *frankieren* (germ.-lat.-it.) e. Karte mit Briefmarken bekleben
Freimaurervereinigung *Loge,* die (germ.-lat.-fr., Pl. -n) z. B. die Loge »Zur feurigen Nessel«
freischaffende Person *Freelancer,* der (engl.-am., Pl. -s) z. B. freiberuflicher Künstler, Musiker, Autor
Freischärler 1. *Fedajin,* der (arab., ohne Pl.) aus dem arabischen Raum 2. *Guerilla,* der (germ.-sp., Pl. -s) 3. *Tupamaro,* der (Pl. -s) Stadtguerilla nach Inkakönig Túpac Amaru benannt 4. *Franktireur,* der (fr., Pl. -e) eigtl.: Freischütze
Freischärler, islamischer ... *Mudschahed,* der (arab.)
Freisprechung *Absolution,* die (lat., Pl. -en) erteilt die katholische Kirche von den Sünden (i. a. nach der Beichte)
Freistaat *Republik,* die (lat.-fr., Pl. -en)
Freistatt *Asyl,* das (gr.-lat., Pl. -e) i. S. e. Zufluchtsorts für politische Flüchtlinge
Freistilringkampf *Catch-as-catch-can,* das (am., ohne Pl.)
Freistilringkämpfer *Catcher,* der (engl., Pl. –) »Fänger«
freiwillig 1. *fakultativ* (lat.) dem eigenen Ermessen überlassen; Ggs.: obligatorisch 2. *inobligat* (lat.) nach Belieben; Ggs.: obligat
fremd *extran* (lat.) i. S. von ausländisch
fremd, unheimlich *weird* (am.) Modewort in den USA; Europäer handeln für die Amerikaner bisweilen »weird« (sonderbar)
fremdbestäubt *allogam* (gr.) Bot.
Fremdbestäubung *Allogamie,* die (gr., Pl. ...ien) Bot.
fremdenfeindlich *xenophob* (gr.-lat.)
Fremdenfeindlichkeit *Xenophobie,* die (gr.-lat., ohne Pl.) Ggs.: Xenophilie
fremdenfreundlich *xenophil* (gr.-lat.)
Fremdenfreundlichkeit *Xenophilie,* die (gr., ohne Pl.)
Fremdenführer *Cicerone,* der (lat.-it., Pl. -s, ... ni) i. S. e. viel redenden Führers; scherzhaft nach dem röm. Redner Cicero (106-43 v. Chr.)
Fremdenheim 1. *Pension,* die (lat.-fr., Pl. -en) 2. *Boardinghouse,* das (engl., Pl. -s) engl. Pension
Fremdenherberge *Xenodochium,* das (gr.-lat., Pl. -ien) Vorläufer der mittelalterlichen Hospize
Fremdenliebe *Xenophilie,* die (gr., ohne Pl.)
Fremdenverkehrswesen *Tourismus,* der (gr.-lat.-fr.-engl., ohne Pl.)
Fremder *Exot,* der (gr.-lat., Pl. -en) aus e. fernen, fremden Land
Fremdherrschaft *Xenokratie,* die (gr.-lat., Pl. ...ien)
Fremdkörper im Gelenk *Enarthron,* das (gr.-lat., Pl. ...thren) med.
fremdländisch *exotisch* (gr.-lat.)
Freude am Nachwuchs, späte ... *Doby* (am.) aus: Daddy old, Baby young (Vater alt, Baby jung) ... älterer Vater, der jung in 1. Ehe keinen Nachwuchs hatte oder das Heranwachsen des Kindes im Berufsstreß nicht bemerkte, freut sich in 2. Ehe, mit jüngerer Frau, über späten Nachwuchs u. genießt ihn; bes. in Manager-, Künstler- u. Werberkreisen wird diese Entwicklung beobachtet
Freudenhaus 1. *Bordell,* das (germ.-roman.-niederl., Pl. -e) 2. *Eros-Center,* das (gr.-engl., Pl. -s) verhüllend für Bordell, Eros = gr. Gott der Liebe 3. *Puff,* der oder das (germ., Pl. -s)
Freudenruf *halleluja* (hebr.) gottesdienstlicher Ausruf
freudlos *dysphorisch* (gr.) Ggs.: euphorisch
Freund 1. *Intimus,* der (lat., Pl. ...mi) sehr vertrauter 2. *Ami,* der (fr., Pl. -s) 3. *Amigo,* der (sp., Pl. -s) Geschäftsmann als Freund u. Gönner e. Politikers; Amigo-Affäre; »In Bayern würde man so einen (Nick Leeson) zum Ehren-Amigo ernennen.« (G. Schröders geh. Tagebuch von H. Venske, 1997)
Freund der Weisheit *Philosoph,* der (gr.-lat., Pl. -en) jmd., der nach dem Sinn, den Ursprüngen, dem Sein, dem Wesen des Lebens u. der Welt fragt; »Hättest du geschwiegen, du wärest e. Philosoph geblieben.« (Boethius)
Freund des Schönen *Ästhet,* der (gr., Pl. -en)
Freund, engster 1. *Alter ego,* das (lat., ohne Pl.) »das andere Ich«, i. S. e. sehr vertrauten Freundes 2. *Intimus,* der (lat., Pl. ...mi) nicht verw. mit *Intine,* die (lat., Pl. -n) innere Zellwand der Moossporen u. Farnpflanzen 3. *Spezi,* der (lat., ohne Pl.) das ist mein Spezi (bester Freund)
Freunde, unzertrennliche ... *Dioskuren,* die (gr., nur Pl.) »Söhne des Zeus«: Kastor u. Pollux aus der gr. Mythologie waren unzertrennlich

Freundeskreis *Clique,* die (fr., Pl. -n) auch: Gruppe befreundeter Halbstarker
freundlich 1. *konziliant* (lat.-fr.) e. konziliante (nette, verbindliche) Art haben 2. *jovial* (lat.) i. S. von leutselig; nicht verw. mit *jovianisch* (lat.) zum Jupiter gehörend
freundschaftlich 1. *harmonisch* (gr.-lat.) i. S. von: übereinstimmend 2. *kollegial* (lat.) hilfsbereit
Friede *Pax,* die (lat., ohne Pl.)
Friede sei mit euch 1. *pax vobiscum* (lat., Zitat: Johannis 20, 19) 2. *pax Domini vobiscum* (lat., Zitat) der Friede des Herrn sei mit euch
Frieden u. Gottergebenheit *Islam,* der (arab., ohne Pl.) auch: die von Mohammed im 7. Jh. gestiftete u. im Koran niedergelegte Religion
Frieden, er ruhe in ... *bene quiescat* (lat., Zitat)
Frieden, ruhe in ... *requiescat in pace* (lat.)
Frieden, wenn du ... willst, so rüste für den Krieg *si vis pacem para bellum* (lat., Zitat: Vegetius)
Friedensbestrebung *Pazifismus,* der (lat.-fr., ohne Pl.)
Friedensbewegung *Pazifismus,* der (lat.-fr., ohne Pl.)
Friedenspfeife *Kalumet,* das (gr.-lat.-fr., Pl. -s) der nordam. Indianer
friedfertig *irenisch* (gr.)
friedlich *alkyonisch* (gr.)
Fries des dorischen Tempels 1. *Triglyph,* der (gr.-lat., Pl. -e) 2. *Triglyphe,* die (gr.-lat., Pl. -n)
frisch 1. *vif* (lat.-fr.) i. S. von schlau, aufgeweckt 2. *alert* (it.-fr.)
Friseur *Barbier,* der (lat.-roman., Pl. -e)
Friseurgeschäft *Frisiersalon,* der (germ.-it.-fr., Pl. -s) auch: scherzhaft für Firmen, die ihre Bilanz manipulieren (frisieren)
frisieren *faken* (engl.) i. S. von: zurechtmachen, etwas vortäuschen
Frist 1. *Termin,* der (lat., Pl. -e) 2. *Deadline,* die (engl., Pl. -s) i. S. e. äußersten Termins 3. *Indult,* der (lat., Pl. -e) im Fall e. Schuldnerverzugs
Frohe Botschaft *Evangelium,* das (gr.-lat., Pl. ...ien) i. S. von Heilsbotschaft Christi, »das Evangelium kann nicht ohne Humor gepredigt werden« (Martin Luther)
fröhlich *giocoso* (lat.-it.) musikalische Vortragsanweisung
frohlocken 1. *jubilieren* (lat.) 2. *triumphieren* (lat.)
fromm 1. *religiös* (lat.-fr.) 2. *pietistisch* (lat.)
fromm, übertrieben ... 1. *bigott* (fr.) 2. *pharisäisch* (hebr.-gr.-lat.) i. S. von selbstgerecht, heuchlerisch
frömmelnd *bigott* (fr.) i. S. von scheinheilig, Frömmigkeit zur Schau tragen
Frömmigkeit 1. *Eusebie,* die (gr., ohne Pl.) Gottesfurcht; Ggs.: Asebi 2. *Religiosität,* die (lat., ohne Pl.)
Frontkämpfer für den Rave *Partysanen,* die (engl.-am., nur Pl.)
Frostbeule *Pernio,* der (lat., Pl. ...iones, ...ionen) med.
fruchtbar 1. *fekund* (lat.) 2. *fertil* (lat.) med. 3. *produktiv* (lat.-fr.) i. S. von schöpferisch als Künstler tätig sein
Fruchtbarkeit 1. *Fertilität,* die (lat., ohne Pl.) med.; Ggs.: Sterilität 2. *Fekundität,* die (lat., ohne Pl.)
Fruchtbildung *Fruktifikation,* die (lat., Pl. -en)
Fruchtbonbon *Drops,* der, das (engl., Pl. -e) auch: e. ulkiger Typ
Früchtefresser *Fruktivore,* der (lat., Pl. -n) Tiere, die sich nur von Früchten ernähren
Fruchtwassermenge, übermäßige ... *Hydramnion,* das (gr.-lat., Pl. ...ien) med.
Fruchtzucker *Fructose,* die (lat., Pl. -n)
Frühgottesdienst *Mette,* die (lat.-roman., Pl. -n) z. B. Christmette
Frühmensch 1. *Anthropus,* der (gr.-lat., ohne Pl.) 2. *Sinanthropus,* der (gr.-lat., Pl. ...pi, ...pen) Frühmenschentyp, in China gefunden worden u. ausgestorben 3. *Telanthropos,* der (gr.-lat., Pl. ...pi) südafrikanischer Frühmensch 4. *Australopithecus,* der (gr.-lat., ohne Pl.)
Frühmensch, südafrikanischer ... *Plesianthropus,* der (gr.-lat., Pl. ...pi) ... aus dem Pliozän
frühmorgens *matinal* (lat.-fr.)
Frühreife *Prämaturität,* die (lat., ohne Pl.) med., frühe Pubertät
Frühstück, spätes, reichliches ... *Brunch,* der (engl., Pl. -s) aus: breakfast (Frühstück) u. lunch (Mittagessen)
frühstücken, spät, reichlich ... *brunchen* (engl.)
Frühstücksspeck *Bacon,* der (engl., Pl. -s)
Frühsymptom e. Krankheit 1. *Prodrom,* das (gr.-lat., Pl. -e) 2. *Prodromalsymptom,* das (gr.-lat., Pl. -e) med.
frühzeitlich *archaisch* (gr.-lat.)
frühzeitliche Kulturepoche 1. *Archaik,* die (gr., ohne Pl.) 2. *Archaikum,* das (gr.-lat., ohne Pl.) ältester Abschnitt der erdgeschichtlichen Frühzeit; auch: Archäozoikum; nicht verw. mit *Archegonium,* das (lat., Pl. -s, ...ien) Geschlechtsorgan der Moose u. Farne
Fuchs, der ... wechselt den Balg, nicht die Sitten *vulpes pilum mutat, non mores* (lat., Zitat: Sueton Vespasian)
Fuge mit vier verschiedenen Themen *Quadrupelfuge,* die (lat., Pl. -n)
Fuge, kleine ... *Fughetta,* die (lat.-it., Pl. ...tten)
fügen *resignieren* (lat.)
Fugenart, e. Thema nach ... durchführen *fugieren* (lat.-it.)
fühlbar *palpabel* (lat.) med.

Fühler *Sensor,* der (lat., Pl. -en) Temperatur- oder elektrischer Fühler

Fühlerpaar der Schnecken *Ommatophoren,* die (gr.-lat., Pl.) das größere, hintere Paar

Führer der moslemischen Gemeinschaft *Imam,* der (arab., Pl. -s u. -e) auch: Vorbeter

Führerschaft 1. *Dominanz,* die (lat., Pl. -en) Durchsetzungskraft; Ggs.: Rezessivität 2. *Hegemonie,* die (gr., Pl. ...ien) Vorherrschaft, z. B. e. Staates 3. *Prädomination,* die (lat., ohne Pl.) svw. das Vorherrschen 4. *leadership,* die (engl., ohne Pl.) tonangebende Person in e. Gruppe

Führung *Regie,* die (lat.-fr., Pl. -n) bei Film u. Theater

Führungsinstrument zur Koordinierung u. Kontrolle ... *Controlling,* das (engl.-am., ohne Pl.) ... unternehmerischer Zielvorgaben; wurde um 1930 in den USA entwickelt

Führungsschicht, Gesamtheit der ... *Nomenklatura,* die (russ., ohne Pl.) ... der ehemaligen Sowjetunion; »Die Nomenklatura hat den Anzug, nicht die Politik gewechselt.« (Herbert Kremp, Die Welt, 1998)

Fünfeck *Pentagon,* das (gr.-lat., Pl. -e) auch: Name des am. Verteidigungsministeriums

fünfeckig *pentagonal* (gr.-lat.)

Fünfflächner *Pentaeder,* das (gr.-lat., ohne Pl.)

fünfgliedrig *pentamer* (gr.-lat.)

Fünfherrschaft *Pentarchie,* die (gr.-lat., Pl. ...ien) die Führerschaft von fünf politischen Führern, z. B. der Großmächte England, Österreich, Preußen, Rußland, Frankreich von 1815-1860

fünfteilig *pentamer* (gr.-lat.)

Fünfuhrtee *Five o'clock tea,* der (engl., ohne Pl.)

funkeln *szintillieren* (lat.) z. B. das Szintillieren der Sterne am nächtlichen Himmel

Funkkontakt, Abbrechen des ... *Blackout,* das, der (engl., Pl. -s) eigtl.: Verdunklung; plötzlicher u. vorübergehender Ausfall von Funktionen

Funkmeßverfahren *Radar,* der, das (Pl. -s) Abk. von: radio detecting and ranging

Funkruf 1. *Pager,* der (engl.-am., Pl. -s) 2. *Paging,* das (engl.-am., ohne Pl.) von: to page (ausrufen); in Deutschland Oberbegriff für diverse Funkrufdienste, z. B. Cityruf

Funksprechgerät *Walkie-Talkie,* das (engl., Pl. -s)

Funkspruch *Depesche,* die (lat.-fr., Pl. -n)

Funkstation als Zwischenstation *Relaisstation,* die (fr., Pl. -en) »Ev. Kirchengemeinden verhandeln mit Mobilfunkunternehmen, die Kirchtürme als Relaisstationen mieten wollen.« (Welt am Sonntag, 1998)

Funktelefon mit globaler Erreichbarkeit *Iridium Projekt,* das (lat.-engl., ohne Pl.) 20 geostationäre Satelliten sorgen in ca. drei Jahren dafür, daß jede Person mit Funktelefon überall erreichbar ist oder von überall telefonieren kann

Funktionsausfall *Blockade,* die (roman., Pl. -n) »Der Bundesrat, lange als Blockade-Instrument mißbraucht, betreibt wieder konstruktive Politik ...« (Welt am Sonntag, 1998)

funktionsfähig *intakt* (lat.)

Funktionsunfähigkeit der männlichen Teile e. Blüte ... *Adynamandrie,* die (gr.-lat., ohne Pl.) ... auch der Pollen

Funktionsunfähigkeit der weiblichen Blütenteile *Adynamogynie,* die (gr.-lat., ohne Pl.)

Fürbittgebet, das große ... *Ektenie,* die (gr., Pl. ...ien) ... im Gottesdienst der orthodoxen Kirche

Furcht *Phobie,* die (gr.-lat., Pl. -n) med.

furchtbar 1. *katastrophal* (gr.-lat.) 2. *tragisch* (lat.) schicksalhaft

fürchte niemand *neminem time* (lat., Zitat)

fürchterlich *bestialisch* (lat.) e. auf bestialische Weise begangenes Verbrechen wurde aufgeklärt

Furie *Megäre,* die (gr.-lat., Pl. -n) wütend-tobende Frau

Fürsorge, übertriebene ... *over-protection,* die (engl., Pl. -s) auch: Übermutterung

Fürst 1. *Regent,* der (lat., Pl. -en) 2. *Dynast,* der (gr.-lat., Pl. -en) 3. *Emir,* der (arab., Pl. -e) im islamischen Raum; auch: Befehlshaber

Fürst, subalterner ... *Ethnarch,* der (gr., Pl. -en) in röm. Zeit bes. in Palästina u. Syrien

Fürstenberater *Paladin,* der (lat.-it.-fr., Pl. -e)

Fürstentitel in Montenegro *Hospodar,* der (slaw., Pl. -en) eigtl.: Herr

Fürstentitel *Radscha,* der (sanskrit., Pl. -s)

Fürstentum *Emirat,* das (arab., Pl. -e)

Furunkelanhäufung *Karbunkel,* der (lat., ohne Pl.)

Fürwort 1. *Pronomen,* das (lat., Pl. ...mina) 2. *Personalpronomen,* das (lat., ohne Pl.)

Fürwort, unbestimmtes ... 1. *Indefinitpronomen,* das (lat., Pl. ...mina) z. B. kein, jemand 2. *Indefinitum,* das (lat., Pl. ...ta)

Furz *Flatus,* der (lat., Pl. –) Blähung (med.)

Fuß *Fundament,* das (lat., Pl. -e) i. S. von Grundlage, Sockel; »Das Fundament des Rechts ist die Humanität.« (Albert Schweitzer)

Fuß, zu ... *per pedes* (lat.)

Fußabdruck *Ichnogramm,* das (gr.-lat., Pl. -e) auch: Fußspur

Fußbad *Lavipedium,* das (lat., Pl. ...ien) med.

Fußbad *Lavipedium,* das (lat., Pl. -ien)

Fußball *Soccer,* das, der (am., Pl. -s) am. Bez. für den europäischen Fußball; »Wegen des geringeren Verletzungsrisikos wird in den High-Schools mehr Soccer als American Football gespielt.« (Dr. Henry Kissinger zum Fußball, 1998)

Fußball, bei dem viel gerannt u. wenig gedacht wird *Kick-and-rush,* das (engl., ohne Pl.)
Fußball, dem ... verwandtes Ballspiel 1. *Rugby,* das (engl., ohne Pl.) 2. *Football,* der (am., ohne Pl.) in den USA aus dem Rugby entwickeltes Kampfspiel; es wird jeweils mit e. eiförmigen Ball u. ganzem Körpereinsatz »gespielt«
Fußballrowdy *Hooligan,* der (engl., Pl. -s)
Fußballspiel, neuartiges *Calcetto,* das (it.) gilt als Fun-Sportart, bes. in Italien; Spieldauer: 10 Minuten, Spielregeln: ähnlich des Fußballspiels, drei Spieler plus e. Ersatzmann pro Mannschaft, Spielfeld: 8x14 Meter, Asphaltboden
Fußballspieler *Kicker,* der (engl., Pl. –)
Fußballspieler, ein ... schießt drei Tore hintereinander in e. Halbzeit *Hattrick,* der (engl., Pl. -s) Begriff kommt aus dem engl. Kricketspiel
Fußboden, erhöhter Bereich des ... *Estrade,* die (lat.-fr., Pl. -n) eigtl.: gepflasterter Weg
Fußbodentäfelung *Parkett,* das (lat.-fr., Pl. -e) meist aus Holz
Fußgänger *Passant,* der (lat.-fr., Pl. -en)
Fußhebel *Pedal,* das (lat., Pl. -e) z. B. Gaspedal im Auto, Fahrradpedal
Fußkrankheit, durch Pilzbefall hervorgerufen *Madurafuß,* der (Eigenn.-dt., Pl. ...füße) nach der ind. Stadt Madura benannt; e. Volkskrankheit in Indien
Fußpflege *Pediküre,* die (lat.-fr., ohne Pl.)
Fußschmerzen *Podalgie,* die (gr.-lat., Pl. ...ien) med.
Fußtruppe *Infantrie,* die (lat.-it., Pl. -n)
Fußtruppe, ehemalige türkische ... *Janitscharen,* die (türk., Pl.) aus islamisierten Kriegsgefangenen
Fußtruppe, osmanische ... *Janitscharen,* die (arab.)
Fußweg *Trottoir,* das (germ.-fr., Pl. -e) auch: Gehsteig
futsch *pritsch* (fr.)
Futtersaft für die Bienenkönigin *Gelée royale,* das (fr., Pl. -s)

G

Gabe 1. *Almosen,* das (gr.-lat., Pl. –) i. S. e. milden Gabe 2. *Präsent,* das (lat.-fr., Pl. -e)
Gabelung *Bifurkation,* die (lat., Pl. -en) z. B. Flußgabelung; auch: Gabelung e. Zahnwurzel in zwei Äste
Gähnkrampf *Oszedo,* die (lat., ohne Pl.) med.
Gala *Full dress,* das (engl., ohne Pl.) »volle Kleidung«, großer Gesellschaftsanzug
Galeerensklave *Galeot,* der (gr.-lat., Pl. -en)
Galle tritt ins Blut *Cholämie,* die (gr.-lat., ohne Pl.) med.
Galle *Zezidie,* die (gr.-lat., Pl. -n) Pflanzengalle
Gallenabsonderung *Cholerese,* die (gr.-lat., Pl. -n) med.
Gallenblasenentfernung *Cholezystektomie,* die (gr.-lat., Pl. ...ien)
Gallenbrechdurchfall *Cholera,* die (gr.-lat., ohne Pl.) epidemische Infektionskrankheit mit schwerem Brechdurchfall
Gallenfarbstoff ... *Bilirubin,* das (lat., ohne Pl.) ... mit gelbbrauner Farbe
Gallenfarbstoff im Harn *Bilirubinurie,* die (gr.-lat., Pl. ...ien)
Gallengangentzündung *Cholangitis,* die (gr.-lat., Pl. ...itiden) einschließlich e. Entzündung der Gallenblase
Gallenstein *Cholelith,* der (gr.-lat., Pl. -en)
Gallensteinleiden *Cholelithiasis,* die (gr.-lat., ohne Pl.) i. S. von Gallensteinkolik
gallig *biliös* (lat.) med.; auch: gallehaltig
Galopp, in gestrecktem ... *en pleine carrière* (fr.)
Gang, bombensicherer ... e. Festung *Kaponniere,* der (it.-fr., Pl. -n)
Gangart des Pferdes *Allüre,* die (fr., Pl. -n) auch: Benehmen; Umgangsform
Gangster, bewaffneter ... *Gunman,* der (engl.-am., Pl. ...men)
Gänsehaut *Dermatospasmus,* der (gr., ohne Pl.)
Gänseklein *Abatis,* der, das (lat.-fr., ohne Pl.) auch: das Klein (Innereien, Hals, Flügel) vom Truthahn
ganz 1. *intakt* (lat.) i. S. von unversehrt; z. B. trotz des schweren Unfalls blieb der Motor des Autos intakt 2. *total* (lat.-fr.) vollständig, gänzlich; z. B. totaler Stromausfall, Totalschaden 3. *komplett* (lat.-fr.) 4. *perfekt* (lat.) 5. *universal* (lat.-fr.) i. S. von weltweit, gesamt
Ganzes, e. ... aus fünf Teilen zusammengesetzt *Quinternio,* der (lat., Pl. ...onen)
Ganzes, einheitliches ... *System,* das (gr.-lat., Pl. -e) »Zusammenstellung«
ganzheitlich 1. *generell* (lat.-fr.) 2. *global* (lat.) i. S. von: weltumspannend 3. *universal* (lat.-fr.) gesamt
Ganzkörpercomputer *Body Lap,* das (engl., Pl. -s) aus Japan, dem Daten auf vier Arten übermittelt werden können: handschriftlich, per Mikrofon, durch Mikrokamera, per Gestik
gänzlich 1. *komplett* (lat.-fr.) 2. *total* (lat.-fr.) auch: restlos, völlig; »Wir haben die Gleichberechtigung erst erreicht, wenn eine total unfähige Frau in e. verantwortungsvolle Position auf-

rückt.« (Beate Weber, Oberbürgermeisterin von Heidelberg, 1997)

Ganztagsarbeit *Full-time-job,* der (engl., Pl. -s)

Ganztagsbeschäftigung *Full-time-Job,* der (engl., Pl. -s) »Ich mache den Job nicht gut, denn es ist ein Full-time-Job, u. ich habe wenig Zeit.« (Franz Beckenbauer, Präsident des FC Bayern München, 1997)

Gärfutter *Ensilage,* die (fr., ohne Pl.) auch: Bereitung von Gärfutter

Garnspule ... *Bobine,* die (fr., Pl. -n) ... in der Baumwollspinnerei; auch: Seiltrommel; Papierrolle, von der Zigarettenhülsen abgeteilt werden

Gärstoff *Ferment,* das (lat., Pl. -e) nicht verw. mit *Fermium,* das (lat., ohne Pl.) chem. Grundstoff

Garten Eden *Paradies,* das (pers.-gr.-lat., ohne Pl.) auch: Garten Gottes

Gartenanlage, altröm. ... *Xystus,* der (gr.-lat., Pl. ...ti)

Gartenbau *Hortikultur,* die (lat., ohne Pl.)

Gartenbaukunde *Hatologie,* die (lat., ohne Pl.)

Gartenfest *Barbecue,* das (engl.-am., Pl. -s) in Amerika mit Grillfleisch

Gartentheater *Tivoli,* das (Pl. -s) nach der gleichnamigen Stadt in Italien; auch: Kopenhagens berühmter Vergnügungspark

Gärung *Fermentation,* die (lat., Pl. -en)

Gärung, die ... betreffend *zymisch* (gr.-lat.)

Gärungstechnik *Zymotechnik,* die (gr.-lat., Pl. -en)

Gasatome, sich ständig bewegende ... *kinetische Gastheorie,* die (gr., ohne Pl.) entwickelt worden von: Daniel Bernouilli (1700-1782) e. Schweizer Mathematiker

Gasbehälter *Gasometer,* der (gr.-niederl., Pl. –)

Gasdichtemesser *Dasymeter,* das (gr., Pl. –)

Gasentwicklung, natürliche ... *Biogas,* das (gr.-dt., Pl. -e) z. B. Kuhmist

Gasfontäne ... *Protuberanz,* die (lat., Pl. -en) ... die aus der Sonnenoberfläche hervorbricht; auch: glühende Masse

Gaspedal über den ersten Anschlag durchtreten ... *Kickdown,* der (engl., Pl. -s) ... um rasch zu beschleunigen

Gasschicht *Chromosphäre,* die (gr.-lat., ohne Pl.) Schicht der Sonnenatmosphäre

Gasschicht um die Erde *Atmosphäre,* die (gr.-lat., Pl. -n) Lufthülle der Erde; auch: Ausstrahlung, Stimmung

Gassenhauer, fr. ... *Vaudeville,* das (fr., Pl. -s) nach: Vau de Vire, e. Tal in Frankreich; auch: Trink- u. Volkslied

Gastfreundschaft *Philoxenie,* die (gr., ohne Pl.)

Gastgewerbe *Hotellerie,* die (lat.-fr., ohne Pl.)

Gasthaus 1. *Hospiz,* das (lat., Pl. -e) Hotel mit christlicher Hausordnung 2. *Fonduk,* das (arab.)

Gasthaus für Raucher *Tabagie,* die (sp.-fr., Pl. ...ien) aus früherer Zeit

Gasthörer *Hospitant,* der (lat., Pl. -en) nicht regulärer Student bei den Universitätsvorlesungen

Gastmitgliedschaft in e. parlamentarischen Fraktion *Hospitanz,* die (lat., ohne Pl.) auch: Teilnahme an e. Unterrichtsstunde als Gast

Gastronomie, einfache *Bistro-Kultur,* die (fr.-lat., Pl. -en) Entwicklung von der übertriebenen Spitzengastronomie zum preiswerten, dennoch hochwertigen Bistroessen bei guter Unterhaltung

Gastspielreise *Tournee,* die (gr.-lat.-fr., Pl. ...neen, -s) Michael Jackson ist wieder auf Welttournee

Gaststätte 1. *Lokal,* das (lat.-fr., Pl. -e) 2. *Restaurant,* das (lat.-fr., Pl. -s) i. S. e. Speiselokals 3. *Restauration,* die (lat.-fr., Pl. -en) 4. *Kaschemme,* die (Zigeunersprache, Pl. -n) 5. *Pinte,* die (fr., Pl. -n) i. S. e. einfachen Lokals 6. *Spelunke,* die (gr.-lat., Pl. -en) verrufenes Lokal 7. *Bistro,* das (fr., Pl. -s) kleines französisches Lokal 8. *Taverne,* die (lat.-it., Pl. -n) in Italien 9. *Osteria,* die (lat.-it., Pl. ...ien) in Italien

Gaststätte für Autofahrer *Drive-in-Restaurant,* das (engl.-fr., Pl. -s) mit Bedienung am Fahrzeug

Gaststättengewerbe *Gastronomie,* die (gr.-fr., ohne Pl.)

Gastwirt *Gastronom,* der (gr.-fr., Pl. -en)

Gaswolke, vulkanische ... *Fumarole,* die (it., Pl. -n)

Gattin, zanksüchtige *Xanthippe,* die (gr.-lat., Pl. -n) nach der schwierigen Frau des gr. Philosophen Sokrates (469-399 v. Chr.); »Die Frau gleicht einer Xanthippe.« (Sprichwort)

Gattung 1. *Genre,* das (lat.-fr., Pl. -s) 2. *Kategorie,* die (gr.-lat., Pl. ...ien) »Grundaussage«; »E. Politikertypus, der in den Kategorien des neuen Informations- u. Kommunikationszeitalters denkt u. fühlt.« (Schattenminister Jost Stollmann, 1998) 3. *Spezies,* die (lat., ohne Pl.) i. S. e. Tier- oder Pflanzenart

Gaumen *Palatum,* das (lat., Pl. ...ta) med.

Gaumenlaut *Guttural,* der (lat., Pl. -e)

Gaumenmantel *Tonsille,* die (lat., Pl. -n) med.

Gauner 1. *Ganove,* der (jidd., Pl. -n) z. B. Ganovenball 2. *Halunke,* der (tschech., Pl. -n) 3. *Ratero,* der (sp., Pl. -s) 4. *Falott,* der (fr., Pl. -en) 5. *Gangster,* der (engl.-am., ohne Pl.) i. S. e. Verbrechers

Gaunersprache *Argot,* das (fr., ohne Pl.) in Frankreich gebräuchlich

geächtet *exlex* (lat.) e. vogelfreie Person

Geächteter *Outlaw,* der (engl., Pl. -s)

Gebäck, leichtes ... *Biskuit,* das, der (lat.-fr., Pl. -s, -e) eigtl.: zweimal Gebackenes

Gebäckstangen *Grissini,* die (it., nur Pl.) lange, dünne aus Weizenmehl

Gebälkträger *Telamon,* der, das (gr.-lat., Pl. -en) kräftige Figur aus Stein, die e. Gebälkteil trägt

Gebälkträgerin e. Bauwerks *Karyatide,* die (gr.-lat., Pl. -n) weibliche Statue, die anstelle e. Säule Gebälk trägt

Gebärde *Geste,* die (lat., Pl. -en) e. gestenreiche Rede halten

Gebärden machen *gestikulieren* (lat.)

Gebärdenspiel 1. *Gestik,* die (gr.-lat., ohne Pl.) der Redner beherrschte die Gestik 2. *Gestikulation,* die (lat., Pl. -en) 3. *Mimik,* die (gr.-lat., ohne Pl.) 4. *Pantomime,* die (gr.-lat.-fr., Pl. -n) Darstellung e. Szene nur mit Gebärden; auch: Darsteller dieser Szenen; nicht verw. mit *Pantophage,* der (gr.-lat., Pl. -n) Allesfresser

Gebärmutter *Uterus,* der (lat., Pl. ...ri) med.

Gebärmutter, außerhalb der ... *extrauterin* (lat.)

Gebärmutter, innerhalb der ... *intrauterin* (lat.)

Gebärmutterentfernung *Hysterektomie,* die (gr.-lat., Pl. ...ien) med.

Gebärmutterschleimhaut *Endometrium,* das (gr.-lat., Pl. ...trien) med.

Gebärmutterschleimhaut-Entzündung *Endometritis,* die (gr.-lat., Pl. ...itiden) med.

Gebärmutterschmerz *Hysteralgie,* die (gr.-lat., Pl. ...ien) med.

Gebärmutteruntersuchung *Hysteroskopie,* die (gr., Pl. -ien) Untersuchung mit e. Hysteroskop

Gebärmuttervorfall *Metroptose,* die (gr.-lat., Pl. -n) med.

Gebäude, verfallenes ... *Ruine,* die (lat., Pl. -n) auch: Trümmer; »Die Ruine von St. Nikolai macht deutlich, wozu Menschen fähig sind.« (Ortwin Runde, 1. Bürgermeister von Hamburg)

Gebäudeteil *Trakt,* der (lat., Pl. -e)

Gebäudeteil, vorspringendes ... *Risalit,* das (arab.) bis zum Dach, an einigen arabischen Häusern

Gebäudevorderseite *Fassade,* die (lat.-it.-fr., Pl. -n)

Gebeinhaus *Ossarium,* das (lat., Pl. ...ien) ... auf Friedhöfen; auch: Gebeinurne der Antike

Gebet, jüdisches ... *Kiddusch,* der (hebr., Pl. -im) wird am Sabbat oder Feiertag gebetet

Gebetbuch 1. *Tefilla,* die (hebr., ohne Pl.) 2. *Horarium,* das (lat., Pl. ...ien) Laiengebetbuch

Gebetbuch für Laien *Horarium,* das (lat., Pl. ...ien) auch: Stundenbuch

Gebetbuch, jüdisches ... *Tefilla,* die, das (hebr., ohne Pl.) auch: jüdisches Gebet

Gebetsformel, lateinische ... *per omnia saecula saeculorum* (lat.) etwa: in alle Ewigkeit

Gebetskanzel *Minbar,* die (arab.)

Gebetsnische in der Moschee *Mihrab,* die (arab.)

Gebetsnische in der Moschee *Mihrab,* die (arab.)

Gebetsrichtung nach Mekka *Quibla* u. *Kibla,* die (arab.) auch: Kibla-Wand

Gebetsriemen *Tefillin,* die (hebr., nur Pl.) ... der Juden, beim Morgengebet an Stirn u. linkem Oberarm getragene Kapseln mit Schriftworten

Gebetsrufer *Muezzin,* der (arab., Pl. -s) ruft vom Minarett e. Moschee

Gebetsschlußwort *amen* (hebr.-gr.-lat.)

Gebetsteppich, rot- oder blaugrundiger ... *Ladik,* der (Eigenn.-türk., Pl. -s)

Gebetsverneigung *Raka,* die (arab.) gemeint ist die Folge von Bewegungen u. Verneigungen, die beim Gebet vorgeschrieben ist

Gebiet 1. *Terrain,* das (lat.-fr., Pl. -s) 2. *Territorium,* das (lat.-fr., Pl. ...ien) 3. *Revier,* das (lat.-fr.-niederl., Pl. -e) der Iltis markiert sein Revier durch e. Duftspur, Jagdrevier 4. *Region,* die (lat., Pl. -en) 5. *Provinz,* die (lat., ohne Pl.) i. S. e. ländlichen Gebiets 6. *Areal,* das (lat., Pl. -e) 7. *Ressort,* das (lat.-fr., Pl. -s) i. S. e. Amtsbereichs, e. Arbeitsgebietes 8. *Sektor,* der (lat., Pl. ...oren) Sachgebiet; auch: Bezirk; am Anfang der DDR: »Ostsektor« (der östliche Teil Berlins)

Gebiet mit hohem Gras *Rough,* das (engl., Pl. -s) Golfbez.

Gebiet, tiergeographisches ... *Nearktis,* die (gr.-lat., ohne Pl.) umfaßt Nordamerika u. Mexiko

Gebieterin *Padrona,* die (lat.-it., Pl. ...ne)

Gebietsaneignung *Annexion,* die (lat.-fr., Pl. -en) illegale Aneignung fremden Gebiets

Gebietsausschluß *Exklave,* die (lat.-fr., Pl. -n) i. S. e. Korridors; z. B. die österreichische Gemeinde »Kleines Walsertal«; Ggs.: Enklave

Gebietseinschluß *Enklave,* die (lat.-fr., Pl. -n) Ggs.: Exklave

Gebietsräumung *Evakuierung,* die (lat.-dt., Pl. -en) auch: Aussiedlung von Bewohnern; »Und bei der großen Evakuierungsaktion (gemeint: Evakuierung) in den Niederlanden gab es nur e. Kommando: Schweine u. Rinder zuerst!« (H. Venske: G. Schröders geh. Tagebuch, 1997)

Gebietsteil 1. *Sektor,* der (lat., Pl. ...oren) 2. *Zone,* die (gr.-lat., Pl. -n) einst: die deutsche Ostzone

gebildet *kultiviert* (lat.-fr.) e. kultivierte Dame

Gebirgsbeschreibung *Orographie,* die (gr.-lat., Pl. ...ien) die Reliefformen e. Landes

gebirgsbildend *orogen* (gr.-lat.)

Gebirgsbildung *Orogenese,* die (gr.-lat., Pl. -n)

Gebirgsforschung 1. *Orologie,* die (gr.-lat., ohne Pl.) vergleichende Forschung 2. *Orographie,* die (gr.-lat., Pl. ...ien)

Gebirgsstock *Massiv,* das (lat., Pl. -e)

Gebote, zehn ... *Dekalog,* der (gr.-lat., ohne Pl.) »zehn Worte«

Gebrauch, außer ... *obsolet* (lat.) überholt

Gebrauch, für den pers. ... des Arztes ... 1. *ad*

usum medici (lat.) 2. *pro usu medici* (lat.) ... bestimmt; Abk.: ad us; Aufdruck auf unverkäuflichen Mustern

gebrauchsfertig *instant* (lat.-engl.) svw. sofort verwendbar, z. B. Instantkaffee

Gebrauchsgegenstand *Utensil,* das (lat., Pl. -ien)

gebraucht *antiquarisch* (lat.) z. B. Möbel antiquarisch erwerben

Gebrauchtkleider, Gefallen an ... *Secondhand Chic,* der (engl.-fr., ohne Pl.) Jugendliche kleiden sich mit Secondhand-Kleidern, weil es billiger ist u. dennoch gut aussehen (schick sein) kann

Gebrauchtwarenhandlung *Secondhand-Shop,* der (engl., Pl. -s) z. B. für getragene Kleidung

Gebrechlichkeit *Infirmität,* die (lat., ohne Pl.) med.

Gebühr ... 1. *Greenfee,* die (engl., Pl. -s) ... für die Spielrunde auf dem Golfplatz 2. *Taxe,* die (lat., Pl. -n) z. B. Kurtaxe

Gebührenordnung *Tarif,* der (arab.-it.-fr., Pl. -e) das Gaswerk hat seinen Tarif erhöht; auch: Gewerkschaft u. Unternehmensvertreter handelten e. neuen Tarifvertrag aus

gebunden 1. *legato* (lat.-it.) musik. Vortragsanw. 2. *stationär* (lat.-fr.)

Geburt *Partus,* der (lat., ohne Pl.) med.

Geburt, leichte ... *Eutokie,* die (gr., ohne Pl.) med.; Ggs.: Dystokie

Geburtenhäufigkeit *Natalität,* die (lat., ohne Pl.) die Anzahl der Lebendgeborenen bezogen auf 1000 Einwohner pro Jahr; Ggs.: Mortalität

Geburtshilfe *Obstetrik,* die (lat., ohne Pl.) med., die Erforschung dieser Hilfe

Geburtshilfelehre *Tokologie,* die (gr.-lat., ohne Pl.) med.

Geburtsstunde *Nativität,* die (lat., Pl. -en) auch: Geburt; Stand der Gestirne bei der Geburt

Gebüsch *Boskett,* das (fr., Pl. -e) auch: Lustwäldchen bes. in der Barockzeit

Geck *Dandy,* der (engl., Pl. -s) übertrieben modisch gekleideter Mann

gedacht 1. *theoretisch* (gr.-lat.) seine Vorgehensweise ist zu theoretisch 2. *abstrakt* (lat.) 3. *fiktiv* (lat.) 4. *hypothetisch* (gr.-lat.) 5. *mental* (lat.) die Psyche, das Denkvermögen betreffend; Tennisspieler Boris Becker war bei Niederlagen nach eigenen Worten »mental nicht gut drauf«

gedacht, nur *ideell* (fr.) auf e. Idee beruhend; Ggs.: reell (lat.-fr.) wirklich vorhanden; »Liebe ist etwas Ideelles, Heirat etwas Reelles, u. nie verwechselt man ungestraft das Ideelle mit dem Reellen.« (Goethe)

Gedächtnis Gottes, zum ... *Zikr,* das (arab.) e. geistige Übung, um die Gegenwart Gottes bewußt zu machen

Gedächtnis *Mneme,* die (gr., ohne Pl.) med.

Gedächtnis, ins ... zurückrufen *rekonstruieren* (lat.) auch: in den ursprünglichen Zustand zurückbringen

Gedächtnis, zum ewigen ... *in perpetuam memoriam* (lat., Zitat)

Gedächtnisfeier *Kommemoration,* die (lat., Pl. -en) e. kirchliche, z. B. Allerheiligen

Gedächtnisschulung *Mnemotechnik,* die (gr.-lat., Pl. -en)

Gedächtnisschwäche *Hypomnesie,* die (gr.-lat., ohne Pl.)

Gedächtnisschwund *Amnesie,* die (gr.-lat., Pl. -n) med.; auch: Erinnerungslosigkeit; Ggs.: Hypermnesie

Gedächtnisstörung *Paramnesie,* die (gr.-lat., Pl. ...ien) med., Patienten erinnern sich an Gegebenheiten, die nicht stattfanden

gedämpft 1. *dezent* (lat.) im Lokal spielte gedämpfte Musik 2. *sotto voce* (lat.-it.) musik. Vortragsanw.

Gedanke 1. *Idee,* die (gr.-lat., Pl. -n) e. zündende Idee haben 2. *Inspiration,* die (lat., Pl. -en) dem Künstler mangelte es an Inspirationen

Gedanke, geistreicher 1. *Aperçu,* das (fr., Pl. -s) 2. *Aphorismus,* der (gr., lat., Pl. ...en)

Gedanken auf Abstraktes lenken ... *Chunking up,* das (engl.-am., ohne Pl.) ... versucht der Therapeut im Gespräch mit seinem Patienten; Bez. aus der Soziologie (neurolinguistisches Programmieren)

Gedanken, Anspielungen konkretisieren ... *Chunking down,* das (engl.-am., ohne Pl.) ... im Gespräch e. Patienten mit seinem Therapeuten; Bez. aus der Soziologie (neurolinguistisches Programmieren)

Gedanken, unsere ... sind frei *liberae sunt nostrae cogitationes* (lat., Zitat: Cicero)

Gedankengebilde *Ideologem,* das (gr., Pl. -e) auch: Vorstellungswert

Gedankenlesen *Telepathie,* die (gr.-lat., ohne Pl.)

gedankenlos 1. *automatisch* (gr.-lat.-fr.) 2. *instinktiv* (lat.-fr.) 3. *mechanisch* (gr.-lat.)

Gedankensprung *Metabasis,* die (gr.-lat., Pl. ...basen) »Das ist jetzt die Metaebene (gemeint ist: Metabasis).« (Ortwin Runde, Erster Bürgermeister von Hamburg, 1998)

Gedankenübertragung *Telepathie,* die (gr.-lat., ohne Pl.)

gedanklich 1. *theoretisch* (gr.-lat.) theoretische, praxisferne Vorschläge machen 2. *abstrakt* (lat.) 3. *fiktiv* (lat.) 4. *imperzeptibel* (lat.) i. S. von: nicht wahrnehmbar (Philos.) 5. *mental* (lat.) die Psyche, das Denkvermögen betreffend (Lieblingswort von Boris Becker, einstiger Tenniscrack)

Gedeck *Service,* das (lat.-fr., ohne Pl.)
gedeckter Säulengang *Hypostylos,* der (gr., Pl. ...loi)
gedeihen 1. *prosperieren* (lat.-fr.) z. B.: das Unternehmen prosperierte in erstaunlicher Weise 2. *florieren* (lat.) im Einzelhandel herrscht e. florierende Nachfrage
Gedenkbuch *Album,* das (lat., Pl. ...ben) die Schülerin legte e. Poesiealbum an
Gedenken *Kommemoration,* die (lat., Pl. -en) auch: Gedächtnis, Fürbitte
Gedenkfeier *Jubiläum,* das (lat., Pl. ...äen)
Gedenkmünze *Plakette,* die (niederl.-fr., Pl. -n)
Gedenkstein der Wikingerzeit *Bautastein,* der (altskand.-dt., Pl. -e) stehen in Skandinavien
Gedenktafel *Epitaph,* das (gr.-lat., Pl. -e) Gedenktafeln Verstorbener an Kirchenwänden
Gedenktag *Jubiläum,* das (lat., Pl. ...äen)
Gedenkzeichen *Medaille,* die (gr.-lat.-it.-fr., Pl. -n)
Gedicht 1. *Poem,* das (gr.-lat., Pl. -s) 2. *Elegie,* die (gr.-lat., Pl. ...ien) e. tragisch-schwermütiges Gedicht 3. *Ode,* die (gr.-lat., Pl. -n) e. feierliches – 4. *Ballade,* die (gr.-lat.-it.-fr.-engl., Pl. -n) e. dramatisches –, meist mit historischem Inhalt 5. *Tautogramm,* das (gr.-lat., Pl. -e) Gedicht mit gleichen Anfangsbuchstaben der Strophen
Gedichtform orientalischer Lyrik ... 1. *Gasel,* das (arab., Pl. -e) 2. *Gasele,* die (arab., Pl. -n) ... jeweils mit demselben Reim in jeder zweiten Verszeile
Gedichtform, jap. ... *Haikai* u. *Haiku,* das (jap., Pl. -s) ... aus 17 Silben bestehend
Gedichtsammlung *Anthologie,* die (gr., Pl. -n)
Gedichtübertragung *Metaphrase,* die (gr.-lat., Pl. -n) Verse in Prosa ausdrücken
gediegen *soigniert* (fr.) auch: gepflegt (bezüglich der äußeren Erscheinung)
gedrückt *depressiv* (lat.)
gedunsen *pastös* (gr.-lat.-it.-fr.) med.
geeignet 1. *adäquat* (lat.) Probleme mit adäquaten Mitteln lösen 2. *qualifiziert* (lat.-fr.) e. qualifizierten Mitarbeiter beschäftigen 3. *kompetent* (lat.) i. S. von sachverständig; Ggs.: inkompetent 4. *prädestiniert* (lat.) wie geschaffen
Gefahr im Verzuge *periculum in mora* (lat., Zitat)
Gefahr *Risiko,* das (it., Pl. ...ken)
Gefahr, drohende *Damoklesschwert,* das (gr.-dt., Pl. -er) nach dem Günstling des älteren Dionysios von Syrakus; die Gefahr e. Entlassung hängt wie e. Damoklesschwert über ihm
Gefahrensignal 1. *Alarm,* der (lat.-it., Pl. -e) 2. *Menetekel,* das (aramäisch, ohne Pl.) unheilvolles Zeichen; nach der Geisterschrift für den babylonischen König Belsazar (um 550 v. Chr.)
gefährlich 1. *riskant* (it.-fr.) e. riskanter Autofahrer 2. *brisant* (fr.) auch: sprengend 3. *kritisch* (gr.-lat.-fr.) bedenklich 4. *explosiv* (lat.)
Gefährte Tier *Animal Companion,* der (engl., Pl. -s) auch: Begriff für »Haustier«
gefallsüchtig *kokett* (fr.) die kokette Frau steht stundenlang vor dem Spiegel
Gefangenenlager *Camp,* das (lat.-it.-fr.-engl., Pl. -s) auch: Lagerplatz, z. B. Basiscamp bei Bergsteigern
Gefängnis, ins ... einsperren *internieren* (lat.-fr.) Menschen e. gegnerischen Staates während des Krieges in e. Lager festsetzen
Gefäß ... *Amphore,* die (gr., Pl. ...oren) ... der Antike, zweihenklig
Gefäßgeschwulst *Anginom,* das (gr., Pl. -e)
Gefäßpfropf ... *Embolus,* der (gr.-lat., Pl. ...li) ... in der Blutbahn, z. B. e. Blutgerinnsel
Gefäßverstopfung *Obturation,* die (lat., Pl. -en) med.
gefeit *immun* (lat.) eigtl.: »frei von Leistungen«
Geflügelrumpf *Karkasse,* die (fr., Pl. -n) Gerippe; Kugel mit eisernem Gerippe (aus dem Mittelalter)
Gefolge 1. *Suite,* die (lat.-fr., Pl. -n) das Gefolge e. Herrschers 2. *Entourage,* die (fr., ohne Pl.) 3. *Eskorte,* die (lat.-it.-fr., Pl. -en) auch: Schutzwache 4. *Troß,* der (lat.-fr., Pl. Trosse) auch: Schar, Mitläufer; nicht verw. mit *Trosse,* die (Pl. -n) dickes Tau, Drahtseil
Gefolge, im ... von *à la suite* (fr.)
Gefolgsmann *Paladin,* der (lat.-it.-fr., Pl. -e) i. S. e. getreuen Mitstreiters, Dieners
Gefräßigkeit 1. *Vorazität,* die (lat., ohne Pl.) med. 2. *Akorie,* die (gr., Pl. ...ien) med. 3. *Bulimie,* die (gr., ohne Pl.) med., i. S. e. Eß- u. Brechsucht
Gefrieranlage *Refrigerator,* der (lat., Pl. ...oren)
Gefüge *System,* das (gr.-lat., Pl. -e) »Zusammenstellung«, Prinzip, nach dem etwas organisiert wird
gefügig *devot* (lat.) sein devotes Verhalten war allg. unbeliebt
Gefühl 1. *Emotion,* die (lat., Pl. -en) Gemütsbewegung 2. *Instinkt,* der (lat., Pl. -e) svw. angeborene Verhaltensweise: instinctus naturae (Naturtrieb) 3. *Feeling,* das (engl., Pl. -s) Tautologie: »Vom Feeling her hab' ich e. gutes Gefühl.« (Harald Schmidt, Showmaster)
Gefühl, sicheres ... *Instinkt,* der (lat., Pl. -e) instinctus naturae (Naturtrieb); auch: angeborene Verhaltensweise; »Sie müssen in der Politik unglaublich reaktionsfähig u. vor allem instinktsicher sein.« (Gerhard Schröder, 1996)
gefühllos 1. *brutal* (lat.) 2. *rabiat* (lat.) 3. *unsensibel* (dt.-lat.-fr.) unempfindlich; Ggs.: sensibel

Gefühllosigkeit *Brutalität,* die (lat., Pl. -en) Gewalttätigkeit

Gefühlsäußerung, übertriebene *Pathos,* das (gr., ohne Pl.) eigtl.: Leiden; auch: feierliche Ergriffenheit

gefühlsbeladen *emotional* (lat.) »Mein schlimmster Fehler war der emotionale Auftritt nach dem Spiel gegen Kroatien.« (Berti Vogts, Fußballtrainer bei der WM, 1998)

gefühlsbetont *sentimental* (lat.-fr.-engl.) auch: rührselig

Gefühlsbewegung *Emotion,* die (lat., Pl. -en) in Konfliktsituationen hat er seine Emotionen nicht unter Kontrolle

Gefühlseindruck *Impression,* die (lat.-fr., Pl. -en) Ggs.: Expression

gefühlsmäßig 1. *emotional* (lat.) in Verhandlungen sind emotionale Regungen unangebracht 2. *instinktiv* (lat.-fr.) instinktiv traf er die richtige Entscheidung 3. *intuitiv* (lat) Ggs.: diskursiv

Gefühlsüberschwang *Pathos,* das (gr., ohne Pl.)

gefühlvoll *sentimental* (lat.-fr.-engl.) in Gedanken bei seiner Frau, beschlichen ihn sentimentale Gedanken

Geführte, der ... *Mahdi,* der (arab.) auch: Ehrentitel; 1885 gründete der Mahdi Mohammed Ahmed im Sudan e. Mahdi-Staat

gegebenenfalls *eventuell* (lat.-fr.) möglicherweise

Gegebenheit 1. *Faktizität,* die (lat., ohne Pl.) 2. *Realität,* die (lat.-fr., Pl. -en) Ggs.: Irrealität

gegen 1. *anti* (gr.) z. B. antidemokratische Äußerungen abgeben 2. *kontra* (lat.) er war kontra seine Eltern eingestellt 3. *versus* (lat.) »Ich werde wütend, wenn ich diese Alternative: Freiheit versus Gleichheit höre.« (Roman Herzog, Bundespräsident, 1997)

Gegenanzeige mit negativer Aussage 1. *Uncommercial,* das (engl.-am., Pl. -s) »unkommerziell« 2. *Subvertisment,* das (engl.-am., Pl. -s) »subversive Werbung«; jeweils Begriffe der Adbusters-(Antikonsum-)Bewegung; die Konsumkritiker attackieren mit Slogans der Werbeindustrie, z. B. »United Bullshit of Advertising«

Gegenbehauptung 1. *Antithese,* die (gr.-lat., Pl. -n) Ggs.: These 2. *Dementi,* das (lat.-fr., Pl. -s) i. S. e. amtlichen Berichtigung, Nichtigkeitserklärung; »Ein Dementi ist die verneinende Bestätigung e. Nachricht, die bisher e. Gerücht war.« (Robert Peyrefitte)

Gegenbeschuldigung *Rekrimination,* die (lat., Pl. -en)

Gegenbeweis *Elenchus,* der (gr.-lat., Pl. ...chi, ...chen) auch: Widerlegung (Philos.)

Gegend 1. *Region,* die (lat., Pl. -en) durch e. fieberverseuchte Region fahren 2. *Areal,* das (lat., Pl. -e) Verbreitungsgebiet von Tier- oder Pflanzenarten

Gegend, feine ... *upscale neighborhood,* die (engl.-am., ohne Pl.)

Gegengift 1. *Antitoxin,* das (gr.-lat., Pl. -e) 2. *Antidot,* das (gr.-lat., Pl. -e, Antidoton)

Gegenklage erheben *rekriminieren* (lat.)

Gegenklage *Rekrimination,* die (lat., Pl. -en)

Gegenleistung, ohne Aussicht auf ... *à fonds perdu* (fr.) auf Verlustkonto

Gegenmaßnahme 1. *Reaktion,* die (lat.-fr., Pl. -en) 2. *Repressalie,* die (lat., Pl. -n) i. S. von Vergeltungsmaßnahme 3. *Retorsion,* die (lat., Pl. -en) Erwiderung e. Beleidigung im zwischenstaatlichen Umgang, z. B. Ausweisung von Ausländern

Gegenpartei *Opposition,* die (lat., Pl. -en) als Gegenkraft zur Regierung

Gegenrede *Replik,* die (lat.-fr., Pl. -en)

Gegensatz 1. *Antagonismus,* der (gr.-lat., Pl. ...men) z. B. unversöhnlicher Gegensatz zwischen zwei Staaten 2. *Kontrast,* der (lat.-it., Pl. -e) e. Gemälde voller Kontraste 3. *Antinomie,* die (gr.-lat., Pl. ...ien) Widerspruch e. Satzes in sich oder zweier Sätze 4. *Opposition,* die (lat., Pl. -en) 5. *Antithese,* die (gr.-lat., Pl. -n) Gegenbehauptung 6. *Paradoxon,* das (gr.-lat., Pl. ...xa) e. scheinbar zugleich wahre u. falsche Aussage

Gegensätze verstärken *polarisieren* (gr.-lat.)

gegensätzlich 1. *antagonistisch* (gr.-lat.) 2. *konträr* (lat.-fr.) da prallten konträre Meinungen aufeinander 3. *diametral* (gr.-lat.) 4. *divergent* (lat.) 5. *konträr* (lat.-fr.) 6. *adversativ* (lat.)

Gegensätzlichkeit *Dualismus,* der (lat., ohne Pl.) auch: Zweiheit; Polarität zweier Faktoren; Ggs.: Monismus

gegenseitig 1. *bilateral* (lat.) zweiseitig; Ggs.: multilateral 2. *mutual* (lat.) 3. *reziprok* (lat.)

Gegenseitigkeit, auf ... beruhend *reziprok* (lat.) auch: wechselseitig

Gegenspieler 1. *Rivale,* der (lat.-fr., Pl. -n) 2. *Antipode,* der (gr.-lat., Pl. -n) »Gegenfüßler« 3. *Konkurrent,* der (lat., Pl. -en)

Gegenstand 1. *Objekt,* das (lat., Pl. -e) »das Entgegengeworfene« 2. *Sujet,* das (lat.-fr., Pl. -s) Stoff e. dichterischen Darstellung

Gegenstand e. Wahrnehmung *Objekt,* das (lat., Pl. -e) »das Entgegengeworfene«; Gegenstand, mit dem etwas geschieht, z. B. Bauobjekt; »das ist die Tücke des Objekts« (Friedrich Th. Vischer)

Gegenstand mit Zauberkraft *Fetisch,* der (lat.-port.-fr., Pl. -e) z. B. Amulett oder Talisman

Gegenstand, den es nur einmal gibt *Unikat,* das (lat., Pl. -e) i. S. e. Kunstgegenstandes; Ggs.: Duplikat, Triplikat

Gegenstand, vorgeschichtlicher ... *Artefakt,* das (lat., Pl. -e)

gegenständlich 1. *konkret* (lat.) 2. *materiell* (lat.-fr.) 3. *real* (lat.) wirklich; Ggs.: imaginär; auch: irreal

gegenstandslos 1. *abstrakt* (lat.) Joan Miró war e. Meister abstrakter Gemälde 2. *nonfigurativ* (lat.) e. nonfiguratives Kunstwerk

Gegenstück 1. *Pendant,* das (lat.-fr., Pl. -s) zu dieser chinesischen Vase fehlt mir das Pendant 2. *Komplement,* das (lat., Pl. -e) nicht verw. mit *Kompliment,* das (lat.-sp.-fr., Pl. -e) höfliche Redensart

gegenüber *vis-à-vis* (fr.) ihr Freund wohnt gerade vis-à-vis

gegenüberstellen *konfrontieren* (lat.)

Gegenüberstellung 1. *Konfrontation,* die (lat., Pl. -en) z. B.: von Tätern u. Zeugen 2. *Bilanz,* die (lat.-it., Pl. -en) kurze Gegenüberstellung von Vermögenswerten u. Schulden e. Unternehmens, also der »Aktiva« u. »Passiva« 3. *Synopse, Synopsis,* die (gr.-lat., Pl. ...opsen) i. S. e. kurzen Zusammenfassung; auch: vergleichende Gegenüberstellung von Texten

Gegenüberstellung von Gutschriften u. Belastungen *Konto,* das (it., Pl. ...ten) »Arbeitszeit-Konten müssen bei uns selbstverständlich werden.« (Matthias Wissmann, Bundesverkehrsminister, 1998)

Gegenvorschlag *Alternative,* die (lat., Pl. -n)

Gegenvorstellung *Remonstration,* die (lat., Pl. -en) i. S. von Einspruch

Gegenwart 1. *Präsens,* das (lat., Pl. ...sentia, ...senzien) 2. *Präsenz,* die (lat.-fr., ohne Pl.) i. S. von anwesend 3. *Moderne,* die (lat.-fr., ohne Pl.)

gegenwärtig *momentan* (lat.) momentan ist Rindfleisch preiswert

gegenwärtig sein *existieren* (lat.) bestehen; »Die meisten Menschen existieren nur.« (Oscar Wilde)

Gegenwärtigkeit *Präsenz,* die (lat.-fr., ohne Pl.) »Kein Abschlaffen am Ende e. Wahlmarathons, vielmehr disziplinierte Präsenz.« (Peter Bachér, Autor, über Helmut Kohl, 1998)

Gegenwartsbezogenheit *Aktualität,* die (lat., Pl. -en)

Gegenwehr *Resistenz,* die (lat., Pl. -en) Widerstand

Gegenwert *Äquivalent,* das (lat., Pl. -e) svw. gleichwertiger Ersatz

Gegenwirkung *Reaktion,* die (lat., Pl. -en) auf die Anschuldigungen war seine Reaktion zu heftig

Gegenwort *Antonym,* das (gr., Pl. -e) Wort mit entgegengesetzter Bedeutung; z. B.: heiß – kalt, faul – fleißig; Ggs.: Synonym

gegliedert 1. *hierarchisch* (gr.) hierarchisch (pyramidisch) organisierte Unternehmen sind die Regel 2. *strukturiert* (lat.) 3. *systematisch* (gr.-lat.)

Gegner 1. *Antagonist,* der (gr.-lat., Pl. -en) auch: Widersacher 2. *Konkurrent,* der (lat., Pl. -en) i. S. e. geschäftlichen Wettbewerbers 3. *Antipode,* der (gr.-lat., Pl. -n) »Gegenfüßler« 4. *Kontrahent,* der (lat., Pl. -en) Gegner in e. Wettkampf 5. *Rivale,* der (lat.-fr., Pl. -n) »Bachnachbar« (bei der Nutzung e. Wasserlaufs) hier: Nebenbuhler, Gegenspieler

Gegner des Christentums *Antichrist,* der (gr.-lat., Pl. -en) auch: Teufel

Gegnerschaft 1. *Antagonismus,* der (gr.-lat., ohne Pl.) 2. *Konkurrenz,* die (lat., ohne Pl.) 3. *Opposition,* die (lat.-fr., Pl. -en) auch: Widerspruch

geh mit mir! *vade mecum!* (lat., Zitat) auch: *Vademecum,* das (lat., Pl. -s) Leitfaden, Ratgeber

Geh zum Henker! *abi in malam crucem!* (lat., Zitat)

Gehabe 1. *Habitus,* der (lat., ohne Pl.) e. gewandten Habitus an den Tag legen 2. *Allüre,* die (lat.-fr., Pl. -n) Gangart des Pferdes; auch: bes. auffallendes Benehmen 3. *Attitüde,* die (lat.-fr.-engl., Pl. -n) innere Einstellung; nicht verw. mit *Attitude,* die (lat.-fr., Pl. -s) bes. Ballettfigur (bei der e. Bein rechtwinklig angehoben ist) 4. *Manier,* die (lat.-fr., Pl. -en) auch: Umgangsform

Gehalt 1. *Fixum,* das (lat., Pl. ...xa) im Außendienst setzt sich das Gehalt aus Provision u. Fixum zusammen 2. *Gage,* die (germ.-fr., Pl. -n) z. B. Künstlergage 3. *Salär,* das (lat.-fr., Pl. -e) Gehalt in der Schweiz 4. *Honorar,* das (lat., Pl. -e) Vergütung in freien Berufen

gehaltlos 1. *banal* (germ.-fr.) 2. *profan* (lat) »vor dem heiligen Bezirk liegend« svw. weltlich; Ggs.: sakral 3. *substanzlos* (lat.-dt.) 4. *trivial* (lat.-fr.) jedermann zugänglich; i. S. von unbedeutend

gehaltvoll *prägnant* (lat.-fr.) eigtl.: »trächtig, schwanger«; auch: treffend dargestellt

geheftet *broschiert* (fr.) nicht gebunden

Gehege *Paddock,* der (engl., Pl. -s) Auslauf für Pferde

geheim 1. *diskret* (lat.-fr.) 2. *okkult* (lat.)

Geheimagent *Sbirre,* der (gr.-lat.-it., Pl. -n) in Kirchenstaaten aktiv; auch: Scherge; berühmter Geheimagent: James Bond, Agent 007

Geheimdienst 1. *Secrete Service,* der (engl., ohne Pl.) britisch 2. *Central Intelligence Agency,* die (engl., ohne Pl.) Abk.: CIA 3. *Mossad,* der (hebr., ohne Pl.) eigtl.: Institut; Israels 1951 gegründeter Auslandsgeheimdienst

Geheimdienstmitarbeiter 1. *Spion,* der (germ.-it., Pl. -e) 2. *Agent,* der (lat., Pl. -en) Geheimagent;

auch: Geschäftsvermittler oder Versicherungsagent

Geheimhaltung *Diskretion,* die (lat.-fr., Pl. -en)

Geheimkult 1. *Mysterien,* die (gr.-lat., nur Pl.) um Kontakte zu Gottheiten herzustellen 2. *Voodoo,* der (kreolisch, ohne Pl.) aus Westafrika stammender Geheimkult auf Haiti; auch: Wodu oder Voudou

Geheimkunst *Magie,* die (pers.-gr.-lat., ohne Pl.) z. B. schwarze Magie, Beschwörung von Geistern

Geheimlehre *Mysterium,* das (gr.-lat., Pl. ...ien) auch: Geheimnis

Geheimmittel *Arkanum,* das (lat., Pl. ...na) Wundermittel, z. B. bes. Kräuter, derer sich Medizinmänner für Heilungen bedienen

Geheimname Gottes ... *Abraxas,* der (Herkunft ungewiß, ohne Pl.) ... in der Gnostik; auch: Zauberwort auf Amuletten

geheimnisvoll 1. *mysteriös* (gr.-lat.-fr.) i. S. von rätselhaft; der mysteriöse Tod des Dr. Barschel konnte nicht aufgeklärt werden 2. *magisch* (pers.-gr.-lat.) Uri Gellert besitzt angeblich magische Kräfte 3. *mystisch* (gr.-lat.-fr.) i. S. von geheimnisvoll, z. B. mystische Schriftzeichen auf e. Grabkammer entdecken 4. *nebulös* (lat.) nebulöse Anspielungen machen 5. *obskur* (lat.) 6. *okkult* (lat.) 7. *sibyllinisch* (gr.-lat.)

Geheimorganisation, russ. ... *Narodnaja Wolia,* die (russ., ohne Pl.) vertrat um 1880 den Agrarsozialismus

Geheimschrift, in ... abfassen *chiffrieren* (fr.) Ggs.: dechiffrieren

Geheimschriftschlüssel *Code,* der (lat.-fr.-engl., Pl. -s) dem militärischen Abschirmdienst gelang es, den Code zu knacken

Geheimwissenschaft *Okkultismus,* der (lat., ohne Pl.)

Geheimzeichen *Chiffre,* die (arab.-lat.-fr., Pl. -n)

gehemmt sein *sich genieren* (germ.-fr.) die Schauspielerin genierte sich, e. Liebesszene zu spielen

gehen *per pedes* (lat.) zu Fuß gehen

gehen, Angst zu ... *Basophobie,* die (gr.-lat., Pl. ...ien) die Zwangsvorstellung, nicht gehen zu können (med.)

Gehen, strammes, schnelles ... *Woggen,* das (am., ohne Pl.) aus: Walking (Gehen) u. Joggen (Laufen)

gehet (hin), es wird gesandt *ite, missa est* (lat., Zitat) Schlußformel der lat. Meßliturgie

Gehilfe 1. *Adlatus,* der (lat., Pl. ...ten, ...ti) »zur Seite stehend« 2. *Assistent,* der (lat., Pl. -en) Helfer bes. in Forschung u. Lehre

Gehirnentzündung *Enzephalitis,* die (gr.-lat., Pl. ...itiden)

Gehirnerschütterung *Kommotion,* die (lat., Pl. ...nen) med.

Gehirnerweichung 1. *Paralyse,* die (gr.-lat., Pl. -n) med. 2. *Enzephalomalazie,* die (gr.-lat., Pl. ...ien) med.

Gehirnnerv, sechster ... von zwölf ... *Abduzens,* der (lat., ohne Pl.) ... im Gehirn entspringenden Hauptnervenpaaren (med.)

Gehirnschlag *Apoplexie,* die (gr.-lat., Pl. ...ien) auch: Schlaganfall

Gehirnschwund *Paralyse,* die (gr.-lat., Pl. -n) infolge Syphilis

Gehöft in der Pußta *Tanya,* die (ung., Pl. -s)

Gehölzkunde *Dendrologie,* die (gr., ohne Pl.)

gehorchen *parieren* (lat.) früher hatten die Kinder zu parieren, heute sollten es wenigstens die Hunde

Gehörlosensprache *Daktylologie,* die (gr.-lat., Pl. ...ien) Gebärdensprache

Gehorsam 1. *Subordination,* die (lat., Pl. -en) 2. *Obedienz,* die (lat., ohne Pl.) Gehorsam e. Priesters gegenüber seiner Kirche 3. *Disziplin,* die (lat., Pl. -en) auch: Wissenschaftszweig

Gehorsamsverweigerung *Insubordination,* die (lat., Pl. -en) in der Armee wird Insubordination hart bestraft

Gehrock *Soutanelle,* die (lat.-it.-fr., Pl. -n) e. bis ans Knie reichender Rock der kath. Geistlichen

Gehsteig *Trottoir,* das (germ.-fr., Pl. -e) auch: Gehweg

gehunfähig *abatisch* (gr.) med.; nicht verw. mit *abartig* (lat.) andersartig

Gehunfähigkeit *Abasie,* die (gr.-lat., Pl. ...ien) med.

Geige *Violine,* die (lat.-it., Pl. -n)

geil *faunisch* (lat.) lüstern

geil ... *tschuggi* (Begriff aus der dt. Szene) ... törnt an

Geißeltierchen *Flagellat,* der (lat., Pl. -en) Einzeller

Geißeltierchenart ... *Noctiluca,* die (lat., ohne Pl.) ... die im Oberflächenwasser der Ozeane das Meeresleuchten verursachen

Geist 1. *Dämon,* der (gr.-lat., Pl. -en) von e. bösen Geist (Dämon) besessen sein 2. *Revenant,* der (lat.-fr., Pl.-s) e. Geist aus e. anderen Welt 3. *Esprit,* der (lat.-fr., ohne Pl.)

Geist, der ... bewegt die Materie *mens agitat molem* (lat., Zitat: Äneide)

Geist, der ... der Zeit *Genius saeculi,* der (lat., ohne Pl.) auch: Geist des Jahrhunderts

Geist, schöpferischer 1. *Genie,* das (lat.-fr., Pl. -s) »Genie besteht aus 99 Prozent Transpiration und e. Prozent Inspiration.« Yehudi Menuhin (Eingebung) 2. *Genius,* der (lat., Pl. ...ien) »Erzeuger«; im röm. Altertum Schutzgeist, göttliche Verkörperung des Wesens e. Menschen; auch:

schöpferisch begabter Mensch, »Genius ist ewige Geduld.« (M. Buonarrotti)

Geiste, und mit deinem ... *et cum spiritu tuo* (lat.) antwortet die kath. Gemeinde auf den Gruß *»Dominus vobiscum!«* (lat.) der Herr sei mit Euch!

Geisterbeschwörer 1. *Exorzist,* der (gr.-lat., Pl. -en) auch: Teufelsaustreiber 2. *Nekroman,* der (gr.-lat., Pl. -en) im Altertum auch Totenbeschwörer

Geisterbeschwörung *Exorzismus,* der (gr.-lat., ohne Pl.)

Geisterglaube *Spirituismus,* der (lat., ohne Pl.) der Glaube an Geister u. Dämonen

Geisterschrift *Menetekel,* das (aramäisch, ohne Pl.) auch: Warnungszeichen für den babylonischen König Belsazar, »mene, mene tekel upharsin« (gezählt, gezählt, gewogen u. zerteilt)

Geistesabwesenheit *Absence,* die (lat.-fr., Pl. -n) zeitweilige Absencen haben

Geistesanlage *Ingenium,* das (lat., Pl. ...ien) i. S. schöpferischer Anlagen

Geistesarbeiter *Intellektueller,* der (lat.-fr., Pl. -n)

Geistesbegabung *Ingenium,* das (lat., Pl. ...ien)

geistesgestört *paranoisch* (gr.-lat.) med.

Geistesgestörter *Paranoiker,* der (gr.-lat., ohne Pl.)

Geisteshaltung *Mentalität,* die (lat.-engl., Pl. -en) andere Menschen, andere Mentalitäten

Geisteskraft *Ingenium,* das (lat., Pl. ...ien) natürliche, schöpferische Begabung

Geisteskrankheit *Psychose,* die (gr.-lat., Pl. -n)

Geisteskrankheiten, Lehre der ... *Psychiatrie,* die (gr.-lat., Pl. ...ien) ohne Pl.: Teilgebiet der Medizin; auch: Klinik

Geistesschwäche *Demenz,* die (lat., Pl. -en) i. S. erworbenen Schwachsinns; auch: Alzheimer-Krankheit, nach dt. Neurologen Alois Alzheimer (1864-1915): degenerative Erkrankung der Großhirnrinde

Geistesstörung *Paranoia,* die (gr., ohne Pl.) med.

Geistesträgheit *Phlegma,* das (gr.-lat., ohne Pl.) ihr Phlegma macht jeden aggressiv

geistesverwandt *kongenial* (lat.) z. B. e. mit dem Stückeschreiber kongeniale Schauspielerin zu sein, verspricht Erfolg

geistig 1. *ideell* (gr.-lat.) 2. *intellektuell* (lat.-fr.) svw. verstandesmäßig 3. *immateriell* (lat.-fr.) 4. *mental* (lat.) 5. *spirituell* (lat.)

geistig beschränkt *borniert* (fr.)

geistig ebenbürtig *kongenial* (lat.) auch: geistesverwandt; »Der (Schily) paßt kongenial zu Schröder.« (Wolfgang Schäuble, 1998)

geistig, rein ... *platonisch* (gr.-lat.) nicht sinnlich, z. B. e. platonische Beziehung pflegen; die Philosophie Platons betreffend

geistiger Vorbehalt *reservation mentalis,* die (lat., ohne Pl.) i. S. e. geheimen Vorbehaltes

geistlich *klerikal* (germ.-lat.)

Geistlicher 1. *Kaplan,* der (lat., Pl. ...läne) katholischer – 2. *Kleriker,* der (germ.-lat., ohne Pl.) zum Klerus gehöriger katholischer Geistlicher 3. *Missionar,* der (lat., Pl. -e) Glaubensbringer unter Andersgläubigen 4. *Pastor,* der (lat., Pl. ...oren) auch: Pfarrer 5. *Rabbiner,* der (hebr.-gr.-lat., ohne Pl.) jüdischer Prediger, Religions- u. Gesetzeslehrer 6. *Curé,* der (lat.-fr., Pl. -s) kath. Geistlicher in Frankreich 7. *Dekan,* der (lat., Pl. -e) eigentlich: »Führer von 10 Mann«; auch: Vorsteher e. Fakultät 8. *Kardinal,* der (lat., Pl. ...näle) nach dem Papst, höchster kath. Würdenträger 9. *Lama,* der (tibetisch, Pl. -s) »der Obere«, buddhistischer Priester, Mönch in Tibet u. der Mongolei; nicht verw. mit *Lama,* das (peruanisch-sp., Pl. -s) aus dem Guanako gezüchtetes Haustier in Südamerika 10. *Pope,* der (gr.-russ., Pl. -n) Priester im slaw. Raum der orthodoxen Kirche 11. *Reverend,* der (lat.-engl., Pl. -s) Geistliche in England u. den USA 12. *Abbé,* der (gr.-lat.-fr., Pl. -s) »Abt«, in Frankreich: Titel e. Geistlichen, der nicht zum Klosterstand gehört

Geistlicher, kath. ..., der im Kloster den Wochenenddienst versieht 1. *Hebdomadar,* der (gr.-lat., Pl. -e) 2. *Hebdomadarius,* der (gr.-lat., Pl. ...ien)

Geistlichkeit *Klerus,* der (gr.-lat., ohne Pl.)

geistlos 1. *banal* (germ.-fr.) z. B. banales Zeug reden 2. *stupid* (lat.-fr.) e. stupide Arbeit verrichten 3. *profan* (lat.) 4. *trivial* (lat.-fr.)

Geistlosigkeit *Banalität,* die (germ.-fr., Pl. -en) sein Roman besteht aus aneinandergereihten Banalitäten

geistreich 1. *epigrammatisch* (gr.-lat.) i. S. von scharf pointiert 2. *ingeniös* (lat.) auch: erfinderisch

geistvoll *con spirito* (lat.-it.) musik. Vortragsanw.

Geistwort ... 1. *Ghostword,* das (engl., Pl. -s) ... e. Wort, das seine Entstehung e. Schreib- oder Druckfehler verdankt 2. *Vox nihili,* die (lat., Pl. Voces ...) svw. Stimme des Nichts; auch: Geistwort

Geiz, der ... ist die Wurzel allen Übels *avaritia omnia vitia habet* (lat., Zitat, Cato)

Geizhals *Harpagon,* der (fr., Pl. -s) auch: Bühnengestalt von Molière

Gejammer *Lamento,* das (lat.-it., Pl. -s) e. großes Lamento anstimmen 2. *Geseire,* das (jidd., ohne Pl.) höre endlich mit dem Geseire auf!

gekonnt *routiniert* (lat.-fr.) z. B. ein routinierter Fahrer sein

gekörnt *granulös* (lat.) Kunststoffe in granulöser Form verarbeiten

gekränkt 1. *indigniert* (lat.) unwillig 2. *pikiert* (fr.) verstimmt

gekrümmt *parabolisch* (gr.-lat.) z. B. e. Parabolspiegel in der Form e. Paraboloids (dieser entsteht durch d. Drehung e. Parabel um die eigene Achse

gekünstelt 1. *affektiert* (lat.) z. B. affektiertes Benehmen 2. *manieriert* (lat.-fr.) e. manierierte (unnatürliche) Sprechweise haben 3. *artifiziell* (lat.-fr.)

Gelächter, ewiges *homerisches Gelächter,* das (gr.-dt.) auch: schallendes Lachen, nach best. Stellen bei Homer

Gelage 1. *Orgie,* die (gr.-lat., Pl. -n) z. B. Freß- oder Sexorgie 2. *Exzeß,* der (lat., Pl. ...zesse) i. S. von Ausschweifung

gelähmt 1. *kataplektisch* (gr.) i. S. von: vor Schreck starr (med.) 2. *paralysiert* (gr.-lat.) die Schlange paralysiert ihre Beute

Gelähmter *Paralytiker,* der (gr.-lat., ohne Pl.) med.

Gelände 1. *Terrain,* das (lat.-fr., Pl. -s) e. einsichtiges Terrain vor sich haben 2. *Areal,* das (lat., Pl. -e)

Geländeabstufung *Terrasse,* die (lat.-fr., Pl. -n) z. B. die berühmten indonesischen Reisterrassen

Geländebeschreibung *Topographie,* die (gr.-lat., Pl. ...ien)

Geländekraftwagen 1. *Jeep,* der (am., Pl. -s) allradgetriebenes Fahrzeug, meist mit Differentialsperre, für schweres Gelände 2. *Landrover,* der (engl., Pl. -s) Markenname der engl. Firma Rover 3. *Offroader,* der (engl., Pl. -s)

Geländelauf *Cross-Country,* das (engl., Pl. -s)

Geländer *Balustrade,* die (gr.-lat.-it.-fr., Pl. -n) z. B. an Balkonen

Geländevermesser *Topograph,* der (gr., Pl. -en)

Geländewagenfahrer 1. *Yahoo Jeeper,* der (engl.-am., Pl. -s) Weltklassefahrer 2. *Offroader,* der (engl., Pl. -s) auch: Geländefahrzeug

Geländewagen-Veranstaltung, größte ... in den USA *Moab Easter Jeep Safari,* die (engl.-am., ohne Pl.)

gelassen *stoisch* (gr.-lat.) svw. unerschütterlich gelassen, Katastrophen stoisch hinnehmen

Gelassenheit 1. *Contenance,* die (lat.-fr., ohne Pl.) auch: Beherrschung; nicht die Contenance verlieren! 2. *Stoizismus,* der (gr.-lat., ohne Pl.) von Zenon um 300 v. Chr. begründete Lehre, deren Anhänger: Stoiker

gelbbräunlich *chamois* (fr.)

Gelbe Seiten (Werbehandbuch) ... *Digimercials* (engl., nur Pl., aus: digital u. commercial) ... im elektronischen Bereich; Bez. für e. Art von gesponserter Kommunikation, um die Kosten der neuen Medien im privaten Gebrauch zu reduzieren

Gelbfarbstoff der Pflanzenzellen *Xanthophyll,* das (gr.-lat., ohne Pl.) Bot.

gelbhäutig *xanthoderm* (gr.-lat.) med.

Gelbkörperhormon *Gestagen,* das (lat.-gr., Pl. -e) weibliches Keimdrüsenhormon (med.)

gelblich *ekrü* (lat.-fr.) auch: ungebleicht

Gelbsehen, das ... aller Gegenstände *Xanthopsie,* die (gr.-lat., Pl. ...ien) Sehfehler (med.)

Gelbsucht *Ikterus,* der (gr.-lat., ohne Pl.) nicht verw. mit *Ikarus,* der (gr., ohne Pl.) Gestalt der gr. Sagenwelt (er kam der Sonne zu nah)

gelbsüchtig *ikterisch* (gr.-lat.) med.

Geld 1. *Finanzen,* die (lat.-fr., nur Pl.) 2. *Kapital,* das (lat.-it., Pl. ...ien) für Investitionen wird Kapital benötigt, die Firma hat e. zu kurze Kapitaldecke 3. *Mammon,* der (lat., ohne Pl.) immer der schnöde Mammon! 4. *Moneten,* die (lat., nur Pl.) für die Anschaffung fehlen mir die Moneten

Geld anweisen *assignieren* (lat.)

Geld stinkt nicht *pekunia non olet* (lat.)

Geld- u- Sachwerte *Kapital,* das (lat.-it., Pl. -ien) von: capitalis pars debiti (Stamm e. geliehenen Geldschuld)

Geld, das ständig von Land zu Land fließt *Hot Money,* das (engl.-am., ohne Pl.) die ewigen Transaktionen haben das Ziel, Gewinne durch Währungsschwankungen zu machen

Geld, überall herrscht das ... *in cunctis domina pecunia est* (lat., Zitat) auch: Geld öffnet jede Tür

Geldabwertung *Devaluation,* die (lat.-engl., Pl. -en)

Geldanweisung *Assignation,* die (lat., Pl. -en)

Geldbeschaffung 1. *Finanzierung,* die (lat.-fr., Pl. -en) e. unsolide Finanzierung ist scherzhaft e. Vakuumfinanzierung 2. *Refinanzierung,* die (lat.-fr., Pl. -en) e. Bank gewährt Bauherrnkredite u. refinanziert sich durch z. B. den Verkauf von Hypothekenbriefen

Geldbetrag *Summe,* die (lat., Pl. -en)

Geldbeutel *Portemonnaie,* das (fr., Pl. -s) auch: Geldbörse

Geldeinlage *Depositum,* das (lat., Pl. ...siten) z. B. bei der Bank

Geldentwertung *Inflation,* die (lat., Pl. -en) z. B. bei zu großer Geldmenge; die Kaufkraft des Geldes sinkt, die Preise, auch die Zinsen, steigen; Ggs.: Deflation

Geldgeber 1. *Finanzier,* der (lat.-fr., Pl. -s) z. B. e. großen Bauvorhabens 2. *Mäzen,* der (lat., Pl. -e) svw. Gönner, z. B. e. Unternehmer als Kunstmäzen; nach dem Römer Maecenas 3. *Sponsor,* der (lat.-engl., Pl. -en) den Tennisverein rettete e. spendabler Sponsor

Geldgeschäft *Transaktion,* die (lat., Pl. -en) i. S. e. großen Finanzgeschäftes

Geldgier ist das Grab der Freundschaft *pestis in amicitia pecuniae cupiditas* (lat., Zitat)

Geldgier *Mammonismus,* der (gr.-lat., ohne Pl.) auch: Geldherrschaft

Geldherrschaft 1. *Plutokratie,* die (gr., Pl. -n) Staatsform, die politische Macht ist an Vermögenswerte koppelt 2. *Mammonismus,* der (gr.-lat., ohne Pl.) auch: Geldgier

Geldhortung *Thesaurierung,* die (gr.-lat., Pl. -en) z. B. Gewinnthesaurierung in Unternehmen als Form der Innenfinanzierung

geldlich 1. *finanziell* (lat.) 2. *materiell* (lat.-fr.) i. S. von stofflich, auf Besitz bedacht; Ggs.: immateriell 3. *monetär* (lat.) 4. *pekuniär* (lat.-fr.) Geld betreffend; »pecunia non olet« (Geld stinkt nicht) nach Kaiser Vespasian (9-79 n. Chr.), der auf öffentliche Toiletten Steuern erhob

Geldmittel bereitstellen *finanzieren* (fr.) »40 Prozent seines saarländischen Staatshaushaltes finanziere ich; Herrgott, der darf doch nicht Finanzminister in Deutschland werden!« (Theo Waigel, Bundesfinanzminister, über Oskar Lafontaine, 1998)

Geldmittel *Finanzen,* die (lat.-fr., nur Pl.)

Geldquelle *Ressource,* die (lat.-fr., Pl. -n) für e. Großprojekt Finanzressourcen erschließen

Geldschrank 1. *Safe,* der (engl., Pl. -s) 2. *Tresor,* der (gr.-lat.-fr., Pl. -e)

Geldsorte 1. *Valuta,* die (lat.-it., Pl. ...ten) auch: Währung, z. B.: Schweizer Franken, Englische Pfund 2. *Devisen,* die (lat., nur Pl.) ausländisches Zahlungsmittel; nicht verw. mit *Devise,* die (lat.-fr., Pl. -n) Wahl- oder Leitspruch

Geldtasche *Portemonnaie,* das (fr., Pl. -s)

Geldvorrat *Fonds,* der (lat.-fr., nur Pl.) e. Geldmenge für best. Zwecke, z. B. den Internationalen Währungsfonds (IWF)

Geldwechsel 1. *Change,* der (lat.-fr.-engl., ohne Pl.) 2. *Exchange,* die (lat.-fr.-engl., Pl. -s)

Geldwertsteigerung *Deflation,* die (lat., Pl. -en) reduzierte Geldmenge mindert die Nachfrage, die Preise stabilisieren sich; Ggs.: Inflation

Gelegenheit *Chance,* die (lat.-fr., Pl. -n) i. S. e. günstigen Gelegenheit; »Kohl hat seine letzte Chance verpaßt.« (Franz Müntefering, SPD-Geschäftsführer, 1998)

Gelegenheitsarbeiter *Jobber,* der (engl., Pl. -s) Teilzeit-Jobber

Gelegenheitskauf *Okkasion,* die (lat., Pl. -n)

gelegentlich 1. *episodisch* (gr.-fr.) dazwischengeschaltet 2. *okkasionell* (lat.-fr.) 3. *sporadisch* (gr.-fr.) vereinzelt

Gelehrsamkeit *Erudition,* die (lat., ohne Pl.)

Gelehrtenschulen, die ältesten ... 1. *Akademie,* die (gr.-lat.-fr., Pl. ...ien) 387 v. Chr. vom gr. Philosophen Plato gegründet worden; da das Gelände einst dem attischen Helden Akademos gehörte, wurde die erste Universität Akademie genannt 2. *Lyzeum,* das (gr.-lat., Pl. ...een) 335 v. Chr. von Platons Schüler Aristoteles gegründet worden; die Schule hieß Lykeion, da das Gebäude dem Gott der Hirten, Apollo Lykeios geweiht war

Gelehrtensprache, indische *Sanskrit,* das (sanskr., ohne Pl.) altindische Sprache, findet noch heute in der Literatur u. bei Gelehrten Anwendung

Gelehrter *Sophist,* der (gr.-lat., Pl. -en) spitzfindiger Wissenschaftler der Antike; bedeutende Sophisten: Protagoras, Gorgias (gr. Philosophen des 4. u. 5. Jh. v. Chr.)

Gelehrter, islamischer ... 1. *Alim,* der (arab., Pl. Ulema) ... der über e. Ausbildung in den Traditionswissenschaften des Islams verfügt 2. *Mullah,* der (arab., Pl. -s) auch: religiöser Führer, bes. im schiitischen Iran

geleimt *broschiert* (fr.) geheftet, nicht gebunden

Geleit *Eskorte,* die (lat.-it.-fr., Pl. -n) z. B. e. Polizeieskorte begleitete den Daimler des Bundeskanzlers

Geleit, sicheres ... *salvus conductus* (lat.)

geleiten *eskortieren* (lat.-fr.)

Geleitzug *Konvoi,* der (lat.-fr.-engl., Pl. -s) der Präsidentenkarosse folgte e. Konvoi von Fahrzeugen

Gelenk 1. *Artikulation,* die (lat., Pl. -en) med.; auch: Lautbildung 2. *Junktur,* die (lat., Pl. -en) med.

Gelenk, zum ... gehörend *artikular* (lat.) med.

Gelenkentzündung *Rheumatismus,* der (gr.-lat., Pl. ...men) med.

Gelenkerkrankung, *Arthrose,* die (gr.-lat., Pl. -n) kurz für: Arthrosis deformans (degenerative Gelenkerkrankung)

Gelenkleiden *Arthropathie,* die (gr.-lat., Pl. ...ien)

Gelenkschmerz *Arthralgie,* die (gr., Pl. -n) med.

Gelenkversteifung *Ankylose,* die (gr.-lat., Pl. -n) med.

Gelerntes *Habit,* das (lat.-fr., Pl. -e) i. S. von: anerzogen

Geliebte 1. *Hetäre,* die (gr., Pl. -n) käufliche ... gebildeter Männer 2. *Konkubine,* die (lat., Pl. -n) 3. *Kurtisane,* die (it.-fr., Pl. -n) 4. *Mätresse,* die (lat.-fr., Pl. -n)

Geliebte, bezahlte ... in der Antike *Hetäre,* die (gr., Pl. -n) leisteten sich einflußreiche Männer; auch: Freudenmädchen

Geliebte, deren Unterhalt der Liebhaber trägt *Mätresse,* die (fr., Pl. -n) »Wenn Politiker zu flott aussehen, spricht man doch nur von ihren Mätressen.« (Karl Lagerfeld, Modeschöpfer, 1998)

Geliebter *Amant,* der (lat.-fr., Pl. -s)
gelöst *relaxed* (lat.-engl.) i. S. von entspannt
gelten lassen *respektieren* (lat.-fr.) andere Mentalitäten respektieren
geltend machen *validieren* (lat.) bekräftigen
Geltung *Prestige,* das (lat.-fr., ohne Pl.) z. B. e. hohes Prestige (Ansehen) genießen
Geltungssucht *Pleonexie,* die (gr., ohne Pl.) auch: Habsucht, Begehrlichkeit
Gelübde, e. ... entsprechend *ex voto* (lat.)
Gemach, heizbares ... *Kemenate,* die (lat., Pl. -n) auch: Frauengemach in e. mittelalterlichen Burg
Gemälde 1. *Aquarell,* das (lat.-it., Pl. -e) in Wasserfarben 2. *Tondo,* das (lat.-it., Pl. ...di, s)
Gemälde, dreiteiliges *Triptychon,* das (gr., Pl. ...chen, ...cha)
Gemäldesammlung *Pinakothek,* die (gr.-lat., Pl. -en)
gemäß *qua* (lat.)
gemäßigt *moderat* (lat.) z. B. moderate Forderungen stellen
Gemäßigter des fr. Revolutionsparlaments *Girondist,* der (fr., Pl. -en)
gemein 1. *infam* (lat.) infame Lügen verbreiten 2. *miserabel* (lat.-fr.) auch: erbärmlich
Gemeinde *Kommune,* die (lat.-fr., Pl. -n)
Gemeindedienst *Diakonie,* die (gr., Pl. -n)
gemeindeeigen *kommunal* (lat.) kommunale Einrichtungen, z. B. Altersheime
Gemeinheit 1. *Infamie,* die (lat., Pl. ...ien) Anschuldigungen von häßlicher Infamie 2. *Schikane,* die (fr., Pl. -n) Bosheit; auch: eingebaute Schwierigkeit in e. Rennstrecke, z. B. Michael Schumacher steuerte den Ferrari sicher durch die Schikanen
gemeinhin *vulgo* (lat.) gewöhnlich
gemeinnützig *sozial* (lat.-fr.) das Unternehmen stellt eine Reihe sozialer Einrichtungen zur Verfügung
Gemeinplatz 1. *Platitüde,* die (gr.-lat.-fr., Pl. -n) sich in e. Rede nur in Platitüden ergehen 2. *Banalität,* die (germ.-fr., Pl. -en) 3. *Klischee,* das (fr., Pl. -s) abgedroschene Redewendung; auch: Druckstock 4. *Topos,* der (gr., Pl. Topoi) auch: in der antiken Rhetorik feststehender Begriff 5. *Trivialität,* die (lat.-fr., Pl. -en) Plattheit 6. *Truismus,* der (engl.-lat., ohne Pl.) auch: Binsenweisheit
gemeinsam 1. *kollektiv* (lat.) es gibt Aufgaben, die nur kollektiv zu schaffen sind 2. *kooperativ* (lat.) 3. *solidarisch* (lat.-fr.) im Streik der Studenten von 1997 erklärten sich die Professoren solidarisch
Gemeinschaft 1. *Gremium,* das (lat., Pl. ...ien) z. B. e. beschlußfassende Körperschaft 2. *Kollektiv,* das (lat.-russ., Pl. -e)
Gemeinschaft verschiedenartiger Lebewesen *Endobiose,* die (gr., Pl. -n) ... von denen eines im anderen lebt; z. B. im Darm Bakterien; Ggs.: Epibiose
Gemeinschaft von Sängern *Chor,* der (gr., Pl. Chöre) nicht verw. mit *Korps,* das (lat.-fr., Pl. –) größter Truppenverband
Gemeinschaft, islamische ... *Umma,* die (arab.) ... als Glaubenseinheit
Gemeinschaft, Mitglied e. ordensähnlichen ... *Odd Fellow* oder *Oddfellow,* der (engl., Pl. -s) ursprünglich aus England, ähnlich den Freimaurern organisiert
Gemeinschaftsarbeit *Koproduktion,* die (lat.-fr., Pl. -en) bes. beim Film üblich
gemeinschaftsfeindlich *asozial* (gr.-lat.) auch: unsozial; das Psychogramm des Täters weist asoziale Verhaltensmuster auf
Gemeinschaftssiedlung *Kibbuz,* der (hebr., Pl. -im, -e) in Israel
Gemeinschaftssiedlungs-Mitglied *Kibbuznik,* der (hebr., Pl. -s) Mitglied e. Kibbuz
gemeinschaftsunfähig *asozial* (lat.) auch: unsozial; laut Oskar Lafontaine, SPD, sind die drei Chefs der Spitzenverbände: das »Trio asoziale«; Ggs.: sozial
Gemenge *Konglomerat,* das (lat.-fr., Pl. -e) der Korb beinhaltet e. Konglomerat von Obstsorten
gemessen 1. *gravitätisch* (lat.) Flamingos schreiten gravitätisch durch das seichte Wasser 2. *zeremoniös* (lat.-fr.)
Gemetzel *Massaker,* das (fr., Pl. –) die Rebellen richteten e. Massaker an
Gemisch 1. *Mixtur,* die (lat., Pl. -en) 2. *Melange,* die (lat.-fr., Pl. -n); in Österreich: Milchkaffee 3. *Konglomerat,* das (lat.-fr., Pl. -e)
gemischt *hybrid* (gr.-lat.) zweierlei Herkunft; auch: vermessen, überheblich
Gemischtes, zusammengesetztes ... *mixtum compositum* (lat.) auch: Allerlei
Gemme mit eingeschnittenem Bild *Intaglio,* das (it., Pl. ...ien)
Gemüsesoße *Relish,* das (engl., Pl. -es)
gemustert *dessiniert* (lat.-it.-fr.) auf Stoffe bezogen
Gemütsart 1. *Naturell,* das (lat.-fr., Pl. -e) e. fröhliches Naturell haben 2. *Temperament,* das (lat.-fr., Pl. -e) er besaß e. überschäumendes Temperament
Gemütsbewegung 1. *Affekt,* der (lat., Pl. -e) seine Tat war die Folge e. Affektstaus 2. *Emotion,* die (lat., Pl. -en) emotionslos vernahm er sein Urteil
Gemütsverfassung, heitere ... *Eukolie,* die (gr., ohne Pl.)
Gen, normales ... *Proto-Onkogen,* das (gr.-lat., Pl.

-e) ist dem Tumorgen (Onkogen) in der Struktur sehr ähnlich

genannt, auch ... *alias* (lat.) z. B. Hans Meier alias Fred Jonas

genäselt *nasal* (lat.) z. B. nasal sprechen wie die Franzosen

genau 1. *exakt* (lat.) 2. *präzise* (lat.-fr.) 3. *akkurat* (lat.) i. S. von ordentlich 4. *prägnant* (lat.-fr.) z. B. Gegebenheiten prägnant (treffend) wiedergeben 5. *penibel* (gr.-lat.-fr.) i. S. von sorgfältig 6. *minuziös* (lat.-fr.) i. S. von kleinlich 7. *strikt* (lat.) Anweisungen sind strikt zu befolgen 8. *korrekt* (lat.) auch: fehlerfrei; Ggs.: inkorrekt 9. *pedantisch* (gr.-fr.) übergenau

genauer angeben 1. *detaillieren* (lat.-fr.) 2. *explizieren* (lat.) auch: erläutern 3. *spezifizieren* (lat.) i. S. von einzeln aufführen

Genauigkeit 1. *Präzision,* die (lat.-fr., ohne Pl.) Präzisionsdrehbänke arbeiten auf 1/100mm genau 2. *Akkuratesse,* die (lat., ohne Pl.) mit großer Akkuratesse e. Handarbeit verrichten 3. *Akribie,* die (gr., ohne Pl.) Akten mit Akribie bearbeiten 4. *Prägnanz,* die (lat.-fr., ohne Pl.)

genehmigen 1. *approbieren* (lat.) die Ausübung des Berufs als Arzt u. Apotheker 2. *autorisieren* (lat.) auch: bevollmächtigen

Genehmigung 1. *Autorisation,* die (lat., Pl. -en) svw. Vollmacht 2. *Konzession,* die (lat., Pl. -en) 3. *Legitimation,* die (lat.-fr., Pl. -en) Beglaubigung 4. *Lizenz,* die (lat., Pl. -en) 5. *Fiat,* das (lat., Pl. -s) Zustimmung

Generalschlüssel *Passepartout,* der (fr., Pl. -s) auch: Rahmen aus Pappe für Bilder; Dauerkarte

Generation ab 1964 *Generation X,* kurz: *Gen X,* die (engl., Pl. -s) sie wurde von dem Kultautor Douglas Coupland erfunden, sie gilt als tolerant, dennoch scheidungsfreudig, wird als Informations- u. Mediengeneration bezeichnet

Generation der 20- bis 30jährigen *Twentysomething,* der (engl.-am., Pl. -s) eigtl.: zwanzig u. etwas

Generation der heute 15- bis 30jährigen *Generation X,* die (lat.-engl.-am., ohne Pl.) auch: Gen X genannt; sie kennzeichnet Jugendarbeitslosigkeit, e. passive u. desillusionierte Lebenseinstellung; »e. Generation, die keinen Namen haben will« (Kultautor Douglas Coupland)

Generation zwischen 1970 u. 1975 geborener *Planetare Softy,* der (lat.-engl.-am., Pl. ...ies) ist romantisch, harmoniesüchtig, früh weit gereist

Generation, durch Informationsfülle orientierungslose ... *Konfetti-Generation,* die (lat.-it., Pl. -en) Informationsfetzen »bombardieren« Personengruppen, die am Ende frustriert u. verwirrt sind

Generationswechsel *Metagenese,* die (gr.-lat., Pl. -n) bei Pflanzen u. Tieren

genesen *rekonvaleszieren* (lat.) med., z. B. nach e. Herzinfarkt

genesend *rekonvaleszent* (lat.) med.

Genesender 1. *Rekonvaleszent,* der (lat., Pl. -en) med. 2. *Konvaleszent,* der (lat., Pl. -en) med.

Genesung *Rekonvaleszenz,* die (lat., ohne Pl.) med. i. S. der Genesungszeit

Genesungsanstalt *Sanatorium,* das (lat., Pl. ...ien)

Genie *Ingenium,* das (lat., Pl. ...ien) natürliche, angeborene u. besondere Begabung

genießerisch *epikureisch* (gr.) jmd., der Sinnesfreuden, bes. dem Essen u. Trinken frönt; Bez. kommt vom gr. Philosophen Epikur (341-270 v. Chr.), der allerdings maßvollen Genuß lehrte: »carpe diem« (pflücke den Tag; svw. bewußt leben)

Genkarten, das Bearbeiten von ... *Gen Mapping,* das (engl., ohne Pl.) auch das Auffinden neuer Genstrukturen; Gen Mapping ist die Voraussetzung zur Genmanipulation; Genstrukturen werden auf sog. Karten dargestellt, deren gewaltige Datenmenge Computer ordnen

Genosse *Towarischtsch,* der (russ., ohne Pl.) als Anrede

genug! *basta!* (it.)

genügsam 1. *primitiv* (lat.-fr.) 2. *spartanisch* (gr.-lat.) einfach, nach der Hauptstadt Sparta auf dem Peloponnes Griechenlands

Genugtuung 1. *Triumph,* der (lat., Pl. -e) nach dem Sieg zog die Armee durch den Triumphbogen 2. *Revanche,* die (lat.-fr., Pl. -n) 3. *Satisfaktion,* die (lat., Pl. -en) Genugtuung durch Ehrenerklärung (Entschuldigung oder Duell)

Genußmensch 1. *Bonvivant,* der (lat.-fr., Pl. -s) auch: Lebemann 2. *Epikureer,* der (gr.-lat., ohne Pl.) nach dem gr. Philosophen Epikur (341-270 v. Chr.) jmd., der irdische Freuden genießt 3. *Gourmand,* der (fr., Pl. -s) e. Schlemmer; nicht verw. mit *Gourmet,* der (fr., Pl. -s) e. Feinschmecker 4. *Hedonist,* der (gr.-lat., Pl. -en) nach dem Hedonismus: philos. Lehre der Antike, in der das ethische Prinzip das Streben nach Genuß war

Geodreieck *Equerre,* die (lat.-fr., Pl. -s)

geographische Breite *Latitüde,* die (lat.-fr., Pl. -n)

geographische Länge *Longitüde,* die (lat.-fr., Pl. -n)

Geometrie, gebrochene ... *fraktale Geometrie,* die (engl.-gr.-lat., Pl. ...ien) in den 80er Jahren entwikkelte Benoit Mandelbrot die fraktale Geometrie mittels der natürliche Objekte, wie Blätter, Sträucher mathematisch bestimmbar sind. (Mit der euklidischen Geometrie lassen sich nur idealisierte Figuren, wie Kreise, Würfel, Kugeln berechnen)

Geometrie, nach Art der ... *more geometrico,* die (gr.-lat., ohne Pl.) philos. Methode nach Art der Mathematik (Ableitungen aus Prinzipien u. Axiomen)

geordnet 1. *chronologisch* (gr.) in zeitlicher Abfolge 2. *methodisch* (gr.-lat.) 3. *strukturiert* (lat.) 4. *systematisch* (gr.-lat.)

gepflegt 1. *kultiviert* (lat.-fr.) e. kultivierte Person sein 2. *soigniert* (germ.-fr.) i. S. von gediegen

Gepflogenheit 1. *Tradition,* die (lat., Pl. -en) 2. *Usance,* die (lat.-fr., Pl. -n) im Handel werden besondere Usancen gepflegt 3. *Uso,* der (lat.-it., Pl. -s) es ist Uso, bei Vertragsabschluß e. Anzahlung zu leisten 4. *Konvention,* die (lat.-fr., Pl. -en) auch: völkerrechtlicher Vertrag, Abkommen

Geplauder *Small talk,* der (engl., ohne Pl.) z. B. auf Stehpartys üblich

Gepräge, neuzeitliches ... *Modernität,* die (lat.-fr., Pl. -en) »Was Gerhard Schröder an Modernität verspricht, wird sich in Schall u. Rauch auflösen.« (Bernd Protzner, CSU-Generalsekretär, 1998)

gerade 1. *akkurat* (lat.) 2. *just* (lat.) 3. *pair* (lat.-fr.) gerade Zahlen beim Roulettspiel; Ggs.: impair

geradeaus *straight* (engl.)

geradlinig 1. *direkt* (lat.) 2. *linear* (lat.)

Gerät 1. *Apparat,* der (lat., Pl. -e) z. B. Radioapparat 2. *Utensil,* das (lat., Pl. -ien) auch: Hilfsmittel 3. *Instrument,* das (lat., Pl. -e) »Ausrüstung«; z. B. Musikinstrument; »Nennt mich, was für ein Instrument ihr wollt, ihr könnt mich zwar verstimmen, aber nicht auf mir spielen.« (William Shakespeare, aus »Hamlet«)

Gerät für die interaktive Partnersuche *Smart Heart,* das (engl., Pl. -s) »schickes Herz«; auch: Liebes-Tamagotchi (Erfinder Rolf Olsson, 1998)

Gerät für unterbrechungsfreie Stromversorgung *USV,* der (Eigenn.) Bez. aus der EDV

Gerät zum Messen des Alkoholspiegels im Blut *Ethanograph,* der (gr.-lat., Pl. -en)

Gerät zum Nachweis geringer elektr. Ladungen *Elektroskop,* das (gr.-lat., Pl. -e)

Gerät zur Ausschabung ... *Kürette,* die (Pl. -n) ... der Gebärmutter

Gerät zur Erzeugung von Tönen, Klängen, Geräuschen ... 1. *Synthesizer,* der (gr.-engl., Pl. -s) 2. *Sequencer,* der (lat.-engl., Pl. -s) ... u. Effekten, jeweils auf elektronischem Wege

Gerät, das Computerdaten in Töne umsetzt ... *Modulator-Demodulator,* der (engl., Pl. -s) kurz: Modem; ... die über Telefonleitungen geschickt werden können u. umgekehrt

Gerät, mit dem die Erd- u. Mondbahn um die Sonne dargestellt wird *Tellurium,* das (lat., Pl. ...ien)

Gerät, optisches ... *Adaptometer,* das (gr.-lat., Pl. –) ... das die Anpassungsfähigkeit des Auges an Dunkelheit mißt

Gerät, Taschen... für den Empfang pers. Mitteilungen *Pager,* der (engl.-am., Pl. -s) ... über e. Funkrufnetz oder aus dem Internet: Bez. kommt von »Hotelpage«

Gerätelager *Arsenal,* das (arab.-it., Pl. -e) z. B. e. Waffenarsenal vorfinden

Gerätschaft *Equipment,* das (engl., Pl. -s) auch: Ausrüstung

gerecht 1. *fair* (engl.) e. fairer Sportler 2. *salomonisch,* nach dem biblischen König Salomon (10. Jh. v. Chr.); auch: weise

Gerechtigkeit ist die Grundlage der Reiche *iustitia regnorum fundamentum* (lat., Zitat: Kaiser Franz I. von Österreich)

Gerechtigkeit *Nemesis,* die (gr.-lat., ohne Pl.) nach Nemesis, der gr. Göttin u. Rächerin des Frevels: strafende Gerechtigkeit

Gerede 1. *Galimathias,* der, das (fr., ohne Pl.) sinnloses, verworrenes Gerede 2. *Nonsens,* der (lat.-engl., ohne Pl.) dummes, törichtes Reden 3. *Litanei,* die (gr.-lat., Pl. -en) svw. gesungene Fürbitte des christlichen Gottesdienstes; eintöniges Gerede 4. *Palaver,* das (gr.-lat.-engl., ohne Pl.) Ratsversammlung afrikanischer Stämme; abwertend: langes Gequatsche ohne Ergebnis 5. *Phrase,* die (gr.-lat., Pl. -n) Geschwätz; z. B. Phrasendrescher 6. *Sermon,* der (lat.-fr., Pl. -e) inhaltsleere Rede; auch: Strafpredigt 7. *Geseire,* das (jidd.) höre auf mit dem ewigen Geseire (klagendes Gerede)! 8. *Pow-Wow* oder *Powwow,* das (Algonkinwort, Pl. -s) Ratsversammlung u. Aussprache bei nordamerik. Indianern 9. *Deklamation,* die (lat., Pl. -en) auch: hohles Gerede; »Was den allergrößten Schaden bringt, sind die unreifen Politiker, die in Träumen, Deklamationen ... umherirren u. doch so drängen, daß nur das Ihrige geschehe.« (Adalbert Stifter)

Gereiztheit *Nervosität,* die (lat.-fr.-engl., Pl. -en)

Gericht aus Bambusschößlingen *Achia,* das (ind., Pl. -s)

Gericht *Instanz,* die (lat., Pl. -en) volkstümlich: Gott als letzte Instanz; die ordentliche Gerichtsbarkeit unterscheidet drei Instanzen: das Amtsgericht, das Landgericht mit Oberlandesgericht, der Bundesgerichtshof

Gericht, Mahlzeit, ausländisches 1. *Kebab,* der (arab.-türk., ohne Pl.) orientalisches Gericht aus am Spieß gebratenen Hammelfleischstückchen 2. *Couscous,* das (arab.-fr., ohne Pl.) tunesisches Gericht aus Hirse mit diversen Fleischsorten (Hammel, Geflügel) 3. *Nasi-goreng,* das (malaiisch, Pl. -s) indonesisches Reisgericht in mehreren Varianten 4. *Risi-Bisi,* das (it., ohne Pl.) aus: riso con piselli: Reis mit Erbsen; auch: Risipisi, österr. Gericht aus Reis u. Erbsen

Gericht, sp. ... *Olla podrida,* die (sp., ohne Pl.) Fleisch, Erbsen, Räucherwurst

gerichtlich *forensisch* (lat.)

Gerichtsbarkeit *Jurisdiktion,* die (lat., Pl. -en)

Gerichtsbeamter im ehemaligen Kolonisationsgebiet *Zupan,* der (slaw., Pl. ...ane)

Gerichtshof 1. *Tribunal,* das (lat., Pl. -e) 2. *Areopag,* der (gr.-lat., Pl. -s) im antiken Griechenland der höchste Gerichtshof

Gerichtsrede *Plädoyer,* das (lat.-fr., Pl. -s) Schlußvortrag des Verteidigers oder des Staatsanwalts vor Gericht

Gerichtsschreiber *Clerk,* der (gr.-lat.-fr.-engl., Pl. -s) in den USA tätig

Gerichtsverhandlung *Prozeß,* der (lat., Pl. ...esse)

Gerichtswesen *Justiz,* die (lat., ohne Pl.) auch: staatliche Rechtspflege; »Die lasche Justiz macht solche Verzweiflungsakte (Outing) erst möglich.« (Ole von Beust, CDU-Fraktionschef, Hamburg, 1998)

Geringfügigkeit *Bagatelle,* die (lat.-it.-fr., Pl. -n) das Fahrzeug hatte nur e. Bagatellschaden

geringschätzen *desavouieren* (lat.-fr.) auch: im Stich lassen

geringschätzig 1. *despektierlich* (lat.) e. despektierliches Verhalten zeigen 2. *pejorativ* (lat.) i. S. von abwertend

geringste, nicht das ... *kein Jota* (gr.) »Was immer man den Schweizer Banken vorwirft: Die Briten u. die Amerikaner waren um kein Jota besser.« (Ignatz Bubis, 1998)

gerinnen *koagulieren* (lat.) auch: ausflocken; nicht verw. mit *koalieren* (lat.-engl.-fr.) sich verbünden, z. B. politische Parteien

Gerippe *Skelett,* das (gr., Pl. -e)

gerissen *raffiniert* (lat.-fr.) e. raffinierten Einbruch planen

Gerissenheit *Raffiniertheit,* die (lat.-fr., ohne Pl.)

Geröllwüste 1. *Reg,* die (hamitisch, ohne Pl.) 2. *Hammada;* auch: *Hamada,* die (arab., Pl. -s) Stein- u. Felswüste 3. *Serir,* die (arab., Pl. -e) Kies- u. Geröllwüste in Libyen

geröstete Brotscheibe *Toast,* der (lat.-fr.-engl., Pl. -s)

Gerstenkorn *Hordeolum,* das (lat., Pl. ...la) med.

Geruch 1. *Halitus,* der (lat., ohne Pl.) med. 2. *Odor,* der (lat., Pl. ...ores) med. 3. *Odeur,* der (lat.-fr., Pl. -e) duftender Stoff; auch: seltsamer Geruch (»quelle odeur?«)

Geruch betreffend *olfaktorisch* (lat.) den Riechnerv betreffend (med.)

geruchlos machen *desodorisieren* (lat.)

Geruchssinn-Prüfgerät *Olfaktometer,* das (gr.-lat., Pl. –) med.

Geruchstäuschung *Parosmie,* die (gr.-lat., Pl. ...ien) med.

Geruchsverschluß *Siphon,* der (gr.-lat.-fr., Pl. -s) für Abwasserleitungen (Toiletten)

Gerücht 1. *Fama,* die (lat., ohne Pl.) der angeblich unsolide Lebenswandel der Frau war eine Fama 2. *Ondit,* das (fr., Pl. -s) das Ondit stand im Raum, daß er unreelle Geschäfte tätigte

Gerücht verbreiten *kolportieren* (lat.-fr.)

Gerüchteverbreiter *Kolporteur,* der (lat.-fr., Pl. -e) der Kolporteur war zufällig bei der Bild-Zeitung beschäftigt

Gerüchteverbreitung *Kolportage,* die (lat.-fr., Pl. -n) die Yellow Press (Regenbogenpresse) arbeitet gern mit Kolportagen

Gerüstbrücke *Estakade,* die (germ., Pl. -n) auch: Absperrpfahlwerk

gesagt, getan *dictum, factum* (lat., Zitat)

gesamt 1. *global* (lat.) 2. *komplett* (lat.-fr.) 3. *total* (lat.-fr.) 4. *universal* (lat.-fr.) auch: weltweit

Gesamtaufnahme *Totale,* die (lat.-fr., Pl. -n) z. B. bei Filmaufnahmen

Gesamtheit 1. *Panorama,* das (gr.-lat., Pl. ...men) eigtl. »Allschau«, Rundblick 2. *Ensemble,* das (lat.-fr., Pl. -s) Gruppe von Sängern oder Tänzern 3. *Totalität,* die (lat.-fr., Pl. -en) 4. *Universalität,* die (lat., ohne Pl.) Allseitigkeit, z. B. der Bildung

Gesamtheit der Gegner ... *Opposition,* die (lat.-fr., Pl. -en) ... bes. politisch anders denkender Personen; »Opposition ist die Kunst, den Ast, auf dem die Regierung sitzt, so anzusägen, daß man selbst darauf Platz nehmen kann.« (Carlo Manzoni)

Gesamtwerk *Œuvre,* das (lat.-fr., Pl. -s) e. Künstlers; nicht verw. mit *Hors d'œuvre,* das (fr., Pl. -s) Vorspeise

Gesamtwirtschaftsbetrachtung *Makroökonomie,* die (gr.-lat., ohne Pl.) Betrachtungen z. B. der Wertschöpfung, des Sozialprodukts, der Zahlungs- u. Handelsbilanz sind Größen der Volkswirtschaft; vgl.: Mikroökonomie (Betriebswirtschaft)

Gesandtschaft 1. *Ambassade,* die (it.-fr., Pl. -n) offizielle Auslandsvertretung e. Staates 2. *Legation,* die (lat., Pl. -en) meist päpstliche Vertretung; Legationsrat

Gesandter 1. *Ambassadeur,* der (it.-fr., Pl. -e) 2. *Ablegat,* der (lat., Pl. -en) päpstlicher Gesandter 3. *Emissär,* der (lat.-fr., Pl. -e) Abgesandter mit best. Auftrag

Gesang 1. *Cantus,* der (lat., ohne Pl.) 2. *Canto,* der (lat.-it., Pl. -s) 3. *Melos,* das (gr.-lat., ohne Pl.) svw. Lied, Melodie

gesangartig *cantabile* (it.) Mus.

Gesangsstimmen, zwei-acht ... 1. *Duett,* das (lat.-it., Pl. -e) 2. *Terzett,* das (lat.-it., Pl. -e) 3. *Quartett,* das (lat.-it., Pl. -e) 4. *Quintett,* das (lat.-it., Pl. -e) 5. *Sextett,* das (lat.-it., Pl. -e) 6. *Septett,* das (lat.-it., Pl. -e) 7. *Oktett,* das (lat.-it., Pl. -e)

Gesangstil, it. virtuoser ... *Belcanto* u. *Belkanto,* der (lat.-it., ohne Pl.) »der schöne Gesang«

Gesangsveranstaltung für Amateure *Karaoke,* das (jap., ohne Pl.) von kara (leer) u. oke als Abk. für okesutora (Orchester) e. lustiger Amateur-Singwettbewerb

Gesäß *Podex,* der (lat., Pl. -e)

Gesäßpolster in der Damenmode *Turnüre,* die (lat.-fr., Pl. -n) ... Ende des 19. Jhs.

Geschäft 1. *Business,* das (engl., ohne Pl.) 2. *Deal,* der (engl., Pl. -s) als Handel, z. B. Drogendealer (Rauschgifthändler) 3. *Shop,* der (engl., Pl. -s) svw. Geschäft, Laden 4. *Store,* der (engl.-am., Pl. -s) z. B. Storekeeper: Ladenbesitzer 5. *Secondhand-shop,* der (engl., Pl. -s) Laden, der gebrauchte Waren verkauft, meist Textilien 6. *Metier,* das (lat-fr., Pl. -s) 7. *Transaktion,* die (lat., Pl. -en) e. großes Geschäft e. Unternehmens

Geschäft für Tabakwaren u. Zeitschriften *Tabaktrafik,* die (österr., Pl. -en)

Geschäfte, die über digitale Medien getätigt werden *E-Commerce,* der (engl., ohne Pl.) z. B. Banking, Internetshopping

Geschäftemacher *Spekulant,* der (lat., Pl. -en) z. B. Börsenspekulant wie André Kostolany; auch: waghalsige Geschäftemacher

geschäftig 1. *agil* (lat.-fr.) i. S. von beweglich 2. *agile* (lat.-it.) beweglich; auch: musik. Vortragsanw.

Geschäftsansammlung *Shoppingcenter,* das (engl., Pl. -s)

Geschäftsbedingung *Kondition,* die (lat., Pl. -en) sollte die Zahlungs- u. Lieferungsbedingungen regeln

Geschäftsbeziehung, Abbruch der ... *Boykott,* der (engl., Pl. -s) nach dem engl. Hauptmann u. Gutsverwalter Boycott, der in Irland geächtet wurde: Liefersperre; auch: Ächtung

Geschäftsbeziehung, e. ... abbrechen *boykottieren* (engl.) auch: ächten

Geschäftsführer 1. *Managing Director,* der (engl., Pl. -s) 2. *General Manager,* der (engl., Pl. -s) jeweils von kleinen u. mittelgroßen Unternehmen

Geschäftsleben *Business,* das (engl., ohne Pl.) auch: vorteilhafter Geschäftsabschluß

Geschäftsleitung 1. *Direktion,* die (lat., Pl. -en) bisweilen wird e. Generaldirektion übergeordnet 2. *Direktorium,* das (lat., Pl. ...ien)

Geschäftsmann als Freund e. Politikers *Amigo,* der (sp., Pl. -s) »Freund«, auch Gönner e. Politikers; in Bayern gab es e. »Amigo-Affäre«; »In Bayern würde man so einen (Nick Leeson) zum Ehren-Amigo ernennen.« (G. Schröders geh. Tagebuch von H. Venske, 1997)

Geschäftsmann, zeninspirierter, atheistischer ... *Zippie,* die (engl.-am., Pl. -s) Akronym aus: zen-inspired pagan professional (natürlich auch für Geschäftsfrauen)

geschäftsmäßig 1. *aktiv* (lat.) 2. *busy* (engl.) i. S. von beschäftigt

Geschäftsnebenstelle 1. *Agentur,* die (lat., Pl. -en) 2. *Filiale,* die (lat.-fr., Pl. -n)

Geschäftsordnung *Reglement,* das (lat.-fr., Pl. -s) auch: Satzungen

Geschäftsstelle *Agentur,* die (lat., Pl. -en)

Geschäftsteilhaber 1. *Kompagnon,* der (lat.-fr., Pl. -s) 2. *Sozius,* der (lat., Pl. Soziusse); auch: Beifahrer auf dem Motorrad

Geschäftstüchtigkeit *Cleverness,* die (engl., ohne Pl.)

Geschäftsviertel *City,* die (engl., Pl. -s) auch: Innenstadt

Geschäftswert *Goodwill,* der (engl., ohne Pl.) der gute Ruf e. Unternehmens z. B. bei Banken, Kunden u. Lieferanten

Geschäftszweig *Branche,* die (lat.-fr., Pl. -n)

geschehen *passieren* (lat.-fr.) Es ist etwas Schreckliches passiert!

Geschenk *Präsent,* das (lat.-fr., Pl. -e) z. B. e. Präsentkorb überreichen

Geschenk, Produkt... e. Firma *Give-away,* das (engl., Pl. -s) z. B. e. Auto an e. Journalisten, der für seine Auto-Zeitschrift e. positiven Bericht verfassen soll

Geschenk, unheilbringendes *Danaergeschenk,* das (gr.-dt., Pl. -e) nach der Bez. Homers (wahrscheinlich um 800 v. Chr.) für e. Geschenk, das sich im nachhinein als unheilvoll erweist, z. B. das Trojanische Pferd

Geschichte 1. *Anekdote,* die (gr.-fr., Pl. -n) Onkel Karl, der Anekdotenerzähler 2. *Historie,* die (gr., Pl. -n) 3. *Legende,* die (lat., Pl. -n) eigtl.: »zu Lesendes«, auch: fromme Sage 4. *Mythos,* der (gr.-lat.) u. *Mythus,* der (gr.-lat., Pl. ...then) überlieferte Erzählung aus der Vorzeit 5. *Prähistorie,* die (lat., ohne Pl.) Vorgeschichte 6. *Episode,* die (gr.-lat., Pl. -n) i. S. e. Begebenheit von kurzer Dauer 7. *Story,* die (lat.-engl.-am., Pl. ...ies) auch: Bericht; »Wie die Dt. Mark wird der Euro e. Erfolgsstory für Deutschland« (Helmut Kohl, 1998)

Geschichte, frei erfundene ... *Fiction Story,* die (engl.-am., Pl. ...ies)

geschichtlich *historisch* (gr.) z. B. e. historischen Roman lesen

geschichtliche Jahrbücher *Annalen,* die (lat., nur Pl.) auch: zeitlich geordnetes Geschichtsbuch

Geschichtsbücher, die ... des Alten Testaments *Chronika,* die (lat., nur Pl.)

Geschichtsforscher *Historiker,* der (gr.-lat., ohne Pl.) »Der Historiker ist e. nach rückwärts gekehrter Prophet.« (Hegel)

Geschichtsschreiber 1. *Historiograph,* der (gr., Pl. -en) 2. *Chronist,* der (gr.-lat., Pl. -en) des alten Roms: Cicero (Redner u. Geschichtsschreiber); der alten Griechen: Herodot

Geschichtsschreibung 1. *Chronik,* die (gr.-lat., Pl. -en) in zeitlicher Reihenfolge Geschehnisse schriftlich festhalten 2. *Chronographie,* die (gr.-lat., Pl. ...ien) Geschehnisse in der Reihenfolge der Ereignisse schriftlich festhalten

Geschichtswissenschaft *Historie,* die (gr., Pl. -n)

Geschichtswissenschaftler *Historiker,* der (gr.-lat., ohne Pl.)

Geschicklichkeitskünstler *Jongleur,* der (lat.-fr., Pl. -e) der Zirkusjongleur hatte gleichzeitig sechs Bälle in der Luft; »... aber dieser Nick Leeson, ein 28jähriger Finanzjongleur, ist einfach sensationell.« (G. Schröders geh. Tagebuch von H. Venske, 1997)

Geschicklichkeitswettbewerb im Motorsport *Gymkhana,* das (Hindi-engl., Pl. -s)

geschickt 1. *clever* (engl.) e. cleverer Geschäftsmann sein; Lothar Späth, genannt »das Cleverle« 2. *patent* (lat.) er heiratete e. patente Frau 3. *routiniert* (lat.-fr.) auch: gewandt, erfahren 4. *talentiert* (gr.-lat.) geschickt, begabt 5. *versiert* (lat.-fr.) bewandert, gewitzt; z. B. Bill Gates ist e. versierter Geschäftsmann

Geschirr für Zugtiere *Kummet,* das, der (schweiz., Pl. -e) z. B. Pferdekummet

Geschlecht 1. *Genus,* das (lat., Pl. Genera) z. B. Genus proximum: nächsthöherer Gattungsbegriff; Genuskauf: Kaufvertrag, der Gattungsmerkmale, nicht die Eigentümlichkeiten e. Ware bestimmt (Rechtsw.) 2. *Sex,* der (lat.-engl., ohne Pl.) i. S. e. Geschlechtlichkeit; Sexfilm, Sexbombe

Geschlechterkunde *Genealogie,* die (gr., Pl. ...ien) Wissenschaft, die sich mit der Folge u. Verwandtschaft der Geschlechter befaßt

geschlechtliche Empfindungslosigkeit *Anaphrodisie,* die (gr., Pl. ...ien) med.

geschlechtliche Fortpflanzung *Tokogonie,* die (gr.-lat., Pl. ...ien)

Geschlechtlichkeit *Sex,* der (lat.-engl., ohne Pl.) »Manche sind drogensüchtig, manche süchtig nach Macht oder Sex, wir sind alle süchtig nach irgend etwas.« (Bill Clinton, Präsident der USA, 1998)

Geschlechtsakt, spontaner ... mit Fremden *Zipless fuck,* der (engl.-am., ohne Pl.) nach der am. Autorin Erica Jong

Geschlechtsbeziehung zwischen Frauen *Lesbianismus,* der (gr., ohne Pl.) nach der Insel Lesbos, wo die gr. Dichterin Sappho (600 v. Chr.) e. musische Schule für Mädchen leitete; »vivamus, mea Lesbia, atque amemus« (laß uns leben, meine Geliebte, laß uns lieben; Catull)

Geschlechtsdrüse *Gonade,* die (gr.-lat., Pl. -n) med.

Geschlechtshormon 1. *Androgen,* das (gr.-lat., Pl. -e) männliches Hormon 2. *Östrogen,* das (gr.-lat., Pl. -e) weibliches Hormon

Geschlechtsleben, auf das ... bezogen *sexuell* (lat.) »Ich hatte nie eine sexuelle Beziehung zu Monica Lewinsky.« (Bill Clinton, US-Präsident, 1998)

Geschlechtsorgan 1. *Genitale,* das (lat., Pl. ...lien) med. 2. *Penis,* der (lat., Pl. -se) med., männliches – 3. *Vagina,* die (lat., Pl. ...nen) med., weibliches Organ 4. *Mamma,* die (lat., Pl. ...mmae) med., Organ der weiblichen Brust

Geschlechtsorgan, das äußere weibliche ... *Vulva,* die (lat., Pl. ...ven) »ein schlitzartig aufgeworfener roter Bühnenvorhang ... Blick wie ins Innere einer bebend aufgewühlten Vulva« (Frankfurter Rundschau, 1991; zu: »Verkaufte Braut«)

geschlechtsreif *adult* (lat.) med.

Geschlechtsteile, außerhalb der ... *extragenital* (lat.) med.; unabhängig von den Geschlechtsteilen, bez. der Übertragung von Geschlechtskrankheiten

Geschlechtstrieb 1. *Libido,* die (lat., ohne Pl.) med., Peter schlief nicht mit seiner Freundin Maria, da es ihnen an Libido mangelte 2. *Nisus sexualis,* der (gr.-lat., ohne Pl.) med. 3. *Satyriasis,* die (gr.-lat., ohne Pl.) med., e. krankhaft gesteigerter Geschlechtstrieb 4. *Aphrodisiakum,* das (gr.-lat., Pl. ...ka) den Geschlechtstrieb steigerndes Mittel; angeblich z. B. gemahlenes Horn des Nashorns

Geschlechtstrieb, den ... dämpfendes Mittel *Anaphrodisiakum,* das (gr.-lat., Pl. ...ka) med., Ggs.: Aphrodisiakum

Geschlechtsverkehr 1. *Koitus,* der (lat., ohne Pl.) med.; »Er hat den Koitus tremens« (Kurt Tucholsky, Schriftsteller, 1890-1935) 2. *Kohabitation,* die (lat., Pl. -en) med. 3. *Sex,* der (lat.-engl., ohne Pl.)

Geschlechtsverkehr ausüben 1. *koitieren* (lat.) 2. *kopulieren* (lat.) 3. *kohabitieren* (lat.)

Geschlechtsverkehr mit häufig wechselnden Partnern *Promiskuität,* die (lat., ohne Pl.)

Geschlechtsverkehr ohne Flüssigkeitsaustausch *Safer Sex,* der (engl., ohne Pl.)
Geschlechtsverkehr zwischen engen Verwandten *Inzest,* der (lat., Pl. -e) auch: Blutschande
Geschlechtsverkehr, unterbrechender ... *Koitus interruptus,* der (lat., ohne Pl.) » ... der große Vorteil des Koitus interruptus ist, daß die Methode jederzeit verfügbar ist u. keine Kosten verursacht.« (med. Fachzeitschrift »Fertilität«, 1990)
Geschlechtswort *Artikel,* der (lat., ohne Pl.)
Geschlechtszelle *Gamet,* der (gr.-lat., Pl. -en) Ei- u. Samenzellen; auch: Fortpflanzungszellen
Geschlechtszelle, große weibliche ... bei niederen Lebewesen 1. *Makrogamet,* der (gr.-lat., Pl. -en) 2. *Makrogametozyt,* der (gr.-lat., Pl. -en) e. verharrende Zelle; Ggs.: Mikrogamet
geschlossen *hermetisch* (gr.-lat.) i. S. von dicht verschlossen
Geschmack 1. *Gusto,* der (lat.-it., Pl. -s) jeder soll nach seinem Gusto selig werden 2. *Aroma,* das (gr.-lat., Pl. -s, ...men) »Gewürz«; ausgeprägter, bes. Geschmack 3. *Gout,* der (lat.-fr., Pl. -s)
Geschmack, schlechter ... *White Trash,* der (engl.-am., ohne Pl.) eigtl.: weißer Müll; auch: Bez. der niedrigsten sozialen Schicht der Weißen
Geschmack, voller ... *Full Flavoured* (engl.) Wende hin zum Genießen wohlschmeckender Gerichte einschließlich der Kalorienaufnahme, weg von der »Light-Welle«
Geschmack, zeitgebundener *Mode,* die (fr., Pl. -n) von lat.: modus (rechtes Maß) Brauch; bes. das Tragen best. Kleider; »Sobald e. Mode allgemein geworden ist, hat sie sich überholt.« (Ebner-Eschenbach)
Geschmacksstoff *Aroma,* das (gr.-lat., Pl. ...men)
Geschmacksverstärker aus Japan ... *Umani-Pulver,* das (jap.-dt., ohne Pl.) ... e. Gemisch aus Glutamat u. Natrium
geschmackvoll 1. *elegant* (lat.-fr.) elegant gekleidet sein 2. *apart* (lat.-fr.)
Geschmeide *Pretiosen,* die (lat., nur Pl.) auch: Schmuck
geschmeidig 1. *elastisch* (gr.-lat.) 2. *agil* (lat.-fr.) 3. *flexibel* (lat.)
Geschmeidigkeit *Elastizität,* die (gr.-lat., ohne Pl.)
Geschöpf *Kreatur,* die (lat., Pl. -en) auch: Lebewesen
Geschoß 1. *Projektil,* das (lat.-fr., Pl. -e) zerfetzte sein Bein 2. *Etage,* die (lat.-fr., Pl. -n) das Geschoß e. Hauses
geschrieben, es steht ... *maktub* (arab.) freie Übersetzung e. arabischen Ausdrucks
Geschütz 1. *Kanone,* die (gr.-lat.-it., Pl. -n) 2. *Kartaune,* die (lat.-it., Pl. -n) schweres Geschütz des 16. u. 17. Jhs. 3. *Stück,* das (dt., Pl. -e) z. B. Stückpforte am Schiffsrumpf
Geschützgestell *Lafette,* die (lat.-fr., Pl. -n)
geschwächt *paretisch* (gr.) med.
Geschwätz 1. *Litanei,* die (gr.-lat., Pl. -n) auch: gesungene Fürbitte des christlichen Gottesdienstes; z. B. die Lauretanische Litanei 2. *Palaver,* das (gr.-lat.-engl., ohne Pl.) Ratsversammlung afrikanischer Stämme; auch: Geschwätz ohne Ergebnis 3. *Phrase,* die (gr.-lat., Pl. -n) Redensart; Phrasendrescher 4. *Sermon,* der (lat.-fr., Pl. -e) langweiliges Gerede
Geschwätz, verworrenes ... *Galimathias,* der (gr.-fr., ohne Pl.)
geschwiegen, hättest du ..., wärst du (ein) Philosoph geblieben *si tacuisses, philosophus mansisses* (lat., Zitat: Boethius, 480-524 n. Chr.)
Geschworene *Jury,* die (lat.-fr.-engl., Pl. -s) im Schwurgericht Englands u. Amerikas verpflichtetes Gremium für e. Urteilsfindung; allg.: Sachverständigen-Ausschuß, der über etwas zu entscheiden hat
Geschwulst 1. *Fungus,* der (lat., Pl. ...gi) med., in schwammiger Konsistenz 2. *Glomus,* das (lat., Pl. ...mera) med. 3. *Teratom,* das (gr.-lat., Pl. -e) med., angeboren 4. *Tumor,* der (lat., Pl. -e) med., z. B. Gehirntumor, meist e. Krebsgeschwulst 5. *Zyste,* die (gr.-lat., Pl. -n) med., oft mit Flüssigkeit gefüllt 6. *Steaton,* das (gr.-lat., Pl. -e) Talggeschwulst
Geschwulst der Gallenwege *Cholangiom,* das (gr.-lat., Pl. -e) bösartig
Geschwulst in der Mundhöhle *Zylindrom,* das (gr.-lat., Pl. -e) ... mit zylindrischen Hohlräumen
Geschwür 1. *Ulkus,* der (lat., Pl. Ulzera) med., der ewige Ärger mit seinem Chef brachte ihm e. Magenulkus ein 2. *Helkoma,* das (gr., Pl. ...komata) med.
Geschwür der Mundschleimhaut *Aphte,* die (gr., Pl. -n)
Geschwürbildung 1. *Exulzeration,* die (lat., Pl. -en) med. 2. *Helkose,* die (gr., Pl. -n) med.
gesellig *soziabel* (lat.) auch: menschenfreundlich
Gesellschaft 1. *Cercle,* der (lat.-fr., Pl. -s) i. S. e. geschlossenen Gesellschaft 2. *Hautevolee,* die (fr., ohne Pl.) vornehme – 3. *High-Society,* die (engl., ohne Pl.) ebenfalls vornehme Gesellschaft 4. *Mischpoche, Mischpoke,* die (hebr., ohne Pl.) Gruppe zwielichtiger Gestalten 5. *Meeting,* das (engl., Pl. -s) i. S. von Gesprächsrunde, Zusammenkunft 6. *Soiree,* die (lat.-fr., Pl. Soireen) Abendgesellschaft
Gesellschaft Jesu *Societas Jesu* (lat.) kurz: S. J.; Jesuiten
Gesellschaft zum Schutze der Menschenrechte

Amnesty International (kurz: ai, engl.), gegründet: 1961

Gesellschaft zwischen Idealen u. Sachzwängen *Limer,* der (engl.-am., Pl. -s) aus: less income (wenig Einkommen) u. more experience (mehr Erfahrung) e. neue, junge Generation, die ihren Lebenssinn in Phasen des Erfolges u. Mißerfolges (der Reife) sieht

Gesellschaft, gemischte *Krethi u. Plethi,* Bezeichnung für die Leibwache König Davids, die wahrscheinlich aus Kretern u. Philistern bestand; heute e. abwertende Äußerung für e. gemischte Versammlung

Gesellschaft, vielgestaltige ... 1. *multikulturelle Gesellschaft,* die (lat., Pl. -en) kurz: multi-kulti 2. *multi Tribalism,* der (engl.) vielgestaltige Stammes- oder Gruppierungsformen

Gesellschafter 1. *Kompagnon,* der (lat.-fr., Pl. -s) e. Firma 2. *Kommanditist,* der (lat.-it.-fr., Pl. -en) nur mit seiner Einlage haftender Gesellschafter e. Kommanditgesellschaft (kurz: KG.) 3. *Komplementär,* der (lat.-fr., Pl. -e) pers. (voll) haftender Gesellschafter e. KG. 4. *Sozius,* der (lat., Pl. Soziusse) Teilhaber; auch: Beifahrer auf e. Motorrad

Gesellschafterin ... *Geisha,* die (jap., Pl. -s) ... in japanischen Restaurants u. Teehäusern tätig

gesellschaftlich *sozial* (lat.) die sozialen Probleme mancher Großstädte sind deprimierend

Gesellschaftsform 1. *Technokratie,* die (gr.-engl., Pl. -e) quasi Gesellschaftsform, die die Technik in den Vordergrund des politischen Lebens stellt 2. *Demokratie,* die (gr., Pl. ...ien) »Volksherrschaft« 3. *Oligarchie,* die (gr., Pl. ...ien) Herrschaft e. kleinen Gruppe 4. *Diktatur,* die (lat., Pl. -en) auf unbeschränkte Vollmacht e. Person (Diktator) oder Gruppe (Partei-, Militärdiktatur) begründete Herrschaft in e. Staat

Gesellschaftsforschung *Soziologie,* die (lat., ohne Pl.) svw.: Wissenschaft von den gesellschaftsbildenden Gesetzen; »Soziologie ist der Mißbrauch einer zu diesem Zwecke erfundenen Terminologie.« (Kurt Tucholsky)

Gesellschaftsgruppe, Mitglied der neuen gehobenen Mittelklasse ... *Uppy,* der (am.-engl., Pl. ...ies) ... in den USA

Gesellschaftslehre *Soziologie,* die (lat., ohne Pl.) sie beschäftigt sich mit Ursprung, Entwicklung u. Struktur menschlichen Zusammenlebens

gesellschaftsschädigend *asozial* (gr.-lat.) der Täter zeigt asoziale Verhaltensmuster

Gesellschaftsschicht, »die es geschafft hat« ... *Establishment,* das (engl., Pl. -s) ... etabliert ist u. keine Veränderungen wünscht; auch: Oberschicht

Gesellschaftstänze 1. *Jive,* der (engl., ohne Pl.) e. Art Boogie-Woogie 2. *Jitterbug,* der (engl., ohne Pl.) 3. *Slowfox,* der (engl., ohne Pl.) langsamer Foxtrott 4. *Charleston,* der (engl., ohne Pl.) Modetanz um 1920 5. *Letkiss,* der (engl.-finn., ohne Pl.)

Gesellschaftswissenschaft *Soziologie,* die (lat., ohne Pl.) Forschung über den Ursprung, zur Entwicklung, zur Struktur menschlichen Zusammenlebens

Gesellschaftszimmer 1. *Salon,* der (germ.-it.-fr., Pl. -s) 2. *drawing-room,* der (engl., Pl. -s) in Britannien

Gesetz 1. *Lex,* die (lat., Pl. Leges) 2. *Bill,* die (engl., Pl. -s) 3. *Novelle,* die (lat., Pl. -n) i. S. e. Gesetzesnachtrags

Gesetz mit Änderungen versehen *novellieren* (lat.-it.)

Gesetz, gültiges ethisches ... *kategorischer Imperativ,* der (gr.-lat., Pl. ...rische, -e) »Peter Glotz, unser kategorischer Imperativ, steigt aus der Politik aus ...« (G. Schröders geh. Tagebuch von H. Venske, 1997)

Gesetz, islam. ... *Scharia,* die (arab., ohne Pl.) auf den Koran zurückgehend, regelt als religiöses u. staatliches Recht alle Lebensbereiche

Gesetz, physikalisches ..., nach dem Energie erhalten bleibt *Energiesatz,* der (gr.-lat.-fr.-dt., ohne Pl.) sie wird nur von e. Energieform in e. andere umgewandelt

Gesetz, wo e. ... ist, da ist auch Strafe *ubi lex, ibi poena* (lat., Zitat)

Gesetzbuch, bürgerliches ... *Code civil,* der (fr., ohne Pl.) in Frankreich

Gesetze befolgend *loyal* (lat.-fr.) e. loyaler Bürger, aber auch Mitarbeiter sein

Gesetzentwurf *Bill,* die (engl., Pl. -s) auch: Gesetz

Gesetzesänderung *Novelle,* die (lat.-it., Pl. -n) auch: literarische Form der Prosaerzählung

Gesetzeskoppelung *Junktim,* das (lat., Pl. -s) eigtl.: »vereinigt«

Gesetzessammlung 1. *Corpus iuris,* das (lat., ohne Pl.) 2. *Kodex,* der (lat., Pl. -e, ...dizes) nicht verw. mit *Podex,* der (lat., Pl. -e) Hintern

gesetzestreu *loyal* (lat.-fr.) e. loyaler Beamter oder auch Mitarbeiter sein

gesetzgebend *legislativ* (lat.) Parlament als legislatives Organ e. demokratischen Staates

gesetzgeberisch *legislatorisch* (lat.)

Gesetzgebung 1. *Legislative,* die (lat., Pl. -n) das entsprechende Organ in e. Demokratie ist das Parlament 2. *Legislatur,* die (lat., Pl. -en) Gesetzgebung; Legislaturperiode als Amtsdauer e. Volksvertretung

gesetzlich *legal* (lat.) Ggs.: illegal

gesetzliche Begriffsbestimmung *Legaldefinition,* die (lat., Pl. -en)

Gesetzlichkeit *Legalität,* die (lat., ohne Pl.)

gesetzlos-freiheitlich *anarcho-liberal* (gr.-lat.-fr.) »Diese anarcho-liberale Shareholder-Value-Philosophie e. kalten Gesellschaft ... hat uns sehr geschadet.« (Heiner Geißler, CDU, 1998)

Gesetzlosigkeit *Anarchie,* die (gr., Pl. -n) während des Bürgerkrieges herrschte Anarchie

gesetzmäßig erklären *legalisieren* (lat.)

Gesetzmäßigkeit *Legalität,* die (lat., ohne Pl.) die Bindung der Bürger an das geltende Recht; »etwas außerhalb der Legalität« (Hermann Höcherl 1962 anläßlich der Spiegel-Affäre, e. Redensart)

gesetzwidrig 1. *illegal* (lat.) 2. *irregulär* (lat.)

Gesetzwidrigkeit *Illegalität,* die (lat., ohne Pl.) der Anarchist lebt in der Illegalität

gesichert *fundiert* (lat.) z. B. fundierte Kenntnisse besitzen

Gesicht 1. *Grimasse,* die (germ.-fr., Pl. -n) verzerrtes Gesicht 2. *Visage,* die (lat.-fr., Pl. -n) häßliches Gesicht

Gesichtsausdruck *Physiognomie,* die (gr.-lat., Pl. -n)

Gesichtsfarbe *Teint,* der (lat.-fr., Pl. -s) auch: Beschaffenheit der Gesichtshaut, das Mädchen hat e. Pfirsichteint

Gesichtshautreinigung *Peeling,* das (engl., ohne Pl.) auch: kosmetische Hautschälung

Gesichtskreis 1. *Horizont,* der (gr.-lat., Pl. -e) 2. *Kimm,* die (seem., ohne Pl.) der Kapitän suchte mit dem Kieker (Fernglas) die Kimm ab

Gesichtspunkt 1. *Aspekt,* der (lat., Pl. -e) eigtl.: »das Hinsehen«; Blickwinkel 2. *Kriterium,* das (gr.-lat., Pl. ...ien) auch: Prüfstein, Kennzeichen

Gesichtsreinigungsmittel *Lotion,* die (lat.-fr., Pl. -s)

Gesichtswasser 1. *Adstringent,* das (lat., Pl. -s) ... das die Poren zusammenzieht 2. *After-shave-Lotion,* die (engl., Pl. -s) 3. *Eau de toilette,* das (fr., Pl. -s) Duftwasser

Gesims *Geison,* das (gr., Pl. -s, ...sa) Kranzgesims des antiken gr. Tempels

Gesindel 1. *Bagage,* die (fr., Pl. -n) 2. *Vagabund,* der (lat., Pl. -en) i. S. von Herumtreiber

Gesinnung, freiheitliche ... *Liberalismus,* der (lat., ohne Pl.) »Liberalismus ist e. Geisteshaltung u. keine Einkommensgruppe.« (Otto Graf Lambsdorff, F.D.P.-Ehrenvorsitzender, 1998)

Gesinnungssymbol 1. *Button,* der (engl., Pl. -s) meist runder Anstecker mit Symbol u. Text 2. *Solidaritätsschleife,* die (lat.-dt., Pl. -n) sie macht die Übereinstimmung kenntlich

gesittet 1. *manierlich* (lat.-fr.-dt.) sich manierlich betragen 2. *kultiviert* (lat.)

Gespenst 1. *Revenant,* der (lat.-fr., Pl. -s) aus e. anderen Welt wiedererscheinend 2. *Zombie,* der (afrik.-kreolisch-engl.-am., Pl. -s) willenloser Scheintoter, agiert wie e. Gespenst

Gespinst *Schimäre,* die (gr.-lat., Pl. -n) nach dem Ungeheuer Chimära; auch: Trugbild; »Das (die Verkleinerung des Kabinetts) ist auch so eine Schimäre.« (Helmut Kohl, 1998)

Gespräch 1. *Dialog,* der (gr.-lat.-fr., Pl. -e) zwischen zwei Personen; Ggs.: Monolog 2. *Konversation,* die (lat.-fr., Pl. -en) die Dame liebte die gepflegte Konversation zur Teestunde; auch: Konversations-Lexikon 3. *Disput,* der (lat.-fr., Pl. -e) e. erregendes gegensätzliches Gespräch 4. *Small talk,* der (engl., ohne Pl.) z. B. e. belangloses Gespräch während e. Stehparty 5. *Symposium,* das (gr., Pl. ...ien) meist e. wissenschaftliches Gespräch unter Fachleuten 6. *Diskussion,* die (lat., Pl. -en) Meinungsaustausch 7. *Kolloquium,* das (gr., Pl. ...ien) wissenschaftliche Unterhaltung 8. *Debatte,* die (lat.-fr., Pl. -n) i. S. e. Aussprache 9. *Konferenz,* die (lat., Pl. -en) auch: Tagung, Sitzung 10. *Talk,* der (engl., Pl. -s) »Wir brauchen mehr Gespräch u. weniger Talk, mehr Geist u. weniger Zeitgeist.« (André Heller, Poet u. Aktionskünstler aus Wien, 1998)

Gespräch mit sich selbst *Monolog,* der (gr.-fr., Pl. -e) Selbstgespräch als literarische Form; »Monologe sind lauter Atemzüge der Seele.« (Friedrich Hebbel)

Gespräch, unterhaltsames ... *Causerie,* die (fr., Pl. ...ien) auch: anregende Plauderei

Gespräch, unterrichtendes *Briefing,* das (engl., Pl. -s) kurze Einweisung, z. B. für die Erstellung e. Werbekonzeptes

Gesprächsleiter *Talkmaster,* der (engl., Pl. -s) Moderator e. Talkshow im Fernsehen; auch: Meister des Gewäschs

Gesprächsleitung *Talk-Line,* die (engl., Pl. -s)

Gesprächsrunde *Talkshow,* die (engl., Pl. -s) Gesprächsrunde im Fernsehen, i. allg. mit bekannten Teilnehmern

gespreizt 1. *manieriert* (lat.-fr.) der Redner bediente sich e. manierierten (unnatürlichen) Ausdrucksweise 2. *theatralisch* (gr.-lat.)

Gespreiztheit *Theatralik,* die (gr.-lat., ohne Pl.) e. übertriebene Theatralik wirkt lächerlich

gesprochen, ich habe ... *dixi* (lat.) Schlußformel; es gibt nichts hinzuzufügen

gestählt *athletisch* (gr.-lat.) im Kraftraum, der »Folterkammer« e. athletischen Körper erarbeiten, athletisch wie Arnold Schwarzenegger sein wollen

Gestalt 1. *Korpus,* der (lat., Pl. -se) Körper; auch: Möbelgrundteil ohne Einsatzteile; nicht verw.

mit *Korpus,* das (lat., Pl. ...pora) Belegsammlung von Texten aus der Antike u. dem Mittelalter; Klangkörper e. Saiteninstruments 2. *Statur,* die (lat., Pl. -en) Körpergestalt; auch: Wuchs

Gestalt, menschliche ... *Figur,* die (lat., Pl. -en) Körperform; »Der DVU-Vorsitzende Frey ist e. der abstoßendsten politischen Figuren seit 1945.« (Theo Waigel, Bundesfinanzminister, 1998)

Gestalter am Bildschirm *Screen-Designer,* der (engl.-am., Pl. -s) arbeitet in Agenturen, Film- u. Videostudios u. bei CD-Rom-Herstellern

Gestalter mit übergeordnetem Anspruch 1. *Corporate-Designer,* der (engl.-am., Pl. –) auch: korporative Formgestalter, über ihm steht der 2. *Hyper-Designer,* der (engl.-am., ohne Pl.) der zur Form die »Botschaft« entwirft; Hyper-Designer sind Formgestalter, Philosophen, Ethiker u. Werbespezialisten in e. Person

Gestalter *Visualizer,* der (engl., Pl. -s) der grafische Umsetzer e. Werbeidee

gestaltlos *amorph* (gr.-lat.)

Gestaltung 1. *Arrangement,* das (fr., Pl. -s) z. B. das Blumenarrangement auf dem Geburtstagstisch 2. *Design,* das (lat.-fr.-engl., Pl. -s) Autos, durch den Designer 3. *Inszenierung,* die (lat., Pl. -en) z. B. e. gelungene Theaterinszenierung sehen

Gestaltung des Neuen durch den Geist des Neuen *Autopoiese,* die (gr., ohne Pl.) von gr. poikilos (wechselnd) auch: »Selbst-Herstellung e. Systems durch zyklische u. gegenseitige Produktion der Komponenten des Systems« (Umberto Maturane, Neurobiologe)

Gestaltung des Tragischen *Tragödie,* die (gr.-lat., Pl. -n) Trauerspiel; »Es gibt zwei Arten von Tragödien: daß man das, was man haben möchte, nicht bekommt, oder daß man es bekommt.« (Oscar Wilde)

Gestaltung, auffallende u. witzige ... 1. *Teaser,* der (engl., Pl. -s) von: to tease (Spaß machen) ... von Anzeigen, Plakaten, Titelblättern, die Aufmerksamkeit erregen 2. *Eye Catcher,* der (engl., Pl. -s) »Augen-Fänger«, wobei es beim Eye Catcher mehr um e. auffälliges Element, z. B. auf dem Plakatbild, geht

Gestaltung, ausdrucksvolle ... der Musik *Espressive,* das (lat., Pl. -s, ...vi)

Geständnis *mea culpa!* (lat.) »Durch meine Schuld!« (Ausruf aus dem lat. Sündenbekenntnis »Confiteor«)

Gestein 1. *Trachyt,* der (gr.-lat., Pl. -e) vulkanischen Ursprungs 2. *Granit,* der (lat.-it., Pl. -e) sehr hart, aus Feldspat, Quarz u. Glimmer 3. *Porphyr,* der (gr., Pl. -e) feinkörniges Ergußgestein 4. *Basalt,* der (gr.-lat., Pl. -e) dunkles Ergußgestein

Gesteinsablagerung *Sediment,* das (lat., Pl. -e)

Gesteinsbildung *Oryktogenese,* die (gr.-lat., ohne Pl.)

Gesteinskörper, in der Tiefe erstarrter ... *Batholith,* der (gr.-lat., Pl. -en) meist granitisch

Gesteinskunde 1. *Petrographie,* die (gr.-lat., ohne Pl.) 2. *Lithologie,* die (gr.-lat., ohne Pl.) Gesteinskunde, bes. hinsichtlich Sedimentgesteine

Gesteinsstruktur *Textur,* die (lat., Pl. -en)

Gestell *Chassis,* das (lat.-fr., ohne Pl.) Aufbauten an Kraftfahrzeugen

gestelzt 1. *affektiert* (lat.) gekünstelt 2. *artifiziell* (lat.-fr.) 3. *manieriert* (lat.-fr.) unnatürlich

Gestirn *Aszendent,* der (lat., Pl. -en) zum Sternzeichen gehört der richtige Aszendent für die »richtige« Sterndeutung

Gestirne, die ... betreffend *astral* (gr.)

gestorben, ist ... *obiit* (lat.) Abk.: ob.; Inschrift auf alten Gräbern

gestreift *tigroid* (pers.-gr.-lat.) wie e. Tiger

Gestriger, e. ewig ... *Zeit-Cocooner,* der (engl.-am., Pl. -s) von: cocooning (einspinnen) jmd., der keine Änderung oder Modernisierung in seinem Leben zuläßt, er verharrt in seiner vermeintlichen »goldigen« Jugendzeit

Gestrüpp *Scrub,* der (engl., Pl. -s) Buschland in Australien

gestützt auf *fundamental* (lat.) »... das ist fundamentaler Anti-Etatismus!« (Guido Westerwelle, F.D.P., 1998)

gesunden *sanieren* (lat.) e. marodes Unternehmen wirtschaftlich so gestalten, daß es Gewinne erzielt

Gesundheit *Salubrität,* die (lat., ohne Pl.) med.

Gesundheit, Göttin der ... *Hygieia,* die (gr., ohne Pl.)

Gesundheitskult *Healthismus,* der (lat.-engl., ohne Pl.) »... übertriebener Healthismus macht krank« (Jan Snel, Forscher in Amsterdam, 1998)

Gesundheitspflege *Hygiene,* die (gr.-lat., ohne Pl.)

Gesundung 1. *Konvaleszenz,* die (lat., ohne Pl.) med. 2. *Rekonvaleszenz,* die (lat., ohne Pl.)

getragen 1. *adagio* (lat.-it.) musik. Vortragsanw. 2. *largo* (lat.-it.) langsam singend, musik. Vortragsanw. 3. *tenuto* (lat.-it.) musik. Vortragsanw.

Getränk für junge Computerfreaks *Segasonic-Getränk,* das (Eigenn., Pl. -e) e. vitaminreiches Grapefruitgetränk für kleine Computernarren; von den Firmen Sega u. Asahi entwickelt worden

Getränk ohne Alkohol *Softdrink,* der (engl., Pl. -s)

Getränk zum Sonnenuntergang *Sundowner,* der (engl., Pl. -s)
Getränk, alkoholisches ... *Drink,* der (engl.-am., Pl. -s)
Getränk, appetitanregendes *Aperitif,* der (lat.-fr., Pl. -e, -s)
Getränk, Misch... *Powershake,* der (engl., Pl. -s) ... das müde Raver hochreißt
Getränk, russ. ... 1. *Kwaß,* der (russ., ohne Pl.) aus gegorenem Mehl u. Malz 2. *Wodka,* der (russ., Pl. -s) »Wässerchen«; e. Branntwein
Getreidemaß *Sester,* der (lat., ohne Pl.) e. altes Maß
Getreuer *Paladin,* der (lat.-it.-fr., Pl. -e)
getrübt *diffus* (lat.) auch: zerstreut; z. B. diffuses Licht
Getue 1. *Tamtam,* das (hinduistisch, ohne Pl.) um das Mißgeschick ist kein Tamtam zu machen 2. *Theater,* das (gr.-lat., ohne Pl.) 3. *Farce,* die (lat.-fr., Pl. -n) leeres Getue; billiger Scherz; auch: derbes Lustspiel
Getümmel *Tumult,* der (lat., Pl. -e) die Rockband entfachte e. Mordstumult
geübt 1. *routiniert* (lat.-fr.) routiniert Auto fahren 2. *versiert* (lat.) e. versierter Dachdecker sein
Gewächshaus, kaltes ... *Frigidarium,* das (lat., Pl. ...ien) der Abkühlraum in altröm. Bädern; auch: kalter Raum
gewagt 1. *riskant* (it.-fr.) e. riskantes Geschäft abwickeln 2. *aleatorisch* (lat.) aleatorische Verträge: Spekulationsverträge 3. *brisant* (fr.) auch: hochexplosiv
Gewähr 1. *Obligo,* das (lat.-it., Pl. -s) e. freibleibendes Angebot ist e. »ohne Obligo« 2. *Garantie,* die (germ.-fr., Pl. -n)
Gewährenlassen *Laissez-faire,* das (fr., ohne Pl.) Motto des wirtsch. Liberalismus des 19. Jh.
gewährleisten *garantieren* (germ.-fr.)
Gewährleistung *Garantie,* die (germ.-fr., Pl. ...ien)
Gewährsmann *Garant,* der (germ.-fr., Pl. -en) der neue Innenminister ist e. Garant für Ruhe u. Ordnung im Staat
Gewalt 1. *Exekutive,* die (lat., Pl. -n) die vollstrekkende Gewalt im Staat ist die Regierung 2. *Legislative,* die (lat., Pl. -n) Gesetze erlassen die in das Parlament gewählten Volksvertreter 3. *Judikative,* die (lat., Pl. -n) Rechtsprechung, unabhängige, richterliche Gewalt in e. demokratischen Staat 4. *force majeure* (lat.-fr.) höhere Gewalt
Gewalt ablehnend *pazifistisch* (lat.) i. S. von friedlich
Gewalt ausüben *terrorisieren* (lat.-fr.) unrechtmäßig, z. B. Bürger durch Raub u. Mord terrorisieren
Gewalt haben, in der ... *regieren* (lat.) i. S. von lenken, die Politik e. Staates bestimmen; »Weißt du nicht, mein Sohn, mit wie wenig Weisheit die Welt regiert wird?« (Papst Julius III.)
Gewalt, höhere ... 1. *force majeure,* die (fr., ohne Pl.) 2. *vis maior* (lat.)
Gewalt, rohe *Brachialgewalt,* die (gr.-lat.-dt., ohne Pl.) i. S. körperlichen Krafteinsatzes
Gewalt, unbeeinflußbare *Vis major,* die (lat., ohne Pl.) Rechtsw.
Gewalt, väterliche ... *patria potestas* (lat., Zitat)
Gewaltausübung *Terrorismus,* der (lat.-fr., ohne Pl.)
Gewaltherrschaft 1. *Terror,* der (lat., ohne Pl.) entsteht in Diktaturen, die mit Gewalt an der Macht bleiben wollen 2. *Despotie,* die (gr., Pl. ...ien) 3. *Tyrannei,* die (gr.-lat.-fr., ohne Pl.) 4. *Despotismus,* der (gr., ohne Pl.) System der Gewaltherrschaft; »Der Despotismus kann ohne Glauben auskommen, die Freiheit nicht.«
Gewaltherrscher 1. *Despot,* der (gr., Pl. -en) 2. *Tyrann,* der (gr.-lat.-fr., Pl. -en) 3. *Diktator,* der (lat., Pl. -en) 4. *Terrorist,* der (lat., Pl. -en) 5. *Absolutist,* der (lat., Pl. -en) 6. *Diktator,* der (lat., Pl. ...oren) als mahnende Vertreter: Adolf Hitler oder Idi Amin Dada (um 1973 Diktator von Uganda)
gewaltig 1. *exorbitant* (lat.) i. S. von außergewöhnlich, e. exorbitantes Fachwissen haben 2. *immens* (lat.) unermeßlich, immenses Glück haben 3. *kolossal* (gr.-lat.,-fr.) riesig, e. kolossalen Gletscher überfliegen 4. *prometheisch,* nach dem Titanen Prometheus der gr. Sagenwelt 5. *astronomisch* (gr.-lat.) riesig bez. e. Preises, e. Zahlenangabe
gewalttätig 1. *brutal* (lat.) das Gesicht des Verbrechers zeigte brutale Züge 2. *aggressiv* (lat.) angriffslustig 3. *martialisch* (lat.) grimmig, kriegerisch 4. *rabiat* (lat.) roh, rücksichtslos
Gewalttätigkeit *Brutalität,* die (lat., Pl. -en)
Gewand 1. *Kimono,* der (jap., Pl. -s) japanisches Kleidungsstück für Männer u. Frauen mit angeschnittenen Ärmeln 2. *Toga,* die (lat., Pl. ...gen) im alten Rom übliches Obergewand der vornehmen Bürger 3. *Tunika,* die (lat., Pl. ...ken) im alten Rom übliches Untergewand, ärmellos für Männer u. Frauen; später auch: Überrock oder ärmelloses Übergewand 4. *Entari,* das (türk., Pl. -s) langes orientalisches ... ähnlich dem Kaftan
gewandt *clever* (engl.) auch: gerissen; »Der Plutonium-Deal hat einmal mehr gezeigt, wie clever der Kanzler (Helmut Kohl) ist ...« (G. Schröders geh. Tagebuch von H. Venske, 1997)
Gewandtheit *Versatilität,* die (lat., ohne Pl.) z. B. in der Ausdrucksform

Gewässerkunde *Hydrographie,* die (gr.-lat., ohne Pl.) Teilgebiet der Hydrologie (Wasserversorgung, -haushalt u. deren Forschungen)

Gewebe 1. *Tela,* die (lat., Pl. Telem) med. 2. *Textilien,* die (lat.-fr., nur Pl.) 3. *Toile,* der (lat.-fr., Pl. -s) feines Gewebe

Gewebe aus Kammgarn oder Baumwolle ... *Gabardine,* der (fr., ohne Pl.) ... für Sportkleidung u. Mäntel

Gewebe verpflanzen *transplantieren* (lat.) med., nach Verbrennungen z. B. Hautverpflanzungen

Gewebe, gitterartiges ... 1. *Etamin,* das (lat.-fr., ohne Pl.) 2. *Etamine,* die (lat.-fr., ohne Pl.) jeweils e. durchsichtiger Stoff, der gern für Vorhänge verwendet wird

Gewebe, neuartige ..., die leuchten ... *GLO* (Eigenn.) ... durch das Aufladen lichtabsorbierender Kristalle

gewebeähnlich *histoid* (gr.-lat.) med.; auch: gewebeartig

Gewebeentnahme aus dem lebenden Organismus *Biopsie,* die (gr.-lat., Pl. ...ien)

Gewebelehre *Histologie,* die (gr.-lat., ohne Pl.) med., auch: Wissenschaft von den Geweben des Körpers (med.)

Geweberand *Bordüre,* die (germ.-fr., Pl. -n)

Gewebeveredelung *Appretur,* die (lat., Pl. -en)

Gewebsneubildung, krankhafte ... *Blastom,* das (gr.-lat., Pl. -e) auch: Geschwulst (med.)

Gewehr *Karabiner,* der (fr., Pl. –)

geweiht *sakral* (lat.) heilig

Gewerbe 1. *Metier,* das (lat.-fr., Pl. -s) der Fachmann sollte sein Metier beherrschen 2. *Textur,* die (lat., Pl. -en) Faserung

Gewerkschaft, poln. ... *Solidarnosc,* die (poln., ohne Pl.)

Gewerkschaftsbund, Israels ... *Histradut,* der (hebr., Eigenn.)

Gewerkschaftsführer *Boß,* der (am., Pl. -e) auch: Chef e. Unternehmens

Gewichtsbestimmungseinheit ... *Karat,* das (gr.-arab.-lat.-fr., Pl. -e) ... bei Gold u. Edelsteinen

Gewichtskunde *Metrologie,* die (gr., ohne Pl.)

Gewichtsverlust *Leckage,* die (aus: »Leck« u. »age«, fr., Pl. -n) z. B. durch Auslaufen von Flüssigkeit; auch: das Schiff fuhr gegen e. Riff u. zog sich e. Leckage zu

Gewinn 1. *Profit,* der (lat.-fr.-niederl., Pl. -e) niederl. Gewürzbarone (Pfeffersäcke) machten im 17. Jh. große Profite 2. *Plus,* das (lat., ohne Pl.) das Geschäft brachte e. schönes Plus ein 3. *Rendite,* die (lat.-it., Pl. -n) z. B. Verzinsung des eingesetzten Kapitals 4. *Reibach,* der (jidd., ohne Pl.) svw. unverschämt hoher Gewinn

Gewinn bringen *rentieren* (lat.-fr.) Investitionen müssen sich rentieren

Gewinnanteil 1. *Dividende,* die (lat.-fr., Pl. -n) Gewinnanteil e. Aktie 2. *Tantieme,* die (lat.-fr., Pl. -n) Gewinnanteil e. Aktiengesellschaft, der an Vorstand u. Aufsichtsrat ausgeschüttet wird

Gewinnbeteiligung 1. *Tantieme,* die (lat.-fr., Pl. -n) 2. *Dividende* (lat.-fr., Pl. -n) der Reingewinn e. Aktie, der jährlich zur Ausschüttung kommt

gewinnbringend 1. *lukrativ* (lat.) lukrative Geschäfte tätigen 2. *profitabel* (lat.-fr.) 3. *rentabel* (fr.) sein Geld rentabel anlegen

gewinnend *charmant* (lat.-fr.) charmanter junger Mann

Gewinner, erwarteter *Favorit,* der (lat.-it.-fr.-engl., Pl. -en) auch: begünstigte Person; nicht verw. mit *Favorite,* die (lat.-it.-fr., Pl. -n) Name mehrerer Lustschlösser des 18. Jh.

Gewinnklasse *Rang,* der (gr.-fr., Pl. Ränge) z. B. beim Toto oder Lotto

Gewinnschwelle *Break-even-point,* der (engl., Pl. -s) die Umsatzerlöse decken die Gesamtkosten

gewirkt *textil* (lat.-fr.) i. S. e. textilen Gewebes

gewissenhaft 1. *akribisch* (gr.) 2. *minuziös* (lat.-fr.) gründlich 3. *pedantisch* (gr.-lat.-fr.) 4. *penibel* (gr.-lat.-fr.) 5. *skrupulös* (lat.-fr.) auch: ängstlich

gewissenlos *skrupellos* (lat.)

Gewissensbisse *Skrupel,* der (lat., ohne Pl.) z. B. skrupellos handeln, abscheuliche Taten ohne Skrupel vollbringen

gewissermaßen *quasi* (lat.) die Drogensucht war quasi das Ende ihrer Theaterkarriere

Gewitterwolken *Kumulonimbus,* der (lat., Pl. -se)

gewitzt 1. *versiert* (lat.-fr.) auch: erfahren; »Ich bin als Parlamentsredner nicht mehr so versiert.« (Gerhard Schröder, Kanzlerkandidat, 1998) 2. *clever* (engl.) cleverer Geschäftsmann; »das Cleverle« (Lothar Späth)

Gewohnheit 1. *Manier,* die (lat.-fr., ohne Pl.) 2. *Tradition,* die (lat., Pl. -en) e. Volksgruppe in alten Traditionen gefangen 3. *Usus,* der (lat., ohne Pl.) bei Naturgemeinschaften ist es Usus (Brauch), einen Brautpreis zu zahlen 4. *Praktik,* die (gr.-lat., Pl. -en) Art der Ausübung 5. *Routine,* die (lat.-fr., ohne Pl.) eigtl.: »Wegerfahrungen«, Fertigkeit

Gewohnheit, Macht der ... *usus tyrannus* (lat., Zitat)

Gewohnheiten *Habit,* das (lat.-fr., Pl. -e) anerzogener Brauch

gewohnheitsmäßig 1. *automatisch* (gr.-lat.-fr.) 2. *habituell* (lat.) 3. *instinktiv* (lat.-fr.) gefühlsmäßig, er handelte instinktiv richtig 4. *machanisch* (gr.-lat.)

gewöhnlich 1. *ordinär* (lat.-fr.) das ordinäre Frauen-

zimmer hatte nur Männer im Kopf 2. *vulgär* (lat.-fr.) sie befleißigte sich e. vulgären Ausdrucksweise: »Du Arschloch!« 3. *banal* (germ.-fr.) 4. *profan* (lat.) 5. *regulär* (lat.) 6. *trivial* (lat.-fr.) eigtl.: »zum Dreiweg gehörend«, unbedeutend
Gewöhnung *Habitualisierung,* die (lat., Pl. -en)
gewölbt *bikonvex* (lat.) beidseitig geschliffene optische Linsen; Ggs.: bikonkav
gewölbt, nach außen ... *konvex* (lat.) auch: erhaben
gewölbt, nach innen ... *konkav* (lat.) »hohlrund«
Gewünschtes *Desideratum,* das (lat., Pl. ... ta) auch: Verlangen; Forderung
Gewürzständer *Menage,* die (lat.-fr., Pl. -n)
Gewürztunke *Remoulade,* die (fr., Pl. -n) i. S. e. Mayonnaise mit Gewürzen
Gewußt wie *Know-how,* das (engl., Pl. -s) das Wissen um Zusammenhänge, die zum Erfolg führen
Gezeit *Tide,* die (niederdt., Pl. -n) z. B. Tidenhub (Wasserstandsunterschied)
gezielt 1. *methodisch* (gr.-lat.) überlegt 2. *rational* (lat.) vernünftig 3. *systematisch* (gr.-lat.) i. S. von ordentlich gegliedert
geziert 1. *affektiert* (lat.) z. B. affektiert freundlich sein 2. *manieriert* (lat.-fr.) sich manieriert artikulieren
gezogener Wechsel *Tratte,* die (lat.-it., Pl. -n) svw. der ausgestellte Wechsel
gezupft *pizzicato* (it.) musik. Vortragsanw.
gezwungen *nolens volens* (lat.) eigtl.: »nicht wollend wollend«, svw. wohl oder übel
Gicht e. oder beider Schultergelenke *Omagra,* das (gr.-lat., ohne Pl.)
Giebelverzierung *Akroterium,* das (gr., Pl. ...ien)
giftig 1. *miasmatisch* (gr.) med. 2. *toxisch* (gr.-lat.) med. 3. *virulent* (lat.) med.
Giftlehre *Toxikologie,* die (gr.-lat., ohne Pl.)
Giftmüllablagerung in Slums ... *Öko-Rassismus,* der (gr.-lat.-it.-fr., ohne Pl.) ... in denen vorwiegend arme Schwarze wohnen
Giftschlange *Aspisviper,* die (gr.-lat., Pl. -n)
Giftspinne, große *Tarantel,* die (it., Pl. -n) gehört zu den Wolfsspinnen; Biß schmerzhaft, machte nach früherer Ansicht tobsüchtig, daher: »Wie von der Tarantel gestochen, sprang er auf.«
Giftspritze, Inhalt der ..., mit der in best. Staaten der USA das Todesurteil vollstreckt wird *Pentothalnatrium,* das (Eigenn.-lat., ohne Pl.) e. Narkosemittel-Alkalimetall-Impfung
Gipfelpunkt 1. *Kulminationspunkt,* der (lat.-fr., Pl. -e) Höhepunkt e. evolutionären Entwicklung 2. *Zenit,* der (arab.-it., ohne Pl.) der höchste Punkt des Himmelgewölbes; Ggs.: Nadir
Gips *Anhydrit,* der (gr.-lat., Pl. -e) wütend schlug sie die Tür zu – der Gips fiel von der Wand
Gitarre, kleine ... mit vier Saiten *Ukulele,* die, das (hawaiisch, Pl. -n) stammt aus Hawaii
Gitarrenlauf mit den Fingern ... *Lick,* der (engl., Pl. -s) ... nicht unter 16 Tönen pro Sekunde
Gitterrost *Gräting,* die (engl., Pl. -e u. -s) Seemannsspr.; Eisen- oder Holzroste auf Schiffen
Gitterstab *Tralie,* die (lat.-fr., Pl. -n) auch: Geländer
Gladiatorengruß *Ave, imperator morituri te salutant* (Heil dir, Kaiser, die Todgeweihten grüßen dich) Gruß der Gladiatoren an den röm. Kaiser
Glanz 1. *Brillanz,* die (fr., ohne Pl.) er schoß Fotos mit höchster Farbbrillanz 2. *Politur,* die (lat., Pl. -en) Glanz auf der Oberfläche, z. B. Holz; auch: Glanzmittel, z. B. Möbelpolitur
glänzen 1. *brillieren* (fr.) als Schauspieler in e. Charakterrolle brillieren 2. *exzellieren* (lat.) auch: sich hervortun
glänzend 1. *brillant* (fr.) 2. *bravourös* (gr.-lat.-it.-fr.) gekonnt 3. *famos* (lat.) »viel besprochen«; auch: prächtig 4. *fulminant* (lat.) i. S. von ausgezeichnet, großartig; z. B. e. fulminanter Roman 5. *furios* (lat.) hitzig; auch: mitreißend
Glanzleistung *Bravourleistung,* die (gr.-lat.-dt., Pl. -en) i. S. von Meisterleistung
Glanzlicht *Highlight,* das (engl., Pl. -s) Julio Iglesias war das Highlight des Schlagerfestivals
Glanznummer *Attraktion,* die (lat.-fr.-engl., Pl. -en) Attraktion des Zirkus ist der dreifache Salto am Hochreck
Glanzstück *Clou,* der (lat.-fr., Pl. -s) z. B. e. Show
glanzvoll 1. *illuster* (lat.-fr.) in e. illustren Gesellschaft verkehren 2. *triumphal* (lat.)
glasartig *hyaloid* (gr.-lat.) auch: den Glaskörper des Auges betreffend
Glasbehälter *Ballon,* der (fr., Pl. -s) bauchiger Behälter für Flüssigkeiten, z. B.: Ballonvase
Glasbehälter mit Wasser *Aquarium,* das (lat., Pl. ...ien) ... für Fische u. andere Wassertiere, ...pflanzen; »E. Aquarium für den Sommer, e. Kaminfeuer für den Winter.« (Helmut Thoma, RTL-Chef, über sein Traumprogramm, 1997)
Glasflasche 1. *Karaffe,* die (arab.-sp.-it.-fr., Pl. -n) edle, geschliffene Glasflasche, z. B. für Sherry 2. *Reagenzglas,* das (lat.-dt., Pl. ...gläser) Glasfläschchen, die im Labor eingesetzt werden
glasig *hyalin* (gr.) durchscheinend
Glasopal *Hyalit,* der (gr., Pl. -e)
Glaspulvermasse *Fritte,* die (lat.-fr., Pl. -n) »Gebackenes«; kurz für Pommes frites
Glasradierung *Hyalographie,* die (gr., ohne Pl.)
Glasröhrchen *Ampulle,* die (gr., Pl. -n) bes. mit sterilen Lösungen zum Einspritzen
Glasschmelze, e. ... abschrecken *fritten* (engl.) auch: e. pulverförmige Mischung erhitzen

Glasschrank *Vitrine,* die (lat.-fr., Pl. -n)

glatt *plano* (lat.) i. S. ungefalzter technischer Zeichnungen oder Landkarten

Glatzenbildung *Alopezie,* die (gr.-lat., Pl. -n) med.

Glaube 1. *Fatalismus,* der (lat., ohne Pl.) i. S. e. vorbestimmten Schicksalglaubens 2. *Okkultismus,* der (lat., ohne Pl.) 3. *Personalismus,* der (etrusk.-lat., ohne Pl.) Glaube an e. persönlichen Gott 4. *Fetischismus,* der (lat.-port.-fr., ohne Pl.) Glaube an Gegenstände mit Zauberkraft

Glaube, tiefer *Religion,* die (lat., Pl. -en) i. S. von Gottesverehrung, Glaubensbekenntnis; »Die Religion kann nie schlimmer sinken, als wenn sie zur Staatsreligion erhoben wird.« (Heinrich Heine)

Glauben, im guten ... *bona fide* (lat.) auf Treu u. Glauben

Glauben, in bestem ... *optima fide* (lat., Zitat)

Glaubensabtrünniger *Renegat,* der (lat., Pl. -en)

Glaubensakt *Autodafé,* das (lat.-port., Pl. -s) auch: Ketzergericht; Verbrennung von Büchern

Glaubensbekenntnis 1. *Credo,* das (lat., Pl. -s) »ich glaube«; auch: Leitsatz; Apostolikum, kurz für: Symbolum apostolicum, das auf die 12 Apostel fußende christliche Glaubensbekenntnis; »Ich lieb' u. fürcht' ihn nicht, das ist mein Credo.« (W. Shakespeare aus: »Heinrich VIII.«) 2. *Schahada,* die (arab.) Bekenntnis der Mohammedaner

Glaubensbekenntnis, grundlegendes ... der Moslems *Schahada,* die (arab.) »Es gibt keinen Gott außer Gott, u. Mohammed ist der Prophet Gottes.«

Glaubensbote *Missionar,* der (lat., Pl. -e) Prediger, der Andersgläubigen den eigenen Glauben lehrt

Glaubenseifer *Zelotismus,* der (gr., ohne Pl.) in übereifriger Form

glaubenseifrig *zelotisch* (gr.-lat.) fanatisch gläubig

Glaubensfanatiker *Zelot,* der (gr.-lat., Pl. -en)

glaubensfanatisch *zelotisch* (gr.-lat.)

Glaubensfanatismus *Zelotismus,* der (gr., ohne Pl.)

Glaubensgemeinschaft *Konfession,* die (lat., Pl. -en)

Glaubenslehre 1. *Dogmatik,* die (gr.-lat., ohne Pl.) Glaubenslehre, wissenschaftlich analysiert 2. *Trinität,* die (lat., ohne Pl.) Dreieinigkeit Gottes (Gottvater, Sohn u. Heiliger Geist)

Glaubenssatz 1. *Dogma,* das (gr.-lat., Pl. ...men) von der Kirche erstellte verbindliche Richtschnur für den Gläubigen 2. *Doktrin,* die (lat., Pl. -en) i. S. e. Festlegung 3. *Theorem,* das (gr.-lat., Pl. -e) math. oder philos. Lehrsatz

Glaubenssätze, Gesamtheit der ... des Islams *Iman,* das (arab., ohne Pl.) auch: der Glaube als Voraussetzung für die Zugehörigkeit zur islamischen Gemeinde

Glaubenswechsel *Konversion,* die (lat., Pl. -en) Religionsübertritt, er konvertierte als Christ zum Islam

glaubhaft 1. *persuasiv* u. *persuasorisch* (lat.) i. S. von überredend 2. *plausibel* (lat.-fr.) begreiflich

gläubig, streng *orthodox* (gr.-lat.) z. B. orthodoxe Kirche: Ostkirche, hat sich 1054 von Rom getrennt

Gläubiger 1. *Zedent,* der (lat., Pl. -en) e. Gläubiger, der seine Forderungen z. B. e. Bank abtritt 2. *Zessionar,* der (lat., Pl. -e) z. B. die Bank, da ihr die Forderungen abgetreten wurden 3. *Kreditor,* der (lat., Pl. ...oren) wer Kredite gewährt, ist Gläubiger

Gläubigkeit 1. *Orthodoxie,* die (gr., Pl. -n) im strengen Sinn 2. *Religiosität,* die (lat., ohne Pl.)

glaubwürdig *seriös* (lat.-fr.) er war ein allzeit seriöser Geschäftsmann

Glaubwürdigkeit 1. *Authentizität,* die (gr.-lat., Pl. -en) die Zeugenaussage besaß Authentizität 2. *Credibility,* die (engl.-am., ohne Pl.) kurz: »Cred« umfaßt in der jungen Szene mehr: Bewertung von Menschen, Produkten, Institutionen; sie ist Authentizität, Trendkompetenz, Wirkung

Glaubwürdigkeitskonzept, sittlich-moralisches ... *Ethiker,* der (gr., Pl. –) ... entwickelt für Firmen u. Privatpersonen; Ethiker, auch jmd., der nach e. sittlichen u. moralischen Grundprinzip handelt

gleich 1. *identisch* (lat.) i. S. von übereinstimmend, die Zeugen sagten identisch aus 2. *egal* (lat.-fr.) derb: zur Zeit ist mir alles scheißegal! 3. *analog* (gr.-lat.-fr.) 4. *äqual* (lat.) gleich groß; Ggs.: inäqual 5. *äquivalent* (lat.) gleichwertig 6. *kongruent* (lat.) übereinstimmende Meinungen; auch: kongruente (deckungsgleiche) Dreiecke (Math.); Ggs.: disgruent u. inkongruent 7. *konkordant* (lat.) 8. *konvergent* (lat.) übereinstimmend; bei der Einführung des Euros müssen die Partnerländer best. Konvergenzkriterien (»Übereinstimmungsmerkmale«) erfüllen; Ggs.: divergent

gleichartig 1. *analog* (gr.-lat.-fr.) auch: ähnlich, wie gehabt 2. *homogen* (gr.) Brotteig ist e. zähe, homogene Masse

Gleichartigkeit *Homogenität,* die (gr., Pl. -en)

gleichbedeutend 1. *identisch* (lat.) identische Aussagen vorfinden 2. *synonym* (gr.-lat.) sinnverwandt; Ggs.: antonym

gleichberechtigt *paritätisch* (lat.) z. B. im Aufsichtsrat e. AG herrscht paritätische Mitbestimmung, wenn die Vertretung der Arbeitnehmer gleich die der Arbeitgeber ist

Gleichberechtigung 1. *Emanzipation,* die (lat., Pl.

-en) Emanzipation ist der Kampf des weiblichen Geschlechts um die Gleichberechtigung 2. *Parität,* die (lat., Pl. -en) z. B. die paritätische Besetzung des Aufsichtsrates e. AG mit Arbeitnehmern u. Arbeitgebern

Gleichberechtigungskämpferin 1. *Suffragette,* die (lat.-fr.-engl., Pl. -n) ... für Frauenbelange 2. *Emanze,* die (lat., Pl. -n) i. S. e. Frauenrechtlerin wie Alice Schwarzer

gleichbleibend 1. *konstant* (lat.) in Norddeutschland herrschen konstante Temperaturen 2. *invariabel* (lat.) unverändert 3. *kontinuierlich* (lat.) unaufhörlich 4. *monoton* (gr.-lat.-fr.) 5. *stabil* (lat.) 6. *statisch* (gr.) svw. keine Bewegung aufweisend; Ggs.: dynamisch

gleiche Umstände *ceteris paribus* (lat.) svw. unter sonst gleichen Gegebenheiten

Gleiches mit Gleichem vergelten *par pari respondere* (lat., Zitat) mit gleicher Münze zahlen

gleichförmig *monoton* (gr.-lat.-fr.) mit monotoner Stimme vorlesen

Gleichförmigkeit *Monotonie,* die (gr.-lat.-fr., Pl. ...ien) die Monotonie der Fließbandarbeiten kann krank machen

gleichgeschlechtlich veranlagt *urnisch* (lat.)

gleichgestaltig *isomorph* (gr.)

Gleichgewicht *Balance,* die (lat.-fr., Pl. -n)

Gleichgewicht der Mächte *Balance of power,* die (engl., ohne Pl.)

Gleichgewichtskünstler *Äquilibrist,* der (lat.-fr., Pl. -en) z. B. Seiltanz-Artist

gleichgültig 1. *apathisch* (gr.-lat.) nach dem Unfall wirkte er völlig apathisch 2. *egal* (lat.-fr.) seit mich meine Frau verließ, ist mir alles egal; »Egal wie es ausgeht, ich werde am Wahlabend kurz im Fernsehen erscheinen.« (Michael Goldmann, F.D.P.-Chef in Niedersachsen, 1998) 3. *lethargisch* (gr.-lat.) völlig ohne Antrieb sein u. sich lethargisch fühlen 4. *phlegmatisch* (gr.-lat.) 5. *desinteressiert* (lat.) Ggs.: interessiert 6. *indifferent* (lat.) auch: unbestimmt 7. *neutral* (lat.) i. S. von unparteilich 8. *passiv* (lat.-fr.) auch: untätig; Ggs.: aktiv

Gleichgültiges *Adiaphora,* die (gr., nur Pl.) auch: moralisch wertneutrale Verhaltensweisen

Gleichgültigkeit 1. *Apathie,* die (gr.-lat., Pl. -n) 2. *Desinteresse,* das (lat.-fr., ohne Pl.) an seiner Arbeit zeigte er nur Desinteresse 3. *Indifferenz,* die (lat., ohne Pl.) svw. Unentschiedenheit 4. *Indolenz,* die (lat., ohne Pl.) bei Schmerzen 5. *Phlegma,* das (gr.-lat., ohne Pl.) i. S. von Trägheit

Gleichheit 1. *Egalität,* die (lat.-fr., ohne Pl.) 2. *Egalité,* die (lat.-fr., ohne Pl.) »Gleichheit, Freiheit, Brüderlichkeit!« Forderung der Französischen Revolution

Gleichklang herstellen ... *Pacing,* das (engl.-am., ohne Pl.) ... um sich als Therapeut auf den Patienten besser einstellen zu können; dies geschieht, indem Mimik, Gestik, Körperhaltung des Patienten übernommen werden

Gleichlauf *Parallelität,* die (gr.-lat., ohne Pl.)

gleichlaufend 1. *parallel* (gr.-lat.) gerade Linien im gleichen Abstand verlaufen parallel 2. *synchron* (gr.-lat.) zeitgleiche Ereignisse verlaufen synchron 3. *simultan* (lat.) z. B. simultanes Übersetzen; Ggs.: konsekutives Übersetzen

gleichmachen 1. *nivellieren* (lat.-fr.) die Unterschiede zwischen den Menschen dürfen nicht nivelliert werden 2. *egalisieren* (lat.-fr.)

gleichmäßig 1. *harmonisch* (gr.-lat.) übereinstimmend 2. *homogen* (lat.) 3. *kontinuierlich* (lat.) stetig 4. *paritätisch* (lat.) gleichberechtigt, z. B. paritätisch besetzter Aufsichtsrat e. AG

Gleichmut 1. *Ataraxie,* die (gr., ohne Pl.) svw. unerschütterlicher Gleichmut 2. *Stoizismus,* der (gr.-lat., ohne Pl.) von der Stoa ausgehende Philos.; auch: Unerschütterlichkeit u. Gleichmut

Gleichmut, bedenke stets, dir im Unglück deinen ... zu bewahren *aequam memento rebus in arduis servare mentem* (Horaz, lat., Zitat)

gleichmütig *stoisch* (gr.-lat.) von der Stoa ausgehende Philos.

Gleichnis 1. *Parabel,* die (gr.-lat., Pl. -n) z. B. Gleichnisse, die Jesus erzählte: »der arme Lazarus« 2. *Allegorie,* die (gr.-lat., Pl. ...ien) »das Anderssagen« 3. *Metapher,* die (gr.-lat., Pl. -n) i. S. e. bildhaften Übertragung: das Haupt der Familie

gleichnishaft *allegorisch* (gr.-lat.)

gleichsam *quasi* (lat.) gewissermaßen

gleichschalten *synchronisieren* (gr.-lat.) heute besitzen die Autos synchronisierte Getriebe

Gleichschaltung *Synchronisation,* die (gr.-lat., Pl. -en) i. S. von zeitgleich

Gleichsetzung *Identifikation,* die (lat., Pl. -en)

Gleichstellung *Parität,* die (lat., Pl. -en) der Aufsichtsrat e. AG ist von Arbeitnehmer- u. Arbeitgebervertretern paritätisch besetzt

gleichwertig *äquivalent* (lat.)

Gleichwertigkeit *Äquivalenz,* die (lat., ohne Pl.) z. B. von Behauptungen, Aussagen, Argumenten

gleichwinklig *isogonal* (gr.-lat.) z. B. bei geometrischen Gebilden

gleichzeitig 1. *simultan* (lat.) während der Konferenz übersetzte der Dolmetscher simultan 2. *synchron* (gr.-lat.) das Räderwerk läuft synchron; Ggs.: asynchron 3. *koinzident* (lat.) auch: zusammenfallend 4. *parallel* (gr.-lat.)

gleichzeitig, nicht ... *asynchron* (gr.-lat.) Ggs.: synchron

gleichzeitige Bearbeitung von Operationen ... *Parallelverarbeitung,* die (gr.-lat.-dt., Pl. -en) ... in der Datenverarbeitung; in herkömmlichen Rechnern arbeitet e. Hauptprozessor Programme linear, d. h. Schritt für Schritt ab; neue Parallelrechner erledigen mehrere Milliarden Rechenoperationen pro Sekunde (durch 5 x 66 000 miteinander vernetzte Prozessoren)

Gleichzeitigkeit 1. *Simultaneität,* die (lat., ohne Pl.) der Dolmetscher war e. Simultanübersetzer 2. *Synchronisation,* die (gr.-lat., Pl. -en) das Herstellen des Gleichlaufs; auch: Synchronisierung

Gleitboot *Hydroplan,* der (gr.-lat., Pl. -e)

gleitend *strisciando* (lat-.it.) musik. Vortragsanw.

Gletscherablagerung *Moräne,* die (fr., Pl. -n) z. B. Endmoräne; nicht verw. mit *Morelle,* die (roman., Pl. -n) e. Sauerkirschenart

Gletscherkunde *Glaziologie,* die (gr.-lat., ohne Pl.)

Gletscherkundler *Glaziologe,* der (lat., Pl. -n)

Glied 1. *Penis,* der (lat., Pl. -se) med., das männliche Glied 2. *Phallus,* der (gr.-lat., Pl. ...lli, llen) Symbol der männlichen Potenz u. Fruchtbarkeit 3. *Membrum,* das (lat., Pl. ...bra) Körperglied 4. *Dildo,* der (engl., Pl. -s) künstliches (Latex-)Glied

Glied, fehlendes ... *missing link,* das (engl., Pl. -s) gemeint ist das »Zwischenstück«, das die Menschenaffen mit dem Homo sapiens verbinden soll

Gliedabtrennung *Amputation,* die (lat., Pl. -en)

Glieder, einzelne ... der Geschlechterfolge *Generation,* die (lat., Pl. -en) »Wir wollen für die jetzige Arbeitnehmer-Generation im Prinzip alles so lassen, wie es ist.« (Gerhard Schröder, SPD-Kanzlerkandidat, 1998)

Gliederfüßer *Arthropoden,* die (gr., nur Pl.)

Gliederfüßler *Trilobit,* der (gr.-lat., Pl. -en) Fossil

gliedern 1. *segmentieren* (lat.) auch: zerlegen 2. *strukturieren* (lat.)

Gliederpuppe *Marionette,* die (hebr.-gr.-lat.-fr., Pl. -n)

Gliederung 1. *Struktur,* die (lat., Pl. -en) 2. *Systematik,* die (gr.-lat., Pl. -en) i. S. e. planmäßigen Darstellung

Gliedmaße 1. *Extremität,* die (lat., Pl. -en) 2. *Membrum,* das (lat., Pl. ...bra) med.

Glockenturm *Kampanile,* der (lat.-it., Pl. –) e. berühmter steht auf dem Markusplatz in Venedig

Gloriole *Nimbus,* der (lat., Pl. -se) i. S. e. Heiligenscheins

Glossensammlung *Glossar,* das (gr.-lat., Pl. -e)

Glück 1. *Fortuna,* die (lat., ohne Pl.) 2. *Fortune,* die (lat.-fr., ohne Pl.) der Wirtschaftsminister ist e. harter Arbeiter, dennoch ist er erfolglos, es mangelt ihm an Fortune 3. *Tyche,* die (gr., ohne Pl.) i. S. von Zufall 4. *Bonheur,* das (fr.)

Glück haben *reüssieren* (lat.-it.-fr.) e. Ziel erreichen

Glück, den Mutigen hilft das ... *fortes fortuna adiuvat* (lat., Zitat)

Glück, er hat ... in der Liebe *secundae res ei de amore sunt* (lat., Zitat)

Glück, es gibt kein vollkommenes ... *nihil est ab omni parte beatum* (lat., Zitat: Horaz)

Glück, töricht macht das ..., wen es verderben will *stultum facit Fortuna, quem vult perdere* (lat., Zitat: Publilius Syrus)

Glückes, jeder ist seines ... Schmied *faber est suae quisque fortunae* (lat., Zitat)

glückliche Stunde *Happy-hour,* die (engl.-am., Pl. -s) gemeint ist die Nachmittagszeit, in der es in vielen Kneipen u. Restaurants Getränke zum halben Preis gibt

Glücksbringer 1. *Talisman,* der (gr.-arab.-lat., Pl. -e) 2. *Amulett,* das (lat., Pl. -e) glückbringender Gegenstand, der an e. Kette um den Hals getragen wird 3. *Maskottchen,* das (fr., Pl. –) 4. *Maskotte,* die (fr., Pl. -n)

Glückseligkeit *Eudämonie,* die (gr., ohne Pl.)

Glücksfall *Chance,* die (lat.-fr., Pl. -n)

Glücksgefühl 1. *Euphorie,* die (gr., Pl. ...ien) nicht verw. mit *Euphonie,* die (gr.-lat., Pl. ...ien) sprachlicher Wohlklang; Ggs.: Kakophonie 2. *Flow,* der (engl., Pl. -s) allumfassend, von längerer Dauer 3. *Kick,* der (engl., Pl. -s) kurz, aber heftig

Glücksgöttin *Fortuna,* die (lat., ohne Pl.) die römische Göttin des Glücks

Glückskind, e. ... sein *fortunae filium esse* (lat., Zitat)

Glücksspiel 1. *Roulette,* das (lat.-fr., Pl. -s) bei dem auf Zahl u./oder Farbe gesetzt wird; Fachausdrücke beim Roulettespiel: – Drittes Dutzend: *Douze dernier,* das (fr., ohne Pl.) – Erstes Dutzend: *Douze premier,* das (fr., ohne Pl.) – gerade Zahlen: *Pair,* das (lat.-fr., ohne Pl.) – groß: 19-36 *Passe,* das (lat.-fr., ohne Pl.) – klein: 1-18 *Manque,* das (lat.-it.-fr., ohne Pl.) – rot: *Rouge,* das (lat.-fr., ohne Pl.) – Roulettegewinnfeld des Bankhalters: *Zero,* die (arab.-lat.-it.-fr., Pl. -s) – schwarz: *Noir,* das (lat.-fr., ohne Pl.) – ungerade Zahlen: *Impair,* das (lat.-fr., ohne Pl.) – Zweites Dutzend: *Douze milieu,* das (fr., ohne Pl.) 2. *Poker,* das (am., ohne Pl.) e. am. Kartenglücksspiel; auch: Pokerface, e. Gesicht ohne Gefühlsregung 3. *Lotterie,* die (fr.-niederl., Pl. ...ien) Zahlenglücksspiel; »Schröder – das ist eine reine Lotterie.« (Erhard Eppler, SPD, zu Gerhard Schröder, 1998)

Glücksspieleinsatz, verlorengegangener ... *Mise,* die (lat.-fr., Pl. -n)

Glücksspieler *Hasardeur,* der (arab.-sp.-fr., Pl. -e)
Glückswurf *Chance,* die (lat.-fr., Pl. -n)
Glückwunsch *Gratulation,* die (lat., Pl. -en)
Glückwünschender *Gratulant,* der (lat., Pl. -en)
Gnade *Pardon,* der, das (lat.-fr., ohne Pl.) svw. Verzeihung, Nachsicht; z. B. kein Pardon geben, schonungslos vorgehen (in e. Schlacht)
Gnädigste 1. *Madame,* ohne Artikel (lat.-fr., Pl. Mesdames) »gnädige Frau«, als Anrede; »Ich küsse Ihre Hand, Madame« (Ralf Erwin) 2. *Madam,* die (lat.-fr., Pl. -s, -en) svw.: Hausherrin, die Gnädige, scherzhaft: die dickliche, mittelalterliche Frau
Goethe, Werke von u. über ... *Goetheana,* die (lat., nur Pl.)
Goldgier, die verwünschte ... *auri sacra fames* (lat., Zitat, Virgil) auch: der verwünschte Hunger nach Gold
Goldgräber *Digger,* der (engl., Pl. -s) in Nordamerika
Goldklumpen *Nugget,* der (engl., Pl. -s)
Goldmacher *Adept,* der (lat., Pl. -en) d. h. in Geheimkünste Eingeweihter; auch: Anhänger e. Lehre
Goldmakrele *Dorade,* die (lat.-fr., Pl. -n) Salzwasser-Speisefisch
Goldmünze, alte spanische ... *Quadrupel,* der (lat.-fr., Pl. –) nicht verw. mit *Quadrupel,* das (lat.-fr., ohne Pl.) vier zusammengehörende math. Größen
Goldschmied *Juwelier,* der (lat.-fr.-niederl., Pl. -e)
Goldschürfer *Prospektor,* der (lat.-engl., Pl. ...oren)
Golflehrer *Pro,* der (engl., Pl. -s)
Golfloch *Hole,* das (engl., Pl. -s)
Golfschläger 1. *Jigger,* der (engl., Pl. -s) 2. *Putter,* der (engl., Pl. -s) 3. *Wood,* der (engl., Pl. -s)
Golfschlägerträger *Caddie,* der (engl., Pl. -s) Wagen für den Transport der Golfschläger oder e. Junge, der dem Golfspieler die Schläger trägt; auch: Einkaufswagen im Supermarkt; nicht verw. mit *Caddy,* der (engl., Pl. ...ies) in England e. Behältnis zur Aufbewahrung des Tees
Golfwagen *Caddie,* der (engl., Pl. -s) auch: Golfschlägerträger
Gondellied *Barkarole,* die (it., Pl. -n) auch: e. im Mittelmeerraum verwendetes Ruderboot
Gong, den ... schlagen *gongen* (malaiisch-engl.)
Gönner *Mäzen,* der (lat., Pl. -e) nach dem Römer Maecenas
gönnerhaft *jovial* (lat.) z. B. sich untergebenen Mitarbeitern gegenüber jovial verhalten
Gönnerschaft *Protektion,* die (lat.-fr., Pl. -en) Begünstigung; der Sohn des Firmeninhabers stand unter der Protektion seines Vaters
Gotik, Frühstufe der engl. ... *Early English,* das (engl., ohne Pl.) von 1190 bis 1280
Gott allein die Ehre! *soli Deo gloria!* (lat., Zitat)
Gott behüte! *absit* (lat., Zitat) das sei ferne
Gott der Liebe 1. *Amor,* der (lat., ohne Pl.) »alles besiegt Amor« (omnia vincit amor, Vergil aus »Eklogen«) 2. *Eros,* der (gr.-lat., ohne Pl.) gr. Gott der Liebe; gemeint ist die geschlechtliche Liebe; Eros-Center als Haus für Zwecke der Prostitution (Puff)
Gott der Zeit *Chronos,* der (gr.-lat., ohne Pl.) »Wie schnell, o Chronos, rollet dein Wagen« (C.-F. Daniel Schubart aus »An Chronos«)
Gott des Feuers *Vulkanus,* der (lat., altröm. Gott) daher: *Vulkan,* der (lat., Pl. -e) feuerspeiender Berg; »Menschen sind wir, schlafen sämtlich auf Vulkanen« (Goethe)
Gott des Lichtes *Helios,* der (gr.-lat., ohne Pl.) »Nur Helios vermag's zu sagen, der alles Irdische bescheint« (Friedrich v. Schiller)
Gott des Schlafes *Hypnos,* der (gr., ohne Pl.)
Gott des Weines *Bacchus,* der (gr.-lat., ohne Pl.) der antike gr.-röm. Weingott; dem »Bacchus huldigen«: Wein trinken; »Wundervoll ist Bacchus' Gabe, Balsam fürs zerrissene Herz« (Friedrich Schiller); nicht verw. mit *Bachelor,* der (lat.-fr.-engl., Pl. -s) niedrigster akademischer Grad, z. B. in den USA u. England; B.A. kurz für: Bachelor of Art
Gott erbarme dich meiner! *misere mei, Deus!* (lat., Zitat: Psalm 57)
Gott lenkt *Deus providebit* (lat., Wahlspruch des Kaisers Maximilian II.)
Gott sei Dank! *Deo gratias!* (lat., Zitat)
Gott, alles mit ... *omnia cum Deo* (lat., Zitat)
Gott, altägyptischer ... *Horus,* der (ägypt., ohne Pl.) ... in Gestalt e. Falken; auch: Königstitel
Gott, dich, ..., loben wir! *Te Deum laudamus!* (lat.) kurz: *Tedeum,* das (lat., ohne Pl.) ambrosianischer Lobgesang; »Das war die Stunde, als wir das Tedeum nach der Wahl in e. Kirche in Prag gesungen haben, als das Land endlich frei war.« (Karl Johannes Fürst von Schwarzenberg)
Gott, ihr werdet sein wie ... *eritis sicut Deus* (lat.) Worte der verführenden Schlange beim Sündenfall (Mose 3, 5)
Gott, laß uns ... danken *gratias agamus Deo* (lat., Zitat)
Gott, so ... will *si Diis placet* (lat., Zitat) auch: wenn es den Göttern gefällt
Gott, wenn ... will *volente Deo* (lat., Zitat) mit Gottes Willen
Götter, wen die ... lieben, der stirbt als Jüngling *quem di diligunt, adolescens moritur* (lat., Zitat: Plautus)

Götterbild *Xoanon,* das (gr., Pl. ...ana) als Holzschnitzerei

Götterbild, altgr. ... aus Holz *Xoanon,* das (gr., Pl. ...ana)

Göttermahlzeit *Lectisternium,* das (lat., Pl. ...ien) Kult im alten Rom: Götterbildern wurden Speisen vorgesetzt

Göttersage *Mythos* u. *Mythus,* der (gr.-lat., Pl. ...then) auch: überlieferte Sage, Dichtung

Götterspeise *Ambrosia,* die (gr.-lat., ohne Pl.) die Götterspeise in der gr. Sagenwelt

Göttertempel *Pantheion, Pantheon,* das (gr.-lat., Pl. -s) z. B. Tempel im alten Rom für alle Götter; Ehrentempel in Paris; Gesamtheit der Götter e. Volkes; allen Göttern geweihtes Heiligtum

Göttertrank *Nektar,* der (gr.-lat., Pl. -e) in der gr. Sage: Göttertrank, der ewige Jugend verleiht

Göttervater 1. *Zeus,* der (gr., ohne Pl.) höchster altgr. Gott; Zeustempel; »Bedecke deinen Himmel, Zeus, mit Wolkendunst« (Goethe: »Prometheus«) 2. *Wodan,* auch: *Odin, Wotan,* der (germ., ohne Pl.) höchster germ. Gott 3. *Jupiter,* der (lat., ohne Pl.) auch: Jovis, höchster röm. Gott, auch e. Planet

Götterwohnsitz *Olymp,* der (gr.-lat., ohne Pl.) Wohnsitz der Götter auf dem nordgr. Berg Olympos

Gottes, im Namen ... *bismillah* (arab.) mohammedanische Eingangsformel für Gebete u. Schriftstücke

Gottes, mit ... Hilfe *Deo annuente (favente)* (lat., Zitat)

Gottes, von ... Gnaden *Dei gratia* (lat., Formel in fürstlichen Urkunden seit Karl dem Großen)

Gottesdienst 1. *Liturgie,* die (gr.-lat., Pl. ...ien) eigtl.: »öffentlicher Dienst« 2. *Mette,* die (lat.-roman., Pl. -en) z. B. Christmette, Nacht- oder Frühgottesdienst

gottesdienstlich *sakral* (lat.) i. S. von heilig

Gottesdienstordnung *Agende,* die (lat., Pl. -n)

Gotteserkenntnis *Theognosie,* die (gr., ohne Pl.)

Gotteserscheinung 1. *Theophanie,* die (gr., Pl. ...ien) 2. *Epiphanie* u. *Epiphania,* die (gr., ohne Pl.) Erscheinung e. Gottheit unter den Menschen; z. B. »Erscheinung des Herrn« am 6. Januar, Dreikönigsfest

Gottesfurcht *Eusebie,* die (gr., ohne Pl.) Ggs.: Asebie

gottesfürchtig *religiös* (lat.-fr.)

Gottesgelehrter *Theologe,* der (gr.-lat., Pl. -n)

Gottesglaube *Deismus,* der (lat., ohne Pl.)

gottesgläubig *deistisch* (lat.)

Gottesgläubiger *Deist,* der (lat., Pl. -en)

Gotteshaus 1. *Kapelle,* die (lat., Pl. -n) kleines Gebäude 2. *Tempel,* der (lat., ohne Pl.) Säulentempel; unchristliches Gotteshaus

Gottesherrschaft *Theokratie,* die (gr.-lat., Pl. ...ien) die Staatsgewalt wird durch die Religion legitimiert

gotteslästerlich *sakrilegisch* (lat.)

Gotteslästerung 1. *Blasphemie,* die (gr.-lat., Pl. -n) 2. *Sakrileg,* das (lat., Pl. -e) Vergehen gegen verehrte, angebetete Gegenstände

Gottesmutter *Madonna,* die (lat.-it., ohne Pl.)

Gottesurteil *Ordal,* das (lat., Pl. -e)

Gottesverehrung *Religion,* die (lat., Pl. -en)

Gottheit *Numen,* das (lat., ohne Pl.) körperloses, göttliches Wesen

Gottheit, Bez. für ... *Eloah,* der (semit., ohne Pl.)

Göttin der Erde *Gäa,* die (gr., ohne Pl.)

Göttin der Erinnerung *Mnemosyne,* die (gr., ohne Pl.)

Göttin der Jugend *Hebe,* die (gr., ohne Pl.) auch: gr. Mundschenkin der Götter

Göttin des Glücks *Fortuna,* die (lat., ohne Pl.) röm. Glücksgöttin; »Fortuna lächelt, doch sie mag nur ungern voll beglücken« (Wilhelm Busch); nach Cicero: »fortuna caeca est« (das Glück ist blind)

Göttin des Herdfeuers *Vesta,* die (lat., ohne Pl.) röm. Göttin

Göttinen, gr. ... der Jahreszeiten *Horen,* die (lat., Pl.)

Göttinnen der Anmut u. Schönheit *Grazien,* die (lat., nur Pl.) »drei Grazien«, nach der gr. Sage die drei Töchter des Zeus: Aglaia, Thalia, Euphrosyne

göttlich *ambrosisch* (gr.-lat.) auch: köstlich, himmlisch

Göttlichkeit *Divinität,* die (lat., ohne Pl.) i. S. e. göttlichen Wesens; nicht verw. mit *Divination,* die (lat., Pl. -en) Ahnung, Wahrsagekunst

Gottlosigkeit *Asebie,* die (gr., ohne Pl.)

Götzendienst *Idolatrie,* die (gr.-lat., Pl. ...ien)

Grab, prächtiges *Mausoleum,* das (gr.-lat., Pl. ...een) nach dem altkarischen König Mausolos (um 380 v. Chr.): riesiges Grabmal; »das Mausoleum, die letzte u. komischste Torheit der Reichen« (Ambrose Bierce)

Grabbau, monumentaler ... *Pyramide,* die (ägypt.-gr.-lat., Pl. -n) ... der altägyptischen Könige; »Von der Spitze dieser Pyramiden blicken vierzig Jahrhunderte auf euch herab.« (Napoleon I., 1798 in Ägypten)

Grabinschrift *Epitaph,* das (gr.-lat., Pl. -e)

Grabmal *Mausoleum,* das (gr.-lat., Pl. ...een) i. S. e. monumentalen Bauwerks nach dem Grabmal des Königs Mausolos

Grad, höchster ... der Eingeweihten *Epopt,* der (gr.-lat., Pl. -en) ... in Mysterien

Graf 1. *Conte,* der (lat.-it., Pl. ...ti) Italien 2. *Earl,* der (engl., Pl. -s) bis etwa 1350, die höchste Adelsstufe in England

grafische Gestaltung ... *Layout,* das (engl., Pl. -s) ... e. Zeitungs- oder Zeitschriftenseite

Gralshüter *Templeise,* der (lat.-fr., Pl. -n) aus der Parzivalsage des Mittelalters; auch: Gralsritter

Grämlichkeit *Morosität,* die (lat., ohne Pl.)

Grasboden lockern u. belüften 1. *vertikutieren* (lat.) 2. *aerifizieren* (lat.)

Grasebene 1. *Steppe,* die (russ., Pl. -n) 2. *Taiga,* die (russ., ohne Pl.) auch: Gebiet spärlichen Baumbewuchses in Sibirien 3. *Prärie,* die (fr., Pl. ...ien) Grasland in Nordamerika 4. *Pampa,* die (indian.-sp., Pl. -s) Grassteppe in Südamerika, Pampasgras

Gräserkunde *Agrostologie,* die (gr.-lat., ohne Pl.)

Gratulantenliste in Festschriften *Tabula gratulatoria,* die (lat., Pl. ...lae, ...iae)

Grauen *Horror,* der (lat., ohne Pl.) der blanke Horror

grauenhaft *horribel* (lat.-engl.)

grauer Star *Katarakt,* der (gr.-lat., Pl. -e) med.

graugelb *isabellfarben* (fr.)

Graupapagei *Jako,* der (fr., Pl. -s) Papagei Afrikas

Graupensuppe *Rumfordsuppe,* die (Eigenn.-engl.-dt., Pl. -n) ... mit Erbsen, Kartoffeln u. Fleisch; nach Graf Rumford (1753-1814)

grausam 1. *barbarisch* (gr.-lat.) barbarische Strafen verhängen 2. *bestialisch* (lat.) in der Küche stinkt es bestialisch 3. *brutal* (lat.) auch: roh, gefühllos

Grausamkeit 1. *Atrozität,* die (lat., Pl. -en) i. S. von Abscheulichkeit 2. *Barbarei,* die (gr.-lat., Pl. -n) 3. *Bestialität,* die (lat., Pl. -en)

grausig *makaber* (fr.) unheimlich; z. B. Dance macabre (Makabertanz): mit Tod u. Vergänglichkeit Scherze treiben

Greifarme *Tentakel,* der, das (lat., Pl. –) auch: Greiffäden, z. B. bei Tintenfischen oder Quallen

greifbar 1. *existent* (lat.) 2. *konkret* (lat.) 3. *real* (lat.) 4. *reell* (lat.-fr.)

greifen, um sich ... *grassieren* (lat.) einst grassierte in Europa die Pest

greisenhaft *senil* (lat.)

Greisenhaftigkeit *Senilität,* die (lat., ohne Pl.)

Grenze 1. *Extrem,* das (lat., Pl. -e) i. S. der äußersten Grenze 2. *Limit,* das (lat.-fr.-engl., Pl. -s) das zu erreichen ist

Grenze, äußerste ... *Limit,* das (lat.-fr.-engl., Pl. -s, -e) z. B. bei Preisverhandlungen

grenzenlos *ad infinitum* (lat.) i. S. von: ins Grenzenlose

Grenzlinie *Demarkationslinie,* die (fr.-dt., Pl. -n) vorläufige Grenze zwischen Staaten

Grenznachbar *Adjazent,* der (lat., Pl. -en) auch: Anrainer

Grenzwert *Limes,* der (lat., ohne Pl.) math. Grenzwert, dem sich e. Menge oder Zahlenreihe nähert (Abk.: lim); auch: e. von den Römern zwischen Rhein u. Donau angelegter Grenzwall, der das Reich bes. vor den Germanen schützen sollte

Greuel *Atrozität,* die (lat., Pl. -en) auch: Greueltat

Griechentum *Hellenismus,* der (gr., ohne Pl.) nach J. G. Droysen (1808-1884) die Epoche von Alexander dem Großen (356-323 v. Chr.) bis Kaiser Augustus (63 v. Chr. bis 14 n. Chr.)

Grießpudding, kalter ... *Flammeri,* der (engl., Pl. -s)

Griff *Grip,* der (engl., ohne Pl.) z. B. Reifengrip

Griffel, wende den ... *saepe stilum vertas* (lat., Zitat: Horaz) d. h. feile am Ausdruck

Grill, der durch Infrarot erhitzt wird *Infragrill,* der (Eigenn.-lat., Pl. -s)

Grille *Zikade,* die (lat., Pl. -n)

grillenähnliches Insekt *Zikade,* die (lat., Pl. -n)

grillenhaft *komisch* (gr.-lat.-fr.) belustigend, sonderbar; »vom jugendlichen Helden zum komischen Alten« (Charlie Rivel)

Grillrestaurant *Rotisserie,* die (germ.-fr., Pl. -n) für gegrillte Fleischgerichte

grimmig *martialisch* (lat.) martialisch aussehen

grindig *impetiginös* (lat.) med.

Grippe *Influenza,* die (lat.-it., ohne Pl.) med.

grob 1. *brutal* (lat.) auch: roh, gefühllos 2. *brüsk* (it.-fr.) »stachlig«; schroff 3. *rabiat* (lat.) rücksichtslos

Groll 1. *Ranküne,* die (lat.-fr., Pl. -n) i. S. von Rachsucht 2. *Ressentiment,* das (lat.-fr., Pl. -s) heimlicher u. stiller Groll

groß 1. *titanisch* (gr.-lat.) riesengroß 2. *astronomisch* (gr.-lat.) unvorstellbar groß; auch: sternkundlich

großartig 1. *bravourös* (gr.-lat.-fr.) auf gekonnte Art u. Weise etwas tun 2. *brillant* (gr.-lat.-fr.) nicht: brilliant; i. S. von hervorragend 3. *extraordinär* (lat.-fr.) i. S. von außergewöhnlich; Ggs.: ordinär 4. *exzellent* (lat.-fr.) vortrefflich 5. *famos* (lat.) »viel besprochen«; prächtig 6. *fulminant* (lat.) ausgezeichnet, z. B. e. fulminanter Roman 7. *imposant* (lat.-fr.) durch Größe auffallend 8. *monumental* (lat.) gewaltig; auch: denkmalartig 9. *phantastisch* (gr.-lat.) auch: unglaublich 10. *phänomenal* (gr.-lat.-fr.) svw. erstaunlich, außergewöhnlich 11. *sensationell* (lat.-fr.) verblüffend, bes. eindrucksvoll

Großartigkeit 1. *Grandiosität,* die (lat.-it., ohne Pl.) z. B. die Grandiosität der Bergwelt 2. *Monumentalität,* die (lat., ohne Pl.) die Monumentalität ägyptischer Baukunst

Großbehälter *Container,* der (engl., Pl. –) z. B. Containerhafen

Großbuchstabe 1. *Majuskel,* die (lat., Pl. -n) Ggs.: Minuskel 2. *Versal,* der (lat., Pl. -ien)

Größe *Dimension,* die (lat., Pl. -en) Abmessungen e. Körpers

Größe, der ... nach *quantitativ* (lat.) mengenmäßig, z. B. *Quantité négligeable,* die (lat.-fr., ohne Pl.) Belanglosigkeit

Größe, Dingen die richtige ... geben *Rightsizing,* das (engl.-am., ohne Pl.) e. Ergonomie-(Arbeitswissenschafts-)Trend, der Bedienungskonzepte in Frage stellt

Größe, feste *Konstante,* die (lat., Pl. -n) Unveränderliche (math.); Ggs.: Variable

Größe, gegebene ... *Entität,* die (lat., Pl. -en) auch: bewußt Dasein im Unterschied zu Dingen (philos.)

Größe, unveränderliche ... *Invariante,* die (lat., Pl. -n)

Größeneffekt *Synergieeffekt,* der (gr.-lat., Pl. -e) d. h., e. Gesamtheit hat e. höheren Wert als die Summe ihrer Teile

Größenverhältnis 1. *Proportion,* die (lat., Pl. -en) ihr Körper besaß ausgewogene Proportionen 2. *Relation,* die (lat., Pl. -en) z. B. der Preis steht in keiner Relation zur Qualität; auch: regelmäßig befahrene Schiffahrtslinie; Zurückschiebung e. Eides im Zivilprozeß; Ggs.: Delation

Größenwahn 1. *Megalomanie,* die (gr.-lat., ohne Pl.) 2. *Gigantomanie,* die (gr.-lat., ohne Pl.) Sucht, alles ins Riesenhafte zu steigern, bes. in der Baukunst 3. *furor principum* (lat.) Cäsarenwahn

größenwahnsinnig *megaloman* (gr.-lat.)

Großformat *King-size,* die, das (engl., ohne Pl.) z. B. bei Betten oder Zigaretten

Großfürst *Maharadscha,* der (ind., Pl. -s) aus Indien

Großgambe *Viola bastarda,* die (it., Pl. ...le, ...de) mit 6-7 Saiten u. Resonanzsaiten

Großgrundbesitzer *Magnat,* der (lat., Pl. -en) Großindustrieller

Großgrundbesitzer, adliger ... *Bojar,* der (russ., Pl. -en) ... u. Würdenträger; die Knute der Bojaren

Großhandel *Engroshandel,* der (lat.-fr.-dt., ohne Pl.)

Großhändler *Grossist,* der (lat.-fr., Pl. -en)

Großhirn- u. Hirnstamm, Randgebiet zwischen ... *limbisches System,* das (lat., Pl. -e, -e) ... das die hormonale Steuerung u. das vegetative Nervensystem beeinflußt

Großkatze *Tiger,* der (pers.-gr.-lat., Pl. –)

Großklima *Makroklima,* das (gr., Pl. ...mate) nicht: Klimata

großköpfig *makrozephal* (gr.) med.

Großmut *Generosität,* die (lat.-fr., Pl. -en) sich Fremden gegenüber generös (großmütig) zeigen

großmütig *generös* (lat.-fr.) e. generöse Großmutter haben

Großraumdüsenflugzeug *Jumbo-Jet,* der (engl., Pl. -s)

Großraumgehege *Reservat,* das (lat., Pl. -e) in dem Großwild wie auf freier Wildbahn lebt

Großsprecher *miles gloriosus* (lat., Zitat: Plautus) der ruhmredige Soldat

Großstadtmensch, armer ... *Puppy,* der (engl., Pl. ...ies) aus: poor urban professional

Großstadtmensch, frustrierter ... *Fruppy,* der (engl.-am., Pl. ...ies) aus: frustrated urban professional, sie haben allen Spaß am Konsum verloren; Ggs.: Yuppy

großtun *renommieren* (lat.-fr.) z. B. mit e. teuren Auto renommieren

großzügig 1. *generös* (lat.-fr.) Vater war immer sehr generös 2. *kulant* (lat.-fr.) die Versicherung zeigte sich in der Schadensregulierung sehr kulant 3. *nobel* (lat.-fr.) e. nobles Automobil fahren, Nobelkarosse 4. *spendabel* (roman.-dt.)

Großzügigkeit 1. *Generosität,* die (lat.-fr., ohne Pl.) 2. *Kulanz,* die (lat.-fr.) die Versicherung regelte den Schaden auf dem Kulanzweg

Grübchen auf dem Golfball ... *Dimple,* das (engl., Pl. -s) ... die Einfluß auf die Aerodynamik haben

Grübler *Aerobat,* der (gr., Pl. -en) »Luftwandler«; auch: Seiltänzer; Träumer

Grund 1. *Argument,* das (lat., Pl. -e) 2. *Causa,* die (lat., Pl. ...sae) Ursache, z. B. e. Schadens 3. *Motiv,* das (lat.-fr., Pl. -e) Beweggrund

Grund, bewegender ... *Movens,* das (lat., ohne Pl.) auch: Antriebskraft

Grundbau *Fundament,* das (lat., Pl. -e) die Fundamente werden in Beton geschüttet

Grundbesitz *Immobilien,* die (lat., nur Pl.) unbewegliche Vermögen

Grundbestandteil *Element,* das (lat., Pl. -e) Herzlichkeit ist e. Element seines Wesens

Grundbuch *Kataster,* der (it., Pl. –) ist e. amtliches Verzeichnis über Grundstücke

gründen 1. *etablieren* (lat.-fr.) in der Straße etablierte sich e. neues Möbelgeschäft 2. *fundieren* (lat.) 3. *konstruieren* (lat.) auch: e. techn. Gerät entwerfen

Grundfläche *Basis,* die (gr.-lat., Pl. ...sen) auch: Grundlage; die Trennung von der Firma entzog ihm die finanzielle Basis

Grundform *Infinitiv,* der (lat., Pl. -e) der Infinitiv e. Verbs

Grundgedanke *Thema,* das (gr.-lat., Pl. ...men) schweifen Sie nicht vom Thema ab!

Grundhaltung, positive ... *Optimismus,* der (lat.-fr., ohne Pl.) i. S. e. zuversichtlichen Lebenseinstellung; Ggs.: Pessimismus; »Die Mode ist jetzt pessimistischer Optimismus – es ist zwar alles heilbar, aber nichts ist heil.« (Ludwig Marcuse)

Grundlage 1. *Basis,* die (gr.-lat., Pl. ...sen) die Basis unserer Zusammenarbeit ist gestört 2. *Fundament,* das (lat., Pl. -e) das Gebäude ruht auf e. soliden Fundament 3. *Archidoxa,* das (gr.-lat., Pl.) auch: Prinzipien

grundlegend 1. *elementar* (lat.) Grundschulen sollen das elementare Wissen vermitteln 2. *fundamental* (lat.) in der Markteinschätzung machte er e. fundamentalen Fehler 3. *kardinal* (lat.) i. S. e. schwerwiegenden Fehlers 4. *essentiell* (lat.-fr.) notwendig 5. *konstitutiv* (lat.) bestimmend, unerläßlich; Ggs.: konsekutiv 6. *prinzipiell* (fr.) 7. *substantiell* (lat.) wesentlich 8. *basal* (gr.) die Basis bildend

gründlich 1. *intensiv* (lat.-fr.) 2. *minuziös* (lat.-fr.) 3. *pedantisch* (gr.-it.-fr.) übergenau 4. *penibel* (gr.-lat.-fr.) 5. *profund* (lat.-fr.) auch: tiefgründig

Grundlinie *Basis,* die (gr.-lat., Pl. ...sen)

Grundmauer *Fundament,* das (lat., Pl. -e) z. B. Grundfesten des Glaubens

Grundorgan fossiler Pflanzen *Telom,* das (gr.-lat., Pl. -e)

Grundplatte im Rechner ... *Motherboard,* das (engl., Pl. -s) ... auf der alle wichtigen Baugruppen befestigt sind

Grundrichtung ... *Trend,* der (engl., Pl. -s) ... e. Entwicklung z. B. in statistischen Werten; auch: Phänomen e. gesellschaftlichen Entwicklungstendenz, z. B. im Kaufverhalten, in Verhaltensweisen allgemein; e. echter Trend hält mindestens fünf Jahre an

Grundsatz 1. *Prinzip,* das (lat., Pl. ...ien) 2. *Maxime,* die (lat., Pl. -n) die Maxime seines Handelns ist Ehrlichkeit 3. *Axiom,* das (gr.-lat., Pl. -e) i. S. e. gültigen Wahrheit 4. *Doktrin,* die (lat., Pl. -en) programmatische Festlegung

Grundsatzerklärung 1. *Manifest,* das (lat., Pl. -e) z. B. e. Parteiprogramm; auch: »Das kommunistische Manifest«, e. der Hauptwerke von Karl Marx (1818-1883) 2. *Statement,* das (engl., Pl. -s) auch: öffentliche Erklärung oder Behauptung

grundsätzlich 1. *prinzipiell* (lat.) 2. *a priori* (lat.) von vornherein 3. *elementar* (lat.) 4. *fundamental* (lat.) 5. *generell* (lat.-fr.) 6. *programmatisch* (gr.-lat.) auch: richtungsweisend; der Politiker hielt e. programmatische Rede

grundsatztreu 1. *kategorisch* (gr.-lat.) 2. *konsequent* (lat.) er verfolgte sein Ziel konsequent (unbeirrbar)

Grundschleppnetz *Trawl,* das (engl., Pl. -s)

Grundstein der Literatur *Gilgamesch-Epos,* das (Eigenn.-gr., ohne Pl.) gilt als ältester schriftlicher Bericht; in sumerischer Keilschrift, um 2500 Jahren v. Chr. auf 12 Tontafeln überliefert worden; Inhalt: König Gilgameschs Suche nach Unsterblichkeit u. e. große Überschwemmung im Tal von Euphrat u. Tigris (in der Bibel als Sintflut bezeichnet)

Grundstimmung *Tendenz,* die (lat.-fr., Pl. -en) z. B.: an der Börse herrscht e. lustlose Tendenz

Grundstoff *Element,* das (lat., Pl. -e) aus der Chemie

Grundstoff, chemischer ... (Transuran) *Berkelium,* das (Eigenn.-lat., ohne Pl.) kurz: Bk., genannt nach der am. Uni.-Stadt Berkeley

Grundstück 1. *Parzelle,* die (lat.-fr., Pl. -n) e. vermessenes, kleines Grundstück 2. *Areal,* das (lat., Pl. -e) Bodenfläche 3. *Immobilie,* die (lat, Pl. -en) Grundstücke, Gebäude; unbewegliche Vermögen; Ggs.: Mobilie 4. *Terrain,* das (lat., Pl. -s) auch: Baugelände

Grundstücke zusammenlegen *arrondieren* (lat.-fr.)

Grundstücksverzeichnis *Kataster,* der, das (it., Pl. –)

Grundstückszusammenlegung 1. *Kommassation,* die (lat.-gr., Pl. -en) 2. *arrondieren* (lat.) abrunden, zusammenlegen von Grundstücken

Grundsubstanz des Zellplasmas *Hyaloplasma,* das (gr.-lat., ohne Pl.) e. klare, fein granulierte Substanz

Grundtöne, Veränderung der ... *Chromatik,* die (gr.-lat., ohne Pl.) ... durch Versetzungszeichen; Ggs.: Diatonik

Gründung, seit ... der Stadt (Rom) *ab urbe condita* (lat.) altrömische Zeitrechnung, 753 v. Chr. beginnend; Abk.: a. u. c.

Grundvorstellung *Konzeption,* die (lat., Pl. -en) Entwurf e. Werkes; auch: Empfängnis (med.)

Grüner Star *Glaukom,* das (gr., Pl. -e) Augenkrankheit (med.)

Grünschnabel 1. *Rookie,* der (am., Pl. -s) Neuling bei der Polizei, in der Armee 2. *Greenhorn,* das (engl., Pl. -s) 3. *Newcomer,* der (engl., Pl. -s) e. Neuling, der schon e. gewissen Erfolg vorweisen kann 4. *Cheechako,* der (indian., Pl. -s) Neuling in Alaska

Gruppe 1. *Clique,* die (fr., Pl. -n) befreundeter Jugendlicher 2. *Crew,* die (engl., Pl. -s) z. B.: Schiffs- oder Flugzeugbesatzung 3. *Gremium,* das (lat., Pl. -en) eigtl.: »Schoß, Armvoll«; i. S. von Ausschuß 4. *Kollektiv,* das (lat.-russ., Pl. -e) Menschen, die in sozialistischen Staaten gemeinsame Zielvorstellungen haben 5. *Komitee,* das (lat.-fr.-engl., Pl. -s) z. B. Organisationskomitee 6. *Kommission,* die (lat., Pl. -en) Ausschuß von

Personen, Verhandlungskommission 7. *Sektion,* die (lat., Pl. -en) Abteilung, Gruppe innerhalb e. Behörde oder Organisation; auch: vorgefertigtes Bauteil e. Schiffes, e. Brücke

Gruppe mit e. starken Wir-Gefühl *in-group,* die (engl.-am., Pl. -s)

Gruppe von zwei, drei oder vier Spielern *Flight,* der (engl., Pl. -s) Golfbez.

Gruppe, die angefeindet oder ignoriert wird *out-group,* die (engl.-am., Pl. -s)

Gruppe, kulturelle ... *Szene,* die (gr.-lat.-fr., Pl. -n) eigtl.: Zelt; auch: Schauplatz e. Handlung; theatralische Auseinandersetzung, Zank; Bereich, in dem sich etwas abspielt; Trendforscher Gerd Gerken: »Erfindungsprozesse der Gesellschaft u. Energie für kulturelle Evolutionen«

Gruppe, negativ eingestellte ... 1. *Gang,* die (engl.-am., Pl. -s) jugendliche Bande, die sich meist kriminell verhält; das positive Gegenstück ist die Posse 2. *Clique,* die (fr., Pl. -n) eigtl. e. harmloser Bekanntenkreis, der aber e. negative Stimmung erzeugt, z. B. Cliquenwirtschaft in der Politik

Gruppe, positiv eingestellte ... *Posse,* die (engl.-am., Pl. -s) auch: Bez. für Szene-Familie, z. B. Frankfurt-Posse, Hip-Hop-Posse; das negative Gegenstück ist die Gang

Gruppenarbeit *Teamwork,* das (engl., Pl. -s)

Gruppengesangswerk *Chor,* der (gr., Pl. Chöre)

Gruppenherrschaft *Oligarchie,* die (gr.-lat., Pl. -n) Herrschaft e. Gruppe der Auserwählten bzw. e. kleinen Gruppe

Gruppenidol, quasireligiös verehrtes ... *Guru,* der (Hindi, Pl. -s) »Die Gurus der damaligen Zeit waren voller Zweifel.« (Helmut Kohl, Bundeskanzler, 1998)

Gruppentraining zur Steigerung der Sensitivität *Encounter,* das, der (fr.-engl., Pl. –) auch: Begegnung

grüßen *salutieren* (lat.) beim Militär

Guckloch *Spion,* der (germ.-it., Pl. -e) kleines Loch in der Eingangstür

gültig *perfekt* (lat.) das Geschäft wurde per Handschlag perfekt gemacht

Gültigkeit 1. *Validität,* die (lat., ohne Pl.) z. B. die Rechtsgültigkeit (Validität) der Verträge anwaltlich prüfen lassen 2. *Relativität,* die (lat., Pl. -en) i. S. von eingeschränkter oder bezogener Gültigkeit

Gültigkeit e. Forschungsergebnisses *Validität,* die (lat., ohne Pl.) auch: Rechtsgültigkeit

Gültigkeitserklärung *Validation,* die (lat., Pl. -en)

Gummiüberschuh *Galosche,* die (fr., Pl. -n)

günstig 1. *opportun* (lat.) in der augenblicklichen Lage war es opportun (angebracht) zu schweigen 2. *favorabel* (lat.-fr.) auch: vorteilhaft 3. *positiv* (lat.-fr.) auch: zustimmend; Ggs.: negativ

günstige Gelegenheit *Chance,* die (lat.-fr., Pl. -n) die Chance am Schopf packen

Günstling *Protegé,* der (lat.-fr., Pl. -s)

Gurgelmittel *Gargarisma,* das (gr.-lat., Pl. -ta) med.

gurgeln *gargarisieren* (gr.-lat.-fr.) med.

Gürtelrose *Herpes zoster,* der (gr.-lat., ohne Pl.) med.

Gürtelschnur der Ordenstracht *Zingulum,* das (lat., Pl. -s, ...la) auch: Gürtelbinde (aus Seide) der Soutane

Gußform für Metall *Ingot,* der (engl., Pl. -s) auch: Barren z. B. aus Gold

gut gelaunt *fidel* (lat.) quietschfidel sein

gut gewürzt *pikant* (lat.-fr.) das Fleisch war pikant (i. S. von scharf gewürzt)

Gut, Bez. des zur Produktion verwendeten ... *Produktionsfaktor,* der (lat., Pl. -en) z. B. Arbeit, Geld; »Die Geschwindigkeit ist e. neuer Produktionsfaktor geworden.« (Peter Hartz, Arbeitsdirektor der VW-AG, 1998)

Gutachten 1. *Expertise,* die (lat.-fr., Pl. -n) wertvollen Gemälden liegt e. Echtheits-Expertise zugrunde 2. *Attest,* das (lat., Pl. -e) eigtl.: ärztliche Bescheinigung 3. *Rapport,* der (lat.-fr., Pl. -e) auch: dienstliche Meldung 4. *Referat,* das (lat., Pl. -e) eigtl.: »es möge berichten«; Bericht; auch: Sachgebiet e. Behörde 5. *Studie,* die (lat., Pl. -n) i. S. e. kurzen Darstellung

gutartig *benigne* (lat.) med., z. B. e. gutartige Krankheit; Ggs.: maligne

Güte 1. *Qualität,* die (lat., Pl. -en) bezüglich e. Warenlieferung 2. *Bonität,* die (lat., Pl. -en) i. S. der Zahlungsfähigkeit e. Unternehmens

Güter *Mobilien,* die (lat., Pl.) bewegliche Güter; Ggs.: Immobilien

guter Ruf *Renommee,* das (lat.-fr., Pl. -s) schlechte Qualität ruiniert das Renommee der Firma

Güter, auf ... bezogen sein *materialistisch* (lat.) auch: nur auf eigenen Nutzen bedacht sein; »Die Deutschen sind viel zu materialistisch, für sie zählt Geld, aber nicht die Muße.« (Heinz Dürr, Ex-Bahn-Chef, 1998) Ggs.: idealistisch

Güterausstoß *Output,* der, das (engl., Pl. -s) z. B. die Erzeugnisse e. Unternehmens innerhalb e. bestimmten Zeit; Ggs.: Input

Güterbeförderer *Spediteur,* der (lat.-it., Pl. -e)

Güterwagen *Waggon,* der (niederl., Pl. -s)

gutgehen 1. *prosperieren* (lat.-fr.) momentan prosperiert die Automobilbranche; gedeihen 2. *florieren* (lat.) sich geschäftlich günstig entwickeln

gutgläubig 1. *infantil* (lat.) kindisch 2. *naiv* (lat.-fr.) unbefangen

gutheißen 1. *sanktionieren* (lat.-fr.) der Vorschlag wurde von der Geschäftsleitung sanktioniert 2. *approbieren* (lat.) i. S. von bestätigen

gütlich tun *delektieren* (lat.) am Essen

Gutsbesitzer, kleiner ... *Yeoman,* der (engl., Pl. ...men) im England des Mittelalters: der Freie unter dem Ritterstand

Gutschein *Bon,* der (lat.-fr., Pl. -s)

gutschreiben *bonifizieren* (lat.)

Gutschrift 1. *Bonus,* der (lat.-engl., Pl. -se) der Kunde erhielt ab e. bestimmten Abnahmemenge e. Jahresbonus 2. *Bonifikation,* die (lat., Pl. -en) z. B. für die Lieferung e. mangelhaften Ware gewähren

Gymnastik, chinesische ... *Tai-chi,* das (chin., ohne Pl.) e. Art Schattenboxen im Zeitlupentempo, es erfordert große Konzentration

H

Haarausfall 1. *Pelade,* die (lat.-fr., Pl. -n) med. 2. *Alopezie,* die (gr.-lat. Pl. -n) med.

Haarausschnitt bei kath. Geistlichen *Tonsur,* die (lat., Pl. -en) »die Schur«; runde geschorene Stelle auf dem Kopf kath. Mönche

Haarband mit zwei Kugeln *Chou-Chou,* das (fr., Pl. -s) hält das Haar am Hinterkopf zusammen (Pferdeschwanz)

Haare ausdünnen *effilieren* (lat.-fr.) mit e. Effilierschere

Haare, die ... stehen mir zu Berge 1. *capilli horrent* (lat., Zitat) 2. *horrore rigent* (lat., Zitat)

Haarentferner *Epilierer,* der (lat., ohne Pl.) Gerät, mit dem sich bes. Damen unerwünschte Körperhaare entfernen; nicht verw. mit *epileptisch* (gr.-lat.) an krampfartigen Anfällen leiden

Haarentfernung 1. *Depilation,* die (lat., Pl. -en) Enthaarung (med.) 2. *Epilation,* die (lat., Pl. -en) med.

Haarersatz 1. *Perücke,* die (fr., Pl. -n) 2. *Toupet,* das (germ.-fr., Pl. -s) Haarteil oder Halbperücke; »Berti sollte mal für Toupets werben ...« (Monika Vogts, 1998)

Haarfarn *Adiantum,* das (gr.-lat., Pl. ...ten)

haarfein 1. *filigran* (lat.-it.) i. S. von feingliedrig 2. *kapillar* (lat.) z. B. von Blutgefäßen (med.)

Haarknoten *Chignon,* der (lat.-fr., Pl. -s) der Knoten im Nacken

Haarkosmetiker *Conditioner,* der (engl.-am., Pl. -s) er verleiht dem Haar Schutz, Glanz, Fülle, jugendliche Frische u. sorgt für die »Fitneß« der Haare

Haarlosigkeit *Atrichie,* die (gr.-lat., Pl. ...ien) med., angeborene oder infolge e. Krankheit erworbene Haarlosigkeit des ganzen Körpers

Haarspalter 1. *Kasuist,* der (lat., Pl. -en) i. S. e. Wortverdrehers 2. *Rabulist,* der (lat., Pl. -en) stellt e. Sachverhalt zu seinem Vorteil dar

Haarspalterei 1. *Rabulistik,* die (lat., Pl. -en) Sachverhalte zum Vorteil Vortragender darstellen 2. *Logomachie,* die (gr., ohne Pl.) 3. *Scholastizismus,* der (gr.-lat., ohne Pl.) e. übertriebene Spitzfindigkeit

haarspalterisch 1. *kasuistisch* (lat.) i. S. von spitzfindig 2. *rabulistisch* (lat.) svw. geschickt, beredt-spitzfindig argumentieren 3. *scholastisch* (gr.-lat.) die Philos. der Scholastik betreffend: spitzfindig, rein verstandesmäßig

Haarsträhnen, verfilzte, enggelockte ... 1. *Dreads,* die (engl., nur Pl.) 2. *Dreadlocks,* die (engl., nur Pl.) gilt in Subkulturen als Frisur, die auch aus dünnen Zöpfen bestehen kann 3. *Rastalocken,* die (Eigenn., nur Pl.) e. Frisur, die traditionell von den Rastafari, Anhängern e. jamaikanischen Religion, getragen wird; die Ras (Fürst) Tafari (äthiopischer Kaiser) als Gott verehrten

Haarteil *Postiche,* die (it.-fr., Pl. -s)

Haarwuchs, starker *Hirsutismus,* der (lat., ohne Pl.) bes. starker Bartwuchs

Habsucht *Pleonexie,* die (gr., ohne Pl.) e. unersättliche Begehrlichkeit

Hafen *Port,* der (lat.-fr., Pl. -e) Schiffshafen; auch: als Ort der Geborgenheit

Hafen, die Sache ist im (sicheren) ... *res est in portu* (lat., Zitat) es hat keine Gefahr

Haff *Noor,* das (dän., Pl. -e) Gewässer, das durch e. Kanal mit dem Meer Verbindung hat

Haft *Arrest,* der (lat., Pl. -e) e. Tatverdächtigen in Arrest nehmen

haftend *adhäsiv* (lat.) auch: anklebend

Häftling *Arrestant,* der (lat., Pl. -en) e. Arrestanten von der Polizei vernehmen lassen

Häftlingsprotest *Bambule,* die (fr., Pl. -n) eigtl.: Negertrommel, Negertanz

Haftung *Obligo,* das (lat.-it., Pl. -s) »ohne Obligo« heißt »unverbindlich«, z. B. bei Angeboten üblich

Haftungseintritt *Factoring,* das (lat.-engl.-fr., ohne Pl.) e. spezialisiertes Finanzierungsinstitut kauft von e. Unternehmen dessen Forderungen aus Lieferungen u. Leistungen u. übernimmt die Verwaltung der Forderungen

Hahn im Korb (sein) *sum apud te primus* (lat., Zitat) eigtl.: ich bin dir der Erste

Hahn, e. ... kastrieren 1. *kapaunen* (lat.-fr.) 2. *kapaunisieren* (lat.-fr.)
Hähnchen *Broiler,* der (engl., ohne Pl.) i. S. e. Grillhähnchens
Haifisch *Selachier,* der (gr.-lat., Pl.)
Haken *Jab,* der (engl., Pl. -s) aus kurzer Distanz, im Boxsport
halb u. halb *fifty-fifty* (engl.)
halbamtlich *offiziös* (lat.-fr.) nicht amtlich bestätigte Nachrichten
halbdurchlässig *semipermeabel* (lat.) z. B. bei Membranen
Halbedelstein 1. *Achat,* der (gr., Pl. -e) 2. *Onyx,* der (gr.-lat., Pl. -e) Abart des Quarzes 3. *Opal,* der (sanskr.-gr.-lat., Pl. -e) 4. *Amethyst,* der (gr.-lat., Pl. -e) veilchenblauer Quarz 5. *Granat,* der (lat., Pl. -en)
Halbgeschoß *Entresol,* das (lat.-fr., Pl. -s)
Halbinsel *Peninsula,* die (lat., Pl. ...suln)
halbinselartig *peninsular* (lat.) der Damm verlief peninsular in die Ostsee
halblaut *sotto voce* (lat.-it.) musik. Vortragsanw.
halbleise *mezzopiano* (lat.-it.) musik. Vortragsanw.
Halbleiter, der mit der Zeitandeutung »00« seine Funktion aufgibt *embedded Chip,* das (engl., Pl. -s) EDV-Problem zur Jahrtausendwende
Halbleiterelement, das bei Sonneneinfall Elektrizität erzeugt *Solarzelle,* die (lat.-dt., Pl. -n)
Halbmesser e. Kreises *Radius,* der (lat., Pl. ...ien)
halbmilitärisch *paramilitärisch* (gr.) i. S. von: militärähnlich
halbmondförmig *lunuar* (lat.)
Halbperücke *Toupet,* das (germ.-fr., Pl. -s)
Halbseitigkeit *Hemianopsie,* die (gr.-lat., Pl. ...ien) auch: Ausfall e. Hälfte des Gesichtsfeldes (med.)
Halbstarker in Frankreich *Blouson noir,* der (fr., Pl. -s, -s) (der schwarzen Lederjacken wegen so genannt)
Halbstockwerk *Mezzanin,* das (lat.-it.-fr., Pl. -e) i. S. e. Zwischengeschosses
Halbtöne, in ... fortschreitend *chromatisch* (gr.) Mus.
halbtrocken *demi-sec* (fr.) für halbtrockenen Sekt
Halbwelt *Demimonde* (fr., ohne Pl.) nach A. Dumas Lustspiel: »Le demimonde«
Halbwüchsiger *Teen,* der (engl., Pl. -s) unter 20 Jahren
Hälfte, zur ... *a metà* (it.) Kaufmannsprache: Gewinn u. Verlust zu gleichen Teilen
Hallenradrennbahn *Velodrom,* das (lat.-fr.-gr., Pl. -s)
Halseisen *Garotte,* die (sp., Pl. -n) damit wurden Sträflinge dingfest gemacht
Hals-Nasen-Ohren-Heilkunde *Otorhinolaryngologie,* die (gr.-lat., ohne Pl.)
Halsschmuck *Kollier,* das (lat.-fr., Pl. -s) z. B. Perlenkollier
halsstarrig *obstinat* (lat.) uneinsichtig
Halsstarrigkeit *Obstination,* die (lat., Pl. -en) auch: Uneinsichtigkeit
Halstuch *Cachenez,* das (fr., Pl. ...nes)
haltbar 1. *konsistent* (lat.) 2. *resistent* (lat.) 3. *robust* (lat.) 4. *solide* (lat.-fr.) 5. *stabil* (lat.)
haltbar machen 1. *präservieren* (lat.-fr.) 2. *konservieren* (lat.) 3. *präparieren* (lat.)
Halte- oder Stütztau *Stag,* das (niederdt., Pl. -en) Seemannsspr.
Halterin *Kabbazah,* die (arab., ohne Pl.) Frau mit stark entwickeltem Vaginalschließmuskel
Haltestelle *Station,* die (lat., Pl. -en) Busstation
Haltung 1. *Habitus,* der (lat., ohne Pl.) das Gehabe e. Person 2. *Contenance,* die (lat.-fr., ohne Pl.) verliere niemals die Contenance! 3. *Attitüde,* die (lat.-it.-fr., Pl. -n) sich e. weltmännische Attitüde zulegen 4. *Pose,* die (gr.-lat.-fr., Pl. -n) auch: affektierte Haltung; Schwimmer 5. *Position,* die (lat., Pl. -en) auch: Stellung im Be-ruf
Hamburger mit Käseüberzug *Cheeseburger,* der (engl.-am., Pl. -s)
Hamburger- u. Pommes-frites-Esser, begeisterter ... *Junk-food-Freak,* der (engl.-am., Pl. -s) eigtl. jmd., der »begeistert Schrott-(junk-)Nahrung« verzehrt
hämisch *maliziös* (lat.-fr.) z. B. maliziöse Andeutungen machen
Hammerhai *Zygäne,* die (gr.-lat., Pl. -n) auch: Blutströpfchen (Schmetterling)
Hand, die Sache liegt auf der ... *res inter manus est* (lat., Zitat) d. h. sie ist leicht begreiflich
Hand, e. ... wäscht die andere *manus manum lavat* (lat., Zitat: Seneca)
Hand, mit der ... *manuell* (lat.-fr.)
Hand, tote *manus mortua,* die (lat., ohne Pl.) Begriff der Kirche im Vermögensrecht, da sie erworbenes Vermögen nicht verkaufen durfte
Hand, weder ... noch Fuß haben *nec caput nec pedes* (lat., Zitat)
Hand, zur ... gehen 1. *assistieren* (lat.) 2. *flankieren* (germ.-fr.) flankierende Maßnahmen ergreifen: unterstützende Hilfe leisten
Hand, zur ... *parat* (lat.) bereit stehen
Handanfertigung *Manufaktur,* die (lat.-fr., Pl. -en) das sind Vasen der Meißner Manufaktur
Handcomputer 1. *Handheld,* der (engl., Pl. -s) kleiner Computer, der in e. Hand gehalten werden kann, kurz: HPC 2. *Palmtop,* der (engl., Pl. -s) Computer in der Größe e. Handfläche
Hände, angeborenes Fehlen e. oder beider ... *Acheirie* u. *Achirie,* die (gr., Pl. ...ien) med.

Hände, seine ... in Unschuld waschen *extra culpam esse* (lat., Zitat)
Handel *Deal,* der, das (engl., Pl. -s) z. B. Drogendealer
Handel mit Schmuckwaren *Bijouterie,* die (fr., Pl. ...ien) Edelsteinhandel
handelbar *negoziabel* (lat.) die Bank prüft, ob die Wertpapiere negoziabel sind
handeln *agieren* (lat.) z. B. als Verbandsvorsitzender agieren
Handeln, Bereitschaft zum ... *Aktivismus,* der (lat., ohne Pl.) z. B. blinder Aktivismus
handeln, rasch aus innerem Antrieb *spontan* (lat.) z. B. spontan für e. guten Zweck etwas spenden, das zeigt die *Spontaneität,* (lat., ohne Pl.) Gutes zu tun
Handeln, sittlich richtiges ... *Eupraxie,* die (gr., ohne Pl.)
handelnd, erst ..., dann denkend *epimetheisch* (gr.) nach Epimetheus, dem Bruder des Prometheus: »der zu spät Denkende«; auch: unbedacht
Handelnder *Akteur,* der (lat.-fr., Pl. -e) der Akteur des Vortragsabends war e. Staatssekretär
Handelnder, in eigener Sache ... *Privatmann,* der (lat.-dt., Pl. ...männer) »Ich bin e. Privatmann.« (Jost Stollmann, G. Schröders Schattenwirtschaftsminister, 1998)
Handelsbeschränkung 1. *Protektionismus,* der (lat.-fr., ohne Pl.) z. B. Schutzzölle, um die eigene Wirtschaft vor preiswerter Auslandskonkurrenz zu schützen 2. *Embargo,* das (sp., Pl. -s) Zurückhalten fremden Eigentums; Warenausfuhrverbot
Handelsbrauch 1. *Usance,* die (lat.-fr., Pl. -n) die Handlungsweise entspricht kaufmännischen Usancen 2. *Uso,* der (lat.-it., Pl. -s) im Handel üblich
Handelsgegenstand *Artikel,* der (lat., ohne Pl.) z. B. Kosmetikartikel
Handelsklausel *tel quel* (fr.) »So wie«, der Ware fehlt die genaue Qualitätsbestimmung
Handelsmarke im Billigsegment ... *No Names,* die (engl., nur Pl.) ... es wird nicht auf teure, bekannte Marken gesetzt
Handelsvertreter *Agent,* der (lat.-it., Pl. -en)
Händeschütteln *Shakehands,* das (engl., ohne Pl.)
Handfeuerwaffe 1. *Pistole,* die (tschechisch, Pl. -n) »die Pistole, e. wichtiges Navigationsmittel der modernen Luftfahrt« (Jerry Lewis) 2. *Revolver,* der (lat.-fr.-engl., Pl. –) das Magazin besteht aus e. drehbaren Trommel; im Maschinenbau auch: Revolverdrehbank
Handgelenktelefon *Mikro-Telefon,* das (gr.-lat., Pl. -e) e. Telefon in Armbanduhrgröße von Panasonic
Handgicht *Chiragra,* das (gr., Pl. -s) med.
Handgriff *Encheirese,* die (gr., Pl. -n) Operation (med.)
Handhabung 1. *Manier,* die (lat.-fr., Pl. -en) Pl.: i. S. von Umgangsformen 2. *Praktik,* die (gr.-lat.-fr., Pl. -en) 3. *Handling,* das (engl.) 4. *Encheiresis naturae,* die (lat., ohne Pl.) i. S. e. Bezwingung der Natur
Händler alter Bücher *Antiquar,* der (lat., Pl. -e)
Händlerviertel, orientalisches ... *Basar,* der (pers., Pl. -e)
Handlesekunst *Chiromantie,* die (gr.-lat., ohne Pl.) e. Menschen aus dem Verlauf der Handlinien die Zukunft lesen
Handliniendeuter *Chiromant,* der (gr., Pl. -en)
Handliniendeutung *Chirologie,* die (gr., ohne Pl.) u. *Cheirologie,* die (gr., ohne Pl.) auch: Hand- u. Fingersprache der Taubstummen
Handlung 1. *Ritual,* das (lat., Pl. -e) i. S. e. festgelegten Handlungsweise 2. *Zeremonie,* die (lat., Pl. -n) z. B. Hochzeitszeremonie 3. *Sakrament,* das (lat., Pl. -e) i. S. e. gottesdienstlichen Handlung
Handlungsgrundsatz 1. *Dogma,* das (gr.-lat., Pl. ...men) kirchlicher Glaubenssatz 2. *Doktrin,* die (lat., Pl. -en) auch: e. programmatische Festlegung
Handlungsplan, durchdachter ... *Strategie,* die (gr., Pl. -n) »Doppelstrategien gehen leicht in die Hose.« (Gerhard Schröder, Kanzlerkandidat, 1998)
Handlungssteigerung ... *Epitasis,* die (gr.-lat., Pl. ...asen) ... zum Drama
Handlungsstrang *Plot,* der, das (engl., Pl. -s)
Handlungsvollmacht 1. *Prokura,* die (lat.-it., Pl. ...ren) e. offizielle, im Handelsregister eingetragene, Vollmacht 2. *Autorisation,* die (lat., Pl. -en) 3. *Carte blanche,* die (fr., Pl. -s) »weiße Karte«, unbeschränkte Vollmacht
Handlungsvorschlag *Rezept,* das (lat., Pl. -e) e. Rezept gegen Entschlußlosigkeit; auch: dieses Medikament gibt es nur auf Rezept (ärztliche Verordnung)
Handmorsetaste *Wobbler,* der (engl., ohne Pl.) ... mit beidseitigem Tasthebel
Handpflege *Maniküre,* die (lat.-fr., ohne Pl.)
Handschriftendeuter *Graphologe,* der (gr.-lat., Pl. -n)
Handschriftendeutung *Graphologie,* die (gr.-lat., ohne Pl.) auch: Handschriftenlehre
Handwerk *Metier,* das (lat.-fr., Pl. -s) das Metier e. Konditors ausüben
Handwerkszeug 1. *Requisit,* das (lat., Pl. -en) auch: Zubehörteil z. B. für e. Filmszene; nicht verw. mit *Requisite,* die (lat., Pl. -n) Raum für

Zubehörteile 2. *Utensil,* das (lat., Pl. -ien) Gerät

Handy für den weltweiten Einsatz *Iridium Multi-Mode-Handy,* das (engl.-Eigenn., Pl. -s) wird von Motorola u. Kyocera hergestellt; die Verbindungen werden erdgestützt u./o. über Satellit hergestellt

Handzettel *Flyer,* die (engl.-am., Pl. –) Informationsmedium, mit dem auf illegale Drogenpartys aufmerksam gemacht wird, auch in der Techno-Szene verbreitet

Hanf *Cannabis,* der (gr.-lat., ohne Pl.)

Hang 1. *Interesse,* das (lat., Pl. -n) i. S. von Neigung 2. *Tendenz,* die (lat.-fr., Pl. -en) 3. *Inklination,* die (lat., Pl. -en) svw. Vorlieben 4. *Trend,* der (engl., Pl. -s) i. S. e. Entwicklungstendenz

Hang mit ansteigenden Sitzreihen 1. *Theatron,* das (gr.) 2. *Koilon,* das (gr.) 3. *Cavea,* die (lat.) aus der Frühzeit (um 500 v. Chr.)

Hang zu Hintergrundgeräuschen u. -bildern ... *Tapeten-Trend,* der (gr.-lat.-engl., Pl. -s) ... entdeckt worden durch hohe TV-Einschaltquoten bei Festbildern mit Wogen, Meer, Bergpanoramen

hängen, etwas bleibt (immer) ... *aliquid haeret* (lat., Zitat bei Francis Bacon, 1605 belegt)

Hanswurst 1. *Harlekin,* der (fr.-it., Pl. -e) 2. *Bajazzo,* der (lat.-it., Pl. -s) i. S. e. Possenreißers 3. *Jean Potage,* der (fr., ohne Pl.) »Hans Suppe«, svw. »dummer August« 4. *Pausenclown,* der (germ.-engl., Pl. -s)

Hardrock, aggressiver ... *Grunge,* der (engl.-am., ohne Pl.)

Hardrock, extremer ... *Heavy metal,* das (engl., ohne Pl.) mit dem dazugehörigen Outfit; eigtl.: Schwermetall

Haremswächter *Eunuch,* der (gr.-lat., Pl. -en) e. kastrierter Mann, der im orientalischen Frauengemach für Ordnung sorgt u. das Gemach bewacht

Harmonie *Symmetrie,* die (gr.-lat., Pl. ...ien) auch: Gleich- u. Ebenmaß; Ggs.: Asymmetrie

Harmonielehre, altchinesische ... *Feng Shui,* das (chin., ohne Pl.)

Harmonika mit Knöpfen an beiden Seiten *Bandoneon* u. *Bandonion,* das (Eigenn., Pl. -s) Handharmonika nach dem dt. Erfinder H. Band; Tangobegleitinstrument in Argentinien

harmonisch *apollinisch* (gr.) in der Art Apollos, gr. u. röm. Gott der Weissagung u. Dichtkunst

Harnausscheidung *Diurese,* die (gr.-lat., Pl. -n) med.

Harnausscheidung, Versagen der ... *Anurie,* die (gr., Pl. ...ien) med.

Harnblase *Vesica,* die (lat., Pl. ...cae) med., auch: Blase

Harndrang, schmerzhafter ... *Tenesmus,* der (gr.-lat., ohne Pl.) auch: Stuhldrang (med.)

harnen *urinieren* (lat.)

Harnfarbstoff 1. *Urochrom,* das (gr.-lat., ohne Pl.) in normaler Färbung 2. *Urohämatin,* das (gr.-lat., ohne Pl.)

Harnlassen, schmerzhaftes ... *Urodynie,* die (gr.-lat., Pl. ...ien) med.

Harnlassen, unbeabsichtigtes *Enurese,* die (gr.-lat., Pl. -n) auch: Bettnässen bes. bei Kindern (med.)

Harnröhre *Urethra,* die (gr.-lat., Pl. ...thren) med.

Harnröhrenentzündung *Urethritis,* die (gr.-lat., Pl. ...itiden) med.

Harnröhrenkrampf *Urethrismus,* der (gr.-lat., ohne Pl.) med.

Harnröhrenschnitt, äußerer ... *Urethrotomie,* die (gr.-lat., Pl. ...ien) med.

Harnsäure im Blut, krankhafte Menge der ... 1. *Uridrose,* die (gr.-lat., ohne Pl.) 2. *Urikämie,* die (gr.-lat., Pl. ...ien) med.

Harnstein *Urolith,* der (gr.-lat., Pl. -en) med.

Harnsteinbildung, Neigung zur ... *Urolithiasis,* die (gr.-lat., Pl. ...iasen)

harntreibend 1. *diuretisch* (gr.-lat.) med. 2. *uretisch* (gr.-lat.) med.

Harnverhaltung *Ischurie,* die (gr.-lat., Pl. ...ien) der Harn kann nicht entleert werden (med.)

Harnzuckerausscheidung *Glykosurie,* die (gr., Pl. ...ien)

hart 1. *brutal* (lat.) 2. *drakonisch* (gr.-lat.) nach dem altgr. Gesetzgeber Drakon: sehr hart, z. B. Strafen 3. *radikal* (lat.-fr.) eigtl.: »an die Wurzel gehend«, i. S. von rücksichtslos; nicht verw. mit *radial* (lat.) von e. Mittelpunkt ausgehend 4. *rigide* (lat.) u. *rigid* (lat.) streng 5. *rigoros* (lat.) unerbittlich 6. *spartanisch* (gr.-lat.) nach der Hauptstadt Sparta der altgr. Landschaft Lakonien auf dem Peloponnes: sehr einfach, genügsam u. streng 7. *tough* (engl.) z. B. e. tougher Naturbursche

Hartgummi aus Naturkautschuk *Ebonit,* das (lat.-engl., ohne Pl.)

hartnäckig *obstinat* (lat.) auch: starrsinnig, unbelehrbar

Hartnäckigkeit *Tenazität,* die (lat., ohne Pl.) auch: Ausdauer

Harz tropischer Bäume *Elemi,* das (arab.-sp., ohne Pl.)

Harz, balsamisches *Terpentin,* das (gr.-lat., Pl. -e)

Haschen nach Gunst *captatio benevolentiae* (lat., Zitat: Boethius) auch: Trachten nach Wohlwollen

Haschisch 1. *Cannabis,* der (gr.-lat.-engl., ohne Pl.) Rauschmittel 2. *shit,* das (engl., ohne Pl.)

Hasenscharte *Cheiloschisis,* die (gr.-lat., ohne Pl.) med.

Haß *Ressentiment,* das (lat.-fr., Pl. -s)
hassen, mögen sie mich ..., wenn sie mich nur fürchten *oderint, dum metuant* (lat., Wahlspruch: Kaiser Nero [37-68 n. Chr.])
häßlich 1. *kosmetisch andersartig* (gr.-fr.-dt.) Trendwort 2. *monströs* (lat.-fr.) auch: ungeheuerlich, mißgestaltet; z. B. am Hals e. monströse Wucherung haben
Hast *Tempo,* das (lat.-it., ohne Pl.)
Hauch *Aura,* die (lat., ohne Pl.) auch: Wirkungskraft
hauchzart *ätherisch* (gr.-lat.) die Dame war ätherisch wie e. Feder
häufen 1. *aggregieren* (lat.) 2. *kumulieren* (lat.) anhäufen; auch: e. Wahlkandidaten mehrere Stimmen geben
Haufen *Pulk,* der (slaw., Pl. -s) Schwarm, Schar; auch: bootsförmiger Schlitten in Lappland
Haufenwolke *Kumulonimbus,* der (lat., Pl. -se)
häufig *abundant* (lat.)
Häufigkeit *Frequenz,* die (lat., Pl. -en) z. B. seine Plusfrequenz ist kaum wahrnehmbar
Häufung 1. *Kumulation,* die (lat., Pl. -en) sie erlebte e. Kumulation tragischer Ereignisse 2. *Agglomeration,* die (lat., Pl. -en) z. B. Ballung mehrerer Betriebe an e. Ort 3. *Konglomerat,* das (lat.-fr., Pl. -e) z. B. e. Konglomerat (Anhäufung) von Würmern im Darm haben (med.)
Haumesser *Machete,* die (sp., Pl. -n) Buschmesser in Lateinamerika
Haupt e. weiblichen Ungeheuers ... *Gorgonenhaupt,* das (gr.-dt., Pl. ...häupter) ... der gr. Sage, dessen Anblick versteinert (Haupt der Medusa)
Hauptdarsteller *Protagonist,* der (gr., Pl. -en) e. Film mit Steve McQueen als Protagonist
Haupteingang *Portal,* das (lat., Pl. -e) eigtl.: »Vorhalle«
Hauptgedanke 1. *Quintessenz,* die (lat., Pl. -en) der Politiker hielt e. Rede u. vergaß die Quintessenz 2. *Fazit,* das (lat., Pl. -s) »es macht«, Ergebnis 3. *Tenor,* der (lat., ohne Pl.) svw. Gesetzeswortlaut; nicht verw. mit *Tenor,* der (lat.-it., Pl. Tenöre) hohe Männerstimme
Hauptgeschäftsführer 1. *Generalsekretär,* der (lat., Pl. -e) in Parteien u. Organisationen 2. *Managing Director,* der (engl., Pl. -s) in Firmen 3. *General Manager,* der (engl., Pl. -s) in Firmen 4. *Generaldirektor,* der (lat., Pl. -en) i. S. e. Vorstandsvorsitzenden e. AG
Hauptgeschäftszeit *Saison,* die (lat.-fr., Pl. -en) i. S. e. touristischen Hauptsaison
Hauptinhalt 1. *Extrakt,* der (lat., Pl. -e) auch: Auszug aus Stoffen 2. *Resümee,* das (lat.-fr., Pl. -s) »das Wiederholte«, Zusammenfassung 3. *Substanz,* die (lat., Pl. -en) i. S. des Unveränderlichen e. Sache; philos.: Urgrund; Ggs.: Akzidens 4. *Quintessenz,* die (lat., Pl. -en) »fünftes Seiendes«; auch: Wesen e. Sache, nach: »quinta essenzia« (neben Feuer, Wasser, Luft, Erde das fünfte Element, der »Kern«)
Hauptkirche *Dom,* der (lat.-it.-fr.,Pl. -e) in Hamburg auch Kirmes
Hauptleitung, leistungsfähige ... e. Datennetzes *Backbone,* der (engl., Pl. -s) eigtl.: Rückgrat
Häuptling ... *Kazike,* der (indian.-sp., Pl. -n) ... bei den Indianern Mittel- u. Südamerikas; auch: indian. Ortsvorsteher
Hauptmelodie *Thema,* das (gr.-lat., Pl. ...men) e. Musikstückes
Hauptpastor *Pastor primarius,* der (lat., Pl. ...ores, ...rii)
Hauptpreis *Grand Prix,* der (lat.-fr., ohne Pl.) z. B. im Motorsport (Formel-1-Rennen)
Hauptraum *Tablinum,* das (lat., Pl. ...na) e. römischen Hauses
Hauptrolle *Titelpart,* der (lat.-fr., Pl. -s) z. B. in e. Film
Hauptsache *Pointe,* die (lat.-fr., Pl. -n) die Pointe e. Witzes muß sitzen; wo ist die Pointe?
hauptsächlich 1. *zentral* (gr.-lat.) das zentrale Thema Deutschland ist die Arbeitslosigkeit 2. *essentiell,* (lat.-fr.)
Hauptsatz *Maxime,* die (lat., Pl. -n) svw. Lebensregel, Leitmotiv, z. B. nach der Maxime: »ehrlich währt am längsten« handeln
Hauptschlagader *Aorta,* die (gr., Pl. ...ten) med.
Hauptschlüssel *Passepartout,* der (lat., Pl. -s)
Hauptsende-, Haupteinschaltzeit *Prime-time,* die (engl.-am., ohne Pl.)
Hauptstadt 1. *Metropole,* die (gr.-lat., Pl. -n) z. B. London 2. *Kapitale,* die (lat.-fr., Pl. -n) 3. *Residenz,* die (lat., Pl. -en) i. S. e. Herrschersitzes
Hauptstelle *Zentrale,* die (gr.-lat., Pl. -n) die Zentrale der Ford Motor Company befindet sich in den USA
Hauptverkehrslinie *Magistrale,* die (lat., Pl. -n) Magistralen verbinden Großstädte u. wirtschaftliche Ballungsgebiete
Hauptverkehrszeit *Rush-hour,* die (engl., Pl. -s)
Hauptwort *Substantiv,* das (lat., Pl. -e)
Haus 1. *Domizil,* das (lat., Pl. -e) i. S. von Wohnsitz; »Domizilwechsel« ist e. Wechsel, der nicht am Wohnort des Ausstellers eingelöst wird 2. *Dar,* das (arab.)
Haus, im ... *Indoor* (engl.-am.) innerhalb e. Hauses, e. Halle
Hausandachtsbuch *Postille,* die (lat., Pl. -n)
Hausanzug *Homedress,* der (engl., Pl. -es)
Hausfrau *Padrona,* die (lat.-it., Pl. ...ne) in Italien

Hausfreund *Cicisbeo,* der (it., Pl. -s) Liebhaber der Ehefrau

Hausgemeinschaft *Zadruga,* die (slaw., Pl. -s) i. S. e. gemeinsamen Haushalts mehrerer Nachkommen e. Stammvaters im alten Rußland u. Serbien

Haushalt zu dritt *ménage à trois* (fr.)

Haushaltsplan 1. *Budget,* das (lat.-fr.-engl., Pl. -s) 2. *Etat,* der (lat.-fr., Pl. -s) Haushaltsplan e. Staates

Haushofmeister *Butler,* der (lat.-fr.-engl., Pl. –) ranghöchster Diener in vornehmen engl. Häusern; »Ein Butler ist e. Prozession, die aus einem einzigen Menschen besteht.« (P. G. Wodehouse)

Hauskapelle *Oratorium,* das (lat., Pl. ...ien) i. S. e. Betsaals

Hauskleidung *Homedress,* der (engl., Pl. -es)

Hauslehrerin *Gouvernante,* die (lat.-fr., Pl. -n)

Hausmeister 1. *Concierge,* der oder die (lat.-fr., Pl. -s) Jacques ist Concierge in Paris 2. *Portier,* der (lat.-fr., Pl. -s) 3. *Kastellan,* der (lat., Pl. -e) Hauswart e. Schlosses oder großen öffentlichen Gebäudes

Hausrat *Mobiliar,* das (lat., ohne Pl.)

Hausschuh *Pantoffel,* der (fr., Pl. -n) Karl steht unter dem Pantoffel seiner Frau, er ist e. Pantoffelheld

Haustier, böses virtuelles ... *Antigotchi,* das (Eigenn.-lat.-jap., Pl. -s) mit schrecklichen Manieren

Haustier, virtuelles ... *Tamagotchi,* das (Eigenn.-jap., Pl. -s) eigroßes Spielzeug mit diversen Funktionen

Hauswirtschaftswissenschaft *Ökotrophologie,* die (gr.-lat., ohne Pl.)

Haut *Derma,* (gr., Pl. -ta) med.

Haut, die ... betreffend *dermatal* (gr.)

Haut, in der ... *intrakutan* (lat.) auch: in die Haut

Haut, mit heiler ... davonkommen 1. *integrum abire* (lat., Zitat) 2. *tecto latere abscedere* (lat., Zitat: Terheaut) eigtl.: mit gedeckter Seite davongehen

Haut, seine eigene ... zu Markte tragen *de corio suo ludere* (lat., Zitat)

Hautabschürfung *Exkoriation,* die (lat., Pl. -en) med.

Hautarzt *Dermatologe,* der (gr., Pl. -n) med.

Hautatmung *Perspiration,* die (lat., ohne Pl.) med.

Hautausdünstung *Transpiration,* die (lat.-fr., ohne Pl.) med., wie e. Puma transpirieren (stinken)

Hautausschlag 1. *Rash,* der (lat.-fr.-engl., Pl. -s) med., i. S. von Scharlach oder Masern 2. *Ekzem,* das (gr., Pl. -e) juckende Hautentzündung

Hautbeschaffenheit *Teint,* der (lat.-fr., Pl. -s) e. reinen Teint wie Pfirsichblüten haben

Häutchen 1. *Membran,* die (lat., Pl. -en) feine, dünne Haut 2. *Hymen,* das (gr.-lat., ohne Pl.) Jungfernhäutchen (med.)

Hautentzündung 1. *Dermatitis,* die (gr., Pl. ...itiden) med. 2. *Ekzem,* das (gr., Pl. -e) med.; auch: Ausschlag

Hautentzündung, juckende ... *Ekzematoid,* das (gr., Pl. -e) med., ... nicht ansteckend

Hautentzündung, schwere ... mit Rötung u. Schuppen *Erythrodermie,* die (gr., Pl. ...ien) med.

Hautentzündung, von e. ... befallen *ekzematös* (gr.) med.

Hautfarbe *Teint,* der (lat.-fr., Pl. -s) der Inder hatte e. sehr dunklen Teint

Hautjucken *Pruritus,* der (lat., ohne Pl.) med.

Hautknötchen *Papel,* die (lat., Pl. -n) med.

Hautkrankheit *Dermatose,* die (gr., Pl. -n) med.

Hautkrankheit mit Warzenbildung u. Karzinomen *Xeroderma,* das (gr.-lat., Pl. -ta, ...men)

Hautkrankheit, tropische ... *Frambösie,* die (fr., Pl. ...ien) ansteckend (med.)

Hautmittel *Dermatikum,* das (gr., Pl. ...ka) med.

Hautnervenschmerz *Dermalgie,* die (gr., Pl. ...ien) med.

Hautpilz, krankheitserregender ... *Epidermophyt,* der (gr.-lat., Pl. -en) med.

Hautritzung mit Farbstoffen ... 1. *Tätowierung,* die (tahitianisch-engl.-fr., Pl. -en) ... die Muster u. Bilder am Körper ergeben 2. *Tattoo,* der, das (tahitianisch-engl., Pl. -s) in den 90er Jahren Trend in den Subkulturen

Hautröte *Flush,* der (engl., Pl. -s) auch: Hitzewallung

Hautschlaffheit, angeborene ... *Dermatolysis,* die (gr., ohne Pl.) med.

Hautübertragung *Transplantation,* die (lat., Pl. -en) med.

Häutungshormon *Ekdyson,* das (gr., ohne Pl.) der Insekten

Hautzeichnung 1. *Tätowierung,* die (tahitianisch-engl., Pl. -en) 2. *Tattoo,* der, das (tahitianisch-engl., Pl. -s) auch: Bez. für Zapfenstreich

hebe dich weg! *apage!* (lat., Zitat)

heben *liften* (engl.) med., z. B. Straffung der Gesichtshaut: *Facelifting,* das (engl., Pl. -s)

Hebung u. Senkung großer Erdkrustenbereiche *Epirogenese,* die (gr.-lat., Pl. -n) Geol., ... läuft in großen Zeitspannen ab

Heer *Armee,* die (lat.-fr., Pl. ...meen) »Streitmacht«; genauer: Heereseinheit

Heereseinheit, altrömische *Legion,* die (lat., Pl. -en); heute z. B. Fremdenlegion der Franzosen; »Varus, Varus, gib mir meine Legionen wieder!« (Kaiser Augustus zu seinem Feldherrn Varus nach der Niederlage im Teutoburger Wald, 9 v. Chr.)

Heerführer 1. *Cäsar,* der (lat., Pl. -en) nach Gajus Julius Cäsar (100-44 v. Chr.) Feldherr u. Staatsmann; auch: Kaiser; Cäsaren: ehrender Beiname für e. röm. Kaiser; »Das war ein Cäsar! Wann kommt seinesgleichen?« (William Shakespeare: »Cäsar«) 2. *Napoleon,* der fr. Kaiser u. Heerführer, Napoleon Bonaparte (1769-1821), »war nicht von dem Holz, woraus man Könige macht, Napoleon war von jenem Marmor, woraus man Götter macht.« (Heinrich Heine)

Heerführer in der Walachai (Polens) *Woiwod,* der (pol., Pl. ...den) auch: pol. Landeshauptmann

Heerführung, Kunst der *Strategie,* die (gr.-lat.-fr., Pl. ...ien) Plan des Vorgehens, um mittel- u. langfristige Ziele zu erreichen; von *Stratege,* der (gr., Pl. -n) »Feldherr«; »Strategie ist die Wissenschaft des Gebrauchs von Zeit u. Raum.« (August Neidhardt von Gneisenau)

Hefepilz *Blastomyzet,* der (gr.-lat., Pl. -en) auch: Sproßpilz

Heft *Faszikel,* der (lat., ohne Pl.) z. B. Romanfortsetzung in Heftform

heften *broschieren* (roman.-fr.)

Heften, das Einheften von Druckbogen *Broschur,* die (fr., Pl. -en) ... in e. Kartonumschlag

heftig 1. *vehement* (lat.) sich vehement für e. Sache einsetzen; »Er (Schäuble) ist e. hervorragender Politiker u. wehrt sich vehement gegen diese Rolle (als Kronprinz).« (Theo Waigel, Bundesfinanzminister, 1998) 2. *massiv* (gr.-lat.-fr.) sich aufgrund e. Unfalls massive Vorwürfe machen 3. *frenetisch* (gr.-lat.-fr.) auch: stürmisch, z. B. frenetischer Beifall 4. *intensiv* (lat.-fr.) i. S. von durchdringend; Ggs.: extensiv 5. *turbulent* (lat.) i. S. von: ungestüm

Heftigkeit *Vehemenz,* die (lat., ohne Pl.) die Angelegenheit verteidigte er mit großer Vehemenz

Heidekraut *Erika,* die (gr.-lat., Pl. -s, ...ken) auch: Mädchenname

Heidenbekehrung *Mission,* die (lat., Pl. -en)

Heidentum *Paganismus,* der (lat., ohne Pl.)

heidnisch *pagan* (lat.)

heikel 1. *delikat* (lat.-fr.) e. delikaten Fall lösen 2. *diffizil* (lat.-fr.) 3. *prekär* (lat.-fr.)

Heil greiser Kaiser! *macte senex imperator* (lat., Zitat)

heil *intakt* (lat.) der Straffällige hatte e. intaktes Elternhaus

Heiland *Salvator,* der (lat., ohne Pl.) Christus als Retter; auch: Marke e. bayrischen Starkbiers

Heilanstalt *Sanatorium,* das (lat., Pl. ...ien)

heilbar 1. *kurabel* (lat.) nicht verw. mit *kurant* (lat.-fr.) auch: *courant* (lat.-fr.) gängig, umlaufend (Geld) Abk.: crt 2. *sanabel* (lat.)

Heilbehandlung 1. *Therapie,* die (gr., Pl. ...ien) 2. *Radiotherapie,* die (lat.-gr., Pl. -n) Behandlung durch Strahlen 3. *Heliotherapie,* die (gr., Pl. -n) Sonnenlichtbehandlung 4. *Chirurgie,* die (gr.-lat., Pl. ...ien) Behandlung durch e. Operation 5. *Massage,* die (arab.-fr., Pl. -n) Behandlung durch massieren 6. *Faradisation,* die (Eigenn., ohne Pl.) Behandlung mit faradischem Strom (nach dem engl. Physiker M. Faraday)

heilen 1. *therapieren* (gr.) Depressionen sind schwierig zu therapieren 2. *kurieren* (lat.) »Dr. Eisenbarth kuriert den Fall auf seine Art« 3. *sanieren* (lat.) e. Firma sanieren; auch: der Zahnarzt saniert e. Gebiß

heilend *kurativ* (lat.) med.

heilig *sakral* (lat.) z. B. sakrale Bauwerke aufsuchen

Heilige Handlung *Sakrament,* das (lat., Pl. -e) z. B. Taufe oder Abendmahl; auch: Fluch »Himmel Sakrament!« (verdammt noch mal!)

Heiligenbild *Ikone,* die (gr.-russ., Pl. -n) aus dem russisch-orthodoxen Kirchenschatz

Heiligenerzählung *Legende,* die (lat., Pl. -n)

Heiligenlegendensammlung *Legendar,* das (lat., Pl. -e)

Heiligenlehre *Hagiologie,* die (gr.-lat., ohne Pl.)

Heiligenschein 1. *Nimbus,* der (lat., Pl. -se) 2. *Gloriole,* die (lat., Pl. -n) 3. *Aureole,* die (lat., Pl. -n) Heiligenschein, der den ganzen Körper umgibt, bes. auf Christusbildern; auch: äußere Leuchterscheinung e. Lichtbogens 4. *Glorienschein,* der (lat.-dt., Pl. -e) 5. *Korona,* die (gr.-lat., Pl. ...nen) »Kranz, Krone«; auch: Strahlenkranz der Sonne oder fröhliche Runde

Heiligenverehrung *Hagiolatrie,* die (gr.-lat., Pl. ...ien)

Heiliger Krieg *Dschihad,* der (arab., ohne Pl.) der Mohammedaner

Heiliger, islamischer ... *Marabut,* der (arab.-port., Pl. -s) auch: Einsiedler

Heiligkeit *Baraka,* die (arab.) auch: göttliche Gnade, wie sie sufischen (mystischen) Heiligen zugeschrieben wird

Heiligkeit *Sanctitas,* die (lat., ohne Pl.) Papsttitel

heiligsprechen *kanonisieren* (sumer.-gr.-lat.)

Heiligtum der gr. Göttin Hera *Heraion u. Heräon,* das (gr., Pl. -s) auch: Tempel

Heiligtum, Haupt... des Islam *Kaaba,* die (arab., ohne Pl.) in der Moschee in Mekka; eigtl. Würfel

Heilkunde *Medizin,* die (lat., ohne Pl.)

Heilkunde, die gesamte ... *medicinae universalis* (lat.) kurz: med. univ.; Dr. med. univ. (praktischer Arzt)

Heilkundiger *Therapeut*, der (gr., Pl. -en)

Heilkunst 1. *Iatrik*, die (gr., ohne Pl.) ärztliche Kunst 2. *Iatrologie*, die (gr., ohne Pl.) Lehre von der ärztlichen Heilkunst

Heilmethode *Therapie*, die (gr., Pl. ...ien)

Heilmittel 1. *Medikament*, das (lat., Pl. -e) 2. *Medizin*, die (lat., ohne Pl.) 3. *Therapeutikum*, das (gr.-lat., Pl. ...ka) 4. *Remedium*, das (lat., Pl. ...ien)

Heilmittel gegen Alterskrankheiten *Geriatrikum*, das (gr.-lat., Pl. ...ka)

Heilmittel, dem Adrenalin verwandtes ... *Ephedrin*, das (gr.-lat., Eigenn., ohne Pl.) »Das Ephedrin brachte mein Herz in Gang.« (Christopher Reeve, als Schauspieler »Supermann«, 1998)

Heilmittellösung *Tinktur*, die (lat., Pl. -en)

Heilpflanze, chinesische ... *Ginseng*, der (chin., Pl. -s) Wurzel e. Araliengewächses

Heilquellenkunde *Balneologie*, die (gr., ohne Pl.) auch: Bäderkunde

Heilquellenkunde *Balneologie*, die (gr.-lat., ohne Pl.)

Heilsarmee *Salvation Army*, die (engl., ohne Pl.) die engl. Bezeichnung

Heilskönig *Messias*, der (hebr., ohne Pl.) wurde im Alten Testament angekündigt, im Christentum auf Jesus von Nazareth bezogen worden

Heilstätte *Sanatorium*, das (lat., Pl. ...ien)

Heiltrank *Elixier*, das (gr.-arab.-lat., Pl. -e)

Heilung 1. *Regeneration*, die (lat.-fr., Pl. -en) 2. *Rekonvaleszenz*, die (lat., ohne Pl.) Gesundungszeit 3. *Remission*, die (lat., Pl. -en) auch: Nachsicht

Heilung durch Bäder *Balneotherapie*, die (gr., ohne Pl.)

Heilverfahren *Kur*, die (lat., Pl. -en) e. Kur ist erst mit Kurschatten schön

Heim für Obdachlose 1. *Asyl*, das (gr.-lat., Pl. -e) 2. *Internat*, das (lat., Pl. -e) für Schüler

Heimarbeit am Bildschirm *Teleworking*, das (engl., ohne Pl.) der Mitarbeiter arbeitet zu Hause u. ist über den PC mit seiner Firmenzentrale verbunden

Heimatliebe *Lokalpatriotismus*, der (lat., ohne Pl.) überzogene Liebe zur unmittelbaren Umgebung

Heimcomputer *Personal Computer*, der (engl., Pl. -s) Abk.: PC

Heimkehrer *Repatriant*, der (lat., Pl. -en) z. B. Kriegsgefangener

heimlich *klandestin* (lat.)

Heimtücke *Perfidie*, die (lat.-fr., Pl. ...ien)

heimtückisch 1. *perfide* (lat.-fr.) es ist perfide, e. alten Frau die Handtasche zu stehlen 2. *insidiös* (lat.) med., als Krankheitsbild 3. *dolos* (lat.) rechtsw., arglistig, mit bösem Vorsatz 4. *intrigant* (lat.-it.-fr.) auch: rachsüchtig 5. *maliziös* (lat.-fr.) arglistig

Heimweh ... *Nostalgie*, die (gr.-lat., Pl. ...ien) ... nach vergangenen Zeiten, was Mode, Stil, Kunst betrifft; »Nostalgie ist die Sehnsucht nach e. Zeit, von der man absolut keine Ahnung hat.« (Lore Lorentz) oder: »Sie ist nicht die Partei des demokratischen Sozialismus (PDS), sondern der organisierten Nostalgie« (Burkhard Hirsch, F.D.P., 1998)

Heimwerker *Handyman*, der (am., Pl. ...men)

heiße Zone *Tropen*, die (gr.-lat., nur Pl.)

Heißhunger 1. *Vorazität*, die (lat., ohne Pl.) med. 2. *Hyperorexie*, die (gr.-lat., Pl. ...ien) med. 3. *Kynorexia*, die (gr.-lat., ohne Pl.) med.

Heißsporn *Desperado*, der (lat.-sp.-engl., Pl. -s) z. B. e. zu allem entschlossener Abenteurer

heiter *sanguinisch* (lat.) eigtl.: »aus Blut bestehend«

Heiterkeit 1. *Euthymie*, die (gr., ohne Pl.) auch: Frohsinn 2. *Humor*, der (lat., ohne Pl.) »Humor hat, wer trotzdem lacht!«

Heizkörper *Radiator*, der (lat., Pl. -en)

Held 1. *Heros*, der (gr.-lat., Pl. ...oren) z. B. tapfere, mutige Person 2. *Paladin*, der (lat.-it.-fr., Pl. -e) Ritter des Heldenrings am Hofe Karl des Großen

Heldendarsteller 1. *Tragöde*, der (gr.-lat., Pl. -n) für tragische Rollen 2. *Tragödin*, die (gr.-lat., Pl. -en) Schauspielerin in tragischen Rollen (Heldindarstellerin)

Heldengedicht 1. *Epos*, das (gr.-lat., Pl. Epen) 2. *Ballade*, die (gr.-lat.-fr.-engl., Pl. -n) eigtl.: »Tanzlied«

heldenhaft 1. *heroisch* (gr.-lat.) 2. *bravourös* (gr.-lat.-fr.) 3. *couragiert* (lat.-fr.) beherzt

Heldenhaftigkeit *Heroik*, die (gr., ohne Pl.)

Heldenmut *Heroismus*, der (gr.-lat., ohne Pl.)

heldenmütig *heroisch* (gr.-lat.) die Rettung des Kindes war e. heroische Tat

Heldensage 1. *Legende*, die (lat., Pl. -n) »zu Lesendes« 2. *Mythos*, der (gr.-lat.) u. *Mythus*, der (gr.-lat., Pl. ...then) auch: »Ammenmärchen«

Heldentum *Heroismus*, der (gr.-lat., ohne Pl.)

Heldenverehrung *Heroenkult*, der (gr., Pl. -e)

Heldin *Heroin*, die (gr.-lat., Pl. -en); nicht verw. mit *Heroin*, das (gr.-lat., ohne Pl.) süchtig machendes Rauschgift

helfen 1. *assistieren* (lat.) z. B. als Assistent dem Professor assistieren 2. *flankieren* (germ.-fr.) die Rettung der Firma erfordert flankierende Maßnahmen 3. *sekundieren* (lat.-fr.)

helfend *auxiliar* (lat.) dienend

Helfer 1. *Assistent*, der (lat., Pl. -en) 2. *Adjutor*, der (lat., Pl. -en) 3. *Paraklet*, der (gr.-lat., Pl. -en) Gottes Fürsprecher, Diener

Helfer, unerwarteter ... *Deus ex machina,* der (lat., ohne Pl.) »der Gott aus der Theatermaschine«, d. h. von der Höhe im altgr. Theater: überraschende Hilfe von »oben« erhalten
Helle *Luzidität,* die (lat., Pl. -en)
hellhäutig *leukoderm* (gr.-lat.) i. S. von pigmentarm; Ggs.: melanoderm
Helligkeit *Luzidität,* die (lat., Pl. -en)
Hellsehen *Luzidität,* die (lat., Pl. -en) in die Zukunft blicken können
Helm der Samurai ... *Kabuto,* der (jap., Pl. -s) aus der Edo-Zeit, 19. Jh.
Helmbusch *Panasch,* der (lat.-it.-fr., Pl. -e) Federbusch am Paradehelm
Hemd, das ... ist mir näher als der Rock *tunica pallio propior* (lat., Zitat: Plautus)
Hemdchen, bauchfreies ... *Babysize-Shirt,* das (engl., Pl. -s) ... u. eng anliegend
hemmen 1. *handicapen* (engl.) der komplizierte Schienbeinbruch handicapte den Sprinter 2. *obstruieren* (lat.) z. B. e. Vorhaben obstruieren (behindern) 3. *paralysieren* (gr.-lat.) auch: lähmen; einige Schlangenarten paralysieren ihre Beute 4. *retardieren* (lat.-fr.) auch: verzögern
Hemmungen *Skrupel,* der (lat., meist Pl.) eigtl.: »spitzes Steinchen«; moralische Bedenken; auch: altes Apothekergewicht
Hengst, kastrierter ... *Wallach,* der (dt., Pl. -e) »Ein weiteres Traumpaar bildeten Springreiter Alwin Schockemöhle u. sein Wallach Warwick.« (F.A.Z., 1996)
Henker, hol dich der ...! *male sit tibi!* (lat., Zitat)
Henne, die ... hat es geschrieben *gallina scripsit* (lat., Zitat: Plautus) gemeint sind die »Krähenfüße« an den Augen als Zeichen des Alterns
herablassen *abfieren* (Seemannsspr.)
herablassend 1. *jovial* (lat.) i. S. von bes. leutselig 2. *süffisant* (lat.-fr.) i. S. von spöttisch-überheblich 3. *zynisch* (gr.-lat.) schamlos-spöttisch
herabsetzen 1. *degradieren* (lat.) vom Leutnant zum Feldwebel degradieren 2. *deklassieren* (lat.-fr.) z. B. e. Gegner im sportlichen Wettkampf überraschend hoch besiegen 3. *diffamieren* (lat.) auch: verleumden; »Es wäre hilfreich, wenn nicht jede Debatte über sozialen Umbau gleich als Demontage des Sozialstaats diffamiert würde.« (Roman Herzog, Bundespräsident, 1997) oder: »Gleichwohl wollen wir die Einkommen aus Kapitalerträgen nicht diffamieren ...« (Gerhard Schröder, 1998)
Herabsetzung 1. *Degradierung,* die (lat., Pl. -en) die neue Aufgabe kommt e. Degradierung gleich 2. *Denomination,* die (lat., Pl. -en) der Nennwert e. Aktie wird im Zuge e. Kapitalminderung herabgesetzt
herabwürdigen *diskriminieren* (lat.) »absondern«
heranwachsend *adoleszent* (lat.)
herausbringen *eruieren* (lat.) der Journalist wollte die Umstände genau eruieren
herausfinden 1. *diagnostizieren* (gr.-fr.) der Arzt diagnostiziert e. Krankheit 2. *eruieren* (lat.) »herausgraben«, i. S. von: feststellen; nicht verw. mit erodieren (lat.) z. B. Anbaufläche erodiert (wird ausgewaschen) 3. *recherchieren* (lat.-fr.) z. B.: Journalisten recherchieren (treiben Nachforschungen) 4. *sondieren* (fr.) ausloten, mit e. Sonde untersuchen
herausfordern *provozieren* (lat.) der Afrikaner fühlte sich provoziert u. schlug zu
herausfordernd 1. *ostentativ* (lat.) die Studenten mieden ostentativ die Vorlesung des Prof. Müller 2. *provokant* (lat.) mit provokantem Benehmen den Vorgesetzten ärgern 3. *aggressiv* (lat.) angreifend 4. *provozierend* (lat.) i. S. von: bewußt hervorrufend
Herausforderung *Provokation,* die (lat., Pl. -en)
herausgeben *edieren* (lat.) Verlage edieren Bücher
Herausgeber 1. *Editor,* der (lat., Pl. -en) Buchherausgeber; auch: Verleger 2. *Redaktor,* der (lat., Pl. ...oren) z. B. auf wissenschaftlichem Gebiet
herausputzen, sich ... *ungrungen* (engl.) von: grunge (Schmutz, Dreck) ... z. B. vor e. Vorstellungsgespräch oder Date (Verabredung)
herausschreiben *exzerpieren* (lat.) z. B. aus Fachbüchern
Heraustreten e. Mondes ... *Emersion,* die (lat., Pl. -en) ... aus dem Schatten seines Planeten
herauswachsend, nach außen ... *ektophytisch* (gr.) med.
herausziehen *extrahieren* (lat.) med., der Zahnarzt hat mir e. Backenzahn extrahiert
herb *dry* (engl.) »trocken« (alkoholische Getränke); extra dry, z. B. bei Sekt
Herbeibringen *Apport,* der (fr., Pl. -e)
herbeibringen *apportieren* (fr.)
Herden, mit ... ziehend *transhumant* (lat.-fr.)
Herkommen *Tradition,* die (lat., Pl. -en) auch: Brauch, Überlieferung; »Tradition ist gesiebte Vernunft des Volkes aus einem Jh. in das andere.« (Ricarda Huch)
herkömmlich 1. *konventionell* (lat.-fr.) z. B. konventionelle Bauweise 2. *traditionell* (lat.-fr.) überliefert
Herkunft *Provenienz,* die (lat., Pl. -en)
herleiten 1. *deduzieren* (lat.) den Einzelfall aus dem Allgemeinen ableiten; Ggs.: induzieren 2. *derivieren* (lat.) auch: ableiten 3. *induzieren* (lat.); Ggs.: deduzieren
herpesartig *herpetiform* (gr.-lat.) med.
Herr 1. *Gentleman,* der (engl., Pl. ...men) höflicher

Mann mit guten Umgangsformen 2. *Sir,* der (engl., Pl. -s) als schriftliche Anrede 3. *Mister,* der (engl., Pl. –) als mündliche Anrede 4. *Monsieur,* der (fr., Pl. Messieurs) Anrede in Frankreich 5. *Sahib,* der (arab.-hindi., Pl. -s) so wurden früher die Europäer von den Indern angeredet 6. *Padrone,* der (lat.-it., Pl. ...ni) 7. *Signor,* der (it., Pl. -i) 8. *Senhor,* der (port., Pl. -es) 9. *Señor,* der (sp., Pl. -es) 10. *Grandseigneur,* der (fr., Pl. -s) sehr vornehmer Herr 11. *Seigneur,* der (fr., Pl. -s) vornehmer Herr 12. *Sidi,* der (arab.) auch: Meister 13. *Efendi,* der (türk., Pl. -s)

Herr der Heerscharen *Zebaoth* u. *Zebaot,* der (hebr., ohne Pl.) Erweiterung des Namens Gott (Altes Testament)

Herr, der ... sei mit Euch! *Dominus vobiscum!* (lat., Zitat, Ruth 4, 22)

Herr, erbarme dich! *Kyrie eleison!,* das (gr., Pl. -s) (kurz: Kyrie) Bittruf in Messe u. Gottesdienst

Herr, sein eigener ... sein *homo sui iuris* (lat., Zitat) eigtl.: ein Mann seines Rechtes

Herr, wie der ..., so der Knecht *plane qualis dominus, talis est servus* (lat., Zitat)

Herren, lobet den ...! *halleluja!* (hebr., aus Psalmen übernommener gottesdienstlicher Freudenruf) »Hallelujah! Scheidung durch, kurze Prozedur.« (G. Schröders geh. Tagebuch von H. Venske, 1997)

Herrenhut 1. *Bowler,* der (engl., ohne Pl.) runder, steifer Hut, wie ihn Herren der Londoner City gern tragen 2. *Zylinder,* der (gr.-lat., ohne Pl.) hoher, schwarzer Hut aus Seidensamt; auch: röhrenförmiger Hohlkörper 3. *Chapeau claque,* der (fr., Pl. -x, -s) zusammenklappbarer Zylinderhut

Herrenmantel mit Umhang *Havelock,* der (engl., Pl. -s) Bez. nach e. engl. General

Herrin *Domina,* die (lat., Pl. ...nä, -s) Stiftsvorsteherin; auch: Prostituierte, die sadistische Handlungen an e. Masochisten vornimmt

herrisch 1. *despotisch* (gr.) e. despotischer Familienvater, unter dem alle litten 2. *tyrannisch* (gr.-lat.) von: *Tyrann,* der (gr.-lat., Pl. -en) Gewaltherrscher

herrlich 1. *majestätisch* (lat.) die majestätische Bergwelt bewundern 2. *paradiesisch* (pers.-gr.-lat.) in dem Kurort herrscht e. paradiesische Ruhe

Herrn, laßt uns preisen den ...! *benedicamus Domino!* (lat.)

Herrschaft 1. *Diktatur,* die (lat., Pl. -en) unbeschränkte Herrschaft e. Mannes (Diktators), des Militärs (Militärdiktatur), e. Partei (Parteidiktatur) »Ich habe nicht vor, e. Diktatur zu errichten, ich habe nur e. laute Stimme.« (Alexander Lebed, Gouverneur von Krasnojarsk, 1998) 2. *Absolutismus,* der (lat.-fr., ohne Pl.) die unbegrenzte Herrschaft e. Monarchen (Königs, Kaisers) 3. *Dominanz,* die (lat., Pl. -en) i. S. von: Eigenschaft von Erbfaktoren, die sich gegenüber schwächeren durchsetzen; Ggs.: Rezessivität 4. *Hegemonie,* die (gr., Pl. ...ien) »Oberbefehl«; Vorherrschaft e. Staates, Vormachtstellung; nicht verw. mit *Hegemon,* der (gr., Pl. -en) Fürst, der über andere Fürsten herrscht 5. *Primat,* das (lat., Pl. -e) in der Demokratie hat das Militär das Primat der Politiker zu akzeptieren; auch (meist Pl.): Halbaffen, Affen u. Menschen umfassende Ordnung (Biol.) 6. *Prädomination,* die (lat., ohne Pl.) 7. *Regime,* das (lat.-fr., Pl. –, selten: -s) i. S. e. bes. Herrschaftsform; z. B. Regimekritiker

Herrschaft des Volkes *Demokratie,* die (gr.-lat., Pl. ...ien) »Volksherrschaft«; das Volk hat durch freie Wahlen an der Machtausübung im Staat teil; »Mir gefällt der Lärm der Demokratie.« (James Buchanan)

Herrschaft, auf einigen lastet die ... anderer *quibusdam aliena supra caput imperia sunt* (lat., Zitat: Seneca)

herrschaftlich 1. *aristokratisch* (gr.-lat.) auch: vornehm 2. *feudal* (germ.-lat.) i. S. von reichlich ausgestattet

Herrschaftsgewalt *Regierung,* die (lat., Pl. -en) oberstes Organ e. Staates; »Jedes Volk hat die Regierung, die es verdient.« (Joseph-Marie de Maistre)

herrschaftslos *anarchisch* (gr.) ordnungs- u. gesetzlos

Herrschaftslosigkeit *Anarchie,* die (gr., Pl. -n) Zustand der Ordnungs- u. Gesetzlosigkeit

herrschen *regieren* (lat.) die Politik e. Staates gestalten; »... ich regiere das Land (Sachsen-Anhalt) auf e. Arschbacke mit. Aber von Hannover aus.« (H. Venske: G. Schröders geh. Tagebuch, 1997)

Herrscher 1. *Monarch,* der (gr.-lat., Pl. -en) z. B. König, Kaiser, Zar 2. *Dynast,* der (gr.-lat., Pl. -en) 3. *Regent,* der (lat., Pl. -en) verfassungsmäßiger Vertreter des Monarchen; auch Staatsoberhaupt 4. *Souverän,* der (lat.-fr., Pl. -e) 5. *Sultan,* der (arab., Pl. -e) in arabischen u. Ländern mohammedanischen Glaubens 6. *Zar,* der (lat.-got.-slaw., Pl. -en) entspricht dem Kaiser 7. *Hakim,* der (arab., Pl. -s) in Arabien; auch: Arzt, Weiser, Philosoph im Orient; el Hakim: der Arzt 8. *Tenno,* der (jap., Pl. -s) der japanische Kaiser 9. *Pharao,* der (ägypt., Pl. ...onen) ägypt. König 10. *Potentat,* der (lat., Pl. -en) z. B. e. mächtiger Fürst

Herrscherbesitz *Residenz,* die (lat., Pl. -en)

Herrschergeschlecht *Dynastie,* die (gr., Pl. ...ien)
Herrschergeschlecht, persisches ... *Sassanide,* der (pers., Pl. -n) Angehöriger des Geschlechts (224-651)
Herrschergewalt *Souveränität,* die (lat.-fr., ohne Pl.)
Herrschersessel *Thron,* der (gr., Pl. -e) svw. Sitz e. Monarchen; »Durch fremde Waffen gründet sich kein Thron.« (Schiller)
Herrscherstab *Zepter,* das, der (gr.-lat., Pl. –)
Herrschertitel in Rußland, Bulgarien u. Serbien *Zar,* der (russ.-gr., Pl. -en) »Es ist nicht Sache des Zaren, sich um die Details zu kümmern.« (Alexander Lebed, Exgeneral, John Wayne der russ. Politik, 1998)
herstellen 1. *produzieren* (lat.) fertigen 2. *fabrizieren* (lat.) in e. Fabrik herstellen; auch abwertend: anstellen, z. B.: was hast du da wieder fabriziert? 3. *modellieren* (lat.-it.) z. B. mit den Händen e. Plastik formen
Hersteller 1. *Produzent,* der (lat., Pl. -en) Erzeuger 2. *Producer,* der (lat.-engl., Pl. -s)
Herstellung 1. *Produktion,* die (lat.-fr., Pl. -en) auch: Fertigung 2. *Fabrikation,* die (lat., Pl. -en)
Herstellung, gleichgeschaltete ... *synchronized Manufacturing* (gr.-engl.-am., ohne Pl.) mehrere Tochterfirmen e. Unternehmens arbeiten synchron an der Entwicklung u. Fertigung e. Produktes (dies ermöglicht die multimediale Kommunikation mittels Videokonferenzen)
Herstellungsverfahren *Technik,* die (gr.-fr., Pl. -en) Fertigkeit, angewandte Naturwissenschaft; »Der Glaube an die allein seligmachende Technik müßte unterdrückt, das Streben nach Wahrhaftigkeit gefördert werden.« (Arnold Schönberg)
Herumfahren, das ... *Cruise* (engl., ohne Pl.)
heruntergekommen *abgefuckt* (dt.-engl.) Jargon: in scheußlichem Zustand, z. B. e. Unterkunft oder e. Person
hervorgehoben 1. *pointiert* (lat.-fr.) pointiert auf Mißstände hinweisen 2. *akzentuiert* (lat.) betont 3. *expliziert* (lat.) ausdrücklich; Ggs.: impliziert; nicht verw. mit *explicit* (lat.) »es ist vollzogen« bes. am Ende von frühen Handschriften; Ggs.: incipit 4. *plakativ* (niederl.-fr.) auffallend 5. *prononciert* (lat.-fr.) i. S. von scharf betont, deutlich
hervorheben 1. *pointieren* (lat.-fr.) i. S. von herausstreichen; »... zu e. Demokratie u. e. Wahlkampf gehört auch e. pointierte, holzschnittartige Auseinandersetzung ...« (Peter Hintze, CDU, 1998) 2. *akzentuieren* (lat.) betonen 3. *markieren* (germ.-it.-fr.) auch: kennzeichnen
hervorheben, übertreibend ... *hochstilisieren* (dt.-fr.) aber nicht: »Das ist doch alles hochsterilisiert.« (Fußballer Bruno Labbadia)
hervorragend 1. *eminent* (lat.-fr.) der Dozent behandelte Themen von eminenter (außerordentlicher) Bedeutung 2. *exzellent* (lat.-fr.) vortrefflich
hervorrufen 1. *evozieren* (lat.) bewirken 2. *provozieren* (lat.) herausfordern
Herz, das ... auf der Zunge tragen *nec aliud sentire nec aliud loqui* (lat., Zitat) weder anders fühlen noch sprechen
Herz, er hat e. ... aus Stein *stat ei in corde silex* (lat., Zitat)
Herz, in das ... *intrakardial* (lat.) im Herzen
Herz, sie sind e. ... u. e. Seele *omnia sunt inter eos communia* (lat., Zitat)
Herzaktionspotentiale, Aufzeichnung des Verlaufs der ... *Elektrokardiogramm,* das (gr.-lat., Pl. -e) kurz: EKG
herzbeklemmend *pektanginös* (lat.) med.
Herzen, vor dem ... liegend 1. *präkardial* (lat.) 2. *präkordial* (lat.)
Herzerkrankung *Kardiopathie,* die (gr.-lat., Pl. ...ien) med.
Herzinfarkt *Myokardinfarkt,* der (gr.-lat., Pl. -e) med.
Herzinnenhaut *Endokard,* das (gr.-lat., Pl. -e) med.
Herzinnenhautentzündung *Endokarditis,* die (gr.-lat., Pl. ...itiden) med.
Herzjagen *Tachykardie,* die (gr.-lat., Pl. ...ien) med.
Herzklappenauswölbung, krankhafte ... *Ballooning,* das (engl., Pl. -s) Bez. steht auch für e. akutes Lungenemphysem (Lungenblähung)
Herzklopfen *Palpitation,* die (lat., Pl. -en) med.
Herzkrampf *Angina pectoris,* die (gr.-lat., ohne Pl.) auch: Schmerzen hinter dem Brustbein infolge kranker Herzkranzgefäße
Herzkranzgefäß, in e. ... *intrakoronar* (lat.)
Herzleiden *Kardiopathie,* die (gr.-lat., Pl. ...ien) med.
herzlich *kardial* (lat.) auch: vertraulich
Herzminutenvolumen *Cardiac Output,* der (engl., Pl. -s) Abk.: CO; es ist die in e. Minute vom Herzen ausgetriebene Blutmenge: ca. 5 Liter bei e. gesunden Menschen
Herzmuskel 1. *Myokard,* das (lat., Pl. -e) 2. *Myocardium,* das (lat., Pl. ...dia)
Herzmuskelschwäche 1. *Kardiomyopathie,* die (gr.-lat., Pl. ...ien) 2. *Cardiomyopathia,* die (gr.-lat., Pl. ...iae)
Herzog *Doge,* der (lat.-it., Pl. -n) Titel des Staatsoberhauptes in Genua u. Venedig; »Der Doge kann des Rechtes Lauf nicht hemmen.« (William Shakespeare)
Herzrhythmusstörung *Bigeminie,* die (lat., Pl. ...ien) Doppelschlägigkeit (med.)

Herzschlag *Kardioplegie,* die (gr.-lat., ohne Pl.) med.
Herzschlag- oder Pulsfrequenz *Heart Rate,* die (engl., Pl. -s)
Herzschlagader *Karotis,* die (gr., Pl. ...tiden) med.
Herzschrittmacher *Pacemaker,* der (engl., Pl. -s) med.; auch: der »Hase«, der bei best. Rennen vorne für das Tempo sorgt
Herzspezialist *Kardiologe,* der (gr.-lat., Pl. -n) i. S. e. Facharztes
Herzstillstand *Cardiac Arrest,* der (engl., Pl. -s)
Herztätigkeit, Verlangsamung der ... *Bradykardie,* die (gr.-lat., Pl. ...ien) med.
Herzvergrößerung *Kardiomegalie,* die (gr.-lat., Pl. ...ien) med.
Hetze 1. *Agitation,* die (lat.-engl., Pl. -en) Agitationen gegenüber Andersgläubigen müssen unterbunden werden 2. *Pogrom,* der (russ., Pl. -e) Hetze, Verfolgung fremdrassiger Gruppen, Judenpogrom 3. *Demagogie,* die (gr., ohne Pl.) abwertend: Volksaufwiegelung, politische Hetze
hetzen *agitieren* (lat.-engl.) z. B. politische Hetze schüren
Hetzer *Demagoge,* der (gr., Pl. -n) z. B. politischer Aufwiegler, der an die Macht will; Adolf Hitler war e. Demagoge
hetzerisch *demagogisch* (gr.) auch: aufwieglerisch
Heuchelei 1. *Hypokrisie,* die (gr.-lat., Pl. ...ien) 2. *Moralin,* das (lat., ohne Pl.) im moralischen Sinn
Heuchler 1. *Pharisäer,* der (heb.-gr.-lat., Pl. –) auch: Angehöriger e. altjüdischen religiös-politischen Partei 2. *Hypokrit,* der (gr.-lat., Pl. -en)
heuchlerisch 1. *hypokritisch* (gr.-lat.) 2. *pharisäisch* (hebr.-gr.-lat.) auch: selbstgerecht
heuern u. feuern *hire and fire* (engl.-am.) einstellen u. hinauswerfen, z. B. in Großunternehmen mit e. schlechten Betriebsklima
Heuschnupfen *Rhinallergose,* die (gr.-lat., Pl. -n) med.
heute *dato* (lat.)
Hexenschuß *Lumbago,* der (lat., ohne Pl.) med.
Hiebwaffe *Bajonett,* das (fr., Pl. -e) nach der südfranzösischen Stadt Bayonne; auch: Seitengewehr, am Gewehrlauf befestigtes Stoßmesser; die Soldaten hatten ihre Bajonette aufgepflanzt
hier u. jetzt *hic et nunc* (lat.)
Hilfe 1. *Assistenz,* die (lat., Pl. -en) 2. *Subvention,* die (lat., Pl. -en) i. S. e. Staatszuschusses; Subventionsbetrug; nicht verw. mit *Subversion,* die (lat., Pl. -en) Staatsumsturz
Hilfe, gemeinnützige ... *Sozialhilfe,* die (lat.-dt., Pl. -n) »Wir lebten lange Zeit von der Sozialhilfe, so etwas prägt.« (Gerhard Schröder, 1996)
hilfeleistend *subsidiär* (lat.-fr.) u. *subsidiarisch* (lat.) auch: unterstützend
Hilferuf über Autotelefon *Tele-Aid,* das (engl., Pl. -s) ... im PKW; z. B. bei e. Unfall wird per Knopfdruck mittels Autotelefon der Rettungsdienst alarmiert
Hilferuf, internationaler ... *Mayday* (anglisiert aus fr. m'aidez: helfen Sie mir) Notruf im Funksprechverkehr; auch: größte Techno-Veranstaltung Deutschlands, auf der ca. 15 000 Personen 20 Std. lang tanzen; gilt als Olympia der Raver (Dauertänzer)
hilfsbereit 1. *kollegial* (lat.) 2. *sozial* (lat.) gemeinnützig; »Der Sozialabbau ist viel zu weit gegangen.« (Oskar Lafontaine, SPD-Vorsitzender, 1997)
Hilfskonstruktion, gedankliche ... *Konstrukt,* das (lat., Pl. -e) auch: Arbeitshypothese; »E. Koalition ist im letzten Stadium e. Konstrukt, in dem der Putz die Mauern hält.« (Henk Vissers)
Hilfsmittel 1. *Requisit,* das (lat., Pl. -en) Zubehör für Bühnenaufführungen oder Filmszenen 2. *Ressource,* die (lat.-fr., Pl. -n) Rohstoffe; auch: Geldmittel 3. *Utensil,* das (lat., Pl. -ien)
Hilfsmotor *Servomotor,* der (lat., Pl. -en) z. B. als Lenkhilfe
Hilfspolizistin *Politesse,* die (lat.-it.-fr., Pl. -n) auch: Höflichkeit
Hilfstriebwerk *Booster,* der (engl., ohne Pl.) »Unterstützer«; Zusatztreibsatz für die erste Stufe e. Rakete
Himmel 1. *Äther,* der (gr.-lat., ohne Pl.) 2. *Paradies,* das (pers.-gr.-lat., Pl. -e) im übertragenen Sinne 3. *Eden,* das (hebr., ohne Pl.) »Wonne«, Paradies, Garten Eden
Himmel, der oberste ..., *Empyreum,* das (gr., ohne Pl.) ... der sich über der Erde wölbt (Weltbild der antiken u. scholastischen Philos.)
Himmel, unter freiem ... *sub divo* (lat.)
Himmelreich *Paradies,* das (pers.-gr.-lat., Pl. -e) Garten Eden; »Das Paradies der Erde liegt auf den Rücken der Pferde.« (Friedrich von Bodenstedt)
Himmelreich, des Menschen Willen ist sein ... *velle suum cuique est* (lat., Zitat) jeder hat seinen Willen
Himmelsblau *Azur,* der (pers.-arab.-fr., ohne Pl.) intensiver Blauton
Himmelsforscher *Astronom,* der (gr., Pl. -en) auch: Sternforscher
Himmelsgewölbe *Firmament,* das (lat., Pl. -e)
Himmelskörper 1. *Komet,* der (gr.-lat., Pl. -en) ... aus gefrorenem Gas u. Staub, der in Sonnennähe glüht 2. *Planet,* der (gr.-lat., Pl. -en) 3. *Trabant,* der (tschech., Pl. -en) z. B.: Mond; auch: Begleiter, Leibwächter

Himmelskunde *Astronomie,* die (gr., ohne Pl.) auch: Sternkunde als Naturwissenschaft

Himmelspunkt *Zenit,* der (arab.-it., ohne Pl.) höchster Punkt des Himmelgewölbes; Ggs.: Nadir

himmelstürmend *prometheisch* (gr.) nach Prometheus, dem Titanensohn aus der gr. Sage: an Kraft u. Größe alles übertreffend

himmlisch 1. *ätherisch* (gr.-lat.) svw. vergeistigt, abgerückt 2. *paradiesisch* (pers.-gr.-lat.) 3. *elysisch* (gr.-lat.) 4. *ambrosisch* (gr.-lat.) göttlich 5. *zölestisch* (lat.)

hin u. wieder 1. *episodisch* (gr.-fr.) vorübergehend 2. *okkasionell* (lat.-fr.) auch: gelegentlich 3. *sporadisch* (gr.-fr.) vereinzelt

hinarbeiten 1. *anvisieren* (dt.-lat.-fr.) i. S. von: ins Auge fassen 2. *fokussieren* (lat.) etwas auf e. Brennpunkt richten; z. B. für das Jahr 2000 fokussiert das Unternehmen e. Umsatz von fünf Milliarden DM 3. *intendieren* (lat.) anstreben

hinaufsteigen *entern* (niederl.) Seemannsspr.; auch: auf etwas klettern, z. B. mit dem Enterhaken

hinaufziehen *taljen* (lat.-niederl., Seemannsspr.) auch: aufwinden

Hindernis 1. *Barriere,* die (roman.-fr., Pl. -n) auch: Schlagbaum 2. *Obstakel,* das (lat., ohne Pl.)

hinfällig *kachektisch* (gr.-lat.) med.

Hingabe *Passion,* die (lat., Pl. -en) z. B. das Golfspielen mit Passion betreiben

Hingabe zu Gott ... *Bhakti,* die (sanskr., ohne Pl.) der wichtigste Heilsweg des Hinduismus

hingehen, oft ... *frequentieren* (lat.) auch: oft aufsuchen

hinhaltend *dilatorisch* (lat.)

Hinken *Klaudikation,* die (lat., Pl. -en) auch: das Lahmen; Fügungen

hinnehmen 1. *akzeptieren* (lat.) das Benehmen war nicht zu akzeptieren 2. *respektieren* (lat.-fr.) gelten lassen; auch: achten 3. *tolerieren* (lat.-fr.) dulden

hinrichten 1. *exekutieren* (lat.) in China werden Verbrecher exekutiert 2. *füsilieren* (lat.-fr.) i. S. e. Hinrichtung durch standrechtliches Erschießen

hinrichten lassen *liquidieren* (lat.-it.) auch: e. Forderung in Rechnung stellen; »Besucher aus Polen: sofort liquidieren, da kein Abkommen besteht.« (Kassenärztliche Vereinigung, 1989)

Hinrichtung *Exekution,* die (lat., Pl. -en)

Hinrichtungsgerüst 1. *Guillotine,* die (fr., Pl. -n) bes. Fallbeil, nach dem fr. Arzt Guillotin benannt 2. *Schafott,* das (lat.-niederl., Pl. -e) Stätte für Enthauptungen

hinsichtlich *in puncto* (lat.)

hinstellen 1. *postieren* (lat.-it.-fr.) 2. *montieren* (lat.-fr.) i. S. von zusammensetzen

hinter den Bergen *transmontan* (lat.)

hinter sich lassen *distanzieren* (lat.) im Wettkampf; auch: auf Abstand gehen (gesellschaftlich)

hintereinander *kursorisch* (lat.) auch: fortlaufend, z. B. kursorisches (schnelles) Lesen e. Textes

Hintergehung *Delusion,* die (lat., Pl. -en) auch: Täuschung

Hintergrund *Kulisse,* die (lat.-fr., Pl. -n) z. B. im Theater, der Bühnenhintergrund

hinterhältig *perfide* (lat.-fr.) der Partner hatte e. perfiden Charakter

Hinterhältigkeit *Perfidie,* die (lat.-fr., ohne Pl.)

hinterher 1. *ex post* (lat.) 2. *post festum* (lat.)

Hinterland *Provinz,* die (lat., Pl. -en)

hinterlegen *deponieren* (lat.-fr.)

Hinterlegtes *Depositum,* das (lat., Pl. ...siten) z. B. auf e. Sparbuch

Hinterlegung 1. *Deponierung,* die (lat.-fr., Pl. -en) 2. *Deposition,* die (lat.-fr., Pl. -en)

Hinterlegungsort 1. *Depot,* das (lat.-fr., Pl. -s) 2. *Depositorium,* das (lat.-fr., Pl. ...ien)

Hinterlegungssumme *Kaution,* die (lat., Pl. -en) als Sicherheit, z. B. Mietkaution; jmdn. gegen Kaution freilassen

Hinterlist 1. *Intriganz,* die (lat.-it.-fr., ohne Pl.) seine Intriganz hatte kriminelle Züge 2. *Perfidie,* die (lat.-fr., ohne Pl.) 3. *Rankünе,* die (lat.-fr., Pl. -n)

hinterlistig 1. *intrigant* (lat.-it.-fr.) 2. *perfide* (lat.-fr.)

Hintermann, der die Fäden zieht *Spin Doctor,* der (engl., Pl. -s)

Hintern *Podex,* der (lat., Pl. -e) Gesäß

Hintern, den entblößten ... zeigen *mooning* (engl.) da dieser meist hell wie der Mond leuchtet

Hinterwäldler 1. *Backwoodsmen,* der (engl.-am., nur Pl.) 2. *Hillibilly,* der (am., Pl. ...billies) die rückständige Landbevölkerung der am. Südstaaten

hinterziehen *defraudieren* (lat.) i. S. von betrügen, unterschlagen (in Geldangelegenheiten)

Hinterziehung *Defraudation,* die (lat., Pl. -en) i. S. von Geldunterschlagung

Hinweis 1. *Indikator,* der (lat., Pl. ...oren) 2. *Indiz,* das (lat., Pl. -ien) 3. *Signal,* das (lat.-fr., Pl. -e) 4. *Symptom,* das (gr., Pl. -e) eigtl.: Zufall; Krankheitszeichen

hinweisen *signalisieren* (lat.-fr.) etwas durch e. Geste signalisieren

hinweisend *deiktisch* (gr.)

Hinwendung zum Zuverlässigen *Authentizitäts-Trend,* der (gr.-lat., Pl. -s) Besinnung auf echte, glaubwürdige Werte; Authentizität ist e. Bedürfnis nach gültigen Werten in e. Zeit des raschen Wandels

hinzufügen 1. *addieren* (lat.) z. B. Zahlen addieren, zusammenzählen 2. *adjizieren* (lat.)

hinzufügend *additiv* (lat.)

Hinzufügung *Addition,* die (lat., Pl. -en)

Hippie, neue Lebensform der ... 1. *Zippie,* der (Eigenn.-engl.-am., Pl. -s) aus: zen-inspired professional pagan (Zen-inspirierter, heidnischer Geschäftsmann (Mensch), auch: 2. *Hippie with zip,* der (engl.-am., Pl. -s, -s) eigtl.: Hippie mit Reißverschluß; jeweils e. neue Lebensform; Menschen dieser Subkultur sind optimistischer, weniger streßanfällig, haben e. starkes Wir-Gefühl

Hirn, das ... betreffend 1. *zerebellar* (lat.) das Kleinhirn ... 2. *zerebral* (lat.) das Großhirn betreffend 3. *zerebrospinal* (lat.) Gehirn u. Rückenmark betreffend

Hirnaktionsströme, Aufzeichnung des Verlaufs der ... *Elektroenzephalogramm,* das (gr.-lat., Pl. -e) kurz: EEG

Hirnanhangdrüse *Hypophyse,* die (gr., Pl. -n) med.

Hirnblutung *Enzephalorrhagie,* die (gr.-lat., Pl. ...ien) med.

Hirnbruch *Enzephalozele,* die (gr.-lat., Pl. -n) Hirnteile treten durch Öffnungen des Schädels

Hirngespinst 1. *Schimäre,* die (gr.-lat.-fr., Pl. -n) nach Chimära, dem Ungeheuer der gr. Sagenwelt: es war Ziege, Schlange u. Löwe zusammen 2. *Phantom,* das (gr.-lat.-fr., Pl. -e) z. B. Phantombild: e. nach Zeugen erstelltes Bild e. gesuchten Täters 3. *Utopie,* die (gr., Pl. ...ien) svw. Plan ohne reale Grundlage; nicht verw. mit *Utopia,* das (gr.-fr.) »Land, das nirgends ist«, »Utopia«: Titel e. Romans von Th. Morus; Traumland

Hirnhautentzündung *Meningitis,* die (gr.-lat., Pl. ...itiden) med.

Hirnnerv *Trigeminus,* der (lat., Pl. ...ni) med.

Hirnrinde *Kortex,* der (lat., Pl. -e, ...tizes) auch: äußere Organzellschicht

Hirnrinde, von der ... ausgehend *kortikal* (lat.)

Hirntumor *Ependymom,* das (gr.-lat., Pl. -e) ... aus Ependymzellen (med.)

Hirtenlied *Pastorelle,* die (lat.-it., Pl. -n)

Hirtenliederdichter *Bukoliker,* der (gr., ohne Pl.)

Hirtenmusik *Pastorale,* das, die (lat.-it., Pl. -s)

Hirtenpfeife *Zufolo,* der (it., Pl. -s, ...li) auch: Hirtenflöte; Flageolett

Hirtenteppich *Flokati,* der (gr., Pl. -s)

Hitparade 1. *Top ten,* die (engl., nur Pl.) die zehn erfolgreichsten Titel (Bücher, Musikstücke, Filme) 2. *Charts,* die (engl., nur Pl.)

Hits, alte ... nachspielen *covern* (engl.)

Hitzestau *Heliosis,* die (gr., ohne Pl.) med. auch: Hitzschlag

hoch, er lebe ...! *eljen!* (ung.)

Hochachtung 1. *Tribut,* der (lat., Pl. -e) jmdm. Tribut zollen, z. B. die Gallier den Römern 2. *Respekt,* der (lat.-fr., ohne Pl.) »das Zurückblikken«; Achtung: auch leerer Rand bei Kupferstichen 3. *Ästimation,* die (lat.-fr., Pl. -en) Wertschätzung

Hochadel *Aristokratie,* die (gr.-lat., Pl. ...ien)

Hochamt *Missa,* die (lat., Pl. Missae) lat. Bez. für Messe

hochanständig *gentlemanlike* (engl.)

Hochburg *Metropole,* die (gr.-lat., Pl. -n) z. B. die Metropole der Mode: Rom oder Paris

Hochdruckgebiet *Antizyklone,* die (gr.-lat., Pl. -n)

Hochebene 1. *Plateau,* das (lat.-fr., Pl. -s) 2. *Meseta,* die (sp., Pl. ...ten)

hochexplosiv *brisant* (fr.)

Hochfläche, baumlose ... *Fjäll* u. *Fjell,* der (skand., Pl. -s) Skandinaviens

Hochfrequenzstrom, Methode, bei der Gewebe durch ... chirurgisch behandelt wird *Elektrokoagulation,* die (gr.-lat., Pl. -en) dabei geht es um die Zerstörung kranken Gewebes (med.)

Hochgebirgsrind, asiatisches ... *Jak, Yak,* der (tibetisch, Pl. -s, -e)

Hochgefühl *Euphorie,* die (gr., Pl. ...ien) Erfolg verleiht Euphorie; Ggs.: Dysphorie

hochgestimmt *euphorisch* (gr.) Erfolg stimmt euphorisch

Hochhaussilhouette e. Stadt *Skyline,* die (engl., Pl. -s) z. B. die Skyline von New York

hochheilig *sakrosankt* (lat.)

hochinfektiös *virulent* (lat.) z. B. Krankheitserreger; auch: giftig; Ggs.: avirulent

Hochkonjunktur *Boom,* der (engl., Pl. -s) e. Wirtschaftsphase, die durch Kapazitätsauslastung u. geringe Arbeitslosigkeit gekennzeichnet ist

Hochkulturvölker Mittel- u. Südamerikas 1. *Inka,* der (Ketschua, Pl. -s) eigtl.: König; in Peru 2. *Maya,* der (indian., Pl. -s) in Yucatán 3. *Tolteke* u. *Azteke,* der (indian., Pl. -n) in Zentralmexiko

Hochmut kommt vor dem Fall *superbientem animus prosternet* (lat., Zitat) den Übermütigen wirft der Hochmut nieder

hochmütig 1. *blasiert* (fr.) z. B. e. blasierter Gesichtsausdruck; auch: hochnäsig 2. *arrogant* (lat.-fr.) 3. *prätentiös* (lat.-fr.) auch: selbstgefällig 4. *snobistisch* (engl.)

Hochruf *Vivat,* das (lat., Pl. -s) »er lebe!«

Hochschulabsolvent *Magister,* der (lat., Pl. –) entspricht an einigen Universitäten e. Diplom-Abschluß

Hochschulabsolvent, der auf die betriebliche Pra-

xis vorbereitet wird *Trainee,* der (engl., Pl. -s) z. B. in e. Unternehmen

Hochschule 1. *Akademie,* die (gr.-lat., Pl. -n) z. B. Sport-, Kunstakademie 2. *Universität,* die (lat., Pl. -en) 3. *Alma mater,* die (lat., ohne Pl.) eigtl.: »nahrungspendende Mutter«; Universitätsbez. der dort Studierenden

Hochschule, islamische ... *Medersa,* die (arab.)

Hochschullehrer 1. *Professor,* der (lat., Pl. ..oren) 2. *Dozent,* der (lat., Pl. -en) »Lehrender«, Lehrbeauftragter

Hochschullehrer für lateinische Sprache u. Literatur *Latinist,* der (lat., Pl. -en) nicht: Lateiner, Latriner oder Latiner

Hochschullehrer im Ruhestand *Emeritus,* der (lat., Pl. ...ti) Abk.: em.

Hochschulleiter 1. *Rektor,* der (lat., Pl. -en) 2. *Magnifizenz,* die (lat., Pl. -en) Titel als Anrede für Hochschulrektoren 3. *Dekan,* der (lat., Pl. -e) Vorsteher e. Fakultät

Hochschulschüler *Student,* der (lat., Pl. -en)

Hochschulviertel *Quartier Latin,* das (lat.-fr., ohne Pl.) in Paris; »lateinisches Viertel«

Hochsprungtechnik *Fosbury-Flop,* der (am., Pl. -s) e. bes. Hochsprungtechnik nach dem am. Leichtathleten D. Fosbury

höchste Auszeichnung *summa cum laude* (lat.) höchstes Prädikat bei Doktorprüfungen

Höchste *Nonplusultra,* das (lat., ohne Pl.) i. S. von das Höchste, Unübertreffbares

höchstens *maximal* (lat.)

Hochstimmung *Euphorie,* die (gr., Pl. ...ien); Ggs.: Dysphorie

Höchstleistung *Rekord,* der (lat.-fr.-engl., Pl. -e) der Läufer Jesse Owens stellte mehrere Rekorde auf

Höchstmaß 1. *Optimum,* das (lat., Pl. ...ma) 2. *Maximum,* das (lat., Pl. ...ma)

Höchstmenge *Kontingent,* das (lat., Pl. -e) z. B. Ein- oder Ausfuhrkontingent

Höchststufe *Superlativ,* der (lat., Pl. -e)

Höchstwert *Maximum,* das (lat., Pl. ...ma) i. S. des größten erreichbaren Wertes

hochtrabend 1. *pompös* (gr.-lat.-fr.) i. S. von prunkhaft, prächtig 2. *pomposo* (gr.-lat.-it.) feierlich, prächtig i. S. e. musik. Vortragsanw.

Hochzeitsgedicht *Epithalamion,* das (gr.-lat., Pl. ...ien) auch: Hochzeitslied

Hochziel *Ideal,* das (gr.-lat., Pl. -e) svw. Verkörperung von etwas Vollkommenem, Musterbild; »Je weiter e. Ideal entfernt ist, desto schöner ist es.« (John Galsworthy)

Hocker *Taburett,* das (arab.-fr., Pl. -e)

Hoden 1. *Testikel,* der (lat., ohne Pl.) med. 2. *Orchis,* der (gr.-lat., Pl. ...ches) med.

Hodenentzündung *Orchitis,* die (gr.-lat., Pl. ...itiden) med.

hoffend *optimistisch* (lat.-fr.); Ggs.: pessimistisch

Hoffnung, falsche ... *Illusion,* die (lat.-fr., Pl. -en) auch: Wunschvorstellung

Hoffnung, zwischen ... u. Furcht *inter spem et metum* (lat., Zitat)

hoffnungslos *desperat* (lat.) in e. desperaten Zustand sein

Hoffnungslosigkeit *Defätismus,* der (lat.-fr., ohne Pl.)

höflich *galant* (fr.-sp.) Damen gegenüber war er stets galant

Höfling *Schranze,* die (altdt., Pl. -n) abwertend; »Der Kanzler hat sich mit Schranzen umgeben, aber die Alternative hebt nicht eben Herz u. Mut.« (Peter Wapnewski, Publizist, 1998)

Hofritter *Paladin,* der (lat.-it.-fr., Pl. -e)

Hoftracht *Gala,* die (sp., ohne Pl.)

Höhe e. Gestirns über dem Horizont *Elevation,* die (lat., Pl. -en) auch: Erhebung; Emporheben der Hostie u. des Kelches in der Messe

Höhe *Niveau,* das (lat.-fr., Pl. -s)

Hoheit 1. *Majestät,* die (lat., ohne Pl.) Anrede für Kaiser u. Könige 2. *Eminenz,* die (lat., Pl. -en) Titel der Kardinäle; graue Eminenz: einflußreiche Persönlichkeit, die nicht in Erscheinung tritt 3. *Grandezza,* die (sp.-it., ohne Pl.) Würde

Hoheitsgebiet *Territorium,* das (lat., Pl. ...ien) von souveränen Staaten

hoheitsvoll *majestätisch* (lat.)

Hoheitszeichen *Emblem,* das (gr.-lat.-fr., Pl. -e) z. B. e. Staates

Höhen- oder Tiefenangst *Bathophobie,* die (gr., Pl. ...ien) auch: Schwindelgefühl beim Anblick großer Höhen oder Tiefen u. damit verbundene Ängste (med.)

Höhenangst 1 *Hypsiphobie,* die (gr.-lat., Pl. ...ien) med.; auch: Höhenschwindel 2. *Bathophobie,* die (gr.-lat., Pl. ...ien) mit Angst verbundenes Schwindelgefühl vor Tiefen oder Höhen

Höhenlage *Niveau,* das (lat.-fr., Pl. -s)

Höhenmesser *Altimeter,* das (lat., Pl. –)

Höhenmessung *Hypsometrie,* die (gr.-lat., ohne Pl.)

Höhensonne *Solarium,* das (lat., Pl. ...ien)

Höhenstufe *Niveau,* das (lat.-fr. Pl. -s) das Gelände muß auf e. Niveau (Höhe) gebracht werden

Höhepunkt 1. *Zenit,* der (arab.-it., ohne Pl.) z. B. des Himmelsgewölbes oder den Zenit der Karriere erreichen 2. *Highlight,* das (engl., Pl. -s) der Höhepunkt e. Ereignisses 3. *Clou,* der (lat.-fr., Pl. -s) z. B. der Clou der Vorstellung war der Messerwerfer 4. *Orgasmus,* der (gr.-lat., Pl.

...men) sexueller Höhepunkt; nicht verw. mit *Organismus,* der (gr., Pl. -men), Höhepunkt der geschlechtlichen Erregung; »Sechs Prozent der Deutschen sagen: ein Stück Torte ist mir lieber als ein Orgasmus.« (Meldung der Presse-Agentur ADN, 1997) 5. *Highnoon,* der (am., Pl. -s) z. B. im Westernfilm

Höhepunkt e. Krankheit *Akme,* die (gr., ohne Pl.) med.; Ggs.: Epakme

Höhepunkt erreichen *kulminieren* (lat.)

Höhepunkt, das war der ... *haec summa fuit* (lat., Zitat) auch: das Ende vom Lied

Höhepunkt, dramatischer ... *Katastase* u. *Katastasis,* die (gr., Pl. ...stasen) vor der Katastrophe im antiken Drama

hohl, beiderseits ... *bikonkav* (lat.)

Höhlenkunde *Speläologie,* die (gr.-lat., ohne Pl.) auch: Wissenschaft der Höhlenforschung

Höhlenmensch *Troglodyt,* der (gr.-lat., Pl. -en) Bez. für den in Höhlen lebenden Eiszeitmenschen vor ca. 12 000 Jahren

Hohlkörper, röhrenförmiger ... *Zylinder,* der (gr.-lat., Pl. –) e. Maschine, in der sich e. Kolben bewegt; Lampenglas; hoher, schwarzer Herrenhut aus schwarzem Seidensamt; »Schön ist e. Zylinderhut, wenn man ihn besitzen tut.« (Wilhelm Busch)

Hohlmaß 1. *Gallone,* die (engl.-am., Pl. -n) 1 Gallone = 4,544 Liter 2. *Barrel,* das (engl.-am., Pl. -s) Faß, Mengenangabe für Rohöl, 1 Barrel = 158,8 Liter

Hohlraum, krankhafter ... in der Lunge *Kaverne,* die (lat., Pl. -n) auch: künstlicher Hohlraum in der Erde zur Lagerung militärischer Güter

Hohn, versteckter *Ironie,* die (gr.-lat., Pl. ...ien, nicht gebräuchlich) auch: feiner Spott; »Ironie ist das Körnchen Salz, das das Aufgetischte erst genießbar macht.« (Goethe)

höhnisch *sarkastisch* (gr.-lat.) auch: spöttisch, z. B. sarkastische Bemerkungen machen

Höhrrohr *Stethoskop,* das (gr.-lat., Pl. -e)

Hölle 1. *Inferno,* das (lat.-it., ohne Pl.) dem Inferno der Feuersbrunst mit knapper Not entkommen 2. *Hades,* der (gr., ohne Pl.) gr. Gott der Unterwelt, Totenreich; auch: jenseits des Pluto vermuteter Planet 3. *Orkus,* der (lat., ohne Pl.) röm. Gott der Unterwelt, Totenreich; nicht verw. mit *Orlog,* der (niederl., Pl. -e, -s) Krieg 4. *Gehenna,* die (hebr.-gr.-lat., ohne Pl.)

Höllenhund *Zerberus,* der (gr.-lat., Pl. -se) nach dem Wächter des Unterwelteingangs »Kerberus«, ein Hund aus der gr. Sagenwelt

höllisch 1. *infernalisch* (lat.-it.) in New York herrscht wieder einmal infernalische Hitze 2. *avernalisch* (lat.) nach »Avernus« (Unterwelt)

Holocaust-Gedenkstätte, zentrale ... *Yad Vashem,* das (hebr., ohne Pl.) »Mahnmal u. Name«; ... in Jerusalem

Holz *Furnier,* das (germ.-fr., Pl. -e) dünnes aufeinandergeleimtes Holz

Holz, Spezial... für Violinbogen *Bolletrieholz,* das (engl.-dt., Pl. ...hölzer) auch Pferdefleischholz genannt

Holzanbau außerhalb des Waldes *Lignikultur,* die (lat., Pl. -en)

Holzanteil der Braunkohle *Xylit,* der (gr.-lat., Pl. -e)

Holzfresser *Xylophage,* der (gr., Pl. -n) Termiten, Holzbock

Holzkästchen *Kassette,* die (lat.-it.-fr., Pl. -n) z. B. Schmuckkassette

Holzpantoffel *Pantine,* die (fr.-niederl., Pl. -n)

Holzplatte *Panneau,* der (fr., Pl. -s)

Holzschneider *Xylograph,* der (gr.-lat., Pl. -n) als künstlerischer Holzwerker; auch: Holzschnittkünstler

Holzschnitt *Xylographie,* die (gr.-lat., Pl. ...ien) auch: Holzschneidekunst

Holzschnittkunst *Xylographie,* die (gr.-lat., Pl. ...ien); auch: Holzschnitt

Holzschuh *Pantine,* die (fr.-niederl., Pl. -n)

Holztäfelung *Paneel,* das (lat.-fr.-niederl., Pl. -e)

Holzzucker *Xylose,* die (gr.-lat., ohne Pl.)

Homer, auch ... schläft einmal *bonus dormitat Homerus* (lat., Zitat: Horaz)

Homosexualität 1. *Uranismus,* der (gr.-lat., ohne Pl.) 2. *Päderastie,* die (gr., ohne Pl.) Homosexualität zwischen erwachsenen Männern u. Knaben

homosexuell *gay* (engl.) eigtl.: fröhlich

Homosexueller 1. *Uranist,* der (gr.-lat., Pl. -en) 2. *Gay,* der (engl., Pl. -s) 3. *Päderast,* der (gr., Pl. -en) Männer mit homosexuellen Neigungen zu Knaben

Horcher, heimlicher *Spion,* der (germ.-it., Pl. -e) Kundschafter, geheimer; auch: Beobachtungsspiegel oder -loch am Fenster, an der Tür; »Der Spion, der aus der Kälte kam« (John le Carré, ein Roman)

Hören u. Sehen ansprechend *audiovisuell* (lat.)

Hören von Geräuschen ... *Auskulation,* die (lat., Pl. -en) ... im Körperinnern, bes. das Abhören des Herzens u. der Lunge (med.); nicht verw. mit *Auskulant,* der (lat., Pl. -en) »Zuhörer«; Beisitzer ohne Stimmrecht; auch: Anwärter auf e. Richteramt

Hören, das ... betreffend *auditiv* (lat.)

Hörerschaft *Publikum,* das (lat.-fr.-engl., Pl. ...ka) auch: Besucherschaft; »Das Publikum beklatscht ein Feuerwerk, aber keinen Sonnenaufgang« (Friedrich Hebbel)

Horizontlinie 1. *Skyline,* die (engl., Pl. -s) Horizont e. Stadt mit Hochhäusern u. Wolkenkratzern, z. B. die Skyline von Manhattan 2. *Kimm,* die (niederdt., ohne Pl.) Seemannsspr.

Hormon der Bauchspeicheldrüse *Insulin,* das (lat., ohne Pl.) Medikament gegen Zuckerkrankheit

Hormon der Nebennierenrinde 1. *Kortison,* das (Eigenn., ohne Pl.) e. Präparat aus dem Hormon der Nebennierenrinde (med.) 2. *Kortin,* das (Eigenn., Pl. -e) 3. *Cortison,* das (Eigenn., Pl. -s) med., e. Präparat 4. *Adrenosteron,* das (gr.-lat., ohne Pl.)

Hormon des Nebennierenmarks *Adrenalin,* das (lat., ohne Pl.) »Wettbewerb bringt einen erst auf den richtigen Adrenalinspiegel.« (Ron Sommer, Telekom-Chef, 1997)

Hormon, das e. Krebserkrankung beeinflußt *Melatonin,* das (gr.-lat., ohne Pl.) die Bildung des Hormons der Zirbeldrüse ist abhängig vom Schlaf-Wach-Zyklus

Hörsaal 1. *Auditorium,* das (lat., Pl. ...ien) e. Hochschule 2. *Auditorium maximum (Audimax),* das (lat., ohne Pl.) größter Hörsaal der Universität

horten *thesaurieren* (gr.-lat.) Firmen legen Gewinne für künftige Investitionen zurück

Hortung *Thesaurierung,* die (gr.-lat., Pl. -en) Gewinnrücklage

Hose der Frauen im Orient *Schalwar,* der (pers.-türk., Pl. -s) meist blau, weit u. lang

Hostienbehälter *Lunula,* die (lat., Pl. ...lae, ...nulen) glasumschlossen, in der Monstranz; auch: halbmondförmiges Feld am Nagelansatz; halbmondförmiger Halsschmuck aus der Bronzezeit

Hostiengefäß *Ziborium,* das (gr.-lat., Pl. ...ien)

Hotelbesitzer *Hotellier,* der (lat.-fr., Pl. -s)

Hoteldiener *Page,* der (fr., Pl. -n)

Hotelgewerbe *Hotellerie,* die (lat.-fr., ohne Pl.)

Hotelhalle *Lobby,* die (engl., Pl. -s)

Hotel-Kommunikationssystem, interaktives ... *Guestlink,* das (engl.-am., ohne Pl.) ... der Firma Nokia GmbH, der Gast wird in 10 Sprachen über das Kulturleben der Stadt informiert, kann sein Frühstück bestellen, kann Nachrichten versenden u. empfangen

hübsch 1. *adrett* (fr.) sauber 2. *attraktiv* (lat.) anziehend

Hubschrauber 1. *Helikopter,* der (gr.-lat., Pl. –) 2. *Autogiro,* der (gr.-sp., ohne Pl.)

Hüfte *Ischium,* das (lat., Pl. ...ia) auch: Gesäß (med.)

Hüftschmerzen *Ischias,* der, das, die (gr.-lat., nur Sg.)

Hügelgrab in Osteuropa *Kurgan,* der (türk.-russ., Pl. -e)

Hügelgrab *Tumulus,* der (lat., Pl. ...li)

Huhn *Chicken,* das (engl., ohne Pl.) auch: Hühnerfleisch; »Chicken McNuggets zwischen den Beinen u. die Currysauce am Sicherheitsgurt.« Harald Schmidt, TV-Witzbold, zu McDonald's, 1998)

Huhn, fleißiges Lege... *Leghorn,* das (engl., Pl. -s, ...hörner) vom engl. Namen der Stadt Livorno (Italien)

Huldigung 1. *Ovation,* die (lat., Pl. -en) »standing ovations« (stehende Ovation) erweisen, z. B. einem Musiker; »Wer auch den schwächsten Applaus zur Ovation anschwellen lassen möchte, braucht sich nur e. Hörgerät zu besorgen.« (Norman Mailer, Schriftsteller, 75) 2. *Hommage,* die (lat.-fr., Pl. -n) e. Veranstaltung als Hommage für den Musiker Pablo Casals

Hülle *Cover,* das (engl., Pl. -s) e. Schallplatte oder e. Buchs; auch: Covergirl (Mädchen auf dem Umschlag)

Hülle, chitinöse ... *Ektoskelett,* das (gr.-lat., Pl. -e) der Insekten; Ggs.: Endoskelett

Humankapital *human capital,* das (engl., ohne Pl.) ist das in qualifizierten Arbeitskräften repräsentierte Leistungspotential der Bevölkerung

humusarm *oligotroph* (lat.)

Humusbildung *Humifikation,* die (lat., ohne Pl.)

Hund, Vorsicht ... *cave canem!* (lat.) »Hüte dich vor dem Hund!« Hinweis an Türen röm. Häuser

Hunde abzurichten, die Kunst ... *Zynegetik,* die (gr.-lat., ohne Pl.)

Hundebandwurm *Echinokokkus,* der (gr.-lat., Pl. ...kken) auch: Finne

Hundedressur *Zynegetik,* die (gr.-lat., ohne Pl.)

Hundelehre, -zucht *Kynologie,* die (gr.-lat., ohne Pl.) auch: Lehre von den Hundekrankheiten

Hundertjahrfeier 1. *Säkularfeier,* die (lat.-dt., Pl. -n) 2. *Zentenarium,* das (lat., Pl. ...ien)

Hundertjähriger *Zentenar,* der (lat., Pl. -e) auch: Vorsitzender der Zent (bes. Siedlungsverband) u. ihrer Gerichtsbarkeit

Hundertschaft *Zenturie,* die (lat., Pl. -n) Einheit im altrömischen Heer

Hundertstel *Prozent,* das (lat.-it., Pl. -e)

Hundeschlittenrennen, berühmtes ... *Iditarod,* das (am., ohne Pl.) wird jährlich über e. Distanz von rund 2000 km in Alaska (Anchorage bis Nome) ausgetragen

Hundezüchter *Kynologe,* der (gr.-lat., Pl. -n)

Hundezwinger *Kennel,* der (lat.-engl., Pl. -s) für die zur Parforcejagd abgerichtete Meute

Hunger *Appetit,* der (lat., Pl. -e) »Der Appetit kommt beim Essen.« (Rabelais)

Hunger ist der beste Koch *cibi condimentum fames est* (lat., Zitat)

Hupe *Klaxon,* das (fr., Pl. -s)

Hure 1. *Prostituierte,* die (lat., Pl. -n) 2. *Callgirl,* das (engl., Pl. -s) Hure, die telefonisch bestellt wird 3. *Sex Care Provider* (engl.) »Sex-Versorgungs-Beschaffer« 4. *Puttana,* die (it.)

Hussiten, Anhänger der ... 1. *Kalixtiner,* der (lat., Pl.) sie forderten 1420 den Laienkelch beim Abendmahl; gemäßigter Hussit 2. *Utraquist,* der (lat., Pl. -en) radikaler Hussit

Hut aus Biberfilz *Castorhut,* der (lat.-dt., Pl. ...hüte)

I

Ich *Ego,* das (lat., ohne Pl.) aus der Philos.

Ich habe es gefunden! *Heureka!* (gr.) Ausruf des gr. Mathematikers Archimedes bei der Entdeckung des hydrostatischen Grundgesetzes (vom Auftrieb)

ichbezogen 1. *egozentrisch* (lat.-gr.) z. B. e. egozentrische Weltanschauung haben; dabei steht die eigene Person im Mittelpunkt 2. *egoistisch* (lat.-fr.) z. B. egoistisch handeln; Ggs.: altruistisch

Ichbezogener *Egoist,* der (lat.-fr., Pl. -en) jmd., der seine pers. Interessen in den Vordergrund stellt; »Egoisten sind wir alle, der e. mehr, der andere weniger.« (August von Kotzebue); Ggs.: Altruist

Ichbezogenheit 1. *Egomanie,* die (lat.-gr., Pl. ...ien) Eigensucht 2. *Egozentrik,* die (gr.-lat., ohne Pl.) 3. *Narzißmus,* der (gr.-lat., ohne Pl.) krankhafte Selbstliebe; von Narziß, e. gr. Jüngling, der in sein Spiegelbild verliebt war 4. *Solipsismus,* der (lat., ohne Pl.) Standpunkt, der nur das eigene Ich gelten läßt, die anderen Ichs lediglich als Vorstellungen annimmt (Philos.)

Ichsucht *Egoismus,* der (lat.-fr., ohne Pl.) Ggs.: Altruismus

ichsüchtig *egoistisch* (lat.-fr.) ichbezogen

Idee *Spleen,* der (engl., Pl. -e) i. S. e. sonderbaren, merkwürdigen Handlungsweise

Ideen anderer verwendend ... *eklektisch* (gr.) ... in unerschöpflicher Weise

Ideenfindung *Brainstorming,* das (engl., ohne Pl.) durch spontane Einfälle sollen Lösungsmöglichkeiten gefunden werden

Ideenklau in der Wirtschaft ... *Benchmarking,* das (engl.-am., ohne Pl.) von: benchmark (Bezugsmarke); ... in dem z. B. gute Konzepte von der Konkurrenz übernommen werden; auch: Übernahme bewährter Produktionsprozesse

Ideenkonferenz ... *Brainstorming,* das (engl., Pl. -s) ... zur Sammlung vieler spontaner Einfälle, dabei soll e. regelrechter Gedankensturm ausgelöst werden

Ideenlehre *Ideologie,* die (gr.-fr., Pl. ...ien) z. B. e. Weltanschauungsmodell: die kommunistische Ideologie

Ideenreichtum *Kreativität,* die (lat., ohne Pl.) auch: geistige Schöpferkraft; »Kreativität ist 1% Inspiration u. 99% Transpiration.« (Thomas A. Edison, am. Erfinder)

Ideenverbreitung *Propaganda,* die (lat., ohne Pl.) Verbreitung parteipolitischer Ideen: im »Dritten Reich« gab es unter Dr. Goebbels e. perfekte Propagandamaschinerie

Idiotie, Äußerung der ... *Idiotismus,* der (gr.-lat., Pl. ...men) »Je unglücklicher die Zeiten sind, um so viel vermehren sich die Idiotismen!« (Diderot)

Ilias, eine ... nach Homer *Ilias post Homerum* (lat., Zitat) d. h. etwas höchst Überflüssiges

im allgemeinen *in genere* (lat.) Ggs.: im speziellen

im ganzen *en bloc* (fr.) in Bausch u. Bogen, etwas en bloc kaufen

im großen *en gros* (lat.-fr.) Waren en gros beziehen

im großen u. ganzen *grosso modo* (lat.-it.) eigtl.: auf grobe Weise

im Jahre *anno* (lat.) z. B. anno dazumal, Anno Tobak, i. S. von: schon lange her; Anno Domini: im Jahre des Herrn

im kleinen *en détail* (lat.-fr.) Ggs.: en gros

im Sprechgesang *recitando* (lat.-it.) musik. Vortragsanw.

im Stich lassen *desavouieren* (lat.-fr.) sie war allein u. fühlte sich desavouiert

im Zweifelsfall *in dubio* (lat.) für den Angeklagten (e. wichtiger Rechtsgrundsatz)

Image 1. *Prestige,* das (lat.-fr., ohne Pl.) »Blendwerk«, Geltung 2. *Renommee,* das (lat.-fr., Pl. -s) guter Ruf 3. *Reputation,* die (lat.-fr., ohne Pl.) Ansehen; nicht verw. mit *Repudiation,* die (lat., Pl. -en) i. S. von Verschmähung

Imbiß *Lunch,* der (engl., Pl. -s) auch: Zwischenmahlzeit zur Mittagszeit

Imbißstube in Italien *Rosticceria,* die (it., Pl. -s) auch: Grillrestaurant

Immundefektvirus, menschliches ... *human immunodeficiency virus,* das (engl., ohne Pl.) kurz: HIV (Aidsvirus)

Immunschwäche *Acquired Immune Deficiency Syndrom,* das (engl.) Abk.: AIDS, med.

Immunsystem, med. Spezialist für das ... *Immunologe,* der (lat., Pl. -n)

impfen *vakzinieren* (lat.) mit e. Vakzine (Impfstoff aus Krankheitserregern) impfen

Impfstoff *Serum,* das (lat., Pl. Sera, Seren)

Impfung *Inokulation,* die (lat., Pl. -en) med.
improvisieren *extemporieren* (lat.)
Impuls *Impetus,* der (lat., ohne Pl.)
in Abrede stellen *desavouieren* (lat.-fr.)
in Bausch u. Bogen *en bloc* (fr.) e. Sortiment en bloc kaufen
in Dreiergruppen *triadisch* (gr.-lat.) z. B. triadisch angeordnete Säulen
in eigener Sache *pro domo* (lat.) »für das eigene Haus«
in erster Linie *prinzipaliter* (lat.) auch: vor allem, besonders
in Gottes Namen *in nomine Dei* (lat.) Abk.: I.N.D.
in großer Menge *en masse* (fr.) Wespen gibt es hier en masse
in Mode *en vogue* (fr.) in diesem Sommer sind gelbe Miniröcke en vogue
in Ordnung 1. *allright* (engl.) 2. *okay* (am.) (kurz: *o.k.*) 3. *aye, aye* (engl.) jawohl, üblich bei der engl. Marine
in Ordnung bringen *regulieren* (lat.) z. B. e. Schaden regulieren
in Rätseln sprechen *änigmatisieren* (gr.-lat.)
in Stimmung bringen *animieren* (lat.-fr.) auch: ermuntern; der Entertainer (Unterhalter) oder Animateur (Aufforderer) animierte die Senioren zum Tanzen
in vollem Lauf *en carrière* (fr.) z. B. stürzen
in Wirklichkeit *realiter* (lat.)
Inbegriff 1. *Prototyp,* der (gr.-lat., Pl. -en) der Prototyp e. Boxers sein; auch: vor der Serienfertigung wird e. Prototyp hergestellt; Ggs.: Ektypus 2. *Inkarnation,* die (lat., Pl. -en)
inbegriffen 1. *inklusive* (lat.) z. B.: Preisgestaltung inklusive Mehrwertsteuer; Ggs.: exklusive 2. *impliziert* (lat.) auch: nicht ausdrücklich; Ggs.: expliziert
Indianerfrau *Squaw,* die (indian., Pl. -s)
Indianerstreitaxt *Tomahawk,* der (indian., Pl. -s)
Indianerzelt 1. *Tipi,* das (indian., Pl. -s) 2. *Wigwam,* der (indian.-engl., Pl. -s) Behausung nordam. Indianer
Indienforscher *Indologe,* der (gr.-lat., Pl. -n)
Indikator der Hongkonger Börse *Hang-Seng-Index,* der (chin., ohne Pl.) eigtl.: immer wachsend
indische Gelehrtensprache *Sanskrit,* das (sanskr., ohne Pl.)
Individualität als Leistungsinstrumentarium *Postindividualismus,* der (lat., ohne Pl.) Individualität als neuer Maßstab, nämlich als Fähigkeit, durch Kreativität in der Gruppe e. besondere Leistungsbereitschaft zu erzeugen
Industrieller *Magnat,* der (lat., Pl. -en) Industriemagnat, i. S. e. bedeutenden Industriellen
Industrievereinigung *Kombinat,* das (lat.-russ., Pl. -e) in sozialistischen Ländern einst gängige Unternehmensform: Bergbaukombinat »Schwarze Pumpe«
Industriewaren *Manufakturwaren,* die (lat.-dt., nur Pl.) in Handarbeit gefertigt
Infantriesoldat der griechischen Armee des lterturns *Euzone,* der (gr., Pl. -n)
Infantrist der Griechen *Hoplit,* der (gr.-lat., Pl. -en) »Schildträger«
Infektionskrankheit des Verdauungskanals *Abdominaltyphus,* der (lat., ohne Pl.) med.
Infektionskrankheit, vom Tier auf den Menschen übertragbar *Zoonose,* die (gr.-lat., Pl. -n)
Information, überflüssige ... *Redundanz,* die (lat., Pl. -en)
Informationsbericht ... *Bulletin,* das (lat.-fr., Pl. -s) ... e. offizieller Bericht
Informationseinheit, kleinste ... *Bit,* das (engl., Pl. -s) kurz für: Binary Digit; e. Ziffer im binären Zahlensystem in der Darstellung 0 oder 1; acht Bits sind e. Byte
Informationsgestaltung, Mittel zur ... *Infotainment,* das (engl., ohne Pl.) aus: information u. entertainment (Unterhaltung)
Informationsschrift 1. *Handout,* das (engl., Pl. -s) z. B. schriftliche Information zum Ablauf e. Tagung 2. *Prospekt,* der, das (lat., Pl. -e) Werbeschrift; auch: Bühnenhintergrund; Pfeifengehäuse der Orgel
Informationsstand, digitaler ... *Informations-Kiosk,* der (lat.-per.-türk.-fr., Pl. -e) an öffentlichen Plätzen, die die Litfaßsäule ersetzen; die Informationen können per Modem aktualisiert werden
Informationsveranstaltung *Teach-in,* das (engl., Pl. -s) meist unter Studenten zu best. Themen
Infragestellung von Produktions- u. Führungsstrukturen ... *Reengineering,* das (engl., ohne Pl.) ... im Rahmen e. neuen Definition von Managementstrategien
Ingenieurschule 1. *Technikum,* das (gr.-lat., Pl. ...ka, ...ken) 2. *technische Akademie,* die (gr.-lat., Pl. -n)
Ingwersamen *Kardamom,* das, der (gr.-lat., Pl. -en) wird als Gewürz verwendet
Inhalt 1. *Fazit,* das (lat., Pl. -s) »es macht«, svw. Schlußfolgerung 2. *Quintessenz,* die (lat., Pl. -en) eigtl.: »fünftes Seiendes«; i. S. von Endergebnis 3. *Tenor,* der (lat., ohne Pl.) auch: Wortlaut; nicht verw. mit *Tenor,* der (lat.-it., Pl. Tenöre) hohe Männerstimme 4. *Volumen,* das (lat., Pl. ...mina) Umfang
Inhalte, die die neuen Medien zu transportieren haben ... *Content* (engl.) ... u. zwar an den Verbraucher

Inhaltsangabe *Extrakt,* der (lat., Pl. -e) e. Rede oder e. längere Abhandlung

Inhaltserklärung *Deklaration,* die (lat., Pl. -en) zum Zwecke der Zollabfertigung

Initialen, mit ... abzeichnen *paraphieren,* das (lat.-fr.) z. B. die einzelnen Seiten e. Vertrages

Inkraftsetzung *Ratifikation,* die (lat., Pl. -en) auch: Genehmigung

innehaben *rangieren* (germ.-fr.) vom Rang her, vor oder hinter jmdm. rangieren

innen, nach ... gerichtet *introvertiert* (lat.) Ggs.: extravertiert (auch: extrovertiert)

Innenhof *Atrium,* das (lat., Pl. ...ien) z. B. e. Hauses; auch: Atriumhaus

Innenohr *Labyrinth,* das (gr.-lat., Pl. -e) med.

Innenraum *Interieur,* das (lat.-fr., Pl. -s)

Innenstadt 1. *City,* die (engl., Pl. -s) 2. *Zentrum,* das (gr.-lat., Pl. ...ren)

innerhalb 1. *endogen* (gr.) 2. *intern* (lat.) »inwendig«

innerhalb der vier Wände *intra muros* (lat.) privat

innerweltlich *intramundan* (lat.)

innewohnend *immanent* (lat.)

innig 1. *intensiv* (lat.-fr.) auch: kräftig; Ggs.: extensiv 2. *intim* (lat.)

Inquisitionsgrundsatz ... *Inquisitionsmaxime,* die (lat., ohne Pl.) ... nach der Ankläger u. Richter dieselbe Person sind

Inschrift *Epigraph,* das (gr., Pl. -e) i. S. antiker Schriftzeichen

Inschrift, in Stein geritzte ... *Graffito,* der (it., Pl. ...ti) auch: geritzte Muster

Inschriftenforscher *Epigraphiker,* der (gr.-lat., Pl. –)

Inschriftenkunde *Epigraphik,* die (gr., ohne Pl.)

Insekt, vollentwickeltes ... *Imago,* die (lat., Pl. ...gines) auch: im Unterbewußtsein existierendes Bild e. anderen Person; Totenmaske aus Wachs e. Vorfahren im alten Rom

insektenblütig *entomogam* (gr.-lat.)

Insektenblütigkeit *Entomogamie,* die (gr.-lat., ohne Pl.)

Insektenforscher *Entomologe,* der (gr.-lat., Pl. -n)

Insektenkunde *Entomologie,* die (gr-lat., ohne Pl.)

Insektenschutzmittel *Repellents,* die (lat.-engl., nur Pl.) z. B. Räuchermittel, Schutzanstriche

Inselbewohner *Insulaner,* der (lat., Pl. –)

Inselgruppe *Archipel,* der (gr.-it., Pl. -e)

Inserat 1. *Annonce,* die (lat.-fr., Pl. -n) z. B. e. Zeitungsannonce aufgeben 2. *Advertisement,* das (engl., Pl. -s) z. B. e. Werbeinserat schalten

insgeheim *sub rosa* (lat.) eigtl.: unter der Rose

insgesamt 1. *pauschal* (lat.) nie pauschale Vorwürfe erheben! 2. *in corpore* (lat.) 3. *en bloc* (fr.) in Bausch u. Bogen, etwas en bloc kaufen

In-sich-Aufnehmen, das ... von etwas *Absorption,* die (lat., Pl. ...en) das Aufsaugen

Insideraktiengeschäft, bes. Form des ... *Frontrunning Scalping,* das (engl.-am., ohne Pl.)

instandsetzen 1. *renovieren* (lat.) e. Haus renovieren 2. *reparieren* (lat.) wiederherstellen 3. *restaurieren* (lat.-fr.)

Instandsetzung 1. *Renovierung,* die (lat., Pl. -en) 2. *Reparatur,* die (lat., Pl. -en) am Haus muß das Dach repariert werden

Institut für Talmud-Studien *Jeschiwa,* das (hebr., Pl. Jeschiwot)

Instrument zur elektronischen Verschorfung ... *Elektrokauter,* der (gr.-lat., ohne Pl.) ... kranken Gewebes (med.)

Interesse, ohne ... 1. *desinteressiert* (lat.-fr.) Ggs.: interessiert

Interessengemeinschaft *Allianz,* die (lat.-fr., Pl. -en) auch der Name der größten deutschen Versicherung

Interessent *Reflektant,* der (lat., Pl. -en)

Interessenverband 1. *Pressure-group,* die (engl.-am., Pl. -s) 2. *Lobbyist,* der (engl., Pl. -en) jmd., der Abgeordnete (Politiker) für seine Interessen zu gewinnen sucht

Internet, e. durch ... verbundene Benutzerwelt ... *Global village,* das (engl., Pl. -s) ... die hinsichtlich der Informationsgeschwindigkeit u. -dichte zu e. Dorf schrumpft

Internet-Fragen, Listen häufig gestellter ... *Frequently Asked Questions,* die (engl., Pl.) kurz: FAQ

Internet-Service, menügeführter ... *Gopher,* der (engl.) aus: go u. for; ... um im Netz verstreute Informationen zu finden; z. B., wenn die E-Mail-Adressen unbekannt sind u./o. e. spezielles Programm gesucht wird; auch: Netz-Fremdenführer

Interpret der Liebe *Crooner,* der (engl., Pl. -s) von engl. croon (wimmern) z. B. Julio Iglesias (Schlagersänger)

Intimsphäre, seelische ... *mental Environment,* das (engl., Pl. -s) eigtl.: mentale Umgebung; ... des Konsumenten, die von Medien u. Werbung nicht »besudelt« werden darf

Intrigant *Kabalist,* der (hebr.-fr., Pl. -en) die Gemeinschaft litt unter dem Kabalisten

Intrige *Kabale,* die (hebr.-fr., Pl. -n) z. B.: »Kabale und Liebe«

Investmentfonds, gewinnbringende ... *Go-go-Funds,* die (engl., nur Pl.)

irdisch 1. *sublunarisch* (lat.) unter dem Mond liegend 2. *tellurisch* (lat.) die Erde betreffend 3. *terrestrisch* (lat.) auf der Erde lebend, zur Erde gehörend; Ggs.: extraterrestrisch

Ire *Paddy,* der (engl, ohne Pl.) Spitzname
ironisch *sarkastisch* (gr.-lat.) e. machte ständig sarkastische Bemerkungen
irre reden *delirieren* (lat.) med.
irreführen *bluffen* (engl.) geschickt bluffte er seine Gegner
Irreführung 1. *Bluff,* der (engl., Pl. -s) 2. *Demagogie,* die (gr., Pl. -n)
Irren ist menschlich *errare humanum est* (lat.)
Irresein, Jugend... *Hebephrenie,* die (gr., Pl. ...ien) e. Form der Schizophrenie, die in der Pubertät auftreten kann (med.)
Irrfahrt *Odyssee,* die (gr.-lat.-fr., Pl. -n) nach Homers Epos »Odyssee«: die lange Heimfahrt des Odysseus nach dem Kampf um Troja (um 1200 v. Chr.)
Irrgarten *Labyrinth,* das (gr.-lat., Pl. -e)
Irrglaube ... *Heterodoxie,* die (gr., Pl. ...ien) ... der vom kirchlichen Glauben abweicht
Irrlehre *Häresie,* die (gr.-lat., Pl. ...ien) auch: Ketzerei
Irrtum 1. *Erratum,* das (lat., Pl. ...ta) 2. *Paralogie,* die (gr.-lat., Pl. ...ien) 2. *Lapsus,* der (lat., Pl. –) Versehen, Schnitzer; Lapsus calami: Schreibfehler
Irrtum u. Auslassung vorbehalten *salvo errore et omissione* (lat., Zitat) kurz: s.e. et o.
Irrtum vorbehalten *salvo errore* (it.)
irrtümlich *indebite* (lat.) z. B. e. geleistete Zahlung
Irrweg *Odyssee,* die (gr., Pl. -en) i. S. von Irrfahrt; nach Odysseus, dem König von Ithaka, in Homers zweitem Versepos benannt
Islam, heilige Schrift des ... *Koran,* der (arab., Pl. -e) »Lesung«; Sammlung der Offenbarungen Mohammeds (7. Jh. n. Chr.)
Islam, orthodoxer ... *Sunna,* die (arab.) er umfaßt die vier Rechtsschulen: Hanafiten, Hanbaliten, Malikiten, Schafiiten
islamischer Gebetsrufer *Muezzin,* der (arab., Pl. -s)
islamischer Rechtsgelehrter *Mufti,* der (arab., Pl. -s) auch: Gutachter; »par ordre du mufti« (fr.): auf Befehl des Richters
islamisches Gotteshaus *Moschee,* die (arab.-sp.-fr., Pl. -en)
Ismailitenzweig unter Aga Khan *Hodscha,* der (pers.-türk., Pl. -s) auch: geistlicher Lehrer
isoliert, gänzlich ... *hermetisch* (gr.-lat.) auch: dicht verschlossen
Isolierung *Quarantäne,* die (lat.-fr., Pl. -n) eigtl.: »Anzahl von 40 (Tagen)« svw. räumliche Absonderung
Ist-Bestand *Effektivbestand,* der (lat.-dt., Pl. ...stände) i. S. des tatsächlichen Bestandes

J

Jachthafen *Marina,* die (lat.-it.-engl., Pl. -s)
Jagdbeute *Trophäe,* die (gr.-lat.-fr., Pl. -n)
Jagdhund *Hunter,* der (engl., Pl. –)
Jagdhundrasse 1. *Terrier,* der (lat.-engl., Pl. –) 2. *Englischer Setter,* der (engl., Pl. –)
Jagdoboe *Oboe da caccia,* die (it., Pl. -n da caccia) e. Doppelrohrinstrument aus Holz mit Löchern u. Klappen
Jagdpferd *Hunter,* der (engl., Pl. –)
Jagdreise *Safari,* die (arab., Pl. -s) z. B. e. Jagdsafari in Afrika unternehmen; oder: Fotosafari
Jagdrennen *Cross-Country,* das (engl., Pl. -s) Wettkampf, der querfeldein führt
Jagdruf *Halali,* das (fr., Pl. -s) Hornsignal zum Ende e. Jagd
Jäger *Nimrod,* der (hebr., Pl. -e) Gestalt aus der Bibel
jäh 1. *abrupt* (lat.) auch: plötzlich, z. B. abrupt aufbrechen 2. *brüsk* (it.-fr.) »stachlig«; auch: schroff, barsch 3. *vehement* (lat.) heftig; auch: stürmisch
Jahr *hoc anno* **(lat.) in diesem Jahr**
Jahrbuch *Almanach,* der (lat.-niederl., Pl. -e) auch: jährlicher Verlagsdruck mit Textproben
Jahrbücher *Annalen,* die (lat., nur Pl.) zurückliegende, historische Jahrbücher
Jahre *anno* (lat.) im Jahre 1625; im Jahre des Herrn: Anno Domini (Abk.: A.D.) d. h. n. Chr. Geburt
Jahre, alle hundert ... *säkular* (lat.) außergewöhnlich; »Ein säkulares Ereignis!« (Helmut Kohl, Bundeskanzler, 1998, zum Euro)
Jahre, auf viele ... *ad multos annos* (lat.) als Glückwunsch
Jahres, dieses ... *huius anni* (lat.)
Jahresdrittel *Tertial,* das (lat., Pl. -e)
Jahresringforschung *Dendrochronologie,* die (gr.-lat., Pl. ...ien) vorgeschichtlicher Holzfunde
Jahrestag *Jubiläum,* das (hebr.-lat., Pl. ...äen)
Jahreszahlung *Annuität,* die (lat., Pl. -en) Betrag aus Tilgung u. Zinsen e. Hypothek
Jahrfünft *Lustrum,* das (lat., Pl. ...ren, ...ra) e. Fünf-Jahres-Zeitraum
Jahrgang 1. *Generation,* die (lat., Pl. -en) svw. die einzelnen Glieder der Geschlechterfolge: Eltern, Kinder, Enkel 2. *Semester,* das (lat., Pl. –) eigtl. »Zeitraum von sechs Monaten«; mein Semester: Student meiner Studienzeit; auch: meines Alters
Jahrhundert *Säkulum,* das (lat., Pl. ...la)
Jahrhundertende *Fin de siècle,* das (fr., ohne Pl.) nach e. Lustspiel von Jouvenot u. Micard

(1888) Ausdruck e. dekadenten Bürgertums, Kunst u. Literatur am Ende des letzten Jh.
jährlich 1. *annuell* (lat.-fr.) 2. *per anno* (lat.) 3. *pro anno* (lat.)
Jahrtausend Millennium, das (lat., Pl. ...ien)
Jahrtausend-(Wende)Problem *Millennium-Problem,* das (lat., Pl. -e); Schwierigkeit, die in der EDV mit datumgesteuerten Chips zur Jahrtausendwende entsteht
Jahrzehnt *Dezennium,* das (lat., Pl. ...ien)
Jahwe, Bez. für ... *Elohim,* der (semit., ohne Pl.)
jähzornig 1. *cholerisch (gr.-lat.)* 2. *furibund* (lat.) auch: tobsüchtig (med.)
Jakobs jüngster Sohn ... *Benjamin* (Eigenn., hebr.) ... im Alten Testament; auch: der Jüngste e. Gemeinschaft (scherzhaft)
Jammer 1. *Desaster,* das (it.-fr., ohne Pl.) »Unstern«; Unheil 2. *Malheur,* das (lat.-fr., Pl. -e, -s) auch: Pech, Mißgeschick 3. *Misere,* die (lat.-fr., Pl. -n) Unglück; nicht verw. mit *Miserere,* das (lat., ohne Pl.) eigtl. »Erbarme dich!« Anfang des 51. Psalms in der Vulgata (altlat. Bibelübersetzung); auch: Koterbrechen bei Darmverschluß (med.)
jammern *lamentieren* (lat.) z. B.: von früh bis spät nur lamentieren
Jammerrede *Jeremiade,* die (hebr., Pl. -n) nach dem Propheten Jeremias
Jeans, alte, zerrissene ... *Wack Slacks,* die (engl.-am., nur Pl.) von: wacky (exzentrisch) u. slacks (Hose) Wort aus der Grunge-Szene
Jemand, e. gewisser ... *Quidam,* der (lat., ohne Pl.)
jenseits des Mondes *translunar* (lat.)
Jenseits *Transzendenz,* die (lat., ohne Pl.)
Jesus von Nazaret, König der Juden *Jesus Nazarenus Rex Judaeorum,* der (lat.-Eigenn., ohne Pl.) Abk.: I.N.R.I. (Inschrift über dem Kreuz)
Jetztmensch *Homo sapiens sapiens,* der (lat., ohne Pl.) der vernunftbegabte Mensch, er bevölkert seit ca. 80 000 Jahren die Erde
Jobsuche (auch) für den anderen Partner ... *Newplacement,* das (engl., Pl. -s) ... wenn e. Partner vermittelt werden soll
Joch *Travée,* die (lat.-fr., Pl. -n) auch: Gewölbeeinheit
Jochbein *Zygoma,* das (gr., Pl. -ta) auch: Wangenknochen (med.)
Journalistenlehrling *Volontär, der (lat.-fr., Pl. -e) z. B. Volontär beim »stern« sein*
Jubel *Triumph,* der (lat., Pl. -e) auch: großer Erfolg; Triumphbogen, im alten Rom zogen siegreiche Feldherrn feierlich unter dem Triumphbogen hindurch
jubeln 1. *triumphieren* (lat.) 2. *jubilieren* (lat.)
juckend *pruriginös* (lat.) med.
Juckflechte *Neurodermitis,* die (gr.-lat., Pl. ...itiden) med. (gehört zu den Ekzemen)
Juckreiz *Pruritus,* der (lat., ohne Pl.) med.
Jude aus Europa *Aschkenasim,* der (hebr., ohne Pl.)
Jude, eingewanderter ... aus Afrika, Arabien, Südeuropa *Sephardim* (hebr., Pl. -e)
Jude, ultra-orthodoxer ... *Haredim,* der (hebr.)
Judenbewegung *Zionismus,* der (lat., ohne Pl.) Bewegung des Judentums zur Rückführung aller Juden in das »Land Israel« mit dem religiös-politischen Mittelpunkt Zion (Jerusalem)
Judenfeind *Antisemit,* der (gr.-lat., Pl. -en)
judenfeindlich *antisemitisch* (gr.-lat.)
Judenfreund *Philosemit,* der (lat., Pl. -en)
judenfreundlich *philosemitisch* (gr.-lat.)
Judengegner *Antisemit,* der (gr.-lat., Pl. -en) »Antisemiten gab es die ganze Zeit, nur wußte keiner, wer es war.« (Ignatz Bubis, Vorsitzender des Zentralrats der Juden in Deutschland, 1998)
Judentum *Mosaismus,* der (hebr.-gr.-lat., ohne Pl.)
Judenvernichtung 1. *Holocaust,* der (gr.-lat.-engl., Pl. -s) durch Massenvernichtung gekennzeichnetes Handeln 2. *Schoah,* die (hebr., ohne Pl.) Bez. für die Vernichtung der Juden während des Nationalsozialismus
Judenviertel *Hara,* die (arab.)
jüdische Religionslehre 1. *Talmud,* der (hebr., Pl. -s) »Lehre«; auch: Sammlung der Gesetze u. religiösen Überlieferungen des Judentums 2. *Mischna,* die (hebr., ohne Pl.) »Unterweisung«; Sammlung der jüd. Gesetzeslehre aus dem 2. Jh. n. Chr., Grundlage des Talmuds
jüdischer Ehrentitel ... *Rabbi,* der (hebr.-gr.-lat., Pl. ...inen, -s) »mein Herr«; ...der Gesetzeslehrer
jüdischer Feiertag *Sabbat,* der (hebr.-gr.-lat., Pl. -e) (Samstag)
jüdischer Religionslehrer *Rabbiner,* der (hebr.-gr.-lat., ohne Pl.) Gesetzes- u. Religionslehrer
jüdisches Gotteshaus *Synagoge,* die (gr.-lat., Pl. -n) »Versammlung«; nicht verw. mit Synalgie, die (gr.-lat., Pl. ...ien) Schmerzen in e. nicht erkrankten Körperteil (med.)
Judosportler *Judoka,* der (jap., Pl. -s)
Jugend *Adoleszenz* (lat.)
Jugend, die ... hat ausgetobt *adolescentia deferbuit* (lat., Zitat)
jugendfrei *ad usum Delphini* (lat.) für die Jugend bearbeitet (der Lesestoff des Dauphins, auf Veranlassung Ludwig XIV.)
Jugendirrsinn *Hebephrenie,* die (gr.-lat., Pl. ...ien) med.
jugendlich 1. *juvenil* (lat.) 2. *adoleszent* (lat.)
Jugendliche *Teenager,* der (engl., Pl. –) im Alter zwischen 13 u. 19 Jahren

Jugendlicher, antibürgerlicher ... mit provozierendem Aussehen *Punk,* der (engl.-am., Pl. -s) subkulturelle Protestbewegung, deren Anhänger antibürgerlich eingestellt ist; auch: Punkrock (Stilart der Rockmusik)

Jugendlicher, äußerlich gepflegter ... *Popper,* der (engl., Pl. -s) der sich bewußt vom Punk absetzt

Jugendlicher, in Großstädten lebend, gut verdienend *Yuppy,* der (Eigenn.-engl.-am., Pl. ...ies) aus young urban professional (junger, berufstätiger Großstadtmensch) infolge seines guten Gehalts hat er e. ausgeprägtes Konsumbedürfnis; Yuppies streben beruflichen Erfolg u. Luxus an

Jugendlicher, meist gewalttätiger ... mit Glatze *Skin* u. *Skinhead,* der (engl.-am., Pl. -s) Kleidung: Stiefel, Bomberjacke; sie stellen e. Subkultur dar, die i. a. ausländerfeindlich ist

Jugendlichkeit *Juvenilität,* die (lat., ohne Pl.)

Jugendrevolte, andauernd, spießig *Amsterdamismus,* der; Begriff der »True-Romance-Lebenseinstellung« (»wahre« Romantik der 15- bis 30jährigen), die für e. gemütliche Revolte steht; es wird in Maßen gekifft u. getrunken, ohne exzessiv zu sein; ohne Risiko auf e. Trampfahrt sein

Jugendstil *Art nouveau,* die (fr., ohne Pl.) zwischen 1890 u. 1914

Junge 1. *Boy,* der (engl.-am., Pl. -s) z. B.: Cowboy, Liftboy 2. *Garçon,* der (fr., Pl. -s) auch: Kellner

Junge im Stimmbruch *Mutant,* der (lat., Pl. -en) auch: e. Organismus, der sich plötzlich genetisch ändert

Jünger *Adept,* der (lat., Pl. -en) die 12 Adepten des Jesus von Nazareth

junger Diener *Groom,* der (engl., Pl. -s)

Jünger Jesu *Apostel,* der (gr.-lat., ohne Pl.) »Bote«, die 12 Apostel des Jesus von Nazareth; scherzhaft: Umweltschutzapostel

junger Mann 1. *Garçon,* der (fr., Pl. -s) auch: Kellner 2. *Boy,* der (engl.-am., Pl. -s) z. B. Liftboy, Cowboy (Mann als reitender Viehhirte)

jünger minor (lat.)

Jüngere *Junior,* der (lat.) der Sohn vom Vater (Senior), Juniorpartner

junges Mädchen 1. *Demoiselle,* die (lat.-fr., Pl. -n) 2. *jeune fille,* die (fr., Pl. -s)

Jungfernhäutchen *Hymen,* das (gr.-lat., Pl. –) auch: altgr. Hochzeitslied, das der Braut von e. Mädchenchor gesungen wird

Jungfernzeugung *Parthenogenese,* die (gr.-lat., ohne Pl.) z. B. bei Insekten

Jungfrauengeburt *Parthenogenese,* die (gr.-lat., ohne Pl.) z. B. bei Insekten

Jungfräulichkeit *Virginität,* die (lat., ohne Pl.) i. S. von Unberührtheit

Junggeselle 1. *Agamist,* der (gr.-lat., Pl. -en) e. eingefleischter Agamist sein 2. *Garçon,* der (fr., Pl. -s)

Jüngling 1. *Adonis,* der (gr., Pl. -se) i. S. e. schönen Jungen 2. *Ephebe,* der (gr.-lat., Pl. -n) in hellenischer Zeit: Jüngling im wehrfähigen Alter

Jupiter, mit ... wollen wir beginnen *ad Jove principium* (lat., Zitat)

Jupiter, was ... erlaubt ist, steht dem Ochsen nicht zu *quod licet Jovi, non licet bovi* (lat.) was Fritz darf, darf Fritzchen noch lange nicht

Jurist 1. *Notar* der (lat., Pl. -e) staatlich bestellter Jurist für die Beurkundung bestimmter Rechtsgeschäfte, z. B. Testamente, Immobiliengeschäfte 2. *Advokat,* der (lat., Pl. -e) Rechtsanwalt, Advocatus Diaboli (Anwalt des Teufels)

Justiz, die ... betreffend *justitiell* (lat.) »Das justitielle Handeln zielt darauf, daß die auffällig gewordenen Jugendlichen angehalten werden, von der Begehung weiterer Straftaten abzusehen.« (vier Hamburger Staatsräte, 1998)

Juwelengewicht *Grain,* der (lat.-engl., Pl. -s) »Korn«; e. sehr altes Gewicht; nicht verw. mit: das Grain (lat.-fr., Pl. -s) aufgerauhter Rips

K

Kabarettlied *Chanson,* das (lat.-fr., Pl. -s)

Käfer, den Ägyptern heiliger ... *Skarabäus,* der (gr.-lat., Pl. ...äen) im alten Ägypten das Sinnbild des Sonnengottes; auch: Pillendreher; Mistkäfer

Käferkunde *Koleopterologie,* die (gr.-lat., ohne Pl.)

Käferkundler *Koleopterologe,* der (gr.-lat., Pl. -n)

Kaffee 1. *Espresso,* der (lat.-it., Pl. -s) bes. starker – 2. *Mokka,* der (Pl. -s) nach dem jemenitischen Hafen Al-Muha, bes. starker – 3. *Cappuccino,* der (it., Pl. -s) Kaffee mit Sahne oder Milchschaum u. etwas Schokolade 4. *Café au lait,* der (fr., Pl. -s) Milchkaffee 5. *Café noir,* der (fr., Pl. -s) schwarzer Kaffee

Kaffeehaus *Estaminet,* das (fr., Pl. -s) auch: Kneipe

Käfig zur Erforschung von Lernvorgängen bei Tieren *Skinner-Box,* die (am., Eigenn., Pl. ...xes) Käfig, der von dem Verhaltensforscher B. F. Skinner entwickelt wurde

Kahlheit 1. *Alopezie,* die (gr.-lat., Pl. ...ien) med., z. B. beginnende Kahlköpfigkeit 2. *Atrichie,* die (gr.-lat., Pl. ...ien) med., Haarlosigkeit des Körpers

Kahlkopf ... *Skin* u. *Skinhead,* der (engl., Pl. -s) ...

gewalttätiger Jugendlicher mit Glatze auf der Grundlage rechtsradikalen Gedankenguts; »Es könnte e. guten Eindruck machen, wenn mir e. Skinhead e. leichte Schußverletzung zufügen könnte.« (G. Schröders geh. Tagebuch von H. Venske, 1997)

Kahlköpfigkeit *Calvities,* die (lat., ohne Pl.) med.

Kaiser 1. *Monarch,* der (gr.-lat., Pl. -en) 2. *Cäsar,* der (lat., Pl. ...ren) von Cäsar, röm. Feldherr u. Staatsmann (100-44 v. Chr.) 3. *Imperator,* der (lat., Pl. ...oren) auch: im Rom der Antike Titel für den Oberfeldherren; Bez. der kaiserlichen Würde, Abk.: Imp.; Imperator Rex: Kaiser u. König (Titel Wilhelm II., Abk.: I.R.)

Kaiserin *Imperatrix,* die (lat., Pl. ...trices) weibliche Form von Imperator

kaiserlich 1. *cäsarisch* (lat.) 2. *imperatorisch* (lat.) auch: gebieterisch

Kaiserreich *Imperium,* das (lat., Pl. ...ien) Weltreich; auch: Oberbefehl im alten Rom, z. B.: Imperium Manlium (Oberbefehl des Manlius) sehr strenger Befehl

Kaiserschnitt *Hysterotomie,* die (gr., Pl. -en) operative Öffnung der Gebärmutter (med.)

Kaisertitel 1. *Tenno,* der (jap., Pl. -s) »himmlischer Herrscher«, der Kaiser von Japan 2. *Mikado,* der (jap., Pl. -s) »erhabene Pforte«, Bez. für den Kaiser von Japan; auch: das Hauptstäbchen im Mikadospiel u. das Stäbchenspiel selbst 3. *Zar,* der (lat.-got.-slaw., Pl. -en) Herrschertitel bei Russen, Serben, Bulgaren 4. *Schah,* der (pers., ohne Pl.) persischer Herrschertitel 5. *Schah-in-schah,* der (pers., ohne Pl.) »Schah der Schahs«, Titel des ehemaligen Herrschers des Irans

Kaktus *Sabra,* der (hebr., Pl. -s) Bez. für im Lande geborene, rauhe aber gutmütige Israelis

Kalbleder *Boxkalf,* das (engl., ohne Pl.)

Kalbsnuß, gedämpfte ... *Frikandeau,* das (fr., Pl. -s) Teil der Kalbskeule

Kalender 1. *Almanach,* das (lat.-niederl., Pl. -e) mit Kurzgeschichten 2. *Annuarium,* das (lat., Pl. ...ien, ...ia) als Jahrbuch

Kalender, der dritte Monat im ... der Fr. Revolution *Frimaire,* der (fr., Pl. -s) »Reifmonat«: 21. November bis 20. Dezember

Kalifengeschlecht 1. *Abbasiden,* die (Eigenn., nur Pl.) im Mittelalter in der Nachfolge Mohammeds 2. *Abbaside,* der (Eigenn., Pl. -n) nach Abbas, dem Oheim Mohammeds, Angehöriger e. in Bagdad einst ansässigen Kalifengeschlechts

Kälteempfindlichkeit *Kryästhesie,* die (gr.-lat., ohne Pl.)

Kältemittel oder Treibgas *Fluorchlorkohlenwasserstoff,* der (chem. Verbindung, Pl. -e) Abk.: FCKW, zerstört die Ozonschicht

Kältetechnik in der Chirurgie *Kryochirurgie,* die (gr.-lat., ohne Pl.) Anwendung der Kältetechnik

kam, ich ..., sah, siegte *veni, vidi, vici* (lat., Zitat: Cäsar)

Kamel *Dromedar,* das (gr.-lat.-fr., Pl. -e) einhöckerig, aus Arabien u. Nordafrika stammend

Kamelzug *Karawane,* die (pers.-it., Pl. -n) Anzahl von Tieren, Personen, Fahrzeugen, die langen Zug durch ödes Gebiet bilden; »Die Hunde bellen, aber die Karawane zieht weiter.« (Helmut Kohl, Spruch des Jahres 1988)

Kamin *Cheminée,* das (fr., Pl. -s) e. offener Kamin

Kamm, alle über e. ... scheren *omnes uno ordine habere* (lat., Zitat)

kämmen *frisieren* (fr.)

Kammgarn in Schrägbindung *Adria,* das (Eigenn., ohne Pl.) ripsartiges Gewebe aus Seide oder Chemiefasern; auch: Teil des Mittelmeeres

Kampf 1. *Fight,* der (engl., Pl. -s) im Boxsport: ein guter Fighter (Boxer) sein 2. *Rivalität,* die (lat.-fr., Pl. -en) svw. Kampf um den Vorrang, die beste Position

Kampf gegen Fremdwörter in der Sprache *Purismus,* der (lat., ohne Pl.)

kampfbereit *mobil* (lat.-fr.) eigtl.: beweglich; Ggs.: immobil

kämpfen 1. *fighten* (engl.) Max Schmeling war für faires Fighten bekannt 2. *rivalisieren* (lat.-fr.) zwei rivalisierende Unternehmen der Elektrobranche 3. *boxen* (engl.) mit Fäusten kämpfen

Kämpfer *Berserker,* der (altnordisch, Pl. –) wilder, um sich schlagender Kämpfer

Kämpfer gegen Fremdwörter in der Sprache *Purist,* der (lat., Pl. -en)

Kämpfer, gefallener ... *Einherier,* der (altnord., ohne Pl.) aus der nord. Mythologie

Kampfgeist *Moral,* die (lat.-fr., ohne Pl.) die Moral der Truppe war so schlecht, daß sie zur Niederlage führte

Kampflehre *Machetik,* die (gr., ohne Pl.)

Kampfplatz 1. *Arena,* die (lat., Pl. ...en) in antiken Amphitheatern 2. *Stadion,* das (gr., Pl. ...ien) 3. *Zirkus,* der (gr.-lat., Pl. -se) Kampfplatz der Antike

Kampfrede *Philippika,* die (gr.-lat., Pl. ...ken) nach der flammenden Rede des Demosthenes gegen König Philipp von Makedonien so benannt

Kampfspiel *Turnier,* das (gr.-lat.-fr., Pl. -e) mittelalterlicher Zweikampf der Ritter, meist zu Pferde, heute: sportliche Veranstaltung

Kampfstoff, chemischer ... *Lewisit,* das (Eigenn.-am., Pl. -e) nach am. Chemiker W. L. Lewis (1878-1943)

Kampfunfähigkeit *Knockout,* der (engl., Pl. -s) beim Boxen

Kanal 1. *Gracht,* die (niederl., Pl. -en) 2. *Dränage,* die (engl.-fr., Pl. -n) Entwässerungskanal
Kanister 1. *Bidou,* der (it.-fr., Pl. -s) 2. *Container,* der (lat.-fr.-engl., Pl. –) auch: Behälter
Kanister mit Verschluß *Bidon,* der (it.-fr., Pl. -s) auch: Kanne, Benzinkanister
Kantine *Mensa,* die (lat., Pl. -s, ...sen) in Universitäten für die Studenten
Kantinenverwalter ... *Bottelier,* der (niederl., Pl. -s) ... auf Kriegsschiffen
Kanzel *Katheder,* der (gr.-lat., Pl. –) ex cathedra (vom päpstlichen Stuhl) svw.: unfehlbar
Kapelle *Ädikula,* die (lat., Pl. ...lä) e. altchristliche Kapelle
Kapitalanlage *Investition,* die (lat., Pl. -en) i. S. e. langfristigen Anlage
Kapitalbesitzer *Kapitalist,* der (lat., Pl. -en) Person, deren Einkommen aus Zinsen u. Gewinnen besteht; »Die Kapitalisten werden uns den Strick verkaufen, an dem wir sie aufhängen.« (Lenin)
Kapitalertrag 1. *Profit,* der (lat.-fr.-niederl., Pl. -e) erwirtschafteter Gewinn 2. *Revenue,* die (lat.-fr., Pl. -n) i. S. von Gewinn 3. *Dividende,* die (lat., Pl. -en) der auf Aktien entfallende Gewinnanteil 4. *Tantieme,* die (lat.-fr., Pl. -n) Vergütung nach Höhe des Firmengewinnes
Kapitalist 1. *Magnat,* der (lat., Pl. -en) z. B. Ölmagnat wie einst Paul Getty 2. *Baron,* der (germ.-fr., Pl. -e) eigtl. Freiherr; Zuckerrohrbarone auf Hawaii 3. *Zar,* der (lat.-got.-slaw., Pl. -en) eigtl.: Kaiser, Herrschertitel bei Russen, Serben, Bulgaren; Pressezar wie einst Robert Maxwell 4. *Tycoon,* der (jap.-engl., Pl. -s) Großkapitalist
Kapitalrücklage *Reserve,* die (lat.-fr., Pl. -n)
kaputt *defekt* (lat.) i. S. von: nicht in Ordnung
Karamelle *Toffee,* das (engl., Pl. -s) Süßigkeit
Karawanenweg *Piste,* die (lat.-it.-fr., Pl. -n) z. B. durch die Wüste
Kardinalversammlung *Konklave,* das (lat., Pl. -n) anläßlich der Papstwahl
Karikatur *Cartoon,* der (engl., Pl. -s)
Karrieremensch, junger ... in der Großstadt *Yuppie,* der (engl.-am., Pl. -s) Akronym aus: young upwardly aspiring professional oder: young urban professional
Karte, alles auf e. ... setzen *va banque spielen* (fr.-dt.)
Kartei *Kartothek,* die (ägypt.-gr.-lat.-fr., Pl. -en)
Karteibüro *Registratur,* die (lat., Pl. -en) auch: Karteischrank
Kartenglücksspiel 1. *Bakkarat,* das (fr., ohne Pl.) 2. *Poker,* das (am., ohne Pl.) 3. *Bésigue,* das (fr., ohne Pl.) 4. *Onze et demi,* das (fr., ohne Pl.)
Kartenlegekunst *Kartomantie,* die (ägypt.-gr.-lat.-fr., ohne Pl.) aus den Karten die Zukunft lesen
Kartenrest *Talon,* der (lat.-fr., Pl. -s) beim Geben der Karten
Kartenspiel *Jeu,* das (lat.-fr., Pl. -s)
Kartenspiel, amerikanisches ... *Black Jack,* das (am., ohne Pl.) als Variante des Siebzehnundvier
Kartenstock *Talon,* der (lat.-fr., Pl. -s) bei Glücksspielen
Kartenzeichner *Kartograph,* der (gr.-lat., Pl. -en) Bearbeiter, Ersteller e. Landkarte; Kapitän James Cook (1728-1779) war der beste Kartograph seiner Zeit
Kartoffelscheibe *Chip,* der (engl., Pl. -s) in Fett gebacken; auch: Spielmarke bei Glücksspielen; kleines, aus Silicium bestehendes Plättchen, auf dem Informationen gespeichert werden können, z. B. Mikrochips für die Mikroelektronik
Kartoffelscheiben in bes. Soße *Béchamelkartoffeln,* die (fr.-dt., nur Pl.) nach dem fr. Marquis L. de Béchamel benannte Rahmsoße (Béchamel)
Käse 1. *Formaggio,* der (lat.-it., Pl. -i) 2. *Fromage,* der (lat.-fr., Pl. -s) 3. *Cheese,* der (engl., Pl. -s) z. B.: Cheeseburger, Art Hamburger mit e. Käsescheibe
Käsefondue *Raclette,* das, die (fr., Pl. -s) Schmelzen von Käse; auch: Käsegrill (das Schmelzgerät)
Kassenzettel *Bon,* der (lat.-fr., Pl. -s)
Kassenzufluß *Cash-flow,* der (engl., Pl. -s) Kennziffer, die etwas über die Finanzstruktur des Unternehmens aussagt
Kaste, Anhänger der dritten indischen Haupt... *Waischia,* der (sanskr., Pl. -s) die der Handwerker, Händler u. Bauern (weitere: Brahmane, Kschatrija, Schudra)
Kasten, blauer ..., mit dem kostenlos telefoniert werden kann *Blue Box,* die (engl., Pl. ...xes) Computerhacker-Technik, bei der man kostenlos mit der Calling-Card weltweit telefonieren kann; auch: Projektionsgerät, das im Studio mit e. blauen Leinwand künstliche Hintergründe schafft
Kastrationsgerät *Emaskulator,* der (lat., Pl. ...oren) ... zum Kastrieren von Hengsten
Katakombe *Zömeterium,* das (gr.-lat., Pl. ...ien)
Katastrophe 1. *Apokalypse,* die (gr.-lat., Pl. -n) »Enthüllung«; auch: Untergang, Grauen; schreckliches Weltende; z. B. die Offenbarung des Johannes im Neuen Testament 2. *Kataklysmus,* der (gr.-lat., Pl. ...men) i. S. e. erdgeschichtlichen Zerstörung
Katerstimmung *Hang-over,* der (engl., Pl. -s) auch: Katzenjammer, i. a. nach starkem Alkohol- oder Drogengenuß
Katze, afrikanische Schleich... *Ichneumon,* der, das (gr.-lat., Pl. -e, -s) eigtl.: Spürer
Katze, die ... im Sack kaufen *rem involutam emere*

(lat., Zitat) eigtl.: e. Sache verschlossen übernehmen

Katze, gestreifte Haus... *Zyperkatze,* die (Eigenn.-dt., Pl. -n)

Kau- u- Genußmittel *Betel,* der (port., ohne Pl.) indisch-malaiische Frucht der Betelnußpalme

kauen, sehr gründlich ... *fletschern* (Eigenn., am.) nach dem am. Soziologen H. Fletcher

kaufen *akquirieren* (lat.) erwerben

Kaufen in e. Themenwelt 1. *Shopping-Themenwelt,* die (engl.-lat.-dt., Pl. -en) 2. *Mall,* die (engl.-am., Pl. -s) jeweils »Unterhaltungs- u. Einkaufszentren«, es werden nicht nur Waren angeboten, sondern Themen, z. B. Ski zum Thema »Alpen, Winterolympiade«; Lebensmittel zum Thema »Frankreich«

Kaufkraftverlust *Inflation,* die (lat., Pl. -en) Preise steigen durch sinkende Kaufkraft des Geldes, e. zu große Geldmenge ist im Umlauf; Ggs.: Deflation

Kaufleute, Kaste der ... in Indien *Banian,* die (sanskr.-engl., nur Pl.) bes. in den einstigen Provinzen Bengalen u. Bombay

käuflich *korrupt* (lat.) bestechlich; »Bis zu 20 Prozent der Ärzte sind korrupt, weil sie e. Medizin machen, die nichts nützt, aber Geld bringt.« (Ellis Huber, Präsident der Berliner Ärztekammer, 1997)

Kauflustiger 1. *Interessent* der (lat., Pl. -en) 2. *Reflektant,* der (lat., Pl. -en)

Kaufmann *Kommissionär,* der (lat.-fr., Pl. -e) jmd., der in eigenem Namen, auf fremde Rechnung Waren oder Wertpapiere kauft oder verkauft

kaufmännisch 1. *merkantil* (lat.-it.-fr.) 2. *merkurial* (lat.) nach Merkur, dem römischen Gott des Handels

Kaufrausch, vom ... befallener Jugendlicher 1. *Buyaholic,* der (engl., Pl. -s) 2. *Credit Junkie,* der (engl., Pl. -s)

Kauftrieb *Oniomanie,* die (gr.-lat., ohne Pl.) med. krankhafter Kaufzwang; nicht verw. mit *Onanie,* die (lat., Pl. ...ien) Selbstbefriedigung

Kaufverhalten zwischen Luxus u. Askese *Luxese,* die (Eigenn.) modernes Kaufverhalten sieht darin keinen Widerspruch (aus dem McDonald's ins Gourmet-Restaurant)

Kaugummi 1. *Bubble-gum,* der, das (engl., Pl. -s) 2. *Chewing-gum,* der (engl., Pl. -s) »Fernsehen ist Chewing-gum für die Augen« (Orson Welles)

kaum *minimal* (lat.) sehr wenig

Kaumuskel *Masseter,* der (gr., ohne Pl.) med.

Kautschuk, vulkanisierter ... *Vulkanisat,* das (lat., Pl. -e)

Kauz *Original,* das (lat., Pl. -e) e. weitbekanntes Original sein, wie einst Heinz Erhardt

Kavallerist, osmanischer ... *Sipahi,* der (arab.)

kegelförmig *konisch* (gr.-lat.) aus der Geometrie

Kegelschnitt 1. *Parabel,* die (gr.-lat., Pl. -n) aus der Geometrie 2. *Ellipse,* die (gr.-lat., Pl. -n) aus der Geometrie

kehlig *guttural* (lat.) gutturale Laute von sich geben

Kehlkopfspiegel *Laryngoskop,* das (gr.-lat., Pl. -e) med.

Kehllaut *Guttural,* der (lat., Pl. -e)

Kehre 1. *Serpentine,* die (lat., Pl. -n) der Paß verläuft in Serpentinen 2. *Turn,* der (engl., Pl. -s) beim Kunstflug

Kehrreim *Refrain,* der (lat.-fr., Pl. -s) z. B. bei Gedichten u. Liedern

Kehrseite *Envers,* der (lat.-fr., ohne Pl.)

Kehrwert *reziproker Wert* (lat.-dt., Pl. ...proke, -e)

keilförmig 1. *kuneiform* (lat.) 2. *sphenoidal* (gr.-lat.)

Keim, den ... betreffend *germinal, germinativ* (lat.)

Keimdrüse *Gonade,* die (gr.-lat., Pl. -n) med.

Keimdrüsen *Testikel,* der (lat., ohne Pl.) med., männliche Keimdrüsen

Keimdrüsenhormon *Testikelhormon,* das (lat.-gr., Pl. -e) med. männliches Hormon

keimfrei 1. *aseptisch* (gr.-lat.) Ggs.: septisch, med. 2. *steril* (lat.-fr.) »unfruchtbar«; auch: unschöpferisch; Ggs.: fertil

keimfrei machen *chloren* (gr.) durch Chlor

keimfrei, nicht ... *septisch* (gr.-lat.) Ggs.: aseptisch

Keimfreiheit *Asepsis,* die (gr.-lat., ohne Pl.) med.

Keimfreimachen *Sterilisation,* die (lat.-fr., Pl. -en) med.

Keimschädigung *Blastophthorie,* die (gr.-lat., ohne Pl.)

keimtötend 1. *antiseptisch* (gr.-lat.) med. 2. *bakterizid* (gr.)

Keimungsphase *Germination,* die (lat., Pl. -en) »das Sprossen«; das Keimen der Pflanzen

Keimzelle *Androgamet,* der (gr.-lat., Pl. -en) männliche; Ggs.: Gynogamet (weibliche Keimzelle)

Keimzellen, unreife ... *Spermatide,* die (gr.-lat.) ... von Mensch u. Tier

keine Zukunft! *no future!* (engl.) Schlagwort arbeitsloser Jugendlicher Westeuropas in den 80er Jahren

Keller 1. *Soussol,* der (fr., Pl. -es) 2. *Souterrain,* das (lat.-fr., Pl. -s) »unterirdisch«; auch: Kellerwohnung

Kellereiwirtschaft *Önologie,* die (gr.-lat., ohne Pl.) auch: Weinbaukunde

Kellergeschoß *Souterrain,* das (lat.-fr., Pl. -s)

Kellner 1. *Garçon,* der (fr., Pl. -s) 2. *Steward,* der (engl., Pl. -s) auf Schiffen u. Flugzeugen

Kellnerlehrling *Pikkolo,* der (it., Pl. -s) auch: kleine Sektflasche

Kenner 1. *Connaisseur,* der (lat.-fr., Pl. -s) Feinschmecker 2. *Koryphäe,* die (gr.-lat.-fr., Pl. -n) der Biologieprofessor ist auf seinem Gebiet e. Koryphäe 3. *Gourmet,* der (fr., Pl. -s) e. Kenner bez. Speisen u. Getränke

kenntlich machen *markieren* (germ.-it.-fr.)

Kenntlichmachung *Markierung,* die (germ.-it.-fr., Pl. -en) Exportwaren benötigen als solche e. deutliche Markierung

Kenntnis *Notiz,* die (lat., Pl. -en) z. B. sich zu wichtigen Fragen e. Notiz machen, oder: von jmdm. keine Notiz nehmen

Kenntnis, in ... setzen 1. *informieren* (lat.) 2. *instruieren* (lat.) i. S. von unterweisen

Kenntnis, zur ... nehmen *adnotam* (lat.)

kenntnisreich *firm* (lat.-it.) in seinem Aufgabengebiet firm (sicher) sein

Kenntnisse *Background,* der (engl., Pl. -s) auch: Hintergrundwissen

Kennwort 1. *Chiffre,* die (arab.-lat.-fr., Pl. -n) z. B. e. Annonce unter Chiffre aufgeben 2. *Motto,* das (lat.-it., Pl. -s) e. Veranstaltung unter e. bestimmtes Motto stellen: »Kinder im Straßenverkehr« 3. *Parole,* die (gr.-lat.-fr., Pl. -n) auch: Losung; gesprochene Sprache; *Parole d'honneur,* das (fr., ohne Pl.) Ehrenwort; nicht verw. mit *Paroli,* das (lat.-it.-fr., Pl. -s) Verdoppelung des Einsatzes im Pharaonenspiel; Paroli bieten: dagegenhalten

Kennzeichen 1. *Charakteristikum,* das (gr.-lat., Pl. ...ka) für Karl Lagerfeld ist schnelles Sprechen e. Charakteristikum 2. *Kriterium,* das (gr.-lat., Pl. ...ien) z. B.: Qualität ist e. Kriterium unserer Ware 3. *Markierung,* die (germ.-it.-fr., Pl. -en) 4. *Emblem,* das (gr.-lat.-fr., Pl. -e) svw. Abzeichen, Embleme an der Kleidung tragen 5. *Symbol,* das (gr.-lat., Pl. -e) z. B.: fünf verschiedenfarbige, verschlungene Ringe sind das Symbol für die Olympischen Spiele 6. *Symptom,* das (gr., Pl. -e) das Symptom läßt auf e. best. Krankheit schließen 7. *Attribut,* das (lat., Pl. -e) Eigenschaft; auch: Bestimmungswort, z. B. der ‚schöne' Garten 8. *Indiz,* das (lat., Pl. -ien) Anzeichen; z. B. Indizienbeweis 9. *Insigne,* das (lat., Pl. ...nien) auch: Zeichen der Macht, z. B. die Krone, das Zepter

kennzeichnen 1. *charakterisieren* (gr.-lat.) z. B. in dem Buch: »Napoleon« v. Cronin wird der fr. Kaiser hervorragend charakterisiert 2. *markieren* (germ.-it.-fr.) auch: augenfällig machen, Anstreichen besonderer Textpassagen

kennzeichnend 1. *charakteristisch* (gr.-lat.) 2. *spezifisch* (lat.-fr.) 3. *symptomatisch* (gr.) 4. *typisch* (gr.-lat.) 5. *markant* (germ.-it.-fr.) auch: ausgeprägt

Kennzeichnung *Charakteristik,* die (gr.-lat., Pl. -en)

Kennziffer *Chiffre,* die (arab.-lat.-fr., Pl. -n) z. B. e. Annonce unter Chiffre aufgeben

Keramikart, jap. ... *Raku,* das (jap., ohne Pl.)

Keramikkunst, Höhepunkt der osmanischen ... *Iznik-Keramik,* die (Eigenn.-arab.-gr., Pl. -en) zwischen 1490 und 1700 werden drei Phasen unterschieden

Keramikmetall *Cermet,* das (engl., Pl. -s) ceramic metallics: Legierung aus Keramik u. Metallen, die leicht, jedoch extrem hart sind, e. moderner Werkstoff

keramische Produkte *Yaki,* das (jap., ohne Pl.) »Gebranntes«

keramische Überzugsmasse *Engobe,* die (fr., Pl. -n)

Kerbung *Profil,* das (lat.-it., Pl. -e) z. B. bei Schuhsohlen u. Autoreifen; auch: Charakter- oder Persönlichkeitsprofil

Kerl 1. *Individuum,* das (lat., Pl. ...duen) 2. *Patron,* der (lat., Pl. -e) 3. *Typ,* der (gr.-lat., Pl. -en) z. B.: der Bankdirektor wurde mit e. zwielichtigen Typen gesehen

Kern 1. *Quintessenz,* die (lat., Pl. -en) i. S. von: der Kern e. Sache oder Angelegenheit 2. *Extrakt,* der (lat., Pl. -e) auch: Auszug aus pflanzlichen oder tierischen Stoffen 3. *Sujet,* das (lat.-fr., Pl. -s) 4. *Tenor,* der (lat.-it., ohne Pl.) Sinn, Inhalt; Pl. Tenöre: hohe Männerstimmen

Kern der Persönlichkeit *Charakter,* der (gr.-lat., Pl. ...ere) auch: Wesensart; »Die F.D.P. muß jetzt Charakterfestigkeit zeigen.« (Wolfgang Gerhardt, F.D.P.-Vorsitzender, 1998)

Kern, harter ... *Hardcore,* der (engl., Pl. -s) ... innerer Kern von Elementarteilchen; auch: die harte, extreme Version von etwas, z. B. Sex

Kernäquivalent der Bakterienzelle 1. *Nukleoid,* das (gr.-lat., Pl. -e) 2. *DNA-Körper,* der; auch: DNS = Desoxyribonukleinsäure

Kernpunkt 1. *Punctum saliens,* das (lat., ohne Pl.) der springende Punkt 2. *Punctum puncti,* das (lat., ohne Pl.) i. S. e. Hauptpunktes, bes. in Geldsachen 3. *Essential,* das (engl., Pl. -s) wesentlicher Punkt

Kernspaltung, unkontrollierte ... *Burnout,* das (engl., ohne Pl.) »Ausbrennen«; auch: Beginn des Raketenfluges ohne Triebwerk; Syndrom großer körperlich-seelischer Erschöpfung

Kerntruppe *Garde,* die (germ.-fr., Pl. -n) mil. Elitetruppe

Kerzenleuchter *Kandelaber,* der (lat.-fr., Pl. –) mehrarmiger Leuchter

Kerzenlicht *Candlelight,* das (engl., ohne Pl.) »Die deutsche Politik ist Candlelight-Politik!« (H. Venske: Gerhard Schröders geh. Tagebuch, 1997)

Kesselpauke *Timpano,* der (gr.-lat.-it., Pl. ...ni) Musikinstrument

Ketzer *Häretiker,* der (gr.-lat., Pl. –) e. von der kirchlichen Lehrmeinung Abweichender, Gotteslästerer

Ketzerei *Häresie,* die (gr.-lat., Pl. -n) auch: Gotteslästerung

ketzerisch *häretisch* (gr.-lat.) vom offiziellen Glauben abweichend

Keuchhusten *Pertussis,* die (lat., Pl. ...sses) med.

keusch leben *zölibatär* (lat.) ehelos leben aus religiösen Gründen

keusch, wenn nicht ..., doch klug! *si non caste, caute tamen!* (lat., Zitat) i. S. von: nur den Schein wahren

Keuschheit *Zölibat,* das, der (lat., ohne Pl.) Ehelosigkeit aus religiösen Gründen

Kiefer, beide ... betreffend *bimaxillär* (lat.) d. h. Ober- u. Unterkiefer

Kielraum e. Schiffes ... *Bilge,* die (engl., Pl. -n) ... in dem sich das Leckwasser sammelt (Seemannsspr.)

Kieme *Branchie,* die (gr.-lat., Pl. -n)

Kiemen, mit ... atmendes Wirbel- u. Gliedertier *Branchiat,* der (gr.-lat., Pl. -en)

Kiemengängen, von den ... ausgehend *branchiogen* (gr.-lat.)

Kilogramm *Kilo,* das (gr.-fr., Pl. -s) Kurzform; »Seit ich Minister bin, lege ich jeden Monat ein Kilo zu.« (Dominique Strauss-Kahn, fr. Finanzminister, 1997)

Kimonogürtel *Obi,* der, das (jap., Pl. -s) auch: Gürtel des Judoanzugs

Kind 1. *Bambino,* der (it., Pl. ...ni) 2. *Bébé,* das (fr., Pl. -s) 3. *Baby,* das (engl., Pl. -s) Kleinkind, Säugling 4. *Kid,* das (engl., Pl. -s) Gruppe der 10- bis 13jährigen

Kind, in Israel geborenes ... jüd. Einwanderer *Sabre,* der (hebr., Pl. -s)

Kindbett *Puerperium,* das (lat., Pl. ...ien) med.

Kinder, bes. Zuneigung zu ... *Pädophilie,* die (gr.-lat., ohne Pl.)

Kinderarzt *Pädiater,* der (gr.-lat., Pl. –) med.

Kinderauto *Kettcar,* der (dt.-engl., Pl. -s) mit Pedalen über e. Kette angetriebenes Spielauto

Kinderbett *Paidibett,* das (Eigenn.-gr.-dt., Pl. ...betten)

Kinderheilkunde *Pädiatrie,* die (gr.-lat., ohne Pl.) med.

Kinderlähmung *Poliomyelitis,* die (gr.-lat., Pl. ...itiden) spinale Kinderlähmung (med.)

Kindermädchen 1. *Bonne,* die (lat.-fr., Pl. -n) 2. *Nurse,* die (lat.-fr.-engl., Pl. -s)

Kinderpsychologie *Pädologie,* die (gr.-lat., ohne Pl.)

Kinderroller, als neues, schnelles Tretgerät ... *Super-Cruiser,* der (engl., Pl. -) ... ähnlich e. Skateboard (Rollbrett) mit Klingel oder Hupe u. Bremse

Kinderschänder 1. *Pädosexueller,* der (gr.-lat., Pl. -n) 2. *Pädophiler,* der (gr.-lat., Pl. ...le) 3. *Pädo,* der (gr., Pl. -s) kurz für: Pädosexueller, Pädophiler; jeweils Erwachsener, der sich Kindern sexuell »nähert«

Kindesmord *Infantizid,* der (lat., Pl. -e)

Kindfrau *Lolita,* die (Pl. -s) nach dem gleichnamigen Roman von V. Nabokov

kindisch 1. *infantil* (lat.) seine infantile Art geht mir auf die Nerven 2. *naiv* (lat.-fr.)

Kindischsein *Puerilismus,* der (lat., ohne Pl.) med., i. S. e. kindischen Wesens

kindlich 1. *naiv* (lat.-fr.) unbefangen, etwas weltfremd 2. *pueril* (lat.) med. 3. *infantil* (lat.) auch: kindisch

Kindlichkeit 1. *Infantilität,* die (lat., ohne Pl.) 2. *Naivität,* die (lat.-fr., ohne Pl.) unbefangenes, etwas weltfremdes Handeln u. Denken

Kindstod, plötzlicher ... durch Atemstillstand *Sudden Infant Death Syndrom,* das (engl., Pl. -s) med.

Kino, beeinflußbares ... *interaktives Kino,* das (gr.-lat.-fr., Pl. -e, -s) per Joystick am Kinosessel vermag der Besucher den Ablauf des Filmes zu beeinflussen: der Held stirbt, siegt oder heiratet

Kinofreund *Cineast,* der (gr.-fr., Pl. -en) auch: Filmschaffender; Filmkenner

Kinosaal 1. *Odeon,* das (gr.-lat.-fr., Pl. -s) auch Gebäude für Theater- u. Tanzveranstaltungen 2. *Odeum,* das (gr., Pl. Odeen) in der Antike rundes Gebäude für musikalische u. schauspielerische Darbietungen

Kippfahrzeug *Dumper,* der (engl., Pl. -s)

Kirche 1. *Moschee,* die (arab., Pl. -n) mohammedanische – 2. *Dom,* der (lat., Pl. -e) Hauptkirche; in Hamburg auch: großer Jahrmarkt

Kirche, Nebenraum in der ... *Sakristei,* die (lat., Pl. -en) ... für den Geistlichen u. die gottesdienstlichen Geräte; »Wenn z. B. der Pfarrer bezahlt, darf sich die Gemeinde e. Flüchtling in der Sakristei halten.« (G. Schröders geh. Tagebuch von H. Venske, 1997)

Kirche, Trennung von Staat u. ... 1. *Laizismus,* der (gr.-lat., ohne Pl.) Weltanschauung, die e. radikale Trennung von Kirche u. Staat fordert 2. *Säkularisierung,* die (lat.-dt., Pl. -en) Lösung der Personen, des Staates, der Gemeinschaften aus der Kirchenbindung seit dem Ende des Mittelalters; auch: Verweltlichung

Kirchenbann 1. *Exkommunikation,* die (lat., Pl. -en) Ausschluß aus der katholischen Kirche 2. *Anathema,* das (gr.-lat., Pl. ...themata)

Kirchenbehörde, oberste ... der orthodoxen Kirche ... *Synod,* der (gr.-lat., Pl. -e) ... die neben dem Patriarchen steht

Kirchenchor *Kantorei,* die (lat., Pl. -en) auch: Singbruderschaft

Kirchenchorleiter *Kantor,* der (lat., Pl. ...oren)

Kirchendiener *Mesner,* der (lat., Pl. –)

kirchenfeindlich *antiklerikal* (gr.-lat.)

Kirchenfeindlichkeit *Antiklerikalismus,* der (gr., ohne Pl.)

Kirchenlehre *Dogma,* das (gr., Pl. -men)

Kirchenlied *Choral,* der (gr.-lat., Pl. ...äle)

Kirchenmelodie, altröm. ... *Vexilla regis,* das (lat., ohne Pl.)

Kirchenraub *Sakrileg,* das (lat., Pl. -e) gegen Heiliges vergehen; auch: Gotteslästerung

Kirchenraum *Chor,* der (gr., Pl. -e, Chöre) mit Altar

Kirchenrecht *Jus ecclesiasticum,* das (lat., ohne Pl.)

Kirchenspalter *Schismatiker,* der (gr.-lat., Pl. –) auch: Abtrünniger

Kirchenspaltung *Schisma,* das (gr.-lat., Pl. ...men, -ta)

Kirchenversammlung *Synode,* die (gr.-lat., Pl. -n) »Zusammenkunft«

Kirchenvorstand *Presbyterium,* das (gr.-lat., Pl. ...ien) auch: Chorraum e. Kirche

Kirchhof *Zömeterium,* das (gr.-lat., Pl. ...ien) auch: Ruhestätte; Katakombe

kirchlich *klerikal* (gr.-lat.)

kirchlicher Segensspruch *Eulogie,* die (gr.-lat., Pl. ...ien)

Kirchspiel *Parochie,* die (gr.-lat., Pl. ...ien) Amtsbezirk e. Pfarrers

kirschrot *cerise* (fr.)

kitschige Bücher, jemand, der ... schreibt *Kitschier,* der (dt.-fr., Pl. -e)

Kitzler *Klitoris,* die (gr., Pl. ...orides) weibliches Geschlechtsorgan

Kitzler, den ... betreffend *klitoral* (gr.)

Kitzler, übermäßige Entwicklung des ... *Klitorismus,* der (gr.-lat., ohne Pl.) med.

Kladde *Adversaria* u. *Adversarien,* die (lat., nur Pl.) auch: Notizsammlung

Klage abweisen *rejizieren* (lat.)

Klage *Lamento,* das (lat.-it., Pl. -s) wegen Nichtigkeiten e. großes Lamento anstimmen

Klagelied 1. *Jeremiade,* die (Pl. -n) nach dem Propheten Jeremia 2. *Elegie,* die (gr.-lat., Pl. ...ien) 3. *Lamentation,* die (lat., Pl. -en) 4. *Threnodie,* die (gr., Pl. ...ien) Trauergesang in Hellas (alten Griechenland)

klagen *lamentieren* (lat.) i. S. von jammern

Klammer *Parenthese,* die (gr.-lat., Pl. -n)

Klammer zur Saitenverkürzung *Kapodaster,* der (it., ohne Pl.) ... bei Gitarren u. Lauten

Klang der Stimme *Timbre,* das (gr.-fr., Pl. -s) e. Stimme mit schönem Timbre

Klang, verschmelzender ... aus Jamaika ... 1. *Regga,* der (Eigenn., ohne Pl.) ... der den Sprechgesang des Rap mit dem Rhythmus des Reggae verbindet 2. *Raggamuffin,* der (engl.-am., Pl. -s) Verbindung von Reggae u. Hip Hop

Klangfarbe *Timbre,* das (gr.-fr., Pl. -s) ihre Stimme hat e. hinreißendes Timbre

Klangfarben verändern *modulieren* (lat.) auch: Tonart wechseln

klangvoll *sonor* (lat.-fr.)

klappt doch! *it works!* (engl.) »es arbeitet«

klar 1. *evident* (lat.) i. S. von offenkundig; in der Mordsache H. konnten evidente Ermittlungsfehler nachgewiesen werden 2. *dezidiert* (lat.) i. S. von bestimmt 3. *luzid* (lat.) i. S. von verständlich 4. *präzise* (lat.-fr.) eigtl.: abgekürzt; genau

klären *defäkieren* (lat.) i. S. von säubern, Kot ausscheiden (med.)

Klarheit 1. *Evidenz,* die (lat., ohne Pl.) i. S. einleuchtender Klarheit 2. *Luzidität,* die (lat., ohne Pl.) Durchsichtigkeit

Klärung *Defäkation,* die (lat., Pl. -en) z. B. von Abwässern

Klasse 1. *Genre,* das (lat.-fr., Pl. -s) auch: Wesen, Art 2. *Kategorie,* die (gr.-lat., Pl. ...ien) »Grundaussagen«; auch: Gattung 3. *Spezies,* die (lat., ohne Pl.) Bez. für e. Tier- oder Pflanzenart

Klassenbester *Primus,* der (lat., Pl. -se)

Klatscher auf Bestellung *Claqueur,* der (fr., Pl. -e) meist in Diktaturen bestellter Beifallsklatscher

Klatschpresse 1. *Yellow Press* (engl., ohne Pl.) z. B.: »Frau im Spiegel« 2. *Boulevardpresse* (berichtet seriöser) z. B.: »Hamburger Abendblatt«

Klaue, an der ... (erkennt man) den Löwen *ex ungue leonem* (lat., Zitat: Plutarch)

Klausner *Eremit,* der (gr.-lat., Pl. -en) Einsiedler

Klavier 1. *Piano,* das (lat.-it., Pl. -s) eigentlich: Pianoforte 2. *Pianoforte,* das (lat.-it., Pl. -s) 3. *Pianino,* das (lat.-it., Pl. -s) e. kleines Piano 4. *Pianola,* das (lat.-it., Pl. -s) e. selbständig spielendes Piano 5. *Spinett,* das (it., Pl. -e) e. alte Form, e. Vorläufer des Klaviers

Klavier, elektrisches ... *Elektrochord,* das (gr.-lat., Pl. -e)

Klavier, kleines *Pianino,* das (lat.-it., Pl. -s)

Klavierspiel mit zwei Händen *à deux mains* (fr.) z. B. e. Sonate à deux mains

Klavierspieler *Pianist,* der (lat.-it.-fr., Pl. -en)

Klavierstück der Romantik *Impromtu,* das (lat.-fr., Pl. -s)

Klavierstück *Toccata,* die (lat.-it., Pl. ...ten) i. S. e. virtuosen Stücks, das in freier Improvisation gespielt wird

Klebemarke *Label,* das (engl., Pl. -s) auch: Klebeetikett; Etikett e. Schallplatte

klebrig *viskos* u. *viskös* (lat.) i. S. von zähflüssig

Kleesäure *Oxalsäure,* die (gr., Pl. -n) giftige organische Säure

Kleiderablage *Garderobe,* die (germ.-fr., Pl. -n)

Kleiderstoff, gazeartiger ... *Barège,* der (fr., ohne Pl.) auch: durchsichtiges Seidengewebe; nach dem fr. Ort Barèges genannt

Kleidung 1. *Garderobe,* die (germ.-fr., Pl. -n) auch: Kleiderbestand e. Person 2. *Montur,* die (lat.-fr., Pl. -en) svw. Arbeitsanzug

Kleidung macht den Mann *vestis virum reddit* (lat., Zitat) auch: Kleider machen Leute

Kleidungsstücke *Textilien,* die (lat.-fr., nur Pl.)

Kleidungsstücke, Trend zu einfachen u. reduzierten ... *streetwise* (engl.-am.) neuer Begriff in der Modeszene

klein, sehr ... 1. *mikroskopisch* (gr.-lat.) unter dem Mikroskop, das (gr.-lat., Pl. -e; Vergrößerungsgerät) erkennbar 2. *minimal* (lat.) winzig

Kleinbuchstabe *Minuskel,* die (lat., Pl. -n) Ggs.: Majuskel

Kleinbürger *Philister,* der (ohne Pl.) Spießbürger; Volk an der Küste Palästinas; der Bibel nach, Feind der Israeliten

kleinbürgerlich *provinziell* (lat.-fr.) spießig

Kleinbürgerlichkeit *Provinzialismus,* der (lat., Pl. ...men) i. S. e. spießigen Einstellung

kleines Bild *Eidolon,* das (gr., Pl. ...la)

Kleinhirn *Cerebellum,* das (lat., Pl. ...bella) med.

Kleinigkeit 1. *Bagatelle,* die (lat.-it.-fr., Pl. -n) z. B.: e. Bagatellschaden am Auto haben 2. *Lappalie,* die (dt.-lat., Pl. -n) der Vorfall stellte e. Lappalie dar 3. *Nuance,* die (lat.-fr., Pl. -n) z. B.: Farbnuance (winziger Unterschied in der Farbe) 4. *Petitesse,* die (fr., Pl. -n) Geringfügigkeit

Kleinigkeit, als ... behandeln *bagatellisieren* (lat.-it.-fr.)

Kleinigkeiten 1. *Minuzien,* die (lat., nur Pl.) i. S. von Nichtigkeiten 2. *Quisquilien,* die (lat., nur Pl.) i. S. von Belanglosigkeiten

Kleinkalibergewehr *Flobertgewehr,* das (Eigenn., fr., Pl. -e) nach: fr. Waffentechniker N. Flobert (um 1850)

Kleinkind 1. *Baby,* das (engl., Pl. -s) 2. *Bébé,* das (fr., Pl. -s)

kleinköpfig *mikrozephal* (gr.-lat.) med.

Kleinkrämer *Pedant,* der (gr.-it.-fr., Pl. -en) jmd., der die Genauigkeit übertreibt

Kleinkrämerei *Pedanterie,* die (gr.-it.-fr., Pl. ...ien)

Kleinkunstbühne *Kabarett,* das (fr., Pl. -s)

Kleinkunstwerk *Bibelot,* der (fr., Pl. -s) i. S. e. Nippsache

kleinlich 1. *bürokratisch* (fr.) Bez. der Auslegung von Regeln u. Vorschriften, z. B. e. bürokratischer Verwaltungsbeamter 2. *pedantisch* (gr.-fr.) 3. *penibel* (gr.-lat.-fr.) genau

Kleinod 1. *Bijou,* das, (fr., Pl. -s) auch: Schmuckstück 2. *Bijouterie,* die (fr., Pl. ...ien) auch: Handel mit Schmuckwaren u. Edelsteinen

Kleinstlebewesen, bakterienzerstörendes ... *Bakteriophage,* der (gr., Pl. -n)

Kleinwohnung *Flat,* das (engl., Pl. -s)

Klemme 1. *Dilemma,* das (gr.-lat., Pl. -s, -ta) i. S. e. Zwangslage 2. *Bredouille,* die (fr., Pl. -n) auch: Patsche

Klemme, kleine ... *Moskito,* der (lat.-sp., Pl. -s) Gerät bei e. Operation (med.) auch: Stechmücke

Klimaanlage *Air-Conditioning,* das (engl., Pl. -s)

Klimaverträglichkeit *Salubrität,* die (lat., ohne Pl.) auch: gute körperliche Konstitution (med.)

Klinge, die gegnerische ... zur Seite drücken *ligieren* (lat.-it.) beim Fechten

Klöppelspitze aus Gimpen *Gipüre,* die (germ.-fr., Pl. -n) ... mit Seide übersponnene Baumwollfäden

Kloß *Dumpling,* der (engl., Pl. -s) i. S. von Knödel

Klößchen *Gnocchi,* die (it., nur Pl.)

Kloster 1. *Monasterium,* das (gr.-lat., Pl. ...ien) 2. *Zönobium,* das (gr.-lat., Pl. ...ien)

Klosterbruder vor der Priesterweihe *Frater,* der (lat., Pl. Fratres)

Klostergemeinde *Konvent,* der (lat., Pl. -e) auch: Versammlung der Mitglieder e. Studentenverbindung; die Habilitierten (Lehrberechtigten) e. Universität; Volksvertretung in der Fr. Revolution (1789)

Klosterleben, abgeschlossenes *Klausur,* die (lat., ohne Pl.) auch: schriftliche Prüfungsarbeit

Klosterspeisesaal *Refektorium,* das (lat., Pl. ...ien)

Klubjacke *Blazer,* der (engl., Pl. -s)

Kluft, wachsende ... *Brasilifikation,* die (am.) ... zwischen Arm u. Reich, bei schwindendem Mittelstand

klug 1. *intelligent* (lat.) 2. *clever* (engl.) i. S. e. schlauen, geschickten Handlungsweise 3. *versiert* (lat.-fr.) bewandert 4. *solonisch* (Eigenn.) nach Solon, dem altgr. Gesetzgeber (640-560 v. Chr.)

Klugheitsstufe *Intelligenzniveau,* das (lat.-fr., Pl. -s) »Bei einigen Kollegen ist mir aufgefallen, daß sie zuerst Patienten mit e. niedrigen Intelligenzniveau zur ambulanten Operation zu mir schikken« (Dr. Hubmann, 1988)

Klugredner *Räsoneur,* der (lat.-fr., Pl. -e) i. S. von Schwätzer

Klumpfuß *Talipes,* der (lat., ohne Pl.) med.

Klumphand *Talipomanus,* die (lat., ohne Pl.) med.

Klüngel bei Hofe *Kamarilla,* die (sp., Pl. ...llen) auch: Hofpartei; eigtl.: Kämmerchen

Klüngel *Clique,* die (fr., Pl. -n)

Knabenliebe *Päderastie,* die (gr., ohne Pl.)

Knäblein 1. *Putte,* die (lat.-it., Pl. -n) 2. *Putto,* der (lat.-it., Pl. ...tti, ...tten) Figur e. nackten Knaben bes. aus dem Barock

Knackwurst auf e. Brötchen *Hot dog,* der (engl., Pl. -s) eigtl.: heißer Hund

Knall *Detonation,* die (lat., Pl. -en)

knallen *detonieren* (lat.)

knapp 1. *lakonisch* (gr.-lat.) 2. *lapidar* (lat.) eigtl.: in Stein gehauen; auch: wuchtig, kraftvoll 3. *prägnant* (lat.-fr.) treffend darstellend; auch: schwanger, voll

Kneipe 1. *Pinte,* die (fr., Pl. -n) 2. *Kaschemme,* die (Zigeunersprache, Pl. -n) 3. *Estaminet,* das (fr., Pl. -s) 4. *Spelunke,* die (gr.-lat., Pl. -en) e. verrufene Kneipe 5. *Taverne,* die (lat.-it., Pl. -n) i. S. e. it. Weinschenke 6. *Saloon,* der (engl., Pl. -s) z. B.: »Western Saloon«

Kneipen, alte, rußgeschwärzte ... *historical Slumming,* das (engl.-am., ohne Pl.) wird das Aufsuchen dieser alten Restaurants genannt

Kniegeige *Gambe,* die (it., Pl. -n) z. B. Viola da gamba: mit dem Knie gehaltenes Streichinstrument

Kniegelenkentzündung *Gonarthritis* u. *Gonitis,* das (gr.-lat., Pl. ...itiden) med.

Kniegicht *Gonagra,* das (gr.-lat., ohne Pl.)

Kniescheibe *Patella,* die (lat., Pl. ...llen) med.

Kniff 1. *Finesse,* die (lat.-fr., Pl. -n) Schlauheit, Durchtriebenheit 2. *Raffinesse,* die (fr., Pl. -n) Vervollkommnung, Feinheit

Knöchel, zum ... gehörend *malleolar* (lat.) med.

Knochen 1. *Bone,* der (engl., Pl. -s) auch: beim Snowboard die Bez. für e. Sprung mit e. gestreckten u. e. angezogenen Bein (bei dem man sich die Knochen brechen kann) 2. *Os,* das (lat., Pl. Ossa) med.

knochenähnlich *osteoid* (gr.-lat.) med. auch: knochenartig

knochenbildend *osteogen* (gr.-lat.) med.

Knochenbildung 1. *Osteogenese,* die (gr.-lat., Pl. -n) med. 2. *Ossifikation,* die (lat., Pl. -en) med.

Knochenbildungszelle *Osteoblast,* der (gr.-lat., Pl. -en) med.

Knochenbrecher *Bonecrasher,* der (engl., Pl. -s)

Knochenbruch *Fraktur,* die (lat., Pl. -en) med.

Knochenbruchstück *Fragment,* das (lat., Pl. -e) med.

Knochenentzündung *Ostitis,* die (gr.-lat., Pl. ...itiden) med.

knochenerweichend *osteomalazisch* (gr.-lat.) med.

Knochenerweichung *Osteomalazie,* die (gr.-lat., Pl. ...ien) med.

Knochenforscher *Osteologe,* der (gr.-lat., Pl. -n) med.; Bez. e. Fachanatoms für Osteologie

Knochenfortsatz *Apophyse,* die (gr.-lat., Pl. -n) med.

Knochengerüst *Skelett,* das (gr., Pl. -e)

Knochengeschwulst *Enostose,* die (gr.-lat., Pl. -n) ... vom Innern des Knochens ausgehend

Knochenhaut *Periost,* das (gr., Pl. -e) med.

Knochenlehre *Osteologie,* die (gr.-lat., ohne Pl.) med.

Knochenleiden *Osteopathie,* die (gr.-lat., Pl. ...ien) med.

Knochenlücke *Fontanelle,* die (lat., Pl. -n) ... am Schädel des Kleinkindes

Knochenmarkentzündung *Osteomyelitis,* die (gr.-lat., Pl. ...itiden) med.

Knochenriß *Fissur,* die (lat., Pl. -en) auch: Schleimhautriß (med.)

Knochenschmerz *Ostealgie,* die (gr.-lat., Pl. ...ien) med.

Knödel *Dumpling,* der (engl., Pl. -s)

Knopf 1. *Bouton,* der (fr., Pl. -s) 2. *Button,* der (engl., Pl. -s) kleine Plakette mit Inschrift oder Symbol

Knorpel, im ... liegend *enchondral* (gr.-lat.) med.

Knorpelgeschwulst 1. *Ekchondrom,* das (gr.-lat., Pl. -e) med. 2. *Enchondrom,* das (gr.-lat., Pl. -e) med.

knorpelig *kartilaginär* (lat.) med.

Knötchen 1. *Follikel,* der (lat., ohne Pl.) med. 2. *Tuberkel,* der (lat., ohne Pl.) med.

Knoten *Glomus,* das (lat., Pl. ...mera) med.

Knotenschrift der Inkas *Quipu* u. *Quippu,* das (indian.-sp., Pl. -s) wurde mit Schnüren angefertigt

Knöterichgewächs ... *Rhabarber,* der (gr.-lat.-it., ohne Pl.) ... mit großen krausen Blättern, dessen Stiele als Kompott u. Abführmittel verwendet werden; »Rhabarber u. Geduld wirken vortrefflich.« (Friedrich der Große)

Knüpfarbeit *Makramee,* das (arab.-türk.-it., Pl. -s) ursprünglich e. arabische Knüpftechnik

Kobold *Gnom,* der (Eigenn., Pl. -en) auch: Zwerg; »Das Erotischste, was die Schweiz zu bieten hat, sind die Gnome (gemeint sind: Gnomen) von Zürich, die Schweizer Bankiers.« (G. Schröders geh. Tagebuch von H. Venske, 1997)

Kobold, künstlicher ... *Norn,* der (engl.-am., Pl. -s) virtueller Gnom

Kobolde *Gremlins,* die (engl., nur Pl.) ihnen werden unerklärliche Störungen an Maschinen zugeschoben

Koch auf Schiffen *Smutje,* der (niederdt., Pl. -s) Seemannsspr.

Koch für Kaltspeisen *Gardemanger,* der (fr., Pl. -s) auch: Speisekammer

Kochanleitung *Rezept,* das (lat., Pl. -e)

Köche, viele ... verderben den Brei *multorum opera res turbantur* (lat., Zitat) durch Mitwirkung vieler werden die Dinge verdorben

Kochkunst *Gastronomie,* die (gr.-fr., ohne Pl.)

Kochkünstler *Gastronom,* der (gr.-fr., Pl. -en)

kochkünstlerisch *kulinarisch* (lat.) svw.: auf e. feine Küche bezogen

kochsalzhaltig *muriatisch* (lat,) z. B. bei Mineralwasser-Quellen

Koffer für den Degen des Stierkämpfers *Matela,* die (sp., Pl. -s)

Kohle, Gefügebestandteil der ... *Mazeral,* das (lat., Pl. -e)

Kohlefaserstoff *Carbon,* das (engl.) neuerer Kunststoff, der z. B. im Flugzeugbau eingesetzt wird

Kohleneisenstein *Blackband,* das (engl., Pl. -s) minderwertiges Eisenerz

Kohlenstoff, unlösliche Form des ... *Graphit,* der (gr.-lat., Pl. -e)

Kohlenstoffmolekül, neu entdecktes ... *Fulleren,* das (Eigenn., Pl. Fullerene) es besteht aus 60 Kohlenstoffatomen; Verwendung als Halbleiter in der Mikroelektronik, Treibstoff, Schmiermittel

Kohlenwagen *Tender,* der (lat.-fr., Pl. –) hinter der Lokomotive

Kohlenwasserstoff, gasförmiger, brennbarer ... *Acetylen,* das (gr.-lat., ohne Pl.) wird mit Sauerstoff zum Schweißen verwendet

Kohlenwasserstoffrest, einwertiger ... *Alkyl,* das (arab.-gr., Pl. -e) ... dessen Verbindung z. B. Alkohol liefern kann

Koitus auf der Tanzfläche *Dancefloor-Sex,* der (engl., ohne Pl.) in Deutschland wenig verbreitet

Koitusdarbietung, öffentliche ... *Dogging,* das (engl., Pl. -s) ... wie dies bereits im alten Athen die Hedonisten auf dem Marktplatz getrieben haben sollen

Kollapsneigung *Dumping Syndrom,* das (engl.-gr., Pl. -s oder -e)

Kollision *Ramming,* die (engl., Pl. -s) Seemannsspr.

Kölnischwasser *Eau de Cologne,* das, die (fr., ohne Pl.)

Kolonialtruppe, fr. ehemalige ... *Zuave,* der (fr., Pl. -n) ... aus Berberstämmen rekrutiert

Kombigerät *Comand,* der (engl., Pl. -s) ... das im PKW die Autoradio-, CD-, Kassettenspieler-, TV-, Navigationssystem- u. Telefonbedienung vereint

Kombination aus Bläsern ... *Brass Section,* die (engl., Pl. -s) ... mit Trompeten u. Posaunen

komfortabel *luxuriös* (lat.) z. B.: er lebt in e. luxuriös eingerichteten Haus

Komik *Drolerie,* die (fr., Pl. ...ien)

komisch *burlesk* (it.-fr.) auch: possenhaft

kommend *ante portas* (lat.) »vor den Toren«; aber: »Hannibal ad portas« (Hannibal an den Toren) Schreckensruf der Römer

kommerzielle Software in Kurzform *Shareware,* die (engl., ohne Pl.) ... die zum allgemeinen Kopieren frei ist

kommerzielles Abrüsten *Demarketing,* das (engl., ohne Pl.) Bez. aus der Antikonsum-Bewegung der Adbusters zur Forderung von Konsumbeschränkung in Industriestaaten

Kommunikation der einzelnen Person ... 1. *One-to-one* (engl.) ... im Online-Dienst, im interaktiven TV 2. *One-to-many* (engl.) ... mit der Masse der Anwender

Kommunikation zwischen den Rechnern im Internet *Hypertext Transport Protocol,* das (engl., Pl. -s) kurz: HTTP; e. Art Computer-Esperanto, das es möglich macht, neben Text auch Grafiken, Videodaten über das Netz zu senden

Kommunikation, Gesamt... *Kommunikationsdesign,* das (lat.-engl., ohne Pl.) auch: integrierte Kommunikation, Gestaltung von Info-Netzen u. emotionalen Beziehungen

Kommunikationsgerät in der Notfallmedizin *Tender Loving Caresystem,* das (engl.-am., Pl. -s) eigtl.: zartliebendes Versorgungssystem; die Daten des Unfallpatienten werden vor Ort aufgenommen u. direkt ins Krankenhaus geschickt

Kommunismus, Theorie u. Praxis des sowjetischen ... *Bolschewismus,* der (russ., ohne Pl.)

kommunistische Partei, Mitglied der ... *Bolschewik,* der (russ., Pl. -i) ... der ehemaligen Sowjetunion

Komplimente, auf ... aus sein *Fishing for compliments* (engl.)

kompliziert *fraktal* (lat.-engl.) auch: vielfältig gegliedert, gebrochen

Komposition 1. *Requiem,* das (lat., Pl. -s) Komposition, die die Totenmesse zum Thema hat 2. *Repertoire,* das (lat.-fr., Pl. -s) einstudierte oder vorhandene Auswahl

Komposition, die Schlachtenlärm schildert *Battaglia,* die (lat.-it., Pl. ...ien)

Konditor *Patissier,* der (gr.-lat.-fr., Pl. -s) »gehobener« Bäcker

Konditor, Hotel... *Patissier,* der (gr.-lat.-fr., Pl. -s)

Kondom *Präservativ,* das (lat.-fr., Pl. -e) scherzhaft »Lümmeltüte« aus Gummi, die beim Geschlechtsverkehr vor Krankheiten u. unerwünschtem Nachwuchs schützen soll; »Der Hausbesitzer, ein Würzburger Domvikar, hat der Drogerie untersagt, in seinem Haus Präservative zu verkaufen.« (Main Post, 1987)

konfessionsübergreifend *interkonfessionell* (lat.) auch: zwischenkirchlich

Konflikt, der sich aus Abneigungen ergibt *Aversions-Konflikt,* der (lat., Pl. -e) z. B. e. Ehefrau haßt es, mit ihrem angetrunkenen Mann zu reden, tut sie es nicht, trinkt er noch mehr, was noch schlimmer wäre

Konflikt, in dem sich über Zuneigung Ekel entwikkelt *Appetenz-Aversions-Konflikt,* der (lat., Pl. -e) z. B. e. Mann verliebt sich in e. Frau, die e. geschlechtsumgewandelter Mann ist, u. ekelt sich

Konflikt, in e. ... geraten *kollidieren* (lat.) auch z. B. mit e. Fahrzeug zusammenstoßen

Konfliktforschung *Polemologie,* die (gr.-fr., ohne Pl.)

König 1. *Monarch,* der (gr.-lat., Pl. -en) 2. *Pharao,* der (altägypt., Pl. ...onen) ägyptischer Herrscher, z. B. Ramses II. (1290-1224 v. Chr.) 3. *Rex,* der (lat., Pl. Reges)

Königin *Queen,* die (engl., Pl. -s)

königlich 1. *royal* (lat.-fr.) auch: königstreu 2. *royalistisch* (lat.-fr.-dt.) die Königstreue betreffend

Königskerze *Verbaskum,* das (lat., Pl. ...ken) auch: Wollkraut (Bot.)

königstreu *royal* (lat.-fr.)

Königstreue *Royalismus,* der (lat.-fr., ohne Pl.)

Konjunkturbelebung durch Ausgaben der öffentlichen Hand *Deficit Spending,* das (engl., ohne Pl.)

Konkretisierung *Reifikation,* die (lat.-engl., Pl. -en) i. S. von Vergegenständlichung

konkurs *bankrott* (it.) auch: pleite; wirtschaftlich zusammengebrochen; »Ich höre mit Polo nur auf, wenn ich sterbe oder bankrott gehe.« (Hannes Hühnlein, Zahnarzt, Präsident des Dt. Poloverbandes, 1997)

Könner *Kanone,* die (sumer.-babylon.-gr.-lat.-it.-fr., Pl. -n) i. S. e. hervorragenden Sprinters, oder e. »Verkaufskanone«

konservativ *reaktionär* (lat.-fr.) politisch auf alten Pfaden trampeln

Konservierungsmittel *Formalin,* das (Eigenn. aus: Formaldehyd, ohne Pl.) u. Desinfektionsmittel

Konsonanten, e. ... verdoppeln *geminieren* (lat.)

Konsonantenverdoppelung *Gemination,* die (lat., Pl. -en)

Konsument, kritischer, junger ... *Yiffy,* der (Eigenn.-engl.-am., Pl. ...ies) aus: young, individualistic, freedom-minded and few (jung, eigensinnig, freiheitsbewußt u. wenige) der Yiffy zieht Lebensqualität dem Luxus vor

Konsument, mittelalterlicher u. zahlungskräftiger ... *Grumpy,* der (engl.-am., Pl. ...ies) aus: grown-up and nature (erwachsen u. reif) eigtl. e. Zielgruppendefinition von US-Werbestrategen: 35- bis 55jährige, die über viel Geld verfügen

Konsumgegner, radikale ... *Adbusters* (engl. aus: advertising (Werbung) u. to bust (zerstören); die am.-kanad. Antikonsumbewegung nutzt bes. den Effekt der Negativwerbung

Kontaktbedürfnis ... *dependency need,* das (engl.-am., Pl. -s) ... zu anderen Menschen

Kontenführung, elektronische ... *Telebanking,* das (engl.-am., ohne Pl.) mittels PC, Modem, Telefon u. Code können Kontoinhaber überweisen, abheben, abfragen u. ordern

Kontertanz, im Karree getanzter ... *Quadrille,* die (lat.-sp., Pl. -n)

Konto *Kontokorrent,* das (lat.-it., Pl. ...ten, ...ti, -s) e. laufendes Geschäfts- oder Gehaltskonto

Kontoabschluß *Saldo,* der (lat.-it., Pl. Salden, Saldi) Betrag, der beide Seiten e. Kontos ausgleicht

Kontodifferenz *Saldo,* der (lat.-it., Pl. Salden, Saldi) Differenz von Soll u. Haben e. Kontos

Kontrabaßtuba *Helikon,* das (gr., Pl. -s)

Kontrollbildschirm *Monitor,* der (lat.-engl., Pl. -en) die Villa wird von Monitoren überwacht

Kontrolle 1. *Inspektion,* die (lat., Pl. -en) z. B. e. Auto zur Inspektion bringen 2. *Revision,* die (lat., Pl. -en) eigtl.: Wiederdurchsicht

Kontrollgang *Patrouille,* die (fr., Pl. -n) auch: Streife, Spähtrupp

Kontrollgesellschaft *Holding,* die (engl., Pl. -s) Verwaltungsgesellschaft, die die Aktivitäten einzelner Firmen koordiniert u. kontrolliert (meist bei Konzernen)

kontrollieren 1. *inspizieren* (lat.) »besichtigen«; i. S. von prüfen 2. *revidieren* (lat.) »wieder hinschauen«; auch: durchsuchen

Kontrolliste *Checkliste,* die (engl.-dt., Pl. -n) für den Arbeitsablauf, als Sicherheits-Prüfliste, z. B. vor dem Flugzeugstart

Kontrollpunkt *Checkpoint,* der (engl., Pl. -s) Grenzübergang, z. B. »Checkpoint Charly« in Berlin vor 1989 (Friedrichstraße)

Kontrollturm *Tower,* der (engl., ohne Pl.) z. B. der Flughafen-Tower

Konzert e. Popgruppe *Gig,* der (engl., Pl. -s) Auftritt e. Band

Konzertagent *Impresario,* der (lat.-it., Pl. -s, ...ri) auch: Theateragent, der für e. Künstler Verträge abschließt

Konzerthalle 1. *Orpheum,* das (gr.-lat., Pl. ...een) nach dem sagenhaften gr. Sänger Orpheus benannt; auch: Konzertsaal 2. *Philharmonie,* die (gr.-lat., Pl. ...ien)

Konzertsaalmusiker *Philharmoniker,* der (gr.-lat., Pl. –) i. S. e. philharmonischen Orchestermitglieds; nicht verw. mit Phillumenist, der (gr.-

lat., Pl. -en) Sammler von Streichholzschachteln

Kooperation, komplexe ... auf Zeit ... *virtual Corporation,* die (engl.-am., Pl. -s) ... um e. bestimmte kurzfristige Marktchance zu nutzen; dabei werden z. B. strategische Allianzen, externe Ressourcen eingesetzt

Kopf, es gibt seinen ... *caput eius agitur* (lat., Zitat)

Kopf, jmdn. den ... waschen *castigare verbis* (lat., Zitat) jmdn. mit Worten züchtigen

Kopf, vor den ... stoßen *brüskieren* (it.-fr.) unhöflich, schroff verhalten

Kopfbedeckung 1. *Barett,* das (lat., Pl. -s) 2. *Birett,* das (lat., Pl. -e) des kath. Geistlichen 3. *Chapeau,* der (fr., Pl. -s) scherzhaft: Hut; z. B. Chapeau claque (zusammenklappbarer Zylinder)

Köpfe, so viele ..., so viele Sinne 1. *quot capita, tot sensus* (lat., Zitat) 2. *quot homines, tot sententiae* (lat., Zitat) siehe 1. (die selbe Bedeutung)

Kopffüßler, ausgestorbener ... *Belemnit,* der (gr., Pl. -en) tintenfischähnlich, in Versteinerungen anzutreffen; auch: Donnerkeil

Kopffüßler, versteinerter ... *Goniatit,* der (gr.-lat., Pl. -en) e. Leitfossil der Silurzeit

Kopfhaut abziehen *skalpieren* (skand.-engl.) nicht verw. *mit skandieren* (lat.) Verse abgehackt oder taktmäßig sprechen

Kopfhaut mit Haaren *Skalp,* der (skand.-engl., Pl. -e) bei den Indianern e. Siegeszeichen

Kopfreif *Diadem,* das (gr.-lat., Pl. -e) Schmuckstück aus Gold u. Edelsteinen (wird auch um den Hals getragen)

Kopfschmerz 1. *Migräne,* die (gr.-lat.-fr., Pl. -n) anfallsweise, mit Sehstörungen u. Erbrechen auftretender, heftiger Kopfschmerz 2. *Zephalgie,* die (gr.-lat., Pl. ...gien) seltene Bez. für Kopfschmerz

Kopfschmerz, einseitiger ... 1. *Hemialgie,* die (gr.-lat., Pl. ...ien) 2. *Hemikranie,* die (gr.-lat., Pl. ...ien) 3. *Migräne,* die (gr.-lat.-fr., Pl. -n) heftiger Kopfschmerz

Kopfschmuck *Diadem,* das (gr.-lat., Pl. -e) meist e. Reif, der aus Gold u. Edelsteinen besteht

Kopftuch *Bandanna,* der (engl., Pl. -s) »Schnupftuch«, das in Piratenart um den Kopf gebunden wird, tragen seit 1990 immer mehr junge Männer, nicht nur Surfer u. Rollerskater

Kopie *Duplikat,* das (lat., Pl. -e) auch: Zweitschrift

koppeln 1. *assoziieren* (lat.-fr.) gedanklich verknüpfen 2. *kombinieren* (lat.) auch: mutmaßen; Nick Knatterton: »Ich kombiniere: blaue Bohnen in der Luft.« 3. *liieren* (lat.-fr.) i. S. von: sich liieren: e. Verhältnis eingehen

Koralleninsel-Ring *Atoll,* das (malaiisch, Pl. -e)

Koran, die den ... eröffnende Sure *Fatiha,* die (arab.) analog dem christlichen Vaterunser

Koranauslegung *Tefsir,* der (arab., Pl. -s) e. wissenschaftliche Erklärung des Korans; auch: Koranforschung

Korankapitel ... *Sure,* die (arab., Pl. -n) »Reihe«; ... der heiligen Schrift der Moslems; nichtsahnend empörte das Model Claudia Schiffer die islamische Welt, als sie mit e. Sure auf dem Busen über den Laufsteg schritt

Korankapitel *Sure,* die (arab., Pl. -n)

Koranrezitator *Kari,* der (arab.)

Korb für Pflanzen *Jardiniere,* die (fr., Pl. -n) auch: Blumenschale

Korbball, den ... von oben in den Korb eintauchen *Dunking,* das (engl., ohne Pl.) von: to dunk (eintauchen) sehr großen Basketballspielern oder denen mit großer Sprungkraft gelingt das Dunking

Korbball, Hinterhofvariante des ... *Streetball,* der (engl.-am., ohne Pl.) ... dabei spielen drei Personen gegen drei auf einen Korb

Korbflasche *Demijohn,* der (engl., Pl. -s)

Korkenzieherzigarre *Culebra,* die (sp., Pl. -s) e. Zigarre, die aus drei miteinander verdrehten besteht

Kornblume *Zyane,* die (gr.-lat., Pl. -n)

körnen *grainieren* (fr.) auch: aufrauhen, narben

körnig *granulös* (lat.)

Körper 1. *Soma,* das (gr., Pl. -ta) med., i. S. von: Körper im Gegensatz zum Geist 2. *Resonator,* der (lat., Pl. -en) schwingender, z. B. der Holzkörper e. Geige 3. *Korpus,* der (lat., Pl. -se) der Leib Christi am Kreuz; auch: Klangkörper e. Saiteninstruments; *Korpus delikti (Corpus delicti),* das (lat., Pl. ...pora) Beweisstück für die Täterüberführung 4. *Organismus,* der (gr.-lat., Pl. ...men) i. S. e. größeren Gebildes; nicht verw. mit *Orgasmus,* der (gr.-lat., Pl. ...men) Höhepunkt der geschlechtlichen Erregung 5. *Statur,* die (lat., Pl. -en) auch: Wuchs 6. *Body,* der (engl., Pl. -ies) auch: enganliegender Anzug, wird meist von Frauen getragen

Körper, alles was am ... zu dick, zu schwammig ist *oversized* (engl.-am.)

Körper, der e. Planeten umrundet 1. *Satellit,* der (lat., Pl. -en) Mond: natürlicher Satellit; Raumstation: künstlicher Satellit 2. *Trabant,* der (tschech., Pl. -en) auch: Begleiter, Leibwächter, Diener

Körper, geräucherter ... *Smoked Body,* der (engl., Pl. ...ies) bis 1950 war es bei den Kukukuku-Ureinwohnern Papua-Neuguineas Brauch, verstorbene Angehörige zu räuchern u. in ihre Hütten zu stellen, um mit ihnen in Verbindung bleiben zu können

Körper, in e. gesunden ... (wohnt) e. gesunder Geist *mens sana in corpore sano* (lat., Zitat: Juvenal, 60-140 n. Chr.)
Körper, kosmischer ... *Meteorit,* der (gr., Pl. -en, -e) ... der in die Erdatmosphäre eindringt
Körperausscheidung 1. *Exkrement,* das (lat., Pl. -e) vulgär: Scheiße 2. *Egesta,* die (lat., nur Pl.) Kot, Erbrochenes
Körperbau *Konstitution,* die (lat., Pl. -en) Widerstandskraft; körperliche u. seelische Verfassung
Körperbau, Lehre vom ... *Anatomie,* die (gr.-lat., Pl. ...ien) eigtl.: »Zergliederung«
Körperbau-Facharzt *Anatom,* der (gr.-lat., Pl. -en) Wissenschaftler der Anatomie (»Zergliederung«)
Körperbild, eingeritztes ... 1. *Tattoo,* das (polynes.-engl., Pl. -s) 2. *Tätowierung,* die (polynes.-engl., Pl. -en)
Körpereinsatz, heftiger ... *Bodycheck,* der (engl.-am., Pl. -s) ... beim Eishockey; auch: e. gründliche ärztliche Untersuchung (Check-up)
Körperfarbstoff *Pigment,* das (lat., Pl. -e) med.
Körperfülle *Embonpoint,* der (fr., Pl. -s) auch: Beleibtheit, Dickbäuchigkeit
Körperhaare entfernen *epilieren* (lat.) med.
Körperkraft *Brachialgewalt,* die (gr.-lat.-dt., ohne Pl.) roher Einsatz der Körperkraft
körperlich 1. *physisch* (gr.-lat.) nach dem 10000-Meter-Lauf war ich physisch am Ende 2. hylisch (gr.) im philos. Sinne 3. *materiell* (lat.-fr.) 4. *somatisch* (gr.) den Körper betreffend
Körperlichkeit *Plastizität,* die (gr.-lat., ohne Pl.)
körperlos *asomatisch* (gr.) philos.
Körperschwäche, allgemeine ... *Ästhenie,* die (gr., Pl. -n)
Körpersprache 1. *Pantomimik,* die (gr.-lat., ohne Pl.) Gebärdenspiel 2. *Pantomime,* die (gr.-lat.-fr., Pl. -n) Darstellung e. Szene nur mit Gebärden
Körperteil abtrennen *amputieren* (lat.) »ringsumher abschneiden«; Körperteile operativ entfernen
Körperteil *Organ,* das (gr.-lat., Pl. -e) mit best. Funktion, z. B. Leber entgiftet mit Nieren den Körper
Körperteile durchstechen *Body-Piercing,* das (engl., ohne Pl.) von: pierce (durchstoßen, durchstechen) hauptsächlich Augenbrauen, Nase, Lippen, Bauchnabel, Brustwarzen u. Zunge werden durchstochen u. mit Ringen oder Nadeln versehen; den Rekord hält e. farbige Engländerin mit 280 Körperschmuckstücken
Körperübung *Gymnastik,* die (gr.-lat., ohne Pl.)
Körperverfassung 1. *Kondition,* die (lat., Pl. -en) 2. *Konstitution,* die (lat., Pl. -en) nach der Kur befand er sich in guter Konstitution
korrekt *diszipliniert* (lat.) als disziplinierte Esserin war sie schlank
Korrektheit, politische ... *Political Correctness,* die (engl.-am., ohne Pl.) in den USA 1980 entstandener Begriff, in dem »diskriminierende« Ausdrücke ersetzt wurden; aus e. »Schwarzer« wird e. »Afro-Amerikaner«, e. Behinderter wird zum »körperlich Geforderten«; trotz seiner Affären ist Bill Clinton der typische Präsident der Political Correctness; in Deutschland steht der Begriff für Korruptionskritik u. politische Rechtschaffenheit
Kosename *Hypokoristikum,* das (gr.-lat., Pl. ...ka) z. B. Namenskurzformen: Bob, kurz für Robert
Kosmetik gegen Falten u. Runzeln *Anti-Aging-Kur,* die (lat.-engl.-dt., Pl. -en)
Kosmetikstift zum Ziehen e. Lidstrichs *Eyeliner,* der (engl., Pl. -s)
Kosmos *Universum,* das (lat., ohne Pl.) Weltall
kostbar *luxuriös* (lat.) üppig, verschwenderisch
Kostbarkeit *Rarität,* die (lat., Pl. -en)
Kostbarkeiten *Pretiosen,* die (lat., meist Pl.) meist wertvoller Schmuck
kosten 1. *degustieren* (lat.) Speisen abschmecken 2. *probieren* (lat.) kosten
Kosten berechnen *kalkulieren* (lat.)
Kosten decken *amortisieren* (lat.-fr.) i. S. von: Schulden nach e. Plan tilgen; die Anschaffungskosten für e. Investition durch den erwirtschafteten Ertrag dieser Investition decken
Kostenermittlung *Kalkulation,* die (lat., Pl. -en) für die Preisgestaltung e. Ware oder Dienstleistung
kostenfrei *franko* (germ.-lat.-it.) Lieferant trägt Kosten bis zum Bahnhof, Flughafen des Empfängers
kostenlos *gratis* (lat.) z. B. Warenmuster gratis verteilen
köstlich 1. *delikat* (lat.-fr.) z. B. delikate Speisen 2. *deliziös* (lat.-fr.) mit den deliziösen Kaviarhappen verdarb ich mir den Magen 3. *exquisit* (lat.) erlesen
Kostprobe *Degustation,* die (lat., Pl. -en) z. B. das Weinverkosten
kostspielig *expensiv* (lat.-engl.) teuer
Kostümfest *Maskerade,* die (arab.-sp., Pl. -n) auch: Mummentanz; Heuchelei
Kot 1. *Dejekt,* das (lat., Pl. -e) med. 2. *Fäkalien,* die (lat., nur Pl.) 3. *Exkrement,* das (lat., Pl. -e)
kotartig *fäkulent* (lat.)
kotig *fäkal* (lat.)
Krach 1. *Rabatz,* der (ohne Pl.) in der Kneipe gab es wieder großen Rabatz 2. *Spektakel,* der (lat., Pl. –) »Schauspiel«; Lärm 3. *Tumult,* der (lat., Pl. -e) auch: Aufruhr
Kraft 1. *Potenz,* die (lat., ohne Pl.) Leistungsver-

mögen, insbesondere bez. der Zeugungsfähigkeit 2. *Intensität,* die (lat., ohne Pl.) 3. *Movens,* das (lat., ohne Pl.) treibende – oder Antriebskraft 4. *Virtualität,* die (lat., Pl. -en) innewohnende Kraft 5. *Force,* die (lat.-fr., Pl. -n) i. S. von Stärke, z. B.: Force de frappe (fr.) sind die mit Atomwaffen eigener Produktion ausgerüsteten militärischen Einheiten Frankreichs 6. *Dynamis,* die (gr.-lat., ohne Pl.) i. S. von Fähigkeit, Vermögen 7. *Dynamik,* die (gr.-lat., ohne Pl.) Triebkraft; Teilgebiet der Mechanik 8. *Energie,* die (gr.-lat.-fr., Pl. ...ien) i. S. von Ausdauer; Spannkraft; die Energiekrise legte den Verkehr lahm; nicht verw. mit *Energide,* die (gr.-lat., Pl. -n) Funktion e. Zellkerns mit ihm umgebenden Zellplasma 9. *Power,* die (engl., ohne Pl.) auch: Stärke, Leistung

Kraft durch Blumen *Flower-Power,* die (engl., ohne Pl.) Schlagwort u. Bewegung der Hippies (antibürgerliche u. pazifistische Lebensform um 1970, »Blumenkinder«) die Blumen als Symbol für ihr Ideal einer humaneren Gesellschaft wählten

Kraft, aus eigener ... *ex propriis* (lat.)

Kraft, die auf Entwicklungen einwirkt *Attraktor,* der (lat.-engl., Pl. ...oren) Trendvektor, der auf best. soziale u. kulturelle Entwicklungen wirkt; das Millennium (Jahrtausendwende) ist z. B. Attraktor für Endzeitgefühle

Kraft, übernatürliche ... *Orenda,* das (indian., ohne Pl.) ... wirkend in Menschen oder Dingen (nach dem Glauben von Naturgemeinschaften)

Kraftbrühe *Bouillon,* die (lat.-fr., Pl. -s)

Kräfte zusammenlegen ... *Poolen,* das (engl., ohne Pl.) ... um gemeinsam ein größeres Ganzes zu schaffen, z. B. Car Pool (Fahrgemeinschaft) Typing Pool (Schreibzentrale)

Kräften, mit vereinten ... 1. *coniunctis viribus* (lat., Zitat) 2. *unitis viribus* (lat., Zitat) auch: mit aller Macht 3. *viribus unitis* (lat.)

Kräften, von den ... des natürlichen Lebens geprägt *biomorph* (gr.-lat.)

Kräfteverfall 1. *Kachexie,* die (gr.-lat., Pl. ...ien) med. 2. *Marasmus,* der (gr.-lat., Pl. -men) med., geistiger u. körperlicher Verfall

kräftig 1. *robust* (lat.) e. robusten Magen haben 2. *muskulös* (lat.-fr.) mit Muskeln versehen; nicht verw. mit muskulär (lat.) die Muskulatur betreffend 3. *stabil* (lat.) i. S. von: widerstandsfähig; im Gleichgewicht befindlich; Ggs.: labil

kräftigen *tonisieren* (gr.-lat.) med.

kraftlos *adynamisch* (gr.) ohne Dynamik; schwach; Ggs.: dynamisch

Kraftlosigkeit *Adynamie,* die (gr., Pl. ...ien) med.; auch: Muskelschwäche

Kraftlosigkeit *Adynamie,* die (gr.-lat., Pl. ...ien) auch: Muskelschwäche

Kraftlosigkeit, Gefühl von ... *X-Ness* (Eigenn.) ... u. Apathie, hinzu kommt e. bes. Art von Zynismus, z. B. Sinnsuche im Bewußtsein, den Sinn nie zu ergründen; Begriff der »Generation X« (passive, desillusionierte Generation, nach Douglas Coupland)

Kraftprotz, rücksichtsloser ... *Rambo,* der (engl., Pl. -s) dargestellt in e. am. Film von Sylvester Stallone

kraftvoll 1. *robusto* (lat.-it.) musik. Vortragsanw. 2. *risoluto* (lat.-it.) i. S. von entschlossen, musik. Vortragsanw. 3. *resolut* (lat.) i. S. von beherzt, tatkräftig, zupackend 4. *dynamisch* (gr.-lat.) 5. *vital* (lat.-fr.) auch: munter, lebenswichtig, z. B. die Rohstoffquellen berühren vitale Interessen der Firma

kraftvoll gespannt *elastisch* (gr.-lat.)

Kragen, steifer Männer... *Golilla,* die (sp., Pl. -s) ... des 17. Jhs.

Kragenspitzen, Oberhemd mit geknöpften ... *Buttondown-Hemd,* das (engl.-dt., Pl. -en)

Krähe, keine ... hackt einer anderen die Augen aus *cornix cornici nunquam oculos effodit* (lat., Zitat)

Krakenart *Pulp,* der (gr.-lat.-fr., Pl. -e)

Kram *Zinnober,* der (pers.-gr.-lat.-fr., ohne Pl.) auch: Blödsinn

Krampf *Spasmus,* der (gr.-lat., Pl. ...men) med.

Krampfader 1. *Hämorrhoide,* die (gr.-lat., Pl. -n) hier e. knotenförmige Erweiterung der Mastdarmvenen um den After herum (med.) 2. *Varix,* die (lat., Pl. Varizen) auch: Venenknoten (med.)

krampfartig 1. *konvulsiv* u. *konvulsivisch* (lat.) 2. *spasmisch* u. *spasmodisch* (gr.) verkrampfter Zustand der Muskulatur 3. *spastisch* (gr.) verkrampft; auch: dumm, blödsinnig

Krämpfe ... *Eklampsie,* die (gr., Pl. ...ien) ... plötzliche u. lebensbedrohende während der Schwangerschaft

krampfhaft *spasmisch* (gr.-lat.) med.

krampflösend *antispastisch* (gr.-lat.) med.; auch: krampfstillend

krank 1. *insan* (lat.) med. i. S. von geistig krank 2. *malade* (fr.) i. S. von körperlich krank

kränken 1. *desavouieren* (lat.-fr.) auch: bloßstellen, verleugnen 2. *kompromittieren* (lat.-fr.) bloßstellen

Krankenbehandlung *Therapie,* die (gr., Pl. ...ien) med.

Krankenbericht *Bulletin,* das (lat.-fr., Pl. -s)

Krankenhaus 1. *Hospital,* das (lat., Pl. -e, ...täler) 2. *Klinik,* die (gr.-lat., Pl. -en) 3. *Lazarett,* das (it.-fr., Pl. -e) e. Wortbildung von der biblischen

Gestalt des armen Lazarus, Militärkrankenhaus 4. *Spital,* das (lat., Pl. ...täler) auch: Altersheim mit Pflegestation, Armenhaus

Krankenhausabteilung *Station,* die (lat., Pl. -en) Stationsarzt

Krankenhaus-Behandlung *stationäre Behandlung,* die (lat.-fr., dt., Pl. -en) Ggs.: ambulante Behandlung

Krankenhaus-Insasse 1. *Spitaler, Spittler,* der (lat., Pl. –) 2. *Hospitalit,* der (lat., Pl. -en)

Krankenkost *Diät,* die (gr.-lat., ohne Pl.) auch: Schonkost oder bes. Kost, um abzunehmen; es gibt auch eine Antidiät-Bewegung, die sich gegen den Schlankheitswahn wendet, wie auch der Film: »Der Tod steht ihr gut«; in den USA sterben jährlich 180000 Frauen an Magersucht

Krankenpfleger *Sanitäter,* der (lat., Pl. –)

Krankenstation *Revier,* das (lat.-fr.-niederl., Pl. -e) beim Militär

Krankenwagen *Ambulanz,* die (lat.-fr., Pl. -en)

Kranker 1. *Patient,* der (lat., Pl. -en) 2. *Hypochonder,* der (gr.-lat., Pl. –) eingebildeter Kranker 3. *Simulant,* der (lat., Pl. -en) vortäuschender Kranker

krankhaft 1. *pathologisch* (gr.-lat.) med. e. pathologischer Fall 2. *morbid* (lat.-fr.) e. morbide (im Zerfall begriffene) Gesellschaft

krankhaft verändern *affizieren* (lat.) med.

krankhafte Angst *Phobie,* die (gr.-lat., Pl. ...ien) med., z. B. Spinnenphobie

Krankheit 1. *Morbus,* der (lat., Pl. ...bi) med. 2. *Malum,* das (lat., Pl. Mala) med. 3. *Infekt,* der (lat., Pl. -e) med., ansteckend 4. *Rachitis,* die (gr.-lat., Pl. ...itiden) engl. Krankheit

Krankheit aufhalten *kupieren* (fr.) med.

Krankheit e. Kindes, die von der Mutter erfunden wird *Münchhausen-by-proxy-Syndrom,* das (Eigenn.-dt.-engl.-gr., Pl. -e) wurde von dem Arzt Roy Meadow erforscht

Krankheit feststellen *diagnostizieren* (gr.-fr.)

Krankheit, gegen ... unempfindlich 1. *immun* (lat.) eigtl.: frei von Leistungen; auch: nicht zu beeindrucken 2. *resistent* (lat.) widerstandsfähig

Krankheit, heilige ... *Epilepsie,* die (gr.-lat., Pl. ...ien) so genannt, weil es so aussah, als seien Götter oder Dämonen in den vor Krämpfen zuckenden Körper gefahren; der gr. Arzt Hippokrates (460-377 v. Chr.) war der erste, der behauptete, daß jede Krankheit e. natürliche Ursache habe

Krankheitscharakter *Genius morbi,* der (lat., ohne Pl.)

Krankheitserreger *Virus,* der, das (lat., Pl. -ren) »Schleim, Saft, Gift«; e. Partikel, das sich nur auf lebendem Gewebe entwickelt; »Virus, e. Wort, das Ärzte verwenden, wenn sie sagen wollen: ›Ich weiß es auch nicht‹« (Bob Hope)

Krankheitsgeschichte *Anamnese,* die (gr.-lat., Pl. -n) »Erinnerung«; auch: das Gebet nach der Konsekration (Weihe) in e. Eucharistiefeier

Krankheitskeime, Vernichtung von ... *Antisepsis,* u. *Antiseptik,* die (gr., ohne Pl.) ... mit chem. Mitteln (med.)

Krankheitslehre 1. *Nosologie,* die (gr.-lat., ohne Pl.) nicht verw. mit *Nosomanie,* die (gr.-lat., Pl. ...ien) Wahnvorstellung, an e. Krankheit zu leiden 2. *Pathologie,* die (gr.-lat., Pl. ...ien)

Krankheitssyndrom zwischen Neurose u. Psychose *Borderlinesyndrom,* das (engl.-gr., Pl. -e)

Krankheitsveranlagung *Diathese,* die (gr., Pl. -n)

Krankheitszeichen *Symptom,* das (gr., Pl. -e) »Zufall«; Anzeichen; auch: Merkmal

kränklich *morbid* (lat.-fr.) e. morbides (dem Zerfall nahes) Stadtbild

Kränkung *Affront,* der (lat.-fr., Pl. -s)

Krapfen *Beignet,* der (fr., Pl. -s)

kräuseln *toupieren* (gr.-fr.) der Haare

Kräutersäckchen *Sachet,* das (fr., Pl. -s)

Krebs *Karzinom,* das (gr.-lat., Pl. -e)

krebsartig *kanzerös* (lat.) med.

Krebsentstehung begünstigend *präkarzinomatös* (gr.-lat.) med.

krebserzeugend *karzinogen* (gr.-lat.) med.

Krebsgeschwulst 1. *Karzinom,* das (gr.-lat., Pl. -e) 2. *Metastase,* die (gr., Pl. -n) »Veränderung« i. S. e. Tochtergeschwulstes; nicht verw. mit *Metathese, Metathesis,* die (gr.-lat., Pl. ...esen) Lautumstellung in e. Wort, z. B. Hamburg – Homburg 3. *Tumor,* der (lat., Pl. ...oren) Gewebswucherung

Krebsgeschwulst, harte ... *Szirrhus,* der (gr.-lat., ohne Pl.) med.

Krebszellennachweis aus dem Urin *Harnzytologie,* die (dt.-gr.-lat., ohne Pl.) med.

Kreditverlängerung *Prolongation,* die (lat., Pl. -en) auch: Laufzeitverlängerung e. Wechsels (Wechselprolongation)

Kreditwürdigkeit *Bonität,* die (lat., ohne Pl.) Ruf e. Person oder Firma bez. der Zahlungs- u. Kreditwürdigkeit

Kreis 1. *Zirkel,* der (gr.-lat., Pl. –) 2. *Cercle,* der (lat.-fr., Pl. -s) z. B. Konversation in e. exklusiven Cercle pflegen 3. *Zyklus,* der (gr.-lat., Pl. ...len) Kreislauf 4. *Orbis,* der (lat., ohne Pl.) 5. *zirkeln* (gr.-lat.) i. S. von: mit dem Zirkel e. Kreis ziehen

Kreis, dessen Mittelpunkt auf e. anderen Kreis rollt *Epizykel,* der (gr., ohne Pl.) »Nebenkreis«; Kopernikus (1473-1543) erläutert damit die Planetenbahnen

kreisartig *zykoid* (gr.-lat.)
Kreisbeschleuniger für Elektronen *Mikrotron,* das (gr., Pl. -s, ...one) Phys.
Kreise, zerstöre meine ... nicht *noli turbare circulos meos* (lat., Zitat: Archimedes bei der Zerstörung von Syrakus)
kreisen 1. *zirkulieren* (gr.-lat.) 2. *kursieren* (lat.) z. B. es kursiert das Gerücht
kreisförmig 1. *zirkulär* (gr.-lat.) 2. *orbikular* (lat.) med. 3. *zykloid* (gr.-lat.) 4. *zyklisch* (gr.-lat.) ring- u. kreisförmig
Kreishalbmesser *Radius,* der (lat., Pl. ...ien)
Kreislauf 1. *Zirkulation,* die (gr.-lat., Pl. -en) z. B.: Blutzirkulation 2. *Zyklus,* der (gr.-lat., Pl. ...len) sich regelmäßig wiederholende Geschehnisse 3. *Periode,* die (gr.-lat., Pl. -n) wiederkehrendes Auftreten
Kreislauf, der endlose ... *Samsara* u. *Sansara,* der (sanskr., ohne Pl.) ... von Tod u. Wiedergeburt (indische Erlösungsreligionen)
Kreislauf von Leben u. Wiedergeburt ... *Samsara* oder *Sansara,* der (sanskr., ohne Pl.) ... aus dem die indischen Erlösungsreligionen die Gläubigen zu befreien suchen
kreislaufförmig *zyklisch* (gr.-lat.)
Kreislauf-Umleitung ... *Bypass,* der (engl., Pl. -es) ... vom Chirurg nachträglich gelegte Blutbahn, die das Blut an e. verstopften Ader vorbeileitet
Kreiszeichnungsgerät *Zirkel,* der (gr.-lat., Pl. –)
Krempel *Zinnober,* der (pers.-gr.-lat.-fr., ohne Pl.) wertloses Zeug; auch: Blödsinn
kreuzen *hybridisieren* (lat.)
Kreuzstellung von Satzgliedern *Chiasmus,* der (gr., ohne Pl.) Sprachw., z. B.: die Schlacht war gewonnen, der Friede ferner denn je
Kreuzung *Hybridisation,* die (gr.-lat., Pl. -en)
Kribbelkrankheit *Ergotismus,* der (gr.-lat., ohne Pl.) Vergiftung durch Mutterkorn (Getreideparasit)
kriecherisch 1. *devot* (lat.) 2. *servil* (lat.) unterwürfig
Kriechtier *Reptil,* das (lat.-fr., Pl. -ien) z. B.: Eidechse
Kriechtier, langhalsiges ... *Plesiosaurus,* der (gr.-lat., Pl. ...rier) ausgestorben
Kriechtierkunde *Herpetologie,* die (gr.-lat., ohne Pl.)
Krieg ablehnend *pazifistisch* (lat.)
Krieg aller gegen alle *bellum omnium in contra ommes* (lat., Zitat, Hobbe)
Krieg, der ... ernährt den Krieg *bellum se ipsum alit* (lat., Zitat)
Krieg, heiliger ... der Moslems *Dschihad,* der (arab., ohne Pl.) auch: heiliger Kampf gegen die Ungläubigen
Krieg, heiliger, gerechter ... *Dschihad,* der (arab.) eigtl.: »sich bemühen auf dem Weg zu Gott«, daher: Krieg gegen Ungläubige u. Kampf gegen niedere Instinkte des Menschen
Krieg, im ... schweigen die Gesetze *silent leges inter arma* (lat., Zitat) auch: Gewalt geht vor Recht
Krieger, heiliger ... *Ghazi,* der (arab.) auch: Ehrentitel
Krieger, wilder ... *Berserker,* der (altskand., Pl. –) ... der altnordischen Sage; auch: sich kampfwütig verhaltender Mann
kriegerisch *martialisch* (lat.) e. martialisch aussehender Indianer
Kriegerkaste, indische ... *Kschatrija,* der (sanskr., Pl. -s) ... Angehöriger der adligen Kriegerkaste in Indien
Kriegsentschädigung *Reparationen,* die (lat., nur Pl.) zugunsten des Siegers vom Verlierer zu zahlen
Kriegsflotte 1. *Marine,* die (lat.-fr., Pl. -n) 2. *Armada,* die (lat.-sp., Pl. ...den, -s) »bewaffnete Streitmacht«; mächtige Kriegsflotte, die der sp. König Philipp II. (1527-1598) gegen England schickte (1588)
Kriegsforschung *Polemologie,* die (gr.-fr., ohne Pl.)
Kriegsgefangene durch Loskauf befreien *ranzionieren* (lat.-fr.) auch: Befreiung durch Austausch
Kriegsgefangener 1. *Prisoner of war,* der (engl., Pl. -s) 2. *Prisonnier de guerre,* der (fr., Pl. -s)
Kriegsgott *Mars,* der (lat., ohne Pl.) Gott des Krieges der Römer; »Mars regiert die Stunde« (Schiller); jedoch auch: Plattform zur Führung u. Befestigung der Marsstenge (niederl., Seemannsspr.)
Kriegsgrund *Casus belli,* der (lat., Pl. –)
Kriegshetze *Chauvinismus,* der (fr., ohne Pl.) auch: blinder Nationalismus
kriegshetzend *chauvinistisch* (fr.)
Kriegshetzer 1. *Chauvinist,* der (fr., Pl. -en) 2. *Chauvi,* der (fr., Pl. -s) Mann, der sich Frauen gegenüber überlegen fühlt u. dies zeigt
Kriegslist 1. *Strategem,* das (gr.-lat., Pl. -e) 2. *Taktik,* die (gr., Pl. -en) i. S. von Truppenführung, kluges, listenreiches Ausnutzen e. Situation
Kriegsplan *Strategie,* die (gr.-lat., Pl. -n)
Kriegsschiff, antikes ... *Bireme,* die (lat., Pl. -n) ... mit zwei Ruderdecks
Kriegsteilnehmer *Veteran,* der (lat., Pl. -en) altgedienter, ehemaliger Soldat
Kriegstreiber *Bellizist,* der (lat., Pl. -en) auch: Befürworter des Krieges
Kriminalfilm *Thriller,* der (engl.-am., Pl. –) äußerst spannender Film; auch Kriminalfilm, Reißer; z. B. Alfred Hitchcocks »Psychothriller«

Kriminalpolizist, der e. Charakterbild von Serienmördern erstellt *Profiler,* der (engl., Pl. –) meist Psychologen im Kriminaldienst

Kristallstruktur *Textur,* die (lat., Pl. -en)

Kristallstrukturen, veränderbare ... *Kristallogene,* die (gr.-lat., Pl.) sie können ihre Farbe u. Struktur verändern, rot oder weiß, durchscheinend oder massiv wirken

Kritik *Polemik,* die (gr.-fr., Pl. -en) i. S. e. unsachlichen Kritik

Kritik, Erwiderung auf eine ... *Antikritik,* die (gr., Pl. -en)

Kritiker *Rezensent,* der (lat., Pl. -en) meist Literaturkritiker

kritisch *neuralgisch* (gr.-lat.) auch: problematisch

kritisiert, jmd., der ... *Kritiker,* der (gr., Pl. –) auch: Beurteiler; »Ich habe mich als Kritiker nie geirrt.« (Marcel Reich-Ranicki, Literaturkritiker, 1997)

Kronleuchter 1. *Luster,* der (lat.-it.-fr., Pl. –) österr. 2. *Lüster,* der (fr., Pl. –) auch: Glanzüberzug auf Glas-, Ton-, Porzellanwaren

Kronprinz *Zarewitsch,* der (lat.-got.-slaw., Pl. -e) ehemals russischer Kronprinz

krümmen *torquieren* (lat.)

Krümmung 1. *Konkavität,* die (lat., ohne Pl.) optische Linsen, die nach innen gekrümmt sind 2. *Konvexität,* die (lat., ohne Pl.) optische Linsen, die nach außen gekrümmt sind

kubanisch-sp. Lied- u. Tanzform *Habanera,* die (sp., Pl. -s)

Küche auf Schiffen *Kombüse,* die (niederdt., Pl. -n) Seemannsspr.

Küche mit genmanipulierten Speisen *Novel-gen cuisine,* die (gr.-lat.-fr., Pl. -s)

Küche, bez. der feinen ... *kulinarisch* (lat.)

Küche, e. bes. internationale *California Freestyle Kitchen,* die (engl., ohne Pl.) sie verbindet asiatische, mexikanische u. italienische Kochkünste; wird auch »neue kalifornische Küche« genannt

Kugel *Bola,* die (sp., Pl. -s) südam. Wurf- u. Fanggerät mit drei Kugeln an drei Seilenden

Kugelalge *Volvox,* die (lat., ohne Pl.)

Kugellehre *Sphärologie,* die (gr.-lat., ohne Pl.) Teilgebiet der Geometrie

Kuh, junge, gemästete ... *Quie,* die (altnord., Pl. Quien) auch: junges Rind, das noch nicht kalbte

Kuhantilope *Gnu,* das (Nama-Sprache, Pl. -s)

kühl *reserviert* (lat.) i. S. von abweisend

Kühlschrank *Frigidaire,* der (lat.-fr., Pl. -s)

Kuhmilch, vergorene ... *Kefir,* der (tatarisch, ohne Pl.) aus Rußland

Kultbau, antiker ... *Tempel,* der (lat., Pl. –) ... für e. Gottheit; auch: Gotteshaus der Mormonen; »und trieb sie alle zum Tempel hinaus« (Bibel: Markus 11, 15; Lukas 19, 45)

Kultbild *Ikone,* die (gr.-russ., Pl. -n) »Bild«; auch: Heiligenbild der Ostkirchen; »Ché – Ex-Ikone aller ex-revolutionären Germanisten« (Cordt Schnibbens, Autor) auch: Sinn- u. Kultbild; Stars können zu Ikonen werden, z. B. Kurt Cobain, die Ikone der Grunge-Kultur

Kultur des wirtschaftlichen Rückgangs *Rezessionskultur,* die (lat.-engl., Pl. -en) e. Megatrend der 90er Jahre mit folgenden Erscheinungen: Waren u. Güter bleiben stabil im Preis, Absatzeinbrüche bei Champagner, Luxusautos, -boutiquen, -hotels; Bildung von Armuts-Subkulturen wie: Hippie, Revivals, Grunge

Kultur, Menschen mit einheitlicher ... *Ethnie,* die (gr.-lat., Pl. ...ien)

Kulturbewegung u. Grenzwissenschaft ... *New Edge,* die (engl., ohne Pl.) »neue Ecke«; ... hauptsächlich techno-orientierte avantgardistische Subkultur, sehr populär in Kalifornien

Kulturpflanze *Ergasiophyt,* der (gr.-lat., Pl. -en)

Kulturpflanze, verwilderte ... *Ergasiophygophyt,* der (gr.-lat., Pl. -en)

Kulturzustand *Zivilisation,* die (lat.-fr., Pl. -en)

Kultusdiener 1. *Imam,* der (arab., Pl. -e, -s) auch: Vorsteher, Vorbeter in der Moschee; nicht verw. mit *Iman,* das (arab., ohne Pl.) Gesamtheit der Glaubenssätze des Islam 2. *Amir,* der (arab., Pl. -e)

Kümmellikör *Gilka,* der (Eigenn., Pl. -s)

Kummer 1. *Crux,* die (lat., ohne Pl.) eigtl.: Kreuz; e. belastende Aufgabe 2. *Misere,* die (lat., Pl. -n) auch: Elend 3. *Trouble,* der (engl., Pl. -s)

Kumpan *Spezi,* der (lat., Pl. -s)

Kunde 1. *Klient,* der (lat., Pl. -en) 2. *Mandant,* der (lat., Pl. -en) Auftraggeber e. Rechtsanwaltes

Kunden-, Hersteller-Dialog ... 1. *Customization,* die (am.) 2. *Dialog-Marketing,* das (gr.-lat.-engl., ohne Pl.) ... um den Kunden jeweils noch besser an den Produzenten zu binden bzw. direkter auf seine Bedürfnisse eingehen zu können

Kundenbetreuung mit Aktionen *Marketing Event,* das (engl., Pl. -s) event (Ereignis) e. Autohändler verkauft e. Ferrari u. lädt den Kunden zum Formel-1-Rennen nach Monte Carlo ein; Ziel: Kundenbindung

Kundendienst *Service,* der (lat.-fr.-engl., Pl. -s)

Kundenkontakt, direkter ... zwischen Verbraucher u. dem Anbieter im Internet *One-to-one-Marketing,* das (engl., ohne Pl.)

Kundenkontakt, intensiv u. ständig *Dialog-Marketing,* das (gr.-lat.-engl., ohne Pl.) der Kunde wird über Telefon-Hotlines, Befragungen, Verbesserungsvorschläge, Preisausschreiben, Verlosungen, Präsentationen usw. an den Anbieter gebunden

Kundenwerber *Akquisiteur,* der (lat., Pl. -e)
Kundenwerbung *Akquisition,* die (lat., Pl. -en)
kundgeben *manifestieren* (lat.) auch: bekunden, offenbaren
Kundgebung 1. *Demonstration,* die (lat.-engl., Pl. -en) svw. Massenprotest 2. *Manifestation,* die (lat., Pl. -en) Darlegung; auch: das Erkennbarwerden von Krankheiten
kündigen *demissionieren* (lat.-fr.) von e. Amt zurücktreten
Kündigungshelfer *Outplacer,* der (engl., Pl. -s) er berät gekündigte Manager u. deren Unternehmen
Kundschaft *Klientel,* die (lat., Pl. -en) auch: Gesamtheit der Klienten, z. B. e. Rechtsanwaltes
Kundschafter 1. *Spion,* der (germ.-it., Pl. -e) 2. *Agent,* der (lat.-it., Pl. -en) z. B. Geheimagent 007, James Bond
kundtun 1. *demonstrieren* (lat.) 2. *manifestieren* (lat.)
Kunst 1. *Iatrik,* die (gr., ohne Pl.) med., ärztliche Kunst 2. *Epistolographie,* die (gr.-lat., Pl. ...ien) Kunst des Briefschreibens
Kunst als Selbstzweck *l'art pour l'art* (fr.)
Kunst der Ureinwohner *aboriginal Art,* die (engl., ohne Pl.) bes. die der Menschen Australiens; die Motive beschreiben die Mythologie der Naturgemeinschaften
Kunst zum Selbstzweck *L'art pour l'art,* das (fr., ohne Pl.) eigtl.: die Kunst für die Kunst; zweckfreie Kunst
Kunst, die ... Gemmen zu schneiden 1. *Glyptik,* die (gr., ohne Pl.) auch: Steinschneidekunst 2. *Gemmoglyptik,* die (lat.-gr., ohne Pl.)
Kunst, die ... zu lieben *ars amandi* (lat., Zitat, Ovid)
künsteln *manierieren* (fr.) z. B. als Sprechweise; nicht verw. mit *marinieren* (lat.-fr.) einlegen
kunstempfänglich *musisch* (gr.-lat.) z. B.: e. musisch veranlagter Mensch sein
Kunsterzeugnis *Artefakt,* das (lat., Pl. -e)
Kunstflug *Aerobatik* (gr.-engl., ohne Pl.)
Kunstfreund *Mäzen,* der (lat., Pl. -e) nach dem Vertrauten des Kaisers Augustus: Maecenas (70-8 v. Chr.), dem Gönner der Dichter Horaz u. Vergil, Bez. für e. freigebigen Geldgeber der Kunst
Kunstgegenstand, der in kleiner Auflage verkauft wird *Multiple,* die (lat.-engl., Pl. -s) z. B. »Waren« von Künstlern, die im Laden innerhalb e. Museums angeboten werden; »Lieber ein gutes Multiple als ein schlechtes Unikat.« (Galerist Daniel Buchholz)
Kunstgriff 1. *Finesse,* die (lat.-fr., Pl. -n) 2. *Manipulation,* die (lat.-fr., Pl. -en) i. S. e. fälschenden Kunstgriffs; e. unredliche Beeinflussung; treibt die Werbung Verbrauchermanipulation? auch: e. Spielautomaten manipulieren
Kunsthandlung *Galerie,* die (it., Pl. ...ien) für Bilder
Kunstharz *Chemoplast,* der (arab.-roman., Pl. -e) härtbares Material
Kunstleder *Pegamoid,* das (Eigenn.-engl., Pl. -e)
Künstler 1. *Virtuose,* der (lat.-it., Pl. -n) z. B. Geigenvirtuose (Yehudi Menuhin) 2. *Topstar,* der (engl., Pl. -s) z. B. einst Elvis Presley 3. *Anonymus,* der (gr.-lat., Pl. ...men) e. ungenannter Künstler
Künstler am Kabarett *Kabarettist,* der (fr., Pl. -en) »... dann müßte Ottfried Fischer als Kabarettist auch weg, denn der ist nicht dümmer.« (Theo Waigel, Bundesfinanzminister, 1998)
Künstler anstellen *engagieren* (germ.-fr.)
Künstler, begünstigter ... *Benefiziant,* der (lat., Pl. -en) ... von e. Benefiz
Künstlerbetreuer *Manager,* der (lat.-it.-engl., ohne Pl.)
Künstlerbezahlung *Gage,* die (germ.-fr., Pl. -n)
künstlerisch 1. *artistisch* (lat.-fr.) 2. *musisch* (gr.-lat.)
Künstlerkreise *Boheme,* die (lat.-fr., ohne Pl.)
Künstlername 1. *Pseudonym,* das (gr., Pl. -e) z. B. der Deckname e. Autors (Oscar Wilde – Finga Wills) 2. *Nom de querre,* der (fr., ohne Pl.) »Kriegsname«; fr. Bez. für e. Deck- oder Künstlernamen
Künstlerwerkstatt *Atelier,* das (fr., Pl. -s)
künstlich 1. *artifiziell* (lat.-fr.) 2. *imitiert (lat.) nachgemacht* 3. *synthetisch* (gr.)
künstlich hergestellt *synthetisch* (gr.) PVC (best. Kunststoff) ist e. synthetisches Material
künstliche Welt 1. *Cyberspace,* der (engl.-am., Pl. -s) von cybernetics (Kybernetik) u. space (Raum), e. computererzeugte Welt, die dreidimensional erlebt werden kann, wenn e. entsprechende Brille aufgesetzt wird 2. *virtual Reality,* die (lat.-engl.-am., ohne Pl.) »mögliche Wirklichkeit«; auch: computererzeugte Bildschirmwirklichkeit 3. *virtual World,* die (lat.-engl.-am., Pl. -s) gemeint ist e. neues »virtuelles Abenteuer-Center«; Computer entwickeln e. dreidimensionale Phantasy-Spielwelt, in der bis zu acht Personen in e. Spielhalle interaktiv mitspielen können
künstliche, durch Computer-Netzwerke verbundene Gemeinde *virtuelle Kommune,* die (lat.-engl.-am.-fr., Pl. -en) gemeint ist das erste öffentlich finanzierte elektronische Netzwerk für Bürger Santa Monicas (Kalifornien), genannt PEN (Public Electronic Network)

Kunstmensch 1. *Android,* der (gr., Pl. -en) Maschine, die in Erscheinung u. Bewegungsart e. Menschen ähnelt; nicht verw. mit *Asteroid,* der (gr., Pl. -en) kleiner Planet 2. *Roboter,* der (tschech., ohne Pl.) Maschinenmensch

Kunstreiter *Voltigeur,* der (lat.-it.-fr., Pl. -e) in e. Zirkusnummer

Kunstrichtung, die Objekte zum Verzehr schafft *Eat-art,* die (engl., ohne Pl.)

Kunstrichtung, in der es um Freisetzung von unbewußten Kräften geht *Dadaismus,* der (lat.-fr., ohne Pl.) auch: nach dem Stammellaut »dada« benannte Kunst ab 1916, die e. konsequenten Irrationalismus proklamierte

Kunstrichtung, moderne *Pop-art,* die (am., ohne Pl.) »populäre Kunst«; Kunstrichtung, die e. neuen Realismus darstellt; Anliegen: die Kunst aus ihrer Isolation herauszuführen, z. B. der Maler Andy Warhol (1928-1987); Popmusik

Kunststil, durch üppige Verzierungen geprägter ... *Barock,* der, das (port.-it.-fr., ohne Pl.) eigtl.: unregelmäßig; Barockzeitalter in Europa: 1600 bis 1750; Neo-Barock des 20. Jhs.

Kunststoff aus Milcheiweiß *Galalith,* das (Eigenn., ohne Pl.) »Milchstein«

Kunststoff *Plastik,* das (gr.-lat.-fr., ohne Pl.)

Kunststoff, bei höheren Temperaturen verformbarer ... *Thermoplast,* der (lat., Pl. -e)

Kunststoff, sehr leichter *Aerogel,* das (gr.-engl., Pl. -e) neuartiger, transparenter, sehr leichter Kunststoff zur Isolation

Kunststoff, siliciumhaltiger ... *Silikon, Silicon,* das (lat., Pl. -e) Begriff für High-Tech (Silicon-Valley) oder künstlich verschönerter Busen; »Was macht der Mufti, wenn er ..., von e. Silikonbusen angesaugt, feststellen muß, die Dame ... ist oben geliftet u. unten zugenäht?« (G. Schröders geh. Tagebuch von H. Venske, 1997)

Kunsttischler *Ebenist,* der (gr.-lat., Pl. -en) des 18. Jhs., der Einlegearbeiten anfertigt

kunsttischlern *ebenieren* (gr.-lat.)

kunstvoll erdacht *ingeniös* (lat.-fr.)

Kunstwerk 1. *Opus,* das (lat., Pl. Opera) »Werk« 2. *Œuvre,* das (lat.-fr., Pl. -s) das Gesamtkunstwerk e. Schaffenden

Kupfer, Schutzschicht auf ... *Patina,* die (it., ohne Pl.) grünliche Schicht

Kupfervergiftung *Kuprismus,* der (lat., ohne Pl.)

Kuppelbau, runder ... *Rotunde,* der (lat., Pl. -n) auch: Rundbau; rund gebaute öffentliche Toilette

Kurfürstentum *Elektorat,* das (lat., Pl. -e) auch: Kurfürstenwürde

Kurfürstenwürde *Elektorat,* das (lat., Pl. -e)

Kurheim *Sanatorium,* das (lat., Pl. ...ien)

Kurpfuscher *Medikaster,* der (lat., ohne Pl.)

Kurs 1. *Route,* die (lat.-fr., Pl. -n) von Schiffen u. Flugzeugen eingeschlagene Kurse 2. *Törn,* der (engl., Pl. -s) längere seem. Reise

Kurs, intensiver Schnell... *Crashkurs,* der (engl.-dt., Pl. -e) von: to crash (zusammenbrechen, krachen); geeignet, auf rasche Weise die Grundlagen e. Wissensgebietes zu erlernen; meist Sprachen

Kursbegrenzung *Limit,* das (engl., Pl. -s) ... bei Verkaufsaufträgen nach unten, bei Kaufaufträgen nach oben (Aktien)

Kursbestimmung *Navigation,* die (lat., ohne Pl.) bei Schiffen u. Flugzeugen

Kursdifferenz *Arbitrage,* die (lat.-fr., Pl. -n) Ausnutzung der Kursdifferenzen von z. B. Aktien u. Devisen an unterschiedlichen Börsenplätzen

Kursnotierung *Quotation,* die (lat., Pl. -en) an der Börse

Kurssturz *Deroute,* die (lat.-fr., Pl. -n) bei Aktien

Kursverbesserung *Reprise,* die (lat.-fr., Pl. -n) bei Aktien

Kurve, ebene ... dritter Ordnung *Zissoide,* die (gr.-lat., Pl. -n) Math.

Kurvenmesser *Kartometer,* das (ägypt.-gr.-lat.-fr., ohne Pl.)

kurviger Weg 1. *Serpentine,* die (lat., Pl. -n) Schlangenlinie 2. *Serpentone,* der (lat.-it., Pl. ...ni) it. Bez. für Bergkehre

kurz 1. *brüsk* (it.-fr.) brüske Antworten geben 2. *lapidar* (lat.) e. lapidare (nichtssagende) Antwort geben 3. *prägnant* (lat.-fr.) kurz u. aussagekräftig 4. *lakonisch* (gr.-lat.) i. S. von kurz u. knapp, z. B.: er sagte: »So nicht!« 5. *epigrammatisch* (gr.-lat.) svw. kurz u. treffend 6. *ephemer* (gr.-lat.) »für e. Tag«; auch: rasch, flüchtig 7. *temporär* (lat.-fr.) i. S. von: vorübergehend 8. *transitorisch* (lat.) 9. *summarisch* (lat.) kurz u. bündig

kurzatmig *asthmatisch* (gr.-lat.) med.

Kurzatmigkeit *Tachypnoe,* die (gr.-lat., ohne Pl.) beschleunigtes Atmen (med.)

Kurzbericht *Reportage,* die (lat.-fr., Pl. -n) für die Medien verfaßt (Presse, Funk oder Fernsehen)

Kürze *Prägnanz,* die (lat.-fr., ohne Pl.) i. S. von Genauigkeit

kürzen *kupieren* (fr.) abschneiden, stutzen; gestern wurde der Schwanz seines Boxers kupiert

kurzerhand *brevi manu* (lat.)

Kurzerzählungen erotischen oder satirischen Inhalts *Fazetien,* die (lat., nur Pl.) ... in der it. Renaissance

Kurzgalopp *Redopp,* der (lat.-it., ohne Pl.)

kurzgefaßt *in nuce* (lat., Zitat: Plinius) eigtl.: in e. Nuß

Kurzgeschichte *Shortstory,* die (engl., Pl. ...ries) Ernest Hemingway, Meister der Shortstories
kurzlebig 1. *ephemer* (gr.-lat.) eigtl.: »für e. Tag«; flüchtig 2. *episodisch* (gr.-lat.) vorübergehend
Kurzschrift der Antike *Tachygraphie,* die (gr.-lat., Pl. ...ien)
Kurzschrift *Stenographie,* die (gr., ohne Pl.)
kurzsichtig *myop* (gr.) med.; Ggs.: hypermetropisch
Kurzsichtigkeit *Myopie,* die (lat., Pl. ...ien) med.
Kurzstreckenlauf *Sprint,* der (engl., Pl. -s)
Kurztrip Jugendlicher in irreale TV-Welten ... *TV-Slumming,* das (engl.-am., ohne Pl.) ... in dem das Gesehene nachgespielt wird (u. Rückkehr in die reale Welt)
kurzum *item* (lat.)
Kurzweil, mit jmdm. ... treiben *ludibrio habere* (lat., Zitat) auch: in den April schicken
Kurzwort 1. *Akronym,* das (gr., Pl. -e) 2. *Initialwort,* das (lat.-dt., Pl. ...wörter) jeweils Bez. für Wörter, die aus zusammengerückten Anfangsbuchstaben bestehen, z. B. Strabag: Straßenbau-Aktien-Gesellschaft
Küste, auf die der Wind steht *Legerwall,* der (niederdt., ohne Pl.)
Küstenland *Litoral,* das (lat., Pl. -s)
küstennah *litoral* (lat.)
Küstenschiff des Mittelmeers *Feluke,* die (arab., Pl. -n) meist zweimastig mit Lateinsegel
Küstenschiffahrt *Kabotage,* die (lat.-sp.-fr., Pl. -n)
Küstenzone *Litoral,* das (lat., Pl. -e)
Küster *Sakristan,* der (lat., Pl. -e) der katholischen Kirche
Kutsche 1. *Kalesche,* die (poln., Pl. -n) 2. *Equipage,* die (fr., Pl. -n) e. bes. elegante Kutsche
Kutte e. Mönchs *Habit,* das (lat.-fr., Pl. -e) auch: e. best. Berufskleidung
Kutte, die ... macht nicht den Mönch *cucullus non facit monachum* (lat., Zitat)

L

Lächeln, behalte das ... *keep smiling* (engl.)
Lächeln, hämisches ... *sardonisches Lächeln* (lat.-dt.)
Lächeln, wissendes ... der Eingeweihten *Augurenlächeln,* das (lat.-dt., ohne Pl.)
lächerlich 1. *grotesk* (gr.-lat.-fr.) auch: absonderlich oder phantastisch wirkend 2. *ridikül* (lat.-fr.) z. B. e. ridikülen Vorschlag machen 3. *skurril* (etrusk.-lat) sonderbar
lächerlich machen 1. *blamieren* (gr.-lat.-fr.) beschämen 2. *desavouieren* (lat.-fr.) bloßstellen; auch: im Stich lassen 3. *kompromittieren* (lat.-fr.) bloßstellen
Lachgas *Stickoxydul,* das (dt.-gr.-lat., ohne Pl.)
lachsartige Fische *Salmoniden,* die (gr.-lat., Pl.) Sammelbez.; nicht verw. mit Salmonellen (Bakterien)
Laden 1. *Shop,* der (engl., Pl. -s) Shopkeeper (Ladenbesitzer) 2. *Store,* der (engl., Pl. -s) auch: Lager
Ladenhüter *Restant,* der (lat., Pl. -en) schlecht verkäufliche Ware
Ladenstraße *Passage,* die (lat.-fr., Pl. -n) meist überdacht
Ladentisch *Theke,* die (gr.-lat., Pl. -n)
Ladung *Charge,* die (fr., Pl. -n) »Last«; Beschikkung; auch: Amt, Würde, Dienstgrad
Lage 1. *Konstellation,* die (lat., Pl. -en) auch: Planetenstand 2. *Kontext,* der (lat., Pl. -e) auch: Text- oder Redestück; Sach- u. Situationszusammenhang 3. *Position,* die (lat., Pl. -en) auch: berufliche Stellung 4. *Situation,* die (lat.-fr., Pl. -en) 5. *Stadium,* das (gr.-lat., Pl. ...ien) i. S. e. Zustands, Abschnitts
Lage, in originaler ... *in situ* (lat.)
Lage, wirtschaftliche *Konjunktur,* die (lat., Pl. -en) z. B. Hochkonjunktur; nicht verw. mit *Konjunktion,* die (lat., Pl. -en) »Bindewort«; auch: Verknüpfung mehrerer Aussagen
Lagebeschreibung *Topographie,* die (gr.-lat., Pl. -n) Beschreibung geographischer Gegebenheiten
Lagebesprechung *Briefing,* das (engl.-am., Pl. -s) i. S. e. kurze Einweisung z. B. zur Erstellung e. Werbemaßnahme
Lager 1. *Store,* der (engl., Pl. -s) 2. *Magazin,* das (arab.-it., Pl. -e)
lagern 1. *magazinieren* (arab.-it.) 2. *deponieren* (lat.-fr.) auch: hinterlegen 3. *biwakieren* (dt.-fr.)
Lagerplatz *Deponie,* die (lat.-fr., Pl. ...ien)
Lagerschein *Warrent,* der (engl., Pl. -s)
Lagerung 1. *Deponierung,* die (lat.-fr., Pl. -en) 2. *Depot,* das (fr., Pl. -s) auch: Sammelstelle, Aufbewahrungsort 3. *Deponie,* die (lat.-fr., Pl. ...ien) z. B. Mülldeponie
Lagerverwalter 1. *Magazineur,* der (arab.-fr., Pl. -e) 2. *Magaziner,* der (fr.-dt., Pl. –)
lähmen *paralysieren* (gr.-lat.) med.
Lähmung 1. *Paralyse,* die (gr.-lat., Pl. -n) med. 2. *Paraplegie,* die (gr., Pl. ...ien) med.
Laie *Dilettant,* der (lat.-it., Pl. -en) die Holzarbeiten sind von e. Dilettanten ausgeführt worden
laienhaft *dilettantisch* (lat.-it.)
Lamm Gottes *Agnus Dei* (lat., Zitat, Joh. 1, 29)
Lamm, weiches ...leder *Glacé,* das (fr., Pl. -s) z. B. jmdn. mit Glacé-Handschuhen anfassen

Lammfellmütze, tatarische ... *Kalpak* u. *Kolpak,* der (türk., Pl. -s) auch: Mütze der Armenier; Stoffzipfel an der Husarenmütze

Lampengestell *Lampadarius,* der (gr.-lat., Pl. ...ien) Gestell, bestehend aus mehreren Armen aus dem antiken Rom

Lampenschirm *Abatjour,* der (fr., Pl. -s) auch: Fenster mit abgeschrägter Laibung

Lancieren e. Artikels in e. Magazin ... *Point-of-Sale-Magazin,* der (engl.-am., ohne Pl.) ... dessen Zielgruppe mit dem beworbenen Produkt übereinstimmt

Land 1. *Terra,* die (lat., ohne Pl.) Terra incognita (unbekanntes Land) 2. *Territorium,* das (lat.-fr., Pl. ...ien) i. S. e. Hoheitsgebietes e. Staates

Land des Krieges *Dar al-harb* (arab.) d. h., alle Gebiete außerhalb »des Landes des Islams« sind Ziele des Dschihad (heiliger Krieg)

Land Israel *Erez Israel,* das (hebr., ohne Pl.)

Land, hochgelegenes, trockenes ... *Geest,* die (niederl.-dt., Pl. -en) z. B. Geesthacht, Stadt bei Hamburg

Land, jmd., der sich für sein ... einsetzt *Patriot,* der (gr.-lat.-fr., Pl. -en) »Er (Hans-Dietrich Genscher) ist e. leidenschaftlicher Patriot.« (Helmut Kohl, Bundeskanzler, 1998)

Land, tief gelegenes, feuchtes ... *Marsch,* die (niederl.-dt., Pl. -en)

Landarbeiter *Campesino,* der (lat.-sp., Pl. -s)

Landebahn 1. Runway, die (engl., Pl. -s) für gr. Flugzeuge 2. *Piste,* die (lat.-it.-fr., Pl. -en) für kleine Flugzeuge; auch unbefestigter Weg für Fahrzeuge 3. *Air strip,* der (engl., Pl. -s)

Landenge *Isthmus,* der (gr.-lat., Pl. ...men) z. B.: Isthmus von Korinth

Länderbeschreibung *Chorographie,* die (gr.-lat., Pl. ...ien)

Landeshoheit *Territorialhoheit,* die (lat.-dt., Pl. -en)

Landesteil *Provinz,* die (lat., Pl. -en)

Landesvertreibung *Extermination,* die (lat., Pl. -en) auch: Zerstörung

Landesverweser *Regent,* der (lat., Pl. -en) i. S. e. fürstlichen Staatsoberhauptes; »Der Regent hat kein Recht über die Meinungen der Bürger.« (Friedrich der Große)

Landgut 1. *Farm,* die (engl., Pl. -en) mit Ackerbau u./oder Tierzucht 2. *Hazienda,* die (sp., Pl. -s) in Lateinamerika 3. *Fazende,* die (port., Pl. -s) in Portugal u. Brasilien 4. *Finca,* die (sp., Pl. -s) kleines Landgut in Spanien u. Südam.

Landhaus *Chalet,* das (schweiz.-fr., Pl. -s)

Landkartenherstellung *Kartographie,* die (ägypt.-gr.-lat.-fr., ohne Pl.)

Landkartenzeichner *Kartograph,* der (ägypt.-gr.-lat.-fr., Pl. -en) Kapitän James Cook (1728-1779) war e. hervorragender Kartograph

Landleben *Arkadien,* das (gr., ohne Pl.) i. S. e. Schauplatzes glückseligen Lebens auf dem Lande; nach der alten Landschaft Arkadien; »Auch ich war in Arkadien geboren« (Friedrich Schiller)

ländlich 1. *rustikal* (lat.) von einfach-bäuerlich 2. *pastoral* (lat.) i. S. von idyllisch 3. *idyllisch* (gr.-lat.) i. S. von: beschaulich 4. *provinziell* (lat.-fr.) i. S. von: engstirnig

Landschaft *Szenerie,* die (gr.-lat.-fr., Pl. ...ien)

Landschaftsmalerei, naturgetreue ... *Vedute,* die (lat.-it., Pl.-n)

Landschaftstyp Frankreichs *Bocage,* der (fr., Pl. -s) im Nordwesten; Charakterbild: kleine Felder, schachbrettartig angelegt

Landsknecht *Pikenier,* der (fr., Pl. -e) e. mit der Pike kämpfender Soldat des Mittelalters

Landstraße 1. *Highway,* der (engl.-am., Pl. -s) in den USA 2. *Freeway,* der (engl.-am., Pl. -s) in den USA, ähnlich der deutschen Autobahn

Landstreicher 1. *Vagabund,* der (lat.-fr., Pl. -en) 2. *Clochard,* der (fr., Pl. -s) in Paris anzutreffen 3. *Tramp,* der (engl., Pl. -s) 4. *Berber,* der (ohne Pl.) obdachloser Tippelbruder; auch: Volksgruppe in Nordafrika, teilweise nomadisierend

Landstreicherei *Vagabondage,* die (lat.-fr., ohne Pl.)

Landstrich *Distrikt,* der (lat., Pl. -e) auch: Gebiet

Landungsbrücke *Pier,* der (lat.-engl., Pl. -s) meist schwimmender Ponton, an dem Schiffe anlegen

Landvermesser 1. *Geodät,* der (gr.-lat., Pl. -en) 2. *Topograph,* der (gr., Pl. -en) 3. *Trigonometer,* der (gr.-lat., ohne Pl.) 4. *Geometer,* der (gr.-lat., ohne Pl.)

Landvermessung *Geodäsie,* die (gr., ohne Pl.)

Land-Wasser-Fahrzeug *Amphibienfahrzeug,* das (gr.-dt., Pl. -e)

Landwirt 1. *Agrarier,* der (lat., Pl. –) 2. *Agronom,* der (gr.-lat., Pl. -en) gelernter Landwirt: Dipl.-Agronom 3. *Farmer,* der (engl.-am., ohne Pl.)

Landwirtschaft *Agrikultur,* die (lat., Pl. -en)

landwirtschaftlich 1. *agronomisch* (gr.-lat.) i. S. von ackerbaulich 2. *agrarisch* (gr.-lat.)

Landwirtschaftskunde *Agronomie,* die (gr.-lat., Pl. -n) auch: Landwirtschaftswissenschaft

Länge, geographische ... *Longitüde,* die (lat., ohne Pl.)

Längenkreis *Meridian,* der (lat., Pl. -e) gedachte Linien, die von Pol zu Pol laufen

Längenmaß 1. *Yard,* das (engl., Pl. -s) 1 Yd. = 0,9144 m 2. *Inch,* der (engl., Pl. -es) = 2,54 cm (Zoll), 3. *Foot,* der (engl., Pl. Feet) = 30,47 cm

Langeweile *Ennui,* der, das (lat.-fr., ohne Pl.)

langfristig *à la longue* (fr.) e. Investition, die sich nur à la longue rentiert

Langköpfigkeit *Dolichozephalie,* die (gr.-lat., Pl. -n) med.

Langlauf *Marathon,* der (gr., ohne Pl.) über 42 km; 490 v. Chr. lief e. Bote von Marathon nach Athen, um den Sieg der Griechen über die Perser zu verkünden, am Ziel brach er tot zusammen

Langlaufspur *Loipe,* die (skand., Pl. -n) auch: präparierte Langlaufpiste für Skilangläufer

Langlebigkeit *Longävität,* die (lat., ohne Pl.)

länglich-rund 1. *oval* (fr.) 2. *oblong* (lat.)

langsam *adagio* (it.) musik. Vortragsanw.

langsam fortschreitend *statarisch* (lat.) Lektüre wird durch Texterläuterungen unterbrochen; Ggs.: kursorisch

langsamer *rallentando* (lat.-it.) spielen, als musik. Vortragsanw.

langsamer werdend *ritardando* (lat.-it.) musik. Vortragsanw.

längsgerichtet *longitudinal* (lat.) die geographische Länge betreffend

langweilen *ennuyieren* (lat.-fr.)

langweilen, sich ... *fadisieren* (österr.)

Langweiler *Gorebore,* der (engl.-am., ohne Pl.) von Al Gore, dem »grünen« US-Vizepräsidenten, u. to bore (langweilen); Begriff für e. langweiligen, ökologisch ausgerichteten Karrieristen

langweilig 1. *ennuyant* (lat.-fr.) 2. *monoton* (gr.-lat.-fr.) gleichförmig 3. *stereotyp* (gr.-fr.) auch: abgedroschen 4. *trist* (lat.-fr.) auch: traurig, öde 5. *boring* (engl.)

langwierig *chronisch* (gr.) z. B. er ist chronisch erkrankt

Lanzenreiter *Ulan,* der (türk.-poln., Pl. -en) aus dem späten Mittelalter

Lärm 1. *Spektakel,* der (lat., Pl. –) »Schauspiel«, lautes Sprechen 2. *Tumult,* der (lat., Pl. -e) Aufruhr 3. *Turbulenz,* die (lat., Pl. -en) ungeordnete Windwirbel; das Flugzeug durchflog e. Turbulenz

Laserbilder, dreidimensionale ... *holographische Projektion,* die (gr.-lat., Pl. -en) holographisch: eigenhändig geschrieben; Laserstrahlen erzeugen räumliche Bilder im freien Raum (Videospiele dieser Art sind auf dem Markt)

lässig 1. *leger* (lat.-fr.) zwanglos 2. *salopp* (fr.) sportlich-bequem, z. B. e. salopp gekleideter Geschäftsmann

Lässigkeit *Nonchalance,* die (lat.-fr., ohne Pl.) Unbekümmertheit

Lässigkeit, kluge *Coolness,* die (engl.-am., ohne Pl.) auch: positive Illusionslosigkeit, selbstverständliche Respektlosigkeit, von »cool« (kühl, gelassen) das Trendwort der 90er Jahre, das meistverwendete Adjektiv in den USA

Last 1. *Crux,* die (lat., ohne Pl.) »Kreuz«; nicht verw. mit *Crus,* das (lat., Pl. Crura) Schenkel (med.) 2. *Misere,* die (lat., Pl. -n) auch: Elend 3. *Schikane,* die (fr., Pl. -n) i. S. von böswillig bereiteten Schwierigkeiten; Schwierigkeiten in e. Autorennstrecke

Lastenträger 1. *Kuli,* der (hindi, Pl. -s) in Ostasien 2. *Hammal,* der (arab., Pl. -s) im Orient

lasterhaft *vitiös* (lat.-fr.) bösartig

lästerlich *blasphemisch* (gr.-lat.) i. S. e. Gotteslästerung

lästern *mokieren* (fr.) sich, i. S. von: sich spöttisch äußern

lästig 1. *impertinent* (lat.) eigtl.: nicht dazu gehörig; i. S. von: unverschämt 2. *penetrant* (lat.) durchdringend, aufdringlich

Lastkähne stromaufwärts ziehen *bomätschen* (tschech.) auch: treideln

Lastkraftwagenfahrer 1. *Teamster,* der (engl.-am., Pl. -s) 2. *Trucker,* der (engl.-am., Pl. -s)

Lastzug *Truck,* der (engl., Pl. -s) in den USA

Laterne in e. Moschee *Fanus,* der (arab.)

Latrine *Pissoir,* das (fr., Pl. -e) auch: primitive Toilette, Senkgrube; Latrinenparole (Gerücht)

Lattenkiste *Haraß,* der (fr., Pl. ...asse) Kiste, in der Glas u. Porzellan verpackt wird

Lattenzaun *Staket,* das (germ.-it.-fr.-niederl., Pl. -e)

Laube *Pergola,* die (lat.-it., Pl. ...len) auch: Laubengang aus Pfeilern, an denen Pflanzen ranken

Laubsäge *Dekupiersäge,* die (fr.-dt., Pl. -n)

Laufbahn *Karriere,* die (lat.-fr., Pl. -n) der Manager machte bei der IBM Karriere

Laufbahn, erfolgreiche ... *Karriere,* die (lat.-fr., Pl. -n) »Karriere ist konstantes Lernen.« (Andrew Grove, Intel-Chef, 1997)

laufen, gut ... 1. *florieren* (lat.) das Geschäft floriert (gedeiht) 2. *prosperieren* (lat.-fr.) gut gehen; nicht verw. mit *prospektieren* (lat.) mineralogische Lagerstätten ausfindig machen

laufen, mit dem Ball ... *Dribbling,* das (engl., Pl. -s)

Laufen, schnelles ... *joggen* (engl.) ... im Trabtempo; »Angela Merkel (Bundesumweltministerin) soll mal durch den Stau joggen – e. halbe Stunde lang ...« (G. Schröders geh. Tagebuch von H. Venske, 1997)

laufenden, auf dem ... sein *up to date* sein (engl.)

Laufjunge *Boy,* der (engl., Pl. -s) im Hotelgewerbe

Laufleine *Longe,* die (lat.-fr., Pl. -n) lange Leine für Pferde

Laufsteg *Gangway,* die (engl., Pl. -s) führt an Schiffe u. Flugzeuge

Laufvogel, großer ... 1. *Kasuar,* der (malaiischniederl., Pl. -e) 2. *Emu,* der (port., Pl. -s) jeweils in Australien beheimatet

laugenhaft *alkalisch* (arab.)

Laune *Kaprice,* die (fr., Pl. -n) auch: Grille

launenhaft *kapriziös* (lat.-fr.) eigenwillig

Launenhaftigkeit *Bizarrerie,* die (fr., Pl. ...ien) auch: Absonderlichkeit (was Form u./o. Gestalt anbetrifft)

launig 1. *humoristisch* (lat.) z. B. e. humoristische Rede halten 2. *capriccioso* (lat.-it.) musik. Vortragsanw.

laut 1. *forte* (lat.-it.) musik. Vortragsanw. 2. *fortissimo* (lat.-it.) sehr laut, musik. Vortragsanw. 3. *fortefortissimo* (lat.-it.) bes. laut, musik. Vortragsanw. 4. *turbulent* (lat.) stürmisch

Laut *Bilabial,* der (lat., Pl. -e) e. mit beiden Lippen gebildeter Laut, z. B. »p« (Sprachw.)

Laut, mit der Zunge gebildeter ... *Alveolar,* der (lat., Pl. -e) auch: Zahnlaut

Lautbildung *Artikulation,* die (lat., Pl. -en) auch: deutliche Gliederung des Ausgesprochenen

Laute *Testudo,* die (lat., Pl. ...dines) Musikinstrument vom 15. bis 17. Jh.

Laute, japanische ... *Biwa,* die (jap., Pl. -s) ... vier- bis sechssaitig

lautend, auf den Inhaber ... *auporteur* (fr.) von Wertpapieren

lauter werdend *crescendo* (lat.-it.) musik. Vortragsanw.; Ggs.: decrescendo

läutern *affinieren* (fr.) bes.: reinigen; Scheiden von Edelmetallen

Läuterung *Katharsis,* die (gr., ohne Pl.) i. S. e. kultischen Reinigung; auch: Befreiung von seelischen Konflikten u. Spannungen

Lautlehre *Phonetik,* die (gr.-lat., ohne Pl.)

lautlich *phonetisch* (gr.-lat.)

Lautmalerei *Onomatopöie,* die (gr.-lat., Pl. ...ien) z. B. grunzen oder wiehern; auch: Lautnachahmung, z. B. »miau« u. »wau-wau«

Lautsprecher *Megaphon,* das (gr., Pl. -e) als tragbarer Stimmenverstärker

Lautstärkenmesser *Phonometer,* das (gr.-lat., Pl. –) »Tonmesser«

Leb wohl! 1. *adieu!* (lat.-fr.) 2. *farewell* (engl.) 3. *so long* (engl.) 4. *good by* (engl.)

lebe hoch! *banzai!* (jap.)

lebe, es ..., wachse, blühe! *vivat, crescat, floreat!* (lat., Zitat)

Lebefrau *Playgirl,* das (engl., Pl. -s) attraktive junge Frau, die mit reichen Männern verkehrt

Lebemann 1. *Bonvivant,* der (lat.-fr., Pl. -s) 2. *Playboy,* der (engl., Pl. -s) Gunther Sachs galt lange Zeit als der dt. Playboy 3. *Roué,* der (lat.-fr., Pl. -s) mit vornehmer Umgangsart 4. *Epikureer,* der (gr.-lat., Pl. –) Genießer der materiellen Freuden des Lebens, nach der Lehre des gr. Philosophen Epikur (341-270 v. Chr.) 5. *Hedonist,* der (gr., Pl. -en) Person, für die das höchste Ziel das Streben nach Sinneslust u. Genuß ist (nach dem Hedonismus, e. in der Antike begründeten philos. Lehre)

Leben 1. *Existenz,* die (lat., Pl. -en) in der Wüste um die nackte Existenz kämpfen 2. *Idyll,* das (gr.-lat., Pl. -en) i. S. beschaulichen Lebens 3. *Boheme,* die (lat.-fr., ohne Pl.) ungebundenes, von bürgerlichen Zwängen freies Leben

leben *debauchieren* (fr.) ausschweifend

leben heißt kämpfen *vivere militare est* (lat., Zitat: des jüngeren Seneca)

Leben, auf ... bezüglich *biotisch* (gr.)

Leben, das ... *Bios,* der (gr., ohne Pl.) i. S. der belebten Welt als Teil des Universums

Leben, das ... ist kurz, die Kunst lang (lat., Zitat: Hippokrates)

Leben, das ... lenkende Kraft *Od,* das (Eigenn.-nord., ohne Pl.) »Gefühl«; e. vom Naturphilosophen C. L. von Reichenbach (1780-1869) eingeführter Begriff

Leben, das süße ... *Dolce vita,* das, die (lat.-it., ohne Pl.) auch: Müßiggängertum

Leben, so ist das *»c'est la vie!«* (fr.) »Man möchte e. große Lange und bekommt e. kleine Dicke – c'est la vie!« (Kurt Tucholsky)

Leben, süßes *Dolce vita,* die, das (lat.-it., ohne Pl.) auch: ausschweifendes Leben, Müßiggängertum

Lebende rufe ich, Tote beklage ich, Blitze breche ich *vivos voco, mortuos plango, fulgura frango* (lat., Zitat u. Inschrift auf Kirchenglocken)

lebendig 1. *vivo* (lat.-it.) musik. Vortragsanw. 2. *organisch* (gr.-lat.) 3. *vital* (lat.-fr.) munter; auch: lebensvoll

Lebendigkeit 1. *Vitalität,* die (lat.-fr., ohne Pl.) der alte Mann strotzte vor Vitalität 2. *Agilität,* die (lat.-fr., ohne Pl.) 3. *Drive,* der (engl., Pl. -s) z. B. ihm fehlt der Drive (Antrieb)

Lebensablauf *Biorhythmus,* der (gr.-lat., ohne Pl.) z. B. Zeiten der geistigen u. körperlichen Leistungs- u. folgenden Ruhephasen

Lebensart 1. *Kultur,* die (lat., ohne Pl.) 2. *Savoir-vivre,* das (fr., ohne Pl.) i. S. e. feinen Lebensart

Lebensäußerungen, Gesamtheit der geistigen u. künstlerischen ... *Kultur,* die (lat., Pl. -en) »Kultur ist, was e. Metzger hätte, wenn er Chirurg geworden wäre.« (Anthony Quayle, Schauspieler, 1913-1989)

lebensbejahend *optimistisch* (lat.-fr.) z. B. e. unverbesserlicher Optimist sein; Ggs.: pessimistisch

Lebensbejaher *Optimist,* der (lat.-fr., Pl. -en); Ggs.: Pessimist

Lebensbejahung *Optimismus,* der (lat.-fr., ohne

Pl.) e. unerschütterlichen Optimismus ausstrahlen; Ggs.: Pessimismus

Lebensberater 1. *Biographist,* der (am.) Therapeut, Karriereplaner u. Partnerschaftsberater in e. Person 2. *Egonomics* (lat.-am.) i. S. e. ichbezogenen Wirtschaft, Betreuung; aus: ego (ich) u. economics (Wirtschaft)

Lebensbericht 1. *Memoiren,* die (lat., nur Pl.) auch: Erinnerungen e. Persönlichkeit; »Wer seine Memoiren schreibt, hat etwas zu verheimlichen.« (Kurt Tucholsky) 2. *Autobiographie,* die (gr., Pl. -en) literarische Darstellung des eigenen Lebens

lebensbeschreibend *biographisch* (gr.)

Lebensbeschreibung *Biographie,* die (gr., Pl. …ien)

Lebensbeschreibung der Heiligen … *Acta Sanctorum,* die (lat., nur Pl.) … der katholischen Kirche

lebensecht *realistisch* (lat.)

Lebenseinstellung *Optimismus,* der (lat.-fr., ohne Pl.) i. S. e. positiven Einstellung; Ggs.: Pessimismus

Lebensentstehung *Biogenese,* die (gr.-lat., ohne Pl.) Entwicklungsgeschichte der Lebewesen

Lebenserinnerungen *Memoiren,* die (lat., nur Pl.) werden i. allg. als Buch veröffentlicht

Lebensform, antibürgerliche … 1. *Hippie,* der (engl.-am., Pl. …ies) … jugendlicher Anhänger dieser Lebensform aus den USA der 70er Jahre 2. *Hippie-Revival,* das (engl.-am., ohne Pl.) in den 90er Jahren sehnten sich am. u. europäische Jugendliche zur alten Hippie-Zeit zurück

lebensfroh *optimistisch* (lat.-fr.) Ggs.: pessimistisch

Lebensgefühl, romantisches … *true Romance,* die (engl.-am., ohne Pl.) der Begriff steht für e. ungekünstelte, melancholische u. gebrochene Welthaltung

Lebensgemeinschaft *Symbiose,* die (gr., Pl. -n) Lebewesen verschiedener Art leben zu gegenseitigem Nutzen zusammen, z. B. Büffel u. Kuhreiher bilden e. Putzsymbiose

Lebensgemeinschaft von Tieren u. Pflanzen … *Biom,* das (gr.-lat., Pl. -e) … in e. großen Raum (Regenwald, Steppe, Wüste)

lebensgemeinschaftlich *biozönotisch* (gr.)

Lebensgenuß *plaisir de vivre,* das (fr., Pl. -s) dt.: *Pläsier,* das (fr., Pl. -e) Vergnügen, Spaß; »Die e. leben für das plaisir de vivre, die anderen gezwungenermaßen.« (Zino Davidoff)

Lebensgestaltung *Egotrip,* der (lat.-engl., Pl. -s) svw. auf dem Weg der Selbstfindung sein

Lebenshaltung, amoralische … *Amoralität,* die (lat., ohne Pl.)

Lebenshaltung, die im Überleben u. dem Durchwursteln ihren Sinn sieht *Survivalismus,* der (engl., ohne Pl.) von: to survive (überleben)

Lebensklugheit *Savoir-vivre,* das (fr.) z. B. e. Mensch mit Savoir-vivre kennen

Lebenskraft *Vitalität,* die (lat.-fr., ohne Pl.) der alte Mann strotzte vor Vitalität

Lebenskraft, schöpferische … *Elan vital,* der (lat.-fr., ohne Pl.) auch: metaphysische Urkraft

Lebenslauf 1. *Curriculum vitae,* das (lat., Pl. -a) 2. *Biographie,* die (gr., Pl. …ien)

Lebensmittel 1. *Naturalien,* die (lat., nur Pl.) 2. *Viktualien,* die (lat., nur Pl.) in München gibt es den »Viktualien-Markt«

Lebensmittel, chemisch »konstruierte« … 1. *Food Engineering,* das (engl.) Bez. für Nahrungsmittel, die immer industrieller u. unnatürlicher hergestellt werden, z. B. das Steak aus eßbarem Kunststoff 2. *Designer Food* (engl.) z. B. die genmanipulierte Tomate, Lebensmittel aus der Retorte (Gefäß für chem. Untersuchungen) 3. *Gen-Food* (engl.) durch Manipulation der Genstruktur veränderte Früchte, Pflanzen u. Tiere, um durch optimale Qualität höhere Erträge zu erzielen

Lebensmittel, keine … *Non-food,* das (engl., Pl. -s) gemeint sind Non-food-Artikel; Ggs.: Food

Lebensmittelbeschaffung … *Catering,* das (lat.-it.-fr.-engl., ohne Pl.) … u. Verteilung, Verpflegungswesen

Lebensmittelprobe, e. kritische … *Degustation,* die (lat.-fr., Pl. -en) von lat. degustatio (das Kosten, Probieren) … in bezug auf Geruch u. Geschmack

Lebensmittelvergiftung … *Botulismus,* der (lat., ohne Pl.) … e. bakterielle

Lebensmöglichkeiten im Weltraum, Erforschung der … *Bioastronautik,* die (lat., ohne Pl.)

lebensnah 1. *authentisch* (gr.-lat.) auch: echt, verbürgt 2. *naturalistisch* (lat.) naturgetreu 3. *realistisch* (lat.) wirklichkeitsnah

Lebensraum 1. *Biotop,* das (gr.-lat., Pl. -e) z. B. e. Feuchtbiotop für Frösche u. Enten 2. *Milieu,* das (lat.-fr., Pl. -s) auch: soziales Umfeld, z. B. Jim stammt aus dem ärmlichen Milieu der Bronx 3. *Revier,* das (lat.-fr.-niederl., Pl. -e) eigtl.: Ufergebiet an e. Fluß; Gebiet, Bezirk

Lebensraum, Pflanzen u. Tiere in e. begrenzten … vorkommend *Endemiten,* die (gr.-lat., nur Pl.)

Lebensregel 1. *Maxime,* die (lat., Pl. -n) Ehrlichkeit war seine Maxime, u. er handelte danach 2. *Norm,* die (gr.-etrusk.-lat., Pl. -en) »Richtschnur«, z. B. techn. Normen sind bei der Herstellung best. Artikel einzuhalten 3. *Prinzip,* das (lat., Pl. -ien)

Lebensrhythmus *Life-Beat,* der (engl., Pl. -s)

lebensschädlich *bionegativ* (gr.-lat.) auch: lebensfeindlich
Lebensspannkraft *Biotonus,* der (gr.-lat.)
Lebensstil *Lifestyle,* der (engl.-am., Pl. -s)
Lebensstil, exklusiver ... *Highlife,* das (engl., ohne Pl.) auch: Leben mit viel Suff, Geschwätz, Liebe u. Action
Lebensunfähigkeit *Abiose* u. *Abiosis,* die (gr., ohne Pl.)
lebensunfroh *pessimistisch* (lat.); Ggs.: optimistisch
Lebensverhältnisse *Milieu,* das (lat.-fr., Pl. -s) z. B. in e. bescheidenen Milieu leben
Lebensweg, vorgezeichneter ... *path dependency,* der (engl., Pl. -s)
Lebensweise *Askese,* die (gr.-lat., ohne Pl.) i. S. e. enthaltsamen, anspruchslosen Weise
lebenswichtig 1. *elementar* (lat.) grundlegend 2. *essentiell* (lat.-fr.) auch: wesentlich 3. *substantiell* (lat.) nicht verw. mit *subsonisch* (lat.-engl.) mit e. Geschwindigkeit unter der Schallgeschwindigkeit fliegend 4. *vital* (lat.-fr.) der Vertrag beschnitt die vitalen Interessen der Firma
Leberentzündung *Hepatitis,* die (gr.-lat., Pl. ...itiden) med.
Lebewesen ... 1. ... das mehr Mensch als Affe ist *Hominide,* der (lat., Pl. -n) 2. ... das mehr Affe als Mensch ist *Pongide,* der (lat., Pl. -n) 3. *Embryo,* der (gr.-lat., Pl. ...onen, -s) i. S. ungeborenen Lebens 4. *Kreatur,* die (lat., Pl. -en) Geschöpf 5. *Organismus,* der (gr.-lat., Pl. ...men) das System der Organe; nicht verw. mit *Orgasmus,* der (gr.-lat., Pl. ...men) Gipfel der geschlechtlichen Erregung
Lebewesen mit männlichen u. weiblichen Geschlechtsmerkmalen *Intersex,* das (lat., ohne Pl.)
Lebewesen, auf Kosten anderer *Parasit,* der (gr.-lat., Pl. -en) eigtl.: Tischgenosse; Schmarotzer
Lebewesen, einzelliges 1. *Amöbe,* die (gr.-lat., Pl. -n) »Wechsel«; Einzeller der Klasse: Wurzelfüßler, Amöbenruhr 2. *Protophyte,* die (gr.-lat., Pl. -n) 3. *Protophyton,* das (gr.-lat., Pl. ...yten) einzellige Pflanzen; nicht verw. mit *Protoplasma,* das (gr.-lat., ohne Pl.) Lebenssubstanz aller menschlichen, tierischen u. pflanzlichen Zellen
Lebewesen, Entwicklung der ... *Biogenese,* die (gr., Pl. -n)
Lebewesen, keine ... enthaltend *azoisch* (gr.)
Lebewesenlehre *Biologie,* die (gr.-lat., ohne Pl.)
lebhaft 1. *impulsiv* (lat.) z. B. impulsiv handeln 2. *allegro* (lat.-it.) musik. Vortragsanw. 3. *con brio* (lat.-it.) schwungvoll, musik. Vortragsanw. 4. *vivace* (lat.-it.) musik. Vortragsanw. 5. *vivacissimo* (lat.-it.) sehr lebhaft, musik. Vortragsanw. 6. *sanguinisch* (lat.) eigtl.: aus Blut bestehend; zum Temperamentstyp des Sanguinikers (lebhafter Mensch) gehörend
Lebhaftigkeit *Temperament,* das (lat.-fr., ohne Pl.) sie war Spanierin u. besaß e. überschäumendes Temperament
leblos *abiotisch* (gr.) auch: ohne Leben
lebt wohl! *valete!* (lat.)
lecker 1. *delikat* (lat.-fr) z. B. e. delikat zubereiteten Karpfen essen 2. *gustiös* (lat.-it.) auf Speisen bezogen 3. *deliziös* (lat.-fr.) 4. *exquisit* (lat.) erlesen
Leckerbissen 1. *Delikatesse,* die (lat.-fr., Pl. -n) Kaviar ist e. Delikatesse 2. *Gourmandise,* die (fr., Pl. -n)
Leder für Schuhsohlen *Vacheleder,* das (lat.-fr.-dt., Pl. –)
Leder, mit Birkenteeröl getränktes ... *Juchten,* das (russ., ohne Pl.) auch: Parfüm mit dem bes. Duft des Juchtenleders
Leder, das mit Polierwachs behandelt u. auf Hochglanz gebürstet wird *Brushleder,* das (engl.-dt., Pl. –)
Leder, das umgekehrt verarbeitet wird *Velours,* der (fr., ohne Pl.) ... ähnlich dem Nubuk, allerdings gröber angeschliffen, es entsteht e. flauschiger Flor, wird aus Leder verschiedener Herkunft produziert; auch: Samt; Plüsch
Leder, dessen außen getragene Narbenseite angeschliffen wird *Nubuk,* das (Eigenn., ohne Pl.) ... u. dadurch e. samtartige Oberfläche erhält; wird aus Kalbs- oder Rindleder hergestellt
Leder, weiches Glatt... *Nappa,* das (Eigenn., ohne Pl.) ... vom Kalb, Rind, Schwein oder von der Ziege; der Name stammt vom kalifornischen Ort Nappa
Lederschuh *Mokassin,* der (indian., Pl. -s) weicher Wildlederschuh der nordam. Indianer
leer 1. *vakant* (lat.) z. B. in e. Unternehmen ist e. Position vakant (frei) 2. *blanko* (germ.-it.) z. B. e. Scheck blanko ausstellen, heißt e. solchen ohne Betragsangabe unterschreiben 3. *vacat* (lat.) es fehlt; nicht vorhanden
Leere *Vakuum,* das (lat., Pl. ...kua, ...kuen) svw. luftleerer Raum; scherzh.: Vakuumfinanzierung
Leergut *Fustage* u. *Fastage,* die (fr., Pl. -n)
Leerstelle *Vakanz,* die (lat., Pl. -en) i. S. e. freien Stelle
Legende *Mythos,* der (gr.-lat.) u. *Mythus,* der (Pl. ...then) auch: Ammenmärchen
Legendenbildung um e. Sache *Mythos, Mythus,* der (gr.-lat., Pl. ...then) »Das Werk wird zum Mythos, der in der Erinnerung e. Eigenleben entwickelt.« (Christo, US-Verpackungskünstler, 1998)

Leguanart *Basilisk,* der (gr., Pl. -en) auch: Fabeltier mit tödlichem Blick

Lehmziegel *Adobe,* der (arab.-sp., Pl. -s)

Lehnsessel *Fauteuil,* der (germ.-fr., Pl. -s)

Lehnsmann *Vasall,* der (lat.-fr., Pl. -en) Vasallenstaat, e. Staat, der von e. anderen abhängig ist

Lehramtsanwärter *Studienassessor,* der (lat., Pl. -en)

Lehranstalt 1. *Universität,* die (lat., Pl. -en) 2. *Akademie,* die (gr., Pl. ...ien) Fachhochschule; auch: wissenschaftliche Gesellschaft

Lehrauftrag 1. *Dozentur,* die (lat., Pl. -en) 2. *Professur,* die (lat.-fr., Pl. -en) Lehrstuhl, -amt

Lehrausflug *Exkursion,* die (lat.-fr., Pl. -en) auch: Lehrfahrt

Lehrbeauftragter 1. *Dozent,* der (lat., Pl. -en) »Lehrender« an e. Hoch- oder Fachhochschule 2. *Professor,* der (lat.-fr., Pl. -en) an e. Universität oder an e. Fachhochschule tätiger Lehrer u. Wissenschaftler

Lehrbefähigung *Facultas docendi* (lat., nur Pl.) für e. Hochschule

Lehrbuch der Liebeskunst *Kamasutra,* das (sansk., ohne Pl.) eigtl.: Merksprüche der Liebe; Lehrbuch des Mallanaga Vatsyayana (5. Jh. n. Chr.)

Lehrbuchabschnitt *Lektion,* die (lat., Pl. -en) i. S.: Müller hat seine Lektion nicht gelernt

Lehre des fr. Philosophen Descartes *Kartesianismus,* der (lat.-fr., ohne Pl.) u. a. durch den Leib-Seele-Dualismus gekennzeichnet

Lehre, nach der alle Substanzen aus Stoff u. Form bestehen *Hylemorphismus,* der (gr.-lat.) nach dem gr. Philos. Aristoteles (384-322 v. Chr.)

Lehre *Theorie,* die (gr.-lat., Pl. ...ien) z. B. das ist graue Theorie; Ggs.: Praxis

Lehre vom Erkennen u. Überwinden von Denkweisen ... *Neuro-Linguistisches Programmieren,* das (gr.-lat., ohne Pl.) kurz: NLP; ... u. Glaubenssätzen, die uns im Alltag nicht bewußt sind; da Sprechen mit Denken u. Fühlen eng verbunden ist, soll die Wechselwirkung die Regungen positiv beeinflussen

Lehre vom gesunden Leben *Eubiotik,* die (gr.-lat., ohne Pl.) im körperlichen u. geistigen Sinn

Lehre vom Lernen ... *Didaktik,* die (gr.-lat., Pl. -en) ... u. Lehren; nicht verw. mit *Dialektik,* die (gr.-lat., ohne Pl.) Gegensätzlichkeit; Methode, die die Ausgangsposition durch gegensätzliche Behauptungen in Frage stellt

Lehre vom Obstbau u. den Obstsorten *Pomologie,* die (gr.-lat., ohne Pl.) (keine Wissenschaft zum menschlichen Po)

Lehre vom sittlichen Handeln *Ethik,* die (gr.-lat., Pl. -en) »Ich möchte besseren Service geben – auf diesem Wege verbreite ich die sozialistische Ethik.« (Li Suli, chinesische Vorzeigearbeiterin, 1997)

Lehre von den Bakterien *Bakteriologie,* die (gr., ohne Pl.)

Lehre von den beseelten Stoffen *Hylozoismus,* der (gr.-lat., ohne Pl.)

Lehre von den Beziehungen der Lebewesen zu ihrer Umwelt *Ökologie,* die (gr.-lat., ohne Pl.) »... und die Ökonomie soll die Ökologie berücksichtigen – irgendwie« (G. Schröders geh. Tagebuch von H. Venske, 1997)

Lehre von den Erscheinungen der Dinge *Phänomenologie,* die (gr.-lat., ohne Pl.)

Lehre von den Gesetzen des Lebens *Bionomie,* die (gr., ohne Pl.)

Lehre von den Hautkrankheiten *Dermatologie,* die (gr., ohne Pl.)

Lehre von den Ideen *Ideologie,* die (gr.-fr., Pl. ...ien) auch: die Gesamtheit der Anschauungen

Lehre von den Krankheitsursachen *Ätiologie,* die (gr., Pl. ...ien)

Lehre von den letzten Dingen *Eschatologie,* die (gr.-lat., ohne Pl.) i. S. des Endes der Welt

Lehre von den Maßverhältnissen des menschlichen Körpers *Anthropometrie,* die (gr., ohne Pl.)

Lehre von den schönen Bewegungen *Eukinetik,* die (gr.-lat., ohne Pl.) i. S. von Tanzkunst

Lehre von der Anwendung der Energiegesetze ... *Bioenergetik,* die (gr.-lat., ohne Pl.) ... auf die Lebensvorgänge; auch: Form der Psychotherapie, die von falschen Hemmungen befreien soll

Lehre von der belebten Natur *Biologie,* die (gr., ohne Pl.)

Lehre von der Beseeltheit der Dinge *Animismus,* der (lat., ohne Pl.) auch: Anschauung, die die Seele als Lebensprinzip sieht (philos.)

Lehre von der Bewußtmachung des Opfer-, Täter-, Retter-Konflikts *Transaktionsanalyse,* die (lat., Pl. -n) kurz: TA; nach den Gründern Eric Berne u. Thomas Harris wird TA bes. im Teamtraining erfolgreich eingesetzt

Lehre von der Entstehung des Menschen *Anthropogenie,* die (gr., ohne Pl.)

Lehre von der Erkennung unklarer Empfindungen ... *Focusing,* das (engl.-am., ohne Pl.) ... um Entspannung herbeizuführen (nach dem Psychologen Eugene Gendling)

Lehre von der Gestaltung des Tempos ... *Agogik,* die (gr., ohne Pl.) ... beim mus. Vortrag

Lehre von der Heilkraft des Magnetismus *Mesmerismus,* der (lat., ohne Pl.) nach dem dt. Arzt F. Mesmer (1734-1815)

Lehre von der Sterblichkeit der Seele *Thanatismus,* der (gr.-lat., ohne Pl.)

Lehre von der Unfreiheit des menschlichen Willens

Determinismus, der (lat., ohne Pl.) auch: Lehre von der kausalen Vorbestimmtheit des Geschehens; Ggs.: Indeterminismus

Lehre von der Wahrnehmung der Sinne 1. *Kognitionswissenschaft,* die (lat.-dt., Pl. -en) 2. *Cognitive Science,* die (lat.-engl., ohne Pl.) jeweils seit 1997, neues Studienfach in Deutschland

Lehre von der Wirkung von Außeneinflüssen auf Organismen *Biodynamik,* die (gr.-lat., ohne Pl.)

Lehre von der Zielstrebigkeit *Teleologie,* die (gr.-lat., ohne Pl.) ... jeder Entwicklung im Universum

Lehre, daß Gott u. die Welt eins sind *Pantheismus,* der (gr.-lat., ohne Pl.)

Lehre, die alles über ein Prinzip erklärt *Monismus,* der (gr.-lat., ohne Pl.) z. B. über die Ratio (Vernunft); Ggs.: Dualismus

Lehre, die von e. absoluten, nur durch Denken zu erfassenden Sein ausgeht *Eleatismus,* der (gr.-lat., ohne Pl.) ... u. ihm die sichtbare Welt als Schein präsentiert (gr. Philosoph Xenophanes, um 500 v. Chr.)

Lehre, nach der alle Daseinsformen ein Ganzes erstreben *Holismus,* der (gr., ohne Pl.)

Lehre, nach der der Wille das Wesen der Welt aller Dinge ist *Panthelismus,* der (gr.-lat., ohne Pl.)

Lehre, philos. ..., die alles Sein ins Bewußtsein verlegt *Immanenzphilosophie,* die (lat., ohne Pl.) Anschauung von W. Schuppe

lehren 1. *dozieren* (lat.) 2. *instruieren* (lat.) unterweisen

Lehrer 1. *Pädagoge,* der (gr.-lat., Pl. -n) 2. *Mentor,* der (gr., Pl. ...oren) erfahrener Ratgeber (von dem Griechen Mentor, Lehrer des Telemach, Sohn des Odysseus)

Lehrer der Ideenlehre *Ideologe,* der (gr., Pl. -n) auch boshaft: weltfremder Schwätzer; »Ideologen sind Leute, die glauben, daß die Menschheit besser ist als der Mensch.« (Italo Svevo)

Lehrer für Sportler *Trainer,* der (lat.-fr.-engl., ohne Pl.) »E. Trainer ist e. Mensch, der sein Brot im Schweiß des Angesichts anderer Menschen verdient.« (Martin Lauer)

Lehrer im osteuropäischen Judentum (Chassidismus) *Zaddik,* der (hebr., Pl. -im) eigtl.: der Gerechte

Lehrerpult *Katheder,* das, der (gr.-lat., Pl. –)

Lehrfahrt *Exkursion,* die (lat.-fr., Pl. -en) auch: Studienfahrt

Lehrgang *Kursus,* der (lat., ohne Pl.)

Lehrgedicht, altindisches ... *Bhagawadgita,* die (sanskr., ohne Pl.) »Gesang des Glückseligen«; ... in 18 Gesängen; Teil des Mahabharata (religiöses Gesetzbuch)

lehrhaft *didaktisch* (gr.)

Lehrkunde 1. *Methodik,* die (gr.-lat., Pl. -en) 2. *Didaktik,* die (gr., Pl. -en) Unterrichtslehre

Lehrmeister Deutschlands *Praeceptor Germaniae,* der (lat., Pl. ...oren)

Lehrmethode, sanfte ... *Suggestopädie,* die (gr.-lat., ohne Pl.) ... die bewußtes, konzentriertes Handeln mit beiläufigem Lernen verbindet

Lehrmittel *Medium,* das (lat., Pl. ...dien) z. B. Projektoren, Wandtafeln, Filme

Lehrplan *Curriculum,* das (lat., Pl. ...la)

lehrreich *instruktiv* (lat.-fr.) instruktive Erklärungen abgeben

Lehrsatz 1. *Axiom,* das (gr.-lat., Pl. -e) e. als allg. richtig anerkannter Grundsatz 2. *Doktrin,* die (lat., Pl. -en) programmatische Festlegung 3. *These,* die (gr.-lat.-fr., Pl. -n) Lehrsatz am Beginn e. Argumentation; Ggs.: Antithese 4. *Theorem,* das (gr.-lat., Pl. -e) 5. *Dogma,* das (gr.-lat., Pl. ...men) kirchlicher Glaubenssatz 6. *Maxime,* die (lat.-fr., Pl. -n) i. S. e. Lebensregel

Lehrstoff *Pensum,* das (lat., Pl. Pensa) z. B. das Pensum für das neue Schuljahr besprechen

Lehrstück *Parabel,* die (gr.-lat., Pl. -n) Parabeln veranschaulichen gültige Wahrheiten sittlichen Inhalts

Lehrstuhl 1. Professur, die (lat., Pl. -en) 2. *Cathedra,* die (gr.-lat., Pl. -e)

Lehrstunde *Lektion,* die (lat., Pl. -en)

Leib *Soma,* das (gr., Pl. -ta) i. S. von: Körper im Gegensatz zum Geist

Leibeigener *Sklave,* der (slaw.-gr.-lat., Pl. -n)

Leibeigenschaft *Sklaverei,* die (gr.-lat., ohne Pl.) »Liebe ist die einzige Sklaverei, die als Vergnügen empfunden wird.« (Bernard Shaw)

Leibesfrucht *Fetus* u. *Fötus, Foetus,* der (lat., Pl. -se, ...ten) ... menschliche, ab dem dritten Schwangerschaftsmonat

Leibeshöhle *Zölom,* das (gr., Pl. -e) zwischen Darm u. Bauchdecke

Leibgarde 1. *Gardedukorps,* das (fr., ohne Pl.) 2. *Gardedukorps,* der (fr., ohne Pl.) Leibgardist

leibhaftig 1. *in natura* (lat.) die Person erschien in natura 2. *authentisch* (gr.-lat.) i. S. von: verbürgt, echt

leiblich *somatisch* (gr.) med.

Leibschmerz *Enterodynie,* die (gr.-lat., Pl. ...ien) med.

Leibung e. Rundbogens *Archivolte,* die (lat.-it., Pl. -n) auch: plastisch gestalteter Bogenlauf

Leibwache *Garde,* die (germ.-fr., Pl. -n)

Leibwächter 1. *Bodyguard,* der (engl., Pl. -s) 2. *Hartschier,* der (lat.-it., Pl. -e)

Leiche *Kadaver,* der (lat., ohne Pl.) eigtl.: gefallener Körper; in Fäulnis übergehender Tierkörper; Kadavergehorsam herrschte in der Armee des »3. Reichs«

Leichenausgrabung *Exhumierung,* die (lat., Pl. -en)

Leichenöffnung 1. *Obduktion,* die (lat., Pl. -en) med., um die Todesursache festzustellen; »Eine Obduktion ist rechtens, wenn e. Patient ihr nicht ausdrücklich widerspricht.« (Urteil Oberlandesgericht Koblenz, 1990) 2. *Autopsie,* die (gr., Pl. ...ien) med. 3. *Nekropsie,* die (gr.-lat., Pl. -n)

Leichenöffnung, e. ... vornehmen *obduzieren* (lat.)

Leichenschändung *Nekrophilie,* die (gr.-lat., Pl. ...ien) sexuelle Schändung Toter oder Umgebrachter (med.) nicht verw. mit *Nekrophobie,* die (gr.-lat., Pl. ...ien) krankhafte Angst vor Toten u. dem Tod

Leichenschauhaus *Morgue,* die (fr., Pl. -n)

Leichenverbrennung *Nekrokaustie,* die (gr.-lat., Pl. ...ien)

Leichnam, einbalsamierter ... *Mumie,* die (arab., Pl. -n) »Keine Mumie mehr im öffentlichen Dienst!« (Main-Post, 1998)

leicht 1. *leger* (lat.-fr.) lässig, ungezwungen 2. *salopp* (fr.) bequem, z. B. e. saloppe Kleidung tragen

leicht erregbar *erethisch* (gr.-lat.) med.

leichtfertig *libertin* (lat.-fr.) auch: ausschweifend, zügellos

Leichtfertigkeit *Libertinage,* die (lat.-fr., Pl. -en) auch: Zügellosigkeit

Leichtgläubigkeit *Naivität,* die (lat.-fr., ohne Pl.) svw. kindlich unbefangenes Handeln u. Denken, das Fräulein war von entwaffnender Naivität

Leid 1. *Tragik,* die (gr.-lat., ohne Pl.) 2. *Crux,* die (lat., ohne Pl.) »Kreuz« 3. *Misere,* die (lat., Pl. -n) auch: Elend

leide u. meide *sustine et abstine* (lat., Zitat: Epiktet)

Leiden *Martyrium,* das (gr.-lat., Pl. ...ien) schweres Leiden, z. B. das Martyrium e. gescheiterten Ehe

Leidenschaft 1. *Passion,* die (lat., Pl. -en) »wenn Hobbys zur Passion werden« 2. *Manie,* die (gr.-lat., Pl. ...ien) krankhafte Liebhaberei, Besessenheit 3. *Ekstase,* die (gr.-lat., Pl. -n) eigtl.: aus sich heraustreten; Verzückung; nicht verw. mit *Ektase,* die (gr.-lat., Pl. -n) Dehnung e. Vokals 4. *Enthusiasmus,* der (gr.-lat., ohne Pl.) auch: Begeisterung, Schwärmerei 5. *Fanatismus,* der (lat., ohne Pl.) rigoroses Verfolgen von Zielen, politischer oder religiöser Art 6. *Obsession,* die (lat., Pl. -en) »Einschließung«; auch: Zwangsvorstellung

Leidenschaft zu Büchern hegen *bibliophil* (gr.-lat.) sein

leidenschaftlich 1. *affettuoso* (lat.-it.) musik. Vortragsanw. 2. *appassionato* (lat.-it.) musik. Vortragsanw. 3. *con passione* (lat.-it.) musik. Vortragsanw. 4. *furioso* (lat.-it.) musik. Vortragsanw. 5. *patetico* (gr.-lat.-it.) musik. Vortragsanw. 6. *pathétique* (gr.-lat.-fr.) musik. Vortragsanw.

leidenschaftslos 1. *lethargisch* (gr.-lat.) z. B. auf Anschuldigungen lethargisch reagieren 2. *sine ira et studio* (lat., Zitat) ohne Haß u. Vorliebe; auch: unbefangen

leidlich *passabel* (lat.-fr.) i. S. von passabel aussehen, – e. Arbeit verrichten

Leier, es ist immer dieselbe ... *cantilenam eandem canis* (lat., Zitat) auch: du singst dasselbe Lied

Leine des laufenden Gutes *Schot,* die (niederdt., Pl. -en) auch: Bedienungsleine des Segels (Seemannsspr.)

Leinen- oder Baumwollgewebe, zartes ... *Batist,* der (fr., Pl. -e) nach dem Fabrikanten Baptiste aus Cambrai

Leinwand, blaue ... für künstliche Hintergründe 1. *Blue box,* die (engl., Pl. -es) 2. *Blue screen,* der (engl., Pl. -s)

leise 1. *piano* (lat.-it.) musik. Vortragsanw. 2. *pianissimo* (lat.-it.) musik. Vortragsanw. 3. *pianissimo* (lat.-it.) musik. Vortragsanw. 4. *estinto* (lat.-it.) musik. Vortragsanw.

leiser werdend *descrescendo* (lat.-it.) musik. Vortragsanw.

Leistenbruch *Hernie,* die (lat., Pl. -n)

Leistung e. Organs *Funktion,* die (lat., Pl. -en) auch: Tätigkeit; »Eine Zeiterscheinung: die Überfunktion der politischen Drüse.« (Stanislaw Jerzy Lec)

Leistung e. Volkswirtschaft *Bruttosozialprodukt,* das (lat.-it., Pl. -e); Abk.: BSP, es ist die Summe aller Güter u. Dienstleistungen, die pro Jahr von e. Volkswirtschaft erstellt werden

Leistung *Sensation,* die (lat.-fr., Pl. -en) i. S. e. verblüffenden Leistung: das Fußballspiel war e. Sensation

Leistungen ... *Deputat,* das (lat., Pl. -e) ... zum Lohn oder Gehalt gehörende Sachleistungen; auch: Anzahl der Pflichtstunden e. Lehrkraft

Leistungsbestimmung *Taxation,* die (lat.-fr., Pl. -en)

leistungsfähig 1. *effektiv* (lat.) auch: tatsächlich, wirkungsvoll 2. *effizient* (lat.) wirtschaftlich; Ggs.: ineffizient 3. *produktiv* (lat.) ergiebig

Leistungsfähigkeit 1. *Produktivität,* die (lat.-fr., ohne Pl.) betriebswirtsch. Kennziffer: Verhältnis Herstellungsmenge zu Kosten 2. *Effektivität,* die (lat., ohne Pl.) Effektivität (Wirkungsgrad) e. Maschine 3. *Kapazität,* die (lat., Pl. -en) auch: Speichervermögen; nicht verw. mit *Kapazitanz,* die (lat., Pl. -en) Wechselstromwiderstand 4. *Po-*

tential, das (lat., Pl. -e) 5. *Ability*, die (lat.-fr.-engl., Pl. ...ties)

Leistungslohn *Akkord*, der (lat.-fr., Pl. -e) z. B. Maurer arbeiten im Akkord

Leistungssoll 1. *Norm*, die (gr.-lat., Pl. -en) 2. *Pensum*, das (lat., Pl. Pensen, Pensa)

leistungsstark *produktiv* (lat.-fr.) die neue Drehbank ist um 50% produktiver als die alte

leistungssteigernd *ergotrop* (gr.-lat.) med.

Leistungsvermögen 1. *Kapazität*, die (lat., ohne Pl.) die Kapazität des Unternehmens ist nur zu 60% ausgelastet 2. *Potential*, das (lat., Pl. -e) »Wir brauchen dieses Protestpotential, denn wenn es das nicht gibt, läßt sich e. weitere polizeiliche Aufrüstung kaum rechtfertigen.« (G. Schröders geh. Tagebuch von H. Venske, 1997)

Leitartikler *Kolumnist*, der (lat., Pl. -en) e., der Kolumnen (Meinungsbeiträge) schreibt

leiten 1. *dirigieren* (lat.) z. B. e. Orchester dirigieren 2. *managen* (engl.-am.) e. Firma managen 3. *präsidieren* (lat.-fr.) vorsitzen

leitende Angestellte *Direktrice*, die (lat.-fr., Pl. -n)

Leiter 1. *Chef*, der (lat.-fr., Pl. -s) 2. *Boß*, der (am., Pl. ...sse) 3. *Direktor*, der (lat.-fr., Pl. -en) 4. *Prokurist*, der (lat., Pl. -en) 5. *Manager*, der (lat.-engl.-am., ohne Pl.) 6. *Controller*, der (fr.-engl., ohne Pl.) Mitarbeiter des Rechnungswesens, meist für Tochtergesellschaften zuständig 7. *Generaldirektor*, der (lat., Pl. -en) der Vorstandsvorsitzende e. AG 8. *Intendant* (lat.-fr., Pl. -en) künstlerischer u. kaufmännischer Leiter am Theater, beim Funk oder Fernsehen 9. *Generalintendant*, der (lat., Pl. -en) an e. großen Theater oder Sender 10. *Rektor*, der (lat., Pl. -en) an e. Hochschule

Leiter e. ev. Wohnheimes *Ephorus*, der (gr.-lat., Pl. ...oren) auch: Leiter e. Predigerseminars

Leiter e. Unternehmens *Manager*, der (engl.-am., ohne Pl.) auch: Führungskraft; »Es gibt keine gesättigten Märkte, es gibt nur gesättigte Manager.« (Peter Brabeck-Letmathe, Nestlé-Chef, 1997)

Leiter, künstlerischer ... *Art Director*, der (engl., Pl. -s)

Leitfaden 1. *Ariadnefaden*, der (gr.-dt., Pl. ...fäden) nach der Königstochter Ariadne aus Kreta, die Theseus mittels e. Wollfadens den Weg aus dem Labyrinth wies 2. *Vademecum*, das (lat., Pl. -s) i. S. e. Ratgebers

Leitsatz 1. *These*, die (gr.-lat.-fr., Pl. -n) Ggs.: Antithese 2. *Maxime*, die (lat., Pl. -n) z. B. nach der Maxime: »Verzweifle nie!« leben 3. *Devise*, die (lat.-fr., Pl. -n) i. S. e. Wahlspruchs 4. *Motto*, das (lat.-it., Pl. -s) e. Veranstaltung unter e. Motto (Thema) stellen: »Kinder im Straßenverkehr« 5. *Parole*, die (gr.-lat.-fr., Pl. -n) Kennwort, Losung; bereits im antiken Rom gab es die sog. »Scheißhausparole« 6. *Prinzip*, das (lat., Pl. -ien) Grundsatz

Leitspruch *Motto*, das (lat.-it., Pl. -s) »... Toscana-Fraktion, die nach dem Motto: links reden, rechts leben, gern Wasser predigt u. selbst Wein trinkt.« (Peter Bachér, im Gespräch mit Gerhard Schröder, 1996)

Leitung 1. *Regie*, die (lat.-fr., Pl. -n) künstlerische im Theater, an der Oper, beim Film 2. *Regierung*, die (lat., Pl. -en) e. Staates 3. *Management*, das (lat.-engl.-am., ohne Pl.) e. Unternehmens 4. *Auspizium*, das (lat., nur Pl.) i. S. von Oberleitung; auch unter dem Schutz von jmdm. stehen 5. *Ägide*, die (gr.-lat., ohne Pl.) svw. unter der Schirmherrschaft von (nach dem Schild Ägis des Gottes Zeus u. der Athene) 6. *Pipeline*, die (engl., Pl. -s) Öl- oder Gas-Rohrleitung

Leitwert des Wechselstroms *Admittanz*, die (lat.-engl., ohne Pl.)

Lendenschmerz *Lumbalgie*, die (lat.-gr., Pl. ...ien) med.

lenken 1. *chauffieren* (lat.-fr.) z. B. e. Auto 2. *manipulieren* (lat.-fr.) meist negativ beeinflussen u. führen 3. *regieren* (lat.) mehrere Menschen oder Personengruppen lenken

lenken, in e. Richtung ... *kanalisieren* (gr.-lat.-it.)

lenkend 1. *manipulatorisch* (lat.-fr.) 2. *manipulierend* (lat.-fr.) meist negativ beeinflussen

Lenker *Chauffeur*, der (lat.-fr., Pl. -e) e. Fahrzeuges

Lenkrad *Volant*, der (fr., Pl. -s) e. Autolenkrad

Lenkung *Manipulation*, die (lat.-fr., Pl. -en) meist negative Beeinflussung

Leptonenart 1. *Tau-Elektron*, das (gr.-lat., Pl. -en) oder: 2. *Tauon*, das (gr.-lat., Pl. -en) entsteht bei der Umwandlung von energiereichen Elektronen in Positronen; das Tauon ist extrem instabil, es zerfällt in einer billionstel Sekunde zu e. Myon

Lernabschnitt *Lektion*, die (lat., Pl. -en)

Lerninhalte unterhaltend u. spielerisch vermitteln *Edutainment*, das (engl., ohne Pl.) aus: education (Ausbildung) u. entertainment (Unterhaltung) e. neue Form, Wissen zu präsentieren

Lernmittel *Medium*, das (lat., Pl. ...dien) z. B. Wandtafel, Fotos, Landkarten

Lernpensum *Lektion*, die (lat., Pl. -en)

Lesbierin *Tribade*, die (gr.-lat., Pl. -n)

lesbische Frau, die die aktive Rolle spielt *Urlinde*, die (Eigenn., Pl. -n)

Lese- u. Rechtschreibschwäche *Legasthenie*, die (lat.-gr., Pl. ...ien) »Leseschwäche«

Lese- u. Schreibunkundiger *Analphabet*, der (gr., Pl. -en)

Lesepult in christl. Kirchen *Ambon,* der (gr., Pl. -onen)

Leser, dem … Heil! *lectori salutem* (lat.) Begrüßungsformel des Lesers auf antiken Schriften; Abk.: L. S.

Leserschaft *Publikum,* das (lat., ohne Pl.)

Leseschwäche 1. *Alexie,* die (gr.-lat., Pl. …ien) med. 2. *Dyslexie,* die (gr.-lat., Pl. …ien) Lesestörung

Lesestoff *Lektüre,* die (lat.-fr., Pl. -n)

leseunkundig *analphabetisch* (gr.) des Lesens u. Schreibens unkundig

Lesezeichen *Bookmark,* das (engl., Pl. -s) Bez. der EDV; im Web-Browser lassen sich die Lieblingsseiten als Bookmark speichern, um leicht dorthin zu finden

letzter Schrei *dernier cri* (fr.) svw. die neueste Mode

letztwillig *testamentarisch* (lat.)

Leuchtbild *Transparent,* das (lat.-fr., Pl. -e) wird z. B. in der Werbung eingesetzt

leuchten 1. *lumineszieren* (lat.) 2. *szintillieren* (lat.) auch: funkeln 3. *phosphoreszieren* (gr.-lat.) nachleuchten

leuchtend 1. *luminös* (lat.-fr.) 2. *fluoreszierend* (lat.-dt.) 3. *phosphoreszierend* (gr.-lat.-dt.) nachleuchtend

Leuchter 1. *Luster,* auch: *Lüster,* der (lat.-it.-fr., ohne Pl.) 2. *Girandole,* die (it.-fr., Pl. -n) mehrarmig

Leuchtkraft *Intensität,* die (lat., ohne Pl.) i. S. von Farbenleuchtkraft

leuchtkräftig *intensiv* (lat.) das intensive Gelb der Sonnenblumen erfreut das Auge

leugnen *dementieren* (lat.-fr.) der Regierungssprecher dementierte Rücktrittsabsichten des Kanzlers; auch: widerrufen, für unwahr erklären

Leugnung *Dementi,* das (lat.-fr., Pl. -s) auch: Widerruf

Leumund *Renommee,* das (lat.-fr., Pl. -s) als Geschäftsmann e. gutes Renommee genießen

Leute mit Namen … *Headliner,* der (engl.-am., Pl. -s) … die e. Veranstaltung, z. B. einer Techno-Party, erst das richtige Flair geben

Leute, alte … *Woopies,* die (engl.-am., nur Pl.) aus: well-off older people; … finanziell gutgestellte alte »Herrschaften«

Leute, denen es nur um den sozialen Status geht *Prestigefucker,* die (lat.-fr.-engl., nur Pl.)

Leuten, den … nach dem Munde reden *ad alienam voluntadem loqui* (lat., Zitat)

leutselig *jovial* (lat.) z. B. als Chef seine Mitarbeiter jovial behandeln

Leutseligkeit *Jovialität,* die (lat., ohne Pl.)

Licht, die Vorstellung, daß … nur in best. Quanten (Kleinstmengen) abgegeben oder absorbiert werden kann *Plancksches Quantenprinzip,* das (Eigenn.-lat., ohne Pl.) … Quanten, deren Energie ihrer Frequenz proportional ist (Phys.)

Licht, es werde … *fiat lux* (lat., Zitat: 1. Buch Moses)

Lichtbild *Fotografie,* die (gr., Pl. …ien)

Lichtbildwerfer *Projektor,* der (lat.-fr., Pl. -en) mit dem Dias an e. Leinwand projiziert werden

lichtbrechend *dioptrisch* (gr.-lat.)

lichtdurchlässig *pelluzid* (lat.) Ggs.: opak

Lichtdurchlässigkeit *Pelluzidität,* die (lat., ohne Pl.)

Lichterscheinung *Meteor,* der (gr., Pl. …ore) auch: Feuerkugel

Lichterscheinungen, atmosphärische … *Halo,* der (gr., Pl. -s, Halonen) z. B. der Hof um Mond oder Sonne

Lichtlehre *Optik,* die (gr.-lat., ohne Pl.)

lichtscheu *photophob* (gr.-lat.) Tiere u. Pflanzen, die das Licht meiden; Ggs.: photophil

Lichtschwächung durch Absorption (Aufsaugen) *Extinktion,* die (lat., Pl. -en) auch: Tilgung

Lichtstärkeeinheit *Candela,* die (lat., ohne Pl.) auch: Wachslicht, Kerze

Lichttechnologie *Photonik,* die (lat., ohne Pl.) Zukunftstechnologie auf Lichtbasis, z. B. Lasertechnik, Glasfaser, Holographie, Solartechnik

Licht-Träger *Phosphor,* der (gr.-lat., ohne Pl.) chem. Element, erstmals von Henning Brand (um 1692) dt. Chemiker, entdeckt worden

lichtundurchlässig *opak* (lat.) Ggs.: pelluzid

lichtvoll *luminös* (lat.-fr.) i. S. von leuchtend

Lidrandentzündung *Blepharitis,* die (gr.-lat., Pl. …itiden) med.

Liebe 1. *Eros,* der (gr.-lat., ohne Pl.) geschlechtliche, nach dem gr. Gott der Liebe 2. *Tribadie,* die (gr.-lat., ohne Pl.) lesbische Liebe

Liebe zum Schicksal *Amor fati,* der (lat., ohne Pl.) auch: Liebe zum Unausweichlichen

Liebe zum Vaterland *Patriotismus,* der (gr.-lat., ohne Pl.) »Patriotismus ist die Bereitschaft, wegen unbedeutender Gründe zu töten u. getötet zu werden.« (Bertrand Russell)

Liebe, die … überwindet alles *amor vincit omnia* (lat., Zitat, Virgil)

liebe, willst du geliebt werden, … *si vis amari, ama* (lat., Zitat: Seneca)

Liebelei 1. *Flirt,* der (engl., Pl. -s) 2. *Techtelmechtel,* das (Pl. –)

liebenswürdig 1. *charmant* (lat.-fr.) 2. *charming* (engl.)

Liebesbote *Postillon d'amour,* der (fr., Pl. -s) Überbringer von Liebesbriefen

Liebesbrief, kleiner … *Billetdoux,* das (fr., ohne Pl.) noch scherzhaft so bezeichnet

Liebesgeschichte *Love-Story,* die (engl., Pl. -s)

Liebesgott *Eros,* der (gr.-lat., ohne Pl.) geflügelter gr. Liebesgott der Antike; Eros-Center (Bordell)

Liebeskunst *Ars amandi,* die (lat., ohne Pl.)

Liebesleben *Erotik,* die (gr.-fr., ohne Pl.) auch: Sexualität; »Erotik ist die Überwindung von Hindernissen. Das verlockendste Hindernis ist die Moral.« (Karl Kraus)

Liebeslehre *Erotologie,* die (gr.-lat., ohne Pl.) Erforschung der Erscheinungsformen der Erotik

Liebesoboe 1. *Oboe d'amore,* die (it., ohne Pl.) 2. *Oboe d'amour,* die (fr., Pl. -n) Doppelrohrinstrument aus Holz mit Löchern u. Klappen, erzeugt e. zarten Ton

Liebespartner *Lover,* der (engl., Pl. -s)

Liebesstündchen *Tête-à-tête,* das (fr., Pl. -s)

Liebesszene, intime ... in e. Film, in der der Körper e. Unbekannten eingesetzt wird *Body-Double,* das (engl., Pl. -s) e. Stunt bei Nahaufnahmen in »heißen« Liebesszenen, in denen sich der »Star« nicht zeigen will

Liebes-Tamagotchi *Smart Heart,* das (engl., Pl. -s) »schickes Herz«; Gerät für die interaktive Partnersuche (Erfinder Rolf Olsson, 1998)

liebestolle Frau 1. *Erotomanin,* die (gr., Pl. -nen) 2. *Nymphomanin,* die (gr.-lat., Pl. -nen) auch: Mannstollheit

Liebestollheit *Erotomanie,* die (gr., ohne Pl.) krankhaft starkes, sexuelles Verlangen (med.)

Liebesverhältnis *Liaison,* die (fr., Pl. -s) z. B. die Liaison zwischen Minister John Profumo u. Callgirl Christine Keeler 1963 in England

Liebesverhältnisse *Amouren,* die (lat.-fr., nur Pl.) Casanova werden viele Amouren nachgesagt

Liebeswahn 1. *Hypererosie,* die (gr.-lat., Pl. ...ien) med., krankhaft starker Geschlechtstrieb 2. *Erotomanie,* die (gr., ohne Pl.) krankhaft starkes Sexualverlangen (med.); nicht verw. mit *Eruktation,* die (lat., Pl. -en) Rülpsen (med.)

Liebhaber 1. *Amant,* der (lat.-fr., Pl. -s) i. S. e. Geliebten 2. *Lover,* der (engl., Pl. -s) 3. *Galan,* der (sp., Pl. -e) 4. *Cicisbeo,* der (it., Pl. -s) Liebhaber der Ehefrau 5. *Fan,* der (engl., Pl. -s) i. S. e. begeisterten Anhängers, z. B. Fußball-, HSV-Fan, Beatle-Fan 6. *Aficionado,* der (sp., Pl. -s) auch: Kunstfreund 7. *Latin Lover,* der (engl., Pl. -s) feuriger, südländischer Liebhaber 8. *Papagallo,* der (it., Pl. -s, ...lli) Liebhaber, der sich auf Touristinnen spezialisiert hat

Liebhaber, schmachtender ... *Seladon,* der (fr., Pl. -s) auch: chin. Porzellan aus dem 10.-13. Jh.

Liebhaberei *Hobby,* das (engl., Pl. -s)

Liebhaberstück *Rarität,* die (lat., Pl. -en)

Liebhaberwert *Affektionswert,* der (lat.-dt., Pl. -e) nicht verw. mit *Affektion,* die (lat., Pl. -en) Organbefall mit Krankheitserregern

lieblich *amabile* (lat.-it.) musik. Vortragsanw.

Lieblichkeit *Amönität,* die (lat., ohne Pl.) i. S. von Anmut

Liebling 1. *Darling,* der (engl., Pl. -s) 2. *Honey,* der (engl., Pl. -s) 3. *Sweetheart,* das (engl., Pl. -s) 4. *Mignon,* der (fr., Pl. -s) auch: Günstling

Liebling, Jedermanns ... *Everybody's Darling* (engl.-am.) »Bajuwarenhäuptling« Edmund Stoiber: »Wer in der Politik immer nur Everybody's Darling sein will, wird bald nur Everybody's Depp sein.«

Liebreiz 1. *Charme,* der (lat.-fr., ohne Pl.) ihrem Charme war nicht zu widerstehen 2. *Grazie,* die (lat., ohne Pl.) sich mit hinreißender Grazie (Anmut) bewegen

Liebschaft 1. *Affäre,* die (fr., Pl. -n) »Affäre Nina B.«, Roman von J. M. Simmel 2. *Romanze,* die (lat.-sp.-fr., Pl. -n) 3. *Liaison,* die (lat.-fr., Pl. -s) 4. *Amouren,* die (lat.-fr., nur Pl.) auch: Liebesverhältnisse

Liebschaften *Amouren,* die (lat.-fr., nur Pl.)

Lied 1. *Song,* der (engl., Pl. -s) 2. *Chanson,* das (lat.-fr., Pl. -s) 3. *Chansonette,* die (lat.-fr., Pl. -n) meist frivolen Inhalts 4. *Barkarole,* die (gr.-lat.-it., Pl. -n) Lied des Gondoliere Venedigs 5. *Melos,* das (gr.-lat., ohne Pl.) i. S. von Gesang

Lieddichtung *Melik,* die (gr., ohne Pl.) i. S. von gesungener Lyrik

liedmäßig vorgetragen *arioso* (it.) Mus.

Lieferbedingungen 1. *Incoterms,* kurz für: *International Commercial Terms,* die (engl., nur Pl.) internationale, in Paris erarbeitete Lieferbedingung, die die Kostenaufteilung internationaler Handelsgeschäfte regelt 2. *FOB,* kurz für: *free on board* 3. *CIF,* kurz für: *cost, insurance, freight*

Liefersperre Boykott, der (engl., Pl. -e) nach dem irischen Hauptmann u. Gutsverwalter Boycott

Liefertag *Termin,* der (lat., Pl. -e)

Liegemöbel 1. *Sofa,* das (arab.-türk., Pl. -s) 2. *Couch,* die (lat.-fr.-engl., Pl. -s) 3. *Chaiselongue,* die (lat.-fr., Pl. -n) 4. *Kanapee,* das (gr.-lat.-fr., Pl. -s) Sofa mit Rücken- u. Seitenlehne

liegend *horizontal* (gr.-lat.) auch: waagerecht; Frau Rosemarie N. war vom horizontalen Gewerbe

Liliengewächs *Hyazinthe,* die (gr.-lat., Pl. -n)

lindernd *palliativ* (lat.) med., i. S. von schmerzlindernde (palliative) Medizin

Linderung *Balsam,* der (hebr., Pl. -e)

Linderungsmittel 1. *Palliativum,* das (lat., Pl. ...va) med. 2. *Mitigans,* das (lat., Pl. ...ganzien) med.

Linie *New Look,* der (engl., Pl. -s) in der Mode

Linien stechen *guillochieren* (fr.) z. B. verschlungene Zierlinien auf Geldscheinen oder Wertpapieren

Linienflugzeug *Liner,* auch: *Airliner,* der (engl., ohne Pl.)
linienförmig *linear* (lat.)
Linienschiff *Liner,* der (engl., ohne Pl.)
Linienstecher *Guillocheur,* der (fr., Pl. -e)
Linien-Theorie *Stringtheorie,* die (engl.-lat., Pl. ...ien) Theorie, daß bei der Abkühlung des Universums nach dem Urknall Falten oder Linien in der Struktur des Universums entstanden seien, die Urenergie u. e. starkes Gravitationsfeld aufweisen sollen (e. Nachweis wurde bisher nicht erbracht)
linkshändig *cola sinistra* (it.) spielen, musik. Vortragsanw.
linsenförmig *lentikular* (lat.)
Lippe *Labium,* das (lat., Pl. ...bia, ...ien) med.
Lippenblütler *Labiaten,* die (lat., Pl.)
Lippenlaut *Labial,* der (lat., Pl. -e) mit den Lippen gebildeter Konsonant
List *Dolus,* der (lat., ohne Pl.) Rechtsw.
Liste 1. *Register,* das (lat., Pl. –) 2. *Tabelle,* die (lat., Pl. -n)
listenförmig *tabellarisch* (lat.) z. B. für e. Bewerbung e. tabellarischen Lebenslauf anfertigen
listig *tricky* (engl.-am.) »tricky Dick« wurde der ehemalige US-Präsident Richard Nixon genannt; die CDU bezeichnete den Ökotaktiker Joschka Fischer als »tricky«
Literatur *Belletristik,* die (fr., ohne Pl.) im meisten Sinn: schöngeistige Literatur, z. B. Romane, im Unterschied zum Sachbuch
Literatur, ironische *Satire,* die (lat., Pl. -n) »buntgemischte Früchteschale«; auch: spöttisch-witzige Darstellung; »Da ist es schwer, keine Satire zu schreiben.« (Juvenal)
Literaturgeschichte, altchristliche ... *Patristik,* die (lat., ohne Pl.)
Literaturkritiker *Rezensent,* der (lat., Pl. -en) z. B. Reich-Ranicki (»... mit diesem ›Roman‹ haben Sie sich als Schriftsteller aus der Literatur verabschiedet!«)
Literaturwissenschaft *Philologie,* die (gr.-lat., ohne Pl.)
Lizenzverkauf *Franchising,* das (gr.-lat.-fr.-engl., ohne Pl.) Hersteller läßt seine Produkte in Lizenz herstellen u. vertreiben, Vertragspartner (Lizenznehmer) erhält zusätzlich e. Marketingkonzept, an das er sich halten muß, z. B.: McDonald's
Lob-, Preislied *Päan,* der (gr.-lat., Pl. -e) ... feierliches im alten Griechenland; auch: Lobgesang
Lobgesang 1. *Hymne,* die (gr.-lat., Pl. -n) 2. *Tedeum,* das (lat., ohne Pl.) aus frühchristlicher Zeit 3. *Gloria,* das (lat., ohne Pl.) in der christlichen Liturgie
Loblied *Dithyrambe,* die (gr.-lat., Pl. -n)
Lobpreisung *Enkomiastik,* die (gr., Pl. -en) Kunst, e. Lobrede über verdiente Männer abzufassen, zu halten
Lobrede 1. *Laudation,* die (lat., Pl. ...ones, ...onen) 2. *Enkomion,* das (gr.-lat., Pl. ...mien) 3. *Eloge,* die (gr.-lat.-fr., Pl. -n) jmdm. Lob u. Anerkennung in übertriebener Form aussprechen 4. *Hymne,* die (gr.-lat., Pl. -n) svw. Lobgesang, Weihelied
Lobredner 1. *Laudator,* der (lat., Pl. -en) 2. *Enkomiast,* der (gr., Pl. -en)
Lobschrift *Enkomion,* das (gr., Pl. ...mien)
Löcher, mit ... versehen *perforiert* (lat.)
löchrig *porös* (gr.-lat.-fr.)
Löchrigkeit *Porosität,* die (gr.-lat.-fr., ohne Pl.)
Lockung *Attrait,* der (lat.-fr., Pl. -s) auch: Reiz
Logik 1. *Struktur,* die (lat., Pl. -en) Anordnung von Teilen e. Ganzen zueinander 2. *Systematik,* die (gr.-lat., Pl. -en) planmäßige Darstellung
logisch 1. *kohärent* (lat.) i. S. von: zusammenhängend 2. *konsistent* (lat.) widerspruchsfrei; auch: beständig; Ggs.: inkonsistent
Lohn 1. *Salär,* das (lat.-fr., Pl. -e) 2. *Gage,* die (germ.-fr., Pl. -n) Bezahlung von Künstlern 3. *Honorar,* das (lat., Pl. -e) »Ehrensold«, der Lohn für freiberuflich Arbeitende
lohnend 1. *rentabel* (lat.-fr.) e. rentables Geschäft abschließen 2. *lukrativ* (lat.) einträglich 3. *profitabel* (lat.-fr.) gewinnbringend
Lohnergänzung *Kombilohn,* der (lat.-dt., Pl. ...löhne) Lohn, der in Höhe der Sozialhilfe liegt, soll mit e. staatlichen Zuschuß attraktiver gestaltet werden (zusammengesetzter Lohn); anderes Modell: bei Langzeitarbeitslosen soll das Arbeitsamt den Lohn z. B. auf 70% des letzten Nettolohnes aufstocken, wenn e. geringer bezahlte Tätigkeit angenommen wird
Lohnsatz *Tarif,* der (arab.-it.-fr., Pl. -e) e. Tariferhöhung von 4% aushandeln
Lokal 1. *Bar,* die (engl., Pl. -s) auch: Tresen, an dem z. B. Bier ausgeschenkt wird; Barhocker 2. *Spelunke,* die (gr.-lat., Pl. -en) verrufenes Lokal 3. *Restaurant,* das (fr., Pl. -s) Speisegaststätte
Lorbeerbaum *Laurus,* der (lat., Pl. -se)
lorbeergekröntes Dichterhaupt *Poeta laureatus,* der (lat., Pl. ...tae)
Los *Kismet,* das (arab., ohne Pl.) Schicksal, das von Allah bestimmt wird
löschen *debardieren* (fr.) e. Schiff entladen
Löschung 1. *Obliteration,* die (lat., Pl. -en) z. B. Tilgung e. Schuld 2. *Storno,* das (lat.-it., Pl. ...ni) z. B. e. Bestellung (stornieren)
Lösegeld für Kriegsgefangene ... *Ranzion,* die (lat.-fr., Pl. -en) ... oder gekaperte Schiffe

Lösegeld *Ranzion,* die (lat.-fr., Pl. -en) z. B. für Kriegsgefangene bezahlen

löslich *dissolubel* (lat.) auch: zerlegbar

Loslösung *Sezession,* die (lat., Pl. -en) gewaltsame Gebietsabtrennung

Losung 1. *Parole,* die (gr.-lat.-fr., Pl. -n) Erkennungsparole auf e. Militärposten 2. *Devise,* die (lat.-fr., Pl. -n) Leitspruch; auch: Pl.: ausländisches Zahlungsmittel 3. *Motto,* das (lat.-it., Pl. -s) Wahlspruch, Thema; die Kleingärtner-Tagung stand unter dem Motto: »Elefantenhaltung in Vorgärten«

Lösung *Rezept,* das (lat., Pl. -e) auch: ärztliche Anweisung für die Abgabe von Heilmitteln; Back- u. Kochanweisung

Lösung, einfache ... *Patentrezept,* das (lat., Pl. -e) »Im Augenblick gibt es kein Patentrezept, um die Arbeitsmarktprobleme zu lösen« (Helmut Kohl, 1998)

Lösung, hochprozentige ... *Konzentrat,* das (gr.-lat., Pl. -e) »Das Abenteuer ist das Konzentrat des Lebens.« (Ernst Jünger, Schriftsteller, 1998)

Lösung, unerwartete ... *Deus ex machina,* der (lat., ohne Pl.) eigtl.: Gott aus der Theatermaschine, d. h. aus der Höhe e. altgr. Theaters

Losungswort *Schibboleth,* das (hebr., Pl. -s, -e) eigtl.: Ähre; auch: Merkmal (nach der Losung der Gileaditer)

lotrecht 1. *perpendikular* u. *perpendikulär* (lat.) senkrecht 2. *vertikal* (lat.) »scheitellinig«; senkrecht

Lücke 1. *Bresche,* die (fr., Pl. -n) 2. *Desideratum,* das (lat., Pl. -ta) i. S. e. fehlenden, zur Anschaffung vorgeschlagenen Buches

Lucy *Australopithecus afarensis,* der (lat., ohne Pl.) 1977 entdeckte der Paläontologe Donald Johanson das 4 Mill. Jahre alte Fossil e. weiblichen Hominiden, das er Lucy nannte

Luft 1. *Smog,* der (engl., ohne Pl.) aus »smoke« (Rauch) u. »fog« (Nebel), schmutzige Dunstglocke über Industriestädten, löst Smogalarm aus 2. *Äther,* der (gr.-lat., Pl. -s) die wolkenlose, blaue Weite des Himmels 3. *Ozon,* der (gr., ohne Pl.) bes. Form des Sauerstoffs

Luft, Bestandteil der ... *Atmosphärilien,* die (gr., nur Pl.) z. B. Sauerstoff u. Stickstoff

Luftansauger *Aspirator,* der (lat., Pl. ...oren)

Lüftchen *Brise,* die (fr., Pl. -n) am Meer wehte e. frische Brise

luftdicht *hermetisch* (gr.-lat.) verschlossen

luftdicht machen *hermetisieren* (gr.-lat.)

Luftdruckmesser *Barometer,* das (gr.-lat., ohne Pl.)

lüften *ventilieren* (lat.-fr.)

Luftfahrtkunde *Aeronautik,* die (gr.-lat., ohne Pl.)

Luftfederung, elektronische ... *Airmatic,* das (lat.-engl., Pl. -s) im PKW

Luftfeuchtigkeitsmesser 1. *Hygrograph,* der (gr., Pl. -en) 2. *Hygrometer,* das (gr., Pl. –)

Luftfeuchtigkeitsmessung *Hygrometrie,* die (gr.-lat., ohne Pl.)

Lufthülle *Troposphäre,* die (gr.-lat., ohne Pl.) die untere Luftschicht der Erde

Luftkissenfahrzeug *Hovercraft,* das (engl., Pl. -s)

Luftkissenzug *Aerotrain* (gr.-engl., Pl. -s)

Luftklappe *Choke,* der (engl., Pl. -s) am Vergaser alter Autos

Luftkrankheit *Kinetose,* die (gr.-lat., Pl. -n) med., dabei wird das Gleichgewichtsorgan gereizt

luftleerer Raum *Vakuum,* das (lat., Pl. ...kua, ...kuen)

Luftleitblech *Spoiler,* der (engl.-am., Pl. –) z. B. an Autos; der Heckspoiler e. Porsches; auch: Klappe an den Tragflächen e. Flugzeuges

Luftlinie *Isohypse,* die (gr.-lat., Pl. -n) Luftlinie zwischen zwei gleich hohen Punkten

Luftmassenzufuhr in waagrechter Richtung *Advektion,* die (lat., Pl. -en) Ggs.: Konvektion

Luftpirat *Hijacker,* der (engl., ohne Pl.)

Luftpolster-Schutz *Window-Bag,* der (engl., Pl. -s) neuartige Luftpolster spannen sich beim Seitenaufprall vor die A- bis zur C-Säule u. schützen Front- u. Fond-Passagiere im PKW vor Kopfverletzungen

Luftpost 1. *Airmail,* die (engl., ohne Pl.) 2. *»par avion«* (fr.) »durch das Flugzeug«

Luftpostleichtbrief *Aerogramm,* das (gr., Pl. -e) auch: Darstellung von Wärme- u. Feuchtigkeitsverhältnissen in der Atmosphäre

Luftröhre *Trachea,* die (gr.-lat., Pl. ...een) med.

Luftröhre, zur ... gehörend *tracheal* (gr.-lat.) med.

Luftröhrenast *Bronchie,* die (gr.-lat., Pl. -n) »Kohl hat immer noch Schnupfen, auch die Bronchien sind angegriffen ... Kohl entschlummerte sanft, nur ein paar Geier schauten zu.« (Bild-Zeitung, 1993)

Luftröhrenentzündung *Tracheitis,* die (gr.-lat., Pl. ...itiden) med.

Luftröhrenschnitt *Tracheotomie,* die (gr.-lat., Pl. ...ien) med.

Luftröhrenspiegel *Tracheoskop,* das (gr.-lat., Pl. -e) med.

Luftröhrenspiegelung *Tracheoskopie,* die (gr.-lat., Pl. ...ien) med.

Luftröhrenverengung *Tracheostenose,* die (gr.-lat., Pl. -n) med.

Luftsack *Airbag,* der (engl., Pl. -s) in Autos eingebauter Insassenschutz

Luftschicht, die oben wärmer als unten ist *Inversionslage,* die (lat.-dt., Pl. -n) normalerweise ist es umgekehrt, schuld an dem Wetterphänomen ist der Smog

Luftschiff *Zeppelin,* der (dt., Pl. -e) von Ferdinand Graf von Zeppelin (1838-1917) Luftschiffkonstrukteur

Luftschiffhalle *Hangar,* der (germ.-fr., Pl. -s)

Luftschlucken, krankhaftes ... *Aerophagie,* die (gr., Pl. ...ien) med.

Luftspiegelung 1. *Mirage,* die (lat.-fr., Pl. -n) 2. *Fata Morgana,* die (it., Pl. ...nen, -s) bes. in heißen Wüstengebieten

Luftsprung *Gambade,* die (lat.-it., Pl. -n) auch: Kapriole, närrischer Einfall

Luftstreitkräfte *Air Force,* die (engl.-am., Pl. -s)

Luftverbesserer *Air-fresh,* das (engl., ohne Pl.) z. B. in Toiletten

Luftvorwärmer *Rekuperator,* der (lat., Pl. ...oren)

Luftvorwärmung *Rekuperation,* die (lat., ohne Pl.) durch heiße Abgase

Luftwaffe *Air Force,* die (engl.-am., Pl. -s)

Lüge *Finte,* die (lat.-it., Pl. -n)

lügen *fabulieren* (lat.) i. S. von schwindeln; auch: schwätzen

Lügendetektor *Polygraph,* der (gr.-russ., Pl. -en) Gerät zur gleichzeitigen Registrierung mehrerer Vorgänge u. Erscheinungen

Lügensucht *Mythomanie,* die (gr.-lat., Pl. ...ien) med.

Lukeneinfassung *Süll,* der, das (niederdt., Pl. -e) auch: hohe Türschwelle (Seemannsspr.)

Lump 1. *Lumpazius,* der (Pl. -se) 2. *Lumpazivagabundus,* der (Pl. -se, ...di) Herumtreiber, Lumpenpack (nach e. Posse von Nestroy)

Lunge *Pulmo,* der (lat., Pl. ...mones) med.

Lungenbläschen *Alveole,* die (lat., Pl. -n)

Lungenentzündung *Pneumonie,* die (gr.-lat., Pl. ...ien) med.

Lungenentzündung, bes. Art der ... *Legionärskrankheit,* die (lat.-fr.-dt., Pl. -en) ... mit oft tödlichem Ausgang; e. kaum erforschte Krankheit, die erstmals an Teilnehmern e. Legionärstreffens 1976 in den USA auftrat

Lungenfacharzt *Pulmologe,* der (lat., Pl. -n) med.

Lungenheilkunde 1. *Pneumologie,* die (gr.-lat., ohne Pl.) nicht verw. mit *Pneumaturie,* die (gr.-lat., Pl. ...ien) Ausscheidung von Gasen im Harn (med., e. gefährliches Leiden) 2. *Pulmologie,* die (lat., ohne Pl.)

Lurch *Amphibie,* die (gr.-lat., Pl. -n)

Lust an Grausamkeiten *Sadismus,* der (lat.-fr., ohne Pl.) nach dem fr. Schriftsteller de Sade

Lüsternheit 1. *Kupidität,* die (lat., ohne Pl.) auch: Begierde 2. *Kupido,* die (lat., ohne Pl.) Verlangen

Lustgewinn, sexueller ... durch Grausamkeitstechniken *Sadomasochismus,* der (lat.-fr., Pl. ...men) d. h. beim Ausführen u. Erdulden; kurz: Sadomaso

Lusthappen, schneller ... *Quickie,* der (engl.-am., Pl. -s) schneller Sex, z. B. im Fahrstuhl; auch: Absacker; kurzer Drink

lustig 1. *fidel* (lat.) 2. *giocoso* (lat.-it.) musik. Vortragsanw.

Lustkultur, geschlechtliche ... 1. *Fun-Kultur,* die (engl.-lat.-dt., Pl. -en) 2. *Fake-Orgasm-Show,* die (lat.-engl., Pl. -s) in Darbietungen dieser Art gibt es e. Preis für den am besten simulierten Orgasmus, die US-Schauspielerin Meg Ryan beherrscht das Vortäuschen falscher Tatsachen grandios

Lustlosigkeit 1. *Apathie,* die (gr.-lat., Pl. ...ien) »Unempfindlichkeit«; Teilnahmslosigkeit 2. *Lethargie,* die (gr.-lat., ohne Pl.) Gleichgültigkeit; auch: krankheitsbedingte Schlafsucht

Lustschloß bei Madrid *Zarzuela,* die (sp., Pl. -s) auch: sp. Singspiel; sp. Fischsuppe

Lustspiel 1. *Komödie,* die (gr.-lat., Pl. -n) Bühnenstück mit heiterem Inhalt; »Bis auf den letzten Augenblick spielen wir Komödie mit uns selber.« (Heinrich Heine) 2. *Saynète,* die (fr., Pl. -n) kurzes fr. Spiel mit maximal drei Personen

Lymphknotengeschwulst, käsige ... *Tyrom,* das (gr.-lat., Pl. -e) med.

Lymphknotenschwellung *Bubo,* der (gr., Pl. -onen)

M

machbar 1. *applikabel* (lat.) auch: anwendbar 2. *praktikabel* (gr.-lat.) zweckmäßig

Machenschaft 1. *Intrige,* die (lat.-it.-fr., Pl. -n) auch: Ränkespiel 2. *Kabale,* die (hebr.-fr., Pl. -n) svw. hinterhältiger Anschlag 3. *Manipulation,* die (lat.-fr., Pl. -en) Beeinflussung auf Menschen, gegen deren Willen ausüben

Macht *Autorität,* die (lat., Pl. -en) auch: einflußreiche Persönlichkeit, z. B. Ferdinand Sauerbruch (1875-1951) war unter den Chirurgen e. Autorität

macht nichts 1. *nitschewo* (russ.) 2. *pas du tout* (fr.)

Macht *Zepter,* das, der (gr.-lat., ohne Pl.) auch: höchste Gewalt, Herrscherstab; »Einst spielt' ich mit Zepter, mit Krone u. Stern« (Albert Lortzing: »Zar u. Zimmermann«)

Machtanspruch der Frau *Hillary-Effekt,* der (Eigenn.) nach Hillary Clinton, Frau des US-Präsidenten, die erstmals mehr als nur Repräsentantin u. stille Beraterin ist, mit ihr treten überall Frauen ins Rampenlicht

Machtbereich 1. *Imperium,* das (lat., Pl. ...ien) Weltreich 2. *Sphäre,* die (gr.-lat.-fr., Pl. -n) auch: Wirkungskreis; Himmelsgewölbe; z. B. der Träumer lebt in anderen Sphären

Machtergreifung *Usurpation,* die (lat.-fr., Pl. -en) i. S. e. widerrechtlichen Ergreifens der Macht

Mächtigen, gib dem ... nach *cede maiori* (lat., Zitat) weiche dem Größeren

mächtiger ist, wer früher ist *potior est, qui prior est* (lat., Zitat) auch: wer zuerst kommt, mahlt zuerst

Machtkennzeichen *Insigne,* die (lat., Pl. ...nien) z. B. Krone, Zepter, Thron

Machtsinnbild *Zepter,* das, der (gr.-lat., Pl. –)

Machwerk *Elaborat,* das (lat., Pl. -e) ein schlechter Roman wird bisweilen als Elaborat bezeichnet

Mädchen 1. *Girl,* das (engl., Pl. -s) 2. *Teenie,* der (engl., Pl. -s) kurz für *Teenager,* der (engl., Pl. -s) junges Mädchen oder Junge um 16 Jahre 3. *Grisette,* die (germ.-fr., Pl. -n) leichtfertiges Mädchen 4. *Sylphide,* die (lat., Pl. -n) anmutiges Mädchen 5. *Twen,* der (engl., Pl. -s) junge Frau, junger Mann um 20 Jahre 6. *Prewoman,* die (engl., Pl. ...men) »Vorfrau«; auch: Mädchen

Mädchen im militärischen Outfit *Tank Girl,* das (engl., Pl. -s) auch: Girlie im Panzerfahrer-Look

Mädchen, für das Anfeuern zuständig *Cheerleader,* der (engl.-am., Pl. -s) von: to cheer (jubeln) es ist eigentlich e. Frau oder e. Mädchen, die/das mit anderen e. Sportlerteam anfeuert

Mädchen, kompromißloses, modisches u. »scharfes« ... *Beastie Girl,* das (engl., Pl. -s)

Madenkrankheit des Darms *Enteromyiase,* die (gr.-lat., Pl. -n) med.

Mafiamitglieder, reuige ... *Pentiti,* die (it., Pl.)

mafiös *korrupt* (lat.) i. S. von bestechlich, käuflich, von *Mafia,* die (arab.-it., Pl. -s) erpresserische Geheimorganisation, die weltweit tätig ist

Magazin, begeisterter Anhänger von ... *Fanzine,* das (engl., Pl. -s) von: Fan (Anhänger) u. Magazin (Illustrierte)

Magazin, elektronisches ... *Ezine,* das (engl. Wortschöpfung, Pl. -s) wird bedarfsweise »runtergeladen« oder ausgedruckt, e. wachsende Anzahl von Zeitschriften wird in elektronischer Online-Form angeboten

Magenerweiterung *Gastrektasie,* die (gr.-lat., Pl. ...ien) med.

Magengrube *Epigastrium,* das (gr.-lat., Pl. ...ien) auch: Gegend des Oberbauches

Magenkrampf 1. *Gastralgie,* die (gr.-lat., Pl. ...ien) med. 2. *Gastrodynie,* die (gr.-lat., Pl. ...ien) med.

Magenleiden *Gastropathie,* die (gr.-lat., Pl. ...ien) med.

Magensaft ohne Salzsäure *Achlorhydrie,* die (gr.-lat., ohne Pl.) dem Magensaft fehlt jegliche Salzsäure für die Verdauung (med.)

Magenschleimhautentzündung *Gastritis,* die (gr.-lat., Pl. ...itiden) med.

Magenschmerzen *Gastrodynie,* die (gr.-lat., Pl. ...ien) med.

Magenspiegelung *Gastroskopie,* die (lat., Pl. ...ien) med.

Magenverstimmung *Gastrizismus,* der (gr.-lat., ohne Pl.) med.

Magerkeit *Asarkie,* die (lat., ohne Pl.) nicht verw. mit *Askari,* der (arab., Pl. -s) afrikanischer Soldat im einstigen Deutsch-Ostafrika

Magersucht *Anorexie,* die (gr.-lat., ohne Pl.) auch: Appetitlosigkeit (med.)

Magie *Nigromantie,* die (lat.-gr., ohne Pl.) Zauberei, Schwarze Kunst

Magier *Nigromant,* der (lat.-gr., Pl. -en) Zauberer; e., der durch Tricks erstaunliche Dinge bewerkstelligt, wie z. B. David Copperfield

Magister der freien Künste *Liberalium Artium Magister,* der (lat., ohne Pl.) auch: Titel e. Professors im Mittelalter

Magnetnadelabweichung *Deklination,* die (lat., Pl. -en) ist die Abweichung von der tatsächlichen geographischen Nordrichtung

Magnetplatte *Floppy Disk,* die (engl., Pl. -s) e. Speicherplatte für Computerdaten

Mahlzahn 1. *Molar,* der (lat., Pl. -en) 2. *Postmolar,* der (lat., Pl. -en)

Mahlzeit *Picknick,* das (engl., Pl. -s) Essen unter freiem Himmel einnehmen

Mahner *Prophet,* der (gr.-lat., Pl. -en) nichts gilt der Prophet im eigenen Haus! »Die Propheten sehen zwar das Gelobte Land, aber sie dürfen es nicht betreten.« (Friede Springer, 1996)

Mahnpredigt *Paränese,* die (gr.-lat., Pl. -n)

Mahnruf *Appell,* der (fr., Pl. -e) auch: Aufruf

Mahnung *Memento,* das (lat., Pl. -s)

Mailbox, Ebene in e. ... *Modul-Section,* die (lat.-engl., ohne Pl.) ... die für z. B. Videospiele reserviert ist

Maisfladen *Tortilla,* die (sp., Pl. -s) in Mittelamerika (in Spanien ist die Basis Kartoffeln)

Maisvergiftung *Maidismus,* der (lat.-indian.-sp., ohne Pl.)

Makel *Odium,* das (lat., ohne Pl.) an dem Politiker klebte das Odium e. Lügners

Makellosigkeit *Integrität,* die (lat., ohne Pl.) e. Politiker von bes. Integrität gewann die Wahlen

Makkaroni (Nudeln), dünne ... *Bassotti,* die (it., nur Pl.)

Makler *Broker,* der (engl., Pl. –)
Maklergebühr *Courtage,* die (fr., Pl. -n)
mal so, mal so *variabel* (lat.-fr.) veränderlich
Mal *Stigma,* das (gr.-lat., Pl. ...men) an den Händen trug sie das Stigma des gekreuzigten Christus
Malaria *Helodes,* die (gr.-lat., ohne Pl.) med.
Malariamücke *Anopheles,* die (gr., ohne Pl.) eigtl.: schädlich
malen ... *aquarellieren* (it.-fr.) ... in Wasserfarben
Malerei in Grautönen *Grisaille,* die (fr., Pl. -s) auch: Ton-in-Ton-Malerei
Malerei, neue Richtung der abstrakten ... *Tachismus,* der (lat.-fr., ohne Pl.) besteht aus spontanem Farbklecksen
Malerei, schuppenartige ... *Ecaillemalerei,* die (fr.-dt., Pl. -en) ... auf Porzellan
malerisch *pittoresk* (lat.-it.-fr.) e. pittoreskes Gebirgsdorf
Malnehmen *Multiplikation,* die (lat., Pl. -en)
malnehmen *multiplizieren* (lat.)
Malvengewächse, Gattung der ... *Abutilon,* das (arab., Pl. -s) z. B. Zimmerahorn
Malzwhisky *Malt-Whisky,* der (engl., Pl. -s)
Management, Simulations... 1. *virtuelles Management,* das (lat.-engl.-am., ohne Pl.) Bez. für e. neue Unternehmensführung, die völlig andere, noch nicht reale Marktsituationen simuliert; in der Trendforschung auch 2. *antizipierendes Management,* das (lat.-engl., ohne Pl.) genannt, d. h. vorwegnehmende Unternehmensführung
Managementkonzept, leistungsmotivierendes ... *Empowerment,* das (engl.-am., Pl. -s)
Managementmodell für Joint-ventures, strategische Allianzen u. externe Ressourcen ... *virtual Corporation,* die (engl.-am., Pl. -s) ... die projektgebunden über die eigenen Möglichkeiten hinauswächst; es ist e. komplexe Kooperation auf Zeit, die e. bestimmte Marktchance nutzt
Manager 1. *Promoter,* der (lat.-fr.-engl., Pl. –) 2. *Direktor,* der (lat., Pl. ...oren)
Manager für Großkunden *Key-Account-Manager,* der (engl., ohne Pl.) »Schlüssel-Kunden«, d. h. die wichtigsten Kunden e. Unternehmens
Manager, ganzheitlich ausgebildeter ... *Chaospilot,* der (gr.-lat.-it.-fr., Pl. -en) deren Ausbildung umfaßt u. a.: Allgemeinbildung, Sponsoring (Förderung von Personen u. Projekten) Konzeptplanung, Literatur, Musik, Trendforschung, Yoga, Karate; der Absolvent soll wie e. Pilot durch das Chaos unserer komplexer werdenden Welt steuern können
Mandelentzündung *Tonsillitis,* die (lat., Pl. ...itiden) med.
Mandeloperation *Tonsillektomie,* die (lat.-gr., Pl. ...ien) med.
Mangel 1. *Defekt,* der (lat., Pl. -e) Fehler; »Ein Mann zu sein ist der häufigste genetische Defekt der Natur.« (Jens Reich, Genforscher, 1997) 2. *Defizit,* das (lat.-fr., Pl. -e) auch: Fehlbetrag 3. *Desiderat,* das (lat., Pl. -e) eigtl.: Gewünschtes 4. *Desideratum,* das (lat., Pl. ...ta) e. zur Anschaffung in Bibliotheken vorgeschlagenes Buch 5. *Manko,* das (lat.-it., Pl. -s) Fehlbetrag; nicht verw. mit *Mango,* die (port., Pl. ...onen, -s) tropische Frucht des Mangobaumes
mangelhaft 1. *defekt* (lat.) auch: fehlerhaft 2. *defektiv* (lat.) 3. *inkorrekt* (lat.) auch: ungenau; Ggs.: korrekt
Mangelhaftigkeit *Defektivität,* die (lat., ohne Pl.) auch: Fehlerhaftigkeit
Mangelkrankheit *Beriberi,* die (singhalesisch, ohne Pl.) allg. Kräfteverfall bes. durch Vitamin B1-Mangel
mangelnde Planung *Desorganisation,* die (fr., Pl. -en) Desorganisation ist oft e. Grund für verlustreiches Wirtschaften e. Firma
Mann 1. *Adonis,* der (gr., Pl. -e) nach Adonis, dem schönen Jüngling aus der gr. Sage 2. *Beau,* der (fr., Pl. -s) i. S. e. schönen u. eitlen Mannes 3. *Charmeur,* der (lat.-fr., Pl. -e) gegenüber Damen betont liebenswürdiger Mann 4. *Gentleman,* der (engl., Pl. ...men) Herr vornehmer Gesinnung u. guter Umgangsformen 5. *Gent,* der (engl., Pl. -s) kurz für Gentleman, bisweilen ironisch verwendet 6. *Athlet,* der (gr.-lat., Pl. -en) sportlicher, gutgebauter Typ 7. *Eunuch,* der (gr.-lat., Pl. -en) Haremswächter, kastrierter Mann 8. *Pascha,* der (türk., Pl. -s) e., der sich gern bedienen läßt 9. *Macho,* der (lat.-sp., Pl. -s) jmd., der übertrieben männlich auftritt 10. *Softie,* der (engl., Pl. -s) weicher, gefühlvoller Mann
Mann der Jagd *Nimrod,* der (hebr., ohne Pl.) e. großer Jäger, e. biblische Gestalt; »Er ist e. rechter Nimrod, e. gewaltiger Jäger vor dem Herrn.« (Redensart, Bibel, 1. Moses 10, 9)
Mann mit großer Kraft *Herkules,* der (gr., Pl. -se) Halbgott der gr. Sage; »Herkules am Scheidewege« (Redensart) Sinn: man muß sich, wie der Held der gr. Sage, zwischen zwei Dingen entscheiden
Mann mit homosexueller Vorliebe zu Jungen *Päderast,* der (gr., Pl. -en) »Die Mini-Playback-Show des Herrn Thoma ist nichts anderes als ein Päderastenservice.« (G. Schröders geh. Tagebuch von H. Venske, 1997)
Mann mit männlichem Imponiergehabe *Macho,* der (lat.-sp., Pl. -s) »Erst finden die Frauen einen scharf, weil man e. Macho ist, dann mies, weil

man e. Macho ist.« (Steve McQueen, Schauspieler)

Mann von Lebensart 1. *Gentleman,* der (engl., Pl. ...men) »Zum Gentleman gehört auch die Fähigkeit, sich mit Würde betrügen zu lassen.« (Sir Alec Guinness) 2. *Gentilhomme,* der (lat.-fr., Pl. -s) Mann vornehmer Gesinnung

Mann, alter, geiler ... *Sugar-Daddy,* der (engl.-am., Pl. ...ies) ... mit dem Lolita-Syndrom

Mann, barmherziger *Samariter,* der (hilfsbereiter Mann aus Samaria, Lukas 10) auch: freiwilliger Krankenpfleger

Mann, der den Koran auswendig kennt *Hafis,* der (arab., ohne Pl.) »Hüter«; Ehrentitel

Mann, der sich aufgrund seiner Veranlagung wie e. Frau kleidet *Transvestit,* der (lat., Pl. -en) ... frisiert u. schminkt; »Auch Ihnen zuliebe kann ich nicht Transvestit werden.« (Roman Herzog, Bundespräsident, 1998 in Berlin)

Mann, eiserner ... *Ironman,* der (engl.-am., Pl. ...men) einst Bez. des Triathlons von Hawaii

Mann, junger ... der extremen Sport betreibt (u. liebt) *Yummie,* der (engl.-am., Pl. -s) aus: joung urban macho man into extreme sports

Mann, junger ... im wehrfähigen Alter *Ephebe,* der (gr.-lat., Pl. -n) ... im alten Griechenland

Mann, sehr alter ... *Methusalem,* der (hebr., Pl. -s) »Mann des Wurfgeschosses«, biblischer Stammvater, der 969 Jahre alt geworden sein soll, daher: »alt wie Methusalem«

Mann, Typ *Tschabo,* der (Begriff aus der dt. Szene-Sprache, Pl. -s) auch: Kerl

Männer, die auch Frauenkleider tragen *Crossdresser,* der (engl., Pl. –)

Männergewand 1. *Dschellaba,* die (arab., Pl. -s) weites Gewand aus Wolle 2. *Burnus,* der (arab.-fr., Pl. -se) Kapuzenmantel der Beduinen 3. *Kaftan,* der (pers.-arab.-türk., Pl. -e) langes Obergewand 4. *Toga,* die (lat., Pl. -en) Obergewand vornehmer Bürger im alten Rom 5. *Sarong,* der (malaiisch, Pl. -s) Hüftrock der Männer u. Frauen Indonesiens

Männerhaß *Androphobie,* die (gr.-lat., Pl. ...ien) i. S. von: Haß auf Männer; Männerfurcht

Männerherrschaft *Patriarchat,* das (gr.-lat., Pl. -e) auch: Amtsbereich e. kirchlichen Patriarchen (Erzbischof); Ggs.: Matriarchat

Männerrock, kurzer ... 1. *Fustanella,* die (gr.-it., Pl. ...llen) Teil der gr. Nationaltracht 2. *Kilt,* der (engl., Pl. -s) karierter schottischer Faltenrock

Männerscheu *Misandrie,* die (gr., ohne Pl.) med.

Männerstimmlage 1. *Tenor,* der (lat.-it., Pl. Tenöre) hohe Stimmlage 2. *Bariton,* der (gr.-lat.-it., Pl. -e) mittlere Stimmlage 3. *Baß,* der (lat.-it., Pl. Bässe) tiefe Männerstimmlage

Manneskraft *Virilität,* die (lat., ohne Pl.)

männlich 1. *maskulin* (lat.) e. maskuliner Typ mit tiefer Stimme, Bart u. Muskelpaketen; Ggs.: feminin 2. *viril* (lat.)

männliche Keimzelle *Androgamet,* der (gr.-lat., Pl. -en) Ggs.: Gynogamet

männliche Urkraft *Yang,* das (chin., ohne Pl.) die lichte, schöpferische Kraft

männliches Geschlechtshormon *Androgen,* das (gr.-lat., Pl. -e)

männliches Mannequin *Dressman,* der (engl., Pl. ...men) auch: männliches Fotomodell; junger Mann, der sich homosexuell prostituiert (in Anzeigen wirbt)

Männlichkeitsgefühl *Machismo,* der (lat.-sp., ohne Pl.) in übersteigerter Form

Männlichkeitswahn *Machismo,* der (lat.-sp., ohne Pl.)

Mannschaft 1. *Team,* das (engl., Pl. -s) 2. *Crew,* die (engl., Pl. -s) Schiffs- oder Flugzeugbesatzung 3. *Equipe,* die (fr., Pl. -n) z. B. beim Reitsport 4. *Kollektiv,* das (lat.-russ., Pl. -e) svw. e. Gruppe von Menschen, die zusammen arbeiten, Sport treiben u. gemeinsame politische Vorstellungen haben (in sozialistischen Staaten üblicher Begriff)

Mannschaftsklassen *Liga,* die (lat.-sp., Pl. ...gen) »Die fahren in e. eigenen Liga.« (Heinz-Harald Frentzen, Formel-1-Rennfahrer, 1998)

Mannschaftsraum *Logis,* das (germ.-fr., ohne Pl.) z. B. auf Schiffen

mannstoll *nymphoman* (gr.-lat.)

Mannstollheit *Nymphomanie,* die (gr.-lat., ohne Pl.) Ggs.: Satyriasis

Mannweib *Amazone,* die (gr.-lat., Pl. -n) nach dem kriegerischen Frauenvolk der gr. Sagenwelt

Mantel 1. *Manteau,* der (lat.-fr., Pl. -s) 2. *Havelock,* der (engl., Pl. -s) Herrenmantel mit Umhang

Mantel, roter .... *capa,* die (sp., Pl. -s) mit der e. Kampfstier gereizt wird

Mantelumhang 1. *Aba,* die (arab., Pl. -s) Umhang der Araber 2. *Capot,* der (lat., ohne Pl.) Kleidungsstück im Mittelalter

Manuskript *Paper,* das (engl., Pl. -s)

Manuskripthalter *Tenakel,* das (lat., Pl. –) Gerät in der Setzerei

Märchenerzählerin ... *Scheherazade,* die (pers., Pl. -n) ... aus 1001 Nacht

märchenhaft *fabulös* (lat.-fr.) unwirklich

Marihuana *Lady Mary Jane,* die (engl., ohne Pl.)

Marihuanazigarette *Joint,* der (engl., Pl. -s) »Ich bedauere, daß dieser Staat mich zwingt, wegen ein paar Joints e. Jugendstrafe zu verhängen.« (e. 68er Richter, 1998)

Markenzeichen 1. *Logo,* das, der (gr.-engl., Pl. -s)

Firmenzeichen mit Wiedererkennungswert, von *Logos* (gr.) der Begriff, das Wort 2. *Signet,* das (lat.-fr., Pl. -s) Firmen-, Verlegerzeichen

Marketing, Beziehungs... *Relationship Marketing,* das (engl., ohne Pl.) als dauerhafte Geschäftsverbindung, in der gemeinsam nach Absatz-, Produktions- u. Servicelösungen gesucht wird

Marketing, das soziale Subkultur- u. Organisationsformen berücksichtigt *Szenen-Marketing,* das (gr.-lat.-fr.-engl., ohne Pl.)

Marketing, ganz umfassendes ... *Wrap-around Marketing,* das (engl.-am., ohne Pl.) auch: Marketing total, der Kunde wird gänzlich u. nachhaltig umworben, er soll gewonnen u. gehalten, damit betreut werden

Marketing, individuelles, verbraucherspezifisches ... *Personal Marketing,* das (engl.-am., ohne Pl.) »Klassische Werbemethoden sind tot, Personal Marketing die Zukunft.« (US-Marketing-Papst Lester Wundermann)

Marketing, umfassendes ... *integriertes Direktmarketing,* das (lat.-engl., ohne Pl.) herkömmliche Medienwerbung plus PR-Maßnahmen, plus informative Anzeigen, plus Telefon- u. Direktmarketing

Markierung an Waren *Barcode,* der (engl., Pl. -s) aus: bar (Balken, Streifen) u. code (Bezeichnung) Barcodes enthalten kodierte Informationen (Preis, Warenname usw.) für automatische Kassen u. werden mit e. Scanner (optisches Lesegerät) gelesen

markig *pulpös* (lat.)

Markt 1. *Basar,* der (pers., Pl. -e) Markt im Orient 2. *Forum,* das (lat., Pl. ...ren) Versammlungsplatz bes. im alten Rom 3. *Souk,* der (arab., Pl. -s)

Markt- u. Meinungsforschung durch pers. Befragen *Field-Research,* das (engl., Pl. -s) auch: Feldforschung; Ggs.: Desk-Research

Marktform 1. *Monopol,* das (gr.-lat., Pl. -e) keine Konkurrenz, ein Anbieter beherrscht den Markt mit seinem Produkt 2. *Oligopol,* das (gr.-lat., Pl. -e) Marktform mit wenigen Anbietern 3. *Polypol,* das (gr.-lat., Pl. -e) Marktform mit vielen Anbietern

Marktforscher *Researcher,* der (engl., Pl. -s)

Marktforschung 1. *Market-Research,* das (engl., Pl. -es) 2. *Fieldresearch,* das (engl., ohne Pl.)

Marktforschungsbefrager 1. *Fieldworker,* der (engl., Pl. -s) 2. *Interviewer,* der (lat.-fr.-engl., ohne Pl.)

Marktmanagement der sozialen Beziehungen *Interfusion,* die (lat.-engl., ohne Pl.) nach Gerd Gerken wird klassisches, nach dem Bedarf orientiertes Marketing von der Interfusion abgelöst

Marktplatz 1. *Forum,* das (lat., Pl. ...ra) im antiken Rom 2. *Agora,* die (gr., Pl. Agoren) im antiken Griechenland 3. *Piazza,* die (gr.-lat.-it., Pl. -s, Piazze) in Italien

Marmelade 1. *Konfitüre,* die (lat.-fr., Pl. -n) 2. *Jam,* das, die (engl., Pl. -s)

Marschkolonnenspitze *Tête,* die (lat.-fr., Pl. -n)

marschmäßig *alla marcia* (it.) musik. Vortragsanw.

Marschstrecke *Route,* die (lat.-fr., Pl. -n)

Marsfleck, dunkler ... *Syrtis Major,* der (Eigenn.-lat., ohne Pl.) endeckt u. benannt worden von Christiaan Huygens (1629-1695), niederländischer Astronom

Martktveränderungen, Aufspüren von ... 1. *Monitoring,* das (lat.-engl., ohne Pl.) von: monitor (Anzeiger), ... u. die Verfolgung deren Verläufe 2. *Trendscouting,* das (engl., ohne Pl.)

Märtyrer *Schahid,* der (arab.)

Märtyrerberichte zur frühen Christenverfolgung *Acta Martyrum,* die (lat., nur Pl.)

Marx, von ... begründete Wirtschafts- u. Gesellschaftstheorie *Marxismus,* der (Eigenn.-lat., ohne Pl.) »Wo der Marxismus herrscht, kommen die Deklassierten, die Defekten zur Herrschaft.« (Thomas Dehler, Mitbegründer der F.D.P.)

Marxismusauslegung des Diktators Stalin *Stalinismus,* der (Eigenn.-lat., ohne Pl.) »... Tradition des schwäbischen Schwerwagen-Stalinismus.« (»Der Spiegel« zur alten Mercedes-S-Klasse, 1998)

Maschine 1. *Roboter,* der (tschech., Pl. –) i. S. e. Maschinenmenschen 2. *Apparatur,* die (lat., Pl. -en)

Maschine zur Erzeugung elektr. Spannungen *Influenzmaschine,* die (lat., Pl. -n)

maschinenmäßig *mechanisch* (gr.-lat.) z. B. am Fließband mechanische Arbeiten verrichten

Maschinensatz ... *Aggregat,* das (lat., Pl. -e) ... aus zusammengefügten Einzelteilen

Maschinenteil *Rotor,* der (lat.-engl., Pl. -en) z. B. Hubschrauberrotor

Maskenfest *Maskerade,* die (arab.-sp., Pl. -n)

Maskottchen *Talisman,* der (gr.-arab., Pl. -e)

Maß, alles mit ... *ne quid nimis* (lat., Zitat: Chilon) auch: nichts zuviel

Massagetechnik, neue ... für Paare *Polarity Massage,* die (gr.-lat.-engl., Pl. -s) basiert auf chinesischer u. indischer Medizin, sie gleicht die Plus- u. Minusschwingungen im Körper aus

Maßanalyse *Titrimetrie,* die (gr.-lat., ohne Pl.)

Masse *Quantität,* die (lat., Pl. -en) i. S. von Menge; nicht Quantität, sondern Qualität herstellen!

Masse, breiige ... *Pulp,* der (lat.-fr.-engl., Pl. -en) ... mit Fruchtstücken

Masse, größte mögliche ... e. stabilen kalten Sterns *Chandrasekharsche Grenze,* die (Eigenn.-dt., Pl. -en) ... wird sie überschritten, stürzt der Stern zusammen, in e. schwarzes Loch (Astron., Phys.)

Maßeinheit für das spezifische Gewicht von Flüssigkeiten *Baumégrad,* der (fr., Pl. -e) Zeichen: °Bé; nach dem fr. Chemiker A. Baumé

Maßeinheit für den radioaktiven Gehalt im Quellwasser *Eman,* das (lat., Pl. -s) 1 Eman = 10^{-10} Curie/Liter

Maßeinheit für die Aktivität e. radioaktiven Substanz *Becquerel,* das (Eigenn., fr., ohne Pl.) nach dem fr. Physiker Henri Becquerel (1852-1908)

Maßeinheit *Skala,* die (lat.-it., Pl. Skalen, -s) eigtl.: Treppe; Farbskala; auch: Tonleiter; nicht verw. mit *Scala,* die (it., ohne Pl.) das berühmte Operntheater in Mailand (Stifterin, 1778: Regina della Scala)

Massenarmut *Pauperismus,* der (lat., ohne Pl.)

Massenerkrankung *Epidemie,* die (gr.-lat., Pl. ...ien) med.

Massenfabrikation von Gütern im Großbetrieb *Industrie,* die (lat., Pl. ...ien) eigtl.: Fleiß; »Wir werden das Gesicht der Industrie verändern.« (Robert E. Eaton, Co-Chairman der DaimlerChrysler AG, 1998)

Massengutfrachter *Bulkcarrier,* der (engl., Pl. -s) Schiff für den Transport von z. B.: Kohle, Erz

Massenkundgebung *Demonstration,* die (lat., Pl. -en) die politische Demonstration endete mit e. Schlägerei

Massenmord *Massaker,* das (fr., Pl. –) Söldner richteten im Kongo e. Massaker an

Massenopfer *Hekatombe,* die (gr.-lat., Pl. -n) auch: Opfer von 1000 Tieren in der Antike

Massenprotest *Demonstration,* die (lat., Pl. -en) die Demonstration gegen die Sparmaßnahmen endeten mit e. Schlägerei

maßgebend 1. *kompetent* (lat.) i. S. von: sachverständig; Ggs.: inkompetent 2. *normativ* (gr.-lat.)

maßgeblich 1. *relevant* (lat.-fr.) auch: bedeutsam; Ggs.: irrelevant 2. *repräsentativ* (lat.-fr.) auch: darstellend

massig *voluminös* (lat.-fr.) auch: umfangreich

mäßigen *moderieren* (lat.) auch: e. Fernseh- oder Rundfunksendung (meist Gesprächsrunde) mit Worten einleiten u. steuern

massiv 1. *kompakt* (lat.-fr.) 2. *solide, solid* (lat.-fr.) auch: anständig, gediegen

Maßkunde *Metrologie,* die (gr., ohne Pl.) Kunde der Maße u. Gewichte

maßlos 1. *exzessiv* (lat.) der Arbeitslose ist e. exzessiver Trinker geworden 2. *exorbitant* (lat.) außergewöhnlich

Maßlosigkeit *Exzeß,* der (lat., Pl. ...zesse) den Alkoholgenuß treibt er bis zum Exzeß

Maßnahme *Aktion,* die (lat., Pl. -en) z. B.: Sparaktion, Aufklärungsaktion der Regierung zur Kernenergie

maßvoll 1. *apollinisch* (gr.-lat.) ausgeglichen; Ggs.: dionysisch; in der Art Apollos, den Gott Apollo betreffend 2. *moderat* (lat.) »moderate Lohnpolitik treiben ...« (Helmut Kohl, Bundeskanzler, zu den Tarifabschlüssen 1998)

Mastdarm betreffend *rektal* (lat.) med.

Mastdarm *Rektum,* das (lat., Pl. Rekta) med.

Mastdarmblutader, erweiterte ... *Hämorrhoide,* die (gr.-lat., Pl. -n) med.; »Drei-Liter-Autos sind keine Autos, sondern Hämorrhoidenschaukeln.« (ein Aktionär auf der BMW-HV, 1998)

Mastdarmblutung *Proktorrhagie,* die (gr.-lat., Pl. ...ien) med.

Mastdarmentzündung *Proktitis,* die (gr.-lat., Pl. ...itiden) med.

Mastdarmspiegel *Rektoskop,* das (lat.-gr., Pl. -e) med.

Mastdarmspiegelung *Rektoskopie,* die (lat.-gr., Pl. -ien) med.

Mastdarmvorfall *Exanie,* die (lat., Pl. ...ien) med.

Masthahn, kastrierter ... *Kapaun,* der (lat.-fr., Pl. -e) »Noch peinlicher seit Jahren Bangemann, der Politkapaun von Brüssel« (G. Schröders geh. Tagebuch von H. Venske, 1997)

masturbieren *onanieren* (gr.-lat.-engl.) sich selbst befriedigen; »Kein Jesuitenzögling kann jemals solche Furcht vor dem Onanieren haben wie die modebewußte Frau vor der Buttercremetorte.« (Zeitmagazin, 1989)

Material, härter als Stahl, dennoch leichter formbar ... *Superplastik,* das (engl.-gr.-lat.-fr., Pl. -s) ... extrem zäh u. haltbar

Materieteilchen, elementares ... extrem leicht, möglicherweise masselos *Neutrino,* das (gr., Pl. -nen) ... das nur der Wirkung der schwachen Kraft u. der Gravitation unterliegt (Phys.)

Materieteilchen, jedem ... entspricht e. Antiteilchen *Antiteilchen,* das (lat.-dt., Pl. –) wenn e. Teilchen mit seinem Antiteilchen zusammenstößt, vernichten sie sich u. lassen nur Energie zurück (Phys.)

Matratze, japanische ... *Futon,* das (jap., Pl. -s) ... hart gepolstert

Mätresse 1. *Konkubine,* die (lat., Pl. -n) 2. *Kurtisane,* die (fr., Pl. -n) einst Geliebte von Fürsten

Matrose, der in der Takelage arbeitet *Toppsgast,* der (niederdt., Pl. -en) ... u./o. das Toppsegel bedient (Seemannsspr.) nicht verw. mit »Matrosen am Mast« (Filzläuse)

Mauerbruch *Bresche,* die (fr., Pl. -n) z. B. e. Bresche schlagen

Mausoleum, gekuppeltes ... *Koubba,* die (arab.)

Maximum 1. *Amplitude,* die (lat., Pl. -n) »Größe«; der größte Ausschlag e. Schwingung, z. B. bei e. Pendel 2. *Kumulationspunkt,* der (lat.-dt., Pl. -e) den »Punkt der größten Anhäufung«, z. B. überschreiten des ...

meckern 1. *kritisieren* (gr.-lat.-fr.) 2. *monieren* (lat.) rügen, tadeln 3. *reklamieren* (lat.) »widersprechen«; Mängel beanstanden

Meckerstimme *Ägophonie,* die (gr.-lat., ohne Pl.) med. i. S. krankhaften Gemeckers

Medien, das Verschmelzen klassischer ... 1. *Meltomedia,* die (lat.-engl., nur Pl.) to melt (verschmelzen); Abwandlung von 2. *Multimedia,* die (lat.-engl., nur Pl.) die Verwendung verschiedener (vieler) Medien zum Zwecke des Unterrichts u./o. der Unterhaltung (Multimedia-Show)

Medienaktion *Kampagne,* die (fr., Pl. -n) »... die neue CDU-Plakation ›Roter Händedruck‹ ist ein Zweitaufguß der ›Rote-Socken-Kampagne‹« (Guido Westerwelle, Generalsekretär der F.D.P., 1998)

Medienkombination, Hardware für die ... *Multimediamaschine,* die (lat.-gr.-fr., Pl. -n) es handelt sich um mobile, interaktive Multimediaplayer, die von Sony u. Philips angeboten werden

Medienriese *Medien-Tycoon,* der (lat.-jap.-engl., Pl. -s) Großkapitalist im Medienbereich; z. B. Rupert Murdoch oder der Bertelsmann-Konzern

Medienrummel *Hype,* der (engl., ohne Pl.)

Medienvirtuosen, jugendliche ... *Otakus,* die (Eigenn., Pl.) ... die e. Kulturphänomen darstellen; es nahm seinen Anfang in Japan u. bezieht sich auf Einzelgänger, die alle Medienkanäle beherrschen u. weltweit kommunizieren

Medikament 1. *Medizin,* die (lat., Pl. -en) 2. *Placebo,* das (lat., Pl. -s) Scheinmedikament ohne Wirkung 3. *Tranquilizer,* der (lat.-fr.-engl., Pl. –) Beruhigungsmittel

Medizin für den Tag *Day Mad,* die (engl., ohne Pl.)

Medizin, die den Menschen betrifft *Humanmedizin,* die (lat., ohne Pl.) »In der Humanmedizin werden gleiche Krankheitszustände im wesentlichen nur mit e. Methode behandelt...« (Peter Kuttruff, Kassenzahnärztliche Vereinigung, 1998)

Medizin, sich entwickelnde ... *evolutionäre Medizin,* die (lat., ohne Pl.) die auf der Evolutionstheorie basiert; resistente Bakterien u. Forschungen im Bereich der Immunologie, z. B. bei Migräne, Aids, Asthma, Allergien, Pilzkrankheiten, bestätigen die Fehlanpassung des menschlichen Organismus

medizinisch *iatrisch* (gr.-lat.) med.

Medizinstudent *Famulus,* der (lat., Pl. -se, ...li) »Diener«; auch: Student, der e. Professor assistiert

Meer *Ozean,* der (gr.-lat., Pl. -e) z. B. Indischer Ozean

Meer vor der Ostsee *Yoldiameer,* das (Eigenn.-lat.-dt., ohne Pl.)

Meer, das ... betreffend *maritim* (lat.) z. B. Irland wird von maritimem Klima beeinflußt

Meer, durch das ... entstanden *thalassogen* (gr.-lat.)

Meerbusen *Golf,* der (gr.-lat.-it., Pl. -e) auch: Sportart

Meeresarm an der skand. Küste 1. *Fjärd,* der (skand., Pl. -e) 2. *Fjeld,* der (skand., Pl. -s) 3. *Fjord,* der (skand., Pl. -e)

Meeresbodenregion *Benthal,* das (gr.-lat., ohne Pl.) auch: Gewässergrundbereich

Meeresbucht 1. *Bai,* die (niederl., Pl. -en) 2. *Golf,* der (gr.-lat.-it., Pl. -e) auch: Sportart 3. *Sound,* der (engl., Pl. -s) Sund, Meerenge 4. *Fjord,* der (skand., Pl. -e) tief einschneidender Meeresarm

Meeresforschung *Innerspace-Forschung,* die (am.-dt., Pl. -en)

Meeresfrüchte *Frutti di Mare,* die (it., nur Pl.) gemeint sind kleine Meerestiere: Krabben, Muscheln, Tintenfische

Meereskunde 1. *Ozeanologie,* die (gr.-lat., ohne Pl.) 2. *Ozeanographie,* die (gr.-lat., ohne Pl.) 3. *Innerspace-Forschung,* die (am.-dt., Pl. -en) 4. *Thalassographie,* die (gr.-lat., ohne Pl.)

Meereskundler *Ozeanograph,* der (gr.-lat., Pl. -en) z. B.: Jaques-Yves Cousteau, Hans Hass, Ben Cropp

meereskundlich *ozeanographisch* (gr.-lat.)

Meeresspiegelhöhenschwankung 1. *Eustasie,* die (gr.-lat., Pl. ...ien) 2. *Tidenhub,* der (niederl.-dt., Pl. ...hübe) Wasserstandsunterschied bei den Gezeiten

Meeresstrudel *Charybdis,* die (gr.-lat., ohne Pl.) »aus der Scylla in die Charybdis geraten«; Redensart nach Homers »Odyssee«; in der Meerenge von Sizilien brachten die Seeungeheuer Scylla u. Charybdis Seeleute in Not; Sinn: aus e. schlimmen Situation in e. schlimmere kommen

Meeresteil *Lagune,* die (lat.-it., Pl. -n) flacher, ruhiger, mit dem Meer verbundener Wasserarm

Meerestiefenmesser 1. *Bathymeter,* das (gr.-lat., ohne Pl.) 2. *Echolot,* das (gr.-lat., Pl. -e) 3. *Thallassometer,* das (gr.-lat., Pl. –)

Meereswelle im Pazifik von verheerenden Ausma-

ßen *Tsunami,* der (jap., Pl. -s) entsteht durch Veränderungen des Meeresbodens

Meerwasseraquarium *Ozeanarium,* das (gr.-lat., Pl. ...ien)

mehrdeutig *amphibolisch* (gr.-lat.) auch: doppelsinnig

Mehrdeutigkeit 1. *Amphibolie,* die (gr.-lat., Pl. ...ien) auch: Doppelsinn 2. *Ambiguität,* die (lat.-fr., Pl. -en) i. S. von Doppeldeutigkeit bei Wörtern 3. *Ambivalenz,* die (lat., Pl. -en) Doppelwertigkeit von Begriffen u. Erscheinungen

mehrere 1. *diverse* (lat.) verschiedene 2. *multipel* (lat.) i. S. von: vielfältig, z. B. e. multiple Persönlichkeit; multiple Sklerose (med.) Erkrankung vieler Stellen im Körper: Gehirn, Rückenmark, Nervenstränge

mehrfache Vernichtung durch große Waffenpotentiale *Overkill,* der (engl., ohne Pl.) dabei sind bes. Atomwaffen gemeint

Mehrfunktionsgerät, kleines ... als Kommunikator ... *Personal Communicator,* der (engl.-am., Pl. -s) ... der gleichzeitig als TV-Empfänger, Funktelefon, Fax u. Modem dient

Mehrgebot ... *Adjektion,* die (lat., Pl. -en) ... bei Versteigerungen

Mehrheit *Majorität,* die (lat.-fr., ohne Pl.) z. B. Stimmenmajorität; auch: die Aktienmajorität e. Unternehmens besitzen; Ggs.: Minorität

mehrseitig 1. *multilateral* (lat.) z. B. außenpolitische Probleme durch multilaterale Verhandlungen lösen 2. *universal* (lat.-fr.) i. S. von: weltweit; auch 3. *global* (lat.)

mehrsprachig *polyglott* (gr.)

mehrstimmig *polyphon* (gr.) z. B.: e. polyphonen Chor hören; Ggs.: homophon

Mehrstimmigkeit *Polyphonie,* die (gr., ohne Pl.) Ggs.: Homophonie

mehrwertig 1. *multivalent* (lat.) e. math. Aufgabe z. B. läßt mehrere Lösungen zu 2. *polyvalent* (gr.-lat.) gegen diverse Erreger wirksam (med.)

Mehrzahl *Plural,* der (lat., Pl. -e) Ggs.: Singular

Meinung 1. *Präjudiz,* das (lat., Pl. -e) auch: Vorentscheidung, Rechtsnachteil 2. *Opinio communis,* die (lat., ohne Pl.) allg. Meinung 3. *Opinion,* die (engl., Pl. -s) z. B.: *Opinion-leader,* der (engl., Pl. -s) i. S. e. Meinungsmachers, bzw. jmd., der Meinungen beeinflußt

Meinung e. Mufti (Gelehrter) *Fatwa,* die (arab.) auch: Entscheidung über e. Streitpunkt des islamischen Gesetzes; »Entgegen der westlichen Propaganda ist die Fatwa gegen Salman Rushdie immer noch in Kraft.« (Ayatollah Hassan Sanei, 1998)

Meinung, die herrschende ... *Opinio communis* (lat., Zitat)

Meinungmacher *Opinion-leader,* der (engl., Pl. -s) auch: Meinungsführer, Meinungsbildner

Meinungsaustausch *Diskussion,* die (lat., Pl. -en)

Meinungsbildner *Opinion-leader,* der (engl., Pl. -s) auch: Meinungsmacher, -beeinflusser, z. B. in der Mode, in politischen Ansichten (meist bekannte u. beliebte Persönlichkeiten)

Meinungsforscher 1. *Demoskop,* der (gr.-lat., Pl. -en) 2. *Researcher,* der (engl., Pl. -s)

Meinungsforschung 1. *Demoskopie,* die (gr.-lat., Pl. ...ien) 2. *Research,* das (engl., Pl. -es)

Meinungsstau ... *emotional Ketchup Burst* (lat.-am.-engl.) ... bis sich dieser plötzlich explosionsartig, zum Erstaunen aller, entlädt

Meinungsstreit 1. *Debatte,* die (lat.-fr., Pl. -n) auch: Erörterung 2. *Disput,* der (lat.-fr., Pl. -e) Auseinandersetzung 3. *Kontroverse,* die (lat., Pl. -n) Streit 4. *Polemik,* die (gr.-fr., Pl. -en) scharfe, unsachliche Kritik, literarische Fehde

Meinungsumfrage *Demoskopie,* die (gr.-lat., Pl. ...ien)

Meinungsverschiedenheit 1. *Differenz,* die (lat., Pl. -en) 2. *Dissens,* der (lat., Pl. -e) im Vorvertrag galt es noch Dissense auszuräumen; Ggs.: Konsens

Meister 1. *Maestro,* der (lat.-it., Pl. -s) berühmter Musiker, Komponist oder Dirigent 2. *Champion,* der (lat.-fr.-engl., Pl. -s) z. B. e. Champion unter den Boxern sein, wie einst Cassius Clay: »der Killer von Manila«; nicht verw. mit *Champignon,* der (lat.-fr., Pl. -s) e. eßbarer Pilz 3. *Sidi,* der (arab.) auch: Herr

Meister seines Faches 1. *Kapazität,* die (lat., Pl. -en) Fassungsvermögen; hervorragender Fachmann 2. *Koryphäe,* die (gr.-lat.-fr., Pl. -n) »an der Spitze Stehender«; auch: Chorführer im antiken Drama

Meister, akademischer Grad *Magister,* der (lat., ohne Pl.) entspricht dem Diplom; »heiße Magister, heiße Doktor gar« (Goethe: »Faust«)

meisterhaft 1. *bravourös* (gr.-lat.-fr.) mit Bravour, d. h. gekonnt 2. *phänomenal* (gr.-lat.-fr.) außergewöhnlich 3. *virtuos* (lat.-it.) vollendet; Pablo Casals (1876-1973) spielte virtuos auf dem Violoncello

Meisterleistung *Bravourleistung,* die (gr.-lat.-fr.-dt., Pl. -en) Glanzleistung

Meisterschaft *Championat,* das (fr., Pl. -e)

Meisterwerk *Chef d'œuvre,* das (fr., Pl. -s)

Mekkaauszug des Propheten *Hidschra,* die (arab.) ... u. seiner Jünger nach Medina 622 n. Chr., auch Beginn der islamischen Zeitrechnung

Mekkapilger *Hadschi,* der (arab.-türk., Pl. -s) für den Mohammedaner ist es e. Lebenswunsch, einmal nach Mekka zur Kaaba zu wallfahrten

Melancholie der Frau nach e. Entbindung 1. *Baby-*

Blues, der (engl., ohne Pl.) 2. *postnatale Depression,* die (lat., Pl. -en) nach der Entbindung auftretende seelische Niedergeschlagenheit

melden 1. *avisieren* (lat.-fr.) z. B. e. Warenlieferung avisieren 2. *rapportieren* (lat.-fr.) der Soldat rapportiert seinem Vorgesetzten; auch: Bericht erstatten

Meldung 1. *Rapport,* der (lat.-fr., Pl. -e) e. dienstliche Meldung 2. *Notiz,* die (lat., Pl. -en) i. S. e. Kurzmeldung

Meldungen *News,* die (engl., nur Pl.) auch: Nachrichten

Menge 1. *Quantität,* die (lat., Pl. -en) »Qualität vor Quantität!« 2. *Portion,* die (lat., Pl. -en) von diesen kleinen Portionen wird niemand satt! 3. *Quantum,* das (lat., Pl. ...ten) Paul braucht e. bestimmtes Quantum Alkohol für sein Wohlbefinden 4. *Ration,* die (lat.-fr., Pl. -en) auf der Fahrt durch die Sahara gab es nur e. kleine Ration Trinkwasser 5. *Dosis,* die (gr.-lat., Pl. ...sen) Medikamente werden in kleinen Dosen verabreicht 6. *Idee,* die (gr.-lat., Pl. -n) an diese Soße darf nur e. Idee Pfeffer 7. *Legion,* die (lat., Pl. -nen) am Grab von Elvis Presley trafen sich Fans in Legionen 8. *Hekatombe,* die (gr.-lat., Pl. -n) e. riesige Menge, in der Antike 100 Opferstiere 9. *Kontingent,* das (lat.-fr., Pl. -e) z. B. e. best. Kontingent an Waren liefern 10. *Quote,* die (lat., Pl. -n) z. B. e. Anteil von Personen oder Sachen; scherzh.: die Quoten-Frau in der Regierung

Menge von plötzlich eintretenden Dingen *Lawine,* die (lat., Pl. -n) auch: stürzende Schnee- oder Gesteinsmassen; »Wortlawinen rollen gewöhnlich von Bergen der Dummheit.« (Jercy Lec, polnischer Aphoristiker, 1909-1966)

Menge, ich hasse die ungebildete ... *odi profanum vulgus* (lat., Zitat: Horaz, 65-8 v. Chr.)

Menge, unbestimmt große *Legion,* die (lat., Pl. -en) große Anzahl; »ihre Zahl ist Legion« (nach der Bibel, Markus 5, 9) auch: röm. Heereseinheit: Legion, ca. 6000 Mann; »Varus, gib mir meine Legionen wieder!« klagte Kaiser Augustus (63 v. Chr. – 14 n. Chr.) nach der verlorenen Schlacht gegen die Germanen im Teutoburger Wald

Menge, unendliche *Myriade,* die (gr.-lat., Pl. -n) Anzahl von 10 000; Pl.: Unzahl, große Menge

Mengenänderung *Elastizität,* die (gr.-lat., Pl. -en) gemeint ist die Abhängigkeit von Menge u. Preis; Preiselastizität

mengenmäßig *quantitativ* (lat.)

Mensch 1. *Homo,* der (lat., Pl. -s) 2. *Person,* die (etrusk.-lat., Pl. -en)

Mensch als Einzelwesen *Individuum,* das (lat., Pl. ...duen) eigtl.: das Unteilbare; »Das Individuum überschreitet sein gemeinsames Sein, um es zu verwirklichen.« (Jean-Paul Satre, 1905-1980)

Mensch mit Denkvermögen *Intellektuelle,* der, die (lat., Pl. -n) »Der Intellektuelle ist die einzige positive Persönlichkeit, die das Bürgertum hervorgebracht hat.« (Alberto Moravia)

Mensch mit schöpferischer Begabung *Genie,* das (lat.-fr., Pl. -s) »Die Genies sind uns ausgegangen.« (Günter Netzer, Ex-Nationalspieler, zum dt. Fußball, 1998)

Mensch, als Neuling *Homo novus,* der (lat., ohne Pl.) i. S. von Emporkömmling

Mensch, älterer ... *Gruftie,* der (dt., Pl. -s) von Gruft für Grab, Jugendslang; auch i. S. e. Diffamierung für spießige Typen

Mensch, antriebsschwacher, pessimistischer ... *Melancholiker,* der (gr.-lat., Pl. –) Temperamentstyp nach dem gr. Arzt Hippokrates (460-377 v. Chr.)

Mensch, aufrecht gehender *Homo erectus,* der (lat., ohne Pl.)

Mensch, blindwütig tobender ... *Berserker,* der (altnordisch, Pl. –)

Mensch, der ... als soziales, sich in der Gemeinschaft entwickelndes Wesen *Zoon politikon,* das (gr., ohne Pl.) nach dem gr. Philosophen Aristoteles (384-322 v. Chr.)

Mensch, der ... denkt u. Gott lenkt *homo proponit, sed Deus disponit* (lat., Zitat)

Mensch, enthaltsam lebender ... *Asket,* der (gr., Pl. -en)

Mensch, fort mit dem ...! *ultro istum a me!* (lat., Zitat: Plautus) weg mit ihm!

Mensch, Frühform des ... *Homines,* der (lat., ohne Pl.)

Mensch, gehirntoter ... 1. *Heart Beating Cadaver,* der (engl.-am., Pl. -s) kurz: HB-Cadaver; dessen Herz jedoch noch schlägt; hört auch das Herz auf zu schlagen, handelt es sich um e.: 2. *Non-Heart-Beating-Cadaver,* der (engl.-am., Pl. -s) kurz: NHB-Cadaver

Mensch, geschickter ... *Homo habilis,* der (lat., ohne Pl.)

Mensch, rechtlich u. wirtschaftlich abhängiger ... *Sklave,* der (gr.-lat., Pl. -n) »Ich bin es müde, über Sklaven zu herrschen.« (Friedrich der Große, 1785)

Mensch, reizbarer, jähzorniger ... *Choleriker,* der (gr.-lat., ohne Pl.) Temperamentstyp nach dem gr. Arzt Hippokrates (460-377 v. Chr.)

Mensch, ruhiger, schwerfälliger ... *Phlegmatiker,* der (gr.-lat., ohne Pl.) Temperamentstyp nach dem gr. Arzt Hippokrates (460-377 v. Chr.)

Mensch, schmächtiger ... *Astheniker,* der (gr., ohne Pl.)

Mensch, sehr reicher ... *Milliardär,* der (lat., Pl. -e) »Ich möchte kein Milliardär sein, ich möchte nur wie einer leben.« (Bernie Ecclestone, Motorsport-Boß, 1998)
Mensch, spielender ... *Homo ludens,* der (lat., ohne Pl.)
Mensch, spitzfindiger ... *Rabulist,* der (lat., Pl. -en) ... der den wahren Sachverhalt verdreht
Mensch, temperamentvoller, optimistischer ... *Sanguiniker,* der (gr.-lat., ohne Pl.) nach Hippokrates (460-377 v. Chr.) festgelegter Temperamentstyp
Mensch, unzuverlässiger ... *unsicherer Kantonist,* der (dt.-fr., Pl. -e, -en) eigtl.: Rekrut (Kantonist) in der preußischen Armee
Mensch, vernunftbegabter ... *Homo sapiens sapiens* der (lat., ohne Pl.) die wissenschaftliche Bez. des heutigen Menschen
Mensch, Werkzeuge gebrauchender ... *Homo faber,* der (lat., ohne Pl.) »Fertiger«
Mensch, wirtschaftender ... *Homo oeconomicus,* der (lat., ohne Pl.) auch: Bez. des heutigen Menschen
Menschen, alle ... müssen sterben *homini necesse est mori* (lat., Zitat)
Menschen, riesenhafte ... *Enakiter,* die (Eigenn., nur Pl.) nach dem Volk der Riesen in Kanaan
Menschenaffe 1. *Anthropoid,* der (gr.-lat., Pl. -en) 2. *Anthropomorp,* der (gr.-lat., Pl. -en)
menschenähnlich 1. *anthropoid* (gr.-lat.) 2. *anthropomorph* (gr.-lat.)
Menschenalter *Generation,* die (lat., Pl. -en)
Menschenfeind *Misanthrop,* der (gr., Pl. -en); Ggs.: Philanthrop
menschenfeindlich 1. *timonisch* (gr.-lat.) 2. *misanthropisch* (gr.)
Menschenfresser 1. *Kannibale,* der (sp., Pl. -n) 2. *Oger,* der (fr., Pl. –) Menschenfresser in fr. Märchen 3. *Anthropophage,* der (gr.-lat., Pl. -n)
Menschenfresserei *Anthropophagie,* die (gr., ohne Pl.) Kannibalismus
Menschenfreund *Philanthrop,* der (gr., Pl. -en) Ggs.: Misanthrop
menschenfreundlich 1. *human* (lat.) i. S. von: die Würde des Menschen achtend, nachsichtig; Ggs.: inhuman 2. *humanitär* (lat.) i. S. von wohltätig 3. *philanthropisch* (gr.) menschlich; Ggs.: misanthropisch
Menschenfreundlichkeit *Philanthropie,* die (gr., ohne Pl.) Ggs.: Misanthropie
Menschengedenken, seit ... *post memoriam hominum* (lat.)
Menschengemeinschaft *Nation,* die (lat., Pl. -en)
Menschenhaß *Misanthropie,* die (gr., ohne Pl.) Ggs.: Philanthropie
Menschenkunde *Anthropologie,* die (gr., ohne Pl.)
menschenkundlich *anthropologisch* (gr.-lat.)
Menschenlehre *Anthropologie,* die (gr.-lat., ohne Pl.)
Menschenliebe *Philanthropie,* die (gr., ohne Pl.) Ggs.: Misanthropie
Menschenraub *Kidnapping,* das (engl., Pl. -s)
Menschenscheu 1. *Anthropophobie,* die (gr.-lat., ohne Pl.) 2. *Exanthropie,* die (gr.-lat., ohne Pl.) 3. *Misanthropie,* die (gr., ohne Pl.)
menschenscheu *anthropophob* (gr.-lat.)
Menschenverschlinger *Moloch,* der (hebr.-gr., ohne Pl.) nach dem semitischen Gott, dem Menschen geopfert wurden; auch: riesige, laute Großstadt, z. B. Moloch Tokio
Menschenverstand *Common Sense,* der (engl., ohne Pl.) i. S. e. gesunden Menschenverstandes
Menschenweisheit *Anthroposophie,* die (gr., ohne Pl.) auch von Rudolf Steiner 1913 begründete Weltanschauungslehre
menschenwürdig *human* (lat.) die Menschenwürde achtend; Ggs.: inhuman
menschenwürdig, was danach kommt *posthuman* (lat.) »Der Mensch tritt zurück, übrig bleibt ein komplexer biologischer Apparat, der sich auf keine ideale geistige Einheit berufen kann.« (Jeffrey Deitch zu: posthumanen Tendenzen der Gegenwartskunst)
menschlich 1. *human* (lat.) Ggs.: inhuman 2. *philanthropisch* (gr.) Ggs.: misanthropisch 3. *sozial* (lat.-fr.)
menschliche Note *Human Touch,* der (engl., ohne Pl.)
Menschlichkeit 1. *Humanismus,* der (lat., ohne Pl.) 2. *Humanitas,* die (lat., ohne Pl.) auch: Menschenliebe 3. *Humanität,* die (lat., ohne Pl.)
Menschwerdung *Inkarnation,* die (lat., Pl. -en) eines göttlichen Wesens
Menstruation, die erste ... *Menarche,* die (gr., ohne Pl.) med.
Merkbuch *Agenda,* die (lat., Pl. ...den) auch: Terminkalender, Notizbuch
merken, sich etwas gut ... *ad notam* (lat.) auch: zur Kenntnis nehmen
Merkmal 1. *Kriterium,* das (gr.-lat., Pl. ...ien) kennzeichnendes Merkmal, z. B. e. hoher Preis für Qualitätsware 2. *Symptom,* das (gr., Pl. -e) der Arzt kann helfen, wenn er die Symptome der Krankheit kennt 3. *Element,* das (lat., Pl. -e) in der Jazzmusik stecken Elemente afrikanischer Musik 4. *Attribut,* das (lat., Pl. -e) 5. *Charakteristikum,* das (gr.-lat., Pl. ...ka) bezeichnende Eigenschaft
Merkmale, männliche u. weibliche ... in e. Person *Intersexualität,* die (lat., ohne Pl.)
merkwürdig 1. *kurios* (lat.) kuriose Einfälle haben 2. *originell* (lat.-fr.) e. originellen Verbesserungs-

vorschlag unterbreiten 3. *bizarr* (it.-fr.) absonderlich 4. *obskur* (lat.) auch: verdächtig, zweifelhaft 5. *skurril* (etrusk.-lat.) sonderbar
Merkwürdigkeit *Kuriosität,* die (lat., Pl. -en)
Merkzeichen *Notabene,* das (lat., ohne Pl.) auch: Vermerk
Merkzettel *Memo,* das (lat., Pl. -s)
Meßdiener 1. *Ministrant,* der (lat., Pl. -en) katholischer Kirchendiener 2. *Mesner,* der (lat., ohne Pl.) in der katholischen Kirche 3. *Sakristan,* der (lat., Pl. -e) in der katholischen Kirche
Messe, Toten... *Requiem,* das (lat., Pl. -s) nach: requiem aeternam dona eis, Domine (Eingangsgebet: Herr, gib ihnen die ewige Ruhe)
Meßeinteilung *Skala,* die (lat.-it., Pl. ...len)
Messer *Skalpell,* das (lat., Pl. -e) med., chirurgisches Messer
Meßgenauigkeit *Reliabilität,* die (lat.-fr.-engl., Pl. -en) z. B.: Meßzuverlässigkeit bei Prüfverfahren
Meßgerät für die Bestimmung des Alkoholgehalts *Önometer,* das (gr.-lat., ohne Pl.) ... des Weines
Meßopfer *Oblation,* die (lat., Pl. -en) auch: Kollekte
Meßröhre *Bürette,* die (fr., Pl. -n) für Flüssigkeiten
Metallgravierung *Chalkochemigraphie,* die (gr., Pl. ...ien)
Metallkästchen *Kassette,* die (lat.-it.-fr., Pl. -n)
Metallkunde *Metallogie,* die (gr.-lat., ohne Pl.)
Metallstecher *Ziseleur,* der (lat.-fr., Pl. -e)
Meteor, sehr heller ... *Bolid,* der (gr.-lat., Pl. -en) auch: Feuerkugel; Bez. für Rennwagen
Meteoriteneinschlag *Impakt,* der (lat.-engl., Pl. -e)
Methode des Golfgriffs *Vardon-Griff,* der (Eigenn., Pl. -e) gilt als Lehrbuchmethode
Methode für den Nachweis best. Tumorveranlagungen *Screening-Diagnostik* die (gr.-lat.-engl., Pl. -en) wird über Genchips nachgewiesen
Methode zum Umgang mit Dateiformaten im Internet *Multipurpose Internet Mail Extensions,* die (engl., nur Pl.) kurz: MIME; mit Hilfe e. Codes können Programme erkennen, ob sie in der Lage sind, e. best. Datei zu öffnen u. richtig darzustellen
Methode zur Bewertung von Unternehmen *Fundamentalanalyse,* die (lat., Pl. -n) ... aufgrund best. Daten u. des ökonomischen Umfelds, der Bilanz u. der Erfolgsrechnung
Methodenlehre *Methodologie,* die (gr.-lat., Pl. ...ien)
meutern *revoltieren* (lat.-it.-fr.) Häftlinge revoltieren wegen schlechter Bedingungen
Miedergürtel *Guêpière,* die (fr., Pl. -s) ... zum Erreichen e. Wespentaille
Miederhöschen *Panty,* die (engl., Pl. ...ties)
Mienenspiel *Mimik,* die (gr.-lat., ohne Pl.)
Miesmacher *Defätist,* der (lat., Pl. -en)
Miesmacherei *Defätismus,* der (lat.-fr., ohne Pl.) auch: Schwarzseherei
Miesmuschel *Mytilus,* die (gr.-lat., ohne Pl.)
mieten *chartern* (lat.-fr.-engl.) von Schiffen oder Flugzeugen
Mieter ... *Charterer,* der (lat.-fr.-engl., Pl. –) ... e. Schiffes oder Flugzeuges
Migräne *Hemialgie,* die (gr.-lat., Pl. ...ien) med.
Mikroorganismus *Virus,* das, der (lat., Pl. Viren) auch: kleinstes krankheitserregendes Partikel; »Das Virus ist raffiniert u. verschlagen – e. würdiger Gegner, ich will es fertigmachen.« (David Ho, Aids-Forscher, 1997)
Mikrophon, e. ..., das für alle da ist *open mike,* das (engl., Pl. -s) Bez. der Poetry-Slam-Szene (»des Dichters Wort«, e. literarische Vortragsform)
Mikroplättchen *Wafer,* der (engl., Pl. -s) EDV-Begriff
Mikroskop für beide Augen *Binokel,* das (fr., Pl. –)
Mikrowellenherd, im ... zubereiten *mikrowaven* (engl.-am.) mikrowellengaren
Milchkaffee *Melange,* die (lat.-fr., Pl. -n) auch: Gemisch oder aus verschiedenfarbigen Fasern hergestelltes Garn
Milchmixgetränk *Milk-shake,* der (engl., Pl. -s)
Milchqualität, Gerät für die Messung der ... *Galaktometer,* das (gr.-lat., Pl. –)
Milchstauung *Galaktostase,* die (gr., Pl. -n) z. B. bei Brustentzündung oder Saugschwäche des Babys
Milchstraße *Galaxis,* die (gr.-lat., Pl. ...xien) u. *Galaxie,* die (gr.-lat., Pl. ...xien)
Milchstraße, außerhalb der ... befindlich *extragalaktisch* (lat.-gr.)
milchtreibendes Mittel ... *Galaktagogum,* das (gr., Pl. ...ga) ... für die Wöchnerin (med.)
Milchzucker *Lactose,* die (lat., ohne Pl.)
mild *bland* (lat.) auch: reizlos
mildtätig 1. *humanitär* (lat.) menschenfreundlich 2. *karitativ* u. *caritativ* (lat.) nicht verw. mit: *karikativ* (lat.-it.) komisch u. verzerrt
Militärkleidung in der Mode *Militär-Look,* der (lat.-fr.-engl., ohne Pl.) best. Szenen (Techno-, House-, Crustie-, Hip-Hop-Szenen) tragen Militärutensilien, wie Springerstiefel, Tarnanzüge usw., mit dem Peace-Zeichen z. B. auf Kampfanzügen wird der Militär-Look ironisiert
Militärrichter 1. *Auditor,* der (lat., Pl. ...oren) auch: einst Vernehmungsrichter an kirchlichen Gerichten; Beamter der römischen Kurie (päpstlicher Hof) 2. *Auditor,* der (engl., Pl. -s) Rechnungsprüfer; Gasthörer in den USA
Militärsklavenschicht, Mitglied der ... *Mameluck,*

der (arab., Pl. -en) ursprünglich: »Leibeigener«, dann ägyptisches Herrschergeschlecht (13.-16. Jh.)

Miliz, schiitische ... *Hisbollah,* die (arab., ohne Pl.)

Miliz, zionistische ... *Haganah,* die (hebr., ohne Pl.) 1920 von jungen Leuten gegründet worden, bei der Staatsgründung in Israels Armee »Zahal« aufgegangen

Milizkavallerie Großbritanniens *Yeomanry,* die (engl., ohne Pl.)

Minderheit *Minorität,* die (lat.-fr., Pl. -en) Ggs.: Majorität

Minderheit, religiöse *Diaspora,* die (gr., ohne Pl.) eigtl.: Zerstreuung; nicht verw. mit *Diaspor,* der (gr.-lat., Pl. -e) e. Mineral

minderjährig *minorenn* (lat.) unmündig; Ggs.: majorenn

minderwertig *inferior* (lat.) auch: untergeordnet

mindestens *minimal* (lat.) auch: wenig, sehr klein; Ggs.: maximal

Mindestmenge *Kaveling,* die (niederl., Pl. -en) ... die auf e. Auktion ersteigert werden muß

Mine, die durch e. elektr. Beeinflussung explodiert *Influenzmine,* die (lat., Pl. -n)

Minicomputer 1. *Laptop,* der (engl., Pl. -s) aus: lap (Schloß) u. top (für: kleiner PC) »Der Manager von heute hat keine Sekretärin, sondern sein Laptop auf dem Schoß.« (Jörg Zittlau) 2. *Notebook,* das (engl., Pl. -s) PC in Buchgröße

Minicomputer, kleine, intelligente ... *Personal Digital Assistant,* der (engl.-am., Pl. -s) ... der neuen Generation, der mit e. Schreibstift als Eingabegerät gesteuert wird

Minister, türk. ... *Wekil,* der (arab.-türk., ohne Pl.) auch: stellvertretender Gouverneur in Ägypten

Mischbrett *Palette,* die (lat.-fr., Pl. -n) verwendet der Kunstmaler für Farben

mischen 1. *mixen* (lat.-fr.-engl.) z. B.: Mixgetränke 2. *melieren* (lat.-fr.) von Farben bei Stoffen

mischerbig *heterozygot* (gr.) Ggs.: homozygot

Mischerbigkeit *Heterozygotie,* die (gr., ohne Pl.) Ggs.: Homozygotie

Mischgetränk *Cocktail,* der (engl., Pl. -s) alkoholhaltig oder -frei; die 11 Cocktail-Klassiker: Dry Martini, Manhattan dry, Side Star, White Lady, Gimlet, Bloody Mary, Daiquiri, Bronx, Alexander, Singapore sling, Mojito

Mischgetränk, alkoholisches ... *Fizz,* der (engl., Pl. -e) ... mit Früchten oder Säften (Cocktail)

Mischlaut aus zwei Vokalen *Diphthong,* der (gr.-lat., Pl. -e) Doppellaut, z. B. au, ei; Ggs.: Monophtong

Mischling 1. *Mulatte,* der (lat.-sp., Pl. -n) Nachkomme von Negern u. Weißen 2. *Mestize,* der (lat.-sp., Pl. -n) Mischling zwischen Indianern u. Weißen 3. *Terzerone,* der (lat.-sp., Pl. -n) Mischling zwischen Weißen u. Mulatten 4. *Bastard,* der (fr., Pl. -e) abfällig für Mischling oder uneheliches Kind 5. *Kreole,* der (fr., Pl. -n) Mischvolk in Mittel- u. Südamerika 6. *Hybride,* die, der lat., Pl. -n) nicht verw. mit *Hybris,* die (gr., ohne Pl.) Vermessenheit, Übermut

Mischling zwischen Europäern u. Hottentottenfrauen (Nama) *Baster,* der (niederl., ohne Pl.) bes. in Rehoboth (Namibia)

Mischmasch 1. *Pelemele,* das (fr., ohne Pl.) auch: Durcheinander 2. *Tohuwabohu,* das (hebr., Pl. -s) auch: Wirrwarr

Mischmasch, musikalischer ... *Bhangramuffin* (ind.-engl.) aus Bhangra (ind. Volksmusik) Reggae (Jamaikamusik) u. anderen Popstilrichtungen

Mischung 1. *Blend,* der (engl., Pl. -s) bei verschiedenen Tabaksorten verwendeter Ausdruck 2. *Melange,* die (lat.-fr., Pl. -n) auch: Gemisch

Mischung aus Heroin u. Kokain *Speedball,* der (engl.-am., Pl. -s) Jargon

Mischung, gute ... *Eukrasie,* die (gr., ohne Pl.) i. S. e. normalen Zusammensetzung der Körpersäfte (med.)

Misere *Malaise,* die (lat.-fr., Pl. -n)

Mißbehagen *Antipathie,* die (gr.-lat., Pl. ...ien) Abneigung; Ggs.: Sympathie; »Ich habe e. Antipathie gegen Lobhudeleien.« (Helmuth von Moltke)

Mißbildung 1. *Paraplasie,* die (gr.-lat., Pl. ...ien) med. 2. *Anomalie,* die (gr.-lat., Pl. ...ien) 3. *Deformation,* die (lat., Pl. -en) i. S. von Verformung

Mißbildung, angeborene ... der Hände u. Füße *Ektrodaktylie,* die (gr.-lat., Pl. ...ien)

Mißbrauch *Abusus,* der (lat., ohne Pl.) übermäßiger Gebrauch z. B. von Medikamenten

Mißbrauch, durch ... *per abusum* (lat.)

mißbräuchlich *abusiv* (lat.)

Mißerfolg 1. *Fiasko,* das (germ.-it., Pl. -s) auf der Radtour regnete es in Strömen, es war ein Fiasko 2. *Debakel,* das (fr., Pl. –) auch: Niederlage 3. *Desaster,* das (it.-fr., Pl. –) eigtl.: Unstern; Unheil 4. *Ruin,* der (lat.-fr., ohne Pl.) Untergang 5. *Flop,* der (engl.-am., Pl. -s)

Missetäter *Delinquent,* der (lat., Pl. -en) auch: Übeltäter

Mißfallensbekundung 1. *Protest,* der (lat.-it., Pl. -e) 2. *Protestation,* die (lat., Pl. -en)

Mißgeburt *Monstrum,* das (lat., Pl. ...ren) 2. *Monstrosität,* die (lat., Pl. -en) 3. *Abrachius,* der (lat., Pl. ...ien, ...chii) med.

Mißgeschick 1. *Fatalität,* die (lat., Pl. -en) auch: Verhängnis 2. *Desaster,* das (it.-fr., Pl. –) 3. *Malheur,* das (lat.-fr., Pl. -e, -s) Unglück; auch: Pech

mißgestaltet *monströs* (lat.-fr.)

mißhandeln 1. *malträtieren* (lat.-fr.) der angetrunkene Vater malträtierte seine Tochter 2. *massakrieren* (fr.) svw. grausam umbringen; quälen

Mißklang 1. *Diskordanz,* die (lat., Pl. -en) auch: Uneinigkeit 2. *Disharmonie,* die (gr.-lat., Pl. ...ien) auch: Unstimmigkeit 3. *Kakophonie,* die (gr., Pl. ...ien) 4. *Dissonanz,* die (lat., Pl. -en)

mißlich *prekär* (lat.-fr.) falsche Anschuldigungen bringen brave Leute in prekäre Situationen

Mißmut *Melancholie,* die (gr.-lat., Pl. ...ien) Schwermut, Trübsinn; »Melancholie ist das Vergnügen, traurig zu sein.« (Victor Hugo)

Mißton *Disharmonie,* die (gr.-lat., Pl. ...ien) auch: Unstimmigkeit

mißtönend *absurd* (lat.) widersinnig, abwegig; davon: *Absurdität,* die (lat., Pl. -en) Widersinnigkeit; »Das Leben ist e. absurde Angelegenheit, die durch e. andere Absurdität, den Tod, beendet wird.« (Claude Simon)

Mißtrauen *Skepsis,* die (gr., ohne Pl.) auch: Zweifel, Bedenken

mißtrauisch *skeptisch* (gr.) böse Erfahrungen hatten die alte Frau skeptisch gemacht

Mißverhältnis 1. *Diskrepanz,* die (lat., Pl. -en) zwischen seinen Worten u. seinen Taten bestand e. Diskrepanz 2. *Disproportion,* die (lat., Pl. -en) das Firmenergebnis steht in Disproportion zum Umsatz 3. *Ametrie,* die (gr., Pl. ...ien) Ungleichmäßigkeit 4. *Dissonanz,* die (lat., Pl. -en) i. S. von Mißklang

Mißwuchs bewirkend *teratogen* (gr.) med., wird z. B. durch teratogene Arznei begünstigt, wie einst Contergan (Contergankind)

mit dem Finger *digital* (lat.)

mit Eiswürfeln *on the rocks* (engl.) z. B. Whisky on the rocks

mit *per* (lat.)

mit Verpackung *brutto* (lat.-it.) Bruttogewicht abzüglich Tara (Verpackung) ergibt Nettogewicht; auch: Bruttopreis, Preis einschließlich der Mehrwertsteuer

mit vollem Titel *titulo pleno* (lat.)

Mitarbeiter 1. *Observator,* der (lat., Pl. ...oren) in e. Sternwarte 2. *Assistent,* der (lat., Pl. -en) »Helfer«; auch: Hilfskraft e. Professors 3. *Kollaborateur,* der (lat.-fr., Pl. -e) jmd., der mit dem Feind zusammenarbeitet

Mitarbeiter für Kommunikation ... *Kommunikator,* der (lat., Pl. ...oren) ... im Spannungsfeld Verbraucher, Markt u. Medien

Mitarbeiter, anpassungsfähiger ... *Flexist,* der (lat., Pl. -en) durch hohe Anpassungsfähigkeit u. Kommunikationsbereitschaft im Unternehmen erkennt er rasch interdisziplinäre Parallelen u. ist damit den neuen Anforderungen gewachsen

Mitbewerber 1. *Konkurrent,* der (lat., Pl. -en) in der Wirtschaft 2. *Rivale,* der (lat.-fr., Pl. -n) bei Sportveranstaltungen 3. *Kontrahent,* der (lat., Pl. -en) Streitgegner; auch: Vertragspartner

mitenthalten 1. *implizieren* (lat.) einbeziehen 2. *involvieren* (lat.) i. S. von: einschließen

Mitesser *Komedo,* der (lat., Pl. ...onen) med. i. S. von Hautunreinheiten

Mitgefühl *Sympathie,* die (gr.-lat., Pl. ...ien) Unternehmen suchen Spitzensportler als Sympathieträger für Werbezwecke

Mitgestalter des Gemeinwesens *Politiker,* der (gr.-lat., Pl. –) »Bei Politikern, die nicht lachen können, bei denen hat das Volk nichts zu lachen.« (Norbert Blüm)

Mitgift *Dotation,* die (lat., Pl. -en) der Braut für die Heirat

Mitglied der ev. Kirchenverwaltung *Synodale,* der, die (gr.-lat., Pl. -n) bestehend aus Pfarrern u. Laien

Mitglied der Falange *Falangist,* der (sp., Pl. -en) ... einer ehemaligen sp. faschistischen Staatspartei unter Franco

Mitglied des Vorstandes e. Studentenverbindung *Chargierte,* der (fr., Pl. -n)

Mitglied e. Kibbuz *Kibbuznik,* der (hebr., Pl. -s)

Mitglied e. sozialreformerischen Partei *Sozialdemokrat,* der (lat., Pl. -en) »... es wird auch darüber entschieden, wer die Ehre hat, als Sozialdemokrat ... gegen Helmut Kohl zu verlieren.« (Wolfgang Schäuble, Fraktionschef, 1998)

Mitglieder e. Gremiums, Anzahl beschlußfähiger ... *Quorum,* das (lat., ohne Pl.)

Mithilfe *Assistenz,* die (lat., Pl. -en)

Mitinhaber *Kompagnon,* der (lat.-fr., Pl. -s)

mitmachen *partizipieren* (lat.) auch: teilhaben

mitreißend 1. *frenetisch* (gr.-lat.-fr.) stürmisch, z. B. frenetischen Applaus spenden 2. *fulminant* (lat.) 3. *furios* (lat.) auch: wütend, leidenschaftlich (musik. Vortragsanw.)

Mitschrift *Skript,* das (lat.-fr.-engl., Pl. -en, -s) kurz für *Manuskript,* das (lat.-fr.-engl., Pl. -e) maschinen- oder handgeschriebene Texte, Vorlage für e. Buch

Mitschwingen *Resonanz,* die (lat., Pl. -en) z. B. Resonanzboden; die Resonanz von Holzteilen bei Instrumenten

mitschwingen *resonieren* (lat.)

Mittag, von ... zu ... zurückgelegte Strecke *Etmal,* das (dt., Pl. -e) Seemannsspr.

Mittagsmahlzeit *Lunch,* der (engl., Pl. -es)

Mittagsruhe *Siesta,* die (lat.-sp., Pl. -s)
Mittäter 1. *Komplize,* der (lat.-fr., Pl. -n) 2. *Kumpan,* der (lat.-fr., Pl. -e) z. B. Saufkumpan
Mitte 1. *Medio,* das (lat.-it., Pl. -s) svw. Mitte des Monats 2. *Zentrum,* das (gr.-lat., Pl. ...ren)
Mitte, die ... *Mesotes,* die (gr., ohne Pl.) Begriff Aristoteles' (384-322 v. Chr.) Wert als Mitte zwischen zwei Extremen (Bedächtigkeit zwischen Langsamkeit u. Überstürztheit) Philos.
Mitte, die goldene ... *aurea mediocritas* (lat., Zitat: Horaz)
Mitte, Einstellung auf die ... *Zentrierung,* die (lat., Pl. -en) »Wir müssen e. Zentrierung der Macht in Brüssel verhindern.« (Theo Waigel, Bundesfinanzminister, 1998)
mitteilen *informieren* (lat.) unterrichten
mitteilsam *kommunikativ* (lat.) kommunikative Menschen sind nicht lange allein
Mitteilung 1. *Information,* die (lat., Pl. -en) 2. *Message,* die (lat.-engl., Pl. -s) 3. *Notiz,* die (lat., Pl. -en) 4. *Kommuniqué,* das (lat.-fr., Pl. -s) i. S. e. offiziellen Mitteilung
Mittel (Geld) für e. guten Zweck auftreiben *Fundraising,* das (engl.-am., ohne Pl.) dabei werden potentielle Geldgeber angesprochen, Mittel für e. gemeinnützigen Zweck zu spenden
Mittel 1. *Präparat,* das (lat., Pl. -e) nicht verw. mit *Präparand,* der (lat., Pl. -en) Kind im Vorkonfirmandenunterricht
Mittel gegen Körpergeruch *Deodorant,* das (engl., Pl. -s, -e) »Ich leckte das Deodorant e. Nutte« (Spielplan der Baracke des Deutschen Theaters, Berlin, 1998)
Mittel, blutstillendes ... *Adstringens,* das (lat., Pl. ...genzien, ...gentia) ... das auf Wunden zusammenziehend wirkt (med.)
Mittel, das letzte ... *ultima ratio* (lat., Zitat) die letzte Entscheidung
Mittel, fiebersenkendes ... *Antipyretikum,* das (gr., Pl. ...ka)
Mittel, keimtötendes ... 1. *Bakterizid,* das (gr., Pl. -e) 2. *Antiseptikum,* das (gr., Pl. ...ka)
Mittel, letztes ... *Ultima ratio,* die (lat., ohne Pl.)
Mittel, math. ..., das Einstein benutzte ... *Kosmologische Konstante,* die (gr.-lat., Pl. -n) ... um die Raumzeit mit einer inhärenten (ihr anhaftenden) Expansionstendenz zu versehen
Mittel, schmerzstillendes ... *Anästhetikum,* das (gr., Pl. ...ka)
Mittel, um Zeichnungen wischfest zu machen *Fixativ,* das (lat., Pl. -e)
Mittel, wiederbelebendes ... *Analeptikum,* das (gr., Pl. ...ka)
Mittelalter *Mesozoikum,* das (gr.-lat., ohne Pl.) erdgeschichtlich gesehen
Mittelalter, Chemie des ... *Alchimie,* die (arab.-sp.-fr., ohne Pl.) Versuch, gewöhnliche Metalle in Gold zu verwandeln
mittelalterlich *mediäval* (lat.)
mittelbar *indirekt* (lat.) Ggs.: direkt
Mittelklasse, Mitglied der neuen gehobenen ... *Uppy,* der (engl.-am., Pl. ...ies) ... in den USA
Mittellosigkeitsbescheinigung *Testimonium,* das (lat., Pl. ...ien, ...ia) Bescheinigung z. B. zur Erlangung e. Prozeßkostenhilfe
mittelmäßig *medioker* (lat.-fr.)
Mittelmäßigkeit *Mediokrität,* die (lat.-fr., Pl. -en)
Mittelmeer, dazu gehörend *mediterran* (lat.) nicht verw. mit *meditieren* (lat.) in sich gekehrt nachdenken
Mittelohrentzündung *Otitis media,* die (gr.-lat., Pl. ...itiden) med.
Mittelpunkt 1. *Pol,* der (gr.-lat., Pl. -e) auch: Drehpunkt 2. *Zentrum,* das (gr.-lat., Pl. ...ren)
Mittelpunkt, den Menschen in den ... stellend *anthropozentrisch* (gr.)
Mittelpunkt, Gemeinsamkeit des ... *Konzentrizität,* die (lat., ohne Pl.)
Mittelpunkt, mit gemeinsamem ... *konzentrisch* (gr.-lat.) auch: um e. gemeinsamen Mittelpunkt angeordnet, z. B. Punkte auf e. Radius
Mittelpunkt, vom ... entfernt *dezentral* (lat.) Ggs.: zentral
Mittelpunktsgerade *Zentrale,* die (gr.-lat., Pl. -n) e. Gerade, die den Kreismittelpunkt schneidet; auch: Verwaltung e. Unternehmens
Mittelpunktslage *Zentralität,* die (gr.-lat., ohne Pl.) z. B. von Ortschaften
Mittelpunktsstreben *Zentralismus,* der (gr.-lat., ohne Pl.) Politik u. Verwaltung e. Staates gehen von e. Ort aus, in Frankreich: Paris; Ggs.: Föderalismus
mittels *per* (lat.) z. B. e. Rechnung per Kreditkarte bezahlen
mittelstark *mezzoforte* (lat.-it.) musik. Vortragsanw.
Mittelsteinzeit *Mesolithikum,* das (gr.-lat., ohne Pl.)
Mittelweg *Kompromiß,* der (lat., Pl. ...misse) wieder wurde e. fauler Kompromiß geschlossen; auch: Zugeständnis
Mittelwert *Average,* der (arab.-it.-fr.-engl., Pl. -s) das arithmetische Mittel von Zahlen; auch: Durchschnitt
Mittelwort *Partizip,* das (lat., Pl. -ien)
mittelwörtlich *partizipial* (lat.)
mittig *zentrisch* (gr.-lat.)
Mittönen *Resonanz,* die (lat., Pl. -en) in der Musik
Mitwirkung *Assistenz,* die (lat., Pl. -en)
Möbelbezug aus Damast *Lampas,* der (fr., ohne Pl.)

Mobilfunknetz, digitales 1. *D-Netz,* das (lat.-engl.-dt., Pl. -e) digital (Daten- u. Informationen in Ziffern dargestellt) Oberbegriff für die Netze: D1 von der Telekom, D2 von Mannesmann; etwa 1,5 Millionen Mobilfunker nutzen z. Zt. die Netze 2. *E-Netz,* das, ebenfalls digitalisiert; Konkurrenz zum D-Netz

Mobilfunktal, zu tiefes ... *Death Valley,* das (engl., Pl. -s) ... um mit dem Funkgerät erreichbar zu sein; Dresden u. Umgebung hieß nach der Wende »Tal der Ahnungslosen«

Mobiltelefon, neue Art ... mit Generator *Talker,* der (engl., Pl. -s) »Sprecher«; e. Konzeption zum Aufziehen von Christopher Jung u. Nick Schröder, 1998

Mode *Fashion,* die (lat.-fr.-engl., ohne Pl.)

Mode für den Konjunkturrückgang *Recession Fashion,* die (engl., ohne Pl.) »Rezessionsmode«, z. B. e. weiter Mantel mit vielen Taschen, in denen der Obdachlose seine Utensilien verstauen kann

Mode, antibürgerliche ... *Punk-Fashion,* die (engl.-am., ohne Pl.) ... entstand in den 70er Jahren, erlebt seit 1993 ihr Comeback mit Eisenketten, Leder, Netzstrümpfen, großen Sicherheitsnadeln u. Schlössern

Mode, Verwendung nostalgischer Motive in der ... *Retro-Styling,* das (engl.-am., ohne Pl.) ... z. B. die weißen Streifen an Adidas-Trainingsanzügen

Mode, Wiederverwertbares in der ... *Recycling-Mode,* die (engl.-lat.-fr., ohne Pl.) z. B. Modeschmuck aus Altmetall, modische Wanderschuhe aus Altpapier

Modeartikel *Accessoire,* das (lat.-fr., Pl. -s) modisches Teil zur Kleidung, z. B. Handschuhe, Hut

Modegeschäft *Boutique,* die (fr., Pl. -n)

Modell 1. *Design,* das (lat.-fr.-engl., Pl. -s) 2. *Maquette,* die (fr., Pl. -n) i. S. e. Skizze, e. Modells 3. *Prototyp,* der (gr.-lat., Pl. -en) das erste Modell e. Serie 4. *Model,* das (lat.-it.-engl., Pl. -s) Mannequin, Fotomodell

Modell, das sich wie e. Original verhält *Simulator,* der (lat., Pl. ...oren) z. B. Flugsimulator

modellierfähig *plastisch* (gr.-lat.-fr.) z. B. Ton oder entsprechende Kunststoffe

Modellsitzung *Shooting,* das (engl.-am., Pl. -s) auch: Fototermin

Modenarr *Dandy,* der (engl., Pl. -s)

modern *up to date* (engl.)

Moderne, was nach der ... kommt *Postmoderne,* das (lat., ohne Pl.) ursprünglich Begriff aus der Architektur um 1980; heute besetzt der Begriff e. Allgemeinplatz, z. B. für »modischer Schnickschnack«

modernisieren *aktualisieren* (lat.)

Modeschaffen *Haute Couture,* die (fr., ohne Pl.) für die Mode tonangebende Schneiderkunst, z. B. Karl Lagerfeld in Paris

Modeschöpfer 1. *Haute Couturier,* der (fr., Pl. -s) z. B. Karl Lagerfeld 2. *Couturier,* der (fr., Pl. -s)

Modeschöpfung *Kreation,* die (lat., Pl. -en) neue Kreationen werden auf Modenschauen vorgestellt

Modestil, basierend auf ethnologischen Motiven *Ethno-Look,* der (gr.-engl., ohne Pl.) z. B. nigerianische Baumwollhemden, bunte Hosen aus Bolivien, türkische Jacken; zum Ethno-Look gehören Schmuckstücke (Ethno-Schmuck) aus der ganzen Welt

Modeströmung, e. sich immer schneller wiederholende ... *Revivalismus,* der (engl., ohne Pl.) Mode greift auf Elemente vorangegangener Jahre zurück, schließlich folgt e. »Stilflimmern«, d. h. Stil u. Modecomeback haben sich eingeholt, es folgt Stillstand

Modezeichen ... *Anti-Victim Device,* das (engl., Pl. ...ces) ... auf e. ansonsten konservativen Kleidung bzw. an e. jetzt bürgerlichen Person; Begriff heißt Anti-Opfer-Zeichen, kann z. B. e. Ring im Ohr e. seriösen Geschäftsmannes sein

modisch *fashionable* (lat.-fr.-engl.)

modischer Trend, der best. Körperbereiche betont *faked* (engl.) z. B. Po, Busen, Schultern

möglich *potentiell* (lat.-fr.) wer mit dem Auto über 200 km/h fährt, ist e. potentieller Mörder

möglicherweise *eventuell* (lat.-fr.) auch: vielleicht

Möglichkeit 1. *Eventualität,* die (lat., Pl. -en) 2. *Option,* die (lat., Pl. -en) »Belieben« 3. *Potential,* das (lat.) Ggs.: aktual; nicht verw. mit *potentiell* (lat.-fr.) denkbar; auch: der Anlage nach 4. *Variante,* die (lat., Pl. -n) i. S. von Spielart, Abwandlung

Möglichkeit, andere ... *Alternative,* die (lat., Pl. -n)

Mohammeds Übersiedlung von Mekka nach Medina *Hedschra,* die (arab., ohne Pl.) ... 622 n. Chr.; Anfang der mohammedanischen Zeitrechnung; eigtl.: Loslösung

Moleküle, innerhalb der ... *intramolekular* (lat.)

Moment, im Vorbeieilen erfaßter ... *Trainspotting,* das (engl.-am., ohne Pl.)

monarchiefeindlich *antimonarchisch* (gr.)

Monat *huius mensis* (lat.) i. S. von: dieser Monat

Monat, der zwölfte ... des Fr. Revolutionskalenders *Fructidor,* der (fr., ohne Pl.) »Fruchtmonat«: 18. August bis 16. September

Monats, dieses ... *huius mensis* (lat.)

Monatsblutung 1. *Menorrhö,* die (gr.-lat., Pl. -en) med. 2. *Menses,* die (lat., nur Pl.) med. 3. *Menstruation,* die (lat., Pl. -en) med. 4. *Periode,* die (gr.-lat., Pl. -n) 5. *Zyklus,* der (gr.-lat., Pl. ...len)

Monatsblutung, Ausbleiben der ... *Amenorrhö* u. *Amenorrhöe,* die (gr., Pl. ...rrhöen) med.
Monatsende *per ultimo* (lat.) z. B. die Schulden müssen per ultimo (am Monatsende) beglichen werden
Monatsletzter *Ultimo,* der (lat., Pl. -s)
Mönch *Frater,* der (lat., Pl. Fratres) auch: Ordensbruder
Mönch, in Klostergemeinschaft lebend *Zönobit,* der (gr.-lat., Pl. -en) Ggs.: Eremit
Mönch *Zönobit,* der (gr.-lat., Pl. -en) e., der ständig i. e. Kloster lebt
mönchisch *monastisch* (gr.-lat.)
Mönchskutte *Dalk,* der (pers., Pl. -e)
Mond *Luna,* die (lat., ohne Pl.)
Mondfinsternis *Eklipse,* die (gr., Pl. -n) auch: Sonnenfinsternis
Mondforschung *Selenologie,* die (gr.-lat., ohne Pl.) auch: Mondgeologie
Mondgöttin 1. *Luna,* die (lat., ohne Pl.) 2. *Selene,* die (gr., ohne Pl.)
Mondschattengrenze *Terminator,* der (lat., Pl. ...oren) auch: Film mit Arnold Schwarzenegger
mondsüchtig 1. *lunatisch* (lat.) med. 2. *somnambul* (lat.-fr.) med.
Mondumlauf *Lunation,* die (lat., Pl. -en) von Neumond zu Neumond
monoton *stereotyp* (gr.-fr.) auch: unveränderlich
Monsterwelle *Tsunami,* die (jap., Pl. -s) auch: Hafenwelle; Wasserwellen (bis 30 m hoch), die nach Erdbeben gegen Küsten rasen können
Moosfarn *Selaginelle,* die (lat.,it., Pl. -s) e. Bärlappgewächs
Mooskunde *Bryologie,* die (gr.-lat., ohne Pl.)
Moossteppe *Tundra,* die (finn.-russ., Pl. ...dren)
Moral betreffend *moralisch* (lat.-fr.) »Wir lassen uns unsere geistig-moralische Ordnung nicht von den Linken stehlen ...« (Helmut Kohl, 1980)
Moral untergraben *demoralisieren* (lat.-fr.)
Moral, sich über die ... hinwegsetzend *amoralisch* (lat.)
Mordanschlag *Attentat,* das (lat.-fr., Pl. -e) politisch motivierter Anschlag
morden *massakrieren* (fr.) auf grausame Weise jmd. umbringen
Mörder *Killer,* der (engl., Pl. –)
Mörder, der seine Opfer aufschlitzt 1. *Slasher,* der (engl., Pl. –) 2. *Ripper,* der (engl., Pl. –) Film: »Jack the Ripper«
Mordsucht *Phonomanie,* die (gr.-lat., Pl. ...ien) med.
morgen, morgen, nur nicht heute ... *Mañana-Mentalität,* die (sp.-lat., Pl. -en) ... sagen alle faulen Leute
morgendlich *matinal* (lat.-fr.)
Morgenkleidung *Negligé,* das (lat.-fr., Pl. -s) spärliche Kleidung für Frauen
Morgenland *Orient,* der (lat., ohne Pl.)
morgenländisch *orientalisch* (lat.)
Morgenrock *dressing-gown,* der, das (engl., Pl. -s)
Morgenröte *Aurora,* die (lat., ohne Pl.) nach der römischen Göttin der Morgenröte
Morgenstund hat Gold im Mund *aurora musis amica* (lat., Zitat) eigtl.: Aurora – die Göttin der Morgenröte – ist die Freundin der Musen
Morgenunterhaltung, künstlerische ... *Matinee,* die (lat.-fr., Pl. ...en) auch: Vormittagsveranstaltung
morsch *morbid* (lat.-fr.) kränklich
Moschee, die große ... *Djama,* die (arab.)
Moscheeturm *Minarett,* das (arab.-türk.-fr., Pl. -e)
Moslem *Mohammedaner,* der (arab., Pl. –) nach Mohammed, Stifter des Islams
moslemisch *mohammedanisch* (arab.)
Motorboothafen *Marina,* die (lat.-it.-engl., Pl. -s) auch: allg. Jachthafen
Motorrad mit drei Rädern u. Sessel *Trike,* das (engl.-am., Pl. -s)
Motorrad mit hohem Lenker u. Sattel mit Lehne 1. *Easyrider,* der (am., Pl. -s) auch Fahrer auf e. solchen Motorrad 2. *Chopper,* der (am., Pl. -s)
Motorradfahrer *Motorbiker,* der (engl., Pl. -s)
Motto *Devise,* die (lat.-fr., Pl. -n) z. B. nach e. Devise handeln: »ehrlich währt am längsten«
Mücke, aus e. ... e. Elefanten machen *verbis parvam rem magnam facere* (lat., Zitat) eigtl.: e. kleine Sache mit Worten groß machen
Müdigkeitssyndrom *Chronic Fatigue Syndrom,* das (engl.-am., Pl. -s) wird wahrscheinlich durch Viren ausgelöst
Mühe 1. *Strapaze,* die (it., Pl. -n) große Mühe, die Expedition war mit Strapazen verbunden 2. *Schikane,* die (fr., Pl. -n) auch: Bosheit; eingebaute Schwierigkeit in e. Rennstrecke 3. *Tortur,* die (lat., Pl. -en) bes.: Qual, Folter
Mühe, sinnlose ... 1. *Danaidenarbeit,* die (gr.-dt., ohne Pl.) aus der gr. Sage: die Töchter des Danaos sollten in der Unterwelt e. Faß ohne Boden mit Wasser füllen 2. *Sisyphusarbeit,* die (gr.-dt., ohne Pl.) nach Sisyphos, aus der gr. Sage, der zum ewigen Steinrollen verurteilt wurde
mühsam *diffizil* (lat.-fr.) bes. schwierig
Müllabladeplatz *Deponie,* die (lat.-fr., Pl. ...ien) z. B.: Mülldeponie
Mullbausch ... *Tampon,* der (fr., Pl. -s) ... zum Aufsaugen von Flüssigkeiten, wird in die Scheide der Frau eingeführt; Prinz Charles am Telefon zu seiner Freundin Camilla Parker-Bowles, 1996: »Laß mich dein Tampon sein.«
Mumm *Courage,* die (lat.-fr., ohne Pl.) auch:

Schneid, Beherztheit; »Courage ist gut, aber Ausdauer ist besser.« (Theodor Fontane)

Mummenschanz *Maskerade,* die (arab.-sp., Pl. -n)

Mumps *Parotitis,* die (gr.-lat., Pl. ...itiden) med.

Mund *Os,* das (lat., Pl. Ora) med.

Mund, schließe den ..., öffne die Augen *claude os, aperi oculos* (lat., Zitat) auch: schweig u. schau!

Mundart 1. *Dialekt,* der (gr.-lat., Pl. -e) 2. *Idiom,* das (gr.-lat.-fr., Pl. -e) auch: Spracheigentümlichkeit 3. *Jargon,* der (fr., Pl. -s) svw. umgangssprachliche Ausdrucksweise

Mundartenwörterbuch *Idiotikon,* das (gr.-lat., Pl. ...ka, ...ken)

mundartlich 1. *dialektal* (gr.-lat.) 2. *dialektisch* (gr.-lat.) d. h. auf Mundarten (Dialekte) bezogen; auch e. philosophische Vorgehensweise, bei der die Ausgangsposition in Frage gestellt wird; spitzfindig

Mundfeld, ausgeprägtes ... *Peristom,* das (gr.-lat., ohne Pl.) ... bei Tieren

Mundgeruch 1. *Kakostomie,* die (gr.-lat., ohne Pl.) med. 2. *Halitose,* die (lat., ohne Pl.) bes. üble Ausdünstung

mündlich *verbal* (lat.) auch verbale Vereinbarungen sind bindend

Mundschenk des Zeus *Ganymed,* der (gr., ohne Pl.) u. Geliebter des Göttervaters; auch: größter Jupitermond

Mundstück von Blasinstrumenten *Embouchure,* die (fr., Pl. -n) auch: Mundstellung beim Ansatz beim Blasen e. Instrumentes

Mundvorrat *Proviant,* der (lat.-it., Pl. -e)

mundwärts *adoral* (lat.) med., etwas adoral führen

munter 1. *alert* (it.-fr.) auch: frisch, munter 2. *fidel* (lat.) lustig, vergnügt 3. *mobil* (lat.-fr.) beweglich, lebendig 4. *vivace* (lat.-it.) musik. Vortragsanw. 5. *mobil* (lat.-fr.) 6. *vital* (lat.-fr.)

munter werdend *risvegliando* (lat.-it.) musik. Vortragsanw.

Munterkeit *Fidelität,* die (lat., ohne Pl.) auch: Heiterkeit

Münze *Obolus,* der (gr.-lat., Pl. -se) für den guten Zweck e. Obolus beitragen

Münzeinheit in Albanien *Qindar,* der (alban., Pl. -ka)

Münzeinheit in Thailand *Satang,* der (siamesisch, Pl. -s) = 0,01 Baht (Tikal)

Münzeinheit, russische *Rubel,* der (russ., Pl. –) 1 Rubel (Rbl.) = 100 Kopeken; »der Rubel rollt« (Redensart für: es wird nicht gespart)

Münzen 1. *Moneten,* die (lat., nur Pl.) 2. *Zissalien,* die (lat.-fr., nur Pl.) schlechte Prägungen

Münzen abwiegen *biquetieren* (fr.)

Münzenkunde *Numismatik,* die (gr.-lat., ohne Pl.)

Münzkundiger *Numismatiker,* der (gr.-lat.,Pl. –)

münzkundlich *numismatisch* (gr.-lat.)

Münzprüfer *Wardein,* der (germ.-lat.-fr.-niederl., Pl. -e)

Münzrückseite *Revers,* der (lat.-fr., ohne Pl.)

Münzsammler *Numismatiker,* der (gr.-lat., Pl. –) auch: Münzenexperte

Münzsammlung *Numismatik,* die (gr.-lat., ohne Pl.)

Münzvorderseite *Avers,* der (lat.-fr., Pl. -e)

Münzwert, den ... prüfen *wardieren* (lat.-niederl.)

Mürbeteigkuchen *Hojaldre,* der (sp., Pl. -s)

Muschelgürtel nordam. Indianer *Wampum,* der (indian., Pl. -e) diente als Geld

Muschelkrebs *Ostrakode,* der (gr.-lat., Pl. -n)

Muselman *Moslem,* der (arab., Pl. -s)

Museumsstück *Exponat,* das (lat.-russ., Pl. -e) i. S. e. Ausstellungsstücks

Musik aus sphärischen Klängen *Trance,* die, der (fr.-engl.-am., ohne Pl.) die Musik ist dem Ambiente ähnlich; auch: Dämmerzustand

Musik natürlicher Klänge ... 1. *unplugged* (engl.-am.) »Stecker herausziehen« 2. *analoges Mastering* (engl.-am.) ... jeweils ohne Verstärker, ohne aufwendige Tontechnik; der Trend drückt die Sehnsucht nach Ruhe aus u. wird als Antwort (Retro-Trend) zur total computerisierten Techno-Musik gewertet

Musik, Rock... mit fliegenden Halluzinationen *virtual Rock,* der (lat.-engl.-am., ohne Pl.) Rockshow, in der Computer-Interaktionen mit dem Publikum ermöglicht werden; Bühne u. Saal verwandeln sich in e. »kybernetischen« Raum voller Halluzinationen

Musikant, umherziehender ... *Menestrel,* der (lat.-fr., Pl. -s) auch: altfr. Spielmann

Musikautomat *Jukebox,* die (engl., Pl. -es) svw. Musikbox

Musikbesessener 1. *Melomane,* der (gr.-lat., Pl. -n) 2. *Musikomane,* der (gr.-lat., Pl. -n)

Musikbesessenheit *Melomanie,* die (gr.-lat., ohne Pl.)

Musiker *Virtuose,* der (lat.-it., Pl. -n) z. B. meisterhafter Geigenvirtuose wie Yehudi Menuhin

Musikgelehrter *Musikologe,* der (gr.-lat., Pl. -n)

Musikgruppe 1. *Kapelle,* die (lat.-it., Pl. -n) auch: kleines Gebetshaus 2. *Band,* die (engl.-am., Pl. -s) z. B. Jazzband, Beatband

Musikhalle *Orpheum,* das (gr.-lat., Pl. ...een) genannt nach dem mythischen Sänger Orpheus

Musiklehrer *Maestro,* der (lat.-it., Pl. -s) auch: großer Musiker oder Komponist

Musikprogrammgestalter ... 1. *Diskjockey* u. *Discjockey,* der (engl., Pl. -s) auch: 2. *Deejay,* Abk.: DJ ... oder Person, die z. B. in Diskotheken Schallplatten oder CDs präsentiert 3. *DJane,* die (engl., Pl. -s) e. weiblicher Discjockey

Musikrichtung aus Hip Hop u. Techno *Breakbeat,* der (engl.-am., Pl. -s)

Musikrichtung, aus Protest entstandene ... *Grunge,* der (engl.-am., ohne Pl.) eigtl.: Schmutz; sie stammt ursprünglich aus Seattle; Synthese aus: Heavy Metal u. Punk; Protest gegen die Kommerzialisierung der Rockmusik

Musiksaal *Odeon,* das (gr.-lat.-fr., Pl. -s)

Musikschule *Konservatorium,* das (lat.-it., Pl. ...ien)

Musikstil des Breakbeat ... (Hip Hop- mit Techno-Elementen) *Tribal House,* der (engl.-am., ohne Pl.) ... bestehend aus hartem Techno-Beat u. afrikanisch klingendem Gesang mit Percussion (Schlagzeug)

Musikstil, rhythmischer ... 1. *Jazz,* der (am., ohne Pl.) hat sich aus der Volksmusik am. Neger entwickelt: geistliche Gesänge (Spirituals), weltliche Lieder (Blues); Jazzband (Jazzkapelle) 2. *Boogie-Woogie,* der (am., Pl. -s) e. Form des Jazz, »Liebe ist e. Boogie-Woogie der Hormone.« (Henry Miller) 3. *Jitterbug,* der (am., ohne Pl.) um 1920 entstandener Jazztanz in den USA 4. *Rock and Roll,* der (am., selten Pl. -s) Anfang 1950 in den USA entstandene Musikform, den »Rhythm and Blues« mit Elementen der Country-music u. des Dixieland-Jazz vereinend 5. *Rockabilly,* der (am., selten Pl. -s) in den 50er Jahren entstandener Stil, e. Verbindung aus »Rhythm and Blues« u. »Hillbilly-music« 6. *Dub,* der (am.) aus Reggae entstandene jamaikanische Tanzmusik

Musikstück 1. *Hit,* der (engl., Pl. -s) i. S. e. erfolgreichen Stückes 2. *Potpourri,* das (fr., Pl. -s) mehrere Melodien in e. Stück 3. *Musical,* das (gr.-lat.-fr.-engl., Pl. -s) Musiktheater mit Elementen der Operette u. der Oper 4. *Operette,* die (lat.-it., Pl. -n) aus Heiterem, Dialogen, Musik u. Gesang 5. *Oper,* die (lat.-it., Pl. -n) musikalisches Bühnenwerk aus Handlung, Gesang u. Orchester 6. *Sinfonie,* die (gr.-lat.-it., Pl. ...ien) mehrsätzig für Orchester 7. *Sonate,* die (lat.-it., Pl. -en) drei- oder viersätziges Stück 8. *Serenade,* die (lat.-it.-fr., Pl. -en) mehrsätzig 9. *Fuge,* die (lat.-it., Pl. -n) strenger Aufbau, das erste Thema führt durch alle Stimmen 10. *Kanon,* der (sumer.-babylon.-gr.-lat., Pl. -s) mehrstimmiges Stück, Stimmen setzen nacheinander ein 11. *Badinerie,* die (fr., Pl. ...ien) lustiges Stück mit Tempo 12. *Bagatelle,* die (lat.-it.-fr., Pl. -n) leicht u. kurz 13. *Scherzo,* das (it., Pl. ...zi) kurz u. heiter 14. *Rhapsodie,* die (gr., Pl. -n) balladenhaft 15. *Fantasie,* die (lat., Pl. ...ien) freie, ungebundene Form 16. *Reverie,* die (lat.-fr., Pl. ...ien) träumerisch 17. *Etüde,* die (lat.-fr., Pl. -n) zum Üben 18. *Arie,* die (it., Pl. -n) Solo, Gesang mit Instrumentalbegleitung 19. *Duo,* das (lat.-it., Pl. -s) für zwei 20. *Terzett,* das (lat.-it., Pl. -e) für drei 21. *Quartett,* das (lat.-it., Pl. -e) für vier 22. *Quintett,* das (lat.-it., Pl. -e) für fünf 23. *Sextett,* das (lat.-it., Pl. -e) für sechs

Musikstück, mäßig schnelles ... *Allegretto,* das (it., Pl. -s, ...tti)

Musikstück, schnelles ... *Allegro,* das (it., Pl. -s, ...gri)

Musiktonfolge *Sequenz,* die (lat., Pl. -en)

Musikvorspiel *Introduktion,* die (lat., Pl. -en)

Musikwerk *Komposition,* die (lat., Pl. -en)

Musikwissenschaft *Musikologie,* die (gr.-lat., ohne Pl.)

Musikwissenschaftler *Musikologe,* der (gr.-lat., Pl. -n)

musikwissenschaftlich *musikologisch* (gr.-lat.)

Musikzwischenspiel *Intermezzo,* das (lat.-it., Pl. ...zi) meist heiteres Zwischenspiel

Musizieren, improvisiertes ... *Jam Session,* die (engl.-am., Pl. -s) bes. von Rock- u. Jazzmusikern; »e. gigantische Jam Session haben« bedeutet: zusammen spontan aus dem Stegreif musizieren

Musizierform, mehrstimmige gesellige ... *Quodlibet,* das (lat., Pl. -s) »was beliebt«

Muskel 1. *Adduktor,* der (lat., Pl. ...oren) med., Ziehmuskel 2. *Abduktor,* der (lat., Pl. ...oren) med. Streckmuskel 3. *Trizeps,* der (lat., Pl. -e) dreiköpfiger Muskel des Oberarms 4. *Bizeps,* der (lat., Pl. -e) zweiköpfiger Oberarm-Beugemuskel

Muskelaktionsströme, Registrierung der ... *Elektromyogramm,* das (gr.-lat., Pl. -e)

Muskelerschlaffung *Atonie,* die (gr., Pl. ...ien)

Muskelkrampf *Tetanie,* die (gr.-lat., Pl. ...ien) auch: Starrkrampf (med.)

Muskellähmung *Myoparalyse,* die (gr.-lat., Pl. -n) med.

Muskelschmerz 1. *Myodynie,* die (gr.-lat., Pl. ...ien) med. 2. *Myalgie,* die (gr.-lat., Pl. ...ien) med.

Muskelschwäche *Myasthenie,* die (gr.-lat., Pl. ...ien) med.

Muskelspannung kräftigen *tonieren* (gr.-lat.) med.

Muskelspannung *Tonus,* der (gr.-lat., Pl. Toni) med.

Muskelstarre *Rigidität,* die (lat., ohne Pl.) med.

Muskeltraining *Bodybuilding,* das (engl., ohne Pl.)

Muskelverhärtung *Myosklerose,* die (gr.-lat., Pl. -n) med.

Muskelzucken *Tic,* der (fr., Pl. -s) nervöses Zucken z. B. am Augenlid

Muskulaturtraining *Callanetics,* die (Eigenn., Pl.)

Programm für die Tiefenmuskulatur, von dem Amerikaner Callan Pinckney erfunden

muskulös *athletisch* (gr.-lat.)

Muße-Klasse ... *leisure class,* die (engl., ohne Pl.) ... mit drei »Beschwerden«: zuviel Geld, Langeweile, Zivilisationskrankheiten

Müßiggang, geschäftiger ... *strenua inertia* (lat., Zitat: Horaz)

Müßiggänger, meist paarweise auftretender ... *Slacker,* der (engl.-am., Pl. -s) von: slack (schlaff) sie hocken gern im Jogginganzug (slacksuit) chipskauend vor dem TV

Müßigkeit *Oblomowerei,* die (Eigenn.-russ., Pl. -en) nach dem Titelheld Oblomow e. Romans von Gontscharow (1812-1891) i. S. e. energielosen Grundhaltung

Muster 1. *Modell,* das (lat.-it., Pl. -e) z. B. e. Auto in e. kleinen Maßstab hergestellt 2. *Design,* das (lat.-fr.-engl., Pl. -s) e. zeichnerischer Entwurf 3. *Prototyp,* der (gr.-lat., Pl. -en) erstes Produkt vor der Serie 4. *Archetyp,* der (gr.-lat., Pl. -en) Urmuster, Urbild 5. *Paradigma,* das (gr.-lat., Pl. ...men) Wertemuster 6. *Dessin,* das (lat.-it.-fr., Pl. -s) z. B.: Stoffdessin 7. *Exempel,* das (lat., ohne Pl.) abschreckendes Beispiel z. B. e. Exempel statuieren (bestimmen) 8. *Schablone,* die (Herkunft nicht bekannt, Pl. -n) auch: Vorlage 9. *Schema,* das (gr.-lat., Pl. -s, ta, ...men) Darstellung, Plan; etwas nach »Schema F« erstellen (immer gleich)

Muster entwerfen *dessinieren* (lat.-it.-fr.) z. B. für Stoffe

Musterbild *Ideal,* das (gr.-lat., Pl. -e) z. B. das Ideal e. Ehepartners

Musterfall *Präzedenzfall,* der (lat.-dt., Pl. ...fälle)

mustergültig *ideal* (gr.-lat.)

musterhaft 1. *exemplarisch* (lat.) auch: warnend; exemplarisch durchgreifen (hart vorgehen) 2. *paradigmatisch* (gr.-lat.)

mustern *rekrutieren* (lat.-fr.) z. B. zum Wehrdienst rekrutieren, das Militär braucht Rekruten

Mut 1. *Courage,* die (lat.-fr., ohne Pl.) 2. *Zivilcourage,* die (lat.-fr., ohne Pl.) unerschrocken die eigene Meinung vertreten

Mutationsbeschleuniger *Mutatorgen,* das (lat., Pl. -e) z. B. genotoxische Chemikalien können zur Beschleunigung in der Veränderung des Erbgefüges führen (Biol.)

mutig 1. *couragiert* (lat.-fr.) z. B. sich couragiert für e. Sache einsetzen 2. *heroisch* (gr.-lat.) svw. heldenhaft, z. B. heroische Landschaft: Landschaftsbild mit Gestalten der antiken Mythologie

mutlos 1. *decouragiert* (lat.-fr.) 2. *defätistisch* (lat.-fr.) hoffnungslos 3. *resigniert* (lat.) »entsiegelt«; gefügt i. S. von widerspruchslos hingenommen

mutlos machen *demoralisieren* (lat.-fr.) durch Mißerfolge darf man sich nicht demoralisieren lassen!

Mutlosigkeit 1. *Athymie,* die (gr., Pl. ...ien) 2. *Defätismus,* der (lat.-fr., ohne Pl.) Defätismus lähmte seinen Verstand

Mutmaßung *Hypothese,* die (gr.-lat., Pl. -n) unbewiesene Annahme; »Hypothesen sind Wiegenlieder, womit der Lehrer die Schüler einlullt.« (Goethe)

Mutter, nährende ... *alma mater* (lat.) auch: altrömische Göttin; Hochschule

Mutterherrschaft 1. *Matriarchat,* das (lat., Pl. -e) Ggs.: Patriarchat 2. *Maternität,* die (lat., ohne Pl.) nicht verw. mit *Materialität,* die (lat., ohne Pl.) Körperlichkeit; Ggs.: Spiritualität

Mutterkuchen *Plazenta,* die (gr.-lat., Pl. -s, ...zentren) med.

Muttermal *Naevus,* der (lat., Pl. Naevi) med.

Muttermilchmangel *Agalaktie,* die (gr.-lat., Pl. ...ien) med.

Mutterschaft *Maternität,* die (lat., ohne Pl.) med.

Mystik, islamische ... *Sufimus,* der (arab.)

N

Nabel *Umbilicus,* der (lat., Pl. ...ci) auch: das Stabende, an dem in der Antike die Buchstabenrolle aus Papyrus befestigt wurde

Nabelentzündung *Omphalitis,* die (gr.-lat., Pl. ...itiden) med.

nach Belieben *ad libitum* (lat.)

nach der neuesten Mode *à la mode* (fr.) sich nur à la mode kleiden

nach der Speisekarte *à la carte* (fr.) im Goldenen Löwen ißt man sehr gut à la carte

nach und nach 1. *peu à peu* (fr.) die Ermittler erfuhren die Tatsachen nur peu à peu 2. *sukzessiv* (lat.) allmählich 3. *sukzessive* (lat., Adverb)

nach uns die Sintflut *après nous le déluge!* (fr.) Äußerung der Marquise von Pompadour 1757, nach der verlorenen Schlacht von Roßbach

Nachäffer *Mime,* der (gr.-lat., Pl. -n) daher: mimen; auch: Schauspieler; »Dem Mimen flicht die Nachwelt keine Kränze.« (Schiller)

nachahmen 1. *imitieren* (lat.) der Komiker imitierte den Minister verblüffend echt 2. *parodieren* (gr.-lat.-fr.) i. S. von verspotten 3. *simulieren* (lat.) z. B. e. Krankheit 4. *faksimilieren* (lat.-engl.) z. B. im Verlagswesen: der Nachdruck handschriftlicher Unterlagen in Originalform; auch: originalgetreu

Nachahmen *Imitation,* die (lat., Pl. -en)

nachahmend 1. *imitativ* (lat.) 2. *imitatorisch* (lat.) 3. *mimetisch* (gr.-lat.)

Nachahmer *Imitator,* der (lat., Pl. -en) z. B. Stimmenimitator

Nachahmung 1. *Attrappe,* die (germ.-fr., Pl. -n) »Falle«; auch: Schaupackung 2. *Imitation,* die (lat., Pl. -en) z. B. »Imitatio Christi« (Nachahmung Christi) Titel e. lat. Erbauungsbuches des 14. Jhs. 3. *Plagiat,* das (lat.-fr., Pl. -e) svw. Diebstahl geistigen Eigentums, die Nachahmung e. künstlerischen oder wissenschaftlichen Werkes

Nachahmung des Stiles ... *Pastiche,* der (gr.-lat.-fr., Pl. -s) ... u. der Ideen e. Autors

Nachbau von Computergeräten, billiger ... *Taiwan Clon,* der (Eigenn.-engl., Pl. -s) von: cloning (Verdoppeln) Nachbau durch Zerlegung u. Imitation von Computer-Hardware in fernöstlichen Ländern

nachbilden 1. *imitieren* (lat.) 2. *rekonstruieren* (lat.) z. B. historische Gebäude rekonstruieren 3. *kopieren* (lat.) auch: vervielfältigen (fotokopieren) 4. *reproduzieren* (lat.) auch: neu erzeugen

Nachbilden *Rekonstruktion,* die (lat., Pl. -en)

Nachbildung 1. *Imitation,* die (lat., Pl. -en) minderwertige Nachbildung, z. B. von Schmuck 2. *Rekonstruktion,* die (lat., Pl. -en) 3. *Attrappe,* die (germ.-fr., Pl. -n) z. B. Schaufensterattrappen »Ein Berg ohne Absturzgefahr ist nur noch Attrappe.« (Reinhold Meßner, Bergsteiger, 1998) 4. *Reproduktion,* die (lat., Pl. -en) z. B. durch Druck oder Fotografien 5. *Modell,* das (lat.-it., Pl. -e) z. B. Entwurfsmodelle von Gebäuden im Maßstab 1:50 aus Holz 6. *Replikat,* das (lat.-fr., Pl. -e) originalgetreue Nachbildung e. Kunstwerks oder e. wertvollen Ausgrabung 7. *Relief,* das (lat.-fr., Pl. -s) kartographische Nachbildung der Erdoberfläche 8. *Faksimile,* das (lat.-engl., Pl. -s) Druck handschriftlicher Texte in Originalform 9. *Kopie,* die (lat., Pl. -n) auch: Abschrift; »die Kopie muß noch erfolgreicher werden als das Original« (G. Schröders geh. Tagebuch von H. Venske, 1997)

Nachbildung, gekupferte ... e. erfolgreichen Produkts *Metoo-Produkt,* das (engl.-lat., Pl. -e) eigtl.: Mir-Auch-Produkt

nachdatieren *postdatieren* (lat.)

nachdenken 1. *reflektieren* (lat.) auch: erwägen 2. *meditieren* (lat.) sinnend bedenken

Nachdenken *Meditation,* die (lat., Pl. -en) nach innen gerichtetes Nachdenken, svw. Sinnieren

Nachdenken, schlüssiges ... *Logik,* die (gr.-lat., ohne Pl.) auch: Lehre vom folgerichtigen Denken; »Logik ist die Anatomie des Denkens« (John Locke)

nachdenkend *meditativ* (lat.)

Nachdruck 1. *Reprint,* der (engl., Pl. -s) z. B. e. vergriffenen Buches 2. *Emphase,* die (gr.-lat., Pl. -n) i. S. von Eindringlichkeit beim Reden 3. *Aplomb,* der (fr., ohne Pl.) i. S. von Sicherheit im Auftreten; auch: Dreistigkeit 4. *Akzent,* der (lat., Pl. -e) eigtl.: Antönen; auch: bes. Tonfall, z. B. der Mann sprach e. it. Akzent

nachdrücklich 1. *prononciert* (lat.-fr.) betont, ausgeprägt, z. B. Forderungen prononciert vertreten 2. *à fonds* (fr.) gründlich 3. *emphatisch* (gr.-lat.) auch: stark 4. *energisch* (gr.) z. B. energischer Imperativ: »verschwende keine Energie, gebrauche sie!« Philos. von Wilhelm Ostwald (1853-1932) 5. *kategorisch* (gr.-lat.) i. S. von behauptend; auch: kategorisches Urteil: gültige Aussage; Ggs.: hypothetisch; kategorischer Imperativ: Pflichtgebot, Philos. von Immanuel Kant (1724-1804) 6. *ostentativ* (lat.) auch: prahlend; herausfordernd; nicht verw. mit *ostensiv* (lat.) augenscheinlich; auch: handgreiflich 7. *vehement* (lat.) i. S. von heftig, stürmisch

nacheinander 1. *sequentiell* (lat.) auch: fortlaufend 2. *sukzessiv* (lat.) allmählich

Nacheiszeit *Postglazial,* das (lat., ohne Pl.)

nacheiszeitlich *postglazial* (lat.)

Nacherzählung wahrer Verbrechen ... *true Crime,* das (engl., ohne Pl.) ... veröffentlicht in Filmen oder Büchern

Nachfolge *Sukzession,* die (lat., Pl. -en) z. B. Thronfolge; Übernahme der Rechte u. Pflichten durch e. Nachfolger; nicht verw. mit *Suktion,* die (lat., Pl. -en) Absaugen von Körperflüssigkeit durch e. Punktionsnadel (med.)

nachfolgend *konsekutiv* (lat.)

Nachfolger *Epigone,* der (gr., Pl. -n) »Nachgeborener«; in der Literatur auch: Nachahmer

Nachfolger Mohammeds *Kalif,* der (arab., Pl. -en) auch: Stellvertreter; der Titel drückte e. religiöse u. politische Oberhoheit über islamische Völker aus; der Kalif von Bagdad

Nachfolger, streitende *Diadochen,* die (gr., nur Pl.) um die Nachfolge e. großen Persönlichkeit Streitende; Diadochenkampf

nachforschen *recherchieren* (lat.-fr.) der Journalist hatte den Skandal gewissenhaft recherchiert

Nachforschung 1. *Recherche,* die (lat.-fr., Pl. -n) die Recherchen verliefen fruchtlos 2. *Investigation,* die (lat., Pl. -en) nicht verw. mit *Inveteration,* die (lat., Pl. -en) Verjährung (Rechtsw.)

Nachfragemonopol *Monopson,* das (gr.-lat., Pl. -e) mehrere Anbieter stehen e. Nachfrager gegenüber

nachgeahmt *imitiert* (lat.)

nachgeben 1. *kapitulieren* (lat.-fr.) auch: unterwerfen, ergeben 2. *resignieren* (lat.) »verzichten«; auch: fügen

Nachgeben *Kapitulation,* die (lat.-fr., Pl. -en) nach e. verlorenen Auseinandersetzung nachgeben; 1945 mußte Deutschland bedingungslos kapitulieren

nachgemacht 1. *eklektisch* (gr.) 2. *epigonal* (gr.-lat.)

nachgetragen *apokryph* (gr.) als nicht echt geltend; z. B. Schriften

Nachkomme *Deszendent,* der (lat., Pl. -en) Abkömmling; Ggs.: Aszendent

Nachkomme e. schwarzen u. e. indianischen Elternteils 1. weiblich: *Zamba,* die (am.-sp., Pl. -s) 2. männlich: *Zambo,* der (am.-sp., Pl. -s)

Nachkommenschaft 1. *Deszendenz,* die (lat., Pl. -en) z. B.: Kinder, Enkel, Urenkel 2. *Posterität,* die (lat., Pl. -en) auch: Nachwelt; nicht verw. mit *Posteriorität,* die (lat., ohne Pl.) svw. im Amt Nachstehen

Nachlaß 1. *Rabatt,* der (lat., Pl. -e) z. B. Mengenrabatt 2. *Skonto,* der (lat.-it., Pl. ...ti) z. B. bei Barzahlung 3% Skonto 3. *Refaktie,* die (lat.-niederl., Pl. -n) Nachlaß wegen fehlerhafter Warenlieferung

Nachlaß gewähren *refaktieren* (lat.-niederl.) wegen fehlerhafter Warenlieferung

nachlassen 1. *remittieren* (lat.) med., z. B. e. Keuchhusten remittiert schubweise 2. *rabattieren* (lat.-it.) bei größeren Mengen, den Preis rabattieren

nachlassend 1. *degressiv* (lat.) z. B. die gekaufte Maschine degressiv abschreiben 2. *deficiendo* (lat.-it.) musik. Vortragsanw.

nachlässig 1. *inakkurat* (lat.) z. B. Arbeiten schlampig ausführen; Ggs.: akkurat 2. *lax* (lat.) Vorschriften lax handhaben

nachmachen *kopieren* (lat.) svw. zusätzliche Ausfertigungen z. B. von Schriftstücken erstellen; »oft kopiert, nie erreicht« (Redensart)

Nachmachen von Eingeborenen-Besonderheiten *Nativ Aping,* das (engl., ohne Pl.) das Imitieren Einheimischer, z. B. Touristen, die auf e. Reise so tun, als seien sie Einheimische

nachprüfbar *verifizierbar* (lat.-dt.)

nachprüfen 1. *checken* (engl.) Funktionen e. Maschine checken 2. *verifizieren* (lat.) die Richtigkeit von Fakten e. Artikels werden in der Redaktion verifiziert (auf Richtigkeit geprüft) 3. *inspizieren* (lat.) »besichtigen«; auch: prüfen 4. *kontrollieren* (lat.-fr.) auch: überwachen; von: *Kontrolle,* die (lat-fr., Pl. -n) »Vertrauen ist gut, Kontrolle ist besser«, nach Wladimir Iljitsch Lenin (1870-1924)

Nachrede *Medisance,* die (lat.-fr., Pl. -n) i. S. e. üblen Nachrede

Nachrede, üble ... 1. *Diffamation,* die (lat., Pl. -en) 2. *Diffamierung,* die (lat., Pl. -en) auch: Verleumdung

Nachricht 1. *Information,* die (lat., Pl. -en) 2. *Message,* die (lat.-engl., Pl. -s) 3. *Telegramm,* das (gr.-engl., Pl. -e) telegrafische Übermittlung 4. *Telefax* (Fax) kurz für *Facsimile,* das (lat.-engl., ohne Pl.) Übermittlung von Bildern u. Texten über e. Übertragungsleitung 5. *Item,* das (engl., Pl. -s) auch: Artikel, Position

Nachrichten *News,* die (engl., nur Pl.) »Neuigkeiten«, in den Medien (Presse, Funk, Fernsehen) veröffentlichte Nachrichten

Nachrichtenagentur 1. *Agence France-Press,* die (fr., ohne Pl.) Abk.: AFP 2. *Agenzia Nazionale Stampa Associata,* die (it., ohne Pl.) Abk.: ANSA 3. *Associated Press,* die (engl.-am., ohne Pl.) Abk.: AP

Nachrichtensprecher *Anchorman,* der (am., Pl. ...men) i. S. e. Nachrichtenorganisators, -kommentators u. -moderators; ursprünglich e. Ausdruck aus der Seemannsspr., als Anchorman könnte Ulrich Wickert bezeichnet werden

Nachruf *Nekrolog,* der (gr.-lat., Pl. -e) auf e. Verstorbenen

Nachschlagewerk, Stichwort i. e. ... *Lemma,* das (gr.-lat., Pl. -ta) auch: Wörterbuch

Nachschlagwerk 1. *Enzyklopädie,* die (gr.-lat., Pl. -n) z. B. e. Lexikon 2. *Repertorium,* das (lat., Pl. ...ien) i. S. e. wissenschaftlichen Lexikons; nicht verw. mit *Repititorium,* das (lat., Pl. ...ien) Wiederholungsunterricht für Studenten 3. *Lexikon,* das (gr., Pl. ...ka, ...ken) alphabetisches Nachschlagewerk, meist mehrbändig, z. B. der »Brockhaus«

Nachschrift *Postskriptum,* das (lat., Pl. ...ta) Abk.: PS. Nachtrag unter Briefen

Nachsicht 1. *Pardon,* der, das (lat.-fr., ohne Pl.) z. B. in e. Auseinandersetzung kein Pardon kennen; e. »Kampf ohne Pardon«, heißt keine Gefangenen machen 2. *Indulgenz,* die (lat., ohne Pl.) svw. Straferlaß 3. *Indult,* der, das (lat., Pl. -e) z. B. trotz Zahlungsverzugs, dem Schuldner e. Frist einräumen 4. *Konnivenz,* die (lat., Pl. -en) Rücksicht gegenüber strafbaren Handlungen von Untergebenen (Rechtsw.)

nachsichtig *indulgent* (lat.)

Nachsilbe *Suffix,* das (lat., Pl. -e) z. B.: dumm, Dummheit; besonnen, Besonnenheit

Nachsinnen *Meditation,* die (lat., Pl. -en)

nachsinnen *meditieren* (lat.) mit geschlossenen Augen in sich gekehrt sein

nachsinnend *meditativ* (lat.)

Nachspeise *Dessert,* das (lat.-fr., Pl. -s) nicht verw. mit *Desert,* die (lat.-engl., Pl. -s) Wüste

Nachspiel 1. *Epilog,* der (gr.-lat., Pl. -e) bei Theaterstücken; auch als »Nachwort« in Büchern; Ggs.: Prolog (Vorwort) 2. *Postludium,* das (lat., Pl. ...ien) z. B. in der Musik 3. *Konsequenz,* die (lat., Pl. -en) auch: Beharrlichkeit

Nachsprechen, sinnloses ... *Echolalie,* die (gr.-lat., Pl. ...ien) ... bei Geisteskranken (med.)

Nachsprechen, ständiges ... *Shadowing,* das (engl., ohne Pl.) eigtl.: Schatten; ... von Testpersonen, denen über Kopfhörer Sätze eingespielt werden (Sprachforschung)

nachspüren *investigieren* (lat.) i. S. von nachforschen

Nächste, jeder ist sich selbst der ... *proximus est sibi quisque* (lat., Zitat)

Nächstenliebe *Karitas,* die (lat., ohne Pl.)

Nachtbar *Nightclub,* der (engl., Pl. -s)

Nachtblindheit *Hemeralopie,* die (gr.-lat., ohne Pl.) med.

Nachteil 1. *Handicap,* das (engl., Pl. -s) beim Wettlauf erwies sich seine Muskelzerrung als Handicap; auch: Rechenmethode um Leistungsunterschiede der Golfspieler auszugleichen 2. *Manko,* das (lat.-it., Pl. -s) auch: Fehlbetrag; nicht verw. mit *Mango,* die (port., Pl. ...onen, -s) tropische Frucht des Mangobaums

Nachtfeier *Pannychis,* die (gr., ohne Pl.) auch: Vorfeier e. Festes in der Ostkirche

Nachtgottesdienst *Mette,* die (lat., Pl. -n) z. B. Christmette

Nachtisch *Dessert,* das (lat.-fr., Pl. -s) nicht verw. mit *Desert,* die (lat.-engl., Pl. -s) Wüste

Nachtlager 1. *Biwak,* das (niederdt.-fr., Pl. -s) z. B. beim Bergsteigen oder Militär im Freien aufgebautes Lager 2. *Camp,* das (engl., Pl. -s) meist Zeltlager

Nachtrag 1. *Addendum,* das (lat., Pl. ...da) i. S. von Ergänzung, Beilage 2. *Postskriptum,* das (lat., Pl. ...ta) Abk.: PS.; nicht verw. mit *Postzenium,* das (gr.-lat., Pl. ...ien) der Raum hinter der Bühne; Ggs.: Proszenium

Nachtwandeln 1. *Somnambulismus,* der (lat.-fr., ohne Pl.) med. 2. *Noktambulismus,* der (lat., ohne Pl.) med.

nachtwandlerisch *somnambul* (lat.-fr.) med.

Nachweis 1. *Legitimation,* die (lat.-fr., Pl. -en) 2. *Qualifikation,* die (lat.-fr.-engl., Pl. -en) i. S. e. Befähigung 3. *Zertifikat,* das (lat., Pl. -e) svw. Bescheinigung; Anteilsschein

Nachweis über Kenntnisse der gr. Sprache *Graecum* u. *Gräkum,* das (lat., ohne Pl.)

Nachweis über Kenntnisse der lat. Sprache *Latinum,* das (lat., ohne Pl.)

Nachwirkung *Konsequenz,* die (lat., Pl. -en) auch: Beharrlichkeit

Nachwort *Epilog,* der (gr.-lat., Pl. -e) z. B.: in e. Buch; Ggs.: Prolog (Vorwort)

Nackenmuskelstärkung, Übung dazu ... *Neck Curl,* das (engl.-am., Pl. -s) ... die der Bodybuilder stundenlang ausführen muß, um die ersehnten »Pakete« zu erhalten

nackt *adamitisch* (Eigenn.) auch: nach Art der Adamiten (Angehörige von Sekten, die nackt zu ihren Kulten erscheinen)

nacktblütig *achlamydeisch* (gr.-lat.) e. Blüte ohne Blütenblätter

Nacktheit *Nudität,* die (lat., Pl. -en)

Nacktkultur *Nudismus,* der (lat., ohne Pl.)

Nadelpalme *Raphia,* die (lat., Pl. ...ien) in Afrika heimisch, mit Zapfenfrüchten

Nadelstichtherapie *Akupunktur,* die (lat., Pl. -en) e. fernöstliche Heilkunst, die Anwendung z. B. bei Neuralgien oder Migräne findet

Nagel in der Sohle ... *Spike,* der (engl., Pl. -s) ... von Lauf- oder Golfschuhen; auch: Metallstift an der Lauffläche von Autoreifen (Spikesreifen)

Nagel zum Sarge *causa mortis* (lat.)

Nägel, Ausfall aller ... *Onychomadese,* die (gr.-lat., ohne Pl.) med.

Nagel, du hast den ... auf den Kopf getroffen *acu tetigisti* (lat., Zitat)

Nägel, krallenartige *Onychogrypose,* die (gr.-lat., Pl. -n) med.

Nägel, Pilzbefall der ... *Onychomykose,* die (gr.-lat., Pl. -n) med.

Nagelablösung ... *Onycholyse,* die (gr.-lat., ohne Pl.) ...vom Nagelbett (med.)

Nagelbettentzündung 1. *Onychie,* die (gr.-lat., Pl. ...ien) med. 2. *Paronychie,* die (gr.-lat., Pl. ...ien) med.

Nagelgeschwür *Panaritium,* das (gr.-lat., Pl. ...ien) med.

Nägelkauen *Onychophagie,* die (gr.-lat., Pl. ...ien)

Nagelkrankheit *Onychose,* die (gr.-lat., Pl. -n) med.

Nagelpflege 1. *Maniküre,* die (lat.-fr., Pl. -n) Pflege der Handnägel 2. *Pediküre,* die (lat.-fr., Pl. -n) Pflege der Füße u. Fußnägel

Nagelverkrümmung *Onychatrophie,* die (gr.-lat., ohne Pl.) med.

Näherungslinie *Asymptote,* die (gr., Pl. -n) Math.

Näherungswert *Approximation,* die (lat., Pl. -en)

Nahkampf *Infighting,* das (engl., Pl. -s) ... beim Boxen

Nähmaterial, chirurgisches ... *Katgut,* das (engl., ohne Pl.) aus Tierdärmen

Nährboden *Substrat,* das (lat., Pl. -e)

nahrhaft *nutritiv* (lat.)

nährstoffarm *oligotroph* (gr.-lat.)
Nährstoffarmut *Oligotrophie,* die (gr.-lat., Pl. -n)
nährstoffreich *eutroph* (gr.)
Nährstoffreichtum *Eutrophie,* die (gr., ohne Pl.)
Nahrung des Geistes *nutrimentum spiritus* (lat., Zitat u. Inschrift der Bibliothek in Berlin)
Nahrung, genmanipulierte oder aus Fremdstoffen erzeugte ... *Novel Food,* die (engl.) »neuartige Nahrung«
Nahrung, nicht auf best. ... angewiesen *euryphag* (gr.-lat.) auf Tiere u. Pflanzen bezogen; Ggs.: stenophag
Nahrungsangebot in klarer, durchsichtiger Form *Clear-Trend,* der (engl., Pl. -s) z. B. Crystal Pepsi, Top Clear von Coca-Cola, Marken sollen jünger wirken, »e. modernes Gefühl der Leere kultivieren« (Trendforscher Gerd Gerken)
Nahrungsaufnahme *Ingestion,* die (lat., ohne Pl.) med.
Nahrungsmittel 1. *Nutriment,* das (lat., Pl. -e) 2. *Naturalien,* die (lat., nur Pl.) Naturprodukte
Nahrungsmittel, die auf Gehirn u. Bewußtsein wirken *Brain Food* (engl.) dazu gehören Tee, Kaffee, Guarana, moderne Vitaminpräparate o. ä.
Nahrungsmittel, die e. nostalgischen Verpackungs- u. klassenorientierten Effekt aufweisen ... *nutritional Slumming* (engl.) ... u. aus diesem Grund gekauft werden; der Geschmack ist Nebensache
Nahrungsmittel, industriemäßig hergestellte ... 1. *Designer Food* (engl.) 2. *Food Engineering* (engl.) jeweils Bez. für industriell bearbeitete Nahrung; z. B. genmanipulierte Tomaten oder durch Geschmacksstoffe: chemisch »konstruierte« Lebensmittel
Name 1. *Nomen,* das (lat., Pl. Nomina) 2. *Signum,* das (lat., Pl. Signa) svw. abgekürzter Name 3. *Reputation,* die (lat.-fr., ohne Pl.) auch: Ansehen, guter Ruf
Name u. zugleich Vorbedeutung *nomen est omen* (lat., Zitat: Plautus)
Name, eigenhändig geschriebener ... *Autogramm,* das (gr., Pl. -e) z. B. Autogrammjäger
Namen sind verhaßt *nomina sunt odiosa* (lat., Zitat)
Namen, mit anderem ... *alias* (lat.) z. B. Maier, alias Müller
Namen, unter fremdem ... *inkognito* (lat.-it.) eigtl.: unerkannt
namenlos 1. *anonym* (gr.-lat.) z. B. e. anonymen Drohbrief erhalten 2. *Nobody,* der (engl., Pl. ...ies) i. S. e. Unbekannten unter den »oberen 10 000«
Namenlosigkeit *Anonymität,* die (gr.-lat., ohne Pl.) sich z. B. als Künstler aus der Anonymität herausarbeiten
Namensaktie, die nur mit Zustimmung der Gesellschaft auf e. anderen Aktionär übertragen werden darf *vinkulierte Aktie,* die (lat.-niederl., Pl. -n) somit können unerwünschte Anteilseigner ausgeschlossen werden; die Lufthansa gibt vinkulierte Namensaktien heraus
Namensfindung von Markenprodukten *Branding,* das (engl.) mit bes. Computerprogrammen werden Silben aus verschiedenen Sprachen zu Neuschöpfungen zusammengestellt, um den neuen Namen international verwenden zu können; auch Ausdruck für die Beibringung e. Brandzeichens; als »Weiterentwicklung« zur Tätowierung, wird z. B. der Name des Freundes mit dem Brandeisen in die Haut gebrannt (in einigen Discos New Yorks üblich)
Namensforschung *Onomastik,* die (gr., ohne Pl.) auch: Namenskunde
Namenskunde *Onomastik,* die (gr., ohne Pl.)
Namenssystem für das Internet ... *Domain,* das (Eigenn.-engl., ohne Pl.) ... das die Adressen der Internet-Rechner (URLs) hierarchisch gliedert; in den USA bedeutet die Endung »edu« z. B. alle Universitäten
Namensverzeichnis 1. *Register,* das (lat., Pl. –) alphabetisch aufgebaut 2. *Nomenklatur,* die (gr.-lat., Pl. -en) Zusammenstellung von Fachbezeichnungen e. Wissensgebietes
Namenszeichen *Monogramm,* das (gr.-lat., Pl. -e) scherzh.: e. Monogramm ins Netzhemd schießen
Namenszug 1. *Paraphe,* die (gr.-lat.-fr., Pl. -n) Kurzzeichen des Namens, e. Vertrag paraphieren, abzeichnen 2. *Signatur,* die (lat., Pl. -en)
namhaft *renommiert* (lat.-fr.) z. B. für e. renommierte Firma tätig sein
Narkose *Anästhesie,* die (gr.-lat., Pl. ...ien) med.
Narkosearzt *Anästhesist,* der (gr.-lat., Pl. -en) med.
Narkosegerät *Hypalgator,* der (gr.-lat., Pl. ...oren) med.
Narkosemittel mit Alkalimetall *Pentothalnatrium,* das (Eigenn.-lat., ohne Pl.) Inhalt e. von drei Giftspritzen mit denen in einigen Staaten der USA die Todesstrafe vollstreckt wird
Narr 1. *Harlekin,* der (fr.-it., Pl. -e) 2. *Haselant,* der (lat.-fr., Pl. -en)
Narretei *Jux,* der (Pl. -e) durch Entstellung aus lat. iocus: »Scherz«; auch: Ulk; »einen Jux will er sich machen« (Joh. Nepomuk Nestroy)
Nase *Nose,* die (engl., Pl. -s) Bez. für die Spitze des Snowboards
Nase, an der ... herumführen *düpieren* (fr.) i. S. von: foppen
Nase, knollige *Rhinophym,* das (gr.-lat., Pl. -e) svw. Knollennase (med.)

Nase, künstliche *Rhinoplastik,* die (gr.-lat., Pl. -en) operativ hergestellter Nasenersatz (med.)

Nase, von ihr ausgehend *rhinogen* (gr.-lat.)

Näseln *Rhinolagie,* die (gr.-lat., ohne Pl.) med.

näselnd *nasal* (lat.) z. B. das Wort »jardin« (Garten), wird nasal ausgesprochen

Nasenarzt *Rhinologe,* der (gr.-lat., Pl. -n)

Nasenbluten 1. *Rhinorrhagie,* die (gr.-lat., Pl. ...ien) bei stark blutender Nase (med.) 2. *Epistaxis,* die (gr., ohne Pl.) med.

Nasenkatarrh *Rhinitis,* die (gr.-lat., Pl. ...itiden) Schnupfen (med.)

Nasenkorrektur *Rhinoplastik,* die (lat., Pl. -en) auch: Schönheitsoperation an der Nase

Nasenkrankheiten, Lehre von den ... *Rhinologie,* die (gr.-lat., ohne Pl.) Nasenheilkunde

Nasenlaut *Nasal,* der (lat.-dt., Pl. -e) Buchstaben wie in, m, ng werden u. a. in der fr. Sprache durch die Nase ausgesprochen

Nasenrachenraum *Epipharynx,* der (gr.-lat., ohne Pl.) med.

Nasenschleimhautentzündung *Rhinoblennorrhö,* die (gr.-lat., Pl. -en) i. S. e. eitrigen Katarrhs (med.)

Nasenschmerz *Rhinalgie,* die (gr.-lat., Pl. ...ien)

Nasenuntersuchung *Rhinoskopie,* die (gr.-lat., Pl. ...ien) med.

Nasenverhärtung *Rhinosklerom,* das (gr.-lat., Pl. -e) med.

Nasenzange *Rhinoskop,* das (gr.-lat., Pl. -e) auch: Nasenspiegel (med.)

Nashorn *Rhinozeros,* das (gr.-lat., Pl. -se)

Nation, die große ... *Grande Nation,* die (fr., ohne Pl.) e. von Napoleon I. verwendete Bez. für Frankreich

Nationalbewußtsein, übersteigertes ... *Nationalismus,* der (lat., ohne Pl.) »Nationalismus, so nennen wir die Freiheitsbegierde der Völker« (Thomas Mann)

Nationalepos, finn. ... *Kalevala, Kalewala,* der oder das (finn., ohne Pl.)

Nationalismus, bes. Form des ... *Ethnozentrismus,* der (gr.-lat., ohne Pl.) d. h. das eigene Volk fühlt sich als Mittelpunkt u. anderen Völkern überlegen

Nationalist *Jingo,* der (engl., Pl. -s) übertriebener

Nationalsozialist *Nazi,* der (lat., Pl. -s; e. abwertende Kurzform) »entweder halten sie uns für biertrinkende lederhosentragende Deppen oder für unverbesserliche Nazis.« (Günter Verheugen, SPD, zum Deutschlandbild der Amerikaner, 1997)

Natur, die ... macht keine Sprünge *natura non facit saltus* (lat., Zitat: Linné)

Natur, die schaffende ... *Natura naturans,* die (lat., ohne Pl.) in der Bedeutung von Gott; Ggs: Natura naturata (die geschaffene Natur, d. h. die Welt)

Natur, lebe der ... gemäß! *naturae convenienter vive!* (lat., Zitat)

Naturalismus *back to the roots* (engl.) »zurück zu den Wurzeln«

Naturgabe, bes. ... *Talent,* das (gr.-lat., Pl. -e) i. S. bes. geistiger oder körperlicher Fähigkeiten; auch: e. altgr. Gewichts- u. Geldeinheit; »habe Talent, mein Lieber, dann schreibe, was du willst!« (Franz Grillparzer)

Naturgewalt *Element,* das (lat., Pl. -e) z. B. entfesselte Elemente (Wasser, Luft, Feuer, Erde)

Naturgottheit 1. *Nymphe,* die (gr.-lat., Pl. -n) in der gr. Mythologie weibliche Gottheiten u. Töchter des Zeus 2. *Donar, Thor* oder *Thorium,* der (germ.-lat., ohne Pl.) altgerm. Gott der nordischen Sagenwelt

naturhaft *elementar* (lat.) auch: ungestüm, die Dünung rollte mit elementarer Kraft heran

Naturheilarzt 1. *Physiater,* der (gr.-lat., Pl. –) 2. *Homöopath,* der (gr.-lat., Pl. -en) nicht verw. mit *Homöostat,* der (gr.-lat., Pl. -en) technisches System, das sich der Umwelt gegenüber im stabilen Gleichgewicht hält (Kybernetik)

Naturheilkunde 1. *Physiatrie,* die (gr.-lat., ohne Pl.) nicht verw. mit *Psychiatrie,* die (gr.-lat., Pl. ...ien) Abteilung für seelische Störungen, boshaft: Klapsmühle; auch: Gebiet der Medizin, auf dem sich mit Geisteskrankheiten befaßt wird (ohne Pl.) 2. *Homöopathie,* die (gr.-lat., ohne Pl.)

Naturkraft *Element,* das (lat., Pl. -e) Naturgewalt, vier Elemente: Wasser, Luft, Feuer, Erde

natürlich 1. *nativ* (lat.) in natürlichem Zustand 2. *naturell* (lat.-fr.) in der Kochkunst: ohne Zutaten 3. *biologisch* (gr.-lat.) i. S. e. natürlichen Grundlage 4. *logisch* (gr.-lat.) schlüssig 5. *physisch* (gr.-lat.) in der Natur begründet; auch: körperlich; nicht verw. mit *psychisch* (gr.-lat.) seelisch

Natürlichkeit *Naivität,* die (lat.-fr., ohne Pl.) i. S. von kindlich, unbefangen in Verhalten u. Denken

Naturrecht *Jus naturale,* das (lat., ohne Pl.)

Naturschutzgebiet *Reservat,* das (lat., Pl. -e)

Naturseide *Ekrüseide,* die (fr.-dt., ohne Pl.)

Naturtrieb *Instinkt,* der (lat., Pl. -e) »Instinkt ist jener Kompaß, der e. Frau sofort verrät, wo das Schlafzimmer liegt.« (Marcel Aymé)

Navigationssystem für U-Boote *Sonar,* das (Eigenn.-engl., ohne Pl.) aus: Sound navigation and ranging; e. aktives Sonar stößt Schallwellen aus, deren Reflektion ausgewertet wird, e. passives

Sonar analysiert von Mikrofonen aufgenommene Unterwasser-Geräusche

Navigationssystem im PKW, das Staumeldungen berücksichtigt *dynamisches Auto Pilot System,* das (gr.-lat.-engl., Pl. -e, -e) kurz: Dyn APS

Neandertaler *Homo sapiens neanderthalensis,* der (lat., ohne Pl.) nach dem Fund von 1856 im Neandertal bei Düsseldorf; die Neandertaler lebten zwischen 200 000-80 000 v. Chr. u. gelten als unsere »direkten« Vorfahren; der Jetztmensch, seit 80 000 Jahren auf der Erde, heißt: Homo sapiens sapiens (der vernunftbegabte Mensch)

Nebel 1. *Fog,* der (engl., ohne Pl.) dichte engl. Waschküche 2. *Mist,* der (engl., Pl. -s) leichter Nebel, Dunst 3. *Smog,* der (engl., ohne Pl.) aus: Smoke »Rauch« u. Fog »Nebel«, e. schmutziger Abgasnebel; Smogalarm

nebenbei 1. *apropos* (fr.) eigtl.: zum Gesprächsthema; übrigens 2. *en passant* (fr.)

Nebenbestimmung *Klausel,* die (lat., Pl. -n) z. B. e. verklausulierter Vertrag, e. durch Nebenbestimmungen unübersichtlich gewordener Vertrag

Nebenbuhler *Rivale,* der (lat.-fr., Pl. -n)

Nebenbuhlerschaft *Rivalität,* die (lat.-fr., Pl. -en)

nebeneinander *parallel* (gr.-lat.) auch: gleichlaufend

Nebeneinanderbestehen *Koexistenz,* die (lat.-fr., ohne Pl.) z. B. in friedlicher Koexistenz leben (mehrere Staaten)

Nebenfigur 1. *Komparse,* der (lat.-it., Pl. -n) z. B. im Theater, ohne Sprechrolle 2. *Statist,* der (lat., Pl. -en) e. stumme Figur in e. Theater- oder Filmrolle

Nebenfrau e. moslimischen Herrschers *Sighe,* die (arab.)

Nebengebäude *Dependance,* die (lat.-fr., Pl. -n) z. B. Nebenhaus e. Hotels

Nebenhandlung *Episode,* die (gr.-fr., Pl. -n)

Nebenhoden *Epididymis,* die (gr., Pl. ...didymiden) med.

Nebenhodenentzündung *Epididymitis,* die (gr.-lat., Pl. ...mitiden) med.

Nebenkrater *Adventivkrater,* der (lat.-dt., Pl. –) ... am Hang e. Vulkankegels

Nebenniere, die ... betreffend *adrenal* (lat.)

Nebennierenhormon *Adrenalin,* das (lat., ohne Pl.) med.; Fallschirmspringen bewirkt e. Adrenalinstoß

Nebenraum *Alkoven,* der (arab., Pl. –) kleiner Raum

Nebenrolle *Charge,* die (fr., Pl. -n) am Theater

nebensächlich 1. *irrelevant* (lat.) belanglos; Ggs.: relevant 2. *marginal* (lat.) i. S. von: am Rande 3. *peripher* (gr.-lat.) am Rande befindlich, z. B. e. Angelegenheit, die mich nur peripher berührt 4. *sekundär* (lat.-fr.) zweitrangig

Nebensächlichkeit *Staffage,* die (fr., Pl. -n)

necken *trakassieren* (fr.) quälen

Neckerei *Trakasserie,* die (fr., Pl. ...ien) auch: Quälerei

Neckverhältnis *joking relationship,* die (engl.-am., Pl. -s) z. B. e. Person nicht ausstehen können, sich dieser dennoch hingezogen fühlen: »Du hast herrliche Zähne, welcher Zahnarzt hat sie dir eingesetzt?«

Neid *Ressentiment,* das (lat.-fr., Pl. -s)

Neid, der ... ist der Begleiter des Ruhmes *invidia gloriae comes* (lat., Zitat: Chabrias)

Neid, vor ... platzen *rumpitur invidia* (lat., Zitat)

neigen *tendieren* (lat.)

Neigung 1. *Faible,* das (lat.-fr., Pl. -s) 2. *Gusto,* der (lat.-it., Pl. -s) i. S. von Geschmack 3. *Marotte,* die (hebr.-lat.-fr., Pl. -n) i. S. e. wunderlichen, merkwürdigen Angewohnheit 4. *Tendenz,* die (lat.-fr., Pl. -en) Absicht, Hang 5. *Trend,* der (engl., Pl. -s) Richtung e. Entwicklung; z. B. *Trendsetter,* der (engl., Pl. –) jmd., der e. Trend auslöst; im Gegensatz zur Mode bleibt e. »echter« Trend fünf Jahre lang aktiv 6. *Inklination,* die (lat., Pl. -en) i. S. von Hang, Neigungswinkel

Neigung, e. ... entsprechen *trendy* (engl.) im Trend liegen

Neigung, homosexuelle ... zu Jugendlichen *Ephebophilie,* die (gr., ohne Pl.) med.

Neigung, homosexuelle ... zu jungen Männern empfindend *ephebophil* (gr.) med.

Neigungsmesser *Klinometer,* das (gr.-lat., Pl. –) für Flugzeuge u. Schiffe

Nelkenpfeffer *Piment,* der, das (lat., Pl. -e)

Nelkentabak *Kretek,* der (indonesisch, ohne Pl.) dem Zigarettentabak werden Nelken beigemischt

nennen *titulieren* (lat.) auch: mit e. Schimpfnamen benennen

Nennform *Infinitiv,* der (lat., Pl. -e)

Nennwert *Nominalwert,* der (lat.-fr.-dt., Pl. -e) auf Aktien aufgedruckte Werte, die Summe aller Nennwerte ergibt das Grundkapital e. AG

Nennwertherabsetzung *Denomination,* die (lat., Pl. -en) von Aktien im Zusammenhang e. Kapitalherabsetzung e. AG

Nerv, der ... der Dinge 1. *nervus rerum* (lat., Zitat) gemeint ist das Geld 2. *ta neura ton pragmaton* (gr., Zitat: Demosthenes)

Nerv, erkrankten ... herausdrehen *Neurexairese,* die (gr.-lat., Pl. -n) ... zur Heilung von Nervenschmerzen

Nerven betreffend *neural* (gr.-lat.) med.

Nerven, auf die … zerstörerisch wirken *enervieren* (lat.)

Nerven, Überbeanspruchung der … *Enervierung,* die (lat.-dt., Pl. -en)

Nervenarzt *Neurologe,* der (gr.-lat., Pl. -n)

Nervendehnung *Neurotonie,* die (gr.-lat., Pl. …ien) auch: Nervenlockerung zur Schmerzlinderung, z. B. bei Ischias

Nerveneinheit *Neuron,* das (gr.-lat., Pl. …ronen) auch: Nervenzelle mit Fortsätzen; nicht verw. mit *Neurom,* das (gr.-lat., Pl. -e) Geschwulst, aus e. Wucherung der Nervenzellen erwachsen

Nervenentzündung *Neuritis,* die (gr.-lat., Pl. …itiden) med.

Nervenerschütterung *Schock,* der (niederl.-engl., Pl. -s) plötzlich eintretendes, schlimmes Erlebnis

Nervenfasergeschwulst … *Neurinom,* das (gr.-lat., Pl. -e) … an der Nervenscheide, meist gutartig

Nervengeflecht *Plexus,* der (lat., Pl. –) med.; z. B. *Solarplexus,* der (lat., Pl. –) eigtl.: Plexus solaris (zur Sonne gehörendes Nervengeflecht) e. Faustschlag in den Solarplexus macht kampfunfähig

Nervenkitzel *Thrilling,* das (engl., ohne Pl.) to thrill (zitternd machen) der Reiz wird gesucht, da Gefahr u. Abenteuer im Alltag so gut wie nicht mehr vorkommen; Erscheinungen sind: S-Bahn-Surfing, Freeclimbing, Speedgliding

Nervenknoten *Ganglion,* das (gr.-lat., Pl. …ien) med.

Nervenkranker *Neuropath,* der (gr., Pl. -en)

Nervenkrankheit *Neuropathie,* die (gr.-lat., Pl. …ien) Nervenleiden, Störungen des vegetativen Nervensystems

Nervenkrankheiten betreffend *neurologisch* (gr.-lat.)

Nervenquetschung *Neurotripsie,* die (gr.-lat., Pl. …ien) z. B. bei e. Unfall

Nervenscheide *Neurilemm, Neurilemma,* das (gr.-lat., Pl. …lemmen) auch: Hülle der Nervenfasern

Nervenschmerzen *Neuralgie,* die (gr.-lat., Pl. …ien)

nervenschwach *neurasthenisch* (gr.-lat.) med.

Nervenschwäche 1. *Aneurie,* die (gr.-lat., Pl. …ien) med. 2. *Neurasthenie,* die (gr.-lat., Pl. …ien) med.

Nervenstück herausschneiden … *Neurektomie,* die (gr.-lat., ohne Pl.) … zur Heilung von Nervenschmerzen

Nervensystem beeinflussend *neurotrop* (gr.-lat.) auf Nerven gerichtet

Nervensystem, dessen Aufbau *Neuroanatomie,* die (gr.-lat., ohne Pl.)

Nervensystem, im … vorgenommene, operative Eingriffe *Neurochirurgie,* die (gr.-lat., ohne Pl.)

Nervenzelle *Ganglienzelle,* die (gr.-lat.-dt., Pl. -n) med.

Nervenzelle, deren Vorstufe *Neuroblast,* der (gr.-lat., Pl. -en)

nervös *exzitabel* (lat.) med.

Nervosität *Exzitabilität,* die (lat., ohne Pl.) med.

Nesselfieber *Urtikaria,* die (lat., ohne Pl.) auch: Nesselsucht

nett *adrett* (fr.) ordentlich, sauber

nett, ganz … *passabel* (fr.) leidlich

Nettoproduktionswert *Nettosozialprodukt,* das (lat., Pl. -e) dies ist das Bruttosozialprodukt minus volkswirtschaftliche Abschreibungen, indirekte Steuern u. Subventionen = Nettosozialprodukt zu Faktorkosten; es entspricht dem sog. Volkseinkommen

Netz *System,* das (gr., Pl. -e) auch: Ordnungsprinzip; philos. Gedankengebäude

Netz, das … *Internet,* das (engl.-am., ohne Pl.) internationales Netz von leistungsstarken Übertragungswegen für den Datenverkehr; »Das Internet spaltet die Menschen in User u. Loser.« (Birgit Breul, Expo-Chefin, 1998)

netzartig *retikulär* (lat.)

Netz-Fremdenführer *Gopher,* der (engl., Pl. –) aus: go u. for; auch Bez. für e. menügeführten Internet-Service

Netzhaut des Auges *Retina,* die (lat., Pl. …nae)

Netzhautdegeneration 1. *Retinitis Pigmentosa,* die (lat.) 2. *Makula degeneration,* die (lat., Pl. -en) 3. *Usher-Syndrom,* das (Eigenn.-engl.-gr., Pl. -e) können jeweils zur Erblindung führen

Netzhautentzündung *Retinitis,* die (lat., Pl. …itiden) med.

Netzhautgeschwulst *Retinoblastom,* das (lat.-gr., Pl. -e) bösartig (med.)

Netzwerk leistungsfähiger PCs … *Client-Server-System,* das (engl.-am., Pl. -s) … in dem e. Rechner die Aufgabe des zentralen Servers übernimmt

Netzwerk, digitales … *ISDN,* das (engl., ohne Pl.) Integrated Services Digital Network: digitales Netzwerk für integrierten Service; es läßt durch hohe Übertragungsgeschwindigkeiten (64 MB pro Sek.) div. Anwendungen zu, z. B. das Bildtelefon

Netzwerk, lokales … *Local Area Network,* das (engl., Pl. -s) kurz: LAN; … von mehreren Rechnern, meist auf e. Gebäude beschränkt, ohne Schnittstelle zu externen Netzwerken

neu ordnen *reorganisieren* (gr.-lat.-fr.) z. B. e. verlustreich arbeitende Firma reorganisieren

neu, überraschend u. ganz neu *revolutionär* (lat.-fr.) i. S. von: umwälzend

neuartig *modern* (lat.-fr.) zeitgemäß; »Als unmodern zu gelten, ist schon der halbe Tod.« (Anna Magnani)

Neuauflage 1. *Reprint,* der (engl., Pl. -s) 2. *Reprise,* (lat.-fr., Pl. -n) z. B. e. Theaterstücks

Neubekehrter *Proselyt,* der (gr.-lat., Pl. -en) Heiden, die in früherer Zeit zum Judentum bekehrt wurden, hießen Proselyten; heute abwertend: »Proselyten machen«, Leute durch Überredungskunst für e. Weltanschauung, e. Glauben gewinnen (Scientologen)

neubildend *anastasisch* (gr.-lat.) auch: wiederauffrischend

Neudruck *Reprint,* der (engl., Pl. -s)

neue Richtung der Kochkunst *Nouvelle Cuisine,* die (fr., ohne Pl.) sie beruht auf neuen ernährungswissenschaftlichen Erkenntnissen

neuer Roman *Nouveau roman,* der (fr., Pl. –) experimentelle Form des Romans, 1945 in Frankreich entstanden

Neuerscheinung *Novität,* die (lat., Pl. -en) die Zeitschrift »Gala« war 1996 in Deutschland e. Novität auf dem Printmedienmarkt

Neuerscheinung ... *Novum,* das (lat., Pl. Nova) ... des Buchhandels

Neuerung *Innovation,* die (lat., Pl. -en) der Autofokus stellte e. Innovation in der optischen Industrie dar

Neuerung, verpönte ... *Bida,* die (arab.)

neugestalten 1. *reformieren* (lat.) 2. *renovieren* (lat.)

Neugestaltung *Reform,* die (lat., Pl. -en) »Die neue Regierung ist e. Regierung der inneren Reformen.« (Hans-Dietrich Genscher, F.D.P., 1998)

neugierig *indiskret* (lat.) z. B. indiskrete Fragen stellen

Neuhebräisch *Iwrit, Iwrith,* das (hebr., ohne Pl.) Amtssprache in Israel

Neuheit 1. *Modernität,* die (lat.-fr., Pl. -en) 2. *dernier cri* (fr.) der »letzte Schrei« in der Mode 3. *Novität,* die (lat., Pl. -en) z. B. Ausstellungen u. Messen präsentieren Novitäten 4. *Nouveauté,* die (lat.-fr., Pl. -s) bes. in der Mode 5. *Novum,* das (lat., Pl. Nova)

Neuigkeiten *News,* die (engl., nur Pl.) auch: Nachrichten

Neuland *Terra incognita,* die (lat., ohne Pl.) unbekanntes Land, einst Australien u. die Antarktis

Neuling 1. *Greenhorn,* das (engl., Pl. –, -s) 2. *Newcomer,* der (engl., Pl. –, -s) i. S. e. Neulings, der schon e. gewissen Erfolg vorweisen kann 3. *Cheechako,* der (indian., Pl. -s) Neuling in Alaska 4. *Rookie,* der (am., Pl. -s) Grünschnabel, bes. bei der Polizei u. in der Armee

Neuneck *Nonagon,* das (lat.-gr., Pl. -e)

Neuordnung *Reform,* die (lat.-fr., Pl. -en) z. B.: für Deutschland ist e. Steuerreform längst überfällig

Neureicher 1. *Parvenü,* der (lat.-fr., Pl. -s) 2. *homo novus* (lat.) eigtl.: der neue Mann; Emporkömmling

Neuseeländer *Kiwi,* der (maori-engl., Pl. -s) Kosename; eigtl.: Laufvogel Neuseelands; nicht verw. mit *Kiwi,* die (maori-engl., Pl. -s) eigroße Frucht mit behaarter Schale u. grünem Fruchtfleisch, ursprünglich aus Neuseeland stammend

Neutronenstern, e. rotierender ... *Pulsar,* der (lat., Pl. -e) ... der in regelmäßigen Abständen Radiowellenpulse aussendet (Astron., Phys.)

Neuverfilmung *Remake,* das (engl., Pl. -s)

neuzeitlich *modern* (lat.-fr.)

nicht amtlich *inoffiziell* (lat.) Ggs.: offiziell

nicht angebracht *inopportun* (lat.) Ggs.: opportun

nicht beachten *ignorieren* (lat.) z. B.: Warnungen ignorieren

nicht förmlich *inoffiziell* (lat.) Ggs.: offiziell

nicht für die Schule ... *non scholae, sed vitae discimus* (lat.) ... sondern für das Leben lernen wir (Seneca, röm. Philosoph um 4 v. Chr. – 65 n. Chr.)

nicht hohl *massiv* (gr.-lat.-fr.) auch: durch u. durch, z. B. massiv Gold

nicht im Bilde *desorientiert* (fr.) z. B. e. desorientierter Finanzberater

nicht immer *temporär* (lat.-fr.) i. S. von: zeitlich begrenzt

nicht mehr aktuell *démodé* (fr.) z. B. sich démodé (altmodisch) kleiden

nicht passend *inadäquat* (lat.) auch: unpassend; Ggs.: adäquat

nicht streng *human* (lat.) z. B. e. humaner Lehrer sein

nicht wärmebeständig *thermolabil* (gr.-lat.)

nicht wirklich *irreal* (lat.) i. S. von unwirklich, in e. irrealen Scheinwelt leben; Ggs.: real

nicht wissen ... *ignoramus et ignorabimus* (lat.) »Wir wissen es nicht u. wir werden es auch nicht wissen.« Eingeständnis für die Unlösbarkeit der Welträtsel, des Woher u. Wohin

nicht zuviel *non troppo* (lat.-it.) musik. Vortragsanw.

nicht zweckmäßig *inopportun* (lat.) auch: unzweckmäßig, es gibt kein schlechtes Wetter, nur inopportune Kleidung; Ggs.: opportun

Nichtbefugtsein *Inkompetenz,* die (lat., Pl. -en) auch: nicht zuständig –, nicht in der Lage sein; Ggs.: Kompetenz

Nichtbekanntsein *Anonymität,* die (gr.-lat., ohne Pl.) als Verbrecher in der Anonymität des Untergrunds leben

Nichteingeweihter *Exoteriker,* der (gr.-lat., Pl. –) Außenstehender; Ggs.: Esoteriker
Nichteinmischung *Neutralität,* die (lat., ohne Pl.)
Nichteinverständnis *Protest,* der (lat.-it., Pl. -e) auch: Einspruch; amtliche Feststellung, daß e. Wechsel nicht eingelöst wurde; »Protest ist manchem e. willkommener Ersatz für das Denken.« (Peter Horton)
nichterblich *paratypisch* (gr.-lat.) med.
Nichtfachmann 1. *Laie,* der (gr.-lat., Pl. -n) 2. *Dilettant,* der (lat.-it., Pl. -en) abwertend: die Holzarbeiten sind die e. Dilettanten; »ein Konzert von Dilettanten« (Wilhelm Busch) 3. *Amateur,* der (lat.-fr., Pl. -e) z. B.: Amateurfilmer 4. *Autodidakt,* der (gr., Pl. -en) jmd., der sich sein Wissen selbst angeeignet hat
nichtig *futil* (lat.) unbedeutend
nichtig *inan* (lat.) auch: leer, hohl, eitel (Philos.)
Nichtigkeit 1. *Lappalie,* die (dt.-lat., Pl. -n) 2. *Inanität,* die (lat., ohne Pl.) auch: Leere
Nichtigkeit des Bestehenden *Nihilismus,* der (lat., ohne Pl.) philos. Anschauung von der Nichtigkeit alles Seienden; Verneinung aller Normen, Werte u. Ziele; Anhänger: Friedrich Nietzsche (1844-1900)
Nichtigkeit *Futilität,* die (lat., Pl. -en)
Nichtigkeitserklärung 1. *Annullierung,* die (lat., Pl. -en) 2. *Dementi,* das (lat.-fr., Pl. -s) offizieller Widerruf e. Nachricht 3. *Annihilation,* die (lat., Pl. -en)
Nichtjude *Goi,* der (hebr., ohne Pl.) jüd. Bez.
Nichtkleriker *Laie,* der (gr.-lat., Pl. -n) z. B.: Laienpriester
Nichtmohammedaner *Kafir,* der (arab., Pl. -n) abwertend
Nichtmoslem *Giaur,* der (arab.-pers.-türk., Pl. -s) Ungläubiger
nichts im Wege stehend *nihil obstat* (lat.) Unbedenklichkeitsformel der kath. Kirche für die Erteilung e. Druckerlaubnis
nichts, an ... glaubend *nihilistisch* (lat.) auch: verneinend; von *Nihilismus,* der (lat., ohne Pl.) philos. Anschauung: Verneinung aller Werte, Normen u. Ziele; Vertreter: Friedrich Nietzsche (1844-1900)
Nichtsoldat *Zivilist,* der (lat., Pl. -en)
nichtsoldatisch *zivilistisch* (lat.)
Nichtstun *Dolcefarniente,* das (lat.-it., ohne Pl.) im Urlaub das Dolcefarniente (süße Nichtstun) genießen; süßer Müßiggang
Nichtswisser *Ignorant,* der (lat., Pl. -en) auch: Dummkopf
Nichtübereinstimmung 1. *Nonkonformität,* die (lat.-engl., ohne Pl.) Ggs.: Konformität 2. *Inkongruenz,* die (lat., Pl. -en) Ggs.: Kongruenz
Nichtweitergabe von Atomwaffen *Nonproliferation,* die (engl.-am., ohne Pl.)
Nichtwirklichkeit *Irrealität,* die (lat., Pl. -en) Ggs.: Realität
Nichtwissen *Agnosie,* die (gr.-lat., Pl. ...ien) auch: Störung der Wahrnehmungen durch die Sinne; nicht verw. mit *Agnathie,* die (gr., Pl. ...ien) angeborenes Fehlen e. Kiefers (med.)
Nichtzuständigsein *Inkompetenz,* die (lat., Pl. -en) Ggs.: Kompetenz
nieder! *à bas!* (fr.)
niederdrücken *deprimieren* (lat.-fr.) schwere Schicksalsschläge haben Frau Müller deprimiert
Niedergang 1. *Depression,* die (lat., Pl. -en) z. B. der Konjunktur, gekennzeichnet durch geringe Produktion, hohe Arbeitslosigkeit u. ausbleibende Investitionen; auch: Niedergeschlagenheit (Depression), als Krankheitsbild bei Menschen 2. *Dekadenz,* die (lat., ohne Pl.) auch: Verfall; moralisch, sittlicher Abstieg
niedergedrückt *pessimistisch* (lat.) schwarz sehend; Ggs.: optimistisch
niedergeschlagen 1. *deprimiert* (lat.-fr.) der tragische Unfall seiner Frau deprimierte ihn sehr 2. *down* (engl.) sein nach e. Niederlage 3. *konsterniert* (lat.) i. S. von: bestürzt, betroffen
Niedergeschlagenheit *Depression,* die (lat., Pl. -en) seine Depressionen mußten stationär behandelt werden
Niederlage 1. *Debakel,* das (fr., Pl. –) die Erb-Auseinandersetzung war für die Hinterbliebenen e. großes Debakel 2. *Desaster,* das (it.-fr., Pl. –) eigtl.: Unstern; auch: Unheil, Zusammenbruch 3. *Fiasko,* das (germ.-it., Pl. -s) eigtl.: Flasche; auch: Mißerfolg, Reinfall
niederlassen, sich ... *etablieren* (lat.-fr.) einrichten, gründen; nicht verw. mit *etalieren* (germ.-fr.) ausstellen; »Die PDS hat sich als Nachfolgepartei der SED etabliert u. schwärmt von alten Zeiten.« (Theo Waigel, Bundesfinanzminister, 1998)
Niederlassung *Dependance,* die (lat.-fr., Pl. -n) i. S. e. Filiale oder Zweigstelle
niederlegen 1. *deponieren* (lat.-fr.) z. B. Wertsachen in e. Safe deponieren 2. *demissionieren* (lat.-fr.) e. meist öffentliches Amt niederlegen
niedermetzeln *massakrieren* (fr.) auf grausame Weise töten
Niederschlag 1. *Fallout,* der (engl., Pl. -s) i. S. radioaktiven Niederschlages nach z. B. e. Kernreaktorunfall 2. *Kondensat,* das (lat., Pl. -e) z. B. Wasser, das sich als Dampf niederschlägt
Niederschlag, gallertartiger ... *Gel,* das (fr., Pl. -e) kurz für Gelatine (Knochenleim, Gallert) aus kolloider (fein zerteilten Stoffen) Lösung

niederschlagen 1. *ausknocken* (dt.-engl.) 2. *knock out (kurz: k.o-) schlagen* (engl.-dt.)

Niederschlagsmengen-Meßgerät 1. *Hyetograph,* der (gr.-lat., Pl. -en) Regenmesser 2. *Hyetometer,* das (gr.-lat., Pl. –) Regenmesser

niederschlagsreich *humid* (lat.) Gebiete mit e. jährlichen Niederschlagsmenge über 600 l/m²

Niederschlagung e. Strafverfahrens ... *Abolition,* die (lat., Pl. -en) ... vor dem Urteilserlaß

Niederschrift 1. *Diktat,* das (lat., Pl. -e) z. B. die Sekretärin zum Diktat bitten 2. *Protokoll,* das (gr.-lat., Pl. -e) z. B. Polizeiprotokoll

niederträchtig *infam* (lat.) z. B. e. infame Lüge verbreiten

Niederträchtigkeit *Infamie,* die (lat., Pl. -n)

niedlich *possierlich* (fr.-dt.) auch: drollig; z. B. e. possierlicher Goldhamster

niedrigste aller möglichen Temperaturen ... *absoluter Nullpunkt,* der (lat.-dt., ohne Pl.) ... bei der e. Stoff keine Wärmeenergie besitzt: -273,16° C

niemals *ad calendas graecas* (lat.) in bezug auf Bezahlung (eigtl.: »an den gr. Kalenden bezahlen«, die Griechen kannten keine »Calendae«, die bei den Römern Zahlungstermine darstellten)

Niere, operative Entfernung e. ... *Nephrektomie,* die (gr.-lat., Pl. ...ien) med.

Nierenbecken, krankhafte Erweiterung des ... *Pyelektasie,* die (gr.-lat., Pl. ...ien) med.

Nierenbeckenentzündung 1. *Zystopyelitis,* die (gr.-lat., Pl. ...itiden) med. 2. *Pyelitis,* die (gr.-lat., Pl. ...itiden) med. 3. *Nephropyelitis,* die (gr.-lat., Pl. ...itiden) med.

Nierenentzündung *Nephritis,* die (gr.-lat., Pl. ...itiden)

Nierengeschwulst, bösartige *Nephrom,* das (gr.-lat., Pl. -e) med.

Nierenkrankheiten, Facharzt für ... *Nephrologe,* der (gr.-lat., Pl. -n)

Nierenleiden *Nephropathie,* die (gr.-lat., Pl. ...ien) med.

Nierenöffnung, operative *Nephrotomie,* die (gr.-lat., Pl. ...ien)

Nierenschmerz *Nephralgie,* die (gr.-lat., Pl. ...ien) med.

Nierensenkung *Nephroptose,* die (gr.-lat., Pl. -n) abnorme Wanderung der Niere

Nierenstein *Nephrolith,* der (gr.-lat., Pl. -en)

Nierensteine, operative Entfernung der ... *Nephrolithotomie,* die (gr.-lat., Pl. ...ien) med.

Nilpferd *Hippopotamus,* der (gr.-lat., Pl. –) auch: Flußpferd

Nippes *Gadget,* das (engl., Pl. -s) auch: Krimskrams; kleines Werbegeschenk

Nische *Séparée,* das (lat.-fr., Pl. -s) separater Raum in e. Bar oder e. Restaurant

Niveau *Level,* der (lat.-engl., Pl. -s) auch: Rang; Stufe; Leistungsstand

noch einmal! *da capo!* (lat.-it.) »vom Kopf an«; Abk.: d.c.; von vorne; musik. Vortragsanw. (i. S. von: wiederholen)

Nomadenvolk Westafrikas *Fulani,* die (Eigenn., Pl. -s) sie errichteten um 1680 die islamischen Staaten Futa Dschallon, Masina, Sokoto

Nordamerikaner *Yankee,* der (engl., Pl. -s) Spitzname der US-Bürger

Nordatlantikpakt *NATO,* die (engl., ohne Pl.) Abk. für: North Atlantic Treaty Organization (Nordatlantisches Verteidigungsbündnis)

Norden, hoch im ... gelegen *hyperboreisch* (gr.)

nördlich *boreal* (gr.) dem nördlichen Klima z. B. Europas zugehörend

Nordpol *Arktis,* die (gr.-lat., ohne Pl.) das Gebiet um den Nordpol

nordwestafrikanisch *maghrebinisch* (arab.) die westlichen Länder Nordafrikas

nordwestafrikanische Staaten *Maghrebstaaten,* die (arab.-dt., nur Pl.) dazu zählen u. a.: Tunesien, Algerien, Libyen

nörgeln *räsonieren* (lat.-fr.) schimpfen

Nörgler 1. *Querulant,* der (lat., Pl. -en) 2. *Kritikaster,* der (gr.-lat., Pl. –) i. S. e. kleinlichen Kritikers

Norm *Standard,* der (germ.-fr.-engl., Pl. -s)

Norm, die ... Internet-Adressen zu schreiben *Uniform Resource Locator,* der (engl., ohne Pl.) kurz; URL; z. B. bei Web-Adressen die Kennung am Anfang: **http://**

Normabweichung *Toleranz,* die (lat., Pl. -en) i. S. e. erlaubten Abweichung

normalsichtig *emmetrop* (gr.-lat.) med.

Normalsichtigkeit *Emmetropie,* die (gr.-lat., ohne Pl.) med.

normen *standardisieren* (germ.-fr.-engl.) i. S. von normieren

normsetzend *präskriptiv* (lat.) auch: vorschreibend

Not *Misere,* die (lat.-fr., Pl. -n)

Not, aus der ... e. Tugend machen *necessitati parendum est* (lat., Zitat) der Notwendigkeit muß man gehorchen; auch: Not bricht Eisen

Not, aus tiefer ... *de profundis* (lat., Zitat: Altes Testament, Psalm 130) ... rufe ich zu dir; eigtl.: aus den Tiefen

Note 1. *Zensur,* die (lat., Pl. -en) bekommen Schüler für ihre Leistungen 2. *Prädikat,* das (lat., Pl. -e) z. B. Kunstwerke mit e. Prädikat auszeichnen 3. *Touch,* der (engl., Pl. -s) i. S. e. besonderen Note 4. *Flair,* das (lat.-fr., ohne Pl.) z. B. das persönliche Flair e. Wohnung

Notenmotiv, ständig wiederkehrendes ... *Riff,* das (engl.-am., Pl. -s)

Notenschlüssel *Clavis,* die (lat.-sp., Pl. ...ves) auch: Orgeltaste

notfalls *faute de mieux* (fr.) wenn's nichts besseres gibt

notgedrungen *par ordre du mufti* (fr.-arab.) auch: auf fremden Befehl

Notierung, fortlaufende ... *variabler Kurs,* der (lat.-dt., Pl. -e, -e) ... für Aktienkäufe u. -verkäufe

Notizen *Adversarien,* die (lat., nur Pl.) e. Notizensammlung

Notlage 1. *Kalamität,* die (lat., Pl. -en) auch: Verlegenheit, z. B. aus e. Kalamität befreien 2. *Bredouille,* die (fr., Pl. -n) unangenehme Situation

Notquartier *Refuge,* das (lat.-fr., Pl. -s) in der Alpinistik

Notsituation *Misere,* die (lat.-fr., Pl. -n)

nüchtern 1. *pragmatisch* (gr.-lat.) sachbezogen; e. Problem pragmatisch lösen; Altbundeskanzler Helmut Schmidt galt als *Pragmatiker,* der (gr.-lat., ohne Pl.) Sachbezogener 2. *prosaisch* (lat.) 3. *realistisch* (lat.) wirklichkeitsnah

nüchterne Geistesart, Mensch von ... *Prosaiker,* der (lat., Pl. –); nicht verw. mit *Prosaist,* der (lat., Pl. -en) Prosa schreibender Schriftsteller

Null *Zero,* die (arab.-lat.-it.-fr., Pl. -s)

null, ... u. nichtig erklären *annullieren* (lat.)

Null, größer als ... *positiv* (lat.) Ggs.: negativ

Null, kleiner als ... *negativ* (lat.) Ggs.: positiv

Nutzen *Profit,* der (lat.-fr.-niederl., Pl. -e) Gewinn, Kapitalertrag; »Die Liebe zum Profit beherrscht die ganze Welt.« (Aristophanes)

Nutzen ziehen *utilisieren* (lat.-fr.)

Nutzen, zum eigenen ... *pro domo* (lat.) »für das eigene Haus«; in eigener Sache, z. B. pro domo vorsprechen

Nutzenschwelle *Break-even(-point),* der (engl., ohne Pl.) auch: Rentabilitätsschwelle; e. Manager: »Den Break-even wollten wir erreichen, den Breakdown haben wir erreicht!«

Nutzlast, die e. Raumschiff mitnimmt *Payload,* die (engl.-am., Pl. -s)

nützlich *konstruktiv* (lat.) i. S. von: aufbauend, helfend

Nützliche, das ... mit dem Angenehmen (vereinen) *utile dulci* (lat., Zitat: Horaz)

Nützlichkeit *Utilität,* die (lat., ohne Pl.)

Nützlichkeit, darauf gerichtet *utilitär* (lat.-fr.)

Nützlichkeitsprinzip *Utilitarismus,* der (lat.-fr.) Philos.: die im Nützlichen die Grundlage des sittlichen Verhaltens sieht

Nutznießer *Profiteur,* der (lat.-fr., Pl. -e)

Nutzrecht auf Zeit *Timesharing,* das (engl., ohne Pl.) z. B. an e. Ferienwohnung oder an e. Großrechenanlage (EDV)

O

Obdachloser 1. *temporarily Nonhomed* (engl.) eigtl.: zeitweise nichtbeheimatet; positive Formulierung für Wohnungsloser 2. *Berber,* der (nordafrik. Nomadenvolk, Pl. –) Obdachloser u. Nichtseßhafter; Landstreicher

oben ohne *topless* (engl.)

oben, nach ... *à la hausse* (fr.) auf das Steigen der Börsenkurse spekulieren; Ggs.: à la baisse

Oberarmknochen *Humerus,* der (lat., Pl. ...ri) med.

Oberflächenglanz *Politur,* die (lat., Pl. -en) auch: *polieren* (lat.-fr.) blank reiben; derb: jmdm. die Fresse polieren

oberflächlich *pauschal* (lat.) allgemein gesehen, z. B. Pauschalurteil

Oberflächlichkeit *Dilettantismus,* der (it., ohne Pl.)

Obergeschoß *Etage,* die (lat.-fr., Pl. -n)

Obergewand e. Bischofs *Pluviale,* das (lat., Pl. -s) auch: liturgisches Gewand; eigtl.: Regenmantel

Obergewand *Soutane,* die (lat.-it.-fr., Pl. -n) eigtl.: Untergewand; langes, enges Gewand der kath. Geistlichen; »ein Kirchenfürst (Kardinal Groer) als Fummeltrine – es ist noch Leben unter den Soutanen ...« (G. Schröders geh. Tagebuch von H. Venske, 1997)

Oberhaupt *Chief,* der (engl., Pl. -s)

Oberhaupt e. Stammes *Scheich, Scheik,* der (arab., Pl. -e, -s) eigtl.: alter Mann; auch: religiöser Führer

Oberhaupt, weltliches ... des Lamaismus Tibets *Dalai Lama,* der (tibetisch-mongolisch, ohne Pl.) »Nachdem der Dalai Lama das Land verlassen hatte, haben wir das Problem der Sklaverei gelöst.« (Jiang Zemin, Staatspräsident Chinas 1997)

Oberhaus *House of Lords,* das (engl., ohne Pl.)

Oberhaut *Epidermis,* die (gr.-lat., Pl. ...men) äußere Hautschicht (med.)

Oberhoheit *Souveränität,* die (lat.-fr., ohne Pl.)

Oberkiefer *Mandibel,* die (lat., Pl. -n) med.

Oberpfarrer 1. *Pastor primarius,* der (lat., Pl. ...ores, ...rii) 2. *Propst,* der (lat., Pl. Pröpste) »Oberpfarrer«; auch: Superintendent, Klostervorsteher; Propstei

Oberschicht 1. *Aristokratie,* die (gr.-lat., Pl. ...ien) Staatsform, in der die Herrschaft in Händen von Privilegierten liegt; auch: Adel 2. *Hautevolee,* die (fr., ohne Pl.) die feine Gesellschaft 3. *High-Society,* die (engl.-am., ohne Pl.) die oberen Zehntausend 4. *High-Snobiety,* die (engl.-am., ohne Pl.) e. sich vornehm-arrogant benehmende

Gesellschaftsgruppe 5. *Upperclass,* die (engl., ohne Pl.) soziale Oberschicht 6. *Upper ten,* die (engl., ohne Pl.) die Reichen, die oberen Zehntausend 7. *Crème,* die (fr., ohne Pl.) z. B. zur Crème der Gesellschaft gehören; Crème de la crème, sich unter den oberen Zehntausend befinden

Oberst *Colonel,* der (fr.-engl., Pl. -s)

Oberteil *Top,* das (engl., Pl. -s) ärmelloses Damenoberteil

Obhut *Ägide,* die (gr.-lat., ohne Pl.) nach dem Schild Ägis des Zeus u. der Athene, z. B.: »unter der Ägide«, unter der Obhut, Schirmherrschaft

Objekt im Kosmos ... *Quasar,* der (lat., Pl. -e) ... mit extrem starker Radiofrequenzstrahlung, ca. 10 Milliarden Lichtjahre von der Erde entfernt

Objekt, über das ... *transobjektiv* (lat.) Philos.

Objektiv *Zoom,* das (engl., Pl. -s) stufenloses Objektiv: Weitwinkel- bis Teleobjektiv einstellbar

objektiv, nicht ... 1. *subjektiv* (lat.) einseitig, parteiisch; Ggs.: objektiv 2. *tendenziös* (lat.-fr.) z. B. von e. politischen Richtung beeinflußt; nicht neutral

Obrigkeit *Autorität,* die (lat., Pl. -en) auch: einflußreiche Persönlichkeit; »Die Wahrheit ist das Kind der Zeit, nicht der Autorität.« (Bertolt Brecht)

Obstkunde *Pomologie,* die (gr.-lat., ohne Pl.)

Obstsaft *Juice,* der (lat.-fr.-engl., Pl. -s)

öde 1. *desolat* (lat.) 2. *trist* (lat.-fr.) traurig

oder *respektive* (lat.) auch: beziehungsweise

Ofenschirm *Paravent,* der (lat.-it.-fr., Pl. -s) auch: Umkleideschirm im Schlafzimmer

offen *vakant* (lat.) das Unternehmen hat e. offene (vakante) Stelle zu besetzen

offenbar 1. *evident* (lat.) auch: klar ersichtlich 2. *manifest* (lat.) auch: handgreiflich, klar erkennbar

offenbaren 1. *demaskieren* (fr.) entlarven 2. *manifestieren* (lat.) auch: bewahrheiten

Offenbarwerden *Manifestation,* die (lat., Pl. -en) der Protest war e. Manifestation der Studenten

Offenheit *Naivität,* die (lat.-fr., ohne Pl.) i. S. kindlichen Denkens u. Handelns

offenkundig 1. *eklatant* (fr.) z. B. e. eklatante Fehleinschätzung der Situation 2. *evident* (lat.) z. B. e. evidenten Irrtum unterliegen 3. *notorisch* (lat.) der Angeklagte ist e. notorischer Betrüger 4. *flagrant* (lat.-fr.) auch: deutlich; z. B.: den untreuen Ehemann in flagranti erwischen

offensichtlich 1. *ostensiv* (lat.) 2. *demonstrativ* (lat.) i. S. von betont auffallend

öffentlich *offiziell* (lat.-fr.) amtlich; Ggs.: inoffiziell

Öffentlichkeitsarbeit 1. *Public Relations,* die (engl., nur Pl.) z. B. alle vertrauensbildende Maßnahmen die e. Unternehmen in der Öffentlichkeit wahrnimmt 2. *Publicity,* die (lat.-fr.-engl., ohne Pl.) z. B. das Bemühen um öffentliches Ansehen; Publicitysucht

Offizier der höchsten Rangklasse *General,* der (lat.-fr., Pl. ...räle) »Ich bin ein General, u. mein Hobby ist es, Kriege zu töten.« (Alexander Lebed, Ex-General, der John Wayne der russ. Politik, 1998)

Offizier, beigeordneter ... *Adjutant,* der (lat.-fr., Pl. -en) Gehilfe

Offiziersanwärter bei der engl. Marine *Midshipman,* der (engl., Pl. ...men) auch: Seekadett

Öffnungsverhältnis ... *Apertur,* die (lat., Pl. -en) ... das die Leistung e. optischen Systems angibt; auch: Maß für die Fähigkeit e. optischen Gerätes

ohne Halt *nonstop* (engl.) mit Lufthansa nonstop nach Hongkong fliegen

ohne Instrumentenbegleitung *a cappella* (it.)

ohne künstlichen Zusatz *au naturel* (fr.) bei Speisen u. Getränken

ohne Kunstverständnis *amusisch* (gr.)

ohne Namen *anonym* (gr.-lat.) der Politiker erhielt e. anonymen (absenderlosen) Drohbrief

ohne Pause *nonstop* (engl.) auch: ohne Zwischenstop

ohne Schmerz kein Wachstum *no pain, no gain* (engl.-am.) Leidensformel der Kraftsportler: »Der Muskel muß brennen u. stechen, wenn er wachsen soll.«

ohne Wärmeaustausch ... *adiabatisch* (gr.) ... verlaufend; eigtl.: nicht hindurchtretend

Ohnmacht *Exanimation,* die (lat., ohne Pl.)

Ohr, sich hinters ... schreiben *aurem sibi pervellere* (lat., Zitat)

Ohren, beide ... betreffend *binaural* u. *biaural* (lat.) auch: für beide Ohren; zweikanalig (Schallübertragung)

Ohren, tauben ... predigen *vana surdis auribus canere* (lat., Zitat: Livius)

Ohrenarzt 1. *Otologe,* der (gr.-lat., Pl. -n) med. 2. *Otiater,* der (gr.-lat., Pl. –) med.

Ohrenentzündung *Otitis,* die (gr.-lat., Pl. ...itiden) med.

Ohrenheilkunde *Otiatrie,* die (gr.-lat., ohne Pl.) med.

Ohrensausen *Bombus,* der (gr.-lat., ohne Pl.) auch: Darmkollern; dumpfes Geräusch

Ohrenschmalz *Zerumen,* das (lat., ohne Pl.) med.; Zerumen sollte man sich nicht auf das Brot streichen

Ohrenschmerz *Otalgie,* die (gr.-lat., Pl. ...ien) med.

Ohrmuschel, bes. kleine ... *Mikrotie,* die (gr.-lat., Pl. ... ien) med., Ggs.: Makrotie

Ohrmuschelrand *Helix,* die (gr.-lat., Pl. ...ices) auch: Weinbergschnecke

Ohrspeicheldrüse *Parotis,* die (gr.-lat., Pl. ...tiden) med.

Ohrtrompete *Eustachische Röhre,* die (gr.-dt., Pl. -n) Gang zwischen Rachenraum u. Mittelohr

Ökologe, konsequenter ... *Öko-Rigorist,* der (gr.-lat., Pl. -en) scherzhaft: »Müsli«

Ökologie, kritische ... *High-Tech-Ökologie,* die (engl.-am.-gr., ohne Pl.) die Anhänger fordern den Einsatz bekannter u. neuer Technologien zur Lösung der Umweltprobleme (im Gegensatz zur »romantischen Ökologie« nach Gerd Gerken)

Ökologieplaner in großen Firmen *Ökologiestratege,* der (gr.-lat., Pl. -n)

Öl ins Feuer gießen *ignem igne incitare* (lat., Zitat)

Ölexport, im ... verdiente US-Dollars *Petro-Dollars,* die (engl.-am., nur Pl.)

Ölleitung *Pipeline,* die (engl., Pl. -s) auch: Rohr- u. Gasleitung

Ölpflanze mit großen Blüten ... *Sesam,* der (semit.-gr.-lat., Pl. -s) ... in Indien u. Afrika zu finden; »Sesam öffne dich!« (Zauberformel aus »Tausendundeiner Nacht«)

Omelette *Tortilla,* die (lat.-sp., Pl. -s) mit verschiedenen Füllungen nach sp. Küche

Onanie 1. *Ipsation,* die (lat., Pl. -en) geschlechtliche Selbstbefriedigung 2. *Masturbation,* die (lat., Pl. -en)

Oper, Mailänder ... *Scala,* die (it., ohne Pl.) das berühmte Opernhaus; auch: Treppe

Operateur an lebenden Körpern *Chirurg,* der (gr.-lat., Pl. -en) »Kultur ist, was der Metzger hätte, wenn er Chirurg geworden wäre.« (Anthony Quayle, Schauspieler, 1913-1989)

Operationen, Gelenk... ohne Skalpell *arthroskopische Chirurgie,* die (lat.-gr., ohne Pl.)

operieren, Messer zum ... *Skalpell,* das (lat., Pl. -e) chirurgisches Messer mit feststehender Klinge

Opfer 1. *Obolus,* der (gr.-lat., Pl. -se) i. S. e. kleinen Geldspende, nach e. alten gr. Münze 2. *Tribut,* der (lat., Pl. -e) im alten Rom, die direkte Steuer; Beitrag; auch: Verehrung; nicht verw. mit *Tribun,* der (lat., Pl. -en) Volksführer im alten Rom; zweithöchster Offizier in e. römischen Legion

Opfer der Mode *Fashion-Victim,* das (engl., Pl. -s) wie süchtig will das Opfer den neuesten Modetrends folgen, ohne sich finanziell zu ruinieren?

Opferbereitschaft *Idealismus,* der (gr.-lat., ohne Pl.) Glaube an Geltung von sittlichen Ideen; »Idealismus ist e. prächtige Toga, die die Politiker um ihren Willen zur Macht drapieren.« (Aldous H. Huxley)

Opferschale 1. *Patera,* die (gr.-lat., ohne Pl.) 2. *Phiale,* die (gr.-lat., Pl. -n) altgr., flache Opferschale

Opfertod *Martyrium,* das (gr.-lat., Pl. ...ien)

Opposition, politische kämpferische .... *Fronde,* die (fr., ohne Pl.) auch: Oppositionspartei des fr. Hochadels im 17. Jh.

Optionsschein, gedeckter ... *Covered Warrant,* der (engl., Pl. -s) der Käufer erwirbt das Recht, innerhalb e. best. Zeit e. best. Zahl von Aktien zu e. festgelegten Preis zu kaufen

optisch aufbereiten *visualisieren* (lat.-engl.) z. B. e. Buch durch Illustrationen interessant gestalten

optisch wirksam *visuell* (fr.) auch: das Sehen betreffend; »Wir werden heute in e. hohen Maße visuell erzogen.« (Marianne von Weizsäcker, 1996)

orale sexuelle Erregung 1. *Fellatio,* die (lat., Pl. ...ones) des Penis 2. *Cunnilingus,* der (lat., Pl. ...gi) der weiblichen Geschlechtsorgane

Orangenhaut *Zellulitis,* die (gr., Pl. ...itiden) med., bildet sich oft an Frauenoberschenkeln; auch: Zellgewebeentzündung

Orchester 1. *Ensemble,* das (lat.-fr., Pl. -s) 2. *Kapelle,* die (lat.-it., Pl. -n) kleine Gruppe von Musikern 3. *Philharmoniker,* die (gr.-fr., nur Pl.) e. gr. Musikergruppe

Orchesterleiter *Dirigent,* der (lat., Pl. -en)

Orchesterleitung *Dirigat,* das (lat., Pl. -e)

Orden *Dekoration,* die (lat.-fr., Pl. -en) z. B. e. hoch dekorierter (mit vielen Orden ausgezeichneter) Offizier; auch: Ausschmückung

ordentlich 1. *adrett* (lat.) z. B. adrett angezogen sein 2. *akkurat* (lat.) z. B. Handarbeiten akkurat ausführen 3. *proper* (lat.-fr.) wirken oder aussehen 4. *reputierlich, reputabel* (lat.-fr.) ansehnlich

ordnen 1. *disponieren* (lat.) zeitlich einordnen 2. *organisieren* (gr.-lat.-fr.) etwas planen, einrichten 3. *regulieren* (lat.) ordnen, regeln 4. *sortieren* (lat.-it.) auch: auslesen 5. *strukturieren* (lat.) gliedern, z. B. e. Problem strukturieren um es zu lösen

Ordnung 1. *Disziplin,* die (lat., Pl. -en) Einordnung, Wissenschaftsbereich 2. *Hierarchie,* die (gr., Pl. ...ien) pyramidenförmige Rangordnung; von *Hierarch,* der (gr., Pl. -en) oberster Priester im antiken Griechenland 3. *Organisation,* die (gr.-lat., Pl. -en) planmäßige Gestaltung 4. *Reglement,* das (lat.-fr., Pl. -s) i. S. von Vorschriften 5. *Struktur,* die (lat., Pl. -en) Gliederung 6. *Systematik,* die (gr.-lat., Pl. -en)

Ordnung fossiler Pflanzen ... *Bennettitee,* die (lat., Pl. -n) ... der Trias u. Kreidezeit; nach dem engl. Botaniker J. J. Bennett

Ordnung schaffen *Augiasstall,* der (gr.-lat.-dt., Pl. ...ställe) ausmisten; auch: e. verfahrene Situation retten, e. Betrieb sanieren; nach der Heraklessage gehörte es zur Aufgabe e. Helden, den, durch 3000 Rinder verschmutzten Stall König Augias zu reinigen

Ordnung, in ... bringen 1. *korrigieren* (lat.) verbessern 2. *regulieren* (lat.) regeln

Ordnung, zur ... erziehen *disziplinieren* (lat.)

ordnungsgemäß *regulär* (lat.-fr.) üblich; Ggs.: irregulär; der Aufstand wurde von regulären Truppen niedergeschlagen

Ordnungsliebe 1. *Akkuratesse,* die (lat., ohne Pl.) z. B. mit großer Akkuratesse e. Zimmer anstreichen 2. *Pedanterie,* die (gr.-it.-fr., Pl. ...ien) svw. übertriebene Ordnung halten

ordnungsliebend *pedantisch* (gr.-it.-fr.)

Ordnungsmerkmale für Daten festlegen ... *formatieren* (lat.) ... in der EDV; z. B. e. Computerdiskette

Organ, oberstes ... *Regierung,* die (lat., Pl. -en) »Ich bin Regierungssprecher u. kein Regierungsschweiger.« (Otto Hauser, Sprecher der Bundesregierung, 1998)

Organ, von e. ... kommend *efferent* (lat.) herausführend; Ggs.: afferent

Organabstoßung *Rejektion,* die (lat., Pl. -en) med., i. S. e. Abstoßung transplantierter Organe

Organe an falscher Stelle liegend *ektopisch* (gr.-lat.) med.; z. B. das Herz auf der rechten Seite

Organe verpflanzen 1. *graften* (engl.) auch: 2. *transplantieren* (lat.) med.

Organeinpflanzung *Implantation,* die (lat., Pl. -en) z. B. Einpflanzung von Zähnen

Organisation der Vereinten Nationen *UNESCO,* kurz für *United Nations Educational Scientific and Cultural Organization,* die (engl., ohne Pl.) ... für Erziehung, Wissenschaft u. Kultur

Organisation, afroamerikanische ... *Black Panther,* der (am., Pl. -s) ... die versucht, soziale Benachteiligungen der Schwarzen abzubauen

Organisator in e. PR-Agentur ... *Multimedia-Generalist,* der (engl.-lat., Pl. -en) ... der festlegt, wer mit wem was, zu welchem Preis produziert

Organisator, programmgesteuerter, pers. ... *Knowbot,* der (engl.-am., Pl. -s) aus: to know (wissen) u. robot (Roboter); Knowbots werden bald die Planung e. Tages- oder Wochenablaufs, z. B. für Manager, übernehmen

Organismus, der nur mit Sauerstoff lebt *Aerobier,* der (gr., Pl. –) Ggs.: Anaerobier

Organismus, genetisch identischer ... *Klon,* der (gr., Pl. -e) von: klón (Trieb, Sprößling) bei Pflanzen kann man Klone auch durch Pfropfen erzeugen; eineiige Zwillinge sind natürliche Klone; nicht verw. mit *Clown,* der (engl., Pl. -s) Spaßmacher

Organist *Kantor,* der (lat., Pl. -en) in der Kirche

Organlage, normale ... *Eutopie,* die (gr.-lat., ohne Pl.) med.; Ggs.: Dystopie

Organverpflanzung *Transplantation,* die (lat., Pl. -en) med.

Orgasmus, durch virtuellen Sex erzeugt *Cyborgasmus,* der (gr.-lat.-am., ohne Pl.) dafür sorgen interaktive, dreidimensionale Pornofilme

Orgel für Unterhaltungsmusik *Wurlitzerorgel,* die (Eigenn.-am.-dt.,Pl. -n) nach dem Hersteller Wurlitzer

Orgelregister *Zimbal,* das (gr.-lat., Pl. -s)

Orgelspieler *Organist,* der (gr.-lat., Pl. -en) nicht verw. mit *Onanist,* der (lat.-engl., Pl. -en) jmd. der sich selbst befriedigt (onaniert) von »Onan«, e. Gestalt aus der Bibel

Orgeltaste *Clavis,* die (lat., Pl. ...ves) auch: Notenschlüssel

Orientierungsbewegung *Chemotaxis,* die (arab.-gr., Pl. -xen) durch chem. Reizung ausgelöst (von Tieren u. Pflanzen)

Orientierungsinformation *Briefing,* das (engl.) wird schriftlich oder mündlich von e. Unternehmen erstellt u. z. B. an e. Werbeagentur übermittelt, um aus den Daten e. Werbekonzept entwickeln zu lassen

Originalmusik e. Films ... *Soundtrack,* der (engl., Pl. -s) ... auf CD oder Platte veröffentlicht; »Ich höre am liebsten Original-Jagdfieber-Soundtrack.« (G. Schröders geh. Tagebuch von H. Venske, 1997)

Orkan 1. *Hurrikan,* der (indian.-sp.-engl., Pl. -e, -s) starker Wirbelsturm 2. *Taifun,* der (chin.-engl., Pl. -e) Wirbelsturm in Südostasien; Film: »Taifun über Nagasaki« 3. *Tornado,* der (lat.-sp.-engl.) Wirbelsturm in der Karibik u. dem südlichen Teil der USA 4. *Zyklon,* der (gr.-engl., Pl. -e) tropischer Wirbelsturm; auch: Entstaubungsanlage 5. *Blizzard,* der (engl.-am., Pl. -s) heftiger Schneesturm in Nordamerika

Ornat, in vollem ... *in pontificalibus* (lat., Zitat)

Ort der Seligen *Paradies,* das (pers.-gr.-lat., Pl. -e) »Immer noch haben die die Welt zur Hölle gemacht, die vorgaben, sie zum Paradies zu machen.« (Friedrich Hölderlin, 1770-1843)

Ort, am ... befindlich *entopisch* (gr.) einheimisch

Ort, an dem man sich niederwirft *Masdschid,* der (arab.) aus diesem Wort entstand der Begriff »Moschee«

Ort, das an e. ... herrschende geistige Klima *Genius loci,* der (lat., ohne Pl.)

Ort, Platz, an dem was los ist *Location,* die (engl., Pl. -s)

Ort, sicherer *Port,* der (lat.-fr., Pl. -e) »Hafen«, Platz der Geborgenheit; »Vom sichern Port läßt's sich gemächlich raten.« (Schiller)
Orte des Lasters *Sündenbabel,* das (dt., Stadt Babel der Bibel, ohne Pl.)
Orte, verbotene ... *O-Zone,* die (lat., Pl. -n) ... an denen illegale Techno-, Rave- oder Trance-Partys stattfinden, z. B. in verlassenen Bahnhöfen, Lagerhallen, Werften
örtlich *lokal* (lat.-fr.)
örtlich festlegen *lokalisieren* (lat.-fr.)
Örtlichkeit 1. *Location,* die (eng., Pl. -s) Ansiedlung; »Eine brillante Location!« (Geschäftsführer e. Werbeagentur zum Sommerfest in der Hamburger Johanniskirche, 1998) 2. *Lokalität,* die (lat.-fr., Pl. -en)
Ortsbeschreibung *Topographie,* die (gr.-lat., Pl. -n)
Ortsbestimmung 1. *Orientierung,* die (lat.-fr., Pl. -en) 2. *Lokalisation,* die (lat.-fr., Pl. -en)
Ortschaft *Kaff,* das (zigeunerisch, Pl. -s) kleiner, verschlafener Ort
ortsfest *stationär* (lat.-fr.) Ggs.: ambulant
ortsgebunden *stationär* (lat.-fr.) Ggs.: ambulant
Ortskunde *Topographie,* die (gr.-lat., Pl. -n)
Ortsnamenkunde *Toponomastik,* die (gr.-lat., ohne Pl.)
ortsungebunden *ambulant* (lat.-fr.) Ggs.: stationär
Ortsveränderung *Translokation,* die (lat., Pl. -en) auch: Versetzung; Verlegung e. Chromosomenbruchstückes in e. anderes Chromosom (Biol.)
Ortsveränderung, scheinbare ... e. Gestirns *Aberration des Lichtes,* die (lat.-dt., Pl. -nen) ... infolge Erdbewegung u. Lichtgeschwindigkeit; das Phänomen entdeckte der Brite James Bradley 1728 mit Hilfe e. 65 m langen Fernrohres
Ortsviertel *Quartier,* das (lat.-fr., Pl. -e) auch: Unterkunft; »Er hat auf Erden kein bleibend Quartier.« (Schiller: »Wallensteins Lager«)
Ortungsgerät *Radar,* der, das; kurz für: »Radio detecting and ranging«
Ozeans, jenseits des ... befindlich *transozeanisch* (lat.)

P

Pachtgut, fr. ... *Ferme,* die (fr., Pl. -n) auch: Meierei; Bauernhof
Packtasche *Tornister,* der (slaw., ohne Pl.) Rucksack bei Soldaten
Paddelboot 1. *Kajak,* das (eskimoisch, Pl. -s) bei den Eskimos: schlankes, meist einsitziges Boot mit Tierhaut bespannt 2. *Kanu,* das (karib.-sp.-fr.-engl., Pl. -s) ursprünglich Einbäume
Page *Groom,* der (engl., Pl. -s)
Palast 1. *Alkazar,* der (arab.-sp., Pl. ...are) 2. *Palais,* das (lat.-fr., Pl. –) 3. *Palazzo,* der (lat.-it., Pl. ...zzi) 4. *Serail,* das (pers.-türk.-it.-fr., Pl. -s) Palast e. türkischen Sultans, »Entführung aus dem Serail« 5. *Ksar,* das (arab.) auch: Burg
Palast des Papstes in Rom *Vatikan,* der (lat., ohne Pl.) »Die deutsche Bundesbank war wie der Vatikan, nun wird die Geldpolitik evangelisch.« (Peter Glotz, SPD, Publizist, 1998)
Palmfarn *Zykas,* die (gr., ohne Pl.)
Palmfarnfamilie, die ... *Zykadazeen* u. *Zykadeen,* die (gr.-lat., Pl.) Biol.
Pampelmuse *Grapefruit,* die (engl., Pl. -s)
Pantoffel, er steht unter dem ... 1. *uxorium se praebet* (lat., Zitat) eigtl.: er beweist sich als vom Weibe abhängig 2. *uxor eum torquet* (lat., Zitat) 3. *uxor ei imperat* (lat., Zitat)
Pantoffeltierchen *Paramaecium,* das (gr.-lat., Pl. ...ien) auch: Wimperntierchen
Panzerechse 1. *Alligator,* der (lat., Pl. ...oren) 2. *Kaiman,* der (indian.-sp., Pl. -e) kleines Krokodil im tropischen Südamerika 3. *Krokodil,* das (gr.-lat., Pl. -e) große Panzerechse 4. *Gavial,* der (Hindi, Pl. e.) indisches Schnabelkrokodil
Panzerschrank 1. *Tresor,* der (gr.-lat.-fr., Pl. -e) 2. *Safe,* der (engl., Pl. -s) auch: Sicherheitsfach
Papierfaltkunst *Origami,* das (jap., ohne Pl.) nicht verw. mit *Origano,* der (it., ohne Pl.) Gewürz (Blätter u. Zweigspitzen des Origanums
Papiergeschäft *Papeterie,* die (gr.-lat.-fr., Pl. -n)
Papierkette *Girlande,* die (it.-fr., Pl. -n)
Papiermusterung *Gaufrage,* die (fr., Pl. -n)
Papierstaude *Papyrus,* der (gr.-lat., Pl. ...ri) Papyrusrolle
Papierstreifen ... *Bobine,* die (fr., Pl. -n) ... endloser
Papierstreifen, gefalteter ... *Fidibus,* der (lat., Pl. -se) ... zum Anzünden der Pfeife
Pappverpackung *Kartonage,* die (ägypt.-gr.-lat.-it.-fr., Pl. -n)
Papst 1. *Sancta Sedes,* das (lat., ohne Pl.) svw. Heiliger Stuhl 2. *Papa,* der (gr.-lat., ohne Pl.) Bez. des Papstes
Papst, Amtszeit des ... *Pontifikat,* das, der (lat., Pl. -e) auch: Amtsdauer e. Bischofs
Papst, Kardinalsversammlung zur Wahl des ... *Konklave,* das (lat., Pl. -n) abgeschlossener Versammlungsraum im Vatikan zu Rom
Papst, von ihm ausgehend *ex cathedra* (lat.) auch: von maßgebender Seite kommend, nicht anzweifelbar
Papst, wir haben e. ... *!habemus Papam!* (lat.)

Ausruf, mit dem der neugewählte Papst verkündet wird
Papstamt *Papat,* der, das (gr.-lat., ohne Pl.)
Papstentscheid *Reskript,* das (lat., Pl. -e) päpstliche Rechtsentscheidung in Einzelfällen
papstfreundliche Partei *Guelfe,* der (germ.-it., Pl. -n) auch: Anhänger dieser Partei im Italien der Renaissance
Papstkrone *Tiara,* die (pers.-gr.-lat., Pl. ...ren)
päpstlich 1. *papal* (gr.-lat.) 2. *papistisch* (gr.-lat.), (verächtlich)
Papsttum 1. *Papismus,* der (gr.-lat., ohne Pl.) Anhänger des Papismus ist e. Papist 2. *Papat,* das (gr.-lat., ohne Pl.)
Papstwohnsitz *Vatikan,* der (lat., ohne Pl.) auf dem Monte Vaticano in Rom; auch: die päpstliche Regierung
Papstwürde *Papat,* das (gr.-lat., ohne Pl.)
Par, das ... des Kurses ausgleichen *Scratch,* der (engl., Pl. -es) auch: Spieler mit dem Handicap (Scratch-Spieler) Golfbez.
Paradies 1. *Eden,* das (hebr., ohne Pl.) Ausdruck aus dem Alten Testament 2. *Elysium,* das (gr.-lat., ohne Pl.) Land der Seligen in der Unterwelt (altgriechische Mythologie) 3. *Eldorado,* das (lat.-sp., Pl. -s) Gold-, bzw. Traumland
paradiesisch 1. *elysäisch* (gr.-lat.) 2. *elysisch* (gr.-lat.)
Paradiesjungfrau *Huri,* die (arab.-pers., Pl. -s) ... aus dem Koran
Paradieswächter *Cherub,* der (hebr.-gr.-lat., Pl. ...inen) Engel im Alten Testament
parallel zur Schädelmittelachse liegend *sagittal* (lat.)
Parlament, israelisches ... *Knesset, Knesseth,* die (hebr., ohne Pl.) »Versammlung«
Parlament, russisches ... *Duma,* die (russ., Pl. -s) einst: Rat der fürstlichen Gefolgsleute in Rußland; russ. Parlament (1906-1917 u. in neuerer Zeit)
parlamentarische Vertretung e. Partei *Fraktion,* die (lat.-fr., Pl. -en) »Tut mir leid, die Unruhe in meiner Fraktion.« (Wolfgang Schäuble, CDU/CSU-Fraktionsvorsitzender, 1998)
Partei, islamische ... *Schia,* die (arab.) auch: Gruppe; ... sie besteht darauf, daß Ali der rechtmäßige Nachfolger (Kalif) Mohammeds sei
Partei, kaisertreue ... *Ghibellinen,* die (it., nur Pl.) ... im Italien der Renaissance
Parteiergreifen für Unterdrückte *Underdogging,* das (engl.-am., ohne Pl.) d. h. sich unerschütterlich auf die Seite der Schwächeren schlagen
parteiisch *subjektiv* (lat.) e. Fall subjektiv (einseitig) beurteilen; Ggs.: objektiv
parteilich *tendenziös* (lat.-fr.) i. S. von gefärbt, z. B. e. tendenziöse Meinung vertreten
Parteiübertritt *Diszession,* die (lat., Pl. -en) z. B. von der F.D.P. zur SPD wechseln, wie einst der Politiker Verheugen
Parteiverrat *Prävarikation,* die (lat., Pl. -en) e. Rechtsanwalt, der neben Interessen seines Mandanten auch die der gegnerischen Partei vertritt
Parteizeitung *Organ,* das (gr.-lat., Pl. -e) das »Neue Deutschland« war das frühere Organ der SED
Partien *Repertoire,* das (lat.-fr., Pl. -s) Stücke, die z. B. e. Ensemble beherrscht
Partnerschaft *Pairing,* das (engl., ohne Pl.)
Party, bei der e. neue Techno-Scheibe vorgestellt wird *Release-Party,* die (engl.-am., Pl. ...ies)
Party, bis zu drei Tage dauernde Musik... *Tribal Rave,* die (engl.-am., Pl. -s) es werden Ethno- u. Techno-Sounds vom Plattenteller mit afrikanischen Live-Rhythmen auf der Bühne performt (dargeboten)
Party, immer verrücktere So-als-ob-... *Fakomanie,* die (am.-gr.-lat) Treffen, auf dem sich auf absurdeste Weise dargestellt wird
passend 1. *adäquat* (lat.) z. B. adäquate Maßnahmen ergreifen 2. *opportun* (lat.) angebracht; Ggs.: inopportun
Paßwortübermittlung, leichtfertige ... *Phishing,* das (engl.-am., Pl. -s) Verballhornung von: Paßwort u. fishing (fischen)
Pastetengefäß *Terrine,* die (lat.-fr., Pl. -n)
Patentanspruch *Claim,* das (lat.-fr.-engl., Pl. -s) auch: Anrecht, z. B. an e. Stück Land um dies auszubeuten (Gold)
pathetisch *patetico* (gr.-lat.-it.) musik. Vortragsanw.
Patienten, ideale ... *Yavis,* die (Eigenn., am., nur Pl.) aus: young, affluent, verbal insured and single (jung, wohlhabend, sprachgewandt, versichert u. alleinstehend) ... nach Aussage am. Psychotherapeuten, Neurologen u. Psychiater
Patriotismus, vom ... geprägt *patriotisch* (gr.-lat.-fr.) auch: vaterländisch; »Unternehmer haben die patriotische Pflicht Geld zu verdienen.« (Franz Schoser, DIHT-Hauptgeschäftsführer, 1997)
Patronenauswerfer, automatischer ... *Ejektor,* der (lat., Pl. ...oren) ... bei Jagdgewehren; Pumpe mit Absaugvorrichtung
Patronenkammer *Magazin,* das (arab.-it., Pl. -e) auch: Munitionskammer
patzig *insolent* (lat.) auch: frech
pauschal 1. *generell* (lat.-fr.) auch: im allgemeinen; Ggs.: speziell 2. *global* (lat.) allgemein; auch: weltumspannend
Pause 1. *Intervall,* das (lat., Pl. -e) Zeitspanne; Intervalltraining 2. *Zäsur,* die (lat., Pl. -en) auch: gedanklicher Einschnitt

Pech *Malheur,* das (lat.-fr., Pl. -e)
Pegel, selbständig aufzeichnender ... *Fluviograph,* der (gr.-lat., Pl. -en)
peinigen *torquieren* (lat.) quälen
Peiniger *Tyrann,* der (gr.-lat., Pl. -en) Gewaltherrscher; »Wo es keine Sklaven gibt, da gibt es keine Tyrannen.« (Joh. Gottfried Seume)
peinlich 1. *fatal* (lat.) z. B. fatale Fehler aufdecken 2. *genant* (germ.-fr.) unangenehm, schamhaft 3. *delikat* (lat.-fr.) mit Takt behandeln, behutsam; auch: lecker (Speisen) Ggs.: indelikat 4. *penibel* (gr.-lat.-fr.) genau; auch: empfindlich 5. *prekär* (lat.-fr.) »widerruflich«; mißlich
peinlich, in e. ... Lage bringen 1. *blamieren* (gr.-lat.-fr.) beschämend 2. *kompromittieren* (lat.-fr.) bloßstellen
Peinlichkeit 1. *Fatalität,* die (lat., Pl. -en) 2. *Blamage,* die (gr.-lat., Pl. -n)
peitschen, mit der Riemenpeitsche... *karbatschen* (russ.-türk.)
Peking-Mensch *Sinanthropus pekinensis,* der (gr.-lat.) um 1928 von dem Anthropologen Davidson Black bei Peking entdeckt u. auf ca. 500 000 Jahre geschätzt worden
Pelzjäger *Trapper,* der (engl., ohne Pl.)
Pelzmantel, schwerer Herren... *Wildschur,* die (pol., Pl. -en) eigtl.: Wolfspelz; Bez. aus dem 19. Jh.
Pelzmütze mit Ohrenklappen *Uschanka,* die (russ., Pl. -s)
pendeln *oszillieren* (lat.) auch: schwingen
pendelnd *oszillatorisch* (lat.)
Penis, künstlicher ... 1. *Godemiché,* der (fr., Pl. -s) 2. *Dildo,* der (engl., Pl. -s)
Pennbruder ... *Clochard,* der (fr., Pl. -s) ... in Paris
Pension *Boardinghouse,* das (engl., Pl. -s)
Pergament, weiches ... *Valin,* das (lat.-fr., ohne Pl.)
Pergamentpapier *Papyrin,* das (gr.-lat., Pl. -e)
perlen *moussieren* (fr.) von Sekt, kohlensäurehaltiges Mineralwasser
Person ... *Aktionist,* der (lat., Pl. -en) ... die das Bewußtsein der Menschen oder Zustände durch provozierende Handlungen verändern möchte; auch: Aktionskünstler, z. B. André Heller aus Wien
Person auf der Jagd nach irdischen Gütern *Squire,* der (engl., Pl. -s) eigtl.: Gutsherr; lebt i. a. in Paaren, ist wegen seines fieberhaften Raffereifers oft erschöpft
Person in der zweiten Hälfte seines Lebens *Selpy,* der (engl., Pl. ...ies) aus: second life people; gemeint sind i. a. die Eltern, sie genießen das Herumreisen u. Golfspielen
Person mit Hochschulausbildung *Akademiker,* der (gr., Pl. –)
Person ohne Grundsätze *Opportunist,* der (lat.-fr., Pl. -en) jmd. der sich bedenkenlos der jeweiligen Lage anpaßt; »E. Opportunist ist e. Jenachdemer.« (Wilhelm Busch)
Person zwischen 13 u. 19 Jahren *Teenager* u. *Teenie,* der (engl.-am., Pl. -s) »im Vergleich zu dem (Guido Westerwelle, F.D.P.) fühle ich mich wie e. Teenager!« (Theo Waigel, Bundesfinanzminister, 1998)
Person, ältere, finanziell gutsituierte ... 1. *Woof,* der (engl.-am., Pl. -s) Eigenn. aus: well-off older folks; auch: die »neuen Alten«, für Massenmedien, Werbung u. Absatzstrategen e. interessante Verbrauchergruppe; auch: 2. *Woopy,* der (engl.-am., Pl. ...ies) aus: well-off older people, genannt
Person, aus der viel werden ... *high Potential,* der (engl., Pl. -s) ... oder aus der viel gemacht werden kann; begabte, gut ausgebildete u. hochmotivierte Person
Person, beliebte ... *persona grata* (lat.) z. B. Diplomat, der zur Ausübung seiner Mission zugelassen ist
Person, die an der Führung e. Gemeinwesens teilnimmt *Politiker,* der (gr.-fr., Pl. –) auch: Staatsmann; »Politiker haben das Recht auf Fehlerhaftigkeit, wie alle Menschen, wir müssen Fehler akzeptieren.« (Theo Waigel, 1996, Bundesfinanzminister)
Person, die bei Mißhandlung geschlechtliche Erregung empfindet *Masochist,* der (lat., Pl. -en) »Sie (die Unternehmer) sind doch keine Masochisten.« (Hans-Olaf Henkel, BDI-Chef, 1998)
Person, die den Willen der Mehrheit respektiert *Demokrat,* der (gr., Pl. -en) »Jetzt werden wir uns wie Demokraten verhalten.« (Helmut Kohl, CDU, nach der verlorenen Wahl, 1998)
Person, die für bes. Leistungen schult *Trainer,* der (engl., ohne Pl.) »Ich fühl' mich fast wie in Österreich, unser Trainingsplatz heißt Alm, unser Trainer Rausch, also Almenrausch.« (Toni Polster, Fußballprofi, Mönchengladbach, 1998)
Person, die gern u. oft über Sexuelles spricht *Verbalerotiker,* der (lat., Pl. –)
Person, die Ideen aus Theorien übernimmt ... *Eklektiker,* der (gr., Pl. –) ... ohne eigene zu haben; von: eklektisch (gr,) nachahmend; nicht verw. mit *Elektriker,* der (gr.-dt., Pl. –) Handwerker im Bereich der Elektrotechnik
Person, die ihrer Zeit voraus ist *Visionär,* der (lat., Pl. -e) Künstler, Manager können Visionäre sein u. das Umfeld zukunftsweisend gestalten
Person, die sich gern per E-Mail unterhält *virtueller Tratsch-Freak,* der (engl.-dt., Pl. -s)

Person, die sich mit Datensicherheit befaßt *Cypherpunk,* der (gr.-engl., Pl. -s) cypher (geheim, verborgen) auf dem Gebiet erfinden Programmierer raffinierte Codiersprachen; es werden z. B. Bilder oder Farben zu persönlichen Code-Paßwörtern verschlüsselt

Person, die Tierprodukte weder ißt noch benutzt *Veganer,* der (lat., Pl. –) gewissermaßen e. konsequenter Vegetarier

Person, die vorwiegend TV glotzt ... *Couch Potato,* der (engl.-am., Pl. -es) ... u. Chips mampft

Person, exzentrische bis geisteskranke ... *Nutso,* der (engl., Pl. -s) nuts (verrückt)

Person, in Ungnade gefallene ... *persona ingrata* (lat.) z. B. e. Diplomat, der seine Tätigkeit einstellen muß

Person, negativ eingestellte ... *Pessimist,* der (lat., Pl. -en) Ggs.: Optimist; »Ich bin Pessimist für die Gegenwart, aber Optimist für die Zukunft.« (Wilhelm Busch)

Person, rätselhafte ... *Sphinx,* die (gr.-lat., Pl. -e) auch: ägypt. Steinbild in Löwengestalt, mit menschlichem Kopf, Sinnbild des Sonnengottes oder des Königs; Schmetterlingsart: Abendpfauenauge; »e. Sphinx gleichen« (Redensart für jmdn., der rätselhaft ist)

Person, rauhe, grobe ... *Crusty,* der (engl., Pl. ...ties) Bezeichnung für Typen, die e. Mischung aus Penner, Punk u. Hippie darstellen, Armeekleidung tragen, die nie gewaschen wird u. häufig verlauste Hunde an e. Leine mit sich führen

Person, sehr willkommene ... *persona gratissima* (lat.) in höchster Gunst stehender Mensch

Person, selbstgerechte ... *Pharisäer,* der (hebr.-gr.-lat., Pl. –) Heuchler; auch: heißer Kaffee mit Rum u. Sahne; einst: Mitglied e. altjüdischen, streng religiös-politischen Partei; »Jmd. gleicht e. Pharisäer.« (Redensart für e. Heuchler)

Person, selbstlose ... *Altruist,* der (lat., Pl. -en) auch: uneigennütziger Mensch; Ggs.: nicht Politiker, sondern Egoist

Person, sich selbst lehrende ... *Autodidakt,* der (gr., Pl. -en) jmd., der sich Wissen u. Fertigkeiten im Selbstunterricht aneignet

Person, überall einsatzfähig *Allrounder,* der (engl.) auch: vielseitig einsetzbare Geräte

Person, vergötterte ... *Idol,* das (gr.-lat., Pl. -e) auch: Götzenbild, Leitbild; »Kein Kind kann mehr groß werden, ohne mindestens einmal täglich dem Idol (Boris Becker) in die Schweinsäuglein zu gucken.« (Die Zeit, 1986)

Person, verrückte, ausgeflippte ... *Gonzo,* der (engl., Pl. -s)

Person, zuversichtliche *Optimist,* der (lat.-fr., Pl. -en) Ggs.: Pessimist; »Optimist ist e. Mensch, der die Dinge nicht so tragisch nimmt, wie sie sind.« (Karl Valentin)

Personalcomputer, kleiner, transportabler ... *Laptop,* der (engl., Pl. -s) »Hier sind Lederhose u. Laptop eine Symbiose eingegangen.« (Roman Herzog, Bundespräsident, über seine bayrische Heimat, 1998)

Personalfreisetzung *Outplacement,* das (am., Pl. -s) sozialverträgliche, einvernehmliche Trennung von e. Manager

Personalpolitik, Form e. ... *Human Relations,* die (engl.-am., nur Pl.) ... die auf Förderung u. Pflege guter Beziehungen im Betrieb ausgelegt ist

Personalum- u. -abbau in e. Unternehmen *Turnaround,* der (engl., Pl. -s) auch: Wende eines in e. wirtschaftlichen Krise befindlichen Unternehmens

Personen, begüterte ... die aus Vergnügen in der Welt herumfliegen *Jet-Set,* der (engl., nur Pl.)

Personenwagen, offener ... *Kabriolett,* das (lat.-it.-fr., Pl. -s) kurz: Cabrio

persönlich 1. *in persona* (lat.) selbst 2. *individuell* (lat.-fr.) auf die Bedürfnisse der Person zugeschnitten; individuell beraten 3. *personell* (lat.-fr.) 4. *privat* (lat.) auch: vertraulich, familiär; »... es ist wie im privaten Leben: Wer die Gastfreundschaft mißbraucht, die Hausfrau beleidigt, den Hund tritt, fliegt raus!« (Bundeskanzler Helmut Kohl, 1998) 5. *subjektiv* (lat.) auch: einseitig, parteiisch; Ggs.: objektiv

Persönlichkeit *Autorität,* die (lat., Pl. -en) einflußreiche Person von hohem Ansehen; »Sie wird nur dann nicht angezweifelt, wenn sie sich auf fachliche Leistung u. untadelige menschliche Haltung gründet.« (Gustav Heinemann); nicht verw. mit: *Autorisation,* die (lat., Pl. -en) Vollmacht, Ermächtigung

Persönlichkeit, bekannte ... *Prominenter,* der *Prominente* (lat., Pl. Prominente; *Prominenz:* Gesamtheit der Prominenten, Pl. ...zen) »Ein Prominenter ist ein Mann, der es sich leisten kann, sich nichts zu leisten.« (Liselotte Pulver)

Persönlichkeitsbild *Image,* das (lat.-fr.-engl., Pl. -s) Unternehmen treiben Imagepflege, um in der Öffentlichkeit e. positives Erscheinungsbild zu haben, unfaires Verhalten sorgt für Imageverlust

Persönlichkeitsforschung *Charakterologie,* die (gr.-lat., ohne Pl.)

Persönlichkeitsprofil *Psychogramm,* das (gr.-lat., Pl. -e) graphische Darstellung von Fähigkeiten u. Eigenschaften e. Person, z. B. in e. Koordinatensystem

Persönlichkeitsstörung der bes. Art ... *Multiphrenie,* die (gr.-lat., Pl. ...ien) ... bei der sich das Bewußtsein in mehrere Teile spaltet, z. B. heute Napoleon, morgen Jesus, dann e. Leinwandheld

Perücke *Toupet,* das (germ.-fr., Pl. -s) i. S. e. Perückenteils

Perückenmacher *Posticheur,* der (fr., Pl. -e)

pessimistisch *defätistisch* (lat.-fr.) i. S. von hoffnungslos sein

Pesthauch *Miasma,* das (gr., Pl. ...men) im Mittelalter herrschte die Ansicht, in der Luft oder im Boden befinde sich der Pesterreger

Pfadfinder *Boy-Scout,* der (engl., Pl. -s)

Pfadfindertreffen *Jamboree,* das (engl., Pl. -s) international ausgerichtet

Pfahl *Palisade,* die (lat.-fr., Pl. -n) auch: Pfahlreihe als Befestigungsanlage, Pfahlzaun

Pfand *Vadium,* das (germ.-lat., Pl. ...ien) e. symbolischer Gegenstand, der bei Vertragsabschluß ausgehändigt u. bei Vertragserfüllung zurückgegeben wurde

Pfandmarke für den Einkaufswagen *Shoppy,* das (engl., Pl. ...ies)

Pfandschein *Warrant,* der (engl., Pl. -s) auch: Lagerschein

Pfannkuchen *Pancake,* der (engl., Pl. -s)

Pfannkuchen, russische ... *Blini,* die (russ., nur Pl.) aus Buchweizenmehl

Pfarramt *Pastorat,* das (lat., Pl. -e)

pfarramtlich *pastoral* (lat.)

Pfarramtsangelegenheiten *Pastoralien,* die (lat., nur Pl.)

Pfarrei *Parochie,* die (gr.-lat., Pl. ...ien)

Pfarrer *Pastor,* der (lat., Pl. ...en)

Pfarrwohnung *Pastorat,* das (lat., Pl. -e)

Pfeiler *Obelisk,* der (gr.-lat., Pl. -en) freistehende, sich nach oben verjüngende, rechteckige Säule, meist aus Granit

pferdeartige Tiere *Equiden,* die (lat., nur Pl.) z. B. Zebra, Esel

Pferdedroschke *Fiaker,* der (fr., Pl. –) auch: Pferdedroschkenkutscher

Pferdegangart *Pace,* die (lat.-fr.-engl., ohne Pl.)

Pferdeheilkunde *Hippiatrie,* die (gr., ohne Pl.)

Pferderennbahn 1. *Hippodrom,* der, das (gr.-lat., Pl. -e) 2. *Turf,* der (engl., Pl. -s) Pferderennen, Pferdesport

Pferderennen *Derby,* das (engl., Pl. -s) nach dem Begründer, dem 12. Earl of Derby; seit 1780 e. jährliche Zuchtprüfung der besten dreijährigen Vollblutpferde in Form von Pferderennen; auch: e. sportliche Begegnung zweier Ortsrivalen

Pferdeschau *Kavalkade,* die (lat., Pl. -n)

Pferdesprung in der Reitkunst *Ballotade,* die (fr., Pl. -n)

pfiffig *smart* (engl.) e. smarter Geschäftsmann sein

Pfingsten *Pentekoste,* die (gr.-lat., ohne Pl.)

Pfingstrose *Päonie,* die (gr.-lat., Pl. -n)

pflanzen *kultivieren* (lat.-fr.) i. S. von Land bewirtschaften, urbar machen

Pflanzen sammeln *botanisieren* (gr.-lat.) zum Zwecke der Forschung, des Studiums

Pflanzenarten, auf kalkreichem (alkalischem) Boden wachsend *basiphil* (gr.-lat.)

Pflanzenbewegung ... *Thigmotaxis,* die (gr.-lat., Pl. ...xen) ... bei Berührung, z. B. die Blätter der Mimose

Pflanzenfarbstoff, gelber ... *Flavon,* das (lat., Pl. -e)

pflanzenfressend *phytophag* (gr.-lat.)

Pflanzenfresser 1. *Veganer,* der (lat.-engl., Pl. –) Menschen, die nur pflanzliche Nahrung zu sich nehmen 2. *Phytophage,* der (gr.-lat., Pl. -n) 3. *Phyllophage,* der (gr.-lat., Pl. -en)

Pflanzengarten *Kamp,* der (lat., Pl. -s) für die Aufzucht von Forstpflanzen

Pflanzengeographie *Phytogeographie,* die (gr.-lat., ohne Pl.)

Pflanzenheilkunde *Phytotherapie,* die (gr.-lat., ohne Pl.)

Pflanzenkunde 1. *Botanik,* die (gr.-lat., ohne Pl.) 2. *Phytologie,* die (gr.-lat., ohne Pl.)

pflanzenkundlich *botanisch* (gr.-lat.)

Pflanzenornament *Arabeske,* die (arab.-lat.-fr., Pl. -n) rankenförmige Verzierung (Ornament); auch: Musikstück für Klavier

Pflanzensaft, kautschukartiger ... *Balata,* die (indian.-sp., ohne Pl.)

Pflanzenstoff, säurehaltiger ... *Pektin,* das (gr.-lat., Pl. -e) ... in Früchten u. Wurzeln mit gelierender Wirkung, wird bei der Marmeladenherstellung verwendet

Pflanzenwelt 1. *Flora,* die (lat., Pl. ...ren) der Urwald mit seiner seltenen Flora muß geschützt werden 2. *Vegetation,* die (lat., Pl. -en) auch: Wucherung (med.)

Pflanzenzucht *Kultur,* die (lat., Pl. -en) z. B. Pilz-, Spargelkulturen; auch: »Kultur ist e. dünnes Häutchen über einem glühenden Chaos.« (Nietzsche)

pflanzlich 1. *botanisch* (gr.-lat.) 2. *vegetarisch* (lat.)

Pflanzung *Fazenda,* die (port., Pl. -s) brasilianische Pflanzung

Pflege *Kur,* die (lat., Pl. -en) i. S. e. Heilbehandlung; Kurbetrieb

pflegen 1. *kultivieren* (lat.-fr.) 2. *kurieren* (lat.) behandeln; »Dr. Eisenbarth kuriert die Leut' auf seine Art.«

Pflicht, schwere ... *heavy Duty,* die (engl., Pl. ...ies) einst Aussage von e. am. Bodybuilder

Pflicht, von e. ... befreien *dispensieren* (lat.) auch: beurlauben

Pflichtgebot *Imperativ,* der (lat., Pl. -e) z. B. Kants kategorischer Imperativ (e. unter moralischer u. ethischer Betrachtungsweise gültiges Gesetz)

Pflichtverteidiger *Offizialverteidiger,* der (lat.-dt., Pl. –) in Strafsachen

Pflöckchen ... *Tee,* das (engl., Pl. -s) ... aus Holz oder Kunststoff, auf das der Ball beim Abschlag gesetzt wird (Golfbez.)

pflügen *rigolen* (niederl.-fr.) i. S. von tief pflügen

Pflugscharmesser *Kolter,* das (lat.-fr., Pl. –)

Pforte *Portal,* das (lat., Pl. -e) großes Tor

Pförtner 1. *Portier,* der (lat.-fr., Pl. -s) 2. *Concierge,* der, die (lat.-fr., Pl. -s) 3. *Kastellan,* der (fr., Pl. -s) bes. in öffentlichen Gebäuden

Pförtnerraum *Loge,* die (germ.-lat.-fr., Pl. -n) auch: Versammlungsort e. geheimen Gesellschaft; e. Vereinigung von Freimaurern (Logenbrüder)

Pfosten zum Befestigen der Taue *Poller,* der (niederdt., Pl. –) Seemannsspr.

Pfuscher *Dilettant,* der (lat., Pl. -en) auch: laienhafter Liebhaber e. Kunst oder Wissenschaft; »... auf außenpolitische Dilettanten wie Schröder u. Lafontaine zu setzen, das wäre doch ein verhängnisvoller Fehler.« (Theo Waigel, Bundesfinanzminister, 1998)

Pfuscherei in Kunst u./o. Wissenschaft *Dilettantismus,* der (lat., ohne Pl.) »Der Dilettantismus folgt der Neigung der Zeit.« (Goethe)

Phantasie *Imagination,* die (lat.-fr., Pl. -en)

phantasielos *schematisch* (gr.-lat.) gleichförmig, gedankenlos

Phantast *Illusionist,* der (lat., Pl. -en) auch: Gaukler; »Man nannte Axel Springer auch e. Träumer, e. politischen Illusionisten, hat ihn das getroffen?« (Peter Bachér im Gespräch mit Friede Springer, 1996)

Philosoph mit dem Hang zum Disputieren *Eristiker,* der (gr., Pl. –) nach Eukleides (Euklid) von Megara (ca. 450-380 v. Chr.) gr. Philosoph

Philosoph, wenn du geschwiegen hättest, so wärest du e. ... geblieben *si tacuisses, philosophus mansisses* (lat., Zitat: Boethius)

Philosophie, die die Energie als Wesen aller Dinge erklärt *Energetik,* die (gr., ohne Pl.) nach der Lehre Wilhelm Ostwalds (1853-1932)

Photographiesammlung *Photothek,* die (gr.-lat., Pl. -en)

Pigmentanomalie der Haut, erworbene ... *Vitiligo,* die (lat., Pl. ...ligines) med., auch: Scheckhaut

Pigmenten, das Fehlen von ... 1. *Achromie,* die (gr.-lat., Pl. ...ien) ... in der Haut, z. B. Albino (Weißling) 2. *Albinismus,* der (lat.-sp.) das erblich bedingte Fehlen von Pigment

Pilgerfahrt 1. *Hadsch,* der (arab., ohne Pl.) nach Mekka zur Kaaba (Würfel) 2. *Omrah,* die (arab., ohne Pl.) e. sog. kleine Pilgerfahrt nach Mekka

Pille *Pastille,* die (lat., Pl. -n)

Pille, bes. große ... *Bolus,* der (gr.-lat., Pl. -li) Tiermed.; auch: Klumpen; Bissen

Pilotenkabine *Cockpit,* das (engl., Pl. -s)

Pilz 1. *Myzet,* der (gr.-lat., Pl. -en) 2. *Champignon,* der (fr., Pl. -s) nicht verw. mit *Champion,* der (lat.-fr.-engl., Pl. -s) Spitzensportler 3. *Fungus,* der (lat., Pl. -gi) auch: schwammige Geschwulst (med.)

Pilz, aus der Gattung der Röhrlinge *Boletus,* der (gr.-lat., Pl. ...ti)

Pilzerkrankung der Haut u. Schleimhaut *Blastomykose,* die (gr.-lat., Pl. -n) Verursacher: Sproßpilze

Pilzkrankheit der Haut *Epidermophytie,* die (gr.-lat., Pl. ...ien) Hautpilz (med.)

Pilzkunde *Mykologie,* die (gr.-lat., ohne Pl.)

Pilzlehre *Mykologie,* die (gr.-lat., ohne Pl.)

Pilzvergiftung *Myzetismus,* der (gr.-lat., Pl. ...men)

pinkeln *urinieren* (lat.) auch: harnen, vulgär: pissen; »Ich war daran gehindert gewesen, wie gewohnt im Stehen zu urinieren.« (Klage e. Urlaubers, weil in e. Hotel die Klobrille ständig herunterklappte, 1998)

Pirat 1. *Flibustier, Filibuster,* der (fr.-engl., Pl. –) westind. Seeräuber 2. *Korsar,* der (lat.-it., Pl. -en) Seeräuber; auch: Jolle mit Vor- u. Großsegel 3. *Bukanier,* der (fr.-engl., Pl. -e) westind. Seeräuber des 17. Jhs.; z. B. der »Seeteufel« Henry Morgan

Pirschjäger *Stalker,* der (engl.-am., Pl. -s) auch: Anschleicher, der voller Leidenschaft Stars verfolgt, z. B. Madonna, Sharon Stone

Plage *Tortur,* die (lat., Pl. -en) die Besteigung des Nanga Parbat war e. Tortur

plagen 1. *traktieren* (lat.) auf der Zuckerrohrplantage wurden die Knechte traktiert 2. *malträtieren* (lat.-fr.) quälen

Plakat *Affiche,* die (fr., Pl. -n) auch: Aushang

Plan 1. *Intention,* die (lat., Pl. -en) i. S. von Absicht 2. *Konzept,* das (lat., Pl. -e) i. S. e. ausgearbeiteten Plans 3. *Programm,* das (gr.-lat., Pl. -e) z. B. sein Vorschlag paßt gut ins Programm 4. *Projekt,* das (lat., Pl. -e) e. größeres Vorhaben, z. B. das Bauprojekt soll noch in diesem Jahr verwirklicht werden 5. *Skizze,* die (it., Pl. -n) eigtl.: Spritzer; z. B. die Skizze (erster Entwurf) e. Architekten 6. *Strategie,* die (gr.-lat.-fr., Pl. ...ien) Plan des Vorgehens um e. Ziel (militärisch, politisch) zu erreichen; »Strategie ist die Beherrschung von Zeit u. Raum.« (Karl von Clausewitz 1780-1831)

planen 1. *disponieren* (lat.) 2. *konzipieren* (lat.) 3. *organisieren* (gr.-lat.-fr.) 4. *projektieren* (lat.) entwerfen; nicht verw. mit *projizieren* (lat.) i. S. von: übertragen

Planet, kleiner ... 1. *Asteroid,* der (gr., Pl. -en) 2. *Planetoid,* der (gr., Pl. -en) kleiner Planet, der sich in elliptischer Bahn um die Sonne bewegt

Planeten- u. deren Satellitenforschung *Planetologie,* die (gr., ohne Pl.) speziell die geologische Erforschung der Oberflächenformation

Planeten, zwischen den ... *interplanetarisch* (lat.)

Planetenstand *Konstellation,* die (lat., Pl. -en) der Gestirne zueinander

planlos *amethodisch* (lat.) Ggs.: methodisch

planmäßig *methodisch* (gr.-lat.) im Elternhaus sollte die Erziehung methodisch ablaufen

Planung *Disposition,* die (lat., Pl. -en) auch: Empfänglichkeit für Krankheiten (med.)

planvoll 1. *methodisch* (gr.-lat.) durchdacht vorgehen 2. *rational* (lat.) vernünftig; Ggs.: irrational 3. *strukturiert* (lat.) geordnet, gegliedert 4. *systematisch* (gr.-lat.) ordentlich gegliedert

Planwirtschaft, e. Form der ... *Etatismus,* der (lat.-fr., ohne Pl.) ... in der die Kontrolle nur in best. Bereichen stattfindet, z. B. in der Tabakindustrie

Plastik *Skulptur,* die (lat., Pl. -en) Figur z. B. aus Ton oder Bronze

Plastikkarte, »intelligente« ... *Chipkarte,* die (engl.-dt., Pl. -en) als Datenträger dient e. kleines Silicium-Plättchen; bisher werden die Informationen meist auf Magnetstreifen gespeichert

plastisch *duktil* (lat.-engl.)

Plattenspieler *Grammophon,* das (gr.-lat., Pl. -e) Schallplattenapparat

Plattform 1. *Perron,* der (gr.-lat.-fr., Pl. -s) Straßenbahnübergang 2. *Terrasse,* die (lat.-fr., Pl. -n)

Plattfüßigkeit *Platypodie,* die (gr.-lat., ohne Pl.) med.

Plattheit 1. *Platitüde,* die (gr.-lat.-fr., Pl. -n) der Vortrag bestand aus e. einzigen Platitüde 2. *Banalität,* die (fr., Pl. -en) Abgeschmacktheit; »Banalität ist die Zuflucht der geistig Schwachen.« (Balzac)

Plattköpfigkeit *Platyzephalie,* die (gr.-lat., ohne Pl.) med.

Platz, fehl am ... 1. *deplaciert, deplaziert* (fr.) i. S. von: unangebracht 2. *inopportun* (lat.) unpassend; Ggs.: opportun

Platz, offener ... in e. Stadt *Maidan,* der (arab.)

Platzangst 1. *Agoraphobie,* die (gr.-lat., ohne Pl.) med., Angst, allein große Plätze oder volle Kaufhäuser zu betreten 2. *Klaustrophobie,* die (gr.-lat., Pl. ...ien) bes. Angst vor dem Aufenthalt in kleinen geschlossenen Räumen; nicht verw. mit *Klaustrophilie,* die (gr.-lat., Pl. ...ien) Hang zur Einsamkeit

Platzanweiser *Billeteur,* der (lat.-fr., Pl. -e)

platzen *explodieren* (lat.) auch: bersten; Ggs.: implodieren

Plauderei im Internet *Chat,* der (engl., Pl. -s) auch: Austausch elektronischer Briefe im Internet

Plauderei *Talk,* der (engl, Pl. -s) z. B. »Talk im Turm«, Sendung mit Erich Böhme

Plauderei, gesellige *Konversation,* die (lat.-fr., Pl. -en) »Konversation ist die Kunst zu reden, ohne zu denken.« (Viktor de Kowa)

Plauderer, unterhaltsamer ... *Causeur,* der (fr., Pl. -e)

plaudern *parlieren* (gr.-lat.-fr.) auch: sich angeregt unterhalten

Plazierung *Klassement,* das (lat.-fr., Pl. -s) Einteilung; auch: Rangliste

pleite 1. *bankrott* (it.) 2. *insolvent* (lat.) zahlungsunfähig; Ggs.: solvent

Pleite 1. *Bankrott,* der (it., Pl. -e) i. S. e. fahrlässig oder vorsätzlich herbeigeführten Konkurses wegen Überschuldung und/oder Illiquidität (Zahlungsunfähigkeit) 2. *Konkurs,* der (lat., Pl. -e) geschäftlicher Zusammenbruch, Zahlungsunfähigkeit 3. *Ruin,* der (lat.-fr., ohne Pl.) Untergang; nicht verw. mit *Ruine,* die (lat., Pl. -n) Trümmer

plötzlich 1. *spontan* (lat.) aus e. momentanen Antrieb handeln 2. *abrupt* (lat.) jmdn. abrupt (unvermittelt) unterbrechen 3. *brüsk* (it.-fr.) eigtl.: stachelig; schroff

plündern *marodieren* (fr.) Söldner fielen marodierend in das Dorf ein

plündern, auf dem Schlachtfeld ... *spoliieren* (lat.-fr.) mittelalterliche Bez.

Plünderung *Rapuse,* die (tschech., ohne Pl.)

Pöbel 1. *Plebs,* der (lat., ohne Pl.) das ungebildete Volk 2. *Mob,* der (lat.-engl., ohne Pl.)

Podium 1. *Katheder,* das, der (gr.-lat., ohne Pl.) auch: Stehpult 2. *Kanzel,* die (lat., Pl. -n) meist in Kirchen erhöhtes, überdachtes Podium, Kanzelredner; auch: verglaster Raum e. kleinen Flugzeugs für Piloten, Flugzeugkanzel (Cockpit) 3. *Tribüne,* die (lat.-it.-fr., Pl. -n)

Pokal 1. *Cup,* der (engl., Pl. -s) beim Tennis: »Davis Cup«; allg.: Preis e. Sportveranstaltung 2. *Gobelet,* der (fr., Pl. -s) ... auf e. Gold- oder Silberfuß bis ins 18. Jh.

Pokerspielkarte, e. best. ... *Wild Card,* die (engl., Pl. -s) deren Wert vereinbart werden kann, e. Art Joker; auch: bei e. Tennisturnier die Zulassung, ohne qualifiziert zu sein

Polarsumpf *Tundra,* die (finn.-russ., Pl. ...dren)

Politik, volksnahe ... mit dem Ziel, die Gunst der

Masse zu gewinnen *Populismus,* der (lat., ohne Pl.) auch: literarische Richtung mit dem Ziel, das Leben des Volkes realistisch zu beschreiben

Politik, volksnahe, auch demagogische ..., mit dem Ziel, Wahlen zu gewinnen *populistisch* (lat.) »Wer sich um das Amt bewirbt u. aus populistischen Gründen zu solchen Formulierungen versteigt, der disqualifiziert sich selbst.« (Helmut Kohl über seinen Herausforderer Gerhard Schröder, 1998)

Politiker, der die Gunst der Stunde erkennt ... *Populist,* der (lat., Pl. -en) ... u. für sein Weiterkommen, auch gegen seine Überzeugung, nutzt; auch: Vertreter des Populismus; Populist kann jeder karrierebewußte Mensch werden

Politiker, der die sozialen Errungenschaften einschränken will *Sozialrambo,* der (lat.-am.-Eigenn., Pl. -s) nach dem am. Film »Rambo« (rücksichtsloser Kraftprotz)

Politiker, großer ... *Kohlifant,* der (Eigenn.-dt., Pl. -en) aus: Kohl u. Elefant; »Der Kohlifant, der Kohlifant, der bleibt das größte Tier im Land.« (Peter Hinze, CDU-Generalsekretär, 1998)

Politiker, Vergeltungs... *Revanchist,* der (fr.-russ., Pl. -en) »Die subversiven Aktionen der Revanchisten gegen den real existierenden Sozialismus sind zu eliminieren.« (Erich Mielke, ehemaliger Stasi-Chef)

Politiklehre *Politologie,* die (gr.-lat., ohne Pl.) auch Politikwissenschaft

Politikwissenschaftler *Politologe,* der (gr.-lat., Pl. -n)

Polizei *Polente,* die (jidd., ohne Pl.)

Polizeibereich, der sich mit der Prostitution befaßt *Milieudezernat,* das (fr.-lat., Pl. -e)

Polizeidienststelle 1. *Kommissariat,* das (lat., Pl. -e) 2. *Revier,* das (lat.-fr.-niederl., Pl. -e)

Polizeistation *Revier,* das (lat.-fr.-niederl., Pl. -e) i. S. e. kleinen Station

Polizist 1. *Karabiniere,* der (fr.-it., Pl. ...ri) 2. *Sheriff,* der (engl.-am., Pl. -s) 3. *Cop,* der (am., Pl. -s) Slangwort, die Anarcho-Jugend wünscht sich »Cops on the rocks« 4. *Bobby,* der (engl., Pl. -s)

Pollenforscher *Palynologe,* der (gr.-lat., Pl. -n)

Pollenforschung *Palynologie,* die (gr.-lat., ohne Pl.)

poln. Währungseinheit *Zloty,* der (poln., Pl. -s) 1 Zloty = 100 Groszy

polonäseartig *allapolacca* (it.) musik. Vortragsanw.

Polstermaterial, pflanzliches ... *Kapok,* der (malaiisch, ohne Pl.) Samenfasern des Kapokbaums

Popmusik, tanzbare ... *Dancefloor,* der (engl.) Bez. für jede Art von Popmusik (Reggae, Hip Hop), die zum Tanzen anregt

Porno-Software für den Computer *Cybersex,* der (engl., ohne Pl.) auch: »künstlicher Sex«; e. Variante: die »interaktive Pornographie«

Portier(sfrau) *Concierge,* der, die (fr., Pl. -s) auch: frz. Bez. für Hausmeister(in)

portofrei *franko* (germ.-lat.-it.)

Portrait *Konterfei,* das (lat.-fr., Pl. -s) auch: Abbild, Bildnis

Porzellan *Chinaware,* die (port.-engl.-dt., ohne Pl.) bes. Porzellan aus China

Porzellanverzierung, e. bes. Art der ... *Pâte sur pâte,* das (fr., ohne Pl.) eigtl.: Masse auf Masse

Posaunenstil beim Jazz *Tail-gate,* der (engl.-am., ohne Pl.) im New-Orleans-Jazz

Pose *Attitüde,* die (lat.-it.-fr., Pl. -n) z. B. weltmännische Attitüden verkörpern

Position *Rang,* der (gr.-fr., Pl. Ränge) z. B. Oberst beim Militär

positiv *konstruktiv* (lat.) i. S. von aufbauend

positiver Mensch *Optimist,* der (lat., Pl. -en) »E. Optimistin ist eine Frau, die Fettpölsterchen für Kurven hält.« (Françoise Hardy)

Posse *Burleske,* die (it.-fr., Pl. -n) das Zimmertheater hat hauptsächlich Burlesken auf dem Programm

possenhaft *burlesk* (it.-fr.)

Possenreißer *Blödelbarde,* der (dt.-kelt.-lat.-fr., Pl. -n) z. B. »Otto« der Ostfriese

Possenspiel *Harlekinade,* die (fr.-it., Pl. -n)

Postanschrift *Adresse,* die (fr.-engl., Pl. -n)

Postbeförderungsgebühr *Porto,* das (lat.-it., Pl. -s, -ti)

Posten, e. ... in den Staatshaushalt aufnehmen *etatisieren* (fr.)

Postkarte, selbstgestaltete ... *interaktive Postkarte,* die (lat.-dt., Pl. -n) mittels e. Automaten lassen sich Postkarten selbst entwerfen u. ausdrucken

Postkutscher *Postillon,* der (lat.-it., Pl. -s)

postlagernd *poste restante* (it.)

Postnachricht 1. *Telegramm,* das (gr.-engl., Pl. -e) 2. *Fax, Telefax,* kurz für: *Facsimile,* das (lat.-engl., ohne Pl.) Übermittlung von Bildern u. Text in Form elektrischer Impulse

Potenz, die ... steigerndes Präparat *Viagra,* das (am., Eigenn.) e. Unternehmer zum unzufriedenen Angestellten: »Sie wollen eine Anhebung? Wie wär's mit Viagra?«

Potenz, dritte ... e. Milliarde *Quadrilliarde,* die (lat.-fr., Pl. -n) 1000 Quadrillionen = 10^{27}

Potenz, vierte ... *Biquadrat,* das (lat., Pl. -e) Quadrat des Quadrats (math.)

Potenz, vierte ... e. Million *Quadrillion,* die (lat.-fr., Pl. -en) e. Million Trillionen = 10^{24}

Potenzpille *Viagra,* das; Kunstwort, ohne Pl.; aus Vigor (Stärke) u. Niagara (Wasserfall in den USA) e. Präparat aus den USA, das das sexuelle Vermögen des Mannes steigert, indem der Wirkstoff Sildenafil das Enzym Phosphodiesterase (für den Zusammenbruch e. Erektion verantwortlich) hemmt; »Viagra ist das größte Ding seit den Beatles.« (Rafael Wurzel, US-Mediziner über die Sexpille, 1998)

Potpourri *Medley,* das (engl., Pl. -s) verschiedene Musikstücke, die aneinandergereiht gespielt werden

Pracht 1. *Pomp,* der (gr.-lat.-fr., ohne Pl.) 2. *Grandiosität,* die (lat.-it., ohne Pl.)

prächtig 1. *brillant* (gr.-lat.-fr.) 2. *famos* (lat.) 3. *opulent* (lat.) üppig; e. opulentes Menü bestellen 4. *magnifique* (fr.) »Une situation magnifique, ich werde Kollege von Hubert Védrine.« (Rudolf Scharping, SPD, 1998 nach dem Wahlsieg der SPD)

Prachtstraße 1. *Boulevard,* der (germ.-niederl.-fr., Pl. -s) z. B. Boulevard Haussmann 2. *Avenue,* die (lat.-fr., Pl. …uen) z. B. 5th Avenue 3. *Avenida,* die (lat.-sp., Pl. …den)

Prägestock *Patrize,* die (lat., Pl. -n) Ggs.: Matrize

Prägewalze *Molette,* die (lat.-fr., Pl. -n)

prahlen 1. *renommieren* (lat.-fr.) z. B. mit e. neuen Sportwagen renommieren 2. *bramarbasieren* (lat.-fr.) aufschneiden

Prahler *Renommist,* der (lat.-fr., Pl. -en)

Prahlerei 1. *Renommage,* die (lat.-fr., Pl. -n) 2. *Rodomontade,* die (it.-fr., Pl. -n) 3. *Ostentation,* die (lat., Pl. -en)

Prahlhans *Bramarbas,* der (Pl. -se) Figur aus der Literatur des 18. Jhs.

praktisch *patent* (lat.) auch: tüchtig, e. patente Hilfe sein

Prämienzuschlag *Malus,* der (lat., Pl. –, -se) erheben Versicherungen, wenn sich Schäden e. Versicherten häufen

Präsentationsprogramm, kurzes … *Intro,* das (Eigenw.) … wird vor die Raubkopie e. Computerprogramms installiert, es enthält neben allerlei Daten zum Programm auch den Namen des Kopierschutz-Hackers

Präsenz, e. … im Internet *Web-Site,* die (engl., Pl. -s) … die meist aus e. Homepage u. beliebig vielen Netzseiten mit datenbankgeschützten Informationen besteht

Predigt *Homilie,* die (gr., Pl. …ien) e. erbauliche Bibelauslegung

Predigtbuch *Postille,* die (lat., Pl. -n)

Predigtlehre *Homiletik,* die (gr., ohne Pl.)

Predigtlehre, Fachmann für … *Homilet,* der (gr., Pl. -en) auch: Prediger

Predigtsammlung *Homiliar,* das (gr.-lat., Pl. -ien) Sammlung von Predigten aus dem Mittelalter

Preis 1. *Prämie,* die (lat., Pl. -n) z. B. Leistungs- oder Siegprämie 2. *Prix,* der (lat.-fr., Pl. –) bei Autorennen, z. B. »Grand Prix« 3. *Limit,* das (lat.-fr.-engl., Pl. -s) i. S. e. äußersten Preises 4. *Trophäe,* die (gr.-lat.-fr., Pl. -n) erbeutete Fahne, Jagdbeute, z. B. das Geweih

Preis unter der Auszeichnung *Off-label-deal,* das (engl., Pl. -s)

Preis, um jeden … *partout* (fr.) auch: unbedingt

Preis, viel zu niedriger … *Dumpingpreis,* der (engl.-dt., Pl. -e) … für e. Ware, z. B. mit dem Ziel, die Machtstellung der Auslandskonkurrenz zu brechen

Preisabzug 1. *Refaktie,* die (lat.-niederl., Pl. -n) aufgrund von Warenreklamationen 2. *Rabatt,* der (lat.-it., Pl. -e) z. B. Mengenrabatt 3. *Skonto,* der (lat.-it., Pl. …ti) z. B. 3 % Skonto bei Barzahlung

Preisanstieg *Preisindex,* der (dt.-lat., Pl. -e, …dizes) Preise des Warenkorbes e. durchschnittlichen Haushaltes werden in e. Basisjahr mit 100 angesetzt, der Wert in den Folgejahren stellt den Preisindex dar

Preisbeeinflussung, staatliche … *Valorisation,* die (lat., Pl. -en) dem Hersteller zum Vorteil

Preisforderung *Nepp,* der (ugs., ohne Pl.) überhöhte Forderung, z. B. Gäste in Lokalen, e. Bar übervorteilen; Nepplokal

Preisgabe *Abandon,* der (fr., Pl. -s) Gesellschafter kann z. B. auf e. Geschäftsanteil verzichten, falls er Verluste nicht ausgleichen möchte

preisgeben *abandonnieren* (fr.) Verzicht auf Geschäftsanteil, wenn Gesellschafter Unternehmensverlust nicht ausgleichen will

Preislied *Päan,* der (gr.-lat., Pl. -e) festliches, altgriechisches Danklied

Preisliste *Prospekt,* der, das (lat., Pl. -e) auch: Werbeschrift teilweise mit Preisen

Preisnachlaß 1. *Rabatt,* der (lat.-it., Pl. -e) beim Kauf größerer Mengen, Mengenrabatt 2. *Skonto,* der (lat.-it., Pl. …ti) z. B. 3 % Skonto bei Barzahlung 3. *Refaktie,* die (lat.-niederl., Pl. -n) z. B. bei fehlerhafter Warenlieferung 4. *Dekort,* der (lat.-fr., Pl. -s) i. a. bei mangelhafter Warenlieferung 5. *Fusti,* die (lat.-it., nur Pl.) bei verschmutzter Warenlieferung

Preisrede *Laudatio,* die (lat., Pl. …ones, …onen)

Preisrichterkollegium *Jury,* die (lat.-fr.-engl., Pl. -s) bei Sportveranstaltungen, Wettbewerben

Preissteigerung *Inflation,* die (lat., Pl. -en) Kaufkraft des Geldes sinkt, Preise steigen, e. zu große Geldmenge ist im Umlauf; Ggs.: Deflation

Preissturz *Deroute,* die (lat.-fr., Pl. -n) rascher Preisverfall von Waren oder Wertpapieren

Preisträger *Laureat,* der (lat., Pl. -en) z. B. gekrönter Dichter: Poeta laureatus

Preisunterbietung *Dumping,* das (engl., Pl. -s)

Unterbieten der Preise im Ausland, Dumpingpreis

Preisverzeichnis *Tarif,* der (arab.-it.-fr., Pl. -e) z. B.: Bahn- oder Flugtarife

Presse, die … treffen *meet the press* (engl.) »… zum einen, weil er (Helmut Schmidt) bei 'meet the press' so perfekt Englisch sprach, wie ich selbst es heute noch immer nicht beherrsche …« (Gerhard Schröder, 1996)

Presseagentur *APN,* kurz für: *Agentstwo Petschati Nowostij,* die (russ., ohne Pl.) einst e. sowjetische Agentur

Pressebericht, sensationeller *Scoop,* der (engl., Pl. -s) auch: Exklusivmeldung

Pressefotograf *Paparazzo,* der (it., Pl. …zzi) aufdringlicher Fotoreporter

Preßsaft, frischer… von Pflanzen *Ysat,* das (Eigenn., Pl. -e) aus: Dialysat

prickeln *moussieren* (fr.) z. B. bei Mineralwasser oder Sekt

prickelnd *pikant* (lat.-fr.) z. B. pikante Enthüllungen veröffentlichen

Priester 1. *Zelebrant,* der (lat., Pl. -en) der e. Messe liest 2. *Curé,* der (lat.-fr., Pl. -s) kath. Geistlicher in Frankreich 3. *Dekan,* der (lat., Pl. -e) »Führer von 10 Mann«; in best. ev. Landeskirchen auch Superintendent; auch Vorsteher e. Universitätsfakultät 4. *Kardinal,* der (lat., Pl. …näle) höchster kath. Würdenträger nach dem Papst; Kardinalfehler (schlimmer Fehler) 5. *Kleriker,* der (gr.-lat., Pl. –) Angehöriger der kath. Geistlichkeit 6. *Lama,* der (tibetanisch, Pl. -s) »der Obere«; buddhistischer Mönch in Tibet u. der Mongolei; höchster Rang: Dalai Lama; auch: (peruanisch, sp.) e. aus dem Guanako gezüchtetes Haustier, in Südamerika lebend 7. *Pastor,* der (lat., Pl. …oren) »Seelenhirte«; Geistlicher 8. *Pastor primarius,* der (lat., Pl. …ores, …rii) Hauptpastor 9. *Pope,* der (gr.-russ., Pl. -n) Priester der orthodoxen Kirche 10. *Rabbiner,* der (hebr.-gr.-lat., Pl. –) jüd. Religionslehrer 11. *Reverend,* der (lat.-engl., Pl. -s) Titel der Geistlichen in England u. Nordamerika 12. *Gode,* der (altnord., Pl. -n) … u. Gauvorsteher im alten Skandinavien 13. *Altarist,* der (lat., Pl. -en) katholischer Priester, der nur die Messe liest, hat keine seelsorgerischen Aufgaben

Priesterabsetzung *Deposition,* die (lat.-fr., Pl. -en)

Priesteramt *Sazerdotium,* das (lat., ohne Pl.) auch: Priesterwürde, Priestertum

Priesterherrschaft *Hierokratie,* die (gr.-lat., Pl. …ien) z. B. der Dalai Lama von Tibet; die Mullah- u. Ajatollah-Herrschaft im Iran (»Gottesstaat«)

Priesterin der Göttin Vesta *Vestalin,* die (lat., Pl. -nen) (Vesta: röm. Göttin des Herdfeuers)

priesterlich 1. *hieratisch* (gr.-lat.) 2. *sazerdotal* (lat.)

Priesterschaft *Klerus,* der (gr.-lat., ohne Pl.)

Priestertum *Sazerdotium,* das (lat., ohne Pl.)

Priesterweihe *Ordination,* die (lat., Pl. -en)

Priesterwürde *Sazerdotium,* das (lat., ohne Pl.)

Prinzip des Internets … *Host,* der (engl., Pl. -s) »Gastgeber«; … nach dem jeder angeschlossene Rechner gleichzeitig »Wirtsrechner« sein kann; wird oft als »Server« (Dienstleister) benutzt

Prinzipien, Gültigkeit freiheitlicher … *Demokratie,* die (gr., Pl. …ien) … in allen gesellschaftlichen Bereichen; Volksherrschaft; »… Demokratien aber müssen lernen, den Menschen Sinn zu geben.« (Simon Wiesenthal, Leiter des jüdischen Dokumentationszentrums, 1996)

privat 1. *inoffiziell* (lat.) nicht amtlich; Ggs.: offiziell 2. *intim* (lat.) eng vertraut; z. B. der Chef war mit seiner Sekretärin intim (hatte mit ihr geschlafen)

Privatkläger *Petitor,* der (lat., Pl. …oren)

Privileg, an Handelsfirmen vergebenes … *Oktroi,* der (lat.-fr., Pl. -s)

Probe 1. *Test,* der (lat.-fr.-engl., Pl. -s) 2. *Experiment,* das (lat., Pl. -e) wissenschaftlicher Versuch; auch: Wagnis

probeweise *provisorisch* (lat.) vorläufig

probieren *degustieren* (lat.) das Kosten von Speisen

Problem einfach lösen *Gordischen Knoten durchschlagen,* der; nach der gr. Sage befand sich der Knoten am Streitwagen des Gordios in Gordion; die Herrschaft über Asien war dem versprochen, der ihn lösen könne; Alexander der Große hieb ihn mit dem Schwert durch, statt sich ums Aufknüpfen zu bemühen

Problem, ein … lösen *arrangieren* (fr.) sich um e. Sache kümmern

Problem, schwieriges … *gordischer Knoten,* der (gr.-dt.,) z. B. den gordischen Knoten durchschlagen: e. Problem einfach lösen; am Streitwagen des Gordios in Gordion befand sich e. Riemenknoten; die Sage verhieß dem Löser der Verschlingung die Herrschaft über Kleinasien, Alexander der Große durchschlug sie (334 v. Chr.) mit seinem Schwert

Problemlöser, schneller … *Troubleshooter,* der (engl., Pl. –) jmd., der rasch, wie aus der Pistole geschossen, technische Schwierigkeiten beseitigt

Produkt, erfolgreiches … *Me-Too-Produkt,* das (engl.-lat., Pl. -e) »Mir-Auch-Produkt«; Bez. für Artikel, die wegen ihrer Beliebtheit nachgemacht werden

Produkt, gedrucktes ... *Printprodukt,* das (engl.-lat., Pl. -e) es handelt sich um fertige Druckerzeugnisse wie Bücher, Zeitschriften, Zeitungen, Broschüren

Produktanspruch ... *Claim,* der (engl.-am., Pl. -s) ... der auf bestimmte Eigenschaften e. Ware erhoben wird; auch best. Werbesloganaussage: »Schokolade – gut auf der Zunge, gut im Magen«; Rechtstitel; Anteil an e. Goldgräbergeschäft: »den Claim abstecken«

Produkte für die Jugend von der Jugend *Youth-only-Konzept,* das (engl.-am.-lat., Pl. -e) die Wirtschaft setzt auf die Kaufkraft der 18- bis 30jährigen u. stärkt deren Wir-Gefühl mit »Youth only«, d. h. die Produkte sollen möglichst von jungen Leuten entworfen u. hergestellt werden

Produkte mit Zusatznutzen *added Values,* die (engl.) Marketingüberlegung: Produkte sind nur noch mit zusätzlichen Werten verkaufbar, z. B. Golfausrüstung mit Clubmitgliedschaft

Produkte ohne Tierkörperverarbeitung *Cruelty-free Products,* die (engl.) grausamkeitsfreie Ware, z. B. e. Pelzmantel aus Kunstfellen

Produkteigenschaft, versprechen u. halten der ... *Wysiwyg,* das (engl.-am., ohne Pl.) aus: what you see is what you get (du bekommst, was du siehst) die Aussage soll für Qualität u. Leistung werben

Produktion, schlanke ... *lean Production,* die (engl.-am., ohne Pl.) von: lean (mager, schlank) gemeint ist e. schlanke Produktion, die kostengünstig gute Qualität liefert

Produktionsergebnis *Bruttosozialprodukt,* das (lat., Pl. -e) kurz: BSP einer Volkswirtschaft ist die Summe aller Güter u. Dienstleistungen e. Jahres

Produktionsgenossenschaft, landwirtschaftliche ... *Kolchose,* die (russ., Pl. -n) Abk. von: kollektivnoe chozjajstvo (Kollektivwirtschaft)

Produktionsmittel *Ressource,* die (lat.-fr., Pl. -n) i. S. natürlicher Güter, wie Erze, Öl, Wasser

Produktmanagement, künftiges ... *Trend-Management,* das (engl.-am., Pl. -s) »Produkte haben Bedeutung, wenn sie in der Lage sind, permanent neue Trends zu entwickeln« (Gerd Gerken, Trendforscher)

Produzent am Konsumenten *Prosumer,* der (engl., Pl. -s) aus: producer (Produzent) u. consumer (Konsument), Begriff aus der Marktforschung, der besagt, daß der Produzent auch während der Produktion die Kundenwünsche kennt, um diese zu berücksichtigen

produzieren *generieren* (lat.) auch: erzeugen; als EDV-Begriff: erstellen von neuen Daten e. Programms aus Daten u./oder Bestimmungen

Professor 1. *Dozent,* der (lat., Pl. -en) »Lehrer« an e. Hoch- oder Fachhochschule 2. *Ordinarius,* der (lat., Pl. ...ien) ordentlicher Professor an e. Universität 3. *Dekan,* der (lat., Pl. -e) »Führer von 10 Mann«; Vorsteher e. Fakultät e. Universität 4. *Rektor,* der (lat., Pl. -en) Leiter e. Hochschule

Prognose aus Telekommunikation u. Demokratie *Telekratie,* die (engl.-lat., Pl. ...ien) nach Gerd Gerken: »... eine international vernetzte Bewegung gegen lineare Politikkonzepte«

Programm *Manifest,* das (lat., Pl. -e), e. öffentlich bekanntgegebenes Programm

Programm, das symbolisch in Maschinencode übersetzt *Assembler,* der (lat.-fr.-engl., Pl. –) Computersprache; heute: Bezeichnung für »Operatoren« im Mikrobereich, sie sind kleiner als Viren u. operieren eigenständig in biologischen u. technologischen Organismen; Assembler sind Werkzeuge der Zukunft z. B. in der Neurobiologie oder der Nano-Technologie

Programm für Computer *Software,* die (engl., Pl. -s) eigtl.: weiche Ware; Ggs.: Hardware

Programm für die automatische Übernahme best. Aufgaben *Robot,* das (engl., Pl. -s) z. B. e. E-Mail-Robot, dies informiert mit e. vorbereiteten Information, Antwort oder Nachricht

Programm für die automatische WWW-Durchsicht *Robot,* das (engl.-tschech., Pl. -s) es findet neue Seiten u. prüft verknüpfte Seiten; Robots stellen die Informationen der Suchmaschinen zusammen

Programm für die Darstellung von Multimedia-Angeboten *Browser,* der (Eigenn.-am., Pl. -s) ... des World Wide Web auf e. PC; verbreitete Browsers: Netscape Navigator, Microsoft Internet Explorer u. Mosaic

Programm für die Zusammenarbeit innerhalb der Firmennetzwerke *Groupware,* die (engl., ohne Pl.) ... für den E-Mail-Austausch u. für die gemeinsame Bearbeitung von Schriftstücken

Programm, kostenloses ... *Freeware,* die (engl., ohne Pl.) ... durch Copyright geschützt, darf vom User nicht verändert werden

Programm laden *booten* (engl.-am.)

Programmablauf *Line-up,* der (engl., Pl. -s) auch: Reihenfolge der auftretenden Künstler

Programmbaustein für Anwendungen im Internet *Applet,* das (engl.-am., Pl. -s) ... die bei Aufruf aktiviert werden, z. B. Laufschriften ermöglichen (EDV-Bez.)

Programmeinstieg, neuerlicher ... *Resetten,* das (engl., ohne Pl.) ... ohne den Computer aus- u. wieder einschalten zu müssen

Programmiersprache ... 1. *BASIC,* das (engl., ohne

Pl.) aus: beginner's all purpose symbolic instruction code 2. *COBOL,* das (engl., ohne Pl.) aus: common business oriented language; ... für kommerzielle Datenverarbeitung 3. *FORTRAN,* das (engl., ohne Pl.) aus: formular translater; ... für technische u. mathematisch-wissenschaftliche Anwendung

Programmiersprache des World Wide Web (WWW) *Hypertext Markup Language,* die (engl., ohne Pl.) kurz: HTML

Programmüberspielung 1. *Downloaden,* das (engl., ohne Pl.) i. S. von »Abladen«; das Überspielen e. Programms über das Telefonnetz auf die Mailbox (Board: nur der Szene zugänglich); von dort in den Computer; auch: 2. *Leechen* (engl.) von to leech (befestigen) genannt; diese Methode der Übertragung wird bes. bei Computerspielen u. digitalisierter Musik eingesetzt

Programmwahl TV *Your Choise TV,* das (engl.-am., ohne Pl.) aus e. Menge von Kanälen sollen Filme angeboten werden, die sich der Konsument individuell aussuchen kann, dabei hilft ihm e. elektronischer Programmführer

Projekt, gemeinsames ... zweier selbständiger Unternehmen *Joint-venture,* das (engl.-am., Pl. -s)

Promenade *Paseo,* der (lat.-sp., Pl. -s) auch: Spazierweg

Prominenten-Halle *VIP-Lounge,* die (engl.-am., Pl. -s) für: Very Important Persons-Lounge (Aufenthaltsraum für sehr wichtige Leute) z. B. auf Flughäfen, bei Tennisturnieren

Propaganda 1. *Agitation,* die (lat.-it., Pl. -en) nicht verw. mit *Agitatio,* die (lat., Pl. ...tionen) körperliche Erregtheit e. Kranken 2. *Demagogie,* die (gr., ohne Pl.) Volksaufwieglung; Adolf Hitler (1889-1945) war e. gefährlicher Demagoge (Volksverführer)

Prospekt *Folder,* der (engl., Pl. -s) auch: Broschüre

prost! 1. *cheerio!* (engl.) 2. *à votre/ta santé* (fr.)

Prostituierte *Erostess,* die (gr.-engl., Pl. -en) aus: Eros u. Hostess

Prostituierte, die auf Anruf empfängt oder Besuche macht *Callgirl,* das (engl., Pl. -s); Art der Modelprostitution; mittels Anzeigen wird für den »Kundendienst« geworben

Protestant *Evangele,* der (gr.-lat., Pl. -n) abwertend: Person ev. Glaubens

Protestkundgebung *Demonstration,* die (lat., Pl. -en)

Protest-Umschalter ... *Zapper,* der (engl.-am., Pl. -s) ... die e. TV-Programm aus Verärgerung abschalten, von: to zap (abknallen)

Protokoll, dem ... entsprechend *protokollarisch* (gr.-lat.) durch Protokoll festgehalten; »Sehr oft ist das Tragen von Hüten protokollarisch vorgeschrieben, z. B. bei unserem Staatsbesuch in Großbritannien.« (Marianne von Weizsäcker, 1996)

Provinz, byzantinische *Eparchie,* die (gr., Pl. ...ien) auch: Diözese (Amtsbezirk) der Ostkirche

Provinz, türk. ... *Wilajet,* das (türk.-arab., Pl. -s) auch: Verwaltungsbezirk

Provinzgouverneur *Amir,* der (arab., Pl. -e) auch: Militärkommandant

provozierend *aggressiv* (lat.) auch: angriffslustig; »Weltweit tätige Konzerne können in unserem Land jetzt aggressiv investieren.« (Kim Dae Jung, Staatschef von Südkorea, 1998)

Prozeß der Selbstwerdung e. Person *Individuation,* die (lat., Pl. -en) ... in dem sich die Individualität festigt; Ggs.: Sozialisation

Prozeß, bei dem zwei Kerne zusammenstoßen *Kernfusion,* die (dt.-lat., Pl. -en) ... u. zu e. einzigen, schwereren Kern verschmelzen (Phys.)

prüfen 1. *checken* (engl.) der Instrumente vor einem Raketenstart 2. *analysieren* (gr.-lat.) z. B. das Untersuchen von Stoffen 3. *inspizieren* (lat.) beaufsichtigen; der General inspiziert seine Truppen 4. *zensieren* (lat.) e. Aufsatz zensieren, diesem e. Note geben, beurteilen 5. *expertisieren* (lat.-fr.) die Echtheit von Kunst (Gemälden) prüfen 6. *degustieren* (lat.) Lebensmittel prüfen, kosten 7. *kontrollieren* (lat.-fr.) 8. *verifizieren* (lat.) die Richtigkeit überprüfen u. bestätigen, z. B. Fakten e. Artikels; Ggs.: falsifizieren (widerlegen)

prüfend *analytisch* (gr.-lat.) z. B. Qualitätsproblemen auf die Spur kommen

Prüfer 1. *Kontrolleur,* der (lat.-fr., Pl. -e) Aufsichtsbeamter; auch: Fahrkartenkontrolleur im Zug 2. *Revisor,* der (lat., Pl. ...oren) Buchprüfer 3. *Zensor,* der (lat., Pl. -en) 4. *Controller,* der (engl., Pl. –) Kostenexperte im Rechnungswesen

Prüfling *Kandidat,* der (lat., Pl. -en)

Prüfsiegel *Testat,* das (lat., Pl. -e) für getestete Produkte u. Leistungen

Prüfstein *Kriterium,* das (gr.-lat., Pl. Kriterien) auch: entscheidendes Merkmal; »Hier spricht Ihr Bundeskanzler: Deutschland erfüllt die Maastricht-Kriterien, die Renten sind sicher, u. die Erde ist e. Scheibe.« (Tobias Zink, Junge-Union-Chef auf seiner Handy-Mailbox, 1998)

Prüfung 1. *Inspektion,* die (lat., Pl. -en) z. B. Kfz.-Inspektion 2. *Inspizierung,* die (lat., Pl. -en) z. B. von militärischen Verbänden 3. *Examen,* das (lat., Pl. ...mina) 4. *Zensur,* die (lat., Pl. -en) 5. *Kontrolle,* die (lat.-fr., Pl. -n) 6. *Revision,* die (lat., Pl. -en) nochmalige Durchsicht, z. B. der Buchhaltung e. Firma 7. *Test,* der (lat.-fr.-engl., Pl. -s, -e)

Prüfung, mündliche ... zur Doktorarbeit *Rigorosum,* das (lat., Pl. -sa)

Prüfungsarbeit *Klausur,* die (lat., Pl. -en) Studenten schreiben Klausuren

Prügelstrafe im Orient *Bastonade,* die (it.-fr., Pl. -n) bes. durch Stockschläge auf die Fußsohlen

Prunk 1. *Luxus,* der (lat., ohne Pl.) 2. *Pomp,* der (gr.-lat.-fr., ohne Pl.)

Prunkerei *Ostentation,* die (lat., Pl. -en)

Prunksarg *Sarkophag,* der (gr.-lat., Pl. -e) aufwendiger Steinsarg

prunkvoll 1. *luxuriös* (lat.) 2. *opulent* (lat.) i. S. von üppig, z. B. e. opulentes Mahl 3. *sumptuös* (lat.) i. S. von: verschwenderisch

Prunkwagen *Karosse,* die (lat.-it.-fr., Pl. -n) z. B. die Staatskarosse des ehemaligen Kaisers von Zentralafrika, Bedel Bokassa

Psychoterror am Arbeitsplatz *Mobbing,* das (engl., ohne Pl.) Bez. wurde vom schwedischen Sozialforscher Heinz Leymann geprägt

Psychoterror im Büro *Mobbing,* das (engl., ohne Pl.) von: to mob (schikanieren), systematisches Schikanieren von Kollegen u./o. Untergebenen in Betrieben, bis die Opfer die Firma verlassen oder krank werden; in Deutschland soll es fast 10 Millionen Mobbingopfer geben

Pubertät des jungen Mannes *Ephebie,* die (gr., ohne Pl.) med.

publik machen *going public* (engl.) auch: sich an die Öffentlichkeit wenden, z. B. e. Unternehmen, dessen Aktien an der Börse gehandelt werden sollen

Puderzucker *Farin,* der (lat., ohne Pl.)

Puerto-Rico-Kirsche *Acerolakirsche,* die (arab.-sp.-dt., Pl. -n) westindische Frucht

Puffmais *Popcorn,* das (engl., ohne Pl.) auch: Röstmais

Pullover, schwere Schlabber... *Fuzz,* der (engl.) von: fuzzy (unscharf) Bez. der Grunger (»Dreckspatzen« aus Protest) für dicke, schwere Wollpullover

Pulsschlag *Pulsation,* die (lat., Pl. -en) med.

Pult 1. *Katheder,* das (gr.-lat., Pl. –) 2. *Podest,* das, der (lat., Pl. -e) Treppenabsatz, kleines Podium 3. *Podium,* das (gr.-lat., Pl. Podien) »Füßchen«, trittartige Erhöhung für e. Redner

Pulver, keinen Schuß ... wert sein *nihili esse* (lat., Zitat) eigtl.: von keinem Wert sein

Punkt 1. *Point d'honneur,* der (fr., ohne Pl.) Ehrenstandpunkt 2. *Point of no return,* der (engl., ohne Pl.) Punkt an dem es kein Zurück gibt 3. *Achillesferse,* die (gr.-dt., Pl. -n) nach dem Helden der gr. Sage Achilles, der an der Ferse verwundbar war: Schwachpunkt; Punkt, der gefährdet ist

Punkt in der Raumzeit, an dem die Raumzeitkrümmung unendlich wird *Singularität,* die (lat., Pl. -en) Astron., Phys.; auch: Seltenheit; vereinzelte Erscheinung

Punkt, der springende ... *punctum saliens* (lat.) auch: Kernpunkt

Punkt, wesentlicher ... *Essential,* das (engl., Pl. -s) auch: Kernpunkt

Punkt, wunder ... *locus minoris resistentiae* (lat., Zitat) eigtl.: Ort des geringsten Widerstandes; auch: Achillesferse

Punktezahl *Score,* das (engl., Pl. -s) z. B. Spielstand beim Sport

Punktlicht *Spotlight,* das (engl., Pl. -s)

Pupillenerweiterung *Mydriase,* die (gr., Pl. -n) med.

Puppenspiel *Joruri,* das (jap., ohne Pl.) altes jap. Puppenspiel

putzen *polieren* (lat.-fr.) blank reiben

Putzmacherin *Grisette,* die (fr., Pl. -n) auch: junge leichtlebige Frau

Q

Quacksalber 1. *Medikaster,* der (lat., Pl. –) auch: Kurpfuscher, unfähiger Arzt 2. *Scharlatan,* der (it.-fr., Pl. -e)

Quacksalberei *Scharlatanerie,* die (it.-fr., Pl. ...ien) i. S. von Kurpfuscherei

Quadrat *Karree,* das (lat.-fr., Pl. -s)

Qual 1. *Tortur,* die (lat., Pl. -en) i. S. e. körperlichen, großen Anstrengung 2. *Martyrium,* das (gr.-lat., Pl. ...ien) auch: Opfertod; Grabkirche e. christlichen Märtyrers (Blutzeuge des Glaubens) 3. *Schikane,* die (fr., Pl. -n) Bosheit; Schwierigkeit in e. Rennstrecke 4. *Strapaze,* die (it., Pl. -n) Mühe

quälen 1. *malträtieren* (lat.-fr.) 2. *traktieren* (lat.) 3. *tyrannisieren* (gr.-lat.-fr.) 4. *mob, mobing* (engl.) das Quälen u. Schikanieren unter Kollegen, Psychoterror im Büro, in Deutschland soll es 1998 acht Millionen Mobbingopfer gegeben haben 5. *massakrieren* (fr.) mißhandeln; auch: niedermetzeln 6. *schikanieren* (fr.) böswillig Schwierigkeiten bereiten

Qualitätszeit *quality time,* die (engl., ohne Pl.) gemeint ist die Zeit, die für die Familie, oder für das Lesen e. guten Buches aufgewendet wird, sie bietet dem Menschen emotionale Qualität u. steht im Gegensatz zur »work time« mit dem Arbeitsstreß

Quaste aus Wolle oder Seide *Pompon,* der (fr., Pl. -s)
Quecksilber *Hydrargyrum,* das (gr.-lat., ohne Pl.)
Quecksilberlegierung *Amalgam,* das (lat., Pl. -e) »Waigel will seine Löcher mit Gold stopfen, Seehofer erzählt überall rum, Amalgam (für die Zähne) tut's auch.« (G. Schröders geh. Tagebuch von H. Venske, 1997)
Quecksilberlegierung herstellen *amalgamieren* (lat.) auch: verbinden, vereinigen
Quecksilbervergiftung 1. *Hydrargyrose,* die (gr.-lat., Pl. -n) med. 2. *Merkurialismus,* der (lat., ohne Pl.)
Quelle 1. *Therme,* die (gr.-lat., Pl. -n) warme Quelle 2. *Pege,* die (gr., Pl. -n) kalte –, das Wasser ist unter 20° C 3. *Artesische Oase,* die (fr.-ägypt., Pl. -n) grüne Insel in der Wüste, das Grundwasser steht unter Druck 4. *Ain,* die (arab.)
Quelle am Helikon *Hippokrene,* die (gr., ohne Pl.) »Roßquelle«; galt als Ort dichterischer Inspiration
Quelle, Rohstoff ... *Ressource,* die (lat.-fr., Pl. -n)
Quellenschrift des Schintoismus *Nihongi,* der (jap., ohne Pl.) auch: erste jap. Reichsgeschichte
Quellgöttin *Nymphe,* die (gr.-lat., Pl. -n)
Querbalken *Traverse,* die (lat.-fr., Pl. -n) Querträger; auch: Quergang beim Bergsteigen
Quere, jmdm. in die ... kommen *konterkarieren* (fr.)
Querfeldeinrennen *Cross-Country,* das (engl., Pl. ...ies)
Querflöte *Flauto traverso,* der (lat.-it., Pl. ...ti, ...si)
quergestreift *travers* (lat.-fr.)
Querhaus *Transept,* der, das (lat.-engl., Pl. -e) e. Kirchenbauwerks; auch: Querschiff
querlaufend *transversal* (lat.)
Querleine der Wanten *Webleine,* die (niederdt., Pl. -n) dient auf Segelschiffen als Sprosse (Seemannsspr.)
Querpfeife *Pifferaro,* die (it., Pl. ...ri) auch: Schalmei
Querschreiben *Akzept,* das (lat., Pl. -e) auf e. Wechsel; Mahnung: schreib' niemals quer!
Querverweis im WWW (World Wide Web) *Hyperlink,* das (engl., Pl. -s) ... mit aktiver Funktion
Quizspiel, schnelles ... *Quickie,* das (engl., Pl. -s) *Quickie,* der (engl., Pl. -s) Jargon für e. schnellen Geschlechtsverkehr (Fick) z. B. im Fahrstuhl
Quotenpolitik, Clintons ... *Twofer,* die (Eigenn.-am., ohne Pl.) e. Spitzenpolitiker sollte immer zwei Wählergruppen vertreten, US-Präsident Bill Clinton warb um Schwarze u. Frauen

R

Rabatt *Eskompte,* der (lat.-fr., Pl. -s) auch: Preisnachlaß bei Barzahlung
Rabatt gewähren *eskomptieren* (lat.-fr.)
Rabengeier, südam. ... *Urubu,* der (indian.-sp.-port., Pl. -s)
Rache 1. *Revanche,* die (lat.-fr., Pl. -n) Vergeltung 2. *Vendetta,* die (lat.-it., Pl. ...tten) Blutrache
Rachegöttin 1. *Furie,* die (lat., Pl. -n) aus dem alten Rom, z. B. sich wie e. Furie gebärden 2. *Erinnye,* die (gr.-lat., Pl. -yen) aus dem antiken Griechenland
Rachen *Pharynx,* der (gr., Pl. ...ryngen)
Rachenmandel *Tonsille,* die (lat., Pl. -n) med.
Rachenmandel, Entfernung der ... *Adenotomie,* die (gr.-lat., Pl. ...ien) auch: operative Entfernung von Wucherungen der Rachenmandel
Rachsucht *Ranküre,* die (lat.-fr., Pl. -n) auch: Groll
Rädelsführer *fax et tuba* (lat.) auch: Fackel u. Trompete
radikale Haltung *Extremismus,* der (lat., Pl. ...men) »Im Kampf gegen den politischen Extremismus darf man auf keinem Auge blind sein.« (Helmut Kohl, Bundeskanzler, 1998)
radikaler Mensch *Extremist,* der (lat., Pl. -en) »... daß die Hilfsbereitschaft mit der Wahl von Extremisten nicht überstrapaziert werden darf« (Otto Hauser, Regierungssprecher der CDU, 1998)
radioaktiv verseuchte Stelle *hot spot,* der (engl., Pl. -s) ... z. B. an Castor-Behältern; eigtl.: heißer Punkt
Radioempfangsteil *Tuner,* der (engl., Pl. -s)
Radioempfangsteil u. Verstärker *Receiver,* der (engl., Pl. –)
Radio-Kassettenrecorder, transportabler ... *Ghettoblaster,* der (it.-engl., Pl. -s) eigtl.: Wohnviertel-Zertrümmerer; ... der bei voller Musiklautstärke auf der Schulter herumgeschleppt wird; auch: »Trommelfellsprenger« genannt
Radrennbahn *Velodrom,* das (gr.-lat.-fr., Pl. -e) e. geschlossene Bahn
Radzierblende *Full Cover,* das (engl.-am., Pl. -s)
Rahsegel, oberstes ... *Skysegel,* das (engl.-dt., Pl. –) bei Großseglern
Rakete ... *Pershing,* die (engl.-am., Pl. -s) ... die Sprengmittel bis zu 1000 km weit transportiert
Raketenantriebe, künftig vorstellbare 1. *Photonenrakete,* die (gr.-germ.-it., Pl. -n) eigtl.: Flugkörper kleinster Energieteilchen e. elektromagnetischen Strahlung; hier: e. Strahl intensiven Lichts wird für den Antrieb genutzt (Laserrake-

te) 2. *interstellares Staustrahltriebwerk,* das (lat.-dt., Pl. -e) »fängt« Wasserstoff als Treibstoff ein 3. *atomarer Reaktionsmotor,* der (gr.-lat., Pl. -e, -en) dieser wird von e. Serie kontrollierter Wasserstoffbomben-Explosionen angetrieben

Rammpfahl *Pilote,* die (lat., Pl. -n) im Falle e. sumpfigen Untergrundes werden Gebäude auf Piloten errichtet

Rampenlicht *Spotlight,* das (engl., Pl. -s) auch: Punktlicht; gebündeltes Scheinwerferlicht

Ramsch *Junk,* der (engl.-am., ohne Pl.) auch: Plunder, Trödel; alles was nichts taugt: schlechtes Essen, schlechte Filme

Rand 1. *Peripherie,* die (gr.-lat., Pl. ...ien) z.B. Siedlungen an der Peripherie e. Metropole; auch: Randgebiet 2. *Respekt,* der (lat.-fr., ohne Pl.) leerer Rand auf Skriptseiten oder bei Stichen; aber auch: Rücksicht, Achtung, Ehrerbietung

Rand, am ... *peripher* (gr.-lat.) die Angelegenheit berührt mich nur peripher

Randbemerkung *Marginalie,* die (lat., Pl. -n) auch: Randtitel bei Gesetzeserlassen

Randeinsteller *Tabulator,* der (lat., Pl. ...oren) z. B. bei e. Schreibmaschine

Randstreifen neben e. Straße *Bankette,* die (fr., Pl. -n) nicht verw. mit *Bankett,* das (fr., Pl. -e) Festessen

Rang 1. *Grad,* der (lat., Pl. -e) auch: Temperatureinheit: + 5° C; Winkeleinheit in der Geometrie: 180° 2. *Level,* der (lat.-engl., Pl. -s) Stufe; auch: erreichtes Niveau 3. *Titel,* der (lat., Pl. –) Berufstitel; auch: Titel, Name e. Buches; Rechtstitel

Rang, etwas einstufen *Ranking,* das (engl., Pl. -s) z. B. e. Produkt auf e. Ranking-Liste von 1-10 oder 1-100 plazieren, bekannt sind Bestsellerlisten von Büchern

Rangabzeichen *Tresse,* die (lat.-fr., Pl. -n) im militärischen Bereich

Rangbezeichnung *Titular,* die (lat., Pl. -en)

Rangerniedrigung 1. *Degradation,* die (lat., Pl. -en) Herabsetzung beim Militär in e. niedrigeren Rang 2. *Degradierung,* die (lat., Pl. -en) Versetzen in e. niedere Position; auch: Veränderung e. guten Bodens in e. schlechten durch Erosion

Rangfolge *Hierarchie,* die (gr., Pl. ...ien) verkrustete Hierarchien in Firmen sind schwer aufzubrechen; auch: Rangordnung, z. B. beim Militär

Rangreihenverfahren *Ranking,* das (engl.-am., Pl. -s) Methode der Datenerhebung mittels Befragung; auch: Klassifizierung

Rangverlust *Degradation,* die (lat., Pl. -en) Versetzung in e. niedere Position, z. B. als Strafe; nicht verw. mit *Degradierung,* die (lat., Pl. -en) Veränderung e. guten Bodens in e. schlechten (Auswaschung)

Ränke *Machination,* die (lat., Pl. -en) Machenschaften

Ränkeschmied *Intrigant,* der (lat.-it.-fr., Pl. -en) der Intrigant zerstörte jede Gemeinschaft

Ränkespiel *Intrige,* die (lat.-it.-fr., Pl. -n) Intrigen waren an Königshöfen e. verbreitete Unsitte

ränkesüchtig *intrigant* (lat.-it.-fr.) z. B. e. intriganter Mitarbeiter

Rasanz *Karacho,* das (sp., ohne Pl.) mit Karacho um die Kurve brausen

rasch *prompt* (lat.-fr.) z. B. prompt reagieren

Rascheln, das ... von Damenunterkleidern *Froufrou,* das (fr., ohne Pl.) ... der Mode um 1900

rasend 1. *frenetisch* (gr.-lat.-fr.) frenetischen Beifall spenden 2. *furibund* (lat.) auch: tobsüchtig (med.) 3. *rapid* u. *rapide* (lat.-fr.) u. 4. *rasant* (lat.-fr.) sehr schnell

Rasensprenger *Sprinkler,* der (engl., Pl. –) auch: Anlage zum Feuerschutz, z. B. in Kaufhäusern, Sprinkleranlage

Rasenstück, ausgeschlagenes ... *Divot,* das (engl., Pl. -s) das wieder eingesetzt werden muß (vom Greenkeeper: dem Rasenbetreuer) Golfbez.

Raserei 1. *Rage,* die (lat.-fr., ohne Pl.) in Rage (Wut) geraten 2. *Furor,* der (lat., ohne Pl.)

rasieren *barbieren* (lat.)

Rasierklinge, e. ... *Gillette,* die (Eigenn., Pl. -s) auch: am. Erfinder (1855-1932)

Rasierwasser *After-Shave-Lotion,* das (engl., Pl. -s)

Rassendenken *Rassismus,* der (it.-fr., ohne Pl.) die eigene Rasse wird bei diesem Denken über den Wert e. anderen gestellt; auch: Rassenhetze, Rassenwahn

Rassentrennung *Apartheid,* die (afrikaans, ohne Pl.) einst in Südafrika praktizierte, unterschiedliche Behandlung weißer u. andersfarbiger Menschen; »Obwohl die CSU best. lieber einen Apartheidpolitiker begrüßt hätte, kam Nelson Mandela auf Staatsbesuch.« (G. Schröders geh. Tagebuch von H. Venske, 1997)

Rast *Pause,* die (gr.-lat., Pl. -n)

rastern *pattieren* (fr.) e. Papierseite mit Notenlinien versehen

Rat der Alten *Gerusia, Gerusie,* die (gr., ohne Pl.) ... in Sparta

Rat *Tip,* der (engl., Pl. -s) z. B. e. nützlichen Tip geben

Rat, da ist guter ... teuer *hic consilium haeret* (lat., Zitat)

Rat, mit ... u. Tat *ope et consilio* (lat., Zitat)

Rat, zu Rate ziehen *konsultieren* (lat.) i. S. von: e. Rat einholen

Rätesystem *Sowjet,* der (russ., Pl. -s) auch: Rat der Arbeiter u. Bauern in der ehemaligen Sowjetunion; »Es gibt in der Sowjetunion noch genug Manilotschina.« (Michail Gorbatschow) i. S. von: schöne Worte, aber nichts dahinter, nach dem Gutsbesitzer Manilow in »Die toten Seelen« (Gogol)

Ratgeber 1. *Mentor,* der (gr., Pl. ...oren) Lehrer des Telemach, Sohn des Odysseus; auch: Lehramtskandidat 2. *Vademekum,* das (lat., Pl. -s) i. S. e. Leitfadens

Rathaus in England *Guildhall,* die (engl., Pl. -s)

Ration *Proviant,* der (lat.-fr., Pl. -e)

ratlos *perplex* (lat.-fr.) eigtl.: verworren; bestürzt

Ratlosigkeit *Aporie,* die (gr., Pl. ...ien)

ratsam *indiziert* (lat.) angezeigt; Ggs.: kontraindiziert

Rätsel *Änigma,* das (gr.-lat., Pl. -ta, ...men)

rätselhaft 1. *mysteriös* (gr.-lat.-fr.) 2. *änigmatisch* (gr.-lat.) 3. *delphisch* (gr.) nach dem Orakel des altgr. Ortes Delphi 4. *orakelhaft* (lat.-dt.) undurchschaubar 5. *sibyllinisch* (gr.-lat.) geheimnisvoll

Rätseln, du sprichst in ... *ambages narras* (lat., Zitat) zweideutige Worte sprechen

Ratsherr ... *Alderman,* der (engl., Pl. ...men) ... in angelsächsischen Ländern

Raub *Rapuse,* die (tschech., ohne Pl.)

Räuber 1. *Bandit,* der (germ.-it., Pl. -en) 2. *Apache,* der (indian., Pl. -n) svw. Großstadtganove, bes. in Paris; Apachentanz; auch: Indianerstamm im Südwesten der USA

Raubtier *Episit,* der (gr.-lat., Pl. -en) z. B. die Raubkatze

rauchen *kiffen* (arab.) z. B. Haschisch

Rauchkappe *Deflektor,* der (lat., Pl. -en) auch: Rauchfangaufsatz

Rauchware aus Tabakblättern *Zigarre,* die (sp.-fr., Pl. -n) z. B. Brasil, Sumatra, Havanna

Rauchzimmer *Fumoir,* das (fr., Pl. -s) auch: Rauchabteil e. Zuges

Raufbold *Rowdy,* der (engl., Pl. -s) z. B.: Rowdytum

Raum 1. *Lokal,* das (lat.-fr., Pl. -e) z. B.: Wahllokal 2. *Salon,* der (germ.-it.-fr., Pl. -s) i. S. e. eleganten Raumes, Empfangssalon 3. *Vakuum,* das (lat., Pl. ...kua, ...kuen) i. S. e. luftleeren Raumes

Raum, um abzukühlen *Chrill-Out-Room,* der (engl.-am., Pl. -s) der abgetanzte Raver kühlt sich (chill out) bei Trance- oder Ambientmusic ab u. meint: »Umfallen ist keine Schande, aber liegenbleiben (im Techno-Club).«

Raum, abgetrennter ... *Séparée,* das (lat.-fr., Pl. -s) z. B. Chambre séparée (Nebenraum)

Raum, Arbeitsraum e. Künstlers *Atelier,* das (lat.-fr., Pl. -s) auch: Fotoatelier

Raum, separater ... in e. Moschee *Maksura,* die (arab., Pl. -s)

Raumbildtechnik *Stereoskopie,* die (gr.-lat., Pl. -n) dreidimensionale Abbildungen

Raumdesinfektionsmittel, giftiges ... 1. *Formaldehyd,* der (gr.-lat., ohne Pl.) auch: Ameisensäure; entsteht beim Rauchen, krebserregend, 2. *Formalin,* das (Eigenn.-lat., ohne Pl.) eigtl.: Formaldehyd; auch: Konservierungsmittel

Räume, leere ... zwischen den Himmelskörpern *Intermundien,* die (lat., Pl.) Wohnsitz der Götter nach der Philos. Epikurs (341-270 v. Chr.)

räumen *evakuieren* (lat.) Menschen aus e. Krisengebiet evakuieren

Raumfähre *Shuttle,* der (engl., Pl. -s) z. B. Spaceshuttle; auch: regelmäßiger Flugdienst zwischen zwei Orten; Vor- u. Rücklaufknopf an Videorecordern

Raumfahrer 1. *Astronaut,* der (gr.-lat., Pl. -en) auf der Raumstation »Mir« sind Astronauten stationiert 2. *Kosmonaut,* der (gr.-lat., Pl. -en) russ. Weltraumfahrer

Raumfahrt *Astronautik,* die (gr.-lat., ohne Pl.) Wissenschaft des Weltraumflugs

Raumfahrt, die ... betreffend *astronautisch* (gr.-lat.)

Raumfahrtorganisation, die amerikanische ... *National Nautics and Space Administration,* die (engl.-am., ohne Pl.) kurz: NASA

Raumgestalter 1. *Dekorateur,* der (lat.-fr., Pl. -e) i. S. e. Schaufenstergestalters 2. *Innenarchitekt,* der (gr.-lat., Pl. -en)

Raumgestaltung 1. *Dekoration,* die (lat.-fr., Pl. -en) auch: Bühnenausstattung 2. *Innenarchitektur,* die (dt.-gr.-lat., ohne Pl.)

Rauminhalt 1. *Volumen,* das (lat., Pl. ...mina) von Körpern 2. *Tonnage,* die (lat.-fr.-engl., Pl. -n) bei Schiffen, gemessen in Bruttoregistertonnen

Rauminhalt, der ... e. Gases nimmt bei zunehmendem Druck ab *Boyle-Mariottesche Gesetz,* das (Eingenn., ohne Pl.) nach Robert Boyle (1627-1691) engl. Naturforscher, Entdecker des Volumengesetzes der Gase

Raumlehre *Geometrie,* die (gr.-lat., Pl. ...ien) Teilgebiet der Mathematik, das der räumlichen Gebilde

Raumschiff, das in die Tiefe des Alls vordringt *Sonde,* die (fr., Pl. -n) Raumfahrzeug; auch: stabförmiges Untersuchungsgerät

Raumspaziergang *Extravehicular Activity,* die (engl.-am., Pl. -ies) kurz: EVA

Raupenschlepper *Caterpillar,* der (engl., Pl. -s) »Raupe«, schweres Erdbaugerät im Straßenbau;

auch: Name e. am. Unternehmens für Erdbewegungsmaschinen

Rauschgift 1. *Hard stuff,* der (engl., Pl. -s) schweres Gift 2. *Narkotikum,* das (gr.-lat., Pl. ...ka) Rauschgifte allg. (Morphium, Opium; Heroin u. ä.)

Rauschgift, das Injizieren von ... *Main-lining,* das (engl.-am., Pl. -s)

Rauschgifthändler 1. *Dealer,* der (engl., ohne Pl.) z. B.: kleine Straßendealer 2. *Pusher,* der (engl., Pl. -s)

Rauschgiftsucht *Narkomanie,* die (gr.-lat., ohne Pl.) med.

rauschgiftsüchtig, nicht mehr ... 1. *clean* (engl.) »rein« 2. *Exuser,* der (engl., ohne Pl.) i. S. von: ehemals Rauschgiftsüchtiger

Rauschgiftsüchtiger 1. *Fixer,* der (lat.-fr.-engl., Pl. –) Süchtiger, der harte Drogen spritzt 2. *Junkie,* der (engl., Pl. -s) 3. *User,* der (engl., Pl. –) eigtl.: Verwender; Jargon: Drogenabhängiger

rauschhaft 1. *ekstatisch* (gr.-lat.) 2. *dionysisch* (gr.-lat.) nach dem altgr. Wein- u. Fruchtbarkeitsgott Dionysos

Rauschmittel 1. *Speed,* der (engl., Pl. -s) z. B.: Amphetamine 2. *Narkotikum,* das (gr.-lat., Pl. ...ka) Rauschgifte allg. 3. *Cannabis,* der (gr.-lat., ohne Pl.) Hanf; auch für Haschisch 4. *Poppers,* das (am., Jargon, ohne Pl.) ... das seine Wirkung durch Einatmen der Dämpfe entfaltet (z. B. Uhu-Alleskleber)

Rauschzustand *Delirium,* das (lat., Pl. -ien) Bewußtseinstrübung; *Delirium tremens,* das (lat., ohne Pl.) Säuferwahn

Raver-Begeisterter 1. *Raver-Freak,* der (engl.-am., Pl. -s) 2. *Ravemania X,* der (engl.-am., Pl. -s)

Reagenzglas, im ... *in vitro* (lat.) »im Glas«; e. wissenschaftlicher Versuch, der im Reagenzglas durchgeführt wurde; nicht verw. mit: *in vivo* (lat.) »im Leben«; am lebenden Objekt durchgeführter Versuch

Reaktion *Respons,* der (lat., Pl. -e) sein Brief blieb ohne Respons

Reaktion, angeborene ... 1. *Unconditioned Response,* die (engl.-am., Pl. -s) kurz: UCR; z. B. die Frühlingsgefühle der meisten Männer beim Anblick e. attraktiven Frau 2. *Instinkt,* der (lat., Pl. -e) angeborene Verhaltensweise bes. bei Tieren

Reaktion, erworbene ... *Conditioned Response,* die (engl.-am., Pl. -s) ... die e. Lebewesen nicht angeboren ist; kurz: CR

Reaktion, schockartige ... *Anaphylaxie,* die (gr., Pl. ...ien) ... meist allergisch; auch: Überempfindlichkeit

Reaktion, unwillkürliche ... auf e. Reiz 1. *Reflex,* der (fr., Pl. -e) 2. *Pawlowscher Hundeversuch,* der (Eigenn.-russ.-dt., Pl. -e) nach Iwan Pawlow, russ. Physiologe (1849-1936) mit Arbeiten über die »bedingten Reflexe«; »Das ist fast wie beim Pawlowschen Hundeversuch: Sie brauchen mich nur anzugucken, u. schon sind Sie dagegen.« (Helmut Kohl, 1998)

Reaktionsfähigkeit *Reagibilität,* die (lat., ohne Pl.) i. S. raschen Reagierens

Rechenanlage *Computer,* der (lat.-engl., Pl. –) i. S. e. elektronischen Datenverarbeitungsanlage

Rechenbrett *Abakus,* der (gr.-lat., Pl. –) war bei Kaufleuten der Antike im Gebrauch; auch: Deckplatte über e. Säulenknauf

Rechenkunst 1. *Arithmetik,* die (gr.-lat., ohne Pl.) Teilgebiet der Mathematik 2. *Algebra,* die (arab.-roman., ohne Pl.) Teil der Mathematik, das Rechnen mit Buchstaben u. Zahlen

Rechenmethode um die Leistungsunterschiede auszugleichen *Handicap,* das (engl., Pl. -s) es beruht auf der Differenz zwischen den Bruttoergebnissen e. Spielers u. dem Par des Platzes (Golfbez.)

Rechenschaftsbericht, halbjähriger ... des US-Notenbankchefs *Humphrey-Hawkins-Bilanz,* die (am.-it., Pl. -en) legt Alan Greenspan dem Kongreß der USA vor

Rechenschwäche *Akalkulie,* die (gr.-lat., Pl. ...ien)

Rechentafel *Abakus,* der (gr.-lat., Pl. –) war in der Antike im Einsatz

Rechenvorgang *Algorithmus,* der (arab., Pl. ...men) nach e. best. Schema ablaufender Rechenvorgang

rechnen *kalkulieren* (lat.) auch: abschätzen

Rechnen mit Näherungswerten *Fuzzy-Logic,* die (engl., ohne Pl.) »unscharfe Logik«; e. mathematische Theorie, die nicht nur falsch u. richtig zuläßt, sondern Näherungswerte definiert; damit werden »weiche« Prozesse gesteuert, z. B. die sanfte Beschleunigung von Bahnen u. Fahrstühlen

Rechnen mit unendlich kleinen Werten *Infinitesimalrechnung,* die (lat.-dt., Pl. -en)

rechnen, mit etwas ... *spekulieren* (lat.) »beobachten«; z. B. mit steigenden Aktienkursen spekulieren; »Es wird spekuliert, daß es sich um Überreste von Adolf Hitler handeln könnte« (Wiener Kurier, 1994) oder: »... es macht keinen Sinn, im nachhinein zu spekulieren, was wäre gewesen, wenn ...« (Wolfgang Schäuble, CDU, 1998)

Rechner am TV *Set-Top-Box,* die (engl., Pl. ...es) ... der digital übertragene Videodateien auf den Bildschirm bringt

Rechner, der den Zugang vom Internet in e. Firmennetzwerk überwacht *Firewall,* der (engl., Pl. -s) ... u. Hackern den Zutritt blockiert

Rechner, der kontrolliert ... *Proxy,* der (Eigenn.-

engl., Pl. ...ies) ... ob e. Anwender aus einem internen Netzwerk ins Internet gelangen darf

Rechner, elektronischer ... *Computer,* der (lat.-engl., Pl. –) »Es zählt zu den modernen Fimmeln, Computer töricht anzuhimmeln.« (K.-H. Söhlker, 1998)

Rechner, jeder ... der an das Internet angeschlossen ist *Server,* der (engl., Pl. -s) »Dienstleister«; ... u. von dem Software oder Informationen abgerufen werden können

rechnerisch *arithmetisch* (gr.-lat.) von Zahlenreihen das arithmetische Mittel bilden

Rechnung 1. *Faktur,* die (lat.-it., Pl. -en) z. B. Warenfakturen 2. *Nota,* die (lat., Pl. -s)

Rechnung schreiben *fakturieren* (lat.-it.)

Rechnungsabzug 1. *Skonto,* der (lat.-it., Pl. ...ti) z. B. bei Barzahlung 2. *Rabatt,* der (lat.-it., Pl. -e) Preisnachlaß bei großen Mengen; Mengenrabatt

Rechnungsbuch *Journal,* das (lat.-fr., Pl. -e) einst Buch in der Buchführung, in dem die Geschäftsvorfälle lückenlos festgehalten wurden; auch: Schiffstagebuch auf alten Schiffen

Rechnungseinheit *ECU,* der (fr., Pl. -s) kurz für *European Currency Unit,* Vorläufer der gemeinsamen europäischen Währung: EURO

rechnungsmäßig *kalkulatorisch* (lat.)

Rechnungsprüfer 1. *Revisor,* der (lat., Pl. ...oren) auch: Buchprüfer oder externer Prüfer i. S. e. Wirtschaftsprüfers 2. *Accountant,* der (engl., Pl. -s) Buchhalter 3. *chartered accountant,* der (engl., Pl. -s) svw. Wirtschaftsprüfer

Recht im Bereich der Computerwelt *Cyberright,* das (engl., Pl. -s)

Recht *Privileg,* das (lat., Pl. -ien) i. S. e. alleinigen Rechts; als Direktor Privilege genießen (Dienstwagen, Chauffeur)

recht so! *à la bonne heure!* (fr.)

Recht sprechen *judizieren* (lat.)

Recht, das ... auf die erste Nacht *ius primae noctis* (lat., Zitat)

Recht, das ... muß seinen Gang gehen, u. sollte die Welt darüber zugrunde gehen *fiat justitia et pereat mundus* (lat., Zitat Kaiser Ferdinands I.)

Recht, das strengste ... (ist oft) das größte Unrecht *summum ius, summa iniuria* (lat., Zitat: Cicero)

Recht, von Rechts wegen *de jure* (lat.) rechtlich betrachtet; Ggs.: de facto

Rechteck *Orthogon,* das (gr.-lat., Pl. -e)

rechteckig *orthogonal* (gr.)

rechtfertigen 1. *exkulpieren* (lat.) auch: entschuldigen 2. *justifizieren* (lat.) e. Rechnung nach Prüfung freigeben 3. *rehabilitieren* (lat.) i. S. von: wieder eingliedern

rechtfertigend *apologetisch* (gr.-lat.) auch: e. Überzeugung verteidigend; z. B. Martin Luther (1483-1546) auf dem Reichstag zu Worms, April 1521

rechtlich *de jure* (lat.) auch: von Rechts wegen; Ggs.: de facto

rechtlich unangreifbar *immun* (lat.) z. B. die Immunität (Unantastbarkeit) von Parlamentsabgeordneten oder Diplomaten hinsichtlich e. strafrechtlichen Verfolgung

rechtmäßig 1. *legitim* (lat.) wie der Vaterschaftstest ergab, waren zwei Kinder legitim und zwei (Ggs.:) illegitim 2. *legal* (lat.) i. S. von: gesetzlich erlaubt; Ggs.: illegal

Rechtmäßigkeit *Legitimität,* die (lat., ohne Pl.) Ggs.: Illegitimität

Rechts- u. Gottesgelehrter *Ulema,* der (arab.-türk., Pl. -s) des Islams

Rechtsanspruch *Claim,* das (lat.-fr.-engl., Pl. -s) die Goldsucher steckten ihre Claims ab

Rechtsanwalt *Advokat,* der (lat., Pl. -en) z. B.: Winkeladvokat

Rechtsbeistand 1. *Justitiar,* der (lat., Pl. -e) in e. Unternehmen für Rechtssachen zuständiger Mitarbeiter 2. *Advokat,* der (lat., Pl. -en) Rechtsanwalt; Advocatus Diaboli: »Anwalt des Teufels«

Rechtsbrecher *Delinquent,* der (lat., Pl. -en)

rechtschaffen *honett* (lat.-fr.)

Rechtschaffenheit *Integrität,* die (lat., ohne Pl.) Nelson Mandela, Präsident von Südafrika, gilt als Staatsmann mit hoher Integrität

Rechtschreibung *Orthographie,* die (gr.-lat., Pl. ...ien); »Romane von Grass & Co. stehen unter e. 'Orthographievorbehalt' noch lebender Autoren.« (Börsenverein des Deutschen Buchhandels zur Rechtschreibreform, 1998)

Rechtsfall *Causa,* die (lat., Pl. ...sae)

Rechtsgelehrter, islamischer ... *Mufti,* der (arab., Pl. -s) auch: Gutachter

rechtsgültig *authentisch* (gr.)

rechtsgültig machen *authentisieren* (gr.)

Rechtsgültigkeit *Authentizität,* die (gr., ohne Pl.) auch: Echtheit

Rechtsgutachten, islamisches ... *Fatwa,* das (arab., ohne Pl.) fälschliche Bez. für e. Todesurteil in der islamischen Welt

rechtshändig *colla destra* (it.) auf dem Klavier spielen (musik. Vortragsanw.)

rechtskräftig machen, es ... *legalize it* (engl.) »Ich halte nichts von 'legalize it'!« (Gerhard Schröder, 1998)

Rechtspflege *Justiz,* die (lat., ohne Pl.)

Rechtsprechung 1. *Justiz,* die (lat., ohne Pl.) 2. *Judikatur,* die (lat., Pl. -en)

Rechtssatz *Paragraph,* der (gr.-lat., Pl. -en) fortlaufend numerierte Textabschnitte

Rechtsvorbehalt *Reservat,* das (lat., Pl. -e), Reservatio mentalis, geheimer Vorbehalt, d. h. Versprochenes nicht ausführen
Rechtsvorschrift *Nomos,* der (gr., Pl. Nomoi)
Rechtswesen *Justiz,* die (lat., ohne Pl.)
rechtswidrig *illegal* (lat.) Bauen ohne Baugenehmigung ist illegal; Ggs.: legal
Rechtswissenschaft 1. *Jura,* (lat., nur Pl. »die Rechte«) 2. *Jurisprudenz,* die (lat., ohne Pl.)
rechtswissenschaftlich *juristisch* (lat.)
rechtwinklig *orthogonal* (gr.-lat.) e. rechten Winkel bildend
Rede 1. *Sermon,* der (lat., Pl. -e) sein Vortrag war e. Sermon (langweilige Rede) 2. *Sottise,* die (fr., Pl. -n) e. satirische, stichelnde Rede 3. *Eloge,* die (gr.-lat.-fr., Pl. -n) Lobesrede 4. *Elogium,* das (gr.-lat., Pl. ...ia) Lobrede; im alten Rom Inschrift auf Grabsteinen 5. *Laudatio,* die (lat., Pl. ...ones, ...onen) Rede, die anläßlich e. Preisverleihung gehalten wird 6. *Laudation,* die (lat., Pl. -en) Lobrede
Rede bei e. Preisverleihung *Laudatio,* die (lat., Pl. ...ones, ...onen) auch: Lobrede; »E. Laudatio ist e. Nachruf bei Lebzeiten.« (Carl Zuckmayer)
Rede, e. ... im eigenen Interesse *oratio pro domo* (lat., Zitat)
Redeerguß *Tirade,* die (lat.-it.-fr., Pl. -n) z. B. Schimpftirade
Redekunst 1. *Rhetorik,* die (gr.-lat., ohne Pl.) 2. *Dialektik,* die (gr.-lat., ohne Pl.) e. Person in Rede u. Gegenrede überzeugen; auch: innere Gegensätzlichkeit
Redekünstler *Rhetoriker,* der (gr.-lat., Pl. –)
reden 1. *parlieren* (gr.-lat.-fr.) 2. *artikulieren* (lat.-fr.) i. S. von: Laute deutlich aussprechen 3. *formulieren* (lat.-fr.) ausdrücken, z. B. Sätze druckreif formulieren 4. *kommunizieren* (lat.) miteinander sprechen
reden, aus dem Stegreif ... *extemporieren* (lat.)
Reden, ekstatisches Zungen... *Glossolalie,* die (gr., ohne Pl.) auch: Ausstoßen fremdartiger Laute u. Wortneubildungen
reden, großmäulig ... *schwadronieren* (lat.-it.-fr.) »eine ins Schwadronieren führende Talkshow« (Walter Jens, Rhetorik-Prof., wünscht e. TV-Duell: Kohl – Schröder, 1998)
Redensart 1. *Phrase,* die (gr.-lat., Pl. -n) z. B. Phrasendrescher; jmd., der gehaltlos daherredet 2. *Platitüde,* die (gr.-lat.-fr., Pl. -n) geistloses Reden 3. *Floskel,* die (lat., Pl. -n) z. B.: dahergeredete, nicht ernst gemeinte Komplimente 4. *Phraseonym,* das (gr.-lat., Pl. -e) der aus e. Redensart bestehende Deckname (Pseudonym) e. Schriftstellers; z. B. »Zeit ist Geld«
Redeschwall 1. *Sermon,* der (lat.-fr., Pl. -e) langweiliges Geschwätz; auch: Strafpredigt 2. *Tirade,* die (lat.-it.-fr., Pl. -n) z. B. Schimpftiraden prasselten auf die Schüler ein
Redestil *Lokution,* die (lat., Pl. -en) auch: Ausdrucksweise
Redestreit, Technik des ... *Eristik,* die (gr., ohne Pl.)
Redewendung 1. *Phrase,* die (gr.-lat., Pl. -n) z. B. Phrasendrescher 2. *Lokution,* die (lat., Pl. -n) als Redensart
Redewendung, abgegriffene ... 1. *Banalität,* die (germ.-fr., Pl. -en) i. S. e. Plattheit: ohne Pl.; platte Bemerkungen: mit Pl. 2. *Floskel,* die (lat., Pl. -n) »Blümchen«; flache Redewendungen 3. *Klischee,* das (fr., Pl. -s) abgedroschene Äußerung; auch: Druckstock 4. *Platitüde,* die (gr.-lat.-fr., Pl. -n) Plattheit 5. *Topos,* der (gr., Pl. Topoi) formelhafte Redewendung in der Antike; nicht verw. mit *Topas,* der (gr.-lat., Pl. -e) Edelstein 6. *Trivialität,* die (lat.-fr., Pl. -en) Seichtheit
Redewendungssammlung *Phraseologie,* die (gr.-lat., Pl. -n)
redlich 1. *integer* (lat.) Nelson Mandela gilt als sehr integerer Politiker 2. *loyal* (lat.-fr.) e. allzeit loyaler Mitarbeiter, zum Vorgesetzten stehend, treu 3. *reell* (lat.-fr.) e. reeller Kaufmann sein
Redlichkeit 1. *Integrität,* die (lat., ohne Pl.) 2. *Reellität,* die (lat.-fr., ohne Pl.) an der Reellität des Kaufmanns gab es keinen Zweifel
Redner 1. *Orator,* der (lat., Pl. ...oren) i. S. e. begabten Redners 2. *Rhetor,* der (gr.-lat., Pl. ...oren)
Rednerbühne *Tribüne,* die (lat.-it.-fr., Pl. -n)
rednerisch 1. *oratorisch* (lat.) mitreißend 2. *rhetorisch* (gr.-lat.) e. rhetorische Breitseite abschießen; jmd. sehr tadeln
Rednerpult 1. *Podium,* das (gr.-lat., Pl. Podien) 2. *Katheder,* der, das (gr.-lat., Pl. –) Lehrerpult; auch: Lehrstuhl e. Hochschullehreres; nicht verw. mit *Katheter,* der (gr.-lat., Pl. –) Röhrchen zur Einführung in Körperorgane; z. B. Herzkatheter 3. *Podest,* das, der (lat., Pl. -e) Treppenabsatz; als Geehrter auf dem Podest stehen
Reduzierung der Lagerbestände *Kanban,* das (jap., ohne Pl.) systematisches Erarbeiten des gerade noch ausreichenden Warenlagerbestandes
reformwillig *reformistisch* (lat.) die englische Labourpartei gab sich 1997 reformistisch u. siegte
Regalbrett *Tablar,* das (lat.-fr., Pl. -e) Bez. in der Schweiz
Regel 1. *Norm,* die (gr.-etrusk.-lat., Pl. -en) z. B. nach geltenden Normen handeln 2. *Prinzip,* das (lat., Pl. ...ien) z. B.: Prinzipienreiter

Regel, keine ... ohne Ausnahme 1. *nulla praecepta firma et stabilia* (lat., Zitat) 2. *nulla regula sine exceptione* (lat., Zitat)

Regel, mathematische *Formel,* die (lat., Pl. -n) auch: Redensart; Merkmale des Rennwagens e. best. Klasse, z. B. Formel-1, die Michael Schumacher zur Zeit auf Ferrari fährt; »Die Sprache der Zukunft ist die Formel.« (C. M. Ceram)

Regelblutung 1. *Menorrhö,* die (gr.-lat., Pl. -en) 2. *Menses,* die (lat., nur Pl.) 3. *Menstruation,* die (lat., Pl. -en) 4. *Periode,* die (gr.-lat., Pl. -n) 5. *Zyklus,* der (gr.-lat., Pl. ...len)

regelgerecht 1. *fair* (engl.) e. faires Fußballspiel bestreiten 2. *Fair play,* das (engl., ohne Pl.) anständiges Verhalten in e. sportlichen Wettkampf oder im Geschäftsleben 3. *normal* (gr.-lat.) 4. *regulär* (lat.)

regellos *irregulär* (lat.) regelwidrig; Ggs.: regulär

regelmäßig 1. *periodisch* (gr.-lat.) 2. *zyklisch* (gr.-lat.) wiederkehrend; auch: kreisförmig

regeln 1. *reglementieren* (lat.-fr.) z. B. durch Vorschriften 2. *regulieren* (lat.) an der Kreuzung regulierte e. Polizist den Verkehr 3. *normieren* (gr.-lat.-fr.) vereinheitlichen

Regeln *Normalien,* die (gr.-lat., nur Pl.)

Regeln, nach allen ... der Kunst *lege artis* (lat., Zitat)

regelnd *regulativ* (lat.)

Regelung *Regulierung,* die (lat., Pl. -en)

Regelverstoß *Foul,* das (engl., Pl. -s)

regelwidrig 1. *anormal* (lat.) i. S. von: regelabweichend; ungewöhnlich 2. *anomal* (gr.-lat.) nicht normal entwickelt

Regelwidrigkeit *Anomalie,* die (gr.-lat., Pl. ...ien) auch: Mißbildungen z. B. bei Geburten

Regen, aus dem ... in die Traufe kommen *ire tendo de fumo ad flammam* (lat., Zitat) eigtl.: aus dem Rauch in die Flamme eilen

Regenbach 1. *Torrente,* der (lat.-it., Pl. -n) führt nur bei Regenfällen Wasser 2. *Wadi,* das (arab., Pl. -s) in der regenlosen Zeit trockenes Flußbett in der Wüste

Regenbogen, in ...farben leuchten *irisieren* (gr.-lat.) irisierende Wolken: bes. im Randbereich hell scheinende Formationen

Regengott der Maya *Chac-Mool,* der (indian., ohne Pl.) ... in Yucatán (Mexiko)

Regenmesser *Ombrometer,* das (gr.-lat., Pl. –)

Regenschirm *Parapluie,* der (lat.-fr., Pl. -s)

Regenwaldgebiet, tropisches ... *Hyläa,* die (gr.-lat., ohne Pl.) ... am Amazonas

Regenwasserbehälter *Zisterne,* die (gr.-lat., Pl. -n)

Regieentwurf *Choreographie,* die (gr., Pl. ...ien) für ein Ballett, d. h. für Tanzbewegungen

Regierung, vorläufige ... *Interregnum,* das (lat., Pl. ...nen, ...na) Zwischenregierung; auch: die kaiserlose Zeit von 1254-1273

Regierungsbeschluß *Dekret,* das (lat., Pl. -e)

Regierungsbezirk in Schweden *Län,* das (schwed., Pl. -s)

Regierungsmannschaft *Kabinett,* das (fr., Pl. -e) e. Kabinett verhält sich bisweilen wie e. *Kabarett,* das (fr., Pl. -s) heitere Kleinkunstdarsteller; auch: abgeschlossener Beratungsraum

Regierungsmitglied *Minister,* der (lat.-fr., ohne Pl.) z. B. für die Wirtschaft: Wirtschaftsminister

Regierungsrücktritt *Demission,* die (lat.-fr., Pl. -n)

Regierungssitz *Residenz,* die (lat., Pl. -en)

regierungstreu *loyal* (lat.-fr.) »Ich danke Herrn Peter Hausmann für seine stets loyale Mitarbeit.« (Helmut Kohl, 1998)

Regierungsumbildung *Revirement,* das (roman.-fr., Pl. -s) auch: Ämterwechsel; Abrechnung zwischen Schuldnern u. Gläubigern

regsam *agil* (lat.-fr.) auch: geschäftig

Regsamkeit *Agilität,* die (lat.-fr., ohne Pl.) auch: Geschäftigkeit

Regungslosigkeit *Torpidität,* die (lat., ohne Pl.) auch: Starre; lebende, kleine Vögel werden gewogen, indem man ihre kurze Torpidität in der Rückenlage nutzt

Reibelaut *Frikativ,* der (lat., Pl. -e) aus der Sprachlehre

Reibung *Friktion,* die (lat., Pl. -en) auch: Widerstand, Verzögerung

Reibung, durch ... erzeugt *frikativ* (lat.)

Reich *Imperium,* das (lat., Pl. ...ien) i. S. e. Weltreichs

Reicher *Krösus,* der (gr.-lat., Pl. -se) der sehr reiche u. letzte König von Lydien (6. Jh. v. Chr.)

reichhaltig *opulent* (lat.) üppig; e. opulentes Mahl einnehmen

reichlich *abundant* (lat.)

Reichtum 1. *Mammon,* der (gr.-lat., ohne Pl.) i. S. von Streben nach Geldreichtum 2. *Mammonismus,* der (gr.-lat., ohne Pl.) i. S. von Reichtum durch Geldgier; Geldherrschaft

Reichweite *Aktionsradius,* der (lat., Pl. ...ien) auch: Wirkungsbereich

Reifen *Pneu,* der (gr., Pl. -s) Autoreifen

Reifeprüfling *Abiturient,* der (lat., Pl. -en)

Reifeprüfung 1. *Abitur,* das (lat., Pl. -e) Abschluß e. höheren Schule 2. *Matura,* die (lat., ohne Pl.) Abitur in der Schweiz u. in Österreich

Reifezustand *Maturität,* die (lat., ohne Pl.) e. Neugeborenen (med.)

Reihe 1. *Kolonne,* die (lat.-fr., Pl. -n) z. B. Fahrzeugkolonne 2. *Linie,* die (lat., Pl. -n) der angetrunkene Fahrer fuhr Schlangenlinien 3. *Sequenz,* die (lat., Pl. -en) Folge; auch: bes. Gesang in der mittelalterlichen Liturgie 4. *Serie,* die (lat., Pl. -n) auch: mehrteilige Sendungen

Reihe gebrochener Akkorde *Arpeggiatur,* die (it., Pl. -en) Mus.

Reihe, geschlossene ... *Phalanx,* die (gr.-lat., Pl. ...langen) geschlossene Front, z. B. e. Widerstandes; auch: geschlossene Schlachtreihe des Fußvolks im antiken Griechenland

Reihenfolge 1. *Turnus,* der (gr.-lat., Pl. -se) z. B. der Verein legte e. turnusmäßigen Wechsel des Vorstands fest 2. *Klassement,* das (lat.-fr., Pl. -s) auch: Einteilung 3. *Sequenz,* die (lat., Pl. -en) Folge; auch: bes. Gesang in der mittelalterlichen Liturgie

Reinfall 1. *Debakel,* das (fr., Pl. –) Niederlage 2. *Desaster,* das (it.-fr., Pl. –) eigtl.: Unstern; Mißgeschick 3. *Fiasko,* das (germ.-it., Pl. -s) eigtl.: Flasche; auch: Zusammenbruch

reinigen 1. *filtern* (germ.-lat.) Wasser filtern 2. *lustrieren* (lat.) religiös, kultisch reinigen

Reinigung *Defäkation,* die (lat., Pl. -en) insbesondere von Flüssigkeiten

Reinigungsanlage *Raffinerie,* die (lat.-fr., Pl. -n) z. B. Reinigung u. Veredelung von Naturprodukten: Erdöl, Zucker aus Zuckerrohr

reinlich *hygienisch* (gr.-lat.) bes. sauber

Reinlichkeit *Hygiene,* die (gr.-lat., ohne Pl.) auch: bes. Sauberkeit

Reis *Paddy,* der (engl., ohne Pl.) ungeschälter Reis

Reisbranntwein *Arrak,* der (arab.-fr., Pl. -e, -s)

Reise 1. *Odyssee,* die (gr., Pl. -n) langwierige Irrfahrt, nach Homers Epos »Odyssee«, Heimfahrt des Odysseus 2. *Tour,* die (gr.-lat.-fr., Pl. -en) z. B. Fahrradtour 3. *Trip,* der (germ.-fr.-engl., Pl. -s) meist Kurzreise, Wochenendtrip 4. *Törn,* der (gr.-lat.-fr.-engl., Seemannsspr., Pl. -s) Fahrt mit e. Schiff, z. B. Segeltörn

Reisedecke *Plaid,* das (engl., Pl. -s)

Reiseführer *Guide,* der (fr.-engl., Pl. -s) i. S. e. Reisebuchs mit Stadtplänen u. Landkarten; auch: Reiseleiter

Reisegepäck *Bagage,* die (fr., Pl. -n) auch abwertend: Gesindel, Pack

Reisehandbuch *Guide,* der (fr.-engl., Pl. -s)

reisen 1. *trampen* (engl.) 2. *hitchhiken* (am., engl.) per Anhalter reisen

Reisender 1. *Tourist,* der (gr.-lat.-fr.-engl., Pl. -en) 2. *Tramper,* der (engl., ohne Pl.) i. S. e. Rucksackwanderers 3. *Hitchhiker,* der (am.-engl., ohne Pl.) Reisender, der Autos anhält

Reisescheck *Travellerscheck,* der (engl., Pl. -s)

Reisetrieb *Poriomanie,* die (gr.-lat., Pl. ...ien) med., krankhafter Trieb ständig unterwegs zu sein

Reiseweg *Route,* die (lat.-fr., Pl. -n) als geplante Strecke

Reisewesen *Tourismus,* der (gr.-lat.-fr.-engl., ohne Pl.)

Reisewohnwagen *Caravan,* der (engl., Pl. -s)

Reisezeit *Saison,* die (lat.-fr., Pl. -s, ...onen) i. S. der Hauptreisezeit

Reisgericht 1. *Paella,* die (sp., Pl. -s) mit Fleisch, Fisch, mit Safran gewürzt 2. *Nasi-goreng,* das (malaiisch, Pl. -s) indonesisches Reisgericht

Reisgewürze, indonesische ... *Sambals,* die (malaiisch, Pl.)

Reisiggeflecht *Faschine,* die (lat.-it.-fr., Pl. -n) auch: Flechtwände

Reißer *Thriller,* der (engl.-am., Pl. –) Roman oder Film mit bes. spannendem Inhalt

Reißfestigkeit *Tenazität,* die (lat., ohne Pl.)

Reißlinie *Perforation,* die (lat., Pl. -en) die Verpakkung läßt sich an der Perforation leicht öffnen

Reißwolf *Shredder* u. *Schredder,* der (engl., Pl. -s) Zerkleinerer von Papier u. Holz; auch: Zermalmer von Autowracks

Reiswein *Sake,* der (jap., ohne Pl.)

Reitbahn 1. *Manege,* die (lat.-it.-fr., Pl. -n) z. B. im Zirkus 2. *Hippodrom,* der, das (gr.-lat., Pl. -e) 3. *Arena,* die (lat., Pl. ...nen) Fläche zum Austragen von Wettkämpfen 4. *Corral,* der (am., Pl. -s) eingezäunte Weidefläche, bisweilen auch für Reitveranstaltungen; Wagenburg

Reiten, beim ... vom Rechts- zum Linksgalopp wechseln *abchangieren* (dt.-fr.)

reitender Bote *Estafette,* die (germ.-it.-fr., Pl. -n) Eilbote zu Pferde

Reiter, schwerer ... *Kürassier,* der (lat.-it.-fr., Pl. -e) ... mit dem Brustharnisch (Küraß)

Reiterangriff *Attacke,* die (fr., Pl. -n)

Reiteraufzug *Kavalkade,* die (lat.-it., Pl. -n)

Reiterei in ung. Nationaltracht, Angehöriger der ... *Husar,* der (lat.-it.-ung., Pl. -en) »... ich wirke wie ein Husar, der reiten läßt.« (Josef von Ferenczy über Ferenczy, Medienberater, 1996)

Reitergewehr, kurzes ... *Arkebuse,* die (niederl.-fr., Pl. -n) »Hakenbüchse«; Handfeuerwaffe des 15. u. 16. Jhs.

Reiterin *Amazone,* die (gr.-lat., Pl. -n) i. S. e. kämpfenden, berittenen Frauenvolks

Reitermannschaft *Equipe,* die (fr., Pl. -en)

Reiterschau *Rodeo,* das (engl.-am., Pl. -s) auf der Cowboys wilde Pferde u. Bullen reiten

Reitertruppe *Kavallerie,* die (lat.-it., Pl. ...ien)

Reithalle *Tattersall,* der (engl., Pl. -s) auch: engl. Stallmeister (1724 – 1795)

Reithose 1. *Breeches,* die (engl., Pl.) 2. *Jodhpurhose,* die (Eigenn.-dt., Pl. -n) nach der ind. Stadt Jodhpur

Reitknecht *Groom,* der (engl., Pl. -s) engl. Bez., auch: Page, junger Diener

Reitkunst *Equestik,* die (lat., ohne Pl.) ... im Zirkus

Reitturnier *Concours hippique,* der (fr., Pl. - -s)

Reiz 1. *Stimulus,* der (lat., Pl. ...li) auch: Antrieb 2. *Irritation,* die (lat., Pl. -en) auch: Verwirrung; die Rede des Politikers führte zu e. großen Irritation

reizbar 1. *nervös* (lat.) auch: fahrig, nervenschwach 2. *cholerisch* (gr.-lat.) aufbrausend 3. *apprehensiv* (lat.) 4. *sensitiv* (lat.) i. S. von überempfindlich 5. *dysphorisch* (gr.) sich in e. dysphorischen Zustand befinden; Ggs.: euphorisch 6. *erethisch* (gr.-lat.) med., krankhaft gesteigerte Erregbarkeit 7. *irritabel* (lat.) e. empfindsames Nervenkostüm haben 8. *exzitabel* (lat.) med.

Reizbarkeit 1. *Nervosität,* die (lat., Pl. -en) 2. *Irritabilität,* die (lat., ohne Pl.) nervliche Empfindsamkeit (med.) 3. *Exzitabilität,* die (lat., ohne Pl.) med.

reizempfindlich *sensibel* (lat.-fr.)

Reizempfindlichkeit *Sensibilität,* die (lat.-fr., ohne Pl.)

reizen 1. *animieren* (lat.-fr.) i. S. von ermuntern 2. *provozieren* (lat.) herausfordern 3. *stimulieren* (lat.) auch: anregen

Reizpunkt, schmerzhafter ... *Trigger-Point,* der (engl., Pl. -s)

reizvoll *apart* (fr.) e. aparte Erscheinung

Reizwirkung *Reflex,* der (lat.-fr., Pl. -e) i. S. von unbewußten Reaktionen

Reklame 1. *Advertising,* das (engl., Pl. -s) auch: Werbung 2. *Marketing,* das (engl.-am., ohne Pl.) Bereich e. Unternehmens, der sich mit dem Absatz beschäftigt 3. *Marketing-mix,* das (engl.-am., Pl. -es) die Kombination von Maßnahmen zur Absatzförderung in e. Firma 4. *Public Relations,* die (engl.-am., nur Pl.) die Öffentlichkeitsarbeit e. Unternehmens

Reklameschönheit 1. *Glamourgirl,* das (engl., Pl. -s) 2. *Model,* das (lat.-it.-engl., Pl. -s) auch: Mannequin, Fotomodell

Rektor 1. *Magnifikus,* der (lat., Pl. ...fizi) an e. Hochschule 2. *Magnifizenz,* die (lat., Pl. -en) Titel für Hochschulrektoren; auch deren Anrede

Relief *Tondo,* das (lat.-it., Pl. ...di)

Religion, selbstzurechtgelegte ... *Me-Ism,* der (Eigenn.) ... das Trachten danach, wegen fehlender Grundsätze u. Angebote der traditionellen Religion

Religionsbewegung, pantheistisch-soziale ... aus Persien *Baha'i-Bewegung,* die (pers.-dt., ohne Pl.)

religionsfeindlich *antireligiös* (gr.-lat.)

Religionsgemeinschaft *Konfession,* die (lat., Pl. -en) z. B. »evangelisch«

Religionsgemeinschafts-Angehöriger im Pandschab *Sikh,* der (Hindi, Pl. -s) e. mohammedanisch-hinduistische Gemeinschaft

Religionslehrer 1. *Rabbiner,* der (hebr., Pl. –) jüdischer Gesetzes- u. Religionslehrer 2. *Katechet,* der (gr.-lat., Pl. -en) in der christlichen Lehre tätig

Religionsstifter 1. *altiranischer Zarathustra,* der (Iran, ohne Pl.) 630-553 v. Chr; »also sprach Zarathustra« (Friedrich Nietzsche) 2. *Mohammed,* der (arab., ohne Pl.) Religionsstifter u. Prophet des Islams, 570-632 n. Chr.; Anhänger seiner Lehre: *Mohammedaner,* der (arab., Pl. –) 3. *Buddha,* der (sanskr., Pl. -s) »der Erleuchter«: Beiname des ind. Prinzen Siddhartha, um 500 v. Chr.; *Buddhismus,* der (sanskr.-lat., ohne Pl.) die von Buddha begründete ind.-ostasiatische Heilslehre

Religionsunterricht *Katechese,* die (gr.-lat., Pl. -n) christlicher Unterricht

Religionsvorschrift der Juden 1. *Talmud,* der (hebr., Pl. -e) »Lehre«; Sammlung der Gesetze u. religiösen Überlieferungen des Judentums 2. *Mischna,* die (hebr., ohne Pl.) »Unterweisung«, gilt als Grundlage des Talmuds

Religionswissenschaft *Theologie,* die (gr.-lat., Pl. ...ien)

Religionswissenschaftler *Theologe,* der (gr.-lat., Pl. -n) »Es sind in Deutschland die Theologen, die dem lieben Gott e. Ende machen.« (Heinrich Heine)

religiöse Minderheit *Diaspora,* die (gr., ohne Pl.) »Zerstreuung«, z. B. koptische Christen bilden in Ägypten e. Diaspora

Reliquienbau *Pagode,* die (port., Pl. -n) turmartiger Tempel mit mehreren Stockwerken in Ostasien

Reliquienschrein *Sanktuarium,* das (lat., Pl. ...ien) in katholischen Kirchen

rempeln *checken* (engl.) auch: nachprüfen; begreifen

Rendezvous mit e. Unbekannten *Blind date,* das (engl., Pl. -s) Bez. aus der Partnersuche

Rennfahrer *Pilot,* der (gr.-it.-fr., Pl. -en) im Rennauto, auch im Flugzeug: Flugpilot

Rennfahrersitz *Cockpit,* das (engl., Pl. -s) auch: Pilotenkabine

Renngemeinschaft *Racing-Team,* das (engl., Pl. -s)

Rennpferd, unerprobtes ... *Maiden,* das (engl., Pl. –)

Rennreiter *Jockey,* der (engl., Pl. -s) berufsmäßiger Reiter auf Rennpferden

Rennschlitten 1. *Bob,* der (engl., Pl. -s) 2. *Toboggan,* der (indian.-engl.-am., Pl. -s) nordam. Indianerschlitten; Rennrodler

Renntempo *Pace,* die (lat.-fr.-engl., ohne Pl.)

Rennwagen *Bolid,* der (gr.-lat., Pl. -e, -en) auch: e. großer, heller Meteor
Rentierschlitten *Ackja,* der (finn., Pl. -s)
Rentner *Pensionär,* der (lat.-fr., Pl. -e) Beamte im Ruhestand
Repräsentativerhebung, verzerrte … *Bias,* das (fr.-engl.-am., ohne Pl.) »Vorurteil«; aus der Meinungsforschung
Reptilleder *Exotenleder,* das (gr.-dt., Pl. –) Sammelbez. für Leder das nach dem Washingtoner Artenschutzabkommen (1973) nur begrenzt hergestellt u. verarbeitet werden darf
Reservebestand *Reservoir,* das (lat.-fr., Pl. -e) z. B. Trinkwasserreservoir
Resignation *Defätismus,* der (lat.-fr., ohne Pl.)
Respekt 1. *Pietät,* die (lat., ohne Pl.) auch: Achtung, bes. gegenüber Toten 2. *Tribut,* der (lat., Pl. -e) Hochachtung; im alten Rom die direkte Steuer
Rest 1. *Fragment,* das (lat., Pl. -e) z. B. Bruchstükke antiker Gegenstände 2. *Relikt,* das (lat., Pl. -e) Überbleibsel, »Relikt aus der Steinzeit« 3. *Rudiment,* das (lat., Pl. -e) Bruchstück, Überbleibsel 4. *Differenz,* die (lat., Pl. -en) Unterschied; auch: (Pl.) Unstimmigkeit 5. *Saldo,* der (lat.-it., Pl. Salden, Saldi) Unterschiedsbetrag zwischen Soll u. Haben e. Kontos
Restaurant *Lokal,* das (lat.-fr., Pl. -e)
Restbetrag *Saldo,* der (lat.-it., Pl. Salden, Saldi) Begriff aus der Buchführung: Ausgleichsbetrag e. Kontos
restlos 1. *total* (lat.-fr.) z. B. er beklagt den totalen Verlust seiner Barschaft 2. *absolut* (lat.-fr.) 3. *komplett* (lat.-fr.) nicht verw. mit *Komplet,* die (lat., Pl. -e) kath. Abendgebet; auch: *Komplet,* das (lat.-fr., Pl. -s) Mantel, Jacke, Kleid aus dem gleichen Stoff
Retter in der Not *Deus ex machina,* der (lat., ohne Pl.) »Gott aus der Maschine«, der mit Hilfe e. Seilzuges (Maschine) in der Luft erschien u. im antiken Theater dramatische Verwicklungen im letzten Moment doch noch löste
Rettungswagen *Ambulanz,* die (lat.-fr., Pl. -en)
Revolution, gewaltfreie … *revolution by consent,* die (engl., Pl. -s) … auf legalem Wege stattfindend
Revolver der Cowboys *Colt (Revolver) Single Action Army, Kaliber 45,* der (engl.-am.-lat.-dt., Pl. -s) … im wilden Westen, mit e. Sechs-Schuß-Trommel versehen
rhythmische Komposition *Groove,* der (engl.-am., Pl. -s) Begriff der Musikszene
Rhythmusstrukturen, sehr reduzierte … *Rare Groove,* der (engl.-am., Pl. -s) … in Jazz- u. Funkstücken der 60er Jahre, heute in der Acid-Jazz-Szene (Dancefloor Jazz) zu finden
Richtantenne … *Ferritantenne,* die (it., Pl. -n) … mit e. magnetischen Ferritkern
richten *judizieren* (lat.)
Richter 1. *Kadi,* der (arab., Pl. -s) islamischer Richter, vor den Kadi bringen 2. *Hakim,* der (arab., Pl. -s) in islamischen Ländern; auch: Arzt
richterlich *judikatorisch* (lat.) die Rechtsprechung bildet die judikatorische Macht im Staat
Richterspruch *Judikat,* das (lat., Pl. -e)
Richtfähnchen *Jalon,* der (fr., Pl. -s) bei Vermessungsarbeiten im Gelände
richtig 1. *korrekt* (lat.) z. B. Rechenaufgaben korrekt lösen 2. *legitim* (lat.) i. S. von rechtmäßig; Ggs.: illegitim 3. *regulär* (lat.) vorschriftsmäßig; Ggs.: irregulär
Richtigstellung *Dementi,* das (lat.-fr., Pl. -s) die Rücktrittsabsichten des Ministers wurden durch e. Dementi korrigiert
Richtlinie 1. *Direktive,* die (lat., Pl. -n) sich streng an die Direktiven der Geschäftsleitung halten 2. *Instuktion,* die (lat., Pl. -en) Vorschrift, Anweisung 3. *Maxime,* die (lat.-fr., Pl. -n) Leitsatz für das eigene Handeln; seine Maxime war: wenig Arbeiten u. viel Essen 4. *Norm,* die (gr.-lat., Pl. -en) eigtl.: Winkelmaß; auch: Leistungssoll 5. *Order,* die (lat.-fr.-engl., Pl. -s) i. S. von Anweisung, Befehl; (Pl.) Bestellung, Auftrag; beachte: *ordern* (lat.-fr.) e. Auftrag erteilen, z. B. zehn Sack Kartoffeln ordern 6. *Reglement,* das (lat.-fr., Pl. -s) i. S. von: Satzung
Richtschnur *Standard,* der (germ.-fr.-engl., Pl. -s) Normalmaß; »Lebensstandard ist der Versuch, sich heute das zu leisten, für was man auch in zehn Jahren kein Geld haben wird.« (Danny Kaye)
Richtung 1. *Tendenz,* die (lat.-fr., Pl. -en) die Aktienkurse verhalten sich in der Tendenz nachgebend 2. *Trend,* der (engl., Pl. -s) z. B. der Modetrend 3. *Route,* die (lat.-fr., Pl. -n) als vorgegebene Richtung, Strecke
Richtung nach Mekka *Kibla,* die (arab., ohne Pl.) in die sich Mohammedaner wenden, wenn sie beten
Richtungs- u. Standortbestimmer *Navigator,* der (lat., Pl. …oren) eigtl.: Schiffer; e. für die Navigation verantwortliche Person; auch: e. Software, die dem Konsumenten leichteren Zugang zu interaktiven Diensten verschafft u. durch das Angebot navigiert
Richtungs- u. Standortbestimmung *Navigation,* die (lat., ohne Pl.) eigtl.: Schiffahrt; auch: Einhaltung des gewählten Kurses
Richtungswechsel der Planeten *retrograde Planetenbewegung,* die (lat.-gr.-dt., Pl. -en)
richtungsweisend *programmatisch* (gr.) auch: ziel-

setzend; »E. Koalition (mit der SPD) macht keinen Sinn, weil die programmatischen Unterschiede zu groß sind.« (Wolfgang Gerhardt, F.D.P.-Chef, 1998) u.: e. programmatische Rede halten

Riechmittel *Olfaktorium,* das (lat., Pl. ...ien)

Riechnerv *Olfaktorius,* der (lat., ohne Pl.) med.

Riechnerv, den ... betreffend *olfaktorisch* (lat.) med.

Riechstoff zur Parfümierung von Seifen *Acetophenon,* das (gr.-lat., ohne Pl.)

Riemenpeitsche *Karbatsche,* die (russ.-türk., Pl. -n)

Riemenschuh *Sandale,* die (gr.-lat., Pl. -n)

Riese 1. *Gigant,* der (gr.-lat., Pl. -en) 2. *Zyklop,* der (gr.-lat., Pl. -en) gr. Sagengestalt 3. *Koloß,* der (gr.-lat., Pl. ...osse) auch: riesenhaftes Standbild »Koloß von Rhodos« des Helios, vom gr. Bildhauer Chiares (285 v. Chr.) erschaffen worden, e. der sieben Weltwunder (32 m hoch) 4. *Titan,* der (gr.-lat., Pl. -en) e. Geschlecht riesenhafter gr. Götter, die von Zeus gestürzt wurden; auch: das Titan, chem. Grundstoff, Metall

Riesenechse *Dinosaurus,* der (gr.-lat., Pl. ...rier) ausgestorben

Riesenechse, bes. große ... der Kreidezeit *Brontosaurus,* der (gr.-lat., Pl. ...rier) ... Nordamerikas, ausgestorben

Riesenfaultier *Megatherium,* das (gr.-lat., Pl. ...ien) ausgestorben

Riesengott *Titan,* der (gr.-lat., Pl. -en) e. Göttergeschlecht von Riesen, wurde der gr. Sage nach von Zeus gestürzt

Riesengroßstadt *Megalopolis,* die (gr., Pl. ...poleis)

riesenhaft 1. *gigantisch* (gr.-lat.) z. B. e. gigantisches Bauwerk ist die Cheops-Pyramide 2. *kolossal* (gr.-lat.) von: großes Amphitheater in Rom »Kollosseum« 3. *astronomisch* (gr.-lat.) der Verlust des Unternehmens hat e. astronomische Höhe erreicht 4. *titanisch* (gr.-lat.) nach dem Göttergeschlecht von Riesen, das der gr. Sage nach von Zeus gestürzt wurde 5. *zyklopisch* (gr.-lat.) nach dem einäugigen Riesen Zyklop (gr. Sagengestalt) 6. *pyramidal* (ägypt.-gr.-lat.) gewaltig; pyramidenförmig

Riesenportion, Lust darauf *Big-Trend,* der (am., Pl. -s) Warenportionen werden in den USA größer: »Big Food«, angeboten in Mega-, Triple-, Dino-Size

Riesenraubechse *Tyrannosaurus,* der (gr.-lat., Pl. ...rier) ausgestorben

Riesenrüsseltier *Dinotherium,* das (gr.-lat., Pl. ...ien) ausgestorben

Riesenstandbild *Koloß,* der (gr.-lat., Pl. ...osse) z. B. der »Koloß von Rhodos«, eines der sieben Weltwunder

Riesenwuchs 1. *Hypersomie,* die (gr.-lat., Pl. -n) med.; Ggs.: Hyposomie 2. *Makromelie,* die (gr.-lat.) Ggs.: Mikromelie 3. *Makrosomie,* die (gr.-lat., Pl. ...ien) med.; Ggs.: Mikrosomie

Riesenwuchs einzelner Körperteile *Akromegalie,* die (gr., Pl. ...ien) z. B. übergroße Ohren, Nasen

riesig 1. *astronomisch* (gr.-lat.) 2. *kolossal* (gr.-lat.-fr.)

Rinderfarm *Estancia,* die (sp., Pl. -s) in Argentinien

Rinderhirt 1. *Cowboy,* der (engl.-am., Pl. -s) »Alte Cowboys sterben nicht, sie riechen nur so.« (ein am. Farmer) 2. *Gaucho,* der (sp., Pl. -s) südam. Rinderhirt zu Pferd; einst rechtloses »Gesindel«, das aus Buenos Aires flüchtete

Ringelwürmer *Anneliden,* die (lat., nur Pl.)

Ringen 1. *Wrestling,* das (engl.-am., ohne Pl.) 2. *Catchen,* das (engl., ohne Pl.) jeweils e. Art Freistilringen

ringen *catchen* (engl.-am.) Freistil; eigtl.: fangen

Ringer, Übungsbereich der ... *Palästra,* die (gr.-lat., Pl. ...stren)

Ringfläche *Torus,* der (lat., Pl. Tori) auch: Wulst; vorstellbare Raumsonde für e. Weltraumkolonie

ringförmig *orbikular* (lat.)

Ringrichter *Referee,* der (engl., Pl. -s) beim Ring- u. Boxkampf

Ringstraße *Boulevard,* der (germ.-niederl.-fr., Pl. -s) auch: Prachtstraße

Rinne *Rigole,* die (niederl.-fr., Pl. -n) i. S. e. Entwässerungsrinne

Rippen, zwischen den ... liegend *interkostal* (med.)

Rippenfell *Pleura,* die (gr., Pl. ...ren) med.

Rippenfellentzündung *Pleuritis,* die (gr., Pl. ...itiden) med.

Riß *Bresche,* die (fr., Pl. -n) e. Bresche durch die feindlichen Linien schlagen

Ritter *Chevalier,* der (lat.-fr., Pl. -s) auch: fr. Adelstitel

Ritterburg, Hauptbau e. ... *Palas,* der (lat.-fr., Pl. -se)

ritterlich 1. *chevaleresk* (lat.-it.-fr.) im Umgang u. Benehmen 2. *galant* (fr.-sp.) bes. Frauen gegenüber zuvorkommend benehmen 3. *gentlemanlike* (engl.) bes. korrekt, fair u. höflich benehmen

Rittertum *Chevalerie,* die (lat.-fr., ohne Pl.) Ritterschaft

Ritual, wie e. ... ausführen *zelebrieren* (lat.) »... ewig diese Rote-Socken-Kiste fahren ..., da werden Rituale zelebriert...« (Lothar Späth, Jenoptik-Chef, 1998)

Ritual, zum ... machen *ritualisieren* (lat.) »mit ritualisierter Besorgnis ...« (Ole von Beust, CDU-Fraktionschef in Hamburg, 1998)

Ritualbuch des jap. Schintoismus *Engischiki,* das (jap., ohne Pl.) ... aus dem 10. Jh.

Ritualformel *Mantra,* das (sanskr., Pl. -s) auch: religiöser Spruch der Inder; nicht verw. mit *Manta,* der (lat.-sp., Pl. -s) Teufelsrochen

Rivale 1. *Konkurrent,* der (lat., Pl. -en) i. S. von Wettbewerber im Markt mit den gleichen Produkten 2. *Kontrahent,* der (lat., Pl. -en) svw. Gegner in e. Streit

Rivalität *Konkurrenz,* die (lat., Pl. -en) in der Automobilbranche herrscht e. erbarmungsloser Konkurrenzkampf

Rockmusik, neue Richtung *New Wave,* der (engl., ohne Pl.) durch einfache Formen u. durch aktuelle Texte gekennzeichnet

Rockmusiker im Rampenlicht *Frontman,* der (engl., Pl. ...men) ... bei Bühnenauftritten, meist Gitarristen u. Sänger (es muß nicht immer der Bandleader sein)

Rockschoß *Schlafittchen,* das u. *Schlafittich,* der, Schwungfedern des Flügels; übertragen: Rockschoß; »beim Schlafittchen kriegen« (Redewendung: jmd. erwischen)

roh 1. *barbarisch* (gr.-lat.) die Polizei klärte e. barbarisch ausgeführten Mord auf 2. *brutal* (lat.) 3. *rabiat* (lat.) rücksichtslos

Roheit 1. *Barbarei,* die (gr.-lat., ohne Pl.) die Inquisition (»Untersuchung«) durch Institutionen der katholischen Kirche war e. Barbarei des Mittelalters 2. *Brutalität,* die (lat., ohne Pl.) die Einbrecher gingen mit äußerster Brutalität ans Werk

Rohfassung 1. *Konzept,* das (lat., Pl. -e) z. B. Entwurf e. Rede 2. *Skizze,* die (it., Pl. -n) »Spritzer«; erster, flüchtiger Entwurf z. B. e. Architekten

Rohfleischfresser *Eskimo,* der (indian.-engl., Pl. -s) Angehöriger e. Mongolenvolks im arktischen Norden, selbst nennen sie sich: *Inuit,* die (eskimoisch, nur Pl.) »Menschen«

Rohling 1. *Rabauke,* der (niederl., Pl. -n) 2. *Hooligan,* der (engl., Pl. -s) randalierende Halbstarke (bes. in Fußballstadien aktiv)

Rohr, volles ... *full speed* (engl.) für sehr schnell

Röhrchen *Kanüle,* die (gr.-lat.-fr., Pl. -n) Hohlnadel an der Injektionsspritze

Röhre *Tubus,* der (lat., Pl. ...ben, -se) der Narkosearzt führt e. Tubus in die Luftröhre

Röhre, halbe ... *Halfpipe,* die (engl., Pl. -s) Tummelplatz für Skate- u. Snowboarder

Rohrleitung 1. *Düker,* der (niederdt., Pl. -s) ... meist Wasserleitung unter e. Deich, Fluß oder Weg; auch: Tauchente 2. *Pipeline,* die (engl., Pl. -s)

Rohrleitungssystem *Kanalisation,* die (gr.-lat.-it., Pl. -en)

Rohseide *Japon,* der (fr., Pl. -s)

Rohstoff *Material,* das (lat., Pl. -ien)

Rohstoffquelle *Ressource,* die (lat.-fr., Pl. -n) mit den Ressourcen der Erde muß verantwortlich umgegangen werden

Rohzucker *Farin,* der (lat.-it., ohne Pl.) auch: brauner Zucker; Puderzucker

Rolladen 1. *Jalousie,* die (gr.-lat.-fr., Pl. ...ien) 2. *Rouleau,* das (fr., Pl. -s)

Rollbahn 1. *Piste,* die (lat.-it.-fr., Pl. -n) für Kleinflugzeuge 2. *runway,* die (engl., Pl. -s) 3. *airstrip,* der (engl., Pl. -s) gerodeter Streifen für Kleinflugzeuge

Rollbild, jap. ... im Hochformat aus Seide 1. *Kakemono,* das (jap., Pl.- s) 2. ... im Querformat *Makimono,* das (jap., Pl. -s)

Rollbrett *Skateboard,* das (engl.-am., Pl. -s) besitzt vier Rollen u. wird mit den Füßen bewegt

Rolle *Part,* der (lat.-fr., Pl. -s) z. B. in e. Stück e. wichtigen Part spielen

rollen *volvieren* (lat.) i. S. von wälzen

Roller in neuer, schneller Art ... *Super-Cruiser,* der (engl.-am., ohne Pl.) ... e. Skateboard (Rollbrett) ähnlich (mit Bremse u. Hupe)

Roller *Lausterbike,* das (Eigenn.-engl., Pl. -s) ... mit Sitz u. Motor

Rollschuhe 1. *Oneliner,* die (engl., nur Pl.) 2. *Inline-Skates,* die (engl., nur Pl.) also einspuriger Skater (Rollschuh) mit hintereinander gelagerten Rollen

rollschuhfahren *bladen* (engl.-am.) Bez. vom am. Inline-Marktführer »Rollerblade«

Rom, der Stadt ... u. dem Erdkreis *urbi et orbi* (lat., Zitat) ... den Segen erteilen; auch: aller Welt

Roman 1. *Thriller,* der (engl., Pl. –) i. S. e. spannenden, fiktiven Abhandlung 2. *Prosa,* die (lat., ohne Pl.) i. S. e. epischen Großform, die Zeitabschnitte u. gesellschaftliche Beziehungen beschreibt

Röntgenbild der Gehirnkammern *Enzephalogramm,* das (gr.-lat., Pl. -e)

Röntgenbild *Radiogramm,* das (lat.-gr., Pl. -e)

Röntgenfacharzt *Radiologe,* der (gr.-lat., Pl. -n)

Röntgenschichtaufnahme *Tomographie,* die (gr.-lat., ohne Pl.) med., i. S. e. Computertomographie (cranielles CT) z. B. vom menschlichen Gehirn

Röntgenstrahlen, Wissenschaft von den ... *Radiologie,* die (gr.-lat., ohne Pl.) ... u. den Strahlen radioaktiver Stoffe; auch: Strahlenkunde

Rosengarten *Rosarium,* das (lat., Pl. ...rien)

Rosengewächse *Spiräe,* die (gr.-lat., Pl. -n)

Roß, geflügeltes *Pegasus,* der (gr.-lat., ohne Pl.) Symbol der Dichtkunst, aus der gr. Sage; »den Pegasus reiten«: sich als Dichter versuchen

rösten 1. *toasten* (engl.) z. B. Weißbrot 2. *grillen* (engl.) z. B. Fleisch auf dem Grill braten

rosten *oxydieren* (gr.-fr.) »anlaufen« bei Metallen

Röstmais *Popcorn*, das (engl., ohne Pl.) auch: Puffmais

Roteisenstein *Hämatit*, der (gr., Pl. -e) rotes Eisenerz

Rothaarigkeit 1. *Erythrismus*, der (gr., Pl. ...men) 2. *Rutilismus*, der (lat., ohne Pl.)

Rothaarigkeit beim Menschen *Erythrismus*, der (gr.-lat., Pl. ...men) auch: Rotfärbung bei Tieren

Rotte *Gang*, die (engl., Pl. -s) z. B. brutale Jugendgangs, die auf den Straßen hausen

rottet den niederträchtigen (Aberglauben) aus! *écrasez l'infâme!* (fr.) Aufruf Voltaires (1694-1778) gegen die kath. Kirche

Rotwein aus Mittelfrankreich *Beaujolais*, der (fr., ohne Pl.) Gebiet: Monts du Beaujolais

Rotwein, französischer ... *vin rouge*, der (fr.) z. B. Beaujolais, Châteauneuf-du-Pape

Rotwein, italienischer ... *vino rosso*, der (it.) z. B. Chianti in e. bauchigen Korbflasche

Rowdy, brutaler, halbstarker ... *Hooligan*, der (engl., Pl. -s) nach e. irischen Rowdy-Familie so benannt; Abk.: Hool (Pl. -s) auch: Schlägertyp, Randalierer

Rowdytum *Hooliganismus*, der (engl., ohne Pl.)

Rückbesinnung auf echte Werte 1. *Authentizitäts-Trend*, der (gr.-lat., Pl. -s) Bedürfnis nach dem ewig Gültigen 2. *back to Basics* (engl.-am.) zurück zur Basis, die wichtigen Dinge stehen im Vordergrund, »mehr Sein als Schein« ist erstrebenswert

rückbezüglich 1. *reflexiv* (lat.) z. B. Reflexivpronomen (rückbezügliches Fürwort) z. B. »sich« 2. *rekursiv* (lat.) in der Math.: bis auf e. bekannten Wert zurückgehen

Rückbildung 1. *Degeneration*, die (lat., Pl. -en) eigtl.: Entartung; Verfall von Zellen; scherzh. Redewendung: »degenerierter Adel, uralt – 1000 Jahre geschlechtskrank« 2. *Regression*, die (lat., Pl. -en) z. B. der langsame Rückzug des Meeres; Schrumpfen von Tierarten in e. best. Gebiet

Rückblende *Flash*, der (engl., Pl. -s) z. B. Filmrückblick

Rückblick *Retrospektive*, die (lat., Pl. -n) in Romanen; auch für Kunstausstellungen, die das gesamte Schaffen e. Künstlers dokumentieren

rückblickend *retrospektiv* (lat.)

rückbuchen *stornieren* (lat.-it.) z. B. e. Rechnung oder e. Auftrag stornieren

Rückbuchung *Storno*, das (lat.-it., Pl. ...ni, -s)

Rückenmarksschwindsucht *Taboparalyse*, die (gr.-lat., ohne Pl.)

Rückenschmerz *Notalgie*, die (gr.-lat., Pl. ...ien) med.

Rückentrage aus Brettern *Tabulett*, das (lat., Pl.- e) nicht verw. mit *Taburett*, das (arab.-fr., Pl. -e) Hocker

Rückerstattung *Refusion*, die (lat., Pl. -en)

Rückfall *Relaps*, der (lat., Pl. -e) med.

Rückfluß *Reflux*, der (lat., ohne Pl.)

Rückgabe *Retribution*, die (lat., Pl. -en) z. B. zurückerstatteter Geldbetrag

Rückgang 1. *Rezession*, die (lat., Pl. -en) gekennzeichnet durch rückläufige Produktion, steigende Arbeitslosigkeit 2. *Degression*, die (lat., Pl. -en) i. S. sinkender Stückkosten bei steigender Produktionsmenge durch bessere Fixkostenverteilung u. Auslastung

rückgängig machen *stornieren* (lat.-it.) z. B. e. Auftrag, e. Rechnung oder e. Flugreise stornieren

rückgängig, nicht mehr ... zu machen *irreversibel* (lat.-fr.) Ggs.: reversibel

Rückgewinnung *Pay-back*, das (engl., Pl. -s) bei e. Investition, die Rückgewinnung des eingesetzten Kapitals

Rückgrat *Spina*, die (lat., Pl. ...nen) med.

Rückgriff 1. *Regreß*, der (lat., Pl. ...gresse) eigtl.: Rückkehr; z. B. Rückgriff e. ersatzweise haftenden Schuldners auf den Hauptschuldner; in Regreß nehmen 2. *Rekurs*, der (lat., Pl. -e) svw. Bezugnahme; Einspruch

Rückgriff auf Stilmittel ... *Eklektizismus*, der (gr.-lat., ohne Pl.) ... verschiedener Künstler früherer Epochen mangels eigener Ideen; auch: unoriginelle geistige Arbeitsweise, bei der Ideen anderer übernommen werden

Rückhandschlag *Backhand*, die (engl., Pl. -s) z. B. die legendäre, einarmig gespielte Rückhand von Tennis-As Boris Becker

Rückkehr e. Stars *Comeback*, das (engl., Pl. -s) i. S. e. erfolgreichen Wiederauftretens e. Künstlers, Politikers oder Sportlers; Juan Domingo Perón (1895-1974) feierte 1973 sein Comeback als Präsident von Argentinien

Rückkehr in die Elternhäuser ... *Boomerang Generation*, die (australisch-engl., ohne Pl.) ... vieler Jugendlicher wegen finanzieller Not, wurde bes. in England beobachtet

Rückkopplung *Feedback*, das (engl., Pl. -s) auch: Beeinflussung durch die Wirkung des eigenen Verhaltens auf andere

rückläufig 1. *regressiv* (lat.) rückschrittlich; Ggs.: progressiv 2. *retrograd* (lat.)

Rückmeldung *Feedback*, das (engl., Pl. -s) »Rückfütterung«, i. S. von Rückkoppelung

Rücknahme *Revokation*, die (lat., Pl. -en) z. B. e. Auftrages

Rucksack, düsengetriebener ... *Manual Maneuvering Unit,* die (engl.-am., Pl. -s) kurz: MMU; ... für Astronauten

Rückschau *Retrospektive,* die (lat., Pl. -n) in e. Abhandlung das gesamte Schaffen e. Künstlers würdigen

rückschauend *retrospektiv* (lat.) in e. Abhandlung auf das Gesamtwerk e. Künstlers hinweisen

Rückschrittler *Reaktionär,* der (lat.-fr., Pl. -e) ignoriert die Notwendigkeit e. sozialen u. politischen Neuorientierung; Feind des Fortschritts

rückschrittlich *reaktionär* (lat.-fr.) i. S. von fortschrittfeindlich; »eher reaktionär als Blair.« (H.-Olaf Henkel, BDI-Präsident, 1998)

Rücksicht *Respekt,* der (lat.-fr., ohne Pl.) »das Zurückblicken«; i. S. von schuldige Achtung; »Es ist wertvoller, den Respekt der Menschen als ihre Bewunderung zu haben.« (Jean-Jacques Rousseau)

Rücksichtnahme 1. *Pietät,* die (lat., ohne Pl.) Achtung, bes. gegenüber Toten 2. *Respekt,* der (lat.-fr., ohne Pl.) Rücksicht; schuldige Achtung gegenüber alten Menschen, Vorgesetzten

rücksichtslos 1. *brutal* (lat.) 2. *brüsk* (it.-fr.) 3. *radikal* (lat.-fr.) 4. *rigoros* (lat.) 5. *aggressiv* (lat.) i. S. von: angriffslustig

Rücksichtsloser *Radikalist,* der (lat.-fr., Pl. -en) »an die Wurzel Gehender«, Vertreter des *Radikalismus,* der (lat.-fr., Pl. ...men) unnachgiebiges Vorgehen; »Der Radikalist ist einer, der mit beiden Beinen fest in die Luft gepflanzt ist.« (Franklin D. Roosevelt)

Rücksichtslosigkeit *Rigorosität,* die (lat., ohne Pl.) z. B. mit Rigorosität Geschäfte betreiben

rücksichtsvoll *galant* (fr.-sp.) auch: gefällig gegenüber Damen

Rücksitz *Fond,* der (lat.-fr., Pl. -s) im Pkw im Fond sitzen

rückständig *provinziell* (lat.-fr.)

Rückstoß *Repulsion,* die (lat., Pl. -en) z. B. e. Rakete

Rücktritt *Demission,* die (lat.-fr., Pl. -en) e. hohen Staatsbeamten oder Politikers

rücküberführen 1. *reprivatisieren* (lat.) Verstaatlichungen in Privatbesitz zurückführen 2. *restituieren* (lat.) i. S. von zurückerstatten, ersetzen; nach dem Zusammenbruch der DDR (e. langwieriger Akt der Vermögenszurückführung bei Restitutionsansprüchen) 3. *Restitutio in (ad) integrum* (lat.) Wiedereinsetzung in den vorherigen Stand (Rechtsw.)

Rückvergütung *Refaktie,* die (lat.-niederl., Pl. -n) bei mangelhafter Warenlieferung

Rückversetzung *Degradation,* die (lat., Pl. -en) z. B. beim Militär in e. niedrigeren Rang

Rückversicherung *Reassekuranz,* die (lat., Pl. -en) e. Versicherung versichert sich bei e. anderen Versicherer rück, z. B. bei großen Risiken

Rückwanderer *Remigrant,* der (lat., Pl. -en) e. Auswanderer kehrt in seine Heimat zurück

rückwandern *remigrieren* (lat.) aus der Fremde in seine Heimat zurückkommen

rückwärts wie vorwärts zu lesendes Wort 1. *Palindrom,* das (gr.-lat., Pl. -e) Wörter oder Sätze, die vorwärts wie rückwärts gelesen e. Sinn ergeben: Regen – Neger 2. *Anagramm,* das (gr.-lat., Pl. -e) Umstellung von Buchstaben e. Wortes zu e. anderen Wort: Eva zu Ave; auch: Buchstabenversetzrätsel

rückwirkend *retrograd* (lat.)

Rückwirkung *Reaktion,* die (lat., Pl. -en) z. B. die Zuschauerreaktion auf das Theaterstück war dürftig; »... wir wollen von den Menschen vor allem eines: eine Reaktion!« (Luciano Benetton, United Colors of Benetton, 1997)

rückzahlen *renumerieren* (lat.)

Rückzahlung *Renumeration,* die (lat., Pl. -en)

Rückzug, militärischer ... *Retirade,* die (fr., Pl. -n) auch: Toilette

Ruder 1. *Paddel,* das (engl., Pl. –) zur Fortbewegung kleiner Boote, Paddelboot 2. *Ruderpinne,* die (Seemannsspr.) Hebelarm am Steuerruder, z. B. e. kleinen Segelschiffes

Ruderboot *Gondel,* die (it., Pl. -n) zum Befahren der Kanäle Venedigs

Ruderkriegsschiff *Galeere,* die (gr.-lat.-it., Pl. -n) meist zweimastiges Ruder- oder Segelschiff, das i. allg. von Sklaven gerudert wurde; Galeerensklaven

rudern 1. *skullen* (engl.) 2. *pullen* (niederdt.) auch: das Vorwärtsdrängen (vom Pferd)

Ruf 1. *Reputation,* die (lat., ohne Pl.) die Reputation des Kaufmannes war einwandfrei 2. *Renommee,* das (lat.-fr., Pl. -s) i. S. e. guten Rufs 3. *Eudoxie,* die (gr., Pl. ...ien) guter Ruf 4. *Diskredit,* der (lat.-it.-fr., ohne Pl.) übler Ruf 5. *Bonität,* die (lat., Pl. -en) e. Unternehmen mit guter Bonität ist kreditwürdig 6. *Goodwill,* der (engl., ohne Pl.) ist der gute Ruf e. Firma 7. *Prestige,* das (lat.-fr., ohne Pl.) »Blendwerk«, i. S. von: Ansehen, Geltung

Ruf, den ... schädigen 1. *desavouieren* (lat.-fr.) auch: bloßstellen 2. *diffamieren* (lat.-fr.) verunglimpfen 3. *diskreditieren* (lat.-it.-fr.) dem Ruf e. Person schaden

Rüge 1. *Monitum,* das (lat., Pl. ...ta) auch: Tadel 2. *Admonition,* die (lat., Pl. -en) auch: Tadel, Ermahnung, Verweis

rügen 1. *monieren* (lat.) tadeln 2. *admonieren* (lat.) ermahnen 3. *kritisieren* (gr.-lat.-fr.) 4. *re-*

klamieren (lat.) »widersprechen«; an seinem Hausbau wurden viele Mängel reklamiert
Ruhe 1. *Ataraxie,* die (gr., ohne Pl.) bes. Ruhe bewahren 2. *Stoizismus,* der (gr.-lat., ohne Pl.) unerschütterliche Ruhe
Ruhe! *Silentium!* (lat.)
Ruhebett *Ottomane,* die (türk., Pl. -n) bes. breites Bett
Ruhegehalt *Pension,* die (lat.-fr., Pl. -en) e. Beamten
Ruhegehaltsempfänger *Pensionär,* der (lat.-fr., Pl. -e)
ruheloser Mensch *Nomade,* der (gr.-lat., Pl. -n) eigtl.: Angehöriger e. Hirten- oder Wandervolks, z. B. Sinti, Roma (Zigeuner)
Ruhelosigkeit, krankhafte ... *Jaktation,* (die lat., ohne Pl.) Gliederzucken (med.)
Ruhemöbel 1. *Sofa,* das (arab.-türk., Pl. -s) 2. *Kanapee,* das (gr.-lat.-fr., Pl. -s)
ruhend 1. *immobil* (lat.) 2. *stationär* (lat.-fr.) 3. *statisch* (lat.)
Ruhende, das ... nicht stören *quieta non movere* (lat., Zitat: Warnung Bismarcks)
Ruhepause *Siesta,* die (lat.-sp., Pl. -s) z. B. nach dem Mittagessen, zur heißen Tageszeit
Ruhestand *Pension,* die (lat.-fr., Pl. -en) auch: Ruhestandsgehalt; »Ich gehe in Pension, aber nicht in Ruhestand.« (Johannes Ran, ehemaliger Ministerpräsident von Nordrhein-Westfalen, 1998)
Ruhestand, in den ... versetzen *emeritieren* (lat.)
Ruhestand, wohlverdienter ... *otium cum dignitate* (lat., Zitat: Cicero) eigtl.: Muße mit Würde
Ruhestätte *Zömeterium,* das (gr.-lat., Pl. ...ien) z. B. auf dem Kirchhof
ruhig 1. *andante* (lat.-it.) musik. Vortragsanw. 2. *commodo* (lat.-it.) i. S. von behaglich, musik. Vortragsanw.
ruhigstellen *immobilisieren* (lat.) med., z. B. durch e. festen Verband oder Kunststoffschalen
Ruhm 1. *Glorie,* die (lat., ohne Pl.) 2. *Nimbus,* der (lat., Pl. -se) Ansehen; auch: Heiligenschein
Ruhm, so vergeht der ... der Welt *sic transit gloria mundi* (lat. Zitat)
Ruhme, zum größeren ... Gottes *in maiorem Dei gloriam* (lat., Zitat)
Ruhmesblatt *Lorbeer,* der (lat., Pl. -en) Blätter von Pflanzen, die in der Antike Künstlern u. Siegern bei sportlichen Wettkämpfen ums Haupt gewunden wurden; z. B. auf seinen Lorbeeren ausruhen: sich auf alten Ruhm beschränken; »Der Lorbeer u. der Hochmut sind gefährlich.« (Adelbert von Chamisso)
Ruhmesglanz *Nimbus,* der (lat., Pl. -se) »Regenwolke« in der die Götter zur Erde fahren; übertragen: Heiligenschein, Würde, Ansehen; den Sportler umgab der Nimbus des Siegers
ruhmreich *glorios* (lat.)
Ruhmsucht *Herostratentum,* das (gr., ohne Pl.) durch Ruhmsucht motiviertes Verbrechen; nach dem Griechen Herostratos, der 356 v. Chr. den Artemistempel zu Ephesus anzündete, um berühmt zu werden
ruhmvoll 1. *triumphal* (lat.) 2. *glorios* (lat.)
Ruhr *Dysenterie,* die (gr.-lat., Pl. ...ien) med.
rühre mich nicht an *noli me tangere* (lat., Zitat)
rührig *aktiv* (lat.)
rührselig 1. *larmoyant* (lat.-fr.) 2. *sentimental* (lat.-fr.-engl.) wenn Zigeunergeigen erklingen, werde ich immer sentimental
Rührseligkeit 1. *Larmoyanz,* die (lat.-fr., ohne Pl.) 2. *Sentimentalität,* die (lat.-fr.-engl., Pl. -en) auch: Empfindsamkeit
Rülpsen 1. *Erukation,* die (lat., Pl. -en) med., die Erukation ist e. Wind, der nicht den Weg nach hinten find'; auch: Aufstoßen (med.) 2. *Efflation,* die (lat., Pl. -en) Aufstoßen 3. *Eruktion,* die (lat., Pl. -en) nicht verw. mit *Eruption,* die (lat., Pl. -en) Lavaausbruch
rülpsen *eruktieren* (lat.) med.
rumoren *ramentern* (niederl.)
rumwerkeln *hantieren* (fr.-niederl.)
Rundbau *Rotunde,* die (lat., Pl. -n) auch: runder Saal 2. *Tholos,* die, der (gr., Pl. ...loi, ...len) e. altgriechischer Säulenrundbau
Rundbild *Medaillon,* das (gr.-lat.-it.-fr., Pl. -s) kleines, rundes Bild, das in e. Schmuckrahmen um den Hals getragen wird
Rundblick 1. *Panorama,* das (gr.-lat., Pl. ...men) 2. *Tour d'horizon* (fr.)
Rundbungalow *Rundalow,* der (engl., Pl. – s)
Runde beim Autorennen *Lap,* die (engl., Pl. -s)
Runde *Korona,* die (gr.-lat., Pl. ...nen) eigtl.: »Krone«; z. B. da saß e. lustige Korona beisammen; auch: Heiligenschein, z. B. über dem Kopf e. Figur; Strahlenkranz der Sonne
Runde, die ... machen 1. *kursieren* (lat.) umlaufen 2. *zirkulieren* (gr.-lat.) kreisen
Rundenrennen *Kriterium,* das (gr.-lat., Pl. ...ien) Radrennen auf e. Rundkurs
Rundfahrt *Sightseeingtour,* die (engl., Pl. -s) als touristische Fahrt
Rundfunkberichterstatter 1. *Reporter,* der (lat.-fr.-engl., Pl. –) 2. *Journalist,* der (fr.-engl., Pl. -en)
Rundfunkempfangsteil *Tuner,* der (engl., ohne Pl.) der Kanalwähler
Rundfunkgerät 1. *Radio,* das (lat.-engl., Pl. -s) 2. *Portable,* das (lat.-engl., Pl. -s) e. tragbares Gerät 3. *Gettoblaster,* der (engl.-am., Pl. -s) Koffer-

radio, das meist auf der Schulter herumgeschleppt wird

Rundgemälde *Panorama,* das (gr.-lat., Pl. ...men)

Rundholz *Spiere,* die (niederdt., Pl. -n) auch: Segelstange (Seemannsspr.)

Rundholzende *Nock,* das (niederl., Pl. -e) Seemannsspr.; nicht verw. mit *Nock,* der (österr., Pl. -e) Felskopf, Hügel

rundköpfig *brachyzephal* (gr.) med.

Rundreise *Tournee,* die (gr.-lat.-fr., Pl. ...neen) z. B. der Sänger Udo Jürgens auf seiner Tournee durch Deutschland

Rundschreiben *Enzyklika,* die (gr.-lat., Pl. ...ken) ein päpstliches Rundschreiben

Rundturm islamischer Festungen *Nador,* der (arab.)

Rundwürmer *Nemathelminthen,* die (gr.- lat., Pl.) z. B. Fadenwürmer

Runenalphabet, ältestes ... *Futhark,* das (skand.-germ., Pl. -e) ... der Germanen

Rüstungskonzern, europäischer ... (in der Gründung) *European Aerospace and Defence Company,* die (engl., ohne Pl.) kurz: EADC

Rutenbündel mit Beil *Faszes,* die (lat., nur Pl.) ... altröm. Symbol der Amtsgewalt der höchsten Staatsbeamten (wurde von den it. Faschisten übernommen)

S

Säbel *Pallasch,* der (türk.-ung., Pl. -e) i. S. e. schweren Korbsäbels

Säbel, schwerer ... *Sarraß,* der (poln., Pl. ...rasse)

Sachaufstellung *Register,* das (lat., ohne Pl.) i. S. von Verzeichnis; auch: Umfang e. Orgelpfeifengruppe, »alle Register ziehen«, d. h. alle Mittel anwenden

Sachbearbeiter mit Entscheidungsbefugnis bei Behörden *Dezernent,* der (lat., Pl. -en) auch: Dezernatsleiter; »Es gibt keinen Artenschutz für grüne Dezernenten.« (Petra Roth, Oberbürgermeisterin von Frankfurt bei der Entlassung des Kämmerers Tom Koenigs, 1997)

Sachbearbeiter *Referent,* der (lat., Pl. -en) i. a. bei Behörden, im öffentlichen Dienst

Sachbereich *Dezernat,* das (lat., Pl. -e) z. B. bei der Kriminalpolizei: Dezernat für Rauschgiftdelikte

Sachbeschädigung *Sabotage,* die (fr., Pl. -n) z. B. an Industrieanlagen durch feindliche Agenten

Sachbestimmung *Realdefinition,* die (lat., Pl. -en) befaßt sich mit dem Wirklichkeitsgehalt e. Gegenstandes aus philos. Sicht; Ggs.: Nominaldefinition

sachbezogen *pragmatisch* (gr.-lat.) z. B. Helmut Schmidt galt als pragmatischer Kanzler

Sachbezogenheit *Pragmatik,* die (gr.-lat., Pl. -en)

Sachbücher *Nonfiction-Literatur,* die (engl., ohne Pl.)

Sache 1. *Res,* die (lat., Pl. –) 2. *Res judicata,* die (lat., Pl. ...tae) e. rechtskräftig entschiedene Angelegenheit 3. *Hit,* der (engl., Pl. -s) e. Sache, die z. B. gern gekauft wird; Verkaufshit, Hitparade (Liste der sehr gut verkauften Schlager) 4. *Affäre,* die (fr., Pl. -n) peinlicher Vorfall, auch: Liebesabenteuer 5. *Objekt,* das (lat., Pl. -e) eigtl.: das Entgegengeworfene 6. *Sujet,* das (lat.-fr., Pl. -s) Gegenstand: auch: Stoff z. B. e. Dichtung

Sache, die ... ist entschieden *causa finita est* (lat., Zitat) i. S. von: Aufrollen ist sinnlos

Sache, die ... ist ernst *res ad triarios rediit* (lat., Zitat) bis zu den Triariern (der letzten Schlachtreihe) gekommen; auch: es ist Not da

Sache, endlich siegt die gute ... *tandem bona causa triumphat* (lat., Zitat)

Sache, fest in der ..., aber sanft in der Art *fortiter in re, suaviter in modo* (lat., Zitat: Jesuitengeneral Aquaviva)

Sache, gemeinsame ... machen *paktieren* (lat.) e. Bündnis schließen

Sache, in eigener ... *pro domo* (lat.) »für das Haus«

Sache, nicht zweimal in derselben ... bestrafen *ne bis in idem* (lat., Zitat) Rechtsgrundlage

Sache, unwichtige 1. *Petitesse,* die (fr., Pl. -n) auch: Kleinigkeit, Geringfügigkeit 2. *Bagatelle,* die (lat.-it.-fr., Pl. -n)

Sachgebiet 1. *Sektor,* der (lat., Pl. ...oren) römische Geschichte ist e. Sektor, den er gut kennt; auch: Bezirk 2. *Materie,* die (lat., Pl. -n) i. S. von Substanz, Stoff 3. *Referat,* das (lat., Pl. -e) 4. *Ressort,* das (fr., Pl. -s) Geschäftsbereich

Sachlage *Situation,* die (lat.-fr., Pl. -en) infolge des steigenden Hochwassers befinden sich die Bewohner in e. vertrackten Situation

sachlich 1. *konkret* (lat.) i. S. von: gegenständlich; Ggs.: abstrakt 2. *objektiv* (lat.) Ggs.: subjektiv 3. *pragmatisch* (gr.-lat.) sachbezogen 4. *prosaisch* (lat.) i. S. von nüchtern

sächlich *neutral* (lat.) z. B. sächlicher Artikel »das«

Sachlichkeit *Objektivität,* die (lat., ohne Pl.)

sachlich-kühl *detachiert* (fr.) emotionslos, ohne Anteilnahme

sachverständig 1. *routiniert* (lat.-fr.) z. B. routiniert arbeiten oder Auto fahren 2. *kompetent* (lat.) 3. *qualifiziert* (lat.-fr.)

Sachverständiger *Experte,* der (lat.-fr., Pl. -n) z. B. Brandexperte

Sachverständnis *Kompetenz,* die (lat., Pl. -en) »... das kann übrigens auch kein Bundeskanzler ändern, das übersteigt meine Kompetenz.« (Helmut Kohl, Bundeskanzler, 1998)

Sachverzeichnis *Register,* das (lat., ohne Pl.) meist in alphabetischer Reihenfolge

Sackgasse *Impasse,* die (fr., Pl. -s) i. S. e. Ausweglosigkeit

Saft 1. *Juice,* der, das (lat.-fr.-engl., ohne Pl.) 2. *Sirup,* der (arab.-lat., Pl. -e) süßer, dickflüssiger Saft, Zuckerrübensirup

Saft des Schlafmohns *Opium,* das (gr.-lat., ohne Pl.) Rauschgift, Betäubungsmittel; »Religion ist Opium für das Volk.« (Karl Marx)

Sage 1. *Legende,* die (lat., Pl. -n) 2. *Mythos,* der (gr.-lat., Pl. ...then) i. S. von Geschichten von Göttern, Helden, Dämonen aus vorchristlicher Zeit 3. *Fabula,* die (lat., Pl. ...lae) fabula docet: »die Fabel lehrt«, i. S. von: die Lehre aus der Geschichte

sagenhaft 1. *legendär* (lat.) 2. *mythisch* (gr.-lat.)

Sagenwelt, beherrschend u. geschichtlich-aktuell ... *Mega-Mythos,* der (gr.-lat., Pl. ...then) ... aufbereitet, z. B. »Indiana Jones«, »Star Treck«, »James Bond 007«, seit 1998 auch »Titanic«

Saite, auf der ... gleiten *Glissando,* das (fr.-it., Pl. -s, ...di)

Saiten, auf zwei ... *à deux cordes* (fr.)

Saiteninstrument, altgriechisches ... *Kithara,* die (gr.-lat., Pl. -s, ...aren)

Saiteninstrumente ... *Kin,* das (chin., ohne Pl.) ... chin. Sammelbezeichnung für 5- bis 25saitige zitherartige Instrumente

Salat, gekräuselter ... *Frisée,* der (fr., ohne Pl.) nicht verw. mit: das Frisé (gekräuselter Stoff, Frottierstoff)

Salböl *Chrisma,* das (gr.-lat., ohne Pl.) auch: Chrisam; geweihtes Öl, in der kath. Kirche bei Taufen u. Priesterweihen verwendet

Salbung *Unktion,* die (lat., Pl. -en)

salbungsvoll 1. *pathetisch* (gr.-lat.-fr.) 2. *pastoral* (lat.)

Salon, die Wiederentdeckung des ... *Salooning,* das (engl.-fr., ohne Pl.) von: Saloon (Salon), die Institution des 19. Jh. erfährt derzeit in europäischen Großstädten e. Comeback; z. B. Rauch-, Diskussions-, Lesesalons

Salto vorwärts u. Salto rückwärts *Flip u. Backflip,* der (engl., Pl. -s)

Salz ... 1. *Sukzinat,* das (lat., Pl. -e) ... der Bernsteinsäure; nicht verw. mit *Sukzinit,* der (lat., Pl. -e) Bernstein 2. *Saline,* die (lat., Pl. -n) Salzgrube für Kochsalz 3. *Sulfat,* das (lat., Pl. -e) Salz der Schwefelsäure

Salz der Flußsäure *Fluorid,* das (lat., Pl. -e) nicht verw. mit *Fluorit* (Flußspat, e. Mineral)

salzartig *salinisch* (lat.) auch: salzhaltig

salzbildend *halogen* (gr.)

Salzpflanze *Halophyt,* der (gr.-lat., Pl. -en) z. B. Queller oder Tamarisken

Salzquelle 1. *Halopege,* die (gr., Pl. -n) kalte Quelle 2. *Halotherme,* die (gr.-lat., Pl. -n) warme Quelle

Salzsee *Schott,* das (arab., Pl. -s) z. B. das Schott el Djerid in Tunesien

Salzsiederei *Saline,* die (lat., Pl. -n) z. B. die Salinen der Sahara-Oasen Fachi und Bilma

Salzsteuer in Frankreich *Gabelle,* die (arab.-fr., Pl. -n) ... zwischen 1341-1790

Salztonsenke *Sebkha,* die (arab., Pl. -s)

Salztonwüste in der Sahara *Sebcha,* die (arab., Pl. -s) auch: Salzsumpf

Samen *Sperma,* das (gr.-lat., Pl. ...men, -ta) Samenflüssigkeit von Mensch u. Tier; »In der Scheide der Zeugin K. fanden sich nicht Sperrminen, sondern Spermien.« (Protokollberichtigung des Landgerichts München, 1983) gemeint sind Spermen

Samenerguß *Ejakulation,* die (lat., Pl. -en) med.

Samenerguß, unwillkürlicher *Pollution,* die (lat., Pl. -en) »Besudelung«, z. B. im Schlaf

Samenerguß, vorzeitiger ... *Ejaculatio praecox,* die (lat., ohne Pl.)

Samenfaden mit X-Chromosom *Gynäkospermium,* das (gr.-lat., Pl. ...ien)

Samenfäden, Eindringen der ... in das Ei *Insemination,* die (lat., Pl. -en) auch: künstliche Befruchtung

Samenfäden, Fehlen der männlichen ... *Azoospermie,* die (gr., Pl. ...ien)

Samenflüssigkeit 1. *Sperma,* das (gr.-lat., Pl. ...men, -ta) 2. *Ejakulat,* das (lat., Pl. -e) med.

Samenkapseln, klebende ... *Spermatophore,* die (gr.-lat., Pl. -n) ... mancher niederer Tiere

Samenleiter, operative ...entfernung beim Mann *Vasektomie,* die (lat., Pl. ...ien) med. (Sterilisation)

Samenübertragung, künstliche ... *In-Vitro-Besamung,* die (Eigenn.-lat., Pl. -en) ... findet im Retortenglas statt, daher Retortenbaby

Sammelbecken *Reservoir,* das (lat.-fr., Pl. -e) auch: Sammelbehälter z. B. für Regenwasser

Sammelbuch *Album,* das (lat., Pl. ...ben) z. B. Briefmarkenalbum

sammeln 1. *akkumulieren* (lat.) elektrische Energie speichern, z. B. in e. Akkumulator (Akku) auch: Gewinne für spätere Investitionen akkumulieren

2. *thesaurieren* (gr.-lat.) Unternehmensgewinne ansammeln; Geld, Edelmetalle horten 3. *ralliieren* (lat.-fr.) nach e. Schlacht verstreute Truppen sammeln

Sammeln, das ... nicht postalischer Gedenkmarken *Erinnophilie,* die (gr.-dt., ohne Pl.)

Sammelstelle *Depot,* das (fr., Pl. -s)

Sammelwerk *Thesaurus,* der (gr.-lat., Pl. ...ren, ...ri) Wörterbuch e. bestimmten Fachgebietes, z. B. für medizinische Fachausdrücke

Sammler vertraulicher Informationen ... *insidedopester,* der (engl.-am., Pl. -s) ... die er nur »verdeckt« weitergibt

Sammlerstück *Rarität,* die (lat., Pl. -en)

Sammlung 1. *Archiv,* das (gr.-lat., Pl. -e) z. B. das Staatsarchiv für historische Gegebenheiten 2. *Arsenal,* das (arab.-it., Pl. -e) z. B. Waffenarsenale des Militärs 3. *Kollektion,* die (lat.-fr., Pl. -en) z. B. Schmuck- oder Gemäldekollektion 4. *Repertoire,* das (lat.-fr., Pl. -s) eigtl.: Fundstätte z. B. einstudierter Rollen 5. *Anthologie,* die (gr., Pl. ...ien) »Blumenlese«, i. S. e. Sammlung von Gedichten

Sammlung der Aussprüche Mohammeds *Hadith,* der (arab., Pl. -e) eigtl.: Rede; Quelle der islam. Religion (neben dem Koran)

Sammlung von Weisheitssprüchen ... *Gnomologie,* die (gr., Pl. ...ien) ... u. Anekdoten

Sammlung wichtiger Stellen ... *Brevier,* das (lat., Pl. -e) ... aus den Werken e. Dichters; z. B. Goethebrevier; auch: Gebetbuch des kath. Geistlichen mit Stundengebeten

Sammlung zusammengehöriger WWW-Seiten *Web-Site,* die (engl., Pl. -s) ... auf e. Computer gespeichert u. von dort abrufbar: www.bch.de ist z. B. die Web-Site des Business Channels für Finanzdaten

Sandbank *Barre,* die (fr., Pl. -n) nicht verw. mit: Barré: Quergriff e. Fingers über mehrere Saiten beim Lauten-, Gitarren-, Banjospiel

Sandsturm 1. *Buran,* der (russ., Pl. -e) in Mittelasien 2. *Haboob,* der (arab.-engl., Pl. -s) in Indien u. Nordafrika 3. *Kamsin,* der (arab., Pl. -e) in Ägypten 4. *Gibbi,* der (arab., Pl. -s) heißer Sandsturm in der Sahara 5. *Chamin,* der (arab., Pl. -e) in der Südsahara

sanft 1. *adagio* (lat.-it.) musik. Vortragsanw. 2. *dolcissimo* (it.) musik. Vortragsanw.

Sänfte 1. *Palankin,* der (Hindi, Pl. -e) indische Sänfte 2. *Portechaise,* die (fr., Pl. -n)

Sänger 1. *Barde,* der (kelt., Pl. -n) keltischer – 2. *Star,* der (engl., Pl. -s) erfolgreicher Sänger; auch: Filmschauspieler 3. *Chansonnier,* der (lat.-fr., Pl. -s)

Sänger zur Kithara *Kitharöde,* der (gr., Pl. -n) im alten Griechenland

Sängergruppe *Chor,* der (gr.-lat., Pl. Chöre)

Sängerin *Chansonette,* die (lat.-fr., Pl. -n) z. B. in e. Kabarett

sanglich *kantabel* (lat.-it.) musik.

Saphir *Amaryl,* der (gr., Pl. -e) künstlicher Stein

Sarg *Sarkophag,* der (gr.-lat., Pl. -e) »Fleischverzehrer«; Prunksarg

Sarggerüst *Katafalk,* der (gr.-lat., Pl. -e) e. meist schwarz verhängtes Gerüst, auf dem der Sarg während der Trauerfeier steht

Satan, hebe dich weg ...! 1. *apage, satana!* (lat., Zitat: Matthäus 4, 10; eigtl. gr.) auch: 2. *apage satanas* (lat., Zitat, Christi Worte, Matth. 4, 10) weiche von mir, Satan

Satellit *Sputnik,* der (russ., Pl. -s) mit Sputnik 1 begann 1957 das Zeitalter der Raumfahrt

Satinkleid, figurbetontes *Cheongsam,* das (am., Pl. -s) von weiblichen Hip Hoppern getragenes, enganliegendes Satinkleid

satirisch *juvenalisch* (lat.) nach Juvenal, e. altrömischen Satirendichter

satt *saturiert* (lat.) zufriedengestellt

Satteldecke *Woilach,* der (russ., Pl. -e)

sättigen 1. *konzentrieren* (lat.) zusammenziehen; »Ich konzentriere meine ganze Kraft darauf, die Wahl zu gewinnen.« (Helmut Kohl, 1998) 2. *saturieren* (lat.)

Sättigung *Saturation,* die (lat., Pl. -en)

Sättigung, bis zur ... *ad saturationem* (lat.) Abk.: ad sat.; Angabe auf Rezepten

Satz 1. *Phrase,* die (gr.-lat., Pl. -n) z. B. Phrasendrescher (Spruchbeutel) 2. *Enunziation,* die (lat., Pl. -en) 3. *Set,* das (engl., Pl. -s) i. S. zusammengehöriger Dinge, z. B. des Haushaltes 4. *Tie-Break,* der, das (engl., Pl. -s) beim Unentschieden, das satzentscheidende Tennisspiel

Satzaussage *Prädikat,* das (lat., Pl. -e) Sprachw.; auch: Note, Bewertung

Satzbau *Syntax,* die (gr.-lat., Pl. -en) »Satzgefüge«

Satzbruch 1. *Anakoluth,* das, der (gr.-lat., Pl. -e) i. S. von: ohne Zusammenhang 2. *Anakoluthie,* die (gr.-lat., Pl. ...ien)

Satzergänzung *Objekt,* das (lat., Pl. -e) Sprachw.; auch: Grundstück, i. S. e. Kaufobjekts

Satzgegenstand *Subjekt,* das (lat., Pl. -e) auch: das erkennende Ich; gemeiner Kerl; »Ich bin das Objekt seiner Wünsche, er das Subjekt.« (Wolfgang Schäuble, Chef der Unionsfraktion, 1997)

Satzlehre *Syntax,* die (gr.-lat., ohne Pl.) Sprachw.: Satzbaulehre

Satzung 1. *Statut,* das (lat., Pl. -en) z. B. in e. Verein: Vereinsstatuten 2. *Reglement,* das (lat.-fr., Pl. -s) Bestimmung

sauber 1. *adrett* (fr.) 2. *hygienisch* (gr.-lat.) i. S. von sehr sauber 3. *proper* (lat.-fr.)

Sauberkeit *Hygiene,* die (gr.-lat., ohne Pl.)
Saucenkoch *Saucier,* der (lat.-fr., Pl. -s)
sauer, sauerstoffhaltig *Oxy-, oxy-* (gr.) als Vorsilbe
Sauerei, verbale ... *dirty Talk,* der (engl., Pl. -s)
Sauermilch *Joghurt,* das, der (türk., ohne Pl.) eingedickte, bes. hergestellte Sauermilch
sauerstofflos *anaerob* (gr.-lat.) Leben ohne Sauerstoff
Sauerstoffmangel im Blut *Hypoxämie,* die (gr.-lat., ohne Pl.) med.
Sauerstoffmangel in den Geweben *Hypoxie,* die (gr., ohne Pl.) med.
Säuferwahnsinn 1. *Methomanie,* die (gr.-lat., ohne Pl.) med. 2. *Delirium tremens,* das (lat., ohne Pl.)
Säugetier, zahnarmes ... *Edentate,* der (lat., Pl. -n) z. B. Faultier, Ameisenbär, Gürteltier
Säugetiere *Mammalia,* die (lat., nur Pl.)
Säugetierkunde *Mammalogie,* die (lat., ohne Pl.)
Säugetierkundler *Mammaloge,* der (lat., Pl. -n)
Säugling *Baby,* das (engl., Pl. -bies)
Saugrohr mit Sieb ... *Bombilla,* die (sp., Pl. -s) ... zum Trinken des Matetees in Südamerika
Saugröhrchen *Pipette,* die (lat.-fr., Pl. -n)
Saugvagina *Pompoir,* die (lat.-fr., Pl. -es) bes. entwickelter Vaginalschließmuskel der Frau
Saugwurm *Trematode,* die (gr.-lat., Pl. -n)
Säule als Geländerstütze *Baluster,* der (gr.-lat.-it., Pl. –)
Säule *Monolith,* der (gr.-lat., Pl. -en) aus e. Steinblock gemeißelt
Säulenabschluß, oberer ... *Kapitell,* das (lat., Pl. -e) eigentl.: Köpfchen; nicht verw. mit *Kapitel,* das (lat., ohne Pl.) Abschnitt e. Druckwerks; Buchkapitel
Säulendecke *Abakus,* der (gr.-lat., ohne Pl.)
Säulenfuß-Wulst 1. *Torus,* der (lat., Pl. Tori) auch: Ringfläche 2. *Spira,* die (gr.-lat.)
Säulengang 1. *Kolonnade,* die (lat.-it.-fr., Pl. -n) auch: Säulenhalle 2. *Hypostylos,* der (gr., Pl. ...loi) abgedeckter Gang zwischen Säulen; auch: gedeckte Säulenhalle 3. *Arkade,* die (lat.-it.-fr., Pl. -n) auch: Bogenreihe
Säulengrundfläche *Stylobat,* der (gr.-lat., Pl. -en) gr. Säulen ruhen auf diesem oberen Quader des Unterbaus
Säulenvorbau *Portikus,* der (lat., Pl. ...ken)
Säulenvorhalle *Propyläen,* die (gr.-lat., nur Pl.)
saumäßig *abgefuckt* (dt.-engl.) z. B. heruntergekommenes Hotel; kaputte Typen aus den Storys von Charles Bukowski
Säuregrad *Acidität,* die (lat., ohne Pl.) von Flüssigkeiten
säuselnd *zephirisch* (gr.-lat.) i. S. e. sanft, säuselnden Luftbewegung
schäbig *schofel* (jidd.)
Schabkunst *Mezzotinto,* das (it., Pl. ...ti) auch: Kupferstichtechnik des 17. Jhs.
Schach *Echec,* die (pers.-fr., Pl. -s) fr. Bez.; auch Niederlage
Schach, Doppelzug von König u. Turm *Rochade,* die (pers.-arab.-fr., Pl. -n)
Schach, Eröffnung mit Bauernopfer *Gambit,* das (lat.-it.-sp., Pl. -s)
Schacheröffnung mit e. Springerbauern *Fianchetto,* das (lat.-it., Pl. ...etti, -s) ... zur Vorbereitung e. Flankenangriffs der Läufer
Schachpartie, die ... mit e. Fianchetto eröffnen *fianchettieren* (it.)
Schachtelhalmgewächs *Equisetum,* das (lat., Pl. ...ten) einzige, noch vorkommende Gattung
schade! 1. *näbbich!* (hebr.) 2. *nebbich* (jidd.) wenn schon! (Gaunersprache)
Schädelbohrer *Trepan,* der (gr.-lat., Pl. -e) med.
Schädeldach *Kalotte,* die (fr., Pl. -n) ... ohne Schädelbasis (med.) auch: flache Kuppel; Kappe kath. Geistlicher
Schädelkunde *Kraniologie,* die (gr.-lat., ohne Pl.) med.
Schädelmeßpunkt *Basion,* das (gr.-lat., ohne Pl.) der vorderste Punkt des Hinterhauptloches
Schädelmißbildung *Dyskranie,* die (gr.-lat., Pl. ...ien) med.
Schaden 1. *Defekt,* der (lat., Pl. -e) das Auto hat e. Defekt am Motor; auch: geistiger Defekt 2. *Panne,* die (fr., Pl. -n) z. B. Reifenpanne 3. *Havarie,* die (arab.-it.-fr.-niederl., Pl. ...ien) Schaden an Schiffen oder Flugzeugen
Schaden, durch ... wird man klug *quae nocent, docent* (lat., Zitat) eigtl.: was schadet, lehrt
schadenfroh *maliziös* (lat.-fr.) hämisch
schadhaft *defekt* (lat.) Gegenstände, aber auch der Geist können defekt sein
schädigen *sabotieren* (fr.) z. B. e. Sache, e. Absicht vorsätzlich Schaden zufügen; Pläne sabotieren
Schädlingsbekämpfungsmittel *Pestizid,* das (lat., Pl. -e)
Schäfchenwolke *Zirrokumulus,* der (lat., Pl. ...li)
schaffen *kreieren* (lat.) z. B. e. neues Duftwasser, e. neue Herbstmode kreieren
Schaffung *Kreation,* die (lat., Pl. -en) Modeschöpfer Lagerfeld stellte in Paris seine neuen Herbstkreationen vor
Schafkäse *Brimsen,* der (tschech., ohne Pl.) bes. Käse, der auch in Österreich gegessen wird
Schale ... *Cup,* der (engl., Pl. -s) ... des Büstenhalters
Schale der Weichtiere *Konchylie,* die (gr.-lat., Pl. -n)
Schale, die ... hat e. Deckel gefunden *invenit patella operculum* (lat., Zitat) d. h. gleich u. gleich gesellt sich gern

Schall *Infraschall,* der (lat., ohne Pl.) ... dessen Frequenz unter 20 Hertz liegt, Ggs.: Ultraschall
Schallehre *Akustik,* die (gr.-lat., ohne Pl.)
Schallmesser *Phonometer,* das (gr.-lat., Pl. –)
Schallplatte, erste ... mit der e. best. Trend gesetzt wurde *Masterpiece,* das (engl., Pl. -s)
Schallplattenpreis *Grammy,* der (engl.-am., Pl. -s)
Schallplattensammlung *Diskothek,* die (gr., Pl. -en)
Schallschutzgehäuse für e. Kamera ... *Blimp,* der (engl., Pl. -s) ... zur Dämpfung der Lauf- oder Auslösergeräusche
Schalltrichter *Megaphon,* das (gr., Pl. -e)
Schallverstärker *Otophon,* das (gr.-lat., Pl. -e) für Schwerhörige
Schallverstärkung *Resonanz,* die (lat., Pl. -en)
Schallwirkung *Akustik,* die (gr.-lat., ohne Pl.)
Schalmei 1. *Pifferaro,* die (it., Pl. ...ri) Querpfeife 2. *Tenora,* die (sp., Pl. -s) e. Oboe aus Katalanien 3. *Tibia,* die (lat., Pl. Tibiae) e. altrömische Schalmei
Schaltelement *Trigger,* die (gr.-lat., Pl. –) ... für die Betätigung anderer Schaltvorgänge
Schaltgerät *Relais,* das (fr., Pl. –)
Schaltkreis e. elektron. Rechenanlage *Computerchip,* der (engl., Pl. -s) Schaltkreis aus organischen Molekülen: Biochips (meist Eiweiße); herkömmliche Chips, aus dem Rohstoff Silizium
Scham, er hat weder ... noch Scheu *vereri perdidit* (lat., Zitat: Plautus)
Scham, weibliche ... 1. *cunt,* die (engl.-am., Pl. -s) e. derbe Bez. 2. *Vulva,* die (lat., Pl. Vulven) eigtl.: die äußeren weiblichen Geschlechtsorgane
Schamberg, weiblicher ... *Venushügel,* der (lat.-dt., ohne Pl.)
schämen, sich ... *genieren* (germ.-fr.)
schamlos 1. *obszön* (lat.) z. B. obszön kleiden oder fluchen 2. *frivol* (lat.-fr.) i. S. von leichtfertig, schlüpfrig 3. *zynisch* (gr.-lat.) z. B. zynische Reaktionen zeigen, i. S. von frech, spöttisch
Schamlosigkeit 1. *Obszönität,* die (lat., Pl. -en) z. B. das neue Theaterstück zeigte e. Aneinanderreihung von Obszönitäten 2. *Frivolität,* die (lat.-fr., Pl. -en) Leichtfertigkeit 3. *Zynismus,* der (gr.-lat., Pl. ...men) z. B. e. unerträglichen Zynismus (Spott) an den Tag legen
Schande bereiten *blamieren* (fr.) auch: beschämen, bloßstellen; »Jeder blamiert sich so gut, wie er kann.« (Redensart)
Schande *Blamage,* die (fr., Pl. -n)
schändlich *infam* (lat.) »verrufen«; auch: bösartig
Schankkellner *Barkeeper,* der (engl., Pl. –)
Schanktisch 1. *Theke,* die (gr.-lat., Pl. -n) 2. *Bar,* die (engl., Pl. -s) Schanktisch; kleines Nachtlokal; auch: Maßeinheit des Luftdrucks
Schanktisch, Verwalter des ... *Büfettier, Büffetier,* der (fr., Pl. -s) auch: jmd., der das Bier zapft
Schanzpfahl *Palisade,* die (lat.-fr., Pl. -n) um Feinde, Überfälle abzuwehren
Schar 1. *Pulk,* der (russ., Pl. -s) i. S. e. größeren Gruppe Menschen 2. *Korona,* die (gr.-lat., Pl. ...nen) eigtl.: Krone; e. fröhliche Runde 3. *Kohorte,* die (lat., Pl. -n) auch: der 10. Teil e. röm. Legion; »Die Sozialdemokraten sind mit immer neuen Kohorten gegen mich angetreten.« (Helmut Kohl, 1998)
scharf 1. *pikant* (lat.-fr.) das Gemüse war pikant gewürzt 2. *kaustisch* (gr.-lat.) z. B. Alkali ist kaustisch (ätzend) 3. *akuminös,* (lat.-fr.) i. S. von zugespitzt 4. *polemisch* (gr.-fr.) auch: streitbar 5. *radikal* (lat.-fr.) hart u. gründlich 6. *markant* (germ.-it.-fr.) ausgeprägt, scharf geschnitten (Gesicht) 7. *inquisitorisch* (lat.) peinlich genau
Schärfe *Prägnanz,* die (lat.-fr., ohne Pl.) auch: knapp im Ausdruck
Scharfschütze, italienischer ... *Bersagliere,* der (it., Pl. ...ri)
Scharfsinn *Ingeniosität,* die (lat.-fr., ohne Pl.) z. B. die Ingeniosität des Kriminalbeamten bewundern
scharfsinnig *ingeniös* (lat.-fr.) der Kriminalbeamte bewies ingeniöses Vorgehen
Schatten, er folgt mir wie e. ... *me tamquam umbra sequitur* (lat., Zitat)
Schatten, er ist nur noch sein ... *sceletus, non homo est* (lat., Zitat)
Schatten, sogar den ... fürchten *umbram timere* (lat., Zitat: Cicero) d. h. ohne Not in Furcht sein
Schattenkrieger, jap. ... *Ninja,* der (jap., ohne Pl.) schwarz gekleidete Krieger, auf das lautlose Töten spezialisiert
Schattenmalerei *Skiagraphie,* die (gr.-lat., Pl. ...ien) um damit e. räumliche Wirkung zu erzielen
Schattenriß *Silhouette,* die (fr., Pl. -n) die beeindruckende Silhouette New Yorks
Schattenspielmeister *Dalang,* der (indonesisch, Pl. -s) aus Java, können bis zu 100 000 Verse rezitieren
Schattenspieltheater 1. *Wajang,* das (jap., Pl. -s) 2. *Ying hi,* das (chin., ohne Pl.) Urform des bez. Theaters stammt aus China 3. *Karagös,* das (türk., ohne Pl.) gröbere Form, in der Türkei anzutreffen; auch: 4. *Waiang,* das (jav., ohne Pl.)
Schattentheater, javanisches ... *Wajang,* das (indonesisch, ohne Pl.)
Schattierung *Nuance,* die (lat.-fr., Pl. -n) z. B. Farbnuancen
Schatzamt *Exchequer* (fr.-engl., ohne Pl.) die Staatskasse in England

Schätzchen 1. *Honey,* der (engl., Pl. -s) »Honig« i. S. von Süßer, Honeymoon (Flitterwochen) 2. *Sweetheart,* das (engl.-am., Pl. -s) »süßes Herz«, i. S. von Liebster

schätzen 1. *respektieren* (lat.-fr.) z. B. e. Person respektieren (achten) 2. *ästimieren* (lat.-fr.) auch: jmdn. Aufmerksamkeit zuteil werden lassen 3. *evalvieren* (lat.-fr.) e. Sachwert schätzen 4. *taxieren* (lat.-fr.) einschätzen: Personen und Sachen 5. *kalkulieren* (lat.) rechnen; auch: abschätzen

Schätzkurs *Taxkurs,* der (lat., Pl. -e) z. B. der Taxkurs e. Ölgemäldes; auch bei Aktien

Schätzung 1. *Evalvation,* die (lat.-fr., Pl. -en) i. S. e. Wertbestimmung; auch: Preisbestimmung e. Großprojekts 2. *Taxation,* die (lat.-fr., Pl. -en) 3. *Zensus,* der (lat., ohne Pl.) i. S. e. Volkszählung

Schau 1. *Show,* die (engl., Pl. -s) 2. *Exposition,* die (lat., Pl. -en) i. S. e. internationalen Ausstellung, z. B. die Weltausstellung »Expo 2000« in Hannover

Schau, zur ... stellen *Posing,* das (engl.-am., ohne Pl.) Bez. aus dem Bodybuilding; beim Posing läßt man die Muskeln spielen

Schaubild *Nomogramm,* das (gr.-lat., Pl. -e) graphisch dargestellte Lösungen in der Mathematik

schauerlich *makaber* (fr.) unheimlich

Schaufenstergestalter *Dekorateur,* der (lat.-fr., Pl. -e)

Schaufenstergestaltung *Dekoration,* die (lat.-fr., Pl. -en)

Schaukasten *Vitrine,* die (lat.-fr., Pl. -n)

schäumen *moussieren* (fr.) bei Mineralwasser, Sekt

schäumend *moussierend* (fr.) »ein Champagner, moussierend wie das Leben!« (Ludwig Devrient)

Schaumgebäck *Baiser,* das, der (fr., Pl. -s) »Kuß«; aus Eiweiß u. Zucker hergestelltes Gebäck

Schaumünze 1. *Medaille,* die (gr.-lat.-it.-fr., Pl. -n) 2. *Plakette,* die (niederl., Pl. -n)

Schaumwein 1. *Sekt,* der (it., Pl. -e) hochwertiger Schaumwein 2. *Champagner,* der (lat.-fr., Pl. –) hochwertiger, französischer Sekt aus der Champagne 3. *Spumante,* der (lat.-it., Pl. -s) italienischer Schaumwein 4. *Mousseux,* der (fr., Pl. –) fr. Schaumwein

Schaumweinflasche *Piccolo,* die (it., Pl. -s) i. S. e. bes. kleinen Sektflasche

Schaupackung *Attrappe,* die (germ.-fr., Pl. -n) auch: Nachbildung aus leichten Materialien

schaurig 1. *makaber* (fr.) auch: grausam 2. *stygisch* (gr.) nach Styx, dem Unterweltfluß aus der gr. Sage

Schauschrank *Vitrine,* die (lat.-fr., Pl. -n)

Schauspiel 1. *Spektakel,* das (lat., Pl. –) z. B. e. großen Theaterspektakel beiwohnen (durch Lärm u. Gepolter gekennzeichnet) 2. *Drama,* das (gr.-lat., Pl. ...men) eigtl.: Handlung; meist Trauerspiel

Schauspiel, ernstes ... *Drama,* das (gr.-lat., Pl. ...men) »... die Locken, die der Enkel Konrad Adenauers (Kohl) im Libyen-Drama auf seiner politischen Glatze drehte, rufen nach Chopins Trauermarsch.« (Hamburger Morgenpost, 1986)

Schauspielaufführung 1. *Theater,* das (gr.-lat., Pl. –) 2. *Inszenierung,* die (gr.-lat.-fr., Pl. -en) e. Stück einstudieren u. vorführen

Schauspieler 1. *Akteur,* der (lat.-fr., Pl. -e) 2. *Mime,* der (gr.-lat., Pl. -n) z. B. e. großer Charakterdarsteller 3. *Star,* der (engl., Pl. -s) berühmter Schauspieler 4. *Histrione,* der (lat., Pl. -n) Schauspieler im antiken Rom 5. *Komödiant,* der (gr.-lat.-it., Pl. -en) auch: abwertend: Heuchler

Schauspieler im alten Rom *Histrione,* der (lat., Pl. -n)

Schauspielerin *Aktrice,* die (lat.-fr., Pl. -n)

schauspielerisch *mimisch* (gr.-lat.) e. Akteur von mimisch hohem Rang

schauspielern *mimen* (gr.-lat.) auch: vortäuschen

Schauspielhaus *Theater,* das (gr.-lat., Pl. –)

Schausucht, krankhafte ... 1. *Skopophilie,* die (gr.-lat., Pl. ...ien) 2. *Voyeurismus,* der (lat.-fr., ohne Pl.) e. Voyeur: Zuschauer, der anderen bei sexuellen Handlungen heimlich zusieht

Scheck, unterschriebener ... ohne Angabe einer Summe *Blankoscheck,* der (it.-dt., Pl. -s) »Einen Blankoscheck will ich nicht.« (Gerhard Schröder, 1998)

Scheckbuchjournalismus *Infodeal,* der (engl.-am., Pl. -s) Medien zahlen für Informationen hohe Beträge

Scheibe, drehende ... *Turntable* (engl., Pl. -s) auch: CD, Schallplatte; Ausrüstung des DJs

Scheide *Vagina,* die (lat., Pl. -nen) med., die Scheide der Frau

scheiden *affinieren* (fr.) z. B. bei Metallen

Scheidenausfluß *Fluor,* der (lat., ohne Pl.) auch: giftiges Nichtmetall (das Fluor)

Scheidendammschnitt *Episiotomie,* die (gr.-lat., Pl. ...ien) ... Operation bei e. schweren Entbindung (damit soll e. Dammriß vermieden werden) med.

Scheidenentzündung *Vaginitis,* die (lat., Pl. ...itiden)

Scheidenkrampf *Vaginismus,* der (lat., Pl. ...men)

Scheidung *Affinierung,* die (fr.-dt., Pl. -en) z. B. von Edelmetallen

Scheidungsberater *Scheidungsmoderator,* der (dt.-lat., Pl. -en) neuer Dienstleistungsberuf; scheidungswillige Paare handeln aus u. beraten mit dem Scheidungsmoderator die Bedingungen e.

endgültigen Trennung, (Rechtsanwälte wären wesentlich teurer)

Schein *Staffage,* die (fr., Pl. -n) »alles nur Staffage!« (trügerischer Schein)

Schein, äußerer ... *Dehors,* die (lat.-fr., nur Pl.) auch: gesellschaftlicher Anstand; die Dehors wahren

Schein, nur zum ... *pro forma* (lat.) der Form wegen

Scheinangriff *Finte,* die (lat.-it., Pl. -n) der Hauptmann trug e. Finte vor

Scheinbahre beim kath. Totengottesdienst *Tumba,* die (gr.-lat., Pl. ...ben) auch: Überbau eines Grabes

Scheinbeweis *Sophismus,* der (gr.-lat., Pl. ...men)

Scheinfrage ... *rhetorische Frage,* die (gr.-lat.-dt., Pl. -n) ... die keine Antwort erfordert

Scheingrund *Prätext,* der (lat.-fr., Pl. -e) i. S. e. Vorwands

scheinheilig 1. *hypokritisch* (gr.-lat.) heuchlerisch 2. *bigott* (fr.) auch: übertrieben fromm 3. *pharisäisch* (hebr.-gr.-lat.) heuchlerisch

Scheinheiliger *Hypokrit,* der (gr.-lat., Pl. -en) Heuchler

Scheinheiligkeit 1. *Hypokrisie,* die (gr.-lat., Pl. ...ien) Heuchlerei 2. *Cant,* der (lat.-engl., Pl. -s) auch: heuchlerische Sprache

Scheinmaßnahme *Manöver,* das (lat.-fr., Pl. –) z. B. e. militärisches Manöver veranstalten; Ablenkungsmanöver

Scheinmedikament *Placebo,* das (lat., Pl. -s) Arznei ohne Wirkstoffe

Schein-Ökologie *Placebo-Ökologie,* die (gr.-lat., ohne Pl.) im Zusammenhang mit dem oftmals sinnlosen Warenaufdruck »Bio« oder »Natur«, der nur irre führt

Scheinpackung *Dummy,* der (engl., Pl. ...ies) auch: Attrappe; Unfallpuppe bei Tests

Scheinsieg *Pyrrhussieg,* der (gr.-dt., Pl. -e) mit großen Opfern verbundener Erfolg; nach verlustreichen Siegen des Königs Pyrrhus (319-272 v. Chr.) von Epirus über die Römer: »Noch e. solcher Sieg u. ich bin verloren!«

Scheintod *Asphyxie,* die (gr.-lat., Pl. ...ien) »Pulslosigkeit«; Zombies gelten als scheintot

Scheiße! 1. *Mierda!* (sp.) 2. *Merde!* (fr.) 3. *Shit!* (engl.)

Scheiße, vögeln *fuck, fuck (off)* (engl.-am.) derbes Universalwort

Scheitelpunkt 1. *Zenit,* der (arab.-it., ohne Pl.) astronomischer Scheitelpunkt; Ggs.: *Nadir,* der (arab., ohne Pl.) Fußpunkt, dem Zenit gegenüberliegend 2. *Kumulationspunkt,* der (lat.-dt., Pl. -e) z. B. den Kumulationspunkt überschreiten, d. h., den Punkt des ständigen Wachsens, der Anhäufung verlassen u. abfallen

Schellentrommel *Pandero,* der (sp., Pl. -s) aus dem Baskenland

Schelm *Clown,* der (lat.-fr.-engl., Pl. -s) auch: Spaßmacher z. B. im Zirkus; »Ansichten e. Clowns« (Roman von Heinrich Böll)

schelmenhaft *pikaresk* (sp.)

Schenke *Taverne,* die (lat.-it., Pl. -n)

Schenkelwurf, innerer ... *Uchi-Mata,* der (jap., Pl. -s) beim Judo

schenken *dedizieren* (lat.)

Schenkung 1. *Dedikation,* die (lat., Pl. -en) 2. *Donation,* die (lat., Pl. -en)

Scherbengericht *Ostrazismus,* der (gr.-lat., ohne Pl.) e. Volksgericht aus dem alten Athen, dabei wurde e. Name oder e. Urteil auf e. Ostrakon (Tonscheibe) geschrieben

Scherenschnittkunst *Psaligraphie,* die (gr.-lat., ohne Pl.)

Scherflein *Obolus,* der (gr.-lat., Pl. -se) kleine Spende

Scherz 1. *Jokus,* der (lat., Pl. -se) auch: Albernheit 2. *Jux,* der (lat., Pl. -e)

scherzend 1. *scherzando* (germ.-it.) musik. Vortragsanw. 2. *giocoso* (lat.-it.) musik. Vortragsanw.

scherzhaft *humoristisch* (lat.)

scheuern *schamfilen* (niederdt.) Seemannsspr.; z. B. Pit hat schamfilt (nicht ge...)

scheußlich 1. *abominabel* (lat.-fr.) abscheulich 2. *infernalisch* (lat.) eigtl.: unterirdisch; auch: höllisch 3. *monströs* (lat.-fr.) i. S. von: mißgestaltet, riesig

Scheußlichkeit *Atrozität,* die (lat., Pl. -en) Abscheulichkeit

Schicht *Sediment,* das (lat., Pl. -e) e. durch Ablagerung von Stoffen entstandene Schicht; auch: Bodensatz z. B. des Urins

Schichtleiter e. Nachrichtenagentur *Slotter,* der (engl., Pl. -s) kurz für: Slot-Editor

schick *smart* (engl.) bezüglich der Kleidung; auch: gewandt, schneidig im Umgang mit anderen Menschen

schicken *adressieren* (fr.)

Schicklichkeit *Dekorum,* das (lat., ohne Pl.) i. S. von Anstand

Schicksal 1. *Fatum,* das (lat., Pl. ...ta) 2. *Kismet,* das (arab., ohne Pl.) Allah bestimmt die Zukunft 3. *Moira,* die (gr., Pl. ...ren) das nach altgriechischem Glauben bestimmte Los 4. *Tyche,* die (gr., ohne Pl.) i. S. von Zufall 5. *Karma,* das (sanskr., ohne Pl.) im Buddhismus, e. durch früheres Leben u. Handeln gegenwärtig beeinflußtes Schicksal des Menschen; nicht verw. mit

Karmamarga, der (sanskr., ohne Pl.) »der Weg der Tat zur glücklichen Widergeburt« im Hinduismus

Schicksal, unabwendbares ... *Fatum*, das (lat., Pl. ...ta) auch: Verhängnis; »Er nahm das brutale Fatum nicht hin.« (Thomas Mann: »Der Zauberberg«)

Schicksale, so gehen die menschlichen ... *sic eunt fata hominum* (lat., Zitat)

schicksalhaft *tragisch* (gr.-lat.)

Schicksalsentscheidung *russisches Roulett*, das (dt.-fr., ohne Pl.) e. auf sich gerichteter, mit einer Patrone in der Trommel geladener Revolver, entscheidet beim Abdrücken über Leben und Tod

Schicksalsergebenheit *Resignation*, die (lat., Pl. -en) »Nichts ist erbärmlicher als die Resignation, die zu früh kommt.« (Marie v. Ebner-Eschenbach)

schicksalsgläubig *fatalistisch* (lat.) wie e. Muselman

Schicksalsgläubiger *Fatalist*, der (lat., Pl. -en) er begibt sich in Gefahr, gelassen wie e. Fatalist

Schicksalsgläubigkeit 1. *Fatalismus*, der (lat., ohne Pl.) 2. *Resignation*, die (lat., Pl. -en) auch: Verzicht

Schicksalsgöttin *Moira*, die (gr.) altgriechische Göttin

Schicksalsschlag 1. *Tragik*, die (gr.-lat., ohne Pl.) 2. *Tragödie*, die (gr.-lat., Pl. -n)

Schiedsgerichtsvereinbarung ... *Arbitrage*, die (lat.-fr., Pl. -n) ... im Handelsrecht; auch: Ausnutzung von Kursunterschieden für gleiche Sache an verschiedenen Börsen, z. B. im Devisenhandel

Schiedsrichter 1. *Referee*, der (engl., Pl. -s) 2. *Markör*, der (germ.-it.-fr., Pl. -e) beim Billardspiel

Schiedsrichter bei Boxkämpfen *Umpire*, der (lat.-fr.-engl., Pl. -s)

Schiedsspruch *Arbitrium*, das (lat., Pl. ...ia)

schiefwinklig *loxogonal* (gr.-lat.)

Schielen *Strabismus*, der (gr.-lat., ohne Pl.) med.

Schielender *Strabo*, der (gr.-lat., Pl. -s)

Schieloperation *Strabotomie*, die (gr.-lat., Pl. ...ien) med.

Schienbein *Tibia*, die (lat., Pl. Tibiae) med.

Schiff 1. *Jacht*, die (niederl., Seemannsspr., Pl. -en) luxuriöses Segel- oder Motorschiff 2. *Steamer*, der (engl., Pl. –) Dampfer 3. *Tallship*, das (engl., Pl. -s) großer Rahsegler, z. B. die »Khersones«

Schiff, beschädigtes *Havarist*, der (arab.-it.-fr.-niederl., Pl. -en)

Schiff, das ... an den Wind bringen *luven* (niederdt.) Seemannsspr.

Schiffahrtskunde *Nautik*, die (gr.-lat., ohne Pl.)

Schiffchenspitzenarbeit *Frivolitätenarbeit*, die (fr.-dt., Pl. -en)

Schifferpullover *Troyer*, der (niederdt.-Seemannsspr., Pl. -s) auch: wollnes Unterhemd

Schiffsbesatzung *Crew*, die (lat.-engl., Pl. -s)

Schiffsbugverzierung *Galionsfigur*, die (gr.-lat.-sp.-niederl., Pl. -en) e. das Galion, später das Ende des Vorstevens zierende Holzfigur

Schiffsbugvorbau 1. *Galion*, das (gr.-lat.-sp.-niederl., Pl. -s) 2. *Vorsteven*, der (niederl., Pl. –) der vordere Abschluß e. Schiffes

Schiffsdrehung *Manöver*, das (lat.-fr., ohne Pl.) z. B. Halsen, e. Segelschiff vor dem Wind auf den anderen Bug bringen

Schiffsgeschwader *Eskader*, die (lat.-it.-fr., Pl. -s)

Schiffskellner *Steward*, der (engl., Pl. -s)

Schiffskran *Davit*, der (engl., Pl. -s) drehbarer Kran

Schiffsküche 1. *Pantry*, die (lat.-fr.-engl., Pl. -s) 2. *Kombüse*, die (niederl., Seemannsspr., Pl. -n) eigentlich nur Bretterverschlag mit Herd

Schiffsraumgehalt *Tonnage*, die (lat.-fr.-engl., Pl. -n) gemessen in Brutto- oder Nettoregistertonnen, 1 BRT = 2,83 m^3

Schiffsreisender *Passagier*, der (lat.-it., Pl. -e)

Schiffsrumpf *Kasko*, der (sp., Pl. -s)

Schiffstagebuch 1. *Logbuch*, das (engl.-dt., Pl. ...bücher) Eintrag für alle nautischen Daten u. besonderen Vorkommnisse 2. *Journal*, das (fr., Pl. -e) traditionelle Bezeichnung für das Schiffstagebuch

Schiffstau 1. *Reep*, das (niederl., Pl. -s) z. B. Fallreep, Drehreep 2. *Tampen*, der (Seemannsspr., Pl. –) Tauende

Schiffsunfall *Havarie*, die (arab.-it.-fr.-niederl., Pl. ...ien) der Untergang der »Titanic« 1912, war e. der schlimmsten Havarien

Schiffswände, hölzerne ... abdichten *kalfatern* (arab.-niederl.) Seemannsspr.

Schiffszieher an der Elbe *Bomätsche*, der (tschech., Pl. -n)

schikanieren 1. *kujonieren* (lat.-fr.) verächtlich behandeln 2. *trillen* (fr.)

schikanieren, am Arbeitsplatz ... *mobben* (engl.) von: mob (Pöbel, Meute); geprägt wurde der Ausdruck »mobben« von dem schwedischen Sozialforscher Heinz Laymann

Schildbürger *Abderit*, der (gr., Pl. -en) rührt von der altgriechischen Stadt Abdera her, deren Bewohner für ihre Einfältigkeit bekannt waren

schildbürgerhaft *abderitisch* (gr.) auch: einfältig

schildern *charakterisieren* (gr.-lat.-fr.) i. S. von zutreffend beschreiben

Schilderung *Charakteristik*, die (gr.-lat., Pl. -en) zutreffende Beschreibung

Schilfpalme *Kalamus,* der (lat., ohne Pl.) in der Antike als Schreibgerät verwendet worden

schillern *changieren* (lat.-fr.) z. B. changierende Farben

Schimmer *Nuance,* die (lat.-fr., Pl. -n) auch: Abstufung bei Farben

Schimpf, mit ... u. Schande *cum infamia* (lat., Zitat)

schimpfen 1. *protestieren* (lat.-fr.) 2. *räsonieren* (lat.-fr.) 3. *Leviten lesen* (hebr.-gr.-lat.-dt.) nach dem jüd. Stamm Levi (viele Menschen des Stammes dienten in Tempeln) daher: jmdm. »die Leviten lesen«, d. h. e. Strafpredigt halten, tadeln

Schimpfschrift *Pamphlet,* das (fr.-engl., Pl. -e)

Schimpfschriftverfasser *Pamphletist,* der (fr.-engl., Pl. -en)

Schirm- oder Schutzherr *Protektor,* der (lat., Pl. ...oren)

Schirmherrschaft 1. *Ägide,* die (gr.-lat., ohne Pl.) unter der Ägide: unter dem Schutz, der Schirmherrschaft; nach dem Schild Ägis des Zeus u. der Athene 2. *Patronat,* das (lat., Pl. -e) z. B. der Wohltätigkeitsball steht unter dem Patronat des Bundespräsidenten

Schlachtreihe *Phalanx,* die (gr.-lat., Pl. ...langen) geschlossene Front; gestaffelte Schlachtreihe des Fußvolks im alten Griechenland

Schlachtreihe, in der ... gestanden haben 1. *in acie stetisse* (lat., Zitat) 2. *multa stipendia habere* (lat., Zitat) i. S. von: Pulverdampf gerochen haben

Schlaf, Tief... *Koma,* das (gr., Pl. -s, -ta) tiefe Bewußtlosigkeit; »Rexrodt (Bundeswirtschaftsminister) liegt im Koma, der Wirtschaft scheint das gut zu bekommen.« (G. Schröders geh. Tagebuch von H. Venske, 1997)

Schläfenlocken *Peies,* die (hebr., Pl.) der orthodoxen Juden

Schlafkrankheit *Hypnosie,* die (gr., Pl. ...ien) med.

Schlaflied *Lullaby,* das (engl., Pl. ...bies)

Schlaflosigkeit 1. *Insomnie,* die (lat., ohne Pl.) med. 2. *Agrypnie,* die (gr.-lat., Pl. ...ien) med.

Schlafmittel *Hypnagogum,* das (gr.-lat., Pl. ...ga)

Schlafsaal 1. *Dormitorium,* das (lat., Pl. ...ien) in Klöstern 2. *Dormitory,* der (engl., Pl. ...ies) kurz: Dorm (in Jugendherbergen)

Schlafstörung *Agrypnie,* die (gr.-lat., Pl. ...ien) med.

Schlafsucht *Hypersomnie,* die (gr.-lat., ohne Pl.) med.

schlafsüchtig *somnolent* (lat.) med., z. B. e. somnolenter Schüler

Schlafwandeln 1. *Noktambulismus,* der (lat., ohne Pl.) med. 2. *Somnambulismus,* der (lat.-fr., ohne Pl.) med.

schlafwandlerisch *somnambul* (lat.-fr.) med.

Schlafzustand *Narkose,* die (gr., Pl. -n) med., durch das Einatmen e. best. Gases künstlich herbeigeführt

Schlag 1. *Beat,* der (engl., Pl. -s) i. S. e. sich regelmäßig wiederholenden Schlags; in der Musik: die Betonung der Rhythmen, es herrschen Schlagzeug u. Bässe vor 2. *Coup,* der (fr., Pl. -s) überraschend u. erfolgreich durchgeführte Unternehmung; e. Coup landen; Coup de main (Handstreich)

Schlag, es folgt ... auf ... *damna damnis continuantur* (lat., Zitat)

Schlag, kurzer, flacher ... 1. *Chip,* der (engl., Pl. -s) ... mit e. Eisenschläger ausgeführt (Golfbez.) 2. *Chippen,* das (engl., ohne Pl.) Schlag für Entfernungen bis 3,50 m (Golfbez.)

Schlagader *Arterie,* die (gr.-lat., Pl. -n) med., Blutgefäß vom Herzen wegführend

Schlagaderentzündung *Arteriitis,* die (gr.-lat., Pl. ...itiden) med.

Schlagadererweiterung *Aneurysma,* das (gr., Pl. ...men)

Schlagaderverkalkung *Arteriosklerose,* die (gr., Pl. -n)

Schlaganfall *Apoplexie,* die (gr., Pl. ...ien)

Schlaganfall, zu ... neigend *apoplektisch* (gr.)

Schlaganfall, zu ... Neigender *Apoplektiker,* der (gr., Pl. –)

schlagartig *rapid(e)* (lat.-fr.) der Umsatz nahm rapid(e) ab

Schläge, Gesamtzahl der ... *Brutto* (lat.-it.-engl.) ... über alle 18 Löcher (Golfbez.)

schlagen 1. *pulsieren* (lat.) der Puls, das Herz 2. *pulsen* (lat.) 3. *palpitieren* (lat.) med.

schlagen, vernichtend *deklassieren* (lat.-fr.) z. B. in sportlichen Wettkämpfen

Schläger ... *Pitching Wedge,* der (engl., Pl. -s) ... für hohe Annäherung aus kurzer Entfernung (Golfbez.)

Schlager 1. *Song,* der (engl., Pl. -s) 2. *Hit,* der (engl., Pl. -s) erfolgreicher Schlager 3. *Oldie,* der (engl., Pl. -s) alter Schlager 4. *Evergreen,* der (engl., Pl. -s) älterer Schlager, der immer wieder oft u. gern gesungen wird

Schläger mit viel Loft (Neigungswinkel) ... *Sandwedge,* der (engl., Pl. -s) ... für Schläge aus dem Bunker (Golfbez.)

Schläger zum Einlochen *Putter,* der (engl., Pl. -s) Golfbez.

Schläger, der längste ... *Driver,* der (engl., Pl. -s) ... er wird für Abschlag u. Treibschlag verwendet (Golfbez.)

Schlägerblattpunkt ... *Sweet Spot,* der (engl., Pl. -s) ... der für perfekten Ballkontakt sorgt (Golfbez.)

Schlagmaschine zur Auflockerung der Baumwollklumpen *Batteur,* der (fr., Pl. -e) ist in Spinnereien anzutreffen

Schlagrhythmus *Beat,* der (engl., ohne Pl.) Beatmusik

Schlagwort *Slogan,* der (engl., Pl. -s) z. B. e. Werbeslogan für e. Produkt suchen; »Wir haben über unseren Slogan noch nicht entschieden.« (Wolfgang Gerhardt, F.D.P.-Chef, 1998)

Schlagzeile *Headline,* die (engl., Pl. -s) z. B. fettgedruckte Zeile in e. Tageszeitung

Schlagzeug 1. *Drum,* die (engl., Pl. -s) auch: Trommel 2. *Drum-Set,* das (engl., Pl. -s) 3. *Percussion,* das (engl., Pl. -s) die ...Gruppe der Rhythmusinstrumente in e. Musikgruppe

Schlagzeuger 1. *Drummer,* der (engl., Pl. -s) 2. *Percussionist,* der (engl., Pl. -s)

Schlamm *Fango,* der (germ.-it., Pl. -s) Mineral- u. Heilschlamm; scherzhaft: »morgens Fango, abends Tango«

schlammig *limös* (fr.) auch: sumpfig

Schlammlawine *Mure,* die (österr., Pl. -n) nicht verw. mit *More,* die (lat., Pl. -n) Mutterschwein

Schlammstrom aus Asche u. Wasser *Lahar,* der (malaiisch, Pl. -s) ... bei Vulkanausbrüchen

Schlampe, »neue« 1. *Bad Girl,* das (engl., Pl. -s) Ausdruck für e. Frauenbewegung in den 90er Jahren, ihre Anhänger benehmen sich bisweilen obszön, rüde, genußsüchtig 2. *Babe,* das (engl., Pl. -s) anderer Ausdruck für das »schlechte Mädchen«, die »neue« Schlampe

Schlangenanbeter *Ophit,* der (gr.-lat., Pl. -en)

Schlangenlinie *Serpentine,* die (lat., Pl. -n) i. S. e. kehrenreichen Weges; nicht verw. mit *Serpentin,* der (lat., Pl. -e) e. Mineral

Schlankheitstechnik ... *Liposuktion,* die (gr.-lat., ohne Pl.) ... bei der das Fett abgesaugt wird, z. B. an Oberschenkeln, am Bauch

schlankwüchsig *asthenisch* (gr.-lat.) auch: schwach

schlau 1. *clever* (engl.) z. B. e. cleverer Geschäftsmann sein 2. *raffiniert* (lat.-fr.) e. raffinierter Betrüger 3. *intelligent* (lat.) klug

Schlauheit 1. *Cleverneß,* die (engl., ohne Pl.) die Cleverneß des Kaufmanns war erstaunlich 2. *Raffinement,* das (lat.-fr., Pl. -s) 3. *Raffinesse,* die (fr., Pl. -n) 4. *Finesse,* die (lat.-fr., Pl. -n) Durchtriebenheit; auch: Kunstgriff

schlecht 1. *miserabel* (lat.-fr.) sich in e. miserablen Gesundheitszustand befinden 2. *negativ* (lat.) auch: verneinend; Ggs.: positiv

schlechthin 1. *katexochen* (gr.) auch: vorzugsweise, im eigentlichen Sinn 2. *par excellence* (fr.) auch: in Vollendung

Schlehdornschoten *Dividivi,* die (indian.-sp., nur Pl.) gerbstoffreiche Schoten des am. Schlehdorns

schleichend 1. *insidiös* (lat.) bei Krankheiten 2. *latent* (lat.-fr.) versteckt

Schleichwerbung 1. *Product placement,* das (engl.-am., Pl. –, -s) ... durch gezielten Einsatz von Produkten in Spielfilmen, z. B. der BMW Roadster im James Bond-Film 2. *Produktplacement,* das (engl.-am., Pl. -s)

Schleier e. vornehmen Türkin *Jaschmak,* der (türk., Pl. -s)

Schleier *Tschador, Tschadyr,* der (pers., Pl. -s) Kopf- u. Gesichtsschleier der pers. Frauen

schleifend *strisciando* (it.) musik. Vortragsanw.

Schleimhaut *Mukosa,* die (lat., Pl. ...sen) med.

Schleimhautausschlag *Enanthem,* das (gr.-lat., Pl. -e)

Schleimhautdrüsenentzündung *Blennadenitis,* die (gr.-lat., Pl. ...itiden) med.

Schleimhautentzündung *Katarrh,* der (gr.-lat., Pl. -e) med.

schleimig *mukös* (lat.) med.

Schlemmer 1. *Gourmand,* der (fr., Pl. -s) guter u. lustvoller Esser 2. *Gourmet,* der (fr., Pl. -s) Feinschmecker 3. *Lukullus,* der (lat., Pl. -se) Schlemmer, nach dem römischen Staatsmann Lucullus (117-57 v. Chr.), der als Genießer von Tafelfreuden bekannt war 4. *Sybarit,* der (gr.-lat., Pl. -en) nach der antiken, it. Stadt Sybaris, deren Bewohner als Schlemmer verrufen waren

Schlemmerei *Gourmandise,* die (fr., Pl. -n); auch: Delikatesse

schlemmerhaft *lukullisch* (lat.) nach Lucius Lucullus (117-57 v. Chr.), dem römischen Staatsmann, Feldherrn u. Schlemmer

schlendern 1. *flanieren* (fr.) z. B. über den Marktplatz flanieren (müßiggehen) 2. *promenieren* (lat.-fr.) spazierengehen

Schleppdampfer *Remorqueur,* der (lat.-it.-fr., Pl. -e) kleiner Dampfer

schleppen *bugsieren* (niederl.)

schleppend *dilatorisch* (lat.)

Schlepper *Traktor,* der (lat.-engl., ...oren) wird in der Landwirtschaft eingesetzt

Schleppnetz *Dredsche,* die (engl., Pl. -n)

Schleuder *Katapult,* das (gr.-lat., Pl. -e)

Schleuderbewegung der Arme ... *Ballismus,* der (gr.-lat., ohne Pl.) ... krankhafte, plötzlich auftretende Bewegung (med.)

Schleudermaschine 1. *Zentrifuge,* die (fr., Pl. -n) z. B. Zentrifuge in der Waschmaschine 2. *Katapult,* das (gr.-lat., Pl. -e) i. S. e. Steinschleudermaschine des Altertums

schleudern *zentrifugieren* (fr.)

schlicht *proletarisch* (lat.-fr.) svw.: roh, ungehobelt; »Recht ist, was der proletarischen Klasse nützt.« (Wladimir I. Lenin)

Schlichtheit, Trend zur ökologischen ... *Purifikation,* die (lat.-fr.-engl., Pl. -s oder -en) gemeint ist die Schlichtheit von Waren u. Design, nach der Devise: weniger ist mehr

Schließfrucht *Achäne,* die (gr., Pl. -n) z. B. Nuß, Beere

Schließmuskel *Sphinkter,* der (gr.-lat., Pl. ...tere) »Schnürer«; auch: Ringmuskel (med.)

Schliff, schrägkantiger ... *Biseauschliff,* der (fr.-dt., Pl. -e) ... an Edelsteinen

schlimm 1. *fatal* (lat.) »vom Schicksal bestimmt«; auch: folgenschwer 2. *katastrophal* (gr.-lat.) entsetzlich 3. *tragisch* (gr.-lat.) i. S. von: ergreifend

schlimm, es sieht ... aus *olla male fervet* (lat., Zitat) eigtl.: der Topf siedet schlecht

Schloß 1. *Alkazar,* der (arab., Pl. -e) Schloß in Spanien 2. *Bastille,* die (fr., Pl. -n) befestigtes Schloß; auch: Gefängnis 3. *Castle,* das (engl., Pl. -s) auch: Burg 4. *Château,* das (lat.-fr., Pl. -s) 5. *Kastell,* das (lat., Pl. -e) befestigtes Schloß 6. *Palais,* das (lat.-fr., Pl. -s) i. S. e. großen Palastes 7. *Zitadelle,* die (fr., Pl. -n) i. S. e. Befestigungsanlage innerhalb e. Stadt

Schloßverwalter *Kastellan,* der (lat., Pl. -e)

Schloßverwaltung *Kastellanei,* die (lat., Pl. -en)

Schloßvogt *Kastellan,* der (lat., Pl. -e)

Schlucht *Cañon,* der (lat.-sp., Pl. -s) z. B. der Grand Cañon in den USA

Schluchten durchsteigen *Canyoning,* das (engl., ohne Pl.) Extremsportart, von Alpinsportlern auch »Schluchteln« genannt; Flußschluchten werden zu Fuß, am Seil oder schwimmend durchquert

Schluckauf *Singultus,* der (lat., Pl. –) med.; Papst Pius XII. litt an Singultus

Schlund *Pharynx,* der (gr., Pl. ...ryngen) med.

schlüpfrig 1. *frivol* (lat.-fr.) z. B.: sie störten seine frivolen Bemerkungen 2. *lasziv* (lat.) 3. *pikant* (lat.-fr.)

Schlüpfrigkeit 1. *Frivolität,* die (lat.-fr., Pl. -en) 2. *Obszönität,* die (lat., Pl. -en) die neue Theaterinszenierung strotzte vor Obszönitäten; auch: »Um ohne Geist als Mann von Talent akzeptiert zu werden, hilft kein anderer Kunstgriff als Obszönität.« (Goldsmith) 3. *Pikanterie,* die (lat.-fr., Pl. -n) i. S. e. reizvollen Note

Schlüpfschuh *Slipper,* der (engl., Pl. –)

Schlupfwespen *Ichneumoniden,* die (gr.-lat., nur Pl.)

Schluß 1. *Finale,* das (lat.-it.-fr., Pl. –) i. S. e. Höhepunkts als Abschluß; auch: Endspurt; nicht verw. mit *Finalis,* die (lat., Pl. ...les) Schlußnote 2. *Konklusion,* die (lat., Pl. -en) auch: Folgerung

Schluß vom Allgemeinen auf das Besondere, *Deduktion,* die (lat., Pl. -en) Ggs.: Induktion

Schluß vom Besonderen auf das Allgemeine *Induktion,* die (lat., Pl. -en) eigtl.: das Hineinführen; Ggs.: Deduktion

Schlußeffekt 1. *Pointe,* die (lat.-fr., Pl. -n) Schluß mit e. Witz 2. *Plot,* der, das (engl., Pl. -s) Aufbau u. Ablauf e. Handlung mit Höhepunkt, z. B. bei e. Roman, e. Film

Schlüssel zu allen Türen *Passepartout,* das (fr., Pl. -s) auch: Papprahmen für Bilder

Schlüssel, sechskantiger Stiftschlüssel *Inbusschlüssel,* der (Eigenn.-dt., Pl. –)

schlußfolgern 1. *konkludieren* (lat.) 2. *kombinieren* (lat.) Detektiv Nick Knatterton war Meister des Kombinierens

Schlußfolgerung 1. *Fazit,* das (lat., Pl. -s) 2. *Konklusion,* die (lat., Pl. -en) 3. *Resultat,* das (lat., Pl. -e) i. S. von: Ergebnis

Schlußfolgerung ziehen, auf Basis bisheriger Daten *extrapolieren* (lat.) Lieblingsbeschäftigung der Mathematiker u. Statistiker

schlüssig 1. *konsequent* (lat.) auch: unbeirrbar; Ggs.: insequent 2. *logisch* (gr.-lat.) folgerichtig

Schlußkampf *Finish,* das (engl., Pl. -s) z. B. beim Wettlauf in der Zielgeraden

Schlußwort *Epilog,* der (gr.-lat., Pl. -e) z. B. in e. Roman; Ggs.: Prolog

schmächtig *asthenisch* (gr.) auch: schlankwüchsig

Schmachtlocke *Accroche-cœur,* das (fr., ohne Pl.) eigtl.: Herzensfänger

schmackhaft *deliziös* (lat.-fr.)

Schmährede *Invektive,* die (lat., Pl. -n) auch: Beleidigung

Schmähschrift 1. *Libell,* das (lat., Pl. -e) 2. *Pamphlet,* das (engl.-fr., Pl. -e)

Schmähung *Affront,* der (fr., Pl. -s) auch: Beleidigung

schmalwüchsig 1. *leptosom* (gr.-lat.) med. 2. *asthenisch* (gr.-lat.) i. S. e. schwachen Körperbaus, stark leptosom

Schmalzgebackenes mit Füllung *Beignet,* der (fr., Pl. -s) z. B. Krapfen

schmarotzen *parasitieren* (gr.-lat.)

Schmarotzer auf der Körperoberfläche lebend *Ektoparasit,* der (gr.-lat., Pl. -en) z. B. blutsaugende Insekten; Ggs.: Entoparasit

Schmarotzer *Parasit,* der (gr.-lat., Pl. -en) lebt auf Kosten e. Wirtes, Ausbeuter im Pflanzen- u. Tierreich, auch unter den Menschen

Schmarotzer, auf oder in Tieren lebend *Zooparasit,* der (gr.-lat., Pl. -en)

schmarotzerartig *parasitisch* (gr.-lat.)

schmarotzerhaft *parasitär* (gr.-lat.)

Schmarotzertum *Parasitismus,* der (gr.-lat., ohne Pl.) auch: Ausbeutertum

Schmeichelei 1. *Flatterie,* die (fr., Pl. ...ien) 2.

Kompliment, das (lat.-sp.-fr., Pl. -e); »Das schönste Kompliment machte mir e. Frau, als sie mich mit ihrem Fahrrad anfuhr u. sagte: ›Verzeihung, ich habe Sie nicht gesehen‹.« (Luciano Pavarotti, schwergewichtiger it. Tenor)
schmeicheln *flattieren* (fr.)
schmeichelnd *lusingando* (germ.-it.) musik. Vortragsanw.
Schmeichler *Flatteur,* der (fr., Pl. -e)
schmelzen 1. *liqueszieren* (lat.) Begriff aus der Chemie 2. *dissolvieren* (lat.) i. S. von auflösen
Schmerz *Algesie,* die (gr.-lat., Pl. ...ien) med.; auch: Schmerzempfindlichkeit
Schmerz, zerrissen vom ... *riven by grief* (engl.-am.) stehende Redewendung
Schmerzanfall *Attacke,* die (fr., Pl. -n) med., z. B. Migräneattacke (bes. starke Kopfschmerzen) auch: Angriff, z. B. e. Attacke reiten
Schmerzbetäubung *Anästhesie,* die (gr.-lat., Pl. -n) med.
Schmerzen in der Herzgegend *Präkardialgie,* die (lat.-gr., Pl. ...ien) med.
Schmerzensmutter *mater dolorosa* (lat., Zitat: Jacopone da Todi, 1230-1306) Bez. für Maria, die Mutter Jesu
Schmerzkunst, alte ... neu belebt 1. *modern Primitives,* die (engl.-am., nur Pl.) gemeint ist das Durchstechen von Gliedmaßen, bes. der Genitalien, um durch Schmerzen geläutert zu werden 2. *Body-Piercing,* das (engl.-am., ohne Pl.)
schmerzlich *doloroso* (lat.-it.) musik. Vortragsanw.
schmerzlindernd 1. *palliativ* (lat.) med., der Patient nimmt palliative Arznei 2. *sedativ* (lat.) auch: beruhigend (med.)
Schmerzlosigkeit *Analgesie,* die (gr.-lat., Pl. ...ien) med.
Schmerzmittel 1. *Promedol,* das (Eigenn.-lat., ohne Pl.) 2. *Baralgin,* das (Eigenn.-lat., ohne Pl.) nimmt Boris Jelzin, der Präsident von Rußland, regelmäßig ein 3. *Endorphin,* das (gr.-lat., Pl. -e) in der Entwicklung; es soll keine, den Morphinen ähnliche Nebenwirkungen haben
schmerzstillend *analgetisch* (gr.-lat.) med., z. B. Aspirin-Tabletten sind analgetisch
schmerzüberempfindlich *hyperalgetisch* (gr.-lat.) med.
Schmerzüberempfindlichkeit *Hyperalgesie,* die (gr.-lat., ohne Pl.) med.
schmerzunempfindlich *hypalgetisch* (gr.-lat.) med.
Schmerzunempfindlichkeit *Hypalgesie,* die (gr.-lat., ohne Pl.) med.
Schmetterball *Smash,* der (engl., Pl. -es) auch: Schmetterschlag; Sturz
Schmetterling 1. *Papillon,* der (lat.-fr., Pl. -s) auch e. bekanntes Abenteuerbuch von Henri Charière 2. *Butterfly,* der (engl., ohne Pl.) auch: bes. Salto; Spreizsprung beim Eiskunstlauf; Butterflystil, bes. Schwimmstil; »Madame Butterfly«: Oper von Giacomo Puccini
Schmetterlinge, deren Sammelbezeichnung *Lepidopteren,* die (gr.-lat., nur Pl.)
Schmetterlingsforscher *Lepidopterologe,* der (gr.-lat., Pl. -n)
Schmetterlingskunde *Lepidopterologie,* die (gr.-lat., ohne Pl.)
Schmied, jeder ist seines Glückes ... *quilibet fortunae suae faber* (lat., Zitat)
Schmieröl, graphithaltiges ... *Oildag,* das (am., ohne Pl.)
Schminke *Rouge,* das (lat.-fr., Pl. -s) Wangenpuder in Rottönen
Schmuck an Uhrenketten *Berlocke,* die (fr., Pl. -n) Mode im 18. u. 19. Jh.
Schmuck, wertloser ... *Tand,* der (lat., ohne Pl.) auch: Wertloses mit Scheinwert, Modeschmuck, Spielzeug; »Tand ist das Gebilde von Menschenhand.« (Theodor Fontane)
schmücken 1. *dekorieren* (lat.-fr.) auch: jmdm. e. Orden verleihen; e. Soldaten dekorieren 2. *garnieren* (germ.-fr.) mit Zutaten versehen; z. B. e. Teller garnieren
schmückend *dekorativ* (lat.-fr.) auch: wirkungsvoll
Schmücker *Dekorateur,* der (lat.-fr., Pl. -e) Fachmann für das Gestalten e. Schaufensters
Schmuckgeschäft *Bijouterie,* die (fr., Pl. ...ien)
Schmuckhändler *Juwelier,* der (lat.-fr.-niederl., Pl. -e)
Schmuckkasten *Schatulle,* die (lat., Pl. -n)
Schmuckspange *Agraffe,* die (fr., Pl. -n) auch: Schnalle
Schmuckstück 1. *Juwel,* das, der (lat.-fr.-niederl., Pl. -en) auch: Edelstein 2. *Bijouterie,* die (fr., Pl. ...ien) 3. *Bijou,* der, das (fr., Pl. -s) auch: Kleinod
Schmuckwarenhändler *Bijoutier,* der (fr., Pl. -s) auch: Juwelier
Schmuggelware *Konterbande,* die (it.-fr., ohne Pl.) auch: Kriegsware, die von neutralen Schiffen in e. kriegführendes Land gebracht wird
Schmusen ... *Necking,* das (engl.-am., Pl. -s) ... die Vorstufe des Pettings
Schnabelflöte *Flageolett,* das (lat.-fr., Pl. -e, -s) auch: Flötenregister der Orgel
Schnallenschuh *Eskarpin,* der (it.-fr., Pl. -s) ... der Männer im 18. Jh.
Schnappschuß *Shot,* der (engl., Pl. -s) auch: Foto; Schuß
Schnaps 1. *Grappa,* der, die (it., ohne Pl.) it. Tresterschnaps 2. *Whiskey,* der (engl., Pl. -s) am. u. irischer Getreide-Branntwein 3. *Whisky,* der

(engl., Pl. -s) aus Getreide oder Mais hergestellter schottischer Branntwein 4. *Wodka,* der (russ., Pl. -s) Kartoffelschnaps 5. *Aquavit,* der (lat., Pl. -e) Kümmelschnaps 6. *Rum,* der (engl., Pl. -s) Schnaps aus Rohrzuckermasse oder Zuckerrohrsaft 7. *Gin,* der (lat.-fr.-niederl.-engl., Pl. -s) Wacholderbranntwein 8. *Genever,* der (lat.-fr., ohne Pl.) niederl. Wacholderschnaps

Schneckenforscher *Konchyliologe,* der (gr.-lat., Pl. -n) eigtl.: Wissenschaftler, der sich mit Untersuchungen von Weichtierschalen befaßt

Schneckenkunde *Konchyliologie,* die (gr.-lat., ohne Pl.) Teilgebiet der Malakologie (Weichtierkunde: Muscheln, Schnecken, Krebse)

Schneeblindheit *Niphablepsie,* die (gr.-lat., Pl. ...ien) med.

Schneebrett *Snowboard,* das (engl., Pl. -s) Snowboard-Fahrer schwingen auf e. breiten Schneebrett zu Tal

Schneehütte *Iglu,* der (eskimoisch, Pl. -s) Notunterkunft des Eskimos aus Schneeblöcken

schneeig *nival* (lat.)

Schneemensch *Yeti,* der (nepalesisch, Pl. -s) ... der im Himalaya leben soll; angeblich von Reinhold Meßner gesehen worden

Schneesturm *Blizzard,* der (engl.-am., Pl. -s) sog. in Nordamerika

Schneid *Courage,* die (lat.-fr., ohne Pl.) auch: Mut, Zivilcourage; »Mutter Courage u. ihre Kinder«, Schauspiel von Bertolt Brecht

schneiden *cutten* (engl.) auch: abschneiden, z. B. Filme für die endgültige Fassung schneiden und zusammenkleben

Schneider *Tailleur,* der (lat.-fr., Pl. -s)

Schneiderkunst *Couture,* die (lat.-fr., ohne Pl.) auch: Haute Couture, maßgebend für die Textilmode

Schneidezahn *Inzisivzahn,* der (lat.-dt., Pl. ...zähne)

schneidig *couragiert* (lat.-fr.) bei e. Unglück e. couragierte Helferin sein

schnell 1. *avanti!* (lat.-it.) i. S. von: mach' schnell! 2. *dalli!* (poln.) 3. *rapid* (lat.-fr.) rapid sinkende Aktienkurse 4. *presto* (lat.-it.) musik. Vortragsanw. 5. *prestissimo* (lat.-it.) sehr schnell, musik. Vortragsanw. 6. *rasant* (lat.-fr.) sehr schnell

Schnelldampfer, engl. ... *Titanic,* die (engl.-gr., ohne Pl.) ... der 1912 e. Eisberg rammte u. unterging; von Titan (Angehöriger e. Riesengeschlechts); »Wäre Helmut Kohl die ›Titanic‹ gewesen, dann wäre der Eisberg untergegangen.« (Kurt Biedenkopf, Ministerpräsident von Sachsen 1998)

schneller werdend *affretando* (it.) musik. Vortragsanw.

Schnelligkeit 1. *Tempo,* das (lat.-it., ohne Pl.) 2. *Rapidität,* die (lat.-fr., ohne Pl.)

Schnellwaage ... *Biquet,* der (fr., Pl. -s) ... für Gold- u. Silbermünzen

Schnellzeit-Film *Quicktime Movie,* das (engl.-am., Pl. -s) Fachjargon für e. Minifilm, der innerhalb e. Multimedia-Produktion gezeigt wird

Schnepfen *Okuli,* die (lat., nur Pl.) eigtl.: »Augen«; »Okuli, da kommen sie!« (Jägerspruch, gemeint ist das Erscheinen der Schnepfen)

Schnepfenvogel *Bekassine,* die (fr., Pl. -n) lebt bes. in Sümpfen

Schnickschnack *Brimborium,* das (lat.-fr., ohne Pl.)

Schnitt, e. klarer ... in den Beziehungen *Cut,* der (engl., Pl. -s) auch: Schnitt allg.

Schnittblume, margeritenähnliche ... *Gerbera,* die (lat., Pl. -s) nach dem dt. Arzt u. Naturforscher T. Gerber (1823-1891)

Schnittlinie *Transversale,* die (lat., Pl. -n) Linie, die e. geometrische Figur schneidet

Schnittmeister *Cutter,* der (engl., Pl. –) bei Film- u. Tonbandaufnahmen; von »cutten« (schneiden)

Schnittstelle ... 1. *Interface,* das (engl.-am., ohne Pl.) ... zwischen Computern u. anderen Geräten; auch: zwischen Programmen oder Geräten in der EDV 2. *human Interface,* das (engl.-am., ohne Pl.) Bez. der Bildschirmoberfläche als Kriterium für die Akzeptanz von computergestützten Leistungen

Schnittstelle zwischen Computer oder Konsole u. Modul *Modul-Slot,* der (lat.-engl., ohne Pl.)

Schnitzer *Lapsus,* der (lat., Pl. –) i. S. e. kleinen Fehlers

Schnupfen *Rhinitis,* die (gr.-lat., Pl. ...tiden) med.

Schnupfenmittel *Errhinum,* das (gr., Pl. ...rhina) med.

Schnupftabak herstellen *rapieren* (gr.-fr.)

Schnupftabak, ein ... *Makuba,* der (fr., ohne Pl.) nach e. Gebiet auf der Insel Martinique

Schnupftabakdose *Tabatiere,* die (sp.-fr., Pl. -n) auch Zigarettendose

Schock *Trauma,* das (gr., Pl. ...men, -ta) seelische Erschütterung, z. B. nach e. Unfall

schockierend *shocking* (engl.) z. B. spärliche Bekleidung oder schlechtes Betragen

Schokoladentorte *Sachertorte,* die (Eigenname, dt., Pl. -en) nach dem Wiener Hotelier Sacher; »Die Sachertorte ist e. eßbares Wiener Symbol, bei dem einem die Vergangenheit auf der Zunge zergeht.« (Lorin Maazel)

Schöngeist *Belesprit,* der (fr., Pl. -s) meist spöttisch gemeint

schöngeistig *belletristisch* (fr.) in der Literatur, z. B. Lyrik, Prosa

Schönheit *Beauté,* die (fr., Pl. -s) schöne Frau

Schönheit, von stattlicher, weiblicher ... *junonisch* (lat.) von Juno, e. wichtigen Göttin im antiken Rom
Schönheitschirurg *Facelifter,* der (engl.-am., Pl. -s) (abwertend) e. Facelifter, der zu brutal hebt, muß den Bauchnabel am Kinn als Grübchen »verkaufen«
Schönheitsfarm *Beautyfarm,* die (engl., Pl. -en)
Schönheitslehre *Ästhetik,* die (gr.-lat., ohne Pl.) Lehre vom Schönen, von der Harmonie in der Kunst, in der Natur
Schönheitsoperation zur Straffung des Gesichtes *Facelifting,* das (engl.-am., Pl. -s)
Schönheitspflege *Kosmetik,* die (gr.-fr., ohne Pl.) z. B. Kosmetikartikel
Schonkost *Diät,* die (gr., Pl. -en)
Schönschreiber *Kalligraph,* der (gr., Pl. -en)
Schönschreibkunst *Kalligraphie,* die (gr., ohne Pl.)
schonungslos *brutal* (lat.) auch: roh
schöpferisch 1. *kreativ* (lat.) die Werbebranche braucht kreative Mitarbeiter 2. *genial* (lat.) Albert Einstein (1879-1955), war e. genialer Wissenschaftler
Schöpferkraft 1. *Kreativität,* die (lat., ohne Pl.) 2. *Genie,* das (lat.-fr., Pl. -s) 3. *Genius,* der (lat., ohne Pl.)
Schöpfrad *Sakija,* die (arab.) z. B. für die Oasenbewässerung u. an Brunnen
Schöpfung *Kreation,* die (lat., Pl. -en)
Schöpfungsgeschichte *Genesis,* die (gr.-lat., ohne Pl.) des Alten Testaments, 1. Buch Mose
Schöpfwerk in Ägypten *Sakije,* die (arab., Pl. -n) ... das von Kamelen angetrieben wird
schorfig *impetiginös* (lat.) auch: borkig
Schornstein *Kamin,* der (gr.-lat., Pl. -e)
Schottenrock *Kilt,* der (skand.-engl., Pl. -s) Faltenrock für Männer
schräg *transversal* (lat.) auch: querlaufend
schräglaufend *diagonal* (gr.)
Schranke *Barriere,* die (fr., Pl. -n)
schrankenlos *absolutistisch* (lat.-fr.) e. Land wird absolutistisch, mit unumschränkter Macht, z. B. durch e. Diktatur regiert
Schreck 1. *Trauma,* das (gr., Pl. -ta, ...men) z. B. e. großen Schreck nach e. Unfall bekommen 2. *Pavor,* der (lat., Pl. -s) med.
Schrecken verbreiten *terrorisieren* (lat.-fr.) marodierende Söldner terrorisieren Dorfbewohner
Schreckensherrschaft *Terrorismus,* der (lat., ohne Pl.) auch: Gewaltherrschaft, von 1933 bis 1945 übte Hitler mit seiner NSDAP Terror aus
Schreckensnachricht *Hiobsbotschaft,* die (Pl. -en) nach dem Buch Hiob im Alten Testament, handelt von den Prüfungen des frommen Hiob in e. Welt der Anfechtungen
schreckensstarr *kataplektisch* (gr.) med.
Schreckgespenst *Popanz,* der (slaw., Pl. -e) Vogelscheuche; »Sie (Theo Waigel) blasen mit der PDS einen Popanz auf ...« (Stern, 1998)
Schreckgestalt 1. *Popanz,* der (tschech., Pl. -en) 2. *Lamia,* die (gr., Pl. ...ien) Gespenst des altgr. Glaubens
Schrecklähmung *Kataplexie,* die (gr., Pl. -n) med.
schrecklich *infam* (lat.) eigtl.: verrufen; infame Lügen verbreiten
schrecklich, es auszusprechen *horribile dictu* (lat.)
Schreib- u. Leseschwäche *Legasthenie,* die (lat.-gr., Pl. ...ien)
Schreib- u. Leseschwacher *Legastheniker,* der (lat.-gr., Pl. –)
Schreiben ... *Breve,* das (lat., Pl. -s) ... e. kurzes päpstliches
Schreiber, der für andere anonym schreibt *Ghostwriter,* der (engl., Pl. –) z. B. Reden oder Bücher, viele Politiker haben ihren Ghostwriter
Schreibkrampf 1. *Graphospasmus,* der (gr.-lat., Pl. ...men), med. 2. *Mogigraphie,* die (gr.-lat., Pl. ...ien) med.
Schreibmaschine ... *Composer,* der (engl., Pl. –) ... elektrische mit automatischer Randfixierung u. auswechselbarem Kugelkopf
Schreibmaschine schreiben *tippen* (engl.)
Schreibschrank *Sekretär,* der (lat., Pl. -e) auch: »Geheimschreiber«, Schriftführer, Angestellter für organisatorische Aufgaben und Korrespondenz
Schreibstil *Diktion,* die (lat., Pl. -en) Ausdrucksweise
Schreibtafel *Agenda,* die (lat., Pl. ...den)
Schreibtischforschung *Desk-Research,* das (engl., Pl. -s) die Auswertung von Daten aus der Marktforschung im Büro; Ggs.: Field-Research
schreibunkundig *analphabetisch* (gr.) auch: leseunkundig
Schreibunkundiger *Analphabet,* der (gr., Pl. -en) auch: Leseunkundiger
Schreibvermögen, Verlust des ... *Agraphie* die (gr., Pl. -n) med.
Schreibwarenhandlung *Papeterie,* die (gr.-lat.-fr., Pl. ...ien)
Schreibwut *Graphomanie,* die (gr.-lat., ohne Pl.)
schreiten *marschieren* (fr.) schnelles Gehen der Soldaten, meist in Formation; »getrennt marschieren, vereint schlagen« (Helmuth von Moltke)
Schreittanz, festlicher ... *Polonaise* u. *Polonäse,* die (fr., Pl. -n) eigtl.: Polnischer (Tanz) ... im 3/4-Takt; »Wie er (Kanzler Kohl) begeistert mitzieht bei der Polonaise durch die Tiefebene der

Spaßgesellschaft ...« (G. Schröders geh. Tagebuch von H. Venske, 1997)

Schrift 1. *Apokryph,* das (gr., Pl. -en) ... die nicht in den Bibelkanon aufgenommene Schrift 2. *Hieroglyphe,* die (gr., Pl. -n) schwer entzifferbare Handschrift; auch: Schriftzeichen der altägyptischen Bilderschrift 3. *Hierogramm,* das (gr.-lat., Pl. -e) »heilige Schrift« der altägyptischen Priesterschrift

Schrift, altsyrische ... *Estrangelo,* die (gr.-syr., ohne Pl.)

Schrift, noch nicht veröffentlichte ... *Ineditum,* das (lat., Pl. Inedita)

Schriftauslegung *Hermeneutik,* die (gr., ohne Pl.) wissenschaftliches Verfahren zur Auslegung von Texten

Schriften der altindischen Religion *Weda,* der (sanskr., Pl. -s u. Weden)

Schriften, heilige ... des Dschainismus *Siddhanta,* das (sanskr., ohne Pl.) »Lehrbuch«

Schriften, jüdische *Judaika,* die (hebr.-gr.-lat., nur Pl.) auch: Bücher über das Judentum

Schriftgelehrter *Rabbi,* der (hebr.-gr.-lat., Pl. -s, ...inen)

Schriftgröße, genormte ... *Pica,* die (lat., ohne Pl.) ... bei der Schreibmaschine

Schriftkundiger *Karäer,* der (hebr., Pl. –) auch: Mitglied e. ostjüdischen Sekte (ab 8. Jh.) die den Talmud (Gesetzessammlung des Judentums) ablehnt

Schriftleiter *Redakteur,* der (lat.-fr., Pl. -e) Medienmitarbeiter, der Redaktionsbeiträge bearbeitet, auswählt, schreibt

Schriftleitung *Redaktion,* die (lat.-fr., Pl. -en) Bereich, in dem Redakteure arbeiten

schriftlich bezeugen *attestieren* (lat.) der Tierarzt attestiert trichinenfreies Schweinefleisch

Schriftsatz *Fonts,* die (am., nur Pl.) auch: Setzkasten; e. stehender Begriff seit dem Siegeszug des Desktop Publishing (DTP), der digitalen Druckwerk- u. Zeitschriftengestaltung

Schriftsatzgestaltung *Typographie,* die (gr.-lat., Pl. ...ien) gemeint ist: Drucksatzgestaltung e. Druckwerkes

Schriftsetzer 1. *Metteur,* der (lat.-fr., Pl. -e) 2. *Typograph,* der (gr.-lat., Pl. -en) auch: Zeilensetzmaschine

Schriftsteller 1. *Literat,* der (lat., Pl. -en) 2. *Romancier,* der (lat.-fr., Pl. -s) Romanschriftsteller 3. *Autor,* der (lat., Pl. ...oren) Verfasser e. Werks der Literatur, Musik, Fotografie

schriftstellerisch *literarisch* (lat.)

Schriftstellervereinigung *PEN-Club,* der (engl., ohne Pl.) kurz für: Poets, Essayists, Novelists

Schriftstück *Dokument,* das (lat., Pl. -e)

Schriftstück, eigenhändig geschriebenes ... *Autograph,* das (gr., Pl. -en) ... u. von e. bekannten Persönlichkeit stammende Unterlage

Schriftstücke ... *Akte,* die (lat., Pl. -n) ... Sammlung zusammengehörender, schriftlicher Unterlagen

Schrifttum *Literatur,* die (lat., Pl. -en)

Schrifttum, schöngeistiges ... *Literatur,* die (lat., Pl. -en) auch: Schriftennachweise; »Literatur ist gedruckter Unsinn.« (August Strindberg)

Schriftzeichen ... 1. *Backslash,* der (engl., Pl. ...shes) ... auf der Computertastatur, bzw. dem Computerbildschirm 2. *Graph,* der (gr., Pl. -en) auch: Buchstabe 2. *Hieroglyphe,* die (gr., Pl. -n) aus dem alten Ägypten 3. *Rune,* die (altnord., Pl. -n) germanische Schriftzeichen 4. *Chiffre,* die (arab.-lat.-fr., Pl. -n) i. S. von: Geheimschrift

Schritt, e. erster ... *Initiative,* die (lat.-fr., Pl. -n) auch: Einbringung e. Gesetzesvorlage; Volksbegehren; »Fehler werden bestraft, nicht aber mangelnde Initiative.« (Dieter Vogel, Thyssen-Chef, 1997)

Schrittmacher *Pacemaker,* der (engl., Pl. -s) z. B. e. tempobestimmendes Pferd in e. Rennen; auch: e. der Schrittmacherzellen der Herz- u. Gebärmuttermuskulatur, die Aktionsströme erzeugen u. weiterleiten

schrittweise 1. *methodisch* (gr.-lat.) svw. durchdacht 2. *peu à peu* (fr.) »Schritt für Schritt« 3. *sukzessive* (lat.) nach u. nach 4. *graduell* (lat.-fr.) allmählich

Schrittzähler 1. *Hodometer,* das (gr.-lat., Pl. –) auch: Wegmesser 2. *Passometer,* das (lat.-gr., Pl. –) 3. *Pedometer,* das (lat.-gr., Pl. –)

schroff *brüsk* (it.-fr.) z. B. auf e. Frage brüsk reagieren

Schrulle 1. *Marotte,* die (hebr.-gr.-lat.-fr., Pl. -n) Bierdeckelsammeln ist seine Marotte 2. *Spleen,* der (engl., Pl. -e u. -s) 3. *Tick,* der (gr., Pl. -s) wunderliche Eigenart; auch: fixe Idee; krampfartiges Muskelzucken

Schrumpfung 1. *Kontraktion,* die (lat., Pl. -en) 2. *Retraktion,* die (lat., Pl. -en) 3. *Zirrhose,* die (gr.-lat., Pl. -n) z. B. Schrumpfung u. Verhärtung von Leber oder Lunge

Schuft 1. *Halunke,* der (tschech., Pl. -n) 2. *Ganeff,* der (jidd., Pl. -e) aus: Ganove; auch: Dieb, Gauner 3. *Apache,* der (indian.-fr., Pl. -n) Großstadtganove, bes. in Paris; (indian., Pl. -n) Angehöriger der Indianerstämme im Südwesten der USA

Schuft, e. ... ist der, der Schlechtes dabei denkt *honny* (auch: *honi*) *soit qui mal y pense* (fr.) Wahlspruch des Hosenbandordens

Schuh 1. *Slipper,* der (engl., Pl. -s) Schuh ohne

Schnürung 2. *Sandale,* die (gr.-lat., Pl. -n) wird durch Riemen zusammengehalten 3. *Pantoffel,* der (fr., Pl. -n) Hausschuh 4. *Pantine,* die (fr.-niederl., Pl. -n) Holzschuh, Holzpantoffel

Schuh aus Leinen mit Sohle aus Espartogras *Espadrille,* die (gr.-lat.-sp., Pl. -s) ... u. kreuzweise geschnürten Bändern

Schuh mit hohem Absatz *high Heel,* der (engl., Pl. -s) e. Model: »Mit high Heels ist es nur e. kleiner Schritt vom schreitenden Flamingo zum torkelnden Marabu.«

Schulabgänger *Absolvent,* der (lat., Pl. -en)

Schuldbefreiung *Exkulpation,* die (lat., Pl. -en) auch: Rechtfertigung

Schuldeingeständnis *mea culpa!* (lat.) »Durch meine Schuld!« (Ausruf aus dem Confiteor: Sündenbekenntnis im christlichen Gottesdienst)

Schulden *Passiva,* die (lat., nur Pl.) auf der rechten Seite, der Passivseite e. Bilanz; Ggs.: Aktiva

Schulden, mehr ... als Haare auf dem Kopf *non capillos liberos habet* (lat., Zitat) auch: er hat keine freien Haare

Schuldkomplex, Phänomen u. Umgang mit dem ökologischen ... *Ökolozismus,* der (gr.-lat., ohne Pl.)

Schuldner 1. *Debitor,* der (lat., Pl. ...oren) 2. *Akzeptant,* der (lat., Pl. -en) Bezogener, Wechselschuldner 3. *Restant,* der (lat., Pl. -en) i. S. e. Zahlungsrückständigen

Schuldverpflichtung mit festem oder variablem Zinssatz (u. Laufzeit) *Obligation,* die (lat., Pl. -en)

Schuldverschreibung mit e. variablen Zinssatz *Floater,* der (engl., Pl. -s) ..., der sich für e. festgelegte Zeitspanne an best. Parametern orientiert

Schuldverschreibung *Obligation,* die (lat., Pl. -en) festverzinsliches Wertpapier, das z. B. von größeren Unternehmen ausgegeben wird (Börsenbez.)

Schuldverschreibung, verzinsbare ... *Bond,* der (engl., Pl. -s)

Schule, höhere 1. *College,* das (engl., Pl. -s) in USA u. England 2. *Collège,* das (fr., Pl. -s) in Frankreich u. Belgien 3. *High-School,* die (engl., Pl. -s) in den USA, jedoch nicht mit dem 4. *Gymnasium,* das (gr., Pl. ...sien) in Deutschland vergleichbar

Schule, nicht für die ..., sondern fürs Leben lernen wir *non scholae sed vitae discimus* (lat., Zitat)

Schule, von der ... verweisen *relegieren* (lat.) i. a. von der Hochschule

Schule, wichtigste philosophische ... in Indien *Wedanta,* der (sanskr., ohne Pl.) er lehrt den vollkommenen Monismus (Lehre, die das Leben auf e. einziges Prinzip zurückführt)

Schüler 1. *Adept,* der (lat., Pl. -en) 2. *Eleve,* der (lat.-fr., Pl. -n) Schauspiel- oder Ballettschüler 3. *Repetent,* der (lat., Pl. -en) salopp: Sitzenbleiber, Schüler, der e. Klasse wiederholen muß

Schülerheim 1. *Internat,* das (lat., Pl. -e) 2. *Pensionat,* das (lat.-fr., Pl. -e) i. a. für Mädchen

Schulkind mit Einkommen u. Kaufkraft *Skippie,* der (engl.-am., Pl. -s) Akronym aus: school-kid with income and purchasing power

Schulkind mit Geld ... *Skippy,* der (engl.-am., Pl. ...ies) Eigenn. für: school-kid with income and purchasing power) ... u. Kaufkraft

Schulleiter *Rektor,* der (lat., Pl. ...oren)

Schulranzen *Tornister,* der (slaw., Pl. –)

Schulterband der Bischöfe 1. *Omophorion,* das (gr., Pl. ...ien) ... orthodoxer Kirchen 2. *Pallium,* das (lat., Pl. ...ien) weiße Schulterbinde mit schwarzen Kreuzen; auch: Überwurf im alten Rom; Krönungsmantel der Kaiser im Mittelalter

Schulterkleid *Skapulier,* das (lat., Pl. -s) Überwurf als Tracht mancher Mönchsorden

Schulterkragen *Fanone,* der (germ.-fr.-it., Pl. ...oni) zweiteiliger Schulterkragen des Papstes

Schulterriemen, breiter ... *Bandelier,* das (lat.-fr.) ... als Patronen- oder Degengurt; auch: Brustgurt

Schulterschmerz, rheumatischer ... *Omalgie,* die (gr.-lat., Pl. ...ien) med.

Schulterstück *Epaulette,* die (lat.-fr., Pl. -n) auf den Uniformen der Streitkräfte

Schultertuch ... *Fichu,* das (fr., Pl. -s) ... dreieckig, dessen Enden auf dem Rücken verschlungen werden

Schulterumhang *Mantille,* die (lat.-sp., Pl. -n) der Spanierinnen

Schulverweisung *Relegation,* die (lat., Pl. -en) i. S. e. Hochschulverweisung

Schulwart *Pedell,* der (dt.-lat., Pl. -e)

Schulweisheit *Scholastik,* die (gr.-lat., ohne Pl.) i. S. von engstirniger Weisheit

Schundromane 1. *Kolportageliteratur,* die (lat.-fr., ohne Pl.) wertlose Unterhaltungsliteratur 2. *Trivialliteratur,* die (lat.-fr., ohne Pl.) Konsumliteratur, die auf den anspruchslosen Leser zugeschnitten ist

Schuppenflechte *Psoriasis,* die (gr., Pl. ...iasen) med.

Schurke *Kanaille,* die (lat.-it.-fr., Pl. -n) auch: bösartiger Mensch

Schuß in die Höhe mit anschließendem freien Fall 1. *Hotrocket-Bungee,* das (engl., ohne Pl.) 2. *Rocket-Bungee,* das (engl., ohne Pl.) man läßt sich jeweils, an ein starkes Gummiband angebunden, wie e. Rakete in die Luft schießen, um dann e. noch tieferen Fall zu »genießen« (gefährlich, es soll schon »Schocktote« gegeben haben)

Schüssel 1. *Terrine,* die (lat.-fr., Pl. -n) z. B. Suppenterrine 2. *Assiette,* die (lat.-fr., Pl. -n) flache Schüssel

Schußwaffen-Mode *Shotgun Fashion,* die (engl.-am., ohne Pl.) der Amerikaner Ed Kirko beschießt Kleider (T-Shirts, Hüte, Unterhosen) mit Gewehren u. Revolvern, die auf diese Weise durchlöcherte Ware findet guten Absatz

Schuster bleib bei deinem Leisten *ne sutor supra crepidam* (lat., Zitat nach Plinius) eigtl.: was über die Sandale hinausgeht, möge e. Schuster nicht beurteilen

Schüttgut *Bulkladung,* die (engl.-dt., Pl. -en) z. B. Getreide, Kohl

Schutz 1. *Ägide,* die (gr.-lat., ohne Pl.) »unter der Ägide« (unter dem Schutz) nach dem Schild Ägis des Zeus u. der Athene 2. *Immunität,* die (lat., ohne Pl.) i. S. des verfassungsmäßigen Schutzes vor Verfolgung der Parlamentarier u. Diplomaten 3. *Protektion,* die (lat.-fr., Pl. -en) svw. Begünstigung

Schutzanzug *Overall,* der (engl., Pl. -s) auch: Arbeitsanzug

Schutzbefohlene *Zimmi,* die (arab., Pl.) das waren Christen u. Juden in islamischen Herrschaftsgebieten

Schutzbild *Palladium,* das (gr.-lat., Pl. ...ien) Heiligtum e. Stadt, e. Hauses, von dem sich Schutz erhofft wird

Schutzbündnis 1. *Kartell,* das (ägypt.-gr.-lat.-it.-fr., Pl. -e) zusammenarbeitende Unternehmen schützen sich vor dem Wettbewerb, um höhere Preise zu erzielen; auch: Verkaufskontor 2. *Syndikat,* das (gr.-lat., Pl. -e) Unternehmerverband mit eigener Rechtsform; auch: geschäftlich getarnte Verbrecherorganisation

Schutzdach *Markise,* die (germ.-fr., Pl. -n) i. a. einrollbarer Schutz vor Sonne u. Regen

schützen 1. *präservieren* (lat.-fr.) vor Anfechtungen 2. *flankieren* (germ.-fr.) svw. die Seite schützen 3. *protegieren* (lat.-fr.) bevorzugen

Schutzfärbung 1. *Mimikry,* die (gr.-lat.-engl., ohne Pl.) »Nachahmung«, Fähigkeit von Tieren, sich wehrhaften oder giftigen Tieren anzupassen, um dadurch besser überleben zu können, z. B. Hornissenschwärmer; harmlose Schlangen geben sich das Aussehen der giftigen Korallennatter 2. *Mimese,* die (gr.-lat., Pl. ...esen) Schutzfarbe mancher Tiere, die als Tarnung gilt

Schutzgebiet 1. *Reservation,* die (lat., Pl. -en) z. B. für Indianerstämme in den USA, Navajo-Reservation 2. *Reservat,* das (lat., Pl. -e) auch: Sonderrecht 3. *Protektorat,* das (lat., Pl. -e) unter Schirmherrschaft, Schutzherrschaft stehendes Gebiet

Schutzgeister, altröm. ... *Laren,* die (lat., Pl.)

Schutzheilige *Patronin,* die (lat., Pl. -nen) auch: Schutzherrin

Schutzheiliger *Patron,* der (lat., Pl. -s, -e) z. B. der heilige Christophorus, Schutzpatron der Reisenden; auch: Schutzherr

Schutzhütte *Refuge,* das (lat.-fr., Pl. -s) z. B. Schutzbehausung in den Alpen

Schützling *Protegé,* der (lat.-fr., Pl. -s) z. B. der Unternehmersohn als Protegé in der Firma seines Vaters

Schutzmittel 1. *Präservativ,* das (lat.-fr., Pl. -e) kurz: Präser; bes. Gummischutz zur Verhütung e. Schwangerschaft oder der Ansteckung mit Geschlechtskrankheiten 2. *Kondom,* das, der (engl., Pl. -e) Verhütungsmittel aus Gummi; salopp: Lümmeltüte

Schutzpolster an Schiffswänden *Fender,* der (engl., Pl. -s) eigtl.: Verteidiger

Schutzraum *Bunker,* der (engl., Pl. –)

Schutzschicht *Patina,* die (it., ohne Pl.) auch: Edelrost; grüne Schicht auf Kupfer

Schutzstoffe ... *Alexine,* die (gr., nur Pl.) ... gegen Bakterien

Schwäche 1. *Faible,* das (lat.-fr., Pl. -s) e. Faible (auch: Vorliebe) für etwas oder jmdn. haben 2. *Labilität,* die (lat., Pl. -en) seine Labilität (Charakterschwäche) macht ihn unzuverlässig; Ggs.: Stabilität 3. *Insuffizienz,* die (lat., Pl. -en) z. B. Muskelinsuffizienz 4. *Asthenie,* die (gr.-lat., Pl. ...ien) Kraftlosigkeit (med.) 5. *Infirmität,* die (lat., ohne Pl.) Hinfälligkeit

Schwächeanfall *Kollaps,* der (lat., Pl. -e) eigtl.: Zusammenbruch

schwächen *paralysieren* (gr.-lat.) med.; auch: lähmen, die Schlange paralysiert ihr Opfer

Schwachkopf *Idiot,* der (gr., Pl. -en) »Die Börse hängt nur davon ab, ob es mehr Aktien gibt als Idioten oder mehr Idioten als Aktien.« (Prof. Albert Hahn, 1998) auch: Schwachsinniger; »Wer sich gesetzestreu verhält, muß sich manchmal wie ein Idiot vorkommen.« (Roman Herzog, Bundespräsident, 1997)

schwächlich *labil* (lat.) unsicher; Ggs.: stabil

Schwächlichkeit *Asthenie,* die (gr.-lat., Pl. ...ien) med.

Schwachsinn 1. *Debilität,* die (lat., ohne Pl.) med., leichte Denkschwäche 2. *Demenz,* die (lat., Pl. -en) erworbener Schwachsinn 3. *Imbezillität,* die (lat., ohne Pl.) 4. *Idiotie,* die (gr.-lat., Pl. ...ien) Dummheit

schwachsinnig 1. *debil* (lat.) 2. *dement* (lat.) 3. *imbezill* (lat.) mittelgradig schwachsinnig

Schwachsinniger 1. *Kretin,* der (gr.-lat.-fr., Pl. -s) nicht verw. mit *Gratin,* der (germ.-fr., Pl. -s) z. B. Kartoffelgratin: mit e. Kruste überbackene Kartoffeln 2. *Idiot,* der (gr.-lat., Pl. -en) bes. Denkschwacher

Schwachstelle *Achillesferse,* die (gr.-dt., Pl. -n) nach Achilles, dem Held vor Troja (aus der »Ilias« von Homer) die verwundbare Stelle e. Menschen

Schwadron *Eskadron,* die (lat.-it., Pl. -en)

Schwalbe, e. ... macht noch keinen Sommer *una hirundo non facit ver* (lat., Zitat) eigtl.: ... macht noch keinen Frühling (ver)

Schwamm e. Flaschenkürbisses *Luffa,* die (arab.-sp., Pl. -s) dieser wird aus dem Innern der Kürbisart hergestellt

schwammartig *lakunär* (lat.) auch: höhlenartig, buchtig

schwanger *gravid* (lat.) med.

Schwangere *Gravida,* die (lat., Pl. ...dae) med.

Schwangerschaft *Gravidität,* die (lat., Pl. -en) med.

Schwangerschaftsunterbrechung *Interruption,* die (lat., Pl. -en) med.; u. Unterbrechung des Koitus (Geschlechtsverkehrs)

Schwank *Burleske,* die (it.-fr., Pl. -n) auch: Posse

schwanken 1. *fluktuieren* (lat.) z. B. fluktuierende Beschäftigungszahlen 2. *oszillieren* (lat.) auch: pendeln, schwingen, z. B. von Lichtstrahlen 3. *variieren* (lat.-fr.) auch: abwandeln

schwankend 1. *fluktuierend* (lat.) i. S. fluktuierender Nachfrage 2. *labil* (lat.) e. labiler Charakter sein 3. *oszillatorisch* (lat.) z. B. Meßwertanzeigen 4. *variabel* (lat.-fr.) i. S. von veränderlich

Schwankung *Fluktuation,* die (lat., Pl. -en) Firmen mit e. schlechten Betriebsklima haben e. hohe Personalfluktuation

Schwankungen, gegen ... unempfindlich 1. *euryhalin* (gr.-lat.) bez. des Salzgehaltes im Boden; Ggs.: stenohalin 2. *euryök* (gr.-lat.) bez. der Umweltfaktoren; Ggs.: stenök 3. *euryoxybiont* (gr.-lat.) bez. des Sauerstoffgehaltes; jeweils auf Tiere u. Pflanzen bezogen

Schwanzflosse des Wals *Fluke,* der (engl., Pl. -n)

Schwarm *Pulk,* der (russ., Pl. -s) e. Pulk Motorräder donnerte durch das Dorf

Schwärmer 1. *Enthusiast,* der (gr.-lat., Pl. -en) Bewunderer 2. *Phantast,* der (gr.-lat., Pl. -en) Traumtänzer, Person mit Realitätsverlust 3. *Bacchant,* der (gr.-lat., Pl. -en) siegestrunkener Schwärmer 4. *Illusionist,* der (lat., Pl. -en) Träumer; auch: Zauberkünstler 5. *Romantiker,* der (lat.-fr., Pl. –) 6. *Visionär,* der (lat., Pl. -e) »Die Visionäre von damals sind die Realisten von heute.« (Helmut Kohl, Bundeskanzler, 1998)

Schwärmerei *Romantik,* die (lat.-fr.-engl., ohne Pl.)

schwärmerisch 1. *romantisch* (lat.-fr.-engl.) ihre romantische Art zeigte sich auf Spaziergängen 2. *enthusiastisch* (gr.-lat.) begeistert

Schwarze Kunst *Nigromantie,* die (lat.-gr., ohne Pl.) schwarze Magie, Hexenkunst

Schwarzerde, bes. ... *Regur,* der (Hindispr.) ... in Südindien

Schwarzgeld, das als Sicherheit für e. offiziellen Investitionskredit verwendet wird *Back-to-back-Kredit,* der (engl.-lat., Pl. -e)

Schwarzseher *Pessimist,* der (lat., Pl. -en) »Der einzige Mist, auf dem nichts wächst, ist der Pessimist.« (Theodor Heuss, Bundespräsident von 1949-1959); Ggs.: Optimist

Schwarzseherei 1. *Pessimismus,* der (lat., ohne Pl.) der ewige Pessimismus lähmte seine Aktivität; Ggs.: Optimismus 2. *Defätismus,* der (lat.-fr., ohne Pl.) i. S. von: Resignation, innere Verabschiedung

schwarzseherisch 1. *pessimistisch* (lat.) Ggs.: optimistisch 2. *defätistisch* (lat.-fr.) auch: hoffnungslos

schwatzen 1. *fabulieren* (lat.) 2. *radotieren* (fr.) hemmungslos daherreden 3. *räsomieren* (lat.-fr.) auch: schimpfen

Schwätzer 1. *Fabulant,* der (lat., Pl. -en) 2. *Räsoneur,* der (lat.-fr., Pl. -e) salopp: Klugscheißer 3. *Radoteur,* der (fr., Pl. -e) hemmungsloser Schwätzer

Schweben im Raum, freies ... *Levitation,* die (lat., Pl. -en) die vermeintliche Aufhebung der Schwerkraft, z. B. als spiritistische Erscheinung

Schwebeschritt im Tanz *Balancé,* das (fr., Pl. -s)

Schwebezustand, rhythmisch-melodischer ... *Groove,* der (engl.-am., Pl. -s) ... durch Schlagzeug oder Baß erzeugt

Schweifstern *Komet,* der (gr.-lat., Pl. -en) z. B. Komet »Hale-Bopp« vom März 1997

Schweigen 1. *Mutismus,* der (lat., ohne Pl.) i. S. von absichtlicher Stummheit 2. *Silentium!* (lat.) wird als Aufruf zum Schweigen gesagt

Schweigepflicht ... *Omertà,* die (it., ohne Pl.) ... in der Mafia; auch: Gesetz des Schweigens

Schweinepriester (scherzh.) *Veterinärtheologe,* der (lat., Pl. -n) e. Fußballtrainer zum Reporter: »Sie Veterinärtheologe!«

Schweinerei *Cochonnerie,* die (fr., Pl. -ien) auch: Sauerei, Unflätigkeit

Schweiß fürchten *sudorem timere* (lat., Zitat: Seneca) nicht gern hartes Holz bohren

Schweißabsonderung, übelriechende ... *Kakidrose* u. *Kakidrosis,* die (gr., ohne Pl.) med.

Schweißabsonderung, verminderte ... *Anhidrose,* die (gr., Pl. -n) u. *Anhidrosis,* die (gr.-lat., Pl. ...oses) jeweils: med.; auch: angeborenes Fehlen der Schweißdrüsen

Schweißbildung *Hidrose,* die (gr.-lat., ohne Pl.) med.
schweißtreibend *hidrotisch* (gr.-lat.) med.
Schweiz, Bundesland der ... *Kanton,* der (lat.-it.-fr., Pl. -e) in Frankreich: Kreis, Bezirk
schweizerisch *helvetisch* (lat.)
schwelgerisch *lukullisch* (lat.) bez. erlesener Speisen
schwellen *intumeszieren* (lat.) auch: anschwellen
schwellfähig *erektil* (lat.) auch: erektionsfähig
Schwellung 1. *Intumeszenz,* die (lat., Pl. -en) 2. *Inturgeszenz,* die (lat., Pl. -en) jeweils auch: Anschwellung (med.)
Schwemme *Inflation,* die (lat., Pl. -en) »Aufschwellen«, Erhöhung der Geldmenge, steigende Preise; Ggs.: Deflation
Schwemmverfahren für Mineralien *Flotation,* die (lat.-engl., Pl. -en) ... u. andere Stoffe
schwenzen *exen* (lat.) auch: von der Uni verweisen
schwer 1. *grave* (lat.-it.) auch: ernst, musik. Vortragsanw. 2. *massiv* (fr.) durch u. durch aus e. Metall, z. B. Gold; nicht verw. mit *Massiv,* das (fr., Pl. -e) Gebirgsstock; Zentralmassiv in Frankreich
schwer verkäuflich *inkurant* (lat.-fr.)
schwer verständlich *abstrus* (lat.) z. B. abstrus daherreden
Schwerarbeit, vergebliche *Sisyphusarbeit,* die (gr.-dt., ohne Pl.) nach der gr. Sage, wonach Sisyphus e. Marmorblock e. Hang hinaufrollen mußte, der immer wieder hinabrollte
Schwerenöter 1. *Ladykiller,* der (engl., Pl. -s) 2. *Casanova,* der (Eigenn.-it., Pl. -s) Giacomo Girolamo Casanova (1725-1798) Verführer u. Frauenheld
schwerfällig 1. *phlegmatisch* (gr.-lat.) 2. *pesante* (lat.-it.) musik. Vortragsanw. 3. *lethargisch* (gr.-lat.) auch: schlafsüchtig
Schwerfälligkeit *Phlegma,* das (gr.-lat., ohne Pl.) sein ungeheures Phlegma machte aggressiv
Schwerhörigkeit 1. *Hypakusis,* die (gr.-lat., ohne Pl.) med. 2. *Dysakusis,* die (gr.-lat., ohne Pl.) med.
Schwerkraft *Gravitation,* die (lat., ohne Pl.) die Erdanziehungskraft, die auf alle Gegenstände in Erdnähe wirkt
Schwerkraft, Fähigkeit der Pflanzen, ihren Wuchs auf die ... einzustellen *Geotropismus,* der (gr.-lat., ohne Pl.) auch: Erdwendigkeit
Schwermut 1. *Melancholie,* die (gr.-lat., Pl. ...ien) auch: Trübsinn 2. *Tristesse,* die (lat.-fr., Pl. -n) Traurigkeit 3. *Depression,* die (lat., Pl. -en) Niedergeschlagenheit; auch: Niedergangsphase im Konjunkturverlauf e. Volkswirtschaft 4. *Athymie,* die (gr., Pl. ...ien) med., Antriebslosigkeit 5. *Dyskolie,* die (gr., ohne Pl.) Verdrießlichkeit
schwermütig 1. *deprimiert* (lat.-fr.) 2. *melancholisch* (gr.-lat.) 3. *depressiv* (lat.) 4. *elegisch* (gr.-lat.) wehmütig 5. *trist* (lat.-fr.) traurig
Schwerpunkt 1. *Akzent,* der (lat., Pl. -e) »das Antönen«; Betonung; z. B. Akzente setzen 2. *Baryzentrum,* das (gr.-lat., Pl. ...tren) Ausdruck in der Phys.
Schwerstarbeit *Sklaverei,* die (gr.-lat., ohne Pl.) auch: Leibeigenschaft; »Zur Sklaverei gewöhnt der Mensch sich gut u. lernt leicht gehorchen ...« (Goethe)
Schwerverbrecher *Gangster,* der (engl., Pl. –)
schwerwiegend 1. *fundamental* (lat.) 2. *gravierend* (lat.) die Firma plant gravierende (einschneidende) Änderungen in der Organisation
Schwiegermutter *Belle mère,* die (fr., Pl. -s -s) scherzhaft
schwielig *kallös* (lat.) med.
schwierig 1. *diffizil* (lat.-fr.) i. S. von schwer zu behandeln, der Fall ist diffizil (mit Fingerspitzengefühl) zu handhaben 2. *prekär* (lat.-fr.) sich in e. prekären Situation befinden 3. *problematisch* (gr.-lat.) mit Problemen behaftet 4. *spinös* (lat.) im Umgang seltsam, merkwürdig sein 6. *delikat* (lat.-fr.) auch: lecker, z. B. delikate Speisen; Ggs.: indelikat 6. *kompliziert* (lat.-fr.) verwikkelt; »Bei einem Fußballspiel kompliziert sich alles durch die Anwesenheit der gegnerischen Mannschaft.« (Jean-Paul Sartre, 1905-1980)
Schwierigkeit 1. *Komplikation,* die (lat., Pl. -en) während der Operation stellten sich Kreislaufkomplikationen ein 2. *Problem,* das (gr.-lat., Pl. -e) 3. *Problematik,* die (gr.-lat., Pl. -en) 4. *Schikane,* die (fr., Pl. -n) i. S. absichtlich herbeigeführter Schwierigkeiten: schleppende Paßkontrolle; enge Kurven auf e. Autorennstrecke 5. *Crux,* die (lat., ohne Pl.) eigtl.: Kreuz 6. *Krise,* die (gr.-lat., Pl. -n) 7. *Strapaze,* die (it., Pl. -n) bes. Anstrengung 8. *Bredouille,* die (fr., Pl. -n) auch: Klemme
Schwierigkeiten *Sperenzien,* die (lat., nur Pl.) z. B. mach' keine Sperenzien
Schwierigkeiten, keine *null problemo,* von *Problem,* das (gr.-lat., Pl. -e) »der Vorwurf«; (Ausspruch der Fernsehfigur Alf)
Schwimmbecken 1. *Bassin,* das (lat.-fr., Pl. -s) 2. *Swimmingpool,* kurz: *Pool,* der (engl., Pl. -s) auch: Zusammenlegung von Firmenaktivitäten für e. Projekt: Versicherungspool
schwindelig *blümerant* (fr.) i. S. von flau; z. B. mir ist ganz blümerant im Kopf
schwindeln 1. *alfanzen* (it.) 2. *fabulieren* (lat.)
Schwindler 1. *Fabulant,* der (lat., Pl. -en) auch: Ge-

schichtenerzähler 2. *Scharlatan,* der (it.-fr., Pl. -e) auch: Aufschneider

Schwindsucht 1. *Tabes,* die (lat., ohne Pl.) med. 2. *Tuberkulose,* die (lat., Pl. -n) med.

schwindsüchtig 1. *tabisch* (lat.) med. 2. *tuberkulös* (lat.) med.

Schwindsüchtiger *Tabiker,* der (lat., ohne Pl.) med.

schwingen 1. *oszillieren* (lat.) z. B. Lichtstrahlen, techn. Meßgeräte: Oszillograph 2. *vibrieren* (lat.) zittern

Schwingen, das ... *Swing,* der (engl., Pl. -s) Stilperiode des Jazz um 1935; Swingtanz (Fox); auch: Kreditlinie bei Handelsverträgen

schwingend *oszillatorisch* (lat.)

schwingender Kurzmantel *Swinger,* der (engl., Pl. –) auch: jmd. der seinen Sexualpartner häufig wechselt

Schwingung 1. *Oszillation,* die (lat., Pl. -en) 2. *Vibration,* die (lat., Pl. -en) Beton wird mit Vibrationsflaschen (Flaschenrüttler) verdichtet

Schwingungsdauer *Periode,* die (gr.-lat., Pl. -n) auch: Zeitabschnitt; Menstruation

Schwingungserzeuger *Vibrator,* der (lat., Pl. ...oren) »Der Vibrator ersetzt der grünen Witwe den Hausfreund.« (Hans Krause) auch: Godemiché oder Dildo (künstlicher Penis)

Schwingungsmesser *Seismograph,* der (gr.-lat., Pl. -en) Erdbebenmesser

Schwingungsweite *Amplitude,* die (lat., Pl. -n) der größte Schwingungsausschlag e. Welle, von der Mittellage gemessen

Schwingungszahl *Frequenz,* die (lat., Pl. -en) pro Sekunde

Schwitzbad 1. *Sudatorium,* das (lat., Pl. ...rien) 2. *Sauna,* die (finn., Pl. -s, ...nen) finn. Heißluftbad

Schwitzbläschen *Hidroa,* die (gr.-lat., nur Pl.) med.

Schwitzen *Transpiration,* die (lat.-fr., ohne Pl.)

schwitzen *transpirieren* (lat.)

schwul 1. *homosexuell* (lat.) 2. *lesbisch* (nach der gr. Insel Lesbos) Homosexualität bei Frauen

Schwund *Kalo,* der (gr.-lat.-it., Pl. -s) i. S. von: Gewichtsverlust e. Ware durch z. B. Auslaufen

Schwundeffekt in der Technik *Fading,* das (engl., Pl. -s) auch: das Nachlassen der Bremswirkung bei Erhitzung

Schwung 1. *Drive,* der (engl., Pl. -s) 2. *Dynamik,* die (gr.-lat., ohne Pl.) das Unternehmen sucht e. dynamischen Verkaufsleiter 3. *Elan,* der (lat.-fr., ohne Pl.) dem Verkäufer fehlt es an Elan 4. *Impetus,* der (lat., ohne Pl.) 5. *Karacho,* das (sp., ohne Pl.) er fuhr seinen Sportwagen mit Karacho gegen den Baum 6. *Pep,* der (am., ohne Pl.) endlich e. Werbetexter mit Pep! 7. *Temperament,* das (lat.-fr., Pl. -e) während des Ehestreits ging ihm sein südländisches Temperament durch 8. *Impuls,* der (lat., Pl. -e) »Anstoß«; e. plötzlichen Impuls folgend, sprang er auf 9. *Initiative,* die (lat.-fr., Pl. -n) Entschlußkraft 10. *Verve,* der (lat.-fr., ohne Pl.) auch: Begeisterung

Schwung, mit bes. ... *Zislaweng,* der (ugs., ohne Pl.)

schwungvoll 1. *oratorisch* (lat.) auch: mitreißend 2. *dynamisch* (gr.-lat.) 3. *vital* (lat.-fr.) munter

Schwurgericht *Jury,* die (lat.-fr.-engl., Pl. -s) in den USA

sechs *hexa* (gr.) auch: sechsfach

Sechseck *Hexagon,* das (gr.-lat., Pl. -e)

sechseckig *hexagonal* (gr.-lat.)

sechsflächig *hexaedrisch* (gr.-lat.)

Sechsflächner *Hexaeder,* der (gr.-lat., ohne Pl.) e. sechsflächiger Körper, z. B. Würfel

Sechsstern *Hexagramm,* das (gr.-lat., Pl. -e) der Davidstern der Juden

Sechstagewerk *Hexmeron,* das (gr., ohne Pl.) die Schöpfung der Welt in sechs Tagen

sechsteilig *hexamer* (gr.-lat.) auch: sechszählig, z. B. von Blüten

Sediment aus abgestorbenen Lebewesen *Biolith,* der (gr.-lat., Pl. -en)

Seefrachtbrief 1. *Bill of Lading,* das (engl., Pl. -s) kurz: B/L 2. *Konnossement,* das (lat.-it., Pl. -e) e. Warenwertpapier, die Aushändigung des Konnossements ersetzt die Warenübergabe

Seegurke *Holothurie,* die (gr.-lat., Pl. -n) e. sog. Stachelhäuter lebt u. a. im Mittelmeer

Seegurke, getrocknete ... *Trepang,* der (malaiisch.-engl., Pl. -e) chinesische Nahrung

Seegüterkontrolleur *Tallyman,* der (engl., Pl. ...men)

Seeigel *Echinus,* der (gr.-lat., ohne Pl.) auch: Wulst des Kapitells e. dorischen Säule

Seeigel, versteinerter ... *Echinit,* der (gr.-lat., Pl. -en)

Seekrankheit 1. *Kinetose,* die (gr.-lat., Pl. -n) med. 2. *Nausea,* die (gr.-lat., ohne Pl.) med.; auch: allg. Übelkeit

Seekuh, am. ... *Lamantin,* der (indian.-sp., Pl. -e)

Seele 1. *Psyche,* die (gr., Pl. -n) ihre Krankheit ist psychischen Ursprungs 2. *Anima,* die (lat., ohne Pl.) im philos. Sinn 3. *Atman,* der (sanskr., Pl. -s) aus der Philos. Indiens

Seele, die ... als Reflexmechanismus *Pawlowsche Versuche,* die (Eigenn., Pl.) nach Iwan Pawlows (russ. Physiologe, 1849-1936) Arbeiten über die »bedingten Reflexe« (Med.)

Seele, die nach dem Tod im Körper e. anderen wiedergeboren wird *Reinkarnation,* die (lat., Pl. -en) auch: Wiederverleiblichung (buddhistische Lehre von der Seelenwanderung)

Seele, e. reine ..., e. lauteres Gemüt *anima candida* (lat., Zitat)
Seele, fromme ... *have, pia anima!* (lat.) ... sei gegrüßt! (Inschrift auf Grabsteinen)
Seele, große *Mahatma,* der (sanskr., Pl. -s) Ehrentitel für geistig hervorragende Männer; z. B. Mahatma Gandhi (1869-1948)
Seele, lebe wohl, fromme ...! *have, pia anima!* (lat., Zitat) Zuruf am frischen Grab
Seelengärtlein *Hortulus animae,* der (lat., Pl. ...li –) Titel von mittelalterlichen Gebetbüchern
Seelenhirte *Pastor,* der (lat., Pl. ...oren) Pfarrer, Geistlicher; Abk.: P.; »Zweimal predigt der Pastor nicht.« (Redensart)
Seelenkunde *Psychologie,* die (gr.-lat., ohne Pl.)
Seelenleben *Psyche,* die (gr., Pl. -n)
Seelenmesse *Requiem,* das (lat., Pl. -s) auch: Totenmesse
Seelenruhe *Ataraxie,* die (gr., ohne Pl.) i. S. von Unerschütterlichkeit
Seelenwanderung 1. *Metempsychose,* die (gr.-lat., Pl. -n) 2. *Reinkarnation,* die (lat., Pl. -en) auch: Wiederverleiblichung (buddhistische Lehre von der Seelenwanderung
seelisch bedingt *psychogen* (gr.-lat.)
seelisch bedingte Nervenschmerzen *Psychalgie,* die (gr.-lat., Pl. ...ien) med.
seelisch bedingtes Stottern *Psychoglossie,* die (gr.-lat., Pl. ...ien) med.
seelische Fehlleistungen, Verfahren zur Behandlung ... *Psychoanalyse,* die (gr.-lat., Pl. -n) z. B. Psychoanalytiker Sigmund Freud (1856-1939): Triebkonflikte, Traumdeutung
seelische Störung *Psychose,* die (gr.-lat., Pl. -n)
seelische Störungen, Arzt für ... *Psychiater,* der (gr.-lat., ohne Pl.)
seelische Vorgänge für die Entstehung körperlicher Krankheiten *Psychosomatik,* die (gr.-lat., ohne Pl.) Wissenschaft, die seelische ... untersucht
Seelisches Deuten u. Erkennen *Psychognosie,* die (gr.-lat., ohne Pl.)
seelsorgerisch *pastoral* (lat.)
Seemann *Jan Maat, Janmaat,* der (niederl., Pl. -e, -en) auch: Matrose
Seemannsknoten 1. *Pahlstek,* der (niederdt., ohne Pl.) 2. *Webeleinstek* 3. *Schotstek* 4. *Achterknoten* u. a.
Seemannslied *Shanty,* das (engl., Pl. ...ties) z. B. »An die Schoten, an die Brassen...«
Seeoffiziersanwärter *Midshipman,* der (engl., Pl. ...men) auch: unterster Rang e. Seeoffiziers
Seepferdchen *Hippocampus,* der (gr.-lat., Pl. ...pi) Wassertier mit pferdeähnlichem Kopf
Seeräuber 1. *Pirat,* der (gr.-lat.-it., Pl. -en) 2. *Korsar,* der (lat.-it., Pl. -en) auch: Zweimannjolle mit Vor- u. Großsegel 3. *Flibustier* (auch: *Filibuster),* der (engl.-fr., Pl. –) Mitglied e. westindischen Seeräubergemeinschaft (17. Jh.) 4. *Bukanier,* der (fr.-engl., Pl. -e) westindischer Seeräuber des 17. Jh.
Seeräuberei *Piraterie,* die (gr.-lat.-it., Pl. ...ien)
Seerose *Nymphäa,* die (gr.-lat., Pl. ...äen) auch: Wasserrose
Seeschlacht *Naumachie,* die (gr., Pl. ...ien) ... im antiken Griechenland
Seeungeheuer *Hydra,* die (gr.-lat., Pl. ...dren) neunköpfiges Ungeheuer der gr. Mythologie, das von Herakles getötet wurde; auch: Süßwasserpolyp; nicht verw. mit *Hydria,* die (gr.-lat., Pl. ...ien) altgr. Wasserkrug
Seewalze *Holothurie,* die (gr.-lat., Pl. -n) Stachelhäuter, der u. a. im Mittelmeer lebt
Seewasser, immer im ... lebend *eupelagisch* (gr.-lat.) gemeint sind Tiere oder Pflanzen
Seezeichen *Boje,* die (niederl., Pl. -n) schwimmend verankerte Kennzeichnung von Wasserstraßen
Segel am hintersten Mast *Besan,* der (niederl., Pl. -e) Seemannsspr.
Segel zusammenschnüren *geien* (niederl.) Seemannsspr.
Segelausrüstung *Takelage,* die (engl., Pl. -n) e. Segelschiffes
Segelboot mit Stahlkufen *Scooter,* der (engl.-am., Pl. –) z. B. zum Eissegeln
Segelfahrt *Törn,* der (engl., Pl. -s)
Segeljachtkapitän *Skipper,* der (engl., Pl. -s)
Segeln, beim ... e. anderen Segelschiff den Fahrtwind nehmen *bekalmen* (dt.-engl.)
Segelschiff 1. *Brigg,* die (engl., Pl. -s) zweimastiges Segelschiff, deren Masten voll getakelt, d. h. mit Rahen bestückt sind 2. *Brigantine,* die (engl., Pl. -n) oder Schonerbrigg hat nur zwei Masten, von denen der erste rahgetakelt ist u. der zweite Gaffel- u. Gaffeltoppsegel fährt 3. *Barkentine,* die (engl., Pl. -s) oder Schonerbark hat mindestens drei Masten u. fährt nur am ersten Mast Rahen 4. *Schoner,* der (engl., Pl. -s) sind Segler mit Schratsegeln u. zwei oder mehr Masten; es werden Rahschoner, Toppsegelschoner, Bramsegelschoner unterschieden 5. *Klipper,* der (engl., Pl. –) Schnellsegler Mitte des 19. Jh., waren meist als Vollschiffe getakelt, z. B. Teeklipper, e. der berühmtesten: »Cutty Sark« 6. *Botter,* der (niederl., Pl. –) niederl. Fischereisegler für den Schleppnetzfang, einmastig 7. *Dhau,* die (arab., Pl. -en) arab. Fracht- u. Fischereischiff 8. *Dschunke,* die (malaiisch, Pl. -n) chin. Segelschiff 9. *Kutter,* der (engl., Pl. –) einmastiges Fischereischiff; Fischkutter 10. *Bark,* die (niederl., Pl. -en) sie hat mindestens

drei Masten, die ersten beiden sind voll rahgetakelt, am dritten, dem Besanmast werden Schratsegel, meist Gaffel- u. Gaffeltoppsegel gefahren 11. *Yacht,* die (niederl., Pl. -en) luxuriöses Sport- u. Vergnügungssegelboot, z. B.: Drachen, Starboot, Flying Dutchman, Pirat, Optimist 12. *Yawl,* die (dt.-engl., Pl. -e, -s) zweimastiges Sportsegelboot

Segelschiff, großes ... *Windjammer,* der (engl.-dt., Pl. –)

Segelstange, schräge, um den Mast drehbare ... *Gaffel,* die (niederdt., Pl. -n) auch: Gaffelschoner (Segelschiff)

Segeltuch *Persenning,* die (niederl., Pl. -s)

Segen *Benediktion,* die (lat., Pl. -en) auch: Segnung

Segensspruch *Eulogie,* die (gr.-lat., Pl. ...ien) auch: Weihegebet

segnen 1. *benedeien* (lat.) lobpreisen 2. *benedizieren* (lat.) weihen

Segnung *Benediktion,* die (lat., Pl. -en)

Sehbereich *Horopter,* der (gr., ohne Pl.) Sehgrenze des menschlichen Blicks

Sehenswürdigkeiten, Sammlung von ... *Panoptikum,* das (gr.-lat., Pl. ...ken) auch: Wachsfigurensammlung

Seher 1. *Prophet,* der (gr.-lat., Pl. -en) svw. Wahrsager; auch: Mahner u. Zukunftsdeuter des Alten Testamentes 2. *Augur,* der (lat., Pl. -en) auch: Priester u. Vogelschauer im alten Rom

Seherin in nordgerm. Sagen *Völva,* die (altnord., Pl. ...vur)

seherisch *divinatorisch* (lat.) auch: ahnend

Seherkunst *Mantik,* die (gr.-lat., ohne Pl.) die Kunst der Zukunftsdeutung

Sehet, welch ein Mensch *ecce homo!* (lat.) Ausspruch des Pontius Pilatus, um 30 n. Chr. röm. Prokurator von Judäa (er meinte Jesus)

Sehnenentzündung *Desmitis,* die (gr.-lat., Pl. ...itiden) med.

Sehnerv *Optikus,* der (gr.-lat., ohne Pl.) med.

Sehnsucht nach alten Zeiten *Nostalgie,* die (gr.-lat., Pl. ...ien) »... dann ist es schnell vorbei mit der DDR-Nostalgie.« (Theo Waigel, Bundesfinanzminister, 1998)

Sehnsucht nach dem Guten in der DDR *Ostalgie,* die (lat., Pl. ...ien) von lat.: Nostalgie (verklärte Erinnerung an alte Zeiten)

sehr gut! 1. *bravo!* (gr.-lat.-it.) 2. *prima* (lat.)

sehr klein *minimal* (lat.) z. B. e. Vergleich zeigte nur minimale Preisunterschiede

sehr schmackhaft *deliziös* (lat.-fr.) bez. Speisen

sehr schnell *rapide* (lat.-fr.) die Gentechnologie macht rapide Fortschritte

sehr sorgfältig *penibel* (gr.-lat.-fr.) Buchhalter müssen mit Zahlen besonders penibel umgehen

sehr unruhig *turbulent* (lat.-fr.) der Flug nach New York verlief recht turbulent

Sehrohr *Periskop,* das (gr.-lat., Pl. -e) der U-Boote für die Überwasserbeobachtung

Sehschwäche 1. *Asthenopie,* die (gr.-lat., ohne Pl.) Ermüdung der Augen beim Lesen (med.) 2. *Dysopsie,* die (gr.-lat., Pl. ...ien) u. *Dysopsia,* die (gr.-lat., Pl. ...iae) Sehstörung 3. *Kopiopie,* die (gr.-lat., ohne Pl.) Erschöpfung der Augen durch Überanstrengung 4. *Parablepsie,* die (gr.-lat., Pl. ...ien) med., allg. Sehstörung

Sehstörung *Parablepsie,* die (gr.-lat., Pl. ...ien) med.

Sei gegrüßt! *salve!* (lat.)

seicht *trivial* (lat.-fr.) z. B. Trivialliteratur, e. wenig anspruchsvolle Unterhaltungsliteratur

Seichtheit *Trivialität,* die (lat.-fr., Pl. -en) i. S. von Plattheit; e. Roman, angefüllt von Trivialitäten

Seidengewebe aus dem Mittelalter *Zindel,* das (gr.-lat., ohne Pl.) z. B. Zindeltaft

Seidenschal *Foulard,* der (fr., Pl. -s) auch: bedruckter Kunstseidenstoff

Seidenspitze, feine ... *Blonde,* die (fr., Pl. -n) ... mit Blumenmuster

Seiende, das ... *Ens,* das (lat., ohne Pl.) auch: Sein, Wesen (philos.)

Seil *Reep,* das (niederdt., Pl. -e) auch: Tau

Seil zum Werfen ... *Lasso,* das (lat.-sp., ohne Pl.) ...u. Einfangen flüchtender Tiere; der Cowboy u. sein Lasso; auch: Wurfschlinge

Seilbahnkabine *Gondel,* die (it., Pl. -n)

Seilerbahn *Reeperbahn,* die (niederdt., Pl. -en) auch: Straße in St. Pauli, im Vergnügungsviertel Hamburgs; »Auf der Reeperbahn nachts um halb eins« (Lothar Olias)

Seiltänzer 1. *Äquilibrist,* der (lat.-fr., Pl. -en) 2. *Aerobat,* der (gr., Pl. -en) auch: Träumer

Seine, jedem das ... *suum cuique* (lat., Zitat) jedem, was ihm zukommt

Seinige, auf das ... bedacht sein *ad rem attentum esse* (lat., Zitat)

Seinsforscher *Ontologe,* der (gr.-lat., Pl. -n) Philosoph, der sich mit der Bestimmung des Seienden auseinandersetzt; z. B. Ontologische Differenz, von Martin Heidegger (1889-1976): »inaugurierte Bez.« für den Unterschied zwischen »Seiendem« u. »Sein«; nicht verw. mit: *Ornithologe,* der (gr.-lat., Pl. -n) Vogelkundler

Seinslehre *Ontologie,* die (gr.-lat., ohne Pl.) philos.: die Bestimmung des Seienden; nicht verw. mit: *Ornithologie,* die (gr.-lat., ohne Pl.) Vogelkunde

Seiten, von zwei ... her *bikollaterale* (lat.)

Seitenansicht *Profil,* das (lat.-it., Pl. -e) z. B. des Gesichtes

Seitengang des Pferdes *Renvers,* das (lat.-fr., ohne Pl.) Gangart des Dressurpferdes

Seitengewehr *Bajonett,* das (fr., Pl. -e) genannt nach dem französischen Ort Bayonne

Seitenschmerz *Pleurodynie,* die (gr.-lat., Pl. ...ien) med.; auch: Seitenstechen

Seitensprung 1. *Eskapade,* die (lat.-it.-fr., Pl. -n) falscher Sprung e. Reitpferdes; auch: Abenteuer oder Streich 2. *Sidestep,* der (engl., Pl. -s) auch: Ausfallschritt der Basketballer

Seitenstechen *Pleurodynie,* die (gr.-lat., Pl. ...ien)

Seitenzahl *Pagina,* die (lat., Pl. -s) bez. Büchern

seitlich 1. *lateral* (lat.), seitwärts 2. *bilateral* (lat.) von zwei Seiten ausgehend; Ggs.: multilateral

Sekt *Champagner,* der (lat.-fr., ohne Pl.) edler Sekt aus der Champagne Frankreichs; »Ich will Champagnerwein u. recht moussierend soll er sein.« (Goethes »Faust«)

Sekte des Islams *Druse,* der (arab., Pl. -n) nach dem Gründer Ad Darasi, um 1017 n. Chr., im syrisch-kleinasiatischen Raum ansässig

Sekte, altjüdische ... *Essener,* die (hebr.-gr., nur Pl.) ... wie Mönche lebend (150 v. Chr. bis 70 n. Chr.)

Sekte, Angehöriger e. Reform... des Islams *Wahhabit,* der (arab., Pl. -en) in Saudiarabien seit dem 18. Jh.

Sektenangehöriger, christlicher ... 1. *Sabbatarier,* der (hebr.-gr.-lat., Pl. –) ... 2. *Sabbatist,* der (hebr.-gr.-lat., Pl. -en) ... der nach jüdischer Art den Sabbat heiligt

Sektenangehöriger, der nackt zu seinen Kulten erscheint ... *Adamit,* der (Eigenn., Pl. -en) ... um damit paradiesische Unschuld zu dokumentieren; nach: Adam, dem Stammvater der Menschheit

Sektenmitglied 1. *Quäker,* der (engl., Pl. –) »Zitterer«; ursprünglich Spottname; Mitglied der im 17. Jh. gegründeten »Gesellschaft der Freunde« (Society of Friends) e. pazifistischen, sittenstrengen Sekte 2. *Mormone,* der (Eigenn., Pl. -n) nach dem Buch »Mormon« des Stifters Joseph Smith (1805-1844), Sekte in Nordamerika 3. *Scientologe,* der (engl.-am., Pl. -n) Mitglied e. Sekte mit religiösem Anspruch, das behauptet, e. wissenschaftliche Theorie über das Wissen zur Erlangung geistiger u. seelischer Gesundheit zu haben

Sektenmitglied der Kirche Jesu Christi der Heiligen der letzten Tage *Mormone,* der (Eigenn., Pl. -n) nach dem Buch Mormon des Stifters Joseph Smith (1805-1844), e. chiliastische Sekte (sie erwartet das 1000jährige Reich Christi auf Erden)

Sektenmitglied, das an die baldige Rückkehr Christi glaubt *Adventist,* der (lat.-engl.-am., Pl. -en)

selbst, sich ... etwas beibringen *autodidaktisch lernen* (gr., dt.)

selbst, von ... 1. *eo ipso* (lat.) selbstverständlich 2. *per se* (lat.) durch sich, auch: an sich

Selbstanbetung *Idiolatrie,* die (gr.-lat., ohne Pl.) i. S. von Selbstvergötterung

selbständig 1. *autonom* (gr.) auch: unabhängig, z. B. autonome Staaten 2. *emanzipiert* (lat.) emanzipierte Frauen gehen ihren eigenen Weg 3. *autark* (gr.) vom Ausland wirtschaftlich unabhängig sein

selbständig machen *emanzipieren* (lat.) sich von Abhängigkeiten u. Zwängen lösen (mit Persönlichkeitsentfaltung)

Selbständigkeit 1. *Autonomie,* die (gr., Pl. ...ien) Minderheiten begehren bisweilen staatliche Autonomie 2. *Autarkie,* die (gr., Pl. ...ien) vom Ausland wirtschaftliche Unabhängigkeit

Selbstbeeinflussung *Autosuggestion,* die (gr.-lat., Pl. -en) »Selbsteinredung«; e. Form der *Suggestion,* die (lat., Pl. -en) Beeinflussung e. Menschen

selbstbefriedigen 1. *masturbieren* (lat.) 2. *onanieren* (lat.)

Selbstbefriedigung 1. *Masturbation,* die (lat., Pl. -en) 2. *Onanie,* die (lat., Pl. -n) 3. *Ipsation,* die (lat., Pl. -en) jeweils geschlechtlich

Selbstbefruchtung *Autogamie,* die (gr., Pl. ...ien) Fortpflanzung ohne Partner, bei bestimmten Tier- u. Pflanzenarten anzutreffen

Selbstbeherrschung, die alte Tugend der ... *Sophrosyne,* die (gr.-lat., ohne Pl.)

Selbstbeobachtung *Introspektion,* die (lat., Pl. -en) Analyse der eigenen psychologischen Situation, um Eigenerkenntnisse zu gewinnen

Selbstbeobachtung, durch ... *introspektiv,* (lat.)

Selbstbestimmung *Autodetermination,* die (gr.-lat., Pl. -en) z. B. Selbstbestimmung in politischen Belangen

Selbstbeurteilung *Autokritik,* die (gr.-lat., Pl. -en)

selbstbezogen *egozentrisch* (gr.-lat.) Stars aus dem Showgeschäft neigen dazu, egozentrisch zu sein

Selbstbildnis *Autoporträt,* das (gr.-lat., Pl. -s)

Selbsteinschätzung, übertriebene ... *Snobiety,* die (engl., ohne Pl.) aus: snob (Wichtigtuer) u. society (Gesellschaft)

Selbsteinschläferung *Autohypnose,* die (gr., Pl. -n)

Selbsterkenntnis 1. *Autognosie,* die (gr.-lat., ohne Pl.) 2. *Heautognomie,* die (gr.-lat., ohne Pl.)

Selbsterkenntnis, auf dem Weg der ... *introspektiv* (lat.)

selbstgefällig 1. *prätentiös* (lat.-fr.) sich prätentiös äußern 2. *süffisant* (lat.-fr.) süffisant lächeln

Selbstgefälligkeit *Süffisance,* die (lat.-fr., ohne Pl.)
Selbstgenügsamkeit, Anhänger e. Lehre der ... *Kyniker,* der (gr., Pl. –) wichtiger Vertreter: der Grieche Diogenes (403-323 v. Chr.) in der Tonne
Selbstgenügsamkeit, Philosophie, die ... fordert *Kynismus,* der (gr.-lat., ohne Pl.)
selbstgerecht *pharisäisch* (hebr.-gr.-lat.)
Selbstgerechtigkeit *Pharisäismus,* der (hebr.-gr.-lat., ohne Pl.)
Selbstgesetzgebung *Heautonomie,* die (gr.-lat., ohne Pl.)
Selbstgespräch *Monolog,* der (gr.-fr., Pl. -e) Ggs.: Dialog
selbstherrlich *cäsarisch* (lat.) z. B. sich cäsarisch geben
selbstherrlicher Mensch *Autokrat,* der (gr., Pl. -en) auch: Alleinherrscher
Selbstlaut *Vokal,* der (lat., Pl. -e) z. B. a, e, i, o, u
Selbstlernender *Autodidakt,* der (gr., Pl. -en)
Selbstliebe 1. *Narzißmus,* der (gr.-lat., ohne Pl.) nach Narziß, schöner Jüngling, gr. Sage 2. *Autophilie,* die (gr.-lat., ohne Pl.)
selbstlos *altruistisch* (lat.) aufopfernd; Ggs.: egoistisch
selbstloser Mensch *Altruist,* der (lat., Pl. -en) Ggs.: Egoist
Selbstlosigkeit *Altruismus,* der (lat., ohne Pl.) Ggs.: Egoismus
Selbstmord 1. *Suizid,* der, das (lat., Pl. -e) 2. *Harakiri,* das (jap., Pl. -s) sich mit dem Schwert den Bauch aufschneiden; »Jede Regierung begeht Harakiri, wenn sie nicht sofort nach der Wahl mit e. umfassenden Steuerreform beginnt.« (Oswald Metzger, Bündnis 90/Die Grünen, 1998) 3. *Seppuku,* das (chin.-jap., Pl. -s) ritueller Selbstmord
Selbstmordflieger *Kamikaze,* der (jap., ohne Pl.) japanische Piloten stürzten sich im II. Weltkrieg mit ihren Flugzeugen auf am. Kriegsschiffe
selbstregelnd *automatisch* (gr.)
Selbststeuerung *Automatik,* die (gr.-lat., Pl. -en)
Selbststeuerung der Gesellschaft *Telematik,* die (engl.-am., ohne Pl.) Gerd Gerken: » ... immer mehr Menschen haben e. Sehnsucht, in den Prozessen (in der Telematik) zu sein, weil dort das Leben stattfindet.«
Selbstsucht *Egoismus,* der (lat.-fr., ohne Pl.) Ggs.: Altruismus
selbstsüchtig *egoistisch* (lat.-fr.)
Selbsttäuschung *Illusion,* die (lat.-fr., Pl. -en) gib dich keinen Illusionen hin!
Selbstüberhebung *Hybris,* die (gr., ohne Pl.) z. B. e. Gottheit gegenüber
Selbstüberschätzung *Hybris,* die (gr., ohne Pl.) Vermessenheit z. B. einer Gottheit, Gott gegenüber
Selbstunterricht, jmd., der sich durch ... bildet *Autodidakt,* der (gr., Pl. -en) »Die Künstlerin Emmy Heinemann ist Autodidaktin, seitdem ihre Sehfähigkeit nachläßt, malt die Künstlerin abstrakt.« (Hessische Allgemeine, 1993)
Selbstvergötterung *Idiolatrie,* die (gr.-lat., ohne Pl.) i. S. von Selbstanbetung
selbstverständlich 1. *eo ipso* (lat.) 2. *logisch* (gr.-lat.) auch: schlüssig
Selbstverstümmelung *Autotomie,* die (gr., Pl. -n) gemeint ist z. B, das Abwerfen des Schwanzes e. Eidechse
Selbstverteidigung, asiatische Art der ... *Taekwondo,* das (jap., ohne Pl.)
Selbstverteidigungskunst mit Bambusstöcken *Kendo,* das (jap., ohne Pl.) auch: Fechtkunst der Samurai in Japans Feudalzeit; davon: Fechtkünstler *Kendoka,* der (jap., Pl. -s)
Selbstverwaltung *Autonomie,* die (gr., Pl. ...ien)
Selbstverwaltung, ständische ... *Semstwo,* das (russ., Pl. -s) von 1864-1917 im zaristischen Rußland
selbstwirkend *autodynamisch* (gr.) i. S. von selbsttätig
seligsprechen *beatifizieren* (lat.)
Seligsprechung *Beatifikation,* die (lat., Pl. -en)
selten 1. *rar* (lat.-fr.) als Gast hat er sich rar gemacht 2. *sporadisch* (gr.-fr.) ab u. zu, hin u. wieder 3. *singulär* (lat.) vereinzelt
Seltenheit 1. *Rarität,* die (lat.-fr., Pl. -en) 2. *Singularität,* die (lat., Pl. -en) svw. Besonderheit 3. *Rara avis,* die (lat., ohne Pl.) »seltener Vogel«
seltsam 1. *bizarr* (it.-fr.) bes. ungewöhnlich, der Wind schuf bizarre Sandformationen 2. *kurios* (lat.) er hatte e. kuriosen Einfall 3. *obskur* (lat.) auch: dunkel, verdächtig 4. *ominös* (lat.) svw. unheilvoll 5. *skurril* (etrusk.-lat.) eigenwillig
Senderaum *Studio,* das (lat.-it., Pl. -s) beim Fernsehen u. Funk
Sendezeit, beste ... im Fernsehen *Prime-time,* die (engl., ohne Pl.) z. B. für die Schaltung von Werbespots
Sendung *Mission,* die (lat.-fr., Pl. -en) Auftrag; auch: Verbreitung e. religiösen Lehre unter Andersgläubigen; »das Leben ist e. Mission« (Giuseppe Mazzini)
Sendung über Sensationen u. Skandale *Eyeball-Programm,* das (engl.-am.-gr.-lat., Pl. -e) eigtl.: Augapfel-Sendung; das Produkt modernen Fernsehjournalismus, bei dem es bes. auf visuelle Reize ankommt
Sendungen, durch ... führen *moderieren* (lat.) »Wir haben doch alle Glück gehabt, daß ich keine Wirtschaftssendungen moderiere.« (Verona Feldbusch, im TV-Geschäft tätig)
senken *abaissieren* (lat.-fr.) auch: niederlassen

Senkgrube 1. *Kloake,* die (lat., Pl. -n) 2. *Latrine,* die (lat., Pl. -n) einfache Toilette

senkrecht 1. *vertikal* (lat.) Ggs.: horizontal 2. *perpendikular* (lat.) svw. lotrecht

Senkrechte *Ordinate,* die (lat., Pl. -n)

Sennhütte *Chalet,* das (schweiz.-fr., Pl. -s) auch: größeres Sommerhaus

sensationell 1. *extraordinär* (lat.-fr.) außergewöhnlich 2. *exzeptionell* (lat.-fr.) 3. *spektakulär* (lat.) aufsehenerregend

Sensationspresse 1. *Yellow Press* (engl., ohne Pl.) z. B. »Frau im Spiegel«; auch: Regenbogenpresse 2. *Boulevardpresse,* die (fr., ohne Pl.) z. B. »Bild-Zeitung«; »... vermutlich heißt für die Boulevardpresse der Sündenbock weiter Berti Vogts.« (Berti Vogts, Fußballtrainer, nach der WM, 1998)

Service, der vom Auto aus in Anspruch genommen wird *Drive-in-...* das (engl., ohne Pl.) z. B. Drive-in-Kino; Drive-in-Restaurant

Servierbrett *Tablett,* das (lat.-fr., Pl. -s)

Sessel *Chaise,* die (lat.-fr., Pl. -n)

Setzmaschine *Varityper,* der (engl., Pl. –) ... nach dem Schreibmaschinenprinzip funktionierend

setzt euch! *ad loca!* (lat., Zitat) auf die Plätze!

Seuche 1. *Epidemie,* die (gr.-lat., Pl. -n) ansteckende u. in großer Häufigkeit auftretende Krankenfälle (Cholera) 2. *Pandemie,* die (gr.-lat., Pl. -n) e. Seuche großen Ausmaßes

Seuchenlehre *Epidemiologie,* die (gr.-lat., ohne Pl.) med.

Sex für e. Nacht *One-night-Stand,* der (engl., Pl. -s)

Sex mit älteren Männern ... *Nekro-Sex,* der (gr.-am., ohne Pl.) ... aus der Sicht »moderner« Mädchen (Girlies) mit Grufties oder Sugar-Daddies, die das Low-Budget-Problem lösen

Sex ohne Vorspiel *Hardcore-Sex,* der (engl., ohne Pl.)

Sex von Angesicht zu Angesicht *face to face Sex,* der (engl., ohne Pl.) kurz: f2f-Sex, Begriff aus dem Mailbox-Slang für die körperliche Begegnung zweier Menschen, im Gegensatz zum Cybersex (vom Computer erzeugter Sex)

Sex, künstlicher, durch Computer geschaffener ... *virtueller Sex,* der (lat.-engl.-am., ohne Pl.) Virtualisierung erotischer Begegnungen durch dreidimensionale interaktive Pornofilme, die dem Anwender e. Orgasmus (Cyborgasmus) bescheren

Sex, schneller ... 1. *Quickie,* der (engl.-am., Pl. -s) z. B. im Fahrstuhl oder im Auto 2. *One-night-Stand,* der (engl.-am., Pl. -s) Sex mit e. flüchtigen Bekanntschaft, die nur e. Nacht hält

Sex, ungezügelter ... *The Big Easy* (engl.-am., ohne Pl.) ... ohne Kondom

Sexprothesen, Lehre von den computergesteuerten ... *Teledildonik,* die (engl.-am., ohne Pl.) von: Dildo (künstliches Glied); Penis- oder Vulvanachbildungen werden elektronisch gesteuert

Sexualhormon *Östrogen,* das (gr.-lat., Pl. -e) med., weibliches Hormon

Sexualität, die ... anregende Mittel *Aphrodisiakum,* das (gr.-lat., Pl. ...ka) nach der gr. Göttin der Liebe Aphrodite benannt; dazu werden u. a. gezählt: 1. Viagra »Potenzpille«, chem. Präparat 2. Cannabis indica (Indischer Hanf) 3. Bufotenin, e. halluzinogenes Alkaloid, auch: Cohoba genannt, wird aus der Haut e. giftigen Kröte Südamerikas gewonnen 4. Datura aus dem Stechapfel hergestellt 5. Harmin aus der Pflanze Banisteria Caapi (Südamerika) gewonnen 6. Kat aus dem Jemen, Verwendung finden die Blätter u. Knospen der Catha edulis-Pflanze 7. Kubeben-Pfeffer, auch »Schwanzpfeffer« genannt, stammt aus Java 8. Meskalin wird aus dem Peyote-Kaktus gewonnen 9. Nanacatel, e. Pilzextrakt aus Mittelam. 10. Ololiuqui, e. Saft des tropischen Turbina corymbosa-Gewächses 11. Opium erzeugt nach dem Sexualwissenschaftler Iwan Bloch wollüstige Träume 12. Rote Bohne (Mexiko) 13. Yohimbin (Westafrika)

Sexualkontakt ohne Geschlechtsverkehr *Petting,* das (engl.-am., Pl. -s)

Sherry, sp. ... *Jerez,* der (sp., ohne Pl.) auch: Süßwein, nach der sp. Stadt Jerez de la Frontera

Shilling, 21 engl. ... *Guinee,* die (engl., Pl. ...een) engl. Rechnungseinheit; auch: e. frühere engl. Goldmünze

sich auflehnen *rebellieren* (lat.-fr.) z. B. die rebellierende Bevölkerung wurde niedergeknüppelt

sich aufregen *echauffieren* (lat.-fr.)

sich ausbreiten *grassieren* (lat.) jährlich grassiert im Winter e. Grippewelle

sich ausdehnen *expandieren* (lat.) die Chemie-Unternehmen expandieren auf dem Gebiet der Gentechnologie

sich ausdehnend *expansiv* (lat.-fr.)

sich aussprechen *expektorieren* (lat.) z. B. Gefühle äußern

sich beschweren *reklamieren* (lat.) e. schlechte Warenlieferung reklamieren

sich empören *rebellieren* (lat.-fr.) gegen e. autoritäres Regime rebellieren

sich erholen *rekreieren* (lat.)

sich erregen *echauffieren* (lat.-fr.)

sich fortpflanzen *reproduzieren* (lat.)

sich lohnen *rentieren* (lat.-fr.) Investitionen sind nur sinnvoll, wenn sie sich rentieren

sich verbünden *föderieren* (lat.-fr.)

sich vorstellen *imaginieren* (lat.)

sich widersetzen *rebellieren* (lat.-fr.)
sich widersprechend *disparat* (lat.) es liegen disparate Zeugenaussagen vor
sich zusammenschließen *formieren* (lat.)
Sichankleiden *Toilette (machen),* die (lat.-fr., ohne Pl.)
Sichaussprechen *Expektoration,* die (lat., Pl. -en) i. S. des Erklärens der eigenen Gefühle
sicher 1. *fundiert* (lat.) e. fundiertes Wissen haben 2. *garantiert* (germ.-fr.) bestimmt
sicher, nicht ... *hypothetisch* (gr.-lat.) fraglich; z. B. *hypothetisches Konstrukt,* das (gr.-lat., Pl. -e, -e) gedankliche Konstruktion zur Beschreibung von Dingen
Sicherheit 1. *Aplomb,* der (fr., Pl. -s) des Auftretens 2. *Garantie,* die (germ.-fr., Pl. ...ien) auch: Gewähr
Sicherheit, in ... *in salvo* (lat.)
Sicherheitsfach 1. *Safe,* der (lat.-fr.-engl., Pl. -s) 2. *Tresor,* der (fr., Pl. -e) großes Sicherheitsfach; auch: Panzerschrank
Sicherheitsleistung *Kaution,* die (lat., Pl. -en) die Hinterlegung e. Betrages als Sicherheit bei e. Anmietung, bei e. vorläufigen Entlassung e. Häftlings
sichern 1. *fundieren* (lat.) auch: begründen 2. *konsolidieren* (lat.-fr.) das Erreichte festigen
Sicht *Perspektive,* die (lat., Pl. -n) Probleme aus verschiedenen Perspektiven sehen
Sichtanzeige ... *Display,* das (engl., Pl. -s) ... bei elektronischen Geräten
sichtbar werden *manifestieren* (lat.) der Freiheitswille des Volkes manifestierte sich in e. Rebellion
Sichtbarwerden *Manifestation,* die (lat., Pl. -en)
Sichtvermerk *Visum,* das (lat., Pl. ...sa) Stempel in e. Reisepaß als Aufenthaltserlaubnis in e. best. Land
Sichtweise 1. *Optik,* die (gr.-lat., ohne Pl.) auch: das äußere Erscheinungsbild 2. *Perspektive,* die (lat., Pl. -n)
Siebeneck *Heptagon,* das (gr.-lat., Pl. -e)
Siebenflächner *Heptaeder,* der (gr.-lat., Pl. –)
Siebentönigkeit *Heptatonik,* die (gr.-lat., ohne Pl.) Musik: System der Siebentönigkeit
Siedlung *Kolonie,* die (lat., Pl. -n)
Siedlung, ländliche ... *Kibbuz,* der (hebr., Pl. -im, -e) ... in der kollektive Wirtschafts- u. Lebensweise herrschen; Gründung 1909 im Jordantal; eigtl.: Versammlung; auch: *Kibbuz,* das (hebr., Pl. -im, -e) das Vokalzeichen für »u« im Hebräischen
Sieg *Triumph,* der (lat., Pl. -e) i. S. e. bes. großen Sieges
Sieg, der ... liebt die Sorge *amat victoria curam* (lat., Zitat, Kaiser Matthias)
Sieg, teuer erkaufter ... *Pyrrhussieg,* der (gr., Pl. -e) auch: Scheinsieg nach verlustreichen Siegen des Königs Pyrrhus (319-272 v. Chr.) von Epirus über die Römer; »Noch e. solcher Sieg u. ich bin verloren!«
Siegel der Beichte *sigillum confessionis* (lat., Zitat) d. h.: jedes in der Beichte ausgesprochene Bekenntnis steht unter dem Siegel der Verschwiegenheit
Siegel, Handstempel zum ... *Petschaft,* das (tschech., Pl. -e) auch: Siegel, z. B. das eines Notars
Siegelkunde *Sphragistik,* die (gr., ohne Pl.)
Siegelstempel *Petschaft,* das (tschech., Pl. -e)
siegen *triumphieren* (lat.)
siegen, entweder ... oder sterben *aut vincere aut mori* (lat., Zitat)
Sieger 1. *Triumphator,* der (lat., Pl. ...oren) 2. *Favorit,* der (lat.-it.-fr., Pl. -en) i. S. e. voraussichtlichen Siegers
Siegesfreude *Triumph,* der (lat., Pl. -e)
Siegeslied zu Ehren e. Wettkampfsiegers *Epinikion,* das (gr., Pl. ...ien) im alten Griechenland
Siegeszeichen *Trophäe,* die (gr.-lat.-fr., Pl. -n)
sieghaft *triumphal* (lat.)
siegreich *triumphant* (lat.)
Silbe, magische ... des Brahmanismus *Om,* ohne Artikel (sanskr., ohne Pl.) ... wird in der Meditation gesprochen
Silbenrätsel *Scharade,* die (fr., Pl. -n)
Silber *Argentum,* das (lat., ohne Pl.) Zeichen: Ag.; nicht verw. mit *Argentan,* das (lat., ohne Pl.) Neusilber
Silberfarbe ... *Argentine,* die (lat.-fr., ohne Pl.) ... zur Herstellung von Metallpapier
Silberglanz *Argentit,* der (lat., ohne Pl.)
Silberlegierung ... *Billon,* der, das (fr., Pl. -s) ... mit hohem Zinn- oder Kupfergehalt (bei Münzen)
Silberlöwe *Puma,* der (peruanisch, Pl. -s) e. am. Raubkatze
Silbermünze, aus röm. Zeit *Quinar,* der (lat., Pl. -e) »Fünfer«
Silbermünze, groschenartige ... *Blaffert,* der (lat.-germ., Pl. -e) ... des 14.-16. Jhs.
simulieren *faken* (engl.)
singbar *kantabel* (lat.-it.)
Singbarkeit *Kantabilität,* die (lat.-it., ohne Pl.)
singen 1. *jubilieren* (lat.) z. B. freudig 2. *tremolieren* (lat.-fr.) mit zitternder Stimme
Singspiel 1. *Musical,* das (gr.-lat.-fr.-engl., Pl. -s) 2. *Vaudeville,* das (fr., Pl. -s) nach dem Tal Vau de Vire in der Normandie: possenhaftes Singspiel 3. *Oper,* die (lat.-it., Pl. -n) 4. *Operette,* die (lat.-it., Pl. -n)
Singstimme, Frauen 1. *Alt,* der (lat.-it., Pl. -e) tiefe

Frauen- oder Knabenstimme 2. *Mezzosopran,* der (lat.-it., Pl. -e) Stimme zwischen Alt u. Sopran 3. *Sopran,* der (lat.-it., Pl. -e) höchste Stimmlage von Frauen u. Knaben

Singstimme, Männer 1. *Bariton,* der (gr.-lat.-it., Pl. -e) mittlere Stimmlage 2. *Baß,* der (lat.-it., Pl. Bässe) tiefe Männerstimme 3. *Tenor,* der (lat.-it., Pl. Tenöre) hohe männliche Stimme; auch: Wortlaut, z. B. in diesem Tenor

sinken *deszendieren* (lat.) z. B. der Wasserstand e. Sees deszendiert

sinkend *degressiv* (lat.) z. B. e. degressiver Konjunkturverlauf; auch: degressive Abschreibung

Sinn *Tenor,* der (lat.-it., ohne Pl.); auch: Inhalt, z. B. e. Schreibens

sinnähnlich *synonym* (gr.-lat.) auch: sinnverwandt, z. B. synonyme Wörter, wie »Schlachter« u. »Metzger«; Ggs.: antonym

Sinnbild der Lüsternheit *Faun,* der (lat., Pl. -e) röm. Gott mit Bocksfüßen

Sinnbild *Symbol,* das (gr.-lat., Pl. -e) der Löwe ist das Symbol der Stärke

Sinnbildgehalt *Symbolik,* die (gr.-lat., ohne Pl.) »Der Sex zerfrißt nicht nur die Seele, sondern oftmals in entsetzlicher Symbolik auch den Leib.« (Erzdiözese Wien: »Katholische Glaubensinformation«, 1981)

sinnbildlich 1. *allegorisch* (gr.-lat.) gleichnishaft 2. *emblematisch* (gr.-lat.-fr.) 3. *exemplarisch* (lat.) beispielhaft 4. *parabolisch* (gr.-lat.) auch: parabelförmig gekrümmt 5. *symbolisch* (gr.-lat.)

Sinnesart *Mentalität,* die (lat.-engl., Pl. -en) e. Menschen auf best. Weise zu handeln

Sinneseindruck *Impression,* die (lat.-fr., Pl. -en)

Sinneslust u. Genuß, das höchste Streben nach ... *Hedonismus,* der (gr.-lat., ohne Pl.) e. in der Antike begründete philos. Lehre; im Alltag gehört Hedonismus zu den wichtigen Wertewandel-Prozessen im Deutschland der Nachkriegszeit

Sinnestäuschung 1. *Fata Morgana,* die (it., Pl. -s) Luftspiegelung in der Wüste zur heißen Tageszeit 2. *Halluzination,* die (lat., Pl. -en) Rauschgifte können Halluzinationen verursachen 3. *Phantasma,* das (gr.-lat., Pl. ...men) i. S. e. Trugbildes 4. *Illusion,* die (lat.-fr., Pl. -n) Wunschvorstellung 5. *Vision,* die (lat., Pl. -en) inneres Gesicht

Sinnestäuschung infolge e. Luftspiegelung *Fata Morgana,* die (it., Pl. ...nen, -s) »Schicksal erinnert mich an Fatalismus, Fata Morgana u. Adolf Hitler.« (Heiner Geißler, Bundestagsfraktion CDU/CSU, 1997)

Sinneswahrnehmung *Impression,* die (lat.-fr., Pl. -en) z. B. Impressionen e. Reise schildern

Sinngedicht *Epigramm,* das (gr.-lat., Pl. -e)

sinngleiche Ausdrücke *Pleonasmus,* der (gr.-lat., Pl. ...men) »Überfluß«; Häufung sinngleicher Wörter z. B. »leider Bedauern«

sinnlich 1. *erotisch* (gr.-fr.) 2. *sensuell* (lat.-fr.)

sinnliches Verlangen wecken *erotisieren* (gr.-lat.)

sinnlos 1. *absurd* (lat.) e. absurden Einfall haben 2. *abstrus* (lat.) abwegig; abstruse Forderungen stellen 3. *illusorisch* (lat.-fr.) auch: vergeblich

Sinnlosigkeit *Absurdität,* die (lat., ohne Pl.)

Sinnproduzent in Firmen *Motivator,* der (lat.-engl., Pl. -en) neue Berufsbezeichnung für Mitarbeiter firmenspezifischer Trainings- u. Motivationsprogramme

Sinnspruch 1. *Aphorismus,* der (gr.-lat., Pl. ...men) Spruch, der e. Erfahrung oder e. Weisheit enthält 2. *Sentenz,* die (lat., Pl. -en) kurzer, treffender Sinnspruch 3. *Gnome,* die (gr.-lat., Pl. -n) lehrhafte Weisheiten in Prosa oder Versform verfaßt 4. *Apophthegma,* das (gr., Pl. ...men) e. witzige Lebensweisheit

Sinnspruch, lehrhafter ... *Gnome,* die (gr.-lat., Pl. -n) auch: Denkspruch in Versform

Sinnvers, kurzer 1. *Xenie,* die (gr.-lat., Pl. -n) u. *Xenion,* das (gr.-lat., Pl. ...ien) i. S. e. Sinngedichts z. B. von Goethe oder Schiller 2. *Distichon,* das (gr.-lat., Pl. ...chen) aus zwei Verszeilen, bes. aus Hexameter (sechs Versfüße) u. Pentameter (verkürzter dritter u. letzter Versfuß) bestehende Verseinheit 3. *Elegeion,* das (gr., Pl. -s) elegisches (besinnliches, wehmütiges) Versmaß 4. *Elegie,* die (gr.-lat., Pl. ...ien) besinnliches Klagelied

sinnverwandt 1. *affin* (lat.) z. B. affine Geometrie: math. Sätze, die von Figuren handeln 2. *synonym* (gr.-lat.) bedeutungsähnlich; Ggs.: antonym

sinnwidrig *absurd* (lat.) auch: sinnlos

Sippe *Clan,* der (kelt.-engl., Pl. -e, -s) auch: Stammesverband; TV-Serie: »Denver Clan«

Sippeneigentum *Odal,* das (altnord., Pl. -e) ... an Grund u. Boden e. adligen germ. Geschlechts

Sippschaft 1. *Clique,* die (fr., Pl. -n) auch: Klüngel; »Eine sympathische bayrische Clique, sie hat etwas von guter Mafia.« (Wolf Biermann, Liedermacher, 1998) 2. *Parentel,* die (lat., Pl. -en) Abkömmlinge e. Stammvaters

Sitte 1. *Konvention,* die (lat.-fr., Pl. -en) svw. Abkommen 2. *Moral,* die (lat.-fr., Pl. -en, Plural selten) auch: Kampfgeist; die Moral der Mannschaft ist hervorragend 3. *Tradition,* die (lat., Pl. -en) Gepflogenheit 4. *Usus,* der (lat., ohne Pl.) Brauch 5. *Usance,* die (lat.-fr., Pl. -n) Brauch im Geschäftsleben 6. *Uso,* der (lat.-it., Pl. -s) Handelsbrauch

Sitten- u. Morallehre *Ethik,* die (gr.-lat., Pl. -en) »Ethik ist ins Grenzenlose erweiterte Verantwortung gegenüber allem, was lebt.« (Albert Schweitzer)

Sittenlehre *Ethik,* die (gr.-lat., Pl. -en) Lehre von der sittlichen Einstellung u. dem Handeln e. Menschen in bestimmten Kulturkreisen 2. *Moral,* die (lat.-fr., Pl. -en, Plural selten) Werte von Normen u. Überzeugungen, die den Umgang zwischen den Menschen ordnet

Sittenprediger 1. *Moralist,* der (lat., Pl. -en) 2. *Moralapostel,* der (gr.-lat., Pl. –) bes. strenger Sittenwächter, auch abfällig gemeint

sittenstreng 1. *moralisch* (lat.-fr.) »Devisengeschäfte sind unnötig, unproduktiv u. unmoralisch.« (Mahathir Mohamad, Premierminister von Malaysia, 1997) auch: »Was moralisch falsch ist, kann politisch nicht richtig sein.« (Bundesfinanzminister Theo Waigel, 1996) 2. *puritanisch* (lat.-engl.) z. B. Kinder puritanisch erziehen;

Sittenverfechter *Moralist,* der (lat., Pl. -en) Sittenprediger, abschätzig: Sittenrichter; »Moralisten sind Menschen, die sich dort kratzen, wo es andere juckt.« (Samuel Beckett)

sittig *zivilisiert* (lat.) i. S. von Kultur u. Bildung aufweisend, sittlich; »Die Menschen sind insgesamt je zivilisierter, desto mehr Schauspieler.« (Immanuel Kant)

sittlich 1. *ethisch* (gr.-lat.) 2. *moralisch* (lat.-fr.) »Aus moralischen u. ethischen Gründen ist wenig geschehen.« (Ignatz Bubis, Vorsitzender des Zentralrats der Juden in Deutschland, 1998)

Sittlichkeit *Moral,* die (lat.-fr., ohne Pl.)

Sittlichkeitsauffassung *Moralin,* das (lat., ohne Pl.) i. S. e. spießbürgerlichen Auffassung

Situation, verfahrene ... *Schlamassel,* der, das (jidd., ohne Pl.) widerwärtige Umstände

Situationsangst *Kairophobie,* die (gr., Pl. ...ien) med.

Situationskomödien im TV-Film *Sitcom,* das (engl.-am., ohne Pl.)

Sitz für die Koranlesung *Kursi,* der (arab.) ... in e. Moschee (bes. Art des Sitzens)

Sitzbecken ... *Bidet,* das (fr., Pl. -s) ... für Frauen

Sitzraum, hinterer ... im offenen Boot *Plicht,* die (niederdt., Pl. -en)

Sitzstreik *Sit-down-Streik,* der (engl., Pl. -s)

Sitzung 1. *Konferenz,* die (lat., Pl. -en) z. B. mit Geschäftsleuten oder Politikern 2. *Session,* die (lat., Pl. -en) Sitzungszeit e. Parlaments; auch: musikalische Großveranstaltung, z. B. Jam Session 3. *Debatte,* die (lat.-fr., Pl. -n) i. S. e. Aussprache 4. *Kongreß,* der (lat., Pl. ...gresse) eigtl.: Zusammenkunft; fachliche Versammlung 5. *Symposium,* das (gr., Pl. ...ien) einst Trink- u. Eßgelage der alten Griechen; Tagung von Wissenschaftlern 6. *Kolloquium,* das (lat., Pl. ...ien) i. S. e. Gesprächsrunde unter Wissenschaftlern

Skala *Gamme,* die (gr.-lat.-fr., Pl. -n) auch: Tonleiter

Skandal *Eklat,* der (fr., Pl. -s) die Äußerung des Kommunalpolitikers gipfelte in e. Eklat

Skandalgeschichte 1. *Chronique scandaleuse,* die (fr., ohne Pl.) Sammlung von Skandalgeschichten e. Zeitabschnittes 2. *Affäre,* die (fr., Pl. -n) Liebesabenteuer; »Die Affäre der Nina B.« (Roman von Simmel), sich aus der Affäre ziehen 3. *Kiss-and-tell-Story,* die (engl., Pl. ...ies) z. B. über die Geliebte e. Politikers (John F. Kennedy, Bill Clinton)

Skandalreporter *Paparazzo,* der (it., Pl. ...zzi) auch: aufdringlicher Pressefotograf, der meist auf eigene Rechnung arbeitet

Skat, Spielform beim ... 1. *Grand,* der (fr., Pl. -s) ... bei dem nur die Buben Trumpf sind; z. B. Grand Hand 2. *Grand ouvert,* der (fr., ohne Pl.) der Spielmacher muß sein Blatt zeigen

Skiabfahrtslauf *Ski alpin* (norw.-lat., ohne Pl.)

Skilanglaufbahn *Loipe,* die (skand., Pl. -n)

Sklave *Mameluck,* der (arab., Pl. -en)

Sklave, staatseigener ... in Sparta *Helot,* der (gr., Pl. -en)

Sklavenbefreiung *Abolitionismus,* der (lat.-engl., ohne Pl.) Bewegung zur Abschaffung der Sklaverei

Sklavin, e. europäische ... *Odaliske,* die (türk., Pl. -n) ... in e. türkischen Harem

skrupellos *machiavellistisch* (lat.) von Machiavellismus abgeleitet; Machiavelli, it. Staatsmann, der die Politik über die Moral stellte, damit eine uneingeschränkte Machtpolitik verfolgte

Skulpturensammlung *Glyptothek,* die (gr.-lat., Pl. -en) auch: Sammlung geschnittener Steine

Slum *Favela,* die (port., Pl. -s) in den brasilianischen Großstädten

Slumbewohner, weißer ... in US-Städten *White Trash,* der (engl.-am., ohne Pl.) eigtl.: weißer Müll; schlechter Geschmack

Snowboard-Spitze *Nose,* die (engl., Pl. -s) auch: Nase

So ist das Leben *c'est la vie!* (fr.)

So ist es recht *à la bonne heure* (fr.) »zur guten Stunde«

so tun 1. *fingieren* (lat.) vortäuschen 2. *mimen* (gr.-lat.) 3. *simulieren* (lat.) z. B. e. Krankheit simulieren

Sockel 1. *Piedestal,* das (it.-fr., Pl. -e) z. B. bei Statuen 2. *Postament,* das (lat.-it., Pl. -e) i. S. von: unter Statuen 3. *Plinthe,* die (gr.-lat., Pl. -n) unter Statuen oder Platte unter Säulen u./o. Pfeilern 4. *Fundament*, das (lat., Pl. -e) Gründung e. Bauwerks

Sodbrennen 1. *Pyrosis*, die (gr., ohne Pl.) med. 2. *Refluxösophagitis*, die (gr.-lat., ohne Pl.)

Sodomie (Unzucht mit Tieren) *Zoophilie*, die (gr.-lat., Pl. ...ien)

Sofa, kleines ... *Causeuse*, die (fr., Pl. -n) auch: munter plaudernde Frau

sofort 1. *prompt* (lat.-fr.) in dem Lokal erfolgte e. prompte Bedienung 2. *hic et nunc* (lat.) »hier u. jetzt« muß die Entscheidung fallen! 3. *stante pede* (lat.) »stehenden Fußes« erfolgte seine Reaktion 4. *instant* (lat.-engl.) z. B. Instanttee (sofort fertiges Teegetränk) 5. *spontan* (lat.) z. B. spontan aufstehen

sogenannt *soi-disant* (fr.) auch: angeblich

Sohn 1. *Filius*, der (lat., Pl. ...lii, -se) 2. *Junior*, der (lat., Pl. ...oren) z. B. Juniorchef e. Firma; Ggs.: Senior 3. *Mac* (schottisch) Bestandteil schottischer u. irischer Namen, z. B. MacAdam; Abk.: M', Mc.

Soldat 1. *Rekrut*, der (lat.-fr., Pl. -en) in der Grundausbildung 2. *Veteran*, der (lat., Pl. -en) alter, erfahrener Soldat, Kriegsveteran 3. *Askari*, der (arab., Pl. -s) afrikanischer Soldat im ehemaligen Deutsch-Ostafrika 4. *Legionär*, der (lat., Pl. -e) Soldat e. Legion, z. B. der fr. Fremdenlegion

Soldat mit kurzem Reitergewehr *Arkebusier*, der (niederl.-fr., Pl. -e)

Soldat, plündernder ... *Marodeur*, der (fr., Pl. -e)

Soldat, schwerbewaffneter ... *Hoplit*, der (gr.-lat., Pl. -en) »Schildträger«; Fußsoldat im alten Griechenland

Soldatenmantel, röm. ... *Sagum*, das (lat., Pl. ...ga) aus grober Wolle

Soldatenrucksack *Tornister*, der (slaw., Pl. –)

soldatisch *militärisch* (lat.-fr.)

Söldnertruppe *Legion*, die (lat., Pl. -en)

Solidaritätsgefühl *Clustering*, das (engl.-am., Pl. -s) z. B. unter den Punks

Solidität *Reellität*, die (lat.-fr., Pl. -en)

Solistenkonzert *Recital*, das (engl., Pl. -s)

Soll 1. *Debet*, das (lat., Pl. -s) die Soll-, linke Seite e. Kontos 2. *Norm*, die (gr.-lat., Pl. -en) »Regel«; Richtschnur 3. *Pensum*, das (lat., Pl. Pensen, Pensa) auch: Lehrstoff

Söller *Altane*, die (lat.-it., Pl. -n) durch Erdreich gestützter Anbau (Balkon)

Soloauftritt *One-man-Show*, die (engl., Pl. -s)

Sologesangstück *Arie*, die (it., Pl. -n)

Soloschautanz, sp. ... *Zapateado*, der (sp., Pl. -s)

Solotänzer *Ballerino*, der (gr.-lat.-it., Pl. -s) beim Ballett

Solotänzerin *Ballerina*, die (gr.-lat.-it., Pl. ...nen) beim Ballett

Sommerhaus 1. *Datscha*, die (russ., Pl. -n) in Rußland 2. *Chalet*, das (schweiz.-fr., Pl. -s) 3. *Datsche*, die (dt. DDR, Pl. -n) Landhaus in der ehemaligen DDR

Sommerlaube *Pavillon*, der (lat.-fr., Pl. -s)

Sommerschuh *Sandalette*, die (gr.-lat.-fr., Pl. -n)

Sommersprossen *Epheliden*, die (gr.-lat., nur Pl.) med.

sonderbar 1. *kurios* (lat.) z. B. e. kuriosen Einfall haben 2. *skurril* (lat.) z. B. skurrile Ansichten vertreten 3. *bizarr* (it.-fr.) absonderlich

Sonderbarkeit 1. *Kuriosität*, die (lat., Pl. -en) 2. *Skurrilität*, die (lat., Pl. -en) z. B. Verschrobenheit

Sonderleistung *Extra*, das (lat., Pl. -s) der Preis versteht sich mit allen Extras

Sonderling *Original*, das (lat., Pl. -e)

Sonderraum *Chambre séparée*, das (fr., Pl. -s) z. B. in e. Nachtclub

Sonderrecht *Privileg*, das (lat., Pl. -ien) Vorrecht; auch: Ausnahmegesetz; »Die Freiheit ist kein Privileg, das verliehen wird, sondern e. Gewohnheit, die erworben werden muß.« (D. L. George)

Sondersendung *Special*, das (lat.-engl., Pl. -s) auch: Sonderheft, z. B. »GEO Special«

Sondervergütung *Gratifikation*, die (lat., Pl. -en) z. B. Weihnachtsgratifikation

Sonne u. Meer-Tourismus *Sol y Mar-Tourismus*, der (span.-fr., ohne Pl.)

Sonne, nichts Neues unter der ... *nihil novi sub sole* (lat., Zitat: Altes Testament, Prediger Salomo)

Sonne, wer vermöchte die ... zu täuschen? *quis solem fallere possit?* (lat., Zitat: Ovid)

Sonnen- oder Mondfinsternis *Eklipse*, die (gr., Pl. -n) eigtl.: Verschwinden

Sonnendach *Markise*, die (germ.-fr., Pl. -n) auch: bes. Diamantenschliff

Sonnenferne *Aphel*, das (gr.-lat., Pl. -e) u. *Aphelium*, das (gr.-lat., Pl. ...ien) d. h.: Punkt der größten Entfernung e. Planeten von der Sonne; Ggs.: Perihel

Sonnenuhrenstab ... *Gnomon*, der (gr.-lat., Pl. ...mone) ... dessen Schattenlänge zur Bestimmung der Sonnenhöhe gemessen wird

Sonnenwende *Solstitium*, das (lat., Pl. ...ien)

Sorgentelefon *Careline*, die (engl., Pl. -s) Telefonleitung, die Firmen zur Verfügung stellen, damit Kunden Beschwerden, Fragen, Anregungen äußern können

Sorgfalt 1. *Akribie*, die (gr., ohne Pl.) e. Arbeit mit Akribie ausführen 2. *Akkuratesse*, die (lat., ohne Pl.) 3. *Penibilität*, die (gr.-lat.-fr., Pl. -en) i. S. e. bes. Sorgfalt

sorgfältig 1. *akkurat* (lat.) 2. *akribisch* (gr.) 3. *exakt* (lat.) 4. *penibel* (gr.-lat.-fr.) 5. *korrekt* (lat.) Ggs.: inkorrekt 6. *minuziös* (lat.-fr.) peinlich genau
sorglos *negligeant* (lat.-fr.) auch: nachlässig
Sorglosigkeit *Negligenz,* die (lat.-fr., Pl. -en) auch: Nachlässigkeit
Soßengefäß *Sauciere,* die (lat.-fr., Pl. -n)
Soßengießer *Sauciere,* die (lat.-fr., Pl. -n)
Souterrain *Basement,* das (engl., Pl. -s) z. B. e. Wohnung im Basement mieten
Souverän, Herrscher *Sultan,* der (arab., Pl. -e) z. B. Sultan Abubarka III. von Sokoto (Nigeria)
Sozialarbeiter *Streetworker,* der (engl.-am., Pl. -s) »arbeitet« auf der Straße, indem er Drogenabhängigen, straffälligen Jugendlichen hilft
Sozialhilfe 1. *Sozial Sponsoring,* das (engl.-am., ohne Pl.) i. S. e. sozialen Einsatzes zum Wohle der bedürftigen Allgemeinheit 2. *Fashion Compassion,* das (engl.-am., ohne Pl.) aus: fashion (Mode) u. compassion (Mitleid), gemeint sind rührselige Besuche von Polit- u. Show-Größen in Hunger- u. Krisengebieten; z. B. Sophia Loren in Somalia, Bianca Jagger in Bosnien sollen werbewirksam sein
Sozialismus betreffend *sozialistisch* (lat.-fr.) »Wer e. sozialistisches Brett vor dem Kopf hat, sieht in Steuerfahndungen e. Allheilmittel ...« (Alfred Dregger, 1990)
Sozialtechnik 1. *social Engineering,* das (engl., ohne Pl.) Einbeziehung sozialer Bedürfnisse des Menschen bei der Planung von Arbeitsplätzen 2. *human Engineering,* das (engl., ohne Pl.) Anpassung der Arbeitsaufgaben, Arbeitsabläufe an die Bedürfnisse des Menschen
sozusagen *quasi* (lat.)
Spähtrupp *Patrouille,* die (fr., Pl. -n)
Spalt *Fissur,* die (lat., Pl. -en)
spaltbar *fissil* (lat.) z. B. e. Atom- oder Zellkern
spalten 1. *splitten* (engl.) aufteilen; z. B. »Ehegatten-Splitting« für die Steuerberechnung 2. *dividieren* (lat.) i. S. von: teilen; Ggs.: multiplizieren
spaltend *dissecans* (lat.)
Spaltung 1. *Bifurkation,* die (lat., Pl. -en) i. S. von Gabelung 2. *Fission,* die (lat., Pl. -en) z. B. e. Atom- oder Zellkerns
spanische Wand *Paravent,* der, das (lat.-it.-fr., Pl. -s)
Spanne *Marge,* die (lat.-fr., Pl. -n) z. B. das Unternehmen erzielte beim Verkauf von Kühlschränken aus Taiwan Margen von 60 %
spannend *dramatisch* (gr.-lat.) auch: aufregend-traurig
Spannkraft *Elan,* der (lat.-fr., ohne Pl.)
Spannmuskel *Tensor,* der (lat., Pl. ...oren) med.
Spannung 1. *Tension,* die (lat., Pl. -en) Spannung von Dampf oder Gas 2. *Thrill,* der (engl., ohne Pl.)
sparen *bunkern* (engl.)
Spargang beim Auto *Overdrive,* der (engl., Pl. -s) i. a. e. elektrisch zuschaltbarer fünfter Gang, der die Drehzahl, damit den Benzinverbrauch reduziert
Spargel *Asparagus,* der (gr.-lat., ohne Pl.)
Sparmaßnahme *Austerity,* die (engl., ohne Pl.) i. S. e. strikten, staatlichen Sparpolitik
sparsam 1. *ökonomisch* (gr.-lat.) die verbliebenen Rohstoffe müssen ökonomisch eingesetzt werden; nicht verw. mit *ökologisch* (gr.-lat.) umweltbewußt 2. *rationell* (lat.-fr.) zweckmäßig
Sparsamkeit ist e. große Einnahme *parsimonia est magna vectigal* (lat., Zitat: Cicero)
Sparsamkeit *Ökonomie,* die (gr.-lat., ohne Pl.)
Spaß 1. *Gaudi,* die (lat., ohne Pl.) bes. in Bayern gebräuchlich 2. *Gaudium,* das (lat., ohne Pl.) auch Vergnügen 3. *Jokus,* der (lat., Pl. -se)
Spaß beiseite 1. *extra iocum* (lat., Zitat) 2. *ioco remoto* (lat., Zitat)
spaßeshalber 1. *ioci causa* (lat.) 2. *per iocum* (lat.)
spaßhaft *giocoso* (lat.-it.) musik. Vortragsanw.
spaßig 1. *kurios* (lat.-fr.) auch: komisch 2. *humoristisch* (lat.) auch: heiter, launig
Spaßkultur *Fun-Kultur,* die (engl., ohne Pl.) e. Phänomen der 80er Jahre, alles soll hauptsächlich Spaß machen
Spaßmacher 1. *Clown,* der (engl., Pl. -s) 2. *Haselant,* der (lat.-fr., Pl. -en) auch: Narr 3. *Harlekin,* der (it.-fr., Pl. -e) Hanswurst; auch: lebhaft gefärbter Nachtfalter 4. *Humorist,* der (lat.-fr.-engl., Pl. -en) auch: Witzbold, z. B. »Otto« 5. *Komiker,* der (gr.-lat., ohne Pl.) »Hätten wir einen Komiker wie Bob Hope zum US-Präsidenten gewählt, hätten wir mehr zu lachen« (Jack Lemmon, am. Komiker, 1998)
Spaßmacherei *Clownerie,* die (lat.-fr.-engl., Pl. ...ien)
später *a posteriori* (lat) auch: nachträglich
später ergänzt *apokryph* (gr.) als nicht echt geltend
spazierengehen 1. *promenieren* (lat.-fr.) 2. *flanieren* (fr.) umherschlendern
Spazierengehen *Walking,* das (engl., ohne Pl.) »This boots are made for walking« (bekannter Schlager, den Nancy Sinatra sang)
Spaziergang *Promenade,* die (lat.-fr., Pl. -n)
Spazierweg 1. *Paseo,* der (lat.-sp., Pl. -s) 2. *Promenade,* die (lat.-fr., Pl. -n) z. B. Uferpromenade
Speck ... *Bacon,* der (engl., ohne Pl.) ... durchwachsener, angeräucherter
Speicher 1. *Entrepot,* das (lat.-fr., Pl. -s) Stapelplatz z. B. im Freihafen 2. *Reservoir,* das (lat.-fr., Pl. -e)

z. B. Wassersammelbecken 3. *Akkumulator,* der (lat., Pl. ...oren) kurz: Akku; speichert elektr. Energie 4. *Depot,* das (lat.-fr., Pl. -s) Munitionsdepot 5. *Magazin,* das (arab.-it.-fr.-engl., Pl. -e) Vorratsraum; auch: Patronenkammer; Zeitschrift 6. *Silo,* der, das (sp., Pl. -s) Getreidesilo

Speicheradressen ermitteln (EDV) *indexieren* (lat.)

Speichermedium ... *Modul,* das (lat.-engl.-am., Pl. -e) eigtl.: austauschbares Teil; ... z. B. für Videospiele, meist in Form e. Steckkarte

speichern *akkumulieren* (lat.) von elektrischer Energie in e. Akkumulator (kurz: Akku)

Speichern, elektronisches ... *Sampling,* das (engl., ohne Pl.) ... alter Platten oder allg. von Schall- u. Klangspektren

Speicherplatte für Programme u. Daten, optische ... *CD-Rom,* das (engl.-am., ohne Pl.) aus: Compact Disc Read Only Memory

Speicherstelle ... *Byte,* das (engl., ohne Pl.) ... von 8 Binärstellen = Bits

Speicherung *Akkumulation,* die (lat., Pl. -en) von elektrischer Energie

Speichervermögen *Kapazität,* die (lat., ohne Pl.)

Speise der Götter ... *Ambrosia,* die (gr.-lat., ohne Pl.) ... in der gr. Sage; Süßspeise; »Nektar u. Ambrosia« (Homer: »Odyssee«)

Speise nach jüdischen Gesetzen zubereitet *koscher* (hebr.-jidd.) ugs. in Ordnung

Speise, brennend servieren *flambieren* (lat.-fr.) mit Alkohol übergießen u. anzünden

Speiseeis *Stracciatella,* das (lat.-it., ohne Pl.) Milcheis mit Schokoladensplittern

Speisefolge *Menü,* das (lat.-fr., Pl. -s) z. B. e. Menü aus sechs Gängen

Speisekammer *Pantry,* die (engl., Pl. -s) z. B. in Flugzeugen u. auf Schiffen

Speiselokal 1. *Trattoria,* die (lat.-it., Pl. ...ien) 2. *Bistro,* das (fr., Pl. -s) 3. *Restaurant,* das (lat.-fr., Pl. -s) auch: Gaststätte

speisen *dinieren* (fr.)

Speisepilz, e. bes. ... *Matsutake,* das (jap., Pl. -s) gilt als teuerster Pilz; wird in Japan als Aphrodisiakum (Geschlechtstrieb steigerndes Mittel) gegessen

Speiseraum 1. *Kantine,* die (gall.-it.-fr., Pl. -n) in Firmen, Vereinen 2. *Kasino* u. *Casino,* das (lat.-it., Pl. -s) gehobener Speiseraum in Unternehmen, Kasernen, z. B. Offizierskasino; auch: öffentliche Gebäude, in denen Glücksspiele stattfinden, Spielkasinos 3. *Ökonomie,* die (gr.-lat., Pl. ...ien) kleiner, aber feiner Speise- u. Gesellschaftsraum in gehobenen Sportvereinen; auch: Wirtschaftswissenschaft

Spekulant, der fallende Kurse ausnutzt *Baissier,* der (fr., Pl. -s) Ggs.: Haussier

Spekulationsgeschäft *Agiotage,* die (it.-fr., Pl. -n) bei dem Kursentwicklungen der Aktien ausgenutzt werden

spekulieren *agiotieren* (it.-fr.) an der Börse, wie der bekannte Börsenspekulat André Kostolany

spendabel *nobel* (lat.-fr.) edel, vornehm; auch: großzügig; »Nobel geht die Welt zugrunde.« (Sprichwort)

Spende 1. *Almosen,* das (gr.-lat., Pl. –) 2. *Obolus,* der (gr.-lat., Pl. -se)

Spendenmarke zur Unterstützung ... *Vignette,* die (fr., Pl. -n) ... e. wohltätigen Organisation; eigtl.: Weinranke; gemeint ist: Gebührenmarke für Autofahrer, Autobahnvignette; »Erwin Teufel will die Vignette, Stoiber will sie auch ...« (G. Schröders geh. Tagebuch von H. Venske, 1997)

Spendensammler *Kollekteur,* der (lat.-fr., Pl. -e) für gemeinnützige Zwecke

Spendensammlung *Kollekte,* die (lat., Pl. -n) wird nach dem Gottesdienst gesammelt; auch: kurzes Gebet

Sperre *Barriere,* die (lat.-fr., Pl. -n)

sperren *arretieren* (lat.-fr.) z. B. Bremsen arretieren

Sperrvorrichtung *Arretierung,* die (lat.-dt., Pl. -en)

Sperrzeit *Karenz,* die (lat., Pl. -en) nicht: Karenzzeit (Tautologie); Sperrzeit im Versicherungswesen vor der Leistungserstattung

Spezialagent des FBI *Government-man,* der (engl.-am., Pl. ...men) Abk.: G-man

Spezialausgabe ... *Special,* das (engl.-am., Pl. -s) e. Zeitschrift oder Zeitung; z. B. GEO Special »Alaska«

Spezialgebiet 1. *Disziplin,* die (lat., Pl. -en) Schwimmen ist e. olympische Disziplin 2. *Domäne,* die (lat.-fr., Pl. -n) eigtl. Herrschaftsgebiet; auch: Wissensgebiet

Spezialist für die Steuerung komplexer Systeme *Systemiker,* der (gr.-lat., Pl. –) z. B. in Finanzierungsfragen, Computernetzwerken, High-Tech-Abläufen; auch: Chaostheorie-Experten

Spezialist für filmische Einfälle *Gagman,* der (engl., Pl. ...men)

Spezialist im elektronischen Medienbereich *Info-Elite,* die (lat.-fr., Pl. -n) Fachmann für das multimediale Angebot; Ggs.: Medienanalphabet

Spiegelbild *Eidolon,* das (gr., Pl. ...la) svw. Trugbild in der Philos.

spiegelbildlich *symmetrisch* (gr.-lat.) z. B. symmetrische Figuren in der Geometrie

Spiegelbildlichkeit *Symmetrie,* die (gr.-lat., Pl. ...ien) auch: Gleichmaß; Ggs.: Asymmetrie; nicht verw. mit *Symmachie,* die (gr., Pl. ...ien) Bund der altgr. Stadtstaaten

Spiegelfernrohr *Reflektor,* der (lat., Pl. ...oren)

spiegeln *reflektieren* (lat.) zurückstrahlen; auch: nachdenken

Spiegeltisch *Toilette,* die (lat.-fr., Pl. -n)

Spiel 1. *Jeu,* das (lat.-fr., Pl. -s) »Faites votre jeu!« (Aufforderung des Croupiers, »das Spiel zu machen«) 2. *Partie,* die (lat.-fr., Pl. ...ien) z. B. e. Partie Schach oder Billard; auch: e. gute Partie sein (viel Vermögen mit in die Ehe bringen); Abschnitt, Teil, z. B. Gesichtspartie 3. *Fairplay,* das (engl., ohne Pl.) svw. faires Spiel

Spiel mit Fangbecher u. Kugel *Bilboquet,* das (fr., Pl. -s)

Spiel, Beruhigungs... mit zwei Kugeln *Quigong,* das (chin., Pl. -s) altes chinesisches Spiel bei dem zwei Holz- oder Metallkugeln mit den Fingern über die Handfläche bewegt werden u. somit Nervosität abbauen (der Kapitän spielte Quigong in dem Film »Die Caine war ihr Schicksal«)

Spielart *Variante,* die (lat.-fr., Pl. -n)

Spielbahn ... *Dogleg,* das (engl., Pl. -s) ... die im Winkel auf das Grün zuführt (Golfbez.)

Spielbahn, kurzgemähte ... *Fairway,* der (engl., Pl. -s) ... zwischen Abschlag u. Loch (Golfbez.)

Spielbrett 1. *Abakus,* der (gr.-lat., ohne Pl.) antikes Spielbrett 2. *Zabel,* das (lat., ohne Pl.)

Spieleinsatz 1. *Mise,* die (lat.-fr., Pl. -n) 2. *Poule,* die (lat.-fr., Pl. -n)

Spieler, waghalsiger ... *Spekulant,* der (lat., Pl. -en) auch: Geschäftemacher an der Börse; »E. Börsenspekulant, der in seinem Leben nicht wenigstens zweimal pleite war, ist der Bezeichnung Spekulant nicht würdig.« (André Kostolany, Altspekulant, 1998)

Spielfilm 1. *Motion-Picture,* das (lat.-fr.-engl., Pl. -s) 2. *Movie,* das (lat.-fr.-engl.-am.) am. Bezeichnung für Unterhaltungs- u. Spielfilm

Spielfilm in Form e. Dokumentation *Dokudrama,* das (gr.-lat.-engl., Pl. ...men) der Film soll Authenzität vermitteln

Spielführer *Kapitän,* der (lat.-it., Pl. -e) z. B. Kapitän einer Fußballmannschaft

Spielgerät, elektronisches ... 1. *Gameboy,* der (engl.-am., Pl. -s) eigtl.: Spieljunge; e. Weiterentwicklung ist der 2. *Winboy,* der (engl.-am., Pl. -s) mit großem Arbeitsspeicher verarbeitet er gängige PC-Programme

Spielkarte, für jede Karte einsetzbare ... *Joker,* der (engl., Pl. –) auch: Ersatzspieler als e. Art Geheimwaffe beim Fußballspiel

Spielleiter *Regisseur,* der (lat.-fr., Pl. -e) z. B. Theater- oder Filmregisseur

Spielmarke 1. *Chip,* der (engl., Pl. -s) 2. *Jeton,* der (lat.-fr., Pl. -s) beim Roulett 3. *Fiche,* die (lat.-fr., ohne Pl.) nicht verw. mit *Fiche,* das, der (lat.-fr.-engl., Pl. -s) Karte, die mit e. lichtempfindlichen Schicht überzogen wurde, um Daten zu lesen

Spielpartner *Aide,* der (lat.-fr., Pl. -n) bes. bei den Kartenspielen »Whist« u. »Bridge«

Spielraum 1. *Marge,* die (lat.-fr., Pl. -n) das Produkt aus Taiwan wird mit e. guten Marge verkauft 2. *Toleranz,* die (lat., Pl. -en) auch: Duldung; Ggs.: Intoleranz 3. *Range,* die (engl., ohne Pl.) auch: Entfernung; Ausdehnung; Streuungsweite von statistischen Werten; Bergkette

Spielstand *Score,* das (engl., Pl. -s) auch: Spielergebnis

Spieltheorie, Lehrsatz der ... *Minimax-Theorem,* das (lat., ohne Pl.) Spieler maximiert seinen Anteil am Gesamtergebnis, wenn er den des Gegners minimieren kann

Spielüberwacher *Croupier,* der (germ.-fr., Pl. -s) auch: Hilfskraft des Spielbankleiters beim Roulett

Spielunterbrechung beim Basketball ... *Time-out,* der (engl., ohne Pl.) ... auch beim Volleyball, diese ist erlaubt, um das Spiel zu ordnen

Spielzeit *Saison,* die (lat.-fr., Pl. -s, -en) z. B. Theatersaison

Spießbraten *Gyros,* das (gr., ohne Pl.) Schweine-, Rind- u. Hackfleisch, das an e. senkrecht stehenden Spieß angebracht, gebraten, dann von oben nach unten abgeschabt wird (gr. Spezialität)

Spießbürger *Philister,* der (lat., Pl. –) i. S. e. kleinbürgerlichen Menschen

spießbürgerlich *philiströs* (gr.-lat.) auch: kleinbürgerlich

spießig 1. *provinziell* (lat.-fr.) 2. *prüde* (lat.-fr.) svw. sexuell gehemmt

Spinne, giftige ... des Mittelmeerraumes *Malmignatte,* die (it., Pl. -n)

spinnenähnlich *arachnoid* (gr.-lat.)

Spinnenkunde *Arachnologie,* die (gr.-lat., ohne Pl.)

Spinnenkundler *Arachnologe,* der (gr.-lat., Pl. -n)

Spinnentier *Arachnoide, Arachnide,* die (gr.-lat., Pl. -n)

Spirale in der Gebärmutter *Intrauterinpessar,* das (lat., Pl. -e) ... zur Empfängnisverhütung

spiralförmig *helikoidisch* (gr.)

Spiralnebel *Galaxie,* die (gr.-lat., Pl. ...ien) auch: Sternsystem außerhalb der Milchstraße, z. B. Andromedanebel, spiralförmiges Sternsystem in e. Entfernung von 2,5 Millionen Lichtjahren; nicht verw. mit: *Galaxis,* die (gr.-lat., ohne Pl.) die Milchstraße

Spiritual, Negro... *Gospelsong,* der (engl.-am., Pl. -s) seit 1940

Spitzbube 1. *Ganove,* der (jdd., Pl. -n) i. S. e. kleinen Gauners 2. *Filou,* der, das (fr.-engl., Pl. -s) Max u.

Moritz, zwei Filous; »Trau keinem Filou, u. hätt' er auch beide Augen zu!« (Wilhelm Busch)

Spitzel *Informant,* der (lat., Pl. -en) z. B. wurde gerätselt, ob Gysi u. Stolpe Informanten der Stasi der ehemaligen DDR waren

Spitzenhaube *Baigneuse,* die (fr., Pl. -n) »Badehaube«; des 18. Jhs.

Spitzensportler *Crack,* der (engl., Pl. -s)

Spitzenstar *Topstar,* der (engl., Pl. -s)

spitzfindig 1. *kasuistisch* (lat.) haarspalterisch 2. *rabulistisch* (lat.) auch: wortverdreherisch 3. *scholastisch* (gr.-lat.) (abwertend) rein verstandesmäßig 4. *sophistisch* (gr.-lat.) wortklauberisch 5. *dialektisch* (gr.-lat.)

spitzfindiger Redner ... *Sophist,* der (gr.-lat., Pl. -en) ... im antiken Athen; eigtl.: Weisheitslehrer; z. B. Prodikos (um 450 v. Chr.)

Spitzfindigkeit 1. *Sophistik,* die (gr.-lat., ohne Pl.) auch: Lehre, der mit der Redekunst vertrauten Athener 2. *Sophisterei,* die (gr.-lat.-dt., Pl. -en) 3. *Scholastizismus,* der (gr.-lat., ohne Pl.) abwertend gemeint

Spitzkopf *Akrozephale* u. *Akrokephale,* der (gr.-lat., Pl. -n) auch: Hochkopf (med.)

Spitzname für ... 1. *Poilu,* der (fr., Pl. -s) ... den fr. Soldaten 2. *Gringo,* der (gr.-lat.-sp., Pl. -s) ... alle Nichtromanen im sp. Südamerika 3. *Yankee,* der (engl.-am., Pl. -s) ... Bewohner der am. Nordstaaten

Spitzsäule *Obelisk,* der (gr.-lat., Pl. -en) rechteckige Steinsäule, die sich nach oben verjüngt

Spitztürmchen, gotisches ... *Fiale,* die (gr.-lat., Pl. -n) ... auf Strebepfeiler

splitternackt *in puris naturalibus* (lat.) auch: schier; in ganzer Blöße

spontan 1. *ad hoc* (lat.) z. B. ad hoc reagieren 2. *impulsiv* (lat.) sich impulsiv verhalten, einer plötzlichen Eingebung folgend

Sport, Extrem... 1. *Rap-Jumping,* das (engl., ohne Pl.) eigtl.: Seilspringen; Verbindung aus schnellem Abseilen u. Bungee-Springen; an e. vertikal gespannten Seil rennt man Fels- oder Hochhauswände hinab, e. Seilbremse bremst vor dem Boden ab 2. *Bungee,* das (engl., ohne Pl.) Sprung aus ca. 80 m, e. Gummiband bremst den Freifall

Sportart *Disziplin,* die (lat., Pl. -en) auch ohne Pl.: Einordnung; Wissenschaftsgebiet

Sportart, lange u. harte ... *Ultra-Sport,* der (lat.-dt., ohne Pl.) z. B. der 100-km-Lauf durch die Wüste; e. bes. hartes Triathlon (Dreikampf auf Hawaii)

Sportgerät *Hometrainer,* der (engl., Pl. –) i. a. für das häusliche Muskeltraining

Sportgröße *Crack,* der (engl., Pl. -s) Boris Becker, der einstige Tenniscrack

Sportlehrer 1. *Trainer,* der (lat.-fr., Pl. –) trainiert Sportler 2. *Coach,* der (engl., Pl. -s)

Sportler 1. *Professional,* der (lat.fr.-engl., Pl. -s) Berufssportler, kurz: Profi 2. *Amateur,* der (lat.-fr., Pl. -e) svw. nebenberuflicher Sportler

Sportler e. Heimatvereins ... *Lokalmatador,* der (lat.-sp., Pl. -e) ... u. der für diesen Verein erfolgreich ist

Sportlerbetreuer *Manager,* der (lat.-it.-engl., Pl. –) auch: Vereinsleiter

sportlich durchtrainiert 1. *athletisch* (gr.-lat.) 2. *fit* (engl.-am.) tauglich, gut trainiert

sportlich *sportiv* (engl.)

Sportwagen, offener, zweisitziger ... *Roadster,* der (engl., ohne Pl.) z. B. der Z 3 von BMW

Spott als Überlebensformel *Ironisierung,* die (gr., ohne Pl.) in der widersprüchlichen u. scheinheiligen Welt, voll von düsterer Realität, kann nur mit Ironie u. Zynismus überlebt werden

Spott, mit feinem, verstecktem ... *ironisch* (gr.-lat.) »Man muß dem Herrn Trittin, der – das sage ich ironisch – bes. viel von Innenpolitik versteht...« (Otto Schily, SPD, 1998)

Spott, versteckter ... 1. *Ironie,* die (gr.-lat., ohne Pl.) 2. *Sarkasmus,* der (gr.-lat., ohne Pl.) bissiger Spott 3. *Süffisance,* die (lat.-fr., ohne Pl.) überheblicher – 4. *Zynismus,* der (gr.-lat., Pl. ...men) verletzender Spott

Spottbild *Karikatur,* die (lat.-it., Pl. -en)

spotten 1. *mokieren* (fr.) 2. *persiflieren* (lat.-fr.) geistreich verspotten

spottend *ironisch* (gr.-lat.) i. S. von hintergründig spotten

Spötter *Satiriker,* der (lat., ohne Pl.)

Spötter, hämischer ... *Zyniker,* der (gr.-lat., ohne Pl.) Person, die alles mit gemeinem Spott betrachtet; »E. Zyniker ist e. Mensch, der von allem den Preis u. von nichts den Wert kennt.« (Oscar Wilde)

Spottgedicht *Epigramm,* das (gr.-lat., Pl. -e)

spöttisch *juvenalisch* (lat.) beißend spöttisch, nach Decimus Juvenal (60-127 n. Chr.), e. altrömischen Satiriker 2. *ironisch* (gr.-lat.) hintergründig 3. *mokant* (fr.) etwas überheblich, anstößig 4. *sarkastisch* (gr.-lat.) i. S. von bissig 5. *satirisch* (lat.) i. S. von spöttisch-tadelnd 6. *süffisant* (lat.-fr.) herablassend, er setzte sein süffisantes Lächeln auf 7. *zynisch* (gr.-lat.) verletzend 8. *polemisch* (gr.-fr.) i. S. von scharf, unsachlich

Spottschrift 1. *Satire,* die (lat., Pl. -n) 2. *Pasquill,* das (it., Pl. -e) eine anonyme Hohn- u. Spottschrift

Sprache e. sozialen Gruppe *Soziolekt,* der (lat., Pl. -e) z. B. Berufs- oder Schülersprache

Sprachen sprechend, viele ... *polyglott* (gr.)

sprachgewandt *eloquent* (lat.) auch: beredt
Sprachheilkunde 1. *Logopädie,* die (gr.-lat., ohne Pl.) med. 2. *Phoniatrie,* die (gr.-lat., ohne Pl.)
Sprachheilkundler 1. *Logopäde,* der (gr.-lat., Pl. -n) 2. *Phoniater,* der (gr.-lat., ohne Pl.)
sprachkundlich *grammatikalisch* (gr.-lat.)
Sprachlehre *Grammatik,* die (gr.-lat., Pl. -en)
sprachliches Durcheinander *Babylonismus,* der (von der Stadt Babylon, ohne Pl.) Sprachengewirr (babylonische Sprachenvielfalt)
Sprachrohr *Megaphon,* das (gr., Pl. -e) Handlautsprecher
Sprachspeicherbox *Voice-Mail-System,* das (engl.-am., Pl. -s) auch: elektronischer Briefkasten oder vielseitiger Anrufbeantworter
Sprachspeicherkasten-System, verwirrendes ... *Voice Jail System,* das (engl.-am., Pl. -s) eigtl.: Voice-Mail-Jail-System (Sprachspeicherkasten-Gefängnis-System) e. Bez. für schlecht konzipierte Sprachspeicher-Systeme, die den Anrufer verwirren, er fühlt sich wie in e. Gefängnis u. legt auf
Sprachstörung 1. *Logoneurose,* die (gr.-lat., Pl. -n) neurotisch bedingt (med.) 2. *Logopathie,* die (gr.-lat., Pl. ...ien) es liegen zentralnervöse Veränderungen vor 3. *Paraphasie,* die (gr.-lat., Pl. -ien) ist die Verstümmelung von Wörtern u. das Vertauschen von Begriffen
Sprachverhalten *Idiolekt,* der (gr., Pl. -e) auch: Wortschatz; Ausdrucksweise
Sprachverhalten, Untersuchung des ... gesellschaftlicher Gruppen *Soziolinguistik,* die (lat., ohne Pl.) Gebiet der Linguistik (Sprachwissenschaft)
Sprachwissenschaft 1. *Linguistik,* die (lat., ohne Pl.) 2. *Philologie,* die (gr.-lat., ohne Pl.) Sprach- u. Literaturwissenschaft
Sprachwissenschaftler 1. *Linguist,* der (lat., Pl. -en) 2. *Philologe,* der (gr.-lat., Pl. -n) z. B. Altphilologe, Lehrer für Griechisch und Latein
Spraybilder *Graffiti,* die (it., nur Pl.) auch: Sprayparolen an Hauswänden
Sprechangst *Phonophobie,* die (gr.-lat., Pl. ...ien) z. B. bei Personen, die stottern
Sprechen, tonloses ... *Aphonie,* die (gr.-lat., Pl. ...ien) Sprechen ohne Stimmklang
sprechen, miteinander *kommunizieren* (lat.)
Sprechen, rhythmisch-schnelles ... 1. *Rap,* der (engl.-am., ohne Pl.) ... zu Musikhintergrund, entstand in den schwarzen Ghettos der USA 2. *Freestyle Rap,* der (engl.-am., ohne Pl.) der Vortragende reimt aus dem Stegreif, wie der Braunschweiger René; bes. auf Jams (Treffen) verbreitet 3. *Hip Hop-* (moderne Rap-Version) Präsentationsform; Hip Hopper haben ihre eigene Kleidung (Jogging-Anzüge, Turnschuhe) 4. *Eco Rap,* der (am.) Rap, in dem auch Umweltschutzthemen verarbeitet werden
Sprecher 1. *Anchorman,* der (engl.-am., Pl. ...men) Nachrichtensprecher, der auch kommentiert 2. *Moderator,* der (lat., Pl. ...oren) Redakteur, der durch e. Sendung führt 3. *Speaker,* der (engl., Pl. -s) Vorsitzender des Unterhauses in England, des Repräsentantenhauses in den USA; auch: Lautsprecher
Sprechfunk *Telefonie,* die (gr.-lat., ohne Pl.)
Sprechgesang 1. *Parlando,* das (gr.-lat.-it., Pl. ...di) 2. *Accentus,* der (lat., ohne Pl.) liturgischer Sprechgesang; Ggs.: Concentus (mit ausgeprägt melodischer Gestaltung)
Sprechgesang, moderner ... *Gangsta-Rap,* der (engl.-am.) ... aus dem echten u./o. vermeintlichen Gangster- u. Bandenmilieu, innerhalb der Hip Hop- (moderne Rap-Version) Bewegung der frühen 90er Jahre
Sprechkunde *Laletik,* die (gr.-lat., ohne Pl.)
Sprechstunde *Ordination,* die (lat., Pl. -en) beim Arzt
Sprechvermögen, Verlust des ... *Aphasie,* die (gr., Pl. ...ien) med.
sprengend *brisant* (fr.) z. B. explosiv bez. e. Waffe, e. Geschosses; auch: in e. brisante Situation geraten
Sprenggeschoß *Granate,* die (lat.-it., Pl. -n)
Sprengkraft *Brisanz,* die (fr., ohne Pl.) e. Bombe; auch: e. Meldung in den Medien
Sprengsatz, einfacher ... *Molotowcocktail,* der (Eigenn.-russ.-engl., Pl. -s) nach dem ehemaligen russ. Außenminister W. M. Molotow: Mischung aus Benzin u. Phosphor; »Es ist erwiesen, daß er nach wie vor von Molotow-Cocktails mehr versteht als von Diplomaten-Cocktails.« (Michael Glos, CSU, über Joschka Fischer, 1998)
Sprengstoff ... *Ekrasit,* das (lat.-fr., ohne Pl.) ... der Pikrinsäure (explosible Verbindung) enthält
spricht, er ... sehr vorsichtig *cautius loquitur* (lat., Zitat) er legt seine Worte auf die Goldwaage
Sprichwort 1. *Proverb,* das (lat., Pl. -ien) 2. *Parömie,* die (gr.-lat., Pl. ...ien) altgr. Sprichwort
Sprichwortkunde *Parömiologie,* die (gr.-lat., ohne Pl.)
sprichwörtlich *proverbial* (lat.)
Springbrunnen *Fontäne,* die (lat.-fr., Pl. -n)
springen *jumpen* (engl.)
Springen, das in die Menge ... bei Massenveranstaltungen *Stagediving,* das (engl.-am., ohne Pl.) als »Bad in der Menge«
Springquelle *Geysir,* der (isländisch., Pl. -e)
Spritze *Injektion,* die (lat., Pl. -en) auch: Einspritzung von Flüssigkeiten

spritzen *fixen* (lat.-fr.-engl.) Jargon für das Spritzen von Rauschgift

Spritzer *dash*, der (engl., Pl. -s) kleine Menge beim Mixen von Cocktails

Sproß, blattloser ... *Epikotyl*, das (gr.-lat., Pl. -e) Keim

Spruch 1. *Sentenz*, die (lat., Pl. -en) Sinnspruch; auch: Bibelstelle 2. *Slogan*, der (engl., Pl. -s) z. B. Werbeslogan (-schlagwort) 3. *Parole*, die (gr.-lat.-fr., Pl. -n) auch: Kennwort; unwahre Behauptung

Spruchband *Transparent*, das (lat.-fr., Pl. -e) Transparente werden auf Demonstrationen entrollt

Spruchsammlung *Anthologie*, die (gr., Pl. -n)

Sprudel *Tonic*, das (engl., Pl. -s) auch: Gin Tonic, bitterer Sprudel mit Alkohol

Sprung aus großer Höhe ... *Bungee*, das (engl., ohne Pl.) ... an e. elastischen Seil, das kurz über dem Boden zurückfedert

Sprung, bes. ... am Langpferd *Yamashita*, der (jap., Pl. -s) nach e. jap. Kunstturner

spuken *shining* (engl.)

Spülapparat *Irrigator*, der (lat., Pl. ...oren) für Darmspülungen

Spulmaschine ... *Bobinoir*, der (fr., Pl. -s) ... in der Baumwollspinnerei

Spur *Nuance*, die (lat.-fr., Pl. -n) z. B. Farbnuance; Abstufung, feiner Übergang

Spürnase ... *Trend-Scout*, der (engl., Pl. -s) ... in Sachen Musik, Mode, Literatur, Lifestyle

staatliche Finanzhilfe *Subvention*, die (lat., Pl. -en) Staatszuschuß; nicht verw. mit *Subversion*, die (lat., Pl. -en) Umsturz

Staat *»L'État c'est moi«!* (fr.; »Der Staat bin ich!« Ausspruch Ludwig XIV. von Frankreich)

Staat mit e. Monarchen als regierendes Oberhaupt *Monarchie*, die (gr., Pl. -n) »Wir sind keine Erbmonarchie, sogar der Papst benennt nicht seinen Nachfolger.« (Heinrich Geißler, Fraktion CDU/CSU, 1997)

Staat übernimmt Aufgaben, die Familien nicht übernehmen können ... *Subsidiarität*, die (lat., ohne Pl.) ... als gesellschaftspolitisches Prinzip

Staatenbund 1. *Föderation*, die (lat., Pl. -en) 2. *Konföderation*, die (lat., Pl. -en)

Staatenloser *Apatride*, der (gr., Pl. -n)

Staatenvertrag *Bilateralismus*, der (lat., ohne Pl.) zwischen zwei Staaten

staatlich *ärarisch* (lat.) auch: zum Ärar (Staatsvermögen) gehörend

Staatsaffäre *Politikum*, das (gr.-lat., Pl. ...ka) auch: Vorgang von weitreichender Bedeutung

Staatsangehörigkeit *Nationalität*, die (lat.-fr., Pl. -en)

Staatsbesitz *Domäne*, die (lat.-fr., Pl. -n)

Staatsbesitzung *Kolonie*, die (lat., Pl. ...ien) einst Besitzungen europäischer Staaten in Übersee

Staatsbürgerschaft verleihen *naturalisieren* (lat.) svw. e. Ausländer einbürgern

Staatsform 1. *Monarchie*, die (gr.-lat., Pl. -n) Herrschaft z. B. e. Königs mit Erbfolge 2. *Republik*, die (lat.-fr., Pl. -en) e. Regierung wird auf e. bestimmte Zeit gewählt 3. *Demokratie*, die (gr.-lat., Pl. -n) die Macht e. auf bestimmte Zeit gewählten Regierung geht vom Volk aus 4. *Parlamentarismus*, der (gr.-lat.-fr.-engl., ohne Pl.) Staatsform, in der die Regierung (Exekutive) von der Volksvertretung (Legislative) überwacht wird 5. *Diktatur*, die (lat., Pl. -en) Herrschaft e. Person oder e. Personengruppe, z. B. Militär-, Parteidiktatur 6. *Totalitarismus*, der (lat., Pl. ...men) der Staat beeinflußt alle Bereiche des Lebens 7. *Timokratie*, die (gr.-lat., Pl. ...ien) Rechte u. Pflichten der Bürger werden nach dem Einkommen u. Vermögen geregelt 8. *Oligarchie*, die (gr., Pl. -n) Herrschaft weniger, einflußreicher Männer oder Familien 9. *Absolutismus*, der (lat.-fr., ohne Pl.) unumschränkte Gewalt liegt in der Hand e. Monarchen, z. B. Frankreich unter Ludwig XIV. (1638-1715): »Der Staat bin ich!« 10. *Aristokratie*, die (gr.-lat., Pl. ...ien) Herrschaft der Privilegierten; auch: Adel 11. *Autokratie*, die (gr., Pl. ...ien) Alleinherrschaft; nicht verw. mit *Autokarpie*, die (gr.-lat., ohne Pl.) Fruchtentwicklung nach Selbstbestäubung 12. *Hierokratie*, die (gr.-lat., Pl. ...ien) Priesterherrschaft, z. B. im Iran, in Tibet vor der chin. Besetzung 13. *Plutokratie*, die (gr., Pl. ...ien) Geldherrschaft 14. *Theokratie*, die (gr.-lat., Pl. ...ien) »Gottesherrschaft«; Staatsform, bei der die Gewalt religiös legitimiert wird, braucht jedoch nicht von Priestern ausgeübt werden 15. *Regime*, das (lat.-fr., Pl. –) i. a. e. volksfeindliche Staatsregierung; Regimekritiker 16. *System*, das (gr.-lat., Pl. -e) »Zusammenstellung«; gesellschaftliche Organisation

Staatsgebiet *Enklave*, die (lat.-fr., Pl. -n) i. S. fremden Gebiets, das vom eigenen Staat eingeschlossen ist; Ggs.: Exklave

Staatsgrundgesetz 1. *Charta*, die (ägypt.-gr.-lat., Pl. -s) auch: Verfassungsurkunde 2. *Konstitution*, die (lat., Pl. -en) auch: Verfassung

Staatsgut *Domäne*, die (lat.-fr., Pl. -n)

Staatsinteressen, vorrangig *Staatsraison*, die (lat.-fr., ohne Pl.) Grundsatz des Nationalstaates, daß die Staatsinteressen anderen Belangen voranstehen

Staatskasse 1. *Fiskus*, der (lat., ohne Pl.) 2. *Exchequer* (fr.-engl., ohne Pl.) sog. in Großbritannien

Staatslenkung *Zentralismus,* der (gr.-lat., ohne Pl.) wenn in e. Staat mit mehreren Bundesländern die Politik nur von e. Stelle, der Hauptstadt aus, bestimmt wird; Ggs.: Föderalismus

Staatsmann *Politiker,* der (gr.-lat., ohne Pl.) z. B. Charles de Gaulle (1890-1970) Präsident der Französischen Republik

Staatsoberhaupt 1. *Monarch,* der (gr.-lat., Pl. -en) e. gekröntes 2. *Regent,* der (lat., Pl. -en) i. S. e. fürstlichen Oberhauptes 3. *Staatspräsident,* der (lat., Pl. -en) z. B. Boris Jelzin von Rußland

Staatsoberhaupt e. Republik *Präsident,* der (lat., Pl. -en) »Sie können in Washington an jeder Ecke hören, daß das auch für Präsident Reagan sehr wichtig ist u. daß er immer wieder fragt: was sagt Helmut dazu?« (Helmut Kohl, 1984)

Staatspartei, faschistische ... in Spanien *Falange,* die (sp., ohne Pl.) bis 1977 unter Franco

Staatspolizei in Albanien *Sigurim,* die (lat.-alban., ohne Pl.)

Staatsratsmitglied im Osmanischen Reich *Wesir,* der (arab.-türk., Pl. -e) auch: Minister; z. B. Großwesir

Staatsschatz *Ärar,* das (lat., Pl. -e) auch: Staatsvermögen

Staatsstreich 1. *Coup d'Etat,* der (fr., Pl. -s –) 2. *Putsch,* der (alemann., Pl. -e) z. B. Militärputsch

Staatsvolk *Nation,* die (lat., Pl. -en)

staatswirtschaftlich *kameralistisch* (gr.-lat.)

Staatswirtschaftslehre *Kameralien,* die (gr.-lat., nur Pl.) Lehre von der Verwaltung des Finanzwesens, Teil der Ökonomie (Volkswirtschaftslehre)

Staatswissenschaft *Kameralien,* die (gr.-lat., nur Pl.)

staatswissenschaftlich *kameralistisch* (gr.-lat.)

Staatszugehörigkeit *Nationalität,* die (lat.-fr., Pl. -en)

Stab am Mast zur Abstützung der Wanten *Saling,* die (niederdt., Pl. -s) Seemannsspr.

Stabreim *Alliteration,* die (lat., Pl. -en) aufeinanderfolgende Wörter haben gleichen Anlaut: Sonne – Sommer – Saufen

stabreimend *alliterierend* (lat.)

Stachelhäuter *Echinoderme,* der (gr.-lat., Pl. -n) z. B. Seestern, Seegurke

Stadt der Sünde ... *Sodom,* das (biblische Stadt, ohne Pl.) ... u. Lasterhaftigkeit; *Sodom u. Gomorrha,* das; Redensart für Orte großer sittlicher Unordnung (Bibel, 1. Mose 19, 24)

Stadt, Haupt... *Metropole,* die (gr.-lat., Pl. -n) eigtl.: Mutterstadt

Stadt, künstliche durch Computer geschaffene ... *virtuelle Stadt,* die (lat.-am.-dt., Pl. ...Städte) auch: digitale Verstädterung; z. B. e. Stadt, die mit dem Flugdrachen durchschwebt werden kann, um sich dann in Clubs, Geschäften, Discos u. Cafés oder Bordellen aufzuhalten

Stadtadel *Patriziat,* das (lat., Pl. -e)

Städtebauforschung *Urbanistik,* die (lat., ohne Pl.)

Städtepartnerschaft *Jumelage,* die (fr., Pl. -n)

Stadthalter im alten Persien *Satrap,* der (pers.- lat., Pl. -en); Amt des Stadthalters *Satrapie,* die (pers.-lat., Pl. ...ien)

Stadthalter in der alten Türkei *Beglerbeg,* der (türk., Pl. -s) eigtl.: Herr der Herren

städtisch 1. *urban* (lat.) 2. *kommunal* (lat.) e. Gemeinde betreffend

Stadtrundfahrt *Sightseeingtour,* die (engl., Pl. -s)

Stadtstreicher 1. *Clochard,* der (fr., Pl. -s) in Paris 2. *Berber,* der (Pl. –) nomadisierendes Volk Nordafrikas, daher auch: Nichtseßhafter, Land- u. Stadtstreicher

Stadtverwaltung *Magistrat,* der (lat., Pl. -e)

Stadtviertel 1. *Slum,* der (engl., Pl. -s) i. S. e. verelendeten Viertels, z. B. Harlem in New York 2. *Quartier,* das (lat.-fr., Pl. -s) z. B. Quartier Latin in Paris (Studenten- u. Hochschulviertel) 3. *Kiez,* der (slaw., Pl. -e) in dem Prostituierte u. Strichjungen ihrem Gewerbe nachgehen

Stadtzentrum *City,* die (engl., Pl. -s) auch: Innenstadt

Staffel *Stafette,* die (germ.-it., Pl. -n) auch: reitender Bote; Meldereiter; »Der Wähler will Klarheit für e. Legislaturperiode, er wählt nicht eine Stafette.« (Theo Waigel, CSU, Finanzminister, 1998)

Stahlschrank 1. *Tresor,* der (gr.-lat.-fr., Pl. -e) auch: Panzerschrank 2. *Safe,* der (lat.-fr.-engl., Pl. -s) der »sichere« Stahlbehälter zur Aufbewahrung von Wertsachen

Stamm, Bezeichnung für Tier- oder Pflanzen... *Phylum,* das (gr.-lat., Pl. ...la)

Stammbuch *Album,* das (lat., Pl. ...ben) bes. Buch mit weißen, verstärkten Seiten; Fotoalbum; eigtl.: die weiße Tafel

Stammeln *Psellismus,* der (gr.-lat., ohne Pl.) med.

Stammesgeschichte betreffend *phylogenetisch* (gr.-lat.)

Stammesgeschichte der Lebewesen *Phylogenie,* die (gr.-lat., Pl. ...ien)

Stammesgeschichte *Phylogenese,* die (gr.-lat., Pl. -n)

stammesgeschichtlich *anzestral* (lat.-fr.-engl.) auch: altertümlich

Stammesstrukturen ... *Clanning,* das (engl.) ... die sich in Großstädten der Industriegesellschaften bilden, z. B. die »Rollheimer« in Berlin

Stammesverband *Clan,* der (engl., Pl. -s)

Stammesverband, türkischer ... *Turkmene,* der (türk., Pl. -n) nach dem vorderasiatischen Volk der Turkmenen; maßgeblich an der Islamisierung Anatoliens beteiligt gewesen

Stammgast *Habitué,* der (fr., Pl. -s) auch: ständiger Besucher

stämmig *robust* (lat.) z. B. ein robuster, alter Knabe sein

Stammtischpolitiker ... *Politikaster,* der (gr.-lat., Pl. –) ... die viel über Politik sprechen, aber nichts davon verstehen

Stammwort *Etymon,* das (gr., Pl. ...ma) auch: Wurzelwort, i. S. der ursprünglichen Bedeutung u. Form e. Wortes

Stammzelle *Hämoblast,* der (gr.-lat., Pl. -en) auch: blutbildende Zelle im Knochenmark (med.)

stampfen *pilieren* (lat.-fr.) auch: zerkleinern

Stampfer *Pistill,* das (lat., Pl. -e) Stößel

Stand 1. *Niveau,* das (lat.-fr., Pl. -s) z. B. Ausbildungsniveau 2. *Situation,* die (lat.-fr., Pl. -en) auch: Sachlage 3. *Stadium,* das (gr.-lat., Pl. ...ien) Zustand; nicht verw. mit *Stadion,* das (gr., Pl. ...ien) Kampfbahn 4. *Status,* der (lat., ohne Pl.) auch: Zustand; z. B. Status quo (gegenwärtiger Zustand)

Stand, auf den letzten ... bringen *aktualisieren* (lat.)

Standard für die Darstellung von Multimedia-Inhalten *Hypertext Markup Language,* das (engl.-am., Pl. -s) kurz: HTML; ... im World Wide Web; Kennzeichen von HTML: Querverweise auf andere Dokumente

Standard in den USA für Firmen, die an der Börse notiert sind *Generally Accepted Accounting Principles,* die (am., nur Pl.) kurz: GAAP-Bilanz

Standardprogramm für Computer *Aided Design (CAD) Autocad,* das (Eigenn.-engl., Pl. -s) ... das auf e. PC unter Windows die Konstruktion von dreidimensionalen Modellen unterstützt

Standbild *Statue,* die (lat., Pl. -n)

Ständchen *Serenade,* die (lat.-it.-fr., Pl. -en) »Serenade für zwei Pistolen« (Titel e. bekannten Films)

Stände, fr. General... *États généraux,* die (fr., nur Pl.) gemeint sind: Adel, Bürgertum, Geistlichkeit bis zum 18. Jh.

Standesbewußtsein *Esprit de corps,* der (fr., ohne Pl.) auch: Korpsgeist

standesgemäß *repräsentativ* (lat.) auch: typisch

standfest *stabil* (lat.) z. B. e. Körper befindet sich im stabilen Gleichgewicht

Standfestigkeit *Stabilität,* die (lat., ohne Pl.)

ständig 1. *permanent* (lat.) auch: immer 2. *chronisch* (gr.-lat.) z. B. e. chronisches Leiden haben; Ggs.: akut 3. *habituell* (lat.-fr.) i. S. von gewohnheitsmäßig 4. *konstant* (lat.) unveränderlich; nicht verw. mit *kontant* (lat.-it.) bar (bezahlen) 5. *kontinuierlich* (lat.) dauernd; Ggs.: diskontinuierlich

ständig gleichbleibend *konstant* (lat.) »Das einzige Konstante ist die Veränderung.« (Jürgen Schrempp, Chef von Daimler Benz, 1998)

Standort bestimmen *lokalisieren* (lat.-fr.)

Standort *Habitat,* das (lat., Pl. -e) Lebensstandort bestimmter Tier- u. Pflanzenarten

Standortbestimmung *Navigation,* die (lat., ohne Pl.) z. B. bei Schiffen und Flugzeugen

Standortbestimmungssystem *Global Positioning System,* das (engl.-am., Pl. – – -s) kurz: GPS; auch: Satellitennavigationssystem

Standpunkt 1. *Position,* die (lat., Pl. -en) auch: Stellung im Beruf 2. *These,* die (gr.-lat., Pl. -n) auch: Lehrsatz; Antithese: ihr steht die Ausgangsbehauptung (These) gegenüber

Standpunkte, gegensätzliche 1. *Polarisierung,* die (gr.-lat.-dt., Pl. -en) 2. *Polarisation,* die (gr.-lat., Pl. -en) jeweils das deutliche Hervortreten von Gegensätzen, was, wie an Polen üblich, zur eisigen Stimmung führt

standrechtlich erschießen *füsilieren* (lat.-fr.)

Standwirbel, e. ... ausführen *pirouettieren* (fr.) auch: e. Pirouette vorführen

Stange, über den Bug ragende ... 1. *Bugspriet,* das, der (norddt., Pl. -e) Seemannsspr. 2. *Bugspiere,* die (norddt., Pl. -n) allg. Spiere: Rundholz, Segelstange (Seemannsspr.)

Stangenweißbrot *Baguette,* das (lat.-it.-fr., Pl. -s) auch: die (lat.-it.-fr., Pl. -n) bes. Art des Edelsteinschliffs

Stapelboden *Palette,* die (lat.-fr., Pl. -n)

Stapelverarbeitung *Batch processing,* das (engl.-am., Pl. -s)

stark 1. *herkulisch* (gr.) bes. stark, nach dem gr. Halbgott Herkules 2. *massiv* (gr.-lat.-fr.) z. B. auf jmdn. massiven Druck ausüben 3. *emphatisch* (gr.-lat.) i. S. von: mit Nachdruck 4. *forte* (lat.-it.) musik. Vortragsanw. 5. *fortissimo* (lat.-it.) sehr stark, musik. Vortragsanw. 6. *intensiv* (lat.-fr.) Jasmin duftet intensiv; Ggs.: extensiv

Starkbier *Stout,* der (germ.-fr.-engl., Pl. -s) engl. Bier, dunkel mit bes. Hopfengeschmack

Stärke 1. *Force,* die (lat.-fr.-engl., Pl. -n) z. B. Force majeure (höhere Gewalt); Force de frappe (die mit Atomwaffen ausgerüsteten fr. Streitkräfte) 2. *Intensität,* die (lat., ohne Pl.) 3. *Potential,* das (lat., Pl. -e) Leistungsfähigkeit 4. *Vitalität,* die (lat.-fr., ohne Pl.) auch: Lebenskraft

Stärke, vom Körper erzeugte ... *Glykogen,* das (gr., ohne Pl.) ... in fast sämtlichen Zellen vorhanden

stärkeartig *amyloid* (gr.)
Stärkemehl *Tapioka,* das (indian.-sp., ohne Pl.) ... aus der südam. Maniokwurzel hergestelltes Eindickmittel
stärken *konsolidieren* (lat.) auch: sichern; nach e. Phase der Expansion (Ausdehnung) muß das Unternehmen sich konsolidieren
stärkend *analeptisch* (gr.-lat.) med., bez. Arznei
stärker werdend *rinforzando* (lat.-it.) musik. Vortragsanw.
Stärkungsmittel *Sanatogen,* das (gr.-lat., ohne Pl.) aus hochwertigem Eiweiß
starr 1. *rigid* (lat.) auch: unnachgiebig 2. *strikt* (lat.) auch: streng
Starre 1. *Rigidität,* die (lat., ohne Pl.) 2. *Torpidität,* die (lat., ohne Pl.) i. S. von Regungslosigkeit
starrköpfig *entetiert* (lat.-fr.) auch: eigensinnig
Starrkrampf *Tetanie,* die (gr.-lat., Pl. ...ien) med.
starrsinnig *obstinant* (lat.)
Start *Take-Off,* das (engl., Pl. -s) e. Flugkörpers
Startart beim Autorennen *Le-Mans-Start,* der (Eigenn.-fr., Pl. -s) nach der fr. Stadt Le Mans; die Fahrer rennen über die Fahrbahn zu ihren Fahrzeugen
Startbahn *Runway,* die (engl., Pl. -s)
Startplatz, bester ... für den Autorennfahrer *Poleposition,* die (engl.-am., ohne Pl.) ... für den Fahrer mit der besten Trainingszeit; »So war es beim Training in Monte Carlo, als er (Mika Häkkinen) die Pole-position erreichte, er war sehr sehr glücklich.« (Erja Honkanen, Lebensgefährtin des Rennfahrers, 1998) auch: die innerste (beste) Startposition beim Pferderennen; von pole (Stange)
Stationärer Zustand *Steady State,* der (engl., Pl. – -s) d. h. e. Zustand, der sich nicht verändert: e. Kugel, die sich mit konstanter Geschwindigkeit dreht, ist stationär (sieht gleich aus), sie ist aber nicht statisch (Phys.)
Statist *Komparse,* der (lat.-it., Pl. -n)
Statisten, alle ... *Komparserie,* die (lat.-it., Pl. ...ien)
Statthalter im Byzantinischen Reich *Eparch,* der (gr., Pl. -en)
stattlich 1. *imposant* (lat.-fr.) z. B. e. imposante Erscheinung 2. *junonisch* (lat.) i. S. e. stattlichen Schönheit, nach der altröm. Göttin Juno
Statue 1. *Figurine,* die (lat.-it.-fr., Pl. -n) e. kleine Statue; auch: Modebild, Kostümzeichnung 2. *Skulptur,* die (lat., Pl. -en)
Statuenrumpf *Torso,* der (gr.-lat.-it., Pl. -s, ...si)
Staub u. Schatten sind wir *pulvis et umbra sumus* (lat., Zitat: Horaz)
Staubbesen *Mop,* der (engl., Pl. -s) nicht verw. mit *Mob,* der (lat.-engl., ohne Pl.) Pöbel, Pack
Staublunge *Pneumokoniose,* die (gr.-lat., Pl. -n) med.
Staudengewächs, stachliges ... *Akanthus,* der (gr.-lat., ohne Pl.) eigtl.: Bärenklau; auch: Ornament nach dem Vorbild der Distelart
stauen *stagnieren* (lat.) stocken; z. B. die Volkswirtschaft stagniert
Stechheber *Pipette,* die (lat.-fr., Pl. -n) auch: Saugröhrchen; e. Ansaugröhrchen aus Glas
Stechmücke *Moskito,* der (lat.-sp., Pl. -s)
Steckenpferd *Hobby,* das (engl., Pl. -s)
Steckkarte zum Aufrüsten des Computers ... *PCMCIA* (Abk. für engl.: Personal Computer Memory Card International Association) ... kann die Leistung der Hardware verbessern oder als zusätzliche Software genutzt werden
Stecknadel *Pin,* der (engl., Pl. -s)
Stegreif, aus dem ... reden *extemporieren* (lat.)
Stegreifkomödie *Commedia dell'arte,* die (it., ohne Pl.)
Stegreifrede *Extempore,* das (lat., ohne Pl.) auch: Stegreifspiel
Stegreifschöpfung *Improvisation,* die (lat.-it., Pl. -en) auch: Stegreifrede; »Improvisation, das ist, wenn niemand die Vorbereitung merkt.« (François Truffaut)
Stegreifspiel *Extempore,* das (lat., ohne Pl.) auch: Stegreifrede
Stehltrieb *Kleptomanie,* die (gr.-lat., Pl. ...ien) als Krankheitsbild
Stehunfähigkeit *Astasie,* die (gr., Pl. -ien) med.
steif *rigid* (lat.) med., bez. der Arterienbeschaffenheit bei Arteriosklerose
steigern 1. *intensivieren* (lat.-fr.) z. B. politische Gespräche intensivieren 2. *eskalieren* (fr.-engl.) e. stufenweises Steigern 3. *forcieren* (lat.-fr.) z. B. forcierte Anstrengungen unternehmen 4. *potenzieren* (lat.) auch: e. Zahl mit sich selbst multiplizieren (math.)
Steigerung 1. *Eskalation,* die (fr.-engl., Pl. -en) z. B. die Eskalation der Beschimpfungen führte zur Handgreiflichkeit 2. *Progression,* die (lat., Pl. -en) z. B. Steuerprogression kann wirtschaftliche Aktivitäten lähmen 3. *Klimax,* die (gr.-lat., Pl. -e) Ausdruckssteigerung; auch: Höhepunkt; Ggs.: Antiklimax
Stein, geschnittener ... *Glypte,* die (gr., Pl. -n)
Stein, schwarzer ... an der Kaaba in Mekka *Hadschar,* der (arab., ohne Pl.) ... den Mekkapilger küssen
Steinblock 1. *Monolith,* der (gr.-lat., Pl. -en) svw.: ein Stück 2. *Quader,* der (lat., ohne Pl.) rechteckig u. behauen
Steindenkmäler *Lapidarium,* das (lat., Pl. ...ien)
Steindruck *Lithographie,* die (gr.-lat., Pl. ...ien)

Steineiche der Römer *Ilex,* der (lat., ohne Pl.) auch: Stechpalmengewächs

Steingut, feines ... *Wedgwood,* das (Eigenn.-engl., Pl. -s) nach dem engl. Töpfer J. Wedgwood (1730-1795)

Steinhaufen, kultischer ... *Obo,* der (mongolisch., Pl. -s) meist mit Gebetsfahnen geschmückt

Steinholz *Xylolith,* der (Eigenn.-gr.-lat., Pl. -en, -e) e. Kunststeinprodukt

Steinplatte, hohe, aufrechtstehende ... *Stele,* die (gr., Pl. -n) ... als Grabdenkstein; z. B. die Stelen von Axum (Äthiopien)

Steinsarg *Sarkophag,* der (gr.-lat., Pl. -e)

Steinsäule, vorgeschichtliche ... *Menhir,* der (fr., Pl. -e) unbehauener Stützstein

Steinschleuder *Katapult,* das (gr.-lat., Pl. -e)

Steinschneidekunst *Glyptik,* die (gr.-lat., ohne Pl.)

Steinwälzer, ewiger ... *Sisyphos,* der (gr., ohne Pl.) e. Gestalt der gr. Sagenwelt; Sisyphusarbeit; »... ich heiße nicht Sisyphus.« (gemeint ist: Sisyphos) (Theo Waigel, Bundesfinanzminister, 1998)

Steinwüste *Hammada,* die (arab., Pl. -s)

Steinzeit 1. *Paläolithikum,* das (gr.-lat., ohne Pl.) Altsteinzeit 2. *Mesolithikum,* das (gr.-lat., ohne Pl.) Mittelsteinzeit 3. *Neolithikum,* das (gr.-lat., ohne Pl.) Jungsteinzeit 4. *Lithikum,* das (gr.-lat., ohne Pl.) wird unterteilt in: Paläolithikum, Mesolithikum u. Neolithikum

Stelldichein *Rendezvous,* das (lat.-fr., Pl. –)

Stelle 1. *Job,* der (engl., Pl. -s) i. S. e. beruflichen Tätigkeit, Arbeit 2. *Vakanz,* die (lat., Pl. -en) freie Arbeitsstelle, unbesetzte Position 3. *Achillesferse,* die (gr.-dt., Pl. -n) verwundbare Stelle nach Achilles, e. Helden der gr. Sage

Stelle, an anderer ... entstanden *allochthon* (gr.) Ggs.: autochthon

Stelle, maßgebende ... *Instanz,* die (lat., Pl. -en) Instanzenweg; Gott als letzte Instanz

stellen *situieren* (lat.-fr.) der Bankangestellte ist gut situiert (gut gestellt)

Stellung 1. *Funktion,* die (lat., Pl. -en) 2. *Konfiguration,* die (lat., Pl. -en) i. S. von Gestalt, äußere Form 3. *Konstellation,* die (lat., Pl. -en) auch: Lage; Planetenkonstellation 4. *Pose,* die (gr.-lat.-fr., Pl. -n) auch: affektierte Haltung 5. *Position,* die (lat., Pl. -en) z. B. berufliche Position

Stellung gegenüber *Opposition,* die (lat., Pl. -en) auch: Widerstand, Widerspruch; »Glauben Sie, ich wäre Oppositionsführer geworden, wenn ich nicht wüßte, was Opposition ist?« (Oskar Lafontaine, dt. SPD-Chef, 1998)

Stellung nehmen 1. *kritisieren* (gr.-lat.-fr.) auch: e. Werk besprechen 2. *kommentieren* (lat.) »Wer so etwas kommentiert, kommt in die Hölle.« (Bodo Hombach, SPD)

Stellungnahme 1. *Kommentar,* der (lat., Pl. -e) 2. *Kritik,* die (gr.-lat.-fr., Pl. -en) z. B. Film-, Buch-, Theaterkritiken schreiben 3. *Memorandum,* das (lat., Pl. ...den, ...da) 4. *Statement,* das (engl., Pl. -s) i. S. e. öffentlichen Erklärung

stellvertretend 1. *repräsentativ* (lat.-fr.) e. Person ist z. B. repräsentativ für e. Gruppe; Repräsentativumfrage 2. *kommissarisch* (lat.) vorübergehend; Herr Schmidt ist der kommissarische Geschäftsführer 3. *symbolisch* (gr.-lat.) auch: sinnbildlich

Stellvertreter 1. *Substitut,* der (lat., Pl. -en) i. S. e. Ersatzmanns auch: das (lat., Pl. -e) Ersatz 2. *Repräsentant,* der (lat.-fr., Pl. -en) Stellvertreter e. Firma

Stellvertreter, ein ... *Alter ego* (lat.) das andere Ich

Stellvertretung *Repräsentation,* die (lat.-fr., Pl. -en) e. Person vertritt z. B. e. Verein, e. Unternehmen

Stempel 1. *Patrize,* die (lat., Pl. -n) Ggs.: Matrize 2. *Stampiglie,* die (germ.-fr.-sp.-it., Pl. -n) auch: Stempelaufdruck

Steppe 1. *Pampa,* die (indian.-sp., Pl. -s) Grassteppe in Südamerika 2. *Taiga,* die (russ., ohne Pl.) im Sommer e. sumpfige Graslandschaft mit geringem Baumbestand 3. *Pußta,* die (ung., Pl. ...ten) Grassteppe in Ungarn 4. *Savanne,* die (indian.-sp., Pl. -n) tropische Gras- u. Baumsteppe 5. *Prärie,* die (lat.-fr., Pl. ...ien) Grasland im mittleren Westen Nordamerikas

Sterbeforschung *Thanatologie,* die (gr.-lat., ohne Pl.) Teilgebiet: Sterbehilfe

Sterbehilfe *Euthanasie,* die (gr., ohne Pl.) eigtl.: leichter Tod; nicht verw. mit *Euthymie,* die (gr., ohne Pl.) Heiterkeit

sterben *krepieren* (lat.-it.) i. S. von »abkratzen«

sterbend *moribund* (lat.)

Sterblichkeit 1. *Mortalität,* die (lat., ohne Pl.) med. 2. *Letalität,* die (lat., ohne Pl.) med., Verhältnis: Todesfälle zu kranken Menschen

Stern *Aszendent,* der (lat., Pl. -en) lt. der Astrologie nehmen Sternbild u. Aszendent Einfluß auf das Wesen e. Menschen

sternartig *quasistellar* (lat.)

Sternbeschreibung *Astrographie,* die (gr.-lat., Pl. ...ien)

Sternchen *Starlet,* das (engl., Pl. -s) i. S. von Nachwuchsfilmschauspielerin (aussichtsreiche) »E. Starlet ist e. junge Schauspielerin, deren Talent noch schlummert – meist nicht allein.« (Robert Lembke)

sterndeutend *astrologisch* (gr.-lat.)

Sterndeuter *Astrologe,* der (gr., Pl. -n)

Sterndeutung *Astrologie,* die (gr.-lat., ohne Pl.)

Sterne, die ... betreffend 1. *astral* (gr.-lat.) aber: *Astralleib,* der (gr.-dt., Pl. -er) e. im Leib wohnender »Ätherleib« (Okkultismus: Geheimwissenschaft) 2. *stellar* (lat.) die Fixsterne betreffend

Sternen, Lehre von den ... *Astralmythologie,* die (gr.-lat., ohne Pl.) ... als göttliche Mächte der Welt

Sternen, zwischen den ... *interstellar* (lat.)

Sterneninsel im Universum *Galaxie,* die (gr.-lat., Pl. ...ien) auch: großes Sternsystem außerhalb der Milchstraße; Spiralnebel

Sternkunde *Astronomie,* die (gr.-lat., ohne Pl.) die Wissenschaft von den Gestirnen

sternkundlich *astronomisch* (gr.-lat.) auch: bes. viel; e. astronomische Summe

Sternschnuppe *Meteor,* der (gr., Pl. -e)

Sternschnuppenschwarm *Leoniden,* die (lat., Pl.) im November vorkommender Schwarm

Sternsystem *Galaxie,* die (gr.-lat., Pl. ...ien) System außerhalb der Milchstraße

Sternverehrung *Astrolatrie,* die (gr.-lat., ohne Pl.)

Sternwarte 1. *Observatorium,* das (lat., Pl. ...ien) 2. *Planetarium,* das (gr.-lat., Pl. ...ien) Gerät zur Darstellung der Lage, Bewegung u. Größe der Gestirne (künstlicher Himmel)

Steroid, e. ... *Cholesterin,* das (gr., ohne Pl.) Bestandteil aller Körperzellen im menschlichen u. tierischen Organismus; »Der einzige Spiegel, der mir Sorgen macht, ist mein Cholesterinspiegel.« (Helmut Markwort, Chefredakteur des Focus, 1998)

stetig 1. *chronisch* (gr.-lat.) z. B. e. chronischer Krankheitsverlauf; Ggs.: akut 2. *konstant* (lat.) z. B. e. konstante Größe 3. *kontinuierlich* (lat.) 4. *permanent* (lat.) i. S. von dauernd

Stetigkeit *Kontinuität,* die (lat., ohne Pl.) die Unternehmer erwarten für das nächste Jahr e. Wachstumskontinuität; »Ich stehe für außenpolitische Kontinuität.« (Gerhard Schröder, Bundeskanzler, 1998)

Steuer 1. *Tribut,* der (lat., Pl. -e) Steuern im Rom der Antike 2. *Fiskus,* der (lat., ohne Pl.) »Geldkorb«; übertragen: Staatskasse; Fiskalpolitik: Steuerpolitik 3. *Volant,* der (fr., Pl. -s) svw.: Autolenkrad

Steuerband *Banderole,* die (fr., Pl. -n) z. B. an Zigarettenschachteln, Streifen mit Steuervermerk

Steuerhebel am Spielcomputer *Joystick,* der (engl., Pl. -s) »Freudenstock«

steuern *manipulieren* (lat.-fr.) svw.: negativ beeinflussen

Steuerung, Lehre der ... *Kybernetik,* die (gr., ohne Pl.) ... u. Regelungsvorgänge in Biologie, Soziologie u. Technik

stichhaltig *plausibel* (lat.-fr.) auch: einleuchtend

Stichwaffe 1. *Florett,* das (lat.-it.-fr., Pl. -e) 2. *Bajonett,* das (fr., Pl. -e) nach dem Ort Bayonne in Südfrankreich; die Soldaten traten mit aufgepflanzten Bajonetten an; »Drei Zeitungen fürchte ich mehr als 1000 Bajonette.« (Napoleon I.)

Stichwort in e. Lexikon *Lemma,* das (gr.-lat., Pl. -ta)

Stichwort, unter dem ... *sub voce* (lat.)

Stichwortverzeichnis 1. *Index,* der (lat., Pl. -e, ...dizes) »Anzeiger« 2. *Register,* das (lat., Pl. –) Namen- u. Sachverzeichnis, auch: alle Register (Klang-Register der Orgel) ziehen, svw.: alles versuchen

Stickstoffbasen *Alkaloide,* die (arab., nur Pl.) in best. Pflanzen; pharmakologisch von Bedeutung, z. B. bei Morphin, Chinin, Coffein, Nikotin

Stickstoffbläschen, Bildung von ... im Blut ... *Aerämie,* die (gr., Pl. ...ien) ... bei plötzlicher Druckabnahme, z. B. bei Tauchern (kann zum Tod führen)

Stickstoffverbindung, e. best. ... *Nitrosamin,* das (gr.-lat., Pl. -e) entsteht beim Rauchen u. Rösten, krebserregend

Stiefel, gefüttert *Moonboot,* der (engl., Pl. -s) Winterstiefel aus Kunststoff

Stier *Toro,* der (lat.-sp., Pl. -s)

Stierkampf 1. *Corrida,* die (sp., Pl. -s) 2. *Tauromachie,* die (gr.-sp., Pl. ...ien) die Technik des Stierkampfs

Stierkämpfer 1. *Torero,* der (lat.-sp., Pl. -s) 2. *Matador,* der (lat.-sp., Pl. -e, -en) 3. *Banderillero,* der (germ.-sp., Pl. -s) Stierkämpfer, der den Stier mit Banderillas (Fähnchen geschmückte Spieße) reizt 4. *Espada,* der (lat.-sp., Pl. -s) eigtl.: Degen; der Stierkämpfer (mit dem Degen) 5. *Picador,* der (sp., Pl. -es) Lanzenreiter, reizt den Stier in der Arena durch Stiche in den Nacken

Stierkampf-Liebhaber *Aficionado,* der (sp., Pl. -s) heute allg. Ausdruck für beliebigen Zeitvertreib

Stierkampfreiter *Toreador,* der (lat.-sp., Pl. -en)

Stierkampftechnik *Tauromachie,* die (gr.-sp., Pl. ...ien) auch: Stierkampf

Stift zum Belegen von Tauwerk *Koffienagel,* der (niederdt., Pl. ...nägel)

Stiftskirche *Dom,* der (lat.-it.-fr., Pl. -e) auch: Hauptkirche; Dom in Hamburg: Jahrmarkt

Stiftung 1. *Dedikation,* die (lat., Pl. -en) i. S. e. Widmung 2. *Fundation,* die (lat., Pl. -en) i. S. e. kirchlichen Stiftung 3. *Foundation,* die (lat.-engl., Pl. -s) 4. *Gratifikation,* die (lat., Pl. -en) »Gefälligkeit«, z. B.: Weihnachtsgratifikation

Stil 1. *Diktion,* die (lat., Pl. -en) e. gute Diktion (Ausdrucksweise) haben 2. *Manier,* die (lat.-fr., ohne Pl.) i. S. e. künstlerischen Stils 3. *New Look,* der (engl., Pl. -s) neuer Stil, bes. in der Mode

Stil, Dinge alt u. ursprünglich darzustellen ... *Pati-*

na-Stil, der (it.-dt., ohne Pl.) ... drückt nostalgische Sehnsucht aus

Stil, im ... des Swing tanzen *swingen* (engl.) auch: mit anderen Partnern geschlechtlich verkehren, i. S. von Gruppensex (Swingerparty)

Stil, schwülstiger ... *Gongorismus,* der (sp., Eigenn., ohne Pl.) nach dem sp. Dichter Luis de Góngora

Stildurchmischung *Decade Blending* (engl.) z. B. um e. neue, eigene Mode zu kreieren; bei Kleidern ist es das Kombinieren von Textilien aus verschiedenen Jahrzehnten

Stilgemisch *Eklektizismus,* der (gr., ohne Pl.) von: eklegein (auswählen) unterschiedliche Stilelemente werden zu e. neuen Einheit kombiniert, z. B. bei der Wohnungseinrichtung

stillen *laktieren* (lat.) med., Babys an der Mutterbrust

Stillstand 1. *Stagnation,* die (lat., Pl. -en) Periode ohne wirtschaftliches Wachstum 2. *Stagflation,* die (lat., Pl. -en) aus: Stagnation u. Inflation, e. Periode wirtschaftlichen Stillstands bei sinkendem Geldwert durch Preissteigerungen

Stillstand in der (überfälligen) Umgestaltung *Reformstau,* der (lat.-fr.-dt., Pl. -e, -s) Unwort 1997 (laut Gesellschaft für dt. Sprache)

stillstehen *stagnieren* (lat.) z. B. stagnierender Absatz in e. Branche

stillstehend 1. *statisch* (gr.) svw.: verharrend; Ggs.: dynamisch 2. *immobil* (lat.) unbeweglich; Ggs.: mobil 3. *stagnierend* (lat.) auch: stockend 4. *stationär* (lat.-fr.) an e. Standort gebunden

Stillunfähigkeit *Agalaktie,* die (gr.-lat., Pl. ...ien) med.

Stimmbildungslehre *Phonetik,* die (gr.-lat., ohne Pl.)

Stimmbruch *Mutation,* die (lat., Pl. -en) in der Pubertät bei Jungen üblich; auch: Veränderung im Erbgefüge

Stimme 1. *Votum,* das (lat., Pl. ...ta, ...ten) z. B. Stimmenabgabe, i. S. e. Beurteilung, bei e. Wahl 2. *Vox,* die (lat., Pl. Voces) z. B. Vox acuta (hoher Orgelton); Vox populi vox Dei (Volkes Stimme ist Gottes Stimme)

Stimme, die ... des Predigers in der Wüste *vox clamantis in deserto* (lat., Zitat: Johannes der Täufer) d. h. e. verhallendes Wort der Wahrheit

Stimme, die tatsächliche ... in e. Reportage *Originalton,* der (lat., Pl. ...töne) kurz: O-Ton

Stimme, Frauensing... 1. *Alt,* der (lat.-it., Pl. -e) Knaben- oder tiefe Frauenstimme 2. *Mezzosopran,* der (lat.-it., Pl. -e) Stimmlage zwischen Sopran u. Alt 3. *Sopran,* der (lat.-it., Pl. -e) höchste Knaben- u. Frauenstimme

Stimme, Klang der ... *Timbre,* das (gr.-fr., Pl. -s)

Stimme, Männersing... 1. *Bariton,* der (gr.-lat.-it., Pl. -e) mittlere Lage 2. *Baß,* der (lat.-it., Pl. Bässe) tiefe Stimme 3. *Tenor,* der (lat.-it., Pl. Tenöre) hohe Männerstimme; Tenorsänger; auch: in diesem Tenor (in diesem Sinn)

stimmen *votieren* (lat.)

Stimmenmehrheit *Majorität,* die (lat.-fr., Pl. -en) bei e. Abstimmung: die Majorität hinter sich wissen; Ggs.: Minorität

Stimmenminderheit *Minorität,* die (lat.-fr., Pl. -en) Ggs.: Majorität

Stimmheilkunde *Phoniatrie,* die (gr.-lat., ohne Pl.) med.

Stimmlosigkeit *Aphonie,* die (gr.-lat., Pl. ...ien) med.

Stimmrecht *Suffragium,* das (lat., Pl. ...ien)

Stimmritze zwischen den Stimmbändern *Glottis,* die (gr., Pl. Glottides)

Stimmschwäche *Phonasthenie,* die (gr.-lat., Pl. ...ien) med.

Stimmung 1. *Atmosphäre,* die (gr.-lat., Pl. -n) z. B. in e. Restaurant, bei e. Veranstaltung 2. *Feeling,* das (engl., Pl. -s) i. S. von Gefühl 3. *Moral,* die (lat.-fr., ohne Pl.) z. B. die Moral der Truppe ist gut 4. *Genius,* der (lat., Pl. ...ien) »Erzeuger«; auch: begabter Mensch; im alten Rom: Schutzgeist 5. *Klima,* das (gr.-lat., Pl. -s, ...mate) i. S. von Witterung; Raumklima

Stimmung der Saiteninstrumente *Accordatura,* die (lat.-it., ohne Pl.) Ggs.: Scordatura

Stimmung, Ausdruck für gute oder schlechte ... *Vibe,* die (engl.-am., Pl. -s) ... vibration (Stimmung) in der Acid-Jazz-Szene; Ausdruck für die Gefühlslage oder e. gute oder schlechte Stimmung

Stimmungsgehalt *Poesie,* die (gr.-lat., Pl. ...ien) in dichterischer Hinsicht

Stimmungslage, durch Klänge erzeugte ... *Muzak,* der (Eigenn.) einst Bez. für e. US-Radiosender, der Klänge für Supermärkte produzierte, die e. entspannte »Kaufstimmung« schufen; heute senden rund 15 Kanäle e. Muzak-Programm; je nach Geschmack können auch Haushalte zwischen »sphärisch«, »verliebt« u. Naturtönen (Vogelzwitschern) wählen

stinkend 1. *pestilenzialisch* (lat.) i. S. von verpestet, sehr unangenehm riechend 2. *fötid* (lat.) med. 3. *mefitisch,* nach der Göttin Mephitis, Herrscherin der Schwefelquellen: verpestend

Stinktier *Skunk,* der (indian.-engl., Pl. -e) e. zu den Mardern zählendes Raubtier mit wertvollem Fell

Stirnbinde *Inful,* die (lat., Pl. -n) weiße Binde der Priester u. kaiserlichen Stadthalter; auch: kath. Würdezeichen

Stirnbinde, gr. ... der Frauen *Mitra,* die (gr.-lat., Pl. ...ren) auch: Bischofsmütze

Stirnreif *Diadem,* das (gr.-lat., Pl. -e) mit Edelsteinen besetzt

stocken *stagnieren* (lat.) z. B. die Autobranche stagniert

stockender Verkehr *Stop-and-go-Verkehr,* der (engl.-dt., ohne Pl.)

Stockung im Wirtschaftsleben *Engorgement,* das (lat.-engl.-fr., Pl. -s)

Stockung *Stagnation,* die (lat., Pl. -en) e. Periode wirtschaftlichen Stillstandes

Stockwerk *Etage,* die (lat.-fr., Pl. -n)

Stoff 1. *Substanz,* die (lat., Pl. -en) i. S. e. Grundstoffes 2. *Materie,* die (lat., Pl. -n) ohne Pl.: Stoff, Substanz; auch: Inhalt 3. *Sujet,* das (lat.-fr., Pl. -s) z. B. Darstellung e. Dichtung

Stoff mit eingeprägten Mustern *Frappé,* der (fr., Pl. -s); nicht verw. mit: das Frappé (Getränk auf zerkleinertem Eis)

Stoffdach *Baldachin,* der (it., Pl. -e) z. B. über e. herrschaftlichen Bett, über e. Thron

Stoffe betreffend *textil* (lat.-fr.) auch: gewebt

Stoffe *Textilien,* die (lat.-fr., nur Pl.)

Stoffe, bedruckte ... *Imprimé,* der (fr., Pl. -s)

stofflich *materiell* (lat.), *material* (lat.)

Stollen *Galerie,* die (it., Pl. ...ien) z. B. im Bergbau

störe meine Kreise nicht *noli turbare circulus meos* (lat., Zitat: Mathematiker Archimedes, 287-212 v. Chr) bei der Eroberung von Syrakus

stören 1. *irritieren* (lat.) auch: erregen; verwirren 2. *retardieren* (lat.-fr.) auch: hemmen 3. *sabotieren* (fr.) hintertreiben

störend 1. *deplaciert* (lat.-fr.) unangebracht 2. *inopportun* (lat.) unpassend; Ggs.: opportun

störrisch *renitent* (lat.) widersetzlich; z. B. e. renitenter Bursche

Störrogen *Kaviar,* der (türk.-it., Pl. -e) Fischeier, die als Delikatesse (Leckerbissen) gelten; »Es muß nicht immer Kaviar sein« (Roman von J. M. Simmel)

Störung 1. *Dissonanz,* die (lat., Pl. -en) Mißklang 2. *Perturbation,* die (lat., Pl. -en) Verwirrung

Stoß *Kick,* der (engl.-am., Pl. -s) auch: Schwung; Kraft; rauschhaftes Erfolgserlebnis

Stoßdämpferregulierung, automatische ... *Adaptives Dämpfungssystem,* das (lat., dt., Pl. -e -e) kurz: ADS; ... stellt sich auf Fahrbahnzustand, Beladung u. Fahrweise ein; (im PKW)

Stoßdegen *Rapier,* das (gr.-fr., Pl. -e)

Stößel *Pistill,* das (lat., Pl. -e) e. kleiner Stampfer

Stoßschutz an Schiffen *Fender,* der (engl., Pl. –) aus Reifen oder Tauwerk

Stoßtruppe von Glaubens-Brüdern *Ichwan,* die (arab.) die Anhänger waren bereit für den Islam zu sterben; mit ihrer Hilfe breitete Ibn Saud um 1920 seine Herrschaft über ganz Saudi-Arabien aus

Stoßwaffe *Bajonett,* das (fr., Pl. -e) genannt nach dem Ort Bayonne in Südfrankreich; auch: Seitengewehr; »Drei Zeitungen fürchte ich mehr als 1000 Bajonette.« (Napoleon I.)

Stoßwaffe, spießartige ... *Partisane,* die (lat.-fr., Pl. -n) ... vom 15. bis 18. Jh.; nicht verw. mit *Partisan,* der (lat.-fr., Pl. -en) »Anhänger«; e. im Hinterhalt operierende Person

Strafe *Sanktion,* die (lat.-fr., Pl. -en) eigtl.: Billigung; Strafgesetz; auch: Zwangsmaßnahme

Strafe, keine ... ohne Gesetz *nulla poena sine lege* (lat.) d. h. es darf gerichtlich keine Strafe ohne einschlägiges Gesetz verhängt werden

Straferlaß 1. *Amnestie,* die (gr.-lat., Pl. -n) 2. *Indulgenz,* die (lat., ohne Pl.)

straffällig 1. *delinquent* (lat.) 2. *kriminell* (lat.-fr.)

Straffälligkeit 1. *Delinquenz,* die (lat., ohne Pl.) nicht verw. mit *Eloquenz,* die (lat., ohne Pl.) Beredsamkeit 2. *Kriminalität,* die (lat., ohne Pl.)

straffen *rationalisieren* (lat.-fr.) z. B. Arbeitsabläufe 2. *liften* (engl.) i. S. von: Gesichtshaut straffen; Facelifting

Straflosigkeit *Indemnität,* die (lat.-fr., ohne Pl.) bei Äußerungen von Abgeordneten im Parlament, Ausnahmen: verleumderische Beleidigungen

Strafpredigt 1. *Epistel,* die (gr.-lat., Pl. -n) 2. *Sermon,* der (lat., Pl. -e)

Strafrede *Philippika,* die (gr.-lat., Pl. -ken) nach Demosthenes Vorwürfen gegen Philipp II., König von Makedonien (Vater von Alexander dem Großen)

Straftat *Delikt,* das (lat., Pl. -e)

Straftäter *Delinquent,* der (lat., Pl. -en)

Strafverfolgung, Schutz vor ... *Immunität,* die (lat., ohne Pl.) z. B. der Abgeordneten, Diplomaten; auch: Unempfindlichkeit für Krankheiten

strahlen *emittieren* (lat.-fr.) auch: aussenden (Elektronen)

Strahlen, die aus dem Weltall kommen *kosmische Strahlen,* die (gr.-lat.-dt., nur Pl.)

Strahlenbehandlung *Radiotherapie,* die (lat., ohne Pl.) med., die Behandlung Kranker mit radioaktiven Strahlen

Strahlenbrechung *Diffraktion,* die (lat., Pl. -en) auch: Beugung der Licht- u. anderer Wellen (Phys.)

strahlenförmig *radial* (lat.) nicht verw. mit *radikal* (lat.-fr.) gründlich

Strahlenkunde *Radiologie,* die (lat.-gr., ohne Pl.) med., befaßt sich mit dem Einsatz radioaktiver Strahlung bei best. Krankheiten

Strahlenpilzkrankheit *Aktinomykose,* die (gr., Pl. -n) med.
Strahlung *Radioaktivität,* die (lat., ohne Pl.)
Strahlungsgürtel um den Erdäquator *Van-Allen-Gürtel,* der (Eigenn., ohne Pl.) in großer Höhe gemessen; nach J. A. van Allen, am. Physiker
Strahlungsmesser *Aktinometer,* das (gr., Pl. –) zur Messung der Sonnenstrahlung
Strahlungsquelle, kosmische ... *Pulsar,* der (lat., Pl. -e)
Strand 1. *Playa,* die (sp., Pl. -s) 2. *Beach,* die (engl., Pl. -es) Beach-comber (Strandräuber, Küstenvagabund)
Strandzone *Litoral,* das (lat., Pl. -e)
Strang e. Trosse *Kardeel,* das (lat.-fr.-niederl., Pl. -e) Seemansspr.; auch: Taustrang
Straße, heilige ... *via sacra* (lat.) Name der Triumphstraße, die im antiken Rom über das Forum zum Jupitertempel auf dem Kapitol führte
Straßenbahn *Tramway,* die (engl., Pl. -s) kurz: Tram
Straßenbuchhändler *Bouquinist,* der (fr., Pl. -en) sie verkaufen antiquarische Bücher am Seineufer in Paris
Straßenkarte 1. *Itinerar,* das (lat., Pl. -e) 2. *Itinerarium,* das (lat., Pl. ...ien) der röm. Kaiserzeit
Straßenräuber *Brigant,* der (it., Pl. -en) in Italien
Straßensperre *Barrikade,* die (it.-fr., Pl. -n)
Strategie *Taktik,* die (gr.-fr., Pl. -en) i. S. geschikkter Vorgehensweisen bei räumlich u. zeitlich begrenzten Aktionen
Streben *Ambition,* die (lat.-fr., Pl. -en) er ist e. ambitionierter Mitarbeiter
streben *tendieren* (lat.) in bes. Richtung
Streben, das mehr Ersatzbefriedigung sucht *free-floating-affect,* der (engl.-am., Pl. -s)
strebsam *ambitioniert* (lat.-fr.)
streckbar *duktil* (lat.-engl.) z. B. Gummi
Strecke 1. *Linie,* die (lat., Pl. -n) bei e. Verkehrsmittel (Bus, Straßenbahn) 2. *Tour,* die (gr.-lat.-fr., Pl. -en) 3. *Törn,* der (gr.-lat.-fr.-engl., Pl. -s) Fahrt mit e. Schiff, Segeltörn 4. *Distanz,* die (lat., Pl. -en) svw. Abstand 5. *Intervall,* der (lat., Pl. -e) Zeitabstand; Tonabstand
Strecke, zurückgelegte *Distanz,* die (lat., Pl. -en) auch: Abstand, Entfernung; »Und die Liebe auf Distanz, mißfällt mir voll u. ganz.« (Wilhelm Busch)
Streckenabschnitt *Etappe,* die (niederl.-fr., Pl. -n)
Streich *Eskapade,* die (lat.-it.-fr., Pl. -n)
streichen, etwas ... *elidieren* (lat.) auch: tilgen
Streichinstrument 1. *Kontrabaß,* der (lat., Pl. ...bässe) größtes u. tiefstes Streichinstrument 2. *Violine,* die (it., Pl. -n) Geige 3. *Violoncello,* das (it., Pl. ...lli) Stehgeige 4. *Bratsche,* die (it., Pl. -n)
Streife *Patrouille,* die (fr., Pl. -n) z. B. sechs Soldaten befinden sich auf Patrouille
Streit 1. *Differenz,* die (lat., Pl. -en) auch: Unterschied 2. *Disput,* der (lat.-fr., Pl. -e) Wortwechsel 3. *Konflikt,* der (lat., Pl. -e) eigtl.: Zusammenstoß; Auseinandersetzung 4. *Kontroverse,* die (lat., Pl. -n) 5. *Polemik,* die (gr.-fr., Pl. -en) Meinungsstreit; auch: literarische Fehde; Romane von Günter Grass lösten Polemiken aus 6. *Querele,* die (lat., Pl. -n) kleinere Streiterei
Streitaxt *Tomahawk,* der (indian.-engl., Pl. -s) leichte Wurfaxt der Prärieindianer
streitbar 1. *militant* (lat.) 2. *polemisch* (gr.-fr.)
Streiterei *Querele,* die (lat., Pl. -n)
Streitfrage 1. *Kontroverse,* die (lat., Pl. -n) 2. *Aporem,* das (gr., Pl. -ata) philos.
Streitgespräch *Disput,* der (lat.-fr., Pl. -e)
Streitigkeit *Querele,* die (lat., Pl. -n)
Streitkraft 1. *Armee,* die (lat.-fr., Pl. ...meen) 2. *Force,* die (lat.-fr.-engl., ohne Pl.) Stärke; Air Force: Luftstreitkräfte
Streitpunkte *Dissidien,* die (lat., nur Pl.)
Streitsache *Affäre,* die (fr., Pl. -n) auch: peinlicher Vorfall, z. B. Liebesaffäre
Streitwagen ... *Biga,* die (lat., Pl. ...gen) ... der Antike, wurde mit zwei Mann besetzt
streng 1. *apodiktisch* (gr.-lat.) unumstößlich 2. *drakonisch* (gr.) sehr hart, nach dem altgr. Gesetzgeber Drakon (um 621 v. Chr.) »Blutgesetze« 3. *rigide, rigid* (lat.) auch: unnachgiebig 4. *rigoros* (lat.) 5. *spartanisch* (gr.-lat.) eigtl.: anspruchslos; hart; nach Sparta, der altgr. Stadt auf dem Peloponnes 6. *strikt* (lat.) auch: genau, den Anweisungen ist strikt zu folgen
streng geheim *top secret* (engl.)
strenggläubig *orthodox* (gr.-lat.) bewahren der reinen Lehre
Strenggläubigkeit *Orthodoxie,* die (gr.-lat., ohne Pl.) Bewahrung der reinen Lehre
Streß, anregender ... *Eustreß,* der (gr.-engl., Pl. ...esse) Ggs.: Distreß
Streßreiz *Stressor,* der (engl., Pl. -s)
Strich *Linie,* die (lat., Pl. -n)
Striegel *Kardätsche,* die (lat.-it., Pl. -n) auch: Pferdebürste
striegeln *kardätschen* (lat.-it.) z. B. Pferde
strittig *kontrovers* (lat.) nicht: e. Thema kontrovers diskutieren (Doppelaussage)
Stroh, leeres ... dreschen *laterem lavare* (lat., Zitat) eigtl.: e. Ziegelstein waschen
Strohblume *Immortelle,* die (fr., Pl. -n) eigtl.: die Unsterbliche
strohgelb *paille* (lat.-fr.)
Strohhut, flacher ... *Girardi,* der (Eigenn., Pl.

...hüte) nach dem Wiener Schauspieler Girardi (um 1900)

strömen *pulsieren* (lat.) Blut pulsiert in den Adern

Stromquelle *Batterie,* die (fr., Pl. -n)

Stromschnelle 1. *Katarakt,* der (gr.-lat., Pl. -e) 2. *Rapid,* die (engl.-fr., Pl. -s) eigtl.: schnell

Stromspannung *Volt,* das (it., ohne Pl.) Einheit für elektr. Spannung, kurz: V; nach dem it. Physiker A. Volta (1745-1827)

Stromspeicher *Akkumulator,* der (lat., Pl. ...oren) kurz: Akku; auch: Speicherzelle e. Rechenanlage

Stromstärke *Ampere,* das (fr., ohne Pl.) Einheit der elektr. Stromstärke, kurz: A; nach dem fr. Physiker Ampère (1775-1836)

Stromstärke, Meßgerät für die ... *Amperemeter,* das (fr.-dt., Pl. –)

Stromstoß *Defibrillation,* die (lat., Pl. -en) ... mit dem z. B. e. Spenderherz aktiviert wird

Strömung 1. *Tendenz,* die (lat.-fr., Pl. -en) sich in e. best. Richtung bewegen 2. *Trend,* der (engl., Pl. -s) Grundrichtung; im Ggs. zur Mode, hält e. »echter« Trend mindestens fünf Jahre an

Strömungslehre *Hydrodynamik,* die (gr.-lat., ohne Pl.)

Stromwandler *Transformator,* der (lat., Pl. ...oren)

Strumpfhose 1. *Legging,* der (engl.-am., Pl. -s) wird meist von Frauen getragen; auch: 2. *Leggins,* die (engl., nur Pl.) eigtl.: Lederstück ähnlich, e. Hose nordam. Indianer 3. *Panty,* die (engl., Pl. ...ties)

Stück *Partie,* die (lat.-fr., Pl. -n) i. S. e. Teils

Stücklohn *Akkord,* der (lat.-fr., Pl. -e)

Studienabschluß 1. *Examen,* das (lat., Pl. ...mina) 2. *Diplom,* das (gr.-lat., Pl. -e) »zweifach Gefaltetes«, Urkunde über eine abgelegte Prüfung an e. Hochschule

Studienbeendigung *Exmatrikulation,* die (lat., Pl. -en) Ggs.: Immatrikulation

Studienfahrt *Exkursion,* die (lat.-fr., Pl. -en)

Studienhalbjahr *Semester,* das (lat., Pl. –)

Studienkollege 1. *Kommilitone,* der (lat., Pl. -n) 2. *Konsemester,* das (lat., Pl. –)

Stufe 1. *Level,* der (engl., Pl. -s) z. B. Ausbildungslevel 2. *Niveau,* das (lat.-fr., Pl. -s) z. B. Bildungsniveau 3. *Etappe,* die (niederl.-fr., Pl. -n) eigtl.: Warenniederlage; Abschnitt e. Strecke; Etappensieger beim Radrennen 4. *Phase,* die (gr.-fr., Pl. -n) 5. *Stadium,* das (gr.-lat., Pl. ...ien) auch: Zustand; nicht verw. mit *Stadion,* das (gr., Pl. ...ien) Sport-Kampfbahn

Stufenbau *Terrasse,* die (lat.-fr., Pl. -n)

Stufengestell *Etagere,* die (lat.-fr., Pl. -n)

Stufenunterbau e. gr. Säule 1. *Krepis,* die (gr., ohne Pl.) 2. *Krepidoma,* das (gr., ohne Pl.) jeweils aus: Stylobat (Grundstein auf der die Säule ruht) u. Euthynterie (Steinquader unter dem Grundstein)

stufenweise 1. *graduell* (lat.-fr.) 2. *gradatim* (lat.) 3. *stadial* (gr.-lat.) 4. *progressiv* (lat.-fr.) auch: fortschrittlich 5. *sukzessiv* (lat.) allmählich geschehend 6. *sukzessive* (lat., Adverb) nach u. nach

Stuhl e. Herrschers *Thron,* der (gr., Pl. -e) meist prächtig ausgestattet; »E. Thron ist nur e. mit Samt garniertes Bett.« (Napoleon I.)

Stuhlgang *Egestion,* die (lat., Pl. -en) med.

Stuhlverstopfung *Obstipation,* die (lat., Pl. -en) med.

stumm wie e. Fisch *taciturniorem esse statua* (lat., Zitat: Horaz) eigtl.: stummer sein als e. Statue

Stummensprache ... *Daktylologie,* die (gr.-lat., Pl. ...ien) ... eigtl.: Taubstummen- oder Gebärdensprache; nicht verw. mit *Daktyloskopie,* die (gr.-lat., Pl. ...ien) Fingerabdrucksverfahren bei der Verbrechensbekämpfung

stummes Schauspiel *Pantomime,* die (gr.-lat.-fr., Pl. -n) auch: Gebärdentanz

Stummheit *Mutität,* die (lat., ohne Pl.) med.

stümperhaft *dilettantisch* (lat.-it.) z. B. Arbeiten dilettantisch ausführen

Stumpfheit 1. *Torpidität,* die (lat., ohne Pl.) auch: Stumpfsinn 2. *Anoia,* die (gr.-lat., ohne Pl.)

stumpfsinnig 1. *stupide* (lat.-fr.) 2. *torpid* (lat.) med.

stunden *prolongieren* (lat.) z. B. e. Wechsel prolongieren, d. h. die Einlösung auf e. späteren Zeitpunkt legen

Stundenausrufer *Horologe,* der (gr.-lat., Pl. -n) (in früherer Zeit)

Stundenbuch *Horarium,* das (lat., Pl. ...ien) i. S. e. Laiengebetbuchs

Stundengebet *Brevier,* das (lat., Pl. -e) ist in dem Gebetbuch kath. Geistlicher enthalten; auch: Sammlung wichtiger Stellen der Dichtkunst (Goethebrevier)

Stundung 1. *Prolongation,* die (lat., Pl. -en) Verlängerung der Zahlungsfrist 2. *Indult,* der, das (lat., Pl. -e) 3. *Moratorium,* das (lat., Pl. -ien) gesetzlich angeordneter oder vertraglich ausgehandelter Zahlungsaufschub

Stuntman oder Stuntgirl in intimen Liebesszenen e. Films *Body-Double,* das (engl., Pl. -s) e. Person stellt dem »Star« ihren Körper zur Verfügung

stur *borniert* (fr.)

Sturm 1. *Hurrikan,* der (indian.-sp.-engl., Pl. -e, -s) mittelam. Wirbelsturm 2. *Orkan,* der (sp.-niederl., Pl. -e) stärkster Sturm 3. *Taifun,* der (chin.-engl., Pl. -e) Wirbelsturm in Südostasien; »Taifun über Nagasaki« (Film) 4. *Tornado,* der (lat.-sp.-engl., Pl. -s) Wirbelsturm im südlichen

Nordamerika; auch: Name e. Düsenjägers der Bundeswehr 5. *Zyklon,* der (gr.-engl., Pl. -e) Wirbelsturm in den Tropen; auch: Entstaubungsgerät

stürmisch 1. *rasant* (lat.-fr.) die Computertechnik nimmt e. rasante Entwicklung 2. *turbulent* (lat.) er hatte e. turbulente Atlantiküberquerung gehabt 3. *frenetisch* (gr.-lat.-fr.) z. B. frenetischen Beifall spenden 4. *tempestoso* (lat.-it.) musik. Vortragsanw. 5. *impetuoso* (lat.-it.) musik. Vortragsanw.; ungestüm 6. *furios* (lat.) auch: wütend 7. *furioso* (lat.-it.) wild, leidenschaftlich; musik. Vortragsanw. 8. *rapide, rapid* (lat.-fr.) i. S. von: schnell 9. *rapidamente* (lat.-it.) musik. Vortragsanw. 10. *rapido* (lat.-it.) musik. Vortragsanw. 11. *vehement* (lat.) auch: jäh, heftig

Sturzquelle *Rheokrene,* die (gr.-lat., Pl. -n)

stutzen *kupieren* (fr.) z. B. bei Hunden oder Pferden, die Ohren beschneiden

Stutzer 1. *Beau,* der (fr., Pl. -s) 2. *Dandy,* der (engl., Pl. -s)

Stützgabel für Musketen *Fourquette,* die (fr., Pl. -n)

Stützverband *Bandage,* die (fr., Pl. -n) auch: Schutzverband der Boxerhände; mit harten Bandagen kämpfen

Subkulturen, friedliches Nebeneinander der ... *Crossover,* das (engl.-am., ohne Pl.) auch: Verschmelzen der Lebensstile von z. B. Punks, Skins u. Teds

Substanz aus der Wurzel des Eisenhutes *Aconitin,* das (lat., Pl. -e) sehr giftig, Alkaloid (Medikament)

Substanz, die bei Erregung in den Synapsen der Neuronen freigesetzt wird *Neurotransmitter,* der (gr.-engl., Pl., -s) z. B. Adrenalin

Suche nach dem Billigsten 1. *Downtrading,* das (engl., ohne Pl.) wohlhabende Verbraucherschichten suchen bes. im Lebensmittelbereich nach dem Preiswertesten, daher auch: 2. *Aldisierung,* die; Kauf, z. B. bei Aldi zum Sonderangebot

Suchmaschine *Search Engine,* die (engl., Pl. -s) Programme, die Orientierung in riesigen Datenbeständen erlauben

Sucht *Manie,* die (gr.-lat., Pl. ...ien) Gemütsabnormität; auch: Besessenheit

Süchtiger nach dem Wochenend-Rave *Ravoholic,* der (engl.-am., Pl. -s)

Südaffenmenschen 1. *Australopithecus-Gruppe,* die (lat.-dt., Pl.- en) 2. *Prähomininen,* die (lat., Pl.) jeweils auch: Vormenschen; Übergangsformen zwischen Tier u. Mensch, eine Mill. Jahre u. älter (Tertiär); diverse Fundorte in Ost- u. Südafrika; dazugehörig: Plesianthropus, Paranthropus, Australopithecus africanus, Australopithecus afarensis

Südländer, der erotische Abenteuer sucht ... *Papagallo,* der (it., Pl. -s, ...lli) ... bes. bei Touristinnen

Südpol *Antarktis,* die (gr.-lat., ohne Pl.)

südpolar *antarktisch* (gr.-lat.)

Südpolarkontinent *Antarktika,* die (gr.-lat., ohne Pl.)

Südwestwind ... *Pampero,* der (indian.-sp., Pl. -s) ... in der argentinischen Pampa

Summe aus vier Gliedern *Quadrinom,* das (lat.-gr., Pl. -e) math.

Summe aus zwei Gliedern *Binom,* das (gr.-lat., Pl. -e) math.

Summe, jede ... aus zwei Gliedern *Binom,* das (lat., Pl. -e) Math.

summen *buzz* (engl.-am.) in der Technoszene auch: elektrisieren, knistern

Sumpffieber 1. *Malaria,* die (lat.-it., ohne Pl.) 2. *Helodes,* die (gr.-lat., ohne Pl.) med.; auch: Malaria

sumpfig *limös* (fr.)

Sumpfzypressenbaum 1. *Sequoia* u. *Sequoie,* die (indian.-lat., Pl. ...oien) 2. *Wellingtonia,* die (lat. Pl. ... ien) genannt nach dem Herzog von Wellington (1769-1852); jeweils Mammutbäume

Sündenfreispruch *Absolution,* die (lat., Pl. -en)

Superlativ, absoluter ... *Elativ,* der (lat., Pl. -e) Sprachw.

Suppenschüssel *Terrine,* die (lat.-fr., Pl. -n)

Süßer *Honey,* der (engl., Pl. -s) svw. Liebling

süßes Leben *Dolce vita,* das, die (lat.-it., ohne Pl.) svw. ausschweifendes Müßiggängertum; Dolcefarniente (süßes Nichtstun)

Süßkartoffel *Batate,* die (indian.-sp., Pl. -n)

Süßspeise, engl. ... *Trifle,* das (engl., Pl. -s)

Süßwasserpolyp *Hydra,* die (gr.-lat., Pl. ...dren) auch: Seeungeheuer, das in der gr. Mythologie von Herakles getötet wurde

Symbol der Erneuerung *Phönix,* der (gr.-lat., Pl. -e) Wundervogel der orientalischen Fabelwelt. Alle 1000 Jahre entzündete der Sonnengott sein Nest, worauf Phönix sich verjüngt aus der Asche erhob: »wie Phönix aus der Asche steigen« (Redewendung) Sinnbild der Unsterblichkeit

Symbol für das Ich im Bewußtsein des Menschen *Uroboros,* der (gr., ohne Pl.) die sich in den Schwanz beißende u. selbst zeugende Schlange

Symbol zum Anklicken mit der Maus *Icon,* das (Eigenn.-engl., Pl. -s)

Symbol, heiliges ... des weiblichen Geschlechts *Yoni,* das (sanskr., ohne Pl.) ... in Indien

Symbolschrift *Piktographie,* die (lat.-gr., ohne Pl.) auch: Bilderschrift

Syphilis *Lues,* die (lat., ohne Pl.) auch: Pest, Seuche

System, bei dem die Erde der Mittelpunkt des Weltalls ist *geozentrisches System,* das (gr.-lat., ohne Pl.) nach Hipparch (190-125 v. Chr.) u. Ptolemäus; Weltbild der kath. Kirche bis ins späte Mittelalter

System, bei dem sich Planeten (mit Erde) um die Sonne drehen *heliozentrisches System,* das (gr.-lat., ohne Pl.) Sonne als Weltallmittelpunkt; auch Galilei vertrat die kopernikanische Vorstellung e. heliozentrischen Planetensystems u. wäre fast auf dem Scheiterhaufen gelandet (1633)

System, das mittels gepulster Radiowellen Objekte ortet *Radar,* der, das (engl., ohne Pl.) aus: radio detecting and ranging; ... indem es die Zeit mißt, die ein Puls braucht, um zum Objekt u. zurück zu gelangen

System, traditionsabhängiges ... von Normen u. Grundsätzen *Moral,* die (lat.-fr., Pl. -en) auch: Kampfgeist, Stimmung; »Alles, was ich sicher weiß über die Moral des Menschen, verdanke ich dem Fußball« (Albert Camus, 1913-1960)

Szene mit witzig-ironischen Pointen *Sketch,* der (engl., Pl. -es, -s) »Habe im ›Monitor‹ e. fabelhaften Sketch gesehen zum Thema Tschetschenien ...« (H. Venske: G. Schröders geh. Tagebuch, 1997)

Szene-Treffen 1. *Jam,* die (engl., Pl. -s) z. B. Hip Hop-Treffen von Rap-Bands 2. *Jam Session,* die (engl., Pl. -s) i. a. Zusammenkunft von Jazzmusikern zum Zweck freier Interpretation

T

Tabakabfälle als Einlage für Billigzigarren *Scrap Filler,* der (engl., Pl. -s)

Tabakablagerung in der Lunge *Tabakose,* die (lat.-sp., Pl. -n) med.

Tabakblatt, das unter e. Abdeckung wächst *Shade Leaf,* das (engl., Pl. -s) um das Blatt vor der Sonne zu schützen, z. B. der Connecticut Shade, der oft als Deckblatt dient

Tabakhaufen, hoher ... *Burro,* der (sp., Pl. -s) eigtl.: Esel; ... der zum Zweck der Fermentation aufgeschichtet wird

Tabakschwitzen *Fermentierung,* die (lat., Pl. -en) eigtl.: Fermentation, die (lat., Pl. -en) Prozeß, bei dem der Tabak durch selbsterzeugte Hitze Nikotin abgibt, die Farbe verändert, seinen Geschmack jedoch behalten soll

Tabakwerke, staatliche ... *Tabakregie,* die (österr., ohne Pl.)

Tadel 1. *Kritik,* die (gr.-lat.-fr., Pl. -en) 2. *Admonition,* die (lat., Pl. -en) auch: Verwarnung, Ermahnung 3. *Monitum,* das (lat., Pl. ...ta) auch: Rüge 4. *Opprobation,* die (lat., Pl. -en) i. S. von Beschimpfung

tadellos 1. *perfekt* (lat.) z. B. e. Fremdsprache perfekt beherrschen 2. *tipptopp* (engl.) tipptopp angezogen sein 3. *picobello* (niederl.-it.)

tadeln 1. *kritisieren* (gr.-lat.-fr.) der Abteilungsleiter kritisiert die Leistung e. Mitarbeiters; »Ich bin der einzige Mann in Deutschland, der nicht kritisiert wird.« (Helmut Kohl, Bundeskanzler, 1997) 2. *monieren* (lat.) z. B. e. Warenlieferung monieren; i. S. von beanstanden

Tafel *Tabula,* die (lat., Pl. ...lae) i. S. e. Schreibtafel; Tabula rasa: gründlich aufräumen, reiner Tisch

Tafelland *Plateau,* das (gr.-lat.-fr., Pl. -s) auch: Hochebene

täfeln *boisieren* (fr.)

Tag im Jahr, letzter ... *Silvester,* das (lat., ohne Pl.) auch nach dem Fest des Papstes Silvester I.; »Zu Silvester e. gutes Gewissen ist besser als Punsch u. gute Bissen.« (Redensart)

Tag, vom ... der Ausstellung an *a dato* (lat.) z. B. bei Datowechseln; Abk.: a. d.

Tagblindheit *Nyktalopie,* die (gr.-lat., ohne Pl.) med.

Tagebuch 1. *Diarium,* das (lat., Pl. ...ien) 2. *Diary,* das (engl., Pl. ...ries) 3. *Journal,* das (lat.-fr., Pl. -e) zur Niederschrift der täglichen Geschäftsvorfälle; auch: Schiffstagebuch

Tagegeld, gegen ... *diätarisch* (lat.)

Tagelöhner *Kuli,* der (Hindi, Pl. -s) in Ostasien

Tagesbericht *Bulletin,* das (lat.-fr., Pl. -s) z. B. amtlicher Bericht zu Unterredungen im Außenministerium

Tagesgeld *Diäten,* die (lat.-fr., nur Pl.) der Abgeordneten

Tagesgeschmack *Mode,* die (lat.-fr., Pl. -n)

Tagesordnungspunkte 1. *Regularien,* die (lat., nur Pl.) 2. *items,* die (engl., nur Pl.) 3. *Agenda,* die (lat., Pl. ...den) »was zu tun ist«, Aufstellung der Gesprächspunkte

Tagespresse *Journaille,* die (lat.-fr., ohne Pl.) i. S. e. »Revolverblattes«, skrupellose Presse

täglich 1. *pro die* (lat.) 2. *quotidian* (lat.)

Tagundnachtgleiche *Äquinoktium,* das (lat., Pl. ...ien)

Tagung 1. *Konferenz,* die (lat., Pl. -en) 2. *Kongreß,* der (lat., Pl. ...gresse) z. B. Chirurgenkongreß 3.

Symposium, das (gr., Pl. ...ien) Tagung mit Vorträgen u. Diskussionen 4. *Meeting,* das (engl., Pl. -s)

Taifun *Hurrikan,* der (indian.-sp.-engl., Pl. -e, -s) »Ein Hurrikan ist über Niedersachsen gegangen.« (Christian Wulff, CDU, 1998)

Takelung *Rigg,* das (engl., Pl. -s) gemeint ist die gesamte Takelung e. Segelschiffes

Taktgefühl *Diskretion,* die (lat.-fr., Pl. -en) auch: Zurückhaltung, Diskretion beim Ausfragen üben

taktgenau *rigoros* (lat.-it.) musik. Vortragsanw.

taktisch klug *clever* (engl.) z. B. e. cleverer Kaufmann sein

Taktlehre *Metrik,* die (gr.-lat., Pl. -en) musik.

taktlos *indiskret* (lat.) »Die meisten Fragen werden erst durch die Antwort indiskret.« (Faye Dunaway, am. Filmschauspielerin) Ggs.: diskret

Taktlosigkeit 1. *Fauxpas,* der (fr., ohne Pl.) 2. *Indiskretion,* die (lat., Pl. -en)

Taktmaß *Metrum,* das (gr.-lat., Pl. ...tren) musik.

Taktmesser *Metronom,* das (gr., Pl. -e) musik.

Taktschlag *Battuta* u. *Battute,* die (lat.-it., Pl. ...ten) auch: Schlag auf die Klinge des Gegners beim Fechten

taktvoll 1. *diskret* (lat.-fr.); Ggs.: indiskret 2. *dezent* (lat.) zurückhaltend 3. *sensibel* (lat.-fr.) auch: empfindsam

Tal *Cañon,* der (sp., Pl. -s) tief eingeschnittenes Flußtal, z. B. Colorado-Cañon in den USA

Tal der Computernarren *Sillywood,* das (Eigenn., ohne Pl.) aus: silly (dumm) u. wood (Wald für Hollywood) Bez. gilt in Hollywood abwertend für Silicon Valley, das Tal der Computerfreaks; die Filmproduzenten distanzieren sich von den Technikern

Talentspäher *Scout,* der (engl., Pl. -s) auch: Kundschafter; Spurenleser

Talentsucher *Scout,* der (engl., Pl. -s) eigtl.: Späher, Aufklärer, Pfadfinder

Talisman 1. *Maskottchen,* das (fr., Pl. –) 2. *Maskotte,* die (fr., Pl. -n) jeweils glücksbringender Anhänger

Tangogrundschritt *Basse,* die (sp., Pl. -s) beim Tango Argentino

Tangotanzfigur der Frau *Ocho,* der (sp., Pl. -s) Tango Argentino

Tanz, karibischer Männer... *Limbo* (karib., Pl. -s) akrobatischer Tanz westindischer Heimat

Tanz, sp. ... mit Kastagnettenbegleitung *Fandango,* der (sp., Pl. -s)

Tanz, spanischer ... 1. *Esmeralda,* die (sp., Pl. -s) 2. *Espagnole,* die (sp., Pl. -n)

Tanzbeschreibung *Choreographie,* die (gr., Pl. ...ien) e. Ballettstücks

Tänze 1. *Breakdance,* der (engl.-am., ohne Pl.) akrobatische Tanzkunststücke zu Soul, Rap oder Hip Hop 2. *Tango,* der (sp., ohne Pl.) einst Bordell- dann Gesellschaftstanz aus Argentinien; der Tango richtig getanzt, »muß nach Leben schmekken u. nach Tod riechen« 3. *Flamenco,* der (sp., ohne Pl.) Tanz aus Andalusien 4. *Cancan,* der (fr., ohne Pl.) fr. Tanz, meist Schautanz im Varieté 5. *Bolero,* der (sp., ohne Pl.) sp. Tanz; auch: knappes, kurzes Jäckchen; rund aufgeschlagener Hut 6. *Cachucha,* die (sp., ohne Pl.) sp. Tanz im Walzertakt 7. *Cha-Cha-Cha,* der (sp., ohne Pl.) Modetanz aus Kuba 8. *Mambo,* der, die (kreolisch, ohne Pl.) mäßig schneller lateinam. Tanz 9. *Calypso,* der (Eigenn., ohne Pl.) Tanzmusik u. figurenreicher Modetanz aus Westindien 10. *Rumba,* der (sp., Pl. – [s]) aus Kuba stammender Gesellschaftstanz 11. *Rock and Roll* u. *Rock 'n' Roll,* der (am., ohne Pl.) eigtl.: schaukeln u. rollen, schneller bis wilder am. Tanz, entstand in den 50er Jahren 12. *Samba,* die (afrik.-port., Pl. -s) moderner Gesellschaftstanz, ursprünglich aus Brasilien 13. *Foxtrott,* der (engl.-am., Pl. -e, -s) »Fuchsschritt«; weit verbreiteter Gesellschaftstanz, um 1910 in den USA entstanden 14. *Twist,* der (engl.-am., Pl. -s) Modetanz aus den USA 15. *Twostep,* der (engl., Pl. -s) »Zweischritt«; schneller engl Tanz 16. *Hula,* die (hawaiisch, Pl. -s) Gemeinschaftstanz der Eingeborenen auf Hawaii 17. *Mazurka,* die (poln., Pl. ...ken, -s) polnischer Nationaltanz 18. *Tarantella,* die (it., Pl. -s, ...llen) südit. Volkstanz 19. *Polka,* die (poln.-tschech., Pl. -s) böhmischer Rundtanz 20. *Blues,* der (am., Pl. –) langsamer Tanz aus den USA 21. *Charleston,* der (am., ohne Pl.) Modetanz der 20er Jahre aus den USA kommend; auch: Stadt in South Carolina (USA)

Tanzeinlage *Divertimento,* das (it., Pl. -s, ...ti) Mus. in Opern; auch: musikalisches Zwischenspiel

tanzen, zu Jazzmusik ... *hotten* (engl.)

Tänzer *Ballerino,* der (gr.-lat.-it., Pl. -s) Solotänzer im Ballett

Tänzer, der von Party zu Party eilt *Raver,* der (engl.-am., Pl. -s) auch: rastloser Tänzer; Bez. drückt auch e. best. Lebenseinstellung aus

Tänzerin 1. *Ballerina, Ballerine,* die (gr.-lat.-it., Pl. ...nen) Solotänzerin im Ballett 2. *Balletteuse,* die (fr., Pl. -n) Ballettänzerin 3. *Go-Go-Girl,* das (engl.-am., Pl. -s) i. S. e. Vortänzerin, z. B. in e. Beatlokal

Tanzfläche *Dancefloor,* der (engl., Pl. -s)

Tanzgruppe ... *Ballett,* das (gr.-lat.-it., Pl. -e) ... für klassischen Bühnentanz

Tanzkunst *Choreutik,* die (gr., ohne Pl.) Chorreigentanz im antiken Griechenland

Tanzlied, schwermütiges portugiesisches ... *Fado,* der (port.)

Tanzlokal für junge Leute ... 1. *Diskothek,* die (gr.-engl., Pl. -en) kurz: 2. *Disko,* die (engl., Pl. -s) ... mit Musik von Schallplatten u. CDs; auch: Schallplattenarchiv

Tanzmusik, elektronische ... *Techno,* der (engl., ohne Pl.) synthetisch erzeugte Diskomusik mit e. Beat (Schlag) von 165 bpm (beat per minute) aufwärts; auch: Bez. e. Kulturbereichs

Tanzorchester, großes ... *Big Band,* die (engl.-am., Pl. -s)

Tanzröckchen *Tutu,* das (fr., Pl. -s) kurzes Röckchen, auch: Ballett- oder Tennisröckchen

Tanzschritt, gleitender ... *Glissade,* die (fr., Pl. -n)

Tanzveranstaltung *Rave,* der (engl.-am., Pl. -s) ursprünglich Bez. für die Großveranstaltungen der Sixties-Revival-Bands, später von der Techno-Szene entlehnt u. steht dort für jede größere Tanzveranstaltung

Tanzwut *Choreomanie* u. *Choromanie,* die (gr.-lat., Pl. -ien) krankhaftes Verlangen zu tanzen (med.)

Tapete aus digitalen Kunstwerken *virtuelle Tapete,* die (gr.-lat., Pl. -n) schon bald werden auf superflachen LCD-Schirmen flimmerfrei u. scharf Bilder von Picasso, Dali oder Warhol an Wohnzimmerwänden hängen; Bill Gates (Microsoft) erwarb die Bildrechte u. liefert die Werke per Kabel ins Haus

tapfer 1. *bravourös* (gr.-lat.-it.-fr.) i. S. von forsch 2. *couragiert* (lat.-fr.) beherzt 3. *heroisch* (gr.-lat.) i. S. von: heldenhaft

Tapferen, dem ... hilft das Glück *fortes fortuna adiuvat* (lat., Zitat: Terenz) auch: frisch gewagt, ist halb gewonnen

Tapferkeit 1. *Bravour,* die (fr., ohne Pl.) 2. *Courage,* die (fr., ohne Pl.) Zivilcourage

Tapferkeit, die ... im Kriege *virtuti in bello* (lat., Zitat)

tarnen *maskieren* (arab.-it.-fr.) auch: verkleiden

Tarnung 1. *Maskierung,* die (arab.-it.-fr., Pl. -en) 2. *Camouflage,* die (fr., Pl. -n) Tarnung von Absichten u./o. Gebäuden

Tasche *Bag,* das (engl., Pl. -s) Schlägertasche des Golfspielers

Taschenspieler *Eskamoteur,* der (lat.-sp.-fr., Pl. -e) auch: Zauberkünstler

Taschenspielertrick *Eskamotage,* die (lat.-fr., Pl. -n) Zauberkunststück

Tastatur des Computers *Keyboard,* das (engl., Pl. -s)

tastbar *palpabel* (lat.) med., z. B. der Herzschlag, die Schläfe, der Puls

Tasteninstrumente 1. *Keyboard,* die (engl., Pl. -s) z. B. elektronische Orgel 2. *Synthesizer,* der (gr.-engl., Pl. -s) Gerät, das auf elektronischem Wege Töne, Klänge, Geräusche erzeugt

Tastsinn *Tactus,* der (lat., ohne Pl.) med.

Tastsinn, den ... betreffend *taktil* (lat.) med.

Tastsinnlehre *Haptik,* die (gr.-lat., ohne Pl.)

Tastsinnstörung *Parapsis,* die (gr.-lat., ohne Pl.) med.

Tat 1. *Aktion,* die (lat., Pl. -en) 2. *Akt,* der (lat., Pl. -e) Handlung; Staatsakt, Festakt, Geschlechtsakt; auch: nackter Körper in der Kunst 3. *Aktivität,* die (lat., Pl. -en) in best. Weise tätig werden, Geschäftsaktivität

Tat, auf frischer ... *in flagranti* (lat.-it.) z. B. e. Dieb in flagranti ertappen

Tat, durch die ... selbst *ipso facto* (lat., Zitat) auch: eigenmächtig

tatenfreudig, es ist ja der Geist des Menschen ... *natura enim humanus animus agilis est* (lat., Zitat: Seneca)

Täter *Delinquent,* der (lat., Pl. -en) auch: Übeltäter

tätig *aktiv* (lat.) e. aktiver (umtriebiger) Mensch sein

tätig sein *agieren* (lat.) handeln

Tätigkeit 1. *Aktivität,* die (lat., Pl. -en) Bewegungsdrang, Geschäftsaktivität 2. *Funktion,* die (lat., Pl. -en) auch: Amt, Stellung; »Die Funktionsfähigkeit (gemeint: Funktion) der Bundesregierung ist am ehesten gewährleistet, wenn die Bediensteten einfach zu Hause bleiben.« (G. Schröders geh. Tagebuch von H. Venske, 1997)

Tätigkeit, aggressive ... *Agitation,* die (lat.-engl., Pl. -en) »... Dreckkiste der politischen Agitation.« (Joschka Fischer, Die Grünen, 1998)

Tätigkeit, in ... setzen *aktivieren* (lat.)

Tätigkeit, schlecht dotierte ... *Mcjob,* der (engl.-am., Pl. -s) ... u. wenig attraktive Arbeit im Dienstleistungsbereich

Tätigkeitswort *Verb,* das (lat., Pl. -en)

Tatkraft *Energie,* die (gr.-lat.-fr., Pl. -n) mit großer Energie an die Arbeit gehen

tatkräftig 1. *energisch* (gr.-lat.-fr.) 2. *resolut* (lat.-fr.) e. resolute alte Dame

Tatsache 1. *Faktum,* das (lat., Pl. ...ten, -ta) »Das beste Mittel im Umgang mit Schröder ist: Fakten, Fakten, Fakten.« (Michael Glos, CSU, 1998) 2. *Realität,* die (lat., Pl. -en) z. B. den Realitäten ins Auge schauen 3. *Fait accompli,* das (lat.-fr., Pl. -s -s) 4. *Fact,* der (lat.-engl., Pl. -s) i. S. von Tatsachenmaterial

Tatsache, auf ... beruhend *pragmatisch* (gr.-lat.) sachbezogen

Tatsache, vollendete ... *Fait accompli,* das (fr., Pl. -s -s)

Tatsachen, auf Wissen beruhende ... *empirisch*

(gr.-lat.) … nachvollziehbar, u. durch Experimente, Beobachtungen beweisbar; auch: erfahrungsgemäß

Tatsachenmensch *Realist,* der (lat., Pl. -en)

tatsächlich 1. *de facto* (lat.) 2. *faktisch* (lat.) 3. *effektiv* (lat.) auch: wirklich; wirkungsvoll; ganz u. gar 4. *existent* (lat.) vorhanden 5. *konkret* (lat.) eigtl.: zusammengewachsen; greifbar; Ggs.: abstrakt 6. *real* (lat.) dringlich; wirklich; Ggs.: imaginär u. irreal

Tatsächlichkeit *Faktizität,* die (lat., ohne Pl.) Ggs.: Logizität, philos.

Tatumstand, belastender … *Indiz,* das (lat., Pl. -ien) »Anzeichen«; Hinweis

Tau zum Einholen der Segel *Gording,* die (niederdt., Pl. -s) Seemannsspr.

Tau zum Stellen der Segel *Brasse,* die (norddt., Pl. -n) Seemannsspr.; davon brassen: die Taue ziehen

Tau zum Verspannen der Masten *Want,* die (niederdt., Pl. -en) Seemannsspr.

Tau, das … herablassen *fieren* (niederdt.) auch: die Leine lockern (Seemannsspr.)

Taube, e. flugunfähige … *Dronte,* die (Eigenn., Pl. -n) auch: Dodo genannt, hatte die Größe eines Truthahns, u. starb um 1680 auf Mauritius aus

Tauben, es fliegen die gebratenen … in den Mund *hic porci cocti ambulant* (lat., Zitat) wörtlicher: hier laufen die gebratenen Schweine herum

Taubheit 1. *Anakusis,* die (gr.-lat., ohne Pl.) med.; nicht verw. mit *Anakrusis,* die (gr., Pl. …krusen) Auftakt; auch: unbetonte Silbe am Versbeginn 2. *Kophosis,* die (gr., ohne Pl.) totale Taubheit (med.)

Taubstummensprache *Daktylologie,* die (gr.-lat., Pl. …ien) nicht verw. mit *Daktyloskopie,* die (gr.-lat., Pl. …ien) Fingerabdruckverfahren, findet bei der Kriminalpolizei Anwendung

Taubstummheit *Surdomutitas,* die (lat., ohne Pl.) med.

Tauchente *Düker,* der (niederdt., Pl. -s) auch: Wasserleitung unter e. Deich, Fluß oder Weg

Taufbecken *Baptisterium,* das (gr.-lat., Pl. …ien) auch: mittelalterliche Taufkirche

Taufe durch Untertauchen *Immersionstaufe,* die (lat.-dt., Pl. -en) wird von den Baptisten praktiziert

tauglich 1. *qualifiziert* (lat.-fr.) für die Position e. qualifizierter Bewerber sein 2. *fit* (engl.) sich körperlich u. geistig fit fühlen

Tausch 1. *Change,* der (lat.-fr.-engl., ohne Pl.) Geldtausch 2. *Exchange,* die (lat.-fr.-engl., Pl. -n) Tausch, Börsenkurs; auch: Börse

täuschen 1. *düpieren* (fr.) von e. Verkäufer düpiert werden 2. *bluffen* (engl.) z. B. beim Pokern bluffen 3. *manipulieren* (lat.) auch: bewußt beeinflussen; »Die Wähler lassen sich dadurch (Wählerumfragen) nicht manipulieren … heben sich ihre Stimme für die Urne auf.« (Theo Waigel, Finanzminister, 1998)

tauschen 1. *trokieren* (fr.) z. B. Waren tauschen 2. *barattieren* (it.)

täuschen *bluffen* (engl.)

täuschend *delusorisch* (lat.) auch: verspottend

Täuscher *Bluffer,* der (engl., Pl. –) Begriff aus dem Pokerspiel

Tauschgeschäft *Kompensationsgeschäft,* das (lat.-dt., Pl. -e)

Tauschhandel *Bartertrade,* der (engl., Pl. -s) Tauschgeschäfte mit Ländern, die an Devisenknappheit leiden: Rohstoffe gegen Industrieprodukte 2. *Baratthandel,* der (it.-dt., ohne Pl.)

Täuschung 1. *Illusion,* die (lat.-fr., Pl. -en) sich z. B. der Illusion e. großen Gewinns hingeben 2. *Finte,* die (lat.-it., Pl. -n) auch: Vorwand, Scheinhieb beim Boxen 3. *Bluff,* der (engl., Pl. -s) z. B. beim Kartenspiel; Pokerspiel-Begriff 4. *Delusion,* die (lat., Pl. -en) Hintergehung, Verspottung 5. *Halluzination,* die (lat., Pl. -en) i. S. von: Sinnestäuschung

Täuschungsversuch *Manöver,* das (lat.-fr., Pl. –) auch: das Herbstmanöver der Bundeswehr, i. S. e. militärischen Übung unter kriegsmäßigen Bedingungen; Manöverkritik

Tausend *Mille,* das (lat., Pl. –)

tausendfach *millenar* (lat.)

Tausendfüßer, tropischer … *Skolopender,* der (gr.-lat., Pl. –)

Tausendsassa *Allrounder,* der (engl., Pl. –)

Tauwerk als Einfassung e. Segels *Liek,* das (niederdt., Pl. -en) Seemannsspr.

Tauwerk *Takelage,* die (niederl., Pl. -n) e. Segelschiffs, bes. an Rahseglern

Team *Kollektiv,* das (lat.-russ., Pl. -e) Produktionsgemeinschaft mit gemeinsamen Überzeugungen, z. B. im Sozialismus

Technik, von den Kräften der … geformt *technomorph* (gr.)

Technologie für alte Menschen 1. *Gerontotechnik,* die (gr., Pl. -en) von »Geronten«, die Ältesten in Sparta; gemeint sind Hörprothesen, leicht zu bedienende Elektrogeräte 2. *Gesundheitsdesigner,* der (dt.-engl., Pl. –) Begriff für Dienstleister, die sich u. a. für die Belange alter Leute einsetzen, z. B. Architekten, die bei der Planung beschwerliche Treppenhäuser vermeiden

Technologie im »kleinsten« Bereich … *Nano-Technologie,* die (gr.-lat., Pl. …ien) … ist die Erweiterung der Mikro-Technologie; Hardware wird in der Größe von Nanometern (= ein milliardstel Meter, kurz: nm) hergestellt; bes. in Japan wird intensiv im Nanotech-Bereich geforscht

Technologie im Bereich der nicht teilbaren Energieteilchen *Quantentechnologie,* die (lat., ohne Pl.) Quant: verschieden großes, aber nicht mehr teilbares Energieteilchen; Zukunftstechnologie, sie realisierte: das Rastertunnelmikroskop, supraleitende Tunneleffekt-Detektoren

Teemaschine, russische ... *Samowar,* der (russ., Pl. -e)

teigartig *pastos* (gr.-lat.-it.)

Teil 1. *Fragment,* das (lat., Pl. -e) Bruchstück 2. *Partie,* die (lat.-fr., Pl. ...ien) Abschnitt; auch: e. Partie Schach spielen; e. gute Partie machen, d. h. e. vermögenden Partner heiraten 3. *Ration,* die (lat.-fr., Pl. -en) svw. zugeteilte Menge; eiserne Ration

Teil e. Zusammenhangs *Facette,* die (lat.-fr., Pl. -n) auch: geschliffene Abschrägung e. Spiegels; »Die Macht hat viele Facetten ... spricht man nicht von e. Erotik der Macht?« (Peter Bachér, 1998)

Teil, man höre auch den anderen ... *audiatur et altera pars* (lat., Zitat, Seneca)

Teilaufhebung *Derogation,* die (lat., Pl. -en) z. B. e. Gesetzes

Teilbereich *Disziplin,* die (lat., Pl. -en) z. B. die sportliche Disziplin »Schwimmen«

Teilbesitz an e. Ferienwohnung *Timesharing,* das (engl., ohne Pl.) übliche Verträge gewähren jedoch nur »ein Nutzrecht auf Zeit«; auch für andere Nutzungen: z. B. Großrechenanlage etc.

Teilbetrag 1. *Tranche,* die (fr., Pl. -n) im Wertpapiergeschäft: Teilbeträge, die ausgegeben werden 2. *Quote,* die (lat., Pl. -n) »In der Quotendiskussion können wir nur verlieren.« (Dieter Stolte, Intendant des ZDF, 1996)

Teilchen 1. *Elementarteilchen,* das (lat.-dt., Pl. –) 2. *Quant,* das (lat., Pl. -en) nicht weiter teilbares Energieteilchen 3. *Quark,* das (engl., Pl. -s) hypothetisches Elementarteilchen

Teilchen mit negativer elektr. Ladung ... *Elektron,* das (gr., Pl. ...onen) ... das den Kern e. Atoms umkreist

Teilchen, das sich nach der Quantenmechanik (best. Theorie) nicht nachweisen läßt ... *Virtuelles Teilchen,* das (lat.-dt., Pl. -e –) eigtl.: Teilchen, das der Möglichkeit nach vorhanden ist; ... dessen Existenz aber meßbare Auswirkungen hat (Phys.)

Teilchen, e. positiv geladenes ... *Proton,* das (gr., Pl. -en) die etwa die Hälfte der Teilchen im Kern der meisten Atome stellen

Teilchen, e. ungeladenes ... *Neutron,* das (gr., Pl. -en) ähnlich dem Proton (Phys.)

Teilchen, elektrisch geladenes ... *Ion,* das (gr., Pl. Ionen) eigtl.: Wanderndes

Teilchenbeschleuniger *Bevatron,* das (Eigenn.-am., Pl. -s, ...trone) aus: billion electron volts and synchrotron

Teilchenort u. -geschwindigkeit lassen sich nicht exakt angeben ... *Unschärferelation,* die (dt.-lat., ohne Pl.) ... je genauer e. Größe bekannt ist, desto größer ist die Unsicherheit bezüglich der anderen; nach dem dt. Physiker Werner Heisenberg (1901-1976)

teile u. herrsche *divide et impera* (lat., Zitat, Ludwig XI.)

teilen 1. *dividieren* (lat.) nicht: auseinanderdividieren (Doppelaussage) 2. *partieren* (lat.-fr.) 3. *splitten* (engl.) aufteilen

Teilen *Splitting,* das (engl., Pl. -s) Form der Besteuerung, bei der das Einkommen der Eheleute addiert, halbiert u. jeder mit der Hälfte des Gesamteinkommens veranlagt wird

Teilgebiet *Sektor,* der (lat., Pl. ...oren) sich auf e. best. Sektor gut auskennen; Sektorengrenze (Gebietsgrenze)

teilhaben *partizipieren* (lat.)

Teilhaber 1. *Kompagnon,* der (lat.-fr., Pl. -s) in e. Firma 2. *Sozius,* der (lat., Pl. Soziusse) Partner in e. Rechtsanwaltskanzlei

Teilhafter *Kommanditist,* der (lat.-it.-fr., Pl. -en) auch: Mithafter, der in e. Kommanditgesellschaft nur mit seiner Einlage haftet

Teilnahme *Partizipation,* die (lat., Pl. -en)

Teilnahme, geistige ... erweckend *interessant* (lat.-fr.) auch: fesselnd; »Was ist interessant? Was der Augenblick gebiert, was seine Geltung mit dem Augenblick verliert.« (Friedrich Rückert)

teilnahmslos 1. *apathisch* (gr.-lat.) nach dem Unfall saß er apathisch hinter dem Steuer 2. *lethargisch* (gr.-lat.) 3. *passiv* (lat.) untätig, sich an e. Sache nur passiv beteiligen; Ggs.: aktiv 4. *desinteressiert* (lat.-fr.) uninteressiert; Ggs.: interessiert 5. *indifferent* (lat.) auch: unbestimmt, gleichgültig; z. B. indifferentes Gleichgewicht 6. *phlegmatisch* (gr.-lat.) träg, antriebslos

Teilnahmslosigkeit 1. *Apathie,* die (gr.-lat., Pl. -n) 2. *Desinteresse,* das (lat.-fr., ohne Pl.) die Schüler waren am Unterricht desinteressiert; Ggs.: Interesse 3. *Lethargie,* die (gr.-lat., ohne Pl.) der große Hunger ließ die Dorfbewohner in Lethargie verfallen 4. *Passivität,* die (lat.-fr., ohne Pl.) Ggs.: Aktivität 5. *Abnegation,* die (lat., Pl. -en)

teilnehmen *partizipieren* (lat.)

Teilnehmer an e. Diskussion *Diskutant,* der (lat., Pl. -en) »... Sozialneid ... e. phantastisches Wort, drängt jeden antiparlamentarischen Diskutanten in die Defensive.« (G. Schröders geh. Tagebuch von H. Venske, 1997)

Teilstrecke *Etappe,* die (niederl.-fr., Pl. -n) Etappensieger bei der Tour de France sein; Nachschubgebiet; Etappenschwein: Soldat, der im Krieg in der Heimat, statt an der Front ist

Teilung 1. *Division,* die (lat., Pl. -en) math.; auch: militärische Einheit von ca. 10 000 Soldaten 2. *Fission,* die (lat., Pl. -en) i. S. e. Teilung einzelner Organismen 3. *Bifurkation,* die (lat., Pl. -en) auch: Gabelung, z. B. e. Zahlwurzel, e. Flusses

teilweise *partiell* (lat.-fr.)

Teilzeitregelung ... *Sabbatical,* das (hebr.-gr.-lat.-engl., ohne Pl.) ... bei der die freie Zeit en bloc (an einem Stück) genommen wird

Telefon mit eingebautem Lügendetektor *Truth Phone,* das (engl.-am., Pl. -s)

Telefon, netzunabhängiges ... 1. *Handy,* das (engl., Pl. -s) »Wenn es nach den Grünen gegangen wäre, bestünde das Handy aus zwei mit einer Kordel verbundenen Joghurt-Bechern.« (Guido Westerwelle, F.D.P., 1998) oder: »trendy mit dem Handy« 2. *Mobilette,* die (lat.-fr., Pl. -n) Modewort

Telefonanruf, eingespielter ... *Call-in,* der (engl., Pl. -s) z. B. während e. TV-Sendung

Telefonansagedienst, sprachgesteuert *Audiotex,* Begriff der Telekom; unter e. best. Rufnummer kann der Anrufer sagen, zu welchem Thema Informationen gewünscht werden

Telefonanschluß, mobil u. digital *Airphone,* das (engl., Pl. -s) findet z. B. im Privatjet Einsatz

Telefongespräch *Telefonat,* das (gr.-lat., Pl. -e)

Telefongespräch, grundgebührenfreies ... *Call-by-Call-Telefonat,* das (engl.-gr., Pl. -e) es werden nur die gesprochenen Einheiten berechnet

Telefonieren, das ... über Satelliten *Satelliten-Telefonie,* die (lat.-gr., ohne Pl.) in Kürze mit dem Iridium-Handy möglich

Telefonmarke *Jeton,* der (lat.-fr., Pl. -s) so genannt in Italien u. Frankreich

Telefonnetzbenutzer, illegale ... *Phreak,* der (engl.-am., Pl. -er) ... sie haben sich auf den Diebstahl von Calling-Card-Nummern mit dem passenden Geheimcode spezialisiert; nicht verw. mit *Freak,* der (engl.-am., Pl. -s) übertrieben Begeisterter

Telefonvermittlung, e. bes. ... *Call-Back,* das (engl., ohne Pl.) Teilnehmer rufen e. kostenlose Servicenummer an, tippen dann die gewünschte Rufnummer, e. meist ausländischer Dienst stellt die Verbindung her

Telefonzentrale für Informationen *Call Center,* das (engl., Pl. -s) »Ruf-Zentrum«; ... wird von Unternehmen, Behörden, Institutionen für Anrufer fallweise oder ständig eingerichtet

Telegramm *Depesche,* die (lat.-fr., Pl. -n)

Telegraphiergeschwindigkeit, Einheit der ... *Baud,* das (fr., ohne Pl.) nach dem fr. Erfinder Baudot

Tempel 1. *Ädikula,* die (lat., Pl. ...lä) kleiner Tempel des Altertums 2. *Gloriette,* die (lat.-fr., Pl. -n) kleiner Ziertempel

Tempel mit e. Säulenvorhalle *Prostylos,* der (gr.-lat., Pl. ...oi) gr. Tempel

Tempel mit zwei Säulenvorhallen, *Amphiprostylos,* der (gr., Pl. ...stylen) die Säulenhallen befinden sich an der Vorder-u. Rückseite des gr. Tempels

Tempelbau 1. *Pagode,* die (port., Pl. -n) schlanker Tempel mit vielen Stockwerken in Ostasien 2. *Stupa,* der (sanskr., Pl. -s) Kultbau aus dem buddhistischen Indien

Tempelberg ... *Zion,* der (hebr., ohne Pl.) ... in Jerusalem; »Tochter Zion, freue dich! Jauchze laut, Jerusalem!« (Georg Friedrich Händel, Oper: »Judas Makkabäus) davon: *Zionismus,* der (hebr.-lat., ohne Pl.) Bewegung zur Gründung u. Sicherung des jüdischen Staates Israel

Tempel-Fundament *Stereobat,* der (gr., Pl. -en) auch: Unterbau gr. Säulen aus dem eigentlichen Fundament u. der Krepis (Stufenunterbau)

Tempel-Hauptraum 1. *Cella* oder *Zella,* die (lat., Pl. ...ae) in dem stand das Götterbild 2. *Naos,* der (gr., ohne Pl.) Hauptraum altgr. Tempel

Tempelkern *Megaron,* das (gr., Pl. ...ra) auch: gr. Einraumhaus mit Vorhalle u. Herd als Mittelpunkt

Tempel-Kranzgesims *Geison,* das (gr., Pl. -s, ...sa)

Tempelleuchter, siebenarmiger ... *Menora,* die (hebr., ohne Pl.) des jüdischen Kults; nach dem 2. Buch Mose wurde er von Bezabel hergestellt, seit 1949 offizielles Emblem Israels

Tempelrückhalle *Opisthodomos,* der (gr., Pl. ...moi) Raum hinter der Cella e. gr. Tempels

Tempelschlaf *Inkubation,* die (lat., Pl. -en) im Altertum Ruhe zu Heilzwecken; auch: das sich Festsetzen von Krankheiten im Körper bis zur Wahrnehmung

Tempelsklave *Hierodule,* der (gr.-lat., Pl. -n) im antiken Hellas

Tempelstirnwand *Ante,* die (lat., Pl. -n) in der altgr. u. röm. Baukunst

Tempel-Stufenunterbau 1. *Krepidoma,* das (gr., ohne Pl.) 2. *Krepis,* die (gr., ohne Pl.) jeweils der altgr. Tempel

Tempeltänzerin *Bajadere,* die (gr.-lat.-port.-niederl.-fr., Pl. -n) in Indien

Tempel-Vorraum *Pronaos,* der (gr.-lat., Pl. ...naoi) auch: Vorhalle in der orthodoxen Kirche

Temperament *Naturell,* das (lat.-fr., Pl. -e)

temperamentvoll *sanguinisch* (lat.) »blutvoll«

Temperaturaufzeichner *Thermograph,* der (gr.-lat., Pl. -en)
Temperaturmesser *Thermometer,* das (gr.-lat., Pl. –)
Temperaturmessung *Thermometrie,* die (gr.-lat., Pl. ...ien)
Temperaturregler *Thermostat,* der (gr.-lat., Pl. -e)
Tempo *Rasanz,* die (lat.-fr., ohne Pl.) hohes Tempo
Tempomatweiterentwicklung *Distronic,* das (engl., Pl. -s) e. PKW wird mittels Radar-Sensoren im ausreichenden Abstand zum Vordermann gehalten
Tennis, im ... braucht der Spieler zum Sieg nur noch e. Punkt *Matchball,* der (engl.-dt., Pl. ...bälle) auch: Aufschlagball, der das Spiel entscheidet
Tennisarm *Epikondylitis,* die (gr., Pl. ...itiden) i. S. e. bes. Entzündung im Arm durch Überanstrengung (med.)
Tennismeisterschaften, internationale ... *Grand Slam,* der (engl., ohne Pl.) ... jährlich durchgeführte
Tennisschläger *Racket,* das (engl., Pl. -s)
Tennisspiel an e. Wand *Squash,* das (lat.-fr.-engl., ohne Pl.) auch: ausgepreßter Saft von Zitrusfrüchten; »Squash ist e. Sauna, in der man viel rennen muß.« (Henry Kissinger)
Tennis-Spielberechtigung ohne Qualifikation ... *Wildcard,* die (engl.-am., Pl. -s) ... für e. best. Turnier; der Veranstalter kann mit der »wilden Karte« Spieler seiner Wahl melden; auch: e. best. Karte beim Pokerspiel, deren Wert festgelegt werden kann (e. Art Joker)
Tenniszirkus *Tennis-Circuit,* der (engl.-gr., ohne Pl.) gemeint ist die »Scheinwelt« des weißen Sports
Teppich, Orient... 1. *Belutsch,* der (Eigenn., Pl. -e) ... aus der Region des Hirtenvolks der Belutschen (Iran) 2. *Bergama,* der (Eigenn., Pl. -s) geometrisch gemustert, aus Bergama (Türkei) 3. *Beschir,* der (turkmenisch, Pl. -s) turkmenischer Teppich mit Blüten- oder Wolkenbandmuster 4. *Bidschar* u. *Bidjar,* der (Eigenn., Pl. -s) festgeknüpfter Teppich mit Blüten- u. Rankenmuster aus der Stadt Bidschar (Iran) 5. *Täbris,* der (Eigenn.) aus dem Iran 6. *Kuba,* der (Eigenn.) Kaukasus
Teppich, orientalischer Gebrauchs... *Jastik, Yastik,* der (türk., Pl. -s) »Polster«; als Sitzbelag
Termin absagen *canceln* (engl.)
Termin, letzter ... *last-minute* (engl.) auch: Reiseangebot, das in letzter Minute wahrgenommen werden kann; »Ich fahre last-minute, irgendwohin in den Süden ... nach Kanada oder so.« (Mehmet Scholl, FC-Bayern, 1998)
Terminkalender 1. *Agenda,* die (lat., Pl. ...den) 2. *Kalendarium,* das (lat., Pl. ...ien)
Terminvertrag über die Lieferung oder Abnahme von Wertpapieren oder Waren zum Börsenkurs *Futures,* die (lat.-engl., nur Pl.)
Termiten *Isoptera,* die (gr.-lat., nur Pl.)
Terpentinbaum *Terebinthe,* die (gr.-lat., Pl. -n) e. Pistazienbaum, der im Mittelmeerraum beheimatet ist
Testamentabfasser *Testator,* der (lat., Pl. ...oren)
testen *probieren* (lat.) »Probieren geht über studieren.« (Sprichwort)
Testperson *Probant,* der (lat., Pl. -en) z. B. in der Medizin, in der Psychologie, im Verbraucherverhalten
Testverfahren ... *Multiple-choise,* das (lat.-engl., ohne Pl.) ... an vielen Universitäten, der Prüfling kreuzt unter mehreren vorgefertigten Antworten eine oder mehrere an
Testverfahren, psychologisches ... *Assessment Center,* das (engl.-am., Pl -s) ... das als Auswahlverfahren bei Bewerbern angewandt wird
teuer *expensiv* (lat.-engl.) kostspielig
Teufel 1. *Beelzebub,* der (hebr., ohne Pl.) 2. *Diabolus,* der (gr.-lat., ohne Pl.) 3. *Luzifer,* der (lat.-fr., ohne Pl.) 4. *Mephisto,* der (Pl. -s) Teufelsgestalt in Goethes »Faust« 5. *Satan,* der (hebr.-gr.-lat., ohne Pl.) »Widersacher« 6. *Urian,* der (Herkunft unbekannt, ohne Pl.) 7. *Dämon,* der (gr.-lat., Pl. ...onen) i. S. e. unheimlichen Macht
Teufel im Märchen *Hero-Trickster,* der (gr.-engl., ohne Pl.) »Held-Gauner«; auch: listiger, meist selbst betrogener Widersacher
Teufelsaustreibung *Exorzismus,* der (gr.-lat., Pl. ...men) Beschwörung von Dämonen
Teufelsrochen *Manta,* der (lat.-sp., Pl. -s) e. Knorpelfisch; nicht verw. mit *Mantra,* das (sanskr., Pl. -s) religiöser Spruch der Inder; Ritualformel
teuflisch 1. *diabolisch* (gr.-lat.) 2. *infernalisch* (lat.) höllisch 3. *satanisch* (hebr.-gr.-lat.) 4. *dämonisch* (gr.-lat.)
Text *Legende,* die (lat., Pl. -n) erläuternder Text auf Landkarten, Zeichenerklärung
Text- oder Bildgestaltung ... *Layout,* das (engl., Pl. -s) ... e. Zeitung, Zeitschrift oder e. Buches
Text, schlechter ... *Elaborat,* das (lat., Pl. -e) auch: Machwerk
Textanzeigegerät, elektronisches ... *Teleprompter,* der (engl., Pl. -s) ... für den TV-Sprecher; von to prompt (souffliEren, vorsagen)
Textbuch mit Stundengebeten ... *Horologium,* das (gr.-lat., Pl. ...ien) ... der orthodoxen Kirche
Texteinblendung ... *Textchart,* das (lat.-engl., Pl. -s) ... bei e. Film
Textilfaser, neuartige ... *Tencel,* das (Eigenn.) ... aus Holz u. Viskose, ist sehr reißfest, trägt sich wie Baumwolle

Textlücke *Lakune,* die (lat., Pl. -n)

Textstelle *Passus,* der (lat., ohne Pl.) »Schritt«

Theater, experimentierfreudiges kleines ... *Off-off-Bühne,* die (engl.-am.-dt., Pl. -n)

Theater, Vorsager im ... 1. *Souffleur,* der (lat.-fr., Pl. -e) 2. *Souffleuse,* die (lat.-fr., Pl. -n) Vor-, Einsagerin am Theater

Theaterbesprechung *Rezension,* die (lat., Pl. -en) auch: Kritiken zu Büchern u. Filmen

Theaterform, moderne ... *Absurdismus,* der (lat., ohne Pl.) ... die antirealistische Stilmittel einsetzt (absurdes Drama)

Theaterleiter 1. *Prinzipal,* der (lat., Pl. -e) 2. *Intendant,* der (lat.-fr., Pl. -en)

Theaterleitung 1. *Intendanz,* die (lat., Pl. -en) auch: Büro des Theaterleiters 2. *Intendantur,* die (lat.-fr., Pl. -en) veraltet; auch: Verwaltungsbehörde e. Heeres

Theatersaal *Odeon,* das (gr.-lat.-fr., Pl. -s)

Thema *Sujet,* das (lat.-fr., Pl. -s) i. S. von: Stoff e. künstlerischen Darstellung

Themenwelten *Center Park,* der (engl.-am., Pl. -s) künstliche Landschaften, Einrichtungen, gestellte Szenen zu diversen Themen; die klassische Themenwelt heißt Disneyland

Theorem (Lehrsatz), das besagt, daß e. Singularität (Punkt, an dem die Raumzeit unendlich wird) vorkommen muß *Singularitätstheorem,* das (lat., Pl. -e) ... unter best. Umständen (Phys., Astron.)

Theorie Einsteins, in der Naturgesetze für alle Beobachter gelten müssen ... *Allgemeine Relativitätstheorie,* die (dt.-lat., ohne Pl.) ... unabhängig von ihrer Bewegung; dabei ist die Gravitationskraft die Krümmung e. vierdimensionalen Raumzeit

Theorie mit Gültigkeitsanspruch 1. *Dogma,* das (gr.-lat., Pl. ...men) 2. *Doktrin,* die (lat., Pl. -en)

Theorie, die die Wechselwirkung zwischen Quarks (hypothetische Elementarteilchen) u. Gluonen (Bindeglieder) beschreibt *Quantenchromodynamik,* die (gr.-lat., ohne Pl.)

Theorie, Einsteins ... besagt, daß die Naturgesetze für alle Beobachter gleich sind ... *Spezielle Relativitätstheorie,* die (lat., ohne Pl.) ... unabhängig von der Art ihrer Bewegung (Phys.); Albert Einstein (1879-1955) Physiker

Theorie, entwickelt worden aus Plancks Quantenprinzip u. Heisenbergs Unschärferelation *Quantenmechanik,* die (lat., ohne Pl.) Phys.

Theorie, in der Teilchen Wellen (Strings) genannt werden *Stringtheorie,* die (engl.-lat., ohne Pl.) Strings haben Längenausdehnung, aber keine andere Dimension (Phys.)

Thermalquelle *Therme,* die (gr.-lat., Pl. -n)

Thronfolge *Sukzession,* die (lat., Pl. -en)

Tick 1. *Faible,* der (lat.-fr., Pl. -s) auch: Vorliebe 2. *Spleen,* der (engl., Pl. -e, -s) Schrulle

tief *profund* (lat.-fr.) der Historiker besaß e. profundes (gründliches) Geschichtswissen

Tiefdruckgebiet 1. *Zyklone,* die (gr.-lat., Pl. -n) nicht verw. mit *Zyklon,* der (gr.-engl., Pl. -e) Wirbelsturm; oder *Zyklop,* der (gr.-lat., Pl. -en) »Rundäugiger«, einäugiger Riese der gr. Sagenwelt 2. *Depression,* die (lat., Pl. -en) auch: Niedergeschlagenheit

Tiefe, aus der ... der Erde stammend *abyssisch* (gr.-lat.) in der Tiefsee entstanden; auch: abgrundtief

Tiefe, grundlose ... *Abyssus,* der (gr.-lat., ohne Pl.) auch: das Bodenlose, Unterwelt

Tiefenmesser *Echolot,* das (gr.-lat.-dt., Pl. -e) Gerät für die Bestimmung der Meerestiefe

Tiefkühltruhe *Deep-freezer,* der (engl., ohne Pl.)

Tiefparterre *Basement,* das (engl., Pl. -s)

Tiefschlag 1. *Down Blow,* der (engl., Pl. -s) 2. *Low Blow,* der (engl., Pl. -s) z. B. verbotener Tiefschlag beim Boxen

Tiefschnee *Powder,* der (engl.-am., ohne Pl.)

Tiefsee *Bathysphäre,* die (gr.-lat., Pl. -n) Bez. für die tiefsten Stellen der Ozeane

Tiefseeforscher *Aquanaut,* der (lat.-gr., Pl. -en)

Tiefseeforschung *Bathygraphie,* die (gr.-lat., ohne Pl.)

Tiefseeregion *abyssische Region,* die (gr.-lat., Pl. -en) die Meerestiefe ab 3000 m

Tiefseetauchgerät *Bathyskaph,* der (gr.-lat., Pl. -e) Gerät, das von A. Piccard (1884-1954) entwikkelt u. eingesetzt wurde

Tiefstand *Depression,* die (lat., Pl. -en) Konjunkturphase hoher Arbeitslosigkeit, geringer Produktion und schwacher Nachfrage; auch: seelische Niedergeschlagenheit

Tier 1. *Bestie,* die (lat., Pl. -n) svw. bes. wildes Tier 2. *Amphibie,* die (gr.-lat., Pl. -n) e. Land- u. Wassertier; auch: Amphibienfahrzeug, Fahrzeug mit Rädern u. e. kleinen Schiffsschraube 3. *Fossil,* das (lat., Pl. -ien) i. S. e. versteinerten Tierrestes 4. *Präparat,* das (lat., Pl. -e) e. ausgestopftes Tier

Tier- u. Pflanzenwelt des Meeresgrundes *Benthos,* das (gr., ohne Pl.) eigtl.: Tiefe

Tier, mythisches ... der Endzeit *Behemoth,* der (hebr.-lat., Pl. -s) »Großtier«; auch: Nilpferd im Alten Testament

Tieranatomie *Zootomie,* die (gr.-lat., ohne Pl.)

Tierartenbenennung *Zoographie,* die (gr.-lat., Pl. ...ien)

Tierarzt *Veterinär,* der (lat.-fr., Pl. -e)

Tierbändiger 1. *Dompteur,* der (lat.-fr., Pl. -e) 2. *Dresseur,* der (lat.-fr., Pl. -e)

Tierbändigerin *Dompteuse,* die (lat.-fr., Pl. -n)

Tierbewegung *Thigmotaxis,* die (gr.-lat., Pl. ...xen) Bewegung im Fall der Berührung

Tiere abrichten *dressieren* (lat.-fr.)

Tiere, Geschlechtsverkehr mit ... *Sodomie,* die (lat., Pl. ...ien)

Tiere, Geschlechtsverkehr mit ... Treibender *Sodomit,* der (lat., Pl. -en) von Sodom, biblische Stadt der Sünde

Tiererzählung, vergleichende ... *Fabel,* die (fr., Pl. -n) ... u. belehrende, z. B. »Der Fuchs u. der Rabe« von Jean de La Fontaine (1621-1695)

Tierforscher *Zoologe,* der (gr.-fr., Pl. -n)

Tierforschung *Zoologie,* die (gr.-fr., ohne Pl.) auch: Tierkunde

Tiergehege *Menagerie,* die (lat.-fr., Pl. ...ien)

Tierheilkunde *Veterinärmedizin,* die (lat.-fr., ohne Pl.)

tierisch 1. *animalisch* (lat.) 2. *bestialisch* (lat.) raubtierartig, unmenschlich; z. B. e. bestialischen Gestank verbreiten

tierisches Wesen *Animalität,* die (lat., ohne Pl.)

Tierkreis, den ... betreffend *zodiakal* (gr.-lat.)

Tierkreiszeichen, best. *Aszendent,* der (lat., Pl. -en) das Tierkreiszeichen, welches im Augenblick der Geburt im Osten über den Horizont tritt; von lat. ascendere (steigen) auch: Vorfahr, Verwandter in aufsteigender Linie; Ggs.: Deszendent

Tierlehrer *Dresseur,* der (fr., Pl. -e)

Tierpräparation *Taxidermie,* die (gr.-lat., Pl. -n) das Ausstopfen von Tieren

Tierpräparator *Taxidermist,* der (gr.-lat., Pl. -en)

Tierschau *Menagerie,* die (lat.-fr., Pl. ...ien) früher auf Jahrmärkten üblich

Tierverhaltensforscher *Ethologe,* der (gr., Pl. -n) z. B. Konrad Lorenz (1903-1989) Untersuchungen über Graugänse; nicht verw. mit *Ethnologe,* der (gr., Pl. -n) Völkerkundler, z. B. Claude Lévi-Strauss

Tierverhaltensforschung *Ethologie,* die (gr.-lat., ohne Pl.) nicht verw. mit *Ethnologie,* die (gr.-lat., ohne Pl.) Völkerkunde

Tierwelt *Fauna,* die (lat., Pl. ...nen) eigtl.: altröm. Fruchtbarkeitsgöttin

tilgbar *amortisabel* (lat.-fr.) z. B. Verbindlichkeiten

tilgen *obliterieren* (lat.) Verbindlichkeiten zurückzahlen

Tilgung 1. *Amortisation,* die (lat.-fr., Pl. -en) Tilgung investierten Kapitals nach e. Vereinbarung mit der Bank 2. *Obliteration,* die (lat., Pl. -en) Tilgung von Geldschulden 3. *Revalierung,* die (lat., Pl. -en)

Tilgungszeichen *Deleatur,* das (lat., ohne Pl.) im Druckwesen : ₰

Tintenfisch 1. *Oktopode,* der (gr., Pl. -n) 2. *Krake,* die (norw., Pl. -n) Riesentintenfisch 3. *Polyp,* der (gr.-lat., Pl. -en) »vielfüßig«

Tippelbruder 1. *Clochard,* der (fr., Pl. -s) »Pennbruder« in Paris 2. *Tramp,* der (engl., Pl. -s) »E. Tramp ist e. Mensch, der unterwegs zu Hause ist.« (Henry Miller)

Tischdecke *Tapet,* das (gr.-lat.-fr., Pl. -e) auch: Bespannung; »etwas aufs Tapet bringen« (Redewendung: etwas auf den Tisch, zur Sprache bringen)

Tischgestell, kleines ... *Menage,* die (fr., Pl. -n) für Essig, Öl, Salz u. Pfeffer

Tischtennis *Pingpong,* das (engl., ohne Pl.) scherzhaft od. abwertend für: Tischtennisspiel

Titan, e. ... in der gr. Mythologie *Hyperion,* der (gr., ohne Pl.) Sohn der Gaia u. des Uranos

Titel e. indischen Fürstin *Begum,* die (ind.-engl., Pl. -en)

Titel e. jap.-kaiserlichen Feldherrn *Schogun* u. *Shoguh,* der (jap.-chin., Pl. -e) auch: Träger des Titels: Schogun

Titel e. Vizekönigs von Ägypten *Khedive,* der (pers.-türk., Pl. -n) bis 1914

Titelblatt *Cover,* das (engl., Pl. -s) auch: Tuch, Decke

Titelseite e. Web-Site *Homepage,* die (engl., Pl. -s) sie gibt e. Überblick über die weiteren Seiten u. weist die Wege dorthin

Titelseite e. Zeitschrift *Cover,* das (engl.-am., Pl. -s) auch: Decke, Tuch; die Aufnahme e. bereits veröffentlichten Schallplatte durch e. anderen Sänger

Titelseite *Frontpage,* die (engl.-am., Pl. -s) Deckblatt e. Zeitung, e. Zeitschrift

Titelträger *Titular,* der (lat., Pl. -e)

Titte *Boob,* die (engl., Pl. -s) derb für weibliche Brust

toben *haselieren* (lat.-fr.) auch: lärmen

tobend *frenetisch* (gr.-lat.-fr.) z. B. frenetisch Beifall klatschen

tobsüchtig 1. *cholerisch* (gr.-lat.) 2. *furibund* (lat.) rasend (med.)

Tochter des Flußgottes Peneios *Daphne,* die (Eigenn.-gr.)

Tochter *Filia,* die (lat., Pl. -ae) z. B. Filia hospitalis: Tochter der Wirtsleute des Studenten

Tod durch Ersticken *Bolustod,* der (gr.-lat.-dt., ohne Pl.) z. B. an e. verschluckten Fremdkörper

Tod durch Überarbeitung *Karoshi,* der (jap., ohne Pl.) in Japan kein seltener Tod leitender Mitarbeiter; von: karó (Überanstrengung) u. shi (Tod)

Tod *Exitus,* der (lat., Pl. -se) med.; »Exitus statt Koitus!« (Ärztliche Stellungnahme zur Potenzpille Viagra, 1998)

Tod, der ... (ist die) Pforte des Lebens *mors posta vitae* (lat., Zitat u. Grabinschrift)
Tod, Forschung auf dem Gebiet des ... *Thanatologie,* die (gr.-lat., ohne Pl.) svw. Sterbeforschung, Todesforschung
Tod, Forschung zur Todesursache *Thanalogenese,* die (gr.-lat., ohne Pl.)
Tod, kurz vor dem ... *ante mortem* (lat.) med.; Abk.: a. m.
Tod, Neigung zum Frei... *Thanatomanie,* die (gr.-lat., Pl. ...ien)
Tod, örtlicher Gewebs... *Nekrose,* die (gr.-lat., Pl. -n) auch: Absterben von Zellen (med.)
Tod, schnell kommt der ... *cita mors ruit* (lat., Zitat)
Tode, nach dem ... 1. *post mortem* (lat.) 2. *postum* (lat.)
Tode, zum ... führend *letal* (lat.) auch: tödlich (Giftmenge)
Todesangst *Thanatophobie,* die (gr.-lat., Pl. ...ien) krankhafte Angst vor dem Sterben
Todesforschung *Thanatologie,* die (gr.-lat., ohne Pl.)
Todeskampf *Agonie,* die (gr.-lat., Pl. ...ien) med.
Todesstatistik *Nekrologie,* die (gr.-lat., ohne Pl.) Erfassung der Todesursachen
Todestrieb *Thanatos,* der (gr., ohne Pl.)
Todesurteil im Iran *Fatwa,* das (arab., ohne Pl.) über den Schriftsteller Salman Rushdie wurde dies Urteil verhängt; eigtl.: Rechtsgutachten e. Mufti (islamischer Gelehrter)
todgeweiht *moribund* (lat.) i. S. von sterbend
tödlich 1. *letal* (lat.) z. B. e. bestimmte Giftmenge wirkt letal 2. *deletär* (lat.)
Toilette 1. *Latrine,* die (lat., Pl. -n) i. S. e. Senkgrube, Latrinengerücht, im alten Rom wurden an diesem Ort Neuigkeiten ausgetauscht 2. *Klosett,* das (lat.-fr.-engl., Pl. -s) 3. *Lokus,* der (lat., Pl. -se) Abort; auch: (Pl. Lozi) Ort, Platz
toll *spacy* (engl.) abgefahren; prima
toll, herrlich ist's, zu rechter Zeit ... zu sein *dulce est desipere in loco* (lat., Zitat: Horaz)
Tollwut 1. *Rabies,* die (lat., ohne Pl.) 2. *Lyssa,* die (gr.-lat., ohne Pl.)
Ton mit großem Quellvermögen *Bentonit,* der (lat., Pl. -e) nach dem ersten Fundort: Fort Benton (Montana, USA)
Ton *Terrakotta,* die (lat.-it., Pl. ...tten) gebrannt, aber unglasiert
Ton, aus ... geschaffene menschliche Gestalt *Golem,* der (hebr., ohne Pl.) ... der jüdischen Legende; e. Homunkulus (künstlich erschaffener Mensch)
Ton, den ... halten *Sustain,* das (engl., Pl. -s) Zeit des Abfallens des Tons bis zu e. bestimmten Höhe
Ton, Original... des Sprechenden im Hintergrund ... *Overvoice,* die (engl., Pl. -s) ... der Übersetzer, Reporter überspricht den O-Ton
Ton, verzerrter ... e. E-Gitarre *Overdrive,* der (engl., Pl. -s) auch: Gang bei der Kraftübertragung, der bei reduzierter Drehzahl des Motors gleichbleibende Leistung ermöglicht
Tonabnehmer *Pickup,* der (engl., ohne Pl.) auch: Fahrzeug mit kleiner Ladefläche
Tonabschwächung *Dekreszenz,* die (lat., Pl. -en)
Tonart, an keine ... gebunden *atonal* (gr.) Mus.
Tonartwechsel *Modulation,* die (lat., Pl. -en)
Tonband *Tape,* das (engl., Pl. -s)
Tonbandgerät *Magnetophon,* das (gr.-lat., Pl. -e)
Tonfall *Akzent,* der (lat., Pl. -e) sie sprach Englisch mit einem merkwürdigen Akzent
Tonhalle *Orpheum,* das (gr.-lat., Pl. ...een) nach dem gr. Sänger Orpheus
Tonleiter *Gamme* (gr.-lat.-fr., Pl. -n)
Tonne *Barrel,* das (fr.-engl., Pl. -s) am. Maß für Flüssigkeiten, 1 Barrel Rohöl = rund 159 Liter
Tonspuren, etwas auf mehreren ... aufnehmen ... *overdub* (engl.) ... damit z. B. e. Gitarrensolo voller klingt
Tonstück 1. *Duo,* das (lat.-it., Pl. -s) Stück für zwei Stimmen oder zwei Instrumente 2. *Terzett,* das (lat.-it., Pl. -e) für drei – 3. *Quartett,* das (lat.-it., Pl. -e) für vier Stimmen oder vier Instrumente
Tönung 1. *Nuance,* die (lat.-fr., Pl. -n) auch: feiner Farbübergang 2. *Teint,* der (lat.-fr., Pl. -s) das Mädchen hat e. schönen Teint (Gesichtshaut)
Tonverlängerungs-Effekt *Sustain,* das (engl.-am., Pl. -s) d. h. e. techn. Möglichkeit, mit der e. Ton länger zu halten ist
Tonware, feinste ... *Porzellan,* das (lat.-it., Pl. -e) hergestellt durch Brennen aus e. Kaolin-, Feldspat-, Quarz-Gemenge; »Vorsicht ist die Mutter der Porzellankiste.« (Sprichwort)
top *optimal* (lat.) i. S. von: bestmöglich
Topf mit Wertpapieren, an dem Anteile ohne Nennwert erworben werden *Investmentfonds,* der (lat.-engl., Pl. –) Börsenbez.
Töpferware *Satsuma,* das (jap., Pl. -s)
Tor 1. *Portal,* das (lat., Pl. -e) auch: große Tür 2. *Goal,* das (engl., Pl. -s) Tortreffer beim Fußball 3. *Bab,* das (arab.)
Tor, monumentales ... *Pischtak,* das (arab.) normalerweise mit farbigen Fliesen geschmückt; architektonisches Merkmal Zentralasiens
Torhüter *Goalkeeper,* der (engl., Pl. -s) Torwart
töricht *abstrus* (lat.) abstruse Handlungsweise
törnt an, geil *tschuggi* (Begriff aus der dt. Szene)
Torschütze, erfolgreicher ... *Goalgetter,* der (engl., Pl. -s)
Törtchen *Tortelette,* das (lat.-it., Pl. -n)

töten 1. *liquidieren* (lat.-it.) eigtl.: verflüssigen; ausschalten 2. *killen* (engl.) 3. *lynchen* (engl.) ohne Urteil umbringen, Lynchjustiz 4. *eliminieren* (lat.) auch: herauslösen

Toten- u. Geisterbeschwörung ... *Nekromantie,* die (gr.-lat., ohne Pl.) ... dadurch praktizierte Weissagung

Toten, von ... rede nur Gutes *de mortuis nil nisi bene* (lat., Zitat)

Totenbeschau *Nekropsie,* die (gr.-lat., Pl. ...ien)

Totenbeschwörer *Nekromant,* der (gr.-lat., Pl. -en) in der Antike e. Geisterbeschwörer

Totenbeschwörung *Nekyia,* die (gr., Pl. ...yien) auch: Totenopfer

Totengebet, jüdisches ... *Kaddisch,* der (hebr.-aramäisch, ohne Pl.)

Totenklage, altröm. ... *Nänie,* die (lat., Pl. -n) auch: Trauergesang

Totenkult *Manismus,* der (lat., ohne Pl.)

Totenmesse *Requiem,* das (lat., Pl. -s)

Totenopfer *Nekyia,* die (gr., Pl. ...yien)

Totenreich 1. *Orkus,* der (lat., ohne Pl.) 2. *Hades,* der (gr., ohne Pl.) auch: Unterwelt

Totenschau *Nekropsie,* die (gr.-lat., Pl. ...ien) auch: Leichenöffnung

Totenstadt 1. *Nekropolis,* die (gr., Pl. ...polen) aus der Antike 2. *Nekropole,* die (gr., Pl. -n)

Totentanz *Danse macabre,* der (fr., Pl. -s -s)

Totenverehrung *Manismus,* der (lat., ohne Pl.)

Totenwelt 1. *Hades,* der (gr., ohne Pl.) 2. *Orkus,* der (lat., ohne Pl.) Totenreich

Totschläger *Killer,* der (engl., Pl. –) bezahlter Mörder: Berufskiller

Totschweigen *Tabuisierung,* die (polynes., Pl. -en)

Tour, auf ... gehen *touren* (gr.-lat.-fr.) auch: auf Tournee sein; »Hillu tourt mal wieder durch Weißrußland u. die Ukraine.« (G. Schröders geh. Tagebuch v. H. Venske, 1997)

Tourenschreiber *Gyrometer,* das (gr.-lat., ohne Pl.)

Trabant des Pluto *Charon,* der (gr., ohne Pl.) nach dem Fährmann Charon, der die Toten auf dem Fluß Styx in den Hades bringt (gr. Mythologie); der Trabant wurde erstmals 1978 entdeckt

Tragbalken, Säulen verbindender ... *Architrav,* der (gr.-lat., Pl. -e)

tragbar *transportabel* (lat.-fr.)

träge 1. *lethargisch* (gr.-lat.) teilnahmslos 2. *phlegmatisch* (gr.-lat.) er ist in seinen Reaktionen phlegmatisch 3. *apathisch* (gr.-lat.) teilnahmslos 4. *inert* (lat.) inerte Stoffe (chem.)

trage u. dulde! *perfer et obdura!* (lat., Zitat: Ovid)

Trageband zum Schutz für Penis, Hoden oder die weibliche Brust *Suspensorium,* das (lat., Pl. ...ien) ... bes. im Sport; auch beutelförmige Bandage

Tragekorb *Kiepe,* die (norddt., Pl. -n)

Tragen, zum ... der Inful oder Mitra (Stirnbinde) berechtigt *infuliert* (lat.)

Träger der Erbanlagen *Chromosom,* das (gr., Pl. -en) auch: Bestandteil der Zellen jeder Organismenart

Tragfähigkeit 1. *Deadweight,* das (engl., Pl. -s) e. Schiffes in Tonnen gemessen 2. *Bruttoregistertonne,* die (it.-dt., Pl. -n) abgekürzt BRT; auch: Maßeinheit für Schiffsraum

Trägheit 1. *Lethargie,* die (gr.-lat., ohne Pl.) 2. *Phlegma,* das (gr.-lat., ohne Pl.)

Trägheit des Geistes *Phlegma,* das (gr.-lat., ohne Pl.) »Manche Spieler haben e. Phlegma, die brauchen mal e. Tritt hintenrein.« (Olaf Thon, Fußballer, 1998)

Trägheitskompaß *Gyroskop,* das (gr.-lat., Pl. -e) auch: Meßgerät für die Achsendrehung der Erde

Tragsessel 1. *Palankin,* der (hindi-port.-fr., Pl. -s) war früher in Indien gebräuchlich 2. *Portechaise,* die (fr., Pl. -n)

Trainer *Coach,* der (engl., Pl. -s) z. B. beim Fußball

trainiert *fit* (engl.) i. S. von durchtrainiert

Trainingsboxen *Sparring,* das (engl., ohne Pl.) auch: *Sparring,* der (engl., Pl. -s) kleiner Schlagball für Boxer

Tränenfluß *Epiphora,* die (gr.-lat., Pl. ...rä) med.

Transfer von technischem Wissen ... *Technologietransfer,* der (lat., Pl. -s) ... zwischen Entstehung u. Verwendung im Kombinationsprozeß der Produktionsfaktoren; »Beim Technologietransfer befinden wir uns noch tief im Mittelalter.« (Hubert Köster, Uni-Prof., Hamburg, 1998)

transplantieren *graften* (engl.) auch: e. Organ verpflanzen (med.)

Transportunternehmen 1. *Spediteur,* der (lat.-it., Pl. -e) 2. *Carrier,* der (engl., Pl. -s) »Träger«; Ausdruck aus der Luftfahrt

Transuran *Plutonium,* das (gr.-lat., ohne Pl.) nach dem Planeten Pluto, e. chemisches Element (Pu); »Der BND kann den Plutonium-Deal gar nicht eingefädelt haben, die Aktion hat schließlich geklappt!« (Leserbrief in der Bild Zeitung, 1997)

Transvestit *Lady-Boy,* der (engl., Pl. -s)

Trasse abstecken *alignieren* (fr.) im Straßen- u. Gleisbau

trau, schau, wem! *fide, sed cui, vide!* (lat., Zitat)

Traubenzucker *Glucose,* die (gr., ohne Pl.)

Trauergedicht *Epikedeion,* das (gr., Pl. ...deia) auch: Trostgedicht

Trauergesang 1. *Nänie,* die (lat., ohne Pl.) Totenklage im alten Rom 2. *Threnodie,* die (gr., Pl. ...ien) Klagelied im alten Hellas

Trauerspiel *Tragödie,* die (gr.-lat., Pl. -n)

Trauerspieldichter *Tragiker,* der (gr.-lat., Pl. –) z. B.

Aeschylus: »Die Orestie«; Sophokles: »Antigone«

trauervoll *doloroso* (lat.-it.) musik. Vortragsanw.

Traufe *Sima,* die (gr.-lat., Pl. -s, ...men) Traufleiste antiker gr. Tempel meist mit Wasserspeier

Traumbild 1. *Mandala,* das (sanskr., Pl. -s) oder vom Patienten angefertigte Darstellung als Symbol der Selbstfindung (Psychol.) auch: mystisches Kreis -oder Vieleckbild in der ind. Religion 2. *Phantasie,* die (gr.-lat., Pl. ...ien) auch: Vorstellungskraft; »Die Phantasie der Frau ist ihre Wirklichkeit.« (Jean Giraudoux)

Träumer 1. *Phantast,* der (gr.-lat., Pl. -en) 2. *Romantiker,* der (lat., ohne Pl.) Schwärmer; auch: Künstler der Romantik

Träumerei *Phantasterei,* die (gr.-lat., Pl. -en)

Traumgebilde *Phantasie,* die (gr.-lat., Pl. ...ien)

Traumgesicht *Vision,* die (lat., Pl. -en) auch: Vorstellung bez. e. erfolgreichen, zufriedenen Zukunft; die Gesellschaft braucht Politiker mit Visionen

traumhaft *phantasmagorisch* (gr.)

Traumland *Utopia,* das (gr.-fr., ohne Pl.) e. Schlaraffenland mit ausschließlich glücklichen Bewohnern

Traumphase während des Schlafs *Rapid Eye Movement Phase,* die (engl., Pl. -n) Abk.: REM-Phase; in dieser Zeit treten schnelle Augenbewegungen auf

traurig 1. *desolat* (lat.) trostlos, etwas befindet sich in desolatem Zustand 2. *trist* (lat.-fr.) 3. *lagrimoso* (lat.-it.) i. S. von klagend; musik. Vortragsanw. 4. *funebre* (lat.-fr.) musik. Vortragsanw. 5. *depressiv* (lat.) i. S. von gedrückt, niedergeschlagen 6. *deprimiert* (lat.-fr.) schwermütig 7. *melancholisch* (gr.-lat.) auch: trübsinnig

Traurigkeit *Tristesse,* die (lat.-fr., Pl. -n) »Bonjour Tristesse« (bekannter Roman von Françoise Sagan)

Treffen 1. *Meeting,* das (engl., Pl. -s) 2. *Date,* das (am., Pl. -s) auch: Verabredung 3. *Tête-à-Tête,* das (fr., Pl. -s) zärtliches Treffen Verliebter 4. *Rendezvous,* das (fr., ohne Pl.) Stelldichein; auch: Treffen von Raumfahrzeugen im Weltall

Treffen mit e. Unbekannten *Blind date,* das (engl., Pl. -s) Bez. aus der Partnersuche

treffend 1. *frappant* (germ.-fr.) 2. *epigrammatisch* (gr.-lat.) 3. *lapidar* (lat.) i. S. von kurz u. bündig 4. *prägnant* (lat.-fr.) i. S. von knapp u. treffend 5. *präzise* (lat.-fr.) genau

Treffer *Goal,* das (engl., Pl. -s) Torschuß beim Fußball

trefflich 1. *optime* (lat.) (veraltet) i. S. von am besten 2. *famos* (lat.) eigtl.: viel besprochen; prächtig

Treffpunkt *Meeting-Point,* der (engl., Pl. -s)

Treibenlassen *Laisser-faire,* das (lat.-fr., ohne Pl.)

Treibgas oder Kältemittel *Fluorchlorkohlenwasserstoff,* der (chem. Verbindung, Pl. -e) zerstört die Ozonschicht; Abk.: FCKW

Treibschlag beim Golf und Tennis *Drive,* der (engl., Pl. -s) auch: Fahrt, Ausflug

Treibstoff 1. *Benzin,* das (arab., Pl. -e) 2. *Sprit,* der (lat., ohne Pl.) aus: Spiritus

treideln *bomätschen* (tschech.)

Trend *Tendenz,* die (lat.-fr., Pl. -en)

Trend zu runden Entwürfen u. Produkten *Rund-Trend,* der (engl., Pl. -s) »Rund-Welle«; auch: Teddy-Trend; alles ist rund, kompakt, transportabel u. drückt das Bedürfnis nach Geborgenheit aus, z. B. die runden Kleinwagen, runde Stereoanlagen

Trend, im ... liegend *trendy* (engl.)

Trend, voll im ... 1. *hip* (engl.) Bez. aus der Beat-Generation der 60er Jahre 2. *trendy* (engl.)

trennen 1. *differenzieren* (lat.) i. S. von: unterscheiden 2. *dividieren* (lat.) bes.: teilen; Ggs.: multiplizieren 3. *isolieren* (lat.-it.-fr.) vereinzeln; auch: absondern 4. *separieren* (lat.-fr.) ausschließen

trennend *disjunktiv* (lat.)

Trennschleuder *Zentrifuge,* die (fr., Pl. -n)

trennt euch! *break!* (engl.) Trennkommando des Box-Ringrichters

Trennung 1. *Apartheid,* die (afrikaans, ohne Pl.) ... zwischen weißen u. farbigen Bürgern; Apartheidpolitik der einstigen weißen Regierung in Südafrika 2. *Disjunktion,* die (lat., Pl. -en) auch: Verknüpfung zweier Aussagen durch »entweder – oder« 3. *Dissoziation,* die (lat., Pl. -en) auch: Störung des Zusammenspiels der Muskeln

Trennung flüssiger Stoffe *Destillation,* die (lat., Pl. -en) durch Verdampfung; auch: Branntweinbrennerei

Trennwand in der Moschee *Maksura,* die (arab.) ... für den Herrscher, hinter der er ungesehen dem Gebet beiwohnen kann

Treppenabsatz *Podest,* das (gr.-lat., Pl. -e)

treu 1. *loyal* (lat.-fr.) 2. *solidarisch* (lat.-fr.) gemeinsam

Treu u. Glauben *bona fides* (lat., Zitat) auch: der gute Glaube; Ggs.: mala fides

Treue, in der ... liegt das Heil *in fide salus* (lat., Zitat)

Treuhänder *Trustee,* der (engl., Pl. -s)

treuhänderisch *fiduziarisch* (lat.)

treuherzig *naiv* (lat.-fr.)

Treuherzigkeit *Naivität,* die (lat.-fr., ohne Pl.) i. S. von kindlichem, leichtgläubigem Denken

Treulosigkeit *Athesie,* die (gr., Pl. ...ien) auch: Unbeständigkeit; nicht verw. mit *Athesmie,* die (gr.-lat., Pl. ...ien) Zügel- u. Gesetzlosigkeit

trichterförmig *konisch* (gr.-lat.)

Trick *Finesse,* die (lat.-fr., Pl. -n)

Trickfilmzeichner *Animator,* der (lat.-it., Pl. ...oren)

Trieb 1. *Instinkt,* der (lat., Pl. -e) auch: sicheres Gefühl für e. Situation; angeborene Verhaltensweise 2. *Libido,* die (lat., ohne Pl.) Geschlechtstrieb 3. *Nisus,* der (lat., ohne Pl.) med.

Trieb gewisser Geisteskranker *Echokinesie,* die (gr.-lat., Pl. ...ien) ... gesehene Bewegungen nachzuahmen (med.)

Trieb, abnormer ... durch Geißelung sexuellen Lustgewinn zu haben 1. *Flagellantismus,* der (lat., ohne Pl.) 2. *Sadismus,* der (lat.-fr., Pl. ...men, i. a. ohne Pl.) nach dem Schriftsteller de Sache (1740-1814) sexuelles Lustempfinden beim Quälen anderer; Ggs.: 3. *Masochismus,* der (lat., ohne Pl.) nach dem Schriftsteller Sacher-Masoch

Triebfeder *Nervus rerum,* der (lat., ohne Pl.)

triebhaft 1. *libidiös* (lat.) 2. *animalisch* (lat.) i. S. von: tierisch

Triebkraft 1. *Dynamik,* die (gr.-lat., ohne Pl.) 2. *Nervus rerum,* der (lat., ohne Pl.)

Triebkraft nicht linearer Abläufe *Chaostheorie,* die (gr.-lat., Pl. ...ien) aus mathematischer Sicht, z. B. Wettervorhersage, Börsenkurse

Triebkräften e. Sinnbild geben ... *Voice Dialogue,* der (engl.-am., ohne Pl.) ... u. sie kommunizieren lassen; nach den am. Therapeuten Stone u. Hal wird der »Wolf in uns« zum »bewachenden Hund in uns«, damit das »Kind in uns« beschützt wird

triebmäßig *instinktiv* (lat.)

Triebverlangen, auf Leichen gerichtetes ... 1. *Nekrophilie,* die (gr.-lat., Pl. ...ien) i. S. von sexueller Leichenschändung (med.) 2. *Nekromanie,* die (gr.-lat., Pl. ...ien)

Trinkbruder *Bacchant,* der (gr.-lat., Pl. -en)

Trinker *Potator,* der (lat., Pl. ...oren) med.

Trinkgefäß *Pokal,* der (gr.-lat.-it., Pl. -e) kostbares u. kelchartiges Gefäß; auch: Siegestrophäe

Trinkgelage *Bacchanal,* das (gr.-lat., Pl. ...ien)

Trinkgeld 1. *Bakschisch,* das (pers., Pl. -e) 2. *Dash,* der (engl., Pl. -s) Trinkgeld, z. B. in Nigeria; auch: kleinste Menge bei der Cocktailzubereitung

Trinklied *Vaudeville,* das (fr., Pl. -s)

Trinkrohr der Matetasse *Bombilla,* die (sp., Pl. -s) eigtl.: Glühbirne

Trinkspruch ausbringen *toasten* (engl.); auch: Brot rösten

Trinkspruch *Toast,* der (engl., Pl. -s) z. B. e. Toast auf den Gast ausbringen; auch geröstete Weißbrotscheibe

Trinkunlust *Adipsie,* die (gr.-lat., ohne Pl.) med.

Trinkwasser, dem ... Fluoride zusetzen *fluoridieren* u. *fluorieren* (lat.) (Kariesvorbeugung)

trocken 1. *arid* (lat.) wüstenartig 2. *xerotisch* (gr.-lat.) med. 3. *dry* (engl.) z. B. dry Cherry, e. trockener, d. h. nicht süßer Cherry 4. *sec* (fr.) bei Sekt 5. *prosaisch* (lat.) bes.: sachlich-nüchtern

trockenheiß *xerotherm* (gr.-lat.) als klimatische Gegebenheit

Trockenheit *Aridität,* die (lat., ohne Pl.)

Trockenheit der Haut *Xerodermie,* die (gr.-lat., Pl. ...ien) auch: Pergamenthaut

Trocknung *Dehydration,* die (lat.-gr., Pl. -en) i. S. von Wasserentzug

Troja 1. *Ilion,* das (gr.) 2. *Ilios,* das (gr.) 3. *Ilium,* das (gr.) jeweils der antike Name für Troja

Trommel *Drum,* die (engl., Pl. -s)

Trommel, paarweise verwendete ... 1. *Bongo,* das (sp., Pl. -s) einfellig, kubanischen Ursprungs 2. *Bongo,* der (afrik., Pl. -s) auch: rotbraune afrikanische Antilope mit weißen Streifen

Trommelfellentzündung *Myringitis,* die (gr.-lat., Pl. ...itiden) med.

Trommelfeuer *Kanonade,* die (gr.-lat.-it.-fr., Pl. -n)

Trommler 1. *Drummer,* der (engl., Pl. -s) 2. *Tambour,* der (pers.-arab.-sp.-fr., Pl. -e)

Trompetensignal *Fanfare,* die (fr., Pl. -n)

Tröpfeln *Dropping,* das (engl., ohne Pl.)

Tropfen, steter ... höhlt den Stein *gutta cavat lapidem* (lat., Zitat: Ovid)

Tropfstein 1. *Stalagmit,* der (gr.-lat., Pl. -en) von unten nach oben wachsend 2. *Stalaktit,* der (gr.-lat., Pl. -en) von oben nach unten wachsend

trostlos 1. *desolat* (lat.) z. B. das Gebäude befindet sich in e. desolaten Zustand 2. *trist* (lat.-fr.) i. S. von traurig

Trottel *Idiot,* der (gr.-lat., Pl. -en) auch: Schwachsinniger

Trottel, vulgär: Arschloch *Nerd,* der (am., Pl. -s) der Nerd ist e. rechts denkender Amerikaner: denkfaul, ungebildet, konfliktunfähig; merkwürdigerweise haben einige deutsche Blätter den jungen Bill Gates als Nerd bezeichnet u. den Ausdruck mit »intelligenten Eierkopf« übersetzt

trottelig *gaga* (fr.)

Trubel *Zirkus,* der (gr.-lat., ohne Pl.) i. S. von: »mach' keinen Zirkus!«; auch: *Zirkus,* der (gr.-lat.-fr., Pl. -se) »Kreis«; Kampfbahn im alten Rom; heute: Zelt mit Manege

Trübsinn *Melancholie,* die (gr.-lat., Pl. ...ien)

trübsinnig *melancholisch* (gr.-lat.)

trübsinniger Mensch *Melancholiker,* der (gr.-lat., Pl. –) nach den Temperamentstypen des Hippokrates: e. pessimistischer, schwermütiger Mensch, außerdem: Choleriker: jähzorniger –, Phlegmatiker: schwerfälliger, langsamer –, Sanguiniker: lebhafter, lebensbejahender Mensch

Trugbild 1. *Phantasie,* die (gr.-lat., ohne Pl.) 2. *Phantasma,* das (gr.-lat., Pl. ...men) 3. *Phantasmagorie,* die (gr., Pl. ...ien) 4. *Phantom,* das (gr.-lat.-fr., Pl. -e) Erscheinung; auch: Phantombild e. Täters nach Angaben e. Augenzeugen 5. *Schimäre,* die (gr.-lat.-fr., Pl. -n) 6. *Vision,* die (lat., Pl. -en) 7. *Fata Morgana,* die (it., Pl. ...nen, -s) Sinnestäuschung in heißen Wüsten, wird durch Luftspiegelung erzeugt 8. *Eidolon,* das (gr., Pl. ...la) auch: Abbild 9. *Halluzination,* die (lat., Pl. -en) bes.: Sinnestäuschung 10. *Potemkinsche Dörfer,* die (russ.-dt., nur Pl.) nach dem russ. Fürsten Potemkin (1739-1791) auch: Vorspiegelungen

trügerisch 1. *illusorisch* (lat.-fr.) 2. *phantasmagorisch* (gr.)

Trugwahrnehmung *Halluzination,* die (lat., Pl. -en) z. B. bei hohem Fieber

Trümmer *Ruinen,* die (lat.-fr., nur Pl.)

Trumpf ... *Atout,* das (fr., Pl. -s) ... im Kartenspiel von: à tout prix (um jeden Preis)

Trumpfkarte *Baste,* die (sp., Pl. -n) Treffas in diversen Kartenspielen

trunken *bacchantisch* (gr.-lat.)

Trunksucht *Potatorium,* das (lat., ohne Pl.) med.

Truppen anwerben *enrollieren* (fr.)

Truppenabteilung *Bataillon,* das (fr., Pl. -e) Unterabteilung e. Regiments; Abk.: Bat.; »Gott ist immer mit den stärksten Bataillonen.« (Friedrich der Große)

Truppeneinheit 1. *Regiment,* das (lat., ohne Pl.) rund 1000 – 2. *Division,* die (lat., Pl. -en) rund 10 000 –; auch: Teilung in der Mathematik; Ggs.: Multiplikation 3. *Korps,* das (lat.-fr., Pl. –) der größte Truppenverband, rund 100 000 –; nicht verw. mit *Chor,* der (gr.-lat., Pl. -e, Chöre) erhöhter Kirchenraum; auch: Gruppe von Sängern 4. *Bataillon,* das (lat.-it.-fr., Pl. -e) rund 800 – 5. *Kompanie,* die (lat.-it.-fr., Pl. ...ien) rund 180 Soldaten 6. *Legion,* die (lat., Pl. -en) röm. Einheit, anfangs rund 4000, später 7000 Mann 7. *Kohorte,* die (lat., Pl. -en) der 10. Teil e. röm. Legion, also rund 400 bis 700 Mann 8. *Manipel,* der (lat., ohne Pl.) Unterabteilung der röm. Kohorte, rund 130 bis 230 Soldaten

Truppenführung, geschickte ... *Taktik,* die (gr.-fr., Pl. -en) »Kunst der Anordnung u. Aufstellung« von Waffen, Fahrzeugen u. Soldaten

Truppenschau *Parade,* die (lat.-fr., Pl. -n) auch: Militärparade, Parademarsch

Truppenstandort *Garnison,* die (germ.-fr., Pl. -en)

Truppenstärke *Kontingent,* das (lat., Pl. -e)

Truppenübung *Manöver,* das (lat.-fr., Pl. –) z. B. Herbst- oder NATO-Manöver

Truppenunterkunft *Kaserne,* die (lat.-fr., Pl. -n) Gebäude zur Unterbringung von Soldaten in Friedenszeiten; »Vor der Kaserne, vor dem großen Tor, stand e. Laterne« (Hans Leip: »Lili Marleen«)

Truppenverpflegung *Furage,* die (fr., ohne Pl.)

Tuba, tiefe ... *Bombardon,* das (fr., Pl. -s) Blechinstrument

Tuch, rotes ... *Muleta,* die (sp., Pl. -s) ... mit der der Torero den Stier reizt

Tuch, weiches ... *Castor,* der (gr.-lat., ohne Pl.) ... aus bestem Wollstreichgarn; eigtl.: Biber

tüchtig 1. *patent* (lat.) 2. *vif* (lat.-fr.)

tückisch *perfide* (lat.-fr.)

Tugend *Moral,* die (lat.-fr., Pl. -en, selten)

Tugend, durch ... u. Beispiel *virtute et exemplo* (lat. Zitat: Joseph II.)

tugendhaft *moralisch* (lat.-fr.)

Tüll, feiner ... *Bobinet,* der (fr.-engl., Pl. -s) ... engl. Machart

Tumorgen *Onkogen,* das (gr.-lat., Pl. -e) ist dem normalen Gen (Proto-Onkogen) sehr ähnlich

tun, so ... 1. *fingieren* (lat.) bes.: vortäuschen 2. *mimen* (gr.-lat.) vorspielen 3. *prätendieren* (lat.-fr.) vorgeben: auch: fordern 4. *simulieren* (lat.) vortäuschen, z. B. e. Krankheit; scherzhaft: Simulierkugel (eingebildeter Kranker)

turbulent *dramatisch* (gr.-lat.) i. S. von: aufregend

türken *faken* (engl.-am.) fälschen, vortäuschen

Turm, Stufen... *Zikkurat,* die (assyr.-babylon., Pl. -s) babylon. Tempelanlage

Turnfest mit Schaudarbietungen *Gymnaestrada,* die (gr.-sp., Pl. -s)

Türvorhang *Portiere,* die (lat.-fr., Pl. -n)

TV-Einblendungen ... *Insert,* das (engl.-am., Pl. -s) ... mit Zusatzinformationen, z. B. der Name e. Sprechers; Hinweise zur Programmänderung

TV-Programm für Kassen ... *Check out Channel,* der (engl., Pl. -s) ... z. B. von Supermärkten; Spezialprogramm informiert über bes. Warenangebote, soll die Zeit vertreiben u. zu weiteren Käufen anregen

TV-Programmbereiche mit bes. Etiketten versehen *Label-Marketing,* das (engl., ohne Pl.) z. B. »Movie des Monats«, »der ergreifende TV-Roman«; Label-Marketing wenden auch Dienstleistungs- u. Produktionsgesellschaften an

Typ 1. *Genre,* das (lat.-fr., Pl. -s) auch: Gattung, Wesen 2. *Kategorie,* die (gr.-lat., Pl. ...ien) eigtl.: Grundaussage; auch: Gruppe, Klasse 3. *Spezies,* die (lat., ohne Pl.) bes. Art e. Gattung

Typ, fröhlicher ... *Sunshine Typ,* der (engl., Pl. -en)

Typ, Mann *Tschabo,* der (Begriff aus der dt. Szene-Sprache, Pl. -s) auch: Kerl
typisch 1. *charakteristisch* (gr.-lat.) bezeichnend 2. *repräsentativ* (lat.-fr.) 3. *signifikant* (lat.) auch: bedeutsam 4. *spezifisch* (lat.-fr.) kennzeichnend 5. *symptomatisch* (gr.) bezeichnend; auch: warnend

U

Übel *Malum,* das (lat., Pl. Mala) auch: Krankheit
Übelbefinden *Malaise,* die (lat.-fr., Pl. -n) auch: Unbehagen
Übelkeit 1. *Nausea,* die (gr.-lat., ohne Pl.) infolge hohen Seegangs auf e. Schiff 2. *Malaise,* die (lat.-fr., Pl. -n)
übelriechend 1. *fötid* (lat.) auch: stinkend (med.) 2. *putrid* (lat.) faulig (med.)
Übeltäter *Delinquent,* der (lat., Pl. -en)
üben 1. *exerzieren* (lat.) militärisch wiederholt üben 2. *trainieren* (lat.) einüben
über... *hyper* (gr.) hypersensibel: überempfindlich, hyperventilieren: zu starkes Atmen
Überangebot *Inflation,* die (lat., Pl. -en) eigtl.: das Aufschwellen; Erhöhung der Geldmenge gegenüber des Gütervolumens; Ggs.: Deflation
Überanstrengung *Defatigation,* die (lat., Pl. -en)
überarbeiten 1. *korrigieren* (lat.) verbessern 2. *redigieren* (lat.-fr.) e. Text bearbeiten, z. B. im Lektorat 3. *lektorieren* (lat.) als Lektor Manuskripte prüfen, überarbeiten
überaus viel *en masse* (fr.) nach dem Regen sprießen die Pilze im Wald en masse
überaus zart *ätherisch* (gr.-lat.) e. ätherisches Mädchen von 17 Jahren
Überbein *Ganglion,* das (gr., Pl. ...ien) auch: Nervenknoten
Überbetonung des Sexuellen *Erotismus* u. *Erotizismus,* der (gr.-lat., ohne Pl.)
Überbleibsel 1. *Relikt,* das (lat., Pl. -e) aus alter Zeit 2. *Reminiszens,* die (lat., Pl. -en) 3. *Rudiment,* das (lat., Pl. -e) Bruchstück, z. B. die Flügel der Strauße sind Rudimente (infolge von Nichtgebrauch im Laufe vieler Generationen verkümmert)
Überblick *Tour d'horizon,* die, der (gr.-lat.-fr., Pl. -s –) auch: Rundschau
Überblick verschaffen *orientieren* (lat.-fr.)
überdeckend *dominant* (lat.) z. B. bei Erbfaktoren; auch: vorherrschend, bestimmend; e. dominante Frau, die ihren Mann herumkommandiert
Überdruß an Grundrichtungen *Anti-Trend-Trend,* der (engl., ohne Pl.) Anhänger dieser Haltung wehren sich gegen alle Arten von Trends
Überdruß *Ennui,* der, das (lat.-fr., ohne Pl.) auch: Verdruß
überdüngt *eutroph* (gr.) z. B. eutrophe Felder sind e. Umweltbelastung
Übereifer *Fanatismus,* der (lat., ohne Pl.) i. S. e. überspannten Einsatzes für e. Idee, Schwärmerei; »Fanatismus ist e. explosive Mischung von Engstirnigkeit u. Energie.« (Herbert von Karajan)
übereinkommen 1. *arrangieren* (fr.) sich bei e. Meinungsverschiedenheit arrangieren 2. *stipulieren* (lat.) auch: festlegen
Übereinkommen 1. *Konvention,* die (lat.-fr., Pl. -en) i. S. e. völkerrechtlichen Vertrages: »Genfer Konvention« 2. *Agreement,* das (engl., Pl. -s) svw. Übereinkunft 3. *Arrangement,* das (fr., Pl. -s) 4. *Pakt,* der (lat., Pl. -e) politisches oder militärisches Bündnis: ehemaliger »Warschauer Pakt«, Beistandsabkommen der ehemaligen sozialistischen Staaten
Übereinkunft ... 1. *Kompromiß,* der (lat., Pl. ...misse) ... auf der Basis von Zugeständnissen; auch: Mittelweg; »Ein Kompromiß, das ist die Kunst, e. Kuchen so zu teilen, daß jeder meint, er habe das größte Stück bekommen.« (Ludwig Erhard) 2. *Stipulation,* die (lat., Pl. -en) auch: vertragliche Abmachung
übereinstimmen *korrespondieren* (lat.-fr.) auch: im Briefwechsel stehen
übereinstimmend 1. *identisch* (lat.) z. B. identische Augenzeugenberichte 2. *adäquat* (lat.) in e. Sache adäquat (entsprechend) vorgehen; Ggs.: inadäquat 3. *synchron* (gr.-lat.) i. S. von zeitgleich, synchron springen oder tanzen 4. *harmonisch* (gr.-lat.) gut zusammenpassend 5. *koinzident* (lat.) zusammenfallend 6. *konform* (lat.) auch: ähnlich 7. *kongruent* (lat.) z. B. kongruente Dreiecke; Ggs.: disgruent, inkongruent 8. *konkordant* (lat.) z. B. konkordante Gesteinsschichten 9. *konvergent* (lat.) Ggs.: divergent 10. *parallel* (gr.-lat.) i. S. von sich im gleichen Abstand auf e. Strecke bewegen
Übereinstimmende ... *Partei,* die (fr., Pl. -en) ... in politischen Fragen; »Die Partei ist der Wahn vieler zum Nutzen weniger.« (Alexander Pope) auch: im Zivilprozeß der Kläger oder der Beklagte
Übereinstimmung 1. *Harmonie,* die (gr.-lat., Pl. -n) er führt e. Ehe in Harmonie 2. *Analogie,* die (gr.-lat., Pl. ...ien) die Kriminalfälle zeigten e. auffallende Analogie 3. *Consensus,* der (lat., ohne Pl.) 4. *Konsens,* der (lat., Pl. -e) Einwilligung; Ggs.: Dissens; »... weil die SPD in der PDS-Frage den

Konsens der Demokraten gebrochen hat.« (Peter Hintze, CDU, 1998) 5. *Konvergenz,* die (lat., Pl. -en) Übereinstimmung von Zielen u. Meinungen; z. B. bei der Einführung des EUROs sind Konvergenzkriterien zu erfüllen 6. *Solidarität,* die (lat.-fr., ohne Pl.) Kameradschaftsgeist; »Aber beim Solidaritätszuschlag hört die Solidarität auf.« (H. Venske: G. Schröders geh. Tagebuch, 1997)

Übereinstimmung der Gelehrten *Idschma,* die (arab.) ... in e. best. Streitfrage des islamischen Rechts

Übereinstimmung von Kurs u. Nennwert *pari* (it.)

Übereinstimmung, als wohltuend empfundene ... *Harmonie,* die (gr.-lat., Pl. ...ien) »Zu Rita Süssmuth, unserer Harmoniegouvernante ... fällt mir gar nichts mehr ein.« (G. Schröders geh. Tagebuch von H. Venske, 1997)

überempfindlich 1. *allergisch* (gr.-lat.) 2. *hyperästhetisch* (gr.-lat.) z. B. bei Berührung 3. *sensitiv* (lat.) leicht reizbar 4. *mimosenhaft* (gr.-lat.) e. empfindliches Gemüt haben (nach den Blättern der Silberakazie, die sich bei Berührung abwärts klappen) 5. *sensibel* (lat.-fr.) empfindlich

Überempfindlicher *Allergiker,* der (gr., ohne Pl.)

Überempfindlichkeit *Allergie,* die (gr., Pl. ...ien)

Überempfindlichkeit gegenüber Sinnesreizen *Hyperästhesie,* die (gr.-lat., Pl. ...ien)

Überfahrt *Trajekt,* der (lat., Pl. -e) auch: Eisenbahnfährschiff

Überfall *Invasion,* die (lat.-fr., Pl. -en) i. S. e. Einfalls feindlicher Truppen

überfallen u. in Besitz nehmen *annektieren* (lat.-fr.)

überfeinert *ästhetisch* (gr.) auch: geschmackvoll

Überflieger, intellektueller ... *Eggie-Headie,* der (engl.-am., Pl. -s) ... ohne Bodenkontakt; auch: Eierkopf

Überfluß 1. *Opulenz,* die (lat., ohne Pl.) bez. Nahrungsmitteln 2. *Redundanz,* die (lat., Pl. -en) bes. reichlich vorhanden 3. *Abundanz,* die (lat., ohne Pl.) starkes Vorhandensein best. Tier- oder Pflanzenarten in e. Areal 4. *Pleonasmus,* der (gr.-lat., Pl. ...men) »Übermaß«; Verwendung sinngleicher Wörter: leider zu meinem Bedauern

überflüssig *pleonastisch* (gr.-lat.) mit überflüssigen Worten anhäufen

überfluten *transgredieren* (lat.)

Überführung *Transfer,* der (lat.-engl., Pl. -s) z. B. Transferleistung im Reiseverkehr

Überfunktion *Hyperfunktion,* die (gr.-lat., Pl. -en) z. B. von Drüsen; Ggs.: Hypofunktion

Übergang *Nuance,* die (lat.-fr., Pl. -n) z. B. feiner Übergang bei Farben

Übergang vom stärkeren zum schwächeren Ausdruck *Antiklimax,* die (gr., Pl. -e) ... vom Wichtigen zum weniger Wichtigen; Ggs.: Klimax

Übergangslösung 1. *Interim,* das (lat., Pl. -s) die vakante Position wird mit e. Interimsprokuristen besetzt 2. *Provisorium,* das (lat., Pl. ...ien)

Übergangsriten *Rites de passage,* die (fr., Pl.) auch: magische Reinigungsbräuche

Übergelaufener *Proselyt,* der (gr.-lat., Pl. -en) einst Heiden, die zum Judentum übertraten; heute abwertender Begriff: »Proselyten machen«, d. h. Personen beschwatzen, etwas zu kaufen; Übergetretener

übergenau *pedantisch* (gr.-it.-fr.) z. B. pedantisch seine Arbeit verrichten

Übergewand, weites ... der altgr. Kleidung *Himation,* das (gr., Pl. ...ien)

Übergewicht *Präponderanz,* die (lat.-fr., ohne Pl.) ... e. Staates in e. internationalen Bündnis, z. B. die USA in der NATO

Übergriff *Inkursion,* die (lat., Pl. -en) auch: Eingriff

Übergrößen, Vorliebe ... zu tragen *oversized* (engl.-am.) bes. in der Hip Hop-Szene anzutreffen; Trend zu den XXL-Größen

überhaupt *absolut* (lat.) e. Fehler absolut nicht eingestehen

überheblich 1. *arrogant* (lat.) 2. *hybrid* (gr.) vermessen 3. *süffisant* (lat.-fr.) spöttisch 4. *affektiert* (lat.) eingebildet 5. *blasiert* (fr.) hochnäsig 6. *snobistisch* (lat.-engl.) auch: geckenhaft

Überheblichkeit 1. *Arroganz,* die (lat., ohne Pl.) 2. *Hybris,* die (gr., ohne Pl.) frevelhafter Übermut

überholt 1. *anachronistisch* (gr.-lat.) 2. *antiquiert* (lat.) veraltet 3. *obsolet* (lat.) auch: ungebräuchlich

Über-Ich *Superego,* das (engl.-lat., ohne Pl.) Bez. aus der Psychoanalyse

überkleben *tektieren* (lat.) fehlerhaften Text mit e. Papierstreifen überkleben

überladen *bombastisch* (pers.-gr.-lat.-fr.-engl.) an seinem Geburtstag ließ er sich bombastisch feiern

Überladenheit *Bombast,* der (pers.-gr.-lat.-fr.-engl., ohne Pl.)

überlagernd *dominant* (lat.) bei Erbanlagen

Überlagerung 1. *Interferenz,* die (lat., Pl. -en) Überschneidung 2. *Superposition,* die (lat., Pl. -en) z. B. von Schwingungen überlagert

Überlandbus *Greyhound,* der (engl., Pl. -s) »Windhund«, Name e. bekannten Überlandbuslinie in den USA u. in Australien

überlaufen *desertieren* (fr.) z. B. fahnenflüchtig werden

Überläufer *Deserteur,* der (lat.-fr., Pl. -e)

Überleben, das ... der Stärkeren *survival of the fit-*

test (engl.) Bez. aus der Entwicklungslehre von Charles Darwin (1809-1882)

überlebt *passé* (lat.-fr.) z. B. der Minirock ist passé (hat sich überlebt)

überlegen 1. *deliberieren* (lat.) auch: beratschlagen 2. *kalkulieren* (lat.) e. Risiko kalkulieren; auch: e. Preis kalkulieren (errechnen) 3. *meditieren* (lat.) i. S. von: nachdenken 4. *reflektieren* (lat.) auch: spiegeln

überlegen (sein) *souverän* (lat.-fr.) eine Aufgabe souverän lösen

Überlegenheit 1. *Souveränität,* die (lat.-fr., ohne Pl.) 2. *Hegemonie,* die (gr., Pl. ...ien) »Oberbefehl«, i. S. e. politischen, kulturellen u. wirtschaftlichen Überlegenheit e. Staates

Überlegenheitsgefühl, moralisches u. intellektuelles ... 1. *Conspicuous Minimalism* (am.) ... trotz nicht vorhandener materieller Güter, auch: 2. *Status Substitution* (am.) jeweils e. Lebensstil- u. Überlebenstaktik im Heer der Reichen u. Superreichen

überlegt *reflektiert* (lat.) z. B. e. Problem von allen Seiten reflektieren (überdenken)

Überlegung 1. *Deliberation,* die (lat., Pl. -en) 2. *Kalkül,* das (lat.-fr., Pl. -e) i. S. von ins Kalkül ziehen: in die Überlegung einbeziehen 3. *Reflexion,* die (lat., Pl. -en) tiefere Überlegungen anstellen 4. *Räsonnement,* das (lat.-fr., Pl. -s) i. S. e. vernünftigen Überlegung 5. *Spekulation,* die (lat., Pl. -en) i. S. von: Annahme

überliefern *tradieren* (lat.) über Generationen weitergeben, z. B. tradierte Sitten

überliefert 1. *historisch* (gr.-lat.) auch: geschichtlich; »Ich hatte genügend zeithistorisches Wissen, um solch e. Fehler zu vermeiden.« (Rudolf Augstein, Spiegel-Herausgeber, 1983) 2. *tradiert* (lat.) weitergegeben

Überlieferung *Tradition,* die (lat., Pl. -en)

Übermaß 1. *Exorbitanz,* die (lat., Pl. -en) der Investor scheute die exorbitant (übermäßig) hohen Baukosten 2. *Exzeß,* der (lat., Pl. ...zesse) auch: Ausschweifung

übermäßig 1. *exorbitant* (lat.) besonders viel 2. *horrend* (lat.) z. B. horrende Preise

Übermut *Hybris,* die (gr., ohne Pl.) frevelhafte Vermessenheit

Übermut, sein ... ist gebrochen *ferocia eius fravta est* (lat., Zitat) auch: er hat sich die Hörner abgelaufen

Übermutterung *over-protection,* die (engl., Pl. -s) auch: e. übertriebene elterliche Fürsorge

Übernachtungsheim *Hospiz,* das (lat., Pl. -e) christlicher Gasthof

Übernahme e. fremden Schuld *Expromission,* die (lat., Pl. -en)

übernatürlich 1. *metaphysisch* (gr.-lat.) e. Schamane mit metaphysischen Fähigkeiten 2. *magisch* (pers.-gr.-lat.) svw. geheimnisvoll 3. *transzendent* (lat.) übersinnlich; Ggs.: immanent 4. *irrational* (lat.) i. S. von vernunftwidrig 5. *okkult* (lat.) geheim, verborgen 6. *paranormal* (gr.-lat.) übersinnlich 7. *spirituell* (lat.-fr.) i. S. von geistig u. geistlich 8. *dämonisch* (gr.-lat.) e. unheimliche Macht ausübend

übernehmen *rezipieren* (lat.) z. B. fremdes Kulturgut aufnehmen; nicht verw. mit *rezeptieren* (lat.) e. Rezept ausstellen (med.)

überprüfbar *verifizierbar* (lat.)

Überprüfbarkeit *Verifizierbarkeit,* die (lat., ohne Pl.)

überprüfen 1. *verifizieren* (lat.) Richtigkeit bestätigen; Ggs.: falsifizieren 2. *kontrollieren* (lat.-fr.) beaufsichtigen

Überprüfung 1. *Inspektion,* die (lat., Pl. -en) 2. *Revision,* die (lat., Pl. -en) auch: nochmalige Durchsicht; Überprüfung e. Urteils wegen möglicher Verfahrensmängel

überqueren *passieren* (lat.-fr.) auf dem Marsch mußten Sumpfgebiete passiert werden

überrascht *perplex* (lat.-fr.) über e. Nachricht perplex sein

Überraschung *Sensation,* die (lat.-fr., Pl. -en) z. B. Sensationsdarsteller

Überraschungseffekt *Gag,* der (engl., Pl. -s) z. B. Werbegag

Überreaktion, sozialkritische ... *kritische Hystery,* die (gr.-lat., Pl. ...ien) herrscht bes. z. Zt. in Deutschland in der Beurteilung von Problemen, (da doch nichts geschieht, bleibt das teilnahmslose Gaffen)

überreden *persuadieren* (lat.)

überredend *persuasiv, persuasorisch* (lat.)

Überredung *Persuasion,* die (lat., Pl. -en)

überreichen 1. *offerieren* (lat.) anbieten 2. *präsentieren* (lat.-fr.) auch: vorweisen

überreichlich *redundant* (lat.) in großer Menge vorhanden sein

Überreichlichkeit *Redundanz,* die (lat., Pl. -en) Überfluß; auch: mehrfache Kennzeichnung der selben Information

Überrest 1. *Relikt,* das (lat., Pl. -e) der Knochen ist e. Relikt aus der Steinzeit 2. *Fragment,* das (lat., Pl. -e) 3. *Reliquie,* die (lat., Pl. -n) Überrest e. Heiligen 4. *Rudiment,* das (lat., Pl. -e) Überbleibsel; z. B. die verkümmerten Flügel der Strauße

überschäumend *bacchantisch* (gr.-lat.) als seelischer Zustand

Überschlag 1. *Salto,* der (lat.-it., Pl. ...ti) beim Sprung dreht sich der Körper in der Luft; Salto mortale »Todessprung« (dreifacher Salto in großer Höhe) 2. *Looping*, der (engl., Pl. -s) Überschlag mit dem Flugzeug 3. *Flickflack;* auch: *Flicflac*, der (fr., Pl. -s) eigtl.: klipp klapp; Handstandüberschlag rückwärts in rascher Folge 4. *Kalkül*, das (lat.-fr., Pl. -e) Berechnung

Überschnappen, das ... der Stimme *Paraphonie*, die (gr., Pl. ...ien) im Stimmbruch oder bei Erregung

überschneiden 1. *interferieren* (lat.) überlagern 2. *kollidieren* (lat.) auch: zusammenstoßen

überschreitend *transgredient* (lat.)

Überschrift 1. *Headline*, die (engl., Pl. -s) Schlagzeile, große, manchmal reißerische Überschrift in e. Zeitung 2. *Titel*, der (lat., ohne Pl.) 3. *Lemma*, das (gr.-lat., Pl. -ta) Motto als Inhaltsangabe e. Buches 4. *Rubrik*, die (lat., Pl. -en) auch: Spalte

Überschriften u. Initialen malen *rubrizieren* (lat.) auch: in e. Rubrik einordnen

Überschriftenmaler *Rubrikator*, der (lat., Pl. ...oren) im Mittelalter üblich

Überschuß 1. *Surplus*, der (lat.-fr.-engl., Pl. –) 2. *Profit*, der (lat.-fr.-niederl.-engl., Pl. -e) Gewinn, Nutzen aus e. Sache, e. Tätigkeit erzielen 3. *Plus*, das (lat., Pl. –)

überschwemmen *inundieren* (lat.)

Überschwemmung 1. *Exundation*, die (lat., Pl. -en) 2. *Inundation*, die (lat., Pl. -en)

überschwenglich 1. *exaltiert* (lat.) überspannt 2. *exuberant* (lat.) auch: üppig

Überseedampfer 1. *Liner*, der (engl., Pl. –) 2. *Steamer*, der (engl., Pl. -s) Dampfer

überseeisch 1. *transmarin* (lat.) 2. *transatlantisch* (lat.-gr.) 3. *transozeanisch* (gr.-lat.)

übersehen, absichtlich ... *ignorieren* (lat.) nicht verw. mit *ignoszieren* (lat.) verzeihen; »Meine größte Angst ist es, recht zu haben u. ignoriert zu werden.« (Paul Saffo, Futurologe, 1998)

übersenden *transmittieren* (lat.) z. B. Nachrichten übertragen

übersetzen 1. *dolmetschen* (türk.-ung.) in e. andere Sprache 2. *transkribieren* (lat.) in e. andere Schrift übertragen; nicht verw. mit *transitieren* (lat.) durchführen

übersetzen, im Film *synchronisieren* (gr.-lat.) auch: zum Gleichlauf bringen

Übersetzer *Dolmetscher*, der (türk.-ung., Pl. –)

Übersetzer während des Sprechens *Simultandolmetscher*, der (lat.-türk.-ung., Pl. –)

Übersetzung 1. *Translation*, die (lat.-Pl. -en) 2. *Traduktion*, die (lat., Pl. -en) 3. *Metaphrase*, die (gr.-lat., Pl. -n) die erklärende Wortwiederholung

Übersetzung von IP-Adressen (Zahlen) in Text-Adressen (www.lupus) *Domain Name Service*, der (engl., Pl. -s) kurz: DNS (Internet-Bez.)

Übersetzungsprogramm *Assembler*, der (lat.-fr.-engl., Pl. –) aus der EDV: Programm, das e. symbolischen Code in den äquivalenten Maschinencode übersetzt u. e. Assemblerliste produziert

Übersicht 1. *Brevier*, das (lat., Pl. -e) als Kurzübersicht 2. *Resümee*, das (lat.-fr., Pl. -s) Zusammenfassung 3. *Synopse;* auch: *Synopsis*, die (gr.-lat., Pl. ...opsen) »Zusammenschau«, vergleichende Gegenüberstellung von Texten o. ä. 4. *Tabelle*, die (lat., Pl. -n)

Übersicht als Anhang ... *Tabellarium*, das (lat., Pl. ...ria) ... e. Buches

Übersichtigkeit *Hypermetropie*, die (gr.-lat., ohne Pl.) Weitsichtigkeit (med.); Ggs.: Myopie: Kurzsichtigkeit

übersichtlich 1. *strukturiert* (lat.) 2. *tabellarisch* (lat.)

übersichtlich in Tabellen ordnen *tabellarisieren* (lat.)

übersinnlich 1. *metaphysisch* (gr.-lat.) z. B. metaphysische Fähigkeiten haben 2. *parapsychisch* (gr.-lat.) 3. *transzendent* (lat.) übernatürlich 4. *irrational* (lat.) nicht faßbar; Ggs.: rational 5. *magisch* (gr.-lat.) zauberhaft 6. *okkult* (lat.) i. S. von geheim in übersinnlichen Dingen 7. *paranormal* (gr.-lat.) 8. *spirituell* (lat.-fr.) auch: geistig

Übersinnliches *Transzendenz*, die (lat., ohne Pl.)

überspannt 1. *exzentrisch* (gr.-lat.) auch: verschroben, Stars des Showgeschäfts sind bisweilen exzentrisch 2. *exaltiert* (lat.-fr.) 3. *extravagant* (lat.-fr.) ausgefallen 4. *hysterisch* (gr.-lat.) übertrieben nervös; »Ohne Sex werde ich hysterisch.« (Helmut Berger, Schauspieler, 1998)

Überspanntheit 1. *Exzentrizität*, die (gr.-lat., Pl. -en) Verschrobenheit 2. *Exaltation*, die (lat.-fr., Pl. -en) 3. *Extravaganz*, die (lat.-fr., ohne Pl.)

Überspielen, das ... e. Programms in die Sektion ... *Uploaden*, das (engl.-am., ohne Pl.) to load up (aufladen) ... eines Boards (spezielle Mailbox)

Überspielung *Overstatement*, das (engl., Pl. -s) i. S. von Übertreibung

überstaatlich 1. *supranational* (lat.) z. B. e. Europäische Zentralbank als supranationale Institution gründen 2. *international* (lat.); Ggs.: national

Überstaatlichkeit *Internationalität*, die (lat., ohne Pl.)

übersteigert 1. *hybrid* (gr.) vermessen 2. *radikal* (lat.-fr.) »an die Wurzel gehend«, i. S. von: gründlich

überstimmen *majorisieren* (lat.) z. B. mit e. Stimmenmehrheit e. Entscheidung durchsetzen

überstreng *hyperkritisch* (gr.) tadelsüchtig

übertragbar 1. *zessibel* (lat.) z. B. Einkommen, das

e. Bank zur Kreditsicherung teilweise übertragen wird 2. *transferabel* (lat.-engl.) in Fremdwährung übertragbar

übertragen 1. *delegieren* (lat.) z. B. Aufgaben delegieren 2. *transferieren* (lat.-engl.) z. B. Geld ins Ausland 3. *transmittieren* (lat.) Nachrichten übertragen 4. *transfundieren* (lat.) med., z. B. Blut nach e. schweren Unfall 5. *transkribieren* (lat.) in e. andere Schrift übertragen 6. *transponieren* (lat.) z. B. e. Tonstück in e. andere Tonart übertragen; nicht verw. mit *transportieren* (lat.-fr.-engl.) befördern

übertragen *metaphorisch* (gr.-lat.) i. S. e. bildhaften Übertragung, z. B. der Großvater, das Haupt der Familie

Übertragung 1. *Delegation,* die (lat., Pl. -en) auch: Abordnung 2. *Transferierung,* die (lat.-engl., Pl. -en) Geld ins Ausland 3. *Transfusion,* die (lat., Pl. -en) Bluttransfusion 4. *Translation,* die (lat., Pl. -en) Textübersetzung in e. fremde Sprache 5. *Metapher,* die (gr.-lat., Pl. -n) bildliche Übertragung; z. B. der Großvater als Familienoberhaupt

Übertragung in e. andere Schrift *Transkription,* die (lat., Pl. -en) auch: Umschreibung e. Musikstückes

Übertragung, asynchrone ... *ATM,* das (engl.-am., Pl. -s) Abk. für: Asynchronus Transfer Mode; zur Zeit das modernste Verfahren zur Datenübertragung; ATM-Netze bestehen aus Glasfaserleitungen; Geschwindigkeit: rund 160 Millionen Bits pro Sekunde; Einsatz: Videokonferenzen

Übertragung, zu häufige ... best. Sendungen *Overkill,* der (engl., ohne Pl.) auch: Situation, in der mehr Waffen vorhanden sind als nötig, um den Gegner zu vernichten

Übertragungen *Transferzahlungen,* die (lat.-engl.-dt., nur Pl.) Zahlungen des Staates an private Haushalte ohne Gegenleistung, z. B. Wohn- oder Kindergeld

übertreiben 1. *reesen* (engl.) Seemannspr. i. S. von »Seemannsgarn spinnen« 2. *dramatisieren* (lat.) aufregend darstellen

übertreibend *exzessiv* (lat.) auch: außerordentlich

Übertreibung *Overstatement,* das (engl., Pl. -s) Ggs.: Understatement

Übertreibung, dazu neigen *Hyperboliker,* der (gr.-lat., Pl. –)

übertreten *konvertieren* (lat.-fr.) zu e. anderen Glauben übertreten; auch: inländische gegen ausländische Währung tauschen

übertrieben 1. *exorbitant* (lat.) z. B. exorbitante Gewinne machen 2. *extravagant* (lat.-fr.) sich extravagant gebärden 3. *theatralisch* (gr.-lat.) z. B. theatralisch (unnatürlich) auftreten

übertrieben darstellen *outrieren* (lat.-fr.)

übertrieben genau *pedantisch* (gr.-it.-fr.) er führte seine Arbeit aus, pedantisch, wie ein Buchhalter

übertrieben modern *hypermodern* (lat.-fr.)

übervorteilen *neppen* (ugs.) in der Bar »Zum Piraten« wurden Gäste geneppt

Übervorteilung *Nepp,* der (ugs., ohne Pl.) z. B. Nepplokal

überwachen 1. *inspizieren* (lat.) »besichtigen«; prüfen 2. *kontrollieren* (lat.-fr.) beaufsichtigen

Überwacher *Dispatcher,* der (engl.-am., Pl. –) auch: Versender

überwältigen *opprimieren* (lat.) auch: bedrücken

überwältigend 1. *grandios* (lat.-it.) z. B. e. grandioses Landschaftsbild 2. *imposant* (lat.-fr.) er war e. imposante Erscheinung

überzeugend 1. *evident* (lat.) für seine Handlungsweise hatte er evidente Argumente 2. *persuasiv* u. *persuasorisch* (lat.) auch: überredend 3. *plausibel* (lat.-fr.) einleuchtend

Überziehanzug *Overall,* der (engl., Pl. -s) i. S. e. einteiligen Anzugs; auch: »Blaumann«

überziehen, Metallteile mit Aluminium ... 1. *aluminieren* (lat.) 2. *eloxieren* (Eigenn.) mit Eloxal (elektrisch oxydiertes Aluminium) überziehen

üblich 1. *regulär* (lat.) gewöhnlich; reguläre Truppen; Ggs.: irregulär 2. *traditionell* (lat.-fr.) überliefert

U-Boot, Fernrohr e. ... *Periskop,* das (gr.-lat., Pl. -e) ausfahrbares Fernrohr

übrigens 1. *apropos* (fr.) 2. *notabene* (lat.) 3. *ad vocem* (lat.)

Übung macht den Meister *exercitatio artem parat* (lat., Zitat) auch: Übung verschafft Kunst

Übung *Training,* das (engl., Pl. -s) i. S. e. körperlichen Ertüchtigung

Übung, akrobatische ... *Spagat,* der, das (it., Pl. -e) ... bei der die Beine so gespreizt werden, daß das Gesäß den Boden berührt; »Spagat ist mein Hobby.« (Gerhard Schröders geh. Tagebuch von H. Venske, 1997) auch: Bindfaden

Übung, geistliche oder militärische ... *Exercitium,* das (lat., Pl. ...ien) auch: Hausarbeit

Übungsplatz ... *Driving-Range,* die (engl., Pl. -s) ... für alle Golfschläge

Übungsrasen, kurzgeschorener ... *Putting Green,* der (engl., Pl. -s) ... auf dem man das Einlochen (Putting) üben kann (Golfbez.)

Übungsstück *Etüde,* die (lat.-fr., Pl. -n) musik.

Ufer, über die ... treten *exundieren* (lat.)

Uferzone 1. *Litoral,* das (lat., Pl. -e) 2. *Sahel,* der (arab., ohne Pl.) auch: Südrand der Sahara

Uhr 1. *Chronometer,* das (gr.-lat., Pl. –) sehr genau gehende Uhr 2. *Horolog,* das (gr.-lat., Pl. -e)

Uhrpendel *Perpendikel,* das (lat., Pl. –)

Ulk 1. *Jokus,* der (lat., Pl. -se) 2. *Jux,* der (lat., Pl. -e)
um jeden Preis 1. *à tout prix* (fr.) 2. *partout* (fr.)
um sich greifen *grassieren* (lat.) auch: wüten z. B. Seuchen oder e. Grippewelle
umändern *variieren* (lat.-fr.)
Umarmung ... *Akkolade,* die (lat.-fr., Pl. -n) ... feierliche bei der Aufnahme in e. Ritterorden; auch: geschweifte Klammer, die Zeilen zusammenfaßt
Umbesetzung *Revirement,* das (fr., Pl. -s) Wechsel in der Ämterbesetzung
umblättern *verte!* (lat.) svw. »bitte wenden!«
umbringen 1. *liquidieren* (lat.-it.) i. S. von jmdn. töten; auch: e. Geschäft auflösen; e. Forderung in Rechnung stellen, z. B. der Arzt liquidiert für seine Dienste 2. *eliminieren* (lat.) ausschalten 3. *lynchen* (engl.) jmdn. ohne Urteil töten, nach dem nordam. Pflanzer Charles Lynch 4. *killen* (engl.) i. S. von töten
Umdrehung *Tour,* die (gr.-lat.-fr., Pl. -en) auf vollen Touren verbraucht das Auto am meisten Benzin
Umerziehung *Reedukation,* die (lat.-engl., Pl. -en)
Umfang 1. *Dimension,* die (lat., Pl. -en) Ausmaß 2. *Perimeter,* der (gr., Pl. –) Umfang e. Figur 3. *Perimeter,* das (gr., Pl. –) Gerät zur Bestimmung des Gesichtsfeldes 4. *Volumen,* das (lat., Pl. ...mina) Rauminhalt; auch: e. Person mit bes. Volumen (Umfang)
umfangreich 1. *voluminös* (lat.-fr.) 2. *exhaustiv* (lat.) umfangreich, vollständig
Umfangslinie *Peripherie,* die (gr.-lat., Pl. ...ien) ... e. Kreises; auch: am Stadtrand gelegen
umfassend 1. *extensiv* (lat.) 2. *global* (lat.) e. globale Lösung anstreben 3. *komplex* (lat.) auch: vielschichtig 4. *profund* (lat.-fr.) gründlich 5. *universal* (lat.-fr.) allgemein; auch: weltweit
Umfeld *Milieu,* das (lat.-fr., Pl. -s) das bes. soziale Milieu prägte die Entwicklung des Straffälligen
umformen 1. *modifizieren* (lat.) abwandeln 2. *transformieren* (lat.) auch: umwandeln
Umformer *Transformator,* der (lat., Pl. -en)
Umformung *Transformation,* die (lat., Pl. -en)
Umfragen, auf Meinungs... bezogen *demoskopisch* (gr.-lat.) »... Schröder ist e. demoskopische Vernunftgeburt für den Wählerfang.« (Guido Westerwelle, F.D.P., 1998)
umgänglich *konziliant* (lat.-fr.) versöhnlich
Umgänglichkeit *Soziabilität,* die (lat., ohne Pl.)
Umgangsformen 1. *Allüre,* die (lat.-fr., nur Pl.) i. S. von: »Der Typ hat aber merkwürdige Allüren!« 2. *Etikette,* die (niederl.-fr., Pl. -n) i. S. feiner, gesellschaftlicher Umgangsformen; nicht verw. mit *Etikett,* das (niederl.-fr., Pl. -e[n]) mit e. Aufschrift versehenes Schildchen, Klebeetikett 3. *Manieren,* die (lat.-fr., meist Pl.) »e. Rüpel ohne Manieren!« 4. *Konvention,* die (lat.-fr., Pl. -en) Verhaltensnorm; auch: völkerrechtlicher Vertrag
Umgangssprache *Slang,* der (engl., Pl. -s)
Umgangssprache, die durchsetzt wird mit Werbesprüchen ... *O'Propriation,* die (engl., Pl. -s) »Aneignung« ... u. Einfügungen alter Unterhaltungssendungen, um witzige Effekte zu erzielen
Umgebung 1. *Ambiente,* das (lat.-it., ohne Pl.) e. Seerestaurant mit gediegenem Ambiente 2. *Milieu,* das (lat.-fr., Pl. -s) z. B. Arbeitsmilieu, e. milieugeschädigtes Kind 3. *Kontext,* der (lat., Pl. -e) im Zusammenhang 4. *Sphäre,* die (gr.-lat.-fr.) Wirkungskreis; auch: Himmelsgewölbe
umgehen *grassieren* (lat.) e. Gerücht oder e. Seuche grassiert
umgehend *prompt* (lat.-fr.) etwas prompt erledigen
umgekehrt 1. *invers* (lat.) Funktionen in der Math.: das Vertauschen von variablen Größen 2. *reziprok* (lat.) z. B. der reziproke Wert e. Bruches in der Math. 3. *vice versa* (lat.) kurz: v.v. 4. *invertiert* (lat.) auch: zum eigenen Geschlecht hin empfindend (homosexuell) med.
umgestaltend *reformatorisch* (lat.)
Umgestalter 1. *Reformator,* der (lat., Pl. ...oren) Martin Luther, der Reformator des christlichen Glaubens 2. *Reformer,* der (lat.-fr.-engl., Pl. –) 3. *Reorganisator,* der (gr.-lat.-fr., Pl. -en)
Umgestaltung 1. *Restrukturierung,* die (lat., Pl. -en) 2. *Transformation,* die (lat., Pl. -en) auch: Umwandlung 3. *Reform,* die (lat., Pl. -en) i. S. von Neuordnung; z. B. Währungsreform; »Ist e. Bedürfnis zu e. Reform in e. Volke vorhanden, ist Gott mit ihm, und sie gelingt.« (Joh. Peter Eckermann)
umgraben *rigolen* (niederl.-fr.) auch: pflügen
Umhang 1. *Cape,* das (lat.-engl., Pl. -s) 2. *Capa,* die (lat.-sp., Pl. -s) der farbige Umhang der Stierkämpfer 3. *Pelerine,* die (lat.-fr., Pl. -n) ärmelloser Regenumhang 4. *Stola,* die (gr.-lat., Pl. ...len) altröm. Obergewand; langer Umhang aus Stoff oder Pelz 5. *Aba,* die (arab., Pl. -s) sackartiger Mantelumhang der Araber; auch: grober Stoff
Umhang der Berberfrauen *Sefsari,* der (Berbersprache)
Umhang der Römer *Lacerna,* die (lat., Pl. ...nen) wurde über der Toga getragen
Umhang kaukasischer Völker *Beschmet,* der (tatarisch, ohne Pl.) auch: umhangartige Kleidung der Türken
umherschweifen *vagieren* (lat.-fr.)
Umherschweifende, die ... *Vulgivaga,* die (lat., ohne Pl.) nach der beleidigenden Bez. der röm. Liebesgöttin Venus

Umherstreifer ... 1. *Grazer,* der (engl.-am.) ... will in der In-Szene gesehen werden; auch jmd., der mit der Fernbedienung durch das TV-Programm »streift«, um die Höhepunkte mehrerer Filme zu sehen 2. *Zapper,* der (engl.-am.) geht bei dem Umherstreifen nicht so »professionell« vor 3. *Switcher,* der (engl.-am.) streift gedankenlos durch die TV-Programme

Umherziehen, das ... auf der Suche nach e. Sexpartner *Cruising,* das (engl.-am., ohne Pl.)

umherziehend *vagil* (lat.) z. B. Tiere, die kein best. Biotop brauchen

Umherziehender, ohne festen Wohnsitz 1. *Traveller,* der (engl., Pl. -s) »Reisender«; in England verbreitetes Phänomen von arbeits- u. wohnungslosen Menschen, die meist in Wohnwagen e. Zigeunerdasein führen 2. *Tramp,* der (engl., Pl. -s) Landstreicher, umherziehender Gelegenheitsarbeiter 3. *Berber,* der (nordafr. Volk, Pl. –) Nichtseßhafter

Umhüllung *Emballage,* die (germ.-fr., Pl. -n) auch: Verpackung

umkehrbar 1. *reversibel* (lat.) z. B. reversibele, chemische Prozesse; Ggs.: irreversibel 2. *anazyklisch* (gr.-lat.) z. B. Wörter, die vorwärts u. rückwärts gelesen den gleichen Wortlaut ergeben: »Anna«

Umkehrbarkeit *Reversibilität,* die (lat., ohne Pl.)

umkehren *invertieren* (lat.)

Umkehrschluß, aufgrund e. ... *e contrario* (lat.)

Umkehrung ... *Inversion,* die (lat., Pl. -en) ... des Geschlechtstriebs; auch: Umstülpung e. Organs, z. B. der Gebärmutter (med.)

Umkehrung der Stromrichtung *Kommutierung,* die (lat., ohne Pl.)

Umkehrwort *Palindrom,* das (gr.-lat., Pl. -e) z. B. Neger – Regen

Umklammerung ... *Clinch,* der (engl., ohne Pl.) ... des Gegners im Boxkampf; mit jmdn. im Clinch sein

Umkleideraum 1. *Garderobe,* die (germ.-fr., Pl. -n) 2. *Kabine,* die (lat.-fr., Pl. -n)

umkommen *krepieren* (lat.-it.) verenden; auch: platzen; z. B. Rohrkrepierer

Umkreis *Zirkumferenz,* die (lat., Pl. -en); auch: Umfang

Umlauf *Zirkulation,* die (gr.-lat., Pl. -en) z. B. die Luftzirkulation in e. Raum

Umlaufaufzug *Paternoster,* der (lat., Pl. –)

Umlaufbahn *Orbit,* der (lat.-engl., Pl. -s) Satelliten, Raumstationen, die sich auf Bahnen, z. B. um die Erde bewegen

umlaufen 1. *zirkulieren* (gr.-lat.) 2. *kursieren* (lat.) es kursiert e. Gerücht

Umlaufzeit *Periode,* die (gr.-lat., Pl. -n) z. B. Umlaufzeit e. Sterns; auch: Regel, Monatsblutung, Menstruation der Frau; Zahlengruppe einer unendlichen Dezimalzahl, die sich wiederholt: 0,34 536 536

umrändert *haloniert* (gr.-lat.) z. B. dunkel halonierte Augen (med.)

umreißen *skizzieren* (it.) z. B. e. Bauprojekt

Umriß 1. *Kontur,* die (gr.-lat., Pl. -en) 2. *Profil,* das (lat.-it., Pl. -e) Seitenansicht (eines Gesichts); auch: Riffelung bei Autoreifen, Schuhsohlen; Profilsohlen 3. *Silhouette,* die (fr., Pl. -n) die Silhouette der Berge leuchtet in der Abendsonne 4. *Skyline,* die (engl., Pl. -s) e. Stadt mit Hochhäusern aus der Ferne gesehen

umrissen *zirkumskript* (lat.) i. S. von scharf abgegrenzt

Umrißlinie *Kontur,* die (fr., Pl. -en) »Ja, sie (die SPD) will Konturen u. Alternativen verwischen ...« (Theo Waigel, CSU, Minister, 1998)

Umsatzbeteiligung *Provision,* die (lat.-it., Pl. -en)

Umschlag 1. *Fomentation,* die (lat., Pl. -en) als warmer Wickel 2. *Kompresse,* die (lat.-fr., Pl. -n) i. S. e. feuchten Umschlags 3. *Cover,* das (engl., Pl. -s) z. B. der Plattenumschlag 4. *Kuvert,* das (lat.-fr., Pl. -e od. -s) Briefumschlag

umschreiben *paraphrasieren* (gr.-lat.) i. S. von verdeutlichen

Umschreibung *Euphemismus,* der (gr.-lat., Pl. ...men) i. S. e. beschönigenden Umschreibung

Umschreibung, alttestamentarische ... für den Gottesnamen *Adonai* (ohne Artikel, hebr., ohne Pl.) ... »Jahwe«, der aus Ehrfurcht nicht genannt werden durfte

Umschreibung, harmlose ... *politically correct* (engl.-am.) ... um jede Diskriminierung zu umgehen, heißt es nicht: »zu klein geraten«, sondern: «vertikal herausgefordert«, nicht: »behindert«, sondern: »anders begabt«

Umschweife 1. *Brimborium,* das (lat.-fr., ohne Pl.) unnötiges Aufheben 2. *Sperenzchen* u. *Sperenzien,* die (lat.-it., nur Pl.) »Sperenzchen machen«, i. S. von: Ausflüchte –, Umstände machen

Umschwung *Peripetie,* die (gr., Pl. ...ien) bes. Wendepunkt z. B. in e. Drama

umsonst *gratis* (lat.) kostenlos

Umstand 1. *Malaise,* die (lat.-fr., Pl. -n) unglücklicher Umstand 2. *Faktor,* der (lat., Pl. ...oren) eigtl.: Macher; auch: Gesichtspunkt

Umstände 1. *Schlamassel,* der (jdd., ohne Pl.) böse Umstände 2. *Kontext,* der (lat., Pl. -e) umgebender Zusammenhang 3. *Modalitäten,* die (lat., nur Pl.) Art u. Weise der Vertragsabwicklung 4. *Modalität,* die (lat., Pl. -en) Art u. Weise des Denkens (philos.) 5. *Situation,* die (lat.-fr., Pl. -en) Zustand

Umstände, unter allen ... 1. *absolut* (lat.-fr.) »losgelöst«; unbedingt 2. *partout* (fr.) i. S. von: durchaus
umständlich 1. *kompliziert* (lat.) 2. *diffizil* (lat.-fr.) auch: schwierig
Umstandskrämer *Pedant,* der (gr.-it.-fr., Pl. -en)
Umstandswort *Adverb,* das (lat., Pl. -ien)
umstandswörtlich *adverbial* (lat.) d. h. als Umstandswort gebraucht
Umstellbarkeit *Kommutation,* die (lat., Pl. -en) Math.: Faktoren können bei der Multiplikation umgestellt werden: 7·12 zu 12·7
umstellen 1. *invertieren* (lat.) auch: umkehren 2. *kommutieren* (lat.) vertauschen 3. *permutieren* (lat.) auch: vertauschen; Elemente ändern (Math.)
Umstellung *Permutation,* die (lat., Pl. -en) das Vertauschen
Umstülpung des Augenlides *Entropium,* das (gr.-lat., Pl. ...ien) nach innen (krankhaft) med.
Umsturz 1. *Revolution,* die (lat., Pl. -en) 2. *Putsch,* der (schweiz., Pl. -e) Stoß; auch: Militärputsch
umstürzt, e., der Bestehendes ... *Revolutionär,* der (lat.-fr., Pl. -e) »Wir Revolutionäre gehen nie in Pension.« (Fidel Castro, Staatschef von Kuba, 1997)
umtauschbar *konvertibel* (lat.-fr.) konvertibele Währungen werden an der Devisenbörse gehandelt; auch: Datenkonvertierung, Daten der EDV werden von e. Gerätetyp zu e. anderen übermittelt
umtauschen *konvertieren* (lat.-fr.) von Währungen
umwälzend *revolutionär* (lat.-fr.) im 19. Jh. war der Einsatz von Maschinen in England revolutionär: Beginn der industiellen Revolution
Umwälzung *Revolution,* die (lat.-fr., Pl. -en) i. S. von Umsturz; »Die Revolution frißt ihre eignen Kinder.« (Georg Büchner: »Dantons Tod«)
umwandeln 1. *metamorphosieren* (gr.-lat.) die Gestalt ändern 2. *revolutionieren* (lat.-fr.) grundlegend ändern
Umwandler *Transformator,* der (lat., Pl. -en)
Umwandler von Schallwellen ... *Mikrophon,* das (gr., Pl. -e) ... in elektrische Schwingungen; »Mikrophone sind das einzige, das sich die Politiker gern vorhalten lassen.« (Günther Müggenburg)
Umwandlung 1. *Investition,* die (lat., Pl. -en) i. S. e. Wandlung von Geld in Sachwerte, die der Produktion u. neuen Arbeitsplätzen dienen 2. *Evolution,* die (lat., Pl. -en) allmähliche Entwicklung, z. B. vom Affen zum Menschen; Theorie von Charles Darwin (1809-1882) 3. *Konversion,* die (lat., Pl. -en) Übertritt von e. Konfession zu e. anderen 4. *Metamorphose,* die (gr.-lat., Pl. -n) z. B. Entwicklung vom Ei zum Vogel 5. *Transformation,* die (lat., Pl. -en)
Umwandlung der Stoffe *Chemie,* die (arab.-roman., ohne Pl.) Naturwissenschaft, die sich mit den Eigenschaften u. Umwandlungen der Stoffe u. ihrer Verbindungen befaßt; »Chemie ist, wenn es knallt u. stinkt.« (Schülerspruch)
Umwelt 1. *Ambiente,* das (lat.-it., ohne Pl.) 2. *Milieu,* das (lat.-fr., Pl. -s) auch: Umfeld, Lebensraum
Umwelt, sich an die ... anpassen 1. *adaptieren* (lat.) 2. *akklimatisieren* (gr.-lat.) an e. anderes Klima gewöhnen 3. *assimilieren* (lat.) anpassen, z. B. Naturvölker an die Industriegesellschaft
Umweltbedingungen, schlechteste ... *Pessimum,* das (lat., Pl. ...ma) ... für Tier u. Pflanze
Umweltforschung *Environtologie,* die (fr.-engl., ohne Pl.)
umweltgerecht *ökologisch* (gr.-lat.) nicht verw. mit *ökonomisch* (gr.-lat.) sparsam
Umweltlehre *Ökologie,* die (gr.-lat., ohne Pl.)
Umweltschutzorganisationen 1. *Greenpeace,* der (engl., ohne Pl.) international, 1971 gegründet 2. *Sierra Club,* der (am., ohne Pl.) am. Organisation 3. *Friends of the Earth,* die (am., nur Pl.) Freunde der Erde (am. Organisation) 4. *Wildlife Service,* der (am., ohne Pl.) 5. *Conservationists,* die (am., nur Pl.)
Umweltwissenschaft *Ökologie,* die (gr.-lat., ohne Pl.) nicht verw. mit *Ökonomie,* die (gr.-lat., Pl. ...ien) Wirtschaftswissenschaft
Umweltzerstörung, systematische ... *Ökozid,* der (lat., Pl. -e)
umwerben *poussieren* (lat.-fr.) auch: flirten
umzingeln *zernieren* (lat.-fr.) z. B. Festungsmauern
Umzüchtung *Domestikation,* die (lat., Pl. -en) Züchtung von Haustieren aus Wildtieren
Umzug, kirchlicher ... *Prozession,* die (lat., Pl. -en) feierlicher Bittgang
unabhängig 1. *autark* (gr.) z. B. e. von Importen unabhängiger Staat 2. *autonom* (gr.) e. autonomer (politisch unabhängiger) Staat 3. *emanzipiert* (lat.) z. B. e. emanzipierte Frau sein 4. *neutral* (lat.) unparteiisch 5. *objektiv* (lat.) 6. *souverän* (lat.-fr.) eigtl.: überlegen 7. *independent* (engl.)
Unabhängigkeit 1. *Autarkie,* die (gr., Pl. -n) wirtsch. Unabhängigkeit vom Ausland 2. *Autonomie,* die (gr., Pl. -n) politische Unabhängigkeit 3. *Souveränität,* die (lat.-fr., ohne Pl.) i. S. e. souveränen Staates
Unabhängigkeitsangst *Cinderellakomplex,* der (ohne Pl.) die heimliche Angst mancher Frauen vor der Selbständigkeit

Unabhängigkeitsbewegung *Irredenta,* die (lat.-it., Pl. ...ten) politische Bewegung, die den Anschluß abgetrennter Gebiete an das Mutterland fordert

Unabhängigkeitstag *Independence Day,* der (engl.-am., ohne Pl.) der USA (4. Juli)

unachtsam *negligeant* (lat.-fr.) i. S. von sorglos

Unachtsamkeit *Negligenz,* die (lat.-fr., Pl. -en) Sorglosigkeit

unanfechtbar *irrevisibel* (lat.-fr.) Ggs.: revisibel

unangebracht 1. *inopportun* (lat.) unzweckmäßig; Ggs.: opportun 2. *deplaciert* (fr.) sich in e. Gesellschaft deplaciert (fehl am Platz) fühlen

Unangebrachtsein *Inopportunität,* die (lat., Pl. -en) Ggs.: Opportunität

unangemessen 1. *inadäquat* (lat.) Ggs.: adäquat 2. *inkorrekt* (lat.) auch: fehlerhaft, unrichtig; Ggs.: korrekt

unangenehm 1. *fatal* (lat.) z. B. e. fatalen (verhängnisvollen) Fehler begehen 2. *genant* (germ.-fr.) peinlich 3. *unsympatisch* (dt.-gr.) »Die Deutschen sind auf sehr unsympatische Weise Weltmeister im Jammern.« (Helmut Kohl, 1997) Ggs.: sympatisch

unannehmbar 1. *inakzeptabel* (lat.) z. B. e. inakzeptablen Vorschlag machen; Ggs.: akzeptabel 2. *indiskutabel* (lat.) nicht erörterungswert; Ggs.: diskutabel

Unannehmbarkeit *Inakzeptabilität,* die (lat., ohne Pl.) Ggs.: Akzeptabilität

Unannehmlichkeit 1. *Malesche,* die (fr., Pl. -n) 2. *Trouble,* der (engl., ohne Pl.) i. S. von Ärger, Unruhe

unanständig 1. *obszön* (lat.) 2. *ordinär* (lat.-fr.) i. S. von unfein

Unanständigkeit *Obszönität,* die (lat., Pl. -en)

unantastbar 1. *sakrosankt* (lat.) auch: heilig 2. *tabu* (polynes.)

unaufdringlich 1. *dezent* (lat.) das Mädchen hatte sich dezent geschminkt 2. *diskret* (lat.-fr.) i. S. von zurückhaltend

Unaufdringlichkeit 1. *Dezenz,* die (lat., ohne Pl.) 2. *Diskretion,* die (lat.-fr., ohne Pl.) e. Gentleman übt sich in Diskretion

unauffällig 1. *diskret* (lat.-fr.) unaufdringlich 2. *dezent* (lat.) z. B. vornehm-unauffällig kleiden

unaufgefordert *spontan* (lat.) sich spontan zu Wort melden

unaufhörlich 1. *konstant* (lat.) gleichbleibend 2. *kontinuierlich* (lat.) stetig; Ggs.: diskontinuierlich 3. *permanent* (lat.) dauernd 4. *perpetuell* (lat.-fr.) beständig

unausgefüllt *blanco* (it.) e. Blankoscheck ausstellen (e. unterschriebener Scheck ohne Betragsangabe)

unausgewogen 1. *asymmetrisch* (gr.-lat.) ungleichmäßig; Ggs.: symmetrisch 2. *tendenziös* (lat.-fr.) beeinflußt

unbeachtet lassen *ignorieren* (lat.)

unbearbeitet *naturell* (lat.-fr.) z. B. e. Schnitzel naturell (unpaniert) braten

unbedenklich *koscher* (hebr.-jidd.) auch: den jüdischen Speisegesetzen entsprechend

unbedeutend 1. *irrelevant* (lat.) z. B. irrelevante Argumente ins Feld führen; »Wer als Kanzlerkandidat antritt, ist für die derzeitige Problemsituation fast irrelevant« (Tom Sommerlatte, Chef von Arthur D. Little, 1998) Ggs.: relevant 2. *insignifikant* (lat.) Ggs.: signifikant 3. *marginal* (lat.) i. S. von: am Rande 4. *peripher* (gr.-lat.) z. B. das interessiert mich nur peripher (am Rande) 5. *sekundär* (lat.-fr.) zweitrangig

unbedingt 1. *absolut* (lat.) z. B. seiner Sache absolut sicher sein 2. *partout* (fr.) um jeden Preis, auf jeden Fall 3. *strikt* (lat.) streng

Unbeeinflußbarkeit *Torpidität,* die (lat., ohne Pl.)

Unbefangenheit *Naivität,* die (lat.-fr., ohne Pl.) er verhandelte in kindlicher Naivität; »Ein Schauspieler muß seine Naivität erhalten: er muß neugierig bleiben wie ein Kind ...« (Günter Strack, 1996)

unbefugt *inkompetent* (lat.) Ggs.: kompetent

unbegreiflich *inkomprehensibel* (lat.) Ggs.: komprehensibel

Unbehagen *Malaise,* die (lat.-fr., Pl. -n) i. S. e. moralischen Unbehagens

Unbehagen, das junge Leute empfinden ... *Squirming,* das (engl.-am., ohne Pl.) von: to squirm (winden) ... wenn sie die Ironie der älteren nicht verstehen

unbeirrbar *konsequent* (lat.) auch: folgerichtig; »Daß Piëch Rolls-Royce übernehmen will, ist nur konsequent, schließlich hat der Gründer von VW schon England zu übernehmen versucht.« (Harald Schmidt, Entertainer, 1997)

unbekannt *anonym* (gr.-lat.)

unbekümmert *nonchalant* (lat.-fr.)

Unbekümmertheit *Nonchalance,* die (lat.-fr., ohne Pl.) in heiklen Situationen zeigte er e. erstaunliche Nonchalance

unbelebt *anorganisch* (gr.-lat.) z. B. Steine

unbelehrbar *obstinat* (lat.) e. obstinater (starrsinniger) alter Mann

Unbequemlichkeit *Inkommodität,* die (lat., Pl. -en) Ggs.: Kommodität

Unberechenbarkeit *Imponderabilität,* die (lat., ohne Pl.)

unberechnet *gratis* (lat.) z. B. e. Gratislieferung

unberufen! *absit omen!* (lat., Zitat) möge keine schlimme Bedeutung dabei sein

unberührt *intakt* (lat.) Alaska besteht zum großen Teil aus intakter Natur
Unberührtheit *Virginität,* die (lat., ohne Pl.) Jungfräulichkeit
unbeschädigt *intakt* (lat.) e. intaktes Fahrzeug; auch: e. intaktes Waldgebiet
unbescholten *integer* (lat.)
Unbescholtenheit *Integrität,* die (lat., ohne Pl.) »Vorstandsmitglieder müssen höhere Ansprüche an ihre Integrität gelten lassen ...« (Bernhard Walter, Vorstandssprecher der Dresdner Bank, 1998)
unbeschränkt *absolutistisch* (lat.-fr.) e. Staatspräsident mit absolutistischen Vollmachten
unbesetzt *vakant* (lat.) in der Firma ist e. vakante (offene) Position zu besetzen
unbeständig 1. *inkonsequent* (lat.) auch: widersprüchlich; Ggs.: konsequent 2. *inkonsistent* (lat.) Ggs.: konsistent 3. *instabil* (lat.) Ggs.: stabil 4. *labil* (lat.) eigtl.: leicht gleitend; e. Gegenstand im labilen Gleichgewicht; Ggs.: stabil
Unbeständigkeit *Athesie,* die (gr., Pl. ...ien) auch: Treulosigkeit; nicht verw. mit: *Athesmie,* die (gr., Pl. ...ien) Zügellosigkeit
unbestechlich *integer* (lat.) er war ein integerer Bauamtsleiter
Unbestechlichkeit *Integrität,* die (lat., ohne Pl.) im Bauamt arbeitete e. Person von absoluter Integrität
unbestimmbar *indeterminabel* (lat.)
unbestimmt 1. *indifferent* (lat.) auch: gleichgültig; z. B. indifferentes Gleichgewicht 2. *vage* (lat.-fr.) auch: dunkel, unsicher; von e. Person e. vage Vorstellung haben
unbestreitbar *indisputabel* (lat.) Ggs.: disputabel
unbeteiligt 1. *desinteressiert* (lat.) Ggs.: interessiert 2. *indifferent* (lat.) auch: gleichgültig 3. *neutral* (lat.) unabhängig; nicht verw. mit: *neural* (gr.-lat.) die Nerven betreffend (med.)
Unbeteiligtsein *Desinteresse,* das (lat.-fr., ohne Pl.) Ggs.: Interesse
unbeugbar *indeklinabel* (lat.) Sprachw.
unbeweglich 1. *immobil* (lat.) Ggs.: mobil 2. *stationär* (lat.-fr.) z. B. e. Kranken stationär (im Krankenhaus) behandeln 3. *statisch* (gr.) Ggs.: dynamisch
Unbeweglichkeit *Immobilität,* die (lat., ohne Pl.) Ggs.: Mobilität
unbewußt 1. *instinktiv* (lat.-fr.) der Fahrer reagierte instinktiv richtig 2. *automatisch* (gr.-lat.-fr.) unwillkürlich 3. *habituell* (lat.-fr.) ständig, gewohnheitsmäßig 4. *intuitiv* (lat.) Ggs.: diskursiv 5. *mechanisch* (gr.-lat.) maschinenmäßig, gewohnheitsmäßig
Unbotmäßigkeit, wegen ... *in contumaciam* (lat.)
und *plus* (lat.) math.; Ggs.: minus
und so weiter 1. *et cetera* (lat.) Abk.: etc. 2. *et cetera perge perge* (lat.) Abk.: etc. pp. (und so weiter, fahre fort, fahre fort)
undicht *porös* (gr.-lat.-fr.) e. poröser Fahrradschlauch
Undichtigkeit *Leckage,* die (Seemannsspr., fr., Pl. -n) Undichtigkeit im Schiffsrumpf; auch kurz: Leck
Unding *Chimäre,* die (gr.-lat., Pl. -n) auch: Hirngespinst; »O Mensch, das Geld ist nur Chimäre!« (Christian Morgenstern »Galgenlieder«)
unduldbar *intolerabel* (lat.)
unduldsam *intolerant* (lat.-fr.) Ggs.: tolerant
Unduldsamkeit *Intoleranz,* die (lat.-fr., ohne Pl.) Ggs.: Toleranz
undurchdringlich 1. *hermetisch* (gr.-lat.) i. S. von: dicht verschlossen 2. *impermeabel* (lat.) auch: undurchlässig
undurchführbar *impraktikabel* (gr.-lat.) der Ausbrecher wollte e. impraktikablen Plan verwirklichen; Ggs.: praktikabel
undurchlässig *atherman* (gr.) für Wärmestrahlen
Undurchsichtigkeit *Opazität,* die (lat., ohne Pl.)
Und-Zeichen *Et-Zeichen,* das (lat.-dt., ohne Pl.) kurz: &
unehelich *illegitim* (lat.) auch: gesetzwidrig; Ggs.: legitim
uneigennützig *altruistisch* (lat.)
Uneigennützigkeit *Altruismus,* der (lat., ohne Pl.)
uneingeschränkt *absolut* (lat.) Hitler regierte Deutschland mit absoluter Macht
uneinheitlich *heterogen* (gr.-lat.) Ggs.: homogen
Uneinheitlichkeit *Heterogenität,* die (gr.-lat., ohne Pl.) Ggs.: Homogenität
uneinig *disharmonisch* (lat.-gr.) Ggs.: harmonisch
uneinig sein *disharmonieren* (gr.-lat.) Ggs.: harmonieren
Uneinigkeit 1. *Disharmonie,* die (gr.-lat., Pl. -n) Ggs.: Harmonie 2. *Diskordanz,* die (lat., Pl. -en) Mißklang
unempfindlich 1. *immun* (lat.) z. B. gegenüber ansteckenden Krankheiten 2. *indolent* (lat.) neuen Eindrücken gegenüber 3. *robust* (lat.) widerstandsfähig, eigtl.: aus Hartholz 4. *robusto* (lat.-it.) kraftvoll (musik. Vortragsanw.)
unempfindlich machen *desensibilisieren* (lat.)
Unempfindlichkeit 1. *Immunität,* die (lat., ohne Pl.) gegenüber Krankheitserregern; auch: Schutz der Bundes- u. Landtagsabgeordneten vor behördlicher Strafverfolgung 2. *Indolenz,* die (lat., ohne Pl.) 3. *Insensibilität,* die (lat., ohne Pl.) Ggs.: Sensibilität
unendlich 1. *transfinit* (lat.) im philos. u. math. Sinne 2. *ad infinitum* (lat.) »bis ins Unendliche«, e. Gespräch ad infinitum führen

unendlich klein ... *infinitesimal* (lat.) ... werdend, zum Grenzwert hin (Math.)
Unendliche, bis ins ... *ad infinitum* (lat.) z. B. e. Gespräch ad infinitum (unendlich weiter) führen
unentbehrlich 1. *obligat* (lat.) »verpflichtet«, unerläßlich 2. *obligatorisch* (lat.) i. S. von verbindlich, bindend; Ggs.: fakultativ (dem eigenen Ermessen überlassen)
unentgeltlich *gratis* (lat.) e. Gratislieferung
unentschieden 1. *akritisch* (gr.-lat.) svw. ohne eigene Meinung sein 2. *remis* (lat.-fr.) beim Schach 3. *indifferent* (lat.) gleichgültig, unbestimmt; indifferentes Gleichgewicht 4. *neutral* (lat.) unabhängig
Unentschieden 1. *Patt,* das (fr., Pl. -s) Pattsituation, z. B. bei e. Abstimmung 2. *Remis,* das (lat.-fr., Pl. -en) bei e. Schachpartie
Unentschlossenheit 1. *Abulie,* die (gr.-lat., Pl. ...ien) med., i. S. e. Entschlußlosigkeit 2. *Indetermination,* die (lat., ohne Pl.) auch: Unbestimmbarkeit (philos.)
Unentwickeltheit *Primitivität,* die (lat.-fr., ohne Pl.) Dürftigkeit
unentzifferbar *hieroglyphisch* (gr.-lat.) ist die Handschrift vieler Ärzte
unerbittlich 1. *rigoros* (lat.) e. rigoroser Geschäftsmann 2. *inquisitorisch* (lat.) auch: streng verhörend
Unerbittlichkeit *Rigorosität,* die (lat., ohne Pl.) die Rigorosität des Geschäftsmannes war bekannt
unerfahren *apirisch* (lat.)
unerfüllbar *utopisch* (gr.-fr.) der Kandidat hatte utopische Forderungen
Unergründliches *Abyssus,* der (gr.-lat., ohne Pl.) übertragen auch: Unterwelt
unerheblich 1. *irrelevant* (lat.) Ggs.: relevant 2. *marginal* (lat.) am Rande 3. *peripher* (gr.-lat.) i. S. von: am Rande befindlich 4. *sekundär* (lat.-fr.) zweitrangig
unerhört *skandalös* (gr.-lat.-fr.) der Auftritt der spärlich bekleideten Schauspielerin war skandalös
unerkannt 1. *inkognito* (lat.-it.) 2. *latent* (lat.-fr.) auch: versteckt, schwer erkennbar
unerläßlich *obligat* (lat.) »verbunden«; unentbehrlich
unermeßlich *immens* (lat.) das Bauprojekt verschlang immense Kosten
Unersättlichkeit 1. *Pleonexie,* die (gr., ohne Pl.) auch: Habsucht 2. *Akorie,* die (gr., Pl. ...ien) i. S. von Gefräßigkeit
unerschütterlich *stoisch* (gr.-lat.) in der heiklen Situation war seine stoische Ruhe bewundernswert
Unerschütterlichkeit *Ataraxie,* die (gr., ohne Pl.) auch: Gleichmut
unersetzbar *irreparabel* (lat.) auch: nicht heilbar; Ggs.: reparabel
unerträglich *infernalisch* (lat.) der infernalische Lärm an Autobahnen macht krank
unfachmännisch *dilettantisch* (it.)
unfähig *inkompetent* (lat.) Ggs.: kompetent
Unfähigkeit *Inkompetenz,* die (lat., Pl. -en) Ggs.: Kompetenz
Unfall 1. *Havarie,* die (arab.-it.-fr.-niederl., Pl. ...ien) bei Schiffen u. Flugzeugen 2. *Malheur,* das (lat.-fr., Pl. -e) i. S. e. Mißgeschicks 3. *Crash,* der (engl., Pl. -s) Zusammenstoß, z. B. im Straßenverkehr
Unfallgaffen *Unfallvoyeurismus,* der (dt.-lat.-fr., ohne Pl.) lustvolles, auch heimliches Zuschauen zur Befriedigung e. angeborenen Neugierde, mit dem beruhigenden Gefühl davongekommen zu sein
unfaßbar *irrational* (lat.) Ggs.: rational
unfehlbar 1. *ex cathedra* (lat.) »vom päpstlichen Stuhl«; aus päpstlicher Vollmacht, somit unfehlbar 2. *infallibel* (lat.)
Unfehlbarkeit ... *Infallibilität,* die (lat., ohne Pl.) ... des Papstes in Dingen des Glaubens (seit 1870 kath. Dogma)
Unfehlbarkeitsdogma, Anhänger des ... *Infallibilist,* der (lat., Pl. -en) ... der kath. Kirche
unfein *ordinär* (lat.-fr.) gewöhnlich; e. ordinäre Person
unfertig *fragmentarisch* (lat.) auch: bruchstückhaft
Unflätigkeit *Cochonnerie,* die (fr., Pl. ...ien) Schweinerei
unförmig *monströs* (lat.) i. S. v. bes. groß
Unfreier *Sklave,* der (gr.-lat., Pl. -n) auch: Entrechteter in Abhängigkeit; »Die glücklichen Sklaven sind die Feinde der Freiheit.« (Marie von Ebner-Eschenbach)
unfruchtbar 1. *infertil* (lat.) med.; Ggs.: fertil 2. *steril* (lat.-fr.)
Unfruchtbarkeit 1. *Infertilität,* die (lat., ohne Pl.) med.; Ggs.: Fertilität 2. *Sterilität,* die (lat.-fr., ohne Pl.)
Unfruchtbarmachen 1. *Sterilisation,* die (lat.-fr., Pl. -en) 2. *Kastration,* die (lat.-it., Pl. -en)
Unfug *Zinnober,* der (pers.-gr.-lat.-fr., ohne Pl.)
ungebildet *plebejisch* (lat.)
ungebleicht *ekrü* (lat.-fr.) auch: gelblich
ungebunden *lizenziös* (lat.) i. S. von frei
ungefähr 1. *circa* (lat.) kurz: ca. 2. *approximativ* (lat.) 3. *präterpropter* (lat.)
ungefällig *inkulant* (lat.) im Umgang mit Kunden; Ggs.: kulant
ungefärbt *naturell* (lat.-fr.) die Haare der Blondine sind naturell

ungeheuer 1. *monströs* (lat.) groß 2. *kolossal* (gr.-lat.-fr.) 3. *enorm* (lat.-fr.)
Ungeheuer 1. *Monstrum*, das (lat., Pl. ...ren, ...ra) 2. *Monster*, das (lat.-fr.-engl., Pl. –) das Monster »Frankenstein« 3. *Basilisk*, der (gr.-lat., Pl. -en) e. Monster mit todbringenden Blicken
ungeheuerlich *horrend* (lat.) in dem Lokal herrschen horrende Preise
Ungeheuerlichkeit *Monstrosität*, die (lat., Pl. -en)
ungehobelt *plebejisch* (lat.) i. S. von ungebildet
ungehörig *impertinent* (lat.)
Ungehörigkeit *Impertinenz*, die (lat., ohne Pl.)
ungenannt *anonym* (gr.-lat.) der Spender des Projekts blieb anonym
Ungenannter *Anonymus*, der (gr., Pl. ...mi, ...men) z. B. Spender
ungenau 1. *inakkurat* (lat.) Ggs.: akkurat 2. *inexakt* (lat.) Ggs.: exakt 3. *inkorrekt* (lat.) Ggs.: korrekt
ungenügend *insuffizient* (lat.) auch: unzureichend
ungeordnet 1. *chaotisch* (gr.-lat.) bisweilen herrschen in Paris chaotische Verkehrsverhältnisse 2. *turbulent* (lat.) auf dem Rock-Konzert ging es turbulent zu 3. *diffus* (lat.) auch: zerstreut, z. B. diffuses Licht (Streulicht) 4. *irregulär* (lat.) auch: regelmäßig; ungesetzlich; Ggs.: regulär
ungeordneter Zustand der Dinge *Chaos*, das (gr.-lat., ohne Pl.) »... die Moskauer sind chaoserfahren – u. daher chaoskompetent.« (Karl Schlögel, Historiker, 1998)
ungerade *impair* (lat.-fr.) bez. der Zahlen beim Roulett; Ggs.: pair
ungereimt *absurd* (lat.) eigtl.: mißtönend; widersinnig
ungeschlechtlich *agamisch* (gr.-lat.)
ungesetzlich 1. *illegal* (lat.) Ggs.: legal 2. *illegitim* (lat.) auch: außerehelich; Ggs.: legitim 3. *irregulär* (lat.) nicht regelmäßig; Ggs.: regulär
Ungesetzlichkeit *Illegalität*, die (lat., ohne Pl.) Ggs.: Legalität
ungesetzmäßig *irregulär* (lat.) Ggs.: regulär
Ungesetzmäßigkeit *Irregularität*, die (lat., ohne Pl.) Ggs.: Regularität
ungesittet *kannibalisch* (sp.) auch: roh, grausam; nach *Kannibale*, der (sp., Pl. -n) Stammesname der Kariben: Menschenfresser; »Uns ist ganz kannibalisch wohl, als wie fünfhundert Sauen.« (Goethe: »Faust«)
ungestüm 1. *turbulent* (lat.) die Atlantiküberquerung war sehr turbulent (stürmisch) 2. *vehement* (lat.) vehement verteidigte sie ihre Argumente
Ungestüm *Impetus*, der (lat., ohne Pl.)
Ungestüm, deutsches ... *furor teutonicus* (lat., Zitat: Lukanus) eigtl.: teutonischer Schrecken; dt. Urgewalt
Ungetüm 1. *Koloß*, der (gr.-lat., Pl. ...osse) das 6. Weltwunder: der Koloß von Rhodos 2. *Monster*, das (lat.-fr.-engl., Pl. –) auch: Ungeheuer; Krümelmonster 3. *Zyklop*, der (gr.-lat., Pl. -en) »Rundäugiger«, einäugiger Riese der gr. Sagenwelt; nicht verw. mit *Zyklon*, der (gr.-engl., Pl. -e) Wirbelsturm
ungeweiht *profan* (lat.) Ggs.: sakral
ungewiß *vage* (lat.-fr.) auch: unsicher; e. vage Vermutung haben
ungewöhnlich 1. *anormal* (lat.) nicht üblich; Ggs.: normal 2. *bizarr* (it.-fr.) i. S. von: absonderlich 3. *skurril* (etrusk.-lat.) sonderbar, verschroben
ungezwungen 1. *familiär* (lat.) 2. *leger* (lat.-fr.) leger gekleidet sein 3. *nonchalant* (lat.-fr.) er pflegte mit dem Chef e. nonchalanten Umgang 4. *salopp* (fr.) er erschien in salopper Freizeitkleidung
Ungezwungenheit 1. *Familiarität*, die (lat., ohne Pl.) auch: Herzlichkeit 2. *Nonchalance*, die (lat.-fr., ohne Pl.)
ungiftig *atoxisch* (gr.-lat.) Ggs.: toxisch
ungläubig *skeptisch* (gr.)
Ungläubigkeit *Skepsis*, die (gr., ohne Pl.) mit großer Skepsis gingen die Mitarbeiter an die neue Aufgabe
unglaublich 1. *phänomenal* (gr.-lat.-fr.) z. B. e. phänomenales Wissen haben 2. *phantastisch* (gr.-lat.) 3. *immens* (lat.) auch: bes. groß 4. *skandalös* (gr.-lat.-fr.) auch: anstößig
Unglaubliche, der ... *Incroyable*, der (lat.-fr., Pl. -s) gemeint ist e. großer Zweispitz, der um 1800 in Frankreich getragen wurde
ungleich 1. *disproportional* (lat.) 2. disproportioniert (lat.) 3. *different* (lat.)
ungleichartig *disparat* (lat.) auch: unvermeidbar
ungleichförmig gelagert *diskordant* (lat.) z. B. Gesteinsschichten
Ungleichheit 1. *Asymmetrie*, die (gr.-lat., Pl. ...ien) Ggs.: Symmetrie 2. *Differenz*, die (lat., Pl. -en) Unterschied 3. *Diskrepanz*, die (lat., Pl. -en) auch: Widersprüchlichkeit 4. *Disparität*, die (lat., Pl. -en) Ggs.: Parität 5. *Heterogenität*, die (gr.-lat., ohne Pl.) i. S. von: Verschiedenartigkeit 6. *Imparität*, die (lat., ohne Pl.)
ungleichmäßig 1. *ametrisch* (gr.) 2. *asymmetrisch* (gr.-lat.) Ggs.: symmetrisch 3. *heterogen* (gr.-lat.)
Ungleichmäßigkeit *Ametrie*, die (gr., Pl. ...ien) auch: Mißverhältnis
Unglück 1. *Malheur*, das (lat.-fr., Pl. -e) 2. *Malaise*, die (lat.-fr., Pl. -n) 3. *Misere*, die (lat., Pl. -n) auch: Notlage 4. *Schlamassel*, der (jidd., ohne Pl.) er geriet in e. häßlichen Schlamassel 5. *Tragödie*, die (gr.-lat., Pl. -n) der Tod e. geliebten

Menschen ist e. Tragödie 6. *Debakel,* das (fr., Pl. –) auch: Niederlage 7. *Desaster,* das (it.-fr., Pl. –) eigtl.: Unstern; Mißgeschick 8. *Fiasko,* das (germ.-it., Pl. -s) »Flasche«; auch: Reinfall 9. *Kalamität,* die (lat., Pl. -en) mißliche Situation 10. *Katastrophe,* die (gr.-lat., Pl. -n) eigtl.: Umkehr; großes Unglück; »... aus dem Leben weiß man, daß Neid immer zur Katastrophe führt.« (Helmut Kohl, 1998)

unglücklich *sinister* (lat.) auch: unheilvoll

Unglücksbotschaft *Hiobsbotschaft,* die (Pl. -en) nach der Bibel: Buch Hiob, nach dem ihn (Hiob) e. Schreckensnachricht nach der anderen trifft

Unglücksgeschenk *Danaergeschenk,* das (gr.-dt., Pl. -e) i. S. e. Gabe, die Unheil bringt; nach Homer z. B. das Trojanische Pferd, welches den Danaern (Griechen mit Odysseus) zum Sieg über die Trojaner verhalf; »Was es auch sei, ich fürchte die Danaer, auch wenn sie Geschenke bringen.« (Vergils »Aeneis«)

Unglücksrabe *Schlemihl,* der (hebr., Pl. -e)

Unglückstag *Dies ater,* der (lat., ohne Pl.) auch: schwarzer Tag

ungültig erklären *annullieren* (lat.) e. Rechnung; e. Ehe annullieren

Ungültigkeit *Nullität,* die (lat., Pl. -en)

Ungültigkeitserklärung 1. *Annihilation,* die (lat., Pl. -en) 2. *Kassation,* die (lat., Pl. -en) von Dokumenten 3. *Nullifikation,* die (lat., Pl. -en)

ungünstig *negativ* (lat.) z. B. auf jmdn. e. negativen Einfluß ausüben; Ggs.: positiv

Unheil 1. *Desaster,* das (it.-fr., Pl. –) 2. *Katastrophe,* die (gr.-lat., Pl. -n) 3. *Apokalypse,* die (gr.-lat., ohne Pl.) das Grauen, Weltuntergang; A. Dürers »Apokalyptische Reiter«

Unheil, drohendes ... 1. *Damoklesschwert,* das (ohne Pl.) nach Damokles, dem Günstling des älteren Dionysios von Syrakus; z. B. der Prüfungstermin hing wie e. Damoklesschwert über ihm 2. *Menetekel,* das (aramäisch, Pl. –) i. S. e. ernsten Warnung (nach der Geisterschrift für König Belsazar von Babylon)

unheilbar 1. *inkurabel* (lat.) med.; Ggs.: kurabel 2. *irreparabel* (lat.) Ggs.: reparabel 3. *perniziös* (lat.-fr.) i. S. e. bösartigen Krankheit

unheilig *profan* (lat.) Ggs.: sakral

Unheilsquell *Pandora,* die (gr.-lat., ohne Pl.) Frau der gr. Mythologie, sie trägt alles Unheil in e. Gefäß, um es auf den Befehl von Zeus unter die Menschen zu bringen; »Büchse der Pandora« (unheilvolles Geschenk; nach Hesiod)

unheilvoll 1. *desaströs* (it.-fr.) »Das Ergebnis der CDU ist desaströs.« (Müntefering, SPD-Geschäftsführer 1998 zur Wahl in Sachsen-Anhalt) 2. *ominös* (lat.) e. ominöses Urteil abgeben

unheimlich *dämonisch* (gr.-lat.)

unheimlich, fremd *weird* (am.) Modewort in den USA; die Europäer handeln für die Amerikaner bisweilen »weird« (sonderbar)

unhöflich verhalten *brüskieren* (it.-fr.) bloßstellen

uninteressiert *desinteressiert* (lat.-fr.) Ggs.: interessiert

Uninteressiertheit 1. *Indifferentismus,* der (lat., ohne Pl.) 2. *Indifferenz,* die (lat., ohne Pl.) 3. *Desinteresse,* das (lat.-fr., ohne Pl.) Ggs.: Interesse

unirdisch *ätherisch* (gr.-lat.)

Universität *Alma mater,* die (lat., ohne Pl.)

Universitätsgelände *Campus,* der (lat., Pl. –)

Universitätsunterricht des Mittelalters *Quadrivium,* das (lat., ohne Pl.) ... in den Fächern: Geometrie, Arithmetik, Astronomie, Musik

Universum *Kosmos,* der (gr., ohne Pl.) Weltraum, -all

Universum, wir sehen das ... so, wie es ist, wenn es uns nicht gäbe *Anthropisches Prinzip,* das (gr.-lat., ohne Pl.) ... wir es also nicht beobachten könnten (Astron.)

Unkalkulierbares *Imponderabilien,* die (lat., nur Pl.) unwägbare Dinge; Ggs.: Ponderabilien (Wägbares)

unkirchlich *profan* (lat.) Ggs.: sakral

unklar 1. *abstrus* (lat.) »versteckt«; auch: verworren 2. *konfus* (lat.) durcheinander sein (im Kopf) nicht verw. mit *Konfuzius,* der (chin., ohne Pl.) (551-470 v. Chr.) kein Verwirrter, sondern Gründer der chin. Staatsreligion 3. *nebulös* (lat.) auch: geheimnisvoll 4. *vage* (lat.-fr.) ungewiß

Unklarheit *Konfusion,* die (lat., Pl. -en) auch: Zerstreutheit

Unkosten *Spesen,* die (lat.-it., nur Pl.) persönl. Auslagen u. Reisekosten; Spesenritter: »außer Spesen nichts gewesen«

unlöslich *insolubel* (lat.) chem.

Unmäßigkeit *Luxus,* der (lat., ohne Pl.) auch Prunk; »Die Freiheit ist e. Luxus, den sich nicht jedermann gestatten kann.« (Otto von Bismarck)

Unmenge *Myriade,* die (gr.-lat., Pl. -n) Anzahl von 10 000; nur Pl.: große Menge, Unzahl

unmenschlich *inhuman* (lat.) Ggs.: human

Unmenschlichkeit *Inhumanität,* die (lat., ohne Pl.) Ggs.: Humanität

unmerklich *imperzeptibel* (lat.) nicht wahrnehmbar

unmeßbar *immensurabel* (lat.)

Unmeßbarkeit *Immensurabilität,* die (lat., ohne Pl.)

unmißverständlich *direkt* (lat.) er hat e. sehr direkte Art

unmittelbar 1. *akut* (lat.) im Augenblick 2. *direkt* (lat.) 3. *prompt* (lat.-fr.) sofort 4. *spontan* (lat.) unmittelbar; auch: von selbst 5. *stante pede* (lat.) »stehenden Fußes«; auf der Stelle

unmodern 1. *out* (engl.) nicht mehr gefragt 2. *konventionell* (lat.-fr.) i. S. von: herkömmlich 3. *konventional* (lat.-fr.) herkömmlich bez. der Bewaffnung; z. B. konventionale Waffen (Panzer, Gewehre) keine atomaren Kampfmittel

unmöglich, etwas ist ... *Quadratur des Kreises,* die (lat.-dt., ohne Pl.) »Sie (Müntefering SPD) wollen die Quadratur des Kreises, Sie wollen e. Steuerreform ohne Nettoentlastung...« (Peter Hintze, CDU, 1998)

Unmöglichkeit ... *Aporie,* die (gr., Pl. ...ien) e. philos. Frage zu lösen; Ausweglosigkeit

unmündig *minorenn* (lat.) auch: minderjährig; Ggs.: majorenn

Unmündigkeit *Minorennität,* die (lat., ohne Pl.) auch: Minderjährigkeit; Ggs.: Majorennität

unnachgiebig 1. *intransigent* (lat.) unversöhnlich 2. *rigide, rigid* (lat.) streng; auch: starr 3. *rigoros* (lat.) unerbittlich

unnatürlich 1. *affektiert* (lat.) auch: überspannt 2. *manieriert* (lat.-fr.) i. S. von gekünstelt 3. *preziös* (lat.-fr.) geziert 4. *theatralisch* (gr.-lat.) 5. *artifiziell* (lat.-fr.) auch: künstlerisch 6. *forciert* (lat.-fr.) auch: erzwungen; forcierter Marsch (Eilmarsch)

Unnatürlichkeit 1. *Theatralik,* die (gr.-lat., ohne Pl.) 2. *Manieriertheit,* die (lat.-fr.)

unordentlich 1. *inkorrekt* (lat.) Ggs.: korrekt 2. *inakkurat* (lat.) ungenau, Ggs.: akkurat

Unordnung *Konfusion,* die (lat., Pl. -en) Verwirrung

unparteiisch 1. *neutral* (lat.) 2. *objektiv* (lat.) Ggs.: subjektiv

unpassend 1. *deplaciert* (fr.) 2. *inopportun* (lat.) nicht angebracht; Ggs.: opportun

unpäßlich *indisponiert* (lat.)

Unpäßlichkeit *Indisposition,* die (lat., Pl. -en)

unrecht Gut gedeiht nicht 1. *male parta male dilabuntur* (lat., Zitat) 2. *male partum, male disparit* (lat., Zitat)

Unrecht *Injurie,* die (lat., Pl. -n) auch: Beleidigung durch Taten oder Worte

unrechtmäßig 1. *illegal* (lat.) Ggs.: legal 2. *illegitim* (lat.) z. B. illegitime Nachkommen haben; auch: unehelich; Ggs.: legitim 3. *irregulär* (lat.) auch: regelwidrig, z. B. irreguläre Truppen (z. B. Partisanen) Ggs.: regulär

unregelmäßig 1. *anomal* (gr.-lat.) »uneben«; regelwidrig 2. *asymmetrisch* (gr.-lat.) ungleichmäßig; Ggs.: symmetrisch 3. *irregulär* (lat.) auch: unrechtmäßig; Ggs.: regulär

Unregelmäßigkeit *Anomalie,* die (gr., Pl. ...ien)

Unregelmäßigkeit des Herzschlags *Arrhythmie,* die (gr., Pl. ...ien)

Unreife *Infantilität,* die (lat., ohne Pl.) das Wesen e. Kindes haben

unrein spielen, singen *detonieren* (lat.)

unrein *treife* (hebr.-jidd.) verboten; Ggs.: koscher

Unreinheit des Tons *Detonation,* die (lat., Pl. -en) Mus.; auch: e. stoßartige, sehr schnelle u. laute chem. Reaktion (Explosion)

unrichtig 1. *inkorrekt* (lat.) Ggs.: korrekt 2. *inexakt* (lat.) ungenau; Ggs.: exakt

Unruhe 1. *Nervosität,* die (lat.-fr., Pl. -en) 2. *Tumult,* der (lat., Pl. -e) Aufruhr 3. *Turbulenz,* die (lat., Pl. -en) auch: Wirbelströmung

Unruhestifter 1. *Tumultuant,* der (lat., Pl. -en) auch: Aufrührer 2. *Intrigant,* der (lat.-it.-fr., Pl. -en) auch: Ränkeschmied

unsachgemäß *dilettantisch* (lat.) der Fachmann leistete e. dilettantische Arbeit

unsachlich *polemisch* (gr.-fr.) z. B. e. polemischen Kommentar abgeben

unschicklich 1. *indezent* (lat.) Ggs.: dezent 2. *inkonvenient* (lat.)

Unschicklichkeit 1. *Inkonvenienz,* die (lat.-fr., Pl. -en) Ggs.: Konvenienz 2. *Indezenz,* die (lat., Pl. -en) Ggs.: Dezenz

unselbständig *subaltern* (lat.) auch: unterwürfig

unsicher 1. *dubios* (lat.) auch: verdächtig 2. *instabil* (lat.) in Zaire herrschten instabile Verhältnisse; Ggs.: stabil

unsicher fühlen, sich *genieren* (germ.-fr.) sich schämen

unsicher machen *irritieren* (lat.) der Redner ließ sich leicht irritieren

Unsicherheit *Instabilität,* die (lat., Pl. -en) Ggs.: Stabilität

unsichtbar *invisibel* (lat.)

Unsinn 1. *Nonsens,* der (lat.-engl., ohne Pl.) 2. *Tinnef,* der (jidd., ohne Pl.) 3. *Makulatur,* die (lat., Pl. -en) z. B. Makulatur quatschen (Unsinn reden) 4. *Ballawatsch,* der (it., ohne Pl.) 5. *Humbug,* der (engl., ohne Pl.) 6. *Zinnober,* der (pers.-gr.-lat.-fr., ohne Pl.) auch: gelblich-rote Farbe

unsinnig 1. *absurd* (lat.) »mißtönend«; abwegig 2. *schizophren* (gr.-lat.) verrückt, widersprüchlich

Unsinnigkeit 1. *Idiotie,* die (gr., Pl. ...ien) 2. *Schizophrenie,* die (gr.-lat., Pl. ...ien) auch: Bewußtseinsspaltung

Unsinnigkeit beweisen *ad absurdum führen* (lat.)

unsittlich *amoralisch* (gr.-lat.-fr.)

Unsittlichkeit *Immoralität,* die (lat., ohne Pl.)

unsozial, in bes. Weise ... *difficult to serve* (engl.: schwer zu bedienen) Bez. für e. unsoziales Agieren (Handeln) im Wettbewerb

Unsterblichkeit 1. *Athanasie,* die (gr., ohne Pl.) 2. *Immortalität,* die (lat., ohne Pl.)

Unsterblichkeitstrend *Dorian Graying* (am.) auch: Angst vor dem Verfall des Körpers im Alter; die Vorstellung, die Menschen könnten beschwerdefrei 120 Jahre alt werden, findet in den USA immer mehr Anhänger

unstetig *diskontinuierlich* (lat.) Ggs.: kontinuierlich

unstimmig 1. *diskrepant* (lat.) 2. *disharmonisch* (gr.-lat.) Ggs.: harmonisch 3. *dissonant* (lat.)

Unstimmigkeit 1. *Differenz,* die (lat., Pl. -en) in e. Gespräch Differenzen ausräumen 2. *Disharmonie,* die (gr.-lat., Pl. -n) auch: Uneinigkeit; Ggs.: Harmonie 3. *Diskrepanz,* die (lat., Pl. -en) Mißverhältnis 4. *Dissonanz,* die (lat., Pl. -en) musik. 5. *Kontroverse,* die (lat., Pl. -n) auch: Streit

unstofflich *immateriell* (lat.-fr.) immaterielles Gut, z. B. das Image e. Firma; Ggs.: materiell

untätig 1. *inaktiv* (lat.) Ggs.: aktiv 2. *passiv* (lat.-fr.) Ggs.: aktiv

Untätigkeit 1. *Inaktivität,* die (lat., ohne Pl.) Ggs.: Aktivität 2. *Passivität,* die (lat., ohne Pl.) Ggs.: Aktivität

Untauglichkeit *Disqualifikation,* die (lat.-engl., Pl. -en) Ggs.: Qualifikation

unteilbar *indivisibel* (lat.)

Unteilbares *Monade,* die (gr.-lat., ohne Pl.) philos.

unten, nach ... *à la baisse* (fr.) auf das Fallen der Börsenkurse (à la baisse) spekulieren; Ggs. à la hausse

unter freiem Himmel *hypäthral* (gr.) ohne schützendes Dach

unter sonst gleichen Umständen *ceteris paribus* (lat.) Fachbegriff in der Wirtschaftstheorie

unter Umständen *eventuell;* kurz: *evtl.* (lat.-fr.)

unter uns gesagt *inter nos* (lat., Zitat) eigtl.: zwischen uns

unter Verschwiegenheit *sub sigillo confessionis* (lat.) unter dem Siegel der Beichte (Verschwiegenheit)

Unterarm *Antebrachium,* das (gr.-lat., Pl. ...chia) med.

Unterbau 1. *Postament,* das (lat.-it., Pl. -e) auch: Fundament, Sockel 2. *Substruktion,* die (lat., Pl. -en)

Unterbau, notwendiger wirtschaftlicher u. organisatorischer ... e. entwickelten Wirtschaft *Infrastruktur,* die (lat., Pl. -en) »Wenn der positive Trend sich verfestigt, sind wir beim Wiederaufbau der industriellen Infrastruktur bald über den Berg.« (Kurt Biedenkopf, Ministerpräsident von Sachsen, 1998)

Unterbieten ... *Dumping,* das (engl., ohne Pl.) ... der Preise

Unterbrechung im Rhythmenfluß *Break,* der (engl., Pl. -s) Song im Break-Stil: »Rock around the clock«; auch: Pause

Unterbrechung *Interruption,* die (lat., Pl. -en) med., Interruption e. Schwangerschaft; Coitus interruptus

unterbrochen *diskontinuierlich* (lat.) zusammenhanglos; Ggs.: kontinuierlich

unterdessen *ad interim* (lat.)

unterdrücken 1. *terrorisieren* (lat.-fr.) e. Diktator terrorisierte sein Land 2. *tyrannisieren* (gr.-lat.-fr.) der ewig angetrunkene Ehemann tyrannisierte die Familie

unterdrückend 1. *repressiv* (lat.) 2. *tyrannisch* (gr.-lat.) 3. *oppressiv* (lat.) auch: drückend

Unterdrückung 1. *Repression,* die (lat., Pl. -en) jmdn. durch Repression einschüchtern wollen 2. *Terror,* der (lat., ohne Pl.) Terrororganisation Hamas 3. *Oppression,* die (lat., Pl. -en) Beklemmung (med.) 4. *Tyrannei,* die (gr.-lat.-fr., Pl. -en) »Der Weg zur Tyrannei beginnt mit der Zerstörung der Wahrheit.« (Bill Clinton, US-Präsident, 1992)

unterentwickelt *primitiv* (lat.-fr.) auch: urtümlich

Unterentwicklung *Dysplasie,* die (gr.-lat., Pl. ...ien) med.

Unterernährung *Hypotrophie,* die (gr.-lat., Pl. ...ien) med.; Ggs.: Hypertrophie

Unterfunktion *Hypofunktion,* die (gr.-lat., Pl. -en) med., z. B. der Niere; Ggs.: Hyperfunktion

Untergang 1. *Ruin,* der (lat.-fr., ohne Pl.) Spekulationen haben ihn in den Ruin geführt 2. *Apokalypse,* die (gr.-lat., ohne Pl.) auch: Grauen, A. Dürers »Apokalyptische Reiter« 3. *Kataklysmus,* der (gr.-lat., Pl. ...men) i. S. e. plötzlichen erdgeschichtlichen Katastrophe; e. Kataklysmus zerstörte 79 n. Chr. Pompeji

untergeordnet 1. *inferior* (lat.) auch: minderwertig 2. *subaltern* (lat.) untertänig

Untergeschoß *Souterrain,* das (lat.-fr.) eigtl.: unterirdisch; Kellerwohnung

untergraben, die Integrität am Arbeitsplatz ... *mobben* (engl.) »Man kann das Sozialrecht nicht benutzen, als e. Art Baseballschläger, um Leute rauszumobben!« (Jürgen Trittin, Sprecher der Grünen, 1998)

Untergrund *Underground,* der (engl., ohne Pl.) Personen u. Organisationen, die sich abseits der Gesellschaft befinden; auch: U-Bahn in London

Untergrundbahn 1. *Metro,* die (gr.-lat.-fr., Pl. -s) in Paris 2. *Underground,* die (engl., ohne Pl.) 3. *Subway,* die (am., Pl. -s) 4. *Tube,* die (engl., Pl. -s)

Untergrundkämpfer 1. *Guerillero,* der (germ.-sp., Pl. -s) berühmter Untergrundkämpfer: Che Guevara 2. *Tupamaro,* der (Pl. -s) uruguayischer

Stadtguerilla, nach dem Inkakönig Tupac Amaru

Unterhalt *Existenz,* die (lat., Pl. -en)

unterhalten 1. *diskurrieren* (lat.) sich unterhalten 2. *parlieren* (lat.-fr.) 3. *talken* (engl.)

unterhalten, gut ... *amüsieren* (lat.-fr.) »Wozu Ruhestand? Ich amüsiere mich hier 14 bis 16 Stunden am Tag.« (Nicolas Hayek, 70, Swatch-Chef, 1998)

unterhaltend *amüsant* (lat.-fr.)

Unterhalter *Entertainer,* der (engl., ohne Pl.)

unterhaltsam *amüsant* (lat.-fr.)

Unterhaltsgewährung *Alimentation,* die (lat., Pl. -en) auch: Lebensunterhalt

Unterhaltszahlung ... *Alimente,* die (lat., nur Pl.) ... für nichteheliche Kinder

Unterhaltung 1. *Konversation,* die (lat.-fr., Pl. -en) 2. *Diskurs,* der (lat., Pl. -e) 3. *Causerie,* die (lat.-fr., Pl. ...ien) 4. *Kommunikation,* die (lat., Pl. -en) auch: Umgang; Verbindung 5. *Small talk,* der (engl., Pl. -s) Geplauder 6. *Entertainment,* das (engl., Pl. -s) auch: Showgeschäft; »... einem sehr erfolgreichen holländischen Beispiel folgend, mittels Entertainment um die Vermittlung von Arbeitsplätzen bemühen.« (G. Schröders geh. Tagebuch von H. Venske, 1997)

Unterhaltungskünstler *Conférencier,* der (lat.-fr., Pl. -s)

Unterhaltungsliteratur 1. *Belletristik,* die (lat.-fr., ohne Pl.) auch: schöngeistige Literatur 2. *Trivialliteratur,* die (lat.-fr., ohne Pl.) anspruchslose Unterhaltungsliteratur

Unterhaltungsschriftsteller *Belletrist,* der (fr., Pl. -en) ... schöngeistiger

Unterhändler *Parlamentär,* der (gr.-lat.-fr.-engl., Pl. -e) zwischen verfeindeten Kontrahenten, kriegsführenden Parteien

Unterhose *Slip,* der (engl., Pl. -s)

unterirdisch 1. *chthonisch* (gr.) chthonische Götter (Erdgottheiten, z. B. die Titanen, Pluto) 2. *hypogäisch* (gr.-lat.) 3. *subterran* (lat.)

Unterkiefer *Mandibula,* die (lat., Pl. ...lae) med.

Unterkunft 1. *Quartier,* das (lat.-fr., Pl. -e) 2. *Logis,* das (germ.-fr., ohne Pl.) 3. *Asyl,* das (gr.-lat., Pl. -e) z. B. für Obdachlose 4. *Karawanserei,* die (pers., Pl. -en) Stätte für Karawanenreisende

Unterlage 1. *Substrat,* das (lat., Pl. -e) auch: Grundlage 2. *Paper,* das (engl., Pl. -s) schriftliche Unterlage

Unterlagen *Material,* das (lat., Pl. -ien) z. B. Aktenmaterial, das vor e. Prozeß durchzuarbeiten ist

unterlegen *inferior* (lat.) untergeordnet, gering

Unterlegenheit *Inferiorität,* die (lat., ohne Pl.) Minderwertigkeit

Unterleib *Abdomen,* das (lat., Pl. ...mina) med.

Unterlippe der Insektenmundwerkzeuge *Labium,* das (lat., Pl. ...ien, ...ia) auch: Schamlippe der Frau; nicht verw. mit *Labrum,* das (lat., Pl. ...ren, ...bra) Oberlippe der Insektenmundwerkzeuge

untermauern *fundieren* (lat.) z. B. Behauptungen durch Argumente untermauern

untermauert *fundiert* (lat.)

Unternehmen 1. *Experiment,* das (lat., Pl. -e) e. mit Risiken behaftetes 2. *Operation,* die (lat., Pl. -en) mil. 3. *Coup,* der (gr.-lat.-fr., Pl. -s) kühner Schlag; auch: e. kriminelles Unternehmen, e. Coup landen 4. *Enterprise,* die (lat.-fr.-engl., Pl. -n) i. S. e. Unternehmens 5. *Fabrik,* die (lat.-fr., Pl. -en) 6. *Etablissement,* das (lat.-fr., Pl. -s) Betrieb 7. *Dependance,* die (lat.-fr., Pl. -n) Niederlassung, Zweigstelle

Unternehmensabsprache *Kartell,* das (ägypt.-gr.-lat.-it.-fr., Pl. -e) in Kartellen sprechen Unternehmen Konditionen ab, um gewinnträchtige Geschäfte abzuwickeln

Unternehmensauflösung 1. *Konkurs,* der (lat., Pl. -e) zwangsweise Beendigung e. Unternehmens wegen Zahlungsunfähigkeit 2. *Liquidation,* die (lat., Pl. -en) freiwillige Geschäftsaufgabe

Unternehmensberatung *Consulting,* das (engl., ohne Pl.)

Unternehmensforschung *Operations-Research,* das (engl., ohne Pl.)

Unternehmensführung *Management,* das (lat.-it.-engl., Pl. -s)

Unternehmensführung, schlanke ... *lean Management,* das (engl.-am., ohne Pl.) von: lean (mager, schlank) gemeint sind flache, direkte, damit kostengünstige Strukturen in den Unternehmen

Unternehmensleiter 1. *Topmanager,* der (lat.-it.-engl., Pl. –) großer GmbHs 2. *Manager,* der (lat.-it.-engl., Pl. –) kleiner u. mittlerer Firmen 3. *Generaldirektor,* der (lat.-fr.-engl., Pl. -en) Leiter e. AG (Vorstandsvorsitzender)

Unternehmensleitung *Management,* das (lat.-it.-engl., Pl. -s)

Unternehmenswert *Shareholder-value,* der (engl.-am., Pl. -s)

Unternehmenszusammenschluß 1. *Konzern,* der (lat.-fr.-engl., Pl. -e) e. Konzern besteht i. allg. aus mehreren rechtlich selbständigen Unternehmen, deren Aktivitäten von e. Holding überwacht u. gesteuert werden 2. *Fusion,* die (lat., Pl. -en) »Schmelzen«, Vereinigung e. oder mehrerer Unternehmen oder Organisationen 3. *Kartell,* das (gr.-lat.-it.-fr., Pl. -e) die Unternehmen bleiben rechtlich selbständig 4. *Konsortium,* das (lat., Pl. ...ien) i. S. e. Zweckverbandes 5. *Trust,* der (engl.-am., Pl. -e, -s) Unternehmenszusammenfassung mit Monopolabsicht 6. *Syndikat,* das (gr.-lat., Pl. -e) Unternehmerverband mit eigener Rechtspersönlichkeit, bes. Absatzkartell; auch: getarnte Verbrecherorganisation; Amt e. Syndikus (Rechtsanwalt in e. Firma)

Unternehmer 1. *Spekulant,* der (lat., Pl. -en) i. S. e. waghalsigen, äußerst risikofreudigen Geschäftsmannes 2. *Entrepreneur,* der (lat.-fr., Pl. -e) auch: Veranstalter 3. *Manager,* der (engl.-am., Pl. –)

Unternehmung 1. *Aktion,* die (lat., Pl. -en) 2. *Entreprise,* die (lat.-fr., Pl. -n) 3. *Etablissement,* das (lat.-fr., Pl. -s) auch: zweifelhaftes Nachtlokal oder Bordell 4. *Firma,* die (lat.-it., Pl. -men) 5. *Operation,* die (lat., Pl. -en) Handlung; auch: chirurgischer Eingriff (med.) 6. *Projekt,* das (lat., Pl. -e) z. B. e. großes Bauvorhaben 7. *Transaktion,* die (lat., Pl. -en) z. B. e. großes Finanzgeschäft

Unternehmungsgeist 1. *Aktivität,* die (lat., Pl. -en) 2. *Initiative,* die (lat.-fr., Pl. -n)

Unteroffizier auf Schiffen *Maat,* der (niederdt., Pl. -e, -en) Seemannsspr.

unterordnen *subsumieren* (lat.) auch: einordnen

Unterordnung 1. *Disziplin,* die (lat., Pl. -en) auch: bewußte Einordnung 2. *Subordination,* die (lat., Pl. -en) i. S. von Gehorsam

Unterredung *Entrevue,* die (lat.-fr., Pl. -n) Zusammenkunft (bes. von Monarchen)

Unterricht, klinischer ... am Krankenbett *Bedside Teaching,* das (engl., Pl. -s)

unterrichten 1. *instruieren* (lat.) 2. *dozieren* (lat.) an e. Hochschule lehren 3. *orientieren* (lat.-fr.) auch: informieren; sich zurechtfinden

Unterrichtslehre *Didaktik,* die (gr.-lat., ohne Pl.)

Unterrichtssendung *Telekolleg,* das (gr.-lat., Pl. -s, -ien) z. B. im Fernsehen

Unterrichtsstunde *Lektion,* die (lat., Pl. -en)

Unterrichtswissenschaftler 1. *Didaktiker,* der (gr.-lat., Pl. –) 2. *Pädagoge,* der (gr.-lat., Pl. -n) eigtl.: Kinderführer, Lehrer, Erziehungswissenschaftler

unterscheiden 1. *differenzieren* (lat.) 2. *distinguieren* (lat.) auch: bes. abheben 3. *kontrastieren* (lat.-it.-fr.) abheben

unterscheidend *distinktiv* (gr.)

Unterschicht e. Gesellschaft *lower class,* die (engl., ohne Pl.) mit den Merkmalen: wenig Geld, kein Glück, keine Macht

Unterschied 1. *Differenz,* die (lat., Pl. -en) z. B. Differenzen in den Meinungen haben 2. *Kontrast,* der (lat.-it., Pl. -e) z. B. Farbkontrast 3. *Nuance,* die (lat.-fr., Pl. -n) auch: Feinheit, Spur 4. *Saldo,* der (lat.-it., Pl. Salden, Saldi) Unterschiedsbetrag zwischen Soll u. Haben; nicht verw. mit: *Salto,* der (lat.-it., Pl. -s) Überschlag

unterschiedlich 1. *divergent* (lat.) entgegengesetzt; Ggs.: konvergent 2. *divers* (lat.) mehrere (verschiedene) 3. *heterogen* (lat.) Ggs.: homogen 4. *konträr* (lat.-fr.) gegensätzlich

Unterschiedsbetrag *Differenz,* die (lat., Pl. -en) z. B. Zahlendifferenz

unterschlagen 1. *defraudieren* (lat.) i. S. von betrügen 2. *filieren* (lat.-fr.) Spielkarten unterschlagen

Unterschlagung *Defraudation,* die (lat., Pl. -en) i. S. von Betrug

unterschreiben 1. *signieren* (lat.) z. B. eigene Bücher signieren 2. *paraphieren* (gr.-lat.-fr.) i. S. von: abzeichnen

Unterschrift 1. *Signatur,* die (lat., Pl. -en) 2. *Autogramm,* das (gr.-lat., Pl. -e) z. B. Autogrammstunde e. bekannten Person

unterseeisch *submarin* (lat.)

Unterseite e. Flugzeugtragfläche *Flap,* das (engl., Pl. -s) das Klappenteil als Start- u. Landehilfe

untersetzt *ramassiert* (fr.) auch: dick

unterstellen *insinuieren* (lat.) auch: zutragen, sich einschmeicheln

Unterstellung 1. *Fiktion,* die (lat., Pl. -en) auch: Erdachtes; nur in der Vorstellung vorhanden 2. *Hypothese,* die (gr.-lat., Pl. -n) Annahme

unterstützen 1. *assistieren* (lat.) zur Hand gehen, helfen 2. *flankieren* (germ.-fr.) schützen, von der Seite decken; nicht verw. mit *flanieren* (fr.) dahinschlendern 3. *protegieren* (lat.-fr.) auch: bevorzugen 4. *supporten* (engl.-dt.) fördern, werblich unterstützen, vorwärtsbringen 5. *promoten* (engl.-dt.) 6. *pushen* (engl.) vorantreiben

unterstützend *subsidär* (lat.-fr.) u. *subsidiarisch* (lat.) auch: hilfeleistend; z. B. subsidiarisches Recht: Bestimmung, die angewendet wird, wenn übergeordnetes Recht keine Vorschriften enthält

Unterstützung durch staatliche Gelder *Subvention,* die (lat., Pl. -en) »Eine völlig subventionsfreie Gesellschaft gibt es nicht.« (Gerhard Schröder, Ministerpräsident von Niedersachsen, 1997)

Unterstützung gewähren *alimentieren* (lat.)

Unterstützung *Subvention,* die (lat., Pl. -en) staatliche Finanzhilfe für best. Wirt.-Bereiche: Bergbau, Landwirtschaft

untersuchen 1. *analysieren* (gr.-lat.) 2. *investigieren* (lat.) auch: nachforschen, verfolgen 3. *explorieren* (lat.) auch: erforschen, erkunden 4. *inquirieren* (lat.) nachforschen 5. *recherchieren* (lat.-fr.) ermitteln, Reporter recherchieren für e. Story 6. *sezieren* (lat.) eigtl.: zerschneiden; Ärzte sezieren e. Leiche; nicht verw. mit: *sezernieren* (lat.) e. Sekret absondern 7. *sondieren* (fr.) auch: ausloten, vorsichtig erkunden

Untersuchung 1. *Enquete,* die (lat.-fr., Pl. -n) 2. *Expertise,* die (lat.-fr., Pl. -n) wissenschaftliches

Gutachten 3. *Visitation,* die (lat., Pl. -en) z. B. Leibesvisitation 4. *Investigation,* die (lat.-engl., Pl. -en, -s) Nachforschung; FBI: Federal Bureau of Investigation 5. *Recherche,* die (lat.-fr., Pl. -n) Ermittlung; für die Story stellte der Reporter umfangreiche Recherchen an 6. *Inquisition,* die (lat., Pl. -en) einst: Untersuchungen u. Verfolgungen der kath. Kirche zur Reinerhaltung des Glaubens (bis ins 19. Jh.) 7. *Analyse,* die (gr.-lat., Pl. -n) eigtl.: Auflösung; systematische, meist wissenschaftliche Untersuchung

Untersuchung, medizinische ... *Check-up,* das (engl., Pl. -s) umfangreiche, ärztliche Kontrolle

Untersuchungsgefängnis, Pariser ... *Conciergerie,* die (fr., ohne Pl.)

Untersuchungsrichter *Inquisitor,* der (lat., Pl. -oren) i. S. e. strengen Richters, von *Inquisition,* die (lat., Pl. -en) Untersuchungen der kath. Kirche im Mittelalter

unterteilen *segmentieren* (lat.) auch: gliedern, in Teilstücke zerlegen

Untertreibung *Understatement,* das (engl., Pl. -s) man spricht vom »hanseatischen Understatement«; Hemingway »spielte« damit in seinen Romanen: nüchterne, unpathetische u. andeutende Ausdrucksform

Unterwanderung *Infiltration,* die (lat., Pl. -en) auch: das Einsickern

Unterwäsche der Cowboys *Longjohn,* der (am., Pl. -s) als Kombination: Hemd mit langer Hose

Unterwassergeschoß *Torpedo,* der (lat., Pl. -s)

unterwegs 1. *en route* (fr.) 2. *on the road* (engl.) auch Kultbuch der Beatniks: »On the road« von Jack Kerouac

Unterweisung in der Meditation *Satsang,* das (sanskr., ohne Pl.) bes.: geistige Einweisung

Unterwelt 1. *Hades,* der (gr., ohne Pl.) i. S. von Totenreich 2. *Erebos,* der (gr.-lat., ohne Pl.) in der gr. Sage: Totenreich 3. *Tartarus,* der (gr., ohne Pl.) aus der gr. Sagenwelt 4. *Orkus,* der (lat., ohne Pl.) auch: Totenreich 5. *Inferno,* das (lat.-it., ohne Pl.) Hölle

Unterwelt, zur ... gehörig *acherontisch* (gr.)

Unterwerfung *Kapitulation,* die (lat.-fr., Pl. -en) auch: Aufgeben; z. B. e. bedingungslose Kapitulation unterschreiben

unterwürfig 1. *devot* (lat.) z. B. sich devot gegenüber Vorgesetzten verhalten 2. *servil* (lat.) kriecherisch

Unterwürfigkeit 1. *Devotion,* die (lat., Pl. -en) 2. *Servilität,* die (lat., ohne Pl.)

unterzeichnen 1. *paraphieren* (gr.) e. Vertrag oder Vertragsentwurf mit der Paraphe (Namenszug oder Namensabkürzung) versehen 2. *signieren* (lat.-fr.) z. B. e. eigenes Buch oder Bild signieren

Untier *Chimäre,* die (gr.-lat., ohne Pl.) »Ziege«; auch: schauderhaftes Ungeheuer der gr. Sagenwelt: Löwe, Ziege u. Schlange in einem

untreu *illoyal* (lat.-fr.) e. Instanz oder Person nicht achtend; Ggs.: loyal

untypisch *atypisch* (gr.-lat.) i. S. von nicht regelmäßig; »a« – am Wortanfang bedeutet »un, nicht, ohne«, z. B. amusisch (ohne Musikverständnis) aber: »Abart« ist kein Mann ohne Bart

unumgänglich *obligatorisch* (lat.) bindend, verbindlich; Ggs.: fakultativ; nicht verw. mit *obligat* (lat.) »verpflichtet«; üblich; Ggs.: ad libitum

unumkehrbar *irreversibel* (lat.-fr.) Ggs.: reversibel

Unumkehrbarkeit *Irreversibilität,* die (lat.-fr., ohne Pl.) Ggs.: Reversibilität

unumschränkt *diktatorisch* (lat.) z. B. e. Land diktatorisch regieren

unumschränkte Herrschaft *Absolutismus,* der (lat.-fr., ohne Pl.) Regierungsform, in der alle Gewalt in der Hand e. Monarchen konzentriert ist; unter Absolutismus wird die europ. Staatsform des 17. u. 18. Jh. verstanden

unumschränkter Herrscher *Souverän,* der (lat.-fr., Pl. -e) einst: Landesfürst

unumstößlich *apodiktisch* (gr.-lat.) nicht widerlegbar (philos.)

ununterbrochen 1. *nonstop* (engl.) 2. *ensuite* (lat.-fr.) 3. *permanent* (lat.) 4. *kontinuierlich* (lat.) stetig; Ggs.: diskontinuierlich 5. *perpetuell* (lat.-fr.) auch: fortwährend

unveränderlich 1. *fix* (lat.) fest; z. B. e. fixe Idee (Zwangsvorstellung) 2. *inflexibel* (lat.) auch: nicht anpassungsfähig; Ggs.: flexibel 3. *konstant* (lat.) auch: beharrlich; e. konstante Größe (Math.) 4. *stabil* (lat.) beständig; auch: robust; Ggs.: labil 5. *statisch* (gr.) Ggs.: dynamisch

Unveränderlichkeit *Invarianz,* die (lat., ohne Pl.) Math.

unveräußerlich *inalienabel* (lat.) auch: nicht übertragbar

unverbindlich 1. *formell* (lat.-fr.) auch: gesellschaftlichen Regeln entsprechend 2. *inoffiziell* (lat.) nicht amtlich; Ggs.: offiziell

unverblümt *direkt* (lat.) auch: unmittelbar

unverbürgt *offiziös* (lat.-fr.) auch: halbamtlich

unverdächtig *koscher* (hebr.-jidd.) auch: einwandfrei

unverdaulich *krud* (lat.) i. S. von roh; auch: grausam

unvereinbar *inkompatibel* (lat.) z. B. Ämteranhäufung auf e. Person

Unvereinbarkeit *Inkompatibilität,* die (lat., ohne Pl.)

unverfälscht 1. *genuin* (lat.) 2. *pur* (lat.) rein 3. *authentisch* (gr.-lat.) echt, verbürgt 4. *original*

(lat.) auch: urschriftlich 5. *veritabel* (lat.-fr.) wahrhaft
unvergleichbar *inkomparabel* (lat.)
unverhältnismäßig *disproportioniert* (lat.) auch: ungleich
unverkennbar *typisch* (gr.-lat.)
unverkürzt *akatalektisch* (gr.) d. h. mit e. vollständigen Versfuß endend; nicht verw. mit *katalektisch* (gr.) mit e. unvollständigen Versfuß endend
unverletzlich *sakrosankt* (lat.) auch: hochheilig
unvermeidlich 1. *obigat* (lat.) »verbunden«; auch: üblich 2. *obligatorisch* (lat.) verpflichtend, bindend; Ggs.: fakultativ
unvermischt *pur* (lat.)
unvermittelt 1. *abrupt* (lat.) auch: plötzlich 2. *brüsk* (it.-fr.) »rauh«; auch: schroff
Unvermögen 1. *Inkompetenz,* die (lat., Pl. -en) Ggs.: Kompetenz 2. *Impotenz,* die (lat., Pl. -en) i. S. von: Zeugungsunfähigkeit
Unvermögen Harn oder Stuhl zurückzuhalten *Inkontinenz,* die (lat., Pl. -en) Harninkontinenz (med.)
Unvermögen, technisches ... *Flashing 12.00* (engl.-am.) flashing (blinkend), das blinkende 12.00-Zeichen am Videorekorder ist symbolisch für das technische Unvermögen der Bürger, auch nur die Uhrzeit programmieren zu können
unvermögend *impotent* (lat.) z. B. unfähig zum Geschlechtsverkehr; »Warum jetzt plötzlich ganz Deutschland impotent ist, ist mir auch nicht ganz klar.« (Klaus-Peter Jünemann, Urologe, zur Potenzpille Viagra, 1998)
unverschämt 1. *impertinent* (lat.) 2. *infam* (lat.) »verrufen«; bösartig; »Das ist e. infame Lüge!« 3. *penetrant* (lat.-fr.) aufdringlich; durchdringend; im Raum herrschte e. penetranter Gestank 4. *präpotent* (lat.) eigtl.: sehr mächtig; dennoch: frech, überheblich
Unverschämtheit 1. *Impertinenz,* die (lat., ohne Pl.) 2. *Affront,* der (lat.-fr., Pl. -s) auch: Beleidigung 3. *Chuzpe,* die (hebr.-jidd., ohne Pl.) Dreistigkeit 4. *Infamie,* die (lat., Pl. ...ien) Niedertracht
unversehrt *intakt* (lat.) heil
unversöhnlich *intransigent* (lat.) kompromißlos
Unversöhnlichkeit *Intransigenz,* die (lat., ohne Pl.) Kompromißlosigkeit
Unverstand *Anoia,* die (gr.-lat., ohne Pl.)
unverständlich 1. *abstrus* (lat.) z. B. abstruse Ideen im Kopf haben 2. *konfus* (lat.) auch: verworren, durcheinander
Unverträglichkeit *Intoleranz,* die (lat., Pl. -en) i. S. von Unduldsamkeit; Ggs.: Toleranz; »Die schreckenvollste Seite, die der Fanatismus jeder Art darbietet, ist die Intoleranz.« (Friedrich Gentz)
unverzüglich 1. *prompt* (lat.-fr.) sofort 2. *spontan* (lat.) unmittelbar 3. *stante pede* (lat.) »stehenden Fußes«, sofort
unvollendet *fragmentarisch* (lat.) bruchstückhaft
unvoreingenommen *objektiv* (lat.) i. S. von: sachlich; Ggs.: subjektiv
unvorschriftsmäßig 1. *illegal* (lat.) 2. *illegitim* (lat.) 3. *irregulär* (lat.) regelwidrig; Ggs.: regulär
unvorstellbar groß 1. *astronomisch* (gr.-lat.) z. B. für e. Sache astronomische Summen bezahlen 2. *gigantisch* (gr.-lat.) riesenhaft 3. *monströs* (lat.-fr.) ungeheuerlich
Unwägbarkeit *Imponderabilität,* die (lat., ohne Pl.)
Unwägbarkeiten *Imponderabilien,* die (lat., nur Pl.) Ggs.: Ponderabilien
unwesentlich *akzidentiell* (lat.-fr.) auch: zufällig, ungewöhnlich
unwichtig 1. *irrelevant* (lat.) Ggs.: relevant 2. *sekundär* (lat.-fr.) zweitrangig 3. *marginal* (lat.) am Rande, randständig
Unwichtigkeit *Irrelevanz,* die (lat., Pl. -en) Ggs.: Relevanz
unwiderleglich *apodiktisch* (gr.) auch: endgültig
unwiderstehlich *magnetisch* (gr.-lat.) jmdm. magnetisch verfallen sein, unerklärlich anziehend; auch: ferromagnetische Stoffe anziehend
unwillkürlich 1. *automatisch* (gr.-lat.-fr.) 2. *mechanisch* (gr.-lat.) 3. *habituell* (lat.-fr.) gewohnheitsmäßig 4. *instinktiv* (lat.-fr.) unwillkürlich 5. *spontan* (lat.) unmittelbar; spontan aufspringen
unwirklich 1. *imaginär* (lat.-fr.) nur in der Vorstellung 2. *phantastisch* (gr.-lat.) nicht wirklich 3. *irreal* (lat.) Ggs.: real 4. *abstrakt* (lat.) nur begrifflich, z. B. die abstrakte Malerei eines Miró (1893-1983) 5. *ideell* (fr.) i. S. von: gedanklich
Unwirklichkeit *Irrealität,* die (lat., ohne Pl.) Ggs.: Realität
unwirksam 1. *ineffektiv* (lat.) er ergriff ineffektive Maßnahmen; Ggs.: effektiv 2. *ineffizient* (lat.) Ggs.: effizient
unwirksam machen *neutralisieren* (lat.)
Unwirksamkeit 1. *Inaktivität,* die (lat., ohne Pl.) 2. *Ineffizienz,* die (lat., Pl. -en) Ggs.: Effizienz
unwirtschaftlich 1. *ineffizient* (lat.) unwirksam; Ggs.: effizient 2. *ineffektiv* (lat.) Ggs.: effektiv
Unwissender *Ignorant,* der (lat., Pl. -en) in abwertendem Sinn
Unwissenheit 1. *Ignoranz,* die (lat., ohne Pl.) abwertend 2. *Agnosie,* die (gr.-lat., Pl. ...ien) »das Nichterkennen«; auch: Nichtwissen
Unwürdigkeit *Indignität,* die (lat., ohne Pl.)
Unzahl *Myriaden,* die (gr.-lat., nur Pl.) auch: Unmenge
Unzeit, zur ... *mal-à-propos* (fr.) auch: ungelegen
unzeitgemäß 1. *anachronistisch* (gr.-lat.) auch: im

Widerspruch zum Fortschritt 2. *antiquiert* (lat.) veraltet 3. *obsolet* (lat.) i. S. von: ungebräuchlich
Unzivilisiertheit *Barbarei,* die (gr.-lat., Pl. -en)
Unzucht *Sodomie,* die (lat., Pl. -n) mit Tieren
unzüchtig 1. *priapeisch* (gr.-lat.) 2. *priapisch* (gr.-lat.) wird gern von Sigrid Löffler (»Literarisches Quartett«) verwendet
Unzufriedenheit *Dyskolie,* die (gr., ohne Pl.)
unzugänglich 1. *reserviert* (lat.) z. B. e. reservierte Person sein; auch i. S. von besetzt 2. *impassabel* (fr.) i. S. von ungangbar
unzulänglich *dilettantisch* (lat.-it.) z. B. dilettantisch arbeiten
Unzulänglichkeit *Insuffizienz,* die (lat., Pl. -en) z. B. e. Organs (med.) Ggs.: Suffizienz
unzulässig *inkorrekt* (lat.) auch: fehlerhaft; Ggs.: korrekt
unzureichend *insuffizient* (lat.) auch: geschwächt
unzusammenhängend *inkohärent* (lat.) Ggs.: kohärent
unzuständig *inkompetent* (lat.) nicht befugt; Ggs.: kompetent
unzweckmäßig *inopportun* (lat.) Ggs.: opportun
Unzweckmäßigkeit *Inopportunität,* die (lat., Pl. -en) Ggs.: Opportunität
üppig 1. *lukullisch* (lat.) nach dem altröm. Feldherrn Lucullus (117-57 v. Chr.) auch: schwelgerisch 2. *luxuriös* (lat.) prunkvoll 3. *opulent* (lat.) auch: reichlich; e. opulentes Mahl einnehmen 4. *sumptuös* (lat.) verschwenderisch
uralt 1. *archaisch* (gr.-lat.) 2. *ogygisch* (gr.-lat.) nach dem sehr alten König von Theben Ogygos
Uranfang, der ... *Tai-ki,* das (chin., ohne Pl.) in der chin. Philosophie; die Vereinigung des männlichen u. weiblichen Prinzips: Yang (männliche Urkraft) u. Yin (die dunkle weibliche Urkraft)
Uraufführung *Premiere,* die (lat.-fr., Pl. -n)
Urbegriff *Idee,* die (gr.-lat.-fr., Pl. Ideen) den wirklichen Dingen zugrunde liegender Gedanke (philos.) auch: Einfall; »Eine Idee muß Wirklichkeit werden können, oder sie ist e. Seifenblase.« (Berthold Auerbach)
Urbild 1. *Original,* das (lat., Pl. -e) 2. *Prototyp,* der (gr.-lat., Pl. -en) 3. *Archetyp,* der (gr.-lat., Pl. -en)
urbildlich *archetypisch* (gr.-lat.)
Ureinwohner 1. *Aborigines,* die (lat.-engl., nur Pl.) Ureinwohner Australiens 2. *Autochthone,* der (gr.-lat., Pl. -n) auch: Eingeborener
Urform *Archetypus,* der (gr., Pl. ...pen)
Urform, der ... entsprechend *archetypisch* (gr.)
Urheber 1. *Autor,* der (lat., Pl. ...oren) z. B. e. Buches 2. *Initiator,* der (lat., Pl. ...oren) jmd., der e. Idee verwirklicht, e. Anstoß gibt 3. *Inventor,* der (lat., Pl. ...oren) Erfinder
Urheberrecht *Copyright,* das (engl.-am., Pl. -s) »Wenn wir in Tschechien Copyright sagen, meinen wir das Recht zu kopieren.« (Roman Stanek, Direktor von Sybase Czech, 1997)
Urknall *Big bang,* der (engl.-am., ohne Pl.)
Urkunde 1. *Diplom,* das (gr.-lat., Pl. -e) z. B. Diplom-Ingenieur, kurz: Dipl.-Ing. 2. *Dokument,* das (lat., Pl. -e) 3. *Police,* die (gr.-lat.-it.-fr., Pl. -n) z. B. Versicherungspolice über e. abgeschlossenen Vertag mit e. Versicherung 4. *Charta,* die (ägypt.-gr.-lat., Pl. -s) Verfassungsurkunde 5. *Charte,* die (lat.-fr., Pl. -n) Urkunde im Staats- u. Völkerrecht 6. *Bulle,* die (lat., Pl. -n) mittelalterliche Urkunde mit Metallsiegel; z. B. die Goldene Bulle Kaiser Karls IV. (1316-1378) 7. *Zertifikat,* das (lat., Pl. -e) auch: Zeugnis; Anteilschein
Urkundenauszüge *Regesten,* die (lat., nur Pl.)
Urkundenforscher *Diplomatiker,* der (gr.-lat.-fr., Pl. –)
Urkundenlehre *Diplomatik,* die (gr.-lat.-fr., ohne Pl.)
Urkundensammlung *Archiv,* das (gr.-lat., Pl. -e)
urkundlich *dokumentarisch* (lat.)
Urlauber *Tourist,* der (gr.-lat.-fr.-engl., Pl. -en)
Urne 1. *Ossarium,* das (lat., Pl. ...ien) 2. *Kanope,* die (Eigenn., Pl. -n) aus dem alten Ägypten für die Eingeweide der Toten (nach der Stadt Kanobos benannt)
Ursache 1. *Antezedens,* das (lat., Pl. ...denzien) auch: Grund 2. *Causa,* die (lat., Pl. ...sae) auch: Rechtsgrund, z. B. Cause célèbre, die (lat.-fr., Pl. -s -s): berühmter Rechtsstreit 3. *Motiv,* das (lat., Pl. -e) z. B. Handlungsmotiv 4. *Faktor,* der (lat., Pl. ...oren) eigtl.: Macher; wichtiger Umstand; nicht verw. mit *Faktur,* die (lat.-it., Pl. -en) Warenrechnung; auch: Aufbau e. Komposition
Ursache, mit der ... hört auch die Wirkung auf *cessante causa, cessat effectus* (lat., Zitat)
ursächlich *kausal* (lat.)
Urschrift 1. *Manuskript,* das (lat., Pl. -e) kurz: Ms. 2. *Original,* das (lat., Pl. -e)
Urschrift, stimmt mit der ... überein *concordat cum originali* (lat., Zitat)
urschriftlich *original* (lat.)
Ursprung 1. *Genesis,* die (gr.-lat., ohne Pl.) auch: Entstehung 2. *Provenienz,* die (lat., Pl. -en) auch: Herkunft
Ursprung, der ... aller Dinge ist klein *omnia rerum principia parva sunt* (lat., Zitat: Cicero)
Ursprung, vom ... an *ad ovo* (lat., Zitat nach Homer)
ursprünglich 1. *original* (lat.) 2. *originär* (lat.) 3. *originell* (lat.-fr.) 4. *primär* (lat.-fr.) 5. *primitiv* (lat.-fr.) sehr einfach
Ursprünglichkeit *Originalität,* die (lat., ohne Pl.)

Ursprungszeugnis *Certificate of origin,* das (engl., Pl. -s) i. S. e. Bestätigung des Exportlandes zum Warenursprung

Urstoff 1. *Element,* das (lat., Pl. -e) 2. *Protoplasma,* das (gr.-lat., ohne Pl.) Lebenssubstanz aller Zellen

Urstoff in der altgr. Naturphilosophie *Hyle,* die (gr., ohne Pl.)

Urteil 1. *Votum,* das (lat., Pl. ...ta, ...ten) auch: Stimme, Volksentscheidung 2. *Verdikt,* das (lat.-engl., Pl. -e) Urteilsspruch 3. *Rejektorium,* das (lat., Pl. ...ien) Rechtsw. 4. *Eudoxie,* die (gr., Pl. ...ien) i. S. e. sicheren Urteils 5. *Logos,* der (gr.-lat., Pl. Logoi) logisches, folgerichtiges Urteil

urteilen *dijudizieren* (lat.) entscheiden

urteilen, weise ... *salomonisch* (nach dem biblischen König Salomon); »ein Salomonisches Urteil fällen«, Salomons Urteil im Streit zweier Frauen um e. Kind gilt als bes. weise

Urteilsaufhebung *Kassation,* die (lat., Pl. -en) d. h.: die nächsthöhere Instanz hebt e. Urteil auf

Urteilsenthaltung *Aphasie,* die (gr., Pl. ...ien) philos.

urteilsfähig *kompetent* (lat.)

urteilslos *akritisch* (gr.-lat.) Ggs.: kritisch

Urteilsspruch *Sentenz,* die (lat., Pl. -en) Richterspruch

Urteilsüberprüfung *Revision,* die (lat., Pl. -en) »prüfende Wiederdurchsicht« bei Urteilen, in der Buchhaltung e. Firma

Urteilsvermögen *Judizium,* das (lat., Pl. ...ien) durch Erfahrung u. lange Praxis erworben

Urtext *Original,* das (lat., Pl. -e)

Urtierchen *Amöbe,* die (gr., Pl. -n) i. S. von: Einzeller der Klasse Wurzelfüßer; Erreger der Amöbenruhr

Urvogel *Archäopteryx,* der (gr., Pl. -e) aus der Jurazeit (ausgestorben)

Urwald *Dschungel,* der (Hindi, ohne Pl.)

Urwaldvogel, bunter ... *Quetzal,* der (indian.-sp., Pl. -s) auch: Guatemalas Wappentier

Urweltechse *Saurier,* der (gr., Pl. –)

urwüchsig 1. *animalisch* (lat.) auch: triebhaft, tierisch 2. *originell* u. *originär* (lat.-fr.) auch: einfallsreich; schöpferisch; »... ganz originär aus der bayrischen Identität zu schöpfen u. damit ganz Deutschland u. Europa zu beeinflussen.« (Theo Waigel, CSU, 1998)

Urzeit *Azoikum,* das (gr., ohne Pl.) ohne Spuren organischen Lebens

urzeitlich *fossil* (lat.) »ausgegraben«, als Versteinerung erhalten; Ggs.: rezent

Urzeugung *Abiogenese* u. *Abiogenesis,* die (gr., ohne Pl.) eigtl.: Entstehung aus Unbelebtem; Annahme, daß Lebewesen einst aus »toter« Materie entstanden seien

Urzustand, chaotischer *Tohuwabohu,* das (hebr., Pl. -s) »Wüste u. Öde« (nach 1. Mose 1, 2) Wirrwarr

US-Amerikaner 1. *Uncle Sam,* der (engl.-am., ohne Pl.) Onkel Samuel, nach der ehemaligen amtlichen Bezeichnung: U.S.-Am. für USA, scherzhaft für US-Regierung u. US-Bürger 2. *Yankee,* der (am., Pl. -s) Spitzname für Bewohner der am. Nordstaaten

US-Nationalgesang *Yankee-doodle,* der (am., ohne Pl.) um 1750 Spottlied auf die am. Truppen im Unabhängigkeitskrieg gegen England

V

Vater 1. *Papa,* der (fr., Pl. -s) 2. *Daddy,* der (engl., Pl. -s) 3. *Senior,* der (lat., Pl. -en) im Vater-Sohn-Verhältnis

Vater der Mönche *Antonius der Große,* um 300, lebte in der ägyptischen Wüste, Begründer der Einsiedlergemeinde, nach ihm wurde e. verheerende, lepraähnliche Seuche des frühen Mittelalters »Antoniusfeuer« genannt

Vater des Vaterlandes *Pater patriae,* der (lat.) Ehrentitel verdienter Staatsbeamter im alten Rom

Vater, ich habe gesündigt *pater peccavi* (lat., Zitat: Lukas 15,18)

Vaterland, wo es mir gut geht, da ist mein ... *ubi bene, ibi patria* (lat., Zitat: Aristophanes)

vaterländisch 1. *national* (lat.) 2. *patriotisch* (gr.-lat.-fr.)

Vaterlandsbegeisterter *Chauvinist,* der (fr., Pl. -en)

Vaterlandsbegeisterung *Chauvinismus,* der (fr., ohne Pl.)

Vaterlandsliebe *Patriotismus,* der (gr.-lat.-fr., ohne Pl.)

Vaterlandsloser *Apatride,* der (gr., Pl. -n) auch: Staatenloser

Vätern, zu den ... *ad patres,* kurz: *a.p.* (lat., Zitat) ... gehen, d. h. sterben

Vaterrecht *Patriarchat,* das (gr.-lat., Pl. -e) der Mann nimmt in Staat u. Familie e. bes. Stellung ein

vaterrechtlich *patriarchalisch* (gr.-lat.)

Vaterschaft *Paternität,* die (lat., ohne Pl.)

Vaterunser *Paternoster,* der (lat., ohne Pl.) Gebet; auch: der (lat., Pl. –) Aufzug ohne Tür (Umlaufaufzug)

Vegetarier, e. konsequenter ... *Veganer,* der (lat., ohne Pl.)

Vegetarier, Jugendliche ... *Earth Tones* (engl.: Erdtöne) ... die als Konsumentengruppe kein Fleisch ißt, batikgefärbte Kleidung trägt, sanfte Drogen konsumiert, teure Stereoanlagen besitzt

Veitstanz *Chorea,* die (gr.-lat., ohne Pl.) med.

veitstanzartig *choreaform* u. *choreiform* (gr.-lat.)

Vektorrechnung *Tensor,* der (lat., Pl. ...oren) math.; auch: Spannmuskel (med.)

Venenentfernung ... 1. *Strippen,* das (engl., ohne Pl.) ... im Falle e. krankhaften Veränderung der Vene (med.); auch: e. Entkleidungsnummer vorführen, sich in e. Nachtlokal entkleiden 2. *Stripping,* das (engl., Pl. -s) ausschälende Operation mit Spezialinstrumenten

Venenentzündung *Phlebitis,* die (gr.-lat., Pl. ...itiden) med.

Verabredung 1. *Date,* das (am., Pl. -s) 2. *Rendezvous,* das (lat.-fr., Pl. –) i. S. e. Stelldicheins 3. *Kollusion,* die (lat., Pl. -en) i. S. e. sittenwidrigen Absprache 4. *Meeting,* das (engl., Pl. -s) Gesprächsrunde

verabreichen *applizieren* (lat.) Arzneimittel werden appliziert (med.)

verabscheuen 1. *abhorreszieren* (lat.) auch: ablehnen 2. *perhorreszieren* (lat.) strikt ablehnen 3. *detestieren* (lat.-fr.) auch: verwünschen

verabscheuungswürdig 1. *abhorreszierend* (lat.) 2. *perhorreszierend* (lat.) 3. *detestabel* (lat.-fr.) auch: verwünschenswert

verachten 1. *abjizieren* (lat.) 2. *despektieren* (lat.) i. S. von: Personen geringschätzen

verächtlich 1. *despektierlich* (lat.) 2. *en canaille* (fr.) wegwerfend 3. *abjekt* (lat.) 4. *pejorativ* (lat.) abwertend

Verächtlichmachung 1. *Diskriminierung,* die (lat., Pl. -en) auch: Absonderung, Trennung z. B. von Bevölkerungsgruppen 2. *Ageism* (engl.) Begriff für die Diskriminierung jüngerer oder älterer Personengruppen, da die Verständigung fehlt

verallgemeinern 1. *generalisieren* (lat.) in Einzelfällen auf das Gesamte schließen 2. *pauschalisieren* (lat.) 3. *verabsolutieren* (dt.-lat.) 4. *abstrahieren* (lat.) »Abstrahieren heißt die Luft melken.« (Friedrich Hebbel)

Verallgemeinerung 1. *Abstraktion,* die (lat., Pl. -en) 2. *Generalisation,* die (lat., Pl. -en)

veraltet 1. *antiquiert* (lat.) 2. *obsolet* (lat.) auch: überholt 3. *dekrepit* (lat.-fr.) svw. heruntergekommen 4. *anachronistisch* (gr.-lat.) auch: überholt

veränderlich 1. *inkonstant* (lat.) Ggs.: konstant 2. *labil* (lat.) i. S. von unbeständig 3. *variabel* (lat.-fr.) i. S. von abwandelbar 4. *mutabel* (lat.) auch: wandelbar 5. *instabil* (lat.) Ggs.: stabil

Veränderlichkeit 1. *Variabilität,* die (lat.-fr., ohne Pl.) z. B. durch Umwelt- oder Erbguteinflüsse 2. *Instabilität,* die (lat., Pl. -en) auch: Unsicherheit 3. *Mutabilität,* die (lat., ohne Pl.) Unbeständigkeit

verändern 1. *alterieren* (lat.) auch: abändern 2. *variieren* (lat.-fr.) abwandeln, z. B. e. musikalisches Thema 3. *modifizieren* (lat.) auch: erneuern 4. *nuancieren* (lat.-fr.) etwas – 5. *affizieren* (lat.) med. etwas zwanghaft verändern 6. *revidieren* (lat.) »wieder hinsehen«; auch: prüfen 7. *revolutionieren* (lat.-it.-fr.) total verändern; nicht verw. mit *revoltieren* (lat.-it.-fr.) meutern, sich empören 8. *transformieren* (lat.) umwandeln

Veränderung 1. *Variation,* die (lat.-fr., Pl. -en) auch: Abwandlung 2. *Modifikation,* die (lat., Pl. -en) i. S. von Erneuerung 3. *Diversifikation,* die (lat., Pl. -en) e. Unternehmen betreibt Diversifikation (Vielseitigkeit) der Produktpalette, um das Absatzrisiko zu streuen 4. *Mutation,* die (lat., Pl. -en) Veränderung im Erbgut; auch: Stimmbruch bei Eintritt der Pubertät 5. *Metabolismus,* der (gr., ohne Pl.) auch: Stoffwechsel (med.) 6. *Modulation,* die (lat., Pl. -en) z. B. Übergang von einer Tonart in die andere (musik.)

Veranlagung 1. *Disposition,* die (lat., Pl. -en) auch: Planung, Gliederung 2. *Habitus,* der (lat., ohne Pl.) auch: Erscheinungsbild; Haltung 3. *Naturell,* das (lat.-fr., Pl. -e) Wesensart 4. *Temperament,* das (lat.-fr., Pl. -e) eigtl. die gehörige Mischung; Lebhaftigkeit

veranlassen *motivieren* (lat.-fr.) i. S. von: jmdn. veranlassen etwas gern zu tun

veranschaulichen *illustrieren* (lat..) z. B. mit Bildern

veranschaulichend *illustrativ* (lat.) z. B. durch Abbildungen

Veranschaulichung 1. *Illustration,* die (lat., Pl. -en) z. B. durch Bildmaterial 2. *Demonstration,* die (lat.-engl., Pl. -en) Vorführung; auch: Massenprotest 3. *Exemplifikation,* die (lat., Pl. -en) auch: beispielhafte Erläuterung

Veranstaltung 1. *Festival,* das (lat.-fr.-engl., Pl. -s) z. B. Musikfestival 2. *Meeting,* das (engl., Pl. -s) svw. Treffen 3. *Soiree,* die (lat.-fr., Pl. Soireen) 4. *Biennium,* das (lat., Pl. ...ien) findet z. B. alle zwei Jahre in Venedig (Biennale) statt 5. *Triennale,* die (lat., Pl. -n) findet alle drei Jahre statt 6. *Quadriennale,* die (lat., Pl. -n) alle vier Jahre stattfindende Veranstaltung

Veranstaltung, große Rave-... *Mega-Rave,* der (gr.-engl.-am., Pl. -s) ... haben bisweilen zehntausend Besucher; »Generation Move« 1998 in Hamburg: 400 000 Raver, 20 Sound-Trucks (Lautsprecherwagen)

Veranstaltungshöhepunkt *Clou,* der (lat.-fr., Pl. -s) »Nagel«; allg.: Höhepunkt in e. Ablauf

Verantwortung, von ... geprägte Lebensführung *ethisch* (gr.-lat.) »Dies ist die ethisch beste Regierung der Geschichte.« (Bill Clinton, US-Präsident, 1994)

Verantwortungslosigkeit, soziale ... *Neospießigkeit,* die (lat.-dt., ohne Pl.) ... im Zeichen hedonistischer (genußsüchtiger) Lebenshaltung; »Der Altspießer ist intolerant gegen alles, was er nicht selber tut oder ist, der Neospießer verlangt Toleranz für alles was er ist u. tut.« (Bernd Ullrich)

verärgert 1. *indigniert* (lat.) auch: entrüstet 2. *pikiert* (fr.) gekränkt

Verarmung *Pauperismus,* der (lat., ohne Pl.)

Verästelung, feinste ... der Nervenzellen *Telodendron,* das (gr., Pl. ...ren) med.

veräußerlich *alienabel* (lat.)

veräußern *alienieren* (lat.) verkaufen

Veräußerung 1. *Alienation,* die (lat., Pl. -en) 2. *Abalienation,* die (lat., Pl. -en)

Verband 1. *Bandage,* die (germ.-fr., Pl. -n) 2. *Organisation,* die (gr.-lat.-fr., Pl. -en) Verband mit Funktion, z. B. Arbeitgeberorganisation, Gewerkschaft

Verband für Teilabdeckungen am Kopf *Funda,* die (lat., Pl. ...dae) med.

verbannen 1. *deportieren* (lat.) svw. zwangsweise verschicken; England deportierte einst Verbrecher nach Australien 2. *exilieren* (lat.) ins Exil schicken 3. *expatriieren* (lat.) ausbürgern 4. *proskribieren* (lat.) ächten 5. *denaturalisieren* (lat.) i. S. von: ausbürgern; nicht verw. mit *denaturieren* (lat.) ungenießbar machen

Verbannter *Exilant,* der (lat., Pl. -en) z. B. Joseph Conrad (1857-1924) Schriftsteller u. Kapitän der britischen Handelsmarine

Verbannung 1. *Deportation,* die (lat., Pl. -en) z. B. von Häftlingen in abgeschiedene Gebiete 2. *Exil,* das (lat., Pl. -e) z. B. im Exil leben 3. *Expatriation,* die (lat., Pl. -en) Ausbürgerung

Verbannung, in der ... leben *exulieren* (lat.)

Verbannungsort *Exil,* das (lat., Pl. -e)

verbergen 1. *kaschieren* (lat.-fr.) auch: verheimlichen 2. *dissimulieren* (lat.) e. Krankheit verbergen; Ggs.: simulieren

Verbesserer *Reformer,* der (lat.-fr.-engl., ohne Pl.)

verbessern 1. *redigieren* (lat.-fr.) e. Text druckreif bearbeiten 2. *lektorieren* (lat.) e. Manuskript prüfen u. verbessern 3. *emendieren* (lat.) e. Boden durch Bewässerung verbessern 4. *ameliorieren* (lat.-fr.) e. Feld ertragreicher machen 5. *korrigieren* (lat.) 6. *reformieren* (lat.) auch: erneuern

verbessernd *innovativ* (lat.) i. S. e. vorteilhaften Neuerung

Verbesserung 1. *Innovation,* die (lat., Pl. -en) z. B. Kunststoffe, die sich nach vorgegebener Zeit selbst zersetzen, stellen e. bes. Innovation (i. S. der Ökologie) dar 2. *Reform,* die (lat.-fr., Pl. -en) die z. B. Bestehendes verbessert 3. *Reformation,* die (lat., Pl. -en) i. S. e. geistigen Verbesserung, Reformationszeit 4. *Emendation,* die (lat., Pl. -en) z. B. von Texten 5. *Retusche,* die (fr., Pl. -n) Fotografien verbessern 6. *Amelioration,* die (lat.-fr., Pl. -en) i. S. e. Ertragsverbesserung des Bodens 7. *Korrektur,* die (lat., Pl. -en) auch: Druckberichtigung

Verbesserung der Produktion *Kaizen,* das (jap., ohne Pl.) »VW hat aus Kaizen den ›kontinuierlichen Verbesserungsprozeß: KVP2‹ gemacht, für mich heißt das ›Knien vor Piëch zweimal täglich!‹« (Minoru Tominaga, Unternehmensberater, 1997)

Verbeugung 1. *Reverenz,* die (lat., Pl. -en) 2. *Kotau,* der (chin., Pl. -s) Ehrerweisung

verbinden 1. *assoziieren* (lat.-fr.) in der Vorstellung etwas verbinden 2. *liieren* (lat.-fr.) z. B. mit e. Person liiert sein 3. *bandagieren* (fr.) mittels e. Verbandes 4. *alliieren* (lat.-fr.) 5. *koalieren* u. *koalisieren* (lat.-engl.-fr.) sich verbünden 6. *kombinieren* (lat.) auch: mutmaßen; Detektiv Nick Knatterton war Meister im Kombinieren

verbindlich *obligatorisch* (lat.) svw. zwingend; Ggs.: fakultativ; nicht verw. mit *obligat* (lat.) »verbunden«; auch: erforderlich, üblich

Verbindlichkeit im Umgang *Konzilianz,* die (lat.-fr., ohne Pl.) auch: freundliches Entgegenkommen

Verbindlichkeit *Obligo,* das (lat.-it., Pl. -s) z. B. e. Angebot »ohne Obligo«, unverbindlich, abgeben

Verbindlichkeiten *Passiva,* die (lat., nur Pl.) gemeint ist die rechte Seite der Bilanz, auf der die Schulden u. das Eigenkapital e. Unternehmens geführt werden; Ggs.: Aktiva

Verbindung 1. *Assoziation,* die (lat.-fr., Pl. -en) die in Vorstellung beruht 2. *Junktim,* das (lat., Pl. -s) »vereinigt«; bei e. Junktim zwischen Verträgen kann e. Vertrag mit oder ohne die anderen Verträge geschlossen werden 3. *Ternion,* die (lat., Pl. -en) Verbindung von drei Gegebenheiten 4. *Liaison,* die (lat.-fr., Pl. -s) e. nicht standesgemäße Liebschaft 5. *Allianz,* die (lat.-fr., Pl. -en) z. B. Staatenallianz; auch: Name e. großen dt. Versicherung 6. *Integration,* die (lat., Pl. -en) auch: Eingliederung; Ggs.: Desintegration 7.

Koalition, die (lat.-fr.-engl., Pl. -en) Bündnis mehrerer Parteien oder Staaten, z. B. Koalition aus CDU, CSU u. F.D.P. 8. *Kombination,* die (lat., Pl. -en) auch: Zusammenstellung 9. *Kontakt,* der (lat., Pl. -e) z. B. Kontakthof in e. Eros-Center; Kontaktlinse 10. *Synthese,* die (gr.-lat., Pl. -n) Zusammenfügung; Ggs.: Analyse 11. *Union,* die (lat., Pl. -en) auch: Bund

Verbindung des Mobiltelefons mit dem Telefonnetz *Uplink,* das (engl.-am., Pl. -s) d. h. Verbindung: Funktelefon mit dem leitungsgebundenen Telefon

Verbindung, chem. ... von Stickstoff mit Wasserstoff *Hydrazin,* das (gr.-lat., ohne Pl.) farblose rauchende Flüssigkeit, entsteht beim Rauchen, krebserregend; nicht verw. mit *Hydrazine,* die (gr.-lat., nur Pl.) organische Basen des Hydrazins (als Lösemittel verwendete Verbindung)

Verbindung, operative ... zwischen zwei Darmstücken *Enteroanastomose,* die (gr.-lat., Pl. -n) med.

Verbindungen *Connections,* die (engl., nur Pl.) muß man spielen lassen um erfolgreich zu sein

Verbindungslinie ... *Isobare,* die (gr.-lat., Pl. -n) ... zwischen Orten gleichen Luftdrucks, Begriff aus der Wetterkarte

Verbindungsstück an e. Rohr *Fitting,* das (engl., Pl. -s)

verbissen *fanatisch* (lat.-fr.) svw. rücksichtslos für etwas einsetzen

verblüffen *frappieren* (germ.-fr.)

verblüffend 1. *frappant* (germ.-fr.) 2. *phänomenal* (gr.) außerordentlich; »Wie er sich versenkt, wie er sich einläßt, das ist phänomenal.« (Erja Honkanen über den Rennfahrer Mika Häkkinen, 1998)

verblüfft *perplex* (lat.-fr.)

verborgen 1. *intim* (lat.) auch: innig, vertraut 2. *latent* (lat.) z. B. e. latent vorhandene Krankheit; unsichtbar

Verborgenes über jmdn. öffentlich machen *Outing,* das (engl., ohne Pl.) als Verb: outen; »Das Outing von Sextätern ist e. Denkzettel...« (Helmut Rüster, Sprecher Weißer Ring, 1998)

Verbot kirchlicher Amtshandlungen *Interdikt,* das (lat., Pl. -e)

Verbot *Tabu,* das (polynes., Pl. -s) Regeln, die bei Naturvölkern unbedingt einzuhalten sind

verboten 1. *tabu* (polynes.) 2. *illegal* (lat.) Ggs.: legal 3. *irregulär* (lat.) Ggs.: regulär

verboten, etwas für ... erklären *tabuisieren* (polynes.) »Es ist nach wie vor verkrampft u. tabuisiert, aber es normalisiert sich auch.« (Ignatz Bubis, zum Verhältnis zwischen Deutschen u. Juden, 1998)

Verbrauch *Konsum,* der (lat.-it., ohne Pl.) z. B. Konsumgüter

verbrauchen *konsumieren* (lat.-it.)

Verbraucher *Konsument,* der (lat.-it., Pl. -en) Käufer von Konsumgütern

Verbraucher, der wachsame, informierte ... *vigilant Consumer,* der (engl.-am., Pl. –) von: vigilant (wachsam) auch: kritischer Käufer im Einzelhandel

Verbrauchertyp, neuer ... *Bossi,* der (am., Pl. -s) ... aus der ehemaligen DDR, der nach der Wende rasch zu Geld gekommen ist

Verbrauchssteuer *Akzise,* die (fr., Pl. -n) ... indirekte u. Verkehrssteuer; z. B. im Mittelalter die Torabgabe

Verbrechen *Delikt,* das (lat., Pl. -e) Straftat

Verbrechenslehre *Kriminalistik,* die (lat., ohne Pl.)

Verbrecher 1. *Gangster,* der (engl., Pl. –) 2. *Ganove,* der (jidd., Pl. -n) 3. *Outlaw,* der (engl., Pl. -s) 4. *Herostrat,* der (gr., Pl. -en) aus Geltungs- oder Ruhmessucht 5. *Kriminelle,* der (lat.-fr., Pl. -n); nicht verw. mit *Kriminaler,* der (lat., ohne Pl.) ugs. Kriminalbeamter 6. *Delinquent,* der (lat., Pl. -en) auch: Übeltäter

Verbrecherbande *Racket,* das (engl., Pl. -s)

verbrecherisch 1. *delinquent* (lat.) 2. *kriminell* (lat.-fr.)

verbreiten 1. *dispergieren* (lat.) auch: zerstreuen 2. *kolportieren* (lat.-fr.) svw. Gerüchte verbreiten 3. *propagieren* (lat.) i. S. von: werben

verbrennen *oxydieren,* auch: *oxidieren* (gr.-fr.) svw. sich mit Sauerstoff verbinden, e. Substanz verbindet sich mit Sauerstoff

Verbrennungsanstalt *Krematorium,* das (lat., Pl. ...ien) in dem Leichen verbrannt werden

Verbrennungsstab, elektrisch betriebener ... *Elektrokauter,* der (gr.-lat., Pl. -s) in der Chirurgie eingesetztes Trenngerät; auch: Brenner

Verbriefung von Krediten *Securitization,* die (engl.-am., Pl. -s)

verbrüdern *fraternisieren* (lat.-fr.)

Verbrüderung 1. *Fraternisation,* die (lat.-fr., Pl. -en) 2. *Fraternität,* die (lat., Pl. -en) Brüderlichkeit; auch: Brüderschaft (kirchl.)

verbünden 1. *paktieren* (lat.) mit jmdm. gemeinsame Sache machen 2. *alliieren* (lat.-fr.) 3. *assoziieren* (lat.-fr.) auch: gedanklich verknüpfen; nicht verw. mit *assortieren* (fr.) ordnen, vervollständigen, z. B. Waren 4. *koalieren* (lat.-fr.-engl.) 5. *liieren* (lat.-fr.) auch: e. Liebesverhältnis eingehen

verbunden, direkt ... *online* (engl.) Bez. e. direkten Verbindung zwischen Rechnern bei der Datenübertragung; auch Ausdruck für das »in-den-Netzen-präsent-sein« der PC-Benutzer

Verbundenheit *Solidarität,* die (lat.-fr., ohne Pl.) z. B. mit e. Demonstration Solidarität bekunden
Verbündete, mehrere ... gemeinsam betreffend *interalliiert* (lat.)
Verbündeter *Alliierter,* der (lat.-fr., Pl. ...ten)
verbürgt 1. *authentisch* (gr.-lat.) dem Roman liegt e. authentischer Sachverhalt zugrunde 2. *offiziell* (lat.-fr.) auch: bestätigt; Ggs.: inoffiziell
Verdacht 1. *Hypothese,* die (gr.-lat., Pl. -n) Annahme 2. *Präsumption,* die (lat., Pl. -en) auch: Voraussetzung (Philos.) 3. *Supposition,* die (lat., Pl. -en) »Unterstellung«; nicht verw. mit *Suppositorium,* das (lat., Pl. ...ien) Arzneizäpfchen 4. *Ombrage,* die (lat.-fr., ohne Pl.) auch: Argwohn
Verdacht, über jeden ... erhaben 1. *honorig* (lat.) auch: ehrenhaft; freigebig 2. *integer* (lat.) svw. unbescholten
verdächtig 1. *obskur* (lat.) 2. *ominös* (lat.) auch: unheilvoll, verdächtig 3. *suspekt* (lat.) der Typ kommt mir sehr suspekt vor 4. *dubios* u. *dubiös* (lat.-fr.) auch: fragwürdig
Verdächtigung *Insinuation,* die (lat., Pl. -en) auch: Unterstellung
verdammt! 1. *caramba!* (sp.) ugs. auch: Teufel! Donnerwetter! 2. *damned* (engl.) 3. *bloody* (engl.) 4. *merde!* (lat.-fr.) eigtl.: Scheiße! 5. *sapperlot!* (fr.) eigtl.: *sackerlot!* (fr.) sacre nom de Dieu: heiliger Name Gottes! 6. *sapristi!* (lat.-fr.)
verdampfen 1. *destillieren* (lat.) 2. *vaporisieren* (lat.) auch: den Alkoholgehalt in Flüssigkeiten bestimmen
Verdampfung *Evaporation,* die (lat., Pl. -en) z. B. von Wasser
verdauen *digerieren* (lat.) med.
Verdauung *Digestion,* die (lat., Pl. -en) med.
Verdauungshilfe *Digestivum,* das (lat., Pl. ...va) z. B. e. Schnaps nach dem Essen
Verdauungsstörung 1. *Dyspesie,* die (gr.-lat., Pl. ...ien) med. 2. *Indigestion,* die (lat., Pl. -en) med.
Verdauungsstörung beim Kleinkind *Zöliakie,* die (gr.-lat., Pl. ...ien) med.
Verdeck, abnehmbares *Hardtop,* das, der (engl., Pl. -s) auch: Wagen mit abnehmbarem Verdeck
verdecken *kaschieren* (lat.-fr.) verbergen
Verderben *Ruin,* der (lat.-fr., ohne Pl.) der Alkohol trieb ihn in den Ruin
verderben *ruinieren* (lat.-fr.) Alkohol hat sein Leben ruiniert
verderblich *fatal* (lat.) er traf e. Entscheidung, die fatale Folgen hatte
verdeutlichen 1. *demonstrieren* (lat.) 2. *explizieren* (lat.) erklären 3. *konkretisieren* (lat.)
verdeutlichend *demonstrativ* (lat.) z. B. e. demonstratives Bekenntnis ablegen
verdichten *komprimieren* (lat.) i. S. von: pressen
Verdienst *Meritum,* das (lat.-fr., Pl. ...iten)
Verdienst, für das ... *Pour le mérite,* der (fr., ohne Pl.) hoher Verdienstorden
Verdienstadel *Meritokratie,* die (lat.-gr., Pl. ...ien) Bürger, die wegen bes. Verdienste ausgezeichnet werden
Verdienstmöglichkeit *Job,* der (engl.-am., Pl. -s) einträgliche Tätigkeit, Arbeit; »... mir macht der Job Spaß.« (Theo Waigel, Bundesfinanzminister, 1998)
verdient machen, sich ... *meritieren* (lat.-fr.)
verdoppeln 1. *duplizieren* (lat.) 2. *duplieren* (lat.-fr.)
Verdopplung *Duplikation,* die (lat., Pl. -en)
verdorben *korrupt* (lat.) moralisch verdorben; bestechlich
verdreifachen *triplieren* (lat.)
verdrießlich *ennuyant* (lat.-fr.) auch: lästig
Verdrießlichkeit *Dyskolie,* die (gr., ohne Pl.)
Verdruß *Ennui,* der, das (lat.-fr., ohne Pl.)
Verdunklung *Kollusion,* die (lat., Pl. -en) auch: Verschleierung wichtiger Beweismittel, Kollusionsgefahr; auch: sittenwidrige Absprache
verdünnen 1. *rarefizieren* (lat.) auch: auflockern 2. *diluieren* (lat.) z. B. Säure verdünnen
Verdünnung *Dilution,* die (lat., Pl. -en) z. B. Verdünnung e. Säure mit Wasser
verdunsten *evaporieren* (lat.) z. B. heißes Wasser evaporieren lassen
Verdunstung *Evaporation,* die (lat., Pl. -en) z. B. bei Wasser
Verdunstungsmesser *Evaporimeter,* der (lat.-gr., Pl. –)
Verdunstungsverzögerer *Fixateur,* der (fr., Pl. -e) Zusatz bei der Parfümherstellung
veredeln 1. *zivilisieren* (lat.-fr.) i. S. von verfeinern 2. *kultivieren* (lat.) z. B. e. Anbaugebiet; auch: e. Leidenschaft 3. *okulieren* (lat.) z. B. Pflanzen
Veredelung *Raffinage,* die (lat.-fr., Pl. -n)
verehren *adorieren* (lat.) anbeten
Verehrung *Latrie,* die (gr.-lat., Pl. -n) Rel., die nur Gott gebührt
Verehrung, schwärmerische ... *Kult, Kultus* der (lat., Pl. -e) »Pflege«; auch Hingabe; »Rauchen Sie weniger, aber besser, machen Sie e. Kult daraus.« (Zino Davidoff)
Verehrung, übermäßige ... Christi *Christolatrie,* die (gr., ohne Pl.)
Verein, geschlossener ... *Klub* u. *Club,* der (engl., Pl. -s) »Club des copains et des coquins« (Kumpel- u. Kanaillen-Klub) Gustave Massiah zur Elf-Aquitaine-Affäre in Paris, 1998)
vereinbar *kompatibel* (lat.-fr.-engl.) auch: anschließbar; Ggs.: inkompatibel
Vereinbarung 1. *Agreement,* das (lat.-fr.-engl., Pl.

-s) i. S. e. formlosen Übereinkunft, z. B. Gentleman's Agreement 2. *Arrangement,* das (fr., Pl. -s) auch: Gestaltung, Anordnung 3. *Kompromiß,* der (lat., Pl. ...misse) Vereinbarung nach Zugeständnissen 4. *Kontrakt,* der (lat., Pl. -e) auch: Handelsabkommen 5. *Konvention,* die (lat.-fr., Pl. -en) völkerrechtlicher Vertrag, z. B. »Genfer Konvention« (Vereinbarung zum Wohle Verwundeter kriegführender Staaten)

vereinfachen *simplifizieren* (lat.)

vereinfachen, auf die Grundformen ... *stilisieren* (fr.)

vereinheitlichen 1. *normieren* (gr.-lat.-fr.) regeln 2. *rationalisieren* (lat.-fr.) auch: straffen 3. *standardisieren* (germ.-fr.-engl.)

vereinigen 1. *fokussieren* (lat.) Strahlen werden auf e. Brennpunkt ausgerichtet; auch: e. Umsatzgröße fokussieren (als Ziel fest im Auge haben) 2. *fusionieren* (lat.) Zusammenlegung von Großunternehmen

Vereinigung 1. *Assoziation,* die (lat.-fr., Pl. -en) z. B. der Zusammenschluß von Partnern 2. *Fusion,* die (lat., Pl. -en) Vereinigung zweier oder mehrerer Unternehmen zu e. neuen 3. *Koalition,* die (lat.-engl.-fr., Pl. -en) z. B. der Zusammenschluß von politischen Parteien; große Koalition zwischen CDU, CSU u. SPD 4. *Allianz,* die (lat.-fr., Pl. -en) Staatenbündnis; auch: Name e. großen deutschen Versicherung 5. *Adjunktion,* die (lat., Pl. -en) Ergänzung 6. *Kongregation,* die (lat., Pl. -en) kirchliche Vereinigung 7. *Fraktion,* die (lat.-fr., Pl. -en) Gliederung im Parlament, in der Abgeordnete e. Partei zusammengeschlossen sind; Fraktionszwang: Pflicht der Mitglieder e. Fraktion einheitlich zu stimmen 8. *Kartell,* das (gr.-lat.-it.-fr., Pl. -e) Zusammenschluß wirtschaftlich selbständiger Unternehmen; nicht verw. mit *Kartellträger,* der (gr.-lat.-dt., ohne Pl.) Überbringer e. Herausforderung zum Duell mit Waffen 9. *Liga,* die (lat.-sp., Pl. ...gen) Bund, z. B. der kath. Fürsten im 16. u. 17. Jh.; auch: Wettkampfklasse beim Sport, z. B. Oberliga 10. *Organisation,* die (gr.-lat.-fr.-engl., Pl. -en) planmäßige Gestaltung; auch: Gruppe mit gemeinsamen Zielen 11. *Syndikat,* das (gr.-lat., Pl. -e) Unternehmerverband, der z. B. den Vertrieb gemeinsam gestaltet (Absatzkartell) auch: getarnte Verbrecherorganisation in den USA; Amt e. Syndikus 12. *Synthese,* die (gr.-lat., Pl. -n) Zusammenfügung; Ggs.: Analyse 13. *Trust,* der (engl.-am., Pl. -s) mehrere Unternehmen operieren unter e. Leitung zum Zwecke e. Monopolbildung 14. *Union,* die (lat., Pl. -en) Bund; Vereinigung von Staaten u. von Kirchen

Vereinigung der Geschlechter (Beischlaf) *Koitus,* der (lat., ohne Pl.) »Nach vollzogenem Koitus beginnt das Geschlecht der Frau zu sprechen u. attackiert das Machogehabe der Penetrierer.« (aus: »Eine theologische Stellung«)

Vereinigung von Molekülen *Aggregation,* die (lat., Pl. -en) ... zu Molekülverbindungen

Vereinigung von Musikliebhabern *Collegium musicum,* das (lat., Pl. ...gia ...ca) bes. an Universitäten

Vereinigung, geschlossene ... *Klub, Club,* der (engl., Pl. -s) meist Männer-Zirkel, z. B. mit sportlichen oder unterhaltenden Zielen; »E. Nachtclub ist e. Lokal, wo die Tische reservierter sind als die Gäste.« (Charlie Chaplin)

vereinsamt *desolat* (lat.) auch: trostlos, traurig

Vereinsamung *Isolation,* die (lat.-it.-fr., Pl. -en) die Isolation alter Menschen ist e. Problem; Isolationsfolter (von Häftlingen)

vereinzelt 1. *singulär* (lat.) z. B. singulär (vereinzelt) vorkommend 2. *sporadisch* (gr.-fr.) auch: hin u. wieder

vereiteln 1. *sabotieren* (fr.) z. B. die Funktion e. Maschine sabotieren (durch e. politischen Anschlag) 2. *torpedieren* (lat.) auch: verhindern; mit Torpedos beschießen u. versenken

Vereiterung *Purulenz,* die (lat., Pl. -en) med.

Verelendung *Pauperismus,* der (lat., ohne Pl.)

verenden *krepieren* (lat.-it.) sterben

Vererbung, Grundsubstanz der ... *Nukleinsäure,* die (lat., Pl. -n) im Zellkern vorkommende aus Nukleotiden aufgebaute Verbindung, die als Grundsubstanz der Vererbung dient

Vererbungslehre *Genetik,* die (gr.-lat., ohne Pl.)

Vererbungsregeln *Mendelismus,* der (Eigenn.-lat., ohne Pl.) ... Gregor Mendels

verewigen *eternisieren* (lat.-fr.)

Verfahren 1. *Methode,* die (gr.-lat., Pl. -n) 2. *Praktik,* die (gr.-lat., Pl. -en) i. S. von Handhabung 3. *Prozedur,* die (lat., Pl. -en) auch: schwierige Behandlungsweise 4. *Procedere,* das (lat., ohne Pl.) svw. Verfahrensordnung 5. *Aktion,* die (lat., Pl. -en) gezieltes Vorgehen; z. B. »konzertierte Aktion«, die Wirtschaftsminister Karl Schiller (1969) ins Leben rief 6. *Manöver,* das (lat.-fr., Pl. –) Truppen- u. Flottenübung; auch: Scheinmaßnahme

Verfahren für die Digitalisierung u. Kompression von bewegten Bildern *Motion Pictures Expert Group,* die (engl., Pl. -s) kurz: MPEG

Verfahren zur Gewinnung von Gold *Amalgamation,* die (lat., Pl. -en) ... u. Silber aus Erzen durch das Lösen in Quecksilber

Verfahren zur Übertragung von HTML-Dateien im Internet *Hypertext Transfer Protocol,* das (engl.-am., Pl. -s) kurz: HTTP

Verfahren zur Verbesserung der Produktion … *Kaizen,* das (jap., ohne Pl.) aus: kai (ändern) u. zen (gut) … wobei der Mensch als Produktionsfaktor im Mittelpunkt steht
Verfahrensart 1. *Modus,* der (lat., Pl. Modi) z. B. Modus operandi (Art des Handelns), Modus vivendi (Form des erträglichen Zusammenlebens) 2. *Praktik,* die (gr.-lat.-fr., Pl. -en) auch: Handhabung
Verfahrensordnung *Procedere,* das (lat., ohne Pl.)
Verfahrensweise 1. *Schema,* das (gr.-lat., Pl. -s, -ta) 2. *Modalität,* die (lat., Pl. -en)
Verfall 1. *Degeneration,* die (lat., Pl. -en) des Geistes u. des Körpers 2. *Dekadenz,* die (lat., ohne Pl.) Verfall von Sitten u. Kultur 3. *Dekrement,* das (lat., Pl. -e) auch: Verminderung, Abstufung
verfallen 1. *dekadent* (lat.) 2. *degeneriert* (lat.)
verfallen *degenerieren* (lat.) med. verkümmern, verwachsen
verfallend 1. *marantisch* (gr.) abgezehrt 2. *marastisch* (gr.) med. an Körper u. Geist verfallend
Verfallserklärung *Kaduzierung,* die (lat., Pl. -en) bei nicht termingerechter Einzahlung von Geschäftsanteilen können geleistete Anzahlungen verfallen
Verfallserklärung von Einlagen e. Aktionärs *Kaduzierung,* die (lat., Pl. -en) … der in Verzug geraten ist
Verfasser 1. *Autor,* der (lat., Pl. …oren) z. B. Buchautor 2. *Chronist,* der (gr.-lat., Pl. -en) Aufzeichner geschichtlicher Gegebenheiten in zeitlicher Abfolge (Chronik) 3. *Erotiker,* der (gr.-fr., Pl. –) Verfasser von Liebesliedern; auch: sinnlicher Mensch; nicht verw. mit *Erotikon,* das (gr., Pl. …ka, …ken) Werke erotischen (sinnlichen) Inhalts 4. *Humorist,* der (lat.-fr.-engl., Pl. -en) z. B. Heinz Erhardt, Verfasser witziger Schriften 5. *Texter,* der (lat., Pl. –) z. B. Werbetexter
Verfasser ironischer Stücke *Satiriker,* der (lat., Pl. –) »Der Satiriker ist e. gekränkter Idealist.« (Kurt Tucholsky)
Verfasser von Sinnsprüchen *Gnomiker,* der (gr., Pl. –)
Verfasser, ohne Angabe des … *anonym* (gr.-lat.) auch: ungenannt; »Anonyme Alkoholiker« (Selbsthilfeorganisation)
Verfassername 1. *Phraseonym,* das (gr.-lat., Pl. -e) aus e. Redewendung bestehend: »Von einem, der sagt: 'Geld allein macht nicht glücklich'« 2. *Phrenonym,* das (gr.-lat., Pl. -e) aus e. Charaktereigenschaft bestehend: »Von einem, der vor Neid erblaßt« 3. *Pseudonym,* das (gr., Pl. -e) Deckname e. Verfassers; auch: Künstlername, z. B. Oscar Wilde, der eigentlich Fingal O' Flahertie Wills heißt 4. *Nom de guerre,* der (fr., ohne Pl.) fr. Bez. für Deck- oder Künstlernamen e. Verfassers
Verfassung 1. *Charta,* die (ägypt.-gr.-lat., Pl. -s) Verfassungsurkunde 2. *Kondition,* die (lat., Pl. -en) auch: Geschäftsbedingungen; körperliche Verfassung e. Menschen 3. *Konstitution,* die (lat., Pl. -en) Verordnung; auch: Körperbau (med.); Widerstandskraft e. Lebewesens
verfassungsmäßig *konstitutionell* (lat.-fr.)
Verfassungsurkunde *Charta,* die (ägypt.-gr.-lat., Pl. -s) z. B. UN-Charta
verfassungswidrig *antikonstitutionell* (lat.-fr.)
Verfechter 1. *Fanatiker,* der (lat.-fr., Pl. –) dogmatischer Eiferer 2. *Fan,* der (engl.-am., Pl. -s) am. Kurzform von »fanatic«: Fanatiker; z. B. Fußballfan 3. *Apologet,* der (gr., Pl. -en) … e. best. Anschauung
Verfechter e. am Gemeinwohl orientierten Bewegung *Sozialist,* der (lat.-fr., Pl. -en) auch: Mitglied e. sozialistischen Partei; »Das einzige, was Sozialisten von der Wirtschaft verstehen, ist, wie man an das Geld anderer Leute herankommt.« (Konrad Adenauer)
Verfemter *Outlaw,* der (engl., Pl. -s) auch: Geächteter
verfettet *adipös* (lat.) auch: fettreich
Verflechtung *Junktim,* das (lat., Pl. -s) »vereinigt«
verfluchen 1. *exsekrieren* (lat.) auch: entweihen 2. *vermaledeien* (dt.-lat.) ugs. verwünschen
verflucht, er sei … *anathema sit* (lat., Zitat)
Verfluchung 1. *Anathema,* das (gr.-lat., Pl. …themata) i. S. von Kirchenbann 2. *Exsekration,* die (lat., Pl. -en) Verwünschung; auch: Entweihung
verflüssigen *liqueszieren* (lat.) schmelzen
Verflüssigung *Liquefaktion,* die (lat., Pl. -en)
verfolgen *observieren* (lat.) auch: beobachten; polizeilich überwachen
Verfolger *Prosekutor,* der (lat., Pl. …oren) Ankläger
Verfolgung *Inquisition,* die (lat., Pl. -en) »Untersuchung« durch die kath. Kirche, dann staatliche Verfolgung der Häretiker (Ketzer)
Verfolgungswahn 1. *Persekutionsdelirium,* das (lat., Pl. …rien) med. 2. *Paranoia,* die (gr., ohne Pl.) eigtl.: »Torheit«; Wahnvorstellung (med.)
verformbar *duktil* (lat.-engl.) duktile Kunststoffe
Verformbarkeit *Duktilität,* die (lat.-engl., ohne Pl.)
verformen 1. *deformieren* (lat.) nach dem Aufprall war die Motorhaube deformiert 2. *modellieren* (lat.-it.) z. B. Ton modellieren
Verformung *Deformation,* die (lat., Pl. -en)
verfrüht auftretend *prämatur* (lat.) auch: vorzeitig, z. B. die Geschlechtsreife
verfügbar *disponibel* (lat.)
Verfügbarkeit *Disponibilität,* die (lat., ohne Pl.)

verfügen *disponieren* (lat.)

Verfügung 1. *Testament,* das (lat., Pl. -e) auch: letzter Wille 2. *Dekret,* das (lat., Pl. -e) i. S. e. richterlichen Verfügung 3. *Disposition,* die (lat., Pl. -en)

verführen *becircen* (gr.) auch: betören, nach Circe, e. verführerische Zauberin, die Männer betörte u. in Tiere verwandelte, so auch Odysseus' Gefährten (aus der gr. Sagenwelt)

Verführer 1. *Casanova,* der (it., Pl. -s) Inbegriff des Frauenhelden 2. *Don Juan,* der (sp., Pl. -s) Frauenheld

Verführerin 1. *Circe,* die (gr., Pl. -n) Zauberin der gr. Sage, die Männer betörte u. in Tiere verwandelte, so auch Gefährten des Odysseus 2. *Sirene,* die (gr.-lat., Pl. -n) Wesen der gr. Sage, die betörend sangen; auch: verführerische Frau; Alarmsignal; Säugetierordnung (Seekühe)

vergällen *denaturieren* (lat.) i. S. von ungenießbar machen

vergangen *passé* (fr.) er beschäftigt sich immer noch mit e. Sache, die längst passé ist

Vergangenheit 1. *Perfekt,* das (lat., ohne Pl.) Sprachw., Zeitform 2. *Präteritum,* das (lat., Pl. ...ta) 3. *Imperfekt,* das (lat., Pl. -e)

Vergangenheitssehnsucht *Nostalgie,* die (gr.-lat., Pl. ...ien)

vergänglich *ephemer* (gr.-lat.) »für e. Tag«; auch: flüchtig

Vergänglichkeit *Vanitas,* die (lat., ohne Pl.) auch: Eitelkeit, Schein; vanitas vanitatum (alles ist eitel)

vergeblich *illusorisch* (lat.-fr.)

Vergebung *Absolution,* die (lat., Pl. -en) auch: Sündenvergebung

Vergehen 1. *Delikt,* das (lat., Pl. -e) i. S. e. strafbaren Vergehens 2. *Sakrileg,* das (lat., Pl. -e) Vergehen gegen z. B. Stätten religiöser Verehrung (Kirchenraub)

vergelten *revanchieren* (lat.-fr.)

Vergeltung 1. *Revanche,* die (lat.-fr., Pl. -n) 2. *Retorsion,* die (lat., Pl. -en) z. B. e. Staates 3. *Retribution,* die (lat., Pl. -en) e. Staates 4. *Vendetta,* die (lat.-it., Pl. ...tten) auch: Blutrache

Vergeltungsmaßnahme 1. *Repressalie,* die (lat., Pl. -n) 2. *Sanktion,* die (lat.-fr., Pl. -en) »Billigung«; auch: Anerkennung

Vergeltungspolitik *Revanchismus,* der (lat.-fr.-russ., ohne Pl.) richtet sich auf die Rückgewinnung verlorener Gebiete mit Waffengewalt

vergiften *kontaminieren* (lat.) mit schädlichen Stoffen verseuchen; Ggs.: dekontaminieren

Vergiftung 1. *Intoxikation,* die (gr.-lat., Pl. -en) med. 2. *Entoxismus,* der (gr.-lat., Pl. ...men) med. 3. *Toxikose,* die (gr.-lat., Pl. -n) med. 4. *Kumulation,* die (lat., Pl. -en) med. bei ständiger Medikamenteneinnahme (Zerstörung von Leber u. Nieren) auch: Anhäufung 5. *Kontamination,* die (lat., Pl. -en) Verseuchung mit schädlichen Stoffen, bes. von Böden; Ggs.: Dekontamination

Vergiftung durch das Sabinaöl *Sabinismus,* der (lat., ohne Pl.) ... des Sadebaumes

Vergiftungserscheinung *Entoxismus,* der (gr.-lat., Pl. ...men) med.

Vergleich 1. *Analogie,* die (gr.-lat., Pl. ...ien) i. S. von Ähnlichkeit, Entsprechung, z. B. e. Blume, die verwelkt – e. Liebe, die stirbt 2. *Parallele,* die (gr.-lat.-fr., Pl. -n) auch: Geraden, die in gleichem Abstand verlaufen; Entsprechung

Vergleich, jeder ... hinkt *omne simile claudicat* (lat., Zitat)

vergleichbar 1. *analog* (gr.-lat.-fr.) Ggs.: digital 2. *äquivalent* (lat.) gleichwertig 3. *komparabel* (lat.)

vergleichbar in künstlerischer Leistung *kongenial* (lat.) auch: angeboren (med.)

Vergleichbarkeit *Komparabilität,* die (lat., ohne Pl.)

vergleiche! *confer!* (lat.)

Vergleichen, das ... *Komparation,* die (lat., Pl. -en) auch: Steigerung des Adjektivs (schön, schöner, am schönsten)

vergleichende Literaturwissenschaft *Komparatistik,* die (lat., ohne Pl.)

vergleichender Literaturwissenschaftler *Komparatist,* der (lat., Pl. -en)

vergleichsweise *relativ* (lat.) dem Patienten geht es relativ gut

Vergleichung, auf ... beruhend *komparativ* (lat.) auch: steigernd

Vergnügen 1. *Gaudi,* die (lat., ohne Pl.) 2. *Gaudium,* das (lat., ohne Pl.) 3. *Pläsier,* das (lat.-fr., Pl. -e) z. B. avec plaisir (mit Vergnügen) 4. *Amüsement,* das (fr., Pl. -s) auch: lustiger Zeitvertreib 5. *Jarana,* das (sp.-indianisch, Pl. -s) e. lärmendes Vergnügen; auch: Folkloretanz in Yucatán (Mexiko)

Vergnügen bereitend *amüsant* (fr.)

vergnügen, sich ... *amüsieren* (fr.)

vergnüglich *amüsant* (fr.)

Vergnüglichkeit *Amüsement,* das (fr., Pl. -s) » ... ist das Glück derer, die nicht denken können.« (Alexander Pope)

vergnügt *fidel* (lat.)

Vergnügungspark mit Einkaufszentrum *Mall,* die (engl., Pl. -s) e. Kreuzung zwischen Erlebniswelt u. Kaufstätte, z. B. West Edmonton Mall in Kanada mit 480 000 m^2; auch: das Mall (niederl., Pl. -e) Modell für Schiffsteile, Spantenschablone

Vergnügungsreisender *Tourist,* der (fr., Pl. -en) Urlauber; »Die Türkei ist nicht auf dt. Touristen angewiesen.« (Mesut Yilmaz, Ministerpräsident der Türkei, 1998)

Vergnügungssucht *Eskapismus,* der (lat.-fr.-engl., ohne Pl.)

vergnügungssüchtig *eskapistisch* (lat.)

Vergöttlichung *Apotheose,* die (gr.-lat., Pl. -n) e. Mensch erhebt sich zum Gott

vergrößern *augmentieren* (lat.) auch: vermehren

Vergrößerung *Augmentation,* die (lat., Pl. -en)

Vergrößerung e. Fotografie *Blow-up,* das (engl., Pl. -s) auch: Fernsehbildvergrößerung

Vergrößerungsgerät 1. *Mikroskop,* das (gr.-lat., Pl. -e) 2. *Lupe,* die (fr., Pl. -n) Vergrößerungsglas

Vergünstigung *Präferenz,* die (lat.-fr., Pl. -en) z. B. garantierte Preise u. Abnahmen für Rohstoffe im Handel mit der EG

vergüten 1. *bonifizieren* (lat.) z. B. ab e. best. Bezugsmenge oder bei Warenmängeln 2. *honorieren* (fr.) z. B. e. Honorar an e. Autoren zahlen 3. *remboursieren* (fr.) e. Rechnung über Importwaren wird unter Einbeziehung e. Bank bezahlt

Vergütung 1. *Bonifikation,* die (lat., Pl. -en) i. S. e. Gutschrift für den Bezug e. bestimmten Warenmenge, für die Lieferung mangelhafter Ware 2. *Honorar,* das (fr., Pl. -e) in freien Berufen (Juristen, Autoren, Architekten) 3. *Provision,* die (lat.-it., Pl. -en) im Handel übliche Form der Vergütung, wird in Prozenten vom Umsatz berechnet 4. *Tantieme,* die (lat.-fr., Pl. -n) beziehen z. B. Autoren für ihre Werke, Vorstände e. AG aus Gewinnen 5. *Salär,* das (lat.-fr., Pl. -e) in der Schweiz das Gehalt

verhaften *arretieren* (lat.-fr.) svw. festhalten; nicht: arrestieren

Verhalten 1. *Pairing,* das (engl., Pl. -s) partnerschaftliches Miteinander 2. *Allüre,* die (lat.-fr., Pl. -n) auch: Gangart e. Pferdes; Umgangsform 3. *Attitüde,* die (lat.-it.-fr., Pl. -n) auch: Haltung; Einstellung; nicht verw. mit *Attitude,* die (lat.-it.-fr., Pl. -s) Ballettfigur, bei der ein Bein rechtwinklig angehoben wird

Verhalten, grausames ... *Bestialität,* die (lat., Pl. -en) grausame Handlung, Unmenschlichkeit; »Die Bestialität hat jetzt Handschuhe über die Tatzen gezogen ...« (Hebbel)

Verhalten, neuzeitliches ... 1. *Modernität,* die (lat.-fr., Pl. -en) zeitgemäßes Gepräge 2. *Modernismus,* der (lat.-fr., Pl. ...men) Bejahung des Modernen; »Ohne Demokratie keine Modernisierung (gemeint ist: Modernität)!« (ausgerechnet: Jiang Zemin, Staatspräsident von China, 1997)

Verhalten, schamloses ... *Zynismus,* der (gr.-lat., ohne Pl.) auch: hämischer Spott; »Zynismus: daß man von niemand mehr erwartet, als man selber ist.« (Elias Canetti)

Verhalten, sittliches ... *Moral,* die (lat.-fr., selten Pl. -en) von lat.: mos (Sitte) Sittlichkeit; auch: Kampfgeist, z. B. e. Truppe; »Der Zustand der Moral läßt sich in zwei Sätzen zusammenfassen: we ought to, but we don't.« (wir sollten, aber wir tun nicht; Kurt Tucholsky)

Verhalten, täuschendes ... *Bluff,* der (engl., Pl. -s) »Der deutsche Bluff ist zu Ende.« (La Repubblica, Italien, zur dt. Fußballniederlage, 1998)

Verhaltensabsprache *Testimonial,* das (engl., Pl. -s) »Wir brauchen keine Testimonials, unsere Sportler trinken Red Bull aus Überzeugung, nicht weil sie vor der Kamera stehen.« (Johannes Kastner, Werbemann von Red Bull)

Verhaltensforscher *Ethologe,* der (gr., Pl. -n) z. B. Prof. Eibl-Eibesfeldt, Schüler des Nobelpreisträgers Konrad Lorenz

Verhaltensforschung *Ethologie,* die (gr., ohne Pl.)

Verhaltenslehre *Behaviorismus,* der (engl.-lat., ohne Pl.) ... die sich mit dem Verhalten von Menschen u. Tieren beschäftigt

Verhaltensregel 1. *Direktive,* die (lat., Pl. -n) z. B. an best. Direktiven gebunden sein 2. *Instruktion,* die (lat., Pl. -en) auch: Anleitung 3. *Norm,* die (gr.-lat.) eigtl.: Richtschnur

Verhaltensregel beim Internetsurfen *Netiquette,* das (engl.-am., Pl. -s) e. Art »Internet-Knigge«

Verhaltensweise *Instinkt,* der (lat., Pl. -e) angeborenes Verhalten

Verhältnis 1. *Relation,* die (lat., Pl. -en) 2. *Proportion,* die (lat., Pl. -en) Größenverhältnis 3. *Status,* der (lat., ohne Pl.) auch: Zustand; Status quo (gegenwärtiger Zustand)

Verhältnis, Liebes... 1. *Affäre,* die (fr., Pl. -n) auch: peinlicher Vorfall; »Affäre der Nina B.« (Roman von Simmel) 2. *Liaison,* die (lat.-fr., Pl. -s)

verhältnisgleich *proportional* (lat.)

Verhältnisgleichung *Proportion,* die (lat., Pl. -en) math.

Verhältnisgleichung, Glied e. ... *Proportionale,* die (lat., Pl. -n) Math.

verhältnismäßig *relativ* (lat.)

Verhältnismäßigkeit *Proportionalität,* die (lat., Pl. -en)

Verhältniswahl *Proportionalwahl,* die (lat.-dt., Pl. -en) z. B. zur Mehrheitswahl

Verhältniswahlsystem *Proporz,* der (lat., Pl. -e) aus: Proportionalwahl

Verhältniszahl *Indexziffer,* die (lat.-dt., Pl. -n) z. B. der Preisindex, dieser wird ermittelt, indem die Preise von Waren in e. Basisjahr mit 100 angesetzt werden, Preisermittlungen der Folgejahre werden dem Basisjahr gegenübergestellt

Verhandeln *Bargaining,* das (engl., ohne Pl.)

verhandelt wie oben *actum ut supra* (lat., Zitat) Schlußformel in best. Protokollen
Verhandlung 1. *Debatte,* die (lat.-fr., Pl. -n) Aussprache 2. *Diskurs,* der (lat., Pl. -e) Unterhaltung, Gedankenaustausch 3. *Konferenz,* die (lat., Pl. -en) Besprechung
Verhandlungsgegenstand *Traktandum,* das (lat., Pl. ...den)
Verhandlungsgeschick *Diplomatie,* die (gr.-lat.-fr., ohne Pl.)
Verhandlungspunkte *Agenda,* die (lat., Pl. ...den) auch: Merkbuch; »1999 haben wir die EU-Ratspräsidentschaft, da bestimmen wir doch die Agenda.« (Peter Hintze, Generalsekretär der CDU, 1998)
Verhängnis 1. *Fatalität,* die (lat., Pl. -en) auch: Mißgeschick 2. *Fatum,* das (lat., Pl. ...ta) auch: Schicksal 3. *Katastrophe,* die (gr.-lat., Pl. -n)
verhängnisvoll 1. *fatal* (lat.) z. B. sich in e. fatalen Lage befinden 2. *katastrophal* (gr.-lat.) in dem Lager herrschten katastrophale Zustände 3. *tragisch* (gr.-lat.) auch: erschütternd
Verharren, soziales ... in e. best. Epoche *Zeit-Cocooning,* das (engl.-am., ohne Pl.) von: cocooning (sich einspinnen)
verhärten, sich ... *obdurieren* (lat.) med.
verhärtet *induriert* (lat.)
Verhärtung *Obduration,* die (lat., Pl. -en) med.
verhaßt *odiös* (lat.) auch: widerwärtig
verhauchend 1. *morendo* (lat.-it.) musik. Vortragsanw. 2. *espirando* (lat.-it.) musik. Vortragsanw.
verheerend 1. *katastrophal* (gr.-lat.) schlimm 2. *ruinös* (lat.-fr.) auch: schadhaft
verheimlichen *dissimulieren* (lat.) z. B. Gebrechen geheimhalten
Verheimlichung *Dissimulation,* die (lat., Pl. -en) ... bewußte, von Krankheiten
verherrlichen 1. *glorifizieren* (lat.) »... aber wir dürfen die Vergangenheit nicht glorifizieren.« (Berti Vogts, Trainer der Fußball-Nationalmannschaft, 1998) 2. *heroisieren* (gr.-lat.) 3. *idealisieren* (gr.-lat.-fr.) auch: verklären
Verherrlichung 1. *Apotheose,* die (gr.-lat., Pl. -n) 2. *Glorifizierung,* die (lat., Pl. -en)
verhindern *sabotieren* (fr.) z. B. die Produktion e. Unternehmens sabotieren (durch e. politisch motivierten Anschlag) 2. *torpedieren* (lat.) e. Vereinbarung torpedieren; auch: e. Seeobjekt mit e. Torpedo beschießen
verhindernd *prohibitiv* (lat.)
verhöhnend *blasphemisch* (gr.-lat.) auch: e. Gotteslästerung enthaltend; »Ich will es mal blasphemisch sagen ...« (ehemaliger Fußballer Günter Netzer als WM-Kommentator, 1998)
verhüllend *euphemistisch* (gr.-lat.) auch: beschönigend
verhütend 1. *prophylaktisch* (gr.-lat.) vorbeugend 2. *präventiv* (lat.)
Verhütung *Kontrazeption,* die (lat., ohne Pl.) Empfängnisverhütung (med.)
Verhütungsmittel 1. *Antibabypille,* die (gr.-lat.-engl., Pl. -n) 2. *Diaphragma,* das (gr.-lat., Pl. ...men) auch: Zwerchfell (med.); Scheidewand bei Trennverfahren (Osmose) 3. *Kondom,* das (engl., Pl. -e) »... nehmt keine Kondome, sie wurden erfunden, um zu verhindern, daß wir (Schwarze) uns weiter vermehren.« (Winni Mandela, Ex-Frau des südafrikanischen Präsidenten Nelson Mandela, 1998) 4. *Pessar,* das (gr.-lat., Pl. -e) auch: Mutterring (med.) 5. *Präservativ,* das (lat.-fr., Pl. -e) kurz: Präser 6. *Spirale,* die (gr.-lat., Pl. -n) auch: Schraubenlinie, z. B. Uhrfeder
verinnerlichen 1. *interiorisieren* (lat.) 2. *internalisieren* (lat.-engl.) auch: etwas übernehmen
Verinnerlichung *Interiorisation,* die (lat., Pl. -en)
Verjährung *Präskription,* die (lat., Pl. -en) Rechtsw.
verkalkt *senil* (lat.) auch: altersschwach
Verkalktheit *Senilität,* die (lat., ohne Pl.) Verschrobenheit
Verkauf *Alienation,* die (lat., Pl. -en) auch: Veräußerung
Verkauf von Aktien e. Ausländers über e. Bank an Inländer *Stripping,* das (engl., ohne Pl.) das Geschäft wird unmittelbar vor der Ausschüttung getätigt
verkaufen *alienieren* (lat.) auch: entfremden
Verkäufer *Kommissionär,* der (lat.-fr., Pl. -e) im Waren- u. Wertpapiergeschäft; hier: Kaufmann, der gewerbsmäßig in eigenem Namen für fremde Rechnung ankauft und verkauft, seine gewerbsmäßigen Auftraggeber heißen Kommittenten
verkäuflich *alienabel* (lat.)
Verkaufsauftrag *Kommission,* die (lat., Pl. -en) e. Auftrag in eigenem Namen für fremde Rechnung ausführen; Ware in Kommission nehmen; auch: Ausschuß von beauftragten Personen
Verkaufsfläche, Hersteller mietet sich beim Einzelhändler e. Verkaufsfläche *Rack-jobbing,* das (engl., Pl. -s) Vertriebsform zur Sicherung der alleinigen Belieferung
Verkaufsförderung 1. *Promotion,* die (lat., ohne Pl.) für neue Waren, für die Vorstellung von Künstlern u. deren Werke 2. *Sales promotion,* die (engl., ohne Pl.) (Verkaufsförderung)
Verkaufsleiter 1. *Salesmanager,* der (engl., Pl. –) 2. *Substitut,* der (lat., Pl. -e) meist Gruppenleiter in e. Warenhaus

Verkaufsmethoden 1. *Hardselling,* das (engl., ohne Pl.) harter, aggressiver Verkauf 2. *Strukturvertrieb,* der (lat.-dt., ohne Pl.) Vertrieb mit straffer Gliederung u. brutalen Drückermethoden

Verkaufspolitik *Merchandising,* das (lat.-fr.-engl., ohne Pl.) i. S. der Gesamtheit absatzpolitischer Maßnahmen: Werbung, Preis- u. Produktgestaltung, Vertriebswege

Verkaufsreklame *Salespromotion,* die (engl., ohne Pl.)

Verkaufsveranstaltung *Basar,* der (pers.-fr., Pl. -e) für Wohltätigkeitszwecke; auch: Händlerviertel im Orient

Verkehrsdichte 1. *Frequenz,* die (lat., Pl. -en) 2. *Rush-hour,* die (engl., Pl. -s) Zeit des größten Verkehrsaufkommens

Verkehrssteuer *Akzise,* die (fr., Pl. -n) auch: indirekte Verbrauchssteuer

Verkehrszeichen *Signal,* das (lat.-fr., Pl. -e) i. S. e. Verkehrsampel

verklären 1. *idealisieren* (gr.-lat.) 2. *glorifizieren* (lat.-fr.) verherrlichen

Verklärung *Apotheose,* die (gr., Pl. -n) auch: Verherrlichung

verkleben *agglutinieren* (lat.) med., z. B. von roten Blutkörperchen oder Zellen

Verklebung *Agglutination,* die (lat., Pl. -en) med.; auch: Verklumpung von z. B. Blut

verkleiden 1. *maskieren* (arab.-it.-fr.) 2. *kostümieren* (lat.-it.-fr.)

Verkleidung 1. *Maskerade,* die (arab.-it.-fr., Pl. -n) 2. *Kostüm* (lat.-it.-fr., Pl. -e) zur Ausstattung e. Theaterstücks; auch: Damenkleidung (Rock u. Jacke)

verkleinern 1. *diminuieren* (lat.) auch: vermindern 2. *minimieren* (lat.) 3. *reduzieren* (lat.)

verkleinernd *diminutiv* (lat.) Sprachw.

Verkleinerung *Diminution,* die (lat., Pl. -en)

Verkleinerungswort *Diminutivum,* das (lat., Pl. ...va) Sprachw.

verklemmt *prüde* (lat.-fr.) svw. sexuell gehemmt

Verklumpung *Agglutination,* die (lat., Pl. ...en) eigtl.: das Ankleben; Zusammenballen z. B. von Zellen oder roten Blutkörperchen

verknöchern *ossifizieren* (lat.) med.

Verknöcherung *Ossifikation,* die (lat., Pl. -en) med.

verknüpfbar *kompatibel* (lat.-fr.-engl.) vereinbar; Ggs.: inkompatibel

verknüpfen 1. *assoziieren* (lat.-fr.) mit e. Schiffsreise auf dem Atlantik assoziiert er Seekrankheit 2. *kombinieren* (lat.) Nick Knatterton, der Meister des Kombinierens

Verknüpfung 1. *Assoziation,* die (lat.-fr., Pl. -en) geistig mit e. Sache in Verbindung bringen 2. *Kombination,* die (lat., Pl. -en) z. B. nordische Kombination als Skiwettbewerb; auch: Schlußfolgerung 3. *Synthese,* die (gr.-lat., Pl. -n) Zusammenfügung; Ggs.: Analyse

verkörpern 1. *inkarnieren* (lat.) 2. *personifizieren* (etrusk.-lat.) 3. *repräsentieren* (lat.-fr.) 4. *symbolisieren* (gr.-lat.) sinnbildlich darstellen

verkörpert *inkarniert* (lat.)

Verkörperung 1. *Inkarnation,* die (lat., Pl. -en) 2. *Personifikation,* die (etrusk.-lat., Pl. -en) auch: Vermenschlichung von Dingen; z. B. der Himmel weint

Verkostung *Degustation,* die (lat., Pl. -en) z. B. Speisen

verkrampft *sardonisch* (gr.-lat.) z. B. sardonisches Lachen wird durch Krämpfe der Gesichtsmuskeln ausgelöst

verkümmern *degenerieren* (lat.)

verkünden 1. *proklamieren* (lat.-fr.) aufrufen 2. *promulgieren* (lat.) auch: verbreiten

Verkünder *Prophet,* der (gr.-lat., Pl. -en)

verkündigen *proklamieren* (lat.-fr.) auch: ausrufen

Verkündigung *Proklamation,* die (lat.-fr., Pl. -en)

Verkürzung *Retraktion,* die (lat., Pl. -en) med.; auch: Schrumpfung

Verlagerung von Dienstleistungen u./o. Produktionen *Outscourcing,* das (engl., ohne Pl.) in der Bedeutung: anderweitige (preiswertere) Quellen nutzen

Verlagsjahrbuch *Almanach,* der (lat.-niederl., Pl. -e)

Verlagsrecht *Copyright,* das (engl., Pl. -s) auch: Abdrucksrecht, z. B. für Bilder

Verlagszeichen *Signet,* das (lat.-fr., Pl. -s)

Verlangen, fehlendes ... *Inappetenz,* die (lat., ohne Pl.) z. B. nach Nahrung

verlängern *prolongieren* (lat.) e. Zahlungsfrist

Verlängerung 1. *Prolongation,* die (lat., Pl. -en) Verlängerung e. Zahlungszieles 2. *Allonge,* die (lat.-fr., Pl. -n) e. Wechselformular wird durch das Ankleben e. Papierstreifens für weitere Indossamente (Wechselübertragungsvermerke) verlängert

Verlängerung, zweitoberste ... der Masten *Bram,* die (niederl., Pl. -en) ... auch deren Takelung (Seemannsspr.)

verlangsamen *retardieren* (lat.) auch: hemmen, verzögern

Verlangsamung *Retardation,* die (lat., Pl. -en) i. S. e. Entwicklungsverlangsamung

verläßlich *reliabel* (lat.-fr.-engl.)

Verlaub, mit ... (zu sagen) *salva venia* (lat., Zitat)

Verlauf *Prozeß,* der (lat., Pl. ...esse) z. B. chemische Prozesse, die in e. Labor beobachtet werden

verlaufend *synchron* (gr.-lat.) zeitlich gleichlaufende Ereignisse

Verlautbarung 1. *Statement,* das (engl., Pl. -s) 2.

Kommuniqué, das (lat.-fr., Pl. -s) i. S. e. amtlichen Verlautbarung

Verlegenheit 1. *Bredouille,* die (fr., ohne Pl.) jmdn. in e. Bredouille bringen 2. *Kalamität,* die (lat., Pl. -en)

Verlegung e. Ereignisses in e. falsche Zeit *Anachronismus,* der (gr., Pl. ...men) »Nicht an dem Anachronismus festhalten, daß wir in der EU 14 Währungen haben.« (Hans-Dietrich Genscher, F.D.P., 1998)

Verleihungsurkunde *Brevet,* das (lat., Pl. -s) auch einst: Gnadenbrief des fr. Königs

Verletzbarkeit *Vulnerabilität,* die (lat., ohne Pl.) Verwundbarkeit (med.)

verletzen 1. *blessieren* (germ.-fr.) auch: durch Anstoßen verwunden 2. *lädieren* (lat.) i. S. von beschädigen, er sah schwer lädiert aus

verletzend *zynisch* (gr.-lat.) sich zynisch äußern

verletzlich *vulnerabel* (lat.) verwundbar, da an der Körperoberfläche liegend (med.)

verletzt 1. *lädiert* (lat.) 2. *pikiert* (fr.) verstimmt; nicht verw. mit: *pikieren* (fr.) junge Pflanzen vertopfen; auspflanzen

Verletzung 1. *Läsion,* die (lat., Pl. -en) med., die Funktion e. Organs oder Gliedes ist gestört 2. *Trauma,* das (gr., Pl. -ta, ...men) z. B. das Schleudertrauma nach e. Auffahrunfall 3. *Blessur,* die (germ.-fr., Pl. -en) Verwundung

Verletzung, übermäßige ... *Laesio enormis,* die (lat., ohne Pl.) Rechtsgrundsatz in Österreich: e. Kauf kann annulliert werden, wenn der Preis den doppelten Warenwert überschreitet

verleumden 1. *diskreditieren* (lat.-it.-fr.) i. S. e. Ruf- oder Ansehensschädigung 2. *diffamieren* (lat.) auch: etwas in Verruf bringen

verleumderisch *diffamatorisch* (lat.) auch: ehrenrührig

Verleumdung *Diffamierung,* die (lat., Pl. -en)

Verliebtheit *Narzißmus,* der (gr.-lat., ohne Pl.) in sich selbst verliebt sein, krankhafte Selbstliebe; nach Narziß: der Jüngling e. gr. Sage, der sich in sein Spiegelbild verliebte; nicht verw. mit *Nazismus,* der (lat., ohne Pl.) abwertend für Nationalsozialismus

Verlierer, liebenswürdiger ... *Charming Loser,* der (engl., Pl. -s) i. S. von Versagen adelt, auch in Armut Würde zeigen

Verlierergeneration, erste ... *Babyboomer,* die (am.) rund 80 Millionen US-Amerikaner, die nach dem II. Weltkrieg geboren wurden u. bis jetzt Ziel der Werbestrategen waren; die Älteren-Dominanz in Wirtschaft u. Politik macht die Babyboomer zu »Verlierern«, sie werden von den »Babybuster« auch »Generation X« (Leute zwischen 18 u. 29 Jahren) abgelöst

Verlobungsgeschenke *Sponsalien,* die (lat., nur Pl.) Rechtsw.

verlockend *attraktiv* (lat.-fr.)

verloren *perdu* (lat.-fr.) z. B. e. Gegenstand ist perdu (weg)

verlöschend *smorzando* (lat.-it.) musik. Vortragsanw.

Verlosung *Tombola,* die (it., Pl. -s, ...len)

Verlust 1. *Defizit,* das (lat.-fr., Pl. -e) z. B. der Haushaltsplan e. Landes weist e. hohes Defizit aus 2. *Damno,* das (lat.-it., Pl. ...na) oder Damnum ist die Differenz zwischen dem Rückzahlungs- u. dem Auszahlungsbetrag e. Darlehns

Verlust der Markeneigenständigkeit ... *Brand Parity* (engl.) ... infolge steigender Angebotspaletten u. qualitativer Gleichwertigkeit, verbunden mit e. unauswertbaren Informationsflut

Verlustgefahr *Risiko,* das (it., Pl. ...ken) auch: Wagnis; »Risiko ist die Bugwelle des Erfolgs.« (Carl Amery) »Wer nicht den Mut hat, über die Risiken zu diskutieren, ist seiner Sache nicht sicher.« (Kurt Biedenkopf, Ministerpräsident von Sachsen, 1997)

verlustreich *defizitär* (lat.-fr.)

Vermächtnis 1. *Legat,* das (lat., Pl. -e) Übertragung von Vermögen auf andere im Todesfall 2. *Testament,* das (lat., Pl. -e) auch: letzter Wille

Vermächtnisnehmer *Legatar,* der (lat., Pl. -e) jmd., der e. Legat erhält

Vermarktung der Rechte ... *Merchandising,* das (engl.-am., ohne Pl.) ... an bekannten Figuren für diverse Artikel (T-Shirts, Mützen)

vermehren 1. *augmentieren* (lat.) z. B. e. Vermögen 2. *addieren* (lat.) math. i. S. von hinzuzählen

Vermehrung *Augmentation,* die (lat., Pl. -en) e. Vermögens

Vermehrung der roten Blutkörperchen *Erythrozytose,* die (gr.-lat., ohne Pl.) med.

vermeintlich *putativ* (lat.) auf e. Irrtum beruhend

vermengt *promiscue* (lat.) vermischt, durcheinander

vermenschlichen *personifizieren* (etrusk.-lat.) »... der Wunsch wird dann auch personifiziert.« (Wolfgang Schäuble, 1998)

Vermenschlichung 1. *Personifikation,* die (etrusk.-lat., Pl. -en) z. B. von Dingen 2. *Anthropomorphismus,* der (gr.-lat., Pl. ...men) menschliches Verhalten auf Tiere übertragen

Vermerk 1. *Notabene,* das (lat., Pl. -s) Merkzeichen 2. *Notiz,* die (lat., Pl. -en)

vermerken 1. *konstatieren* (lat.-fr.) auch: feststellen 2. *registrieren* (lat.) aufzeichnen

vermessen *hybrid* (gr.) i. S. von hochmütig; auch: zweierlei Herkunft, Zwitterbildung

Vermessenheit *Hybris,* die (gr., ohne Pl.) Hochmütigkeit

Vermessungsingenieur *Topograph,* der (gr., Pl. -en) nimmt z. B. Vermessungen im Straßenbau vor
Vermessungswesen *Geodäsie,* die (gr., ohne Pl.)
vermindern 1. *diminuieren* (lat.) 2. *subtrahieren* (lat.) abziehen 3. *dezimieren* (lat.) 4. *limitieren* (lat.) begrenzen 5. *reduzieren* (lat.) auch: herabsetzen
Verminderung 1. *Dekrement,* das (lat., Pl. -e) 2. *Diminution,* die (lat., Pl. -en)
Vermischtes *Diversa,* die (lat., nur Pl.)
Vermittler 1. *Agent,* der (lat.-it., Pl. -en) 2. *Remisier,* der (lat.-fr., Pl. -s) im Wertpapiergeschäft 3. *Mediator,* der (lat.-fr., Pl. ...oren) auch: Schiedsmann
Vermittler von Führungskräften *Headhunter,* der (engl., Pl. -s) der »Kopfjäger« verdient sein Geld durch Vermittlungsprovisionen
Vermittler zwischen Bürgern u. Subkulturen ... *multikultureller Agent,* der (lat., Pl. -e -en) ... entwickelt Toleranzprogramme, z. B. in Firmen, damit sich gegensätzliche Kulturen u. Ethnien besser verstehen, um reibungslos gesteckte Ziele zu erreichen
Vermittlung 1. *Mediation,* die (lat.-fr., Pl. -en) e. Staat vermittelt bei e. Auseinandersetzung zwischen anderen Staaten 2. *Intervention,* die (lat.-fr., Pl. -en) durch Intervention e. Staates werden z. B. kriegsführende Staaten zur Waffenruhe veranlaßt
Vermittlungsbüro *Agentur,* die (lat., Pl. -en)
Vermittlungsgebühr *Provision,* die (lat.-it., Pl. -en) Vermittlung großer Aufträge führte 1996 zu e. Provisionsskandal zwischen VW u. ABB
vermodern *humifizieren* (lat.) verfaulen
Vermoderung *Humifikation,* die (lat., ohne Pl.)
Vermögen 1. *Kapital,* das (lat.-it., Pl. -e, -ien) z. B. Eigen-, Stamm-, Fremdkapital 2. *Mammon,* der (gr.-lat., ohne Pl.) auch: Geld, schnöder Mammon 3. *Dynamis,* die (gr.-lat., ohne Pl.) i. S. von Fähigkeit, Kraft in der Philos.
Vermögen, unveräußerliches familiäres ... *Fideikommiß,* das (lat., Pl. ...misse)
Vermögender *Kapitalist,* der (lat., Pl. -en) abwertend gebraucht
Vermögensherrschaft *Timokratie,* die (gr.-lat., Pl. ...ien) e. Staatsform in der die Bürgerrechte nach deren Vermögen bewertet werden
Vermögenswerte *Aktiva,* die (lat., nur Pl.) aus dem Rechnungswesen: die linke Bilanzseite führt alle Vermögenswerte (Aktiva) auf
vermuten 1. *kombinieren* (lat.) auch: mutmaßen 2. *spekulieren* (lat.) eigtl.: beobachten; auch: auf etwas rechnen; z. B. an der Börse spekulieren
vermutlich 1. *hypothetisch* (gr.-lat.) fraglich, zweifelhaft 2. *präsumtiv* (lat.) wahrscheinlich
Vermutung *Spekulation,* die (lat., Pl. -en) z. B. mit Wertpapieren an der Börse; Börsenspekulant André Kostolany
vernachlässigen *negligieren* (lat.-fr.) nicht berücksichtigen
Vernähen der Schamlippen *Infibulation,* die (lat., Pl. -en) ... zur Verhinderung des Beischlafes; in best. Regionen Afrikas noch üblich
verneinen *negieren* (lat.)
verneinend 1. *negativ* (lat.) Ggs.: positiv 2. *nihilistisch* (lat.) auch: zerstörend
Verneinender, ein alles ... *Nihilist,* der (lat., Pl. -en) auch: zerstörerischer Mensch
Verneinung aller Normen *Nihilismus,* der (lat., ohne Pl.) philos. Anschauung; bekannter Vertreter: Friedrich Nietzsche (1844-1900)
Verneinung *Negation,* die (lat., Pl. -en) auch: Verneinungswort
vernetzt *wired* (engl.-am.) auch: verdrahtet; überreizt, hyperaktiv; Zeitschrift für die Computerszene: »Wired«, das Sprachrohr für e. neue »digitale Kultur«
Vernetzungsfähigkeit *Connectivity,* die (engl., Pl. ...ties) ... e. Menschen, e. Idee, e. Gruppe, von Technologien; mit dem Begriff ist e. neue total vernetzte Informationsgesellschaft gemeint
vernichtet, wir sind ... *fuimus Troes* (lat., Zitat: Vergil) eigtl.: Trojaner sind wir gewesen
Vernichtung e. Festung *Demolition,* die (lat.-fr., Pl. -en)
Vernichtung *Kataklysmus,* der (gr.-lat., Pl. ...men) Naturkatastrophe, z. B. e. Vulkanausbruch
Vernichtung u. Erneuerung, geologische Theorie ... *Kataklysmentheorie,* die (gr.-lat., ohne Pl.) ... erklärt die Unterschiede der Tier- u. Pflanzenwelt der verschiedenen Erdzeitalter
Vernichtung von Krankheitserregern *Desinfektion,* die (lat., Pl. -en)
Vernichtung z. B. ethnischer Gruppen *Genozid,* der (gr.-lat., Pl. -e, -ien) »Der Begriff vom kulturellen Genozid ist falsch.« (Antje Vollmer, Bündnis 90 / Die Grünen)
Vernunft 1. *Ratio,* die (lat., ohne Pl.) auch: Einsicht 2. *Logos,* der (gr.-lat., Pl. Logoi) i. S. göttlicher Vernunft, philos. 3. *Räson,* die (lat.-fr., ohne Pl.) z. B. e. frechen Jungen zur Räson bringen 4. *Eubulie,* die (gr., ohne Pl.)
Vernunft, der ... widersprechend *irrational* (lat.) unfaßbar; »Es gibt nichts, was so verheerend ist wie ein rationales Anlegeverhalten in e. irrationalen Welt.« (John M. Keynes, Nationalökonom, 1883-1946)
Vernunftherrschaft *Logokratie,* die (gr.-lat., ohne Pl.) Herrschaft der Vernunft in e. Gesellschaft
vernünftig 1. *rational* (lat.) Ggs.: irrational 2. *lo-*

gisch (gr.-lat.) folgerichtig 3. *patent* (lat.) tüchtig 4. *legitim* (lat.) auch: rechtmäßig, anerkannt; Ggs.: illegitim
vernunftlos *alogisch* (gr.) ohne Logik
Vernunftsgründen, aus ... *a priori* (lat.)
Vernunftswahrheiten *Verités de raison,* die (fr., Pl.) nach dem Philosophen Gottfried Wilhelm Leibniz (1646-1716)
vernunftswidrig *irrational* (lat.) »Ich bewundere den Kanzler (Helmut Kohl), wie er, in der Bütt gestählt, für jeden irrationalen Schabernack zu haben ist ...« (G. Schröders geh. Tagebuch von H. Venske, 1997); Ggs.: rational
Vernunftwidrigkeit *Paralogie,* die (gr.-lat., Pl. -ien)
veröffentlichen 1. *edieren* (lat.) i. S. von herausgeben, z. B. Bücher 2. *publizieren* (lat.)
Veröffentlichung 1. *Publizierung,* die (lat., Pl. -en) 2. *Publikation,* die (lat.-fr., Pl. -en)
Veröffentlichung, zur ... *ad publicandum* (lat.)
verordnen *dekretieren* (lat.-fr.)
Verordnung 1. *Dekret,* das (lat., Pl. -e) 2. *Ordination,* die (lat., Pl. -en) Verordnung e. Arztes; Subordination (Unterordnung, Gehorsam) 3. *Rezept,* das (lat., Pl. -e) Arzneimittelanweisung für den Apotheker
verpacken *emballieren* (germ.-fr.)
Verpackung 1. *Emballage,* die (germ.-fr., Pl. -n) 2. *Tara,* die (arab.-it., Pl. -ren) Verpackungsgewicht e. Ware
Verpackungsgewicht *Tara,* die (arab.-it., Pl. -ren)
Verpackungsmaterial *Haraß,* der (fr., Pl. ...sse) z. B. Korb oder Kiste als Verpackungsbehälter für empfindliche Güter
verpestet *pestilenzialisch* (lat.)
verpfänden *lombardieren* (it.-fr.) kurzfristiger Kredit gegen Verpfändung von Edelmetallen oder Wertpapieren (Lombardkredit)
Verpfändung *Lombard,* der, das (it.-fr., Pl. -e) bewegliche Sachgüter werden als Pfand angeboten
Verpflanzung *Transplantation,* die (lat., Pl. -en) med., z. B. Organtransplantation
Verpflegung 1. *Proviant,* der (lat.-it., Pl. -e) 2. *Catering,* das (engl., ohne Pl.) bes. auf Schiffen u. in Flugzeugen
Verpflegung für die Truppe beschaffen *furagieren* (fr.)
Verpflegungssatz *Ration,* die (lat.-fr., Pl. -en)
Verpflegungswesen *Catering,* das (engl., ohne Pl.) bes. in der Luftfahrt, in Altersheimen
verpflichten *engagieren* (fr.) auch: unter Vertrag nehmen; »Die Sozialdemokraten würden die dt. Interessen etwas engagierter vertreten.« (Rudolf Scharping, 1998)
verpflichtend *obligatorisch* (lat.) z. B. obligatorische Mitgliedschaften e. Firma; Ggs.: fakultativ; nicht verw. mit *obligat* (lat.) »verbunden, verpflichtet«; auch: unerläßlich
Verpflichtung 1. *Diktat,* das (lat., Pl. -e) erzwungene Verpflichtung 2. *Engagement,* das (germ.-fr., Pl. -s) die Verpflichtung e. Künstlers, z. B. für Auftritte 3. *Obligation,* die (lat., Pl. -en) 4. *Obligo,* das (lat.-it., Pl. -s) Angebote e. Kaufmannes sind bindend, will er freibleibend anbieten, verwendet er den Zusatz »ohne Obligo«
Verpflichtungsschein *Revers,* der (lat., Pl. -e) e. Patient unterschreibt e. Revers, falls er auf eigene Gefahr früher aus dem Krankenhaus entlassen werden möchte
verprügeln, mächtig ... *verkamisolen* (dt.-fr.) auch: versohlen
Verrat *Perfidie,* die (lat.-fr., Pl. ...ien) Falschheit
verraten *denunzieren* (lat.) aus niedrigen Beweggründen anzeigen
Verräter *Denunziant,* der (lat., Pl. -en)
verrechnen *kompensieren* (lat.) auch: ausgleichen
Verrechnung *Clearing,* das (engl., Pl. -s) z. B. Verrechnung von Forderungen u. Verbindlichkeiten der Banken untereinander, geschieht über das Clearing der Deutschen Bundesbank
Verrechnungsverfahren *Clearing,* das (engl., Pl. -s) z. B. der Deutschen Bundesbank
verrenken *luxieren* (lat.) med.
Verrenkung *Luxation,* die (lat., Pl. -en) med.
verrichten *fungieren* (lat.) eine Funktion ausüben
verringern 1. *reduzieren* (lat.) auch: herabsetzen 2. *minimieren* (lat.) den geringsten Wert ansetzen 3. *diminuieren* (lat.) i. S. von: vermindern 4. *limitieren* (lat.) begrenzen
Verringerung 1. *Reduktion,* die (lat., Pl. -en) Abstufung 2. *Minimierung,* die (lat., Pl. -en) 3. *Diminution,* die (lat., Pl. -en) Verkleinerung
verrückt 1. *machulle* (hebr.-jidd.) 2. *meschugge* (hebr.-jidd.) 3. *crazy* (engl.) »crazy horse« (verrücktes Pferd) 4. *bizarr* (it.-fr.) sehr eigenwillig 5. *hysterisch* (gr.-lat.) überspannt 6. *schizophren* (gr.-lat.) zwiespältig, spaltungsirre (med.)
Verrücktheit 1. *Raptus,* der (lat., Pl. ...tusse) 2. *Spleen,* der (engl., Pl. -e)
Verruf, in ... bringen 1. *diffamieren* (lat.) verunglimpfen 2. *diskreditieren* (lat.-it.-fr.) auch: dem Ruf abträglich sein
Versakzent *Iktus,* der (lat., ohne Pl.) eigtl. Schlag
Versammlung 1. *Kongreß,* der (lat., Pl. ...gresse) i. S. e. fachlichen Zusammenkunft 2. *Assemblee,* die (lat.-fr., Pl. ...bleen) 3. *Legislative,* die (lat., Pl. -n) gesetzgebende – 4. *Constituante,* die (lat.-fr., Pl. -s) auch: Konstituante; verfassungsgebende Nationalversammlung, bes. die der Französischen Revolution (1789) 5. *Gremium,* das (lat., Pl. ...ien) »Bündel«; auch: Gemeinschaft 6.

Konferenz, die (lat., Pl. -en) Sitzung 7. *Symposion, Symposium,* das (gr.-lat., Pl. ...ien) Gelage im alten Griechenland; Tagung von Wissenschaftlern 8. *Kolloquium,* das (lat., Pl. ...ien) wissenschaftliches Gespräch unter Fachleuten

Versammlung ev. Christen als Träger der kirchlichen Selbstverwaltung *Synode,* die (gr.-lat., Pl. -n)

Versammlung leiten, e. ... *präsidieren* (lat.-fr.)

Versammlung von Bischöfen *Konzil,* das (lat., Pl. -e, -ien) u. anderen hohen Würdenträgern der kath. Kirche zur Entscheidung wichtiger Angelegenheiten; »Auch Konzile können irren.« (Martin Luther)

Versammlungsniederschrift *Protokoll,* das (gr.-lat., Pl. -e)

Versammlungsplatz *Agora,* die (gr., ohne Pl.) im alten Griechenland

Versammlungssaal *Aula,* die (gr.-lat., Pl. ...len, -s) Saal in Schulen u. Universitäten

Versand *Transport,* der (lat.-fr., Pl. -e)

Versand umfangreicher Faxmeldungen ... *Fax-Broadcasting,* das (engl., ohne Pl.) ... mit Hilfe von vielen tausend parallelen Leitungen; Hauptanbieter: X-Pedite

Verschanzen im trauten Heim *Cocooning,* das (am.) nach der am. Trendforscherin Faith Popcorn: Hang zum Einspinnen in der eigenen Behausung um vor Kriminalität, Streß, Aids sicher zu sein; Ausdruck dafür: Verleih von Videokassetten, Pizzaservices u.s.w.

verschärfen *eskalieren* (fr.) stufenweise steigern; Ggs.: deeskalieren

verschieben *rangieren* (germ.-fr.) Güterwagen werden auf dem Bahnhof rangiert; Rangierbahnhof

verschieden 1. *different* (lat.) 2. *divers* (lat.) auch: mehrere 3. *heterogen* (gr.-lat.) uneinheitlich; Ggs.: homogen 4. *inegal* (lat.-fr.) auch: ungleich; Ggs.: egal 5. *multipel* (lat.) vielfältig; z. B. multiple Sklerose: Erkrankung des Gehirns u. Rükkenmarks 6. *imäqual* (lat.) auch: ungleich; Ggs.: äqual

verschieden sein *differieren* (lat.)

Verschiedenartigkeit *Heterogenität,* die (gr.-lat., ohne Pl.)

verschiedene *diverse* (lat.)

verschiedenes *diverses* (lat.)

Verschiedenheit 1. *Asymmetrie,* die (gr.-lat., Pl. ...ien) Ungleichmäßigkeit; Ggs.: Symmetrie 2. *Differenz,* die (lat., Pl. -en) auch Unstimmigkeit; Preisdifferenz 3. *Disparität,* die (lat., Pl. -en) Ungleichheit 4. *Heterogenität,* die (gr.-lat., ohne Pl.) auch: Uneinheitlichkeit 5. *Imparität,* die (lat., ohne Pl.) Ungleichheit

Verschleierung *Kollusion,* die (lat., Pl. -en) z. B. von Beweismaterial

verschleppen *deportieren* (lat.) Menschen zwangsweise an teils unbekannte Orte bringen

verschleppend *dilatorisch* (lat.) aufschiebend, Rechtsw., bei Gericht e. dilatorische (aufschiebende) Einrede vorbringen

Verschleppung 1. *Deportation,* die (lat., Pl. -en) z. B. von Strafgefangenen oder politischen Häftlingen 2. *Obstruktion,* die (lat., Pl. -en) z. B. von Anträgen, die im Parlament behandelt werden sollen

verschließen 1. *okkludieren* (lat.) 2. *hermetisieren* (gr.-lat.) i. S. von dicht verschließen

Verschließung *Okklusion,* die (lat., Pl. -en) auch: Verschluß

verschlimmbessern *ballhornisieren* (Eigenn.) nach dem Lübecker Buchdrucker J. Ballhorn

verschlimmern *aggravieren* (lat.) med., e. übertriebene Schilderung e. Krankheitsverlaufs

Verschlimmerung 1. *Aggravation,* die (lat., Pl. -en) 2. *Komplikation,* die (lat., Pl. -en) auch: Verwicklung; nicht verw. mit *Kompilation,* die (lat., Pl. -en) Zusammenstellung wissenschaftlicher Quellen

Verschlingen, das ... rohen Fleisches *Omophagie,* die (gr.-lat., ohne Pl.) ... e. Opfertieres (Dionysoskult der Antike)

verschlossen 1. *reserviert* (lat.) z. B. e. reservierter Mitarbeiter sein, der nicht aus sich herauskommt 2. *hermetisch* (gr.-lat.) dicht verschlossen 3. *introvertiert* (lat.) nach innen gerichtet; Ggs.: extravertiert

Verschlossenheit *Reserve,* die (lat.-fr., ohne Pl.) jmdn. aus der Reserve locken; auch: (Pl. -en) Vorrat, Rücklage

verschlucken *devorieren* (lat.) med.

Verschlucken von Speisen, erneutes ... *Meryzismus,* der (gr.-lat., Pl. ...men) ... die sich im Magen befanden; Funktionsstörung, bes. bei Säuglingen (med.)

Verschluß für Fenster u. Türen, Treibriegel *Baskü-le,* die (fr., Pl. -n)

Verschluß *Okklusion,* die (lat., Pl. -en) svw. Sperre

verschlüsseln 1. *chiffrieren* (arab.-lat.-fr.) z. B. e. wichtige Information 2. *codieren* (lat.-fr.)

Verschlüsselung der genetischen Information ... *genetischer Code,* der (gr.-lat.-engl., Pl. ...sche -s) ... in DNS u. RNS

Verschlüsselung *Kodierung,* die (lat.-fr.-engl., Pl. -en) e. Information, die dem Gegner nicht in die Hände fallen soll

Verschlüsselung, Lehre der ... 1. *Krytographie,* die (gr., Pl. ...ien) auch: Geheimschrift u. Kritzelei 2. *Kryptologie,* die (gr., ohne Pl.) z. B. von Computerdaten

Verschlußlaut *Muta,* die (lat., Pl. ...tä)
verschmähen ... *dissen* (Szene-Slang) ... e. Person, die Prinzipien ihrer Subkultur oder Szene, z. B. an Journalisten verrät, wird »gedissed«
verschmelzen 1. *diffundieren* (lat.) chem.; auch: eindringen; Wasser diffundiert in Kunststoffe 2. *fusionieren* (lat.) Verschmelzung von Unternehmen in e. neues 3. *unifizieren* (lat.) i. S. von: vereinheitlichen; zusammenlegen, z. B. Staatsschulden
Verschmelzung 1. *Fusion,* die (lat., Pl. -en) von Unternehmen in e. größeres neues 2. *Agglutination,* die (lat., Pl. -en) z. B. Zusammenballung von Zellen (med.)
Verschmelzung von Kultur ... *Cross-Culture,* die (engl.-am.) ... Produktion, Technologie u. Umwelt; beeinflußt worden durch: Globalisierung der Märkte u. Werte, Durchsetzung von Glaubenslehren u. Kulturen, z. B. weltweite Vermarktung von Techno – Wagner – Jazzmusik
Verschnitt, Wein ... *Cuvée,* die, das (lat.-fr., Pl. -s)
verschnörkeln *arabesk* (arab.-gr.-lat.-it.-fr.) eigtl.: in arabischer Art; i. S. von: rankenförmig verziert
verschroben 1. *exzentrisch* (gr.-lat.) er ist e. alter exzentrischer Typ 2. *manieriert* (lat.-fr.) z. B. manieriert sprechen
Verschulden *Culpa,* die (lat., ohne Pl.) auch: Schuld
verschwenderisch 1. *luxuriös* (lat.) 2. *sumptuös* (lat.)
Verschwendung 1. *Luxus,* der (lat., ohne Pl.) »Wir verkaufen keinen Luxus, wir verkaufen Träume.« (Gilles Hennessy, 1996) 2. *Muda,* die (jap., Pl. -s) durch z. B. zu lange Transportwege; auch: Unordnung; Begriff aus dem Management
Verschwendung von Zeit u. Geld *waisting of time and money* (engl.-am.) im Kapitalismus e. kapitale Sünde
verschwiegen *diskret* (lat.-fr.) sie war e. sehr diskrete Sekretärin
Verschwiegenheit *Diskretion,* die (lat.-fr., Pl. -en)
Verschwinden von Mond oder Sonne *Eklipse,* die (gr., P. -n) auch: Mond- oder Sonnenfinsternis; die erste Finsternis entdeckten babylonische Astronomen um 585 v. Chr.; die erste Sonnenfinsternis berechnete der Grieche Thales von Milet (624-549 v. Chr.)
verschwommen 1. *diffus* (lat.) unklar; diffuse Erklärungen geben 2. *vage* (lat.-fr.) vage Andeutungen machen
Verschwörer *Konspirant,* der (lat. Pl. -en)
Verschwörung 1. *Komplott,* das (fr., Pl. -e) 2. *Konspiration,* die (lat., Pl. -en)
Versehen *Lapsus,* der (lat., ohne Pl.) svw. kleiner Fehler
Verselbständigung *Emanzipation,* die (lat., Pl. -en) Befreiung aus Abhängigkeiten, z. B. vom männlichen Ehepartner
versenden *spendieren* (lat.-it.) z. B. Güter, Geld
Versenkung *Meditation,* die (lat., Pl. -en) i. S. e. geistigen Versenkung
Verserzählung *Fabliau,* das (fr., Pl. -x) altfr. Verse mit komischem u. erotischem Inhalt
Verseschmied *Poetaster,* der (gr.-lat., Pl. –) abwertend: Dichterling
Versetzung *Translokation,* die (lat., Pl. -en) auch: Ortsveränderung; Verlegung e. Chromosomenbruchstückes in e. anderes Chromosom (Biol.)
verseuchen *kontaminieren* (lat.) mit Schadstoffen durchsetzen; Ggs.: dekontaminieren
Verseuchung *Kontamination,* die (lat., Pl. -en) Durchsetzung mit Schad-, bes. mit radioaktiven Stoffen; Ggs.: Dekontamination
Versfuß *Trochäus,* der (gr.-lat., Pl. ...äen) der Antike
Versicherer *Assekurant,* der (lat.-it., Pl. -en)
versichern *assekurieren* (lat.-it.)
versichernd *assertorisch* (lat.) auch: behauptend
versichert *assekuriert* (lat.-it.)
Versicherter *Assekurat,* der (lat.-it., Pl. -en)
Versicherung *Assekuranz,* die (lat.-it., Pl. -en)
Versicherung, eidesstattliche ... *Affidavit,* das (lat., Pl. -s) eigtl.: er hat bezeugt; auch: e. Bürgschaft übernehmen
Versicherungsnehmer *Assekurat,* der (lat.-it., Pl. -en)
Versicherungsträger *Assekurant,* der (lat.-it., Pl. -en)
Versicherungsvertrag *Police,* die (gr.-lat., Pl. -n) Urkunde zu e. Versicherungsvertrag
Versicherungswert *Taxe,* die (lat., Pl. -n)
versilbern *tingieren* (lat.) mit dünner Silberauflage versehen
versinnbildlichen *allegorisieren* (gr.)
Verskunst *Metrik,* die (gr.-lat., Pl. -en) auch: Verslehre
Versmaß 1. *Metrum,* das (gr.-lat., Pl. ...tren) 2. *Hexameter,* der (gr.-lat., Pl. –) aus sechs rhythmischen Verseinheiten (Daktylen) bestehende epische Abhandlung
Versmaßlehre *Metrik,* die (gr.-lat., Pl. -en)
versöhnlich *konziliant* (lat.-fr.) umgänglich
Versöhnung *Rekonziliation,* die (lat., Pl. -en) »Aussöhnung«; Wiederaufnahme in die kath. Kirchengemeinschaft
Versorger *Provider,* der (engl.-am., Pl. -s) gemeint ist e. Firma, die i. a. per Ortstarif angerufen wird, damit sich der Benutzer z. B. im Internet »bewegen« kann
verspätet *retardiert* (lat.-fr.) auch: geistig oder körperlich zurückgeblieben

versperren *okkludieren* (lat.)
verspielt *kokett* (fr.) auch: eitel, selbstgefällig
verspotten *parodieren* (gr.-lat.-fr.) nachahmen
verspottend 1. *delusorisch* (lat.) 2. *satirisch* (lat.)
Verspottung 1. *Delusion,* die (lat., Pl. -en) auch: Täuschung 2. *Persiflage,* die (lat.-fr., Pl. -n) i. S. e. geistreichen Spotts
Versprechen *Promesse,* die (lat.-fr., Pl. -n) e. Urkunde, deren Inhalt e. Leistungsversprechen garantiert
Versprechender *Promittent,* der (lat., Pl. -en)
verstaatlichen 1. *nationalisieren* (lat.-fr.) z. B. von Unternehmen (Banken, Energieversorgungsunternehmen) 2. *säkularisieren* (lat.) kirchlichen Besitz verstaatlichen; auch: unter weltlichem Gesichtswinkel sehen
Verstaatlichung 1. *Sozialisierung,* die (lat., Pl. -en) i. S. von vergesellschaftlichter Produktionsmittel (maschinelle Anlagen) 2. *Nationalisierung,* die (lat.-fr., Pl. -en) z. B. Verstaatlichung von Unternehmen
verstädtern *urbanisieren* (lat.)
Verstand 1. *Intellekt,* der (lat., ohne Pl.) Denkkapazität 2. *Ratio,* die (lat., ohne Pl.) auch: Vernunft 3. *Räson,* die (lat.-fr., ohne Pl.) auch: Einsicht; z. B. den Jungen zur Räson bringen; Staatsräson
Verstand, urbildlicher ... *Intellectus archetypus,* der (gr.-lat., ohne Pl.) göttliches, schauendschaffendes Denken
verstanden? *capito?* (lat.-it.)
verstandesmäßig *intellektuell* (lat.-fr.) auf das Denkvermögen bezogen
Verstandesmensch 1. *Intellektuelle,* der, die (lat.-fr., Pl. -n) 2. *Rationalist,* der (lat., Pl. -en)
verständig *intelligent* (lat.) auch: klug, begabt; »Intelligente Menschen haben immer Selbstzweifel.« (Hans-Olaf Henkel, BDI-Präsident, 1998)
Verständigung 1. *Kommunikation,* die (lat., Pl. -en) 2. *Kompromiß,* der (lat., Pl. ...misse) auch: Übereinkunft
verständlich 1. *plastisch* (gr.-lat.-fr.) auch: modellierfähig; bildhaft 2. *plausibel* (lat.-fr.) 3. *transparent* (lat.-fr.) i. S. von durchsichtig
Verständlichkeit *Luzidität,* die (lat., Pl. -en) i. S. von Klarheit
Verständnis 1. *Resonanz,* die (lat., Pl. -en) seine Ansichten blieben ohne Resonanz 2. *Toleranz,* die (lat., Pl. -en) Duldsamkeit z. B. in der Politik in Glaubensangelegenheiten; Ggs.: Intoleranz
verständnisvoll *tolerant* (lat.-fr.) er hatte e. äußerst tolerante Ehefrau; Ggs.: intolerant
verstärken 1. *forcieren* (lat.-fr.) vorantreiben 2. *intensivieren* (lat.-fr.) auch: steigern
Verstärker 1. *Transduktor,* der (lat., Pl. ...oren) 2. *Megaphon,* das (gr.-lat., Pl. -e) Lautsprecher mit elektr. Verstärkung
Verstärkeranlage, größte ... *Power Amplifier,* das (engl.-am., Pl. -s) kurz: P. A. (Crash-Test für Trommel- u. Zwerchfell)
verstärkerlos Musik machen ... *unplugged musizieren* (engl.-dt.) ... auch ohne Effektgeräte
Verstärkerröhre *Triode,* die (gr.-lat., Pl. -n) Röhre mit drei Elektroden
verstärkt *rinforzanto* (lat.-it.) musik. Vortragsanw.
Verstauchung *Distorsion,* die (lat., Pl. -en) z. B. e. Gelenks (med.) auch: Bildverzerrung
verstecken *kaschieren* (lat.-fr.) auch: verhüllen; Teile aus Leinwand, Papier u. Gips herstellen
Versteckspiel *Cache-cache,* das (fr., ohne Pl.)
versteckt *latent* (lat.) bez. unausgebrochener Krankheiten, der Patient hat e. latente Grippe
verstehen *kapieren* (lat.)
Versteifung *Rigidität,* die (lat., ohne Pl.) auch: Unnachgiebigkeit
Versteigerer *Auktionator,* der (lat., Pl. ...oren)
versteigern 1. *auktionieren* (lat.) 2. *lizitieren* (lat.)
Versteigerung 1. *Auktion,* die (lat., Pl. -en) 2. *Lizitation,* die (lat., Pl. -en)
Versteigerung, zur öffentlichen ... *ad hastam* (lat., Zitat) eigtl.: zur Lanze
versteinern 1. *fossilieren* (lat.) 2. *petrifizieren* (gr.-lat.)
Versteinerung 1. *Fossil,* das (lat., Pl. -ien) 2. *Petrefakt,* das (gr.-lat., Pl. -e) von Tieren u. Pflanzen
verstellen 1. *fingieren* (lat.) vortäuschen; auch: erdichten 2. *mimen* (gr.-lat.) auch: so tun als ob 3. *prätendieren* (lat.-fr.) vorgeben; nicht verw. mit *präsentieren* (lat.-fr.) vorlegen 4. *simulieren* (lat.) z. B. e. Krankheit vortäuschen
Verstellung 1. *Hypokrisie,* die (gr.-lat., Pl. ...ien) auch: Heuchelei 2. *Maskerade,* die (arab.-sp., Pl. -n) auch: Maskenfest
verstimmt *pikiert* (lat.-fr.) die direkte Frage hatte sie pikiert
verstohlen *insidiös* (lat.) heimlich
verstreuen *diffundieren* (lat.) auch: eindringen, z. B. Wasser in Kunststoffe
verstümmeln *mutilieren* (lat.) med.
Verstümmelung *Mutilation,* die (lat., Pl. -en) med.
Versuch 1. *Experiment,* das (lat., Pl. -e) 2. *Test,* der (lat.-fr.-engl., Pl. -s) 3. *Tentamen,* das (lat., Pl. ...mina) med., e. medizinischer Versuch
versuchen 1. *experimentieren* (lat.) 2. *probieren* (lat.) 3. *testen* (lat.-fr.-engl.) 4. *tendieren* (lat.) med., bei med. Versuchen: neigen zu
Versuchsperson *Proband,* der (lat., Pl. -en) z. B. in der Medizin
Vertäfelung *Intabulation,* die (lat., Pl. -en) auch: Grundbucheintragung

vertagen *prorogieren* (lat.)
vertagend *prorogativ* (lat.)
Vertagung *Prorogation,* die (lat., Pl. -en)
vertauschbar 1. *kommutabel* (lat.) 2. *permutabel* (lat.) math.
Vertauschbarkeit *Dualität,* die (lat., ohne Pl.) auch: Zweiheit
vertauschen 1. *invertieren* (lat.) umkehren; nicht verw. mit *inventieren* (lat.) erfinden 2. *permutieren* (lat.) umstellen
vertauscht *invertiert* (lat.) umgekehrt; i. S. von homosexuell
Vertauschung *Permutation,* die (lat., Pl. -en) auch: Umstellung
verteidigend 1. *defensiv* (lat.) 2. *apologetisch* (gr.-lat.) z. B. e. Lehre verteidigend
Verteidiger *Advokat,* der (lat., Pl. -en) Rechtsbeistand; Winkeladvokat
Verteidiger des Glaubens *Defensor fidei,* der (lat., ohne Pl.) Ehrentitel des engl. Königs seit Heinrich VIII. (1491-1547)
Verteidiger beim Fußball *Back,* der (engl., Pl. -s)
Verteidigung *Defensive,* die (lat., Pl. -n) Abwehr; Ggs.: Offensive
Verteidigungsbündnis 1. *North Atlantic Treaty Organization,* kurz: NATO 2. *Defensivallianz,* die (lat., Pl. -en)
Verteidigungshaltung, Neigung zur ... *Defensivität,* die (lat., ohne Pl.)
Verteidigungsrede *Apologie,* die (gr., Pl. ...ien) d. h. die Rechtfertigung e. Lehre
verteilen 1. *dispergieren* (lat.) auch: verbreiten, fein verteilen 2. *distribuieren* (lat.) austeilen
verteilend *distributiv* (lat.)
Verteiler *Distribuent,* der (lat., Pl. -en)
Verteilung 1. *Distribution,* die (lat., Pl. -en) kostengünstige u. schnelle Produktverteilung an die Verbraucher 2. *Repartition,* die (lat., Pl. -en)
Vertiefung 1. *Fossa,* die (lat., Pl. Fossae) auch: Grube (med.) 2. *Fovea,* die (lat., Pl. ...eae) Delle (med.)
Vertiefung, sandgefüllte ... *Bunker,* der (engl., ohne Pl.) Golfbez.
Vertrag 1. *Kontrakt,* der (lat., Pl. -e) »Alles was wir sind, sind wir durch Kontrakte.« Kurt Tucholsky 2. *Pakt,* der (lat., Pl. -e) politisches Abkommen zwischen Staaten 3. *Stipulation,* die (lat., Pl. -en) svw. Übereinkunft 4. *Konvention,* die (lat.-fr., Pl. -en) z. B. völkerrechtliches Abkommen: »Menschenrechtskonvention der UN«
Vertrag abschließen *transigieren* (lat.) auch: verhandeln, e. Vergleich schließen
Verträge müssen gehalten werden *pacta sunt servanda* (lat., Zitat)
Verträglichkeit *Concordia,* die (lat., ohne Pl.) auch: Eintracht; »concordia domi, foris pax«, Eintracht zu Hause, draußen Friede (Inschrift am Holstentor in Lübeck)
Vertragsabschluß *Bargaining,* das (engl., ohne Pl.)
vertragsbrüchig *illoyal* (lat.-fr.) Ggs.: loyal
Vertragskopplung *Junktim,* das (lat., Pl. -s) eigtl.: vereinigt; z. B. wegen der Zusammengehörigkeit best. Punkte in zwei Verträgen
Vertragspartner *Kontrahent,* der (lat., Pl. -en) auch: Gegner im Streit od. Wettkampf
Vertragsvollmacht *Mandat,* das (lat., Pl. -e) der Anwalt muß nachweisen, daß er das Mandat eines Mandanten (Klienten) hat, um diesen vertreten zu können
Vertrauen *Kredit,* der (lat.-it.-fr., Pl. -e) anderen Personen Vertrauen schenken; auch: fremde Geldmittel; Ggs.: Debet
Vertrauensbruch *Indiskretion,* die (lat., Pl. -en)
vertraulich 1. *entre nous* (fr.) »unter uns« 2. *familiär* (lat.) 3. *privat* (lat.) 4. *privatim* (lat.) i. S. von: unter vier Augen 5. *privatissime* (lat.) im engen Kreis 6. *diskret* (lat.-fr.) 7. *inoffiziell* (lat.-fr.) nicht amtlich; Ggs.: offiziell 8. *intern* (lat.) 9. *intim* (lat.) »innerst«; eng befreundet sein; auch: sie waren intim (haben miteinander geschlafen)
Vertraulichkeit 1. *Diskretion,* die (lat.-fr., ohne Pl.) auch Verschwiegenheit 2. *Intimität,* die (lat., ohne Pl.)
vertraut 1. *familiar* (lat.) 2. *privat* (lat.)
Vertraute *Intima,* die (lat., Pl. ...mä) z. B. Busenfreundin; auch: die innere Gefäßhaut (med.)
Vertrauter *Intimus,* der (lat., Pl. ...mi) z. B. Wolfgang Schäuble gilt als Intimus von Helmut Kohl
Vertrautheit *Familiarität,* die (lat., ohne Pl.)
vertreiben *exterminieren* (lat.)
vertretbar 1. *fungibel* (lat.) i. S. von austauschbaren Gütern 2. *substituierbar* (lat.-dt.) ersetzbar, z. B. Güter 3. *legitim* (lat.) auch: gesetzlich anerkannt; Ggs.: illegitim
vertreten 1. *doubeln* (lat.-fr.) Sean Connery läßt sich in gefährlichen Filmszenen durch e. Stuntman doubeln 2. *repräsentieren* (lat.-fr.) der Manager repräsentiert die Firma
Vertreter 1. *Agent,* der (lat.-it., Pl. -en) z. B. Versicherungs- oder Reedereiagent 2. *Repräsentant,* der (lat.-fr., Pl. -en) der Geschäftsführer als Repräsentant e. Firma 3. *Delegierte,* der, die (lat., Pl. -n) Mitglied e. Abordnung, Abgesandte
Vertreter des Populismus *Populist,* der (lat., Pl. -en) volksnaher, oft demagogischer Politiker
Vertreter der Vergeltungspolitik *Revanchist,* der (lat.-fr.-russ., Pl. -en) so wurden in der DDR einst abwertend die bundesdeutschen Politiker bezeichnet

Vertreter von Bürgerrechten gegenüber Behörden *Ombudsmann,* der (schwed., Pl. ...männer) eigtl.: Treuhänder

Vertreter, der in Elea gegründeten Philosophenschule *Eleate,* der (gr.-lat., Pl. -n) die Schule gründete der Grieche Xenophanes um 500 v. Chr. in Unteritalien

Vertretung 1. *Agentur,* die (lat., Pl. -en) 2. *Fraktion,* die (lat.-fr., Pl. -en) Vertretung e. Partei im Parlament; Fraktionszwang 3. *Repräsentanz,* die (lat.-fr., Pl. -en) 4. *Repräsentation,* die (lat.-fr., Pl. -en) Vertretung der Firma durch den Geschäftsführer

Vertretungsvollmacht *Mandat,* das (lat., Pl. -e) »Niemand von uns reißt sich um Aufsichtsrats-Mandate.« (Hilmar Kopper, Deutsche-Bank-Chef – Peanuts – 1997)

vertretungsweise *kommissarisch* (lat.) der Verkaufsleiter bekleidete die Position kommissarisch

Vertrieb mit e. möglichst kompletten Datenerfassung ... *Database-Marketing,* das (engl., ohne Pl.) ... organisieren, dabei werden alle erdenklichen Daten (nicht nur zum Kaufverhalten) des Kunden gesammelt u. ausgewertet; der Außendienst ist mit e. Laptop ausgerüstet u. ergänzt seine Informationen mit denen aus Kunden-Datenbanken

Vertrieb, vernetzter ... *Realtime-Marketing,* das (engl., ohne Pl.) e. direkt an die Kasse e. umsatzstarken Supermarktes angeschlossener Produzent; somit liefert der Hersteller in der richtigen Menge, zur richtigen Zeit, unter Umgehung des Großhandels, unmittelbar

Vertriebskaufmann *Salespromoter,* der (engl., ohne Pl.) i. S. e. Verkaufsförderers

Vertriebsschiene für e. Produkt *Outlet,* das (engl., Pl. -s)

Verunreinigung der Weltmeere *Ocean-dumping,* das (engl., Pl. -s)

verunsichern *irritieren* (lat.)

Verunsichertheit, Zustand der ... *Irritation,* die (lat., Pl. -en) auch: das Erregtsein, Verwirrung; »... grundgütiger Himmel, der Mann (Kanzler Helmut Kohl) wäre plötzlich auch für Leute, die Irritationen schätzen, wählbar geworden.« (G. Schröders geh. Tagebuch von H. Venske, 1997) nicht verw. mit *Irrigation,* die (lat., Pl. -en) »Bewässerung«; Ausspülung bei e. Verstopfung (Einlauf) med.

verunstalten 1. *deformieren* (lat.) verformen 2. *ramponieren* (germ.-it.) stark beschädigen

verunstaltet 1. *deform* (lat.) 2. *deformiert* (lat.)

Verunstaltung *Deformation,* die (lat., Pl. -en) auch: Mißbildung, z. B. von Organen

vervielfachen 1. *multiplizieren* (lat.) math. malnehmen 2. *potenzieren* (lat.) e. Zahl mit sich selbst malnehmen (Math.) 3. *reproduzieren* (lat.) auch: herstellen, neu hervorbringen

Vervielfachung *Multiplikation,* die (lat., Pl. -en) math.

vervielfältigen 1. *hektographieren* (gr.-lat.) 2. *fotokopieren* (gr.-lat.-fr.) e. Schriftstück fotografisch ablichten 3. *reproduzieren* (lat.)

Vervielfältigung *Reproduktion,* die (lat., Pl. -en)

Vervielfältigungsapparat 1. *Hektograph,* der (gr.-lat., Pl. -en) 2. *Fotokopiergerät* (gr.-lat.-dt., Pl. -e)

vervollkommnen *perfektionieren* (lat.)

vervollständigen 1. *assortieren* (lat.-fr.) z. B. e. Warenangebot 2. *komplettieren* (lat.-fr.) ergänzen

Verwahrer *Depositar,* der (lat., Pl. -e)

Verwahrung, in ... geben *deponieren* (lat.) auch: hinterlegen

verwalten *administrieren* (lat.) e. Aufgabe der Behörden

Verwalter 1. *Sequester,* der (lat., Pl. –) wird vom Gericht bestellt, z. B. um festzustellen, ob ein Konkurs eröffnet werden kann 2. *Konkursverwalter,* der (lat.-dt., Pl. –) vom Gericht bestellter Verwalter e. in Konkurs geratenen Unternehmens

Verwaltung 1. *Administration,* die (lat., Pl. -en) z. B. Ämter u. Behörden; unter »US-Administration« wird der amerikanische Präsident mit seiner Regierungsmannschaft verstanden 2. *Gestion,* die (lat., Pl. -en) auch: Führung 3. *Gouvernement,* das (lat.-fr., Pl. -s) 4. *Magistrat,* der (lat., Pl. -e) die städtische Verwaltung

Verwaltung, zur ... gehörend *administrativ* (lat.)

Verwaltungsapparat *Bürokratie,* die (lat.-fr., Pl. ...ien) »Die Bürokratie aber ist krebsfräßig an Haupt u. Gliedern, nur ihr Magen ist gesund.« (Bismarck)

Verwaltungsbeamter *Inspektor,* der (lat., Pl. ...oren)

Verwaltungsbehörde *Administration,* die (lat., Pl. -en)

Verwaltungsbezirk 1. *Distrikt,* der (lat., Pl. -e) 2. *Departement,* das (lat.-fr., Pl. -s) e. Bezirk in Frankreich 3. *Gouvernement,* das (lat.-fr., Pl. -s)

Verwaltungsgebiet *Provinz,* die (lat., Pl. -en)

Verwaltungsgesellschaft *Holding,* die (engl., Pl. -s) beaufsichtigt die Aktivitäten mehrerer Kapitalgesellschaften u. legt strategische Ziele fest

verwandeln *metamorphosieren* (gr.-lat.) i. S. von umwandeln, die Gestalt ändern: von der Raupe zur Puppe, zum Falter

Verwandlung 1. *Evolution,* die (lat., Pl. -en) i. S. e. allmählichen Entwicklung; Theorie von Charles Darwin (1809-1882): der Mensch stamme vom

Affen ab 2. *Konversion*, die (lat., Pl. -en) e. Konfessionsübertritt, z. B. vom ev. zum kath. Glauben wechseln; auch: Erzeugung neuer spaltbarer Stoffe (im Reaktor) 3. *Metamorphose*, die (gr.-lat., Pl. -n) Umgestaltung, z. B. die Entwicklung vom Ei zum Küken 4. *Transformation*, die (lat., Pl. -en) auch: Umgestaltung

verwandt 1. *affin* (lat.) 2. *analog* (gr.-lat.-fr.) auch: ähnlich; Ggs.: digital 3. *synonym* (gr.-lat.) bedeutungsähnlich; Ggs.: antonym

Verwandtenbegünstigung *Nepotismus*, der (lat., ohne Pl.) Vetternwirtschaft bei den Päpsten in der Renaissance (15. bis Ende 16. Jh.) hat sich auch in Hamburg bei Auftragsvergaben breit gemacht

Verwandter 1. *Aszendent*, der (lat., Pl. -en) in aufsteigender Linie; auch: Aufgangspunkt e. Gestirns; das bei der Geburt über dem östlichen Horizont erscheinende Tierkreiszeichen 2. *Deszendent*, der (lat., Pl. -en) i. S. e. Abkömmlings

Verwandtschaft 1. *Aszendenz*, die (lat., ohne Pl.) Verwandtschaft in aufsteigender Linie; auch: Aufgang e. Gestirns; Ggs.: Deszendenz 2. *Deszendenz*, die (lat., ohne Pl.) Abstammung; auch: Untergang e. Gestirns; Ggs.: Aszendenz 3. *Parentel*, die (lat., Pl. -en) alle Nachkommen e. Stammvaters

Verwechslung e. Person mit e. anderen *Quiproquo*, das (lat., Pl. -s)

verweichlicht *effeminiert* (lat.) e. Mann mit weiblichen Verhaltensweisen

Verweis 1. *Admonition*, die (lat., Pl. -en) Ermahnung 2. *Lektion*, die (lat., Pl. -en) e. leichtsinnigen Menschen e. Lektion erteilen; auch: Lernabschnitt in e. Schulbuch

verweisen 1. *relegieren* (lat.) von der Hochschule verweisen 2. *exmatrikulieren* (lat.) Studenten von der Hochschule verweisen; genauer: deren Namen aus dem Uni.-Verzeichnis streichen; Ggs.: immatrikulieren

Verweisung *Relegation*, die (lat., Pl. -en) von der Universität

Verweltlichung *Säkularisierung*, die (lat., ohne Pl.) Lösung des Staates u. der Bürger aus der Bindung der Kirche; nicht verw. mit *Sekularisation*, die (lat., Pl. -en) Nutzung von Kirchenbesitz durch den Staat, z. B. unter Napoleon I. (1769-1821)

Verwendbarkeit *Fungibilität*, die (lat., ohne Pl.) auch: Austauschbarkeit

Verwender 1. *User*, der (engl., Pl. -s) gemeint sind: 2. *Interneter*, der (engl.-am., Pl. -s) Verwender des Internets 3. *Mailbox-User*, der (engl., Pl. -s) Verwender e. Mailbox; auch: 4. *Drogen-User*, der (fr.-dt.-engl., Pl. -s) Rauschgiftbenutzer

verwesen *putreszieren* (lat.) med.

Verwesung *Putrefaktion*, die (lat., Pl. -en) med.

verwickeln 1. *implizieren* (lat.) einbeziehen 2. *involvieren* (lat.) auch: einschließen

verwickelt *kompliziert* (lat.) schwierig; »Hier in Jerusalem ist alles viel komplizierter.« (Teddy Kollek, Bürgermeister von Jerusalem, 1996)

Verwicklung, hinterlistig angelegte ... *Intrige*, die (lat.-it.-fr., Pl. -n) Ränkespiel; »Das war eine große Intrige, ich war verwundet.« (Bernhard Vogel, 1988, Regierungschef von Thüringen)

verwirklichen *realisieren* (lat.) auch: erkennen; begreifen

verwirren 1. *desorientieren* (fr.) 2. *irritieren* (lat.) auch: stören

verwirrt 1. *perplex* (lat.-fr.) 2. *abstrus* (lat.) eigtl.: versteckt; auch: sonderlich 3. *derangiert* (fr.) auch: zerzaust 4. *konfus* (lat.) wirr im Kopf

Verwirrung 1. *Irritation*, die (lat., Pl. -en) Verunsicherung 2. *Derangement*, das (fr., Pl. -s) Zerrüttung 3. *Desordre*, der (lat.-fr., Pl. -s) auch: Unordnung 4. *Perplexität*, die (lat., Pl. -en) Bestürzung 5. *Perturbation*, die (lat., Pl. -en) Störung 6. *Konfusion*, die (lat., Pl. -en)

verworren *abstrus* (lat.) auch: absonderlich

Verwundung *Blessur*, die (germ.-fr., Pl. -en)

verwünschen 1. *detestieren* (lat.-fr.) auch: verabscheuen 2. *exsekrieren* (lat.) in der kath. Kirche verfluchen

Verwünschung *Exsekration*, die (lat., Pl. -en) i. S. von verfluchen (in der kath. Kirche)

Verwünschung, rituelle ... der kath. Kirche *Exsekration*, die (lat., Pl. -en) auch: Fluch

verwüsten 1. *demolieren* (lat.-fr.) zerstören 2. *devastieren* (lat.) 3. *ramponieren* (germ.-it.) beschädigen 4. *ruinieren* (lat.-fr.) zerstören

Verwüstung *Desertifikation*, die (lat., Pl. -en) das Vordringen der Wüste

verzagt *decouragiert* (lat.-fr.) mutlos

Verzeichnis 1. *Index*, der (lat., Pl. -e, ...dizes) auch: Liste von Büchern, die nach päpstlichem Beschluß von Katholiken nicht gelesen werden durften: Index librorum prohibitorum (1966 aufgehoben) 2. *Register*, das (lat., Pl. –) Sachverzeichnis; auch: Orgelpfeifengruppe, z. B. alle Register ziehen (alles versuchen)

Verzeichnis der wichtigsten Führungspositionen .... *Nomenklatura*, die (gr.-lat., ohne Pl.) ... in der ehemaligen Sowjetunion u. DDR; »Wo früher die Spitzen der DDR-Nomenklatura hausten, da befindet sich heute e. Kurklinik ...« (G. Schröders geh. Tagebuch von H. Venske, 1997)

Verzeichnis von Personen *Matrikel*, die (lat., Pl. -n) z. B. der Studenten an e. Universität

Verzeihung 1. *Pardon,* der (lat.-fr., ohne Pl.) 2. *excuse* (engl.) i. S. von Entschuldigung
verzerrt 1. *grotesk* (gr.-lat.-it.-fr.) absonderlich 2. *tendenziös* (lat.-fr.) i. S. von: nicht objektiv
Verzicht 1. *Resignation,* die (lat., Pl. -en) auch: Entsagung 2. *Abandon,* der (fr., Pl. -s) Verzicht e. Gesellschafters auf seinen Geschäftsanteil im Falle e. Verlustes, den er nicht ausgleichen will 3. *Karenz,* die (lat., Pl. -en) z. B. auf best. Speisen 4. *Renuntiation,* die (lat., Pl. -en) Verzicht e. Monarchen auf den Thron
Verzicht auf Kinder ... *Dinks,* die (engl., nur Pl., aus: double income, no kids) ... von Paaren, die e. doppeltes Einkommen vorziehen
verzichten 1. *resignieren* (lat.) 2. *abandonnieren* (fr.) 3. *abdizieren* (lat.) i. S. von: abdanken
Verzichtsleistung *Renuntiation,* die (lat., Pl. -en) z. B. die unerwartete Renuntiation des Monarchen auf den Thron
verzieren 1. *garnieren* (germ.-fr.) z. B. e. Gericht 2. *dekorieren* (lat.-fr.)
Verzierung 1. *Ornament,* das (lat., Pl. -e) 2. *Dekor,* der, das (lat.-fr., Pl. -s, -e) auch: Ausschmükkung 3. *Dekoration,* die (lat.-fr., Pl. -en) auch: Ausgestalten; Ordensverleihung
Verzierung an Kleidungsstücken *Passament,* das (lat., Pl. -e)
Verzierung, rankenförmige ... *Arabeske,* die (arab.-gr.-lat.-it.-fr., Pl. -n) auch: Ornament; Musikstück für Klavier; nicht verw. mit *Arabesque,* die (lat.-fr., Pl. -s) Tanzpose auf e. Bein (beim Ballett)
Verzierungen, musikalische ... *Agréments,* die (fr., nur Pl.)
Verzierungskunst *Ornamentik,* die (lat., ohne Pl.)
Verzierungsmotiv *Ornament,* das (lat., Pl. -e)
verzögern *retardieren* (lat.-fr.) hemmen
verzögern, e. Prozeß ... *retardieren* (lat.-fr.) auch: hemmen
Verzögerung 1. *Delay,* das (engl., Pl. -s) auch: e. Echogerät in der Musik 2. *time-lag,* der (engl., Pl. -s) i. S. e. zeitlichen Verzögerung
Verzögerungstaktik 1. *Gyuho,* der (jap., ohne Pl.) »Ochsentritt«; e. beliebte Verzögerungstaktik im jap. Parlament 2. *Obstruktion,* die (lat., Pl. -en) auch: Widerstand
verzweifelt *desperat* (lat.) auch: hoffnungslos
Verzweiflung *Desperation,* die (lat., Pl. -en) auch: Hoffnungslosigkeit
Verzweigung 1. *Ramifikation,* die (lat., Pl. -en) z. B. bei Pflanzen 2. *Bifurkation,* die (lat., Pl. -en) auch: Gabelung
Verzweigung von einer zur anderen WWW-Seite *Link,* das (engl., Pl. -s) eigtl.: Glied; Bez. aus dem Internet
Vetter *Cousin,* der (fr., Pl. -s)
Vetternwirtschaft *Nepotismus,* der (lat., ohne Pl.) herrschte bes. bei den Päpsten der Renaissance (15. bis Ende 16. Jh.) macht sich bei Auftragsvergaben auch bei uns breit
Video-Film-Kauf oder -Verleih über Kabel *virtual VCR,* der (lat.-engl.-am., Pl. -s) eigtl.: virtual video cassette recorder; künftig entfällt der Weg zur Videothek, Filme werden nicht in Kassetten, sondern übers Kabel an e. Bildschirmoberfläche in e. Videorekorder geliefert
Viehfarm 1. *Ranch,* die (sp.-engl.-am., Pl. -es) in den USA 2. *Hazienda,* die (lat.-sp., Pl. -s) Landgut, Farm in Süd- u. Mittelamerika
viehisch *bestialisch* (lat.)
Viehzüchter 1. *Rancher,* der (sp.-engl.-am., Pl. –) in den USA 2. *Haziendero,* der (lat.-sp., Pl. -s) Besitzer e. Hazienda 3. *Estanciero,* der (sp., Pl. -s) ... in Argentinien
viel 1. *divers* (lat.) mehrere 2. *multipel* (lat.) i. S. von: vielfältig
vieldeutig *ambivalent* (lat.) auch: doppelwertig
Vieldeutigkeit ... *Ambivalenz,* die (lat., Pl. -en) ... best. Begriffe, Erscheinungen: Liebe u. Haß; Doppelwertigkeit
Vièleck *Polygon,* das (gr., Pl. -e)
vieleckig *polygonal* (gr.-lat.)
vielerlei, nicht ... sondern viel *non multa sed multum* (lat., Zitat) ... soll man unternehmen
vieles, nicht vielerlei *multum, non multa* (lat., Zitat: Plinius)
Vielesser *Gourmant,* der (fr., Pl. -s) e., der gern u. viel ißt; nicht verw. mit *Gourmet,* der (fr., Pl. -s) e. Kenner ausgesuchter Speisen u. e. Genießer von Delikatessen; Feinschmecker
Vielfaches *Multiplum,* das (lat., Pl. ...pla) auch: Mehrfaches
Vielfalt 1. *Spektrum,* das (lat., Pl. ...tra, ...tren) 2. *Diversifikation,* die (lat., Pl. -en) der Übergang von der Einseitig- zur Vielseitigkeit; Unternehmen, die e. breites Warenangebot offerieren, betreiben Diversifikation; horizontale –: Kühlschränke, Waschmaschinen, Geschirrspüler; vertikale Diversifikation: weiße Ware, Autos, Kunststoffe
vielfältig 1. *heterogen* (gr.-lat.) auch: uneinheitlich; Ggs.: homogen 2. *multipel* (lat.) viel 3. *pluralistisch* (lat.) vielgestaltig
vielfältig gegliedert *fraktal* (lat.-engl.) fein strukturiert; auch: schwer begreiflich, kompliziert
vielfarbig *polychrom* (gr.-lat.)
Vielfarbigkeit *Polychromie,* die (gr.-lat., Pl. ...ien)
vielflächig *polyedrisch* (gr.)
Vielflächner *Polyeder,* das (gr., Pl. –)
Vielfraß 1. *Gourmand,* der (fr., Pl. -s) auch: Schlemmer; nicht verw. mit *Gourmet,* der (fr., Pl. -s) Kenner bez. guter Speisen u. Getränke;

jmd. der gern Delikatessen ißt (Feinschmecker) 2. *Gulo gulo,* der (lat., kein Pl.) auch: Jerf (Vielfraß, gehört zur Familie der Raubmarder)

vielgestaltig 1. *polymorph* (gr.) 2. *pluralistisch* (lat.) 3. *multilateral* (lat.) i. S. von vielseitig; Ggs.: bilateral 4. *multipel* (lat.) svw. vielfältig, z. B. multiple Persönlichkeit 5. *multiplex* (lat.) vielfältig 6. *multivalent* (lat.) vielwertig, z. B. e. Test läßt mehrere Lösungen zu 7. *multikulturell* (lat.) kurz: multikulti, z. B. e. Land, in dem viele kulturelle Erscheinungsformen friedlich nebeneinander existieren

Vielgötterei *Polytheismus,* der (gr.-lat., ohne Pl.)

vielleicht *eventuell* (lat.-fr.) Abk.: evtl.

Vielmännerei *Polyandrie,* die (gr., ohne Pl.) in e. Ehe hat e. Frau mehrere Männer; Ggs.: Polygamie

vielschichtig 1. *differenziert* (lat.) auch: aufgegliedert 2. *komplex* (lat.) zusammenhängend

vielseitig 1. *multilateral* (lat.) mehrseitig; Ggs.: bilateral 2. *universal* (lat.-fr.) weltweit, umfassend 3. *universell* (lat.-fr.) weitgespannt

Vielseitigkeit *Universalität,* die (lat., ohne Pl.) z. B. in der Literatur e. beachtliche Universalität besitzen

Vielseitigkeitsprüfung *Military,* die (lat.-fr.-engl., Pl. -s) ist e. Pferdesport

vielsprachig *polyglott* (gr.) mehrere Sprachen beherrschen

vielstimmig *polyphon* (gr.) musik.

vielteilig *polymer* (gr.) z. B. polymere Kunststoffe; Ggs.: monomer

Vielweiberei 1. *Polygamie,* die (gr., ohne Pl.) e. Ehe mit mehreren Frauen 2. *Polygynie,* die (gr., ohne Pl.) Ggs.: Polyandrie

vielwertig *multivalent* (lat.) z. B. Tests, die mehrere Lösungen zulassen

Vielwisser *Polyhistor,* der (gr., Pl. ...oren) in vielen Fächern bewanderter Gelehrter

vielzählig *polymer* (gr.) z. B. Kunststoffe, aus großen Molekülen gewonnen, die durch Verknüpfung kleinerer entstanden sind; Ggs.: monomer (aus einzelnen, selbständigen Molekülen bestehend)

Viereck 1. *Karree,* das (lat.-fr., Pl. -s) 2. *Quadrangel,* das (lat., Pl. –) 3. *Tetragon,* das (gr.-lat., Pl. -e)

viereckig 1. *oblong* (lat.) 2. *quadrangulär* (lat.) 3. *tetragonal* (gr.-lat.)

Vierfüßer *Quadrupede,* der (lat., Pl. -n) auch: Säugetier (nach Carl von Linné, Naturforscher, 1707-1778)

Vierfüßler 1. *Tetrapode,* der (gr., Pl. -n) 2. *Quadrupede,* der (lat., Pl. -n)

Vierpolröhre *Tetrode,* die (gr.-lat., Pl. -n)

Vierstaatenbündnis *Quadrupelallianz,* die (lat.-fr., Pl. -en)

Viertel, akademisches ... *cum tempore* (lat.) Vorlesungen in der Universität beginnen oft erst e. Viertelstunde später; Ggs.: sine tempore

Viertel, arabisches ... *Kasba(h),* die (arab., Pl. -s u. Ksabi) auch: Burg, Sultanschloß

Vierteljahr *Quartal,* das (lat., Pl. -e)

Viertelkreis *Quadrant,* der (lat., Pl. -en)

Vierter Fall *Akkusativ,* der (lat., Pl. -e)

vierter Stand *Proletariat,* das (lat.-fr., Pl. -e) einst auch: besitzlose Arbeiterklasse; »Diktatur des Proletariats« (Karl Marx)

Viren, durch Insekten übertragene ... *Arboviren,* die (Eigenn.-engl., Pl.) eigtl.: arthropod – bornevirus; z. B. durch Zecken übertragene Arten rufen beim Menschen Enzephalitiden (Gehirnhautentzündung) hervor

Viren, in Exkrementen best. Nagetiere *Arena-Typ,* die (Eigenn.-lat., Pl. -en) dazu gehören: Lassa- u. Hantaviren (Lassa-Fieber)

virtuos *brillant* (fr.) auch: glänzend; »Das zeigt, was für e. brillanter u. entscheidungsfreudiger Politiker der flotte Eberhard (Diepgen) ist.« (H. Venske: G. Schröders geh. Tagebuch, 1997)

Visitenkarte, elektronische ... *Signature,* das (engl., Pl. -s)

Vitamin C *Ascorbinsäure,* die (gr.-russ.-dt., ohne Pl.)

Vitamin H *Biotin,* das (gr.-lat., ohne Pl.) ... in Hefe u. Leber vorhanden

Vitaminmangel, Krankheit *Skorbut,* der (lat., ohne Pl.) Scharbock; bis ins 19. Jh. e. gefährliche Krankheit auf großer Fahrt

Vitaminmangelkrankheit 1. *Hypovitaminose,* die (gr.-lat., Pl. -n) med.; Ggs.: Hypervitaminose 2. *Beriberi,* die (singhalesisch, ohne Pl.) Vitamin-B1-Mangelkrankheit

Vogel, ausgestorbener ... *Odontornith,* der (gr., Pl. -en) ... der Kreidezeit mit bezahntem Schnabel

Vogel, e. seltener ... *rara avis* (lat., Zitat: Horaz) etwas Seltenes

Vogelfederstrahlen *Radien,* die (lat., nur Pl.)

Vogelforscher *Ornithologe,* der (gr.-lat., Pl. -n) auch: Vogelkundler

Vogelforschung *Ornithologie,* die (gr.-lat., ohne Pl.) auch: Vogelkunde, Vogellehre

vogelfrei *ex-lex* (lat.) außerhalb des Gesetzes

Vogelkäfig *Voliere,* die (lat.-fr., Pl. -n) auch: großer Käfig, Raubtiergehege

vogelkundlich *ornithologisch* (gr.-lat.)

vögeln, Scheiße *fuck, fuck off* (engl.-am.) derbes Universalwort

Vogelscheuche *Popanz,* der (tschech., Pl. -e)

Vogelwelt *Ornis,* die (gr., ohne Pl.) Vögel e. best. Region

Volk e. Staates *Nation,* die (lat.-fr., Pl. -en) Lebensgemeinschaft mit dem Bewußtsein gleicher politisch-kultureller Wurzeln; »Die Nation ist der Abfalleimer aller Gefühle.« (Kurt Tucholsky)

Volk *Plebs,* der (lat., ohne Pl.) abwertend, das niedere Volk

Volk vor den Inkas *Chachapoya,* die (Eigenn., Pl. -s) Andenurvolk, Frühindianer im Andengebiet

Volk, barbarisches ... der Bibel *Gog* u. *Magog* (Eigenn.) ... das in der »Endzeit« herrschte, nach Hesekiel 38; eigtl.: König Gog von Magog

Volk, das arme (steuerzahlende) ... *misera contribuens plebs* (lat., Zitat: Horaz, 65-8 v. Chr.)

Volk, e. ... zugehörig *ethnisch* (gr.) »Nach Jahren in diesem Business habe ich gehofft, e. größere ethnische Bandbreite zu sehen.« (Naomi Campbell, Model, 1998)

Volk, sagenhaftes ... hoch im Norden *Hyperboreer,* die (gr., nur Pl.)

Völkerkunde 1. *Ethnographie,* die (gr.-lat., Pl. -n) beschreibende – 2. *Ethnologie,* die (gr.-lat., Pl. -n) vergleichende Völkerkunde

Völkerkundler *Ethnologe,* der (gr.-lat., Pl. -n) z. B. der Franzose Claude Lévi-Strauss

völkerkundlich *ethnologisch* (gr.-lat.)

Völkermord *Genozid,* der (gr.-lat., Pl. -e, -ien) die Vernichtung ethnischer u./o. religiöser Gruppen

Völkername *Ethnikon,* das (gr., Pl. ...ka) auch: Personengruppenname

Völkerrecht *Jus gentium,* das (lat., ohne Pl.)

Volksabstimmung 1. *Plebiszit,* das (lat., Pl. -e) 2. *Referendum,* das (lat., Pl. ...den, ...da)

Volksabstimmung, auf e. ... beruhend *plebiszitär* (lat.) »Plebiszitäre Elemente in der Politik sind innovationsfeindlich.« (Wolfgang Schäuble, 1997)

Volksaufwiegelung *Demagogie,* die (gr., ohne Pl.)

Volksbefragung 1. *Plebiszit,* das (lat., Pl. -e) auch: Volksbeschluß 2. *Demoskopie,* die (gr., Pl. ...ien) auch: Meinungsforschung, -umfrage, wird von Instituten wie Allensbach durchgeführt

Volksentscheid 1. *Referendum,* das (lat., Pl. ...den, ...da) 2. *Plebiszit,* das (lat., Pl. -e)

Volkserhebung *Insurrektion,* die (lat., Pl. -en) auch: Aufstand

Volksfest, sp. ... *Fiesta,* die (lat.-sp., Pl. -s) meist ist der sp. Stierkampf gemeint; »Die Tragödie gehört eben zur Fiesta.« (Torero Joaquin Bernardo, der weit über 1000 Stiere abstach, dennoch große Zuneigung zu den Tieren gehabt haben soll)

Volksherrschaft *Demokratie,* die (gr.-lat., Pl. ...ien) das Volk entscheidet in freien Wahlen über die Volksvertreter

Volkslied *Daina,* die (lettisch, Pl. -s) lyrischen Charakters

Volksstimme (ist) Gottesstimme *vox populi vox Dei* (lat., Zitat)

Volkstanz, fröhlicher, it. ... *Bergamasca,* die (it., Pl. -s)

Volkstheater, jap. ... *Kabuki,* das (jap., ohne Pl.) im 17. Jh. entstanden

volkstümlich 1. *populär* (lat.-fr.) 2. *demotisch* (gr.)

Volkstümlichkeit *Popularität,* die (lat.-fr., ohne Pl.)

Volksverführer *Demagoge,* der (gr., Pl. -n)

Volksverführung *Demagogie,* die (gr., ohne Pl.)

Volksversammlung *Agora,* die (gr., ohne Pl.) im antiken Hellas

Volksvertreter 1. *Repräsentant,* der (lat.-fr., Pl. -en) z. B. Parlamentsabgeordneter 2. *Mandatar,* der (lat., Pl. -e) österreichischer Abgeordneter

Volksvertretung 1. *Repräsentativsystem,* das (lat.-fr., Pl. -e) durch Abgeordnete vertreten 2. *Parlament,* das (gr.-lat.-fr.-engl., Pl. -e) scherzhaft »Quatschbude« genannt

Volksvertretung, poln. ... *Sejm* der (poln., ohne Pl.)

Volkswirtschaft e. Staates *Nationalökonomie,* die (lat.-fr., ohne Pl.) »Nationalökonomie ist, wenn die Leute sich wundern, warum sie kein Geld haben.« (Kurt Tucholsky)

Volkswirtschaftslehre 1. *Nationalökonomie,* die (lat.-fr., ohne Pl.) 2. *Kameralien,* die (gr.-lat., nur Pl.) Volkswirtschafts- u. Staatslehre 3. *Sozialökonomie,* die (lat.-fr., ohne Pl.)

Volkszählung *Zensus,* der (lat., ohne Pl.) auch: Verzeichnis aller bekannten Frühdrucke

Volkszugehörigkeit *Nationalität,* die (lat.-fr., Pl. -en)

voll *massiv* (gr.-lat.-fr.) e. Ring aus massivem Gold

vollbracht, es ist ... *consummatum est* (lat., Zitat, letztes Wort Christi am Kreuz, Joh. 19, 30)

vollendet 1. *komplett* (lat.-fr.) vollständig 2. *perfekt* (lat.) auch: gültig; vollkommen

Vollhafter *Komplementär,* der (lat.-fr., Pl. -e) in e. Kommanditgesellschaft, kurz: KG

völlig 1. *total* (lat.-fr.) 2. *absolut* (lat.) ganz u. gar 3. *kategorisch* (gr.-lat.) i. S. von: behauptend; bestimmt; Ggs.: hypothetisch

völlig entgegengesetzt *diametral* (gr.-lat.)

volljährig *majorenn* (lat.) mündig; Ggs.: minorenn; nicht verw. mit *Majoran,* der (lat., Pl. -e) Lippenblütler, Gewürz

Volljährigkeit *Majorennität,* die (lat., ohne Pl.) Mündigkeit; Ggs.: Minorennität

vollkommen 1. *perfekt* (lat.) 2. *absolut* (lat.) 3. *ideal* (gr.-lat.) 4. *klassisch* (lat.) auch: altbewährt, zeitlos

Vollkommenheit 1. *Perfektion,* die (lat., Pl. -en)

Vollmacht 1. *Autorisation,* die (lat., Pl. -en) i. S. e. Ermächtigung 2. *Blankovollmacht,* die (germ.-it.-dt., Pl. -en) 3. *Generalvollmacht,* die (lat.-fr.-dt., Pl. -en) i. S. e. nahezu unbeschränkten Vollmacht 4. *Carte blanche,* die (fr., Pl. -s -s) 5. *Mandat,* das (lat., Pl. -e) Vollmacht für den Rechtsanwalt 6. *Pleinpouvoir,* das (fr., Pl. -s) 7. *Prokura,* die (lat.-it., Pl. -en) e. weitgehende Vollmacht, die Gesellschafter e. Angestellten übertragen können 8. *Legitimation,* die (lat.-fr., Pl. -en) Beglaubigung 9. *Lizenz,* die (lat., Pl. -en) Genehmigung, bes. zur Nutzung e. Patents

Vollmacht, kraft ... handelnder *Mandatar,* der (lat., Pl. -e) z. B. e. Rechtsanwalt, e. Abgeordneter

Vollmachtgeber *Mandant,* der (lat., Pl. -en)

Vollmond *Plenilunium,* das (lat., ohne Pl.)

vollständig 1. *komplett* (lat.-fr.) z. B. e. komplette Sammlung best. Münzen besitzen 2. *total* (lat.-fr.) sich total verausgabt haben 3. *perfekt* (lat.) auch: vollkommen, gültig

vollstrecken *exekutieren* (lat.) z. B. e. Todesurteil; auch: vollziehen

Vollversammlung *Plenum,* das (lat.-engl., Pl. ...nen) z. B. der Mitglieder e. Gremiums

vollzählig *komplett* (lat.-fr.) abgeschlossen

Vollzug *Exekution,* die (lat., Pl. -en) i. S. der Vollstreckung e. Todesurteils, Hinrichtung

vom Blatt *a prima vista* (it.) singen oder spielen; musik. Vortragsanw.

vom Zeichen an *ritornare al segno* (it.) musik. Vortragsanw.

von damals an *ex tunc* (lat.)

von einem zum anderen *von Pontius zu Pilatus laufen,* eigentlich von Herodes zu Pontius Pilatus (röm. Stadthalter), d. h. überall hinlaufen um etwas zu erreichen

von menschlicher Gestalt *anthropomorph* (gr.-lat.)

von Rechts wegen *de jure* (lat.)

von selbst 1. *eo ipso* (lat.) auch: selbstverständlich 2. *spontan* (lat.) »Es handelt sich um e. spontane Demonstrantion (gemeint ist: Demonstration) einer Kampagne gegen Wehrpflicht, Zwangsdienste u. Militär.« (die Polizei teilt mit, 1998)

von vorn *frontal* (lat.) z. B. auf der Bundesstraße ereignete sich e. frontaler Zusammenstoß

von vornherein *a priori* (lat.)

voneinander abweichen *differieren* (lat.) z. B. differierende Ergebnisse haben

vor Augen *ad oculus* (lat.) etwas vor Augen haben, vor Augen führen

vor dem Anker drehen *schwoien, schwojen* (niederl.) durch Wind oder Strömung

vor Steuerabzug *brutto* (lat.-it.) Gewinn vor Steuern: Bruttogewinn, nach Abzug der Steuern: Nettogewinn

Vorabdruck *Preprint,* das (engl., Pl. -s) Harold Robbins Roman »Die Manager« erschien als Preprint in der »Quick«

vorahnend *divinatorisch* (lat.) i. S. von seherisch

Vorahnung ... *Prämonition,* die (lat., Pl. -en) ... meist e. unheilvolle

Voranschlag *Budget,* das (fr., Pl. -s)

voranstellen *präponieren* (lat.) auch: vorsetzen

vorantreiben *forcieren* (lat.-fr.) z. B. e. wichtiges Bauprojekt forcieren

Vorarbeit 1. *Exposé,* das (lat.-fr., Pl. -s) Entwurf für e. Buch, e. Film 2. *Konzept,* das (lat., Pl. -e) z. B. der Entwurf e. Rede 3. *Skizze,* die (it., Pl. -n) flüchtige Zeichnung für e. Gemälde, e. Bauwerk 4. *Studie,* die (lat., Pl. -n) umfangreiche Voruntersuchung

vorausbestimmen *prädisponieren* (lat.)

vorausdenken *antizipieren* (lat.) »Die Leute wollen Wechsel, u. wir können dem nur begegnen, wenn wir ihn selber antizipieren.« (Heiner Geißler, CDU, 1998)

Vorausdenken *Prämeditation,* die (lat., Pl. -en) philos.

Vorausdruck *Preprint,* das (engl., Pl. -s) z. B. der Vorausdruck e. Geschichte in e. Illustrierten

vorausplanen *disponieren* (lat.) auch: vorsehen, z. B. e. Reise

Voraussage *Prognose,* die (gr.-lat., Pl. -n) z. B. Wahl- oder Wirtschaftsprognosen

voraussagen 1. *prophezeien* (gr.-lat.) z. B. e. künftiges Ereignis prophezeien 2. *prognostizieren* (gr.-lat.)

vorausschauend *prophetisch* (gr.-lat.) auch: weissagend

voraussetzen *präsumieren* (lat.) auch: vermuten

voraussetzend *präsumtiv* (lat.) auch: vermutend

Voraussetzung 1. *Prämisse,* die (lat., Pl. -en) es stellte sich heraus, daß bei der Lagebeurteilung die Prämissen nicht stimmten 2. *Hypothese,* die (gr.-lat., Pl. -n) i. S. e. unbewiesenen Annahme von Tatsachen 3. *Kondition,* die (lat., Pl. -en) z. B. Zahlungs- u. Lieferungsbedingungen; körperl. Verfassung e. Menschen 4. *Postulat,* das (lat., Pl. -e) Forderung; nicht verw. mit *Postulant,* der (lat., Pl. -en) Bewerber; Kandidat e. kath. Ordens in der Probezeit 5. *Supposition,* die (lat., Pl. -en) eigtl.: Unterstellung; auch: Annahme

Voraussetzung für digitale Dienste *Infobahn,* die (lat.-am.-dt., Pl. -en) darunter werden »Informations-Super-Highways«, also die Infrastruktur (meist aus Glasfaserkabeln) sämtlicher interaktiven u. digitalen Dienste verstanden

Voraussetzung, e. theoretische ... *Postulat,* das (lat., Pl. -e) auch: unbedingte sittliche Forderung; Probezeit für die Kandidaten e. kath. Ordens
Voraussetzung, unerläßliche ... *Conditio sine qua non,* die (lat., ohne Pl.)
Voraussetzungen, unter sonst gleichen ... *ceteris paribus* (lat.)
Vorauszahlung *Pränumeration,* die (lat., Pl. -en) Ggs.: Postnumeration
Vorbedeutung *Omen,* das (lat., Pl. Omina) e. schwarze Katze kreuzt von rechts den Weg: e. böses Omen!
Vorbehalt 1. *Kautel,* die (lat., Pl. -en) Rechtsw., z. B. in e. Vertrag anmelden 2. *Reservation mentalis,* die (lat., Pl. ...tiones ...les) Rechtsw., i. S. e. geheimen Vorbehaltes: es ist nicht geplant, die Vereinbarung zu erfüllen 3. *Klausel,* die (lat., Pl. -n) eigtl.: Schlußsatz
Vorbehalt, mit ... 1. *salvo jure* (lat.) unbeschadet des Rechts eines anderen 2. *salvo titulo* (lat.) des richtigen Titels
Vorbehalt, unter ... *salvo errore et omissione* (lat.) ... von Irrtum u. Auslassung; Abk.: s. e. e. o.
vorbei *passé* (lat.-fr.) die Pontonabsätze in der Schuhmode sind im nächsten Jahr passé
Vorbeimarsch *Defilee,* das (lat.-fr., Pl. -s) es folgt das Defilee der Würdenträger
vorbeimarschieren *paradieren* (lat.-fr.) am Nationalfeiertag paradierte e. Ehrenformation
vorbeiziehen 1. *defilieren* (lat.-fr.) feierlich vorbeigehen 2. *paradieren* (lat.-fr.) vorbeimarschieren, meist militärische Einheiten
Vorbemerkung *Prolegomenon,* das (gr., Pl. ...mena) auch: Einleitung
vorbereiten *präparieren* (lat.) z. B. Tiere, Pflanzen dauerhaft haltbar machen
vorbereitend 1. *präparatorisch* (lat.) 2. *propädeutisch* (gr.-lat.) Studenten bereiten sich durch propädeutische Seminare auf ihr Studium vor
Vorbereitung 1. *Präliminare,* das (lat., Pl. ...rien) treffen sich Regierungschefs verschiedener Länder, sind Fototermine mit Reportern übliche Präliminarien 2. *Präparation,* die (lat., Pl. -en)
Vorbereitung auf e. Sportveranstaltung *Training,* das (lat.-fr.-engl., Pl. -s)
vorbestellen *reservieren* (lat.) z. B. in e. Restaurant e. Tisch reservieren
vorbestellt *reserviert* (lat.)
Vorbestellung *Subskription,* die (lat., Pl. -en) z. B. von Büchern auf Messen, die später erscheinen
vorbestimmen *prädestinieren* (lat.) z. B. für e. Aufgabe prädestiniert sein
Vorbeter in der Moschee *Imam,* der (arab., Pl. -s, -e) auch: religiöses Oberhaupt der Schiiten; Titel der Herrscher von Jemen
Vorbeugemaßnahme *Prävention,* die (lat., Pl. -en) »... die mobilen Einsatzkommandos u. das Personal für die Drogen-Prävention sollen ausgedünnt werden ...« (Hamburgs Polizeiführer beraten Sparmaßnahmen, 1998)
vorbeugend 1. *prophylaktisch* (gr.-lat.) z. B. prophylaktisch Medikamente einnehmen 2. *präventiv* (lat.) Kriminalität muß mit präventiven Maßnahmen bekämpft werden
Vorbeugung *Prävention,* die (lat., Pl. -en) z. B. Strafandrohung als Abschreckung
Vorbild 1. *Archetyp,* der (gr.-lat., Pl. -en) auch: Urbild 2. *Ideal,* das (gr.-lat., Pl. -e) 3. *Prototyp,* der (gr.-lat., Pl. -en) z. B. der Prototyp e. neuen Maschine 4. *Idol,* das (gr.-lat., Pl. -e) Leitbild Jugendlicher, z. B. ein populärer Sänger o. ä.
vorbildlich 1. *archetypisch* (gr.-lat.) svw. urtypisch 2. *exemplarisch* (lat.) auch: beispielhaft; warnend; exemplarisch strafen 3. *repräsentativ* (lat.-fr.) auch: typisch
vordergründig *formal* (lat.)
Vorderseite 1. *Avers,* der (lat.-fr., Pl. -e) z. B. e. Münze; Ggs.: Revers 2. *Front,* die (lat.-fr.) z. B. e. Gebäudes; auch: im Krieg das Gebiet der Kampfhandlungen
Vordringen des Meeres *Transgression,* die (lat., Pl. -en)
vordringlich 1. *akut* (lat.) jetzt wichtig 2. *primär* (lat.-fr.) auch: zuerst vorhanden; vorrangig
Vordruck *Formular,* das (lat., Pl. -e)
voreingenommen 1. *subjektiv* (lat.) parteiisch; Ggs.: objektiv 2. *tendenziös* (lat.-fr.) nicht objektiv
Voreingenommenheit *Präokkupation,* die (lat., Pl. -en) auch: Befangenheit
Voreiszeit *Präglazial,* das (lat., ohne Pl.)
voreiszeitlich *präglazial* (lat.)
Vorentscheidung *Präjudiz,* das (lat., Pl. -e) auch: Vorwegnahme e. Entscheidung durch bes. Umstände
Vorentwurf *Konzept,* das (lat., Pl. -e) auch: erste Fassung z. B. e. Rede; Programm; »jemanden aus dem Konzept bringen« (jmdn. verwirren, Redensart)
Vorfahr *Aszendent,* der (lat., Pl. -en) Verwandter in aufsteigender Linie; Ggs.: Deszendent; auch: Tierkreiszeichen am östlichen Horizont im Moment der Geburt
Vorfall 1. *Affäre,* die (fr., Pl. -n) z. B. die Liebesaffäre e. Ministers 2. *Cause célèbre,* die (fr., Pl. -s, -s) sensationeller Vorfall
Vorfall, peinlicher ... 1. *Malheur,* das (lat.-fr., Pl. -e, -s) Unglück, kleiner Unfall 2. *Affäre,* die (fr., Pl. -n) z. B. die Liebesaffäre e. Ministers mit e. Prostituierten

vorfühlen *sondieren* (fr.) auch: untersuchen; mit e. Sonde untersuchen

Vorführdame 1. *Mannequin,* das (niederl.-fr., Pl. -s) Frauen, die neue Kleiderkollektionen vorführen 2. *Model,* das (lat.-it.-engl., Pl. -s) Vorführdame, Fotomodell

vorführen *demonstrieren* (lat.)

Vorführer *Demonstrator,* der (lat., Pl. ...oren)

Vorführprogramm *Demo,* das (lat.-engl., Pl. -s) e. Demonstrationsprogramm, mit dem e. Demo-Group (Gruppe) ihr Können in den Bereichen Grafik, Programmieren oder Musik präsentieren

Vorführung *Demonstration,* die (lat., Pl. -en)

Vorgang 1. *Action,* die (lat.-engl., Pl. -s) bes. Ereignis 2. *Prozeß,* der (lat., Pl. ...esse) Entwicklung; Gerichtsverhandlung

Vorgang, dramatischer ... *Action,* die (lat.-engl., Pl. -s) »Helmut Kohl full in Action, sein Gesicht ist vor Erregung gerötet, der Windstoß der Weltgeschichte teilt ihn.« (Bild-Zeitung, 1989)

vorgeben 1. *fingieren* (lat.) auch: unterstellen 2. *mimen* (gr.-lat.) vorspielen 3. *prätendieren* (lat.-fr.) auch: fordern, behaupten 4. *simulieren* (lat.) Vorgänge nachahmen (Flugsimulator); e. Krankheit simulieren

Vorgefühl *Pressentiment,* das (lat.-fr., Pl. -s) auch: Ahnung

Vorgehen 1. *Methode,* die (gr.-lat., Pl. -n) i. S. e. planmäßigen Vorgehens, etwas nach der gleichen Methode ausführen 2. *Taktik,* die (gr.-fr., Pl. -en) der Fußballtrainer entwickelte e. erfolgreiche Stürmertaktik 3. *Strategie,* die (gr.-lat., Pl. ...ien) daraus schuf er e. Strategie, mit der die Mannschaft (mittelfristig) die Europameisterschaft gewinnen sollte

Vorgericht *Hors d'œuvre,* das (fr., Pl. -s)

Vorgeschichte e. Krankheit *Anamnese,* die (gr., Pl. -n)

Vorgeschichte *Prähistorie,* die (lat.-fr., ohne Pl.)

vorgeschichtlich *prähistorisch* (lat.-fr.)

vorgeschrieben *obligatorisch* (lat.) die Kostenumlage ist für jedes Vereinsmitglied obligatorisch; nicht verw. mit *obligat* (lat.) »verbunden, verpflichtet«

vorgesehen *designatus* (lat.) im voraus ernannt

vorgesehen, für e. Amt ... *designieren* (lat.) bestimmen

Vorgesetzter 1. *Chef,* der (lat.-fr., Pl. -s) »Ich bin zwar nicht der Chef-Verkäufer der deutschen Wirtschaft, aber ich kann Wege bereiten.« (Helmut Kohl, Bundeskanzler, 1997) 2. *Boß,* der (niederl.-engl.-am., Pl. Bosse) in der Mafiahierarchie gibt es den »Boß der Bosse« 3. *Charge,* die (fr., Pl. -n) beim Militär, z. B. die höheren Chargen

vorgreifen, e. richterlichen Entscheidung ... *präjudizieren* (lat.)

Vorhaben 1. *Intention,* die (lat., Pl. -en) Absicht; auch: Wundheilung (med.) 2. *Projekt,* das (lat., Pl. -e) z. B. Bauprojekt

Vorhalle in Basiliken *Narthex,* der (gr., Pl. ...thizes)

Vorhalle *Vestibül,* das (lat.-fr., Pl. -e) z. B. in der Oper

Vorhand *Forehand,* die (engl., ohne Pl.) beim Tennisspielen

vorhanden 1. *existent* (lat.) i. S. von tatsächlich da; Ggs.: inexistent 2. *präsent* (lat.) anwesend 3. *real* (lat.) auch: sachlich; »der real existierende Sozialismus« (Walter Ulbricht, 1893-1973) wurde ab 1989 irreal; Ggs.: imaginär u. irreal 4. *reell* (lat.-fr.) auch: anständig, wirklich

vorhanden, nicht ... *inexistent* (lat.) Ggs.: existent

vorhanden, nicht offensichtlich ... *latent* (lat.-fr.) auch: versteckt, z. B. Krankheiten

Vorhandensein *Existenz,* die (lat., Pl. -en) auch: Auskommen; »Opposition ist eine gemütliche Existenz.« (Joschka Fischer, Grünen-Fraktionschef, 1997)

Vorhang *Gardine,* die (lat.-fr.-niederl., Pl. -n)

Vorhaut *Präputium,* das (lat., Pl. ...ien) med.

vorherbestimmt *prädestiniert* (lat.) z. B. für e. Aufgabe prädestiniert sein

vorhererkennen *prognostizieren* (gr.-lat.) vorhersehen; e. Meinungsforschungsinstitut, z. B. Allensbach, hatte das Ergebnis treffend prognostiziert

Vorherrschaft 1. *Hegemonie,* die (gr., Pl. ...ien) Vormachtstellung e. Staates gegenüber anderen 2. *Dominanz,* die (lat., Pl. -en) auch z. B.: Dominanz, bei sich durchsetzenden Erbfaktoren; Ggs.: Rezessivität 3. *Primat,* das, der (lat., Pl. -e) Vorrang; Stellung des Papstes; nicht verw. mit *Primat,* der (lat., Pl. -en, i. a. Pl.) Ordnung der Affen, Halbaffen u. Menschen 4. *Prädomination,* die (lat., ohne Pl.) auch: das Vorherrschen

vorherrschen 1. *dominieren* (lat.) in der Familie dominierte seine Schwiegermutter; »Die dominierenden Verteilungskonflikte sind heute die globalen ...« (Wolfgang Schäuble, 1998) 2. *prädominieren* (lat.)

Vorherrschen 1. *Prävalenz,* die (lat., ohne Pl.) auch Überlegenheit 2. *Prädomination,* die (lat., ohne Pl.)

vorherrschend *dominant* (lat.) seine Schwiegermutter war e. dominante Person

Vorhersage 1. *Prognose,* die (gr.-lat., Pl. -n) die Wetterprognose für das Wochenende war richtig 2. *Prophezeiung,* die (gr.-lat.-dt., Pl. -en) 3. *Prophetie,* die (gr.-lat., Pl. ...ien) auch: Weissagung

Vorhersage, e. sich selbst bestätigende ... *Selffulfilling prophecy,* die (engl.-am., Pl. ...ies)
vorhersagen *prognostizieren* (gr.-lat.) e. solches Wahlergebnis konnte nicht prognostiziert werden
vorhersagend *prognostisch* (gr.-lat.)
vorhersehen *antizipieren* (lat.) i. S. von: vorwegnehmen
Vorhut *Avantgarde,* die (fr., Pl. -n) auch: Schrittmacher, Wegbereiter in der Literatur u. Kunst; »Avantgardisten (Vorkämpfer) sind Leute, die nicht genau wissen, wo sie hinwollen, aber als erste da sind.« (Romain Gary)
Vorkämpfer 1. *Avantgardist,* der (fr., Pl. -en) Salvador Dalí (1904-1989) war e. Avantgardist der surrealistischen Malerei 2. *Pionier,* der (lat.-fr., Pl. -e) Wegbereiter; auch Soldat der techn. Truppe, Luftlandepioniere, scherzhaft: »die Dummen u. Starken« genannt 3. *Protagonist,* der (gr., Pl. -en) auch: wichtige Person; erster Schauspieler im altgr. Drama
vorkämpferisch *avantgardistisch* (fr.)
Vorkaufsrecht *Option,* die (lat., Pl. -en)
Vorkommen, zweifaches ... *Duplizität,* die (lat., Pl. -en) Doppelheit; z. B. Duplizität der Fälle
vorladen, e. Beklagten ... *evozieren* (lat.)
Vorladung *Intimation,* die (lat., Pl. -en) der Verkehrssünder erhielt e. Intimation (gerichtliche Vorladung)
Vorlage 1. *Modell,* das (lat., Pl. -e) auch: Muster; nicht verw. mit *Model,* das (lat.-it.-engl., Pl. -s) Mannequin, Fotomodell 2. *Prototyp,* der (gr.-lat., Pl. -en) Urbild; erstes Auto; Ggs.: Ektypus 3. *Schablone,* die (fr., Pl. -n) z. B. Pappmuster; einfaches Denk- u. Handlungsmuster
vorläufig 1. *interimistisch* (lat.) zwischenzeitlich 2. *kommissarisch* (lat.) auch: stellvertretend 3. *provisorisch* (lat.) behelfsmäßig
vorlegen *präsentieren* (lat.-fr.) auch: mit dem Gewehr e. Ehrenbezeichnung ausführen
vorlesen *rezitieren* (lat.) künstlerisch vortragen; nicht verw. mit *rezipieren* (lat.) übernehmen, gedanklich verarbeiten
Vorlesung *Kolleg,* das (lat., Pl. -ien, -s) an der Universität
Vorlesungsmitschrift *Scriptum,* das (lat., Pl. ...ten)
Vorliebe 1. *Präferenz,* die (lat.-fr., Pl. -en) 2. *Inklination,* die (lat., Pl. -en) auch: Hang, Neigung 3. *Faible,* das (lat.-fr., Pl. -s) er hatte e. Faible für das Golfspielen 4. *Passion,* die (lat.-fr., Pl. -en) auch: Leidenschaft; die Leidensgeschichte Jesu Christi 5. *Sympathie,* die (gr.-lat., Pl. ...ien) Zuneigung; Ggs.: Antipathie; nicht verw. mit *Sympathikus,* der (gr.-lat., Pl. thizi) Strang des Nervensystems, versorgt bes. die Eingeweide (med.)
Vormachtstellung 1. *Hegemonie,* die (gr., Pl. ...ien) e. Staates gegenüber anderen 2. *Dominanz,* die (lat., Pl. -en) vorherrschendes Merkmal; Ggs.: Rezessivität 3. *Primat,* der, das (lat., Pl. -e) z. B. der Papst als Oberster der kath. Kirche 4. *Prädomination,* die (lat., ohne Pl.) das Vorherrschen
Vormenschen 1. *Prähomininen,* die (lat., Pl.) 2. *Australopithecus-Gruppe,* die (lat.-dt., Pl. -en) Südaffenmenschen; jeweils auch: Übergangsformen zwischen Tier u. Mensch, e. Mill. Jahre u. älter (Tertiär); diverse Fundorte in Ost- u. Südafrika; dazugehörig: Plesianthropus, Paranthropus, Australopithecus africanus, – afarensis
vormerken *notieren* (lat.) z. B. e. Termin, Verabredung notieren
vormittags *ante meridiem* (lat.) kurz: a. m.; Ggs.: post meridiem, kurz: p. m.
Vormittagsveranstaltung *Matinee,* die (lat.-fr., Pl. ...een) z. B. in e. Kino oder Theater
Vormundschaft *Tutel,* der (lat., Pl. -en)
vormundschaftlich *tutelarisch* (lat.)
Vorname *Pränomen,* das (lat., Pl. ...mina)
vornehm 1. *aristokratisch* (gr.-lat.) auch: edlen Geblüts 2. *distinguiert* (lat.) z. B. e. distinguierte ältere Dame sein 3. *illuster* (lat.-fr.) auf der Vernissage (Eröffnung e. Kunstausstellung) trafen sich illustre Gäste 4. *dezent* (lat.) unaufdringlich 5. *feudal* (lat.) üppig 6. *nobel* (lat.-fr.) edel; freigebig
Vornehmheit *Eleganz,* die (lat.-fr., ohne Pl.) »den Deutschen fehlt die technische Eleganz« (Dr. Henry Kissinger zum Fußball 1998)
vornherein, von ... *a priori* (lat.) auch: grundsätzlich; Ggs.: a posteriori
Vorpreßwalze *Egoutteur,* der (lat.-fr., Pl. -e) bes. Walze bei der Papierherstellung
Vorprüfung 1. *Tentamen,* das (lat., Pl. ...mina) während des Studiums 2. *Vordiplom,* das (dt.-gr., Pl. -e) 3. *Physikum,* das (gr., Pl. ...ka) Vorprüfung der Medizinstudenten
Vorrang 1. *Präferenz,* die (lat.-fr., Pl. -en) z. B. wirtschaftlich schwachen Ländern (Staaten der dritten Welt) Handelspräferenzen einräumen 2. *Primat,* der, das (lat., Pl. -e) z. B. das Primat der Politik über das Militär 3. *Priorität,* die (lat.-fr., Pl. -en) der neue Geschäftsführer hat die Prioritäten geändert
vorrangig *primär* (lat.) auch: anfänglich
Vorrat 1. *Fundus,* der (lat., ohne Pl.) z. B. alle Ausstattungsgegenstände e. Theaters 2. *Repertoire,* das (lat.-fr., Pl. -s) Vorrat einstudierter Musik- oder Theaterstücke 3. *Reserve,* die (lat.-fr., Pl. -n) Vorrat, z. B. an Nahrungsmitteln für schlechte Zeiten 4. *Reservoir,* das (lat.-fr., Pl. -e)

Bestand für Engpässe 5. *Proviant,* der (lat.-it.-fr., Pl. -e) Vorrat an Nahrungsmitteln, Wegzehrung

vorrätig *loco* (lat.) i. S. sofort lieferbarer Güter

Vorratsbehälter 1. *Reservoir,* das (lat.-fr., Pl. -e) auch: Sammelbecken 2. *Container,* der (lat.-fr.-engl., Pl. -s) Behälter; auch: Schachtel

Vorratshaus *Magazin,* das (arab.-it., Pl. -e)

Vorratslager 1. *Arsenal,* das (arab.-it., Pl. -e) z. B. Waffenarsenal 2. *Depot,* das (lat.-fr., Pl. -s) Aufbewahrungsort, z. B. Bankdepot, Munitionsdepot

Vorratsspeicher, tonnengewölbter ... der Berber *Ghorfa,* der (Berbersprache)

Vorrecht 1. *Privileg,* das (lat., Pl. -ien) die Privilegien des Geldadels verstimmen den Normalbürger 2. *Monopol,* das (gr.-lat., Pl. -e) z. B. das ehemalige Zündholzmonopol: e. Anbieter beherrschte den Zündholzmarkt u. diktierte die Preise 3. *Option,* die (lat., Pl. -en) eigtl.: Belieben; Option für e. best. Staatsbürgerschaft; Voranwartschaft auf Bezug e. Gutes 4. *Priorität,* die (lat.-fr., Pl. -en) auch: Rangfolge

Vorrede 1. *Prodromus,* der (gr.-lat., Pl. ...omen) auch: Vorwort 2. *Prolog,* der (gr.-lat., Pl. -e) Ggs.: Epilog

Vorreiter 1. *Mastermind,* der (engl.-am., Pl. -s) Anführer 2. *Trendsetter,* der (engl., Pl. -s) jmd., der e. Trend, z. B. Modetrend auslöst

Vorrichtung, in der physik. oder chem. Vorgänge ablaufen 1. *Reaktor,* der (lat., Pl. ...oren) z. B. Atomreaktor, komplizierte Apparatur zur Umwandlung von Atomkernen in freigesetzte Energie; Algenreaktor nach Prof. Paul Jenkins, der den »Biocoil« erfand, mit dem Brennstoff u. Dünger gewonnen werden

Vorrichtung, die die Luftströmung beeinflußt *Spoiler,* der (engl.-am., ohne Pl.) z. B. an Autos, der Heckspoiler e. Porsches

vorsagen *soufflieren* (lat.-fr.) das leise, versteckte Vorsprechen von Texten beim Theater

Vorsager im Theater *Souffleur,* der (lat.-fr., Pl. -e)

Vorsagerin im Theater *Souffleuse,* die (lat.-fr., Pl. -n)

Vorsatz *Dolus,* der (lat., ohne Pl.) böser Vorsatz; auch: Arglist

Vorsatz für das eigene sittliche Handeln *Maxime,* die (lat.-fr., Pl. -n) auch: Leitsatz; »Seine (Bundesminister Theo Waigels) Maxime lautet: ... fehlendes Geld regiert die Welt« (G. Schröders geh. Tagebuch von H. Venske, 1997)

vorsätzlich *dolos* (lat.) arglistig

Vorschau, verdeckte ... großer Kinofilme *sneak preview,* der (engl.-am., Pl. -s)

vorschlagen 1. *designieren* (lat.) für e. Amt bestimmen 2. *nominieren* (lat.) auch: ernennen

Vorschlußrunde *Semifinale,* das (lat.-it., Pl. -s) bes. bei Wettkämpfen des Mannschaftssports

vorschneiden *tranchieren* (fr.) z. B. e. Braten, oder gebratenes Geflügel fachmännisch aufschneiden

vorschreiben *diktieren* (lat.) auferlegen; »Die Wahrheit, die die römische Kirche diktiert, ist unwandelbar.« (Papst Pius, 1911)

vorschreibend *präskriptiv* (lat.) auch: Normen folgend; Ggs.: deskriptiv

Vorschrift 1. *Direktive,* die (lat., Pl. -n) Weisung 2. *Instruktion,* die (lat.-fr., Pl. -en) Richtschnur; auch: Anleitung 3. *Maxime,* die (lat.-fr., Pl. -n) i. S. e. Lebensregel; Ehrlichkeit ist die Maxime senes Daseins 4. *Norm,* die (gr.-lat., Pl. -en) Regel; auch: Maßstab; z. B. DIN (Deutsche Industrie-Norm) 5. *Order,* die (lat.-fr., Pl. -s, -n) Anweisung; Auftrag 6. *Reglement,* das (lat.-fr., Pl. -s) Bestimmungen; auch: Satzungen

Vorschriften *Normalien,* die (lat., nur Pl.) auch: Regeln

vorschriftsmäßig *regulär* (lat.-fr.) auch: üblich; Ggs.: irregulär

Vorschuß *Avance,* die (lat.-fr., Pl. -n) z. B. Geldvorschuß auf künftige Leistung, auch: jmdm. Avancen machen, ihn umwerben

Vorsegel 1. *Klüver,* der (niederl., Pl. –) Seemannsspr.; es hängt am Klüverbaum 2. *Fock,* die (niederdt., Pl. -en) es hängt am Fockmast

vorsehen, für e. Amt *designieren* (lat.) e. designierter Wirtschaftsminister

Vorsicht *Präkaution,* die (lat., Pl. -en) auch: Vorkehrung

Vorsicht vor dem Hund *cave canem!* (lat.) Inschrift auf Haustüren im alten Rom

vorsichtig *defensiv* (lat.) auch: abwehrend; Ggs.: offensiv, aggressiv

Vorsichtsmaßregel *Kautel,* die (lat., Pl. -en) z. B. e. Vertragsvorbehalt

Vorsilbe *Präfix,* das (lat., Pl. -e) vor e. Wort gesetzte Silbe, z. B. möglich – unmöglich

vorsintflutlich *ante meridiem* (lat.)

Vorsitz, den ... haben *präsidieren* (lat.-fr.)

Vorsitzender 1. *Präsident,* der (lat.-fr., Pl. -en) »Wenn man Lafontaine zum Hüter des Presserechtes macht, kann man Herodes zum Präsidenten des Kinderschutzbundes wählen.« (Otto Graf Lambsdorff, F.D.P., 1998) 2. *Chairman,* der (engl., Pl. ...men) 3. *Präside,* der (lat., Pl. -n) Mitglied e. Präsidiums; auch: Vorsitzender; Leiter e. studentischen Kneipe, e. Kommerses (Trinkabend in festlichem Rahmen)

Vorsitzender der Minister *Ministerpräsident,* der (lat., Pl. -en) »Ministerpräsident Stoiber geht mir langsam auf den Wecker.« (Klaus Kinkel, Außenminister, 1998)

vorsorglich 1. *prophylaktisch* (gr.-lat.) eigtl.: schützend; auch: verhütend 2. *präventiv* (lat.) z. B. Präventivschlag: erster Schlag, der dem Angriff des Gegners zuvorkommt

Vorspeise 1. *Antipasto,* der, das (it., Pl. ...ti, -s) 2. *Entree,* das (lat.-fr., Pl. -s) 3. *Horsd'œuvre,* das (fr., Pl. -s) 4. *Starter,* der (engl.-am., Pl. -s) 5. *Amuse-geule,* das (fr., Pl. -s) i. S. e. Appetithäppchens

Vorspeisentafel *Smörgåsbord,* der (schwed., Pl. -s)

Vorspiegelung *Potemkinsche Dörfer,* svw. etwas vortäuschen; Potemkin, e. Günstling Kaiserin Katharinas der Großen, ließ auf der Krim Dorfkulissen bauen, um Mißstände zu vertuschen

Vorspiel 1. *Präludium,* das (lat., Pl. ...dien) musik. 2. *Introduktion,* die (lat., Pl. -en) musik. 3. *Ouvertüre,* die (lat.-fr., Pl. -n) auch: Auftakt 4. *Prolog,* der (gr.-lat., Pl. -e) Einleitung des Dramas; Vorwort; Ggs.: Epilog 5. *Präliminare,* das (lat., Pl. ...rien) auch: diplomatische Vorverhandlung

Vorspiel, musikalisches ... *Intrade,* die (lat.-it., Pl. -n)

Vorsprung *Avance,* die (lat.-fr., Pl. -n)

Vorstadt *Peripherie,* die (gr.-lat., Pl. ...ien)

Vorstand 1. *Direktion,* die (lat., Pl. -en) e. Schule, e. Gesellschaft 2. *Direktorium,* das (lat., Pl. ...ien) z. B. e. Schule, e. Gesellschaft 3. *Rektor,* der (lat., Pl. ...oren) e. Universität

Vorsteherdrüse *Prostata,* die (gr.-lat., Pl. ...tae) med.; »Die Prostata ist die Achillesferse des reifen Mannes.« (Magazin »Elan«, 1995)

vorstellbar *imaginabel* (lat.-fr.-engl.) philos.

Vorstellung 1. *Benefiz,* das (lat., Pl. -e) ... zugunsten e. Künstlers od. e. wohltätigen Zweckes; Benefizkonzert 2. *Performance,* die (engl., Pl. -s) auch: Aufführung, Leistung; »Wir schauen uns nachts Videos von seinen Rennen an u. analysieren seine Performance.« (Erja Honkanen über den Rennfahrer Mika Häkkinen, 1998)

Vorstellung, überkommene ... *Klischee,* das (fr., Pl. -s) auch: Druckstock; »Das würde Ihnen so ins Klischee passen.« (Theo Waigel, CSU, 1998)

Vorstellungskraft *Phantasie,* die (gr.-lat., ohne Pl.)

Vortänzerin *Go-Go-Girl,* das (engl.-am., Pl. -s) ... in e. Beat- oder sonstigen Tanzlokal

vortäuschen 1. *fingieren* (lat.) der Einbruch beim Juwelier war fingiert 2. *simulieren* (lat.) z. B. e. Krankheit vortäuschen 3. *mimen* (gr.-lat.) auch: so tun, als ob 4. *prätendieren* (lat.-fr.) auch: fordern; behaupten 5. *faken* (engl.-am.) türken, fälschen

Vortäuschung 1. *Maskerade,* die (arab.-sp., Pl. -n) auch: Maskenfest 2. *Fake,* das (engl., Pl. -s) auch: Fälschung

Vortäuschung e. Höhepunkts 1. *Fake for fun* (engl.) von: to fake (vortäuschen) 2. *Fake-Orgasm,* der (lat.-engl., Pl. -s)

Vorteil 1. *Privileg,* das (lat., Pl. -ien, -e) auch: Sonderrecht 2. *Profit,* der (lat.-fr.-niederl., Pl. -e) Gewinn, der aus e. Geschäft erzielt wird; Kapitalertrag 3. *Prä,* das (lat., ohne Pl.) das Prä haben: den Vorrang haben

vorteilhaft 1. *favorabel* (lat.-fr.) 2. *positiv* (lat.-fr.) auch: zustimmend; Ggs.: negativ

Vortrag 1. *Referat,* das (lat., Pl. -e) 2. *Deklamation,* die (lat., Pl. -en) 3. *Rezitation,* die (lat., Pl. -en) kultureller – 4. *Sermon,* der (lat., Pl. -e) langweiliger Vortrag 5. *Rapport,* der (lat.-fr., Pl. -e) Bericht; militärische Meldung

vortragen 1. *deklamieren* (lat.) etwas künstlerisch vortragen 2. *referieren* (lat.) 3. *rezitieren* (lat.) etwas Kulturelles wiedergeben 4. *dozieren* (lat.) an e. Hochschule lehren

Vortragender *Referent,* der (lat., Pl. -en)

Vortragskunst *Deklamatorik,* die (lat., ohne Pl.)

Vortragskünstler 1. *Deklamator,* der (lat., Pl. -en) 2. *Diseur,* der (lat.-fr., Pl. -e) z. B. im Kabarett 3. *Rezitator,* der (lat., Pl. -en) Vorträger literarischer Texte

Vortragskünstler, witziger ... *Diseur,* der (fr., Pl. -e) auch: Sprecher, bes. im Nachtklub oder Kabarett

Vortragskünstlerin *Diseuse,* die (lat.-fr., Pl. -n) z. B. im Kabarett

Vortragskünstlerin, witzige ... *Diseuse,* die (fr., Pl. -n) bes. im Nachtclub oder Kabarett

vortrefflich *exzellent* (lat.-fr.)

Vorturner ... *Presenter,* der (engl., Pl. -s) ... beim Aerobic

Vorübergehen, im ... *en passant* (fr.)

vorübergehend 1. *ephemer* (gr.-lat.) eigtl.: für e. Tag; flüchtig 2. *episodisch* (gr.-fr.) auch: nebensächlich 3. *interimistisch* (lat.) einstweilen 4. *kommissarisch* (lat.) vertretungsweise 5. *provisorisch* (lat.) behelfsmäßig 6. *temporär* (lat.-fr.) zeitweilig; z. B. e. temporärer Zustand 7. *transitorisch* (lat.)

Vorübergehender *Passant,* der (lat.-fr., Pl. -en)

Vorüberlegung *Prämeditation,* die (lat., Pl. -en) philos.

Vorurteil 1. *Präokkupation,* die (lat., Pl. -en) i. S. von Voreingenommenheit 2. *Ressentiment,* das (lat.-fr., Pl. -s) stiller Groll, heimlicher Haß 3. *Stereotyp,* das (gr.-engl., Pl. -e, -en)

vorurteilslos *liberal* (lat.) »Fehlt nur noch, daß uns diese Kameraden in den Rücken fallen u. neue liberale Asylgesetze verlangen.« (H. Venske: G. Schröders geh. Tagebuch, 1997)

Vorvergangenheit *Plusquamperfekt,* das (lat.,

Pl. -e) z. B.: »Wir hatten die Schule geschwänzt.«

Vorverhandlung *Präliminare,* das (lat., Pl. ...rien) i. S. diplomatischer Vorverhandlungen; auch: Vorspiel

Vorwachs *Propolis,* die (gr., ohne Pl.) Baustoff der Bienenwaben

Vorwand 1. *Finte,* die (lat.-it., Pl. -n) auch: Lüge; Scheinstoß beim Fechten 2. *Prätext,* der (lat.-fr., Pl. -e) Scheingrund

vorwärts wie rückwärts zu lesendes Wort *Palindrom,* das (gr., Pl. -e) z. B. Neger – Regen

vorwärts! 1. *allez!* (lat.-fr.) 2. *allons!* (lat.-fr.) 3. *avanti!* (lat.-it.) 4. *en avant!* (lat.-fr.) 5. *go!* (engl.)

vorwärtskommen 1. *arrivieren* (lat.-fr.) 2. *avancieren* (lat.-fr.) i. S. von beruflich

Vorwegnahme *Antizipation,* die (lat., Pl. -en) ... von Dingen, die später kommen sollten; z. B. Töne e. folgenden Akkords

vorwegnehmen *antizipieren* (lat.) meist gedanklich; auch: vor dem Fälligkeitstermin zahlen

vorwegnehmend *proleptisch* (gr.) auch: vorgreifend

vorweisen *präsentieren* (lat.-fr.)

vorweltlich *fossil* (lat.)

Vorwort 1. *Prolegomenon,* das (gr., Pl. ...mena) auch: Einleitung 2. *Prolog,* der (gr.-lat., Pl. -e) Ggs.: Epilog

Vorwurf zurückgeben *Retourkutsche,* die (lat.-fr.-dt., Pl. -n) »Retourkutschen fahren heute nicht.« (Redensart), d. h. e. Frechheit sollte nicht erwidert werden, man läßt sich nicht provozieren (herausfordern)

Vorwürfe *Improperien,* die (lat., nur Pl.) i. S. von: die Klagen des Gekreuzigten über die undankbaren Israeliten darstellende Gesänge der kath. Karfreitagsliturgie

Vorzeichen *Omen,* das (lat., Pl. selten: Omina) die schwarze, von rechts über die Straße laufende Katze ist e. schlechtes Omen

Vorzeichen, unter guten ... *bonis auspiciis* (lat., Zitat)

vorzeigen 1. *exhibieren* (lat.) zur Schau stellen 2. *präsentieren* (lat.-fr.) auf der Industriemesse neue Maschinen präsentieren

Vorzeigen *Präsentation,* die (lat.-fr., Pl. -en)

vorzeitlich *fossil* (lat.)

vorziehen *präferieren* (lat.-fr.)

Vorzimmer *Entree,* das (lat.-fr., Pl. -s)

Vorzug 1. *Präferenz,* die (lat.-fr., Pl. -en) 2. *Priorität,* die (lat.-fr., Pl. -en) Vorrecht 3. *Privileg,* das (lat., Pl. -ien) auch: Sonderrecht 4. *Meritum,* das (lat.-fr., Pl. ...iten) i. S. von Verdienst 5. *Qualität,* die (lat., Pl. -en) auch: Güte, Wert

vorzüglich 1. *exquisit* (lat.) 2. *exklusiv* (lat.-engl.)

Vorzugsrecht *Priorität,* die (lat.-fr., Pl. -en)

Voyeurismus-Welle ... *Madonna-Phänomen,* das (Eigenn.-gr., Pl. -e) ... wurde durch den Mega-Erfolg von Madonna ausgelöst, u. e. Begriff, der sie zur »virtuellen Porno-Ikone« machte

vulgär schreibend, redend *bathisch* (gr.)

vulgäre Art des Schreibens, Redens *Bathik,* die (gr., ohne Pl.) nicht verw. mit *Batik,* der, die (malai., Pl. -en) unter Verwendung von Wachs hergestelltes gemustertes Gewebe

Vulkanausbruch *Eruption,* die (lat., Pl. -en)

Vulkanisation, Beschleuniger bei der ... *Vulkzit,* der (lat., Pl. -e)

W

waagerecht *horizontal* (gr.-lat.) Ggs.: vertikal

Waagerechte 1. *Horizontale,* die (gr.-lat., Pl. -n) Ggs.: Vertikale 2. *Abszisse,* die (lat., Pl. -n) eigtl.: »die abgeschnittene Linie«; Waagerechte im Koordinatensystem; Ggs.: Ordinate

waagerechte Achse *Abszisse,* die (lat., Pl. -n) im Koordinatensystem; die Senkrechte heißt: Ordinate

Wachkoma *apallische Syndrom,* das (gr.-lat., Pl. – -e) Störungen bei e. Schädigung der Großhirnrinde (med.)

Wacholderschnaps mit bitterem Sprudel *Gin Tonic,* der (engl., ohne Pl.) »Jetzt brauche ich einen Gin Tonic.« (Camilla Parker Bowles, Freundin von Prinz Charles, als sie Sohn Prinz William begegnete, 1998)

wachsam *vigilant* (lat.)

Wachsbild *Zeroplastik,* die (gr., Pl. -en)

Wachsbildnerei *Zeroplastik,* die (gr., ohne Pl.)

Wachsfigurenkabinett *Panoptikum,* das (gr.-lat., Pl. ...ken) der Madame Tussaud in London

Wachsgravierer *Zerograph,* der (gr., Pl. -en) fertigt Wachsfiguren an

Wachsgravierung *Zerographie,* die (gr., Pl. ...ien)

Wachsmodell *Moulage,* die (lat.-fr., Pl. -n) farbiges, anatomisches Modell von Organen für die Demonstration

Wachstum 1. *Akromegalie,* die (gr.-lat., Pl. ...ien) med. übermäßiges Wachstum 2. *Hypersomie,* die (gr.-lat., ohne Pl.) med.; Ggs.: Hyposomie

wachstumshemmend ... *antibiotisch* (gr.-lat.) ... u. von abtötender Wirkung (med.)

Wachstumshemmer in den Pflanzen *Abszisine,* die

(lat., nur Pl.) ... die das Abfallen der Blätter bewirken

Wächter *Zerberus,* der (gr.-lat., Pl. -se) der Hund Kerberos bewacht den Unterwelteingang (gr. Sagenwelt)

Waffen, zu den ... *ad arma* (lat., Zitat) auch: an die Arbeit; daraus wurde: »Alarm«

Waffenarsenale, größere ... als nötig ... *Overkill,* der (engl., ohne Pl.) ... um den Feind zu vernichten

Waffenlager *Arsenal,* das (arab.-it., Pl. -e)

Wagen mit abnehmbarem Verdeck *Hardtop,* das, der (engl., Pl. -s)

wagen *riskieren* (it.-fr.)

Wagen, kleiner, elektrisch getriebener ... *Cart,* das (engl., Pl. -s) ... der zwei Golfer von Loch zu Loch fährt

Wagen, offener, zweirädriger ... *Gig,* das (engl., Pl. -s) früher e. leichter Pferdewagen

Wagen, russischer ... 1. *Kibitka,* die (russ., Pl. -s) 2. *Kibitke,* die (russ., Pl. -n) auch: Zelt asiatischer Nomaden

Wagenrennbahn *Hippodrom,* der, das (gr.-lat., Pl. -e) z. B. für Pferdegespanne

Wagenschuppen *Remise,* die (lat.-fr., Pl. -n)

Wagnis 1. *Risiko,* das (it., Pl. ...ken) 2. *Vabanquespiel,* das (fr.-dt., Pl. -e)

Wagniskapital 1. *Risikokapital,* das (it.-lat., Pl. -ien) »Die Investoren lernen jetzt, daß auch Immobilienkapital Risikokapital sein kann.« (Lothar Späth, Jenoptik-Chef, 1998) 2. *Venture Capital,* das (engl.-am., Pl. -s)

Wahl *Elektion,* die (lat., Pl. -en) i. S. von Auswahl

Wahl zwischen unangenehmen Dingen *Dilemma,* das (gr.-lat., Pl. -s, -ta) auch: Zwangslage

Wahl zwischen zwei Möglichkeiten *Alternative,* die (lat.-fr., Pl. -n)

wählen *randomisieren* (engl.) für die Statistik, nach dem Zufallsprinzip aus e. Menge e. bestimmte Anzahl bestimmen

Wähler *Elektor,* der (lat., Pl. ...oren)

Wahlfeldzug *Kampagne,* die (lat.-it.-fr., Pl. -n)

wahlfrei *fakultativ* (lat.) Ggs.: obligatorisch

Wahlherr *Elektor,* der (lat., Pl. ...oren) z. B. der Kurfürst bei der Königswahl; auch: Auswählender, Wähler

Wahlmöglichkeit 1. *Alternative,* die (lat.-fr., Pl. -n) 2. *Option,* die (lat., Pl. -en) eigtl.: freier Wille; z. B. Kaufoption

Wahlspruch 1. *Devise,* die (lat.-fr., Pl. -n) z. B. nach der Devise leben: »Gelobt sei, was hart macht.« 2. *Motto,* das (lat.-it., Pl. -s) nach dem Motto handeln: »Wer zuletzt lacht, lacht am besten.«; die Filmproduzenten trafen sich zu e. Tagung unter dem Motto: »Saubere Leinwand« 3. *Parole,* die (gr.-lat.-fr., Pl. -n) auch: Losung; militärisches Kennwort; unwahre Meldung, vulgär: Scheißhausparole

wahlweise 1. *alternativ* (lat.-fr.) 2. *fakultativ* (lat.) auch: freigestellt; Ggs.: obligatorisch

Wahnidee *Delirium,* das (lat., Pl. ...ien) i. S. e. Bewußtseinstrübung

Wahnsinn 1. *Insania,* die (lat., ohne Pl.) med. 2. *Paranoia,* die (gr., ohne Pl.) med., z. B. Eifersuchts- oder Verfolgungswahn 3. *Phrenesie,* die (gr.-lat., ohne Pl.) med. von Wahnvorstellungen besessen sein 4. *Theomanie,* die (gr., Pl. ...ien) religiöser Wahn

Wahnsinn, liebenswürdiger ... *amabilis insania* (lat., Zitat, Horaz)

wahnsinnig *paranoid* (gr.-lat.)

Wahnvorstellung 1. *Halluzination,* die (lat., Pl. -en) auch: Sinnestäuschung 2. *Paranoia,* die (gr., ohne Pl.) z. B. Verfolgungs- oder Eifersuchtswahn

wahrhaft *veritabel* (lat.-fr.)

Wahrhaftigkeit *Verazität,* die (lat., ohne Pl.)

Wahrheit erzeugt Haß *veritas odium parit* (lat., Zitat)

Wahrheit, die nackte ... *nuda veritas* (lat., Zitat: Horaz)

Wahrheit, lächelnd die ... sagen *ridentem dicere verum* (lat., Zitat: Horaz)

wahrheitsgemäß 1. *authentisch* (gr.-lat.) echt, verbürgt 2. *veritabel* (lat.-fr.) auch: aufrichtig

wahrnehmbar *perzeptibel* (lat.) philos. als sinnliche Erfahrung

wahrnehmbar, nicht ... 1. *abstrakt* (lat.) rein begrifflich, z. B. abstrakte Kunst 2. *ideell* (fr.) i. S. von: nur gedanklich 3. *imperzeptibel* (lat.) nicht wahrnehmbar (philos.)

Wahrnehmbarkeit *Perzeptibilität,* die (lat., Pl. -en) philos.

wahrnehmen 1. *apperzipieren* (lat.) 2. *registrieren* (lat.) bewußt aufnehmen

wahrnehmen, sinnlich ... *perzipieren* (lat.) i. S. von: Reize aufnehmen (med.)

Wahrnehmung 1. *Illusion,* die (lat.-fr., Pl. -en) i. S. e. trügerischen Wunschvorstellung 2. *Paragnosie,* die (gr.-lat., Pl. ...ien) übersinnliche Wahrnehmung 3. *Telepathie,* die (gr.-lat., ohne Pl.) z. B. Verständigung von Menschen untereinander ohne Einsatz der Sinnesorgane (telepathische Verständigung)

Wahrnehmung von Vorteilen *Opportunismus,* der (lat., ohne Pl.) »Ich hätte zu viele Kompromisse machen, zuviel Opportunismus zeigen müssen.« (Hans Tietmeyer, Bundesbank-Präsident, 1997)

Wahrnehmungsfähigkeit *Perzeptibilität,* die (lat., ohne Pl.) philos., i. S. e. sinnlichen Erfahrung

Wahrnehmungsverlust *Blackout,* der (engl., Pl. -s) während e. Interviews hatte der Kanzler e. Blackout

Wahrsagekunst 1. *Divination,* die (lat., Pl. -en) 2. *Mantik,* die (gr.-lat., ohne Pl.) Seherkunst 3. *Prophetie,* die (gr.-lat., Pl. ...ien) seherische Voraussage

Wahrsagen 1. *Biomantie,* die (gr.-lat., ohne Pl.) aus Handlinien lesen 2. *Daktyliomantie,* die (gr., Pl. -en) mit dem Pendel – 3. *Kartomantie,* die (ägypt.-gr.-lat.-fr., ohne Pl.) mit Spielkarten die Zukunft deuten

wahrsagen 1. *prognostizieren* (gr.-lat.) vorhersagen 2. *prophezeien* (gr.-lat.) auch: weissagen

Wahrsagen mit Hilfe von Lufterscheinungen *Aeromantie,* die (gr.-lat., ohne Pl.)

Wahrsager *Augur,* der (lat., Pl. ...uren)

Wahrsagerin *Sibylle,* die (gr.-lat., Pl. -n)

Wahrsagung *Divination,* die (lat., Pl. -en)

Wahrscheinlichkeit *Probabilität,* die (lat., Pl. -en) auch: Glaubwürdigkeit (philos.)

Währung 1. *Valuta,* die (lat.-it., Pl. ...ten) ausländische Währung, z. B. US-Dollar 2. *Devise,* die (lat.-fr., Pl. -n) ausländisches Zahlungsmittel (meist Pl.) auch: Leit- u./o. Wahlspruch

Währung, Abwertung e. ... *Devaluation,* die (lat.-engl., Pl. -en)

Währungseinheit 1. China *Yuan,* der (chin., Pl. -s) der Volksrepublik 2. Japan *Yen,* der (jap., Pl. -s) = 100 Sen 3. *ECU,* der (fr., Pl. -s) kurz für: *European Currency Unit,* Vorläufer der gemeinsamen europäischen Währung, des »EURO«

Währungsverhältnis *Parität,* die (lat., Pl. -en) der festgelegte Mittelkurs an den Devisenbörsen

Walbeobachtung *Whale Watching,* das (engl., ohne Pl.) erfolgt i. a. von e. kleineren Schiff aus

Wälder Amerikas, abgelegene ... *Backwoods,* die (engl.-am., nur Pl.)

Waldgöttin *Nymphe,* die (gr.-lat., Pl. -n) Töchter des Zeus u. Naturgottheiten aus der gr. Mythologie

Waldnymphe *Dryade,* die (gr.-lat., Pl. -n) Töchter des Zeus u. Naturgottheiten, leben in Wäldern auf Bäumen, entstammen der gr. Mythologie

Waldsteppe *Taiga,* die (russ., ohne Pl.) z. B. die sibirische Taiga

Wale, Bez. für ... *Zetazeen,* die (gr.-lat., Pl.)

Wallfahrt *Hadsch,* der (arab., ohne Pl.) die Wallfahrt zur Kaaba nach Mekka

wälzen *volvieren* (lat.) auch: genau durchdenken

walzenförmig *zylindrisch* (gr.-lat.)

Wand *Paravent,* der, das (lat.-it.-fr., Pl. -s) spanische Wand; auch: Ofenschirm

Wand- u. Deckenbeklebung *Tapete,* die (gr.-lat., Pl. -n)

Wandbehang, bes. Flachstich e. ... *Kelimstich,* der (türk.-dt., Pl. -e)

Wandbehang, gewobener ... *Tapisserie,* die (gr.-fr., Pl. ...ien) ... mit e. gemäldeähnlichen Motiv; nicht verw. mit *Patisserie,* die (gr.-lat.-fr., Pl. ...ien) feines Backwerk; auch: Feinbäckerei (Konditorei)

wandelbar 1. *proteisch* (gr.-lat.) i. S. von unzuverlässig 2. *variabel* (lat.-fr.) veränderlich 3. *versatil* (lat.) wankelmütig

Wandelbarkeit, leichte ... *Labilität,* die (lat., Pl. -en) auch: Schwäche; Ggs.: Stabilität

Wandelhalle 1. *Foyer,* das (lat.-fr., Pl. -s) z. B. in e. Hotel 2. *Lobby,* die (germ.-lat.-engl., Pl. -s) Wandelhalle im Parlamentsgebäude in der sich Abgeordnete mit Vertretern von Interessengruppen (Lobbyisten) treffen

Wandelstern *Planet,* der (gr.-lat., Pl. -en) um e. Sonne kreisender, nicht selbst leuchtender Wandelstern, z. B. die Erde

Wandern in den Karpaten Transsylvaniens ... *Vampir-Trekking,* das (serbisch-dt.-fr.-engl., ohne Pl.) ... mit e. Essen im Dracula-Restaurant

wandernd 1. *migratorisch* (lat.) z. B. das Verhalten der Zugvögel 2. *ambulant* (lat.-fr.) ambulantes Gewerbe, z. B. Schausteller

Wanderschäferei *Transhumanz,* die (lat.-fr., Pl. -en)

Wandertrieb *Poriomanie,* die (gr.-lat., Pl. ...ien) med. krankhafter Nomadentrieb

Wandschirm *Paravent,* der (lat.-it.-fr., Pl. -s)

Wandtäfelung *Lambrie,* die (fr., Pl. ...ien) meist aus Holz

Wandteppich 1. *Gobelin,* der (fr., Pl. -s) 2. *Arazzo,* der (it., Pl. ...zzi) gewirkter Bildteppich aus Arras (nordfr. Stadt) e. it. Bez. 3. *Kelim,* der (türk., Pl. selten -s) orientalischer Wandbehang

Wandverkleidung *Tapete,* die (gr.-lat., Pl. -n)

Wange, zur ... gehörend *bukkal* (lat.) med.

Wangenrot *Rouge,* das (lat.-fr., Pl. -s)

Wappen ausmalen *blasonieren* (fr.) i. S. e. kunstgerechten Ausmalens

Wappen *Blason,* der (fr., Pl. -s) auch: Wappenschild

Wappen, kaiserliches ... *Kikumon,* das (jap., ohne Pl.) des Kaisers von Japan: Chrysanthemenwappen, e. 16-blättrige Blüte

Wappenbuch *Armorial,* das (lat.-fr., Pl. -e)

Wappenklärung *Blasonierung,* die (fr., Pl. -en) auch: Deutung e. Wappens

Wappenkunde 1. *Heraldik,* die (germ.-lat.-fr., ohne Pl.) 2. *Blason,* der (fr., Pl. -s)

Wappenschild *Blason,* der (fr., Pl. -s)

Ware 1. *Artikel,* der (lat., ohne Pl.) 2. *Attraktion,* die (lat.-fr.-engl., Pl. -en) gut verkäufliche Ware 3. *Fabrikat,* das (lat., Pl. -e) i. S. von Fabrikware 4. *Nonvaleur,* der (lat.-fr., Pl. -s) unverkäufliche – 5. *Restant,* der (lat., Pl. -en) unverkäufliche – 6. *Retoure,* die (lat.-fr., Pl. -n) zurückgesandte Ware 7. *Bestseller,* der (engl., ohne Pl.) Ware, bes. e. Buch, das sehr gut – 8. *Longseller,* der (engl., ohne Pl.) e. Buch, das über e. langen Zeitraum – 9. *Steadyseller,* der (engl., ohne Pl.) Buch, das stetig verkauft wird

Waren *Naturalien,* die (lat., nur Pl.) i. S. von: Naturprodukte

Waren, Rohstoffe, die auf Termin gehandelt werden *Commodities,* die (engl., nur Pl.)

Warenanbieter *Sortimenter,* der (lat.-it., Pl. –) meist größerer Händler

Warenangebot 1. *Sortiment,* das (lat.-it., Pl. -e) die Gesamtheit der Waren e. Händlers oder Produzenten 2. *Offerte,* die (lat.-fr., Pl. -n) auch: Angebot

Warenausfuhr *Export,* der (lat.-engl., Pl. -e) Ggs.: Import

Warenausstoß *Output,* der (engl., Pl. -s) alle Waren e. Produzenten, die in e. best. Zeit hergestellt wurden

Warenballen 1. *Ballot,* das (germ.-fr., Pl. -s) 2. *Kollo,* das (it., Pl. -s oder Kolli)

Wareneinfuhr *Import,* der (lat.-fr.-engl., Pl. -e) Ggs.: Export

Warengestell *Regal,* das (lat., Pl. -e) auch: Münzrecht (Pl. Regalien) u. tragbare Orgel

Warenhausabteilung *Rayon,* der (lat.-fr., Pl. -s)

Warenlager *Assortiment,* das (fr., Pl. -e)

Warenlotterie *Tombola,* die (it., Pl. -s)

Warenpräsentation, abgegrenzte ... innerhalb e. Warenhauses *Shop-in-Shop* (engl.-am., ohne Pl.) »Laden im Laden«; Auslagensystem im Einzelhandel, Massenwaren erhalten e. exklusiven Anstrich u. können teurer angeboten werden

Warenprüfer *Tester,* der (lat.-engl., Pl. –)

Warenrechnung *Faktur,* die (lat.-it., Pl. -en)

Warentausch *Baratt,* der (it., ohne Pl.)

Warenverkauf zu Wohltätigkeitszwecken *Basar,* der (pers., Pl. -e) auch: orientalischer Markt

Warenverzeichnis *Katalog,* der (gr.-lat., Pl. -e) z. B. der Quelle-Versandkatalog

Warenvorrat *Stock,* der (engl., Pl. -s) Lagerbestand

Warenzeichen *Trademark,* die (engl., Pl. -s)

Warmbad *Thermalbad,* das (gr.-lat., Pl. ...bäder)

warmblütig *homöotherm* (gr.-lat.) die Warmblütigkeit z. B. der Säugetiere

Warmblütigkeit *Homöothermie,* die (gr.-lat., ohne Pl.) z. B. bei Säugetieren

Wärme abgebend *exotherm* (gr.-lat.)

Wärme als Ursache für Veränderungen der Erdoberfläche (Theorie) *Plutonismus,* der (gr.-lat., ohne Pl.) nach Pluton, dem Gott der Unterwelt; Anhänger: der fr. Geologe Desmarest (um 1765)

Wärme betreffend *thermisch* (gr.-lat.)

Wärme bindend *endotherm* (gr.-lat.)

Wärme liebend *thermophil* (gr.-lat.) sind z. B. Bakterien, best. Tierarten

Wärme regeln *temperieren* (lat.) e. wohltemperierter Raum

Wärmebehandlung *Thermotherapie,* die (gr.-lat., Pl. ...ien)

wärmebeständig *thermostabil* (gr.-lat.)

wärmedurchlässig *diatherman* (gr.-lat.) z. B. Glas, Stoffe, die Wärmestrahlen nicht oder nur wenig absorbieren (aufnehmen)

Wärmegrad *Temperatur,* die (lat., Pl. -en) Wärme e. Stoffes oder der Umgebung

Wärmelehre *Kalorik,* die (lat., ohne Pl.)

Wärmeplatte *Rechaud,* das (lat.-fr., Pl. -s) hält z. B. bei Tisch Speisen warm

Wärmeregelung *Temperierung,* die (lat., Pl. -en)

Wärmeregler *Thermostat,* der (gr.-lat., Pl. -e) automatischer Regler, meist an Heizkörpern

Wärmespeicher *Thermophor,* der (gr.-lat., Pl. -e) z. B. Wärmflasche

Wärmestau *Heliosis,* die (gr., ohne Pl.) med., führt bei Lebewesen zum Hitzschlag

Wärmestrahlen *Infrarot,* das (lat., ohne Pl.) unsichtbare Strahlen, zwischen rotem Licht u. kurzen Radiowellen

Warmluft *Thermik,* die (gr.-lat., ohne Pl.) wird z. B. von Segelfliegern ausgenutzt; auch: Warmluftströmung ist nach oben gerichtet

Warmluftheizung, antike ... unter dem Fußboden *Hypokaustum,* das (gr.-lat., Pl. ...sten)

Warmwasserbereiter *Boiler,* der (engl., Pl. -s) nicht verw. mit: Broiler (Brathähnchen)

warnen 1. *alarmieren* (lat.-it.) 2. *signalisieren* (lat.-fr.)

warnend *prämonitorisch* (lat.)

Warngerät in Flugzeugen *Traffic Collison Avoidance System,* das (engl.-am., Pl. -s) kurz: TCAS; wird aktiv, wenn sich Flugzeuge in der Luft gefährlich nahe kommen

Warngerät *Sirene,* die (gr.-lat., Pl. -n); auch: schöne, verführerische Frau; göttliche Wesen der gr. Sage, die betörend singen

Warnschrei auf dem Golfplatz *Fore* (engl.) ... wenn ein fehlgeschlagener Ball jmdn. zu treffen droht

Warnsystem, das die Topographie ersichtlich macht *Enhanced Ground Proximity Warning System,* das (engl., Pl. -s) kurz: EGPWS), e. neuartiges Frühwarnsystem für Flugzeuge

Warnungszeichen *Symptom,* das (gr., Pl. -e) »Zufall«; »Die Koalition laboriert an den Symptomen.« (Joschka Fischer, Bündnis 90 / Die Grünen, 1997)

Warnzeichen 1. *Alarm,* der (lat.-it., Pl. -e) 2. *Signal,* das (lat.-fr., Pl. -e) 3. *Menetekel,* das (aramäisch, Pl. –) svw. erster Warnungsruf nach der Geisterschrift für den babylon. König Belsazar (um 530 v. Chr.) 4. *Omen,* das (lat., Pl. Omina) nomen est omen (lat.): im Namen liegt e. Vorbedeutung 5. *Symptom,* das (gr., Pl. -e) eigtl.: Zufall; auch: Anzeichen z. B. e. Krankheit

warten, im Vorzimmer ... *antichambrieren* (fr.) i. S. von bemühen, z. B. um etwas zu verkaufen

Wartezeit 1. *Karenz,* die (lat., Pl. -en) eigtl.: Entbehren; Sperrfrist; auch: Enthaltsamkeit 2. *Karenzzeit,* die (lat.-dt., Pl. -en) Sperrfrist bes. bei Versicherungen

warzenartig *papillar* (lat.) med.; auch: warzenförmig

Warzengeschwulst *Papillom,* das (lat., Pl. -e) med.; nicht verw. mit *Papillon,* der (lat.-fr., Pl. -s) Schmetterling

warzig *papillös* (lat.) med.

was zu beweisen war *quod erat demonstrandum* (lat.)

Waschmittelzusatz *Tensid,* das (lat., Pl. -e) auch: Zusatz für Reinigungsmittel, das die Oberflächenspannung des Wassers reduziert

Waschung der Fingerspitzen *Ablution,* die (lat., Pl. -en) eigtl.: Abspülen; auch: das Abtragen von Meeresablagerungen

Wasser als Ursache für Erdoberflächenveränderungen (Theorie) *Neptunismus,* der (lat., ohne Pl.) nach Neptun, dem Gott des Meeres; Anhänger: der dt. Geologe A. G. Werner (um 1752)

Wasser, chemisch reines ... *Aqua destillata,* das (lat., ohne Pl.) kurz: aq. dest.

Wasser, durch ... u. Luft angetrieben *hydropneumatisch* (gr.-lat.)

Wasser, gegen ... schützen *imprägnieren* (lat.) eigtl.: schwängern; schützend durchtränken

Wasser, im ... lebend *hydrobiont* (gr.)

Wasser, vom ... angetrieben *hydroenergetisch* (gr.-lat.)

Wasser, Wissenschaft vom ... *Hydrologie,* die (gr., ohne Pl.)

Wasserbad zum Wärmen von Speisen *Bain-marie,* das (fr., ohne Pl.)

Wasserbecken *Bassin,* das (fr., Pl. -s) künstliches Becken

Wasserbehälter 1. *Zisterne,* die (lat., Pl. -n) unterirdisches Auffangbecken für Regenwasser 2. *Aquarium,* das (lat., Pl. ...ien) durchsichtiger Wasserbehälter z. B. für Zierfische

wasserblauer Edelstein *Aquamarin,* der (lat., Pl. -e) eigtl.: »Meerwasser«

Wässerchen, kein ... trüben *nil delinquere* (lat., Zitat) auch: nichts verschulden

wasserdicht 1. *hermetisch* (gr.-lat.) der Behälter wurde hermetisch abgeschlossen 2. *waterproof* (engl.) Hinweis auf wasserdichte Uhren oder Schuhe

wasserdicht machen *hermetisieren* (gr.-lat.)

Wasserentzug *Dehydration,* die (gr.-lat., Pl. -en) z. B. das Trocknen von Lebensmitteln

Wasserfall 1. *Kaskade,* die (lat.-it.-fr., Pl. -n) 2. *Katarakt,* der (gr.-lat., Pl. -e)

Wasserfloh *Daphnia,* die (gr.-lat., Pl. ...nien)

Wasserflugzeug *Hydroplan,* der (gr.-lat., Pl. -e) Kufen, als Schwimmer ausgebildet, erlauben dem Flugzeug auf dem Wasser zu starten u. zu landen

Wassergehalt des Blutes *Hydrämie,* die (gr.-lat., Pl. ...ien) ... erhöhter Wassergehalt (med.)

Wassergeist, weiblicher *Undine,* die (lat., Pl. -n)

Wasserglätte *Aquaplaning,* das (lat.-engl., Pl. -s) Gefahr auf nassen Autobahnen

Wassergymnastik *Aquarobic,* das (engl.-am., Pl. -s)

Wasserheilkunde *Hydropathie,* die (gr.-lat., ohne Pl.) med.

Wasserhose *Trombe,* die (germ.-it., Pl. -n) durch e. Wirbelwind entstehend

wässerig *aquatisch* (lat.) auch: im Wasser lebend

Wasserkanne *Ibrik,* der, das (pers., Pl. -s) e. Wasserkanne mit dünnem Hals u. ovalem Bauch im Orient

Wasserkopf *Hydrozephalus,* der (gr.-lat., Pl. ...alen, ...li) abnorm großer Schädel infolge Flüssigkeitsansammlung (med.)

Wasserkrug *Hydria,* die (gr.-lat., Pl. ...ien) aus hellenischer Zeit

Wasserleitung der Frühgeschichte *Aquädukt,* das (lat., Pl. -e) eines der ersten ließ Sanherib, König der Assyrer um 700 v. Chr. für die Stadt Ninive bauen

Wasserleitung, antike ... *Aquädukt,* der, das (lat., Pl. -e)

wasserliebend *hydrophil* (gr.-lat.) im Wasser lebende Pflanzen u. Tiere; Ggs.: hydrophob

wassermeidend *hydrophob* (gr.-lat.)

Wassermesser *Hydrometer,* das (gr.-lat., Pl. –) damit läßt sich der Wasserstand oder die Fließgeschwindigkeit messen

Wasseroberfläche, über der ... lebend *emers* (lat.) Ggs.: submers

Wasserpest *Elodea,* die (gr.-lat., ohne Pl.) auch: Froschbißgewächs

Wasserpfeife 1. *Kalian,* der (pers., Pl. -e) aus Persien 2. *Huka,* die (arab., Pl. -s) im Orient gebräuchlich 3. *Nargileh,* die, das (pers., Pl. -s) orientalische Wasserpfeife

Wasserpflanze 1. *Hydrophyt,* der (gr.-lat., Pl. -en) 2. *Alge,* die (lat., Pl. -n)

Wasserrose *Nymphäa,* die (gr.-lat., Pl. ...äen) auch: Seerose

Wassersack *Gerba,* die (arab., Pl. -s) Wasserbehälter aus Ziegenleder

wasserscheu *hydrophob* (gr.) wasserabstoßend (von Tieren u. Pflanzen)

Wasserschöpfrad *Naura,* die (arab., Pl. -s) in Mesopotamien verwendet worden

Wasserspeicher *Reservoir,* das (lat.-fr., Pl. -e)

Wasserstoff *Hydrogen* u. *Hydrogenium,* das (gr.-lat., ohne Pl.) chem. Grundstoff, Zeichen: H

Wasserstoffbombe *Hydrogenbombe,* die (gr.-lat.-dt., Pl. -n)

Wassersucht 1. *Hydrops,* der (gr., ohne Pl.) 2. *Hydropsie,* die (gr., ohne Pl.) e. Ödem (Schwellung) med.

Wasseruhr *Hydrologium,* das (gr.-lat., Pl. ...ien) war bis ins 17. Jh. in Gebrauch

Wasserverdrängung *Deplacement,* das (fr., Pl. -s) e. Schiffes

Wasservorwärmer bei Dampfkesselanlagen *Economiser,* der (gr.-lat.-engl., Pl. -s) »Sparer«

Wasserwagen *Tender,* der (lat.-fr., Pl. –) kurzer Anhänger hinter der Lokomotive

Wasserwirbel in der Badewanne *Jacuzzi,* der (it., Pl. -s) kleiner Badewannenwirbler

Webmuster *Dessin,* das (lat.-it.-fr., Pl. -s)

Wechsel 1. *Alternation,* die (lat., Pl. -en) 2. *Change,* der (lat.-fr.-engl., ohne Pl.) z. B. Geld wechseln 3. *Fluktuation,* die (lat., Pl. -en) in dem Unternehmen gibt es e. hohe Fluktuation (Personalwechsel) 4. *Turnus,* der (gr.-lat., Pl. -se) 5. *Tratte,* die (lat.-it., Pl. -n) d. h. gezogener (ausgestellter) Wechsel 6. *Akzept,* das (lat., Pl. -e) angenommener Wechsel

Wechsel ausgeben *emittieren* (lat.-fr.) auch: Luftverschmutzung durch Abgase verursachen

Wechsel übertragen *indossieren* (lat.-it.)

Wechsel von Frequenz zu Frequenz *Roaming,* das (engl., ohne Pl.) von: to roam (streunen)

Wechsel ziehen *trassieren* (lat.-fr.)

Wechsel zwischen zwei Dingen *Alteranz,* die (lat., Pl. -en) auch: Ertragsschwankungen bei den jährlichen Ernten

Wechsel, gezogener ... *Tratte,* die (lat.-it., Pl. -n)

Wechsel, Verkauf angekaufter ... *rediskontieren* (lat.) d. h. diskontierte Wechsel an- oder weiterverkaufen

Wechselaussteller *Trassant,* der (lat.-it., Pl. -en) e. Wechsel auf e. Person ausstellen, die Verbindlichkeiten hat

Wechselbeziehung ... *Biogeozönose,* die (gr., Pl. -n) ... zwischen Pflanzen u. Tieren einerseits u. der unbelebten Umwelt andererseits

Wechselbeziehung bewirkend *interaktiv* (lat.)

Wechselbezogener *Akzeptant,* der (lat., Pl. -en)

Wechselbild-Spielzeug *Kaleidoskop,* das (gr.-lat., Pl. -e) eigtl.: Schönbildbetrachter; Rohr, das beim Drehen kleiner Glassteinchen bunte Bildmuster zeigt

Wechselempfänger *Trassat,* der (lat.-it., Pl. -en)

Wechselfieber *Malaria,* die (lat.-it., ohne Pl.) med., früher auch Sumpffieber genannt worden

Wechselgesang *Responsorium,* das (lat., Pl. ...ien) im Gottesdienst zu hören

Wechselgesangs-Sammlung *Antiphonar,* das (gr., Pl. ...ien) auch: liturgisches Buch mit dem Text des Stundengebets

Wechselgläubiger 1. *Indossatar,* der (lat.-it., Pl. -e) 2. *Indossat,* der (lat.-it., Pl. -en) jeweils durch Indossament (Wechselübertragungsvermerk) ausgewiesener Wechselgläubiger

wechselhaft 1. *labil* (lat.) auch: schwankend; unsicher; Ggs.: stabil 2. *variabel* (lat.-fr.) veränderlich

Wechseljahre ... *Klimakterium,* das (gr.-lat., ohne Pl.) ... der Frau (med.) »Berlin ist Dreh- u. Angelpunkt des Umbruchs, welcher Ort eignet sich daher besser, über das Thema Klimakterium in der Frau zu diskutieren?« (Schering AG, Pressekonferenz, 1990)

Wechselkonto *Obligo,* das (lat.-it., Pl. -s) Wechselbuch, das die Banken führen; auch: allg. Verbindlichkeit

Wechselkredit *Rediskont,* der (lat., Pl. -e) Wechsel, die best. Formalien genügen, können von den Hausbanken an die Bundesbank zum Rediskont weitergegeben werden

Wechselkursfreigabe *Floating,* das (engl., Pl. -s) das ist die Freigabe e. Wechselkurses e. Währung in e. System fester Wechselkurse

Wechselkursschwankung *Floating,* das (engl., Pl. -s) »... in Sachsen-Anhalt hat am Schluß e. Floating von fast 10 Prozent von der SPD weg stattgefunden...« (Theo Waigel, Finanzminister, 1998)

wechseln 1. *fluktuieren* (lat.) auch: schwanken 2. *modulieren* (lat.) musik., die Tonart 3. *alternieren* (lat.) auch: einander ablösen; alternierendes Fieber (wechselnde, fiebrige Zustände) nicht verw. mit *alterieren* (lat.-fr.) jmdn. aufregen 4. *transferieren* (lat.) z. B. Geld in e. fremde Währung umwechseln 5. *variieren* (lat.-fr.) verändern, z. B. e. Musikthema variieren

wechselnd, ständig ... *kaleidoskopisch* (gr.-lat.) Bilder oder Eindrücke wechseln ständig in bunter Folge

Wechselnehmer *Remittent,* der (lat., Pl. -en) an ihn oder an dessen Order ist die Wechselsumme zu zahlen

Wechselrahmen *Passepartout,* das (fr., Pl. -s) ... aus leichter Pappe z. B. für Fotos oder Zeichnungen; selten auch: Haupt- oder Generalschlüssel

Wechselrede (Dialog) des Einzelnen ... *Interaktivität,* die (lat., Pl. -e) ... mit dem Anbieter, Informanten, den Medien usw. über den Computer

Wechselrede *Dialog,* der (gr.-lat.-fr., Pl. -e) findet zwischen zwei Personen oder zwei Interessengruppen statt; »... ich werde für die Gewerkschaften zu einem Gesprächs- u. Dialogpartner, der am gleichen Strang zieht.« (Schattenwirtschaftsminister Jost Stollemann, 1998) Ggs.: Monolog

Wechselschuldner *Trassat,* der (lat.-it., Pl. -en) Schuldner oder Bezogener e. Wechsels heißt auch Akzeptant

wechselseitig 1. *mutual* (lat.) 2. *reziprok* (lat.) 3. *bilateral* (lat.) zwei Seiten betreffend; Ggs.: multilateral 4. *invers* (lat.) umgekehrt 5. *vice versa* (lat.) umgekehrt, kurz: v.v.

Wechselseitigkeit 1. *Mutualität,* die (lat., ohne Pl.) 2. *Reziprozität,* die (lat., ohne Pl.)

Wechselüberschreiber *Indossant,* der (lat.-it., Pl. -en)

Wechselübertragungsvermerk *Indossament,* das (lat.-it., Pl. -e) alle Rechte u. Pflichten aus dem Wechsel werden auf den Wechselnehmer übertragen

wechselweise *alternativ* (lat.-fr.) zwei Möglichkeiten stehen zur Wahl

Wechselwirkung *Interaktion,* die (lat., Pl. -en)

Wechselwirkung zwischen Leib u. Seele *Okkasionalismus,* der (lat., ohne Pl.) ... die auf direkte Eingriffe Gottes zurückgeführt wird, nach dem fr. Philosophen R. Descartes (1596-1650)

Weg 1. *Bankett,* das (germ.-fr., Pl. -e) e. schmaler Streifen neben der Straße; auch: Festmahl 2. *Piste,* die (lat.-it.-fr., Pl. -n) schlechter, unbefestigter Weg; Radrennstrecke; auch: einfache Start- u. Landebahn auf Behelfsflugplätzen

weg *perdu* (lat.-fr.) das Geld ist perdu

Weg, der kürzeste oder längste Weg zwischen zwei Punkten *Geodäte,* das (gr., ohne Pl.) nicht verw. mit *Geodät,* der (gr., Pl. -en) Landvermesser

Weg, jmdn. aus dem ... räumen 1. *eliminieren* (lat.) auch: herauslösen 2. *liquidieren* (lat.-it.) umbringen; e. Rechnung schreiben; e. Geschäft auflösen 3. *neutralisieren* (lat.-fr.) auch: unwirksam machen, ausschalten

Wegbereiter *Pionier,* der (lat.-fr., Pl. -e) der junge Mann leistete seinen Wehrdienst bei den Pionieren ab; Otto Lilienthal (1848-1896) war e. Pionier der Luftfahrt

Wege leiten, in die ... *arrangieren* (fr.)

Weggang *Diszession,* die (lat., Pl. -en) z. B. der Parteienübertritt e. Politikers

weggetreten 1. *apathisch* (gr.-lat.) teilnahmslos 2. *lethargisch* (gr.-lat.) schlafsüchtig, gleichgültig 3. *phlegmatisch* (gr.-lat.) auch: träg, schwerfällig

Wegmesser *Hodometer,* das (gr.-lat., Pl. –) auch: Schrittzähler

wegmüde *marod* (fr.) i. S. von marschunfähig

wegschwemmen *erodieren* (lat.) z. B. Mutterboden von Hängen bei Regen

wegstrebend *zentrifugal* (gr.-lat.) vom Zentrum nach außen; Ggs.: zentripetal

Wegstrecke, gefahrlose ... *Chicken Route,* die (engl.-am., Pl. -s) für Angsthasen (in e. Offroad-Gelände)

wegwerfen *ausrangieren* (dt.-germ.-fr.) aussondern

wegwerfend *en canaille* (fr.) auch: verächtlich

Wegzehrung *Proviant,* der (lat.-it., Pl. -e)

Wehklagen *Lamentation,* die (lat., Pl. -en)

wehklagen *lamentieren* (lat.)

wehmütig 1. *elegisch* (gr.) 2. *deprimiert* (lat.-fr.) auch: entmutigt, niedergeschlagen 3. *melancholisch* (gr.-lat.) schwermütig

wehmütiges Gedicht *Elegie,* die (gr.-lat., Pl. ...ien)

Wehrkloster, islamisches ... *Ribat,* das (arab.)

Wehrverwaltungsbezirk *Kanton,* der (fr., Pl. -e) in Preußen 1733-1814; auch: Bundesland der Schweiz

Weib 1. *Furie,* die (lat., Pl. -n) sie gebärdete sich wild, wie e. Furie 2. *Xanthippe,* die (gr., Pl. -n) zänkisches Weib; Frau des Philosophen Sokrates (469-399 v. Chr.), sie galt als streitsüchtig

Weib, böses ... 1. *Megäre,* die (gr.-lat., Pl. -n) 2. *Furie,* die (lat., Pl. -n) röm. Rachegöttin; e. wütende Frau 3. *Erinnye, Erinnys,* die (gr., Pl. ...yen) gr. Rachegöttin; auch: Furie

weiblich *feminin* (lat.)

weibliche Urkraft *Yin,* das (chin., ohne Pl.) die dunkle, empfangende Kraft

weiblicher After *Miss Brown,* die (engl.-am., Pl. -es)

weich 1. *dolce* (it.) musik. Vortragsanw. 2. *soft* (engl.)

Weichkäse aus der Schweiz *Vacherin,* der (fr., Pl. -s) auch: Eis mit Sahne zu e. bes. Süßspeise

Weichkäse, it. ... *Bel-Paese,* der (it., ohne Pl.) auch: Butterkäse

Weichtier *Molluske,* die (lat., Pl. -n) z. B. Schnekken

Weichtierkunde *Malakologie,* die (gr.-lat., ohne Pl.)

Weihegebet *Eulogie,* die (gr.-lat., Pl. ...ien)

Weihegeschenk *Exvoto,* das (lat., Pl. -s) auch: Votivtafel
weihen *benedezieren* (lat.) auch: segnen
Weihinschrift *Iovi optimo maximo* (lat.): Jupiter, dem Besten u. Größten; Abk.: I.O.M.; röm. Eingangsformel u. Inschrift
Weihnachten 1. *Xmas,* das (engl., ohne Pl.) Szenekürzel für 2. *Christmas,* das (engl., ohne Pl.)
Weihnachtsfest in Skandinavien *Julfest,* das (schwed., ohne Pl.)
Weihnachtsgeschenk *Julklapp,* der (schwed., ohne Pl.) scherzhaft mehrfach verpackt
Weihnachtsspende, Bez. e. ... für Lateinamerika *Adveniat,* das (lat., Pl. -s) eigtl.: es komme (dein Reich); ... der Katholiken in Deutschland
Weihwasserwedel *Aspergill,* das (lat., Pl. -e)
Weile, eile mit ... *festina lente* (lat., Zitat: Sueton)
Wein abklären *dekantieren* (lat.-fr.) d. h. bes. Rotwein vom Bodensatz abgießen; i. a. in e. Karaffe, damit der Wein »atmen« kann
Wein ist die Milch der Greise *vinum lac senum* (lat., Zitat)
Wein von den Hängen des Vesuvs *Lacrimae Christi,* der (lat., Pl. – –) »Tränen Christi«
Wein, Blume (Duft) des Weins ... *Bukett,* das (germ.-fr., Pl. -s) ... u. des Weinbrands; auch: Blumenstrauß
Wein, im ... ist Wahrheit *in vino veritas* (lat., Zitat: Plinius)
Weinbaukunde *Önologie,* die (gr.-lat., ohne Pl.)
Weinbeere *Rosine,* die (lat.-fr., Pl. -n) getrocknete Traube
Weinen, das ... des Erben ist e. maskiertes Lachen *heredis fletus sub persona risus est* (lat., Zitat: Publius Syrus)
weinerlich *larmoyant* (lat.-fr.)
Weinerlichkeit *Larmoyanz,* die (lat.-fr., ohne Pl.)
Weinforscher *Önologe,* der (gr.-lat., Pl. -n) Weinfachmann
Weingeist *Spiritus,* der (engl., ohne Pl.) i. S. von Alkohol; Spiritus rector, der treibende Geist e. Gemeinschaft; Spiritus Sanctus, der Heilige Geist
Weingott *Dionysos,* der (gr., ohne Pl.) Gott der Fruchtbarkeit u. des Weines
Weinkenner *Önologe,* der (gr.-lat., Pl. -n)
Weinkunde *Önologie,* die (gr.-lat., ohne Pl.)
Weinsack *Bota,* die (sp., Pl. -s) Ziegenlederbeutel, aus dem Wein aus e. Distanz in den Mund gegossen wird; eigtl.: Stiefel
Weinsammlung mit Ausschank *Vinothek,* die (gr.-lat., Pl. -en) Sammlung erlesener Weine
Weinschaumcreme *Sabayon,* das (fr., Pl. -s)
Weinschenke, sp. ... *Bodega,* die (gr.-lat.-sp., Pl. -s) auch: sp. Weinkeller
Weinverschnitt *Cuvée,* die, das (lat.-fr., Pl. -s) nicht verw. mit *Curé,* der (lat.-fr., Pl. -s) kath. Geistlicher in Frankreich
weise *salomonisch* nach König Salomo (10. Jh. v. Chr.) salomonisches Urteil: e. Urteil, das von großer Einsicht zeugt
Weise, der ... trägt all sein Gut bei sich *sapiens omnia sua secum portat* (lat., Zitat: Cicero, 106-43 v. Chr.)
Weiser *Hakim,* der (arab., Pl. -s) kluger Mann im Orient; auch: el hakim, der Arzt
Weisheit des Buddhismus *Shantidevas,* die (chin., ohne Pl.) ... mit der die Streitsucht besiegt werden soll
Weisheit, seine ... aus Kommentaren schöpfen *ex commentariis sapere* (lat., Zitat)
Weisheitsliebe *Philosophie,* die (gr.-lat., Pl. ...ien) das Fragen u. Streben nach Erkenntnis u. der Stellung des Menschen im Universum; »Philosophie ist e. Art Rache an der Wirklichkeit« (Friedrich Nietzsche)
weiß, was ich nicht ... macht mich nicht heiß *quod latet, ignotum est, ignoti nulla cupido* (lat., Zitat: Ovid) auch: was verborgen ist, ist unbekannt
weissagen *augurieren* (lat.)
weissagend 1. *sibyllinisch* (gr.-lat.) 2. *prophetisch* (gr.-lat.)
Weissager 1. *Prophet,* der (gr.-lat., Pl. -en) 2. *Augur,* der (lat., Pl. -en) eigtl.: Priester u. Vogelschauer im alten Rom; Deuter von sich entwikkelnden, politischen Ereignissen 3. *Nigromant,* der (gr.-lat., Pl. -en) auch: Zauberer
weissagerisch *sibyllinisch* (gr.-lat.) auch: rätselhaft
Weissagung 1. *Nekromantie,* die (gr.-lat., ohne Pl.) durch Totenbeschwörung 2. *Orakel,* das (lat., ohne Pl.) das Orakel von Delphi 3. *Prophetie,* die (gr.-lat., ohne Pl.) 4. *Theomantie,* die (gr., Pl. ...ien) nach göttlicher Erleuchtung 5. *Tarot,* das (Eigenn., Pl. -s) Spiele u. Bücher mit mystisch-magischen Elementen für die Weissagung; erfreuen sich großer Beliebtheit, gelten als modernes Orakel
Weißbrot rösten *toasten* (lat.-fr.-engl.)
Weißbrotröster *Toaster,* der (lat.-fr.-engl., Pl. –)
Weißbrotscheibe 1. *Sandwich,* der, das (engl., Pl. -es) belegte Brotscheibe, nach John Montagu, dem Grafen von Sandwich, er aß im Club am liebsten belegte Brote 2. *Toast,* der (engl., Pl. -s) geröstete Brotscheibe
Weißer Sonntag *Quasimodogeniti* (lat.) »wie die eben geborenen (Kinder)«; auch: erster Sonntag nach Ostern
weißlich *ekrü* (lat.-fr.)
Weißwein, französischer ... *vin blanc,* der (fr., ohne Pl.) z. B. Blanc de Blancs

Weißwein, italienischer ... *vino bianco,* der (it., ohne Pl.) z. B. Pinot Grigio

Weisung 1. *Direktive,* die (lat., Pl. -n) auch: Anordnung 2. *Instruktion,* die (lat., Pl. -en) auch: Anleitung 3. *Order,* die (lat.-fr.-engl., Pl. -s, -n) auch: Befehl, Auftrag

weit verbreitet *eurytop* (gr.-lat.) z. B. best. Tier- u. Pflanzenarten

weiterbilden *qualifizieren* (lat.-fr.) mit Befähigungsnachweis

Weitergabevermerk *Indossament,* das (lat.-it., Pl. -e) mit dem Indossament werden Wechselrechte u. -pflichten auf den Remittenden (Wechselnehmer) übertragen

weitergeben 1. *tradieren* (lat.) auch überliefern 2. *delegieren* (lat.) i. S. von: Aufgaben übertragen; auch: jmdn. abordnen

weitergehen, nicht mehr ... *stagnieren* (lat.) stokken

weitermachen *perpetuieren* (lat.-fr.) fortfahren

Weitertransport *Transfer,* der (lat.-engl., Pl. -s) z. B. Reiseverkehr, einige Länder verlangen Transfervisa

weitherzig *tolerant* (lat.-fr.) der Pastor war e. toleranter Mann; Ggs.: intolerant

Weitherzigkeit *Largesse,* die (lat.-fr., ohne Pl.) auch: Freigebigkeit

weitsichtig *hypermetropisch* (gr.-lat.) med.; Ggs.: myop

Weitsichtigkeit *Hypermetropie,* die (gr.-lat., ohne Pl.) Ggs.: Myopie

Weitung verstopfter Koronararterien *Ballondilatation,* die (lat.-fr., Pl. -en)

Wellenbewegung *Undulation,* die (lat., Pl. -en) physik.

wellenförmig *peristaltisch* (gr.) med. fortschreitende Bewegung im Darm

Welt 1. *Bios,* der (gr., ohne Pl.) als belebter Teil des Kosmos 2. *Orient,* der (lat., ohne Pl.) der östliche Teil – 3. *Okzident,* der (lat., ohne Pl.) das Abendland, der westliche Teil der Erde 4. *Orbis terrarum,* der (lat., ohne Pl.) der Erdkreis 5. *Orbis pictus,* die (lat., ohne Pl.) »gemalte Welt« 6. *Mundus,* der (lat., ohne Pl.)

Welt, das ist der ... Lauf *ea est natura hominum* (lat., Zitat)

Welt, die ... will betrogen sein, daher sei sie betrogen *mundus vult decipi, ergo decipiatur* (lat., Zitat)

Welt, künstliche, vom Computer erzeugte Welt 1. *Cyberspace,* die (engl.-am., ohne Pl.) e. kybernetischer Weltraum, als »zweites Universum« (vom Computer erzeugt) steht neben der dinglichen Realität 2. *virtual Reality,* die (engl.-am., ohne Pl.) künstliche Wirklichkeit; auch: Erzeugung e. dreidimensionalen Computerbildes, in das sich der Betrachter (Cybernaut) mittels e. stereoskopischen Brille hineinbegeben kann; so werden Flugsimulation, schwierige Bauprojekte, Operationen, Situationen in der Weltraumforschung ausprobiert bzw. simuliert

Welt, soll die ... verderben! *pereat mundus!* (lat., Zitat) i. S. von: nach uns die Sintflut

Welt, vor aller ... *coram publico* (lat.) auch: öffentlich

Weltall 1. *Makrokosmos,* der (gr.-lat., ohne Pl.) Ggs.: Mikrokosmos 2. *Mundus,* der (lat., ohne Pl.) 3. *Universum,* das (lat., ohne Pl.) 4. *Kosmos,* der (gr., ohne Pl.) Weltraum

Weltalter *Äon* (gr.-lat., Pl. -en) Ewigkeit, unendlich langer Zeitraum; »Es kann die Spur von meinen Erdentagen nicht in Äonen untergehn.« (Goethes »Faust«)

Weltanschauung *Ideologie,* die (gr.-fr., Pl. ...ien)

Weltbaum der nord. Mythologie *Yggdrasil,* der (nord., ohne Pl.)

Weltbaumeister *Demiurg,* der (gr.-lat., Pl. -en) bei den alten Griechen, der Mittler zwischen den Göttern u. den Menschen

Weltbild *Ideologem,* das (gr.-lat., Pl. -e) auch: Gedankengebilde, Vorstellungswert

Weltbild, das ptolemäische ... *Geozentrik,* die (gr.-lat., ohne Pl.) Vorstellung, die die Erde als Mittelpunkt betrachtet; nach dem gr. Astronomen Ptolemäus (um 90-160 n. Chr.)

Weltbrand *Ekpyrosis,* die (gr.-lat., ohne Pl.) Auflösung der Erde in Feuer (Urelement)

Weltbürger *Kosmopolit,* der (gr., Pl. -en)

Weltbürgertum *Kosmopolitismus,* der (gr., ohne Pl.)

Welteislehre *Glazialkosmogonie,* die (lat., ohne Pl.) Hypothese nach der durch Aufprall von Eis- u. Glutmassen die Gestirne entstanden sein sollen

Welten, vom Computer hergestellte ... *Cyberspace* (engl.) Begriff wurde vom Science-fiction-Autor William Gibson geprägt u. bedeutet, vom Computer erzeugte kybernetische Welten, i. S. e. »zweiten Universums«, neben der allg. wahrnehmbaren Realität

Weltenbummler *Globetrotter,* der (engl., Pl. –)

Weltende ... *Apokalypse,* die (gr., Pl. -n) ... grauenhaftes; auch: Unheil

Weltende, darauf hinweisend *apokalyptisch* (gr.-lat.) unheilvoll! Apokalyptische Reiter: Sinnbild für Tod, Hunger, Pest, Krieg (Bild von Albrecht Dürer, 1471-1528) apokalyptische Zahl: 666

Weltenschöpfer *Demiurg,* der (gr.-lat., Pl. -en) bei den alten Griechen, der Mittler zwischen den Göttern u. den Menschen

Welterneuerer *Mahdi,* der (arab., Pl. -s) wird von den Mohammedanern als letzter Prophet (Glaubenserneuerer) erwartet

Weltgeistlicher 1. *Abbé,* der (fr., Pl. -s) ... in Frankreich 2. *Abate,* der (lat.-it., Pl. ...ten, ...ti) ... in Italien u. Spanien

Welthaltung, zynische ... *Öko-Hedonismus,* der (gr.-lat., ohne Pl.) nach dem Motto: »Bevor die Biber ausgestorben sind, kauf' ich mir e. Pelzmantel.«

Weltlichkeit *Profanität,* die (lat., ohne Pl.)

Weltmacht *Imperium,* das (lat., Pl. ...ien); auch: großes Kaiserreich, z. B. das Römische Imperium

weltmännisch 1. *urban* (lat.) von: urbanus (städtisch) auch: gebildet 2. *kosmopolitisch* (gr.) auch: weltbürgerlich

Weltmeer *Ozean,* der (gr.-lat., Pl. -e)

Weltraum 1. *Kosmos,* der (gr., ohne Pl.) Weltall 2. *Mundus,* der (lat., ohne Pl.) 3. *Universum,* das (lat., ohne Pl.)

Weltraumbehörde *NASA* kurz für: *National Aironautics and Space Administration,* in den USA

Weltraumfahrer 1. *Astronaut,* der (gr.-lat., Pl. -en) 2. *Kosmonaut,* der (gr.-lat., Pl. -en) russ. Weltraumfahrer

Weltraumforschung *Kosmologie,* die (gr.-lat., Pl. ...ien) Lehre von der Entstehung u. Entwicklung des Weltalls

Weltraumkolonie *Torus,* der (lat., Pl. Tori) eigtl.: Wulst, Ringfläche; hier: riesiger Zylinder in dem viele Menschen leben; Torus rotiert, um künstliche Schwerkraft zu erzeugen, sein Innenraum wird landwirtschaftlich genutzt, somit sind die Astronauten autark

Weltraumlaboratorium 1. *Skylab,* das (engl.-am., Pl. -s) auch: Raumlabor 2. *Spacelab,* das (engl.-am., Pl. -s) Raumlabor

Weltraumlastwagen, raketengetriebener ... *Orbital Maneuvering Vehicle,* das (engl.-am., Pl. -s) kurz: OMV

Weltreich 1. *Imperium,* das (lat., Pl. ...ien) auch: großes Kaiserreich, z. B. das Römische Imperium 2. *Empire,* das (lat.-fr.-engl.) das Britische Weltreich

Weltschöpfer *Demiurg,* der (gr.-lat., Pl. -en) bei den alten Griechen, der Mittler zwischen den Göttern u. den Menschen

Weltsprache, künstliche ... *Esperanto,* das (Eigenn., ohne Pl.) nach dem Pseudonym »Dr. Esperanto« (der Hoffende) der tatsächlich Zamenhof hieß

Weltstadt *Metropole,* die (gr.-lat., Pl. -n) mit typischem Weltstadtcharakter, z. B. Paris

weltumfassend *global* (lat.)

weltumspannend 1. *mondial* (lat.-fr.) 2. *global* (lat.) »In e. globalen Welt kommt es auch darauf an, internationale Wachhunde zu haben.« (Hans Tietmeyer, Bundesbankpräsident, 1998)

Weltuntergang 1. *Ragnarök,* die (altnordisch, ohne Pl.) in der nordischen Mythologie 2. *Apokalypse,* die (gr.-lat., Pl. -n) eigtl.: Enthüllung; auch: Grauen, Unheil 3. *Kataklysmus,* der (gr.-lat., Pl. ...men) erdgeschichtliche Zerstörung, z. B. e. Vulkanausbruch u. dessen Folgen

weltweit 1. *global* (lat.) 2. *international* (lat.) 3. *mondial* (lat.-fr.) 4. *universal* (lat.-fr.) die Welt umfassend 5. *worldwide* (engl.)

Wemfall *Dativ,* der (lat., Pl. -e)

wenden 1. *U-Turn* machen (engl.) 2. *verte!* (lat.) wende um! z. B. das Notenblatt beim Klavierspielen

Wendepunkt *Peripetie,* die (gr., Pl. ...ien) z. B. in e. Drama

wendig *clever* (engl.) e. cleverer (geschickter) Kaufmann sein

Wendigkeit *Flexibilität,* die (lat., Pl. -en)

Wendung beim Kunstflug *Turn,* der (engl., Pl. -s) auch: Drogenrausch

Wendung, geistreiche ... 1. *Aperçu,* das (fr., Pl. -s) svw. geistreiche Bemerkung 2. *Bonmot,* das (fr., Pl. -s) i. S. e. witzigen Ausspruchs

Wendung, ironische ... anstelle des Autorennamens *Ironym,* das (gr.-lat., Pl. -e) z. B. »von einem Schlauberger«

Wenfall *Akkusativ,* der (lat., Pl. -e)

wenig *minimal* (lat.) auch: sehr klein

wenige, Herrschaft weniger *Oligarchie,* die (gr., Pl. ...ien)

wenigen, e. der mit ... anderen herrscht *Oligarch,* der (gr., Pl. -en) auch: Anhänger der Oligarchie

weniger schnell *allegretto* (lat.-it.) musik. Vortragsanw.

Wenigkeit, meine ... *mea tenuitas* (lat., Zitat: Aulus Gellius)

wer kommt, sei willkommen *intrantibus salutem* (lat., Zitat)

Werbeabteilung *Promo-Abteilung,* die (engl.-dt., Pl. -en)

Werbeagentur *Advertising Agency,* die (engl., Pl. ...cies)

Werbeaktionen, Koordinaten von ... *Promotion-Coordinator,* der (engl.-lat., Pl. -en)

Werbeauftrag, der Kampf um den ... *Pitchen,* das (engl., ohne Pl.) Ausdruck aus dem Kricketsport, in e. »Pitch« präsentieren Werbeagenturen die Vorschläge für e. Kampagne

Werbebeigabe 1. *Gadget,* das (engl., Pl. -s) i. S. e. kleinen Werbegeschenks, Werbestreuartikel 2. *Gimmick,* der, das (engl.-am., Pl. -s) auffallendes Werbegeschenk

Werbebroschüre 1. *Booklet,* das (engl., Pl. -s) 2. *Leaflet,* das (engl., Pl. -s) 3. *Prospekt,* der (lat., Pl. -e) »Hinblick«, Werbeschrift mit Bildern

Werbefachmann *Promoter,* der (engl., Pl. -s) natürlich auch: Werbefachfrau

Werbefilm 1. *Commercial,* das (engl., Pl. -s) 2. *Commercialspot,* der (engl., Pl. -s) dabei geht es um die Werbesequenz, im Fernsehen »Spot« (Punkt) genannt, da nur e. kurze Zeit beansprucht wird

Werbefilm, prägnanter ... *Teaser,* der (engl., Pl. -s) eigtl.: Quälgeist; harte Nuß; auch: Gestaltungselement in e. Werbeanzeige, das auffällt

Werbeform, bekannteste ... im Internet *Banner,* der (engl., Pl. -s)

Werbegeschenk ... *Giveaway,* das (engl., ohne Pl.) ... e. Firma an Kunden

Werbe-Handzettel *Flyer,* der (engl., Pl. -s) eigtl.: Flieger

Werbeidee, auf die man immer wieder trifft ... *Overall,* der (engl., Pl. -s) ... u. damit stets das beworbene Produkt vor Augen hat; auch: Arbeitsanzug, Blaumann

Werbeleiter, einfallsreicher ... *Creative Director,* der (engl., Pl. -s) in der Werbeagentur e. Art Spielmacher, der den Pitch (Kampf um e. Werbeetat) gewinnen muß

Werbemaßnahme, die den Verbraucher von der Moral e. Firma überzeugen soll *Below-the-line-Maßnahme,* die (engl.-dt., Pl. -n)

werben 1. *propagieren* (lat.) 2. *agitieren* (lat.-engl.) politisch werben u. handeln 3. *promoten* (lat.-am.)

Werben, übermäßiges ... *hype* (engl.-am.) das meist abgesprochene Zusammenwirken von Musikindustrie u. Presse um e. Künstler erfolgreich zu machen, d. h. zu vermarkten

Werberummel *Ballyhoo,* das (engl., ohne Pl.) auch: marktschreierische Reklame

Werbeschrift 1. *Prospekt,* der (lat., Pl. -e) »Hinblick«, Werbeschrift mit Bildern 2. *Booklet,* das (engl., Pl. -s) 3. *Leaflet,* das (engl., Pl. -s) 4. *Folder,* der (engl., Pl. -s) Broschüre

Werbesekunden, Verkauf von ... an e. Börse *Spotbörse,* die (engl.-gr.-lat.-niederl., Pl. -n) z. B. kurz vor e. interessanten Spielfilm

Werbespot, der seine Wirkung verliert *Wear-out-Effekt,* der (engl.-lat., Pl. -e) bes. die Tatsache, daß im Fernsehen zu oft gezeigte Werbung langweilt u. wirkungslos ist

Werbespruch *Slogan,* der (engl., Pl. -s)

Werbung 1. *Advertising,* das (engl., Pl. -s) 2. *Promotion,* die (lat.-engl., ohne Pl.) auch: »Beförderung«, Erlangung der Doktorwürde 3. *Inserat,* das (lat., Pl. -e) svw. Zeitungsanzeige 4. *Annonce,* die (lat.-fr., Pl. -n) Zeitungsanzeige; Ankündigung z. B. e. neuen Artikels 5. *Marketing,* das (lat.-fr.-engl., ohne Pl.) Unternehmensbereich »Absatzwirtschaft« schließt die »Werbung« ein 6. *Public Relations,* die (am., nur Pl.) Abteilung »Presse- u. Öffentlichkeitsarbeit« in e. Unternehmen; auch: Kontaktpflege

Werbung als Information *Softnews,* die (engl., nur Pl.) aus »platter« Reklame entwickeln sich immer mehr Informations- u. Unterhaltungs-Spots mit unterschwelliger Werbung

Werbung durch Verteilung ... *Sampling,* das (engl., Pl. -s) ... von Probepackungen

Werbung gegen Programm, Tausch... im Fernsehen *Shareware,* das (engl.-am., ohne Pl.) von: to share (teilen) u. ware (Ware) die privaten TV-Anstalten bieten dem Konsumenten »kostenlos« Filme gegen Commercials (Werbefilme, d. h. Werbezeit) die den Anbietern verkauft werden; der Konsum von Commercials wird im Rückkanal überprüft; im interaktiven TV kann der Konsument für das Betrachten von Werbefilmen, Gutschriften für Spielfilme erhalten

Werbung mit verwertbarer Information *Infomercial,* das (engl.-am., Pl. -s) das Infomercial löst das herkömmliche »Commercial« im Werbespot langsam ab

Werbung von zwei oder mehreren Anbietern gemeinsam ... *Sharevertising,* das (engl.-am., ohne Pl.) aus: to share (teilen) u. advertising (Werbung) ... geschaltet, um das Image gegenseitig zu befruchten, z. B. Auto-Hersteller mit Softdrink-Produzenten

Werfall *Nominativ,* der (lat., Pl. -e) der erste Fall

Werk 1. *Opus,* das (lat., Pl. ...pera) das Werk e. Künstlers, bes. Komponisten 2. *Fragment,* das (lat., Pl. -e) e. unvollendetes Werk; auch: Bruchstück 3. *Œuvre,* das (lat.-fr., Pl. -s) Gesamtwerk e. Künstlers

Werke *Adespota,* die (gr., nur Pl.) unbekannter Kirchenlied-Verfasser

Werkstatt *Atelier,* das (fr., Pl. -s) von z. B. Malern, Bildhauern u. Fotografen

Werkstoff für kugelsichere Westen *Kevlar,* das (Eigenn., ohne Pl.) e. Polymerfaser

Werkstoff *Material,* das (lat., Pl. -ien)

Werkzeug *Instrument,* das (lat., Pl. -e) Meßinstrument

Wermutbranntwein *Absinth,* der (gr., Pl. -e)

Wermutpflanze *Absinth,* der (gr.-lat., Pl. -e) auch: Branntwein mit Wermutzusatz

Wert 1. *Dignität,* die (lat., Pl. -en) auch: Würde (ohne Pl.) Amtswürde e. kath. Geistlichen 2. *Qualität,* die (lat., Pl. -en) auch: Beschaffenheit,

Güte; »Qualität des Lebens« (Heinrich Swoboda) 3. *Value,* das (engl., Pl. -s)

Wert des Fremdkapitals *Shareholder Value,* der (engl.-am., ohne Pl.) auch: das sich auf die Aktionäre aufteilende Eigenkapital; »Vom Shareholder Value zum Kuponschneider ist der Weg nicht weit.« (Wolfgang Schäuble, Chef der CDU/CSU-Bundestagsfraktion, 1997)

Wert, fester ... *Konstante,* die (lat., Pl. -n) unveränderliche Größe; Ggs.: Variable

Wertabschätzung *Taxation,* die (lat.-fr., Pl. -en) lassen Versicherungen in Schadensfällen durchführen

Werte, zusätzliche ... *added Values* (engl.) Marketingüberlegung, die besagt, daß neue Produkte nur mit Zusatznutzen Chancen haben, z. B. Clubmitgliedschaft, Beratungsleistung

Wertewandel *Paradigmawechsel,* der (gr.-dt., ohne Pl.) auch: Vorbildänderung

Wertgegenstand *Zimelium,* das (lat., Pl. ...ien) ... antiker Herkunft, z. B. bes. Buch in e. Bibliothek, Kostbarkeit in kirchlicher Schatzkammer

Wertigkeit *Valenz,* die (lat., Pl. -en)

Wertlehre *Axiologie,* die (gr.-lat., Pl. ...ien) philos.

Wertlosigkeit *Nullität,* die (lat., Pl. -en)

Wertpapier 1. *Effekten,* die (lat., nur Pl.) z. B. Aktien, Obligationen (Schuldverschreibungen), die an Börsen gehandelt werden 2. *Obligation,* die (lat., Pl. -en) svw. Schuldverschreibung, e. festverzinsliches »Papier«

Wertpapier der besten Sorte *Blue chip,* der (engl., Pl. -s)

Wertpapierbesitzer *Obligationär,* der (lat.-fr., Pl. -e)

Wertpapierbestand *Portefeuille,* das (fr., Pl. -s) meist der Bestand an »Papieren« e. Bank

Wertpapierbörse *Effektenbörse,* die (lat.-dt., Pl. -n)

Wertpapier-Depot *Portefeuille,* das (fr., Pl. -s)

Wertpapiere 1. *Baisse,* die (lat.-fr., Pl. -n) i. S. e. niedrigen Kursstandes; Ggs.: Hausse 2. *Blue Chips,* die (engl., nur Pl.) i. S. erstklassiger Wertpapiere

Wertpapiere ausgeben *emittieren* (lat.-fr.) auch: z. B. Elektronen aussenden

Wertpapiere, handelbare ... *Effekten,* die (lat.-fr., nur Pl.) z. B. Aktien u. Obligationen (Börsenfachbez.)

Wertpapiergeschäft ... *Arbitrage-Geschäft,* das (lat.-fr.-dt., Pl. -e) ... bei dem die zeitlichen Kursunterschiede zwischen verschiedenen Börsen genutzt werden

Wertpapierkonto des Anlegers *Depot,* das (lat.-fr., Pl. -s) Börsenfachbez.

Wertpapiermarkt e. Schwellenlandes *Emerging Market,* der (engl., Pl. -s) hat größere Gewinnchancen, birgt auch höhere Risiken

Wertsachenaufbewahrung *Depot,* das (lat.-fr., Pl. -s)

Wertsachverständiger *Taxtor,* der (lat., Pl. ...oren)

Wertschätzung *Ästimation,* die (lat.-fr., Pl. -en)

Wertstufe *Niveau,* das (lat.-fr., Pl. -s) z. B. die Veranstaltung hat e. hohes Niveau

Wertung *Zensur,* die (lat., Pl. -en) behördliche Kontrolle; »Die Zensur ist die jüngere von zwei schändlichen Schwestern, die ältere heißt Inquisition.« (Joh. Nepomuk Nestroy)

Wertungssystem nach Punkten *Stableford* (engl.)

Wesen 1. *Charme,* der (lat.-fr., ohne Pl.) i. S. e. gewinnenden – 2. *Divinität,* die (lat., ohne Pl.) i. S. e. göttlichen Wesens 3. *Essenz,* die (lat., Pl. -en) das Wesen e. Sache 4. *Genre,* das (lat.-fr., Pl. -s) i. S. e. Gattung 5. *Infantilität,* die (lat., ohne Pl.) kindliches Wesen 6. *Quintessenz,* die (lat., Pl. -en) der eigentliche Inhalt e. Sache, philos. 7. *Naturell,* das (lat.-fr., Pl. -e) Gemütsart; auch: Temperament 8. *Spezies,* die (lat., ohne Pl.) auch: Art e. Gattung 9. *Substanz,* die (lat., Pl. -en) Stoff, Materie; Urgrund (philos.) Ggs.: Akzidenz 10. *Sujet,* das (lat.-fr., Pl. -s) Gegenstand z. B. e. Dichtung 11. *Esse,* das (lat., ohne Pl.) auch: Sein (philos.)

Wesen, das ... e. Dinges *Quiddität,* die (lat., Pl. -en) philos.

Wesen, dem ... der Dinge *in rerum natura* (lat., Zitat) auch: in der ganzen Welt

Wesensart 1. *Natur,* die (lat., Pl. -en) die angeborene Art e. Menschen 2. *Naturell,* das (lat.-fr., Pl. -e) 3. *Temperament,* das (lat.-fr., Pl. -e) Lebhaftigkeit e. Menschen 4. *Charakter,* der (gr.-lat., Pl. ...ere) die geistig-seelischen Eigenschaften e. Person; Wesenszug; »Gerhard Schröder ist der charakterloseste Herausforderer, den ich kenne.« (Helmut Kohl, Bundeskanzler, 1998)

wesensgleich *identisch* (lat.)

Wesensgleichheit *Identität,* die (lat., ohne Pl.)

Wesensmerkmal *Charakter,* der (gr.-lat., Pl. ...ere) »eingekerbtes Zeichen«, z. B. e. Charakterschwein sein; »Es bedarf e. edlen Charakters, um sich über die Erfolge e. Freundes zu freuen.« (Oscar Wilde)

Wesensverwandtschaft *Affinität,* die (lat., ohne Pl.) auch: Triebkraft e. chemischen Reaktion

Wesenszug *Charakter,* der (gr.-lat., Pl. ...ere) »eingekerbtes Zeichen«; i. S. geistig-seelischer Eigenschaften e. Person; »Der Fuchs wechselt den Balg, nicht den Charakter.« (Suetons »Vespasian«)

wesentlich 1. *essentiell* (lat.-fr.) 2. *elementar* (lat.) 3. *primär* (lat.-fr.) 4. *substantiell* (lat.) 5. *funda-*

mental (lat.) grundlegend 6. *konstitutiv* (lat.) bestimmend; unerläßlich; Ggs.: konsekutiv 7. *signifikant* (lat.-fr.) bedeutsam; auch: typisch 8. *relevant* (fr.) »Die PDS wird über längere Zeit e. relevanter Faktor bleiben.« (Reinhard Höppner, Ministerpräsident von Sachsen-Anhalt, 1998)

Wesentlichkeit 1. *Substantialität,* die (lat., ohne Pl.) 2. *Signifikanz,* die (lat., ohne Pl.)

Wesfall *Genitiv,* der (lat., Pl. -e) der zweite Fall

Wespennest, in e. ... greifen *crabrones irritare* (lat., Zitat) auch: Hornissen reizen

Weste *Gilet,* das (fr.-sp., Pl. -s)

Westen *Okzident,* der (lat., ohne Pl.) i. S. von Abendland; Ggs.: Orient

westlich *okzidental* u. *okzidentalisch* (lat.) i. S. von abendländisch; Ggs.: orientalisch; nicht verw. mit *okzipital* (lat.) zum Hinterkopf gehörend (med.)

Wettberater *Tipster,* der (engl., Pl. -s)

Wettbewerb 1. *Rivalität,* die (lat.-fr., Pl. -en) z. B. im sportlichen Bereich 2. *Turnier,* das (gr.-lat.-fr., Pl. -e) e. sportliches Turnier durchführen 3. *Konkurrenz,* die (lat., Pl. -en)

Wettbewerbsfähigkeit, Verbesserung der ... *Benchmarketing,* das (engl.-am., ohne Pl.)

Wettbewerb für Bergsteiger *Alpiniade,* die (lat., Pl. -n)

Wettbewerb, außer ... *hors concours* (fr.)

Wettbewerber *Konkurrent,* der (lat., Pl. -en)

wette! *da pignus!* (lat., Zitat) auch: gib ein Pfand

wetteifern *rivalisieren* (lat.-fr.)

Wetteinsatz *Poule,* die (lat.-fr., Pl. -n)

wetten *tippen* (engl.)

Wetter- u. Windjacke 1. *Parka,* der, die (eskimoisch, Pl. -s) knielange, pelzgefütterte Jacke mit Kapuze 2. *Anorak,* der (eskimoisch, Pl. -s) ursprünglich: Kajakjacke der Eskimos 3. *Fay,* der (it.-am., Pl. Fay's) modische, knallbunte Windjacken aus gewachster Baumwolle 4. *Barbour,* der (engl., Pl. -s)

wetterbedingt *meteorotrop* (gr.-lat.)

Wetterempfindlichkeit *Biotropie,* die (gr.-lat., Pl. ...ien) Empfindlichkeit des Organismus beim Wetterumschwung

wetterfühliger Mensch *Zyklonopath,* der (gr.-lat., Pl. -en) med.

Wetterfühligkeit 1. *Zyklonopathie,* die (gr.-lat., Pl. ...ien) 2. *Meteorotropismus,* der (gr.-lat., ohne Pl.) e. durch Wetterfühligkeit hervorgerufener Krankheitszustand 3. *Biotropie,* die (gr.-lat., Pl. ...ien) z. B. bei Luftdruckschwankungen

Wetterhinweis *Tip,* der (engl., Pl. -s)

Wetterkunde *Meteorologie,* die (gr., ohne Pl.)

Wetterkundler *Meteorologe,* der (gr., Pl. -n)

Wetterwarte *Observatorium,* das (lat., Pl. ...ien)

Wettkampf 1. *Match,* das (engl., Pl. -s) z. B. Tennismatch 2. *Worldcup,* der (engl., Pl. -s) weltweit sportliche Veranstaltung

Wettkämpfer 1. *Athlet,* der (gr.-lat., Pl. -en) 2. *Agonist,* der (gr.-lat., Pl. -en) altgriechischer Athlet

Wettkampfform *Matchplay,* das (engl., Pl. -s) ... nach dem K.-o.-System (Golfbez.)

Wettkampfklasse *Liga,* die (lat.-sp., Pl. ...gen) unser Fußballverein spielt jetzt in der Regionalliga

Wettkampfkunde *Agonistik,* die (gr.-lat., ohne Pl.)

wettkampfmäßig *agonal* (gr.)

Wettkampfplatz 1. *Stadion,* das (gr., Pl. ...ien) 2. *Arena,* die (lat., Pl. ...nen) Kampf- oder Sportplatz; auch: Manege im Zirkus

Wettkampfwesen *Agonistik,* die (gr.-lat., ohne Pl.)

Wettrennen *Race,* das (engl., Pl. -s) bes. im Autorennsport

Wettspiel *Match,* das (engl., Pl. -[e]s) Boris Becker lieferte in Wimbledon e. schönes Tennismatch

Wettstreit *Konkurrenz,* die (lat., Pl. -en) Ausdruck in der Wirtschaft u. im Sport gebräuchlich

wichtig 1. *relevant* (lat.-fr.) der Abteilungsleiter trug relevante Gedanken vor; Ggs.: irrelevant 2. *essentiell* (lat.-fr.) hauptsächlich 3. *fundamental* (lat.) grundlegend 4. *signifikant* (lat.-fr.) auch: typisch 5. *substantiell* (lat.) wesentlich; nicht verw. mit *substantiieren* (lat.) i. S. von: begründen (philos.) 6. *zentral* (gr.-lat.) sehr bedeutend; auch: im Zentrum befindlich; Ggs.: dezentral

wichtig tun *renommieren* (lat.-fr.) z. B. mit irdischen Gütern renommieren ist angesichts der Armut unangebracht

wichtig, nicht so ... 1. *irrelevant* (lat.) belanglos; Ggs.: relevant 2. *marginal* (lat.) i. S. von: am Rande 3. *peripher* (gr.-lat.) am Rande befindlich 4. *sekundär* (lat.-fr.) zweitrangig

Wichtigkeit *Relevanz,* die (lat.-fr., Pl. -en) seine Vorschläge waren von bes. Relevanz; »Ich nenne das mal inversive (gemeint ist: inverse, umgekehrte) Relevanz oder so« (H. Venske: G. Schröders geh. Tagebuch, 1997) Ggs.: Irrelevanz

Wichtigtuer *Snob,* der (engl., Pl. -s) von lat. sine nobilitate (ohne Adel); auch: Vornehmtuer; »E. Snob ist e. Mensch, für den das Beste gerade schlecht genug ist.« (Martin Held)

wider *anti* (gr.) auch: gegen

Widerhall 1. *Echo,* das (gr.-lat., Pl. -s) 2. *Resonanz,* die (lat., ohne Pl.) der Spendenappell des Bundespräsidenten zur Welt-Hungerhilfe fand große Resonanz; auch: Widerklang

widerlegen *falsifizieren* (lat.) e. Hypothese durch Beobachtung widerlegen; Ggs.: verifizieren

widerlich 1. *degoutant* (lat.-fr.) auch: ekelhaft 2.

abominabel (lat.-fr.) abscheulich 3. *monströs* (lat.-fr.) auch: mißgestaltet

widernatürlich *pervers* (lat.) meist auf sexuelle Verhaltensweisen bezogen

widerrechtlich an sich nehmen *usurpieren* (lat.)

Widerruf 1. *Dementi,* das (lat.-fr., Pl. -s) auf Rücktrittsabsichten des Ministers folgte in der Presse das Dementi 2. *Annullierung,* die (lat., Pl. -en) amtliche Ungültigkeitserklärung 3. *Revokation,* die (lat., Pl. -en)

widerrufen *dementieren* (lat.-fr.) z. B. e. Nachricht dementieren

Widersacher 1. *Antagonist,* der (gr.-lat., Pl. -en) auch: Gegner 2. *Opponent,* der (lat., Pl. -en) e. Person, die politisch e. andere Meinung vertritt 3. *Antipode,* der (gr.-lat., Pl. -n) eigtl.: Gegenfüßler; Mensch, der auf e. entgegengesetzten Standpunkt steht 4. *Konkurrent,* der (lat., Pl. -en) auch: Mitbewerber 5. *Kontrahent,* der (lat., Pl. -en) Gegner; auch: Vertragspartner

Widersacher, bes. böser ... *Satan,* der (hebr.-gr.-lat., Pl. -e) i. S. von Teufel; »Hebe dich weg von mir, Satan!« (Bibel, Matthäus 16, 23)

widersetzen 1. *opponieren* (lat.) e. andere Ansicht kundtun 2. *rebellieren* (lat.-fr.) sich auflehnen

widersetzlich 1. *oppositionell* (lat.-fr.) widersprüchlich sein 2. *renitent* (lat.) aufmüpfig 3. *rebellisch* (lat.-fr.) aufsässig

Widersetzlichkeit *Renitenz,* die (lat., ohne Pl.) Aufmüpfigkeit

widersinnig 1. *paradox* (gr.-lat.) e. Aussage mit innerem Widerspruch 2. *absurd* (lat.) dem Verstand widersprechend, abwegig

widersinnig, ich glaube, weil es ... ist *credo, quia absurdum* (lat., Zitat frei nach Tertullian)

Widersinnigkeit 1. *Paradoxie,* die (gr.-lat., Pl. -n) 2. *Absurdität,* die (lat., ohne Pl.) auch: Sinnlosigkeit 3. *Paralogie,* die (gr.-lat., Pl. ...ien)

widerspenstig 1. *obstinat* (lat.) auch: starrsinnig 2. *renitent* (lat.) aufsässig

Widerspenstigkeit 1. *Obstination,* die (lat., Pl. -en) 2. *Renitenz,* die (lat., ohne Pl.) Aufsässigkeit

widerspiegeln *reflektieren* (lat.) zurückstrahlen; auch: nachdenken

widersprechen 1. *opponieren* (lat.) e. andere Ansicht vertreten 2. *protestieren* (lat.-fr.) sich gegen e. herrschende Meinung auflehnen

widersprechend *disparat* (lat.)

widersprechend, sich ... *kontradiktorisch* (lat.)

Widerspruch 1. *Protest,* der (lat.-it., Pl. -e) 2. *Paradoxie,* die (gr.-lat., Pl. -n) e. Widerspruch in sich 3. *Antagonismus,* der (gr.-lat., Pl. ...men) Gegensatz (ohne Pl.) auch: gegensätzliche Erscheinungen, z. B. Beugemuskel (med.) 4. *Antinomie,* die (gr.-lat., Pl. ...ien) Widerspruch in sich 5. *Antithese,* die (gr.-lat., Pl. -n) Gegenbehauptung 6. *Kontradiktion,* die (lat., Pl. -en) auch: Gegensatz (philos.) 7. *Paradoxon,* das (gr.-lat., Pl. ...xa) e. zugleich wahre u. falsche Aussage

Widerspruch in sich selbst *Oxymoron,* das (gr., Pl. ...ra) z. B. alter Knabe

Widerspruch zweier Begriffe *Oxymoron,* das (gr., Pl. ...ra) z. B. »süßsauer«

widersprüchlich 1. *paradox* (gr.-lat.) svw. in sich widersprüchlich 2. *antinomisch* (gr.-lat.) 3. *inkonsequent* (lat.) nicht folgerichtig im Verhalten; Ggs.: konsequent 4. *inkonsistent* (lat.) widersprüchlich in der Gedankenführung; auch: ohne Bestand; Ggs.: konsistent

Widersprüchlichkeit ... *Inkonsequenz,* die (lat., Pl. -en) ... im Verhalten; Ggs.: Konsequenz

widerspruchsfrei 1. *kohärent* (lat.) auch: zusammenhängend; kohärentes Licht: homogenes Lichtbündel 2. *konsitent* (lat.) svw. logisch in der Gedankenführung

Widerstand 1. *Resistenz,* die (lat., Pl. -en) 2. *Opposition,* die (lat., Pl. -en) 3. *Antagonismus,* der (gr.-lat., ohne Pl.) auch: (mit Pl. ...men) einzelne gegensätzliche Erscheinung 4. *Obstruktion,* die (lat., Pl. -en) i. S. e. parlamentarischen Verzögerungstaktik 5. *Reaktanz,* die (lat., Pl. -en) des Wechselstroms (Phys.) 6. *Reluktanz,* die (lat.-engl., Pl. -en) i. S. e. magnetischen Widerstandes (Phys.) 7. *Rebellion,* die (lat.-fr., Pl. -en) Aufruhr 8. *Résistance,* die (lat.-fr., ohne Pl.) fr. Widerstandsbewegung gegen die dt. Besatzung im II. Weltkrieg

Widerstand, spannungsabhängiger ... *Varistor,* der (lat.-engl., Pl. ...oren) mit steigender Spannung erhöht sich der Leitwert

Widerstandsbewegung *Résistance,* die (lat.-fr., ohne Pl.) in Frankreich während des II. Weltkrieges

widerstandsfähig 1. *resistent* (lat.) z. B. des Körpers gegenüber Ansteckungen; auch: resistente Schädlinge auf den Feldern bekämpfen 2. *robust* (lat:) i. S. von unempfindlich, kräftig 3. *stabil* (lat.) z. B. seelisch u. körperlich gefestigt sein; auch: der Körper befindet sich im stabilen Gleichgewicht 4. *immun* (lat.) »frei von Leistungen«; unempfänglich für Krankheiten; unempfindlich

Widerstandsfähigkeit 1. *Resistenz,* die (lat., Pl. -en) z. B. gegen ansteckende Krankheiten 2. *Toleranz,* die (lat., Pl. -en) z. B. gegen giftige Substanzen 3. *Tenazität,* die (lat., ohne Pl.) auch: Beharrlichkeit

Widerstandsfront, geschlossene ... *Phalanx,* die (gr.-lat., Pl. ...langen) auch: Schlachtformation, in der das Fußvolk in e. geschlossenen, tiefgestaffelten Reihe mit Speeren kämpfte; 333 v. Chr. besiegte Alexander der Große in dieser Formation den Perserkönig Darius; 150 Jahre später »knackten« die Römer die Phalanx u. unterwarfen Griechenland

Widerstandskämpfer *Partisan,* der (lat.-it.-fr., Pl. -en) im besiegten Jugoslawien kämpfte Josip Tito 1941 als Partisan weiter

Widerstandskraft *Konstitution,* die (lat., Pl. -en) auch: Körperbau; Verfassung

widerstehen *resistieren* (lat.)

widerstehend *resistiv* (lat.)

Widerstreit *Antagonismus,* der (gr., Pl. ...men)

widerstreitend *antagonistisch* (gr.-lat.) auch: gegensätzlich

Widervernünftigkeit *Paralogie,* die (gr.-lat., Pl. ...ien)

widerwärtig 1. *fastidiös* (lat.-fr.) i. S. von furchtbar langweilig 2. *odiös* (lat.)

Widerwärtigkeit *Odiosität,* die (lat., Pl. -en)

Widerwärtigkeiten, über ... erhaben *altior adversis* (lat., Zitat)

Widerwille 1. *Animosität,* die (lat., ohne Pl.) svw. feindselige Einstellung 2. *Antipathie,* die (gr.-lat., Pl. -n) gegenüber anderen Menschen 3. *Aversion,* die (lat.-fr., Pl. -en) bez. Personen oder Sachen 4. *Degout,* der (lat.-fr., ohne Pl.) 5. *Idiosynkrasie,* die (gr.-lat., Pl. -n) bez. besonderer Sachen 6. *Hostibilität,* die (lat., Pl. -en) auch: Feindseligkeit

widmen *dedizieren* (lat.)

Widmung *Dedikation,* die (lat., Pl. -en)

Widrigkeit *Malaise,* die (lat.-fr., Pl. -n)

wieder einbürgern *repatriieren* (lat.)

wieder eingliedern *resozialisieren* (lat.-engl.) z. B. Straffällige in die Gesellschaft

wieder im gleichen Tempo *a tempo* (lat.-it.) musik. Vortragsanw.

Wiederanlage von Erträgen aus Kapitalvermögen *Thesaurierung,* die (gr.-lat., Pl. -en)

Wiederaufbau *Rekonstruktion,* die (lat., Pl. -en) i. S. e. Wiederherstellung od. Nachbildung

wiederaufbauen *rekonstruieren* (lat,) wiederherstellen od. nachbilden

Wiederaufbauplan für Europa 1. *European Recovery Program,* das (engl.-am., ohne Pl.) ... nach dem Zweiten Weltkrieg; Abk.: ERP 2. *Marshallplan,* der (Eigenn., am., ohne Pl.) nach dem früheren am. Außenminister Marshall, e. am. Hilfsprogramm für Westeuropa nach dem II. Weltkrieg

wiederauffrischend *anastasisch* (gr.) auch: neubildend

Wiederaufleben *Renaissance,* die (lat.-fr., Pl. -n) »Wiedergeburt«; Stil; kulturelle Bewegung in Europa (14.-16. Jh.) ohne Pl.; auch: neue Blüte

Wiederaufnahme *Reprise,* die (lat.-fr., Pl. -n) z. B. e. Stück in den Spielplan

Wiederauftreten ... *Atavismus,* der (lat., Pl. ...men) ... plötzliches, von Eigenschaften der Ahnen

Wiederauftreten, erfolgreiches ... *Comeback,* das (engl., Pl. -s) e. einst bekannten Künstlers, Sportlers, Politikers nach e. längerer Pause

Wiederausfuhr *Reexport,* der (lat., Pl. -e)

wiederbeleben *reanimieren* (lat.) med. z. B. mit e. Herz-Lungenmaschine

wiederbelebend *analeptisch* (gr.)

Wiederbelebung 1. *Reanimation,* die (lat., ohne Pl.) med. 2. *Revival,* das (engl., Pl. -s) i. S. von Erneuerung

wiederbesetzen *reokkupieren* (lat.) militärisch

Wiederbesetzung *Reokkupation,* die (lat., Pl. -en) e. militärische Wiederbesetzung

wiederbewaffnen *remilitarisieren* (lat.-fr.)

Wiederbewaffnung *Remilitarisierung,* die (lat.-fr., Pl. -en)

wiederblühend *remontant* (lat.-fr.)

Wiedereinfuhr *Reimport,* der (lat., Pl. -e) von Waren

wiedereinführen *reimportieren* (lat.) von Waren

wiedereingliedern 1. *reintegrieren* (lat.) z. B. e. Straffälligen in die Gesellschaft 2. *resozialisieren* (lat.-engl.)

Wiedereingliederung 1. *Rehabilitation,* die (lat., Pl. -en) z. B. eines Kranken in das berufliche u. gesellschaftl. Leben 2. *Resozialisierung,* die (lat.-engl., Pl. -en) e. Straffälligen in die Gesellschaft 3. *Reintegration,* die (lat., Pl. -en) e. Verbrechers in die Gesellschaft

wiedereinrichten 1. *reorganisieren* (gr.-lat.-fr.) etwas neu, besser gestalten; z. B. die Organisation e. Firma 2. *reponieren* (lat.) med. z. B. Knochenbrüche

Wiedereinrichtung *Reposition,* die (lat., Pl. -en) med. z. B. e. gebrochenen Knochen

wiedereinsetzen *reinstallieren* (lat.) z. B. e. Position oder e. Amt

Wiedererinnerung *Palimnese,* die (gr.-lat., ohne Pl.) z. B. nach e. schweren Unfall, sich an Ereignisse wiedererinnern

wiedererkennen *identifizieren* (lat.) e. Zeuge identifiziert den Täter

Wiedererstattung *Retribution,* die (lat., Pl. -en) z. B. von Auslagen

Wiedererwachen leichter Drogen *Hasch-Revival,* das (engl.-am., ohne Pl.) das Hippie-Erwachen u. die Ernennung Bill Clintons zum US-Präsidenten belebten in den USA die Hasch- u. Marihuana-Konsumentenszene

Wiedererwärmung *Rekaleszenz,* die (lat., ohne Pl.) chem.
Wiederfleischwerdung *Reinkarnation,* die (lat., Pl. -en) beim Buddhismus
Wiedergabe *Reproduktion,* die (lat., Pl. -en) z. B. von Gemälden
wiedergeben 1. *reproduzieren* (lat.) Schlagersänger, die Lieder singen, die weder von ihnen getextet noch komponiert wurden 2. *interpretieren* (lat.) Musik künstlerisch wiedergeben, z. B. Schlagersänger (Interpreten) 3. *rekonstruieren* (lat.) auch: nachbilden, wiederherstellen
wiedergeboren *redivivus* (lat.)
Wiedergeburt ... 1. *Palingenese,* die (gr.-lat., Pl. -n) ... der Seele durch Seelenwanderung 2. *Renaissance,* die (lat.-fr., Pl. -n) auch: kulturelle Bewegung in Europa (14.-16. Jh.) ohne Pl.
Wiedergutmachung *Reparation,* die (lat., Pl. -en) z. B. Zahlungen u. Leistungen e. Staates, der e. Krieg verloren hat, als Entschädigung an andere Staaten
Wiederherausgabe *Re-issue,* das (engl., Pl. -s) e. Buches o.ä.
wiederherstellbar *reparabel* (lat.) Ggs.: irreparabel
wiederherstellbar, nicht ... *irreparabel* (lat.) Ggs.: reparabel
wiederherstellen 1. *regenerieren* (lat.) 2. *rehabilitieren* (lat.) wieder eingliedern, das soziale Ansehen wieder herstellen 3. *renovieren* (lat.) auch: erneuern 4. *reparieren* (lat.) in Ordnung bringen 5. *restaurieren* (lat.-fr.) wiederherstellen 6. *restituieren* (lat.) i. S. von: zurückerstatten, ersetzen
wiederholen 1. *rekapitulieren* (lat.) z. B. die Beiträge e. Gesprächsrunde rekapitulieren 2. *iterieren* (lat.) 3. *perseverieren* (lat.) ständig wiederholen; immer wieder auftauchen 4. *repetieren* (lat.) z. B. e. Lernstoff repetieren, einüben
wiederholend 1. *anaphorisch* (gr.) auch: rückweisend, z. B. eine Frau, sie ...; Ggs.: kataphorisch 2. *iterativ* (lat.)
Wiederholung 1. *Repetition,* die (lat., Pl. -en) 2. *Rekapitulation,* die (lat., Pl. -en) 3. *Dakapo,* das (lat.-it., Pl. -s) 4. *Reproduktion,* die (lat., Pl. -en) auch: Wiedergabe (Druckwerke)
Wiederholung des Anfangwortes ... *Anapher* die (gr., Pl. -n) ... in aufeinanderfolgenden Sätzen; z. B.: mit all' meiner Freud', mit all' meinem Leid
Wiederholung e. Satzes in umgekehrter Folge *Epanodos,* die (gr., Pl. ...doi) z. B. ich liebe Gott, Gott liebe ich
Wiederholungsunterricht *Repetitorium,* das (lat., Pl. ...ien) nehmen Studenten bei e. Repetitor
Wiederholungswort 1. *Iterativ,* das (lat., Pl. -e) 2. *Iterativum,* das (lat., Pl. ...wa)
Wiederingebrauchnahme *Reaktivierung,* die (lat., Pl. -en) z. B. e. bereits »eingemotteten« Fahrzeugs
wiederkäuen *ruminieren* (lat.) die Kühe standen ruminierend auf der Weide
Wiederkäuermagen, Teil des ... *Omasus,* der (lat., ohne Pl.) auch: Blättermagen
wiederkehrend *rezidiv* (lat.) rückfällig; z. B. von Krankheiten
wiederkehrend, ständig ... 1. *periodisch* (gr.-lat.) z. B. periodisches System 2. *zyklisch* (gr.-lat.) regelmäßig wiederkehrend
Wiedersehen, auf ...! *bye-bye!* (engl.)
Wiedertäufer *Anabaptist,* der (gr., Pl. -en)
wiedervereinigen *reunieren* (lat.-fr.)
Wiedervereinigung *Reunion,* die (lat.-fr., Pl. -en)
Wiederverkörperung *Reinkarnation,* die (lat., Pl. -en) auch: Übergang der Seele in e. anderen Körper nach dem Tod (buddhistische Lehre der Seelenwanderung); »Ich bete dafür, daß er (Deng Xiaoping) e. gute Reinkarnation haben wird.« (Dalai Lama, 1997)
Wiederverwendung *Recycling,* das (engl., ohne Pl.) die Aufbereitung von Abfallstoffen u. deren neuerliche Verwendung
Wiegendruck *Inkunabel,* die (lat., Pl. -n) auch: Frühdruck; Druckerzeugnis vor dem 15. Jh.
Wiegenlied *Berceuse,* die (fr., Pl. -n) auch veraltet: Schaukelstuhl
Wiesenblume, rote ... *Betonie,* die (lat., Pl. -n)
wild 1. *frenetisch* (gr.-lat.-fr.) stürmisch, z. B. Applaus (Beifall) spenden 2. *furios* (lat.) wütend 3. *martialisch* (lat.) grimmig; auch: kriegerisch 4. *rabiat* (lat.) rücksichtslos 5. *turbulent* (lat.) stürmisch
Wildgeschmack, strenger ... *Hautgoût,* der (fr., ohne Pl.) auch: Wildgeruch; Anrüchigkeit
Wildhund *Dingo,* der (australisch, Pl. -s) etwas kleiner als e. deutscher Schäferhund, lebt im Buschland Australiens
Wildpferd, zebraartiges ... *Quagga,* das (Namasprache, Pl. -s) ausgerottet worden
Wildrind *Gaur,* der (Hindi, Pl. -s) ... aus Indien
Wildrind, hinterindisches ... *Gayal,* der (Hindi, Pl. -s)
Wille *Testament,* das (lat., Pl. -e) der letzte Wille
Wille, unumstößlicher ... *Irade,* der (arab.-türk., Pl. -n) Befehl des Sultans
Willenlosigkeit *Abulie,* die (gr.-lat., Pl. ...ien) med. i. S. e. krankhaften Entscheidungslosigkeit
Willenserklärung *Resolution,* die (lat.-fr., Pl. -en) auch: Entschließung
Willensschwäche *Hypobulie,* die (gr.-lat., ohne Pl.) bei seelischen Krankheiten; Ggs.: Hyperbulie
Willigen, dem ... geschieht kein Unrecht *volenti*

non fit iniuria (lat., Zitat) Grundsatz römischen Rechtsdenkens

Willkürherrschaft 1. *Tyrannei,* die (gr.-lat.-fr., ohne Pl.) 2. *Despotie,* die (gr., Pl. ...ien) 3. *Diktatur,* die (lat., Pl. -en) z. B. Partei- oder Militärdiktatur

Willkürherrscher 1. *Absolutist,* der (lat.-fr., Pl. -en) 2. *Despot,* der (gr., Pl. -en) Gewaltherrscher 3. *Diktator,* der (lat., Pl. ...oren) 4. *Tyrann,* der (gr.-lat., Pl. -en) auch: Peiniger

willkürlich 1. *despotisch* (gr.) 2. *absolutistisch* (lat.-fr.)

Wind 1. *Bora,* die (slaw., Pl. -s) an der Adria 2. *Boreas,* der (gr.-lat., ohne Pl.) an der Ägäis 3. *Blizzard,* der (engl., Pl. -s) Schneesturm in Nordamerika 4. *Buran,* der (russ., Pl. -e) in Zentralasien 5. *Hurrikan,* der (engl., Pl. -e u. -s) Wirbelsturm in Mittelamerika u. im karibischen Raum 6. *Kamsin,* der (arab., Pl. -e) in Ägypten u. Libyen 7. *Mistral,* der (lat.-fr., Pl. -e) in Südfrankreich 8. *Monsun,* der (arab., Pl. -e) im Süden Asiens, bes. Indien 9. *Taifun,* der (chin., Pl. -e) Wirbelsturm in Südostasien, »Taifun über Nagasaki« 10. *Trombe,* die (germ.-it., Pl. -n) Wirbelsturm allg., der Wind- u. Wasserhosen entstehen läßt 11. *Gibli,* der (arab., ohne Pl.) heißer Sandsturm in der südlichen Sahara 12. *Kharif,* der (arab., Pl. -e) Sandwind der Sahelzone 13. *Schirokko,* der (arab.-it., Pl. -s) Mittelmeerwind aus südlicher Richtung

Wind, die dem ... abgekehrte Seite *Lee,* die (niederdt., ohne Pl.) Seemannsspr.; Ggs.: Luv

Wind, die dem ... zugewandte Seite *Luv,* die (niederdt., ohne Pl.) Seemannsspr.; Ggs.: Lee

Wind, Süd... des Gardasees *Ora,* die (lat.-it., ohne Pl.)

Windbestäubung *Anemogamie,* die (gr.-lat., ohne Pl.)

Windhafer *Ägilops,* der (gr.-lat., ohne Pl.) im Orient u. in Südeuropa vorhanden

Windhose *Trombe,* die (germ.-it., Pl. -n)

Windhund, russischer ... *Barsoi,* der (russ., Pl. -s)

Windjacke *Anorak,* der (eskimoisch, Pl. -s)

Windmesser *Anemometer,* das (gr.-lat., Pl. –)

Windpocke *Varizelle,* die (lat., Pl. -n) med.

Windstärke, Skala zur Bestimmung der ... *Beaufortskala,* die, nach dem engl. General Beaufort, e. zwölf-, jetzt 17teilige Skala

windstill *alkyonisch* (gr.) d. h.: heiter, friedlich (dichterisch)

Windstille *Kalme,* die (lat.-fr., Pl. -n) z. B. Kalmengürtel

Windstillengürtel 1. *Doldruns,* die (engl., nur Pl.) in äquatorialen Breiten 2. *Kalmenzone,* die (lat.-fr., Pl. -n) 3. *Mallungen,* die (nur Pl.)

Windung *Serpentine,* die (lat., Pl. -n) in Bergen

Wink *Tip,* der (engl., Pl. -s)

Winkel zwischen Schaft u. Schlägersohle *Lie* (engl.) Golfbez.

Winkel zwischen Schlägerfläche u. Boden *Loft* (engl.) Golfbez.

Winkel, Maßeinheit für ... *Gon,* das (gr., Pl. -e)

winkelgetreu *isogonal* (gr.-lat.)

Winkelmesser *Goniometer,* das (gr.-lat., Pl. –)

Winkelmeßgerät 1. *Oktant,* der (lat., Pl. -en) nautisches Meßgerät 2. *Sextant,* der (lat., Pl. -en) 3. *Theodolit,* der (gr., Pl. -e) Gerät in der Vermessungskunde

winkelständig *axillar* (lat.) i. S. von: zur Achselhöhle gehörend (med.); achselständig (Biol.)

Winkelzug *Machination,* die (lat., Pl. -en) i. S. von Kniff

Winterknospen ... *Hibernakel,* das (lat., Pl. -n) ... einiger Wasserpflanzenarten, die im Herbst gebildet werden

winterlich *hibernal* (lat.)

Winterschlaf 1. *Hibernation,* die (lat., Pl. -en) auch: künstlich herbeigeführter Heilschlaf 2. *Hibernisierung,* die (lat.-dt., Pl. -en) Heilschlaf

winzig 1. *minimal* (lat.) 2. *mikroskopisch* (gr.) nur unter dem Mikroskop sichtbar

Wirbelbildung *Turbulenz,* die (lat.-fr., Pl. -en) z. B. in der Luft; e. Flug durch große Turbulenzen

wirbelnd *turbulent* (lat.-fr.)

Wirbelströmung *Turbulenz,* die (lat.-fr., Pl. -en) sich in der Luft oder im Wasser bildend

Wirbelsturm 1. *Hurrikan,* der (indian.-sp.-engl., Pl. -e, -s) tropischer mittelam. Wirbelsturm 2. *Orkan,* der (karib.-sp.-niederl., Pl. -e) stärkster Sturm, Stärke 11 u. 12 3. *Taifun,* der (chin.-engl., Pl. -e) tropischer Wirbelsturm in Südostasien 4. *Tornado,* der (lat.-sp.-engl., Pl. -s) Wirbelsturm im südlichen Nordam. 5. *Zyklon,* der (gr.-engl., Pl. -e) auch: Entstaubungsanlage; nicht verw. mit *Zyklone,* die (gr.-engl., Pl. -n) Tiefdruckgebiet

wirken *agieren* (lat.) handeln

Wirkkraft *Effizienz,* die (lat., Pl. -en) Ggs.: Ineffizienz

wirklich 1. *authentisch* (gr.-lat.) echt, verbürgt 2. *effektiv* (lat.) tatsächlich 3. *existent* (lat.) vorhanden 4. *faktisch* (lat.) 5. *in natura* (lat.) »in Natur«; leibhaftig 6. *konkret* (lat.) eigtl.: zusammengewachsen; greifbar; Ggs.: abstrakt 7. *real* (lat.) sachlich; Ggs.: imaginär; auch: tatsächlich; Ggs.: irreal 8. *realistisch* (lat.) lebensecht; Ggs.: idealistisch

Wirklichkeit *Realität,* die (lat., Pl. -en) »Die Wirklichkeit ist anders als die Realität.« (Bundeskanzler Helmut Kohl, 17. 4. 1989) e. Tautologie

Wirklichkeit, an der ... ausgerichtet *pragmatisch* (gr.-lat.) sachbezogen
Wirklichkeit, in ... *in natura* (lat.) auch: leibhaftig
Wirklichkeit, informell erweiterte ... *Augmented Reality,* die (engl.) kurz: AR; halbdurchsichtige AR-Brillen, z. B. von Militärjet-Piloten blenden Soll-Werte oder andere Zusatzinformationen ein; die AR-Technologie steht vor dem Durchbruch
Wirklichkeit, vom Computer hergestellte ... *Cyber* – (engl.) der Wortteil bedeutet e. virtuelle, vom Computer erzeugte Realität, z. B. Cyberspace (vom Computer erzeugter Weltraum) Cybercity, Cybersex
Wirklichkeitsferne *Theorie,* die (gr.-lat., Pl. ...ien)
wirklichkeitsfremd 1. *theoretisch* (gr.-lat.) nur gedanklich vorhanden 2. *unrealistisch* (dt.-lat.) Ggs.: realistisch 3. *naiv* (lat.-fr.) auch: arglos
wirklichkeitsgetreu 1. *naturalistisch* (lat.) 2. *authentisch* (gr.-lat.) verbürgt 3. *realistisch* (lat.) lebensecht; Ggs.: idealistisch
wirklichkeitsnah *realistisch* (lat.)
Wirklichkeitstreue 1. *Naturalismus,* der (lat., ohne Pl.) 2. *Realistik,* die (lat., ohne Pl.)
wirksam 1. *effizient* (lat.) auch: leistungsfähig; Ggs.: ineffizient 2. *probat* (lat.) bewährt, e. probates Mittel einsetzen
Wirksamkeit 1. *Aktivität,* die (lat., Pl. -en) auch: Unternehmungsgeist; Ggs.: Inaktivität; Passivität 2. *Drastik,* die (gr., ohne Pl.) auch: derbe Anschaulichkeit u. Direktheit
Wirkstoff, bes. wirksamer ... *Ergon,* das (gr.-lat., Pl. -e) z. B. Vitamin, Hormon
Wirkstoff, biologischer ... gegen Krankheitserreger *Antibiotikum,* das (gr., Pl. ...ka) med.
Wirkstoff, von Drüsen mit innerer Sekretion gebildeter ... *Hormon,* das (gr.-lat., Pl. -e)
Wirkung 1. *Effekt,* der (lat., Pl. -e) 2. *Resultat,* das (lat., Pl. -e) Ergebnis
Wirkung, bannende ... *Faszination,* die (lat., Pl. -en) auch: Bezauberung; »Ich habe mit großer Faszination die Berichte von Herrn Kronzucker über Mali u. Burma gesehen ...« (Marianne von Weizsäcker, 1996)
Wirkungsbereich *Aktionsradius,* der (lat., Pl. ...ien)
Wirkware *Filet,* das (lat.-fr., Pl. -s) durchbrochener, netzartiger Stoff; auch: Lendenstück (Fleisch) von Schlachtvieh; Rückenstück vom Fisch (entgrätet) u. a.
Wirren *Rebellion,* die (lat.-fr., Pl. -en) Aufruhr, Empörung; »So fand Rebellion stets ihre Strafe.« (William Shakespeare)
Wirrwarr *Tohuwabohu,* das (hebr., Pl. -s) großes Durcheinander
Wirtin *Padrona,* die (lat.-it., Pl. ...ne)
Wirtschaft 1. *Kommerz,* der (lat.-fr., ohne Pl.) 2. *Ökonomie,* die (gr.-lat., Pl. ...ien) 3. *Lokal,* das (lat.-fr., Pl. -e) i. S. e. Gaststätte in der man ißt u. trinkt
Wirtschaft, ich-bezogene ... *Egonomics* (lat.-engl.)
wirtschaftlich 1. *ökonomisch* (gr.-lat.) »Ökonomisch ist Europa ausgelutscht.« (Lothar Späth, Chef von Jenoptik, 1997) 2. *effizient* (lat.) e. Unternehmen arbeitet effizient 3. *materiell* (lat.-fr.) stofflich; Ggs.: immateriell
wirtschaftlich gut gestellt *gutsituiert* (dt.-lat.-fr.) »Auch gutsituierte Männer kleiden sich oft wie Lkw-Fahrer aus der Provinz.« (Nino Cerruti, Modedesigner, 1998)
wirtschaftliche Unabhängigkeit *Autarkie,* die (gr., Pl. ...ien) Unabhängigkeit e. Staates bez. landwirtschaftlicher Erzeugnisse u. der Rohstoffe
Wirtschaftlichkeit *Efficiency,* die (engl., ohne Pl.) hohen Ausstoß durch optimale Maschinenauslastung u. -beschickung erzielen
Wirtschaftlichkeit u. Sicherheit ... *Ecolution,* die (engl., ohne Pl.) ... als neues Verkaufskonzept der japanischen Autohersteller; vor Motorkraft, Geschwindigkeit u. Zubehör stehen jetzt sparsame, sichere Kleinwagen mit bes. Design
Wirtschaftlichkeitsprinzip 1. *Rationalprinzip,* das (lat., Pl. -ien) es wird unterschieden: das Minimal- u. das Maximalprinzip 2. *Minimalprinzip,* das (lat., Pl. -ien) d. h. e. Wirtschaftsziel mit dem geringsten Mitteleinsatz erreichen 3. *Maximalprinzip,* das (lat., Pl. -ien) mit vorhandenen Mitteln e. maximalen Erfolg erwirtschaften
Wirtschaftsaufschwung 1. *Boom,* der (engl., Pl. -s) svw. Hochkonjunktur 2. *Hausse,* die (lat.-fr., Pl. -n) Aufschwung; auch: Steigen der Börsenkurse; Ggs.: Baisse 3. *Prosperität,* die (lat.-fr., ohne Pl.) auch: Wohlstand
Wirtschaftsentwicklung *Konjunktur,* die (lat., Pl. -en) unter Konjunktur wird die jeweilige Wirtschaftssituation e. Landes verstanden: z. B. Hochkonjunktur
Wirtschaftsfaktor, der den Online-Vernetzungsgrad angibt *Connectivity,* die (engl., Pl. -ies) ... bei Firmen nach innen u. außen
Wirtschaftsform, die Gewinne anstrebt *Kapitalismus,* der (lat., ohne Pl.) »In den letzten Jahrzehnten haben wir versucht, den Kapitalismus demokratiefähig zu machen ...« (Willi Arens, Gewerkschaft Textil u. Bekleidung, 1997)
Wirtschaftskriminalität *White-collar-Kriminalität,* die (engl.-lat., ohne Pl.) dazu gehören: Steuerhinterziehung, Bestechung, Konkursverschleppung
Wirtschaftslage *Konjunktur,* die (lat., Pl. -en)

Wirtschaftslenkung *Dirigismus,* der (lat., ohne Pl.) i. S. e. Lenkung durch die Regierung; z. B. Staatsdirigismus

Wirtschaftsordnung *Ordoliberalismus,* der (lat., ohne Pl.) i. S. e. Wettbewerbswirtschaft

Wirtschaftspolitik zur Zeit des Absolutismus *Merkantilismus,* der (lat., ohne Pl.) »... Kammersänger des Merkantilismus, Günter Rexrodt (Bundeswirtschaftsminister)« (G. Schröders geh. Tagebuch von H. Venske, 1997)

Wirtschaftsprüfer 1. *Revisor,* der (lat., Pl. ...oren) 2. *Accountant,* der (engl., Pl. -s) auch: Buchhalter

Wirtschaftssituation, angespannte ... *Krise* u. *Krisis,* die (gr., Pl. Krisen) »Ich stimme jenen zu, die die Krise nicht als Problem, sondern als Segen für die Zukunft sehen.« (Michel Camdessus, JWF-Chef, 1997 zu den Asienturbulenzen)

Wirtschaftssystem 1. *Kapitalismus,* der (lat., ohne Pl.) System, das an Unternehmertum, Wettbewerb u. Gewinnmaximierung orientiert ist 2. *Sozialismus,* der (lat.-fr., ohne Pl.) Gesellschaftssystem, in dem die Banken u. Produktionsmittel verstaatlicht sind, es herrscht e. Planwirtschaft; nach Karl Marx ist der Sozialismus die Vorstufe zum 3. *Kommunismus,* der (lat.-engl.-fr., ohne Pl.) alle Produktionsmittel u. Erzeugnisse, das Geldwesen gehen in das gemeinsame Eigentum aller Staatsbürger über, die sozialen Gegensätze sind aufgehoben 4. *soziale Marktwirtschaft,* die (lat.-dt., ohne Pl.) derzeitiges Wirtschaftssystem in Deutschland: Wettbewerb, eigenverantwortliches Unternehmertum, der Staat greift nur »korrigierend« in das ansonsten freie Kräftespiel ein

Wirtschaftssystem, e. auf Geldanhäufung aufgebautes ... *Kapitalismus,* der (lat., ohne Pl.) »Dem Kapitalismus wohnt e. Laster inne: die ungleichmäßige Verteilung der Güter, dem Sozialismus wohnt e. Tugend inne: die gleichmäßige Verteilung des Elends.« (Winston Churchill)

Wirtschaftstheorie *Ökonomik,* die (gr.-lat., ohne Pl.)

Wirtschaftstief 1. *Depression,* die (lat., Pl. -en) die schlimmste Phase e. Konjunkturzyklus (»Talsohle«), Merkmale: große Arbeitslosigkeit, schlechte Kapazitätsauslastung, niedriges Sozialprodukt; der Depression geht e. 2. *Rezession,* die (lat., Pl. -en) »Zurückgehen«, e. wirtschaftlicher Abschwung voraus

Wirtschaftswachstum ohne neue Arbeitsplätze *Jobless Recovery,* das (engl., ohne Pl.) jobless (arbeitslos), recovery (Aufschwung); z. Zt. e. Phänomen in der westlichen Welt, bes. in Deutschland

Wirtschaftswissenschaft 1. *Ökonomik,* die (gr.-lat., ohne Pl.) 2. *Ökonomie,* die (gr.-lat., Pl. ...ien)

Wirtschaftszweig *Branche,* die (lat.-fr., Pl. -n)

Wirtshaus 1. *Restaurant,* das (lat.-fr., Pl. -s) 2. *Taverne,* die (lat.-it., Pl. -n) 3. *Lokal,* das (lat.-fr., Pl. -e)

wißbegierig *interessiert* (lat.)

Wissen *Know-how,* das (engl., ohne Pl.) »gewußt wie«

Wissen auf unterhaltsame Weise vermitteln *Infotainment,* das (engl.-am., ohne Pl.) e. Schlagwort der Medienbranche

wissen, wievieles ... wir nicht *quantum est, quod noscimus* (lat., Zitat)

wissendes Lächeln ... *Augurenlächeln,* das (lat.-dt., ohne Pl.) ... unter Eingeweihten

Wissenschaft der Baukunst *Architektonik,* die (gr., Pl. -en) auch: künstlerischer Aufbau e. Kunstwerks

Wissenschaft der Turksprachen u. -kulturen *Turkologie,* die (gr.-türk., ohne Pl.)

Wissenschaft des Verschlüsselns *Kryptologie,* die (gr., ohne Pl.) auch: Lehre der Verschlüsselung, z. B. von Computerdaten

Wissenschaft des Weltraums *Astronautik,* die (gr.-lat., ohne Pl.) auch: Raumfahrt

Wissenschaft von den Gesetzen der Kunst *Ästhetik,* die (gr., Pl. -en) die Lehre vom Schönen

Wissenschaft von den Spinnentieren *Arachnologie,* die (gr., ohne Pl.) Spinnenkunde

Wissenschaft von der Gesellschaft *Soziologie,* die (lat., ohne Pl.) »Der ideale Lebenslauf der Grünen besteht darin, nach e. 20semestrigen Soziologie-Studium Fahrradbeauftragter zu werden.« (Guido Westerwelle, F.D.P.-Generalsekretär, 1998)

Wissenschaft, die die Grenzgebiete zwischen Biologie u. Technik erforscht *Bionik,* die (engl.-am. bionics, Kunstwort aus bio... u. electronics, ohne Pl.) z. B. der biotische Arm, e. »perfekte« Armprothese

Wissenschaftler, der die Herkunft u. Geschichte von Wörtern untersucht *Etymologe,* der (gr.-lat., Pl. -n)

Wissenschaftlergespräch *Kolloquium,* das (lat., Pl. ...ien)

wissenschaftlich 1. *szientifisch* (lat.) 2. *akademisch* (gr.-lat.) auch abwertend: theoretisch

Wissenschaftszweig *Disziplin,* die (lat., Pl. -en) auch: Unterordnung, bewußte Einordnung

Wissensdrang *Philomathie,* die (gr., ohne Pl.)

Wissensgebiet *Disziplin,* die (lat., Pl. -en) er hat in der Disziplin der Medizin promoviert (die Doktorwürde erlangt)

Wissensgesamtheit *Enzyklopädie,* die (gr.-lat., Pl. ...ien) z. B. in e. Lexikon gesammelt

Witz 1. *Pointe,* die (lat.-fr., Pl. -n) »Spitze«; Schlußeffekt z. B. bei e. Witz; nicht verw. mit *Point,* der (lat.-fr., Pl. -s) Stich beim Kartenspiel; Würfelaugen 2. *Gag,* der (engl., Pl. -s) komischer Einfall 3. *Joke,* der (engl., Pl. -s)

witzig 1. *amüsant* (fr.) vergnüglich 2. *epigrammatisch* (gr.-lat.) geistreich 3. *humoristisch* (lat.) scherzhaft 4. *gagig* (engl.-dt.)

Wochenbett *Puerperium,* das (lat., Pl. ...ien) med.

Wochenendhaus 1. *Datscha,* die (russ., Pl. -s, ...schen) auch: Sommerhaus, Landhaus 2. *Datsche,* die (dt. DDR, Pl. -n) Land-, Sommer-, Wochenendhaus in der ehemaligen DDR

Wochentag der Juden, heiliger ... *Sabbat,* der (hebr.-gr.-lat., Pl. -e) jüdischer Ruhetag (Samstag)

Wöchnerin *Puerpera,* die (lat., Pl. ...rä) med.

wohl oder übel *nolens volens* (lat.)

Wohlbefinden 1. *Euphorie,* die (gr., Pl. ...ien) bes. großes, übersteigertes 2. *Eudämonie,* die (gr., ohne Pl.) i. S. von seelisch im Einklang sein

Wohlbeleibtheit *Embonpoint,* der (fr., Pl. -s) auch: Körperfülle

wohlerzogen *manierlich* (lat.-fr.-dt.)

wohlfühlen, sich ... *grooven* (engl.-am.)

wohlfühlen, sich bei e. Sache ... *grooven* (engl.-am.)

Wohlgeruch 1. *Parfum,* das (lat.-it.-fr., Pl. -e, -s) 2. *Odeur,* das (lat.-fr., Pl. -s u. -e) Duft; auch: seltsamer Geruch

Wohlklang *Euphonie,* die (gr.-lat., Pl. ...ien) Ggs.: Kakophonie

wohlklingend 1. *euphonisch* (gr.-lat.) 2. *melodisch* (gr.-lat.) 3. *harmonisch* (gr.-lat.) auch: übereinstimmend; schön; z. B. harmonische Teilung (gleiche Teilungsverhältnisse)

Wohllaut *Euphonie,* die (gr.-lat., Pl. ...ien) Ggs.: Kakophonie

wohllautend *euphonisch* (gr.-lat.)

wohlriechend *aromatisch* (gr.-lat.)

wohlschmeckend 1. *delikat* (lat.-fr.) 2. *deliziös* (lat.-fr.) schmackhaft

Wohlstand *Prosperität,* die (lat.-fr., Pl. -en) im wirtschaftlichen Sinn

Wohlstandsgesellschaft, konfliktfreie ... *Civil Society,* die (engl., ohne Pl.) der Begriff geht davon aus, daß die häßlichen Dinge wie Armut u. Kriminalität durch allg. Wohlstand verschwinden werden

Wohlstandsneid *Boomer Envy* (am.) von: envy (Neid) auch: Sozialneid: Mißgunst auf Wohlstand u. materielle Sicherheit; entstanden durch die Gunst e. glücklichen Geburt bevorzugter Bürger

Wohltäter 1. *Benefiziant,* der (lat., Pl. -en)

wohltätig 1. *humanitär* (lat.) »Früher hat man den Boten ... erschlagen, insofern ist ein humanitärer Fortschritt erkennbar.« (Rudolf Scharping, SPD-Fraktionschef, 1998) 2. *karitativ* (lat.) 3. *sozial* (lat.) für die Gemeinschaft wirken

Wohltätigkeit *Karitas,* die (lat., ohne Pl.)

wohltuend *balsamisch* (gr.-lat.) auch: duftend

wohlwollend 1. *jovial* (lat.) in herablassender Art 2. *affektioniert* (lat.) i. S. von geneigt

Wohnboot, chin. ... *Sampan,* der (chin., Pl. -s)

wohnen 1. *logieren* (germ.-fr.) nur vorübergehend 2. *residieren* (lat.) i. S. von fürstlich wohnen

Wohngemeinschaft *Kommune,* die (lat.-fr., Pl. -n)

wohnhaft bei *care of* (engl.) kurz: *c/o*

Wohnhaus *Bungalow,* der (engl., Pl. -s) i. a. mit flachem Dach

wohnlich *komfortabel* (lat.-fr.-engl.)

Wohnraumverkleinerung *Down-Nesting,* das (am., ohne Pl.) nach dem Auszug der Kinder ziehen die Eltern in kleinere Wohnungen ohne Gästezimmer, da sie verhindern wollen, daß ihre 30jährigen Kinder aus Bequemlichkeit zurückkommen

Wohnsiedlung, große ... aus einheitlichen Fertigbauten *Levittown,* die (Eigenn.-am., Pl. -s) in den USA, nach dem am. A. S. Levitt

Wohnsitz 1. *Domizil,* das (lat., Pl. -e) 2. *Residenz,* die (lat., Pl. -en)

Wohnstätte, altsteinzeitliche ... *Abri,* der (lat.-fr., Pl. -s) ... in Felsnischen oder Höhlen

Wohnturm *Nurage, Nuraghe,* die (it., Pl.-n) kegelförmige, aus der Stein- u. Bronzezeit stammende Behausung, bes. Südeuropas

Wohnung 1. *Logis,* das (germ.-fr., ohne Pl.) 2. *Quartier,* das (lat.-fr., Pl. -e) 3. *Apartment,* das (lat.-it.-fr.-engl.-am., Pl. -s) komfortable Kleinwohnung in e. Mietshaus oder *Appartement,* das (lat.-it.-fr., Pl. -s) 4. *Penthouse,* das (engl.-am., Pl. -s) exklusive Wohnung auf dem Flachdach e. hohen Etagenhauses 5. *Flat,* das (engl., Pl. -s) Kleinwohnung

Wohnungsangabe *Adresse,* die (fr., Pl. -n)

Wohnungsausweisung *Delogierung,* die (fr., Pl. -en)

Wohnungswechsel, rascher ... *Flat Hopping,* das (engl.-am., ohne Pl.) aus: flat (Wohnung) u. to hop (hüpfen), e. Phänomen der mobilen Gesellschaft: junge Leute leben vorübergehend in der Wohnung e. Bekannten, es entsteht e. Mitwohnwesen »neuer Nomaden« mit wenig Hausstand

Wohnwagen *Caravan,* der (engl., Pl. -s)

Wohnwagen, großer ..., der als Anhänger gezogen wird *Trailer,* der (engl., ohne Pl.) auch: zusammengefaßter Vorfilm; im Film: Vorspann; Filmvorschau

Wolf *Lupus,* der (lat., selten Pl. -se) auch: flechtenartige Hautkrankheit; Lupus in fabula (der Wolf in der Fabel) i. S. von: spricht man von jmdm., erscheint er

Wolf, der ... in der Fabel *lupus in fabula* (lat., Zitat: Terenz) auch: wenn man den Wolf nennt kommt er »gerennt«

Wölfen, mit den ... heulen *ut homines sunt, ita morem geras* (lat., Zitat) eigtl.: wie die Menschen sind, so mußt du ihnen willfahren

Wollen, halbherziges ... *Velleität,* die (lat.-fr., Pl. -en) auch: Wunsch, der keine Tat wird (Philos.)

Wollgewebe, feines ... *Natté,* der (lat.-fr., Pl. -s) eigtl.: geflochten

Wollkapuze, kaukasische ... mit Schal *Baschlik,* der (russ.-türk., Pl. -s)

wollüstig *orgastisch* (gr.-lat.)

Wort 1. *Antonym,* das (gr.-lat., Pl. -e) entgegengesetztes Wort z. B. » hoch«/»tief« 2. *Synonym,* das (gr.-lat., Pl. -e) sinnverwandte Ausdrücke, z. B. »Fleischer« u. »Schlachter« 3. *Trisyllabum,* das (gr.-lat., Pl. ...syllaba) dreisilbiges Wort

Wort e. Fremdsprache *Vokabel,* die (lat., Pl. -n) »Vokabeln wie Lebensarbeitszeit stammen aus einer untergegangenen Welt.« (Gertrud Höhler, Managementberaterin, 1997)

Wort mit betonter letzter Silbe *Barytonon,* das (gr., Pl. ...na) z. B. das Spital

Wort- u. Zeichenbilder, Entwurf von ... 1. *Sign Design,* das (engl., ohne Pl.) sign (Zeichen) u. design (Entwurf) 2. *Sign writing,* das (engl., ohne Pl.) jeweils Begriff für die Durchsetzung von Wortbildern, Zahlen, Buchstaben mit Zeichen oder umgekehrt; z. B. I ♥ N Y (I like New York), 4 U (for you)

Wort, abgeleitetes ... *Derivativ,* das (lat., Pl. -e) Sprachw., z. B. sommerlich von Sommer

Wort, das e. Akut (Akzent bzw. Betonungszeichen) auf der Endsilbe trägt, *Oxytonon,* das (gr., Pl. ...na) z. B. ladrón (sp.) Dieb

Wort, das e. anderen gleicht, aber e. andere Bedeutung hat *Homonym,* das (gr., Pl. -e) z. B. »Bank« als Sitzgelegenheit u. Geldinstitut; nicht verw. mit *Homo,* der (lat., Pl. ...mines) Frühform des Menschen

Wort, e. ... verdoppeln *geminieren* (lat.)

Wort, rückwärts wie vorwärts zu lesendes ... *Palindrom,* das (gr.-lat., Pl. -e) z. B. Neger – Regen

Wort, unbetontes ... *Atanon,* das (gr., Pl. ...na)

Wortbedeutung, Lehre von der ... *Etymologie,* die (gr., Pl. ...ien)

Wortbildung aus Anfangsbuchstaben mehrerer Wörter 1. *Akronym,* das (gr., Pl. -e) z. B. Yuppies: young urban professionals (junge Karrieremenschen in der Großstadt 2. *Initialwort,* das (lat.-dt., Pl. ...wörter) auch: Kurzwort, das aus zusammengerückten Anfangsbuchstaben besteht, z. B. Strabag: Straßenbau-Aktien-gesellschaft

Worte, auf des Meisters ... schwören *iurare in verba magistri* (lat., Zitat: Horaz)

Worte, in ... fassen 1. *artikulieren* (lat.) i. S. von: deutlich aussprechen 2. *formulieren* (lat.-fr.) ausdrücken, abfassen 3. *verbalisieren* (lat.) z. B. Gefühle in Worte fassen; auch: e. Wort zu e. Verb umbilden;

Worte, seine eigenen ... *ipsissima verba* (lat., Zitat)

Worten, mit ... *verbal* (lat.) auch: mündlich; »...man muß schon aufpassen, daß man nicht verbal von denen überholt wird.« (Theo Waigel, CSU-Vorsitzender, 1998)

Worten, von ... zu Schlägen *a verbis ad verbera* (lat., Zitat)

Wörter abkürzen *abbreviieren* (lat.)

Wörter nach Herkunft u. Geschichte untersuchen *etymologisieren* (gr.-lat.)

Wörter, die Schweizer gern gebrauchen *Helvetismen,* die (lat., Pl.)

Wörterbuch 1. *Idiotikon,* das (gr.-lat., Pl. ...ka, ...ken) für Mundarten 2. *Lexikon,* das (gr., Pl. ...ka, ...ken) Nachschlagewerk, z. B. Wortlexikon 3. *Thesaurus,* der (gr.-lat., Pl. -ren, -ri) 4. *Enzyklopädie,* die (gr.-lat., Pl. ...ien) auch: Konversationslexikon

Wörterbuch in drei Sprachen *Triglotte,* die (gr.-lat., Pl. -n)

Wörterbuch, altsprachliches ... *Thesaurus,* der (gr., Pl. ...ren) ... befaßt sich hauptsächlich mit Latein, Griechisch u. Hebräisch

Wörterbuch-Schreiber *Lexikograph,* der (gr., Pl. -en) Samuel Johnson (1709-1784), der größte Wörterbuch-Schreiber (Oxford Dictionary) definierte den Lexikographen als »harmlosen Schufter«

Wörterverzeichnis 1. *Glossar,* das (gr.-lat., Pl. -e) 2. *Thesaurus,* der (gr.-lat., Pl. -ren, -ri) Verzeichnis aller gängigen Sprachen; auch Sammlung von Wörtern eines best. (Fach)bereichs 3. *Vokabular,* das (lat., Pl. -e) auch: Wortschatz; »Das Gauweiler-Vokabular ist geradezu unerträglich.« (Ingrid Matthäus-Maier, SPD, 1997) 4. *Vokabularium,* das (lat., Pl. ...ien) auch: Wörterbuch

Wortfanatiker *Verbalist,* der (lat., Pl. -en) für den Verbalisten steht das Wort über dem Inhalt e. Rede

Wortherkunft, Lehre der ... *Etymologie,* die (gr.-lat., Pl. ...ien) Wissenschaft von der Herkunft u. Bedeutung der Wörter

wortkarg *lakonisch* (gr.-lat.) nach den Einwohnern Lakoniens (Spartaner) auch: äußerst knapp; »Das ist e. lakonische Antwort.« (Redensart)

Wortklauber 1. *Kasuist,* der (lat., Pl. -en) 2. *Sophist,* der (gr.-lat., Pl. -en)
wortklauberisch *rabulistisch* (lat.)
Wortlaut *Tenor,* der (lat., ohne Pl.) auch: hohe Männerstimme (lat.-it., Pl. Tenöre) nicht verw. mit *Tenno,* der (jap., Pl. -s) Kaisertitel
wörtlich anführen *zitieren* (lat.)
wortreich 1. *eloquent* (lat.) beredt 2. *expressiv* (lat.) ausdrucksstark
Wortschatz 1. *Vokabular,* das (lat., Pl. -e) die Indianer Patagoniens verfügten über e. sehr großes Vokabular 2. *Idiolekt,* der (gr., Pl. -e) auch: Sprachverhalten; Ausdrucksweise
Wortschatz e. Sprache *Lexik,* die (gr.-lat., ohne Pl.)
Wortschwall 1. *Suada,* die (lat., Pl. Suaden) 2. *Tirade,* die (lat.-it.-fr., Pl. -n)
Wortspiel *Quibble,* das (engl., Pl. -s) auch: spitzfindige Ausrede
Wortstamm, in den ... eingefügter Buchstabe *Infix,* das (lat., Pl. -e)
Wortteil *Präfix,* der (lat., Pl. -e) bes. Vorsilbe, z. B. trinken – ertrinken, möglich – unmöglich
Wortverdreher 1. *Kasuist,* der (lat., Pl. -en) 2. *Rabulist,* der (lat., Pl. -en)
wortverdreherisch 1. *kasuistisch* (lat.) i. S. von: spitzfindig 2. *rabulistisch* (lat.) wortklauberisch 3. *scholastisch* (gr.-lat.) auch: abwertend spitzfindig
Wortverdrehung *Rabulistik,* die (lat., Pl. -en)
Wortverschmelzung ... *Blend,* der, das (engl., Pl. -s) ... zweier Wörter zu einem neuen Begriff, z. B. aus Schwabing u. Babylon wird »Schwabylon«
Wortwechsel 1. *Disput,* der (lat.-fr., Pl. -e) i. S. e. Auseinandersetzung 2. *Debatte,* die (lat.-fr., Pl. -n) Aussprache, Bundestagsdebatte 3. *Kontroverse,* die (lat., Pl. -n) auch: Streit
Wortwiederholung 1. *Anapher,* die (gr.-lat., Pl. -n) Wiederholung eines Wortes oder mehrerer Wörter zu Beginn aufeinander folgender Sätze od. Satzteile Ggs.: Epiphora (am Ende der Sätze) 2. *Anaphora,* die (gr.-lat., Pl. ...rä) auch: Gebet der Ostkirchen
Wortwitz *Bonmot,* das (fr., Pl. -s)
wuchern *proliferieren* (lat.) med., Krebs proliferiert
wuchernd *proliferativ* (lat.) med.
Wuchs 1. *Figur,* die (lat.-fr., Pl. -en) e. Person 2. *Statur,* die (lat., Pl. -en) e. Mann von stattlicher Statur
Wulst *Torus,* der (lat., Pl. Tori) auch: Ringfläche; vorstellbare Raumsonde für e. Weltraumkolonie
Wundbrand *Gangrän,* das (gr.-lat., Pl. -en) Zersetzung von Gewebe
Wunde 1. *Trauma,* das (gr., Pl. ...men, ...ta) med., z. B. Schleudertrauma 2. *Blessur,* die (fr., Pl. -en) Verletzung 3. *Stigma,* das (gr.-lat., Pl. ...men, -ta) eigtl.: Stich; die Wundmale Christi
Wunder 1. *Mirakel,* das (lat., ohne Pl.) 2. *Phänomen,* das (gr.-lat., Pl. -e) auch: Erscheinung; jmd. mit außergewöhnlichen Fähigkeiten
wunderbar 1. *mirakulös* (lat.) 2. *paradiesisch* (pers.-gr.-lat.) 3. *phantastisch* (gr.-lat.) 4. *prima* (lat.)
Wunderglaube *Mystizismus,* der (gr.-lat., ohne Pl.)
wundergläubig *mystizistisch* (gr.-lat.)
wunderlich 1. *bizarr* (it.-fr.) eigenwillig 2. *kurios* (lat.) sonderbar
Wundernahrung *Manna,* das (hebr.-gr.-lat., ohne Pl.) damit speiste Gott die Israeliten in der Wüste
Wundertäterei *Theurgie,* die (gr.-lat., ohne Pl.)
Wundertätiger *Thaumaturg,* der (gr., Pl. -en) einst auch Zusatzbezeichnung gr. Heiliger
Wundklammer *Agraffe,* die (fr., Pl. -n) med.; auch: als Schmuckstück verwendbare Spange oder Klammer
Wundmal *Stigma,* das (gr.-lat., Pl. ...men, -ta) Wundmale Christi an Händen, Füßen, an der Brust
Wundmale Christi ... *Stigmatisation,* die (gr.-lat., Pl. -en) ... bei e. Menschen, das Auftreten der fünf Wundmale; auch: das Auftreten der Hautblutungen bei hysterischen Menschen; im Altertum, das Brandmarken der Sklaven
Wundsein *Intertrigo,* die (lat., Pl. ...gines) med.
Wundstarrkrampf *Tetanus,* der (gr.-lat., ohne Pl.)
Wunsch *Desiderium,* das (lat., Pl. -ien) als Forderung
Wunschbild *Ideal,* das (gr.-lat., Pl. -e)
Wünsche, fromme ... *pia desideria* (lat., Zitat)
Wünschen, das lag in meinen ... *hoc erat in votis* (lat., Zitat: Horaz)
wünschenswert *desiderabel* (lat.)
Wunschvorstellung 1. *Illusion,* die (lat.-fr., Pl. -en) 2. *Utopie,* die (gr.-fr., Pl. ...ien) Vorhaben ohne reale Grundlage
Würde *Dignität,* die (lat., Pl. -en) auch: hoher Rang; Amtswürde e. kath. Geistlichen
Würdenträger ... 1. *Dignitar,* der (lat., Pl. -e) u. *Dignitär,* der (lat.-fr., Pl. -e) ... der kath. Kirche
würdevoll 1. *gravitätisch* (lat.) 2. *majestätisch* (lat.) hoheitsvoll 3. *pastoral* (lat.) salbungsvoll; auch: ländlich 4. *pathetisch* (gr.-lat.) feierlich 5. *solenn* (lat.) festlich
würdig *pastoral* (lat.) salbungsvoll; »Was wir brauchen, sind keine pastoralen Techniker ...« (Kardinal Joachim Meisner, 1996)
würdigen *honorieren* (lat.)

Würdigkeit *Seriosität,* die (lat.-fr., ohne Pl.)
Wurf- u. Fanggerät, südam. ... *Bola,* die (lat.-sp., Pl. -s) eigtl.: Kugel
Wurfaxt *Tomahawk,* der (indian.-engl., Pl. -s) Axt nordamerikanischer Indianer
Würfel 1. *Hexaeder,* der (gr.-lat., Pl. –) 2. *Kubus,* der (gr.-lat., Pl. Kuben) auch: dritte Potenz (Math.) nicht verw. mit *Kubismus,* der (gr.-lat., ohne Pl.) Kunstrichtung in der Malerei (Anfang 20. Jh.) Vertreter: Picasso, Feininger
Würfel, der ... ist gefallen *alea iacta est* (lat.) Cäsars Ausspruch beim Überschreiten des Grenzflusses Rubicon
würfelförmig *kubisch* (gr.-lat.)
Würfelspiel 1. *Tokadille,* das (sp., ohne Pl.) e. spanisches Spiel mit Würfeln 2. *Backgammon,* das (engl., ohne Pl.)
Wurfgerät *Diskus,* der (gr.-lat., Pl. ...ken, -se) e. scheibenförmiges Sportgerät, das bereits bei den Hellenen bekannt war
Wurfgeschütz, antikes ... *Balliste,* die (gr.-lat., Pl. -n)
Wurfholz *Bumerang,* der (australisch-engl., Pl. -s, -e) ... gekrümmtes, das zurückfliegt
Wurfscheibe, runde ... aus Plastik *Frisbee,* das (Eigenn.-engl., Pl. -s) e. Sportgerät; »Helmut Kohl u. ich wollen ab 1999 am Wolfgangsee Frisbee spielen.« (Roman Herzog, Bundespräsident, 1997)
Wurfseil mit Steinen *Boleadoras,* das (sp.-indian., nur Pl.) einst Waffe der Indianer Argentiniens
Wurfspiel *Darts,* das (germ.-fr.-engl., ohne Pl.) e. in England beliebtes Wurfspiel, bei dem e. Pfeil an e. Zielscheibe geworfen wird
Würgschraube *Garrotte,* die (sp., Pl. -n) ... mit der in Spanien die Todesstrafe durch Erdrosselung vollstreckt wurde; auch: Halseisen
Wurst *Mortadella,* die (gr.-lat.-it., Pl. -s) e. it. Zervelatwurst
Wurzel 1. *Radix,* die (lat., Pl. ...izes) math.; auch: Pflanzenwurzel 2. *Root,* die (engl., Pl. -s) »back to the roots« (zurück zu den Anfängen) auch Begriff, der sich auf die Herkunft best. Musikstile bezieht, z. B. Acid Jazz
Wurzel ziehen *radizieren* (lat.) math., aus e. Zahl
würzig *aromatisch* (gr.-lat.)
Würzsoße, scharfe ... *Tabascosoße,* die (Eigenn., Pl. -n) aus rotem Chili hergestellt, nach dem mex. Bundesstaat benannt
Wüste, Sinnestäuschung in der ... *Fata Morgana,* die (it., Pl. ...nen, -s) durch Luftspiegelung entstehende Täuschung
Wüstenfuchs *Fennek* u. *Fenek,* der (arab., Pl. -s, -e)
Wüstenpflanze Namibias *Welwitschia,* die (Eigenn.-lat., Pl. ...ien) mit bandartigen Blättern; nach dem österr. Naturkundler F. Welwitsch (1806-1872)
Wüstenwind aus der Sahara in Richtung Kanarische Inseln *Leste,* der (sp., ohne Pl.)
Wüstling *Barbar,* der (gr.-lat., Pl. -en)
Wut 1. *Rage,* die (lat.-fr., ohne Pl.) 2. *Furor,* der (lat., ohne Pl.)
Wutanfall *Raptus,* der (lat., Pl. -se)

Y

Yuppie-Werte, die an Bedeutung gewinnen *Yuppification,* die (engl.-am., Pl. -s) gemeint sind die »Werte« der jungen, karrierebewußten, großstädtischen Aufsteiger, die in der Gesellschaft zur Zeit an Bedeutung gewinnen

Z

zäh *tough* (engl.) z. B. e. tougher Bursche
zähflüssig *viskos* u. *viskös* (lat.)
Zähigkeit *Tenazität,* die (lat., ohne Pl.) i. S. von Zug- u. Reißfestigkeit
Zahl 1. *Chiffre,* die (arab.-lat.-fr., Pl. -n) auch: Ziffer 2. *Nummer,* die (lat.-it., Pl. -n) e. kennzeichnende Zahl 3. *Numerus,* der (lat., Pl. ...ri)
Zahl der Schläge ... *Standard Scratch Score,* der (engl., Pl. -s) ... die von e. Scratch-Spieler auf dem jeweiligen Platz erwartet wird (Golfbez.)
Zahl, die den Schwierigkeitsgrad jedes Loches anzeigt *Stroke Index,* der (engl.-lat., Pl. -es ...dizes) (Golfbez.)
Zahl, die vervielfacht *Multiplikator,* der (lat., Pl. ...oren) auch: e. Person wird zum Multiplikator, wenn er Kunden für den Kauf e. Produkts (gewinnt) multipliziert
zahlbar *per cassa* (lat.) in bar
Zahlenlehre *Arithmetik,* die (gr.-lat., ohne Pl.) das Rechnen mit bekannten u. unbekannten Zahlen
Zahlentafel *Tabelle,* die (lat., Pl. -n) z. B. Zahlenreihen für statistische Betrachtungen
Zahlenwert *Term,* der (lat.-fr., Pl. -e) Zahlen, Variablen u. Rechenzeichen: b – 6
Zahlenwissenschaft *Mathematik,* die (gr.-lat., ohne Pl.) genauer: Wissenschaft von den Raum-

u. Zahlengrößen; »Mathematik ist das Alphabet, mit dessen Hilfe Gott das Universum beschrieben hat.« (Galileo Galilei)

zahlreich *frequent* (lat.)

Zahlung *Cash* (engl.) bares Bezahlen

Zahlung leisten *effektuieren* (lat.-fr.)

Zählung u. Messung an Lebewesen *Biometrik,* die (gr., ohne Pl.)

Zahlungen der Medien für Informationen *Infodeal,* der (engl.-am., Pl. -s) auch: Scheckbuchjournalismus genannt

Zahlungsanweisung 1. *Akkreditiv,* das (lat.-it.-fr., Pl. -e) die Bank verspricht dem Exporteur die Zahlung der Ware bei Übergabe z. B. des Konnossements (Seefrachtbrief) 2. *Assignation,* die (lat., Pl. -en) 3. *Scheck,* der (engl., Pl. -s)

Zahlungsaufschub 1. *Moratorium,* das (lat., Pl. ...ien) der Schuldner bittet seine Gläubiger um ein 90-Tage-Moratorium 2. *Prolongation,* die (lat., Pl. -en) die Verlängerung der Laufzeit e. Wechsels

zahlungsfähig 1. *liquide* (lat.) auch: flüssig 2. *solvent* (lat.-it.) Ggs.: insolvent

Zahlungsfähigkeit 1. *Solvenz,* die (lat., Pl. -en) Ggs.: Insolvenz 2. *Liquidität,* die (lat., ohne Pl.) Ggs.: Illiquidität

Zahlungsfrist *Respirotag,* der (lat.-it.-dt., ohne Pl.) auch: Respekttag

Zahlungsmittel *Devise,* die (lat.-fr., Pl. -n) ausländische Schecks, Wechsel u. dgl.; ausländisches Bargeld heißt »Sorten«

Zahlungsnachlaß *Dekort,* der (lat.-fr., Pl. -s) wegen Mängeln, schlechter Verpackung oder geringem Gewicht

Zahlungsort *Domizil,* das (lat., Pl. -e) Einlösungsort e. Wechsels

Zahlungstag *Termin,* der (lat., Pl. -e) Termingeld; auch: Termin für e. Verabredung

zahlungsunfähig 1. *bankrott* (it.) 2. *illiquid* (lat.) 3. *insolvent* (lat.) Ggs.: solvent 4. *pleite* (hebr.) ugs. 5. *in Konkurs gehen* (lat.-dt.) i. S. e. gerichtlichen Verfahrens wegen Zahlungsunfähigkeit

Zahlungsunfähigkeit 1. *Bankrott,* der (it., Pl. -e) schuldhafter Konkurs 2. *Illiquidität,* die (lat., ohne Pl.) Ggs.: Liquidität 3. *Insolvenz,* die (lat., Pl. -en) Ggs.: Solvenz 4. *Konkurs,* der (lat., Pl. -e) e. gerichtliches Verfahren wegen Zahlungsunfähigkeit 5. *Ruin,* der (lat.-fr., ohne Pl.) auch: Untergang

Zahlungsversprechen *Akkreditiv,* das (lat.-it.-fr., Pl. -e) die Bank verspricht dem Exporteur die Zahlung der Ware bei Übergabe z. B. des Konnossements (Seefrachtbrief)

Zahlzeichen *Ziffer,* die (lat.-fr., Pl. -n)

Zahn *Dens,* der (lat., Pl. Dentes) med.

Zahn- u. Kiefernabdruck ... *Odontometrie,* die (gr.-lat., ohne Pl.) ... zur Identifizierung unbekannter Toter

Zahnarzt 1. *Dentist,* der (lat., Pl. -en) med. 2. *Odontologe,* der (gr.-lat., Pl. -n) in der Forschung tätiger Zahnarzt

Zahnbein, Bildungszelle des ... *Odontoblast,* der (gr.-lat., Pl. -en) med.

Zahnbelag *Plaque,* die (fr., Pl. -s) med.

Zahnbildung *Dentifikation,* die (lat., ohne Pl.) med. bei Kleinkindern

Zahnbürste für die Reinigung der Zwischenräume *Interdental-Zahnbürste,* (die (lat.-engl.-dt., Pl. -n)

Zahndurchbruch *Dentition,* die (lat., Pl. -en) med.

Zähne, die ... betreffend *dental* (lat.)

Zähneknirschen, nächtliches ... *Bruxismus,* der (gr., ohne Pl.) med.

Zähnemalen, abnormes ... *Bruxomanie,* die (gr., ohne Pl.) ... außerhalb des Kauaktes (med.)

Zahnen *Dentition,* die (lat., Pl. -en) med.

Zahnersatz *Prothese,* die (gr., Pl. -n) Zahnprothese; auch: Arm- oder Beinprothese

Zahnfäule *Karies,* die (lat., ohne Pl.) med., Verfall des gesunden Zahnmaterials

Zahnfleischabszeß *Parulis,* die (gr., ohne Pl.) med.

Zahnfleischentzündung 1. *Gingivitis,* die (lat., Pl. ...itiden) med. 2. *Ulitis,* die (gr.-lat., Pl. ...itiden) med.

Zahnfleischschwund *Parodontose,* die (gr.-lat., Pl. -n) med.

Zahnfüllung *Plombe,* die (lat.-fr., Pl. -n) med.

Zahnfüllung, gegossene ... *Inlay,* das (engl., Pl. -s) med., auch: Einlage

Zahngewebe, Geschwulst am ... *Odontom,* das (gr.-lat., Pl. -e)

Zahnheilkunde 1. *Dentologie,* die (lat., ohne Pl.) med. 2. *Odontologie,* die (gr.-lat., ohne Pl.) med.

Zahnlaut *Dental,* der (lat., Pl. -e)

Zahnmantelkrone *Jacketkrone,* die (engl., Pl. -n) med., aus Kunststoff oder Porzellan

Zahnschmerz 1. *Odontalgie,* die (gr., Pl. ...ien) med. 2. *Dentalgie,* die (gr.-lat., Pl. ...ien) med.

Zahnungsschlüssel ... *Odontometer,* der (gr.-lat., Pl. –) ... zur Ausmessung der Zähnung von Briefmarken

Zankapfel *Erisapfel,* der (gr.-dt., Pl. ...äpfel) nach der gr. Göttin der Zwietracht: Eris

Zäpfchen, das Gaumen... *Uvula,* die (lat., Pl. ...lae) med.; nicht verw. mit: *Uvular,* der (lat., Pl. -e) Halszäpfchenlaut

Zarengattin *Zariza,* die (lat.-slaw., Pl. -s, ...zen)

Zarenherrschaft *Zarismus,* der (lat.-slaw., ohne Pl.)

Zarentochter *Zarewna,* die (russ., Pl. -s)

Zarentum *Zarismus,* der (lat.-slaw., ohne Pl.) die absolute Herrschaft der Zaren (Kaiser)

zart 1. *asthenisch* (gr.-lat.) auch: schlank 2. *ätherisch* (gr.-lat.) bes. zart; auch: vergeistigt, erdentrückt 3. *fragil* (lat.) i. S. von zerbrechlich, z. B. e. Paket mit fragilem Inhalt 4. *hypoleptisch* (gr.) auch: fein u. dünn 5. *subtil* (lat.) feinfühlig 6. *sylphidenhaft* (lat.) von den Sylphiden, das sind weibliche Luftgeister 7. *dezent* (lat.) svw. vornehm-zurückhaltend 8. *grazil* (lat.) zierlich; nicht verw. mit *graziös* (lat.-fr.) anmutig

zart spielen *teneramente* (lat.-it.) musik. Vortragsanw.

zartfühlend *delikat* (lat.-fr.) behutsam; auch: wohlschmeckend; Ggs.: indelikat

zartgliedrig *grazil* (lat.) Twiggy aus England war e. graziles Mädchen

Zartgliedrigkeit *Grazilität,* die (lat., ohne Pl.)

zärtlich *amoroso* (lat.-it.) musik. Vortragsanw.

Zärtlichkeit *Tendresse,* die (lat.-fr., Pl. -n)

Zaster *Mammon,* der (gr.-lat., ohne Pl.) im negativen Sinn: schnöder Mammon; daher: *Mammonismus,* der (gr.-lat., ohne Pl.) Geldgier

Zauber 1. *Poesie,* die (gr.-lat.-fr., Pl. ...ien) auch: Stimmung 2. *Phantasmagorie,* die (gr., Pl. ...ien)

Zauberei *Magie,* die (pers.-gr.-lat., ohne Pl.)

Zauberer 1. *Magier,* der (pers.-gr.-lat., Pl. –) der am. Magier David Copperfield »zersägt« Frauen 2. *Nigromant,* der (lat.-gr., Pl. -en) auch: Wahrsager 3. *Illusionist,* der (lat., Pl. -en) auch: Träumer

zauberhaft *magisch* (pers.-gr.-lat.)

Zauberkunst *Magie,* die (pers.-gr.-lat., ohne Pl.) das Magiespektakel des David Copperfield

Zauberkünstler 1. *Illusionist,* der (lat., Pl. -en) 2. *Eskamoteur,* der (lat.-sp.-fr., Pl. -e) 3. *Magier,* der (pers.-gr.-lat., Pl. –) z. B. der Amerikaner David Copperfield

Zauberkunststück *Eskamotage,* die (lat.-fr., Pl. -n)

Zaubernußstrauch *Hamamelis,* die (gr., ohne Pl.) dessen Wirkstoff wird in der Heilkunst verwendet

Zauberschutzmittel *Amulett,* das (lat., Pl. -e) auch: Anhänger in der Funktion e. Talisman

Zaubertrank *Elixier,* das (gr.-arab.-lat., Pl. -e) auch: Lebenselixier (Heiltrank) »Helfenkönnen ist nämlich ein Lebenselixier.« (Liz Mohn, 1996)

Zauberwort 1. *Abrakadabra,* das (unbekannte Herkunft, Pl. -s) verwenden Zauberer – 2. *Simsalabim,* das (unbekannte Herkunft, ohne Pl.) verwenden Zauberer im Moment der Aufführung 3. *Abraxas,* der (gr., ohne Pl.) Zauberwort auf Amuletten; Geheimname Gottes in der Gnostik (Lehre der Gotteserkenntnis)

Zauderer *Fabius Cunctator,* der (lat., ohne Pl.) übertragen: nach dem röm. Feldherrn, der vor Schlachten zauderte; nach ihm: »*Fabian Society*«, die (lat., engl., ohne Pl.) Gruppe linksliberaler engl. Intellektueller, die auf friedlichem Wege e. klassenlose Gesellschaft anstrebte

Zaudern *Häsitation,* die (lat., ohne Pl.) auch: Zögern

Zaun *Fenz,* die (lat.-fr.-engl., Pl. -en) Einfriedung

Zecher, ein trinkfester ... *acer potor* (lat., Zitat)

zechlustig *bacchanalisch* (gr.-lat.) nach Bacchus, dem gr. Gott des Weines

Zehn Gebote *Dekalog,* der (gr.-lat., ohne Pl.) eigtl.: zehn Worte; nicht verw. mit *Dekalo,* der, das (it., Pl. ...li) Maß- oder Gewichtsverlust von Waren

Zehneck *Dekagon,* das (gr.-lat., ohne Pl.)

Zehnersystem *Dezimalsystem,* das (lat., Pl. -e) math.

Zehnflächner *Dekaeder,* das (gr.-lat., Pl. –)

zehnteilig *dekadisch* (gr.) math.

Zehntelgramm *Dezigramm,* das (lat., Pl. -e)

Zehntelliter *Deziliter,* der, das (lat.-gr., Pl. –)

Zehntelmeter *Dezimeter,* der, das (lat.-gr., Pl. –)

Zehnteltonne *Dezitonne,* die (lat., Pl. -n)

Zeichen 1. *Fanal,* das (gr.-arab.-it.-fr., Pl. -e) für den Anfang e. neuen Zeit; e. Fanal ankündigen; auch: Flammenzeichen 2. *Chiffre,* die (lat.-fr., Pl. -n) i. S. e. Geheimschrift, e. Geheimzeichens 3. *Markierung,* die (germ.-it.-fr., Pl. -en) 4. *Omen,* das (lat., Pl. Omina) i. S. e. Vorzeichens; z. B. e. böses Omen (huscht e. schwarze Katze von rechts über die Straße) 5. *Piktogramm,* das (lat.-gr., Pl. -e) z. B. das international verständliche Verkehrszeichen 6. *Symbol,* das (gr.-lat., Pl. -e) i. S. e. Kennzeichens oder e. Kennzeichnung 7. *Emblem,* das (gr.-lat.-fr., Pl. -e) Sinnbild, Kennzeichen 8. *Indikator,* der (lat., Pl. ...oren) Merkmal; nicht verw. mit *Indicator,* der (lat., ohne Pl.) Honiganzeiger, Vogel des afrik. Urwaldes 9. *Indiz,* das (lat., Pl. ...ien) i. S. e. Anzeichens; auch: Verdachtsmoment 10. *Signal,* das (lat.-fr., Pl. -e) z. B. Lichtsignal 11. *Stigma,* das (gr.-lat., Pl. ...men, -ta) auch: Wundmal 12. *Symptom,* das (gr., Pl. -e) eigtl.: Zufall; auch: Vorbote

Zeichen aus drei Sternchen ... *Asteronym,* das (gr., Pl. -e) ... an Stelle des Verfassernamens (***) bei e. Buch

Zeichen geben *signalisieren* (lat.-fr.) » ... Stefan hat erst jetzt wieder signalisiert, daß er wieder für Deutschland spielen möchte.« (Berti Vogts, Fußball-Bundestrainer nach der WM, 1998)

Zeichen u. Bilder, Lehre von der Bedeutung der ... 1. *Semiotik,* die (gr.-lat., ohne Pl.) auch: Wissenschaft vom Ausdruck; Bedeutungslehre; die TV-

Werbung bedient sich immer häufiger der Semiotik 2. *Semiologie,* die (gr.-lat., ohne Pl.) Lehre von den Bildern u. Zeichen; Zeichentheorie

Zeichen- u. Wortbilder, Entwurf von ... 1. *Sign Design,* das (engl., ohne Pl.) sign (Zeichen) u. design (Entwurf) 2. *Sign writing,* das (engl., ohne Pl.) jeweils der Begriff für die Durchsetzung von Wortbildern, Zahlen, Buchstaben mit Zeichen oder umgekehrt, z. B. I ♥ N Y (I like New York), 4 U (for you)

Zeichen, das e. Begriff darstellt *Ideogramm,* das (gr.-lat., Pl. -e)

Zeichen, in diesem ... wirst du siegen 1. *hoc signo vinces* (lat., Zitat) 2. *in hoc signo vinces* (lat., Zitat: Eusebius); Kaiser Konstantin erschien, der Legende nach, 312 n. Chr. e. Kreuzzeichen am Himmel

Zeichen, schwer zu lesendes ... *Hieroglyphe,* die (gr., Pl. -n) auch: Zeichen der altägypt. Bilderschrift

Zeichen, verabredetes ... *Signal,* das (lat.-fr., Pl. -e) auch: Zeichen mit e. best. Bedeutung, optisch oder akustisch; »Völker, hört die Signale! Auf zum letzten Gefecht« (E. Pottier: »Die Internationale«)

Zeichenerklärung *Legende,* die (lat., Pl. -n) am Seitenrand zusammengestellte Erläuterungen, z. B. in Stadtplänen u. Atlanten

Zeichenfunktion, was ... hat *Semiotik,* die (gr.-lat., ohne Pl.) Bedeutungslehre; Wissenschaft vom Ausdruck

Zeichengerät *Perspektograph,* der (gr.-lat., Pl. -en)

Zeichensabotage *Culture Jamming* (engl.) Zerstörung von Chiffren u. Symbolen der Kommerzgesellschaft, die von den Adbusters (Konsumgegnern) bekämpft wird

Zeichenschrift *Semeiographie,* die (gr.-lat., ohne Pl.)

Zeichensetzung *Interpunktion,* die (lat., Pl. -en)

Zeichensprache beim Aerobic *Cueing,* das (engl.-am., ohne Pl.) da die Begleitmusik zu laut ist

Zeichentrickfilm, japanischer ... *Manga,* der (jap., Pl. -s) von: manga-éiga (Zeichenfilmtrick-Produkt)

zeichnen 1. *dessinieren* (lat.-it.-fr.) auch: Muster entwerfen 2. *skizzieren* (it.) e. Vorschlag kurz graphisch oder in Worten darstellen 3. *konstruieren* (lat.) auch: techn. Geräte entwerfen u. bauen

zeichnerische Darstellung *Diagramm,* das (gr.-lat., Pl. -e) bes. statistisches Zahlenmaterial

Zeichnung 1. *Karikatur,* die (gall.-lat.-it., Pl. -en) in satirischer Art 2. *Schema,* das (gr.-lat., Pl. -s, -ta) einfache Darstellung 3. *Sgraffito,* das (it., Pl. ...ti) e. bes. Art der Fassadenmalerei, war bereits in der it. Renaissance gebräuchlich 4. *Skizze,* die (it., Pl. -n) 5. *Graffiti,* die (it., nur Pl.) Farbspraybilder an Hauswänden

zeige hier was du kannst! *hic Rhodus, hic salta!* (lat., Zitat nach e. Fabel des Äsop)

zeigen 1. *demonstrieren* (lat.) vorführen 2. *manifestieren* (lat.) auch: bekunden 3. *präsentieren* (lat.-fr.) vorlegen

Zeile *Linie,* die (lat., Pl. -n)

Zeit ist Geld *time is money* (engl.) Sprichwort

Zeit, die ... entflieht schnell *aetas volat* (lat., Zitat)

Zeit, die ... lindert den Schmerz *dies levat luctum* (lat., Zitat)

Zeit, die ..., die alles zernagt *tempus edax rerum* (lat., Zitat: Ovid)

Zeit, e. ... die mit Hilfe von imaginären Zahlen gemessen wird *imaginäre Zeit,* die (lat.-dt., ohne Pl.) eigtl.: e. nicht wirkliche Zeit (Phys., Math.)

Zeit, kommt ... kommt Rat 1. *tempus ipsum affert consilium* (lat., Zitat) 2. *interim fit aliquid* (lat., Zitat: Terenz Andria) auch: inzwischen geschieht etwas

Zeit, nutze die ... *carpe diem* (lat., Zitat, Horaz) auch: pflücke den Tag

Zeit, rückwärtsgezählte ... vor dem Start *Countdown,* der (engl., ohne Pl.)

Zeitabschnitt 1. *Ära,* die (lat., Pl. Ären) z. B. durch e. Persönlichkeit geprägte Zeit: »Ära Adenauer«; oder: »Das Ende der Ära Kohl zu bewältigen ist e. schwere Aufgabe.« (Wolfgang Schäuble, 1998) 2. *Epoche,* die (gr.-lat., Pl. -n) 3. *Periode,* die (gr.-lat., Pl. -n) 4. *Intervall,* das (lat., Pl. -e) 5. *Phase,* die (gr.-fr., Pl. -n) Abschnitt, auch: Stufe 6. *Zyklus,* der (gr.-lat., Pl. Zyklen) periodisch ablaufendes Geschehen; Folge

Zeitabstand *Intervall,* das (lat., Pl. -e)

Zeitalter 1. *Ära,* die (lat., Pl. Ären) e. längere, durch etwas Besonderes geprägte Zeit 2. *Säkulum,* das (lat., Pl. ...la) i. S. von Jahrhundert

Zeitangabe *Datum,* das (lat., Pl. ...ten)

Zeiteinteilung *Kalender,* der (lat., ohne Pl.) auch: Verzeichnis der Tage, Wochen u. Monate e. Jahres 1. *Julianischer Kalender,* der (lat., ohne Pl.) von Julius Cäsar eingeführt worden, nicht ganz richtig, legt 365,25 Tage zugrunde 2. *Gregorianischer Kalender,* der (lat., ohne Pl.) von dem Astronom Christoph Clavius (1537-1612) berechnet worden; genauer, er legt 365,2422 Tage zugrunde; Papst Gregor XIII. (1502-1585) führte den neuen Kalender 1582 ein; am 4. Oktober 1582 wurden 10 Tage eingefügt u. der nächste Tag auf den 15. Oktober 1582 datiert

Zeiten, auf bessere ... *ad meliorem fortunam* (lat., Zitat)

Zeiten, die ... ändern sich, u. wir ändern uns mit

ihnen *tempora mutantur, nos et mutamur in illis* (lat., Zitat Kaiser Lothars I., 795 bis 855)
Zeiten, in ..., wo Wolken am Himmel sind, wirst du allein sein (kurz: im Unglück bist du allein) *tempora si fuerint nubila solus eris* (lat., Zitat Ovids, röm. Dichter, 43 v. bis 18 n. Chr.)
Zeiten, o ..., o Sitten! *o tempora, o mores!* (lat., Zitat: Cicero)
Zeiten, rosige ... *sonny periods,* die (engl., nur Pl.) gemeint sind Zeiten, in denen die Welt noch in Ordnung (sonnig) war
Zeitenfolge *Consecutio temporum,* die (lat., ohne Pl.) in e. zusammengesetzten Satz; (Sprachw.)
zeitgemäß 1. *modern* (lat.-fr.) 2. *up to date* (engl.)
zeitgemäß, nicht mehr ... 1. *anachronistisch* (gr.-lat.) überholt 2. *antiquiert* (lat.) altmodisch 3. *obsolet* (lat.) veraltet
zeitgenössisch *kontemporär* (lat.) auch: gleichzeitig
Zeitgeschmack *Mode,* die (lat.-fr., Pl. -n)
zeitgleich 1. *simultan* (lat.) gemeinsam; gleichzeitig, z. B. simultanes Übersetzen; Ggs.: konsekutives Übersetzen 2. *synchron* (gr.-lat.) gleichlaufend; Ggs.: asynchron
zeitlich *chronologisch* (gr.) i. S. e. zeitlichen Einordnung
zeitlos *klassisch* (lat.)
Zeitlupenwiederholung im Fernsehen *Slomo,* die (engl., Pl. -s) aus: slowmotion (langsame Bewegung)
Zeitmaß ... *Takt,* der (lat., Pl. -e) ... e. rhythmischen Bewegung, bes. in der Musik; auch: Feingefühl, Lebensart; »Takt ist die Fähigkeit, andere so darzustellen, wie sie sich selbst gern sehen.« (Abraham Lincoln 1809-1865, Präsident der USA)
Zeitmesser *Chronometer,* der (gr.-lat., Pl. –) auch: e. genau gehende Uhr
Zeitmessung *Chronometrie,* die (gr.-lat., Pl. -n)
zeitnah *aktuell* (lat.-fr.)
Zeitpunkt 1. *Moment,* der (lat.-fr., Pl. -e) z. B. Momentaufnahme 2. *Datum,* das (lat., Pl. ...ten) 3. *Termin,* der (lat., Pl. -e) festgelegte Zeit
Zeitraum 1. *Phase,* die (gr.-fr., Pl. -n) z. B. Mondphase 2. *Periode,* die (gr.-lat., Pl. -n) auch: die Regel der Frau 3. *Äon,* der (gr.-lat., Pl. -en) unendlich langer Zeitabschnitt; auch: Weltalter, Ewigkeit 4. *Biennium,* das (lat., Pl. ...ien) e. Zeitraum von zwei Jahren
Zeitrechnung *Ära,* die (lat., ohne Pl.) auch: längerer, durch z. B. e. Person geprägter Zeitabschnitt: Ära Kohl
Zeitrechnung *Chronologie,* die (gr.-lat., ohne Pl.) auch: Lehre von der Zeitmessung u. -rechnung; zeitliche Abfolge von Ereignissen; »... die Chronologie des Engholm-Rücktritts: tröpfelnd treffen die Präsidiumsmitglieder im Ollenhauer-Haus ein.« (Hamburger Morgenpost, 1993)
Zeitschrift 1. *Journal,* das (lat.-fr., Pl. -e) 2. *Illustrierte,* die (lat., Pl. -n) Zeitschrift mit großem Bildteil 2. *Magazin,* das (arab.-it.-fr.-engl., Pl. -e) auch: Lagerraum 3. *Fanzine,* das (engl.-am., Pl. -s) selbstgemachte Zeitschrift, die aus der Subkultur der Punkbewegung berichtet, e. Art revolutionäre Bildzeitung
Zeitspanne 1. *Moment,* der (lat.-fr., Pl. -e) i. S. e. kurzen Zeitspanne 2. *Intervall,* das (lat., Pl. -e) oft fälschlich »der Intervall«; auch: Zeitabstand, Frist oder Pause 3. *Periode,* die (gr.-lat., Pl. -n) auch: e. sich wiederholende Zahlengruppe: 0,271 271; Monatsblutung bei der Frau 4. *Phase,* die (gr.-fr., Pl. -n) Zustandsform; z. B. Mondphase
Zeitung 1. *Gazette,* die (it.-fr., Pl. -n) oft abfällig gebraucht 2. *Journaille,* die (lat.-fr., ohne Pl.) i. S. e. hinterhältig-gemeinen u. skrupellosen Zeitung (Presse) nebst Journalisten
Zeitung, regelmäßiger Bezug e. ... *Abonnement,* das (fr., Pl. -s) auch: Theaterabonnement
Zeitungsanzeige 1. *Annonce,* die (lat.-fr., Pl. -n) 2. *Inserat,* das (lat., Pl. -e)
Zeitungsanzeige aufgeben 1. *annoncieren* (lat.-fr.) 2. *inserieren* (lat.) svw. e. Inserat aufgeben
Zeitungsberichterstatter 1. *Reporter,* der (lat.-fr.-engl., Pl. –) 2. *Journalist,* der (lat.-fr., Pl. -en) jeder, der beruflich für die Presse (Zeitungen, den Rundfunk, das Fernsehen) schreibt, d. h. publizistisch tätig ist; »Journalisten sind die Geburtshelfer u. die Totengräber der Zeit.« (Karl Gutzkow)
Zeitungsberichterstattung *Journalismus,* der (lat.-fr., ohne Pl.) »Ich nenne Journalismus alles, was morgen weniger interessant ist als heute.« (André Gide)
Zeitungsspalte 1. *Kolumne,* die (lat., Pl. -n) 2. *Rubrik,* die (lat., Pl. -en)
Zeitungsvertrieb durch die Post *Postdebit,* der (lat.-fr., ohne Pl.)
Zeitungswesen 1. *Journalismus,* der (lat.-fr., ohne Pl.) 2. *Printmedium,* das (engl.-lat., Pl. ...dien) i. S. von Druckbereich, das Zeitungswesen ist e. Teil davon
Zeitungswissenschaft 1. *Journalistik,* die (lat.-fr., ohne Pl.) 2. *Publizistik,* die (lat., ohne Pl.)
Zeitverzögerung *time lag,* der (engl., Pl. -s) z. B. Zeit zwischen Maßnahme u. Wirkung
zeitweilig 1. *temporär* (lat.-fr.) 2. *transitorisch* (lat.) vorübergehend
zeitwidrig *anachronistisch* (gr.-lat.) überholt
Zeitwort *Verb,* das (lat., Pl. -en) Tätigkeitswort

Zelle *Klause,* die (lat., Pl. -n) z. B. Klause in e. Kloster
Zelle, außerhalb der ... *extrazellulär* (lat.) med.
Zelle, in der ... *intrazellulär, intrazellular* (lat.) med.
Zellen, noch undifferenzierte ... *Blatozyten,* die (gr.-lat., nur Pl.) auch: embryonale Zellen
zellenartig *zellular* (lat.)
Zellenfarbstoff *Zytochrom,* das (gr.-lat., Pl. -e) med.
Zellenforscher *Zytologe,* der (gr.-lat., Pl. -n)
Zellenforschung *Zytologie,* die (gr.-lat., ohne Pl.)
Zellengewebe *Blastem,* das (gr., ohne Pl.) ... aus dem sich der Körper entwickelt
Zellgebilde, kugel- oder fadenförmiges ... *Mitochondrium,* das (gr.-lat., Pl. ...rien) ... in Tier- u. Pflanzenzellen, das der Atmung u. dem Stoffwechsel der Zelle dient (Biol.)
Zellgift 1. *Zytostatikum,* das (gr.-lat., Pl. ...ka) Substanz, die die Kernteilung u. Zellvermehrung hemmt 2. *Zytotoxin,* das (gr.-lat., Pl. -e) med.
Zellhaufen, krankhafte ... *Cluster,* das (engl., Pl. -s) bes. von Krebszellen; auch: Klangfeld, Häufung von Tönen; e. Menge von Molekülen, die als Ganzes anzusehen sind
Zellkern *Zytoblast,* der (gr.-lat., Pl. -en) med.
Zellkernteilung, einfache ... *Amitose,* die (gr., Pl. -n) Biol.; Ggs.: Mitose
Zellstoffbausch *Tampon,* der (germ.-fr., Pl. -s)
Zellteil, organartiger ... bei Einzellern 1. *Organell,* das (gr.-lat., Pl. -en) 2. *Organelle,* die (gr.-lat., Pl. -n); die Zellen besitzen Organellen, die als Mitochondrien bezeichnet werden, in diesen liegt jeweils e. eigenständiges DNA-Molekül vor
zellvergiftend *zytotoxisch* (gr.-lat.) med., zellschädigend
Zellwand *Blastoderm,* das (gr.-lat., ohne Pl.) ... oder Keimhaut der Blastula (Blasenkeim des frühen Embryos)
Zelt 1. *Wigwam,* der (indian., Pl. -s) nordam. Indianerzelt 2. *Tipi,* das (indian., Pl. -s) aus Leder u. langen Stangen hergestelltes, kegelförmiges Zelt der Prärieindianer
zelten *campen* (engl.)
Zeltlager *Camp,* das (engl., Pl. -s) z. B. Basiscamp e. Bergsteigergruppe
Zeltleben *Camping,* das (engl., Pl. -s)
Zentaure, der bekannteste ... *Chiron,* der (gr., ohne Pl.) der gr. Mythologie; auch: Name eines 1977 entdeckten Asteroiden
zentraler Rechner, der z. B. beim interaktiven TV ... *Server,* der (engl.-am., Pl. -s) von: to serve (bedienen) ... als Speicher u. Mittler für angeschlossene Geräte TV-Konsumenten dient
Zentrum 1. *Center,* das (engl., Pl. –) 2. *Metropole,* die (gr.-lat., Pl. -n) Hauptstadt mit Großstadtcharakter u. Internationalität
zerbrechlich 1. *fragil* (lat.) 2. *grazil* (lat.) auch: zartgliedrig
Zerbrechlichkeit *Fragilität,* die (lat., ohne Pl.)
zerbrochen 1. *kaputt* (fr.) ugs. 2. *diffrakt* (lat.)
Zeremoniell *Ritus,* der (lat., Pl. Riten) oft in religiösem Sinn verwendet
zerfahren *nervös* (lat.-fr.) unaufmerksam
Zerfall *Degeneration,* die (lat., Pl. -en) svw. Zellenzerfall
Zerfall, der spontane ... von Atomkernen e. Art in Atomkerne anderer Art *Radioaktivität,* die (lat., ohne Pl.) ... wobei e. gefährliche Strahlungsenergie frei wird
zerfallen *dissoziieren* (lat.) ... in Ionen; trennen
zergliedern *analysieren* (gr.-lat.) wissenschaftlich zerlegen, untersuchen
Zergliederung *Analyse,* die (gr., Pl. -n) »Auflösung«; Ggs.: Synthese
Zerkleinerer *Shredder* u. *Schredder,* der (engl., Pl. -s) von Papier u. Holz; auch: Zermalmer von Autowracks; Reißwolf
zerlegbar *dissolubel* (lat.) löslich, auflösbar
zerlegen 1. *demontieren* (lat.-fr.) i. a. Maschinen oder techn. Anlagen 2. *segmentieren* (lat.) auch: gliedern 3. *sezieren* (lat.) zerschneiden; der Arzt seziert e. Leiche 4. *tranchieren* (fr.) z. B. e. Braten tranchieren (aufschneiden)
zerplatzen 1. *dekrepitieren* (lat.) z. B. Kristalle 2. *explodieren* (lat.) zerstörte Teile streben nach außen; Ggs.: implodieren
zerreiben 1. *rapieren* (germ.-fr.) z. B. Tabak 2. *pulverisieren* (lat.) zu Pulver zerkleinern, mahlen
Zerschlagung *Dismembration,* die (lat., Pl. -en) z. B. von Ackerland u. Feldern
zerschneiden 1. *sezieren* (lat.) der Arzt seziert e. Leiche 2. *tranchieren* (fr.) z. B. e. Braten tranchieren (aufschneiden)
zersetzend *destruktiv* (lat.) z. B. mit e. unbedachten Tadel destruktiv wirken
Zersetzung *Biolyse,* die (gr., Pl. -n) ... organischer Substanzen durch lebende Organismen
zersplittern *dekonzentrieren* (lat.)
Zersplitterung *Dekonzentration,* die (lat., Pl. -en) auch: Zerstreuung
zerstampfen *pilieren* (lat.-fr.) in e. Mörser Getreide pilieren; auch: schnitzeln
zerstäuben 1. *pulverisieren* (lat.) zu Pulver mahlen 2. *dispergieren* (lat.) fein verteilen
Zerstäuber *Atomiseur,* der (gr.-fr., Pl. -e)
Zerstäubungsgerät *Biorisator,* der (gr.-lat., Pl. ...oren) ... zur Herstellung keimfreier Milch
zerstören 1. *demolieren* (lat.-fr.) z. B. aus Wut die Einrichtung demolieren 2. *devastieren* (lat.) ver-

wüsten 3. *ramponieren* (germ.-it.) stark beschädigen 4. *ruinieren* (lat.-fr.) auch: zugrunde richten

zerstörend *destruktiv* (lat.)

zerstörerisch *ruinös* (lat.-fr.) z. B. Maschinenbaufirmen im ruinösen Wettbewerb

Zerstörung 1. *Destruktion,* die (lat., Pl. -en) 2. *Sabotage,* die (fr., Pl. -n) z. B. politisch motivierte Sabotageakte an Produktionsanlagen 3. *Erosion,* die (lat., Pl. -en) z. B. Abschwemmen von Mutterboden durch Regen 4. *Kataklysmus,* der (gr.-lat., Pl. ...men) Zerstörung (Geol.)

Zerstörung der Ich-Existenz *expatriierter Solipsismus,* der (lat., ohne Pl.) aus: Expatriation (Verbannung) Solipsismus (Überzeugung, daß nur das Ich existiert) an einem Ziel, das man zu entdecken hoffte, muß man feststellen, daß sich dort schon andere Personen befinden (Erkenntnis, die den elitären Anspruch zerstört)

Zerstörung von Bakterien *Bakteriolyse,* die (gr., Pl. -n)

Zerstörung von Datenbanken u. Netzwerken ... 1. *Cyberjamming* (am.) 2. *Hacking,* das (engl.-am.) ... jeweils gegen Konzerne, auch Institutionen u. ihre Werbestrategien gerichtet

Zerstörungswut *Vandalismus,* der (lat., ohne Pl.) nach dem germ. Volksstamm der Vandalen; »Im Kampf gegen Gewalt u. Vandalismus ist die Justiz das schwächste Glied.« (Verband Deutscher Verkehrsunternehmer, 1998)

zerstoßen *pilieren* (lat.-fr.) auch: zerstampfen

zerstreuen 1. *diffundieren* (lat.) z. B. von Strahlen; auch: eindringen, z. B. von Feuchtigkeit 2. *dispergieren* (lat.) i. S. von fein verteilen, zerstäuben

zerstreut *diffus* (lat.) z. B. Licht, ohne klare Abgrenzung

Zerstreutheit *Konfusion,* die (lat., Pl. -en) auch: Verwirrung

Zerstückelung *Dismembration,* die (lat., Pl. -en) bes. von Anbauflächen

Zerstückelung, operative ... des Kindes während der Geburt *Embryotomie,* die (gr.-lat., ohne Pl.) ... bei bes. Komplikationen (med.)

zerzaust *derangiert* (fr.) auch: in Unordnung

Zettelkasten *Kartothek,* die (ägypt.-gr.-lat.-fr., Pl. -en)

Zeughaus *Arsenal,* das (arab.-it., Pl. -e) Lagerstätte, Vorratslager; auch: Waffenarsenal

Zeugnis 1. *Zertifikat,* das (lat., Pl. -e) z. B. e. Waren- oder Qualitätszertifikat 2. *Diplom,* das (gr.-lat., Pl. -e) wird nach best. abgelegten Prüfungen erteilt, z. B. Diplom-Ingenieur, kurz: Dipl.-Ing. 3. *Dokument,* das (lat., Pl. -e) Urkunde; auch: Beweisstück

Zeugung *Tokogonie,* die (gr.-lat., Pl. ...ien) i. S. e. geschlechtlichen Zeugung

zeugungsfähig *potent* (lat.)

Zeugungsfähigkeit *Potenz,* die (lat., Pl. -en)

zeugungsunfähig 1. *impotent* (lat.) 2. *steril* (lat.-fr.) nach ärztlichem Eingriff (bei der Frau werden die Eileiter durchtrennt) auch: aseptisch, d. h. keimfrei

Zeugungsunfähigkeit *Impotenz,* die (lat., Pl. -en)

Zibetkatze *Zivette,* die (it.-fr., Pl. -n)

Ziegenpeter *Parotitis,* die (gr.-lat., Pl. ...itiden)

Ziehbarkeit *Tenazität,* die (lat., ohne Pl.)

Ziehharmonika mit Knöpfen an beiden Seiten *Bandoneon* u. *Bandonion,* das (Eigenn., Pl. -s) nach dem dt. Erfinder H. Band (noch heute in argentinischen Tango-Bands zu hören)

Ziel 1. *Telos,* das (gr., ohne Pl.) i. S. von Zweck 2. *Destination,* die (lat., Pl. -en) auch: Bestimmung; nicht verw. mit *Destillation,* die (lat., Pl. -en) Trennung flüssiger Stoffe; Branntweinbrennerei

Ziel, sein ... erreichen *reüssieren* (lat.-it.-fr.) Erfolg haben

zielbewußt *konsequent* (lat.) entschlossen; Ggs.: inkonsequent

zielen 1. *intendieren* (lat.) etwas anstreben 2. *visieren* (lat.-fr.) etwas ins Auge fassen 3. *anvisieren* (dt.-lat.-fr.) anstreben

zielgerichtet *teleologisch* (gr.-lat.)

zielgerichtetes Verhalten *Politik,* die (gr.-fr., ohne Pl.) auch berechnendes Vorgehen oder: e. auf die Durchsetzung best. Ziele des öffentlichen Lebens gerichtetes Handeln; »Außenpolitik bedeutet Tourismus auf Staatskosten.« (G. Guareschi)

Zielpunkt *Apex,* der (lat., Pl. Apizes) ... e. Gestirns, z. B. des Sonnensystems, auf den zugesteuert wird

Zielstrebigkeit, Lehre von der ... *Teleologie,* die (gr.-lat., ohne Pl.) ... jeder Entwicklung im Universum oder in Teilbereichen (Philos.)

Zielvorrichtung *Visier,* das (lat.-fr., Pl. -e) an Schußwaffen

Zielvorstellung *Programmatik,* die (gr.-lat., Pl. -en) z. B. Partei-Programmatik

zierlich 1. *grazil* (lat.) 2. *graziös* (lat.-fr.) 3. *fragil* (lat.) auch: zerbrechlich

Zierlichkeit *Grazilität,* die (lat., ohne Pl.)

Zierlinie auf Geldscheinen *Guilloche,* die (fr., Pl. -n) ... u. Wertpapieren; auch: Werkzeug zum Anbringen dieser verschlungenen Linien

Zierpflanze, krautige ... *Reseda, Resede,* die (lat., Pl. -n) ... wohlriechend, aus dem Mittelmeerraum stammend; »Stell auf den Tisch die duftenden Reseden.« (Hermann v. Gilm zu Rosenegg)

Ziffer *Chiffre,* die (arab.-lat.-fr., Pl. -n) auch: Kennziffer

Zifferblatt der Uhr *Watch-Display,* das (engl., Pl. -s)

Zigarette *Joint,* der (engl., Pl. -s) Zigarette mit Rauschgift, z. B. Haschisch

Zigarre mit e. untypischen Format *Figurado,* das (sp., Pl. -s) z. B. der Torpedo, die Pyramide

Zigarre *Zigarillo,* das, der (sp., Pl. -s) sind klein u. schlank

Zigarre, bes. scharfe ..., die in Kuba von Einheimischen geraucht wird *Criollo,* die (sp., Pl. -s)

Zigarre, deren Einlage, Um- u. Deckblatt aus Tabak besteht ... *Puro,* die (sp., Pl. -s) ... der in einem Land angepflanzt wurde

Zigarre, deren Kopf abgeflacht ist *Flathead,* der (engl., Pl. -s) gewöhnlich wird der Kopf abgerundet

Zigarre, die nur aus Havanna-Tabak besteht *Clear Havana,* die (engl., Pl. -s)

Zigarre, erstklassige ... *Premium-Zigarre,* die (lat., Pl. -n) wird von Hand aus 100 % Tabak mit e. langblättrigen Einlage hergestellt

Zigarre, kleine ..., 100 mm lang, 30er Ringmaß *Demi-Tasse,* die (fr.-dt.)

Zigarre, kleine ostindische *Biddy,* die (engl., Pl. ...ies)

Zigarre, Kopf e. ... *Finished Head,* der (engl., Pl. -s) ... der durch das Deckblatt, nicht durch e. separate Kappe erstellt wurde

Zigarre, preiswerte ... *Stogie* u. *Stoy,* die (engl., Pl. -s) wurde 1827 erstmals hergestellt u. hieß ursprünglich Conestoga, da sie der Speiche e. Conestoga-Wagenrades ähnlich war

Zigarre, rundköpfige ... *Marble Head,* die (engl., Pl. -s)

Zigarren-Abschneider *Guillotine,* die (fr., Pl. -n) auch: Guillotine-Schnitt; eigtl.: mit e. Fallbeil arbeitendes Hinrichtungsinstrument nach dem fr. Arzt Guillotin

Zigarrendeckblatt, e. Bezeichnung für die Farbe des braunen ... *English Market Selection,* die (engl., Pl. -s) Abk.: EMS

Zigarrendeckblätter, Bezeichnung für die leichten, milden ... *American Market Selection,* die (am.-engl., Pl. -s) z. B.: Claro Claro, Candela u. Jade

Zigarren-Deckblattwickler, meisterhafter ... *Torcedor,* der (sp.-kubanisch, Pl. -s)

Zigarren-Fabrikraum *Galera,* die (sp., Pl. -s) in dem die Zigarren gerollt werden

Zigarrenfirma, kleine ... im Besitz e. Familie *Buckeye,* das (engl., Pl. -s)

Zigarrenkasten mit Befeuchtungselement *Humidor,* der (lat., Pl. -e) zur Lagerung edler Zigarren

Zigarrenkopf, gezwirbeltes Tabakende am ... 1. *curly Head,* der (engl., Pl. -s) 2. *fancy Tail,* der (engl., Pl. -s) jeweils bei einigen Premium-Zigarren zu finden

zigeunerisch *jenisch* (zigeunerisch) dem umherziehenden Volk angehörig

Zigeunertanzlied *Zingaresca,* die (it., Pl. -s)

Zikuskünstler *Artist,* der (lat., Pl. -en)

Zimmerdecke *Plafond,* der (fr., Pl. -s)

zimperlich *etepetete* (niederl.-fr.) ugs., sehr empfindlich

Zimt *Kaneel,* der (gr.-lat.-fr., Pl. -e) e. hochwertige Sorte

Zimtbaum *Zinnamon,* das (gr.-lat., ohne Pl.)

Zinnfolie *Stanniol,* das (lat., Pl. -e) gern fälschlich »Staniolpapier« genannt

Zins tragen *rentieren* (lat.-fr.) das Objekt muß wenigstens die Zinsen tragen

Zins, um die Inflationsrate bereinigter ... *Realzins,* der (lat.-dt., Pl. -en)

Zinsaufschlag *Report,* der (lat.-fr., Pl. -e) bei e. Prolongation (Stundung)

Zinsertrag *Rendite,* die (lat.-it., Pl. -n) bezogen auf e. Jahr

Zinsfuß, von der Notenbank festgesetzter ... *Lombardsatz,* der (it.-fr.-dt., Pl. ...sätze) ... für Lombardgeschäfte; »Als gestern ... die Rede auf den Lombardsatz kam, hat er (Wirtschaftsminister Rexrodt) gesagt, er hat schon lange keine Zeit mehr für Tennis.« (G. Schröders geh. Tagebuch von H. Venske, 1997)

Zinsschein *Coupon,* der (fr., Pl. -s) von Aktien; Couponschere

Zirkeltraining *Circuittraining,* das (gr.-engl., ohne Pl.) der Sportler wechselt von Station zu Station

Zirkon, Abart des ... *Hyazinth,* der (gr.-lat., Pl. -e) e. Edelstein

Zirkusmanege *Arena,* die (lat., Pl. ...nen)

Zitat 1. *Allegat,* das (lat., Pl. -e) 2. *Apophthegma,* das (gr., Pl. ...men)

Zitrusfrucht 1. *Bergamotte,* die (türk.-fr., Pl. -n) auch: e. Birnensorte 2. *Agrumi,* die (lat.-it., nur Pl.) Sammelbezeichnung für: Zitronen, Apfelsinen, Grapefruits

Zitterlaut *Vibrant,* der (lat., Pl. -en)

Zittern 1. *Tremolo,* das (lat.-it., Pl. -s, ...li) musik. 2. *Tremor,* der (lat., Pl. ...ores) Muskelzittern

Zittern der Augäpfel *Nystagmus,* der (gr.-lat., ohne Pl.) med.

zittern *vibrieren* (lat.) schwingen

zitternd singen 1. *tremolieren* (lat.-it.) musik. 2. *tremolando* (lat.-it.) musik., – spielen; Abk.: trem., musik. Vortragsanw.

Zitterrochen *Torpedo,* der (lat., Pl. -s) auch: schweres Unterwassergeschoß

Zitze *Mamma,* die (lat., Pl. ...mmae) bei Säugetieren, auch: weibliche Brustdrüse

Zögern *Häsitation,* die (lat., ohne Pl.)
zögern *häsitieren* (lat.)
zögernd *ritenente* (lat.-it.) musik. Vortragsanw.
Zöglingsheim *Pensionat,* das (lat.-fr., Pl. -e) i. a. Mädchenpensionat
Zoll *Akzise,* die (fr., Pl. -n)
Zoll- u. Handelsabkommen *GATT,* das (engl.) kurz für: *General Agreement on Tariffs and Trade:* Allgemeines Zoll- u. Handelsabkommen
Zollbescheinigung *Bollette,* die (it., Pl. -n) auch: Steuerbescheinigung
Zollerklärung *Deklaration,* die (lat., Pl. -en)
Zollfreiheit *Franchise,* die (germ.-lat.-fr., Pl. -n) auch: Vertriebsform, bei der e. Unternehmer z. B. seine Produkte durch Einzelhändler in Lizenz verkaufen läßt
Zollhinterziehung *Defraudation,* die (lat., Pl. -en)
Zollpassierschein *Carnet de passage,* das (fr., ohne Pl.) für Kraftfahrzeuge
Zollstreifen *Banderole,* die (germ.-it.-fr., Pl. -n)
Zorn 1. *Raptus,* der (lat., Pl. -se) plötzlicher Zornausbruch 2. *Furor,* der (lat., ohne Pl.) auch: Wut
Zorn, beherrsche deinen ... *compesce mentem* (lat., Zitat, Horaz)
Zorn, der ... ist e. kurzer Wahnsinn *ira furor brevis est* (lat., Zitat: Horaz)
zu dreien *triadisch* (gr.-lat.)
zu Ehren *in honorem* (lat.)
zu Fuß *per pedes* (lat.) z. B. per pedes apostolorum: zu Fuß wie die Apostel
zu vieren *à quatre* (fr.)
Zubehör 1. *Accessoires,* die (lat.-fr., nur Pl.) i. S. von modischem Beiwerk 2. *Annex,* der (lat., Pl. -e) Anhängsel 3. *Requisit,* das (lat.-fr., Pl. -en) Zubehör für e. Bühnengestaltung 4. *Utensil,* das (lat., Pl. -ien) auch: Hilfsmittel
Zucht *Disziplin,* die (lat., ohne Pl.) Ordnung
Zucht von Bakterien auf Nährböden *Kultur,* die (lat., Pl. -en) auch: Gesamtheit typischer Lebensformen; »Kultur ist, was der Metzger hätte, wenn er Chirurg wäre.« (Mary Pettibone Poole)
Zuchtwahl *Selektion,* die (lat., Pl. -en)
Zucker 1. *Raffinade,* die (lat.-fr., Pl. -n) gereinigter u. gemahlener – 2. *Karamel,* der (lat.-sp.-fr., ohne Pl.) gebrannter Zucker als Bonbon
Zuckergehalt des Bluts *Glykämie,* die (gr.-lat., ohne Pl.)
zuckerkrank *diabetisch* (gr.-lat.) med.
Zuckerkranker *Diabetiker,* der (gr.-lat., Pl. –) med.
Zuckerkrankheit *Diabetes,* der (gr.-lat., ohne Pl.) med.
Zuckersaft *Sirup,* der (arab.-lat., Pl. -e) dickflüssiger meist dunkelbrauner Saft
Zuckerware *Bonbon,* der, das (fr., Pl. -s) ... zum Lutschen; eigtl.: Gut-gut; scherzhaft: rundes Parteiabzeichen
Zueignung 1. *Appropriation,* die (lat., Pl. -en) auch: Besitzergreifung; nicht verw. mit *Approximation,* die (lat., Pl. -en) Näherungswert 2. *Okkupation,* die (lat., Pl. -en) i. S. e. militärischen Besetzung 3. *Usurpation,* die (lat., Pl. -en) widerrechtliche Inbesitznahme; nicht verw. mit *Usukapion,* die (lat., Pl. -en) Ersitzung, Erwerb durch langen Eigenbesitz (röm. Recht)
zuerkennen 1. *addizieren* (lat.) auch: zusprechen, z. B. e. Kunstwerk einem best. Meister 2. *adjudizieren* (lat.)
zuerkennend *adjudikativ* (lat.) zusprechend
Zuerkennung ... *Adjudikation,* die (lat., Pl. -en) ... e. von Staaten beanspruchten Gebietes durch e. internationales Gericht; auch: richterliche Zuerkennung
zuerst *primär* (lat.-fr.) auch: ursprünglich
Zufall 1. *Tyche,* die (gr., ohne Pl.) 2. *Koinzidenz,* die (lat., ohne Pl.) Zusammentreffen von Ereignissen
Zufall, der e. Kompositionsrichtung musikalischer Werke Raum läßt *Aleatorik,* die (lat., ohne Pl.)
zufällig *akzidentell* (lat.-fr.) unwesentlich; nicht zum Krankheitsbild gehörend (med.)
Zufälligkeit *Kontingenz,* die (lat., Pl. -en) auch: die Häufigkeit zusammen vorkommender oder sich gleich verhaltender Merkmale
zufallsabhängig 1. *stochastisch* (lat.) 2. *aleatorisch* (lat.) z. B. aleatorische Verträge (Spekulationsverträge)
Zufallsauswahl, e. ... treffen *randomisieren* (engl.-am.-dt.)
Zufluchtsort 1. *Asyl,* das (gr.-lat., Pl. -e) e. sicherer Ort für politisch Verfolgte; »Beckstein (bayerischer Innenminister) ist auch e. seltener ... jetzt will er das Asylrecht privatisieren.« (G. Schröders geh. Tagebuch v. H. Venske, 1997) 2. *Refugium,* das (lat., Pl. ...ien) e. sicheres Plätzchen; auch: Zufluchtsstätte
Zufluchtsstätte *Refugium,* das (lat., Pl. ...ien) i. S. e. sicheren Ortes
zufrieden *saturiert* (lat.) gesättigt
zufriedenstellend 1. *akzeptabel* (lat.-fr.) 2. *passabel* (lat.-fr.) annehmbar; auch: leidlich
zufügen *adjungieren* (lat.) math.
zugänglich *akzessibel* (lat.) nicht verw. mit *akzessorisch* (lat.) nebensächlich; auch: hinzutretend
Zugangsberechtigung *Account,* der (engl., Pl. -s) eigtl.: Konto; Rechnung; Bez. aus der EDV: die Berechtigung wird von dem Provider (Versorger) eingerichtet, er erteilt Benutzernamen u. e. Paßwort, mit denen der Internet-Account genutzt werden kann

Zugehörigkeit zum Übertragen von Daten ... *Modem,* das (lat.-engl., ohne Pl.) kurz für: Modulator/Demodulator; ... zwischen Computern über die Telefonleitung
zugeknöpft *reserviert* (lat.) zurückhaltend
Zügellosigkeit 1. *Libertinage,* die (lat.-fr., Pl. -en) auch: Ausschweifung 2. *Dissolution,* die (lat., Pl. -en)
zugespitzt *pointiert* (lat.-fr.) z. B. sehr pointiert (betont) sprechen
Zugeständnis 1. *Konzession,* die (lat., Pl. -en) die Verhandlungspartner mußten Konzessionen machen 2. *Kompromiß,* der (lat., Pl. ...misse) 3. *Tribut,* der (lat., Pl. -e) auch: Opfer; im alten Rom die direkte Steuer; nicht verw. mit *Tribun,* der (lat., Pl. -e) altröm. Volksführer
zugestehen *konzedieren* (lat.) z. B. ihm wurde e. bes. Fachwissen konzediert
zugestehend, scheinbar ... *epitropisch* (gr.)
zugetan *affektioniert* (lat.)
Zugfestigkeit *Tenazität,* die (lat., ohne Pl.)
Zugkraft *Traktion,* die (lat., Pl. -en) auch: das Ziehen
Zugmaschine 1. *Bulldog,* der (engl., Pl. -s) 2. *Lokomotive,* die (lat.-engl., Pl. -n) auf Schienen 3. *Traktor,* der (lat.-engl., Pl. ...oren) 4. *Truck,* der (fr.-engl.-am., Pl. -s) Zugmaschine, Lastkraftwagen
Zugmaschinenfahrer 1. *Traktorist,* der (lat.-russ., Pl. -en) 2. *Trucker,* der (fr.-engl.-am., Pl. -s)
zugrunde richten *ruinieren* (lat.) »Ein gescheites Unternehmen ist auch durch e. lausige PR-Abteilung nicht zu ruinieren.« (Klaus Kocks, VW-Vorstand, 1997) auch: verwüsten
Zugstück *Attraktion,* die (lat.-fr.-engl., Pl. -en) unter den Schlagersängern war der Auftritt Heinos e. Attraktion
Zuhälter 1. *Louis,* der (fr., ohne Pl.) ugs. 2. *Strizzi,* der (it., Pl. -s) 3. *Loddel,* der (ugs., ohne Pl.) nicht verw. mit *Lodde,* die (fr., Pl. -n) e. Lachsfisch (Kapelan)
Zuhörer 1. *Auditorium,* das (lat., Pl. ...ien) i. S. von: Zuhörerschaft 2. *Korona,* die (gr.-lat., Pl. ...nen) eigtl.: Krone; Zuhörerkreis; Strahlenkranz
Zuhörerschaft 1. *Auditorium,* das (lat., Pl. ...ien) 2. *Publikum,* das (lat., ohne Pl.) »Wir spielen für das Publikum, aber wir müssen nicht zu ihm hinuntersteigen ...« (Gustaf Gründgens)
Zukunft *Futur,* das (lat., Pl. -e)
zukünftig *in spe* (lat.) »in der Hoffnung«; baldig
Zukunftsaussicht *Perspektive,* die (lat., Pl. -n) die Perspektiven für Arbeitslose ab 50 Jahre aufwärts sind auf dem Arbeitsmarkt sehr schlecht
Zukunftsdeuter 1. *Prognostiker,* der (gr.-lat.-engl., Pl. –) 2. *Futurologe,* der (gr.-lat., Pl. -n) auch: Zukunftsforscher
Zukunftsdeutung *Orakel,* das (lat., Pl. –)
Zukunftsform *Futur,* das (lat., Pl. -e) e. Verbs: ich werde gehen
Zukunftsforschung *Futurologie,* die (lat.-gr., ohne Pl.)
Zukunftsseher *Prophet,* der (gr.-lat., Pl. -en) von Gott berufener Mahner; »Der Prophet gilt nichts in seinem Vaterland.« (Bibel, Matthäus 13, 47)
Zukunftsvorhersage *Horoskop,* das (gr.-lat., Pl. -e) in der Astrol.
zulassen 1. *permittieren* (lat.-fr.) erlauben 2. *tolerieren* (lat.) dulden
zulässige Bestrahlungszeit *Toleranzdosis,* die (lat.-gr., Pl. -dosen) med. ... u. -menge
Zulassung 1. *Approbation,* die (lat., Pl. -en) z. B. die Berufszulassung des Arztes 2. *Konzession,* die (lat., Pl. -en) Genehmigung z. B. für Gaststätten
Zulassung, zahlenmäßig beschränkte ... *numerus clausus* (lat.) ... zu e. Studium
zum Gebrauch *ad usum* (lat.)
zumessen *rationieren* (lat.-fr.)
Zumessung *Dosierung,* die (fr.-dt., Pl. -en)
Zunahme *Inkrement,* das (lat., Pl. -e) um e. best. Betrag
Zündholzetikettensammler *Phillumenist,* der (gr.-lat., Pl. -en)
Zündmittel *Detonator,* der (lat., Pl. ...oren)
Zuneigung 1. *Sympathie,* die (gr.-lat., Pl. -n) »Ich spüre e. Sympathiewelle, die von Tag zu Tag gestiegen ist.« (Helmut Kohl, Bundeskanzler, 1998) 2. *Affektion,* die (lat., Pl. -en) 3. *Affinität,* die (lat., Pl. -en) eigtl.: Verwandtschaft; Anziehungskraft; Reaktionsbereitschaft 4. *Passion,* die (lat.-fr., Pl. -en) Vorliebe; auch: Leidensgeschichte Jesu Christi
Zuneigung, rein seelisch *platonisch* (gr.-lat.) nach der Art des Philosophen Platon: platonische Liebe: keine körperliche Zuneigung
Zuneigung, seelisch u. körperlich *Love* (engl., ohne Pl.) Liebe; »Make love not war!« (mach Liebe, nicht Krieg! Slogan der Hippiebewegung)
Zunge *Glossa,* die (gr.-lat., ohne Pl.) med.
Zungenlaut *Lingual,* der (lat., Pl. -e)
Zungenvergrößerung *Makroglossie,* die (gr.-lat., Pl. ...ien) med.
zuordnen *adjungieren* (lat.) auch: beifügen (math.)
Zupfinstrument 1. *Balalaika,* die (russ., Pl. -ken) 2. *Zither,* die (gr.-lat., Pl. -n) 3. *Gitarre,* die (gr.-arab.-sp., Pl. -n) auch: Klampfe 4. *Zanza,* die (arab., Pl. -s) afrik. Zupfinstrument
Zurechnungsfähigkeit *Imputabilität,* die (lat., ohne Pl.)
zurechtfinden *orientieren* (lat.-fr.)

zurichten 1. *appretieren* (fr.) z. B. Textilien durch Bearbeitung e. besseres Aussehen geben 2. *adjustieren* (lat.-fr.) in die richtige Stellung bringen, z. B. Werkzeuge zurichten

Zurichter von Geweben ... *Appreteur,* der (fr., Pl. -e) ... u. Textilien

zurück *back* (norddt.) Seemannsspr.; nicht verw. mit *Back,* die (norddt., Pl. -en) Aufbau auf dem Vorderdeck u. Tischgemeinschaft

zurück, niemals ...! *numquam retrorsum!* (lat., Zitat: Cicero)

zurückbilden *degenerieren* (lat.)

Zurückbleiben in der Entwicklung *Epistase,* die (gr., Pl. -n) ... gewisser Merkmale

zurückblickend *retrospektiv* (lat.)

Zurückdrängung der arabischen Herrschaft *Reconquista,* die (lat.-sp., ohne Pl.) ... auf der iberischen Halbinsel durch die Christen im 8. bis 15. Jh.

zurückfordern *reklamieren* (lat.) auch: wegen Mängeln beanstanden

zurückgeblieben *rudimentär* (lat.) verkümmert; z. B. die rudimentären Flügel der Strauße

zurückgehend 1. *regressiv* (lat.) auch: regressive Assimilation: Angleichung e. Lautes an vorangehende (Sprachw.) 2. *rekursiv* (lat.)

zurückgekehrter Auswanderer *Remigrant,* der (lat., Pl. -en) aus politischen oder weltanschaulichen Gründen

zurückgreifen, auf etwas ... 1. *regredieren* (lat.) 2. *rekurrieren* (lat.) Bezug nehmen

zurückhaltend 1. *diskret* (lat.-fr.) 2. *reserviert* (lat.) 3. *ritenuto* (lat.-it.) musik. Vortragsanw. 4. *defensiv* (lat.) abwehrend; Ggs.: offensiv; auch: rücksichtsvoll Auto fahren; Ggs.: aggressiv 5. *dezent* (lat.) taktvoll, unaufdringlich; Ggs.: indezent 6. *diszipliniert* (lat.) zurückhaltend, beherrscht; z. B. e. disziplinierter Esser sein; nicht verw. mit *disziplinär* (lat.) die Disziplin (Unterordnung) betreffend

Zurückhaltung 1. *Dezenz,* die (lat., ohne Pl.) 2. *Diskretion,* die (lat.-fr., ohne Pl.) 3. *Reserve,* die (lat.-fr., ohne Pl.) auch: (mit Pl. -n) Vorrat

zurücklegen *reservieren* (lat.) z. B. Theaterkarten

zurückschlagen *kontern* (lat.-fr.-engl.) angreifen, schlagfertig entgegnen

zurücksenden 1. *remittieren* (lat.) 2. *retournieren* (lat.-fr.)

zurückstoßend *repulsiv* (lat.)

Zurückstoßung *Repulsion,* die (lat., Pl. -en)

zurückstrahlen *reflektieren* (lat.)

zurücktreten *demissionieren* (lat.-fr.) z. B. von e. Amt

Zurückwerfen *Remission,* die (lat., Pl. -en) z. B. von Licht an dunklen Wänden

zurückziehen *retirieren* (fr.)

zurückziehen, e. mündlichen Antrag vor Gericht ... *revozieren* (lat.-fr.) ... wenn der Gegner das Gegenteil beweisen kann

Zuruf *Akklamation,* die (lat., Pl. -en) ... bei Parlamentsbeschlüssen; auch: Beifall

Zusammenarbeit 1. *Kooperation,* die (lat., Pl. -en) zwei Firmen vereinbarten e. Kooperation, Kooperationsvertrag 2. *Teamwork,* das (engl., Pl. -s) in e. Firma arbeiten mehrere Kollegen an e. Projekt: projektbezogenes Teamwork

Zusammenarbeit auf dem Gebiet neuer Medien *Merging,* das (engl., ohne Pl.) to merge (verschmelzen) Großprojekte wie interaktives TV, Online-Netze zwingen Computerhersteller, Kabelgesellschaften, Telefonbetreiber u. Verlage zur Kooperation, z. B. im Bereich »Pay-TV«

zusammenarbeiten *paktieren* (lat.) auch: gemeinsame Sache machen

zusammenarbeiten, mit dem Feind ... *kollaborieren* (lat.-fr.)

zusammenballen *agglomerieren* (lat.)

Zusammenballung 1. *Agglutination,* die (lat., Pl. -en) z. B. von Bakterien 2. *Agglomeration,* die (lat., Pl. -en) Anhäufung z. B. mehrerer Betriebe an e. Ort 3. *Konglomerat,* das (lat.-fr., Pl. -e) auch: Gemisch 4. *Konzentration,* die (gr.-lat., Pl. -en) Zusammenballung, z. B. von militärischen Einheiten; Ggs.: Dekonzentration

zusammenbasteln *fabrizieren* (lat.) scherzhaft: was hast du da fabriziert? »Wir fabrizieren Dinge, die Sie mit tödlicher Sicherheit anwenden werden.« (Hansgeorg Garais, Chemiefirma Hoechst, 1981)

zusammenbauen *montieren* (lat.-fr.) von Maschinen z. B. in Montagehallen

zusammenbrechen *kollabieren* (lat.) der Kreislauf kann kollabieren (med.) nicht verw. mit *kollabeszieren* (lat.) körperlich verfallen (med.)

Zusammenbruch 1. *Debakel,* das (fr., Pl. –) sein Auftritt als Redner war e. Debakel 2. *Desaster,* das (it.-fr., Pl. –) 3. *Bankrott,* der (it., Pl. -e) Zahlungsunfähigkeit; von: *banca rotta* (it.): zerbrochener Tisch des Geldwechslers 4. *Fiasko,* das (germ.-it., Pl. -s) eigtl.: Flasche; Reinfall 5. *Infarkt,* der (lat., Pl. -e) z. B. Herzinfarkt (med.) svw. Gefäßverschluß 6. *Katastrophe,* die (gr.-lat., Pl. -n) auch: Drama, großes Unglück 7. *Konkurs,* der (lat., Pl. -e) geschäftlicher Zusammenbruch 8. *Ruin,* der (lat.-fr., ohne Pl.) auch: Untergang; jmdn. in den Ruin treiben

zusammendrücken *komprimieren* (lat.) verdichten

Zusammenfall *Koinzidenz,* die (lat., ohne Pl.) Zusammentreffen zweier Begebenheiten

zusammenfallen *koinzidieren* (lat.) auch: einander decken

zusammenfallend *koinzident* (lat.)

zusammenfassen 1. *komprimieren* (lat.) z. B. e. Vortrag komprimiert wiedergeben 2. *rekapitulieren* (lat.) auch: wiederholen 3. *resümieren* (lat.-fr.)

zusammenfassend 1. *schematisch* (gr.-lat.) auch: gleichförmig, gedankenlos 2. *summarisch* (lat.) kurz u. bündig; nicht verw. mit *summieren* (lat.) zusammenzählen

Zusammenfassung 1. *Abrégé,* das (lat.-fr., Pl. -s) kurzer Auszug 2. *Extrakt,* der (lat., Pl. -e) Auszug i. a. aus tierischen oder pflanzlichen Stoffen 3. *Konzentrat,* das (gr.-lat.-fr., Pl. -e) auch: hochprozentige Lösung; nicht verw. mit *Konzentration,* die (gr.-lat.-fr., Pl. -en) Zusammenballung, höchste Aufmerksamkeit; Ggs.: Dekonzentration 4. *Resümee,* das (lat.-fr., Pl. -s) 5. *Summary,* das (engl., Pl. ...ries) kurze Zusammenfassung, z. B. e. Buches 6. *Synopse,* die (gr.-lat., Pl. ...opsen) Übersicht; vergleichende Textgegenüberstellung

Zusammenfügung *Synthese,* die (gr.-lat., Pl. -n) von Einzelteilen zu e. Ganzen

Zusammenführung alter Menschen *Silver-Age-Programm,* das (engl.-gr.-lat., Pl. -e) e. Programm, das bes. alleinstehende Männer (wieder) verheiraten soll, um sie vor der Verwahrlosung zu schützen

zusammengedrängt zu e. Knäuel *Agglomerat,* das (lat., Pl. -e) auch: Ablagerung von heißem noch plastischem Gestein; feinkörniges Erz; Ggs.: Konglomerat

Zusammengehörigkeitsgefühl 1. *Clustering,* das (engl., Pl. -s) ... innerhalb best. Gruppen, z. B. unter den Punks 2. *Solidarität,* die (lat.-fr., ohne Pl.)

zusammengenommen *pauschal* (lat.) im ganzen, allgemein

zusammengesetzt *hybrid* (gr.) gemischt; zwittrig; auch: vermessen, hochmütig

zusammengestellt *synoptisch* (gr.) klar u. übersichtlich

zusammenhaltend 1. *loyal* (lat.-fr.) auch: regierungstreu; Ggs.: disloyal, illoyal 2. *solidarisch* (lat.-fr.) gemeinsam, füreinander einstehend; Gewerkschaften halten Solidaritätskundgebungen ab

Zusammenhang 1. *Kohärenz,* die (lat., ohne Pl.) 2. *Kontext,* der (lat., Pl. -e) Text e. sprachlichen Einheit

Zusammenhang, Mangel an ... *Diskontinuität,* die (lat., Pl. -en) Unterbrechung von Vorgängen; Ggs.: Kontinuität

zusammenhängend 1. *kohärent* (lat.) auch: kohärentes Licht (Lichtbündel) 2. *konsistent* (lat.) auch: dickflüssig; beständig; Ggs.: inkonsistent

zusammenhanglos *diskontinuierlich* (lat.) unterbrochen; Ggs.: kontinuierlich

Zusammenklang *Harmonie,* die (gr.-lat., Pl. -n)

zusammenklingen *harmonieren* (gr.-lat.) i. S. von gut zusammen auskommen

Zusammenkoppeln, das ... von Raumschiffen 1. *Docken,* das (engl., ohne Pl.) 2. *Docking,* das (engl., Pl. -s) Ankopplung

Zusammenkunft 1. *Rendezvous,* das (lat.-fr., Pl. –) auch: Stelldichein 2. *Meeting,* das (engl., Pl. -s) Arbeitstreffen 3. *Entrevue,* die (lat.-fr., Pl. -n) bes. von Monarchen: e. Unterredung oder Zusammenkunft

Zusammenkunft von Zigarrenliebhabern *Smoker-Night,* die (engl., Pl. -s)

Zusammenleben ... *Symbiose,* die (gr., Pl. -n) ... von Lebewesen zu gegenseitigem Nutzen, z. B. Kuhreiher u. Büffel

zusammenleben *harmonieren* (gr.-lat.) i. S. e. friedlichen Zusammenlebens

Zusammenleben zweier Organismen ... *Metabiose,* die (gr.-lat., Pl. -n) ... bei dem nur ein Teil profitiert

Zusammenleben, friedliches ... *Koexistenz,* die (lat.-fr., ohne Pl.)

zusammenlegen *arrondieren* (lat.-fr.) z. B. Grundbesitz

zusammenpassend *kompatibel* (lat.-fr.) in der EDV die Hardware diverser Hersteller

Zusammenprall *Karambolage,* die (fr., Pl. -n) z. B. von Autos im Straßenverkehr

Zusammenpressung *Kompression,* die (lat., Pl. -en) z. B. von Luft im Reifen

Zusammenrechnung *Summation,* die (lat., Pl. -en)

zusammenschließen 1. *fusionieren* (lat.) auch: verschmelzen, Unternehmen können fusionieren 2. *integrieren* (lat.) svw. in e. Ganzes einfügen 3. *unifizieren* (lat.) i. S. von: vereinheitlichen

Zusammenschluß 1. *Assoziierung,* die (lat.-fr., Pl. -en) e. Assoziierungsabkommen, wie es z. B. zwischen der Türkei u. der EG besteht 2. *Union,* die (lat., Pl. -en) z. B. von Staaten 3. *Allianz,* die (lat.-fr., Pl. -en) auch: Bündnis 4. *Assoziation,* die (lat.-fr., Pl. -en) Zusammenschluß; auch: Verbindung von Vorstellungen 5. *Fusion,* die (lat., Pl. -en) Verschmelzung, z. B. zweier Firmen 6. *Kartell,* das (gr.-lat.-it.-fr., Pl. -e) Zusammenschluß von Firmen, die jedoch selbständig bleiben; »Kartelle sind nicht die richtige Antwort.« (Wolfgang Schäuble zu e. großen Koalition, 1998) 7. *Koalition,* die (lat.-engl.-fr., Pl. -en) Parteienbündnis 8. *Konsortium,* das (lat., Pl.

...ien) Zweckverband von Unternehmen 9. *Konzern,* der (lat.-fr.-engl., Pl. -e) Verbindung mehrerer Unternehmen unter einem Verwaltungsdach (Holding) 10. *Liga,* die (lat.-sp., Pl. ...gen) Bund; Wettkampfklasse, z. B. Fußballoberliga 11. *Organisation,* die (gr.-lat.-fr.-engl., Pl. -en) Aufbau u./o. Ordnung e. Gruppe; auch: Verbands-Firmengestaltung 12. *Syndikat,* das (gr.-lat.-am., Pl. -e) Firmenverband mit eigener Rechtspersönlichkeit; Verbrecherorganisation in den USA; auch: Amt des Syndikus 13. *Trust,* der (engl.-am., Pl. -e, -s) Zusammenlegung von Firmen unter e. Leitung mit der Absicht e. Monopolbildung

Zusammenschneiden alten optischen u. akustischen Materials ... *Sampling,* das (engl.-am., ohne Pl.) ... zu e. neuen Kunstwerk

Zusammensein *Tête-à-Tête,* das (fr., Pl. -s) vertraulich, intim

zusammensetzen, sich aus etwas ... *rekrutieren* (lat.) mustern

Zusammensetzung 1. *Komposition,* die (lat., Pl. -en) 2. *Synkrise,* die (gr., Pl. ...krisen) philos.

zusammenstellen 1. *rekrutieren* (lat.-fr.) Wehrpflichtige werden rekrutiert 2. *formieren* (lat.-fr.) bilden, gestalten 3. *kombinieren* (lat.) mutmaßen; kombinieren wie Detektiv Nick Knatterton 4. *komponieren* (lat.) e. musik. Werk schaffen; auch: gestalten

Zusammenstellung 1. *Arrangement,* das (fr., Pl. -s) künstlerische Gestaltung; auch: Vereinbarung 2. *Potpourri,* das (fr., Pl. -s) auch: Kunterbunt; bekannte Melodien, die direkt ineinander übergehen 3. *Kompilation,* die (lat., Pl. -en) ... mehrerer Quellen

Zusammenstoß 1. *Karambolage,* die (fr., Pl. -n) z. B. von Autos im Straßenverkehr 2. *Kollision,* die (lat., Pl. -en) z. B. Schiffe oder Flugzeuge auf Kollisionskurs 3. *Konflikt,* der (lat., Pl. -e) Streit, Auseinandersetzung

zusammenstoßen *kollidieren* (lat.)

Zusammentreffen 1. *Koinzidenz,* die (lat., ohne Pl.) gleichzeitiges Auftreten 2. *Konstellation,* die (lat., Pl. -en) auch: Planetenstand

zusammentreffen *koinzidieren* (lat.) auch: einander decken

Zusammentreiben des Viehs *Round-up,* das (engl.-am., ohne Pl.) ... durch Cowboys

zusammenwirken *kooperieren* (lat.) nicht verw. mit *kooptieren* (lat.) jmdn. durch e. Nachwahl aufnehmen

Zusammenwirken verschiedener Kräfte ... *Synergie,* die (gr.-lat., Pl. -n) ... zur gegenseitigen Förderung, z. B. bei der Fusion (Verschmelzung) von Firmen

zusammenwirkend *synergetisch* (gr.-lat.) mitwirkend

zusammenzählen *addieren* (lat.) math.

Zusammenzählung *Addition,* die (lat., Pl. -en) math.

Zusammenziehung 1. *Retraktion,* die (lat.-fr., Pl. -en) auch: Schrumpfung 2. *Kontraktion* ... die (lat., Pl. -en) ... z. B. von Muskeln; nicht verw. mit *Kontraktur,* die (lat., Pl. -en) Fehlstellung e. Gelenks; auch: Versteifung (med.)

Zusatz ... *Additiv,* das (lat.-engl., Pl. -e) u. *Additive,* das (lat.-engl., Pl. -s) ... der Eigenschaften e. Stoffes verbessert, z. B. Öladditive

Zusatzfunktion, Aktivierung einer versteckten ... *Trojanisches Pferd,* das (Eigenn., Pl. -e -e) ... beim Öffnen des Programms; Trojanische Pferde »erschnüffeln« auf der Festplatte geheime Informationen, Hacker können damit z. B. Konten von Bankkunden leerräumen

Zusatzgerät *Adapter,* der (lat.-engl., Pl. –) ... zu e. Hauptgerät, z. B. zur Kamera

zusätzlich *additional* (lat.-engl.) auch: nachträglich

Zusatzrakete, startunterstützende ... *Booster,* der (engl., Pl. -s)

Zusatzvorschlag *Amendement,* das (lat.-fr., Pl. -s) Ergänzung zu e. Gesetz

Zuschauer *Voyeur,* der (lat.-fr., Pl. -e) i. S. e. heimlichen Zuschauers bei geschlechtlichen Handlungen; auch: Spanner (ugs.)

Zuschauerbühne *Tribüne,* die (lat.-it.-fr., Pl. -n) auch: Zuschauerraum

Zuschauerschaft *Publikum,* das (lat.-fr.-engl., Pl. ...ka) auch: Besucherschaft; »Das Publikum ist so einfältig, lieber das Neue als das Gute zu lesen.« (Arthur Schopenhauer)

Zuschnitt *Fasson,* die (lat.-fr., Pl. -s) Art e. Haarschnitts; auch: Form, Muster; »In meinem Staate kann jeder nach seiner Fasson selig werden.« (Friedrich der Große, Bemerkung 1740)

zusprechen 1. *addizieren* (lat.) zuerkennen, z. B. e. wertvollen Gegenstand 2. *adjudizieren* (lat.) auch: zuerkennen

Zustand 1. *Kondition,* die (lat., Pl. -en) auch: Zahlungs- u. Lieferungsbedingungen von Firmen 2. *Phase,* die (gr.-fr., Pl. -n) Stufe; Zustandsform; auch: Mondphase 3. *Situation,* die (lat.-fr., Pl. -en) Sachlage 4. *Stadium,* das (gr.-lat., Pl. ...ien) auch: Abschnitt; nicht verw. mit *Stadion,* das (gr., Pl. ...ien) Kampfbahn, Sportfeld 5. *Status,* der (lat., ohne Pl.) z. B. Status quo (gegenwärtiger Zustand) Status praesens (augenblicklicher Krankheitszustand)

Zustand, endgültiger ... *Definitivum,* das (lat., Pl. -va)

Zustand, gleichgestalteter ... 1. *Isomorphie,* die

(gr., ohne Pl.) 2. *Isomorphismus*, der (gr., ohne Pl.)

Zustand, schlafähnlicher ... *Hypnose*, die (gr., Pl. -n) ... durch Suggestion hervorgerufene Willenlosigkeit

Zustand, ungeordneter ... der Dinge *Chaos*, das (gr., ohne Pl.) »Vor mir das Chaos, nach mir die Sintflut.« (Mobutu Sese Seko, Noch-Staatspräsident von Zaire, 1997)

Zustand vor dem Ereignis *Status quo ante* (lat.)

Zustand, vorläufiger ... *Provisorium*, das (lat., Pl. ...ien) i. S. e. Übergangslösung

zuständig *kompetent* (lat.) Ggs.: inkompetent

Zuständigkeit *Kompetenz*, die (lat., Pl. -en) »Ich muß Kompetenz demonstrieren durch Händedruck mit Bankiers u. Umarmung von Vorstandschefs.« (G. Schröders geh. Tagebuch von H. Venske, 1997); Ggs.: Inkompetenz

zustimmend *positiv* (lat.) seine Entscheidung war positiv, der Schwangerschaftstest zeigte e. positives Ergebnis; Ggs.: negativ

Zustimmung 1. *Akklamation*, die (lat., Pl. -en) Beifall; Zustimmung bei Parlamentsbeschlüssen (ohne Einzelabstimmung) 2. *Konsens*, der (lat., Pl. -e) Einwilligung 3. *Ovation*, die (lat., Pl. ...en) eigtl.: kleiner Triumph; Huldigung 4. *Plazet*, das (lat., Pl. -s) »es gefällt«; Einwilligung

Zustimmung, bes. Haltung e. ... *Affirmation*, die (lat.-engl., Pl. -s) auch: Hinwendung, Bekräftigung, Bejahung; Bewegung, die der Protesthaltung allg. Verweigerung durch übertriebene Hinwendung entgegenwirken sollte; z. B. wurden den Fragebögen zur Person mehrseitige Lebensläufe beigefügt; Ggs.: Negation

Zutat *Ingredienz*, die (lat., Pl. -en)

Zuteilung *Rationierung*, die (lat., Pl. -en)

Zutritt *Admission*, die (lat., Pl. -en) z. B. e. Clubaufnahme

Zutritt verboten *off limits* (engl.) Hinweis vor militärischen Sperrgebieten

zuverlässig *fundiert* (lat.) begründet; über e. fundiertes Wissen verfügen

Zuverlässigkeit *Reliabilität*, die (lat.-fr.-engl., Pl. -en) bei Testverfahren techn. Produkte

Zuversicht 1. *Optimismus*, der (lat., ohne Pl.) 2. *Fiduz*, das (lat., ohne Pl.) Vertrauen

zuversichtlich *optimistisch* (lat.) Ggs.: pessimistisch

zuvorkommen *prävenieren* (lat.)

Zuvorkommen *Prävention*, die (lat., Pl. -en) auch: Vorkehrung

Zuwachs *Inkrement*, das (lat., Pl. -e)

Zuwendung *Dotation*, die (lat., Pl. -en) finanzielle Zuwendung; auch: Mitgift

Zwang 1. *Pression*, die (lat., Pl. -en) 2. *Terror*, der (lat., ohne Pl.) Gewaltausübung, Verbreitung von Angst u. Schrecken

zwanglos 1. *leger* (lat.-fr.) lässig 2. *salopp* (fr.) e. saloppe (bequeme) Kleidung tragen 3. *sans gêne* (fr.)

zwangloses Fest *Party*, die (engl., Pl. ...ies) »Die Rolle des Zentralbankrats ist es, den Wein vom Tisch zu nehmen, wenn die Party am schönsten ist.« (Hans Tietmeyer, Bundesbankpräsident, 1997)

Zwanglosigkeit *Degagement*, das (fr., Pl. -s)

Zwangsherrschaft *Diktatur*, die (lat., Pl. -en) mit e. Diktator oder mehreren Diktatoren an der Spitze; »die Diktatur des Proletariats« (Karl Marx) oder »Diktaturen sind Einbahnstraßen, in Demokratien herrscht Gegenverkehr.« (Alberto Moravia)

Zwangslage *Dilemma*, das (gr.-lat., Pl. -s, -ta) Wahl zwischen unangenehmen Dingen

zwangsläufig *automatisch* (gr.)

Zwangsmaßnahme *Sanktion*, die (lat.-fr., Pl. -en) werden z. B. gegenüber e. anderen Staat eingeleitet, der das Völkerrecht verletzt; auch: Billigung, Anerkennung

Zwangsräumung *Exmission*, die (lat., Pl. -en) z. B. e. Wohnung, wird von Gericht angeordnet

Zwangsverschickung *Deportation*, die (lat., Pl. -en) auch: Zwangsumsiedlung, Verschleppung; nicht verw. mit *Deport*, der (lat.-fr., Pl. -e, -s) Kursabzug im Deportgeschäft; Ggs.: Report

Zwangsversteigerung *Gant*, die (it., ohne Pl.) auch: Konkurs

Zwangsverwaltung ... *Sequestration*, die (lat., Pl. -en) ... e. Unternehmens, das in den Konkurs geraten ist

Zwangsvorstellung 1. *Obsession*, die (lat., Pl. -en) 2. *Phrenolepsie*, die (gr.-lat., Pl. ...ien) med.

Zwangszustand *Phrenolepsie*, die (gr.-lat., Pl. ...ien) med.

zwanziger Jahre, die goldenen ... *Golden Twenties*, die (engl., nur Pl.) um 1920

Zweck *Destination*, die (lat., Pl. -en) auch: Bestimmung; nicht verw. mit *Destillation*, die (lat., Pl. -en) Reinigung flüssiger Stoffe; Branntweinbrennerei

Zweck, zu welchem ...? *cui bono?* (lat., Zitat) auch: wozu?

Zwecke, für die eigenen ... benutzen *instrumentalisieren* (lat.) »... die Grünen würden diese Katastrophe (Flughafenbrand Düsseldorf) instrumentalisieren.« (G. Schröders geh. Tagebuch von H. Venske, 1997)

zweckgerichtet *teleologisch* (gr.-lat.)

zweckmäßig 1. *opportun* (lat.) angebracht; Ggs.: inopportun 2. *praktikabel* (gr.-lat.) brauchbar 3.

rationell (lat.-fr.) vernünftig; »Rationeller Wahnsinn ist der schlimmste Wahnsinn, da er e. Waffe gegen die Vernunft besitzt.« (George Bernard Shaw) nicht verw. mit *rational* (lat.) vernünftig; Ggs.: irrational

Zweckmäßigkeit *Opportunität,* die (lat., Pl. -en) »Mit der Opportunität des Tages kann man vielleicht kurzfristig Erfolge machen, auf Dauer nicht.« (Helmut Kohl, Bundeskanzler, 1998) Ggs.: Inopportunität

Zweibeiner *Bipeden,* die (lat., Pl.) z. B. Menschen, aber auch: Vögel, Känguruhs

zweideutig 1. *ambivalent* (lat.) doppelwertig 2. *lasziv* (lat.) e. laszive (schwül-erotische) Frau 3. *pikant* (lat.-fr.) reizvoll; auch: e. pikante (gut gewürzte) Speise 4. *ambig* (lat.)

Zweideutigkeit *Ambiguität,* die (lat., ohne Pl.) z. B. von Wörtern u. Begriffen: Bank oder Hahn

zweidrähtig *bifilar* (lat.) Techn.; auch: zweifädig

Zweiersystem *Dualsystem,* das (lat., ohne Pl.) math., Zahlensystem in dem nur mit zwei Ziffern gerechnet wird: 1 u. 0, elektronische Rechner führen alle Operationen nach dem Dualsystem durch

zweifarbig 1. *dichromatisch* (gr.-lat.) 2. *bichrom* (gr.-lat.)

Zweifarbigkeit *Bichromie,* die (gr.-lat., ohne Pl.)

Zweifel 1. *Skepsis,* die (gr., ohne Pl.) 2. *Skrupel,* der (lat., Pl. –) eigtl.: spitzes Steinchen; Gewissensbisse; auch: altes Apothekergewicht

Zweifel, moralische *Skrupel,* der (lat., Pl. –) »spitzes Steinchen«, Gewissensbisse; »Mich plagen keine Skrupel noch Zweifel, fürchte mich weder vor Hölle noch Teufel.« (Goethe: »Faust«)

zweifelhaft 1. *dubios* u. *dubiös* (lat.-fr.) fragwürdig 2. *obskur* (lat.) verdächtig 3. *ominös* (lat.) unheilvoll; auch: anrüchig 4. *suspekt* (lat.) fragwürdig

Zweifelsfall, im ... *in dubio* ... pro reo (lat.) ... für den Angeklagten, röm. Rechtsgrundsatz)

Zweifelsucht *Skepsis,* die (gr., ohne Pl.) i. S. von bes. Bedenken; »Skepsis ist der erste Schritt auf dem Weg zur Philosophie.« (Denis Diderot)

Zweifler *Skeptiker,* der (gr., Pl. –)

zweiflerisch *skeptisch* (gr.)

Zweiflügler *Dipteren,* die (gr., nur Pl.) zweiflüglige Insekten

Zweifüßer *Bipede,* der (lat., Pl. -n) i. S. e. zweifüßigen Tieres

zweifüßig *bipedisch* (lat.)

Zweifüßigkeit *Bipedie* u. *Bipedität,* die (lat., ohne Pl.)

zweigeschlechtig 1. *monoklin* (gr.-lat.) z. B. bei best. Blüten 2. *bisexuell* (lat.)

Zweigeschlechtigkeit 1. *Bisexualität,* die (lat., ohne Pl.) 2. *Hermaphrodismus* u. *Hermaphroditismus,* der (gr.-lat., ohne Pl.) med.

zweigestaltig *dimorph* (gr.)

zweigeteilt *dichotom* (gr.) gegabelt

Zweiggeschäft *Filiale,* die (lat.-fr., Pl. -n) z. B. e. Filiale der Deutschen Bank

zweigliedrig *binomisch* (gr.-lat.) z. B. binomischer Lehrsatz: math. Formel

Zweigstelle *Dependance,* die (lat.-fr., Pl. -n)

Zweihänderschwert *Flamberg,* der (germ.-fr., Pl. -e) e. Landsknechtschwert mit welliger Klinge

zweihändig 1. *bimanuell* (lat.) 2. *à deux mains* (fr.) (zu spielen) musik. Vortragsanw.; Ggs.: à quatre main (vierhändig)

zweihäusig *diözisch* (gr.)

Zweihäusigkeit *Diözie,* die (gr., ohne Pl.) ... bei Pflanzen (Bot.)

Zweiheit 1. *Dualismus,* der (lat., ohne Pl.) 2. *Dualität,* die (lat., ohne Pl.) Doppelheit

Zweikampf 1. *Duell,* das (lat.-fr., Pl. -e) 2. *Pankration,* das (gr., Pl. -s) verbindet den Boxkampf mit dem Ringen

Zweikampf, studentischer ... *Mensur,* die (lat., Pl. -en) ... mit dem Degen

zweipolig *bipolar* (lat.)

Zweipoligkeit *Bipolarität,* die (lat., Pl. -en)

zweiseitig 1. *bilateral* (lat.) zwei Länder schließen z. B. e. bilaterales Wirtschaftsabkommen 2. *mutual* u. *mutuell* (lat.) wechselseitig 3. *reziprok* (lat.) gegenseitig; reziproker Wert: Kehrwert

zweisprachig 1. *bilinguisch* (lat.) 2. *bilingual* (lat.)

Zweisprachigkeit *Bilingualismus,* der (lat., ohne Pl.)

Zweitausfertigung *Duplikat,* das (lat., Pl. -e) z. B. e. Vertrages, e. Urkunde

Zweiteilung ... *Dichotomie,* die (gr., Pl. ...ien) ... des Pflanzensprosses

zweiter Fall *Genitiv,* der (lat., Pl. -e) Sprachw.

zweitrangig *sekundär* (lat.)

Zweitschrift *Duplikat,* das (lat., Pl. -e)

zweiwertig 1. *ambivalent* (lat.) doppelwertig 2. *bivalent* (lat.)

Zweiwertigkeit 1. *Bivalenz,* die (lat., Pl. -en) 2. *Ambivalenz,* die (lat., Pl. -en) i. S. von Doppelwertigkeit

Zwerchfell *Diaphragma,* das (gr.-lat., Pl. ...men) med.

Zwerchfellentzündung *Phrenitis,* die (gr.-lat., Pl. ...itiden) med.

Zwerg 1. *Gnom,* der (gr., Pl. -en) Kobold; Erdgeist; nicht verw. mit *Gnome,* die (gr., Pl. -n) kurzer Denkspruch in Prosa 2. *Liliputaner,* der (engl., Pl. –) Zwergmenschen 3. *Pygmäe,* der (gr., Pl. -n) Angehöriger e. zwergwüchsigen Rasse Afrikas u. Südostasiens

Zwergbaum *Bonsai,* der (jap., Pl. -s) durch e. bes. Wurzelbehandlung werden eigentlich großwachsende Bäume klein gehalten
Zwergenland ... *Liliput,* das (engl., ohne Pl.) ... nach J. Swifts »Gullivers Reisen«
Zwergenwuchs *Nanismus,* der (gr.-lat., ohne Pl.) med.; auch: extremer Zwergwuchs
Zwergpinscher *Harlekin,* der (fr.-it., Pl. -e) auch: Narrengestalt, Hanswurst; Sprungspinne
Zwergvolk, Angehöriger eines ... *Pygmäe,* der (gr.-lat., Pl. -n) »Fäustling«; svw. Vertreter e. kleinwüchsigen Rasse Afrikas u. Südostasiens
zwergwüchsig *pygmäisch* (gr.-lat.)
Zwicker *Pincenez,* das (fr., Pl. –) e. bügellose Brille
Zwiegesang *Duett,* das (it., Pl. -e)
Zwiegespräch *Dialog,* der (gr.-lat.-fr., Pl. -e)
Zwielaut *Diphthong,* der (gr.-lat., Pl. -e)
Zwiespalt *Konflikt,* der (lat., Pl. -e) »Zusammenstoß«; Streit
zwiespältig *diskrepant* (lat.)
Zwiespältigkeit *Diskrepanz,* die (lat., Pl. -en)
Zwilling *Gemellus,* der (lat., Pl. ...lli) med.
Zwillingsbrüder der gr. Sage *Kastor u. Pollux* (Eigenn.-gr.) Helden der gr. Sagenwelt; auch: Bez. für eng befreundete Männer; auch: *Pollux,* der (gr., ohne Pl.) Zwillingsstern im Sternbild Gemini
Zwillingskarte im Funktelefonverkehr *Twin Card,* die (engl., Pl. -s)
zwingend 1. *imperativ* (lat.) auch: bindend 2. *stringent* (lat.) beweiskräftig, auch: bündig
zwingend festlegen *diktieren* (lat.)
Zwischeneiszeit *Interglazialzeit,* die (lat.-dt., Pl. -en)
zwischeneiszeitlich *interglazial* (lat.)
Zwischenfall 1. *Intermezzo,* das (lat.-it., Pl. ...zi) meist heiterer Zwischenfall; die Bekanntschaft mit ihr war e. kurzes Intermezzo 2. *Episode,* die (gr.-fr., Pl. -n) Begebenheit
Zwischenform hinsichtlich der Geschlechtsmerkmale ... *Intersexualität,* die (lat., ohne Pl.) ... die normalerweise getrenntgeschlechtig sein müßten; z. B. Männer mit Busen
Zwischengericht, leichtes ... *Entremets,* das (lat.-fr., ohne Pl.)
Zwischengeschoß 1. *Entresol,* das (lat.-fr., Pl. -s) 2. *Mezzanin,* das (lat.-it.-fr., Pl. -e) war bes. im Barock u. in der Renaissance Usus (Gebrauch)
Zwischenhirn, Haupteil des ... *Thalamus,* der (gr.-lat., Pl. ...mi) med.; auch: Zwischenhirnkern
Zwischenlösung *Interim,* das (lat., Pl. -s) auch: Zwischenzeit
Zwischenmahlzeit einnehmen *jausen* (slowenisch)
Zwischenmahlzeit *Jause,* die (slowenisch, Pl. -n) auch: Vesper
Zwischenraum 1. *Distanz,* die (lat., Pl. -en) Abstand; auch: Entfernung 2. *Intervall,* der (lat., Pl. -e) Frist, Zeitspanne 3. *Blank,* das (engl., Pl. -s) auch: Leerstelle zwischen einzelnen Wörtern (EDV)
Zwischenrede *Interpellation,* die (lat., Pl. -en) »Unterbrechung«, z. B. parlamentarische Anfrage an die Regierung
Zwischenregierung *Interregnum,* das (lat., Pl. ...nen, ...na) vorläufige Regierung; auch: die kaiserlose Zeit zwischen 1254 u. 1273
Zwischensatz *Parenthese,* die (gr.-lat., Pl. -n) i. S. e. Satzeinschubs
Zwischensolo *Break,* der (engl., Pl. -s) beim Jazz
Zwischenspiel 1. *Divertimento,* das (it., Pl. -s, ...ti) Mus. 2. *Interludium,* das (lat., Pl. ...ien) bes. in der Orgelmusik; nicht verw. mit *Interlunium,* das (lat., Pl. ...ien) Zeit des Neumondes
Zwischenzeit *Interim,* das (lat., Pl. -s) i. S. e. vorläufigen Regelung
Zwitter 1. *Hermaphrodit,* der (gr.-lat., Pl. -en) med. 2. *Hybride,* die, der (lat., Pl. -n); auch: Bastard 3. *Intersex,* das (lat., Pl. -e) Person, die Merkmale des männlichen u. weiblichen Geschlechts aufweist (krankhafte Mischung)
Zwitterbildung *Androgynie,* die (gr.-lat., ohne Pl.) körperlich-seelische Mischung beider Geschlechter in e. Person; von gr. andos (Mann) u. guné (Frau)
zwitterhaft *amphoter* (gr.) d. h. teils als Säure, teils als Base sich verhaltend (Chem.)
zwittrig *androgyn* (gr.-lat.) »Mannweib«, auch Sportlerinnen mit e. großen Anteil des männlichen Hormons Testosteron; vielleicht gibt es e. Tages den »Androgynäkologen«?
Zwittrigkeit *Hermaphrodismus* u. *Hermaphroditismus,* der (gr.-lat., ohne Pl.) med.
zwölfeckig *dodekagonal* (gr.)
Zwölffingerdarm *Duodenum,* das (lat., Pl. ...na) med.
Zwölfflächner *Dodekaeder,* der (gr., Pl. –)
zwölfteilig *duodezimal* (lat.)
Zwölftonmusik *Dodekaphonie,* die (gr.-lat., ohne Pl.) z. B. von Arnold Schönberg (österr. Komponist)
Zylinderhut *Chapeau claque,* der (fr., Pl. -x -s) zusammenklappbar

Quellen:

Asimov, Isaac: Das Wissen unserer Welt, C. Bertelsmann Verlag GmbH, München, 1991

Bachér, Peter: Momente der Nähe, Begegnungen, Ullstein Buchverlage, Berlin, 1997

Brockhaus Enzyklopädie in 20 Bänden, F. A. Brockhaus, Wiesbaden, 1967

Coupland, Douglas: Generation X, Aufbau Verlag, Berlin, 1994

Cropp, Wolf-Ulrich: Archiv und Almanach für Fremd-, Fach-, Trendwörter, Zitate und geflügelte Worte; Zahlen, Daten, Fakten des Allgemeinwissens, Hamburg, 1997

Der Duden in 10 Bänden: Das Standardwerk zur deutschen Sprache, Dudenverlag, Mannheim, 1982

Docherty, Vincent; Brough, Sonia: Spoiler-Deutsch, ein Fremdwörtertraining, Humboldt-Taschenbuchverlag Jacobi, München, 1995

Gerken, Gerd: Radar für Trends, Der Zukunfts-Letter des Instituts für Trend-Forschung, Worpswede, 1996

Hammer, Michael; Champy, James: Business Reengineering, Campus Verlag, Frankfurt – New York, 1993

Horx, Matthias; Trendbüro Hamburg: Trendbuch Deutschland, Econ Verlag, Düsseldorf, 1994. Trend-Wörter, Econ Verlag, Düsseldorf, 1996

Kotler, Philip; Bliemel, Friedhelm: Marketing-Management, Analyse, Planung, Umsetzung und Steuerung, Poeschel Verlag, Stuttgart, 1992

Resnick, Jane: Internationaler Zigarren-Führer, Könemann Verlagsgesellschaft mbH, Köln, 1997

Venske, Henning: Gerhard Schröders geheimes Tagebuch, Piper Verlag, München, 1997 (unter bestimmten Stichworten wiedergegebene wörtliche Reden, entstammen einer Satire, der Autor nimmt den Kunstvorbehalt nach Artikel 5 Grundgesetz in Anspruch)

Weber, Manfred (Herausgeber): Hohl-Spiegel, Spiegel-Buchverlag, Hamburg und Hoffmann & Campe Verlag, Hamburg, 1996

Webster's New World: Lexikon der Computer-Begriffe, Gustav Lübbe Verlag GmbH, Bergisch Gladbach, 1995

Zittlau, Jörg: It's cool man, Rasch und Röhring Verlag, Hamburg, 1996